원본
김유정
전집

어린 시절의 김유정. 그의 어릴 적 이름은 멱서리였다.
아버지 김춘식은 춘천 실레마을의 천석을 웃도는
지주였고, 서울에도 백여 칸 되는 집을 가지고 있었다.

휘문고보 이학년이던 열여섯 살 때. 휘문고보에
입학하던 해를 전후하여 가세가 기울기 시작한다.

휘문고보 학적부. 고보 이학년 때 말더듬이 교정소를
다녔으며, 낙제하여 사학년으로 진급하지 못하기도
한다. 같은 반이던 안회남과 단짝으로 어울린다.

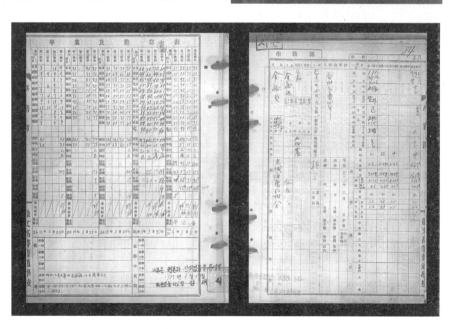

스물세 살 때. 가운데는 둘째 누이 김유형.
오른쪽은 조카 김영수. 스물다섯 살 때부터 누이 유형의 집에 얹혀 지낸다.

안회남. 휘문고보 동창으로 김유정과
절친했던 그는 채만식, 이석훈 등과
함께 편집을 맡아보던 개벽사의
『제일선』에 「산ㅅ골나그내」를 투고하게
하여 김유정을 등단시킨다.

「소낙비」의 『조선일보』 신춘문에 일등
당선 축하회(1935년 1월 20일, 서울,
아서원). 중앙의 ×표가 김유정.

박녹주. 휘문고보를 졸업하던 스물한 살 때 김유정은 박녹주에게 열렬히
구애하기 시작하여 한때는 매일같이 편지를 보낸다. 이듬해 끝내 거절당하자
춘천으로 내려가 들병이들과 어울려 무절제한 생활을 한다.

'구인회'의 대표 작가 이태준. 1935년(스물일곱 살) 김유정은 '구인회'의 후기 동인으로 가입한다. 이석훈의 회고에 따르면 그는 이태준에 대해 일종의 대결 의식을 가졌던 듯하다.

김문집. '전통 언어 미학의 범람성'에서 염상섭과 버금간다고 유정의 소설을 고평했던 김문집은 '병고 작가 원조 운동'을 벌여 김유정에게 돈을 모금해준다.

조선문단사 주최 문예좌담회(1935년 6월 3일, 서울, 백합원)를 마치고. 뒷줄 오른쪽부터 이무영, 한인택, 서항석, 정지용, 김희규, 김유정, 이하윤, 김광섭, 방인근, 최정오. 앞줄 오른쪽부터 안회남, 김남천, 이학인, 박영호, 이선희, 함대훈, 이헌구, 이석훈, 김환태.

강원도 춘성군 신동면 증리
실레마을의 집터. 보이는 집의
두 배 정도 크기의 집이 이곳에
있었고 길 아래쪽에 연못이
있었다.

지금은 딴 건물이 들어선
야학당(금병의숙) 자리.
오른쪽의 느티나무는 김유정이
1931년 야학당을 열며 손수
심은 것이다.

집터에서 내려다본 실레마을
전경. 뒤에 보이는 산이
금병산이다.

『제일선』1933년 3월호에 실린 최초 발표작
「산ㅅ골나그내」.

실레마을의 물레방아가 있던 자리.
「산ㅅ골나그내」의 병든 남편이 웅크리고 앉아
들병이 아내를 기다리던 곳이다.

실레마을의 한들 앞을 흐르는 냇물. 물골에서
사금이 채취되었다. 금을 소재로 한 작품의
무대다.

『조선일보』에 1935년 1월 29일에서 2월 4일까지 6회 연재된 신춘문예 일등 당선작 「소낙비」.

『조광』 1936년 5월호에 발표된 대표작 「동백꽃」.

『중앙』 1936년 8월호와 9월호에 2회 연재된 미완의 장편소설 「生의 伴侶」. 김유정 자신과 형, 누이, 박녹주와의 관계가 주로 묘사된 자전적인 작품이다.

『현대문학』 97호(1963년 1월)에 실린 이봉구의 「살려고 애쓰던 김유정」에 소개된 「필승前」. 김유정은 죽기 11일 전에 이 편지를 안회남에게 보낸다.

밤낮 때가 조르르 흐르는 검정두루마기를 입고 때 마른 몸으로 그는 그의 둘도 없는 친구 安某를 불들고
「네가 나를 살려다구, 이대로 죽어갈 수는 없으니 제발 살려다고.」
통곡을 하던 金裕貞. 그가 숨이 끊어지기 직전에 安某에게 보낸 편지는 정말 눈물 없이는 읽을 수가 없었다. 가슴이 답답하고 그저 안타까웁기 때문이다.

『필승前』
나는 날로 몸이 꺼진다. 이제는 자리에서 일어나기조차 유들지가 못하다. 밤에는 不眠症으로 하여 괴로운 時間을 원망하고 누워 있다. 그리고 狂熱이다. 아무리 생각하여도 딱한 일이다. 이러다는 안되겠다. 달리 道理를 채리지 않으면 이 몸을 다시 일으키기 어렵겠다.
필승아.
나는 참말로 일어나고 싶다. 지금 나는 病魔와 최후 담판

1984년 하명중 감독이 만든 영화
「땡볕」의 한 장면. 조용원과
하명중이 주연을 맡았다.

1969년 김수용 감독이 만든 영화
「봄·봄」의 한 장면. 남정임과
신영균이 주연을 맡았다.

1975년 10월 5·6일 극단혼성이
공연한 연극 「봄·봄」의 한 장면.

1968년 춘성군 의암호반에 건립된 김유정문인비.

2002년 개관된 김유정문학촌 전경. 김유정문학캠프, 김유정문학제 등 여러 행사가 매년 정기적으로 거행된다.

김유정문학촌에 있는 눈 덮인 김유정 생가. 2002년 복원된 모습이다.

2000년 프랑스에서 출판된
김유정의 단편소설집『소낙비』.

프랑스어판『소낙비』에 수록된
「봄·봄」의 시작 페이지.

김유정의 사진과 필적.
「소낙비」 원고의 일부로, 1938년 삼문사에서 발간한 『동백꽃』 속표지 다음 장에 실린 것이다.

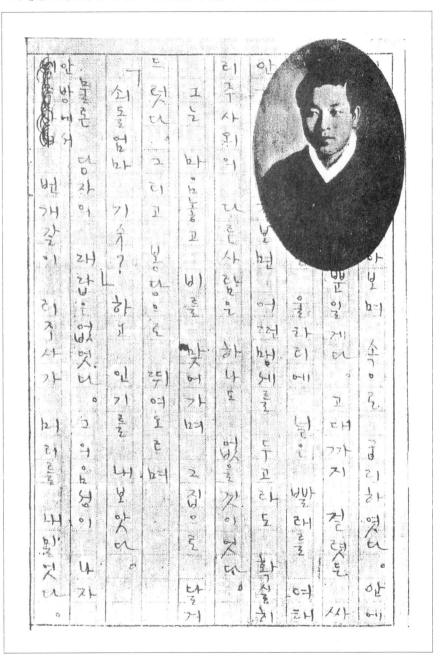

원본 김유정 전집

개정 증보판

전신재 편

개정증보판 서문

　1987년, 1997년, 2007년에 이어 네번째 판『원본 김유정전집』을 내놓는다. 그동안 10년 간격으로 보정판 혹은 개정판을 내었는데 이번에는 5년 만에 개정증보판을 낸다. 최근에 발굴된「洪吉童傳」을 새로 실었고,「금」,「밤이 조금만 짤럿드면」,「病床迎春記」,「病床의 생각」의 해제를 새로 썼다. '김유정 관련 논저·학위논문 목록' 추가분을 새로 실었고, '작가 연보'도 추가해서 실었다. 2007년 이후 5년 동안에 나온 논저가 102편이다. 이 중에는 박사학위 논문 4편이 포함되어 있다.

　주위 여러분의 권고와 독려가 힘이 되어 이 책을 내는 것이다. 힘이 되어 주신 여러분께 감사한다.

김유정문학촌 개관 10주년을 맞아

2012년 9월

편자

개정판 서문

　내년에 우리는 김유정 탄생 백주년을 맞이한다. 20세기 초엽에 태어난 김유정이 이제 백 살이 되는 것이다. 21세기 초엽을 살고 있는 우리에게 김유정 탄생 백주년은 어떠한 의미를 가지는 것일까? 오늘의 문화 상황에서 김유정의 문학은 우리에게 무엇인가? 훌륭한 문학 작품은 시대마다 다른 모습으로 읽혀진다고 할 때, 우리 시대의 김유정 문학에서 우리는 무엇을 읽어내야 할 것인가? 아마도 우리는 세계화와 지방화와 정체성(正體性)의 개념을 염두에 두면서 김유정의 문학을 재해석하는 작업을 전개해야 할 듯하다.

　식민지 시대에 김유정의 소설은 잃어버린 고향이었다. 김유정의 그 토속성이 진한 언어와 그 천진스러운 인물들에게서 식민지 백성들은 잃어버린 고향을 읽어낼 수 있었다. 그들은 또한 진정한 리얼리즘의 정신과 전통적인 정서가 절묘하게 결합된 김유정의 소설에서 완성도 높은 작품을 읽는 즐거움을 감촉할 수도 있었다. 이와는 또 달리 그들은 말의 재미 자체에 도취됨으로써 절망을 즐기는 경지를 읽어낼 수도 있었을 것이다. 김유정의 소설은 구조가 탄탄하기에 이처럼 여러 가지 독법이 가능했다. 그러나 김유정의 소설이 이것으로 그치는 것은 아니다.

　김유정 소설의 짙은 향토성을 우리는 한국 문학의 정체성을 확립하는 데에 유용한 문화 자원으로 삼을 수도 있을 것이다. 그것은 참으로 든든한 버팀목이다. 우리가 지금도 김유정의 작품들을 대견하게 여길 수 있는 것은 김유정의 작품들이 향토성과 세계성을 동시에 가지고 있는 문학의 전범(典範)이기 때문이다. 그리고 우리가 김유정 문학의 이러한 가치를 새삼스럽게 깨닫게 되는 것은 우리가 살고 있는 이 시대가 지방화와 세계화로 동시에 치닫고 있는 시대이기 때문이며, 이러한 시대 상황에서 가장 향토적인 것의 매력을 절실하게 필요로 하고 있기 때문이다.

물론 우리는 "가장 향토적인 것이 가장 세계적이다"라는 명제의 참 뜻은, 향토적인 삶에 대한 낭만적 예찬이 아니라, 향토적인 문화를 세계적 수준으로 이끌어올려야 살아남을 수 있다는 뜻임을 잘 알고 있다. 이 명제는 우리에게 치열한 노력을 요구한다.

김유정 탄생 백주년을 맞이하여 우리는 김유정의 문학을 다각적으로 재평가하고, 재창조하는 실험을 계속함으로써 우리의 지역문화를 세계적 수준으로 이끌어올리는 길을 모색하는 작업이 활성화되기를 기대해 본다. 그러한 기대를 갖고 편자는 『원본 김유정전집』의 세번째 판을 세상에 내놓는다.

이 책의 초판은 1987년에, 그리고 보정판이 1997년에 각각 세상에 나왔었다. 그리고 2007년에 세번째 판이 나오니 십 년 간격으로 이 책을 내는 셈이다. 두번째 판은 완벽한 원본 전집이라고 판단하고 보정판(補正版)이라는 이름을 붙였었다. 그런데 내놓고 보니 그래도 미흡한 곳이 있어 이번에 다시 보완하였다.

김유정 관련 논저 목록도 다시 작성하였다. 다시 작성해놓고 보니 최근의 연구 동향이 그대로 드러났다. 최근 십 년간 김유정 문학과 외국 문학의 비교 연구가 두드러지게 나타났고, 김유정 소설의 여성상에 관한 연구가 부쩍 늘었다. 김유정 연구가 꾸준히 시대를 반영하고 있음을 확인할 수 있었다.

이 책이 계속해서 김유정 연구에 도움이 되기를, 그리고 한국 문학의 위상을 높이는 데에 도움이 되기를 바란다. 원본 전집인 만큼 까다로운 점이 많은 책인데 그럼에도 불구하고 선뜻 다시 출판을 맡아준 강출판사 가족들에게 감사의 뜻을 표한다.

김유정 탄생 백주년을 일 년 앞두고
2007년 8월
편자

보정판 서문

영문학을 전공하는 남편 따라 미국에 가서 일 년을 지내고 귀국하자마자 목마른 사람이 물을 들이켜듯 김유정(金裕貞) 소설을 탐독하였노라는 어느 부인의 고백을 나는 인상 깊게 기억하고 있다. 그것은 문학과는 거리가 먼 화제가 진행되던 중에 느닷없이 튀어나온 고백이었다(어느 맥줏집이었던 그 자리에는 그분의 남편은 물론 동료 교수들도 함께 있었다). 그 부인은 도미하기 전에 이미 김유정 소설을 읽은 분이다. 그런 그분이 외국의 문물에 젖으면서 오히려 무엇에 대해선가 목마름을 느꼈고, 귀국하자마자 김유정 소설에 탐닉하여 그 갈증을 해소한 것이다.

유정 소설의 무엇이 그분의 갈증을 해소해준 것인가. 그것은 아마도 유정 소설 속에 들어 있는 한국인의 본연적 자아일 듯하다. 옹달샘에서 물긷는 아낙네가 샘 속에서 자기 얼굴을 보듯 우리는 유정 소설 속에서 우리의 모습을 본다. 그것은 우리의 이상적 자아도 아니고 현실적 자아도 아니며 바로 본래적 자아이다. 유정 소설에 나타나 있는 삶의 모습은 그것이 대견하건 부끄럽건 어쩔 수 없는 우리 자신의 본래 모습 바로 그것이 아니겠는가. 타향살이로 늙은 사람이 고향에 가서 자기의 어릴 적 모습을 새삼스럽게 발견하듯 우리가, 우리 한국인이 그 본연적 모습, 일상의 소용돌이 속에

6

서 까마득하게 잃어버리고 있던 그 한국인으로서의 본연의 모습을 새삼스럽게 발견하는 감격은 참으로 소중한 것이다.

유정 소설에는 가슴에 와 닿는 한국인의 정서가 있고, 피부에 와 닿는 한국인의 언어가 있다. 유정 소설의 언어는 언어라고 하기보다는 목소리라고 하는 것이 옳겠다. 유정 소설에는 귀에 와 닿는 한국인의 목소리가 있다. 그것이 푸짐한 욕설이건 발랄한 우스갯소리건 유정 소설의 목소리는 생생하게 귀에 와 닿는다. 예컨대 국어사전에 따르면 "형님한테로"가 맞는 말이건만, 그러나 강원도의 늙은이들은 지금도 "성님안터로"라고 말한다. 놀랍게도 유정은 그의 소설에 "홍천인가 어디 즈 성님안터로"(「만무방」), "양근댁안테로"(「金따는 콩밧」)라고 적어놓았다. "안터로"라고도 적고 "안테로"라고도 적은 것은 주목할 만하다. 녹음기를 가지지 않고도 유정은 발화의 현장을 그대로 녹음한다. 유정은 말을 살리고, 사전은 말을 죽인다.

발화 현장을 그대로 녹음하듯, 유정은 사건 현장을 그대로 녹화한다. 그리고 그 현장의 정서를 정확하게 포착한다. 가난하였지만 그래도 푸근하였던 삶에서 우러난 특유의 정서들, 그 속에 슬픔을 감추고 있는 웃음과 원수처럼 싸우면서도 떨어지지 못하는 끈끈한 정과, 살기 위해서 자기 살을 떼어내고 자기 몸을 버리는 처절한 아름다움과 죽음 앞에서도 가식 없이 드러나는 천진성을 유정은 정확하게 포착해낸다. 그리고 그 녹음과 녹화에 인위적인 수정이나 편집을 가하지 않고 그대로 우리 앞에 내놓는다. 마치 산삼을 잔뿌리까지 다치지 않게 조심스럽게 뽑아올리듯 목소리와 몸짓과 정서를 조금도 다치지 않고 그대로 살려놓은 유정의 소설은 방금 뽑아올린 흙 묻은 무처럼 싱싱하다.

이처럼 삶의 현장을 그대로 포착하여 재현하는 유정 소설의 언어는 유정의 언어라기보다는 민족 심성의 언어이다. 신들린 무당이 무아의 경지에서 쏟아내는 공수가 무당의 언어가 아니라 신의 언어이듯 신명이 올라 무아의 경지에서 써내려간 유정의 소설은 유정의 언어가 아니라 한국인의 집단 무의식의 언어이다. 한국인의 집단 무의식이 유정을 통해서 발현된 것이다. 특히 그것이 식민지 시대를 배경으로 하였음에도 민족 심상의 원형이 그대로 살아 있어 유정의 소설은 폐허 위의 꽃처럼, 수풀 속에 나뒹군 동안(童顏)의 돌부처의 표정처럼 순수하고 아름답다.

이러한 유정의 언어와 정서를 조금도 다치지 않고 원래의 모습 그대로 고스란히 보존하려는 노력의 소산이 이 책이다. 유정의 공수가 '툽툽하다'로 발음되었는지 아니면 '툽툽하다'로 발음되었는지에까지 우리는 세심하게 마음을 썼다. 이 책을 처음 펴낸 지 십 년 만에 마침 유정 사후 육십주년을 맞아 우리는 보정판을 다시 펴낸다. 초판에서의 오류를 많이 바로잡았고, 그때 미처 찾아내지 못했던 자료를 첨가했고, 어휘 색인을 대폭 보충하여 새로 작성하였고, 참고문헌 목록을 재작성하였다. 과연 완벽한 원본 전집으로 손색이 없게 된 것인지 두렵기도 하다.

지금 우리나라에서는 세계화의 바람이 불고 있다. 세계화의 바람이 거셀수록 우리 고유의 언어와 정서는 더욱 소중하며, 우리 것에 대한 갈증도 더해감을 절감한다. 이 책이 그러한 갈증을 푸는 데에 조금이라도 도움이 되었으면 좋겠다. 이 책은 또한 특정 시대, 특정 지역의 삶의 모습을 생생하게 보존하고 있다는 점에서 인류학적 생태 보고서이기도 하다. 언어와 문학을 사랑하는 사람에게뿐만 아니라 인류학에 관심을 가진 사람에게도 도움이 되었으면 한다.

꼼꼼하고 번거로운 작업을 마다하지 않고 책을 출판해준 강출판사의 젊은 의욕에 감사한다.

유정 사후 육십주년을 맞아
1997년 6월
편자

8

초판 서문

삼십여 년 전 국립중앙도서관의 어둑한 식당에서 창백한 청년의 어깨 너머로 처음 본 유정(裕貞)의 『동백꽃』의 칙칙한 표지에는 동백꽃이 그려져 있었는데 그 빛깔은 붉은색이었던 것으로 기억한다. 그 몇 년 후에야 어느 책에선가 그 소설을 읽었는데 동백꽃이 노랗게 묘사되어 있는 것을 알고 얼떨했었다. 그러나 잠깐 의아했을 뿐 더 이상 캐지 않고 무심코 지나쳐 왔다. 그러다가 「동백꽃」의 점순이나 「산골」의 이뿐이가 아끼던 동백꽃은 「라 트라비아타」의 마르그리트가 사랑하던 빨간 동백꽃이 아니라, "아주까리 동백아 열지를 마라 산골의 큰애기 몸골 난다"에서처럼 강원도 지방의 아라리에 자주 등장하는 바로 그 노란 동백꽃이라는 것을 알게 된 것은 부끄럽게도 수년 전의 일이다. 그리고 최근에 영서지방(嶺西地方)의 구비문학(口碑文學) 조사를 시작하면서 동백꽃의 "알싸한 그리고 향깃한 그 내움새"가 바로 생강 냄새라는 것을 알게 되었고, 그의 작품에 나오는 강원도의 아라리며 화전(火田) 갈 때 소 모는 소리의 구성진 노래를 실제로 듣게 되었다. 또한 그의 작품의 배경인 안말, 수아리골, 거문가니, 새고개, 응고개 등을 하나하나 확인하면서 그의 작품들은 편자에게 새롭게 살아나는 것이었다. 하여 그의 작품에 새삼스럽게 매료되어 최초 발표의 지(紙)와 지

(誌)를 찾아 작품 하나하나를 원전으로 다시 읽어나갈 때 편자를 더욱 탄복하게 한 것은 그의 언어감각이었다. 국어사전에는 물론 방언사전에도 없는 그 어휘들은 늙수그레한 구비문학 제보자에게 그대로 살아 있는 것이었다. 그가 그러한 언어를 자유자재로 빚어서 만들어내는 작품 세계는 푸근하고 친근하고 생생한 고향의 세계였다. 그것은 잊혀진 고향의 세계였다. 유정, 그는 가히 언어의 장인이었던 것을 비로소 실감하게 된 것이다. 그 젊은 나이에, 그리고 고향에 눌러 살지도 않았으면서 그는 어떻게 그렇게 풍족한 방언들을 육화했을까?

유정을 가리켜 향토적 작가라고 입을 모아 이야기하는 것은 틀림없이 옳은 말이다. 그러나 '향토적'이라는 지극히 추상적인 언어로써 그의 작품 세계를 재단해버리고, 또 전달해버리고 마는 것은 후추를 통째로 삼키는 것처럼 얼마나 싱거운 일인가. 언어가 사물로부터 무한히 떨어져나갈 때 그 언어에 의한 삶은 또 얼마나 공허한 것인가. 바닷가의 모래가 부드럽다는 것을 언어로 전달받는 것이 아니라 맨발로 감촉하는 삶, 후추를 통째로 삼키는 것이 아니라 부수어서 혀로 맛보는 삶이 생생한 삶이라고 할진대 문학에서 언어가 감당해야 할 기능은 무엇인가? 사물에 대한 막연한 인식을 구체적이고 분명한 인식으로 바꾸어주도록 언어가 공헌할 때 언어는 생명을 가질 수 있으리라. 핏기 없는 표준어가 아니라 생생한 방언, 문어(文語)가 아니라 구어(口語), 구어체라기보다는 구연체(口演體)라고 해야 할 유정의 언어는 언어가 사물에서 독립해 나가는 것이 아니라 사물과 밀착하려는 점에서 값지게 느껴진다(그러면서도 언어 자체가 가지는 한계성은 문학 자체가 안고 있는 숙명으로서 어쩔 수 없는 것이리라).

유정의 언어가 주는 위안은 바보스러울 정도로 순박한 인물과의 만남에서도 온다. 그 위안은 요즈음과 같이 각박하고 피로한 현실에서 더욱 대견하게 느껴진다. 그러나 이보다 더 큰 위안은 그 순박성이 단순히 바보스러운 순박성으로 그치는 것이 아니라 절망적인 상황을 초극할 수 있는 뚝심 있는 해학과 연결되는 데에서 온다. 유정 문학의 우수성은 누구나 지적하는 대로 그 언어의 생동성과 삶의 발랄성이다. 생업이 박탈된 궁핍한 현실에서 뿌리뽑힌 유랑민이 되어 전전하면서도 서러워하지 않고, 마치 탈춤의 먹중들처럼 발랄하게 뛰는 삶의 모습은 바로 우리 서민들이 이제껏 살아온 모습이 아닌가. 그의 작품에서 죽음의 장면이 쉽사리 발견되지 않는 점, 등장인물의 대부분이 따라지 신세들이지만 끈질긴 생명력을 가지고 웃으면서 살아가는 모습을 보여주는 점 등은 우리에게 여러 가지로 시사하는 바가 많다.

이러한 시사점들과 앞서 지적한 언어의 문제들을 좀더 면밀하게 천착하기 위해서 우선 해결되어야 할 것은 무엇보다도 텍스트의 확정이다. 모든 문학 작품이 다 그렇지만 특히 유정 문학의 경우 그 언어를 현대 표준어로 바꾸어놓는 일은 작품의 생명을 죽이는 결과를 가져온다. 이에 편자는 유정 문학의 진정한 즐거움을 향수하고 엄정한 연구를 촉진하는 데 조금이라도 도움이 될까 해서 이 원본 전집을 엮었다.

이 책이 출간되도록 도와주신 한림대학 출판부와 국어국문학과, 그리고 강원일보사의 여러 분들에게 감사한다. 특히 국어국문학과 85학번 학생들과 김성수 조교, 그리고 김영기 논설위원의 근 삼 년에 걸친 협조가 큰 힘이 되었다.

유정 타계 오십년이 되는 해
1987년 8월
편자

차례

일러두기

1. 각 장르별 작품 배열은 발표순으로 하였다. 다
   만 편지만은 집필순으로 하였다.
2. 맞춤법, 띄어쓰기, 문장부호, 형식단락 등은 발
   표 당시의 표기를 그대로 따르는 것을 원칙으로
   하였다. 다만 분명히 오식이라고 판단되는 것과
   의미 해독에 혼란을 일으키는 것은 교정하였다.
   그리고 소설의 교정 부분은 부록에 별도로 밝혀
   놓았다.
3. 대화 부분은 " "로, 대화 속의 대화와 특별 어
   구나 강조는 ' '로 통일하여 사용하고, 단락 구
   분을 위한 ××, ◇◇ 등의 부호는 원전에 있더
   라도 이를 사용하지 않고 행만 띄어놓았다.
4. 해독이 도저히 안 되는 부분은 □□표로 남겨
   놓았다.
5. 부록에 대한 일러두기는 뒤에 따로 제시하였다.

1부

소설

산ㅅ골나그내

밤이기퍼도 술ㅅ군은 역시들지안는다. 메주ㅆ는냄새와가티쾨쾨한냄새
로 방안은 괴괴하다. 웃간에서는 쥐들이찍찍어린다. 홀어머니는쪽쩌러진
화로를 끼고안저서 쓸쓸한대로곰곰생각에젓는다. 갓득이나 침침한 반짝등
ㅅ불이 북쪽지게문에 쏠린구멍으로 새드는바람에 반득이며 빗을일는다.
흔버선짝으로 구멍을틀어막는다. 그러고등잔미트로 반짓그릇을 슬어댕기
며 슬음업시 바눌을 집어든다.

산ㅅ골의 가을은 왜이리고적할까! 압뒤울타리에서 부수수하고셜닙은진

* 『제일선(第一線)』(開闢社, 1933. 3), pp.38~44.

　『제일선』 1933년 2월호의 목차 앞면 광고에 보면 『신여성(新女性)』 2월호에 김유정의 「시골
손」이 실릴 것으로 예고되어 있으나 실제로는 실리지 않았다.

　작품 뒤에 탈고 일자가 1933년 1월 13일로 밝혀져 있다. 김유정의 처녀작으로 삼을 만하다.
이에 앞서서 「심청」이 1932년 6월 15일에 탈고되었으나 이것은 습작이다.

　남편 있는 여인이 살기 위해서 매춘하는 점, 덕돌이네와 유랑 걸인의 빈궁상을 그리고 있는
점, 남성 걸인과 덕돌이보다 여성 걸인과 덕돌 어머니가 생활력이 강한 점, 결말에 가서 등장인
물들이 본래의 상태로 되돌아가는 점, 순박한 인간성을 포착하고 있는 점 등이 이 「산ㅅ골나그
내」에서부터 나타나고 있다. 뿌리뽑힌 인간들의 빈궁한 생활상, 무기력한 남성과 생활력이 강
한 여성, 살기 위한 매춘, 순박한 인간성, 원점 회귀(原點回歸)의 구성 등은 김유정의 소설에
일관되고 있는 특징들이다[엮은이 해설. 이하 같음].

다. 바로그것이귀미테서 들리는듯 나즉나즉속삭인다. 더욱 몹슬건 물ㅅ소리 골을휘돌아맑은샘은 흘러나리고 야릇하게도 음률을읇는다.

퐁! 퐁! 퐁! 쏘록 퐁!

박가테서 신발ㅅ소리가 자작자작들린다. 귀가번쩍 씌여 그는방문을가볍게 열어제친다. 머리를 내밀며

"덕돌이냐?" 하고 반겻으나 잠잠하다. 압쓸건너편 숩옹우를감돌아 싸늘한바람이락엽을홀싹리며 얼골에부다친다.

용마루가쌩쌩운다. 모진바람소리에놀래여 멀리서 밤ㅅ개가 요란히짓는다.

"줜어른 게서유?"

몸을돌리어 바누질ㅅ거리를 다시집어들랴할제 이번에는 싸정인ㅅ긔가 난다. 황겁하게

"누기유?" 하고 이러스며 문을열어보앗다.

"왜 그리유?"

처음보는 안악네가 마루ㅅ테와섯다. 달ㅅ빗에빗기어 검붉은얼골이햇슥하다. 치운모양이다. 그는 한손으로 머리에둘럿든왜수건을벗어들고는 다른손으로 허터진머리칼을씨담어올리며 수집은듯이 주쌧주쌧한다.

"저……하로ㅅ밤만 드새고 가게해주세유——"

남정네도아닌데 이밤ㅅ중에 웬일인가 맨발에집신짝으로. 그야아무러튼—

"어서들어와 불쬐게유"

나그내는 주춤주춤 방안으로들어와서 화로겨테 도사려안는다. 낡은치마ㅅ자락우로 쌔질려는속살을 암으리자허리를 지긋이튼다. 그러고는 묵묵하다. 주인은물ㅅ럼이보고잇다가 밥을좀주랴느냐고물어보아도 잠잣고잇다. 그러나 먹든대궁을주서모아 짠지쪽하고갓다주니 감지덕지밧는다. 그러고 물한목음마심업시잠ㅅ간동안에 밥그릇의 밋바닥을긁는다.

밥숫갈을 놋키가무섭게 주인은 이야기를부치기시작하엿다. 미주알ㅅ고주알 물어보니 이야기는지수가업다. 자긔로도너머 지처물은듯시플만치 대구

추근거렷다. 나그내는 실탄긔색도 좃탄긔색도 별로업시 시납으로 대斗하
엿다. 남편업고 몸부칠곳업다는것을 간단히말하고난뒤 "이리저리엇어먹
어단게유" 하고 턱을가슴에뭇는다.

첫닭이 홰를칠새 그제야마을갓든 덕돌이가돌아온다. 문을열고 감사나운
머리를 데밀려다 낫설은안악네를보고 눈이휘둥그러케 주춤한다. 열린문으
로 억신바람이몰아들며 방안이 캄캄하다. 주인은 문아프로걸어와스며 덕
돌이의등을 쓰덕어린다. 젊은녀자자는 방에서섹그머리 총각을재우는건 상
서롭지못한 일이엇다.

"애 덕돌아 오날은마을가자고 아침에 온"

가을할째가 지엇으니 돈냥이나 조히퍼질째도되엿다. 그돈들이 어디로
몰키는지 이술집에서는좀체 돈맛을못본다. 술을판대야한초롱에 오륙십
전썰어진다. 그한초롱을 잘판대도 사날식이나걸리는걸 요새가태선 그잘냥
한 술ㅅ군까지 씨가말랏다. 어쩌다 전일에펴노앗든 외상ㅅ갑도갓다줄을
모른다. 홀어미는 열벙거지가나서 일은아침부터 돈을밧으로라단엿다.
그러나 다리품을 드린보람도업섯다. 벌사람이 즐겨야할텐데 우물주물하며
한단소리가좀두고 보자는것이고작이엇다. 그러타고안갈수도업는 노릇이
다. 나날이량식은 쌀리고 지점ㅅ집에서집행을하느니 뭘하느니 독촉이 어
지간치안음에야………

"저도 인젠 써나겟세유"

그가조반후 나드리옷을 박구어입고나스니 나그내도싸라이러슨다. 그의
손을 잔상히붓잡으며 주인은

"고달플테니 몃칠 더쉬여가게유" 하엿으나

"가야지유 너머오래 신세를……"

"그런 염려는말구" 라고누르며 집지켜주는심치고 방에누엇스라하고는
집을나섯다.

백두ㅅ고개를넘어서 안말로들어가 해동갑으로 헤매엿다. 헤실수로 간곳
도잇기야하지만 맑앗다. 해가지고어두울녘에야 그는 흘부들해서돌아왓다.

좁쌀닷되박게는 못밧엇다. 다른사람들은 돈낼생각커녕 이러면 다시술안먹
겟다고 돌이여얼러보냇든것이다. 그러나 이만도 다행이다. 아주못밧으니
보다는. 끼니새가지엿다. 그는좁쌀을싯고 나그내는 소테불을집히여 불야
살야밥을짓고 일변상을보앗다.

　밥들을 먹고나서 안젓으랴니깐 갑작이 술ㅅ순이몰려든다. 이거웬일인
가. 처음에는 하나가오드니 다음에는세사람 쏘두사람. 모다 젊은축들이다.
그러나 각각들 먹일방이업슴으로 주인은 좀망서리다가 그연유를말하엿으
나 뭐한동리사람인데 어쩌냐한테서먹게해달라하는바람에 얼씨구나하엿
다. 이제야운이트나보다. 양푼에 막걸리를쌀쿠어 나그내에게주며 소테넛
코좀속히데워달라하엿다. 자기는 치마ㅅ고리를 휘둘러가며 잽싸게안주를
장만한다. 짠지 동치미 고추장. 특별한 안주로 삶은밤도노앗다. 사촌동생
이 맛보라고 몃칠전에 갓다준것을 애껴둔것이엇다.

　방안은 써들석하다. 벽을두다리며 아리랑찻는놈에 건으로너털웃음치는
놈 혹은숙은숙덕하는놈……가즌각색이다. 주인이술ㅅ상을 버처들고들어
가니 싸위나한듯이 일제히자리를 바로잡는다. 그중에 얼골넙적한 하이칼
라머리가 야리가나서 상을밧으며주인귀에다 입을비겨대인다.

　"아즈머니 젊은갈보사왓다지유? 좀 보여주게유."

　영문모를 소문도 다도는고!

　"갈보라니 웬갈보?" 하고 어리쎙쎙하다 생각을하니 턱업는소리는아니
다. 눈치잇게 벽으로나려가서 보강지아페 웅크리고안젓는 나그내의머리를
은근히쓸어안엇다. 자 저패들이 새댁을갈보로 횡보고 차저온맥시다. 물론
새댁편으론 망측스러운일이겟지만 달포나 손님의 그림자가드물든 우리집
으로보면 재수의빗발이다. 술국을잡는다고 어듸가 떨어지는게아니요 욕이
아니니 나를보아 오늘만술좀파라주기바란다——이런의미를곰상굿게 간
곡히말하엿다. 나그내의낫은 별반변함이업다. 늘한양으로 예사로이 승락
하엿다.

　술이 온몸에돌고나서야 되ㅅ술이 잔푸리가된다. 한잔에오전 그저마시긴
아깝다. 얼간한 상투백이가 게집의손목을탁잡아 아프로쓸어댕기며

"권주가좀 해 이건 쉬어온 버리ㅅ자룬가."

"권주가? 뭐야유?"

"권주가? 아 갈보가권주가도모르나 으하하하." 하고는 무안에취하야 폭숙인 게집쌤에다 써칠써칠한 턱을문질러본다. 소리를암만시켜도 아래ㅅ입살을 깨물고는 고개만기우릴쑨. 소리는못하나보다. 그러나 노래못하는것도조타. 게집은 령나리는대로 이무릎저무릎으로 옮아안즈며 턱미테다 술ㅅ잔을 바처올린다.

술들이 담쏙취하였다. 두사람은 고라저서코를곤다. 게집이칼라머리무릎우에 안저담배를피여올릴새 코웃음을홍치드니 그무지스러운손이 게집의 아래ㅅ배가죽을 사양업시웅켜잡앗다. 별안간 "아야" 하고 퍼들썽하드니 게집의몸쑹아리가 공중으로도로 쉬여오르다 쩔어진다.

"이자식아 너만 돈내고먹엇니?"

한사람새두고 안젓든상투가 코ㅅ살을찌프린다. 그리고 맨발벗은 게집의 두발을 량손에붓잡고 가랭이를 썩벌려무릎우로지르르 싈어올린다. 게집은 앙탕을한다. 눈시울에 눈물이엉기드니 불현듯이 쪼록쏫아진다.

방안에서 왱마가리 소리가 싈어오른다.

"저 잡놈보게 으하하⋯⋯"

술은 연실데워서 드려가면서도 주인은불안하야 마음을조렷다. 겨우 마음을노흔것은 훨신 밝아서이다.

참새들은 소란히지저귄다. 지직바닥이 부스럼자죽보다 질ㅅ배업다. 술싼지쪽 가래침 담배ㅅ재──몇해 너저분하다. 우선한길치에 자리를잡고 게배를대보앗다. 마수거리가 팔십오전 외상이이원각수다. 현금팔십오전 두손에들고안저세이고세이고 쏘세어보고⋯⋯.

쓸에서는 나그내의 혀로 싈어올리는 인사.

"안녕히 가십시게유."

"입이나 좀 맛치고 쌘! 쌘! 쌘!"

"나두."

씨르쿵! 씨르쿵! 씰거러쿵!

"방아머리가 무겁지유?……고만 끼불을까."

"들 익엇세유 더 씨야지유."

"그런데 얘는 어쩐일이야……."

덕돌이를 읍엘보냇는데 날이저므러도 여태오지안는다. 허터진 좁쌀을확
에 쓸어너흐며 홀어미는 퍽으나애를태운다. 요새날새가차지니까 늑대호랑
이가 차차마을로 차저나린다. 밤ㅅ길에고개가튼데서 맛나면 찍소리도못하
고 욕을당한다.

나그내가 방아를괘노코 나려와서 키로확의좁쌀을 담어올린다. 주인은
그머리를 씨담고 자기의행주치마를버서서 그우에씨워준다. 게집의나희 열
아홉이면 활작필째이건만 버케된머리칼이며 야윈얼골이며 벌서부터외양
이 시들어간다. 아마고생을짓한탓이리라.

날신한허리를 재발이놀려가며 일이ㅅ일새업시 다그지게덤벼드는 그를
볼째 주인은지극히 사랑스러웟다. 그러고 일변칙은도하엿다. 뭣하면 쌀과
가티 자긔겨서 길래살아주엇으면 상팔ㅅ자일듯시펏다. 그럴수만잇다면
그소한바리와 박군대도 이것만은 안내노흐리라고 생각도하엿다.

아들만데리고 홀어미의생활은 무던히호젓하엿다. 그런데다동리에서는
속모르는 소리까지한다. 썩그머리총각을 그냥늙힐테냐고. 그러나 형세가
부침으로 감히엄두도못내다가 겨우올봄에서야다부터서둘게되엿다. 의외
로 일은 손쉽게되엿다. 이리저리언론이돌드니 남산에사는 어느집둘ㅅ재쌀
과 혼약하엿다. 일부러홀어미는 사십리ㅅ길이나 걸어서 색씨의손ㅅ등을문
질러보고는

"참 애기 잘도 생겻세!"

조와서 사둔에게 칭찬을 뇌고뇌곤하엿다.

그런데 업는살림에 빗을내여가며 혼수를다소여매노흔뒤엿다. 혼인날을
불과이틀격해노코 일이고만빗낫다. 처음에야 그런말이업드니 난데업는선
채금 삼십원을 가저오란다. 남의돈삼원과 집의ㅅ돈 오원으로 거추ㅅ군에
게품삭 노비주고 혼수하고 단지 이원——잔치에 쓸것박게안남고보니 삼

십원이란 입내도못낼소리다. 그밤 그는이리뒤척 저리뒤척 넉일혼팔을던저 가며 통밤을 새웟든것이다.

"어머님! 진지 잡수세유."

새댁에게 이런소리를 듯는다면 씀찍이구여우리다. 이것이단하나의 그의 소원이엇다.

"다리 압흐지유? 너머 일만시켜서⋯⋯."

주인은 저녁좁쌀을 쓸어넛타가 방아다리에 짭신대는나그내를 걸삼스럽 게 처다본다. 방아가 무거워서 껍적이며 잘오르지안는다. 간얄핀몸이라 상 혈이되여 두볼이 샛밝아케 색색어린다. 치마도치마려니와 명지저고리는 어찌삭앗는지 억개께가손ㅅ바닥만하게 척나갓다. 그러나 덕돌이가 왜포다 섯자를박궈오거든 첫대사발화통된 속곳부터해입히고 차차할수박겐업다.

"갓치 찝시다유."

주인도남저지 방아다리에올라섯다. 그러고 씨씅우에 노힌나그네의손을 눈치안채게 슬멋이쥐여보앗다. 더도들도말고 그저요만한며누리만어더도 조으런만! 나그내와눈이 고만마주치자 그는 열적어서 시선을돌렷다.

"픅도 쓸쓸하지유?" 하며 손으로울박글 가르킨다. 첫밤갓흔석양판이다. 색동저고리를쩔처입고 산들은 거방진방아소리를은은히 전한다. 찔그러 쿵! 찌러쿵!

그는 나그내를금덩이갓치위하엿다. 업는대로 자긔의옷가지도 서로서로 별러입엇다. 그러고잘째에는 쌀과짐배업시 이불속에서 품에싹품고 재우곤 하엿다. 하지만 자긔의은근한 속심은참아입에들어내여말은 못건넷다. 잘 들어주면 이어니와 뭇하게안다면 피차의낫이 뜻뜻한일이엇다.

그러자 맘먹지안엇든 우연한일로인하야 마침내긔회를 엇게되엿다.── 나그내가 온지나흘되든날이엇다. 거문관이 산기슭에잇는 영길네가벼방아 를좀와서 찌여달라고한다. 나그내는 줄밤을새움으로 나제이나 푸근히자라 고두고 그는홀로집을나섯다.

머리에 게를보앗케쓰고맥이풀려서 집에돌아온것은 이력저력으스레하엿 다. 늙흔한 다리를쓸고 쓸압흐로향하다가 그는주춤하엿다. 나그내홀로 자

는방에 덕돌이가 들어갈리만무한데 정녕코 그놈일게다. 마루밋헤 자그마
한 나그내의집석이가 노힌 그엽흐로 질목채벗은 왕달집석이가 완살스럽게
노엿다. 그러고 방에서는수근수근 나즌말말소리가 흘러저나온다. 그는무
심코닷은방문께로 귀를기우렷다.

"그럼와 그러는게유? 우리집이굶을까바 그리시유?"

"…………."

"어머이도사람은 조하유……올에 잘만하면 내년에는소한바리사놀게구
농사만해두 한해에쌀넉섬 조엿섬 그만하면 고만이지유……내가실은게
유?"

"…………."

"사내가죽엇스니 아무튼엇을게지유?" 옷타지는소리. 부시럭어린다.

"아이! 아이! 아이 참! 이거노세유."

쥐죽은듯이 감감하다. 허공에 아롱거리는 락엽을 이윽히바라보며 그는
빙그례한다. 신발소리를 죽이고 쓸박그로 다시돌처섯다.

저녁상을물린후 그는 시치미를 쌕떼고 나그네의긔색을 살펴보다가 입을
열엇다.

"젊은안악네가 홋몸으로돌아다닌대두 고상일게유. 쏘어차피 사내
는…."

여긔서부터 사리에 맛도록이말저말을 주섬주섬 쓰내오다가 나의며누리
가되여줌이 어써켓느냐고 쌕토파를지엿다. 치마를흡사고안저 갸웃이 듯고
잇든 나그네는 치마쓴을 째물며 이마를쩔어트린다. 그러고는 두볼이 밝애
진다. 젊은게집이 나 시집가겟소 하고 누가나서랴. 이만하면 합의한거나
틀림업슬것이다.

혼수는전에해둔것이잇스니 한슬음잇것다. 그대로이앙이나 고처서 입히
면 고만이다. 돈이원은 은비녀 은가락지 사다가 각별히 색씨에게 선물나리
고…….

일은밀사록 랑패가만타. 금시로 날을밧어서 대례를치럿다. 한편에서는
국수를눌은다. 잔치보러온 안악네들은 국수그릇을 얼는밧어서 후룩후룩

들여마시며 시악씨잘낫다고추엇다.

주인은 즐거움에 너머겨워서 추배를흔근히들엇다. 여간경사가아니다. 뭇사람을삐집고 안팟으로 드나들며 분부하기에 손이돌지안는다.

"얘 메누라! 국수한그릇 더가저온——"

어찌 말이 좀 어색하구면——다시한번

"메누라 얘야! 얼는갓어와——."

삼십을 바라보자 동긋을찔러보니 제불에 멋이질려 비드름하다. 덕돌이는 첫날을치르고 붓석붓석귀운이난다. 남이두단을털제면 그의볏단은 석단ㅅ재풀처나간다. 연방 손ㅅ바닥에침을배타부치며 억개를 웃슥어린다.

"싁! 싁! 싁! 찍어라 굴려라 싁! 싁! "

동무의품아시일이다. 검으투툭한 젊은농군댓이 볏단을번차례로 집어든다. 열에쁜 사람갓치 식식어리며 세차게벼알을절구통배에서 주룩주룩흘러나린다.

"얘! 장가들고 한턱안내니?"

"일색이드라 짠짠히먹자 닭이냐? 술이냐? 국수냐?"

"웬국수는? 너는 국수만아느냐?"

저의끼리 씻코까분다. 그들은 일을노흐며 옷깃으로짬을씻는다. 골바람이 벼깔치를 부여케풍긴다. 엽산에서 푸드득하고쒱이나르며 머리우를지나간다. 갈키질을하든 얼골넓적이가 갈키를 노코 씽긋하드니 달겨든다. 작란ㅅ군이다. 여러사람의힘을빌리어 덕돌이입에다다흔집신짝을물린다. 버들썽거린다. 다시량귀를 두손에잔쓱훔켜잡고 실고와서는 털어노흔벼무덕이우에 머리를 틀어박으며 동서남북으로 큰절을식힌다.

"야아! 야아! 아!"

"아니다아니야 장갈갓스면 산신령에게 이러하다말이잇서야지 괜실이 산신령이노하면 눈쌀망난이(호랑이)나려보낸다."

뭇우음이 터저오른다. 새신랑이 옷이이게 뭐냐. 볼기짝에구멍이 다 뚫리고……빈정대는 사람도잇다. 그러나 덕돌이는 상투의면데기를 털고나서 곰방대를 피여물고는 싱그레웃어치운다. 조흔옷은 집에두엇다. 인조견족

기저고리 새하얀옥당목겹바지. 그러나 애끼는것이다. 일할째엔 흔옷을입고 집에돌아와 쉬일참에나입는다. 잘째에도 모조리벗어서 더럽지안케 착착개여 머리맛헤 위해노코 자곤한다. 의복이 람루하면 인상이추하다. 멋처럼얻은 구여운안해니 행여나 마음이돌아안즐까 미리미리 사려두지 않을수도 업는노릇이다. 그야말로 이십구년만에 누런 이ㅅ조각에다 어제서야 소곰을발라본것도이까닭이엇다.

덕돌이가벼ㅅ단을다시집어올릴제 그이웃에사는돌쇠가 엽흐로와서품을 앗는다.

"애덕돌아! 너내일우리조마댕이좀해줄래?"

"뭐 어째?" 하고 소리를쌕지르고는 그는 눈ㅅ귀가 실룩하엿다.

"누구보고 해라니? 응? 이자식 까놀라!"

어제까지는 턱업시 지냇단대도 오날의상투를 못보는가——

바로그날이엇다. 웃간에서 혼자 새우잠을자고잇든 홀어미는 놀래여 눈이 번쩍씌엿다. 만뢰잠잠한 밤ㅅ중이다.

"어머이! 그거 다라낫세유 내옷두 업고……"

"응?" 하고 반마듸소리를치며 얼썰김에 그는캄캄한방안을 더듬어아랫간으로 넘어섯다. 황망히 등잔에불을대리며

"그래 어듸로 갓단말이냐?"

영산이나서 뭇는다. 아들은 벌거벗은채 이불로압흘 가리고안저서 징징거린다. 엽자리에는 빈벼개쑌 사람은 간곳이업다. 들어본즉 온종일일한게 피곤하야 아들은자리에들자 고만세상을잇것다. 하기야 그째안해도 옷을벗고 한자리에누어서 맛부터잣든것이다. 그는보통째와 조곰도다름업시 새침헌이 들어누어서 천장만 처다보았다. 그런데자다가 별안간오좀이 마렵기에요강을 좀집어달나고 보니 슷박게 품안이허룩하다. 불러보아도 대답이업다. 그제서는 어레짐작으로 우선머리맛헤 위해노앗든 옷을더듬어보앗다. 싸는업다——.

필연잠든틈을타서 살몃이 옷을입고 자긔의옷이며 버선까지들고 내뺏슴이 분명하리라.

"도적년!."

모자는 광솔ㅅ불을켜들고 나섯다. 벅과 잿간을뒤젓다. 그러고쓸압숩풀
속도 낫낫치 차저봣스나 흔적도업다.

"그래도 방안을 다시한번차저보자."

홀어미는 굿해야 며누리를 도적년으로ㅆ지는 생각하고십지안엇다. 거반
울상이되여 허병저병방안으로 들어왓다. 마음을가라안처들처보니 아니면
다르랴 며누리 벼개밋해서 은비녀가나온다. 다라날 게집갓트면 이비싼은
비녀를 그냥두고갈리업다. 두말업시 무슨병패가 생겻다.

홀어미는 아들을데리고 덜미를집히는듯 문박으로 차저나섯다.

마을에서 산ㅅ길로 쌔저나는 어구에 욱어진 숩사이로 비스듬이 언덕길
이 노혓다. 바로 그밋헤석벽을ㅆ고 깁고 프른웅뎅이가 뭇치고 넓은 그물이
겹겹산을 에돌아약십리를 흘러나리면 신연강 중톡을쭐는다. 시새에 반쯤
파뭇히어 번들대는큰바위는 내를싸고 량쪽으로 질번하다. 쇠부랑질은 그
틈박위로쌧엇다. 좀체것지못할 재갈ㅅ길이다. 내를 몃번건네고 흠상궂은
산들을 비켜서 한오마장넘어야 겨우질다운질을맛난다. 그리고 거긔서좀더
간곳에 내ㅅ가에외지게 일허진 오막사리한간을 볼수잇다. 물방아ㅅ간이
다. 그러나 이제는밥을차저 흘러가는 쓴몸들의 하로ㅅ밤 숙소로변하엿다.

벽이 확나가고 네기둥쑨인 그속에힘을일흔 물방아는 을씨냥궂게모로누
엇다. 거지도 고엽에홋이불우에 거적을덧쓰고 누엇다. 거푸진 신음이다.
으! 으! 으훙! 석가래사이로 달ㅅ빗은 쌀쌀히흘러든다. 각금 마른닙흘썩리
며—

"여보 자우? 이러나게유 얼핀"

게집의음성이나자 그는숨을거리며 일어안는다. 그러고너털대는 홋적삼
을 깃을염여잡고는 덜덜썬다.

"인제고만 써날테이야? 쿨룩……"

말라쌔진얼골로 게집을바라보며 그는 이러케물엇다.

십분가량지냇다. 거지는 호사하엿다. 달ㅅ빗에 번쩍어리는겹옷을입고

서 집행이를실며 물방아ㅅ간을 등젓다. 골골하는 그를부축하야 게집은뒤에 싸른다. 술집며누리다.

"옷이 너머커— 좀저것엇스면……"

"잔말말고 어여갑시다 펄적……"

게집은불이나게그를재촉한다. 그러고연해돌아다보길잇지안엇다.

그들은 강ㅅ길로향한다. 개울을건너 불거저나린 산모롱이를 막 숩쓰릴랴할제다. 멀리뒤에서 사람욱이는소리가 ㄹ흴듯날듯간신히 들려온다. 바람에 먹히어 말ㅅ저는모르겟스나 재업ㅅ덕돌이의 목성임은 넉히짐작할수잇다.

"아 얼는좀 오게유"

쏭ㅅ곳이마르는듯이 게집은사내의손목을 접접히잡아ㄴ다. 병들은몸이라 실리는대로뒤툭어리며 거지도으슥한산저편으로가치사라진다. 수은ㅅ빗갓흔물ㅅ방울을품으며 물ㅅ결은산벽에부다ㅅ린다. 어데선지 지정치못할녁대소리는 이산저산서와글와글굴러나린다.

총각과 맹쏭이

입입이 비를바라나 오늘도그럿타. 풀입은 먼지가보얏케 나홀거린다. 말
쑹한 하눌에는 불덤이가튼 해가 눈을 크게쩟다.

쌍은달아서 쓰거운김을 턱밋테다 품긴다. 호미를옴겨 찍을적마다 무더
운 숨을 헉헉 돌는다. 가물에 조닙은앤생이다. 가끔 업드려 김매는 코며 눈
통이를 씨른다.

호미는튕겨지며 쨍소리를 새대로 내인다. 곳곳이 백인돌이다. 예사밧터
면 한번씩어넘길걸 세네번안하면 흙이 일지안는다. 콧등에서 턱에서 쌈은
물흐르듯 써러지며 호밋자루를 적시고 쏘흙에 숨인다.

그들은 묵묵하엿다. 조밧고랑에쑥느러백여서 머리를숙이고 기여갈쌘이

---

* 『신여성(新女性)』(1933. 9), pp.127~133.

　장르 표지(標識)는 '小說'로 되어 있고, 작품 끝에 탈고 일자가 1933년 8월 6일로 밝혀져 있
다. 마지막 페이지에 '此間七行略' '此間四行略'의 표지가 있어 마을 청년과 들병이가 수작하
는 장면이 인쇄 과정에서 생략되었음을 알 수 있다.

　이 작품에 뭉태가 처음으로 등장한다. 뭉태는 이 「총각과 맹쏭이」를 비롯해서 「솟」 「봄·봄」
「안해」에도 같은 이름, 같은 성격으로 등장하는 유형적(類型的) 인물로 건달형이다. 덕만이도
유형적 인물로 바보형이다. 「솟」의 근식, 「金따는 콩밧」의 영식, 「봄·봄」 「동백꽃」 「두꺼비」
「슬픈이야기」의 '나'와 동궤의 인물이다. 들병이도 여러 작품에 등장한다.

다. 마치 땅을파는 두더지처럼——. 입을벌리면 짬한방울이 더흐를것을 염려함이다.

그러자 어듸서 말을부친다.

"어이 쓰거 돌을좀 밟엇다가 혼난네"

"이놈의것도 밧이라고 도지를 바다처먹나"

"이제는 죽어도 너와는 품아시안한다"고 한친구가 열을내드니

"쎗갑으로 골치기나 하자구 도루줘버려라"

"이나마업스면 먹을게잇서야지——"

덕만이는 불안스러웟다. 호미를노코 옷깃으로턱을 홀튼다. 그리고 그편으로 물끄럼이 고개를돌린다.

가혹한 도지다. 입쌀석섬, 버리·콩·두포의소출은 근근댓섬, 논아먹기도못된다. 번듸 밧이아니다. 고목느티나무그늘에 가리어 여름날 오고가는 농군이쉬든 정자터이다. 그것을 지주가무리로 갈아도지를 노아먹는다. 콩을 심으면 입나기가 고작이요 대부분이 열지를 안는것이엇다. 친구들은 일상덕만이가사람이 병신스러워, 하고 이밧을 침배타비난하엿다. 그러나 덕만이는 오히려안되는 콩을 탓할쑨 올에는 조로바꾸어 심은것이엇다.

"좀 쉐서들 하세——"

한고랑을 마치자 덕만이는 이러서 고목께로온다. 뒤무더 쌈박아지들이 웅게중게 모여든다. 돌우에한참안저쉬드니 겨우 생기가좀돌앗다. 곰방대들을 끄내문다. 혹은 대를들고 담배한대 달라고 돌아치며 수선을부린다.

"북새가 드네 올농사 또 헛하나보다——"

여러눈이 일제히말하는 시선을 더듬는다. 그리고 바람에 아름거리는 저편버덩의 파란벳이플 이윽히 바라보앗다. 염여스러히——

젊은상투는 무척 시장하엿다. 싸로 써러저 쭈그리고안것다. 고개를 푹기우리고는 불평이요만이아니다.

"제미부틀 배고파 일못하겟네——"

"하기 죽겟는걸 허리가 착 꺼부러지는구나——"

여페서 밧는다.

"이썀을 흘리고 제누리업시 일할수잇나? 진흥회아니라 제하라비가 온대두——" 하고 또 뇌드니 아무도 대답이업스매

"개×두업슨 놈에게 호포는 올려두 제누리만 안먹으면 산덤 그래——"

어조를노펴 일동에게 맛장을청한다.

"너는 그래두 괜찬하 덕만이가 다호포를낼나구"

쑥건달 뭉태는 콧살을 찡긋이 비우스며 바라본다. 네나내가 촌띄기들이 써들어뭣하리. 그보다——

"여보게들 오늘 참 들쌩이온것을 아나?"

이말에 나찬총각들은 귀가 번적띄엇다. 기쁜소식이다. 그입을 쌘히 처다보며 뒷말을기다린다. 반갑기도하려니와 한편으로는 의아하엿다. 한참바쁜 농시방극에 뭘 바라고 오느냐고 다가튼질문이다.

그것은 들은체만체 뭉태는 나무에 비스듬이자빠저서 하늘로 눈만껌버긴다. 그리고 홀로 침이말라 칭찬이다.

"말가코 살집 조트라. 나려씹어두 비린내두업슬걸——제일 그볼기짝 두두룩한것이……"

"나히는?"

"스물둘, 한창 폇드라——"

"놈팽이 잇나?"

예제서 슬근슬근 죄여들며 뭇는다.

"업서, 남편을 일코서 홧김에 들쌩으로 돌아다니는 판이라데—"

"그럼 만히 돌아먹엇구면?"

"뭘 나히를 봐야지 숫배기드라"

"얘 조쿠나 한잔 먹어보자"

이쪽저쪽서 수군거린다. 풍년이나 만난듯이 야단들이다. 한구석에 안젓든 덕만이가 이러서 오드니 뭉태를 쑥 씩어간다. 느티나무뒤로 와서

"성님 정말 남편업수?"

"그럼 정말이지——"

"나좀 장가드려주 한턱내리다"

뭉태의눈치를훌튼다. 의형이라 못할말업겟지만 그래두 어썬지 얼굴이 훅군하엿다.

"염여말게 그러나 돈이좀 들걸——"

개울건네서 덕만어머니가온다. 점심광주리를 이고 더워서 허더긴다. 농군들은 이러서소리치며 법석이다. 호밋자루를쌉아호밋등에다 길군악을 치는놈도 잇다.

"점심 점심이다 먹어야산다."

저녁이 들자 바람은 산들거린다. 뭉태는 제집박갓들의 버릿지를 쌀고안저서 동무오기를 고대하엿다. 덕만이가 제일 먼저 부리나케 내달앗다. 뭉태엽페와 궁둥이를 나려노흐며 좀머뭇거리드니

"아까말이 실토유. 싹 장가좀 드려주게유"

"글세 나만밋어 설사 자네게 거짓말하겠나"

"성님만 밋우 싹 해주게유" 하고 다지고

"내 내닭팔거든 호미씨세날 단단히 레하리다" 하고 쏘한번 굿게다진다.

나제 귀틈해왓든 젊은축들이 하나둘모인다. 약속대로 고수란이 여섯이 되엿다. 모두들 이러서서 한덩어리가되어 수군거린다. 큰일이나 치러가는 듯 이러자 저러자 의견이분분하야 쓰티업다. 어쩌케해야 돈이 들들가가 문제다. 우리가막걸리 석되만 사가지고가자 그래 게집더러 부래고 낭중에얼마간주면 고만이다 고하니까 한편에선 그러지말고 그집으로가서 술을대구 퍼먹자 그리구 시치미싹씩고 나오면 하고 우기는 친구도잇다. 그러나 뭉태는 말하엿다. 게집을 우리집으로부르자 소주세병만 가저오래서잔푸리로 시키는것이 제일 점잔하 고.

술갑슨 각출염으로할까 혹은 멧사람이 술을맛고 그남어지는 안주를할까를 토의할제 덕만이는 선뜻 대답하엿다. 오늘밤술갑슨 내혼자전부물겟다고 그리고 닭도한마리 내겟스니 아모쏘록힘써잘해달라고 뭉태에게 다시 당부하엿다.

뭉태는 게집을 데리러 거리로 나갓다. 덕만이는 조곰도 지체업시 오라경

게하엿다. 그리고 제집을향하야 개울언덕으로 올라섯다.

산기슭에 내를압두고 노혓다. 방한칸 벽한칸 단두칸을 돌로싸올려 영으로 더픈 집이엇다. 식구는 모자뿐. 아들이 일을나가면 어머니도 따라 일즉 나갓다. 동리로 돌아다니며 일자리를차젓다. 그리고왼종일 방아품을팔아 밥을어더다가 아들을먹여 재우는것이 그들의살림이엇다. 쌀은 선채를 밧고 노앗다. 아들장가드릴 예정이든것이 빗구녕 갑기에 시납으로녹여버리고

"그깨짓 며누리쯤은 시시하다유" 하고 남들에게는 거츨 스리지만——

"언제나 돈이잇서 며누리를 좀보나——"

돌아서 자탄을 마지안는터이다. 반드시 장가는들어야한다.

덕만이는 언덕미테다 신을벗섯다. 그리고 큰몸집을사리어 삽붓삽붓 집엘들어섯다. 방문이 벌썩나가써러지고 집안이휑하다. 어머니는자는모양. 닭의장문을 조심해열엇다. 손을집어너 손에닷는대로 허구리께를슬슬 긁어주엇다. 팔아서 등걸잠뱅이 해입는다는닭이엇다. 한손이재바르게 목때기를 훔켜잡자 다른손이 날개쭉지를훔킬랴할제 고만 빗낫다. 한놈이풍기니까 뭇놈이푸드득하며 대구 골골거린다.

별안간

"훠— 훠— 이망한년의×으로 난놈의괭이——" 하고 쉐박는듯이 방에서 튀나는 기색이드니

"다 쫏찻서유 염여말구 주무시게유——" 하니까

"닭장문좀 쏵 얼거라"

소리뿐으로 다시 조용하다.

그는 무거운 숨을돌랏다. 닭을 여페감추고 나는듯튀여나왓다. 그리고 뭉태집으로 내달리며 그의머리에 공상이 한두가지가아니엇다. 뭉태가입부달때엔 어지간히 출중난게집일게다. 이런걸데리고 술장사를한다면 그박게 더큰수는업다. 뒤해만 잘하면 소한바리쯤은 락자업시떨어진다. 그리고 아들도 곳 나야할턴데 이게무엇보다 큰걱정이엇다.

뭉태는 얼간하엿다. 들썽이를 혼자껴안고 물리도록시달린다. 두터운입살을 이그리며

"요거사 소리좀해라 아리랑 아리랑"

고갯짓으로 게집의응둥이를 두드린다.

좁은 봉당이 쫙찻다. 상하나 흐미한 등잔을복판에두고 취한얼골이 청성굿게 죄여안젓다. 다가치 눈들은 게집에서 써나지안는다. 공석에서 벼루기는 들쓸르며 등어리 정갱이를 대구쯧어간다. 그러나긁는것은 사내의체통이아니다. 쑥참고 제차지로 게집오기만 눈이쌜개 손꼽는다.

"술좀 천천이 붓게유"

"그거 다업서지면 뭘루놀래는게지유?"

"그럼일루밤새유? 업스면 가친자지유—"

게집은겻눈을주며 생긋우서보인다. 덩달아 맹입이 맥업시그리고 슬그면히 쌩긴다.

얼골깜안친구가 얼마 벼르다가 마코한개를피여올린다. 그리고 욱역으로 쓸어댕겨 남보란듯이 입을마춘다. 게집은 예사로 담배를밧아피고는 생글거린다. 좌중은 밸이상햇다. 양권연바람이 시다는둥 이왕이면 속곳밋들고 인심쓰라는둥 별별핀통이가 다 들어온다.

"돌려라 돌려 혼자만 주무르는게야?"

목이마르듯 사방에서 소리를지르며 눈을 지릅쓴다. 이서슬에 게집은이러서서 어듸로갈지를몰라 술병을들고 갈팡거린다.

덕만이는 싸로써러저 봉당스테 구부리고안젓다. 애수진 담배통만돌에다 대구 두드린다. 암만 기달려도 뭉태는 저만놀쏀 인사를아니부친다. 술은 제가내련만 게집도 시시한지 눈거들써보지안는다. 그래 입재 말한마듸 못건네고홀로 씅씅알는다.

봉당아래 하얀 귀여운 신이 납죽노혓다. 덕만이는 유심히보앗다. 돌아안저서 남이 혹시보지나안나 살핀다. 그리고 퍼드러진 시커먼 흙발에다 그신을쥐고는 눈을지긋이 감어보앗다. 게집의 신이다. 다시버서 제발에쥐고는 싹업시 기쌔한다.

약물가티 개운한밤이다. 버들사이로 달빗은해맑다. 목이 터지라고 맹꽁이는노래를부른다. 암숫놈이 의조케 주고바든 사랑의노래이엇다.

이소리를드르매 불현듯 울화가터젓다. 여지껏 누르고눌러오든 총각의 쿠더븐한 울분이 모조리폭발하엿다. 에이 하치못한인생! 하고 저몸을책하고난뒤 게집의아프로 달겨들어 무릅을썰럿다. 두손은공손히무릅우에언젓다. 그행동이 너무나 쑥스럽고 남다르므로 벗들은눈이컷다.

"뵈기는 아까부터봣스나 인사는처음엿줍니다" 하고 죽어가는음성으로 억지로봉을 쎗다. 그로는 참으로큰용기다.

"저는 강원두춘천군신남면증리아랫말에 사는김덕만입니다. 우라버지가 승이 광산김갑니다."

두손을 작구 비비드니

"어머니허구 단두식굽니다. 하치못한 사람을차저주서서 너무고맙습니다. 저는 설흔넛인대두 총각입니다."

"?"

게집은 영문을몰라 어안이 벙벙하다가

"고만이올시다" 하며 이마를기우려 절하는것을볼새 참앗든 고개가 절로 돌앗다. 그리고 터지려는 우슴을 깨물다재채기가 터저버렷다.

"일테면 인사로군? 뭘고만이야 더허지——"

여기저기서 키키거린다. 그런 인사는 좀뒷다하자구 핀장이들어온다.

모처럼 한인사가실패다. 그는 그자리에서 이러나지도못하고 얼골이 벌개서 고개를숙인채 부처가되엿다.

새벽녘이다. 달이지니 박가튼 검은 장막이나렷다.

세친구는 봉당에 고라젓다. 술에취한게아니라 어찌지쩌렷든지 흥에취하엿다. 뭉태 덕만이 깜안얼골 세사람이 마주보며안젓다. 제각금 기회를엿보나 맘대로안되매 속만탈쏜이다.

뭉태는 게집의어깨를 잔득웅켜잡고 부라질을한다.

실상은안햇건만 독단 주정이요 발광이다. 새매가티 쏘다가 게집귀에다

눈치쌔르게 수군거리곤 그허구리를 싹찌르고

"어이술쵀 소패좀보고옴세——"

쌜덕 이러서 비틀거리며 싸리문박그로 나간다. 좀잇드니 게집이마저 오즘좀누고오겟노라고 나가버린다.

덕만이는 실죽허니 눈만둥굴린다. 일이 내내마음에 어그러지고마럿다. 그다지 미덧든 뭉태도 저놀구녕만 차즐쌘으로심심하다. 그리고 오좀은 맨드는지 여태들안들어온다. 수상한일이다. 그는 벌덕이러서 문박으로나왔다.

발밑티캄캄하다. 더듬어가며 잿간 낫가리 나뭇데미틈박위를 샅샅치나려 뒤젓다. 다시 발길을 돌리어 근방의밧고랑을 뒤지기시작하엿다. 눈에서불이난다.

차차 동이튼다. 젓빗 맑은하눌이 품을버린다. 고은봉우리 흠상구즌 봉우리 이쪽저쪽서 하나둘 툭툭불거진다. 손벽가튼 콩이픈이슬을먹음고 욱어젓다. 스칠새업시 다리에 척척엉기며 물을쌈는다. 한동안 헤갈을하고서 밧한복판고랑에 콩입에가린 옷자락을보앗다. 다짜고짜로 달겨들엇다. 그러나

"이게 무슨짓이지유? 아까 뭐라구 마큇지유?"

하고는 저로도 창피스러워 뒤깐거리에서 다리가멈칫하엿다. 의형이라고 밋엇든게 불찰이다. 뭉태는조곰도 거침업섯다. 고개도 안돌리며

"저리가 왜사람이 눈치를못채리고 저쌘새야"

화를 천동가티내질은다. 도리어 몰리키니 기가안막힐수업다. 말문이 막혀 먹먹하다.

"그래 철석가티 장가드려주마 할제는 언제유?"

하고 지지안케 목청을 돗앗다.

(此間七行略)

"술갑내슈 가게유——"

손을 버릴새

"나하고 안살면 술갑 못내겟시유"하고는 싈대로 배를튀겻다. 눈은 눈물

36 소설

이 어리어 야속한듯이 게집을쏘앗다.

게집은 술먹고 술갑안내는경오가 뭐냐고 주언부언 써든다. 나종에는 내가 술팔녀왓지 당신의안해가되러온것이아니라고 조히 타이르기까지되엿다. 뭉태는 시스러웟다. 술갑은 내가주마 고 게집의팔을이스러 콩포기를 헤집고 길로나가버린다.

시위로 좀 해봣으나 최후의게획도글럿다. 덕만이는 아주낙담하고 콩밧 복판에 멍허니서서 그들의뒷모양만 배웅한다. 게집이 길로 나스자눈이쌔지게 기다리든 쌈둥이 총각이 쏘 달겨든다.

(此間四行略)

이것을보니 가슴은 더욱 쓰라렷다. 동무가 쌔니지키고 섯는대도 슬고드러가는 그런 행세는 쏘업슬게다. 눈물은 급기야 꺼칠한 웃수염을 거처 발등으로 줄대굴럿다.

이집저집서 일군 나오는것이 멀리보인다. 연장을 들고 바트로 논으로 제각기 허터진다. 아주활작밝앗다.

덕만이는 금시로 콩밧틀 튀여나왓다. 잿간여프로 달겨들며 큰 동맹이를 집어들엇다. 마는 눈을얼마감고잇는동안 단념하엿는지 골창으로 던저버렷다. 주먹으로 눈물을 비비고는

"살재두 나는 인전 안살터이유——"하고 잿간을향하야 소리를 질럿다. 그리고 제집으로 설렁설렁언덕을나려간다.

그러나 맹숑이는 여전이 소리를 실어올린다. 골창에서 가장 비웃는듯이 음충맞게 "맹—" 던지면 "꽁—" 하고 간드러지게 밧아넘긴다.

소낙비

음산한 검은구름이 하눌에뭉게뭉게 모여드는것이 금시라도 비한줄기 할 듯하면서도 여전히 짓구즌 햇발은 겹겹산속에 뭇친 외진 마을을 통재로 자실듯이 달구고 잇엇다. 잇다금 생각나는듯 살매들린 바람은 논밧간의 나무들을 뒤흔들며 미처날뛰엇다. 뫼박그로 농군들을 멀리품아시로 내보낸 안말의 공기는 쓸쓸하엿다. 다만 맷맷한 미루나무숩에서 거츠러가는 농촌을 을프는듯 매미의애끗는 노래——

매——음! 매——음!

춘호는 자기집—올봄에 오원을주고 사서들은 묵삭은 오막살이집—방문턱에 걸터안저서 바른주먹으로 턱을고이고는 봉당에서 저녁으로 때일감자를 씻고잇는 안해를 묵묵히 노려보고 잇섯다. 그는 사날밤이나 눈을 안

* 『조선일보(朝鮮日報)』(1935. 1. 29~2. 4), 6회 연재.

『조선일보』 신춘문예 작품 현상 모집 일등 당선 작품이다. 제목 앞에 '一等當選 短篇小說' 이라는 표지가 붙어 있고 매회마다 송병돈(宋秉敦)의 삽화가 곁들여 있다. 같은 신문 1월 3일자에 당선 기사가 있고 1월 23일자에 당선 축하회 기사가 사진과 함께 실려 있다.

절실한 상황에서 자기 삶을 위해 매춘할 수밖에 없는 모티프(motif)는 「산ㅅ골나그내」「솟」「만무방」「가을」「貞操」에도 나타난다. 춘호 내외는 빚에 못 이겨 고향 인제(麟蹄)를 야반 도주한 유랑민이다.

붓치고 성화를 하는 바람에 농사에 고리삭은 그의 얼골은 더욱 해쓱하엿다.

안해에게 다시 한번 졸라보앗다. 그러나 위협하는 어조로

"이봐 그래 어떠케 돈이원만 안해줄터여?"

안해는 역시 대답이 업섯다. 갓 잡아온 새댁모양으로 씻는 감자나 씻을 뿐 잠잣고 잇섯다.

되나안되나 좌우간 이러타 말이업스니 춘호는 울화가 퍼저서 죽을지경 이엇다. 그는 타곳에서 떠들어온 몸이라 자기를 밋고 장리를주는 사람도 업고 또는 그잘양한 집을 팔랴해도 단 이삼원의 작자도 내닷지 안흐므로 압뒤가 꼭 막혓다. 마는 그래도 안해는 나히 젊고 얼골 똑똑하겟다 돈이원 쯤이야 어떠케라도 될수잇겟기에 뭇는것인데 드른체도 안니 썩 괘씸한 듯십헛다.

그는 배를 튀기며 다시한번

"돈좀 안해줄터여?"

하고 소리를 빽 질럿다.

그러나 대꾸는 역 업섯다. 춘호는 노기충천하야 불현듯문찌방을 떼다밀며 벌떡 일어섯다. 눈을 흡뜨고 벽에기대인지게막대를 손에잡자 안해의엽흐로 바람가티 달겨들엇다.

"이년아 기집 조타는게 뭐여? 남편의근심도 덜어주어야지 끼고자자는 기집이여?"

지게막대는 안해의 연한 허리를 모지게 후럿다. 까브러지는 비명은 모지락스리 찌그러진 울타리틈을 뺏어나간다. 잽처 지게막대는 안즌채 고까라진 안해의 발뒤축을 얼러 볼기를 내려갈럿다.

"이년아 내가 언제부터 너에게 조르는게여?"

범가티 호통을치고 남편이지게막대를 공중으로 다시 올리며 모즈름을 쓸때 안해는

"에그머니!"

하고 외마디를 질럿다. 연하야 몸을 뒤치자 거반 업퍼질듯이 싸리문 박그

로 내달렷다. 얼골에눈물이 흐른채 황그리는 거름으로 문압폐언덕을나리어 개울을 건느고 마즌쪽에 뚤린콩밧길로 들어섯다.

"너 네가날 피하면 어딜갈테여?"

발길을 막는듯한 의미잇는호령에 다라나든 안해는 다리가 멈칫하엿다. 그는 고개를돌리어 싸리문안에 아즉도 지게막대를 들고섯는 남편을바라보앗다. 어른에게 죄진 어린애가티 입만 종긋종긋하다가 남편이 뛰여나올가 겁이나서 겨우 입을열엇다.

"쇠돌엄마 집에좀 다녀 올게유!"

주볏주볏 변명을하고는 가든길을 다시 힝하게내걸엇다. 안해라고 요새 이 돈이원이 급시로 필요함을 모르는배도 아니엇다. 마는 그의자격으로나 로동으로나 돈이원이란 감히 땅뗌도 못해볼형편이엇다. 버리래야 하잘것 업는것——아츰에 이러나기가 무섭게 남에게뒤질가영산이올라 산으로빼는것이다. 조고만 종댕이를 허리에 달고거한 산중에 드문드문 백여잇는 도라지 더덕을 차저가는것이엇다. 깁흔 산속으로 우중충한 돌틈바기로. 잔약한 몸으로 맨발에 집신짝을 끌며 강파른 산등을 타고돌려면 젓먹든 힘까지 녹아나리는듯 진땀은 머리로 발꿋까지 쭉흘러나린다.

아랫도리를 단 외겹으로 두른 날근 치마자락은 다리로 허리로 척척엉기어 거름을 방해하엿다. 땀에 부른 종아리는 거츤 숩에 긁혀메어 그쓰라림이 말이아니다. 게다 무더운 흙내는 숨이 탁탁 막히도록 가슴을 질른다. 그러나 삶에 발부둥치는 순직한 그의 머리는 아무 불평도 일지안헛다.

가믈에 콩나기로 어쩌다 도라지 순이라도 어즈러운 숩속에 하나, 둘, 뾰죽이 뻐더오른것을 보면 그는 그래도 기쁨에 넘치는 미소를 띠웟다.

때로는바위도기여올랏다. 정히못기여오를그런험한곳이면 츩덩굴에 매여 달리기도하는것이엇다. 때꾹에 절은 무명적삼은 벗어서 허리춤에다 꾹찌르고는 호랑이숩이라 이름난 강원도산골에 매여달려 기를쓰고 허비적어린다. 골바람은 지날적마다 알몸을두른 치맛자락을 공중으로 날린다. 그제마다 검붉은 볼기짝을사양업시 내보이는 츩덩굴의 그를 본다면 배를움켜쥐어도 다못볼것이다. 마는 다행히 그윽한 산골이라 그꼴을 비웃는놈은 뻐국이뿐이엇다.

이리하야 해동갑으로 혜갈을 하고나면 캐어모은 도라지 더덕을얼러 사발가웃 혹은두어사발남즉하게 되는것이다. 그러면 동리로 나려와 주막거리에가서 그걸 내주고 보리쌀과 사발바꿈을하엿다. 그러나 요즘엔 그나마도 철이 겨윗다고 소출이업다. 그대신 남의 보리방아를 왼종일 찌여주고 보리밥 그릇이나 어더다가는 집으로 돌아와 농토를 못어더 뻔뻔히노는 남편과 가치나누는것이 그날하로하로의 생활이엇다.

그러고보니 돈 이원커녕 당장 목을딴대도 피도 나올지가 의문이엇다.

만약 돈이원을 돌린다면 아는집에서 보리라도 뀌어 파는수박게는 다른 도리가업다. 그리고 왼동리의 안악네들이 치맛바람에 팔짜 고첫다고 쑥덕어리며 은근히 시새우는 쇠돌엄마가 아니고는 노는 버리를가진 사람이업다. 그런데 도적이 제발 저리다고 그는 자기 꼴 주제에 제불에눌려서 호사로운 쇠돌엄마에게는 죽어도 가고십지안엇다. 쇠돌엄마도 처음에야 자기와가티 천한 농부의 계집이련만 어쩌다 하눌이 도아동리의 부자양반 리주사와 은근히 배가 맛은뒤로는 얼골도모양내고 옷치장도하고 밥걱정도 안하고하야 아주 금방석에 딩구는 팔자가 되엇다. 그리고 쇠돌아버이도 이게 웬떵이난듯이 안해를 내어논채 눈을 슬적감아버리고 리주사에게서 나는옷이나 입고 주는 쌀이나 먹고 년년히 신통치못한 자기 농사에는 한손을 떼고는히짜를 뽑는것이 아닌가!

사실 말인즉 춘호처가 쇠돌엄마에게 죽어도 아니갈랴는그속까닭은 정작여기잇섯다.

바루 지난 늦진봄 달이 뚜러지게 밝든 어느밤이엇다. 춘호가보름게추를 보러 산모텡이로 나간것이 이슥하야도 돌아오지 안으므로 집에서기다리든 안해가 인젠 자고오려나, 생각하고는 막들어누어 잠이들려니까웬 난데업는 황소가튼놈이 튀여들엇다. 허둥지둥춘호처를막우깔다가 놀라서 "으악" 소리를 치는바람에 그냥 다라난 일이잇섯다. 어수룩한 시골일이라 별반 풍설도 아니나고 쓱싹되엇으나 며칠이 지난뒤에야그것이 동리의부자리주사의 소행임을 비로소 눈치채엇다.

그런 까닭으로해서 춘호처는 쇠돌엄마와 즉접관게는 업단대도 그를 대하면 공연스리 얼골이 뜻뜻하야지고 무슨 죄나 진듯이 어색하엿다.

그리고 더욱이 쇠돌엄마가

"새댁, 나는 속곳이 세개구, 버선이 네벌이구행"

하며 아주 조타고 핸들대는 그꼴을 보면 혹시자기에게 함정을두고서 비양거리는거나 아닌가, 하는 옥생각으로 무안해서 고개도 못들엇다. 한편으로는자기도 좀만 잘햇드면 지금쯤은 쇠돌엄마처럼 호강을 할수잇섯슬 그런 갸륵한 기회를 깝살려버린 자기행동에 대한 후회와 애탄으로 말미아마 마음을 괴롭히는 그쓰라림도 적지안헛다.

그러나 아무러한 욕을 보드라도 나날이 심해가는 남편의 무지한 매보다는 그래도 좀 헐할게다.

오늘은 한맘먹고 쇠돌엄마를 차저 갈려는것이엇다.

춘호처는 이번 거름이 허발이나 안칠까 일렴으로 심화를하며 수양버들이 쭉 느러박인 논두랑길로 들어섯다. 그는 시골 안악네로는 용모가 매우 반반하엿다. 좀 야윈듯한 몸매는 호리호리한것이 소위 동리의문자로 외입깨나 하얌즉한 얼골이엇스되 추려한 의복이며쿠퀴한 냄새는 거지를 볼질른다. 그는 왼손 바른손으로 겨끔내기로 치맛귀를 여며가며속살이 삐질가 조심조심이 거럿다.

감사나운 구름송이가 하눌신폭을 휘덥고는 차츰차츰 지면으로 처저나리드니 그예 산봉우리에 엉기어 살풍경이 되고만다. 먼데서 개짓는 소리가압뒤산을 한적하게 울린다. 빗방울은 하나둘 떨어지기 시작하드니 차차 굵어지며 무데기로 퍼부어나린다.

춘호처는 길가에 느러진 밤나무밋트로 뛰여들어가 비를거며 쇠돌엄마집을 멀리 바라보앗다. 북쪽산기슭에 놉직한울타리로 삥돌려두르고 안젓는 옴욱하고 맵시잇는 집이 그집이엇다. 그런데 싸리문이 꼭 닷긴걸보면 아마 쇠돌엄마가 농군청에 저녁 제누리를 나르러 가서 아즉 돌아오지를 안흔모양이엇다.

그는 쇠돌엄마 오기를 지켜보며 오두커니 서서 기다리고 잇섯다.

나무닙페서 빗방울은 뚝, 뚝, 떠러지며 그의빰을 흘러 젓가슴으로 스며든다. 바람은 지날적마다 냉기와함께 굵은 빗발을 몸에 드려친다.

비에 쪼로록 젓은 치마가 몸에 찰삭 휘감기어 허리로 궁둥이로 다리로 살의 윤곽이 그대로 비처올랏다.

무던히 기달렷스나 쇠돌엄마는 오지안헛다. 하도 진력이나서 하품을 하야가며 정신업시 서잇노라니 윈편 언덕에서 사람오는 발자취소리가 들린다. 그는 고개를 돌려보앗다. 그러나 날세게나무틈으로 몸을숨엇다.

동이배를가진 리주사가 지우산을 버테쓰고는 쇠돌네집을향하야 응뗑이를 껍쭉어리며 나려가는 길이엇다. 비록 키는작달막하나 숫조흔 수염이든 지원동리를 털어야 단하나뿐인 탕건이든지, 썩 풍채조흔 오십전후의 양반이다. 그는 싸리문압프로 가드니 자기집처럼 거침업시 문을떼다밀고는 속으로버젓이 들어가버린다.

이것을보니 춘호처는 다시금 속이 편치안엇다. 자기는 개돼지가티 무시로 매만맛고 돌아치는천덕군이다. 안팎그로 겹구염을 밧으며 간들대는 쇠돌엄마와 사람 된 치수가 두드러지게 다름을 그는 알수 잇섯다. 쇠돌엄마의 호강을 너머나 부럽게 우르러보는 반동으로자기도 잘만햇드면 하는 턱업는 희망과 후회가 전보다 몃갑절 쓰린맛으로 그의가슴을 찌버뜨덧다. 쇠돌네집을 하염업시 건너다보다가 어느듯 저도 모르게 긴한숨이 굴러나린다.

언덕에서 쏠려나리는 사태물이 발등까지 개흙으로 덥흐며 소리처흐른다. 빗물에 폭 젓은 몸둥아리는 점점 떨리기 시작한다.

그는 가벼웁게 몸서리를 첫다. 그리고 당황한시선으로 사방을 경계하야보앗다. 아무도 보이지는 안엇다. 다시 시선을 돌리어 그집을 쏘아보며 속으로 궁리하야 보앗다. 안애는확실히 리주사뿐일게다. 고대까지 걸엿던 싸리문이라든지 또는 울타리에 널은 빨래를 여태 안것어 드리는것을 보면어떤 맹세를두고라도 분명히리주사외의 다른 사람은 하나도업슬것이다.

그는 마음노코 비를 마저가며 그집으로 달겨들엇다. 봉당으로 선뜻 뛰여오르며

"쇠돌엄마 기슈?"

하고 인기를 내보앗다.

물론 당자의 대답은 업섯다. 그대신 그음성이나자 안방에서 리주사가 번개가티 머리를 내밀었다. 자기따는 꿈박기란듯 눈을 두리번두리번하드니 옷위로 볼가진 춘호처의 젓가슴아랫배 넓적다리로 발등까지 슬적 음충히 홀터보고는 건아한 낫으로 빙그레한다. 그리고 자기도 봉당으로 주춤주춤 나오며

"쇠돌어멈 말인가? 왜지금막나갓지 곳온댓스니 안방에 좀 들어가 기다렷스면……"

하고 매우 일이 딱한듯이 어름어름한다.

"이비에 어딀 갓세유?"

"지금 요 박게좀 나갓지, 그러나 곳 올걸……"

"잇는줄 알고 왓는듸……"

춘호처는 이러케 혼잣말로낙심하며 섭섭한낫흐로 머뭇머뭇하다가 그냥 돌아갈듯이 봉당 알로 나려섯다. 리주사를 처다보며 물차는 제비가티 산드러지게

"그럼 요담 오겟세유 안녕히 계십시유"

하고 작별의 인사를 올린다.

"지금 곳 온댓는데 좀기달리지……"

"담에 또 오지유"

"아닐세 좀 기달리게 여보게 여보게 이봐!"

춘호처가 간다는 바람에 리주사는 체면도 모르고 기가올랏다. 허둥거리며 재간껏 만유하엿으나 암만해도 안된듯십다. 춘호처가 여기엘 찾어온것도큰기적이려니와 뇌성벽력에 구석진 곳이겟다 이럿케 솔깃한 기회는 두번다시 못볼것이다. 그는 눈이 뒤집히어 입에 물엇든 장죽을쑥 뽑아 방안으로치트리고는 게집의 허리를 뒤로 다짜고짜 끌어안어서 봉당우로 끌어 올렷다.

게집은 몹시 놀라며

"왜 이러서유 이거 노세유"

하고 몸을 뿌리칠랴고 앙탈을한다.

"아니 잠간만"

리주사는 그래도 놋치안흐며 헝겁스러운 눈즛으로 게집을달래인다. 흘러나리려는 고이춤을 왼손으로 연송 치우치며 바른 팔로는 게집을 잔뜩 웅켜잡고는 엄두를못내어 짤짤매다가 간신이 방안으로 끙끙몰아너엇다. 안으로 문고리는 재바르게 채이엇다.

박게서는 모진 빗방울이 배추입에 부다치는 소리 바람에 나무떠는 소리가 요란하다. 가끔양철통을 나려굴리는듯 거푸진 천동소리가 방고래를 울리며 날은 점점 침침하였다.

얼마쯤 지난 뒤엿다. 이만하면 길이 들엇스려니, 안심하고 리주사는 날숨을 후——하고돌른다. 실업시 고마운 비때문에 발악도못치고 앙살도 못피고무릅압헤고분고븐 느러저잇는게집을 대견히 바라보며 빙끗이 얼러보앗다. 게집은 왼몸에 진땀이 쭉 흐르는것이 꽤 더운 모양이다. 벽에 걸린 쇠돌어멈의 적삼을 끄내여 게집의몸을 말쑥하게 홀딱기 시작한다. 발끗서부터 얼골까지——

"너 열아홉이라지?"

하고 리주사는 취한 얼골로얼간히 무러보앗다.

"니에——"

하고 메떨어진 대답. 게집은 리주사손에 눌리어일어나도 못하고죽은듯이 가만히 누어잇다.

리주사는 게집의 몸둥이를다섯기고나서 한숨을 내뿜으며담배한대를 떡 피어물엇다.

"그래 요새도 서방에게 주리경을 치느냐?"

하고 뭇다가 아무 대답도업스매

"원 그래서야 어떷게 산단말이냐 하루이틀 아니고, 사람의 일이란 알수잇는거냐? 그러다 혹시 맛어죽으면 정장하나 해볼곳 업는거야. 허니네명이 아까우면 덥어놋코 민적을 가르는게낫겟지——"

하고 게집의 신변을 위하야염여를 마지안타가 번뜻 한가지 궁금한것이 잇엇다.

"너참, 아이낫다 죽엇다 드구나?"

"니에——"

"어디 난듯이나 십으냐?"

게집은 얼골이 홍당무가 되어지며 아무말못하고 고개를 외면하엿다.

리주사도 그까짓것 더 묻지안엇다. 그런데 웬녀석의 냄새인지 무생채썩는듯한 시크므레한 악취가 물시로 코청을 찌르니 눈살을 크게 잽흐리지 안을수업다. 처음에야 그런줄은 소통 몰랏드니 알고보니까 비위가 조히 역하엿다. 그는 빨고잇든 담배통으로 게집의 배꼽께를 똑똑이 가르키며

"얘 이 살의때꼽좀 봐라 그래 물이흔한데 이것좀 못씻는단말이냐?"

하고 머처럼의 기분을 상한것이 앵하단듯이 꺼림한 기색으로 혀를채엿다. 하지만 게집이 참다참다 이내 무안에 못이기어 일어나 치마를 입을랴하니 그는 역정을 벌컥 내이엇다. 옷을 빼서서 구석으로 동댕이를 치고는 다시 그자리에 끌어안첫다. 그리고 자기딸이나 책하듯이 아주대범하게 꾸짓엇다.

"왜 그리 게집이 달망대니? 좀든직지가 못하구……"

춘호처가 그집을 나선것은 들어간지 약 한시간만이엇다. 비는 여전히 쭉쭉 나린다. 그는 진땀을 잇는대로 흠뻑 쏫고나왓다. 그러나 의외로 아니 천행으로 오늘일은 성공이엇다. 그는 몸을 소치며 생긋하였다. 그런 모욕과 수치는 난생 처음 당하는 봉변으로 지랄중에도 몹쓸지랄이엇으나 성공은 성공이엇다. 복을 받을려면 반듯이 고생이 따르는법이니 이까짓거야 골백번 당한대도 남편에게 매나안맛고 의조케 살수만잇다면 그는 사양치안흘것이다. 리주사를 하눌가티 은인가티 여겻다. 남편에게 부쳐먹을 농토를 줄테니 자기의 첩이되라는 그말도 죄송하엿스나 더욱이 돈이원을 줄께니 내일이맘때 쇠돌네집으로 넌즛이 만나자는 그말은 무엇보다도 고마웟고 벅찬 짐이나 풀은듯 마음이 홀가분하엿다. 다만 애키는것은 자기의 행실이 만약 남편에게 발각되는 나절에는 대매에 마저 죽을것이다. 그는 일변 기

뻐하며 일변 애를 태우며 자기집을 향하야 세차게 쏘다지는 비쏙을 가른가 든 나려달렷다.

춘호는 아즉도 분이 못풀리어 뿌루퉁헌이 홀로 안젓다. 그는 자긔의 고향인 인제를 등진지벌서 삼년이 되엿다. 해를이어 흉작에농작물은 말못되고 딸아빗쟁이들의 위협과악마구니는 날로 심하엿다. 마침내 하릴업시 집, 세간사리를 그대로 내버리고 알몸으로 밤도주를 하엿든것이다. 살기조흔 곳을 찾는다고 나어린 안해의 손목을 이끌고 이산저산을 넘어 표랑하엿다. 그러나 우정 찾어 들은것이 고작 이 마을이나 살속은 역시 일반이다. 어느 산골엘 가 호미를 잡아보아도정은 조그만치도 안붓헛고 거기에는 오즉 쌀쌀한 불안과 굶주림이 품을벌려 그를 맞을뿐이엇다. 터무니 업다하야 농토를 안준다. 일구녕이 업스매품을못판다. 밥이 업다. 결국엔 그는 피폐하야 가는 농민사이를 감도는 엉뚱한 투기심에 몸이 달떳다. 요사이 며칠동안을 두고 요넘어 뒷산속에서 밤마다 큰 노름판이 버러지는 기미를 알앗다. 그는 자기도 한목볼려고 끼룩어렷스나 좀체로 미천을만들수가 업섯다.

이원! 수나조하야 이 이원이 조화만 잘한다면금시 발복이 못된다고 누가 단언할수잇스랴! 삼사십원 따서 동리의빗이나 대충 가리고옷한벌지여 입고는진저리나는 이산골을떠날랴는것이 그의 배포이엇다. 서울로 올라가 안해는 안잠을 재우고 자기는 노동을하고 둘이서 다구지게 벌면 안락한 생활을 할수가 잇슬텐데 이런산구석에서 굶어죽을 맛이야 업섯다. 그래서 젊은 안해에게 돈좀 해오라니까 요리매낀 조리매낀 매만피하고 겻들어주지 안으니 그소행이 여간 괘씸한것이 아니다.

안해가 물에빠진 생쥐꼴을하고 집으로 달겨들자 미처 입도 버리기전에 남편은 이를악물고 주먹뺨을 냅다부첫다.

"너 이년 매만 살살피하고어디가 자빠젓다왓늬?"

볼치 한대를 엇어맞고 안해는 오긔가 질리어 벙벙하엿다. 그래도 식성이 못풀리어 남편이 다시 매를 손에 잡을랴하니 안해는 질겁을하야 살려달라고 두손으로 빌며 개신개신 입을 열엇다.

"낼돼유──, 낼, 돈, 낼돼유──"

하며 돈이 변통됨을 삼가 아뢰는 그의음성은 절반이 울음이엇다.

　남편은 반신반의하야 눈을찌긋하다가

　"낼?"

하고 목청을 돗앗다.

　"네 낼 된다유――"

　"꼭 되여?"

　"네 낼 된다유――"

　남편은 시골물정에 능통하니만치 난데업는 돈이원이 어데서 어떠케 되는것까지는 추궁해무를랴하지안엇다. 그는저윽이 안심한 얼골로 방문턱에 걸터안즈며담뱃대에 불을그엇다. 그제야 안해도 비로소 마음을노코 감자를 삶으러 부엌으로 들어갈랴하니 남편이 겨트로 거러오며 치근한듯이 말리엇다.

　"병나, 방에들어가 어여 옷이나 말리여, 감자는 내삶을게――"

　먹물가티 지튼 밤이 나리엇다. 비는 더욱 소리를치며 앙상한 그들의 방벽을 압뒤로 울린다. 천정에서 비는 새이지안흐나 집진지가 오래되어 고래가 물러안다십히 된 방이라 도배를못한방바닥에는 물이 스며들어 귀죽죽하다. 거기다 거적두입만 덩그러케 깔아노흔 것이 그들의 침소이엇다. 석유불은 업서 캄캄한 바루 지옥이다. 벼루기는 사방에서 마냥 스믈거린다.

　그러나 등걸잠에 익달한 그들은 천연스럽게 나란히 누어 주리차게 퍼붓는 밤비소리를 귀담어 듯고잇섯다. 가난으로 인하야 부부간의 애틋한 정을 모르고 나나리 매질로 불평과 원한중에서 복대기든 그들도 이밤에는 불시로 화목하였다. 단지 남의품에 들은 돈 이원을 꿈꾸어보고도――

　"서울 언제 갈라유"

　남편의 왼팔을 비고누엇든안해가 남편을향하야 응성비슷이 무러보앗다. 그는 남편에게 서울의 화려한 거리며 후한 인심에 대하야 여러번드른바잇서 일상 안타까운 마음으로 몽상은하야보앗스나 실지 구경은못하엿다. 얼른 이고생을 벗어나 살기조흔 서울로 가고십흔 생각이 간절하였다.

　"곳 가게되겟지 빗만 좀 업서도 가뜬하련만"

"빗은 낭종 갑드라도 얼핀갑세다유——"

"염여업서 이달안으로 꼭가게 될거니까"

남편은 썩 쾌히 승낙하엿다. 따는 그는 동리에서 일커러주는 질군으로 투전장의 갑오쯤은 시루에서 콩나물 뽑듯하는 능수이엇다. 내일밤이원을 가지고 벼락가티 노름판에 달려가서 잇는 돈이란 강그리 모집어올 생각을 하니 그는 은근히 기뻣다. 그리고 교묘한 자기의 손재간을홀로 뽑내엇다.

"이번이 서울 처음이지?"

하며 그는 서울바닥좀 한번쐬엇다고 큰체를하며 팔로 안해의 머리를 흔들어 무러보앗다. 성미가 원악 접접한지라 지금부터 서울갈 준비를 착착하고 십헛다. 그가 제일 걱정되는것은 둠구석에서 내자라먹은 안해를 데리고가면 서울사람에게 놀림도 바들게고 거리끼는 일이 만흘듯십헛다. 그래서 서울가면 꼭지켜야할 필수조건을안해에게 일일이 설명치 안흘수도 업섯다.

첫때 사투리에 대한 주의부터 시작되엇다. 농민이 서울사람에게 꼬라리라는 별명으로 감잡히는 그리유는 무엇보다도 사투리에 잇을지니 사투리는 쓰지말지며 "합세"를 "하십니까"로 "하게유"를 "하오"로 고치되 말끗을 들지말지라. 또 거리에서 어릿어릿하는것은 내가 시골떡기요 하는 얼뜬즛이니 갈길은 재게가고 볼눈은 또릿또릿이 볼지라——하는것들이엇다. 안해는 그끔쯕한 설교를 귀담어 드르며 모기소리로 네, 네 하엿다. 남편은 뒤 시간가량을 샐틈업시 꼼꼼하게 주의를 다저노코는 서울의 풍습이며 생활 방침등을 자기의 의견대로그럴사하게 이야기하야 오다가말끗이 어느듯 화장술에까지 이르게되엿다. 시골녀자가 서울에가서 안잠을 잘자주면 몇해 후에는 집까지 엇어갓는수가 잇는대 거기에는얼골이 어여뻐야한다는 소문을일즉드른배잇서 하는 소리엇다. "그래서 날마닥 기름도 바르고분도 바르고 버선도 신고해서줸마음에 썩들어야……"

한참 신바람이 올라 주서성기다가 엽헤서 새근새근, 소리가 들리므로 고개를돌려보니 안해는 이미 고라저 잠이깁헛다.

"이런 망할거 남말하는데 자빠저 잔담——"

남편은 혼자 중얼거리며 바른팔을 들어 이마우로 흐트러진 안해의 머리칼을 뒤로 씨담어넘긴다. 세상에 귀한것은 자기의안해! 이안해가 만약 엄 섯단들 자기는 홀로 어떠케 살수 잇섯스려는가! 명색이 남편이며 이날까 지 옷한벌 변변히 못해입히고 고생만 짓시킨 그죄가 너머나 큰듯 가슴이 뻐근하였다. 그는 왈살스러운 팔로다 안해의 허리를 꼭 껴안어 자기의압으 로 바특이 끌어댕겻다.

밤새도록 줄기차게 나리든 빗소리가 아침에이르러서야 겨우 끄치고 점 심때에는 생기로운 볕까지 들엇다. 쿨렁쿨렁 논물나는 소리는요란히들린 다. 시내에서고기잡는아이들의 고함이며 농부들의 히히낙락한 미나리도 기운차게 들린다.

비는 춘호의 근심도 씻어간듯 오날은 그에게도 즐거운빗이 보엿다.

"저녁 제누리때 되엿슬걸 얼른빗고 가봐──"

그는 갈증이나서 안해를 대구 재촉하였다.

"아즉 멀엇서유──"

"뭔게 뭔야, 늣것어──"

"뭘!"

안해는 남편의말대로 벌서부터 머리를 빗고 안젓으나 온체 달포나 아니 가리어 엉크른 머리라 시간이 꽤걸럿다. 그는 호랑이갓튼 남편과 오래간만 에 정다운 정을 바꾸어보니 근래에 볼수업는 희색이 얼골에 떠돌앗다. 어 느때에는 맥적게 생글생글 웃어도보앗다.

안해가 꼼지락어리는것이 보기에 퍽으나 갑갑하엿다. 남편은 안해손에 서 얼개빗을쑥뽑아들고는 시원스리 쭉쭉 나려빗긴다. 다 빗긴뒤 엽헤노힌 밥사발의 물을 손바닥에 연실 칠해가며 머리에다 번지를하게발라노앗다. 그래노코 위서부터머리칼을 재워가며 맵씨잇게 쪽을 딱 찔러주드니 오늘 아츰에한사코 공을드려 삶아노앗든 집석이를 안해의발에 신기고 주먹으로 자근자근 골을 내주엇다.

"인제 가봐!"

하다가

"바루 곳와, 응?"

하고 남편은 그이원을 고이밧고자 손색없도록 실패업도록안해를 모양내어
보냇다.

노다지

그믐 칠야 캄캄한 밤이엇다.

하눌에 별은 깨알가티 총총 박엿다. 그덕으로 솔숩속은 간신이 희미하얏
다. 험한 산중에도 우중충하고 구석백이 외딴 곳이다. 버석, 만하야도 가슴
이 덜렁한다. 호랑이, 산골호생원!

만귀는 잠잠하다. 가을은 이미 느젓다고 냉기는 모질다. 이슬을품은 가
랑닙은 바시락바시락 날아들며 얼골을 추긴다.

꽁보는 바랑을 모로 비고 풀우에 꼬부리고 누엇다가 잠간 까빡하얏다.
다시 눈이 띄윗슬적에는 몸서리가 몹시나온다. 형은 마즌편에 그저 웅크리
고 안젓는 모양이다.

"성님 인저 시작해볼라우?"

---

* 『조선중앙일보(朝鮮中央日報)』(1935. 3. 2~9. 3, 4, 6일 제외), 5회 연재.

신춘문예 가작 입선 작품으로 제목 앞에 '佳作短篇小說(其四)' 라는 표지가 붙어 있다.

광산을 배경으로 한 소설에 이 「노다지」와 「금」이 있다. 그리고 「金따는 콩밧」에는 떠돌이
잠채(潛採)꾼이 등장한다. 김유정은 1933년에 '禮山等地에서 金鑛에 泪沒하고 있었'던 경험을
가지고 있다(4부의 설문 중 '心境設問' 참조).

김유정 특유의 수법대로 처절성을 해학화하지 않고, 그대로 핍진하게 그리고 있다. 꽁보의
심리 변천 과정이 잘 나타나 있다.

"아즉 멀엇네 좀 칩드라도참참이 해야지——"

어둠 속에서 그음성만 우렁차게 그러나 가만이 들릴뿐이다. 연모를 고치는지 마치 쇠부짓는 소리와 아울러 부스럭어린다. 꽁보는 다시 옹송그리고 새우잠으로 눈을 감앗다. 야긔에 옷은 저저후질근하다. 아래또리가 척나간듯이감촉을 일코대구 쑤실따름이다. 그대로 버뜩 일어나 하품을하고는 으드들 떨엇다.

어듸서인지 자박자박 사러지는 발자욱소리가들린다. 꽁보는 정신이 번쩍나서 눈을 둥글린다.

"누가 오는게 아뉴?"

"바람이겟지, 즈들이 설마알라구!"

신청부가튼 그대답에 저윽이 맘이노힌다. 겨테 형만 잇스면이야 몇놈쯤 오기로서니그리쪼일게업다. 적삼의 깃을 여미며 휘돌아보앗다.

감떼사나운 큰 바위가 반득이는 하늘을 찌룰듯이, 삐쥐솟앗다. 그 양어깨로자즈레한바위는 뭉글뭉글한놈이 검은구름갓다. 그러면 이번에는 꿈인지 호랑인지 영문모를 그런흠상구즌 대구리가공중에불끈 나타나 두리번거린다. 사방은 모다 이따위산에 돌렷다. 바람은뻔쩔나려구르며 습긔와함께 낙엽을풍긴다. 을씨냥스리 샘물은노냥쫄랑쫄랑. 금시라도 싯검은 산중툭에서 호랑이불이 보일듯십다. 꼼짝못할 함정에 들은듯이 소름이쭉 돗는다.

꽁보는 넘우서먹서먹하고 허전하야 어깨를 으쓱올린다. 몹쓸놈의 산골도 다만어이. 산골마다 모조리 요지경이람. 이러고보니 몹시 무서운 기억이 눈아프로 번쩍 지난다.

바루 작년 이맘때이다. 그날도 오늘과가티 밤을도아 잠채를하러 갓든것이다. 회양근방에도 가장 험하다는 마치 이러케 휘하고 낫설은 산골을 기여올랏다. 꽁보에 더펄이, 그리고 또 다른동무 셋과. 초저녁부터 나리는 부슬비가 웬일인지 그칠줄을 모른다. 붕, 하고 난데업시 이는 바람에 안기어 비는낙엽과함께 몸에 부딧고 또 부딧고하얏다. 모두들 입버릴 긔력조차 일코 대구 부들부들 떨엇다. 방금 넘어올듯이 덩치커다란 바위는 머리를 불쑥 내대고 길을 막고막고한다. 그놈을 끼고 캄캄한 절벽을 돌고나니 땀이 등줄기로 쪽 나려흘럿다. 게다 은제 호랑이가 내닷는지 알수업스매 가슴은 펄쩍 두근거린다.

그러나 하기는, 이제말이지 용케도 해먹긴하얏다. 아무러튼지 다섯놈이 설흔길이나넘는 암굴에 들어가서 한시간도 채 못되자 감(광석)을 두포대나 실히 따올렷다. 마는 문제는 논으맥이에 잇섯다. 어떠케 이놈을 논흐면 서로 어굴치안흘가. 꿍보는 금점에 남다른 이력이 잇느니만치 제가 선뜻 맛탓다. 부피를 대중하야 다섯목에다 차례대로 메지메지 골고루 논앗든것이다. 헌대 이런 우수강스러운 놈이 또잇슬가——

"이게 일터면 논은건가!"

어두운 구석에서 어떤놈이이러케 쥐이박는 소리를 하는것이다. 제따는 욱긔를 보이노라고 가래침을 배앗는다.

"그럼?"

꿍보는 하 어이업서서 그쪽을 뻔히 바라보앗다. 이건 우리가 늘하는 격식인대 이제와서 새삼스럽게 게정을 부릴것이 아니다.

"아니, 요게 내거야?"

"그럼, 누군 감벼락을 마젓단 말인가?"

"아니, 이구덩이를 먼저낸것이 누군데그래?"

"누구고새고 알게뭐잇나, 금잇스니 땃고땃스니논앗지!"

"알게업다? 내가업서도 느가왓니? 이새끼야?"

"이런 숭맥보래 꿀돼지 제욕심채기로 너만먹자는거야?"

바루이말에 자식이 욱하고들이덤볏다. 무지한 두손으로 꿍보의멱살을 잔뜩훔켜쥐고 흔들고 지랄을한다. 꿍보가 체수가작고처들고 좀팽이라 한 창얏본 모양이다.

비를 마저가며 숨이 콕 막히도록 시달리니 꿍보도 화가 안날수업다. 저도 몰으게 어느듯 감석을 손에잡자 놈의 골통을퍼트렷다. 하니까 이놈이 꼭 황소가티 씩, 하드니 꿍보를 피언한 돌우에다 집어때렷다. 그리고 깔고안더니 대뜸벽채를들어 겻갈비대를힉, 하도록아주몹씨 조겻다. 죽질 안키만 다행이지 지금도 이게 가끔 도지어 몸을 못쓰는것이다. 담에는 왼편

어깨를 된통 마젓다. 정신이 다 아찔하얏다. 험하고 기픈 산속이라 그대로
죽여버릴 작정이 분명하다. 세번째에는 또 다시 가슴을겨누고 나려올제 인
제는 꼬박 죽엇구나, 하얏다. 참으로 지긋지긋하고 아슬아슬한 순간이엇
다. 그때 천행이랄가 대문짝처럼 크고 억센 더펄이가 비호가티 날아들엇
다. 잡은참 그놈의 허리를 뒤로 두손에 뀌어들드니 산비탈로 내던저버렷
다. 그놈은 그때 살앗는지 죽엇는지 이내 몰은다. 꽁보는곳바루 감석과 한
꺼번에 더펄이 등에 업히어 마을로 나려왓든 것이다.

현재 꽁보가 갓고다니는 그목숨은 즉 더펄이 손에서 명줄을 바든 그때의
끄트머리다. 더펄이를 형이라 불럿고 형우 제공을 깍듯이 하는것도 까닭업
는 일은 아니엇다.

이산골도 그녀석의 산골과 똑 힐업는 흉측스러운 낫짝을 가젓다. 한번
휘돌아보니 몸서리치든 그경상이 다시 생각하지 안흘수업다. 꽁보는 담배
만 빡빡 피우며 시름업시 안젓다.

"몸좀 녹여서 인저 시적시적 해볼가?"

더펄이도 추운지 떨리는 몸을 툭툭털며 일어선다. 시작하도록 연모는 차
비가 다된 모양. 저편으로 가서 홈척홈척하드니 바랑에서 막걸리병과 돼지
다리를 끄내들고 이리로 온다.

"그래도 줌 거냉은 해야할걸!" 하고 그는 병마개를 이로 뽑드니

"에이 그냥 먹세, 언제 데워먹겠나?"

"데웁시다"

"글세 그것두조쿠, 근대 불을낫다가 들키면 어쩌나?"

"저 바위틈에다 가리고 핍시다"

아우는 일어서서 가랑닙을 긁어모앗다.

형은 더듬어가며 소나무 삭정이를 뚝뚝 꺽거서 한아름 안엇다. 평풍과가
티 바위와 바위사이에 틈이 벌엇다. 그속으로 들어가 그들은 불을노핫다.

"커—, 그어 맛조하이"

형은 한잔을 쭉 켜고 건아하얏다. 칼로 돼지고기를 저며들고 쩍쩍 씹는
다.

"아까 술집게집 봣나?"

"왜 그루?"

"어떠튼가?"

"…………"

"아주 똑땃데, 고거 참!" 하고 그는 눈을 불비체 끔벅어리며 싱글싱글 웃는다. 일년이면 열두달 줄청 돌아만다니는 신세이엇다. 오늘은 서로 내일은 동으로조선천지의 금점판치고 아니 찝쩍거린 데가업섯다. 언제나 나도 그런 게집하나맛나 살림을 좀 해보누, 하면 무거운한숨이 절로 안날수업다.

"거, 게집잇는게 항결 낫겟더군!" 하고저도 열적을만콤 시풍스러운 소리를 하니까

"글세요——" 하고 꽁보는그얼골을 빤히 처다보앗다. 이날까지 가티다녀야 그런법업드니만 왜별안간 게집생각이날가. 별일이로군! 하긴 저도요즘으로버썩 그런생각이무룩무룩 안나는 것도아니지만. 가을이 느저서 그런지 두호래비마주 안기만하면 나는건그생각뿐.

"성님, 장가들라우?"

"어듸 웬 게집이 잇나?"

"글세?" 하고 꽁보는 그말을 재치다가 얼뜻 이런생각을하엿다. 제누의를 주면어떨가. 지금그누의가 충주근방 어느농군에게 출가하야 자식을둘식이나낫다. 마는 매우반반한얼골을 가젓다. 이걸준다면 형은무척 반기겟고 또한목숨을 구해준 그은혜에대하야 손씨세도 되리라.

"성님, 내누의를 주라우?"

"누의?"

"썩 이뿌우, 성님이 보면 아마 담박반하리다"

더펄이는 담말을 기다리며다만 벙벙하엿다. 불빗에 이글이글하고 검붉은 그얼골에는 만족한 미소가 떠올랏다. 그누의에 대하야 칭찬은 전일부터 만히 들엇다. 그럴적마다 속중으로는 슬몃이 생각이 달랏스나 참아 이러타 토설치는못햇든터이엇다.

"어떳수?"

"글세, 그런데 살림하는 사람을 그리 되겠나?" 하야 뒷심은 두면서도 어정쩡하게 물어보앗다. 그러고들껍쩍하고 술을따러서 아우에게 권하다가 반이나 업찔럿다.

"그야, 돌려빼면 고만이지 누가 뭐랠터유"

꽁보는 자신이 잇는듯이 이러케 선언하얏다.

더펄이는 아주 조핫다. 팔장을 딱 찌르고는 눈을 감앗다. 나두 인젠 계집 하나 안아 보는구나! 아마 그누의란 썩이뿔 것이다. 오동통하고, 아양스럽고, 이런계집에 틀림업스리라. 그럴 필요도 업건마는 그는 뻘떡일어서서 주춤주춤하다가 다시펄석안는다.

"은제 갈려나?"

"가만잇수 이거 해가지구 낼갑시다"

오늘일만 잘되면 낼로곳떠나도 조타. 충청도라야 강원도역경을지나 칠팔십리거르면 고만이다. 낼해껏거르면 모래 아츰에는 누의집을들려서 다른금점으로 가리라 예정하얏다. 그런데 이놈의금을 언제나좀잡아볼는지 아득한일이엇다.

"빌어먹을거, 은제쯤 재수가 좀 터보나!"

꽁보는 뜻고잇든 돼지뼉따구를 내던지며 이러케한탄하얏다.

"념려말게 어떠케 되겟지 오늘은 꼭노다지가 터질터니두고볼려나?"

"작히 조켓수, 그러커든 고만 들어안줍시다"

"이를말인가, 이게 참 할노릇을하나, 이제말이지"

그들은 몃번이나 이러케짜위햇는지 그수를모른다. 네가노다지를만나든 내가만나든 둘이똑가티나눠가지고 집을사고 계집을엇고 술도먹고 편히살자고 그러나 여지껏한번이라고 그러케 돼본적이업스니 매양 헛소리가 되고말엇다.

"닭울때도 되엿네 인제 슬슬가볼려나?"

더펄이는 선뜻일어서서 바랑을질머메다가 꽁보를 바라보앗다. 몸이또 도지는지불아페서오르르떨고잇는것이 퍽으나 치근하얏다.

"여보게 내혼자 해가주올게 불이나쬐고 거기잇슬려나?"

"뭘, 갑시다"

꽁보는 꼼을꼼을 일어스며바랑을 메엿다.

그들은 발로다 불을부벼끄고는 거기를 떠낫다.

산에, 골을엇비슷이 돌아오르는, 샛길이 노혓다. 좌우로는 솔, 잣, 밤, 단풍, 이런 나무들이 울창하게꽉 들어박엿다. 그미트로 재갈, 아니면 불퉁바위는 예제업시 마냥 딩굴럿다. 한갓 시컴은 그암흑속을 그둘은 더듬고기여오른다. 풀숩의 이슬로 말미아마 고이는 축축이 저젓다. 다리를 옴겨놀적마다 철떡철떡살에 부트며 찬기운이 쭉끼친다. 그리고 모진바람은 뻔찔 불어나린다. 붕하고 능글차게 낙엽을불어나리다는 뺑하고 되알지게기를 복쓴다.

꽁보는 더펄이뒤를 따러오르며 달달떨엇다. 이게 지랄인지 난장인지. 세상에짜정 못해먹을건금점빼고다시업스리라. 금이 다 무언지, 요즛을꼭 해야한담. 게다 건뜻하면 서로 뚜들겨 죽이는것이 일. 참말이지 금쟁이치고 하나 순한놈 못봣다. 몸이 절릴적마다 지겨웁든과거를 또 연상하며 그는 다시금 몸에 소름이 도닷다. 그러자 마즌편산 수퐁에서 큰불이 얼른하엿다. 호랑이! 이러케 놀라고더펄이 허리에가 덥석 달리며

"저게 뭐유?" 하고 다르르떨엇다.

"뭐?"

"저거, 아니 지금은 업서젓네"

"그게, 눈이 어려서 헷거지뭐야"

더펄이는 썸썸이 대답하고천연스리올라간다. 다기진 그태도에 좀 안심이되는듯시프나 그래도 썩 편치는 못하엿다. 왜이리 오늘은 대구 겁만드는지까닭을 모르겠다. 몸은 배시근하고 열로인하야 입이 바짝바짝탄다. 이것이 웬만하면 그럴리업스런마는

"자네, 안되겟네, 내등에 업히게!" 하고더펄이가 등을 내대일제 그는잠잣고바랑우로 넙쭉 업혓다. 그래도 끽소리업시 덜렁덜렁 올라가는 더펄이를 굽어보며 실팍한 그몸이 여간 부러운것이 아니엇다.

불볕 나리는 복중처럼 씨근거리며 이마에 땀이 쫙 흘럿슬 그때에야 비로소 더펄이는 산마루턱까지 이르럿다. 꽁보를 나려노코 땀을 씨스며 후, 하고 숨을돌린다. 인젠 얼마 안남엇겟지. 조곰 나려가면 요알에 잇슬것이다.

그들이 이마을에 들린것은 바루 오늘 점심때이다. 지나서 그냥 갈랴하다가 뜻하지안흔 주막 주인말에 귀가 번쩍 띄엇든것이다. 저 산넘어 금점이 잇는데 금이 푹푹 쏘다지는 화수분이라고. 요즘에는 화약허가를 내가지고 완전히 일을하고자하야 부득이 잠시 휴광중이고 머지안허 다시 시작할게다. 그리고 금도적을 마즐가하야 밤낮 구별업시 감시하는중이라 하는것이다.

그러나 이밤중에 누가 자지안코 설마, 하고 더펄이는 덜렁덜렁 나려간다. 꽁보는 그꽁문이를 쿡쿡 찔럿다. 그래도 사람의 일이니 물은 모른다. 좌우겨틀우 살펴보며 살금살금사리어 나려온다.

그들은 오분쯤 나리엇다. 따는 커다란 구뎅이 하나가 딱 내다랏다.

산중턱에 집더미가튼 바위가 노혓고 고여프로 또 하나이 노혀 가달이엇다. 그가운테다 뻐듬한 돌장벽을 끼고 구멍을 뚤흔것이다. 가루지는 한발좀 못되고길벅지는 약 서발가량. 성냥을 거대보니기피는 네길이넘겟다. 함부루 쪼아먹은구뎅이라 꺼칠한 놈이 군버력도 똑똑이 못치웟다. 잠채를 염여하야 그랫스리라, 사다리는 모조리 떼가고 밍숭밍숭한 돌벽이 잇슬뿐이다.

그들은 다시한번 사방을 두레두레 돌아보앗다. 지척을 분간키 어려우나 필경사람은 업슬것이다. 마음을노코 바랑에서광술을 끄내어 불을대럿다. 더펄이가 먼저 장벽에 업듸어 뒤로 기여나린다. 꽁보는 불을들고 조심성잇게 참참이 나려온다. 한길쯤 남엇슬때 고만 발이 찍, 하고 더펄이는 떨어젓다. 끙, 하고 무던이 골탕은 먹엇스나 그대루 쓱싹 일어섯다. 동이 트기전에 얼른금을따야 될것이다.

"여보게 아우 나는 어딜따랴나?"

"글세유……가만이 기슈"

아우는 불을 드려대고 줄맥을 한번 쭉 훌텃다.

금점일에는 난다긴다하는 아달맹이 금쟁이엇다. 썩 보드니복판에는 동이먹어 들어가고 양편 가생이로 차차 줄이 생하는 것을 알앗다.

"성님은 저편 구석을따우"

아우는 이러케 지시하고 저는 이쪽 구석으로 왓다. 그러나 참아 그틈박이로 들어갈 생각이 안난다. 한길이나 실히되도록 싸하올린 동발이 금방넘어올듯이 위험하얏다. 미테는좀잘은 돌로 싸흐나 그우에는 제법 굴찍굴찍한 놈들이 언첫다. 이것이 문허지면 깩소리도 못하고 치어죽는다.

꽁보는 한참생각햇스되 별수업다. 나를 쩨푸려가며 바랑에서 망치와 타래증을끄내들엇다. 그런데 어떠케 파먹은놈이게옴폭이 들어간것이 일커녕 몸하나 노흘데가 업다. 마지못하야 두다리를 동발께로 쭉뺏고 몸을 그홈패기에 착 업디어 망치질을 하기시작하얏다.

돌에 뚤린 석혈구뎅이라 공기는 더욱 퀭하얏다. 증때리는 소리만 양쪽벽에 무겁게 부다친다.

꽝! 꽝!

이러케 몹씨 귀를울린다.

거반 한시간이 넘엇다. 그들은 버력가튼 만감이외에 아무것도 엇지못햇다. 다시 오분이 지난다. 십분이 지난다. 딱 그때다.

꽁보는 땀을 철철흘리며 좁다란 그틈에서 감하나를 손에 따들엇다. 헐업시 적은 목침가튼 그런 돌팍을. 업드린 그채 불빗에 비치어 가만이 뒤저보앗다. 번들번들한 놈이 그광채가 되우 혼란스럽다. 혹시연철이나 아닐까. 그는 돌우에 눕혀노코 망치로 두드리어 깨보앗다. 좀체 하야서는 쪽이 잘 안나갈만치 쭌둑쭌둑한 금돌! 그는 다시 집어들고 눈아프로 바싹가저오며 실눈을떳다. 얼마를 뚤허지게 노려보앗다. 무작정으로 가슴은 뚝딱거리고 마냥 들렌다. 이돌에 박인금만으로도, 모름몰라도 하치 열량중은 넘겟지. 천원! 천원!

"그먼가, 뭐야?"

더펄이는 이러케 허둥지둥달겨들엇다.

"노다지" 하고 풀죽은대답.

"으—ㅇ, 노다지?" 하기 무섭게 더펄이는 우뻑지뻑 그돌을 바더들고 눈에 드려댄다. 척척 휠만치 드려박인 금. 우리도 인젠 팔짜를 고치누나! 그는 껍쩍 껍쩍 응덩춤이 절로 난다.

"이리 나오게 내땀세"

그는 아우의몸을 번쩍 들어내노코 제가 대신 들어간다. 역시 동발께로 다리를 쭉뺏고는 그틈박이에 덥쩍 업듸엇다. 몸이 온약 커서 좀 둥개이나 아무러캐도 아우보다 힘이 낫겟지. 그좁은 틈에 타래중을 꼬자박고 식, 식, 하고 망치로 때린다.

꽁보는 그아페 서서 시무럭헌이 흥이지엇다. 금점일로 할지면 제가 선생이요 형은 제지휘를 바다 왓든것이다. 뭘 안다고 푸뚱이가 어줍대는가, 돌쪽하나 변변이 못떼낼것이…… . 그는 형의 태도가 심상치안흠을 얼핏 알앗다. 금을 보드니 완연히 변한다.

"저고깽이좀 집어주게"

형은 고개도 아니들고 소리를 뻑 질른다.

아우는 잠잣코 댓구도 아니한다. 사람을 넘우 얏보는 그꼴이 썩 아니꼬윗다.

"아 이사람아 고깽이좀 얼른집어줘 웨저리 정신업시 섯나"

그리고 눈을 딱 부르뜨고 처다본다. 아우는 암말안코 저편 구석에 노힌 고깽이를 집어다 주엇다. 그리고 우둑헌이 다시섯다. 형이 무랍업시 구면 굴스록그것은 반드시 시위에가까웟다. 힘이좀 잇다고 주제넘게꺼떡이는 그화상이야 눈허리가시면시엇지 그냥은 못볼것이다.

"또땃네, 내기운이 어떤가?"

형은 이러케 주적거리며 고깽이를 연송 나려찍는다. 마치 죽통에 덤벼드는도야지 모양이다. 억척스럽게도 손벽만한 감을두쪽이나 따냇다. 인제는 악이아니면 세상업서도 더는못딸 것이다.

엑! 엑! 엑!

그래도 억센 주먹에 구든농이다 벌컥벌컥나간다.

제힘을 되우자랑하는 형을이윽히바라보니 또한 그속이 보인다. 필연코

이노다지를 혼자 먹을랴고 하는것이다. 허면 내가잇는것을 몹시 끄리겟지 하고 속을 태운다.

"이것봐 자네가튼건 골백와야 소용업네" 하고 또쁨넬제가슴이 선뜩하얏다. 압서는 형의손에 목숨을 구해바닷스나 이번에는 가튼 산골에서 그주먹에 명을 도로 끈흘지도 모른다. 그는형의 주먹을 가만이나려보다가 가엽시도 앙상한 제주먹에 대조하야보지안홀수업다. 그러나 다만 속이바르르떨릴뿐이다.

그러자 꽁보는 기급을하야놀라며 뒤로 물러섯다. 어이쿠하는 불시의 비명과 아울러 와그르, 하얏다. 싸하올린 동발이 어찌하다 중툭이 헐리엇다. 모진돌들은 더펄이의 장딴지며넙적다리 응뎅이까지 고대로 업눌럿다. 살은 물론 으츠러젓스리라. 그는 업프린채 꼼짝못하고 아픈데 못이기어 끙끙거린다. 허나 죽질 안키만 요행이다. 바로 그우의 공중에는 징그럽게 커다란 돌이 나려구르자 그미틀 바친 불과 조고만 쪼각돌에 걸리어 미처 못굴러나리고 간댕거리는길이엇다. 이돌만 나려치면 그미테 그는 목숨은 고사하고 욱살이 될것이다.

"여보게 내몸좀 빼주게"

형은 몸은 못쓰고 죽어가는 목소리로 애원한다. 그리고 또

"아우, 나죽네, 응?" 하고 거듭 애를 끈흐며 빌붓는다. 고개만 겨우 들엇슬따름 그외에는 손조차 자유를일흔 모양갓다.

아우는 문허질야는 동발을치어다보며 얼른 그머리 마트로 다가슨다. 발아페 노힌 노다지 세쪽을 날새게 손에잡자 도로 얼른 물러섯다. 그리고 눈물이 흐른형의 얼골은 돌아도 안보고 고발로 하둥지둥 장벽을 기여오른다.

"이놈아!"

너머 기여올라 벼락가티 악을쓰는 호통이 들리엇다. 또연하야 우지끈뚝딱, 하는 무서운 폭성이 들리엇다. 그것은 거의거의 동시의 일이엇다. 그리고는 좀와스스 하다가 잠잠 하엿다.

그때는 벌써 두길이나 넘어 아우는 기여올랏다. 굿문까지 다 나왓슬제 그는 머리만 내밀어 사방을 두릿거리다 그림자가티 사라진다.

더펄이의 형체는 보이지안는다. 침침한 어둠속에 단지굴근 돌맹이만이 짝 허터젓다. 이쪽 마구리의 타다남은 화로불은바야흐로 질듯질듯 껌벅어린다. 그리고 된바람이 애, 하고는굿문께서 모래를 쫘륵, 쫘륵, 드려뿜는다.

金따는 콩밧

땅속 저 밑은 늘 음침하다.

고달픈 간드렛불. 맥없이 푸리끼하다. 밤과 달라서 낮엔 되우 흐릿하였
다.

거츠로 황토장벽으로 앞뒤좌우가 콕 막힌 좁직한 구뎅이. 흡사히무덤속
같이귀중중하다. 싸늘한 침묵. 쿠더브레한 흙내와 징그러운 냉기만이 그속
에 자욱하다.

고깽이는 뻘찔 흙을 이르집는다. 암팡스러히 나려쪼며

퍽 퍽 퍽——

이렇게 메떠러진 소리뿐. 그러나 간간 우수수하고 벽이 헐린다.

영식이는 일손을 놓고 소맷자락을 끌어당기어 얼골의땀을 훌는다. 이놈
의줄이 언제나 잡힐는지 기가 찼다. 흙한줌을 집어 코밑에 바짝드려대고
손가락으로 샷샷이 뒤져본다. 완연히 버력은 좀 변한듯싶다. 그러나 불통

* 『개벽(開闢)』(개벽사, 1935. 3) 하(下), pp.51~64 및 p.23.

　장르 표지가 '小說'로 되어 있다.

　광업에 의해서 농촌이, 일확천금의 허황한 꿈에 의해서 순박성이 유린되고 있는 1930년대의
상황을 희화적(戲畵的)으로 그리고 있다. 영식, 수재, 아내의 성격과 심리 추이가 잘 그려져 있
다.

버력이 아주 다풀린것도 아니엇다. 말뚱버력이라야 금이 나온다는데 왜이
리 안나오는지.

고깽이를 다시 집어든다. 땅에 무릎을 꿇고 궁뎅이를 번쩍 든채 식식어
린다. 고깽이는 무작정 내려찍는다.

바닥에서 물이 스미어 무릎팍이 흔건히 젖엇다. 굿엎은 천판에서 흙방울
은 나리며 목덜미로 굴러든다. 어떤 때에는 웃벽의 한쪽이 떨어지며 등을
탕 때리고 부서진다.

그러나 그는 눈도하나 깜짝 하지않는다. 금을 캔다고 콩밭 하나를 다 잡
첫다. 약이 올라서 죽을둥살둥, 눈이 뒤집힌 이판이다. 손바닥에 침을 탁뱃
고 고깽이자루를 한번 고처잡드니 쉴줄모른다.

등뒤에서는 흙 긁는 소리가 드윽드윽난다. 아즉도 버력을 다 못친 모양.
이자식이 일을 하나 시졸 하나. 남은 속이 바직 타는데 웬 뱃심이 이리도
좋아.

영식이는 살기 띠인 시선으로 고개를 돌렷다. 암말없이 수재를 노려본
다. 그제야 꿈을꿈을 바지게에 흙을담고 등에 메고 사다리를 올라간다.

굿이 풀리는지 벽이 우찔하엿다. 흙이 부서저 나린다. 전날이라면 이곳
에서 안해한번 못보고 생죽엄이나 안할가 털끝까지쭈뼛할게다. 그러나 인
젠 그렇게 되고도싶다. 수재란놈하고 흙덤이에 묻히어 한껍에죽는다면 그
게 오히려 날게다.

이렇게까지 몹씨 몹씨 미웟다.

이놈 풍찌는 바람에 애끝은 콩밭하나만 결단을낸다. 뿐만아니라 모두가
낭패다. 세벌 논도 못맷다. 논둑의풀은 성큼 자란채 어즈러히 늘려저잇다.
이기미를 알고 지주는 대로하엿다. 내년부터는 농사질 생각 말라고 발을굴
럿다. 땅은 암만을 파도 지수가없다. 이만해도 다섯길은 훨썩 넘엇으리라.
좀 더 지펴야 옳을지 혹은 북으로 밀어야옳을지 우두머니망설걸인다. 금점
일에는 푸뚬이다. 입대껏 수재의지휘를받아 일을하야왓고 앞으로도 역 그
러해야 금을 딸것이다. 그러나 그런 칙칙한 즛은 안한다.

　"이리와 이것좀 파게"

그는 어쓴 위풍을 보이며 이렇게 분부하얏다. 그리고 저는 일어나 손을 털며 뒤로 물러슨다.

수재는 군말없이 고분하얏다. 시키는대로 땅에 무릎을 꿇고 벽채로 군버력을 긁어낸다음 다시 파기 시작한다.

영식이는 치다남어지 버력을 질머진다. 커단 걸때를 뒤툭어리며 사다리로 기어오른다. 굿문을 나와 버력덤이에 흙을 마악 내칠랴할제

"왜 또파 이것들이 미첫나그래——"

산에서 나려오는 마름과 맞닥드렷다. 정신이 떠름하야 그대로 벙벙이섯다. 오늘은 또 무슨 포악을 드를랴는가.

"말라닛깐 왜 또 파는게야" 하고 영식이의 바지게뒤를 지팽이로 콱 찌르드니 "갈아 먹으라는 밭이지 흙쓰고 들어 가라는거야 이 미친것들아 콩밭에서 웬금이 나온다구 이 지랄들이야 그래" 하고 목에 핏대를 올린다. 밭을 버리면 간수 잘못한 자기탓이다. 날마다와서 그북새를 피고 금하야도 담날보면 또 여전히 파는것이다.

"오늘로 이구뎅이를 도로 묻어놔야지 벌로 당장 징역 갈줄알게"

너머 감정에 격하야 말도 잘 안나오고 떠듬떠듬 걸린다. 주먹은 곧 날아들듯이 허구리께서 불불 떤다.

"오늘만 좀 해보고 고만두겟서유"

영식이는 낯이 붉어지며 가까스루 한마디 하얏다. 그리고 무턱대고 빌엇다.

마름은 드른척도 안하고 가버린다.

그뒷모양을 영식이는 멀거니 배웅하얏다. 그러다 콩밭 낯짝을 드려다보니 무던히 애통터진다. 멀정한 밭에가 구멍이 사면 풍 풍 뚫렷다.

예제없이 버력은 무데기 무데기 쌓엿다. 마치 사태만난 공동묘지와도 같이 귀살적고되우 을씨냥스럽다. 그다지 잘 되엇든 콩포기는 거반 버력덤이에 다아 깔려버리고 군데군데 어쩌다 남은 놈들만이 고개를 나플거린다. 그꼴을 보는것은 자식 죽는걸 보는게낫지 차마 못할 경상이엇다.

농토는 모조리 떨어질것이다. 그러나 대관절 올 밭도지 베두섬반은 뭘로

해내야 좋을지. 게다 밭을 망첫으니 자칫하면 징역을 갈는지도 모른다.

영식이가 구뎅이안으로 들어왓을때 동무는 땅에 주저앉어 쉬고잇엇다. 태연무심이 담배만 뻑뻑 피는것이다.

"언제나 줄을 잡는거야"

"인제 차차 나오겟지"

"인제 나온다" 하고 코웃음을 치고 엇먹드니 조곰 지나매

"이색기"

흙덩이를 집어들고 골통을 나려친다.

수재는 어쿠 하고 그대루 푹 엎으린다. 그러다 뻘떡 일어슨다. 눈에 띠는 대로 고깽이를 잡자 대뜸 달겨들엇다. 그러나 강약이 부동. 왁살스러운 팔뚝에 퉁겨저 벽에가서 쿵 하고 떨어젓다. 그순간에 제가 빼앗긴 고깽이가 정백이를 겨느고 나라드는걸 보앗다. 고개를 홱 돌린다. 고깽이는 흙벽을 퍽 찍고 다시 나간다.

수재 이름만 들어도 영식이는 이가 갈렷다. 분명히 홀딱 쏙은것이다.

영식이는 번디 금점에 이력이 없엇다. 그리고 흥미도 없엇다. 다만 밭고랑에 웅크리고 앉어서 땀을 흘려가며 꾸벅꾸벅 일만하엿다. 올엔 콩도 뜻밖에 잘 열리고 맘이 좀놓엿다.

하루는 홀로 김을 매고 잇노라니까

"여보게 덥지않은가 좀 쉬엿다하게"

고개를 들어보니 수재다. 농사는 안짓고 금점으로만 돌아다니드니 무슨 바람에 또 왓는지 싱글벙글한다. 좋은 수나 걸렷나 하고

"돈좀 많이 벌엇나 나좀 좨주게"

"벌구말구 맘껏 먹고 맘껏 쓰고햇네"

술에 건아한 얼골로 신껏 주적거린다. 그리고 밭머리에 쭈그리고 앉어 한참 객설을 부리드니

"자네 돈버리좀 안할려나 이밭에 금이 묻혓네 금이……"

"뭐" 하니까

바루 이산넘어 큰골에 광산이 잇다. 광부를 삼백여명이나 부리는 노다지 판인대 매일 소출되는 금이 칠십냥을 넘는다. 돈으로 치면 칠천원. 그줄맥이 큰산 허리를 뚫고 이콩밭으로 뻗어 나왓다는것이다. 둘이서 파면 불과 열흘안에 줄을 잡을게고 적어도 하루서돈식은 따리라. 우선 삼십원만해두 얼마냐. 소를산대두 반필이 아니냐 고.

그러나 영식이는 귀담어 듣지않엇다. 금점이란 칼물고 뜀뛰기다. 잘되면 이어니와 못되면 신세만 조판다. 이렇게 전일부터 드른 소리가 잇어서이다.

그담날도 와서 꾀송거리다 갓다.

세째번에는 집으로 찾어왓는데 막걸리한병을 손에 떡들고 영을피운다. 몸이 달아서 또 온것이엇다. 봉당에걸타앉어서 저녁상을 물끄럼이 바라보드니 조당수는 몸을 훑틴다는둥 일군은 든든이 먹어야 한다는둥 남들은논을 사느니 밭을 사느니 떠드는데 요렇게지내다 그만 둘테냐는둥일쩌웁게 지절거린다.

"아즈머니 이것좀 먹게 해주시게유"

그리고 비로소 영식이 안해에게 술병을 내놓는다. 그들은 밥상을 끼고앉어서 즐거웁게 술을 마섯다. 몇잔이 들어가고 보니 영식이의 생각도 저윽이 돌아섯다. 따는 일년 고생하고 끽 콩몇섬 얻어먹느니 보다는 금을 캐는 것이 슬기로운 즛이다. 하로에 잘만 캔다면 한해 줄것 공드린 그수확보다 훨썩 이익이다. 올봄 보낼제 비료값 품삯 빗해 빗진 칠원까닭에 나날이 졸리는 이판이다. 이렇게 지지하게살고 말빠에는 차라리 가루지나 세루지나 사내자식이 한번 해볼것이다.

"낼부터 우리 파보세 돈만 잇으면이야 그까진 콩은"

수재가 안달스리 재우처 보채일제 선뜻 응낙하엿다.

"그래보세 빌어먹을거 안됨 고만이지"

그러나 꿍무니에서 죽을 마시고잇든 안해가 허구리를 쿡쿡 찔럿게 망정이지 그렇지 않엇드면 좀 주저할번도 하엿다.

안해는 안해대로의 심이 빨랏다.

시체는 금점이 판을 잡앗다. 스뿔르게 농사만 짓고잇다간 결국 빌엉뱅이 밖에는 더못된다. 얼마 안잇으면산이고 논이고 밭이고 할것없이 다 금쟁이 손에 구멍이 뚤리고 뒤집히고 뒤죽박죽이 될것이다. 그때는 뭘 파먹고 사나. 자 보아라. 머슴들은 짜위나한듯이 일하다말고 혹닥하면 금점으로들내 빼지않는가. 일군이 없어서 올엔농사를 질수없느니 마느니 하고 동리에서는 떠들석하다. 그리고 번동 포농이좇아 호미를 내여던지고 강변으로 개울로 사금을캐러 다라난다. 그러다 며칠뒤에는 다비신에다 옥당목을 떨치고 히짜를 뽑는것이 아닌가.

안해는 콩밭에서 금이 날줄는 아주 꿈밖이엇다. 놀래고도 또 기뻣다. 올에는 노냥 침만 삼키든 그놈 코다리(명태)를 짜증 먹어 보겟구나 만 하여도 속이 메질듯이 짜릿하엿다. 뒷집 양근댁은 금점덕택에 남편이 사다준 힌 고무신을 신고 나릿나릿 걸는것이 뭇척 부러웟다. 저도 얼른 금이나 펑펑 쏘다지면 힌 고무신도신고 얼골에 분도 바르고하리라.

"그렇게 해보지 뭐 저냥반 하잔대로만 하면 어련이 잘될라구——"

얼뚤하야 앉엇는 남편을 이렇게 추겻든것이다.

동이 트기무섭게 콩밭으로 모엿다.

수재는 진언이나 하는듯이 이리대고 중얼거리고 저리대고 중얼거리고 하엿다. 그리고 덤벙거리며 이리 왓다가 저리 왓다가 하엿다. 제따는 땅속에 누은 줄맥을 어림하야 보는 맥이엇다.

한참을 밭을 헤매다가 산쪽으로 붙은 한구석에 딱 스며 손가락을 펴들고 설명한다. 큰 줄이란 번시 산운산을 끼고 도는법이다. 이줄이 노다지임에는 필시 이켠으로 버듬이 누엇으리라. 그러니 여기서부터 파들어 가자는것이엇다.

영식이는 그말이 무슨 소린지 새기지는 못했다. 마는 금점에는 난다는 수재이니 그말대로 하기만하면 영낙없이 금퇴야 나겟지하고 그것만 꼭 믿엇다. 군말없이 지시해 받은 곳에다 삽을푹꽂고 파헤치기 시작하엿다.

금도 금이면 앨써 키워온 콩도 콩이엇다. 거진 다자란 허울멀쑥한 놈들이 삽끝에 으츠러지고 흙에 묻히고 하는것이다. 그걸 보는것은 썩 속이 아팠다. 애틋한 생각이 물밀때 가끔 삽을 놓고 허리를 굽으려서 콩닢의흙을 털어주기도하엿다.

"아 이사람아 맥적게 그건 봐뭘해 금을 캐자니깐"

"아니야 허리가 좀 아퍼서——"

핀잔을 얻어먹고는 좀 열적엇다. 하기는 금만 잘 터저나오면 이까진 콩밭쯤이야. 이밭을 풀어 논도 만들수 잇을것이다. 눈을 감아버리고 삽의흙을 아무렇게나 콩닢우로 홱 홱내어던진다.

"구구루 땅이나 파먹지 이게 무슨 지랄들이야!"

동리 노인은 뻔찔 찾어와서 귀거친 소리를 하고하엿다.

밭에 구멍을 셋이나 뚫엇다. 그리고 대구 뚫는길이엇다. 금인가 난장을 맞을건가 그것때문에 농군은 버렷다. 이게 필연코 세상이 망할려는 증조이리라. 그소중한 밭에다 구멍을 뚫코 이지랄이니 그놈이 온전할겐가.

노인은 제물화에 지팽이를 들어 삿대질을 아니할수없엇다.

"벼락 맞으니 벼락맞어——"

"염여 말아유 누가 알래지유"

영식이는 그럴적마다 데퉁스리 쏘앗다. 골김에 흙을 되는대로 내꾼지고는 침을 탁 뱉고 구뎅이로 들어간다. 그러나 마음한구석에는 언제나 끈— 하엿다. 줄을 찾는다고 콩밭을 통이 뒤집어놓앗다. 그리고 줄이 언제나 나올지 아즉 깜앓다. 논도 못매고 물도 못보고 벼가 어이 되엇는지 그것좇아 모른다. 밤에는 잠이 안와 멀뚱허니 애를 태윗다.

수재는 락담하는 기색도없이 늘 하냥이엇다. 땅에 웅숭그리고 시적시적 노량으로 땅만 판다.

"줄이 꼭 나오겟나" 하고 목이말라서 무르면

"이번에 안나오거던 내목을 비게"

서슴지않고 장담을 하고는 꿋꿋하엿다.

이걸 보면 영식이도 마음이 좀 뇌는듯싶엇다. 전들 금이 없다면 무슨 멋으로 이고생을 하랴. 반듯이 금은 나올것이다. 그제서는 이왕 손해는 하릴 없거니와 고만 두리라든 절망이 스르르 사라지고 다시금 주먹이 쥐어지는 것이엇다.

캄캄하게 밤은 어두웟다. 어데선가 뭇개가 요란히 짖어대인다.

남편은 진흙 투성이를하고 산에서 나려왔다. 풀이 죽어서 몸을 잘 가꾸지도 못하고 아랫묵에 축 느러진다.

이꼴을 보니 안해는 맥시 다시 풀린다. 오늘도 또 글럿구나. 금이 터지며는 집을 한채 사간다고 자랑을하고 왓드니 이내 헛일이엇다. 인제 좌지가 나서 낯을들고 나아갈 염의좇아 없어젓다.

남편에게 저녁을 갖다주고 딱하게 바라본다.

"인젠 꾸온 양식도 다 먹엇는데——"

"새벽에 산제를 좀 지낼턴데 한번만 더 꿰와"

남의말에는 내답없고 유하게 흘개늣은 소리뿐 그리고 들어누은채 눈을 지긋이 감아버린다.

"죽거리두 없는데 산제는 무슨——"

"듣기싫여 요망맞은 년 같으니"

이호통에 안해는 고만 멈씰하엿다. 요즘 와서는 무턱대고 공연스리 골만 내는 남편이 역 딱하엿다. 환장을 하는지 밤잠도 아니자고 소리만 뻑뻑 지르며 덤벼들랴고 든다. 심지어 어린것이 좀울어도 이자식 갖다 내꾼지라고 북새를 피는것이다.

저녁을 아니 먹으므로 그냥 치워버렷다. 남편의 령을 거역키어려워 양근댁안테로 또다시 안 갈수없다. 그간 양식은 줄것 꾸어다먹고 갚도 못하엿는데 또 무슨 면목으로 입을 버릴지 난처한 노릇이엇다.

그는 생각다끝에 있는 염치를 보째 숟아던지고 다시한번 찾아가는것이다. 마는 딱 맞닥드리어 입을 열고

"낼 산제를 지낸다는데 쌀이 있어야지유——" 하자니 역 낯이 화끈하고 모닥불이 나라든다.

그러나 그들은 어지간히 착한 사람이엇다.

"암 그렇지요 산신이 벗나면 죽도 그릅니다" 하고 말을 받으며 그남편은 빙그레 웃는다. 온악이 금점에 장구 딿아난몸인만치 이런 일에는 적잔히 속이 티엇다. 손수 쌀닷되를 떠다주며

"산제란 안지냄 몰라두 이왕 지낼내면 아주 정성끗해야 됩니다. 산신이란 노하길 잘 하니까유" 하고 그비방까지 깨처보낸다.

쌀을 받아들고 나오며 영식이처는 고마움보다 먼저 미안에 질리어 얼굴이 다시 빨갯다. 그리고 그들부부살아가는 살림이 참으로 참으로 몹씨 부러웟다. 양근댁 남편은 날마다 금점으로 감돌며 버력뎀이를 뒤지고 토록을 주서온다. 그걸 온종일 장판돌에다 갈며는 수가 좋으면 이삼원 옥아도 칠팔십전 꼴은 매일 심이 되는것이엇다. 그러면 쌀을 산다 필육을 끊는다 떡을 한다 장리를 놓는다——그런데 우리는 왜 늘 요꼴인지. 생각만하여도 가슴이 메이는듯 맥맥한 한숨이 연발을 하는것이엇다.

안해는 집에 돌아와 떡쌀을 담구엇다. 낼은 뭘로 죽을 쑤어먹을는지. 웃묵에 웅크리고 앉아서 맞은쪽에 자빠저있는 남편을 곁눈으로 살짝 할겨본다. 남들은 돌아다니며 잘두 금을 주서오련만 저 망난이 제발 하나를 다버려두 금한톨 못 주서오나. 에, 에, 변변치도 못한 사나이. 저도 모르게 얕은 한숨이 겨퍼 두번을 터진다.

밤이 이슥하야 그들양주는 떡을하러 나왓다. 남편은 절구에 쿵쿵 빠앗다. 그러나 체가 없다. 동내로 돌아다니며 빌려 오느라고 안해는 다리에 불풍이낫다.

"왜이리 앉엇수 불좀 지피지"

떡을 찌다가 얼이빠저서 멍허니 앉엇는 남편이 밉쌀스럽다. 남은 이래저래 애를 죄는데 저건 무슨 생각을하고 저리 있는건지. 낫으로 삭정이를 탁탁 죠겨서 던저주며 안해는 은근히 혹닥이엇다.

닭이 두홰를 치고나서야 떡은 되엇다.

안해는 시루를이고 남편은 겨드랑에 자리때기를 꼇다. 그리고 캄캄한 산길을 올라간다.

비탈길을 얼마 올라가서야 콩밭은 놓엿다. 전면을 우뚝한 검은 산에 둘리어막힌 곳이엇다. 가생이로 느티대추나무들은 머리를 풀엇다.

밭머리 조금 못미처 남편은 거름을 멈추자 뒤의 안해를 도라본다.

"인내 그러구 여기 가만히 섯서──"

실루를 받아 한팔로 껴안고 그는 혼자서 콩밭으로 올라섯다. 앞에 쌓인 것이 모두가 흙덤이 그흙덤이를 마악 돌아슬랴할제 아마 돌을 찻나보다. 몸이 씨러질랴고 우쩔근하니 안해는 기급을하야 뛰여오르며 그를 부축하엿다.

"부정타라구 왜 올라와 요망맞은 년"

남편은 몸을 고루잡자 소리를 뻑 지르며 안해를 얼빰을 부친다. 가뜩이나 죽으라 죽으라 하는데 불길하게도 게집년이. 그는 마뜩지않게 두덜거리며 밭으로 들어간다.

밭한가운데다 자리를 피고 그우에 시루를 놓앗다. 그리고 시루앞에다 공손하고 정성스리 재배를 커다랗게 한다.

"우리를 살려줍시사 산신께서 거드러주지 않으면 저히는 죽을수밖에 꼼짝 없읍니다유"

그는 손을 모디고 이렇게 축원하엿다.

안해는 이꼴을 바라보며 독이 뽀록같이 올랏다. 금점을 합네하고 금한톨 못캐는것이 버릇만 점점 글러간다. 그전에는 없드니 요새로 건뜻하면 탕탕 때리는 못된 버릇이 생긴것이다. 금을 캐랫지 빰을 치랫나. 제발덕분에 고놈의금좀 나오지 말엇으면. 그는 빰맞은 앙심으로 망껏 방자하엿다.

하긴 안해의말 고대루 되엇다. 열흘이썩 넘어도 산신은 깜깜 무소식이엇다. 남편은 밤낮으로 눈을 까뒤집고 구뎅이에 묻혀있엇다. 어쩌다 집엘 나려오는 때이면 얼골이 헐떡하고 어깨가 축 느러지고 거반 병객이엇다. 그리고서 잠잣고 커단 몸집을 방고래에다 쿵 하고 내던지고 하는것이다.

"제이미 붙을 죽어나 버렷으면──"

혹은 이렇게 탄식하기도 하엿다.

안해는 박아지에 점심을 이고서 집을 나섯다. 젓먹이는 등을 두다리며 좋다고 끽끽어린다.

인젠 흰 고무신이고 코다리고 생각좇아 물럿다. 그리고 금 하는 소리만 드러도 입에 신물이 날만큼 되엇다. 그건 고사하고 꿔다먹은 양식에 졸리지나 말엇으면 그만도 좋으리마는.

가을은 논으로 밭으로 누—렇게 나리엇다. 농군들은 기꺼운 낯을하고 서루 만나면 흥겨운 농담. 그러나 남편은 앵한 밭만 망치고 논좇아 건살 못하얏으니 이가을에는 뭘 걷어드리고 뭘 즐겨할는지. 그는 동리사람의 이목이 부끄러워 산길로 돌앗다.

솔숲을 나서서 멀리 밭에를 바라보니 둘이 다 나와있다. 오늘도 또 싸운모양. 하나는 이쪽 흙뎀이에 앉엇고 하나는 저쪽에 앉엇고 서루들 외면하야 담배만 뻑뻑 피운다.

"점심들 잡수게유"

남편앞에 박아지를 나려놓으며 가만히 맥을보앗다.

남편은 적삼이 찢어지고 얼골에 생채기를 내엇다. 그리고 두팔을 것고 먼산을 향하야 묵묵히 앉엇다.

수재는 흙에 박혓다 나왓는지 얼골은커녕 귓속드리 흙투성이다. 코밑에는 피딱지가 말라붙엇고 아즉도 조곰식 피가흘러나린다. 영식이 처를 보드니 열적은 모양. 고개를 돌리어 모로 떨어치며 입맛만 쩍쩍다신다.

금을 캐라닌까 밤낮 피만 내다 말라는가. 빗에 졸리어 남은 속을복는데 무슨 호강에 이지랄들인구. 안해는 못 마땅하야 눈가에 살을 모앗다.

"산제 지난다구 꿔온것은 은제나 갚는다지유——"

뚱하고 있는 남편을 향하야 말끝을 꼬부린다. 그러나 남편은 눈섭하나 까딱 하지않는다. 이번에는 어조를좀 돋으며

"갚지도 못할걸 왜 꿔오라햇지유" 하고 얼주 호령이엇다.

이말은 남편의 채 가라앉지도 못한 분통을 다시 건드린다. 그는 벌떡 일어스며 황밤주먹을 쥐어 창낭할만치 안해의 골통을 후렷다.

"게집년이 방정맞게——"

다른것은 모르나 주먹에는 아찔이엇다. 멋없이 덤비다가 골통이 부서진다. 암상을 참고 바르르하다가 이윽고 안해는 등에 업은 언내를 끌러들엇다. 남편에게로 그대로 밀어던지니 아이는 까르륵하고 숨모는 소리를친다.

그리고 안해는 돌아서서 혼잣말로

"콩밭에서 금을 딴다는 숭맥도 있담" 하고 빗대놓고 비양거린다.

"이년아 뭐" 남편은 대뜸 달겨들며 그 볼치에다 다시 올찬 황밤을 주엇다. 적으나면 게집이니 위로도하야 주련만 요건 분만 폭폭 질러노려나. 예이 빌어먹을거 이판새판이다.

"너허구 안산다 오늘루 가거라"

안해를 와락 떠다밀어 논뚝에 제켜놓고 그허구리를 발길로 퍽 질럿다. 안해는 입을 헉 하고 벌린다.

"네가 허라구 옆구리를 쿡쿡 찌를제는 은재냐 요 집안망할년"

그리고다시 퍽 질럿다. 연하야 또 퍽.

이꼴들을 보니 수재는 조바심이 일엇다. 저러다가 그분풀이가 다시 제게로 슬그머니 옮마올것을 지르채엇다. 인제 걸리면 죽는다. 그는 비슬비슬하다 어느 틈엔가 구뎅이속으로 시납으로 없어저버린다.

볕은 다스로운 가을 향취를 풍긴다. 주인을잃고 콩은 무거운 열매를 둥글둥글 흙에 굴린다. 맞은쪽 산밑에서 벼들을 비이며 기뻐하는농군의 노래.

"터젓네, 터저"

수재는 눈이 휘둥그렇게 굿문을 튀어나오며 소리를 친다. 손에는 흙 한줌이 잔뜩 쥐엇다.

"뭐" 하다가

"금줄 잡앗서 금줄" "으ㅇ" 하고 외마디를 뒤남기자 영식이는 수재앞으로 살같이 달겨드럿다. 헝겁지겁 그흙을 받아들고 샅샅이헤처보니 따는 재래에 보지못하든 붉으죽죽한 황토이엇다. 그는 눈에 눈물이 핑돌며

"이게 원줄인가"

"그럼 이것이 곱색줄이라네 한포에 댓돈식은 넉넉 잡히되"

영식이는 기쁨보다 먼저 기가 탁 막혓다. 웃어야 옳을지 울어야 옳을지. 다만 입을 반쯤 벌린채 수재의얼골만 멍하니 바라본다.

"이리와 봐 이게 금이래"

이윽고 남편은 안해를 부른다. 그리고 내 뭐랫서 그러게 해보라구 그랫지 하고 설면설면 덤벼오는 안해가항결 어여뻣다. 그는 엄지가락으로 안해의 눈물을 지워주고 그리고나서 껑충거리며 구뎅이로 들어간다.

"그흙속에 금이 있지요"

영식이 처가 너머 기뻐서 코다리에 고래등같은 집까지 연상할제

수재는 시원스러히

"네 한포대에 오십원식 나와유——" 하고 대답하고 오늘밤에는 꼭 정연코 꼭 다라나리라 생각하엿다. 거즛말이란 오래 못간다. 뽕이 나서 뺵따구도 못추리기전에 훨훨 벗어나는게 상책이겟다.

금

금점이란 헐없이 똑 난장판이다.

감독의 눈은 일상 올뺌이눈같이 둥글린다. 혹하면 금도적을 맞는 까닭이다. 하긴 그래도 곧잘 도적을 맞긴하련만——

대거리를 꺾으러 광부들은 하루에 세때로 몰려든다. 그들은 늘하는 버릇으로 굴문앞까지 와서는 발을 멈춘다. 잠잣고 옷을 훌훌 벗는다.

그러면 굿문을 지키는 감독은 그앞에서 이윽히 노려보다가 이 광산전용의 굴복을 한벌 던저준다. 그놈을 받아뀌고는 비로소 굴안으로 들어간다. 이렇게 탈을 바꿔쓰고야 저땅속 백여척이 넘는 굴속으로 기여드는것이다.

그와 마찬가지로 나는 대거리는 굴문께로 기여나와서 굴복을 벗는다. 벌거숭이 알몸둥이로 다리짓 팔짓을하야 몸을 털어보인다. 그리고 제옷을 받아입고는 집으로 돌아가는것이다.

이것이 여름이나 봄철이면 호욕 모른다. 동지섯달 날카로운 된 바람이

*『영화시대(映畵時代)』(영화시대사, 1935. 3.)

　작품 끝에 탈고 일자가 '을해, 一 , 一〇' 즉 1935년 1월 10일로 밝혀져 있다. 「금」에서는 천 원짜리 감돌 앞에서 인간과 인간 사이의 신뢰성이 무너질 조짐을 보이고, 「노다지」에서는 그것이 무너지는 현장을 보여준다. 김유정의 금광 소설 3편은 모두 1935년 3월에 발표되었다.

악을 쓰게되면 가관이다. 발개벗고 서서 소름이 쪽 끼치어 떨고있는 그 모양, 여기 웃으운 이야기가 있다. 최서방이라는 한노인이 있는데, 한 육십쯤 되었을까 허리가 구붓하고 들퍼진 얼굴에 좀 병신스러운 촌띠기가 하루는 굴복을 벗고 몸을 검사시키는데 유달리 몹시 떤다. 뼈에 말라붙은 가죽에도 소름이 돋는지 하여튼 무던히 치웠던게라. 몸이 반쪽이 되어 떨고섰더니 고만 오줌을 쪼룩하고 지렸다. 이놈이 힘이 없었게 망정이지 좀만뻗혔드면 앞에섰는 감독의 바지를 적실뻔했다. 감독은 방한화의 오줌방울을 땅바닥에 탁탁 털며

"이놈이가!" 하고 좀 노해볼랴 했으되 먼저 그 꼴악서니가 웃지 않을수 없다.

"늙은놈이도 오줌이싸 이눔아?"

그리고 손에 쥐었던 지팽이로 거길 톡 친다.

최서방은 얼은 살이라 좀 아픈모양.

"아야" 하고 소리를 치다가 시납으로 무안하야 허리를 굽으린다. 이것을 보고 곁에 몰려섰든 광부들은 우아아, 하고 뭇웃음이 한꺼번에 터져오른다.

이렇게 엄중히 잡두리를 하건만 그래도 용케는 먹어들 가는것이다. 어떤놈은 상투속에다 금을끼고 나온다. 혹은 다비속에다 껴신고 나오기도 한다. 이건 예전 말이다. 지금은 간수들의 지혜도 훨씬 슬기로웁다. 이러다는 담박 들키어 내떨리기밖에 더는 수 없다. 하니까 광부들의 꾀 역 나날이 때를 벗는다. 사실이지 그들은 구뎅이내로 들어만 서면 이궁리 빼고 다른생각은 조금도 없다. 어떻게하면 이놈의 금을좀 먹어다놓고 다리를 뻗고 계집을 데리고 이래 지내볼른지. 하필 광주만 먹이어 살올릴게 아니니까. 거기에는 제일 안전한 방법이 있으니 그것은 덮어놓고 꿀떡, 삼키고 나가는것이다. 제아무리 귀신인들 뱃속에 든 금이야. 허나 사람의 창주란 쇠ㅅ바닥이 아니니 금덕을 보기전에 꽤저버리면 남보기에 효상만 사납다. 왜냐하면 사금이면 모르나 석혈금이란 유리쪽같은 차돌에 박였기때문에. 에라 입속에 감춰라. 귓속에 묻어라. 빌어먹을거 사타구니에 끼고 나가면 누가 뭐

랄텐가. 심지어 덕히는 황문이에다 금을 박고나오다 고만 뿅이났다. 감독
은 낯을 이그리며 금을 뻬집어놓고

"이자식이가 금이 또구모기로 먹어?"하고 알볼기짝을 발낄로 보기좋게
갈기니 쩔꺽그리고 내떨렸다.

이렇게 되고보면 감독의 책임도 수월치않다. 도적을 지켜야 제월급도 오
르긴 하지만 일변 생각하면 성가신 노릇. 몇두달식 안빨은 옷을 벗길적마
다 부연 먼지는 오른다. 게다 목욕을 언제나 했는지 때가 누덕누덕한 몸뚱
이를 뒤저보려면 구역이 곧바루 올라오런다. 광부들이란 항상 돼지같은 몸
뚱이므로——

봄이 돌아와 향기로운 바람이 흘러나려도 그는 아무 자미를 모른다. 맞
은쪽 험한 산골에 어즈러히 흩어진 동백, 개나리, 철쭉들도 그의 흥미를 끌
기에 힘이 어렷다. 사람이란 기계와 다르다. 단 한가지 단조로운 일에 시달
리고 나면 종말에는 고만 지치고 마는것이다. 그일뿐아니라 세상사물에 곤
태를 느끼는것이 항용이다. 그런중 피로한 몸에다 점심변도를 한그릇 집어
넣고보면 몸이더욱 나른하다. 그때는 황금아니라 온천하를 띠어온대도 그
리 반갑지않다. 굴문을 지키던 감독은 교의에 몸을 의지하고 두팔을 벌리
어 기지개를 느린다. 우움하고 다시 권연을 피운다. 그의 눈에는 어젯밤 끼
고놀든 주막거리의 계집애 그 젖꼭지밖에는 더 띠이지않는다. 워낙 졸려운
몸이라 그것도 어렴풋이——

요 아래 산중툭에서 발동기는 채신이 없이 풍, 풍, 풍, 연해 소리를 낸다.
뭇사내가 그리로 드나든다. 허리를 굽웃하고 끙, 끙, 매는것이 아마 감석을
나르는모양. 그밑으로 골물은 돌에 부대끼며 콸콸 나려흐른다.

한점 이십분. 굴파수가 점심을 마악 치르고 고담이다. 고달픈 눈을 가삼
츠레히 끔벅이며 앉었노라니 뜻밖에 굴문께로 광부의 대강이가 하나 불쑥
나타난다. 대거리때도 아니오 또 시방쯤 나올필요도 없건만. 좀더 눈을 의
아히 뜰것은 등어리에 척 느러진 반송장을 업었다. 헤, 헤, 또 죽어했어?
그는 골피를 찦으리며 입맛을 다신다. 허나 금점에 사람 죽는것은 도수장
소죽엄에 짐배없이 예사다. 그건 먹다도 죽고 꽁문이를 까고도 죽고 혹은

고깽이를 든채로 죽고 하니까. 놀람보다도 성가신 생각이 먼저 앞선다. 이걸 또 어떻게 치나. 감독불충분의 덤태기로 그 루를 입어 떨리지나 않을른지.

감독은 교의에서 엉거주춤 일어서며

"왜 그랬어?"

"벼력에 치치 치었읍니다."

광부는 헝겁스리 눈을 히번덕이며 이렇게 말이 꿈는다. 걸때가 커다라코 걱세게 생겼으나 까맣게 치올려보이는 사다리를 더구나 부상자를업고 기어오르는 동안 있는 기운이 모조리 지친 모양. 식식! 그리고 검붉은 이마에 땀이 쭉 흐른다. 죽어가는 동관을 구하고자 일초를 시새워 들레인다.

"이걸 어떻게 살려야지유?"

감독은 대답대신 다시 낯을 찜으린다. 등에 엎으린 광부의 바른편발을 노려보면서 굴복 등거리로 복사뼈까지 얼러 들써매곤 굵은 사내끼로 칭칭 감았는데 피, 피, 싸맨굴복우로 징그러운 선혈이 풍풍 그저 스며오른다. 그뿐 아니라 피는 땅에까지 뚝뚝 떨어지며 보는 사람의 가슴에 못을치는듯. 물론 그자는 깜으러쳤으라 웃통이를 벗은채남의등에 걸치어 꼼짝못한다. 고개는 시들은 파잎같이 앞으로 툭 떨어지고——

"이걸 어떻게 얼른 해야지유?"

이를 말인가. 곧 서둘러 병원으로 데리고가서 으츠러진 발목을 잘라내던지 해야 일이 쉽겠다. 허나 이걸 데리고 누가 사무실로 병원으로 왔다갔다 성가신 노릇을 하랴. 염냥있는 사람은 군일에 손을안댄다. 게다 다행히 딴놈이 가루맡아 조급히 서둘르므로 아따 네멋대로 그 기세를 바짝 치우치며

"암! 어른 데리구가 약기 바래야지"

가장 급한듯 저도 헛풍을 피운다.

이 영이 떨어지자 광부는 나를듯이 점벙거리며 굴막을 나온다. 동관의 생명이 몹시 위급한듯, 물방아깐을 향하야 구르다싶이 산비탈을 나려올제

"이봐, 참 그사람이 이름이 뭐?"

"북 삼호 구뎅이에서 저와같이 일하는 이덕순입니다." 하고 소리를 지르

고는 다시 발길을 돌리어 삥 내뺀다.

감독은 이꼴을 멀리 바라보며

"이덕순이, 이덕순이"하다가 곧 느러지게 하품을 으아함,하고 내뽑는다.

시굴의 봄은 바쁘다. 농군들은 들로 산으로 일을 나갔고 마을에는 양지 쪽에 자빠진 워리의 기지개뿐. 아이들은 둑밑 잔디로 기어다니며 조그마한 바구니에 주서담는다. 달룽, 소로쟁이 게다가 우렁이——

산모롱이를 돌아나릴제

"누가 따라오지나 않나?"

덕순이는 초조로운 어조로 묻는다. 그러나 죽은듯이 고개는 그냥 떨어진 채 사리는 음성으로

"아니, 이젠 염려없네"

아주 자신있는 쾌활한 대답이다. 조금 사이를떼어 가만이

"혹빠지나 보게, 또 십년공부 나미타불 만드러."

"음 뱄으니까 설마——"하고 덕순이는 대답은하나 말끝이 밍밍히 식는다. 기운이 푹 꺼진걸보면 아마 되우 괴로운 모양같다. 좀 전에는 내 험세 그까짓거 좀 하고 히망에 불일든 덕순이다. 그순간의 덕순이와는 아주 팔팔결. 몹시아프면 기운도 죽나보다.

덕순이는 즈집가까히 옴을 알자 비로소 고개를 조금 들었다. 쓰러저가는 납작한 낡은 초가집, 고자리 쑤시듯풍풍 뚫어진 방문, 저방에서 두자식을 데리고 계집을 데리고 고생만 무진히하였다. 이제는 게다 다리까지 못쓰고 들어누었으려니! 안해와 밤낮 겻고틀고 이렇게 복대기를 또 처야되려니! 아아! 그리고보니 등줄기에 소름이 날카롭게 지난다. 제손으로 돌을 들어 눈을 감고 발을 나려찧는다. 깜짝 놀란다. 발은 깨치며 으츠러진다. 피가퍼진다. 아, 얼마나 어리석은 짓인가? 그러나 그러나 단돈 천원은 그얼만가!

"아, 이거 왜 이랬우?"

안해는 자지러지게 놀라며 뛰어나온다. 남편은 뻔히 처다볼뿐, 무대답. 허나 그속은 묻지않아도 훤한 일이었다. 요즘 며칠동안을 끙끙거리던 그계획, 그리고 이러러러 할수밖에 없을텐데 하고잔뜩 장은됐으나 그래도 참아

못하고 차일피일 멈처오던 그계획. 그예 그여코 이꼴을만들어오는구!

안해는 행주치마에 손을 닦고 허둥지둥 남편을 부축이어 방으로 끌어드린다.

"끙!"

남편은 방벽에가 비스듬이 기대어앉으며 이렇게 안깐힘을 쓴다. 그리고 다친 다리를 제앞으로 조심히 끌어댕긴다. 이마에 살을 조여가며 제손으로 푸르기 시작한다.

굵은 사내끼는 풀러제첬다. 그리고 피에 젖은 굴복 등거리를 조심히 풀처보니 어느게 살인지, 어느게 뼈인지 분간키 곤난이다. 다만 흐느적흐느적하는 아마 돌이 나려칠제 그모에 밀리고 으츠러지기에 그렇게 되었으리라. 선지같은 고기덩이가 여기에 하나 붙고 혹은 저기에 하나 붙고. 발꼬락께는 그 형체좇아 잃었을만치 아주 무질려지고말이다. 아직도 철철피는 흐른다. 이렇게까지는 안되었을텐데! 그는 보기만하여도 너무끔찍하야 몸이 조라들 노릇이다.

그러나 그는 우선 피에 흔건한 굴복을 집어들고 털어본다. 역 피가 찌르르 묻은 손벽만한 돌이떨어진다. 그놈을 집어들고 이리로 저리로 뒤저본다. 어두운 굴속이라 간드레불빛에 혹요 잘못 보았을지도 모른다. 안해에게 물을 떠오래 거기다가 혼들어 피를 씻고보니 과연 노다지. 금 황금. 이래도 천원짜리는 되겠지!

동무는 이광경을 가만이 드려다보고 섰다가

"인내게 내 가주가 팔아옴세."

"………."

덕순이는 잠잣고 그얼굴을 유심히 치어다본다. 돌은 손에 잔뜩 우려쥐고. 아니 더욱 힘있게 손을 죄인다. 마는 동무가 조금도 서슴지않고

"금으로 잡아 파나, 그대로 감석채파나 마찬가지되리, 얼른팔아서 돈이 있어야 자네도 약도사고할게아닌가, 가치하고 설마 도망이야 안가겠지" 하니까

"팔아오게."

그제서 마음을 났는지 감을 내어준다.

동무는 그걸 받아들고 방문을 나오며 후회가 몹시 난다. 제가 발을 깨지고, 피를내고 그리고 감석을 지니고 나왔드면 둘을 먹을걸. 발견은 제가 하였건만 덕순이에게 둘을 주고 원쿤이 하나만 먹다니. 그때는 왜 이런 용기가 안났던가. 이제와생각하면 분하고절통하기 짝이없다. 그는 허둥거리며 땅바닥에다 거츠르게 침을 퇴, 뱉고 또 퇴, 뱉고싸리문을 돌아나간다.

이꼴을 맥풀린 시선으로 멀거니 내다본다. 덕순이는 낯을 흐린다. 하는 냥을보니 암만해도, 암만해도 혼자 먹고 다라날 장번인듯. 허지만 설마.

살기 위하야 먹는걸, 먹기 위하야 몸을 버리고 그리고 또 목숨까지 버린다. 그걸그는 알았는지 혹은 모르는지 아픔에 못이기어

"아이구" 하고 스러지는듯 길게 한숨을 뽑드니

"가지고 다라나진 않겠지?"

안해는 아무말도 대답지않는다. 고개를 수그린채 보기 흉악한 그발을 뚜러지게 쏘아만볼뿐. 그러나 감으잡잡한 야윈 얼굴에 불현듯 맑은 눈물이 솟아나린다. 망할것두 다많아 제발을 이래까지 하면서 돈을 버러오라진 않았건만. 대관절 인제 어떻게 할랴고 이러는지!

얼마후 이마를 들자 목성을 돋으며

"아프지않어?" 하고 뾰로지게 쏘아박는다.

"아프긴 뭐아퍼, 인제 났겠지."

바루 히떱게스리 허울좋은 대답이다. 마는 그래도 아픔은 참을 기력이 부치는 모양. 조금있드니 그자리에 그대로 쓰러지며

"아이구!"

참혹한 비명이다.

떡

　원래는 사람이 떡을 먹는다. 이것은 떡이 사람을 먹은 이야기다. 다시 말하면 사람이 즉 떡에게 먹힌 이야기렷다. 좀 황당한 소리인듯 싶으나 그 사람이라는게 역 황당한 존재라 할일없다. 인제 겨우 일곱살 난 게집애로 게다가 겨울이 왓건만 솜옷하나 못얻어입고 겹저고리 두렝이로 떨고잇는 옥이 말이다. 이것도 한개의 완전한 사람으로 칠른지! 혹은 말른지! 그건 내가 알배 아니다. 하여튼 그애아버지가 동리에서 제일 가난한 그리고 겨을르기가 곰같다는 바루덕이다. 놈이 우습게도 꿈을거리고 엄동과 주림이 닥처와도 눈하나 끔벅없는 신청부라 우리는 가끔 그눈곱낀 얼굴을 놀릴수 잇슬만치 흥미를느낀다. 여보게 이겨울엔 어떠케 지낼려나 올엔 자네 꼭 굶어죽엇네 하면 친구 대답이 이거 왜이랴 내가 누구라구 지금은밭때기하나 붙일거없어도 이랴뵈두 한때는다——하고 펄쩍 뛰고는 지낸날 소작인으로써 땅팔수 잇섯든 그행복을 다시 맛볼랴는듯 먼산을 우둑허니 쳐다본다.

　＊『중앙(中央)』(조선중앙일보사, 1935. 6), pp.113~119.
　　제목 위에 '創作'이라는 표지가 붙어 있고 작품 뒤에 탈고 일자가 '을해, 四, 二五' 즉 1935년 4월 25일로 밝혀져 있다.
　　서술 방법에서 구연체적(口演體的) 특질을 잘 살리고 있다. 어린아이를 주인공으로 설정했기 때문에 가난의 문제가 더욱 절실하게 부각되었다.

84 소설

그러나 없임받는데 약이 올라서 자네들은 뭐 좀 난상불른가 하고 낯을 붉히다는 풀밭에 슬며시 쓰러져서 느러지게 아리랑타령. 그러니까 내생각에 저것두 사람이려니 할수밖에 사실 집에서 지내는걸 본다면 당최 무슨 재미로 사는지 영문을 몰른다. 그집도 제것이 아니요 개똥네집이다. 온체 식구라야 몇사람 안되고 또 거기다 산밑에 외따루 떨어진 집이라 거는방에 사람을 디리면 좀 덜호젓할가 하고 빌린것이다. 물론 그때 덕히도 방을 얻지 못해서 비대발괄로 뻔찔 드나들든 판이어찌만. 보수는 별반없고 농사때 바쁜 일이나 잇으면 좀 거드러달라는 요구뿐이엿다. 그래서 덕히도 얼씨구나 하고 무척 좋앗다. 허나 사람은방만으로 사는것이 아니다. 이집거는방은 유달리 납작하고 비스듬이 쏠린 헌벽에다우중충하기가 일상 굴속같은데 겨울같은때좀 디려다보면 썩 가관이다. 웃묵에는 옥이가 누데기를 들쓰고 앉아서 배가 곯으다고킹킹거리고 아랫묵에는 화가 치뻗친 안해가 나는 몰른단듯이 벽을 향하야 쪼그리고누어서는 꼼짝 안하고 놈은 안해와 딸사이에 한자리를 잡고서 천장으로만 눈을 멀뚱멀뚱 둥굴리고 디려다보는 얼굴이다 무색할만치 꼴들이 말이다. 아마 먹는날보다 이러케 지내는 날이 하루쯤 더할른지도 몰른다. 그꼴에 궐자가 술이호주라서 툭하면 한잔 안살려나 가 인사다. 지난 봄만하드라도 놈이 술에 어찌나 감질이 낫든지 제집에 모아놧든 뎅을 지고가서 술을 먹엇다. 뎅 퍼다주고 술 먹긴 동리에서 처음 보는 일이라고 게집들까지 입에 올리며 소문은 이리저리 돌앗다. 허지만 놈은 이런것도 몰르고 술만 들어가면 세상이 고만 제게되고만다. 음 음 하고 코에선지 입에선지 묘한 소리를 내어가며 만나는 사람마다 붓잡고 잔소리다. 한편 술은 놈에게 근심도 되는것같다. 전에 생각지않든 집안걱정을 취하면 곳잘한다. 그 언제인가만낫슬 때에도 술이 담뿍 취하엿다. 음 음 해가며 제집살림사리 이야기를 개소리쥐소리 한참 지꺼리드니 놈이 나종에 한단소리가 그놈의 게집애나 죽어버렷스면! 요건 먹어도 캥캥거리고 안먹어도 캥캥거리고 이거 온——사세가 딱한듯이 이러케 탄식을 하드니 뒤를이어 설명이 없는데는 어린 딸년하나 더한것도 큰걱정이라고 이걸 듣다가 기가 막혀서 자네 데릴사위 얻어서 부려먹을 생각은 안나하고 무른즉

아 어느하가에 그동안 먹여키진 안나 하고 골머리를 내젓는 꼴이 댕길맛이 아주 없는 모양이엇다. 짜장 이토록 딸이 원수로운지 아닌지 그건 여기서 끊어말하기 어렵다. 아마는애비치고 제가 난자식 밉달놈은 없으리라 마는 그와 동시에 놈이 가끔 들어와서 죽으라고 모질게 쥐여박아서는 울려놓는 것도 사실이다. 그러다 울음이 정말 된통터지면 이번에는 칼을 들고 울어봐라 이년 죽일터이니 하고 씻은듯이 울음을 걷어놓고 하는것이다.

눈이 푹푹 쌓이고 그덕에 나무값은 부쩍올랏다. 동리에서는 너나없이 앞을 다투어 나무짐을 지고 읍으로 들어간다. 눈이 정갱이에 차는 산길을 휘돌아 이십리장노를 걷는것이다. 이바람에 덕히도 수가 터지어 좁쌀이나마 양식이 생겻고 따라 딸과의 아구다툼도 훨신 줄게되엿다. 그는 자다가도 꿈결에 새벽이 되는 것을 용하게 안다. 밝기가 무섭게 일어나앉어서는 옆에 누은안해의 치마자락을 끌어댕긴다. 소위 덕히의 마른세수가 시작된다. 두손으로 그걸 펼처서는 꿈을꿈을 눈곱을 떼고 그리고 나서 얼굴을쓱쓱 문대는것이다. 그다음 죽이들어온다. 얼른 한그릇 훌쩍 마시고는 지게를 지고 내뺀다. 물론 안해는 남편이 죽 마실동안에 밖에 나와서 나무짐을 만들어야된다. 지게를 버태놓고 덜덜 떠러가며 검불을 올려실는다. 짐까지 꼭꼭 묶어주고 가는 남편향하야 괜히술먹지말구 양식 사오게유하고 몇번몇번당부를하고는 방으로 들어온다. 옥이가 늘 일어나는것은 바루 이때다. 눈을 부비며어머니 앞으로 곧장 달겨든다. 기실 여지껏 잣느냐면 깨기는 벌서 전에 깨엇다. 아버지의 숫가락질하는 댈가락 소리도 짠지 썹는 쩍쩍 소리도 죄다 두귀로 분명히 들엇다. 그뿐 아니라 아버지의 죽그릇이 감은 눈속에서 왓다갓다 하는것까지도 똑똑히 보앗다. 배고픈 생각이불현듯 불끈솟아서 곧 바루일어나고자 궁뎅이까지 들먹어려도 보앗다. 그럴동안에 군침은 솔솔 수며들며 입으로 하나가된다. 마는 일어만 낫다가는 아버지의 주먹 주먹. 이년아 넌 뭘한다구 벌서 일어나 캥캥거려 하고는 그주먹 커다란주먹. 군침을 가만히 도루 넘기고 꿈을거리든 몸을 다시 방바닥에 꼭 붙인채색색 생코를 아니 골수없다. 어머니는 아버지와 딴판으로 퍽 귀여워한다. 아버지가나무를 지고 확실히 간것을 알고서야 비로소 옥이는 일어나 어머니 곁으로달려들어서 그죽을 둘이 퍼먹고하엿다.

이러든것이 그날은 유별나게 어느때보다 일즉 일어낫다. 덕히의 말을 빌리면 고 배라먹을 년이 그예 일을 저질을랴고 새벽부터 일어나 재랄이엿다. 하긴재랄이 아니라 배가 몹씨고팟든 까닭이지만. 아버지의 숫가락질 소리를 들어가며 침을 삼키고 삼키고 몇번을 그래봣으나 나종에는 더 참을 수가 없엇다. 그러타고 벌떡 일어앉자니 주먹이 무섭기도 하려니와 한편 넉적기도 한 노릇. 눈을 감은체 이궁리 저궁리하엿다. 다른 때도 좋으련만 왜 하필 아버지 죽먹을때 깨게되는지! 곯은배는 그중에다 방바닥 냉기에 쑤시는지 저리는지 분간을 몰른다. 아버지는 한그릇을 다먹고 아마 더먹는 모양. 죽을 옴겨쏟는 소리가 주루룩뚝뚝하고 난다. 이때 고만 정신이 번쩍 낫다. 용기를 내엿다. 바른 팔을뒤로 돌리어 가장 뭣에나 물린듯이 대구 긁죽어린다. 급작스리 응아 하고 소리를 내지른다. 그리고 비슬비슬 일어나 앉어서는 두손등으로 눈을 부벼가며 우는것이다. 아버지는 이꼴에 화를 벌컥 내엿다. 손바닥으로 뒤통수를 딱 때리드니 이건죽지도않고 말성이야 하고 썩 마뜩지않게 뚜덜거린다. 어머니를 향하얀 저녁 아무것도 먹이지말고 오늘 종일 굶기라고 부탁이다. 드럿는지 못드럿는지 어머니는눈을 깔고 잠잣고 있다. 아마 아버지가 두려워서 아무 대꾸도 못하는 모양, 딱때리고 우니까 다시 딱 때리고. 그럴쩍마다 조꼬만 옥이는 마치 오뚝이 시늉으로 모두 쓰러젓다는 다시 이러나 울고 울고 한다. 죽은 안주고 때리기만 한다. 망할새끼 저만 처먹을랴고 얼른 죽어버려라 염병을 할자식. 모진 욕이 이러케 입끝까지 제법 나왓스나 그러나 그러나 뚝부르뜬 그눈. 감히 얼굴도 못처다보고 이마를 두손으로 바처들고는 으악 으악 울뿐이다. 암만 울어도 소용은 없지만. 나무짐이 읍으로 들어간다음에서야 비로소 겨우 운보람잇 섯다. 어머니는 힝하게 죽한그릇을 떠들고 들어온다. 옥이는 대뜸 달겨들엇다. 왼편 소매자락으로 눈의 눈물을 훔처가며 연송 퍼넣는다. 깡좁쌀죽은 물직한 국물이라 수깔에 띠이는게 얼마 안된다. 떠넣으니 이것은 차라리 들고 마시는것이 편하리라. 쉴새없이 수가락은 열심껏 퍼드린다. 어머니가 한수깔 뜰 동안이면 옥이는 두 수깔혹은 세수깔이 올라간다. 그래도 행여 미쩔까바서 수가락빠는 어머니의 입을 가끔 쳐다보고 하엿다. 반쯤 먹다 어머니는슬멋이 수가락을 나려놓앗다. 두손을 다리밑에 파묻고는 딸을 나려다보며 묵묵히 앉어잇다. 한그릇 죽은 다 치엇건만 그래도 배가 고팟다. 어머니의 허리를 꾹꾹 찔러가며 졸라대인다.

요만한 어린 아이에게는 먹는것 지꺼리는것 이것밖에 더 큰 취미는없다. 그리고 이것밖에 더 가진반 재조도 없다. 옥이같이 혼자만 꽁허니 잇슬뿐으로 동무들과 놀랴지도 지낄랴지도 안는 아이에 잇서서는 먹는편이 월등 발달되엇고 결말에는 그걸로 한 오락을 삼는것이다. 게다 일상 곯아만 온 그배때기. 한그릇 죽이면 넉넉히 양도 찻으련만 애는 그걸 몰른다. 다만 배는 늘 고프려니 하는 막연한 의식밖에는. 이번 일이 버러진것은 즉 여기서 시작되엇다. 두시간이나 넘어 꼬박이 울엇다. 마는 어머니는 아무 대답도 없엇다. 배가 아프다고 쓰러지드니 아이구 아이구 하고는 신음만 할뿐이다. 냉병으로하야 잇다금 이러케 앓는다. 옥이는 가망이 아주 없는걸 알고 일어나서 방문을 열엇다. 눈은 첩첩이 쌓이고 눈이 부신다. 윙 윙 하고 봉당으로 몰리는 눈송이. 다르르 떨면서마당으로 나려간다. 북편 벽밑으로 솥은 걸렷다. 뚜껑이 열린다. 아닌게 아니라 어머니말대루 죽커녕 네미나 찢어먹으랴, 다. 그러나 얼뜬 눈에 띠는것이 솥바닥에 얼어붙은두개의 쓰레기줄기 그놈을 손톱으로 뜯어서 입에 넣고는 씹어본다. 제걱제걱 얼음 씹히는 그맛밖에는 아무 멋이 없다. 솥을도루 덮고 허리를펼랴할제 얼른 묘한 생각이 떠올른다. 옥이는 사방을 도릿거려본 다음 봉당으로 올라서서 개똥네방문 구녁에다 눈을 디려대인다.

개똥어머니가 옥이를 눈의 가시같이미워하는 그원인이 즉 여기다. 정말인지거즛말인지 자세는 몰르나 말인즉 고년이 우리식구만없으면밤이구 낮이구 할거없이 어느틈엔가 들어와서는 세간을 모조리 집어간다우 하고 여호같은년 골방쥐같은년 도적년 뭣해 욕을 느러놀제 나는 그가 옥이를 끝없이 미워하는걸얼른 알수잇섯다. 그러나 세간을 집어냇느니 뭐니 하는건 아마 멀정한 가즛말일게고 이날도 잿간에서 뒤를 보며 벽틈으로 내다보자니까 고년이 날감자 둘을 한손에 하나씩 두렝이속에다 감초고는방에서 살몃

이 나오는걸 보앗다는 이것만은 사실이다. 오작 분하고 급해야 밑도 씻을
새없이 그대루 뛰어나왓스랴. 소리를질러서 혼을 내고는 싶엇스나 제에미
가또 방에서 끙끙거리고 않른게 안됏서서 그냥 눈만 잔뜩흘겨주니까 고년
이 대번얼굴이 밝애지드니 얼마후에 감자둘을 자기발앞에다 내던지고는
깜찍스럽게 뒤ㅅ짐을 지고 밖앗으로 나가드라한다. 허지만 이것은 나의 이
야기에 아무 상관이 없는것이다. 오즉 옥이가 개똥네방엘 왜 들어갓섯슬가
그까닭만 말하야두면 고만이다. 이집이 먼저 개똥네 집이라 하엿스나 그런
것이 아니라 실상은 요 개울건너 도삿댁 소유이고 개똥어머이는 말하자면
그댁의 대대로 나려오는 씨종이엇다. 그래 그댁집에 들고 그댁땅을 붙여먹
고 그댁세력에 살고 하는덕으로 개똥어머니는 가끔 상전댁에 가서 빨래도
하고 다듬이도 하고 또는큰일때는 음식도 맡아보기도 하고해서 맛좋은 음
식을 뻔찔 몰아드린다. 나리댁 생신이 오늘인것을 알고 고년이 음식을 뒤
저먹으러들어왓다가 없으니까 감자라두 먹을량으로 하고 지꺼리든 개똥어
머니의 추칙이 조곰도 틀리지는 않엇다. 마을에 먹을거 낫다하면 이 옥이
만치 잽싸게 먼저 알기는 좀 어려우리라. 그러나 옥이가 개똥어머니만 따
라가면 밥이고 떡이고 좀 얻어주려니 하고 앙큼한 생각으로 살랑살랑 따라
왓다고는 하지만 그것은 옥이를 무시하는 소리에 지나지않는다.

옥이가 뒤ㅅ짐을 딱 집고 개똥어머니의 뒤를 따를제 아무 계획도 없엇
다. 방엘 들어가자니 어머니가 아프다고 짜증만내고 싸리문밖에서 섯자니
춥고 떨리긴하고. 그러타고 나드리를 좀 가보자니 갈곳이 없다. 그래 멀거
니 떨고섯다가 개똥어머니가 개울길로 가는걸 보고는 이게 저갈 길이나 아
닌가하고 대슨 그뿐이엿다. 이때 무슨 생각이 잇섯다면 그것은 이새끼가
얼른와야 죽을 쒀먹을텐데 하고 아버지에게 대한 미움과 간원이 뒤섞인 초
조이엇다. 그증거로 옥이는 도삿댁 문간에서 개똥어머니를놓지고는 혼자
우둑허니 떨어젓다. 인제는 또 갈데가 없게 되엇스니 이럴가 저럴가 다시
망서린다. 그러나 결심을 한것은 이순간의 일이다. 옥이는 과연 중문안으
로 대담히 들어섯다. 새로운 히망. 아니 혹은 맛잇는 음식을 쭉쭉어리는그
입들이나마 한번 구경하고자 한걸지도몰른다. 시선을 이리저리로 둘러가

며 주볏주볏 우선 벅으로 향하엿다. 그태도는마치 개똥어머이에게 무슨 급히 전할말이 잇서 온냥이나 싶다. 벅에는 으중이떼중이 동네게집은 얼추 모인셈이다. 고기국에 밥 마는 사람에 찰떡을 씹는사람! 이쪽에서 북어를 뜯으면 저기는 튀정하는 자식을 주먹으로 때려가며 누렁지를 혼자만 쩍쩍 어린다. 벅문으로 불쑥데미는 옥이의 대가리를 보드니 조런 여호년. 밥주머니 왓니. 냄새는 잘두 맡는다. 이러케들 제각기 욕 한마디씩. 그리고는 까닭없이 깔깔대인다. 옥이네는 이댁의 종도 아니요 작인도 아니다. 물론 여기에 들어와 맛좋은 음식 버러진 이판에 한다리뻗을 자격이 없다. 마는 남이야 욕을하건 말건 옥이는 한구석에잠잣고 시름없이 서잇다. 이놈을 바라보고 침한번 삼키고 저놈걸 바라보고 침한번 삼키고. 마침 이때 자근아씨가 나려왓다. 옥이 왓니 하고 반기드니 왜 어멈들만 먹느냐고 게집들을 나므랜다. 그리고 옆에섯는 개똥어멈에게 얘가 얼마든지 먹는단애유 하고 옥이를 가르치매 그대답은 다만 싱글싱글 웃을뿐이다. 자근아씨도 따라 웃엇다. 노랑 저고리 남치마 열서넛밖에 안된 어여쁜자근아가씨. 손수 솥뚜껑을 열드니 큰대접에 국을 뜨고 거기에다 하얀 이밥을 말아수저까지 꽂아준다. 옥이는 황급히 얼른잡아채엇다. 이밥 이밥. 그분량은 어른이한때 먹어도 양은 조히 차리라. 이것을옥이가 뱃속에 집어넣은 시간을 따저본다면 고작칠팔분밖에는 더 허비치 않엇다. 고기 우러난 국맛은 입에 달앗다. 잘 먹는다 잘 먹는다 하고 옆에서들 추어주는 칭찬은 또한 귀에 달앗다. 양쪽으로 신바람이 올라서 곁도 안돌아보고 막퍼넌것이다. 게집들은 깔깔거리고 소군거리고 하엿다. 그러나 눈을 크게 뜨고 서루를 맞처다볼때에는 한 그릇을 다먹고 배가 불러서 옹크리고 앉은채 뒤로 털썩 주저않는 옥이를 보앗다. 엇다 태워먹엇는지 군데군데 뚫어진 검정 두렁치마. 그나마도 폭이 조바서 볼기짝은 통채나왓다. 머리칼은 가시덤불같이 흐터져 어개를 덮고. 이꼴로 배가 불러서 식 식어리며 떠는것이다. 그래도 속은 고픈지 대접 밑바닥을 닥 닥 긁고잇스니 자근아씨는 생긋이 웃드니 그손을 이끌고 마루로 올라간다. 날이 몹씨 추어서 마루에는 아무도 없엇다. 찬장앞으로 가드니 손벽만한 시루 팟떡이 나온다. 받아들고는 또 널름 집어치엇다. 곧 뒤이어다시 팟떡이 나왔다. 그러나 이번에는 옥이는손도 아니 내밀고 무언으로 거절하엿다. 왜냐 하면 이때 옥이의 배는 최대한도로 느러낫고 거반 바람 넣은 풋뿔만치나 가죽이 탱탱하엿다. 그것이 앞으로 늘다못하야 마츰내 옆 구리로 퍼져서 잘움즉이지도 못하고 숨도 억개를 치올려 식식하는 것이다. 아마 음식은 목구멍까지 꽉찻스리라. 여기에 이상한것이 하나 잇다. 역시 떡이나오는데 본즉이것은 팟떡이아니라 밤 대추가 여기저기 뼈저나온 백 설기. 한번 덥석물어떼이면 입안에서그대루 스르르 녹을듯싶다. 너 이것두 싫으냐 하니까 옥이는 좋다는 뜻으로 얼른 손을 내밀엇다. 대체 이걸 어떠 케먹엇슬가. 그 공기만한 떡덩어리를. 물론용감히 먹기 시작하엿다. 처음 에는 빨리먹엇다. 중간에는 천천히 먹엇다. 그러다 이내 다 먹지못하고 반 쯤 남겨서는 자근아씨에게 도루 내주고 모루고개를 둘럿다. 옥이가 그배에 다 백설기를 먹은것도 기적이려니와 또한 먹다 내놓는 이것도기적이라 안 할수없다. 하기는 가슴속에서떡이 목구멍으로 바짝치뻗히는 바람에못먹기 도 한거지만. 여기다가 더 넣을수가 잇다면 그것은 다만 입안이 남엇슬뿐이 다. 그러면 그다음 꿀발른 주왁 두개는 어떠케 먹엇슬가. 상식으로는 좀 판단키 어려운 일이다. 하여간 너 이것은 하고 주왁이 나왓슬때 옥이는 조 금도 서슴지않고 받앗다. 그리고 한놈을 손끝으로 집어서 그꿀을 쪽쪽 빨 드니 입속에 집어넣엇다. 그꿀을 한참 오기오기 씹다가꿀떡 삼켜본다. 가 슴만 뜨끔할뿐 즉시 떡은 도루 넘어온다. 다시 씹는다. 어깨와 머리를 앞으 로 꾸브리어 용을 쓰며 또한번 꿀떡 삼켜본다. 이것은 도시 사람의 일로는 생각되지 않는다. 허나 주의할 것은 일상 곯아만온 굶주린 창자의 착각이 다. 배가 불럿는지 혹은 곯앗는지 하는건 이때의 문제가 아니다. 한갓 자꾸 먹어야 된다는 걸삼스러운 탐욕이옥이자신도 몰르게 활동하엿고 또는 옥 이는 제가 먹고싶은걸 무엇무엇 알앗슬그뿐이엿다. 거기다 맛갈스러운 그 떡맛. 생전 맛못보던 그미각을 한번 즐겨보고자 기를쓴 노력이다. 만약 이 떡의 순서가 주왁이 먼저 나오고 백설기 팟떡 이러케 나왓다면 옥이는 주 왁만으로 만족햇슬지 몰른다. 그리고 백설기 팟떡은 단연 아니 먹엇슬것이 다. 너는 보도못하고 어떠케 그리 남의일을 잘 아느냐. 그러면 그장면을 목도한 개똥어머니에게 좀 설명하야 받기로하자. 아 참 고년되우는 먹읍디다. 그 밥한그릇을 다먹구그래 떡을 또 먹어유. 그게 배때기지유. 주왁먹을제 나는 인제 죽나부다 그랫슈. 물 한먹음 안처먹고 꼬기꼬기 씹어서꼴딱 삼키는데 아 눈을 요러케 됩쓰고 꼴딱 삼킵디다. 온 이게 사람이야 나는간이 콩알만 햇지유 꼭 죽는줄 알고. 추어서 달달 떨고섯는 꼴하고 참 깜찍해서 내가 다 소름이 쪼옥 끼칩디다. 이걸 가만히 듣다가 그럼 왜 말리진 못햇느냐고 탄하니까 제가 일부러 먹이기도 할텐데 그러케는 못하나마 배고파먹는걸 무슨 혐의로 못먹게 하겟느냐고 되례성을 발끈 내인다. 그러나요건 빨간 가즛말이다. 저도 다른 게집 마찬가지로 마루끝에서서 잘먹는다잘먹는다 이러케 여러번 칭찬하고 깔깔대고 햇섯슴에 틀림없을게다.

옥이의 이 봉변은 여지껏 동리의 한이야기거리가 되어잇다. 헐일이 없으면 게집들은 몰려앉아서 그때의 일을 찧고 까불고 서로 떠들어대인다. 그리고 옥이가 마땅히 죽어야할걸 그래두 살아난것이 퍽으나 이상한 모양같다. 따는 사날이나 먹지를 못하고 몸이 끓어서 펄펄뛰며 앓을만치 옥이는그러케 혼이낫든 것이다. 허지만 처음부터 짜장 가슴을죄인것은 그래두 옥이어머니 하나뿐이엇다. 아파서 들어누엇다 방으로 들어오는 옥이를 보고고만 뻘떡 일어낫다. 왜 배가 이모양이냐 무르니 대답은 없고 옥이는 가만히 방바닥에가 눕드란다. 그배를 근드리지 않도록 반듯이 눕는데 아구배야소리를 복고개가 터지라고 내지르며냉골에서 이리때굴 저리때굴 구르며혼자법석이다. 그러나 뺨우로 먹은것을꼬약꼬약 도르고는 필경 까무러첫스리라 얼굴이 햇슥해지며 사지가 축느러져버린다. 이서슬에 어머니는 그의 표현대로 하눌이문허지는듯 눈앞이 캄캄하엿다. 그는딸을 부뜰고 자기도 어이그머니 하고 울음을 놓고 이를어째 이를어째 몇번 그래 소리를 치다가 아무도 돌봐주러오는 사람이 없으니까 헝겁지겁 근두박질을 하야 밖으로 뛰어나왔다. 그의 생각에 이 급증을 돌릴랴면 점쟁이를 불러 경을 읽는수밖에 다른 도리가 없을듯싶어서이다. 물론 대낮부터 북을 뚜드려가며경은 읽기 시작하엿다. 점쟁이의 말을 들어보면 과식햇다고 죄다 이럴래서는 살 사람이 없지않으냐고. 이것은 음식에서 난병이 아니라 늘 많으든 동자상문이 어쩌다 접해서 일터면 귀신의노름이라는 해석이엿다. 그러타면 내가 생각컨대 옥이가 도삿댁 문전에 나왓슬제 혹 귀신이 접햇는지도 몰른다. 왜냐 그러면 옥이는 문앞언덕을 나리다 고만눈우로 낙상을해서 곳한참을 꼼짝않고 고대로 누엇섯다. 그만치 몸의 자유를 잃엇다. 다시 일어나 눈을 몇번 털고는걸어보앗다. 다리는 천근인지 한번 딛으면 다시 띠기가 쉽지않다. 눈까풀은 뻑뻑어리고 게다 선하품은 자꾸 터지고. 어깨를 치올리어 여전히 식, 식, 거리며 눈속을 이러케 조심조심 거러간다. 삐끗만하엿다는 배가 터진다. 아니 정말은 배가 터지는 그넘려보다 우선 배가 아파서 삐끗도 못할 형편. 과연 옥이의 배는 동네게집들 말마따나 헐없이 애밴사람의, 그것도 만삭된 이의 괴로운 배그것이엇다. 개울길을 나려오자 움물이 눈에 띠이자 애는 갑작스리 조갈을 느꼇다. 엎드리어 박아지로 한먹음 꿀꺽 삼켜본다. 이와 목구멍이 다만 잠간 저릿슬뿐 물은 곧 바로 다시 넘어온다. 그뿐 아니라 뒤를 이어서 떡이 꾸역꾸역 쏟아진다. 잘 씹지않고 얼김에 삼킨 떡이라 삭지못한 그대로 덩어리 덩어리넘어온다. 움물전 어름우에는 삽시간에 떡이 한무데기. 옥이는 다시 눈우에 기운없이 쓰러지고 말앗다. 이러든 애가 어떠케 제집엘 왓슬가 생각하면 여간 큰노력이 아니요 참 장한 모험이라 안할수 없는일이다.

내가 옥이네집을 찾어간것은 이때썩 지어서이다. 해넘이의 바람은 차고 몹씨 떨렷스나 옥이에대한 소문이 흉함으로 퍽궁금하엿다. 허둥거리며 방문을 펄떡 열어보니 어머니는 딸 머리맡에서 무르팍에 눈을 부벼가며 여지껏 훌쩍어리고앉엇다. 냉병은 아주 가셨는지 노낭 노러케 고민하든 그상이 지금은 붉하허니눈물이 흐른다. 그리고 놈은 쭈그리고 앉어서 나를 보고도 인사도 없다. 팔짱을 떡 찌르고는 맞은 벽을 뚫어보며 무슨 결끼나 먹은듯이 바아루위엄을 보이고 잇다. 오늘은 일즉 나온것을 보면 나무도 잘팔은 모양. 얼마후 놈은 옆으로 고개를 돌리드니 여보게 참말 죽지는 않겠나 하고 무르니까 봉구는 눈을 끔벅끔벅하드니 죽기는 왜 죽어 한낮얼토록경을 읽엇는데 하고 자신이 잇는듯 없는듯 얼치기 대답이다. 제딴은 경을 읽기는 햇건만 조곰도 효험이 없으매 저로도 의아한 모양이다. 이 봉구란 놈은

번시가 날탕이다. 게집에 노름에 혹하는그수단은 당할사람이 없고 또 이것
도 재주랄지 못하는게 별반 없다. 농사로부터 노름질 침주기 점치기 지우
질 심지어도적질까지. 경을 읽을 때에는 눈을감고중얼거리는것이 바로 장
님이왓고 투전장을 뽑을 때에는 그눈깔이 밝기가 부엉이같다.

  그러건만 뭘 믿는지 마을에서 병이 나거나 일이 나거나 툭하면 이놈을
불러대는게 버릇이 되엇다. 이까진놈이 점을 친다면 참이지 나는 용뿔을
빼겟다. 덕히가 눈을 찌긋하고 소곰을 더좀 먹여볼가 하고 무를제 나는그
대답은 않고 경은 무슨경을 읽는다고 그래 건방지게 그 사관이나 좀 틀게
나 하고낯을 붉히며 봉구에게 소리를 빽 질럿다. 왜냐면 지금은 경이니 소
곰이니 헐때가 아니다. 아이를 퍼대기를 덮어서 누엿는데 그얼굴이 노랗게
질렷고 눈을 감은채 가끔 다르르 떨고 다르르 떨고하는 것이다. 그리고 입
으로는 아즉도 게거품을 섞어 밥풀이 꼴깍꼴깍 넘어온다. 손까지 싸느러코
핏기는 멎엇다. 시방생각하면 이때 죽엇슬걸 혹 사관으로 살엇는지도 몰른
다. 내가 서드는 바람에봉구는 주머니 속에서 조고만 대통을 끄냇다. 또 그
속에서 녹쓸은 침하나를 끄내드니 입에다 한번 쭉빨고는 쥐가 쓷어먹은듯
한 칼라머리에다 쓱쓱 문질른다. 바른손을 논 다음 왼손 엄지손가락으로침
이 또 들어갈 때에서야 비로소 옥이는 정신이 나나부다. 으악, 소리를 지르
며 깜짝 놀란다. 그와 동시에 푸드득 하고퍼대기속으로 똥을 깔겻다. 덕히
는 이걸뻔히 바라보고 잇드니 골피를 접으며 어이배랄먹을 넌 웬걸 그러케
처먹고 이지랄이야 하고는 욕을 오랄지게 퍼분다. 그러나 나는 그속을 빤
히 보앗다. 저와같이 먹다가 이러케 되엇다면 아마 이토록은 노엽지 않엇
스리라. 그 귀한 음식을 돌르도록 처먹고도 애비 한쪽 갓다줄 생각을 못한
딸이 지극히 미웟다. 고년 고래싸 웬떡을 배가 터지도록 처먹는담 하고 입
을 삐쭉대는 그낯짝에시기와 증오가 력력히 나타난다. 사실로말하자면 이
런 경우에는 저도 반듯이 옥이와같이 햇스련만 아니 놈은 꿀바른주왁을 다
먹고도 또 막걸리를 준다면 물다 뱃는한이 잇드라도 어쨋든 덥석 물엇스리
라 생각하고는 나는 그얼굴을 다시한번 쳐다보앗다.

만무방

산골에, 가을은 무르녹앗다.

아람드리 로송은 뻑뻑이 느러박엿다. 무거운 송낙을 머리에 쓰고 건들건
들. 새새이 끼인 도토리, 뼛, 돌배, 갈입들은 울긋불긋. 잔듸를 적시며 맑은
샘이 쫄쫄거린다. 산토끼 두놈은 한가로이 마주 안저 그물을 할짜거리고.
잇다금 정신이 나는듯 가랑입은 부수수,하고 떨린다. 산산한 산들바람. 구
여운 들국화는 그품에 새뜩새뜩 넘논다. 흙내와 함께 향깃한 땅김이 코를
찌른다. 요놈은 싸리버섯, 요놈은 입 썩은 내 또 요놈은 송이—아니, 아니
가시넝쿨속에 숨은 박하풀 냄새로군.

옹칠이는 뒷짐을 딱지고 어정어정 노닌다. 유유히 다리를 옴겨노흐며 이

* 『조선일보』(1935. 7. 17~30), 13회 연재.

　장르 표지가 '短篇小說'로 되어 있고 매회마다 안석주(安碩柱)가 삽화를 그렸다. 작품 끝에
탈고 일자가 1934년 9월 10일로 밝혀져 있고 탈고 일자 바로 앞에 다음과 같은 기록이 있다.
"不得已한 事情으로 前回에 數十行略하엿습니다."

　주인공과 부수적 인물들이 모두 뿌리뽑힌 유랑민들이다. 한없이 착취당해야만 하는 소작인
의 비애를 그린 작품으로 김유정의 소설 중에서는 드물게 사회성이 강한 작품이다. 마지막 장
면에서 뭉클한 감동을 자아내게 하는 것도, 해학으로 난관을 극복하는 그의 대부분의 소설과
구별되는 점이다.

나무 저나무 사이로 호아든다. 코는 공중에서 버렷다 오므렷다, 연실 이러며 훅, 훅. 굽웃한 한 송목미테 이르자 그는 발을 멈춘다. 이번에는 지면에 코를 야티 갓다 대이고 한바쿠 비잉, 나물끼고 돌앗다.

──아 하, 요놈이로군!

썩은 솔입에 덥히어 흙이 봉곳이 도다올랏다.

그는 손가락을 꾸지즈며 정성스리 살살 헤처본다. 과연 구여운 송이. 망할 녀석, 조곰만 더나오지. 그걸 뚝 따들곤, 뒷짐을 지고 다시 어실렁어실렁. 가끔 선하품은 터진다. 그럴적마다 두팔을 떡 벌기곤 먼하눌을 바라보고 느러지게도 기지개를 느린다.

때는 한창 바쁠 추수때이다. 농군치고 송이파적 나올 놈은 생겨나도 안엇스리라. 허나 그는 꼭 해야만할 일이 업섯다. 십프면 하고 말면 말고 그저 그뿐. 그러함에는먹을것이더럭잇느냐면 잇기커녕 부처먹을 농토조차 업는, 게집도업고 집도업고 자식업고. 방은 잇대야남의 겻방이요 잠은 새우잠이요. 허지만 오늘아츰만해도 한 친구가 차자와서 벼를 털텐테일좀 와해달라는걸 마다하엿다. 멧푼 바람에 그까진걸 누가하느냐. 보다는 송이가 조앗다. 왜냐면 이땅 삼천리강산에 늘려노힌 곡식이 말정 누거럼. 먼저 먹는 놈이 임자 아니야. 먹다 걸릴만치 그토록 양식을 싸아두고 일이다 무슨 난장마즐 일이람. 걸리지 안토록 먹을 궁리나 할게지. 하기는 그도 한세번이나 걸려서 구메밥으로 사관을 틀엇다. 마는 결국 제밥상우에 올라안즌 제목도자칫하면 먹다걸리긴 매일반──

올라갈수록 덤불은 우것다. 머루며 다래, 츩, 게다 이름모를잡초. 이것들이 우아래로 이리저리 서리어 좀체길을 내지 안는다. 그는 잔디길로만 돌앗다. 넙쩍다리가 벌죽이는 찌저진 고잇자락을 아끼며 조심조심 사려딋는다. 손에는 츩으로 역거들은 일곱개 송이. 늙은소나무 마다 가선 두리번거린다. 산양개모양으로 코로 쿡, 쿡, 내를 한다. 이것도 송이갓고 저것도 송이. 어떤게 알짜송인지 분간을 모른다. 토끼똥이소보록한데 갈입히 한입 똑 떨어젓다. 그입홀살멋이 들어보니 송이 대구리가 불쑥 올라왔다. 매우 큰 송인듯. 그는반색하야 그압혜 무릎을 털석꿀엇다. 그리고 그우에 두손

을내들며 열손가락을다 펴들엇다. 가만가만히 살살 흙을 헤쳐본다. 주먹만
한 송이가나타난다. 애이놈크구나. 손바닥우에 따올려노코는 한참드려다
보며싱글벙글한다. 우중충한구석으로 바위는 벽가티 깍아질렷다. 그중툭
을읽어나간 츰입헤서는 물이 쪼록쪼록, 흘러나린다. 인삼이 썩어나리는 약
수라 한다. 그는 돌우에 걸터안지며 또한번 하품을하엿다. 간밤 쓸데업는
노름에 밤을 팬것이 몹씨 나른하엿다. 다사로운 햇발이 숩플 새여든다. 다
람쥐가 솔방울을 떨어치며. 어여쁜 할미새는 압헤서 알씬거리고. 동리에서
는 타작을 하노라고 와글거린다. 흥겨워 외치는 목성, 그걸 업누르고 공중
에 웅, 웅, 진동하는 벼터는 기게소리. 마즌 쪽 산속에서 어린 목동들의 노
래는 처량히울려온다. 산속에 뭇친마을의 전경을 멀리 바라보다가 그는 눈
을 찌긋하며 다시한번 하품을뽑는다. 이 웬놈의 하품일까. 생각해보니 어
제ㅅ저녁부터 여짓것 창주가 곱립든것이다. 불현듯 송이 꾸럼에서 그중 크
고 먹음직한놈을 하나뽑아들엇다.

　응칠이는 그송이를 물에 써억써억부벼서는 떡 버러진 대구리부터 걸삼
스리 덥석 물어떼엇다. 그리고 넓죽한 입이 움질움질 씹는다. 혀가 녹을듯
이 만질만질하고 향기로운 그맛. 이럿케 훌륭한 놈을 입맛만다시고 못먹다
니. 문득 녯 추억이 허끗테 뱅뱅 돈다. 이놈을 맛보는것도 참 근자의 일이
다. 감불생심이지 어디 냄새나 똑똑이 맛타보리. 산속으로 쏘다니다 백판
못따기도 하려니와 더러 딴다는 놈은 항여상할가바 손도 못대게하고 집에
나려다모고모고 하는것이다. 그러나 요행이 한꾸림이차면금시로장에가저
다 판다. 이틀 사흘식공때린거로되 잘하면 사십전 못밧으면 이십오전. 저
녁거리를 기다리는 안해를생각하며 좁쌀서너되를 손에 사들고 어두운 고
개치를 터덜터덜올라오는건조흐나 이신세를 멋에 쓰나, 하고보면 을프냥
굿기가 짝이 업겟고──이까진걸 못먹어 그래 홧김에 또 한놈을 뽑아들고
이번엔 물에 흙도 씻을새업시그대로 텁석어린다. 그러나 다른놈들도 별수
업스렷다. 이산골이 송이의 번고향이로되 아마 일년에 한개조차 먹는 놈이
드므리라.

　──흠, 썩어진 두상들!

그는 폭넓은 얼골을 이그리며 남이나 드르란듯이 이러케 비웃는다. 썩엇다, 함은 데생겻다 모멸하는 그의 언투 이엇다. 먹다남아지 송이 꽁댕이를 바루 자랑스러히 입에다 치트리곤 트림을 석거가며 우물거린다.

송이가 두개가 들어가니 인제는 더 먹을 재미가 업다. 뭔가 좀 든든한걸 먹엇으면 조켓는데. 떡, 국수, 말고기, 개고기, 돼지고기, 그러치안흐면 쇠고기냐. 아따 궁한 판이니 아무거나 잇스면 속중으로 여러가질 먹으며 시름업시 안젓다. 그는 눈꼴이 슬그머니 돌아간다. 웬놈의 닭인지 암닭 한마리가조아래 무덤압에서 뺑뺑 맨다. 골골거리며 감도는걸 보매 아마 알자리를 보는 맥이라. 그는 돌에서 궁뎅이를 들엇다. 나즌하늘로 외면하야 못본척하고 닭을향하야 저 켠으로 넓직이 돌아나린다. 그러나 무덤까지 왓슬때 몸을 돌리며

"후, 후, 후, 이자식이 어될가 후——"

두팔을 버리고 쪼차간다. 산꼭대기로 치모니 닭은 하둥지둥 갈길을 모른다. 요리매낀조리매낀, 꼬꼬댁어리며 속만 태울뿐. 그러나 바위틈에 끼어 왈살스러운 그주먹에 목아지가둘로 나기에는 불과 멋분 못걸렷다.

그는 으식한 숩속으로 찾아들엇다. 닭의 껍질을 홀랑까고서 두다리를 들고 찌즈니 배창이 엽꾸리로 픠진다. 그놈을 긁어뽑아서 껍질과 한데뭉치어 흙에 뭇어버린다.

고기가 생기고보니 연하야나느니막걸리생각. 이걸 부글부글 끌여놋고 한사발 떡 켯으면 똑 조을텐데 제—기. 응칠이의 고기는 어듸 떨어젓는지 술집까지 못가는 고기엇다. 아무려나 고기 먹구 술먹구 거꾸룬 못먹느냐. 그는 닭의 가슴패기를 입에 뒤려내고 쭉 쭉찟어가며 먹기 시작한다. 쫄깃쫄깃한 놈이 제법 맛이 들엇다. 가슴을 먹고 넓적다리 볼기짝을 먹고 거반 반쪽을 다해내고나니 어쩐지맛이 좀적엇다. 결국음식이란 양념을해야하는군.

수풀속으로 그냥 내던지고그는 설렁설렁 나려온다. 솔숩을 빠져 화전께로 나릴랴할제 별안간 등뒤에서

"여보게 거 응칠이 아닌가!"

고개를 돌려보니 대정간하는 성팔이가 잣달막한 체수에 들갑작거리며 고개를 넘어온다. 그런데 무슨 긴한 일이나 잇는지부릿나케 달겨들드니

"자네 응고개논의 벼 업서진거 아나?"

응칠이는 고만 가슴이 덜컥 내려안젓다. 이바뿐 때 농군의 몸으로 응고개까지 앨써 갈놈도 업스려니와 또한 하필 절보고 벼의업서짐을 말하는것이 여간 심상치안은 일이엇다.

잡담제하고 응칠이는

"자넨 어쩨서 응고개까지 갓든가?" 하고 대담스리도 그눈을 쏘아보앗다. 그러나 성팔이는 조곰도 겁먹는 기색업시

"아 어쩌다 지냇지 뭘그래"

하며 도리어 얼레발을 치고 덤비는 수작이다. 고현 놈, 응칠이는 입때 다녀야 동무를 팔아 배를 채우는 그런 비열한 짓은 안한다. 낫을 붉히자 눈에 물이 보이며

"어쩌다 지냇다?"

응칠이가 이 동리에 들어온것은 어느듯 달이 넘엇다. 인제는 물릴때도 되엇고 좀 떠보고자 생각은 간절하나 아우의 일로 말미아마 망설거리는 중이엇다.

그는 오라는데는 업서도 갈데는 만엇다. 산으로 들로 해변으로 발뿌리노히는 곳이즉가는 곳이엇다.

그러나 저물며는 그대로 쓰러진다. 남의 방아간이고 헷간이고 혹은 강가, 시새장. 물론 수가조흐면 괴때기 우에서 밤을 편히 잘적도 잇엇다. 이럿케하야 강원도 어수룩한 산골로 이리 넘고 저리넘고못간데 별로업시 유람겸편답하엿다.

그는 한 구석에 머물러 잇슴은 가슴이 답답할만치 되우 괴로윗다.

그럿타고 응칠이가 번시라영마직성이냐 하면 그런것도 아니다. 그도 오년전에는 사랑하는 안해가 잇섯고 아들이 잇섯고 집도 잇섯고 그때야 어딜 하로라고 집을 떠러저 보앗스랴. 밤마다 안해와 마주안즈면 어쩌하면 이 살림이 좀늘어볼가 불어볼가, 애간장을 태이며 가튼 궁리를 되하고 되하엿

다. 마는 별 뾰죽한 수는 업섯다. 농사는 열심으로 하는것가튼데 알고보면 남는건 겨우 남의 빗뿐. 이러다가는 결말엔 봉변을 면치못할것이다. 하루는 밤이 기퍼서 코를 골며 자는 안해를 깨웟다. 박게 나아가 우리의 세간이 몃개나 되는지 세여보라 하엿다. 그리고 저는 버루에 먹을갈아 붓에 찍어 들엇다. 벽을 발른 신문지는 누러케 꺼럿다. 그우에다 안해가 불러주는 물목대로 일일히 나려 적엇다. 독이 세개, 호미가 둘, 낫이 하나, 로부터 밥사발, 젓가락집이 석단까지 그담에는 제가 빗을 엇어온데, 그 사람들의 이름을 쪽적어 노앗다. 금액은 제각기 그 알에다 달아노코. 그엽으론 조금 사이를 떼어 역시 조선문으로 나의 소유는 이것박게 업노라. 나는 오십사원을 갑흘길이업스매 죄진 몸이라 도망하니 그대들은 아예싸울게 아니겟고 서루 의론하야 어굴치안토록 분배하야 가기 바라노라 하는의미의 성명서를 벽에 남기자 안으로 문들을 걸어닷고 울타리 밋구멍으로 세식구 빠저나왓다.

이것이 응칠이가 팔짜를 고치든 첫날이엇다.

그들 부부는 돌아다니며 밥을 빌엇다. 안해가 빌어다 남편에게, 남편이 빌어다 안해에게. 그러자 어느날 밤 안해의 얼골이 썩 슬픈 빗이엇다. 눈보래는 살을 여인다. 다 쓰러저가는 물방아간 한구석에서 섬을 두르고 언내에게 젓을 먹이며 떨고잇드니 여보게유, 하고 고개를 돌린다. 왜, 하니까 그말이 이러다간 우리도 고생일뿐더러 첫때 언내를 잡겟수, 그러니 서루 갈립시다 하는것이다. 하긴 그럴법한 말이다. 쥐뿔도 업는것들이 붙어단긴 대짜 별수는업다. 그보담은 서루 갈리어 제맘대로 빌어 먹는것이 오히려 가든하리라. 그는 선뜻 응락하엿다. 안해의 말대로 개가를해가서 젓먹이나 잘 키우고 몸성히 잇스면 혹 연분이 다아 다시 만날지도 모르니깐 마즈막으로 안해와 가티 땅바닥에 나란히 누어 하루밤을 떨고나서 날이 훤해지자 그는 툭툭 털고 일어섯다.

매팔짜란 응칠이의 팔짜이겟다.

그는 버젓이 게트림으로 길을 거러야 걸릴것은 하나도업다. 논맬 걱정도, 호포 밧칠걱정도, 빗 갑흘 걱정, 안해 걱정, 또는 굶을 걱정도. 호동가란히 털고 나스니 팔짜 중에는 아주 상팔짜다. 먹구만 십으면 도야지구, 닭이구, 개구, 언제나 엽흘 떠날새 업겟지 그리고 돈, 돈두——

그러나 주재소는 그를노려보앗다. 툭하면 오라, 가라, 하는데 학질이엇다. 어느 동리고 가 잇다가 불행히 일만 나면 누구 보다도 그부터 붓들려간다. 왜냐면 그는 전과사범이엇다. 처음에는 도박으로 다음엔 절도로 쏘고 담에도 절도로, 절도로——

그러나 이번멀리 아우를방문함은 생활이궁하야 근대러왓다거나혹은 일을해보러 온것은결코아니엇다. 혈족이라곤 단하나의 동생이요 또한 오래 못본지라 때업시 그리웟다. 그래 머처럼 차자온것이 뜻박게 덜컥일을만낫다.

지금까지 논의 벼가 서 잇다면 그것은 성한사람의즛이라안할것이다.

응오는 응고개 논의 벼를여태 비지안헛다. 물론 응오가 비여야 할것이나 누가 듯든지그형응칠이를 먼저 의심하리라. 그럼 여기에 따르는 모든 책임을 응칠이가 혼자 지지 안흐면안될것이다.

응오는 진실한 농군이엇다. 나히 설흔하나로 무던히 철낫다 하고 동리에서 처주는 모범청년이엇다. 그런데 벼를비지안는다. 남은 다들거더드렷고 털기까지 하련만 그는 빌 생각조차 안는것이다.

지주라든 혹은 그에게 장리를 노혼김참판이든 뻔질 차자와 벼를 비라 독촉하엿다.

"얼른 털어서 낼건 내야지"

하면 그대답은

"게집이 죽게됏는데 벼는 다뭐지유——"

하고 한갈가티 내뱃는 소리뿐이엇다.

하기는 응오의 안해가 지금 기지사정이매 틈은 업섯다 하드라도 돈이 놀아서 약을 못쓰는 이판이니 진시 벼라도 털어야 할것이다.

그러면 왜 안 털엇든가——

그것은 작년 응오와 가치 지주 문전에서 타작을 하든 친구라면 뭇지는 안흐리라. 한해동안 애를 조리며 홋자식 모양으로 알뜰이 가꾸든 그 벼를 거더드림은 기쁨에 틀림업섯다. 꼭두새벽부터 엣, 엣, 하며 괴로움을 모른다. 그러나 캄캄하도록 털고나서 지주에게 도지를 제하고, 장리쌀을 제하고 색초를 제하고보니 남는것은 등줄기를흐르는 식은 땀이 잇슬따름. 그것은 슬프다 하니보다 꿋업시 부끄러윗다. 가치 털어주든 동무들이 뻔히 보고섯는데 빈지게로 덜렁거리며 집으로 들어오는건 진정 열쩍기 짝이업는 노릇이엇다. 참다참다 웅오는눈에 눈물이 흘럿든 것이다.

가뜩한데 업치고 덥치더라고 올에는 고나마 흉작이엇다. 샛바람과 비에 벼는 깨깨 배틀럿다. 이놈을 가을하다간 먹을게 남지안흠은 물론이요 빗도 다 못가릴모양. 에라 빌어먹을거. 너들끼리 캐다 먹든마던멋대로 하여라, 하고 내던저두지 안흘수업다. 벼를 거덧다고 말만 나면 빗쟁이들은 우— 몰려들거니깐——

웅칠이의 죄목은 여기에서도 또렷이 드러난다. 구구루 가만만 잇섯스면 조흔걸 이 사품에 뛰어들어 지주의 뺨을제법 갈긴것이 웅칠이엇다.

처음에야 그럴 작정이 아니엇다. 그는 어러곳 물을 마신이만치 어지간히 속이 틘 건달이엇다. 지주를 만나 까놋코썩 조흔 소리로 의론하엿다. 올농사는 반실이니 도지도 좀감해주는게 어떠냐고. 그러나 지주는암말업시 고개를 모로흔들엇다. 정 이러면 하여튼 일년품은빼야할테니 나는 그놈에다 불을 질르겟수, 하여도 잠잣고 웅치안는다. 지주로 보면 자기로도 그벼는 넉넉히거더 드릴수는 잇다. 마는 한번버릇을 잘못해노흐면 여느작인까지 행실을 버릴가 염여하야 것흐로독촉만하고 잇는터이엇다. 실상이야 고까진벼쯤 잇서도고만 업서도고만——그 심보를 눈치채고 웅칠이는 화를 벌컥낸것마는 조흐나, 저도 모르고 대뜸주먹뺨이 들어갓든것이다.

이러케 문제중에 잇는 벼인데 귀신의 노름가튼 변괴가 생겻다. 다시말하면 벼가 업서젓다. 그것두 병들어 쓰러진 쭉쟁이는 제처노코 무얼루 그랫는지 말장이삭만 따갓다. 그면적으로 어림하면아마 못돼도한댓말가량은될는지——

웅칠이가아츰 일즉이 그논께로 노닐자 이걸발견하고 기가 막혓다. 누굴 성가시게 할랴구 그러는지. 산속에 파뭇친 논이라 아즉은 본사람이업는 모양갓다. 허나 동리에 이소문이퍼지기만하면저는어느모로보던 혐의를바더 페는 조히입어야될것이다.

응칠이는 송이도 송이려니와 실상은 궁리에 바빳다. 속중으로 지목 갈만한 놈을 여럿들어보앗스나 이럿다 찝을만한 증거가 업다. 어쩌면 재성이나 성팔이 이 둘중의 즛이리라, 하고 결국 이럿케 생각든것도응칠이가 아니면 안될것이다.

원수는 외나무 다리에서 만낫다.

응칠이는 저의 짐작이 들어마즘을 알고 당장에 일을 낼듯이 성팔이의 눈을 드리 노렷다.

성팔이는 신이나서 떠들다가 그눈총에 어이가 질리어 고만벙벙하엿다. 그리고 얼골이해쓱하야 마주대고 처다보드니

"그래 자네 왜 그케 노하나. 지내다 보니깐 그러킬래 일테면 자네보구 얘기지 뭐……"

하고 뒷갈망을 못하야 우물주물한다.

"노하긴 누가 노해——"

응칠이는 뻐팅겻든 몸에 좀더 힘을 올리며

"응고개를 어째 갓드냐 말이지?"

"놀러갓다 오는길인데 우연히……"

"놀러갓다. 거기가노는덴가?"

"글세 그러케까지무를게뭔가, 난 응고개 아니라 서울은못갈사람인가"

하다가 성팔이는 속이타는지코로흐응, 하고 날숨을 길게뽑는다.

이러케 나오는데는 더무를필요가 업섯다. 성팔이란 놈도여간내기가 아니요 구장네 솟친가뭔가 떼먹고 한번 다녀온놈이엇다. 만히사괴지는 못햇스나 동리평판이그놈과 가티다니다는 엉뚱한일 만난다 한다. 이번에 응칠이 저역 그 섭수에 걸럿슴을 알고

"그야 응고개라구 못갈리 업슬테——"

하고 한번 엇먹다 그러나 자네두 아다십히 거 어디야, 거기 바루 길이 잇다든지, 사람사는 동리라면 혹 모른다하지마는 성한 사람이야 응고개엘 뭘

먹으러 가나, 그러치 자네야 심심하니까, 하고 압흘 꽉눌러 등을 떠본다.
여긔에는 대답업고 성팔이는 덤덤히 처다만본다. 무엇을 생각햇는가 한참
잇드니 호주머니에서 단풍갑을 끄낸다. 우선 제가 한개를 물고또 하나를
뽑아 내대며
　"권연하나 피게"
매우 든직한 낫츨 해보인다.
　이놈이 이에 밝기가 몹시 밝은 성팔이다. 턱업시 권연 하나라도 선심을
쓸궐자가 아니리라, 생각은 하엿스나 그럿타고 예까지 부르대는건 도리어
저의 처지가 불리하다. 그것은 짜정 그 손에 넘는 즛이니
　"야 웬 권연은이래——"
하고 슬적 능치며
　"성냥 잇겟나?"
일부러 불까지 거대게하엿다.
　응칠이에게 액을 떠넘기어이용할랴는 고 야심을 생각하면 곳달겨들어
다리를 꺽거놔야올흘것이다. 그러나 이마당에 떠들어대고보면 저는두러누
어침뱃기. 결국 도적은 뒤로잡지 압헤서얼르는법이 아니다. 동리에 소문이
퍼질것만 두려워하며
　"여보게 자네가 햇건 내가햇건간"
하고 과연 정다히 그 등을툭치고나서
　"우리둘만 알고 동리에 말은 내지말게."
하다가 성팔이가 이말에 되우 놀라며 눈을 말똥말똥 뜨니
　"그까진 벼쯤 먹으면어떤가!"
하고 껄껄 우서버린다.
　성팔이는 한굽접히어 말문이 메엿는지 얼뚤하야 입맛만 다신다.
　"아예 말은 내지말게, 응 알지—"
하고 다시 다질 때에야 겨우 주저주저 입을 열어
　"내야 무슨말을……그건 염여말게."
하드니 비실비실 몸을 돌리어 저 갈길을 내것는다. 그러나저압고개까지 가

는 동안에 두번이나 돌아다보며 이쪽을 살피고 살피고 한것마는 사실이었다.

응칠이는 그 꼴을 이윽히바라보고 입안으로 죽일놈, 하엿다. 아무리 도적이라도 가튼동요에게 제 죄를 넘겨씰랴 함은 도저히 의리가아니다.

그건 그러타치고 응오가 더딱하지 안흔가. 기껀 힘드려지어노핫다 남존일 한것을 안다면 눈이 뒤집힐 일이겟다.

이래서야 어듸 이웃을 밋어 보겟는가——.

확적히 증거만잇서 이놈을잡으면 대번에 요절을 내리라결심하고 응칠이는 침을 탁 뱃타던지고 산을 나려온다.

그런데 그놈의 행티로 가늠보면 응칠이 저만치는 때가못버슨도적이다. 어느미친놈이 논뚜랑에까지 가새를들고오는가. 격식도 모르는 푸뚱이가. 그럴랴면바루 조나까리나 수수나까리말이지. 그속에 들어안저가새로속닥거려야 들릴리도업고 일도편하고. 두포대고 세포대고마음껏 딸수도잇다. 그러다틈보고 집으로 나르면 고만이지만 누가논의벼를다. 그러케도 벼에 걸신이들엇다면 바루남의집 머슴으로들어가 한 달포동안주인아페 얼렁거리는건이어니와 신용을엇어낫다가 주는 옷이나 어더입고 다들 잠들거든 벼섬이나 두둑히 질머메고 덜렁거리면 그뿐이다. 이건 맥도 모르는게남도 못살게굴랴구. 에—이 망할자식두 그는 분노에 살이 다 부들부들 떨리는 듯 십헛다. 그러나 이런 좀도적이란 뽕이나기전에는 바짝 물고덤비는 법이엇다. 오늘밤에는요놈을 지켯다 꼭 붓들어가지고 정갱이를 분질러노리라, 밥을 먹고는 태연히 막걸리 한사발을 껄떡껄떡 들여키자

"커—, 가을이 되니깐 맛이행결 낫군——"

그는 주먹으로 입가를 쓱쓱훔친다음 송이꾸림에서 세개를 뽑는다. 그리고 그걸 갈퀴가티 마른 주막할머니 손에내어주며

"엣수, 송이나 잡숫게유——"

하고 술갑을 치럿으나

"아이 송이두 고놈참"

간사를 피는것이 좀 시쁜모양이다. 제따는 한개에 삼전식치드라도 구전박

게 안되니깐――

응칠이는 슬몃이 화가 나서 그얼굴을 유심히 드려다보앗다. 움푹들어간 볼때기에 저거또왜저리 멋업시 불거젓는지 툭 나온 광대뼈하구 치마알로 남실거리는 발가락은 자칫 잘못보면 황새 발목이니 이건 언제 잡아갈라구 남겨두는거야――보면 볼사록 하나 이쁜데가 업다. 한두번 먹은것두 아니요 언젠간 울타리께 풀을 비여주고 술사발이나 엇더먹은 적도 잇섯다. 고러케 야멸치게 따질건 먼가. 그는 눈살을 흘낏 맛치고는 하나를 더 꼬내어

"엣수 또하나 잡숫게유――"

내던저주곤 댓돌에 가래침을탁배탓다.

그제야 식성이 좀 풀리는지 그 가축으로 웃으며

"아이그 이거 자꾸 줌 어떠개――"

"어떠거긴, 자꾸 살찌게유――"

하고 한마디 툭쏘고 일어스다가 무엇을 생각함인지 다시퇴ㅅ마루에 주저안젓다.

"그런데 참 요즘 성팔이 보섯수?"

"아―니, 당최 볼수가 업더구면."

"술두 안먹으러 와유?"

"안와――"

하고는 입속으로 뭐라고 종잘거리며 의아한 낫을 들드니

"왜, 또 뭐 일이……?"

"아니유, 본지가하오래니깐――"

응칠이는 말꼬틀 얼버무리고 고개를 돌리어 한데를 바라본다. 벌써 점심때가 되엇는지닭들이 요란히 울어댄다. 논뚝의 미루나무는 부 하고 또 부, 하고 입히 날리며 팔랑팔랑 하늘로 올라간다.

"성팔이가 이말에서 얼마나살앗지유?"

"글쎄――, 재작년 가을이지 아마"

하고 장죽을 빡빡 빨드니

"근대 또 떠난대든걸, 홍천인가 어디 즈 성님안터로 간대"

하고 그게 올치 여기서 뭘하느냐. 대정간이라구 일이나 만흐면 모르거니와 밤낮 파리만 날리는걸. 그보다는 즈 형이 크게 농사를 짓는대니 그뒤나자 들어주고 구구루 어더먹는게 신상에 편하겟지. 그래 불일간 처자식을 데리고 아마떠나리라고하고

"농군은 그저 농사를지야돼."

"낼술먹으러 또오지유——"

간단히 인사만하고 웅칠이는 다시 일어낫다.

주막을 나스니 옷깃을 스치는 개운한 바람이다. 밧 둔덕의 대추는 척척 느러진다. 머지안허 겨울은 또오럿다. 그는웅오의 집을 바라보며 그간 죽엇는지 궁금하엿다.

웅오는 봉당에 걸타안젓다. 그압 화로에는 약이 바글바글 끌는다. 그는 정신업시 드려다 보고 안젓다.

우중중한 방에서는 안해의 가뿐 숨소리가 들린다. 색, 색하다가 아이구, 하고는 까우러지게 콜록어린다. 가래가 치밀어 몹씨 괴로운 모양——뽑아 줄사이가 업시 풀들은 뜰에 엉겻다. 흙이 드러난 집웅에서 망초가 휘어청 휘어청. 바람은 가끔 차저와 싸리문을 흔든다. 그럴적마다 문은 을쓰년스럽게 삐—꺽삐—꺽. 이웃의발발이는 벽에서 한창 바뿌게달그락거린다. 마는 아츰에 안해에게 먹이고 남은 조죽밧게야. 아니 그것도 참 남편 마자 긁엇으니 사발에 붓튼 찌꺽지뿐이리라——

"거, 다 졸앗나부다."

웅칠이는 약이란 너머 졸면 못쓰니 고만 짜 먹이라, 하엿다. 약이라야 어젯저녁 울뒤에서 올가드린 구렁이지만——

그러나 웅오는 듯고도 흘렷는지 혹은 못 드럿는지잠잣고 고개도 안든다.

"엣다. 송이맛이나 봐라."

하고 형이 손을 내밀제야 겨우 시선을 들엇스나 술이 건아한 그 얼골을 거부상스리 홀터본다. 그리고 송이를 고맙지안케 바더 방으로 치트리고는

"이거나 먹어."

하다가

"뭐?"

소리를 크게 질럿다. 그래도 잘 들리지 안흠으로

"뭐야 뭐야, 좀 똑똑이하라니깐?"

하고 골피를 찌프린다.

그러나 안해는 손즛만으로 무슨 소린지 알수가 업다. 음성으로 치느니보다 조히부비는소리랄지, 그걸듯기에는 지척도 멀엇다.

가만히보다 웅칠이는 제가다 불안하야

"뒤보겟다는게 아니냐!"

"그럼 그러타 말이 잇서야지."

남편은 이내 짜증을 내이며 몸을 일으킨다. 병약한안해의 음성이 날로변하야 감을 시방 안것도 아니련만——그는 방바닥에 느러저 꼬치 꼬치 마른 반송장을조심히 일으키어 등에 업엇다.

울박 밧머리에 잿간은 노혓다. 머리가 눌릴만치 납짝한 갑갑한 굴속이다. 게다 거미줄은 예제업시 엉키엇다. 부추돌우에 나려노흐니 안해는 벽을 의지하야웅크리고 안는다. 그리고 남편은 눈을 멀뚱멀뚱 뜨고 지키고 섯는것이다.

이꼴들을 멀거니 바라보다 웅칠이는 마뜩지안케 코를 횅, 풀며 입맛을 다시엇다. 웅오의즛이 어리석고 울화가터저서이다. 요즘웅오가 형에게 잘 말두안코 웨 어뜩비뜩하는지 그속은 웅칠이도 모르는배 아닐 것이다.

웅오가 이 안해를 차저올때 꼭 삼년간을 머슴을 살엇다. 그처럼 먹고십든 술 한잔 못먹엇고 그처럼 침을 삼키든 그개고기 한메 물론 못삿다. 그리고 사경을 밧는대로 꼭꼭 장리를 노핫스니 후일 선채로 썻든것이다. 이러케까지 근사를 모아 어든 게집이련만 단 두해가 못가서 이꼴이 되고말엇다.

그러나 이병이 무슨 병인지 도시 모른다. 의원에게한번이라도 변변히 뵈본적이 업다. 혹안다는 사람의 말인즉 뇌점이니 어렵다 하엿다. 돈만 잇다면이야 뇌점이고 염병이고알바가 못될거로되 사날전 거리로 쫏차나오며

"성님"

하고 팔을 챌 적에는 응오도 어지간히 급한 모양이엇다.

"왜?"

응칠이가 몸을 돌리니 허둥지둥 그말이, 인제는 별 도리가 업다. 잇다면 꼭 한가지가 남엇스니 그것은 어끄젹게 산신을 부리는 노인이 이마을에 오지안헛는가. 그도인이 응오를특히 동정하야 십오원만 드리어 산치성을 올리면씨슨듯이 낫게해 주리라는데

"성님은 언제나 돈만들수 잇지유?"

"거안된다. 치성드려 날병이 그냥안낫겟니"

하야여전히 딱떼이고 그러케내뭐래던 애젼에 게집다내버리고 날따라나스랫지, 하고

"그래 농군의 살림이란 제목매기라지!"

그러나 아우가 암말업시 몸을 홱 돌리어 집으로 들어갈제 응칠이는 속으로 또 괜은 소리를 햇구나, 하엿다.

응오는 도루 안해를 업어다 방에 누엿다. 약은 다 졸앗다. 물이 식기전 짜야할것이다. 식기를 기다려 약사발을 입에대어주니 안해는 군말업시 그 구렁이물을 껄덕껄덕 드려마신다.

응칠이는 마당에 우두커니 안젓다. 사람의 목숨이란과연 중하군, 하엿다. 그러나 게집이라는 저물건이 그러케 떼기 어렵도록 중할가, 하니 암만해도 알수업고

"너 참 요건너 성팔이 알지?"

"――"

"너허구 친하냐?"

"――"

"성이 뭐래는데 거 대답줌하럼"

하고 소리를 빽 질러도 아우는 대답은 말고 고개두안든다.

그러나 응칠이는 하눌을 처다보고 트림만 끄윽, 하고 말앗다. 술기가 코를 콱 콱 찔러야 할터인데 이건 풋김치냄새만 코밋에서 뱅뱅돈다. 공짜김치만 퍼먹을게 아니라 한잔더햇드면 조앗슬걸. 그는 일어서서 대를 허리에

꼿고 궁뎅이의 흙을 털엇다. 벼도적 맛즌 이야기를 할가, 하다가 아서라 가뜩이나 울상이속이 쓰릴것이다. 그보다는 이놈을 잡아노코 낭종 히짜를 뽑는것이 점잔하겟지——

그는 문밧으로 나와버렷다.

답답한 아우의 살림을 보니 역 답답하든 제살림이 연상되고 가슴이 두목 답답하엿다.

이런 때에는 무가 십상이다. 사실 하누님이 무를 마련해낸 것은 참으로 은혜 로운 일이다. 맥맥할때 한개를 씹구보면 끌걱하고 쿡 치는 그 멋이조코 남의 무밧혜 들어가 하나를 쑥 뽑으니 가락무. 이 키, 이거 오늘 운수대통이로군. 내던지고 그 담놈을 뽑아들고 개울로 나려온다. 물에쓱쓰윽닥꺼서는 꽁지는 이로비여던지고 어썩 깨물어부친다.

개울둔덕에 포푸라는 호젓하게도 매출이컷다. 재갈돌은 고밋테 옹기종기 모엿다. 가생이로 잔듸가 소보록하다. 응칠이는 나가자빠저 마을을건너다보며눈을 멀뚱멀뚱 굴리고누엇다. 산에 삥삥 둘리어 숨이 콕막힐듯한 그 마을——

　　아리랑 아리랑 아라리요
　　아리랑 띄여라 노다가세
　　증긔차는 가자고 왼고동 트는데
　　정든님 품안고 낙누낙누
　　아리랑 아리랑 아라리요
　　아리랑 띄여라 노다가세
　　넬갈지 모래갈지 내모르는데
　　옥씨기 강낭이는 심어뭐하리
　　아리랑 아리랑 아라리요
　　아리랑 띄여라……

그는 콧노래를 이러케 흥얼거리다 갑작스리 강능이 그리웟다. 펄펄 뛰는 생선이 조코 아츰햇발에 비끼어 힘차게 출렁거리는 그물결이 조코. 이까진 둠 구석에서 쪼들리는데대다니. 그래도 즈이 따는 무어 농사좀 지엇답시고 약을 복복쓰며 잘두 떠들어 대인다. 허지만 그런 중에도 어듸인가형언치 못할 쓸쓸함이 떠돌지안는 것도 아니다. 삼십여년전 술을 빗어노코 쇠를울리고홍에 질리어 어께춤을 덩실거리고 이러든 가을과는 저 딴쪽이다. 가을이 오면 기쁨에 넘처야 될 시골이 점점 살기만 띠어옴은 웬일일고. 이럿게 보면 재작년 가을 어느 밤 산중에서 낫으로 사람을 찍어죽인 강도가 문득 머리에 떠오른다. 장을 보고오는 농군을 농군이 죽엿다. 그것두 만이나 되엿스면 모르되 빼앗은것이 한꿋 동전 네닙에 수수 일곱되. 게다 흔적이 탈로 날가 하야 낫으로 그 얼골의 껍질을 벅기고 조깃대강이 이기듯 끔찍하게 남기고 조긴망난이다. 흉악한자식. 그 잘량한 돈 사전에 나가트면 가여워 덧돈을 주고라도 왓스리라. 이번 놈은 그따위 깍따귀나 아닐는지할때 찬 김과아울러 치미는 소름에 머리 끄치 다 쭈볏하엿다. 그간 아우의 농사를 대신 돌봐주기에이럭저럭 날이 느것다. 오늘 밤에는 이놈을 다리를 꺽거노코 내일쯤은 봐서 설넝설넝 뜨는것이 올흔 일이겟다. 이산을 넘을가 저산을 넘을가 주저거리며 속으로 점을치다가 슬그머니 코를 골아올린다.

밤이 나리니 만물은 고요히 잠이든다. 검프른 하눌에 산봉우리는 울퉁불퉁 물결을 치고 흐릿한 눈으로 별은 떳다. 그러다 구름떼가 몰려 닥치면 캄캄한 절벽이 된다. 또한 마을한복판에는 거츠른 바람이 오락가락 쓸쓸이 궁글고 잇다금 코를 찌름은, 후련한 산사 내음새. 북쪽 산밋 미루나무에싸여 주막이 잇는데 유달리 불이반짝인다. 노세, 노세, 젊어서 노라. 노랫소리는 나즉나즉 한산히 흘러온다. 아마 벼를 뒷심대고 외상이리라——

응칠이는 잠잣고 벌떡 일어나 밧갓으로 나섯다. 그리고다나와서야 그집 친구에게 눈치를안채이도록

"내 잠간 다녀옴세——"

"어딜 가나?"

친구는 웬 영문을 몰라서뻔히 치어다 보다 밤이 이러케 느젓스니 나갈생각말고 어여 이리 들어와 자라하엿다. 기껀 둘이 안저서 개코쥐코 떠들다가 급작이 일어스니깐 꽤 이상한 모양이엇다.

"건너말 가 담배한봉 사올라구"

"담배 여깃는데 또사 뭐하나?"

친구는 호주머니에서 구지 히연봉을 끄내어 손에 들어보이드니

"이리 들어와 섬이나 좀 처주게"

"아 참 깜빡……"

하고 웅칠이는 미안스러운 낫츠로 뒤통수를 긁죽긁죽한다. 하기는 섬을 좀 처달라구 며칠째 당부하는걸 노름에 몸이 팔리어 고만 잇고잇고 햇든것이다. 먹고자고 이러케 신세를 지면서이건 썩 안됏다, 생각은 햇지마는

"내 곳 다녀올걸 뭐……"

어정쩡하게 한마듸 남기곤 그집을 뒤에 남긴다. 그러나 이 친구는

"그럼 곳 다녀 오게——"

하고 때를 재치는 법은 업섯다. 언제나 여일가티

"그럼 잘 다녀오게——"

이러케 그 신상만 편하기를 비는것이다.

웅칠이는 모든 사람이 저에게 그 어떤 경의를 갓고 대하는 것을 가끔 느끼고 어께가 으쓱어린다. 백판 모르는 사람도 데리고 안저서 몃번 말만 좀 하면 대번 구부러진다. 그러케 장한것인지 그 일을 하다가, 그 일이라야 도적질 이지만, 들어가 욕보던 이야기를하면 그들은 눈을 커다라케뜨고

"아이구, 그걸 어쩌케 당하섯수!"

하고 저윽이 놀라면서도

"그래 그돈은 어떠켓수?"

"또 그랠 생각이 납띄까유?"

"참 우리가튼 농군에 대면 호강사리유!"

하고들 한편 썩 부러운 모양이엇다. 저들도 그와가티 진탕먹고 살고는 십흐나 주변업서 못하는 그 울분에서 그런 이야기만 들어도 다소 위안이되는 것이다. 웅칠이는 이걸 잘 알고 그누구를 논에다 꺼꾸루 박아노코 다라나다가 붓들리어 경치든 이야기를 부지런히 하며

"자네들은 안적멀엇네 멀엇서——"

하고 흰소리를 치면 그들은, 올타는 뜻이겟지, 묵묵히 고개만 꺼덕꺼덕 하

며 속업시 술을 사주고 담배를 사주고 하는것이다.

그런데 이번 벼를 훔처간 놈은 응칠이를 막우 넘보는 모양갓다.

이러케 생각하면 응칠이는 더욱 괫심하엿다. 그는 물푸레 몽둥이를 벗삼아 논둑길을 질러서 산으로 올라간다.

이슥한 그믐은 칠야——

길은 어둡고 흐릿한 은저리만 눈압헤 아물거린다.

그 논까지 칠마장은 느긋하리라. 이마을을 벗어나는 어구에 고개 하나를 넘는다. 또 하나를 넘는다. 그러면 그담 고개와 고개사이에 수목이 울창한 산 중툭을 비겨대고 몇마지기의 논이 노혓다. 응오의논은 그중의 하나이엇다. 길에서 썩 들어안즌 곳이라 잘 뵈도안는다. 동리에 그런 소문이 안낫을 때에는 천행으로 본놈이 업슬것이나 반듯이 성팔이의 성행임에는——

응칠이는 공동묘지의 첫고개를 넘엇다. 그리고 다음고개의 마루턱을 올라섯슬때 다리가 주춤하엿다. 저 왼편 놉은 산고랑에서 불이 반짝하다 꺼진다. 즘생불로는 너머 흐리고—— 아—하, 이놈들이 또 왓군. 그는 가든 길을 엽흐로 새엿다. 더듬더듬 나무가지를 집프며 큰산으로 올라탄다. 바위는 미끌리어 나리며 발등을 찟는다. 딸기까시에 종아리는 따겁고 엉금엉금 기어서 바위를 끼고 감돈다.

산, 거반 꼭대기에 바위와 바위가 어깨를 겻고 움쑥 들어간 굴이 잇다. 풀들은 뻣치어 굴문을 막는다.

그속에 돌라안저서 다섯놈이 머리들을 맛대고 수군거린다. 불빗치 샐가 염여다. 람포불을 야치 달아노코 몸들을 바싹바싹여미어 가리운다.

"어서 후딱후딱 처, 갑갑해서 온——"

"이번엔 누가 빠지나?"

"이사람이지 멀그래"

"다시 석거, 어서 이따위 수작이야"

하고 한놈이 골을 내이고 화토를 빼앗서 제손으로 석다가 깜짝 놀란다. 그리고 버썩 대드는 응칠이를 벙벙히 치어다 보며 얼뚤한다.

그들은 응칠이가 오는것을 완고척히 실혀하는 눈치이엇다. 이런 애송이 노름판인데 응칠이를 드렷다는 맥을 못쓸 것이다. 속으로는 되우 끄렷다마는 그럿타고 응칠이의 비위를 건드림은 더욱 조치 못 하므로——

"아, 응칠인가 어서 들어 오게"

하고 선웃음을 치는 놈에

"난 올듯하게, 자넬 기다렷지"

하며 어수대는 놈.

"하여튼 한케 떠보세"

이놈들은 손을 잡아드리며 썩들 환영이엇다.

응칠이는 그속으로 들어서며 무서운 눈으로 좌중을 한번 훌터보앗다.

그런데 재성이도 그틈에 끼어 잇는것이 아닌가. 사날전만해도 응칠이더러 먹을 량식이 업스니 돈좀 취하라든 놈이. 의심이 부썩 일엇다. 도적이란 흔히 이런 노름판에서씨가 퍼진다. 고엽흐로 기호도 안젓다. 이놈은 몃칠 전 제게집을 팔앗다. 그돈으로 영동가서 장사를 하겟다는 놈이 노름을 왓다. 제깐 주제에 땔듯십흔가. 하나는 용구. 농사엔 힘 안쓰고 노름에 몸이 달핫다. 시키는 부역도 안나온다고 동리에서 손두를 마즌놈이다. 그리고 남의집 머슴녀석. 뽐을내이고 멋업시 점잔을 피우는 중늙으니 상투쟁이. 이 물건은 어서 날라왓는지 보도못하든 놈이다. 체이것들이 뭘한다구——

응칠이는 기호의 등을 꾹찍어가지고 박그로 나왓다.

외딴곳으로 데리고 와서

"자네 돈좀 업겟나?"

하고 돌아스다가

"웬걸 돈이 어디……"

눈치만 남고 어름어름하니

"안해와 갈렷다지, 그돈 다밋햇나?"

"아 이사람아 빗갑핫지——"

기호는 눈을 나려깔며 매우 거북한 모양이다.

오른편 엄지로 한코를 밀고 흥하고 내풀드니이번 빗에졸리어 죽을번햇네 하고 뭇지안흔발뺌까지 언저서 설대로 등어리를 긁죽긁죽한다.

그러나 응칠이는 속으로 이놈 하엿다.

응칠이는 실눈을 뜨고 기호를 유심히 쏘아주엇드니

"꼭 사원 남엇네"

하고 선뜻 알리고

"빗갑고 뭣하고 흐지부지 녹앗서──"

어색하게도 혼잣 말로 우물쭈물 우서버린다.

응칠이는 퉁명스러히

"나 이원만 최게"

하고 손을 내대다 그래두잘듯지 안흐매

"따서 둘이 노늘테야, 누가 떼먹나──"

하고 소리가 한번 빽아니 나올수없다.

이말에야 기호도 비로소 안심한듯, 저고리 섭을 처들고 흠처거리다 주뼛 주뼛 끄내놋는다. 따는 응칠이의 솜씨이면 낙짜는 업슬것이다. 설혹 재간 이모잘라 일는다면 우격이라도 도루 몰아갈게니깐──

"나두 한케 떠보세"

응칠이는 우좌스리 굴로 기어든다. 그 콧등에는 자신잇는 그리고 흡족한 미소가 떠오른다. 사실이지 노름만치 그를 행복하게 하는건 다시업섯다. 슬프다가도 화토나 투전장을 손에 들면공연스리 어께가 으쓱어리고 아무 리 일이 바뻐도 노름판은 엽에못두고지난다. 그는 이놈 저놈의 눈치를 스 을쩍 한번 훑고

"두패루 너느지?"

응칠이는 재성이와 용구를데리고 한엽으로 비켜안젓다. 그리고 신바람 이나서 화토를 석다가 손을 따악 집프며

"튀전이래지 이깐 화투는 하튼 뭘할텐가 녹빼긴가, 켤텐가?"

"약단이나 그저 보지──"

사방은 매섭게 조용하엿다. 바위우에서 훅 바람에 모래 구르는 소리뿐이 다. 어쩌다

"엣다 봐라"

하고 화토짝이 쩔걱, 한다. 그리곤 다시 쥐 죽은듯 잠잠하다.

그들은 이욕에 몸이 달아서 이야기구 뭐구 할 여지가 업다. 항여 속지나 안는가, 하얀 눈들이 빨개서 서루 독을 올린다. 어떤 놈이 뜻는 놈이고 어떤 놈이 뜻기는 놈인지 영문 모른다.

응칠이가 한장을 내던지고 명월공산을 보기좋게 떡 저쳐노니

"이거 왜 수짜질이야"

용구가 골을 벌컥 내이며 치어다본다.

"뭐가?"

"뭐라니, 아 이 공산 자네밑테서 빼내지안헛나?"

"봣스면 고만이지 그렇케 노할건 또 뭔가——"

응칠이는 어설피 입맛을 쩍쩍 다시다

"그럼 이번엔 파토지?"

하고 손의 화토를 땅에 내던지며 껄껄 우서버린다.

이때 한 엽헤서 별안간

"이자식 죽인다——"

악을 쓰는것이니 모두들 놀라며 시선을 몬다. 머슴이 마주 안즌 상투의 뺨을 갈겼다. 말인즉 매주 다섯 끗을 업허첫다,고——

허나 정말은 돈을 일혼것이 분한것이다. 이돈이 무슨 돈이냐하면 일년품을 팔은 피무든 사경이다. 이런 돈을 송두리 먹다니——

"이자식 너는 야마시꾼이지 돈내라"

멱살을홈켜잡고 다시 두번을 때린다.

"허, 이눔이 왜 이래누, 어른을 몰라보구"

상투는 책상다리를 잡숫고 허리를 쓰윽 펴드니 점잔히 호령한다. 자식벌 되는 놈에게 뺨을 맛는건 말이 좀 덜된다. 약이 올라서 곳 일을 칠듯이 응뎅이를 번쩍들엇스나 그러나 그대루주저안고 말앗다. 악에 바짝 바친놈을 근드렷다는 결국이쪽이 손해다. 더럽단듯이 허허, 웃고

"버릇업는 놈 다봣고!"

하고 꾸즈진것은 잘 됏으나그여히 어이쿠, 하고 그자리에 푹 업프러진다.

이마가 터저서 피는 흘럿다. 어느 틈엔가 동맹이가 나라와 이마의 가죽을 터친 것이다.

응칠이는 싱글거리며 굴을나섯다. 공연스리 쑥스럽게 일이나 버러지면 성가신 노릇이다. 그리고 돈백이나 될줄 알앗더니 다 봐야 한 사십원 될가 말가. 그걸 바라고 어느놈이 안젓는가――

그가 딴것은 본밑을알라 구원하구 팔십전이다. 기호에게 오원을 내주고

"자, 반이 넘네, 자네 게집일코 돈일코 호강이겟네"

농담으로 비우서 던지고는숨으로 설렁설렁 나려온다.

"여보게 자네에게 청이 잇네"

재성이 목이 말라서 바득바득따라온다. 그 청이란 뭇지안허도 알수잇섯다. 저에게 돈을 다빼앗기곤 구문이겟지. 시치미를 딱 떼고 나갈길만 것는다.

"여보게 응칠이, 아 내말좀 들어――"

그제서는 팔을 잡아낙그며 살려달라 한다. 돈을좀 느릴가, 하고 벼 열말을 팔아 해보앗다드니 다일엇다고. 당장 먹을게 업서 죽을 지경이니 노름미천이나 하게 멧푼달라는것이다. 그러나 벼를 털엇스면 거저 먹을게지 어쭙지안케 노름은――

"그런걸 왜 너보고 하랏서?"

하고 돌아스며 소리를 빽 지르다가 가만히 보니 눈에 눈물이 글성하다. 잠잣고 돈 이원을 끄내주엇다.

응칠이는 들에 안저서 팔장을 끼고 덜덜 떨고잇다.

사방은 뺑―돌리어 나무에둘러싸엿다. 거무투툭한 그형상이 헐업시 무슨 독깨비갓다. 바람이 불적마다 쏴―하고 쏴―하고 음충맛게 건들거린다. 어느 때에는 쩍, 쩍, 하고 목을따는지 비명도 울린다.

그는 가끔 뒤를 돌아보았다. 별일은 업슬줄 아나 호옥 뭐가덤벼들지도 모른다. 소낭당은 바루등뒤다. 쪽제빈지뭔지, 요동통에 돌이 문허지며 바시락, 바시락, 한다. 그 소리가 묘―하게도 등줄기를 쪼옥 근다. 어두운 꿈속이다. 하눌에서 이슬은 나리어 옷깃을 추긴다. 공포도 공포려니와 냉

기로하야 좀체로 견딜수가 업섯다.

산골은 산신까지도 주렷스렷다. 아들 나달라구 떡갓다 밧칠이 업슬테니까. 이놈의 영감님 홧김에 덥석 달려들면. 압뒤를 다시 한번 휘돌아본 다음 설대를 뽑는다. 그리고 오곰팽이로 불을 가리고는 한대 뻑뻑 피어 물엇다. 논은 열아문칸 떨어저 고알에 누엇다. 일심정기를 다하야 나무틈으로 뚤허 보고 안젓다. 그러나 땅에 대를 털랴닌깐 풀숩히 이상스러히 흔들린다. 뱀, 뱀이 아닌가. 구시월 뱀이라니 물리면고만이다. 자리를 옴겨안즈며 손으로 입을 막고 하품을터친다.

아마 두어시간은 더 넘엇스리라. 이놈이 필연코 올텐데 안오니 이 또 무슨 조활가. 이줏이란 소문이 나기전에 한번 더 와 보는 것이 원측이다. 잠을 못자서 눈이 뻑뻑한것이제물에 슬금슬금 감긴다. 이를 악물고 눈을 딉쓰면 이번에는 허리가 노글거린다. 속은 쓰리고 골치는 때리고. 불꽃가튼 노기가 불끈 일어서 몸을 옥죄인다. 이놈의 다리를 못꺽꺼놔도 애비업는 홀의 자식이겟다.

닭들이 세홰를 운다. 멀—리 산을 넘어오는 그 음향이 퍽은 서글프다. 큰 비를 몰아드는지 검은 구름이 잔뜩 끼인다. 하긴 지금도 빗방울이 뚝, 뚝, 떨어진다.

그때 논뚝에서 흐끄무레한 헤까비 가튼것이 얼씬거린다. 정신을 빠짝 채렷다. 영낙업시 성팔이, 재성이, 그들중의 한놈이리라. 이 고생을 시키는 그놈! 이가 북북 갈리고 어깨가 다 식식어린다. 몽둥이를 잔뜩 우려 쥐엇다. 그리고 벌떡 일어나서 나무줄기를 끼고 조심조심 돌아나린다. 허나 도랑쯤 나려오다가 그는 멈씰하야 몸을 뒤로 물럿다. 넉대 두놈이 짝을 짓고 이편 산에서 저편 산으로 설렁설렁 건너가는 길이엇다. 비럴먹을 넉대, 이것까지 말성이람. 이마의 식은 땀을 씨스며 도루 제자리로 돌아온다. 어쩌면 이번 이놈도 재작년 강도짝이나 안될는지. 급시로 불길한 예감이 뒤통수를 탁 치고 지나간다.

그는 옷깃을 여미며 한대를 더 부첫다. 돌연히 풍세는 심하야진다. 산골 작이로 몰아드는 억센 놈이 가끔 발광이다. 다시금 더르르 몸을 떨엇다. 가을은 왜 이지경인지 여기에서 밤 새울 생각을하니 기가찻다.

얼마나 되엇는지 몸을 좀녹이고자 일어나 서성서성할 때이엇다. 논으로 다가오는 흐미한 그림자를 분명히 두눈으로 보앗다. 그리고 보니 피로구, 한고이구 다 딴소리다. 고개를 내대고 딱 버틔고 서서 눈에 쌍심지를 올린다.

힌 그림자는 어느틈엔가 어둠속에 사라저 보이지안는다. 그리고 다시 나올줄을 모른다. 바람소리만 왱, 왱,칠뿐이다. 다시 암흑속이 된다. 확실히 벼를 훔치러 논속으로 들어갓슬 것이다. 역갱이가튼 놈이 구즌날새를 기화삼아 맘껏 하겟지. 의리업는 썩은 자식, 격장에서 가치 굶는터이에──오냐 대거리만 잇서라. 이를 한번 부윽 갈아붓치고 차츰차츰 논께로 나려온다.

응칠이는 논께로 바특이 나려서 소나무에 몸을 착 붓첫다. 서뿔리 서둘다간 낫의 횡액을 입을지도 모른다. 다 훔처가지고 나올 때만 기다린다. 몽둥이는 잔뜩 힘을 올린다.

한 식경쯤 지낫을까, 도적은 다시 나타난다. 논뚝에 머리만 내노코 사면을 두리번 거리드니 그제서 기여나온다. 얼골에는 눈만 내노코 수건인지 뭔지 훈겁이 가리엇다. 봇짐을등에 질머메고는 허리를 구붓이 뺑손을 놋는다. 그러자 응칠이가 날쌔게 달겨들며

"이자식, 남우벼를 훔처 가니──"

하고 대포처럼 고함을 지르니 논뚝으로 고대로 데굴데굴 굴러서 떨어진다. 얼결에 호되히 놀란 모양이엇다.

응칠이는 덤벼들어 우선 허리께를 나려조겻다. 어이쿠쿠, 쿠─, 하고 처참한 비명이다. 이소리에 귀가 뻔쩍 띄이어 그 고개를 들고괄부터 벗겨보앗다. 그러나 너머나 어이가업엇음인지 시선을 치거드며 그 자리에 우두망철한다.

그것은 무서운 침묵이엇다. 살뚱마즌 바람만 공중에서 북새를 논다.

한참을 신음하다 도적은 일어나드니

"성님까지 이러케 못살게 굴기유?"

제법 눈을 부라리며 몸을 홱돌린다. 그리고 늣기며 울음이 복바친다. 봇짐
도 내버린채

"내것 내가 먹는데 누가 뭐래?"

하고 데퉁스러히 내뱃고는 비틀비틀 논 저쪽으로 업서진다.

　형은 너머 꿈속 가태서 멍허니 섯을뿐이다. 그러나 얼마 지나서 한손으
로 그 봇짐을 들어본다. 가쁜하니 끽 말가웃이나 될는지. 이까진걸 요러케
까지 해갈라는 그 심정은 실로 알수업다. 벼를 논에다 도루털어 버렷다. 그
리고 안해의 치마이겟지, 검은 보자기를 척척 개서 들엇다. 내걸 내가 먹는
다——그야 이를 말이랴, 허나 내걸 내가 훔쳐야할 그 운명도 알궂거니와
형을 배반하고 이즛을 버린 아우도 아우이렷다. 에—이 고현놈, 할제 보를
적시는것은 눈물이다. 그는 주먹으로 눈을 쓱 부비고 머리에번쩍 떠오르는
것이 잇스니 두레두레한 황소의 눈깔. 시오리를 남쪽 산속으로 들어가면
어느집 박갓뜰에 밤마다 늘 매여잇는 투실투실한 그 황소. 아무러케 따지
던 칠십원은 갈데업스리라. 그는 부리나케 아우의 뒤를 밟앗다.

　공동묘지까지 거반 왓슬때에야 가까스루 만낫다. 아우의 등을 탁치며

"애, 존수잇다, 네원대로 돈을 해줄께 나구 잠간 다녀오자"

　씩씩한 어조로 기쁘도록 달랫다. 그러나 아우는 입하나 열랴지안코 그대
루 실쭉하엿다. 뿐만 아니라 어깨우에 올려노흔 형의 손을 부질업단듯이
몸으로 털어버린다. 그리고 삐익다라난다. 이걸보니 하 엄청이나고 기가
콱막히엿다.

"이눔아!"

하고 악에 밧치어

"명색이 성이라며?"

　대뜸 몽둥이는 들어가 그볼기짝을 후려갈겻다. 아우는 모루 몸을 꺽드니
시납으로 찌그러진다. 대미처 압 정갱이를 때렷다, 등을 팻다. 일지 못할만
치 매는 나리엇다. 체면을불구하고 땅에 업드리어 엉엉울도록 매는 나리엇
다.

　홧김에 하긴햇으되 그꼴을보니 또한 마음이 편할수업다. 침을 퇴 배타던

지곤 팔짜드신놈이 그저 그러지 별수잇나. 쓰러진 아우를 일으키어 등에업고 일어섯다. 언제나 철이 날는지 딱한 일이엇다. 속썩는한숨을 후——하고 내뿜는다. 그리고 어청어청 고개를 묵묵히나려온다.

산골

산

머리우에서 굽어보든 햇님이 서쪽으로 기울어 나무에 긴 꼬리가 달렸건
만

나물 뜯을 생각은 않고

이뿐이는 늙은 잣나무 허리에 등을 비겨대고 먼 하늘만 이렇게 하염없이
바라보고 섰다.

하늘은 맑게 개이고 이쪽저쪽으로 뭉굴뭉굴 피어올은 흰 꽃송이는 곱게
도 움직인다. 저것도 구름인지 학들은 쌍쌍이 짝을 짓고 그새로 날아들며
끼리끼리 어르는 소리가 이수풍까지 멀리 흘러나린다.

각가지 나무들은 사방에 잎이 욱었고 땡볕에 그잎을 펴들고 너훌너훌 바

---

* 『조선문단(朝鮮文壇)』(1935. 7), pp.12~22.

작품 끝에 탈고 일자가 '을해, 六, 一五' 즉 1935년 6월 15일로 밝혀져 있다.

이 작품은 체재가 특이하다. 소제목을 붙여 다섯 단락으로 나누었는데, 첫째와 둘째 단락의
서두에서는 시 형식과 같은 행 배열을 하고 있다. 또한 넷째와 다섯째 단락에서는 서두와 말미
에서 이러한 방법을 취하고 있다. 그리고 다섯째 단락의 서두와 말미는 그 내용이 같다. 또 삼
인칭 시점을 취하고 있으나 이뿐이의 시각으로 대상을 포착하고 있어 이뿐이의 천진성이 잘 노
출되고 있다. 형식면에서나 내용면에서 「산골」은 서정 장르에 접근해 있다. 비천한 인간을 보
는 작가의 따뜻한 눈길을 의식할 수 있다.

람과 아울러 산골의 향기를 자랑한다.

그 공중에는 나르는 꾀꼬리가 어여쁘고——노란 날개를 팔닥이고 이가지 저가지로 옮아앉으며 흥에겨운 행복을 노래부른다.

——고—이! 고이고—이!

요렇게 아양스리 노래도 부르고——

——담배먹구 꼴비어!

마진 쪽 저 바위밑은 필시 호랑님의 드나드는 굴이리라. 음침한 그 우에는 가시덤불 다래닝쿨이 어즈러히 엉클리어 집웅이 되어있고 이것도 돌이랄지 연녹색 털북숭이는 올망졸망 놓였고 그리고 오늘두 어김없이 뻑꾹이는 날아와 그잔등에 다리를 머므르며——

——뻑국! 뻑국! 뻑뻑국!

어느덧 이뿐이는 눈시울에 구슬방울이 맺히기 시작한다. 그리고 나물보구니가 툭, 하고 땅에 떨어지자 두손에 펴들은 치마폭으로 그새 얼골을 폭 가리고는

이뿐이는 흐륵흐륵 마냥 느끼며 울고섰다.

이제야 후회나노니 도련님 공부하러 서울로 떠나실때 저두 간다구 왜 좀 더 붙들고 느러지지 못했던가, 생각하면 할수록 가슴만 미여질 노릇이다. 그러나 마님의 눈물 기어 자그만 보따리를 옆에 끼고 산속으로 이십리나 넘어 따라갔던 이뿐이가 아니었던가. 과연 이뿐이는 산등을 질러갔고 으슥한 고개마루에서 기다리고 섰다가 넘어오시는 도련님의 손목을 꼭 붙잡고 "난 안데려가지유!" 하고 애원 못한것도 아니니 공연스리 눈물부터 앞을 가렸고 도련님이 놀라며

"너 왜오니? 여름에 꼭 온다니까 어여 들어가라"

하고 역정을 내심에는 고만 두려웠으나 그래도 날데려 가라구 그몸에 매여 달리니 도련님은 얼마를 벙벙히 그냥 섰다가

"울지마라 이뿐아 그럼 내 서울가 자리나잡거던 널 데려가마" 하고 등을 두다리며 달래일제 만일 이말에 이뿐이가 솔깃하야 꼭 고지듣지만 않었드런들 도련님의 그손을 안타까히 놓치는 않었든걸——

"정말 꼭 데려가지유?"

"그럼 한달후에면 꼭 데려가마"

"난 그럼 기달릴테야유!" 그리고 아침햇발에 비끼는 도련님의 옷자락이 산등으로 꼬불꼬불 저 멀리 사라지고 아주 보이지 않을때까지 이뿐이는 남이 볼까하야 피여허터진 개나리 속에 몸을 숨기고 치마끈을 입에 물고는 눈물로 배웅하였던것이 아니런가. 이렇게도 철석같이 다짐은 두고 가시더니 그 한달이란 대체 얼마나 되는겐지 몇한달이 거듭 지나고 돌도 넘었으련만 도련님은 이렇다 소식하나 전할줄조차 모르신다. 실토로 터놓고 말하자면 늙은 이잣나무 아래에서 도련님과 맨처음 눈이 맞을제 이뿐이가 먼저 그러자고 한것도 아니런만—— 이뿐어머니가 마님댁 씨종이고 보면 그딸 이뿐이는 잘 따저야 씨의 씨종이니 하잘것없는 게집애이어늘 이뿐이는 제 몸이 이럼을 알고 시내에서 홀로 빨래를 할제이면 도련님이 가끔 덤벼들어 이게 장난이겠지, 품에 꼭 껴안고 뺨을 깨물어뜯는 그꼴이 숭글숭글하고 밉지는 않았으나 그러나 이뿐이는 감히 그런 생각을 먹어본 적이 없었다. 그날도 마님이 구미가 제치섰다고 얘 이뿐아 나물좀 뜯어온, 하실때 이뿐이는 퍽이나 반가웠고 아침밥도 몇술로 것날리고 보구니를 동무삼아 집을 나섰으니 나히 아즉 열여섯이라 마님에게 귀염을 받는것이 다만 좋았고 칠칠한 나물을 뜯어드리고자 한사코 이 험한 산속으로 기어올랐다. 풀닢의 이슬은 아즉 다 마르지 않았고 바위 틈바구니에 허터진 잔디에는 커다란 구렁이가 뚜아리를 틀고서 떡머구리 한놈을 우물거리고 있는 중이매 이뿐이는 쌔근쌔근 가쁜 숨을 쉬여가며 그걸 가만히 드려다보고 섰다가 바루 발앞에 도라지순이 있음을 발견하고 꼬챙이로 마악 캘랴 할즈음 등위에서 뜻바께 발자욱소리가 들리는것이 아닌가. 깜짝 놀라며 고개를 돌려보니 언제 어디로 따라왔던가 도련님은 물푸래 나무토막을 한손에 지팽이로 짚고 붉은 얼골이 땀박아지가 되어 식식어리며 그리고 씽글씽글 웃고 있다. 그모양이 하도 수상하야 이뿐이는 눈을 똥그랗게 뜨고 바라보니 도련님은 좀 면구쩍은지 낯을 모로돌리며 그러나 여일히 싱글싱글 웃으며 뱃심유한 소리가——

"난 지팽이 겪으러왔다——"그렇지 마는 이뿐이는 몇일전 마님이 불러
세고 너 도련님하구 가치 다니면 매맞는다, 하시던 그 꾸지람을 얼뜬 생각
하고

"왜 따라왔지유——마님 아시면 남 매맞으라구?"하고 암팡스리 쏘았으
나 도련님은 귀ㅅ등으로 뜯는지 그래도 여전히 싱글거리며 뱃심유한 소리
로——

"난 지팽이 겪으러왔다——"그제서는 이뿐이는 성을안낼수가 없고

"마님께 나 매맞어두 난몰라"

혼잣말로 이렇게 되알지게 종알거리고 너야 가던마던 하라는듯이 고개를
돌리어 아까의 도라지를 다시 캐자노라니 도련님은 무턱대고 그냥 와락 달
려들어

"너 맞는거 나는 알지?"

이뿐이를 뒤로 꼭 붙들고 땀이 쪽 흐른 그뺨을 또 잔뜩 깨물고는 놓칠않는
다. 이뿐이는 어려서부터 도련님과 가치 자랐고 가치 놀았으되 제가 먼저
그런 생각을 두었다면 도련님을 벌컥 떼다밀어 바위넘어로 곤두박이게 했
을리 만무이었고 궁뎅이를 털고 일어나며 도련님이 무색하야 멀거니 처다
보고 입맛만 다시니 이뿐이는 그꼴이 보기 가여웠고 죄를 저즈른 제몸에
대하야 죄송한 자책이 없던바도 아니었마는 다시 손목을 잡히고 이 잣나무
밑으로 끌릴제에는 왼 힘을 다하야 그손깍찌를 버리며 야단친것도 사실이
아닌건 아니나 그러나 어덴가 마음한편에 앙살을 피면서도 넉히 끌리어가
도록 도련님의 힘이 좀더 좀더 하는 생각이 전혀 없었다면 그것은 거즛 말
이 되고 말것이다. 물론 이뿐이가 얼골이 빩애지며 앙큼스러운 생각을 먹
은것은 바루 이때이었고

"난몰라 마님께 여쭐터이야 난몰라!"하고 적잖히 조바심을 태이면서도
도련님의 속맘을 한번 뜯어보고자

"누가 종두 이러는거야?"하고 손을 뿌리치며 된통 호령을 하고보니 도
련님은 이 깊고 외진 산속임에도 불구하고 귀에다 입을 갖다대고 가마니
속삭이는 그말이——

"너 나하고 멀리 도망가지 않을연!" 그러니 이뿐이는 이말을 참으로 꼭
고지 들었고 사내가 이렇게 겁을 집어먹는 수도 있는지 도련님이 땅에 떨
지는 성냥갑을 호줌에 다시 집어널줄도 모르고 덤벙거리며 산알로 꽁지를
뺄때까지 이뿐이는 잣나무 뿌리를 비고 풀밭에 번듯이 들어누은채 푸른 하
늘을 바라보며 인제 멀리만 다라나면 나는 저 도련님의 아씨가 되려니 하
는 생각에 마님께 진상할 나물 캘 생각조차 잊고말었다. 그러나 조금 지나
매 이뿐이는 어쩐지 저도 겁이나는듯 싶었고 발딱 일어나 사면을 휘돌아
보았으나 거기에는 험상스러운 바위와 욱어진 숲이 있을뿐 본 사람은 하나
도 없으련만──── 암아 산이 험한 탓일지도 모르리라. 가슴은 여전히 달랑
거리고 두려우면서 그러나 이 산덩이를 제품에 꼭 품고 가치 둥굴고 싶은
안타까운 그런 행복이 느껴지지 않은것도 아니었으니 도련님은 이렇게 정
은 드리고가시고는 이제와서는 생판 모르는체 하시는거나 아닐런가──────

마을
두 손등으로 눈물을 씻고 고개는 어레 들었으나
나물 뜯을 생각은 않고
이뿐이는 늙은 잣나무 밑에 앉어서 먼 하늘을 치켜대고 도련님 생각에
이렇게도 넋을 잃는다.
이제와 생각하면 야속도스럽나니 마님께 매를 맞도록 한것도 결국 도련
님이었고 별 욕을 다 당하게 한것도 결국 도련님이 아니었던가──────
매일과같이 산엘 올라다닌지 단 나흘이 못되어 마님은 눈치를 채셨는지
혹은 짐작만 하셨는지 저녁때 기진하야 나려오는 이뿐이를 불러앉히시고
"너 요년 바른대로 말해야지 죽인다" 하고 회초리로 따리시되 볼기짝이
톡톡 불거지도록 하시었고 그래도 안차게 아니라고 고집을 쓰니 이번에는
어머니가 달겨들어 머리채를 휘잡고 주먹으로 등어리를 서너번 쾅쾅 따리
더니 그만도 좋으련만 뜰아래ㅅ방에 갖다 가두고는 사날식이나 밖알 구경
을 못하게하고 구메밥으로 구박을 막 함에는 이뿐이는 짜증 서럽지 않을수
가없었다. 증역사리 맨 마지막 밤이 깊었을제 이뿐이는 너머 원통하야 혼

자 앉어서 울다가 자리에 누은 어머니의 허리를 꼭 끼고 그품속으로 기어
들며 "어머니 나 데련님하고 살테야——"하고 그예 저의 속중을 토설하
니 어머니는 들었는지 먹었는지 그냥 잠잠히 누었더니 한참후 후유, 하고
한숨을 내뿜을때에는 이미 눈에 눈물이 그렁그렁 하였고 그러고 또 한참
있더니 입을 열어 하는 이야기가 지금은 이렇게 늙었으나 자기도 색씨때에
는 이뿐이만치나 어여뻤고 얼마나 맵씨가 출중났든지 노나리와 은근히 배
가 맞었으나 몇달이 못가서 노마님이 이걸 아시고 하루는 불러세고 따리시
다가 마침내 샘에 못이기어 인두로 하초를 짓을랴고 들어덤비신 일이 있다
고 일러주고 다시 몇번몇번 당부하야 말하되 석숭네가 벌서부터 말을 건네
는중이니 도련님에게 맘을랑 두지말고 몸잘갖고 있으라 하고 딱떼는것이
아닌가. 하기야 이뿐이가 무남독녀의 귀여운 외딸이 아니었드런들 사흘후
에도 밖앝엔 나올수 없었으려니와 비로소 대문을 나와보니 그간 세상이 좀
널버진것같고 마치 우리를 벗어난 즘생과같이 몸의 가뜬함을 느꼈고 숭칙
스러운 산으로 삥삥 둘러싼 이 산골에서 벗어나 넓은 버덩으로 나간다면
기쁘기가 이보다 좀 더하리라 생각도 하야보고 어머니의 령대로 고초밭을
매러 개울길로 나려갈려니까 왼편 수풍속에서 도련님이 불쑥 튀어나오며
또 붙들고 산에 안갈테냐고 대구 보채인다. 읍에 가 학교를 다니다가 요즘
방학이 되어 집에 돌아온 뒤로는 공부는 할 생각않고 날이면 날 저므도록
저만 이렇게 붙잡으러 다니는 도련님이 딱도 하거니와 한편 마님도 무섭고
또는 머처럼 용서를 받는길로 그러고보면 이번에는 호되히 불이 나릴것을
알고 이뿐이는 오늘은 안되니 낼모래쯤 가자고 좋게 달래다 그래도 듣지
않고 굳이 가자고 성화를 하는데는 할수없이 몸을 뿌리치고 삥손을 놀수밖
에 딴도리가 없었다. 구질구질이 나리든 비로 말미암아 한동안 손을 못댄
고추밭은 풀들이 제법 성큼이 엉기었고 어디서부터 시작해야 좋을지 갈피
를 모르겠는데 이뿐이는 되는대로 한편구석에 치마를 도사리고 앉어서, 이
것도 명색은 김매는거겠지 호미로 흙등만 따짝어리며 정짜 정신은 어제밤
좋은 상전과 못사는 법이라던 어머니의 말이 옳은지 글은지 그것만 일렴으
로 아르새기며 이리 씹고 저리도 씹어본다. 그러나 이뿐이는 아무렇게도

나는 도련님과 꼭 살아보겠다 혼자 맹세하고 제가 아씨가 되면 어머니는 일테면 마님이 되련마는 왜 그리 극성인가 싶어서 좀 야속하였고 해가 한 나절이 되어 목덜미를 확확 닳릴때까지 이리저리 곰곰 생각하다가 고개를 들어보매 밭은 여태 한고랑도 다 끝이 못났으니 이놈의 밭이 하고 탓안할 탓을하며 저로도 하품이 나올만치 어지간히 기가 막혔다. 이번에는 좀 빨 랑빨랑 하리라 생각하고 이뿐이는 호미를 잽싸게 놀리며 폭폭 찍고 덤볏으 나 그래도 웬일인지 일은 손에 붙지를않고 그뿐아니라 등뒤 개울의 덤불에 서는 온갖 잡새가 귀둥대둥 멋대로 속삭이고 먼 발치에서 풀을 뜯고 있던 황소가 메――하고 느러지게도 소리를 내뽑으니 이뿐이는 이걸 듣고 갑작 이 몸이 나른해지지 않을수없고 밭가에 슨 수양버들 그늘에 쓰러져 한잠 들고싶은 생각이 곧바루 나지마는 어머니가 무서워 참아 그걸 못하고만다. 인제는 계집애는 밭일을 안하도록 법이 됐으면 좋겠다 생각하고 이뿐이는 울화ㅅ증이 나서 호미를 메꼰지고 얼골의 땀을 씻으며 앉었노라니까 들로 보리를 걷으러가는 길인지 석숭이가 빈지게를 지고 꺼불꺼불 밭머리에 와 스더니 아주 썩 시퉁그러지게 입을 삐쭉어리며 이뿐이를 건너대고 하는 소 리가――

"너 데련님하구 그랬대지――"새파랗게 갈은 비수로 가슴을 쭉 나려것 는대도 아마 이토록은 재겹지 않으리라 마는 이뿐이는 어서 들었느냐고 따 저볼 겨를도 없이 얼골이 고만 홍당무가 되었고 그놈의 소위로 생각하면 대뜸 들어덤벼 그 귀ㅅ백이라도 물고 느러질 생각이 곧 간절은하나 헌 죄 는 있고 어째볼 용기가 없으매 다만 고개를 폭수그릴뿐이다. 그러니까 석 숭이는 제가 팬둣싶어서 이뿐이를 짜정 넘보고 제법 밭가운데까지 들어와 떡 버테고서서는 또한번 시큰둥하게 그리고 엇먹는 소리로――

"너 데련님하구 그랬대지――"전일같으면 제가 이뿐이에게 지게막대 기로 볼기 맞을 생각도않고 감히 이따위 버르장머리는 하기 커녕 즈아버지 장사하는 원두막에서 몰래 참외를 따가지고 와서

"애 이뿐아 너 이거 먹어라" 하다가

"난 네가 주는건 안먹을테야" 하고 몇번 내뱉음에도 꿇지않고 굳이 먹으

라고 떠맡기므로 이뿐이가 마지못하는체하고 받아들고는 물론 치마폭에 흙을 싹싹 문대고나서 깨물고 앉었노라면 아무쪼록 이뿐이 맘에 잘 들도록 호미를 대신 손에 잡기가 무섭게 는실난실 김을 매주었고 그리고 가끔 이뿐이를 웃겨주기 위하야 그것도 재주라구 밭고랑에서 잘 봐야 곰같은 몸뚱이로 이리 둥굴고 저리 둥굴고 하였다. 석숭아버지는 이놈이 또 어데로 내뺏구나 하고 찾아다니다 여길 와보니 매라는 제밭은 안매고 남 계집애 밭에 들어와서 대체 온 이게 무슨 노름인지 이꼴이고 보매 기도 막힐뿐더러 터지랴는 웃음을 억지로 참고 노여운 낮을 지어가며

"너 이놈아 네밭은 안매고 남의밭에 들어와 그게 뭐냐?"하고 꾸중을 하였지마는 석숭이가 깜짝 놀라서 돌아다보다 고만 멀쑤룩하야 궁뎅이의 흙을 털고 일어스며

"이뿐이 밭좀 매주러왔지 뭘그래?"하고 되레 퉁명스러히 뺏댐에는 더 책하지 않고

"어 망할 자식두 다많어이!"하고 돌아서 저리로 가며 보이지않게 피익 웃고 마는것인데 그러면 이뿐이는 저의 처지가 꽤 야릇하게 됨을 알고 저기까지 분명히 들리도록

"너보고 누가 밭매달랬서? 가 어여 가 가"하고 다먹은 참외는 생각않고 등을 떠다밀며 구박을 막 하던 이런 터이련만 제가 이제와 누길 비위를 긁다니 하눌이 무너지면졌지 이것은 도시 말이 안된다.

돌

이뿐이는 남다른 부끄럼으로 온 전신이 확확 닳는듯 싶었으나 그러나 조금 뒤에는 무안을 당한 거기에 대갚음이 없어서는 아니되리라 생각하고 앙칼스러운 역심이 가슴을 콕 찌를때에는 어깨뿐만 아니라 등어리 전체가 샐룩어리다가 새침히 발딱 일어나 사방을 훑어보니 대낮이라 다들 일들 나가고 안마을에 사람이 없음을 알고 석숭이의 소매짜락을 넌즛이 끌며 그옆 숙성히 자란 수수밭속으로 들어간다. 밭 한 복판은 안윽하고 아무데도 보이지 않으므로 함부로 떠들어도 괜찮으려니 믿고 이뿐이는 거기다 석숭이

를 세워놓자 밭고랑에 늘려진 여러 돌틈에서 맞어 죽지않고 단단히 아플만한 모리동맹이 하나를 집어들고 그 옆정갱이를 모질게 우려치며

"이자식 뭘 어째구어째?"하고 딱딱 어르니까 석숭이는 처음에 뭐나 좀 생길가하고 좋아서 따라왔든걸 별안간 난데없는 모진 돌만 나라듬에는

"아야!"하고 소리치자 똑 선불 맞은 노루 모양으로 한번 뻐들껑 뛰며 눈이 그야말로 왕방울만 해지지 않을수가 없었다. 그러나 석숭이는 미움보다 앞스느니 기쁨이요 전일에는 그옆을 지내도 본둥만둥 하고 그리 대단히 여겨주지 않든 그 이뿐이가 일부러 이리 끌고와 돌로 따리되 정말 아프도록 힘을 드릴만치 이뿐이에게 있어는 지금의 저의 존재가 그만치 끔찍함을 그 돌에서 비로소 깨닫고 짓궂어 씽글씽글 웃으며 한번 더 뒤둥그러진 그리고 흘개늦은 목소리로

"뭘 데련님허구 그랬대는데——"하고 놀려주엇다. 이뿐이는

"뭐 이자식?"하고 상기된 눈을 똑바루 떳으나 이번에는 동맹이 집을 생각을않고 아까부터 겨우 참아왔든 울음이

"으웅!"하고 탁 터지자 잡은참 덤벼들어 석숭이 옷가슴에 매여달리며 쥐어뜯으니 석숭이는 이뿐이를 울려논것은 저의 큰 죄임을 얼른 알고 눈이 휘둥그래서

"아니다 아니다 내 부러그랬다 아니다"하고 입에 불이나게 그러나 손으로 등을 어루만지며 "아니다"를 여러십번을 부른때에야 간신히 울음을 진정해놓았고 이뿐이가 아즉 늣기는 음성으로 몇번 당부를하니

"인제 남듣는데 그러면 내 너 죽일터야?"

"그래 인전 안그러마"

참으로 이런 나쁜 소리는 다시 입에 담지 않으리라 맹세하였다. 이뿐이도 그제야 마음을 놓고 흔적이 없도록 눈물을 닦으면서

"다시 그래봐라 내 죽인다!"

또 한번 다저놓고 고추밭으로 도로 나올랴할제 석숭이가 와락 달겨들어 그 허리를 잔뜩 껴안고

"너 그럼 우리집에게 나한테로 시집오라니깐 왜 싫다구 그랬니?"하고

설혹 좀 성가시게 굴었다 치드라도 만일 이뿐이가 이 행실을 도련님이 아신다면 담박에 정을 떼시려니 하는 염녀만 없었드라면 그리 대수롭지 않은 것을 그토록 오지게 혼을 냈을리 없었겠다고 생각하면 두고두고 입때껏 후회가 나리만치 그렇게 사내의 뺨을 우려친것도 결국 도련님을 위하는 이뿐이의 깨끗한 정이 아니었든가——

물

가득이 품에 찬 서러움을 눈물로 가시고 나물 보구니를 손에 잡았으니

이뿐이는 다시 일어나 산 중툭으로 거츨은 수풍속을 기여나리며 도라지를 하나둘 캐기 시작한다.

참인지 아닌지 자세히는 모르나 멀리 나라온 풍설을 들어보면 도련님은 서울 가 어여뿐 아씨와 다시 정분이 났다하고 그뿐만도 오히려 좋으리마는 댁의 마님은 마님대로 늙은 총각 오래 두면 병 난다하야 상냥한 아가씨만 찾는길이니 대체 이게 웬 셈인지 이뿐이는 골머리가 아팠고 도라지를 캔다고 꼬챙이를 땅에 꾸욱 꽂으니 그대로 집고슨채 해만 점점 부질없이 저므러간다. 맸을 잃고 다시 나려오다 이뿐이는 앞에 우뚝솟는 바위를 품에 을싸안고 그알을 굽어보니 험악한 석벽틈에 맑은 물은 웅성깊이 충충 고이었고 설핏한 하눌의 붉은 노을 한쪽을 똑떼들고 푸른 잎새로 전을 둘렀거늘 그모양이 보기에 픽도 아름답다. 그걸 거울삼고 이뿐이는 저 밑에 까맣게 빛이는 저의 외양을 또 한번 고처 뜯어보니 한때는 도련님이 조르다 몸살도 나섰으려니와 의복은 비록 추려할망정 저의 눈에도 밉지않게 생겼고 남가진 이목구비에 반반도 하련마는 뭐가 부족한지 달리 눈이맞은 도련님의 심정이 알수없고 어느듯 원망스러운 눈물이 눈에서 떨어지니 잔잔한 물면에 물둘레를 치기도전에 무슨 밥이나 된다고 커단 꺽찌는 휘엉휘엉 올라와 꼴딱 받아먹고 들어간다. 이뿐이는 얼빠진 등신같이 맑은 이 물을 가만히 드려다 보노라니 불시로 제몸을 풍덩, 던지어 깨끗이 빠저도 죽고싶고 아니 이왕 죽을진댄 정든 님 품에 안고 가치 풍, 빠지어 세상사를 다 잊고 알뜰이 죽고싶고 그렇다면 도련님이 이등에 넙쭉 엎디어 뺨에 뺨을 비벼대고

그리고 이 물을 가치 굽어보며

"애 울지마라 내가 가면 설마 아주 가겠니?"하고 세우 달낼제 꼭 붙들고 풍덩실, 하고 왜 빠지지 못했든가 시방은 한가도 컷건마는 그 이뿐이는 그리도 삶에 주렸든지

"정말 올여름엔 꼭 오우?"하고 아까부터 몇번 묻든걸 또 한번 다저보았거늘 도련님은 시원스러히 선뜻

"그럼 오구말구 널두고 안오겠니!"하고 대답하고 손에 겪어들었든 노란 동백꽃을 물우로 홱 내던지며

"너참 이물이 무슨 물인지 알면용치?"

눈을 끔벅끔벅 하드니 이야기하야 가로되 옛날에 이 산속에 한 장사가 있었고 나라에서는 그를 잡고자 사방팔면에 군사를놓았다. 그렇지 마는 장사에게는 비호같이 날랜 날개가 돋힌 법이니 공중을 훌훌 나르는 그를 잡을 길없고 머리만 앓든중 하루는 그예 이 물에서 목욕을하고 있는것을 사로잡었다는 것이로되 왜 그러냐 하면 하누님이 잡수시는 깨끗한 이 물을 몸으로 흐렸으니 누구라고 천벌을 아니 입을리 없고 몸에 물이 닷자 돋혔든 날개가 흐시부시 녹아버린 까닭이라고 말하고 도련님은 손짓으로 장사의 처참스러운 최후를 시늉하며 가장 두려운듯이 눈을 커닿케 끔적끔적 하드니 뒤를 이어 그말이——

"아 무서! 애 우지마라 저 물에 눈물이 떨어지면 너 큰일난다."그러나 이뿐이는 그까진 소리는 듣는둥마는둥 그리 신통치 못하였고 며칠후 서울로 떠나면 아주 놓질듯만 싶어서 도련님의 얼골을 이윽히 처다보고 그럼 다짐을 두고 가라하다가 도련님이 조곰도 서슴없이 입고있든 자기의 저고리 고름 한짝을 뚝떼어 이뿐이 허리춤에 꾹 꽂아주며

"너 이래두 못믿겠니?"하니 황송도 하거니와 설마 이걸 두고야 잊으시진 않겠지 하고 속이 든든하지 않은것도 아니었다. 대장부의 노릇이매 이렇게하고 변심은 없을게나 그래두 잘 따져보니 이고름이 말 하는것도 아니 어든 차라리 따라 나스느니만 같지못하다 고 문득 마음을 고처먹고 고개로 쫓아간건 좋으런마는 왜 그랫든고 좀더 매달리어 진대를 안붙고 고기 주저

앉고 말았으니 이제와서는 한갓만 새롭고 몸에 고이 간직하였든 옷고름을 이 손에 끄내들고 눈물은 흘려보되 별수 없나니 보람없이 격쩌만 늘어간다. 허나 이거나마 아주 없었드런들 그야 살맛조차 송두리 잃었으리라 마는 요즘 매일과같이

이 험한 깊은 산속에 올라와

옛 기억을 홀로 더듬어보며

이뿐이는 해가 저물도록 이렇게 울고섰고 하는것이다.

길

모든 새들은 어제와같이 노래를 부르고 날도 맑으련만

오늘은 웬일인지

이뿐이는 아직도 올라오질 않는다.

석숭이는 아버지가 읍의 장에 가서 세마리 닭을 팔아 그걸로 소금을 사오라하야 아츰 일즉이 나온것도 잊고 이 산에 올라와 다리를 묶은 닭들은 한편에 내던지고 늙은 잣나무 그늘에 누어 눈이 빠지도록 기달렸으나 이뿐이가 좀체 나오지 않으매 웬일일가 고게 또 노하지나 않었나 하고 일쩌웁시 이렇게 애를 태운다. 올 가을이 얼른 되어 새곡식을 걷으면 이뿐이에게로 장가를 들게 되었으니 기쁨인들 이우 더할데 있으랴마는 이번도 또 이뿐이가 밥도 안먹고 죽는다고 야단을 친다면 헛일이 아닐까 하는 염녀도 없지는 않었거늘 그렇게 쌀쌀하고 매일매일하든 이뿐이의 태도가 요즘에 들어와서는 급작이 다소곳하고 눈 한번 흘길줄도 모르니 이건 참으로 춤을 추어도 다 못출 것이다. 뿐만 아니라 이슬비가 나리든 날 마님댁 울뒤에서 이뿐이는 옥수수를 따고섰고 제가 그옆을 지날제 은근히 손짓을 함으로 가차히 다가스니 귀에다 낮윽이 속삭이는 소리가——

"너 핀지하나 써줄런?"

"그래그래 써주마 내 잘쓴다" 석숭이는 너머 반가워서 허둥거리며 묻지 않는 소리까지 하다가 또 그 말이 내 너 허라는대로 다 할게니 도련님에게 편지를 쓰되 이뿐이는 여태 기다립니다 하고 그리고 이런 소리는 아예 입

밖에 내지말라 함으로 그런 편지면 일년 내내 두고 썻으면 좋겠다 속으로 생각하고 채 틀 못박인 연필글씨로 다섯줄을 그리기에 꼬박이 이틀밤을 새이고나서 약속대로 산으로 이뿐이를 만나러 올라올 때에는 어쩐지 가슴이 두군두군 하는것이 바루 안해를 만나러오는 남편의 그 기쁨이 또렷이 나타나는것이다. 이뿐이가 얼른 올라와야 뭐가 젤 좋으냐 물어보고 이 닭들을 팔아 선물을 사다주련만 오진않고 석숭이는 암만 생각해야 영문을 모르겠으니 아마 요전번

"이핀지 써왔으니깐 너 나구 꼭 살아야한다" 하고 크게 얼른것이 좀 잘못이라 하드라도 이뿐이가 고개를 푹 숙이고 있다가

"그래" 하고 눈에 눈물을 보이며

"그핀지 읽어봐" 하고 부드럽게 말한걸 보면 그리 노한것은 아니니 석숭이는 기뻐서 그 앞에 떡 버티고 제가 썼으나 제가 못읽는 그편지를 떠듬떠듬 데련님전상사리 가신지가 오래됏는디 왜 안오구 일년반이 댓는디 왜 안오구하니깐 이뿐이는 밤마두 눈물로 새오며 이뿐이는 그럼 죽을테니까 나를듯이 얼찐 와서——이렇게 땀을 내이며 읽었으나 이뿐이는 다 읽은뒤 그걸 받아서 피봉에 도로 넣고 그리고 나물 보구니속에 감추고는 그대루 덤덤이 산을 나려온다. 산기슭으로 나리니 앞에 큰내가 놓여있고 골고루도 널려박인 험상궂은 웅퉁바위 틈으로 물은 우람스리 부다치며 콸콸 흘러나리매 정신이 다 아찔하야 이뿐이는 조심스리 바위를 골라딛으며 이쪽으로 건너왔으나 아무리 생각하여도 가치 멀리 도망가자든 도련님이 저 서울로 혼자만 삐쭉 다라난것은 그 속이 알수없고 사나히 맘이 설사 변한다 하드라도 잣나무 밑에서 그다지 눈물까지 먹음고 조르시든 그도련님이 이제와 싹도없이 변하신다니 이야 신의 조화가 아니면 안될것이다. 이뿐이는 산처럼 잎이 퍼드러진 호양나무 밑에 와 발을 멈추며 한손으로 보구니의 편지를 끄내어 행주치마속에 감추어들고 석숭이가 쓴 편지도 잘 찾아갈런지 미심도 하거니와 또한 도련님 앞으로 잘 간다하면 이걸 보고 도련님이 끔뻑하야 뛰어올겐지 아닌지 그것조차 장담못할 일이었마는 아니, 오신다 이웃고름을 두고 가시든 도련님이어늘 설마 이편지에도 안오실리 없으리라고

혼자 서서 우기며 해가 기우는 먼 고개치를 바라보며 체부 오기를 기다린
다. 체부가 잘와야 사흘에 한번밖에는 더 들지 않는줄을 저라구 모를리 없
고 그리고 어제 다녀갔으니 모래나 오는줄은 번연히 알았마는 그래도 이뿐
이는 산길에 속는 사람같이 저 산비알로 꼬불꼬불 돌아나간 기나긴 산길에
서 금시 체부가 보일듯 보일듯 싶었는지 해가 아주 넘어가고 날이 어둡도
록 지루하게도 이렇게 속달게 체부 오기를 기다린다.

　그러나

　오늘은 웬일인지

　어제와같이 날도 맑고 산의 새들은 노래를 부르건만

　이뿐이는 아직도 나올줄을 모른다.

솟

들고나갈거라곤 인제 매함지와 키쪼각이 잇슬쑨이다.

그 외에도 체랑 그릇이랑 잇긴좀허나 깨여지고 헐고하야아무짝애도 못 슬것이다. 그나마도 들고 나설랴면 안해의눈을 기워야 할터인데 마즌쪽에 쌔안이 안젓스니 슴짝할수 업다.

허지만 오늘도 밸을 좀 글거노흐면 성이쌔처서 제물로 부르르 나가버리 리라── 아랫묵의 근식이는 저녁상을 물린뒤 두 다리를 세워안고 그리고 고개를 쎨어친채 묵묵하엿다. 왜냐면 묘한꾀투리가 잇슴즉 하면서도 선뜻 생각키지 안는 까닭이엇다.

웃목에서 나려오는 냉기로하야 아랫방까지 몹씨 싸늘하다.

가을쯤 치바지를 해 두엇드면 조핫스런만 천장에서는 흙방울이 쏙々 쎨

* 『매일신보(每日申報)』(1935. 9. 3~14. 8, 9일 결간), 10회 연재.

　'短篇小說'이라는 장르 표지가 붙어 있고 매회마다 행인(杏仁)의 삽화가 곁들여 있다. 1934년 8월 16일에 탈고한 「정분」을 손질하고 제목을 바꾼 것이다. 「정분」은 그의 사후 『조광(朝光)』(1937. 5)에 발표되었다.

　「정분」과 「솟」에서 진흥회에 대한 태도가 다르게 나타남을 주목할 만하다. 또한 이 작품은 그의 수필 「朝鮮의 집시」와 내용상 상통하는 곳이 있다. 들병이를 다룬 작품으로는 이외에도 「총각과 맹꽁이」 「안해」 등이 있다.

어지며 찬바람은 새여든다.

헌 옷재기를 들쓰고안저 어린 아들은 화루전에서 킹얼거린다.

안해는 그 아이를 얼르며 달래며 부즈런히 감자를 구어먹인다. 그러나 다리를 모로 느리고 사지를 뒤트는냥이 온종일 방아다리에 시달린 몸이라 매우 나른한 맥시엇다. 손으로 가슴 입을 막고 연달아 하품만 할샌이엇다.

한참 지난후 남편은 고개를 들고 안해의 눈치를 살펴보앗다. 그리고 두터운 입살을 찌그리며 바루 데퉁스러이

"아까 나제 누가왓다갓서?"

하고 한마듸 얼른 내다부첫다.

그러나 안해는

"면서기박게 누가 왓다갓지유——"

하고 심심이 바드며 들떠보도 안는다.

물론 전부터 밀어오든 호포를 독촉하러오늘 면서기가 왓든것을 남편이라고 모르는 바도 아니엇다. 자기는거리에서 먼저 기수채윗고 그재문에 붓잡히면 혼이 쓸가바일부러 몸을 피하엿다. 마는 어차피 말을 쓸랴하니까

"볼 일이 잇스면 날불러대든지할게지 왜 그놈을 방으루 불러드리고 이야단이야?"

하고 눈을 부르쓰지 안흘수가 업섯다.

안해는 이말에 이마를 홱들드니 눈골이 잡은참 돌아간다. 하 어이업는 일이라기가 콕 막힌 모양이엇다. 샐쭉해서 턱을 쏙곰 소치자 그대로 썰어지고 잠잣고 아이에게 감자만 먹인다.

이만하면, 하고 남편은 다시 한번

"헐 말이잇스면 문박게서 허던지, 방으로까지 싈어드리는건 다 뭐야?"

분을 속갓다.

그제서야

"남의속모르는소리 작작하게유 자기재문에 말막음하느라구 욕본생각은 못하구."

안해는 감으잡잡한얼골에 핏대를올렷스나 그러나 표정을 고르잡지못한다.

얼마를그러케 안젓드니 이번에는 남편의낫을 쏙바로쏘아보며

"그지말구 밤마다집신짝이라두삼어서 호포를 갓다내게유."

하다가 좀사이를두곤 들릴듯말듯한 혼잣소리다.

"기집이조타기로 그래집안물건을 다들어낸담!"

하고 여무지게종알거린다.

"뭐, 집안 물건을 누가 들어내?"

그는 시치미를 딱 쩨고 제법 천연스리 펄석 쉬엇다. 그러나 속으로는 썩 메로 복장이나 어더마즌듯 씨인하엿다. 입째까지 까마케 모르는줄만 알앗 드니 안해는 귀신가치 옛날에 다 안 눈치다. 어제밤 안해의 속곳과 그제밤 맷돌짝을 훔으려낸것이 죄다 탈로가 되엇구나, 생각하니 불쾌하기가 짝이 업다.

"누가 그런 소리를 해, 벼락을 마즐라구?"

그는 이러케 큰 소리는 해보앗스나 한팔로 아이를 슬어다려 젓만 먹일 쌘, 젊은안해는 수째 바다주질 안헛다.

안해는 샘과 분을 못 이기어 무슨 되알진 소리가 터질듯질듯 하면서도 그냥 싹참는 모양이엇다. 눈은 알로 나려쌀고 색 색 숨소리만내다가 남편 이 쏘 다시

"누가 그싸위 소릴 해 그래?"

할제에야 비로소 입을 여는것이——

"재숙 어머이지 누군 누구야——"

"그래, 뭐라구?"

"들쌩이와 배 마젓다지 뭘뭐래 맷돌허구 내 속곳은 술 사먹으라는거지 유?"

남편은 더 쌔치지를 못하고 고만 얼골이 확근 달핫다. 안해는 좀 살자고 고생을 무릅쓰고 바둥거리는 이판에 남편이란 궐짜는 그속곳을 술 사먹엇 다면 어느모로 싸져보면 곱지 못한 행실이리라. 그는 안해의 시선을 피할 만치 몹씨 양심의 가책을 늣것다. 마는 그러타고 자기의 의지가 썩긴다면 쏘한 남편 된 도리도 아니엇다.

"보두못허구 애맨 소릴해 그래, 눈쌀들이 멀라구?"
하고 변명삼아 목청을 꽉도닷다.

그러나 아무 효력도 보이지 안흠에는 제대로 약만 점점 오를쑨이다. 이러다간 번전도 못 건질걸 알고 말쯧을 얼른 돌리어

"자기는 뭔대 대나제 사내놈을 방으로 불러드리구, 대관절 둘이 뭣햇드람!"
하야 안해를 되순나잡앗다.

안해는 독살이 송곳쯧처럼 쌘로저서 젓 먹이든 아이를 방바닥에 쓸어박고 발싹 일어섯다. 제 공을 모르고 게정만 부리니까 되우 야속한 모양갓다. 찬 방에서 너좀 자보란듯이 천연스레 뒤로 치마쯔리를여미드니 그대로 살랑살랑 나가버린다.

아이는 또 그대로 요란스리 울어대인다.

눈우를 밟는 안해의 발자취소리가 멀리 사라짐을 알자 그는 비로소 맘이 노혓다. 방문을 열고 가만히 박그로 나왓다.

무슨 쯧을 하던 볼 사람은 업슬것이다.

그는 벽으로 더듬어 들어가서 우선 성냥을 드윽 그어대고 두리번거렷다. 짐작햇든대로 그 함지박은 부쑤막우에서 주인을 우두먼히 기달리고 잇다. 그 속에 담긴 감자 나부렁이는 그자리에 쏘다버리고 그리고나서 번쩍들고 뒤란으로 나갓다.

압흐로 들고 나갓스면 조흘테지만 그러다 안해에게들키면 아주 혼이 난다. 어렵드라도 뒷겻 언덕우로 올라가서 울타리 박그로 쿵하고 아니 던저넘길수 업다.

그담에가 이게 좀 거북한 일이엇다. 허지만 예전 뒤나보러 나온듯이 뒷짐을 싹지고 싸리문께로 나와 유유히 사면을 돌아보면 고만이다.

하얀 눈우에는 안해가 고대 밥고간 발자욱만이 딩금딩금 남엇다.

그는 울타리에 몸을 착비겨대고 뒤로 돌아서 그함지박을 집어들자 곳쌩 손이를 노앗다.

근식이는 인가를 피하야 산기슬그로만 멀직암치 돌앗다. 그러나 함지박은 몸에다 겻흐로 착붓헛스니 좀체로 들킬 염려는 업슬것이다.

매옵게 쌀쌀한 초생달은 푸른 하늘에 댕그먼니 눈을 썻다.

수어리골을 흘러나리는 시내도 인제는 얼어부텃고 그빗이 날카롭게 번득인다.

그리고 산이며 들, 집, 낫가리, 만물은 겹겹눈에 잠기어 숨소리조차 내질 안는다.

산길을 쌔저서 거리로 나올랴할제 어데에선가 징이 씽々, 울린다. 그 소리가 고적한 밤 공기를 은은히 흔들고 하늘 저편으로사라진다.

그는 가든 다리가 멈칫하야 멍헌이 넉슬일코섯다.

오늘밤이 농민회총회임을 고만 정신이 나쌔서 감박이젓든것이다.

한번 회에 안 가는데 궐전이 오전, 쑨만 아니라 공연한 부역까지 안담이 씨우는것이 이 동리의 전예이엇다.

쏘 경 첫구나, 하고 길에서 그는 망서리다 허나 몸이 아파서 알헛다면 그만이겟지, 이쓤 안심도 하야본다. 그러치만 어쩐 일인지 그래도 속이 슬밋하엿다.

요즘 눈 바람은 부다치는데 조밥 슿댕이를 씹어가며 신장노를 딱는것은 그리 수월치도 안흔 일이엇다. 쩔면서 그 지랄을 쏘 하려니, 생각만 하여도 짜정 이에서 신물이 날번하다 만다.

그럼 하루를 편히 쉬고 그걸 쏘 하느냐. 회에 가서 새 까먹은 소리나마 그 소리를 조라가며 듯고 안젓느냐——

얼른 싹 정하지를 못하고 그는 거리에서 한 서너번이나 주쑴〳〵 하엿다.

허지만 농민회가 동리에 청년들을 말쌍 다 쓸어간 그것마는 여간 고마운일이 아니엇다. 오늘 밤에는 술집에 가서 저 혼자 들쌩이를 차지하고 놀수 잇스리라——

그는 선뜻 이러케 생각하고 부즈런히 다리를 재촉하엿다. 그리고 술집 가차히 왓슬쌔에는 깃불쑨만아니요 쏘한 용기까지 솟아올랏다.

길까에 싸로 썰어저서 호젓이 노힌집이 술집이다. 산모롱이 엽해서 시눈

에싸히어그혼적이 진가민가나달빗에빗기어 갸름한소리를달고잇다. 서쪽
으로그림자에무치어 대문이열렷고 고 겻호로 불이 반짝대는 지게문이 하
나가 잇다.

이방이 즉 게숙이가 빌려서 술을 팔고잇는 방이다.

문을 열고 썩 들어스니 게숙이는 일어스며 무척 반긴다.

"이게 웬함지박이지유?"

그 태도며 야튼 웃슴을 짓는냥이 나달전 처음 인사할새와 조곰도 변칠안
헛다. 아마 어제밤 자기를 보고 사랑한다든 그 말이 알쓸갓흔 진정이기도
쉽다. 하여튼 정분이란 과연 히얀한 물건이로군——

"왜웃어, 어젯밤 술갑스로 가저왓는데——"
하고 근식이는 말을 밧다가 어쩐지 좀 제면쩍엇다. 게집이 바다들고서 이
리로 뒤척 저리로 뒤척하며 쏘는 바닥을 뚜들겨도 보며 이러케 조와하는걸
얼마쯤 보다가

"그게 그래봬두 두장은 헐씬 넘엇걸——"
마주 싱그레 웃어주엇다. 참이지 게숙이의 흥겨운 낫흘보는것은 그의 행복
전부이엇다.

게집은 함지를 들고 안쪽문으로 나가드니 술상 하나를 곱게 바처들고
들어왓다. 돈이 업서서 미안하야 달라지도 안는 술이나 술갑슨어씨 되엇든
지 우선 한잔하란 맥시엇다. 막걸리를 화루에 거냉만하야 짤하부며,

"어서 마시게유 그래야 몸이 풀려유——"
하드니손수 입에다 부어까지준다.

그는 황감하야 얼른 한숨에 쭈욱들여켯다. 그리고 한잔 두잔 석잔——

게숙이는 탐탁히 엽해 부터안드니 근식이의 얼은 손을 첫 가슴에 무더주
며

"어이 차 일 어째!"
한다. 썰고서 왓스니까 퍽으나 가여운 모양이엇다.

게숙이는 얼마 그러케 안탁가워하고 고개를 모로 접으며

"난 낼 써나유——"

하고 썩 떨어지기 섭한 내색을 보인다. 좀 더 잇슬랴햇스나 아까 농민회 회장이 차자왓다. 동리를 위하야 들쌩이는 절대로 안 바드니 냉큼 써나라햇다. 그러나 이밤에야 어데를 가랴, 낼아츰 밝는대로 써나겟노라 햇다 하는 것이다.

이말을 듯고 근식이는 고만 낭판이 떨어저서 멍멍하엿다. 언제이던 갈줄은 알앗든게나 아다지도 급작이 서둘줄은 쏨박기엇다. 자기 혼자서 짜로 떨어지면 압흐로는 어쎄케 살려는가——

게숙이의 말을 드러보면 저에게도 번이는 남편이 잇섯다 한다. 즉 아랫묵에 방금 누어잇는 저 아이의 아버지가 되는 사람이다. 술만 처먹고 노름질에다 혹닥하면 안해를 쑤들겨패고 벌은 돈푼을 쌧어가고 함으로서 당최 견될수가 업서 석달전에 갈럿다 하는것이다.

그럼 자기와 들어내노코살아도 무방할 것이 아닌가. 허나 그런 소리란 참아 이쪽에서 먼저 쓰내기가 어색하엿다.

"난 그래 어쎄케 살아. 나두 짜라갈가?"

"그럼 그럽시다유——"

하고 게숙이는 그말을바랏단듯이 선뜻 밧다가

"집에 잇는 안해는 어쎄커지유?"

"그건 염녀업서——"

근식이는 고만 기운이 쎗처서 시방부터 게숙이를 얼싸안고 들먹어린다. 안해쯤 치우기는 별루 힘들지 안흘것이다. 왜냐면 제대로 그냥내버려만두면 제가 어데로가던마던 할게니까. 하여튼인제부터는 게숙이를 짜라다니며 벌어먹겟구나, 하는 새로운생활만이 깃불쑌이다.

"낼밝기전에 가야 들키지 안흘걸——"

밤이 야심하여도 회 쌔문인지 술군은 좀체 보이지안헛다. 이젠 안 오려니, 단렴하고 방문고리를 걸은뒤 불을 썻다. 그리고 게숙이는 멀거니 안저잇는 근식이 팔에 몸을던지며 한숨을후——짓는다.

"살림을 하려면 그릇쏘각이라두 잇서야할텐데——"

"염녀마라. 내 집에 가서 가저오지——"

그는 조곰도 써림업시 그저 선선하엿다. 싸는 안해가 잠에 고라지거던 슬몃이들어가서 이것저것 마음에 드는대로 후므려오면 그쑨이다. 압흐론 굼주리지안어도 맘편히 살려니 생각하니 잠도안올만치 가슴이 들렁들렁하엿다.

방은 우풍이 몹시도 세엇다. 주인이 그악스러워 구들에 불도 변々히안지 핀모양이다. 까칠한 공석자리에 등을 부치고 사시나무쎌리듯 덜덜대구 쩔엇다.

한 구석에 쓸어박엿든 아이가 별안간 잠이 쌔엇다. 징얼거리며 사이를 파고 들려는걸 어미가 야단을치니 도루 제자리에가서 씩소리업시 누엇다. 매우 훈련잘바든 젓먹이엿다.

그러나 근식이는 그놈이 생각하면 할스록 되우 실엇다. 우리들이 죽도록 모아노으면 저놈이 중간에서 써버리겟지. 제 애비번으로 노름질도하고 에미를 두들겨패서 돈도 쌧고하리라. 그러면나는 신선노름에 도끼자루썩는 격으로 헛공만 드리는게아닐가하고 생각하니 당장에 곳얼어죽어도 앗갑지 는안흘것이다. 허나 어미의 환심을 살려닌까

"에 그놈……착하기도하지"

하고 두어번 그 궁둥이를 안쑤덕일수도 업스리라.

달이 기우러서 지게문을훤이밝히게 되엇다.

간간 외양간에서는 소의숨쉬는 식 식 소리가 거푸지게들려온다.

평화로운 잠자리에 쌔아닌 마가들엇다. 뭉태가 와서 나즌소리로 게숙이를 부르며지게문을 열라고 씨걱어리는게아닌가. 전일부터 게숙이에게 돈 좀쓰든 단골이라고 세도가 막 냉々하다.

근식이는 망할자식하고 골피를 씨프렷다. 마는 게숙이가 귓속말로

"내 잠간 말해보낼게 박게나가 기달리유——"

함에는 속이 좀 든든하지안흘수 업다. 그말은 남편을신뇌하고 하는 통사정이리라. 그는 안문으로 바람가티 나와서 방벽게로 몸을 착 부처세우고 가슴 안채를 살펴보앗다. 술집 주인이 나오다 이걸 본다면 담박 미친 놈이라

고 욕을 할것이다. 그러치 안허도 그적게는

　"자네 바람 잔득난네그려. 난술을 파니 조킨허지만 맷돌싹을 들고 나오
면 살림고만둘터인가?"

하고 멀쑤룩하게 닥기엇다. 오늘 들키면 또 무슨 소리를——

　근식이는 쩔고 섯다가 이상한 소리를 듯고 정신이 번쩍 들엇다. 그는 방
문께로바특이 다가가서 가만히 귀를 기우렷다.

　왜냐면 뭉태가 들어오며

　"오늘두 그놈 왓섯나?"

하드니 게집이

　"아니유, 아무도 오늘은안왓서유"

하고 시치미를 쌔니까

　"왓겟지 뭘, 그자식 웨 새 바람이 나서 지랄이야"

하고 썩 시퉁그러지게 비웃는다.

　여기에서 그놈 그자식이란 무를것도 업시 근식이를 가라침이다. 그는 살
이 다 불불 쩔렷다.

　그쑨 아니라 이말저말 한참을 중언부언 지꺼리드니

　"그자식 동리에서 내쏫는다던걸——"

　"왜 내쏘차?"

　"아 회엔 안오고 술집에만박혀잇스니까 그러치"

　(이건 멀정한 거즛 말이다. 회에좀 안갓기로 내쏫는 경오가 어딋니, 망
할 자식?)

하고 그는 속으로 노하며은근히굿게쥐인 주먹이 대구쩔리엇다.

　그만이라도 조흐련만

　"그자식 어찌 못난는지 안해까지 동리로 돌아다니며 미화라구 숭을 보
는걸——"

　(또 거즛 말, 안해가 날어쩌케무서워하는데 그런 소리를해!)

　"남편을 미화라구?"

하고 게집이 호호대고 웃으니까

"그럼 안그래 그러구 게숙이를 집안망할 도적년이라구하던걸 맷돌두 집어가구속곳두 집어가구 햇다구——"

"누가 집어가 갓다주니까 바닷지"

하고 게집이 팔싹 쒸는 기색이드니

"내가 아나 근식이처가그러니깐 나두 말이지"

(안해가 설혹 그랫기루 그걸다 ㅅ긔겨밧처 개새끼갓흐니!)

그 담엔 드를랴고 애를써도 드를수 업슬만치 병아리 소리로들 뭐라 뭐라고 지꺼린다. 그는 이것두 필경 저와 게숙이의 사이가 조흐니까 배가 아파서 이간질이리라 생각하엿다. 그런데 게집도 는실난실 여일이 바드며 가치 웃는것이아닌가.

근식이는 분을 참지못하야 숨 소리도 거츨을만치 되엇다. 마는 그러타고 쒸어들어가 쑤들겨줄 형편도 아니요 어쎄 볼 도리가업다. 게숙이나 멋하면 노엽기도 덜하련마는 그것조차 핀잔 한마듸안주고 한통속이 되는듯하니 야속하기가 이를데업다.

그는 노기와 한고로 말미아마 팔장을 찌르고는 덜덜 쩌럿다. 농창이 난 버선이라 눈을 발고섯스니 쌔긋이 쑤시도록 시렵다.

몸이 괴로워지니 그는 안해의 생각이 머리속에 문득 쎠오른다. 집으로만 가면 싸스한 품이 기다리련만 왜 이 고생을 하는지실로 알다도모를일이다.

허지만 다시 잘 생각하면 안해 그까짓건 실혓다. 아리랑타령 한마듸 못하는 병신, 돈 한푼 못버는 천치—— 하긴 초작에야 물불을 모를만치 정이 두터윗스나 째가 어느 째이냐, 인제는 다 삭고말엇다.

뭇 사람의 품으로 올마안기며 에쓱어리는 들쌩이가 말은 천하다 할망정 힘 안드리고 먹으니 얼마나 부러운가. 침들을 게게 흘리고 덤벼드는 뭇 놈을 이손저손으로 맘대로 후물르니 그 호강이 바히 고귀하다 할지라——

그는 설한에 이까지 싹싹어리도록몸이 얼어간다. 그러나 집으로 가서 자리우에 편히 쉬일 생각은 조곰도 업는 모양갓다. 오즉 게숙이가 불러드리기만 고대하야 턱살을 바처대고 눈이 쌔질 지경이다.

모진 눈보래는 가끔식 목덜미를 넵다 갈긴다.

그럴적마다 저고리 동정으로 눈이 날아들며 등줄기가 선뜩〳 하엿다.

근식이는 암만 기달려도새가 되엇스련만 불러 드리지를 안는다. 수근거리든 그것조차 슨히고 인젠 굵은 숨소리만이 흘러나온다.

그는 저도 까닭모르는 약이 발쑷터서 머리끗까지 바싹 치쌧첫다 들쎙이란 더러운 물건이다. 남의 살림을망처노코 게다 가난한 농군들의 피를쌜아 먹는 여호다, 하고 매우 쾌쾌히 생각하엿다. 일변 그러케까지 노해서나갓는데 안해가 지금쯤은 좀풀엇슬가 이런 생각도 하야본다.

첨아숫해 싸혓든 눈이 푹하고 쌍에 썰어질쌔 그재분명히 그는 집으로 갈랴하엿다. 만일 게숙이가 쌔 마처 불러 드리지만 안헛드면

"에이 더러운 년!"

속으로 이러케 침을 배앗고 네보란듯이 집으로 쌕 다라낫슬지도 모른다.

게집은 한문으로

"칩겟수 얼른가우"

"뭘 이까진 추이——"

"그럼 잘 가게유 낭종쏘 만납시다"

"응, 내추후루 한번 차자가지"

뭉태를 이러케 내뱃자 쏘 한문으로

"가만히 들어오게유"

하고 조심히 근식이를 집어드린다.

그는 발 바닥의 눈도 털줄 모르고 감지덕지하야 닝큼 들어스며 우선 얼은 손을 썩〳 문댓다.

"박게서 퍽 추엇지유?"

"뭘, 추어 그러치"

하고 그는 만족히 웃으면서 그러틋 불〳하든 아까의 분노를 다 까먹엇다.

"그자식, 남 자는데 왜와서 쌩이질이야——"

"그러게말이유 그건 눈치코치도 업서——"

하고 게집은 조곰도 빈틈업시 여전히 탐탁하엿다. 그리고 등잔에 불을 다리며 건아하야 생글〳 웃는다.

"자식이 왜 그썬세럼 거짓말만 슬ᄊ하구!"

하며 근식이는 먼저번 뭉태에게 흉잡혓든 그 대가품을 안할수 업다. 나두 네가 헌만치는 허겟다, 하고

"아 그놈 참 병신 됏다드니 어써케 걸어다녀!"

"왜 병신이 되우?"

"남의 기집 오입하다가 들켜서 밤 새도록 목침으로 두들겨마젓지. 그래 응치가 싄허젓느니 대리가 부러젓느니 허드니 그래두 곳잘 걸어다니네!"

"알라리 별 일두!"

게집은 세상에 업슬 일이다잇단듯이 눈을 째웃하드니

"체 기집좀보앗기루 그러케 재릴건 뭐야——"

"아 안그래 그럼 나라두 당장 그놈을——"

하고 근식이는 제 안해가 욕이라도 보는듯이 기가 올랏스나 그러나 게집이 낫흘 찌프리며

"그 뭐 기집이 어디가 쩔어지나 그러게?"

하고 샐쭉이 뒤둥그러지는데는 어쩔수업시 저도

"허긴 그러치—— 놈이 온체못나서 그래"

하고 얼른 눙치는게 상책이엇다.

내일부터라도 게숙이를 싸라다니며 먹을텐데 싸는이것저것을가리다는 죽도 못빌어 먹는다. 그 보다는 몸이 열파에 난대도 잘먹을수만 잇다면이야 고만이아닌가——

그건 그러타하고 어쩌튼뭉태란 놈의 흉은 그만치 봐야 할것이다. 그는 담배를한대 피어물고 뭉태는 번디돈도 신용도 아무것도 업는건달이란둥 동리에서는 그놈의말은 고지 안듯는다는둥 심지어 남의집 보리를 홈처내다 붓잡해서 콩밥을 먹엇다는 헛풍까지 씨며 업는사실을 한창 느라노핫다.

그는 이러케 게집을 얼렁거리다 안말에서 첫해를울니는 계명성을 듯고 깜짝놀랏다.

개동까지는 써날 차보가 다되어야 할것이다. 그는 게집의 쌈을 손으로 문질러보고 벌쩍일어서서 박그로나온다.

"내 집에좀 갓다올게 쑥 기달려 응"

근식이가 거리로 나올째에는 초생달은 완전히 넘어갓다.

저 건너산밋 국수집에는아직도 마당의 불이환하다. 아마노름군들이 모여들어 국수를눌러먹고 잇는 모양이다.

그는 밧둑으로 돌아가며지금쯤 안해가집에돌아와 과연 잠이들엇슬지 퍽 궁금하엿다. 어쩌면 매함지업서진걸 알앗슬지도 모른다. 제가들어가면 박아지를 글ㅅ라고 지키고 안젓지나 안헐는지——

이러케되면 게숙이와의약속만 쌔여질쑨아니라 일은다글르고만다.

그는 제물에 다시약이올랏다. 게집년이 건방지게 남편의일을 지키고안젓구? 남편이하자는대루햇슬짜름이지 제가하상뭔대—— 허지만 이주먹이 들어가 귀ㅅ쌔기 한서너번만 쥐어박으면 고만이아닌가——

다시 힘을어더가지고 그는 저집 싸리문께로 다가스며살몃이들어밀엇다.

달빗이 업서지니까 벽쪽은 캄캄한것이 아주 절벽이다. 뜰에 쌀린 눈의 반영이 잇슴으로 그런대로 그저 할만하다, 생각하엿다.

그러나 우선 봉당우로 올라서서 방문에 귀를 기우리지 안흘수 업섯다.

문풍지도 울듯한 깁흔 숨소리. 입을 버리고 남 겻해서 코를 골아대는 안해를일상 책햇드니 이런 쌔에 덕볼줄은 실로 쯧하지 안헛다. 저런 콧소리면 사지를묵거가도 모를만치 고라젓슬게니까——

그제서는 마음을 놋코 허리를 굽히고 그러고 쑥 도적가티 발을 저겨드디며 벽그로 들어섯다. 첫재 살림을 시작할랴면 밥은 먹어야 할터이니까 솟이 필요하다. 손으로 더듬더듬 차자서 솟쑤껑을 한엽헤 벗겨놋차 부쑤막에 한 다리를 언고 두손으로 솟전을 잔뜩 웅켜잡앗다. 인제는 잡아 당기기만 하면쑥쌉힐게니까 그리 어렵지안흘것이다.

이 솟이 생각하면 사년전 안해를마저드릴째 행복을계약하든솟이엇다. 그 어느날인가 읍에서사서들러메고 올제는무척깃벗다. 쌔가 지나도록안해가 뭔지생각만하고 모르다가 이제야알고보니 짜는썩훌륭한 보물이다. 이 솟에서 둘이밥을 지어먹고 한평생가치살려니하니 세상이 모두가제것갓다.

"솟사왓지"

이러케 집에와 나려노흐니 안해도 쮜여나와 짐을 ᄉᆞ르며

"아이 그솟잇ᄲᅢ이! 얼마주엇수?"

하고 깃버하엿다.

"번인 일원사십전을 달라는걸 억지로 ᄭᅡᆨ가서 일원삼십전에 ᄲᅢ왓는걸!"

하고 저니 ᄭᅡᆨ갓다는 우세를 ᄉᆞᆸ내니

"참 싸게 삿수. 그러나더좀 ᄭᅡᆨ갓드면 조핫지"

그러고 안해는 솟을 ᄶᅮ들겨보고 불빗에 빗혀보고하엿다. 그래도 밋바닥
에 구멍이 ᄯᅮᆯ렷슬지 모름으로 물을 부어보다가

"아 이보레. 새네 새. 일어쩌나?"

"뭐. 어듸——"

그는 솟을 바다들고 눈이 휘둥그래서 보다가

"글세 이놈의 솟이 새질안나!"

하고 얼마를 살펴보고난 뒤에야 새는게 아니고 전으로 물이 검흐른것을 알
앗다.

"숭맥두 다 만허이 이게 새는거야. 것흐로 물이 흘렀지——"

"참 그러쿤!"

두리들 이러케 행복스러히 웃고 즐기든 그 솟이엇다.

그러나 예측하엿든 달가운 삶은 몃달이엇고 툭하면 굶고 지지리 고생만
하엿다. 인제는 맛당히 다른데로 옴겨야 할것이다.

그는 조곰도 서슴업시 솟을 쑥쌉아 한길체 나려놋고 또 그담걸 차젓다.

근식이는 어두운 벅 한복판에 서서 뭐 급한 사람처럼 허둥허둥 대인다.
그러타고 무엇을 찾는것도 아니요 쌉아논 솟을 집는것도 아니다. 뭣ᄉ을
가저가야 하는지 실은 가저갈 그릇도 업거니와 첫째 생각이 안나서이다.
올ᄶᅢ에는 그러케도 여러가지가 생각나드니 실상 싹 와닥치니까 어리둥절
하다.

얼마 뒤에야

(올치 이런 망할 정신보래!)

그는 이것든 생각을 겨우 ᄭᅢ치고 벽에 걸린 바구니를 ᄲᅢ들고 뒤적어린다.

그 속에는 달하 일그러진 수저가 세자루 길고 쨃고 몸 고르지 못한 저까락이 너덧매 잇섯다. 그중에서 덕이(아들) 먹을 수저 한개만 남기고는 모집어서 궤춤에 쓱 쇠잣다.

그리고 더 가저갈랴 하니 생각은 부족한것이 아니로되 그릇이 마쁘지 안타. 가령밥사발 바가지 종지——

방에는 압흐로 둘이 덥고자지 안흐면 안될 이불이 한채 잇다. 마는 방금 안해가 잔쑥 쓸어안고 매댁질을치고 잇슬게니 이건 오페부득이다. 쪼 웃목 구석에 한 너덧되 남은 좁쌀 자루도 잇지 안흐냐——

허지만 이게 다 일을 벗내는 생각이다. 그는 좀 미진하나마 솟만 들고는 그대로그림자가치 나와버렷다.

그의 집은 수어릿골 쇠리에 달린 막바지엇다. 양쪽산에 쩌어 시냇가에 집은 언첫고 늘 쓸쓸하엿다. 마을복판에 일이라도 잇서 돌이깔린 시냇길을 여기서 오르나리자면 적잔히 애를 씨윗다.

그러나 이제로는 그런 고생을 더 하자하여도 좀체 업슬것이다. 고생도 하직을 하자니 구엽고도 일변 안타까운 생각이 업슬수 업다.

그는 살든 즈집을 뒤서너번 돌아다보고 그리고 술집으로 힝하게 달려갓다.

방에 불은 아직도 켜잇섯다.

근식이는 허둥지둥 지게문을 열고 쮜어들며

"어, 추어!"

하고 커다케 몸서리를첫다.

"어서 들어오우 난안오는줄알앗지"

게숙이는 어리쎙쎙한 웃음을 씌이고 그리고 몹씨반색한다. 아마 그동안 눕지도안흔듯 보재기에 아이 기저귀를 챙기며 일변 쪽을 고처끼기도하고 써날준비에 서성／＼하고 잇다.

"안오긴 왜 안와?"

"글새 말이유 안오면 누군가만둘줄 알아, 경을 이러케 쳐주지."

하고 그 팔을 잡아서 꾯집다가

"아, 아, 아고파!"

하고 근식이가 응석을 부리며 덤비니

"여보기유, 참 짐은 어쩌커지유?"

"뭘 어쩌케?"

"아니, 은제 쌀려는냔 말이지유?"

하고 뭘 한참 속으로 생각한다.

"진시 싸놧다가 훤하거던 곳 써납시다유——"

근식이도 거기에 동감하고 게집의 의견대로 짐을 뎅그먼이 묵거노핫다. 짐이라야 솟 맷돌 매함지 옷보짜리 게다 술갑스로 바다드린 쌀멫되 좁쌀멫되——

먼동이 트는대로 질머만메면 되도록 짐은 아주 간단하엿다. 만약 아츰에 주저거리다간 우선 술집 주인에게 발각이 될게고 짜라 동리에 소문이 퍼진다. 그쏜 아니라 안해가 쫏차온다면 팔짜는 못고치고 모양만 창피할것이아닌가——

써날 차보가 다 되자 그는 자리에 누어 날 새기를 기다렷다. 시방이라도 써날생각은 간절하나 산골에서 즘승을 만나면 귀신이 되기쉽다. 허지만 술집의 심은 다되엇다니까 인사도 말고개동까지는 슬멋이 다라나야할것이다.

그는 몸을 덜덜 썰어가며 얼른 동살이 잡혀야할텐데—— 그러다 어느결에 잠이 깜쌕들엇다.

그것은 어느 째쯤이나 되엇는지 모른다.

억개가 웃슥하고 찬 기운이 수가마로 새드는듯이 속이 썰려서 번쩍 쌔엇다. 허나 실상은 그런것도 아니요 아이가 킹킹거리며 머리우로 대구 기어올라서 눈이 씌엇는지도 모른다.

그는 군찬해서 손으로 아이를 밀어나리고 또 밀어나리고 하엿다. 그러나 세번째 밀어나리고자 손이 이마우로 올라갈제, 실로 아지못할 일이라, 등뒤 웃목쪽에서

"이리 온, 아쌔 여깃다"

하고 귀설은 음성이 들리지 안는가——

걸걸하고 우람한 그 목소리——

근식이는 이게 숨이나 아닌가, 하야 정신을 가만히가다듬고 눈을 썻다감앗다하엿다. 그러타고 몸을 쌔앗하는것도 아니요 숨소리를 제법 크게 내는 것도 아니요가슴속에서 한갓 염통만이 펄쩍펄쩍 쭐쑨이엇다.

암만 보아도 이것이 숨은 아닐듯 십다. 어두운 방, 압헤 누은 게숙이, 킹킹거리는 어린 애——

걸걸한 목소리는 쏘 들린다.

"이리 와, 아쌔 여긧다니까는——"

아이의 아쌔이면 필연코내던진 번 남편이 결기를 먹고 짜라 왓슴에 틀림이 업슬것이다. 그리고 안해의 부정을 현장에서 맛닥드린남편의 분노이면 네남직업시다 일반이리라. 분김에 낫이라도 들어 찍으면 고대로 찍소리도 못하고 죽을박게 별도리업다.

확실히 이게 숨이어야 할터인데 숨은 아니니 근식이는 얼른 쌤이다 솟을 만치 속이 답ㅅ하엿다. 쌋쌋하야진 등살은 고만두고발소락하나 곰싹못하는것이 속으로 인젠 참으로 죽나부다하고 거진 산 송장이되엇다.

물론 이러면 조흘가 저러면 조흘가 하고 드립다 애를 싸아도 본다. 그러다 결국에는 게숙이를 깨우면 일이 좀 필가하고 손소락으로 그 배를 넌즛이 쿡쿡 찔러도 보앗다. 한번, 두번, 세번 그리고 네번재는 배에 창이나라고 힘을 드리어 찔럿다. 마는 게숙이는 깨기는세루그의 허리를 더 잔득 실어 안고 코 골기에 세상만 모른다.

그는 더욱 부쩍부쩍 진쌤만 흘럿다.

남편은 어청어청 등뒤로거러오는듯 하드니 아이를 번쩍 들어안는 모양이다.

"이놈아, 왜 성가시게 굴어?"

이러케 아이를 삭짓고

"어여들 편히자게유!"

하야 쾌히 선심을 쓰고 웃묵으로 도로나려간다.

그 태도며 그 말씨가 매우 맘세조하 보엿다. 마는 근식이에게는 이것이 도리어 견딀수 업슬만치 살을 저미는듯 하엿다. 이러케 되면 이왕 죽을바에야 얼른 죽이기나 바라는것이 다만 하나남은 소원일지도 모른다.

게숙이는 얼마 후에야 씀을슴을 하며 겨우 몸을 쩌들엇다.

"어서 쩌나야지?"

하고 두 손등으로 잔 눈을 부비다가 웃목쪽을 나려다보고는 몸씨 경풍을 한다. 그리고 고개를 접드니 입을 쏙 봉하고는 잠잠히 잇슬뿐이다.

이런 동안에 날은 아주 활짝 밝앗다.

안 벅혜선 솟을 가시는 소리가 시끄러이 들려온다.

주인은 기침을 하드니 찌걱어리며 대문을 여는 모양이엇다.

근식이는 이래도 죽긴 일반 저래도 죽긴 일반이라 생각하엿다. 참다 못하야 저도 싸라 일어나 웅크리고 안즈며 어찌 될겐가 쏘 다시 처분만 기다렷다. 그런 중에도 겻눈으로 흘낏 살펴보니 키가 커다란 한 놈이 책상다리에 아이를 안고서 웃목에 안젓다. 감째는 그리사납지 안흐나 암찌쫌 잇서 보이는듯한 그 낫짝이 넉히 사람깨나 잡은듯하다.

"쩌나지들──"

남편은 이러케 제법 재촉하며 자리에서 벌떡일어섯다. 마치 제가 주장하야 둘을 데리고 먼 길이나 쩌나는듯십다. 언내를 게숙이에게 내맛기드니 근식이를 향하야

"여보기유, 일어나서 이짐좀 지워주게유──"

하고 손을 빈다.

근식이는 잠간 얼쭐하야 그 얼골을 멍히 처다봣스나 그러나 허란대로 안 할수도업다. 살려주는 거만 다행으로 너기고 번시는 제가 질짐이로되 부축하야 그 등에잘지워주엇다.

솟, 맷돌, 함지박, 보따리들을 한태 묵근것이니 무겁기도 조히 무거울게다. 허나남편은 조곰도 힘드는 기색을 보이기커녕 아주 홀가분한 몸으로 덜렁덜렁 박글향하야 나슨다.

안해는 남편의 분부대로 언내를 퍼대기에 들싸서 등에 업엇다. 그리고

입속으로 뭐라는 소리인지 종알종알하드니 저도 싸라 나슨다.

근식이는 얼 째진사람처럼서서 웬 영문을 모른다. 한참 그러나 대체 어쩌케 되는겐지 그들의하는냥이나 볼려고 그도 설설 뒤무덧다.

아츰 공기는 쌔깟이 다 쑤시도록 더욱매섭다.

바람은 지면의 눈을 품어다간 얼골에 쌤고 또 쌤고하엿다.

그들은 산모롱이를 싑들어 피언한 언덕길로 성큼성큼나린다. 안해를 압헤 세우고길을 자추며 일변 남편은 뒤에 우쑥 서잇는 근식이를돌아다보고

"왜 섯수, 어서 가치 갑시다유——"

하고 동행하기를 간절히 권하엿다.

그러나 근식이는 아무 대답업고 다만 우두머니 섯슬쑨이다.

이째 산모롱이 엽길에서 두 주먹을 흔들며 헐레벌쩍 달려드는것이 근식이의 안해이엇다. 입은 벌렷스나 말을하기에는 너머도 기가 찻다. 얼골이 새쌜개지며 눈에 눈물이 불현듯, 고이드니

"왜 남의 솟은 쌔가는거야?"

하고대뜸 게집에게로 달라붓는다.

게집은 비녀쪽을 잡아채는 바람에 뒤로 몸이 주츰하엿다. 그리고 고개만을 겨우 돌리어

"누가 쌔갓서?"

하다가

"그럼 저 솟이 누거야?"

"누건 내 알아 갓다주니까 가저가지——"

하고 근식이 처만 못하지안케 독살이 올라 소리를 질른다.

동리 사람들은 잔 눈을 부비며 하나 둘 구경을 나온다. 멀직이 썰어저서 서로들 붓고 썰어지고

"저게근식이네 솟인가?"

"글세 설마 남의 솟을쌔갈라구——"

"갓다줫다니까 근식이가쌔온게지——"

이러케 수군숙덕——

"아니야! 아니야!"

근식이는 안해를 쓰더말리며 두볼이 확ㅅ 달핫다. 마는 안해는 남편에게 한팔을 ㅅ들린채 그대로 몸부림을하며 여전히 대들랴고든다. 그리고 목이 씨저지라고

"왜 남의 솟을 쌔가는거야이도적년아——"

하고 연해 발악을 친다.

그러지 마는 들쌩이 두내외는 금세 귀가 먹엇는지하나는 짐을 하나는 아이를들러업은채 언덕으로 늠ㅅ히나려가며 한번돌아다보는법도업다.

안해는 분에 복바치어 고만 눈우에 털썩 주저안즈며 체면모르고 울음을 놋는다.

근식이는 구경군쪽으로 시선을 흘씻거리며 쓴 입맛만 다실 싸름——종국에는 두 손으로 눈우의 안해를 잡아 일으키며 거반울상이되엇다.

"아니야 글세, 우리솟이 아니라니싼 그러네 참——"

봄·봄

"장인님! 인젠 저——"

내가 이렇게 뒤통수를 긁고 나히가 찻으니 성예를 시켜줘야 하지 않겠느냐고 하면 그대답이 늘

"이자식아! 성예구뭐구 미처 자라야지——"하고 만다. 이 자라야 한다는것은 내가 아니라 장차 내 안해가 될 점순이의 키 말이다.

내가 여기에 와서 돈 한푼 안받고 일하기를 삼년하고 꼬박이 일곱달동안을 했다. 그런데도 미처 못 자랐다니까 이키는 언제야 자라는겐지 짜증 영문모른다. 일을 좀더 잘해야 한다든지 혹은 밥을(많이 먹는다고 노상 걱정이니까) 좀덜 먹어야 한다든지 하면 나도 얼마든지 할말이 많다. 허지만 점순이가 안죽 어리니까 더자라야 한다는 여기에는 어째 볼수없이 고만 병

---

* 『조광(朝光)』(조선일보사, 1935. 12), pp.323~333.

제목 앞에 '農村小說'이라는 표지가 붙어 있고 김웅초(金熊超)가 삽화를 그렸다.

제목「봄·봄」은 계절의 순환을 나타낸다. 김유정의 소설 30편 중에서 10편이 봄을 배경으로 하고 있다. 그의 소설의 배경은 시대성보다 계절성이 강하다. 제목 자체가 계절 이름으로 되어 있는 것이 많다. 또 그의 소설은 대부분 계절적 묘사로 시작하고 있다.

「봄·봄」은 사건 구성이 반복·순환의 구성법을 취하고 있고 그 구조가 '바보 사위 설화'와 상통한다. 해학도 풍부하여 김유정인 특질이 잘 살아 있는 대표적인 작품 중의 하나이다. 주인공 '나'는 유랑민이다. 괄호의 사용법이 특이한 것도 유의할 만하다.

벙하고 만다.

이래서 나는 애최 계약이 잘못된걸 알았다. 있해면 있해, 삼년이면 삼년, 기한을 딱 작정하고 일을 해야 원 할것이다. 덮어놓고 딸이 자라는대로 성예를 시켜주마, 했으니 누가 늘 지키고 섰는것도 아니고 그키가 언제 자라는지 알수있는가. 그리고 난 사람의 키가 무럭무럭 자라는줄만 알았지 붙배기키에 모로만 벌어지는 몸도 있는것을 누가 알았으랴. 때가 되면 장인님이 어련하랴 싶어서 군소리없이 꾸벅꾸벅 일만 해왔다. 그럼 말이다,장인님이 제가 다 알아채려서

"어참 너 일 많이 했다. 고만 장가드러라"하고 살림도 내주고해야 나도 좋을것이 아니냐. 시치미를 딱 떼고 도리어 그런 소리가 나올가바서 지레펄펄 뛰고 이야단이다. 명색이 좋아 데릴사위지 일하기에 승겁기도 할뿐더러 이건 참 아무것도 아니다.

숙맥이 그걸 모르고 점순이의 키 자라기만 까맣게 기달리지 않었나.

언젠가는 하도 갑갑해서 자를가지고 덤벼들어서 그키를 한번 재볼가, 했다 마는 우리는 장인님이 내외를 해야 한다고해서 맞우 서 이야기도 한마디 하는법 없다. 움물길에서 어쩌다 맞우칠 적이면 겨우 눈어림으로 재보고 하는것인데 그럴적마다 나는 저만침 가서

"제―미 키두!"하고 논둑에다 침을 퉤, 뱉는다. 아무리 잘 봐야 내 겨드랑(다른 사람보다 좀 크긴 하지만)밑에서 넘을략말락 밤낮 요모양이다. 개돼지는 푹푹 크는데 왜 이리도 사람은 안크는지, 한동안 머리가 아프도록 궁리도 해보았다. 아하 물동이를 자꾸 이니까 뻑따귀가 옴츠라 드나부다. 하고 내가 넌즛넌즛이 그 물을 대신 길어도 주었다. 뿐만 아니라 나무를 하러가면 소낭당에 돌을 올려놓고

"점순이의 키좀 크게 해줍소사, 그러면 담엔 떡갖다놓고 고사 드립죠니까"하고 치성도 한두번 드린것이 아니다. 어떻게 돼먹은 킨지 이래도 막무관해니――

그래 내 어저께 싸운것이지 결코 장인님이 밉다든가 해서가 아니다.

모를 붓다가 가만히 생각을 해보니까 또 승겁다. 이 벼가 자라서 점순이

가 먹고 좀 큰다면 모르지만 그렇지도 못할걸 내 심어서 뭘 하는거냐. 해마다 앞으로 축 거불지는 장인님의 아랫배(가 너머 먹은걸 모르고 내병이라나 그배)를 불리기 위하야 심으곤 조곰도 싫지않다.

"아이구 배야!"

난 몰붓다말고 배를 씨다듬으면서 그대루 논둑으로 기어올랐다. 그리고 겨드랑에 꼈든 벼 담긴 키를 그냥 땅바닥에 털석, 떨어치며 나도 털석 주저앉었다. 일이 암만 바뻐도 나 배아프면 고만이니까. 아픈 사람이 누가 일을 하느냐. 파릇파릇 돋아오른 풀 한숲을 뜯어들고 다리의 거머리를 쓱쓱 문태며 장인님의 얼굴을 처다보았다.

논 가운데서 장인님도 이상한 눈을 해가지고 한참 날 노려보드니

"너 이자식, 왜 또이래 응?"

"배가 좀 아퍼서유!" 하고 풀우에 슬몃이 쓰러지니까 장인님은 약이 올랐다. 저도 논에서 철벙철벙 둑으로 올라오드니 잡은참 내먹살을 웅켜잡고 뺨을 치는것이 아닌가——

"이자식아, 일 허다말면 누굴 망해놀 셈속이냐 이대가릴 까놀 자식?"

우리 장인님은 약이 오르면 이렇게 손버릇이 아주 못됐다. 또 사위에게 이자식 저자식 하는 이놈의 장인님은 어디 있느냐. 오작해야 우리동리에서 누굴 물논하고 그에게 욕을 안먹는 사람은 명이 짜르다, 한다. 조고만 아이들까지도 그를 돌라세놓고 욕필이(번 이름이 봉필이니까)욕필이,하고 손가락질을 할만치 두루 인심을 잃었다. 허나 인심을 정말 잃었다면 욕보다 읍의 배참봉댁 마름으로 더 잃었다. 번이 마름이란 욕 잘하고 사람 잘치고 그리고 생김생기길 호박개 같애야 쓰는거지만 장인님은 외양이 똑됐다. 작인이 닭마리나 좀 보내지 않는다든가 애벌논때 품을 좀 안 준다든가 하면 그해 가을에는 영낙없이 땅이 뚝뚝 떨어진다. 그러면 미리부터 돈도 먹고 술도 먹고 안달재신으로 돌아치든 놈이 그땅을 슬쩍 돌라안는다. 이바람에 장인님집 빈 외양간에는 눈깔 커다란 황소 한놈이 절로 엉금엉금 기여들고 동리사람은 그욕을 다 먹어가면서도 그래도 굽신굽신 하는게 아닌가——

그러나 내겐 장인님이 감히 큰 소리할 게제가 못된다.

뒷생각은 못하고 뺨 한개를 딱 때려놓고는 장인님은 무색해서 덤덤이 쓴 침만 삼킨다. 난 그속을 퍽 잘 안다. 조곰 있으면 갈도 꺾어야 하고 모도 내야 하고, 한창 바쁜 때인데 나 일안하고 우리집으로 그냥 가면 고만이니까. 작년 이맘때도 트집을 좀 하니까 늦잠 잔다구 돌맹이를 집어던저서 자는 놈의 발목을 삐게 해놨다. 사날식이나 건승 끙, 끙, 앓았드니 종당에는 거반 울상이 되지 않았는가——

"얘 그만 일어나 일좀해라, 그래야 올갈에 벼잘되면 너 장가들지 않니"

그래 귀가 번쩍 띠여서 그날로 일어나서 남이 이틀품 드릴 논을 혼자 삶어놓으니까 장인님도 눈깔이 커다랗게 놀랐다. 그럼 정말로 가을에 와서 혼인을 시켜줘야 온 경오가 옳지 않겠나. 볏섬을 척척 드려쌓아도 다른 소리는 없고 물동이를 이고 들어오는 점순이를 담뱃통으로 가르치며

"이자식아 미처 커야지, 조걸 데리구 무슨혼인을 한다구그러니 온!"하고 남 낯짝만 붉게해주고 고만이다. 골김에 그저 이놈의 장인님,하고 댓돌에다 메꼿고 우리 고향으로 내뺄가 하다가 꾹꾹 참고 말았다.

참말이지 난 이꼴 하고는 집으로 참아 못간다. 장가를 들러 갔다가 오작 못 났어야 그대로 쫓겨왔느냐고 손가락질을 받을테니까——

논둑에서 벌떡 일어나 한풀 죽은 장인님 앞으로 다가스며

"난 갈테야유, 그동안 사경 처내슈뮈"

"너 사위로 왔지 어디 머슴살러 왔니?"

"그러면 얼찐 성렐 해줘야 안하지유, 밤낮 부려만먹구 해준다 해준다—"

"글세 내가 안하는거냐 그년이 안크니까" 하고 어름어름 담배만 담으면서 늘 하는 소리를 또 늘어놓는다.

이렇게 따저나가면 언제든지 늘 나만 미찌고만다. 이번엔 안된다, 하고 대뜸 구장님한테로 단판 가자고 소맷자락을 내끌었다.

"아 이자식이 왜 이래 어른을"

안 간다구 뺏디르고 이렇게 호령은 제맘대로 하지만 장인님 제가 내기운

은 못당한다. 막 부려먹고 딸은 안주고 게다 땅땅 치는건 다 뭐야——

그러나 내 사실 참 장인님이 미워서 그런것은 아니다.

그전날 왜 내가 새고개 맞은 봉우리 화전밭을 혼자 갈고있지 않었느냐. 밭 가생이로 돌적마다 야릇한 꽃내가 물컥물컥 코를 찌르고 머리우에서 벌들은 가끔 붕, 붕, 소리를 친다. 바위틈에서 샘물소리밖에 안들리는 산 골짜기니까 맑은 하늘의 봄볕은 이불속같이 따스하고 꼭 꿈 꾸는것 같다. 나는 몸이 나른하고 몸살(을 아즉 모르지만 병)이 날랴구 그러는지 가슴이 울렁울렁하고 이랬다.

"어러이! 말이! 맘 마 마——"

이렇게 노래를 하며 소를 부리면 여느 때 같으면 어깨가 으쓱으쓱한다. 웬일인지 밭 반도 갈지 않어서 온몸의 맥이 풀리고 대구 짜증만 난다. 공연히 소만드립다 두들기며——

"안야! 안야! 이 망할 자식의 소(장인님의 소니까) 대리를 꺾어들라"

그러나 내속은 정말 안야 때문이 아니라 점심을 이고 온 점순이의 키를 보고 울화가 났든것이다.

점순이는 뭐 그리 썩 이쁜 게집애는 못된다. 그렇다구 또 개떡이냐 하면 그런것두 아니고 꼭 내안해가 돼야 할만치 그저 툽툽하게 생긴 얼굴이다. 나보다 십년이 알에니까 올에 열여섯인데 몸은 남보다 두살이나 덜 자랐다. 남은 잘도 헌칠이들 크것만 이건 우아래가 몽툭한것이 내 눈에는 헐없이 감참외같다. 참외중에는 감참외가 젤 맛좋고 이쁘니까 말이다. 둥글고 커단 눈은 서글서글하니 좋고 좀 지쳐 찢어졌지만 입은 밥술이나 혹혹이 먹음직하니 좋다. 아따밥만 많이 먹게되면 팔짜는 고만아니냐. 헌데 한가지 파가 있다면 가끔가다 몸이(장인님은 이걸 채시니없이 들까분다고 하지만) 너머 빨리빨리 논다. 그래서 밥을 나르다가 때없이 풀밭에다 깨빡을 처서 흙투성이 밥을 곳잘 먹인다. 안 먹으면 무안해 할가바서 이걸 씹고 앉었노라면 으적으적 소리만 나고 돌을 먹는겐지 밥을 먹는겐지——

그러나 이날은 웬일인지 성한 밥채루 밭머리에 곱게 나려놓았다. 그리고 또 내외를 해야하니까 저만큼 떨어저 이쪽으로 등을 향하고 옹크리고 앉어서 그릇나기를 기다린다.

내가 다 먹고 물러섰을때 그릇을 와서 챙기는데 그런데 난 깜작 놀라지 않었느냐. 고개를 푹 숙이고 밥함지에 그릇을 포개면서 날더러 드르래는지 혹은 제소린지

"밤낮 일만하다 말텐가!" 하고 혼자서 쫑알거린다. 고대 잘 내외하다가 이게 무슨 소린가, 하고 난 정신이 얼떨떨했다. 그러면서도 한편 무슨 좋은 수나 있는가 싶어서 나도 공중을 대고 혼잣말로

"그럼 어떻게?" 하니까

"성예 시켜달라지 뭘 어떻게" 하고 되알지게 쏘아붙이고 얼굴이 발개저서 산으로 그저 도망질을 친다.

나는 잠시동안 어떻게되는 심판인지 맴을몰라서 그 뒷모양만 덤덤히 바라보았다.

봄이 되면 온갓 초목이 물이 올르고 싹이 트고한다. 사람도 아마 그런가부다, 하고 며칠내에 붓적(속으로) 자란듯싶은 점순이가 여간 반가운것이 아니다.

이런걸 멀쩡하게 안즉 어리다구 하니까——

우리가 구장님을 찾아갔을때 그는 싸리문밖에 있는 돼지 우리에서 죽을 퍼주고 있었다. 서울엘 좀 갔다 오드니 사람은 점잔해야 한다구 웃쉼이(얼른 보면 집웅우에 앉은 제비꼬랑지 같다) 양쪽으로 뾰죽이 삗이고 그걸 애햄, 하고 늘 쓰담는 손버릇이 있다. 우리를 멀뚱이 처다보고 미리 알아챗는지

"왜 일들 허다말구 그래?" 하드니 손을 올려서 그 애햄을 한번 훅딱했다.

"구장님! 우리 장인님과 츰에 계약하기를——"

먼저 덤비는 장인님을 뒤로 떼다밀고 내가 허둥지둥 달겨들다가 가만히 생각하고

"아니 우리 빙장님과 츰에" 하고 첫번부터 다시 말을 고쳤다. 장인님은 빙장님,해야 좋아하고 밖에 나와서 장인님, 하면 괜스리 골을 낼라구든다. 뱀두 뱀이래야 좋냐구, 창피스러우니 남 듣는데는 제발 빙장님, 빙모님, 하

라구 일상 말조짐을 받아오면서 난 그것두 자꾸 잊는다. 당장두 장인님, 하다 옆에서 내 발등을 꾹 밟고 곁눈질을 흘기는 바람에야 겨우 알았지만—

구장님도 내 이야기를 자세히 듣드니 퍽 딱한 모양이었다. 하기야 구장님뿐만 아니라 누구든지 다 그럴게다. 길게 길러둔 새끼손톱으로 코를 후벼서 저리 탁 튀기며

"그럼 봉필씨! 얼른 성엘 시켜주구려,그렇게까지 제가 하구싶다는걸——"하고 내 짐작대루 말했다. 그러나 이말에 장인님이 삿대질로 눈을 부라리고

"아 성례구뭐구 기집애년이 미처 자라야 할게 아닌가?"하니까 고만 멀쑤룩해서 입맛만 쩍쩍 다실뿐이 아닌가——

"그것두 그래!"

"그래 거진 사년동안에도 안 자랐다니 그킨 은제 자라지유? 다 그만두구 사경내슈——"

"글세 이자식아! 내가 크질말라구 그랬니왜 날보구떼냐?"

"빙모님은 참새만 한것이 그럼 어떻게 앨낫지유?"

(사실 장모님은 점순이보다도 귓배기하나가 적다)

장인님은 이말을듣고 껄껄웃드니(그러나 암만해두 돌 씹은 상이다) 코를 푸는척하고 날은근히 골릴랴구 팔굼치로 옆 갈비께를 퍽 치는것이다. 더럽다, 나두 종아리의 파리를 쫓는척하고 허리를굽으리며 어깨로 그궁둥이를 콱 떼밀었다. 장인님은앞으로 우쩔근하고 싸리문께로 씨러질듯하다 몸을 바루 고치드니 눈총을 몹시 쏘았다. 이런 쌍년의 자식하곤 싶으나 남의 앞이라서 참아 못하고 섰는 그꼴이 보기에 퍽 쟁그러웠다.

그러나 이말에는 별반 신통한 귀정을 얻지못하고 도루 논으로 돌아와서 모를 부었다. 왜냐면 장인님이 뭐라구 귓속말로 수군수군하고 간 뒤다, 구장님이 날 위해서 조용히 데리구 아래와같이 일러주었기 때문이다. (뭉태의 말은 구장님이 장인님에게 땅 두마지기 얻어 부치니까 그래꾀였다구 하지만 난 그렇게 생각안는다)

"자네 말두 하기야 옳지, 암 나이 찼으니까 아들이 급하다는게 잘못된

말은 아니야, 허지만 농사가 한창 바쁠때 일을 안한다든가 집으로 달아난다든가 하면 손해죄루 그것두 징역을 가거든! (여기에 그만 정신이 번쩍 났다)웨 요전에 삼포말서 산에 불좀 놓았다구 징역간거 못봤나, 제산에 불을 놓아두 징역을 가는 이뗀데 남의 농사를 버려주니죄가 얼마나 더 중한가. 그리고 자넨 정장을(사경 받으러 정장가겠다 했다)간대지만 그러면 괜시리 죄 들쓰고 들어가는걸세 또 결혼두 그렇지 법률에 성년이란게 있는데 스물하나가 돼야지 비로소 결혼을 할수가 있는걸세, 자넨 물론 아들이 늦일걸 염려지만 점순이루 말하면 인제 겨우 열여섯이 아닌가, 그렇지만 아까 빙장님의 말슴이 올갈에는 열일을 제치고라두 성례를 시켜주겠다 하시니 좀 고마울겐가, 빨리 가서 모 붓든거나 마저 붓게, 군소리말구 어서 가───"

그래서 오늘 아츰까지 끽소리없이 왔다.

장인님과 내가 싸운것은 지금 생각하면 전혀 뜻밖의 일이라 안할수없다. 장인님으로 말하면 요즈막 작인들에게 행세를 좀 하고싶다구 해서 "돈있으면 양반이지 별게 있느냐!" 하고 일부러 아랫배를 툭 내밀고 걸음도 뒤틀리게 걷고 하는 이판이다. 이까진 나쯤 뚜들기다 남의 땅을 가지고 머처럼 닦아놓았든 가문을 망친다든지 할 어른이아니다. 또 나로 논지면 아무쪼록 잘 봬서 점순이에게 얼른 장가를 들어야 하지안느냐───

이렇게 말하자면 결국 어젯밤 뭉태네집에 마슬 간것이 썩나빴다. 낮에 구장님 앞에서 장인님과 내가싸운것을 어떻게 알었는지 대구 빈정거리는 것이 아닌가.

"그래 맞구두 그걸 가만둬?"

"그럼 어떻거니?"

"임마 봉필일 모판에다 거꾸루 박아놓지 뭘어떻개?" 하고 괜히 내대신 화를 내가지고 주먹질을 하다 등잔까지 쳤다. 놈이 본시 괄괄은 하지만 그래놓고 날더러 석유값을 물라구 막찌다우를 붓는다. 난 어안이 벙벙해서 잠자코 앉었으니까 저만 연실 지꺼리는 소리가───

"밤낮 일만 해주구 있을테냐"

"영득이는 일년을 살구두 장갈 들었는데 넌 사년이나 살구두 더 살아야 해"

"네가 세번째 사윈줄이나 아니, 세번째사위"

"남의 일이라두 분하다 이자식아, 우물에 가 빠져죽어"

나중에는 겨우 손톱으로 목을 따라구까지 하고 제아들같이 함부루 훅닥 이었다. 별의 별소리를 다해서 그대로 옮길수는 없으나 그 줄거리는 이렇다——

우리 장인님이 딸이 셋이 있는데 맛딸은 재작년 가을에 시집을 갔다. 정말은 시집을 간것이 아니라 그딸도 데릴사위를 해가지고 있다가 내보냈다. 그런데 딸이 열살때부터 열아홉 즉 십년동안에 데릴사위를 갈아 드리기를, 동리에선 사위부자라고 이름이 낫지마는 열네놈이란 참 너무 많다. 장인님이 아들은 없고 딸만 있는고로 그담 딸을 데릴사위를 해올때가지는 부려먹지 않으면 안된다. 물론 머슴을 두면 좋지만 그건 돈이 드니까, 일 잘하는 놈을 고르누라고 연팡 바꿔드렸다. 또 한편 놈들이 욕만 줄창 퍼붓고 심히도 부려먹으니까 밸이 상해서 달아나기도 했겠지. 점순이는 둘재 딸인데 내가 일테면 그 세번째 데릴사위로 들어온 셈이다. 내담으로 네번째 놈이 들어올것을 내가 일두 참 잘하구 그리고 사람이 좀 어수룩하니까 장인님이 잔뜩 붙들고 놓질안는다. 셋재 딸이 인제여섯살, 적어두 열살은 돼야 데릴사위를 할테므로 그동안은 죽도록 부려먹어야된다. 그러니 인제는 속좀채리고 장가를 드려달라구 떼를쓰고 나자빠저라, 이것이다.

나는 건으로 엉,엉,하며 귓등으로 들었다. 뭉태는 땅을 얻어부치다가 떨어진 뒤로는 장인님만 보면 공연히 못 먹어서 으릉거린다. 그것두 장인님이 저 달라구 할적에 제집에서 위한다는 그 감투(예전에 원님이 쓰든 것이라나 옆구리에 뽕뽕 좀먹은 걸레)를 선뜻주었드면 그럴리도 없었든걸——

그러나 나는 뭉태란 놈의 말을 전수히 고지듣지 않았다. 꼭 고지들었다면 간밤에 와서 장인님과 싸웠지 무사히 있었을리가 없지않은가. 그러면 딸에게까지 인심을 잃은 장인님이 혼자 나뺐다.

실토이지 나는 점순이가 아츰상을 가지고 나올때까지는 오늘은 또 얼마나 밥을 담았나, 하고 이것만 생각했다. 상에는 된장찌개하고 간장 한종지 조밥 한그릇 그리고 밥보다 더 수부룩하게 담은 산나물이 한대접 이렇다. 나물은 점순이가 틈틈이 해오니까 두대접이고 네대접이고 멋대루 먹어도 좋나 밥은 장인님이 한사발외엔 더 주지말라고 해서 안된다. 그런데 점순이가 그상을내앞에 나려놓며 제말로짖거리는 소리가

"구장님한테 갔다 그냥온담 그래!" 하고 어끄제 산에서와 같이 되우 쫑 알거린다. 딴은 내가 더 단단히 덤비지않고 만것이 좀 어리석었다. 속으로 그랬다. 나도 저쪽 벽을 향하야 외면하면서 내말로

"안된다는걸 그럼 어떻건담!" 하니까

"쉼을 잡아채지 그냥둬, 이바보야?" 하고 또얼굴이 빩애지면서 성을내 며 안으로샐죽하니 튀들어가지 안느냐. 이때 아무도 본사람이 없었게 망정 이지 보았다면 내얼굴이 에미 잃은 황새새끼처럼 가여웁다 했을것이다.

사실 이때만치 슬펐든 일이 또 있었는지 모른다. 다른 사람은 암만 못생 겼다해두 괜찮지만 내 안해될 점순이가 병신으로 본다면 참 신세는 따분하 다. 밥을 먹은뒤 지게를 지고 일터로 갈랴하다 도루 벗어던지고 밖앝 마당 공석우에 들어누어서 나는 차라리 죽느니만 같지 못하다 생각했다.

내가 일 안하면 장인님 저는 나이가 먹어 못하고 결국 농사 못짓고 만다. 뒷짐으로 트림을 끌꺽, 하고 대문밖으로 나오다 날 보고서

"이자식아! 너 웨 또 이러니?"

"관객이 낫어유, 아이구 배야!"

"기껀 밥 처먹구나서 무슨 관객이야, 남의 농사 버려주면 이자식아 징역 간다 봐라!"

"가두 좋아유, 아이구 배야!"

참말 난 일 안해서 징역가도 좋다 생각했다. 일후 아들을 낳어도 그앞에 서 바보 바보 이렇게 별명을 들을테니까 오늘은 열쪽에 난대도 결정을 내 고싶었다.

장인님이 일어나라고 해도 내가 안 일어나니까 눈에 독이 올라서 저편으 로 힝하게 가드니 지게막대기를 들고 왔다. 그리고 그걸로 내 허리를 마치

돌떠 넘기듯이 쿡 찍어서 넘기고 넘기고 했다. 밥을 잔뜩 먹고 딱딱한 배가 그럴적마다 퉁겨지면서 뱃창이 꼿꼿한것이 여간 켱기지 않았다. 그래도 안 일어나니까 이번에는 배를 지게막대기로 우에서 쿡쿡 찌르고 발길로 옆구리를 차고 했다. 장인님은 원체 심정이 궂어서 그러지만 나도 저만 못하지 않게 배를 채었다. 아픈것을 눈을 꽉 감고 넌해라 난 재미난듯이 있었으나 볼기짝을 후려갈길 적에는 나도 모르는결에 벌떡 일어나서 그 수염을 잡아 챘다 마는 내 골이 난것이 아니라 정말은 아까부터 벌뒤 울타리 구멍으로 점순이가 우리들의 꼴을 몰래 엿보고 있었기 때문이다. 가뜩이나 말한마디 톡톡이 못한다고 바보라는데 매까지 잠자코 맞는걸 보면 짜정 바보로 알께 아닌가. 또 점순이도 미워하는 이까진 놈의 장인님 나곤 아무것도 안 되니까 막 때려도 좋지만 사정 보아서 수염만 채고(제 원대로 했으니까 이때 점순이는 퍽 기뻤겠지) 저기까지 잘 들리도록

"이걸 까셀라부다!" 하고 소리를 쳤다.

장인님은 더 약이 바짝 올라서 잡은참 지게막대기로 내 어깨를 그냥 나려갈겼다. 정신이 다 아찔하다. 다시 고개를 들었을때 그때엔 나도 온몸에 약이 올랐다. 이녀석의 장인님을,하고 눈에서 불이 퍽 나서 그아래밭 있는 넝알로 그대로 떼밀어 굴려버렸다. 조금 있다가 장인님이 씩, 씩,하고 한번 해볼려고 기어오르는걸 얼른 또 떼밀어 굴려버렸다.

기어오르면 굴리고 굴리면 기어오르고 이러길 한너덧번을 하며 그럴적마다

"부려만 먹구 웨 성례 안하지유!"

나는 이렇게 호령했다. 허지만 장인님이 선뜻 오냐 낼이라두 성례시켜주마, 했으면 나도 성가신걸 그만두었을지 모른다. 나야 이러면 때린건 아니니까 나종에 장인췄다는 누명도 안들을터이고 얼마든지 해도좋다.

한번은 장인님이 헐떡헐떡 기어서 올라오드니 내바지가랭이를 요렇게 노리고서 담박 웅켜잡고 매달렸다. 악,소리를 치고 나는 그만세상이 다 팽그르 도는것이

"빙장님! 빙장님! 빙장님!"

"이자식! 잡어먹어라 잡어먹어!"

"아! 아! 할아버지! 살려줍쇼 할아버지!" 하고 두팔을 허둥지둥 내절 적에는 이마에 진땀이 쭉 내솟고 인젠 참으로 죽나부다, 했다. 그래두 장인님은 놓질않드니 내가 기어히 땅바닥에 쓰러저서 거진 까무라치게 되니까 놓는다. 더럽다 더럽다. 이게 장인님인가, 나는 한참을 못 일어나고 쩔쩔맸다. 그렇다 얼굴을드니(눈에 참아무것도 보이지 않었다) 사지가 부르르 떨리면서 나도 엉금엉금 기어가 장인님의 바지가랭이를 꽉 웅키고 잡아나꿨다.

내가 머리가 터지도록 매를 얻어 맞은것이 이때문이다. 그러나 여기가 또한 우리 장인님이 유달리 착한 곳이다. 어느 사람이면 사경을 주어서라도 당장 내쫓았지 터진 머리를 불솜으로 손수 짖어주고, 호주머니에 히연 한봉을 넣어주고 그리고

"올갈엔 꼭 성례를 시켜주마, 암말말구 가서 뒷골의 콩밭이나 얼른갈아라." 하고 등을 뚜덕여줄 사람이누구냐.

나는장인님이 너무나 고마워서 어느듯 눈물까지 났다. 점순이를 남기고 인젠내쫓기려니, 하다 뜻밖의 말을듣고

"빙장님! 인제 다시는 안그러겠어유——"

이렇게 맹서를하며 불야살야 지게를지고 일터로갔다.

그러나 이때는 그걸 모르고 장인님을 원수로만 여겨서 잔뜩 잡아다렸다.

"아! 아! 이놈아! 놔라, 놔, 놔——"

장인님은 헷손질을 하며 솔개미에 챈 닭의 소리를 연해 질렀다. 놓긴 웨, 이왕이면 호되게 혼을 내주리라, 생각하고 짖굿이 더 댕겼다 마는 장인님이 땅에 쓰러저서 눈에 눈물이 피잉도는것을 알고 좀겁도낫다.

"할아버지! 놔라, 놔, 놔, 놔놔." 그래도 안되니까

"애 점순아! 점순아!"

이 악장에 안에 있었든 장모님과 점순이가 헐레벌떡하고 단숨에 뛰어나왔다.

나의 생각에 장모님은 제남편이니까 역성을 할른지도 모른다, 그러나 점

순이는 내편을 들어서 속으로 고수해서 하겠지──대체 이게 웬속인지 (지금까지도 난 영문을 모른다) 아버질 혼내주기는 제가 내래놓고 이제와서는 달겨들며

"에그머니! 이 망할게 아버지 죽이네!" 하고 내귀를 뒤로 잡어댕기며 마냥 우는것이 아니냐. 그만 여기에 기운이 탁 꺾이어 나는 얼빠진 등신이 되고말었다. 장모님도 덤벼들어 한쪽 귀마저 뒤로 잡아채면서 또 우는것이다.

이렇게 꼼짝 못하게 해놓고 장인님은 지게막대기를 들어서 사뭇 나려조겼다. 그러나 나는 구태여 피할랴지도 않고 암만해도 그속알수없는 점순이의 얼굴만 멀거니 드려다보았다.

"이자식! 장인입에서 할아버지 소리가 나오도록해?"

안해

우리 마누라는 누가 보던지 뭐 이쁘다고는 안할것이다. 바루 게집에 환장된 놈이 있다면 모르거니와. 나도 일상 같이 지내긴하나 아무리 잘 고처 보아도 요만치도 이쁘지 않다. 허지만 게집이 낮짝이 이뻐 맛이냐. 제기할 황소같은 아들만 줄대 잘 빠처놓으면 고만이지. 사실 우리같은 놈은 늙어서 자식까지 없다면 꼭 굶어죽을 밖에 별도리 없다. 가진 땅 없어, 몸못써 일못하여, 이걸 누가 열첫다고 그냥 먹여줄테냐. 하니까 내 말이 이왕 젊어서 되는대로 자꾸 자식이나 쌓두자 하는것이지.

그리고 에미가 낮짝 글럿다고 그 자식까지 더러운 법은 없으렸다. 아 바루 우리똘똘이를 보아도 알겟지만 즈 에미년은 쥐였다 논 개떡같에도 좀 똑똑하고 낄끗이 생겼느냐. 비록 먹고도 대구 또 달나고 불아귀처럼 덤비

* 『사해공론(四海公論)』(1935. 12), pp.167~175.

제목 앞에 '創作'이라는 표지가 붙어 있고 작품 끝에 탈고 일자가 '을해, 一〇, 一五' 즉 1935년 10월 15일로 밝혀져 있다.

지문(地文)도 구어체로 되어 있는 점, 비속어가 풍부한 점, 농촌 사회에서 흔히 쓰는 관용적 비유가 풍부한 점, 인물 및 행위 묘사가 과장적이고 회화적인 점, 노래가 지문 속에 삽입되어 있는 점, 등장 인물이 절망하지 않고 끈질긴 생명력을 가지고 있는 점, 욕설과 난폭한 행위 속에 끈끈한 정을 지니고 있는 점 등이 이 작품의 특징이다.

기는 할망정. 참 이놈이야말로 나에게는 아버지보담도 할아버지보담도 아주 말할수없이 끔찍한 보물이다.

년이 나에게 되지않은 큰체를 하게된것도 결국 이자식을 낳앗기 때문이다. 전에야 그 상판대길 가지고 어딜 끽소리나 제법 했으랴. 흔이 말하길 계집의 얼골이란 눈의 안경이라 한다. 마는 제 아무리 물커진 눈깔이라도 이 얼골만은 어쩌볼 도리 없을게다.

이마가 홀떡 까지고 양미간이 벌면 소견이 탁 티었다지 않냐. 그럼 좋기는 하다마는 아기자기한 맛이 없고 이조로 둥글넓적이 나려온 하관에 멋없이 쑥내민것이 입이다. 두툼은 하나 건순입술, 말좀 하라면 그리 정하지못한 운이 분질없이 뻗찔 드러난다. 설혹 그렇다 치고 한복판에 달린 코나 좀 똑똑이 생겼다면 얼마 낫겠다. 첫대 눈에 띠는것이 그 코인데, 이렇게 말하면 년의 숭을 보는것같지만, 썩 잘보자 해도 먼 산 바라보는 도야지의 코가 자꾸만 생각이 난다.

꼴이 이러니까 밤이면 내 눈치만 스을슬 살피는것이 아니냐. 오늘은 구박이나 안할까, 하고 은근히 애를 태우는 맥이렸다. 이게 가여워서 피곤한 몸을 무릅쓰고 대개 내가 먼저 말을 걸게된다. 온종일 뭘 했느냐는둥, 싸리문을 좀고처놓으라 했더니 어떻게 했느냐는둥, 혹은 오늘 밤에는 웬일인지 코가 훨씬좋아보인다는둥, 하고. 그러면 년이 금세 헤에 벌어지고 힝하게 내 곁에 와 앉어서는 어깨를 비겨대고 슬근슬근 부빈다. 그리고 코가 좋아보인다니 정말 그러냐고 몸이 닳아서 묻고 또 묻고한다. 저로도 밋지못할 그 사실을 한때의 위안이나마 또 한번 드러보자는 심정이렸다. 그 속을 알고 짜정 코ㅅ날이 스나부다고 하면 년의 대답이 뒤ㅅ간엘 갈적마다 잡아댕기고 햇드니 혹 나왔을지 모른다나 그리고 아주 좋아한다.

그러나 어느 때에는 한나절 밭고랑에서 시달린 몸이 고만 축 느러지는구나. 물론 말 한마디 붙일새없이 방바닥에 그대로 누어버리지. 허면 년이 제 얼골 때문에 그런줄 알고 한구석에 가 시무룩해서 앉었다. 얼골을 모로 돌리어 턱을 뻐쭉 처들고 있는걸 보면 필연 제깐엔 옆얼골이나 한번 봐달라는 속이겟지. 경칠 년. 옆얼굴이라고 뭐 깨묵셍이나 좀난줄 알구——

이러든 년이 똘똘이를 내놓고는 갑작이 세도가 댕댕해젓다. 내가 들어가도 네놈 은제 봤냔듯이 좀체 들떠보는 법없지. 눈을 스르르 나려깔고는 잠잣코 아이에게 젖만 먹이겟다. 내가 좀 아이에 머리라도 씨담으며

"이자식, 밤낮 잠만 자나?"

"가만 둬, 웨 깨놓고 싶은감" 하고 사정없이 내 손등을 주먹으로 갈긴다. 나는 처음에 어떻게 되는 셈인지 몰라서 멀거니 천장만 한참 처다보았다. 내 자식 내가 만지는데 주먹으로 때리는건 무슨 경오야. 허지만 잘 따저보니까 조금도 내가 어굴할것은 없다. 년이 나에게 큰체를 해야 될 권리가 있는것을 차차 알았다. 그래서 그때부터 내가 이년, 하면 저는 이놈, 하고 대들기로 무언중 계약되었지.

동리에서는 남의 속은 모르고 우리를 깍따귀들이라고 별명을 지었다. 혹하면 서루 대들랴고 노리고만 있으니까 말이지. 하긴 요즘에 하루라도 조용한 날이 있을가부서 만나기만 하면 이놈, 저년, 하고 먼저 대들기로 위주다. 다른 사람들은 밤에 만나면

"마누라 밥 먹었수?"

"아니요, 당신오면 가치 먹을랴구——" 하고 일어나 반색을 하겟지만 우리는 안 그러다. 누가 그렇게 괭이 소리로 달라붙느냐. 방에 떡들어스는길로 우선 넓적한 년의 궁뎅이를 발길로 퍽 드려질른다.

"이년아! 일어나서 밥차려——"

"이눔이 웨 이래, 대릴 꺾어놀라" 하고 년이 고개를 겨우 돌리면

"나무 판 돈 뭐했어, 또 술처먹었지?" 이렇게 제법 탕탕 호령하였다. 사실이지 우리는 이래야 정이 보째 쏟아지고 또한 계집을 데리고사는 멋이 있다. 손자새끼 낯을 해가지고 마누라 어쩌구 하고 어리광으로 덤비는건 보기만 해도 눈허리가 시질 않겟니. 계집 좋다는건 욕하고 치고 차고, 다 이러는 멋에 그렇게 치고보면 혹 궁한 살림에 쪼들리어 악에 받인 놈의 말일지는 모른다. 마는 누구나 다 일반이겟지, 가다가속이 맥맥하고 부하가 끓어오를 적이 있지 않냐. 농사는 지어도 남는것이 없고 빚에는 몰리고, 게다가 집에 들어스면 자식놈 킹킹거려, 년은 옷이 없으니 떨고있어 이러한

때 그냥 백일수야 있느냐. 트죽태죽 꼬집어 가지고 년의 비녀쪽을 턱 잡고
는 한바탕 훌두들겨대는구나. 한참 그 지랄을 하고나면 등줄기에 땀이 뿍
흐르고 한숨까지 후, 돈다면 웬만치 속이 가라앉을 때였다. 담에는 년을 도
로 밀처버리고 담배 한대만 피어물면 된다.

이멋에 게집이 고마운 물건이라 하는것이고 내가 또 년을 못잊어하는 까
닭이 거기 있지않나. 그렇지 않다면이야 저를 게집이라고 등을 뚜덕여주고
그 못난 코를 좋아보인다고 가끔 추어줄 맛이 뭐야. 허지만 년이 훌쩍어리
고 앉어서 우는걸 보면 이건 좀 재미적다. 제가 주먹심으로든 입심으로든
나에게 덤빌랴면 어림도없다. 쌈의 시초는 누가 먼저 걸었던간 은제던지
경을 팢다발같이 치고 나았는것은 년의 차지렸다.

"이리와 자빠저 자——"

"곤두어 너나 자빠저 자렴——" 하고 년이 독이 올라서 돌아다도 안보
고 비쌘다. 마는 한 서너번 나려오라고 권하면 나중에는 저절로 내 옆으로
스르르기어들게된다. 그리고 눈물 흐르는 장반을 벙긋이 흘겨보이는것이
아니냐. 하니까 년으로 보면 두들겨맞고 비쌔는 멋에 나하고 사는지도 모
르지.

그러나 우리가 원수같이 늘 싸운다고 정이 없느냐 하면 그건 잘못이다.
말이 났으니 말이지 정분치고 우리것만치 찰떡처럼 끈끈한 놈은 다시 없으
리라. 미우면 미울수록 싸울수록 잠시를 떨어지기가 아깝도록 정이 착착
붙는다. 부부의 정이란 이런겐지 모르나 하여튼 영문모를 찰그머리 정이
다. 나뿐 아니라 년도 매를 한참 뚜들겨맞고 나서 가치 자리에 누우면

"내얼굴이 그래두 그렇게 숭업진않지?" 하고 정말 잘난듯이 바짝바짝
대든다. 그러면 나는 이때 뭐라고 대답해야 옳겠느냐. 하 기가 막혀서 천정
을 처다보고 피익 내어버린다.

"이년아! 그게 얼굴이야?"

"얼굴 아니면 가주다닐까——"

"내니깐 이년아! 데리구살지 누가 근디리니 그 낯짝을?"

"뭐, 네얼굴은 얼굴인줄 아니? 불밤송이 같은거, 참, 내니깐 데리구살

지——"

이러면 또 일어나서 땀을 한번흘리고 다시 들어눌수 밖에 없다. 내 얼굴이 불밤송이 같다니 이래도 우리어머니가 나를 낳고서 낭종 땅마지기나 만저볼 놈이라고 좋아하던 이 얼굴인데 하지만 다시 일어나고 손짓 발짓을 하고하는게 성이 가서서 대개는 그대로 눙처둔다.

"그래, 내 너 이뻐할게 자식이나 대구 내놔라."

"먹이지도 못할걸 자꾸 나 뭘하게, 굶겨죽일랴구?"

"아 이년아! 뭐다 먹이진 못하니?" 하고 소리는 뻑지르나 따는 뒤가 켕긴다. 더끔더끔 모아 두었다가 먹이지나 못하면 그걸 어떻게하냐 줴다 버리지도 못하고 죽이지도 못하고 뗴송장이 난다면 연히 이런걸 보면 넌이 나보담 훨신 소견이 된것을 알수있겠다. 물론 십리만큼 벌어진 양미간을 보아도 나와는 턱이 다르지만——.

우리가 요즘 먹는것은 내가 나무장사를 해서 벌어드린다. 여름같으면 품이나 판다 하지만 눈이 척척 쌓였으니 어름을 꺼먹느냐. 하기야 산골에서 어느놈 치고 별수 있겠냐 마는 하루는 산에 가서 나무를 해들이고 그담날엔 읍에 갔다가 판다. 나니깐 참 쌍지개질도 할 글력이 되겠지만. 잔득 나무 두지개를 혼자서 번차레로 이놈 저다놓고 쉬고 저놈 저다놓고 쉬고 이렇게 해서 장찬삼십리 길을 한나절에 들어가는구나. 그렇지 않으면 은제 한지개 한지개식 팔어서 목구녕을 추길수 있겠느냐. 잘 받으면 두지개에 팔십전 운이 나쁘면 육십전 육십오전 그걸로 좁쌀, 콩, 떡, 무엇 사들고 찾아오겠다. 죽을 쑤었으면 좀 느루 가겠지만 우리는 더럽게 그런 짓은 안한다. 먹다 못먹어서 배ㅅ가죽을 웅켜쥐고 나슬지언정 으레 밥이지. 똘똘이는 네살짜리 어린애니깐 한 보시기. 나는 즈 아버지니까 한사발에다 또 반사발을 더먹고 그런데 넌은 유독히 두사발을 처먹지 않나. 그리고도 나보다 먼저 홀딱 집어세고는 내 사발의 밥을 한 구텡이 더 떠먹는 버릇이 있다. 게집이 좋다 했더니 이게 밥버러지가 아닌가하고 한때는 가슴이 선듯할만치 겁이 났다. 없는 놈이 양이나 좀 적어야 이렇게 대구 처먹으면 너 웬밥을 이렇게 처머니 하고 눈을 크게 뜨니까 년의 대답이 애난 배가 그렇지 그럼, 저도 앨 나보지 하고 샐쭉이 토라진다. 압따 그래, 대구 처먹어라. 낭종 밥값은 그 배, 따기에 다 게있고 게있는 거니까. 어떤 때에는 내가 좀 들 먹고라도 그대로 내주고 말겠다. 경을 칠 년. 하지만 참 너머 처먹는다.

그러나 년이 떡꾹이 농간을 해서 나보담 항결 의뭉스럽다. 이깐 농사를 지어 뭘 하느냐, 우리 들병이로 나가자, 고. 따는 내 주변으로 생각도 못했던 일이지만 참 훌륭한 생각이다. 미찌는 농사보다는 이밥에, 고기에, 옷 마음대로 입고 좀 호강이냐. 마는 년의 얼굴을 이윽히 뜯어보다간 고만 풀이 죽는구나. 들병이에게 술 먹으러오는건 게집의 얼굴 보자하는걸 어떤 밸없는 놈이 저낯짝엔 몸살 날것같지 않다. 알고보니 참 분하다. 년이 좀만 똑똑이 나왔다면 수가 나는걸. 멀뚱이 처다보고 쓴입맛만 다시니까 년이 그 눈치를 채었는지

"들병이가 얼굴만 이뻐서 되는게 아니라던데, 얼굴은 박색이라도 수단이 있어야지——"

"그래 너는 그거할 수단 있겠니?"

"그럼 하면하지 못할게 뭐야"

년이 이렇게 아주 번죽좋게 장담을 하는것이 아니냐. 들병이로 나가서 식성대로 밥좀 한바탕 먹어보자는 속이곗지. 몇번 다저물어도 제가 꼭 될 수있다니까 압따 그러면 한번 해보자구나 미천이 뭐드는 것도 아니고 소리나 몇마디 반반히 가르켜서 데리고 나스면 고만이니까.

내가 밤에 집에 돌아오면 년을 앞에 앉히고 소리를 가르키곗다. 우선 내가 무릎장단을 치며 아리랑타령을 한번 부르는구나. 아리랑 아리랑 아라리요, 춘천아 봉의산아 잘있거라, 신연강 배타면 하직이라. 산골의 계집이면 강원도 아리랑쯤은 곧잘 하련만 년은 그것도 못배웠다. 그러니 쉬운 아리랑부터 시작 할밖에. 그러면 년은 도사리고 앉어서 두손으로 응뎅이를 치며 숭내를 낸다. 목구녕에서 질그릇 물러앉는 소리가 나니까 낭종에 목이 티이면 노래는 잘 할게다 마는 가락이 딱딱 들어맞어야 할턴데 이게 세상에 되먹어야지. 나는 노래를 가르키는데 이 망할 년은 소설책을 읽고 앉었으니 어떻거냐. 이걸 데리고 앉으면 흔이 닭이 울고 때로는 날도 밝는다.

년이 하도 못하니까 본보기로 나만 하고 또하고 또하고 그러니 저를 들병이를 아르킨다는게 결국 내가 배우는 폭이 되지않나. 망할년 저도 손으로 가리고 하품을 줄대하며 졸려워 죽겠지. 하지만 내가 먼저 자자하기 전에는 제가 참아 졸럽다진 못할라. 애최 들병이로 나가자, 말을 낸것이 누군데 그래. 이렇게 생각하면 울화가 불컥 올라서 주먹이 가끔 들어간다.

"이년아? 정신을 좀 채려, 나만 밤낮 하레니?"

"이놈이—— 팔때길 꺾어놀라"

"이거 잘배면 너 잘되지 이년아! 날 주는거냐 큰체게?"

이번엔 손가락으로 이맛배길을 꾹 찍어서 뒤로 떠넘긴다. 여느 때 같으면 년이 독살이 나서 저리로 내뺄게다. 제가 한 죄가 있으니까 다시 일어나서 소리 아르켜주기만 기다리는게 아니냐. 하니 딱한일이다. 될지 안될지도 의문이거니와 서루 하품은 뻰질 터지고 이왕 내친 걸음이니 그렇다고 안할 수도 없고 예라 빌어먹을거, 너나 내나 얼른 팔자를 고쳐야 늘 이러다 말테냐. 이렇게 기를 한번 쓰는구나. 그리고 밤의 산천이 울리도록 소리를 뻑뻑 질러가며 년하고 또다시 흥타령을 부르겠다.

그래도 하나 기특한것은 년이 성의는 있단 말이지. 하기는 그나마도 없다면이야 들병이커녕 깨묵도 그르지만. 날이라도 틈만 있으면 저혼자서 노래를 연습하는구나. 빨내를 할적이면 빨내방추로 가락을 맞후어가며 이팔청춘을 부른다. 혹은 방 한구석에 죽치고 앉아서 어깨짓으로 버선을 꼬여매며 노래ㅅ가락도 부른다. 노래 한 장단에 바눌 한 뀌엄식이니 버선 한짝 길랴면 열나절은 걸리지. 하지만 압따 버선으로 먹고사느냐, 노래만 잘배워라. 년도 나만치나 이밥에 고기가 얼든 먹고싶어서 몸살도 나는지 어떤 때에는 밭앝밭둑을 지날랴면 뒤ㅅ간속에서 코ㅅ노래가 흥이거릴 적도 있겠다. 그러나 인제 노래ㅅ가락에 흥타령쯤 겨우 배웠으니 그 담건 어느 하가에 배우느냐, 망할 년두 참.

게다가 년이 시큰둥해서 날더러 신식창가를 아르켜 달라구. 들병이는 구식소리도 잘 해야 하겠지만 첫대 시체창가를 알어야 불려먹는다, 한다. 말은 그럴법하나 내가 어디 시체창가를 알수있냐, 땅이나 파먹던 놈이. 나는 그런거 모른다, 하고 좀 무색했더니 몇일후에는 년이 시체창가 하나를 배가주 왔다. 화루를 끼고앉아서 그 전을 두드려대며 네보란듯이 자랑스럽게 하는것이 아닌가. 피였네 피였네 연꽃이 피였네 피였다구 하였더니 볼동안에 옴쳤네. 대체 이걸 어서 배웠을가, 얘 이년 참 나보담 수단이 좋구나, 하고 나는 퍽 감탄하였다. 그래ㅅ더니 낭종 알고보니까 년이 어느 틈에 야학에 가서 배우질 않었겠니. 야학이란 요 산뒤에 있는 조고만 움인데 농군 아이에게 한겨울동안 국문을 아르킨다. 창가를 할 때쯤해서 년이 춘줄도 모르고 거길 찾아간다. 아이를 업고 문밖에 서서 귀를 기우리고 엿듣다가 저도 가만가만히 숭내를 내보고 내보고 하는것이다. 그래가지고 집에 와서는 히짜를 뽑고 야단이지. 신식창가는 몇일만 좀 더 배우면 아주 능통하겠다나.

그러나 아무리 생각해봐도 년의 낯짝만은 걱정이다. 소리는 차차 어지간히 되 들어가는데 이놈의 얼굴이 암만 봐도, 봐도 영 글넛구나. 경칠년, 좀만 얌전히 나왔더면 이판에 돈한몫 크게 잡는걸. 간혹 가다 제물에 화가 뻗히면 아무 소리않고 년의 뱃기를 한 두어번 안 줴박을수 없다. 웬 영문인지 몰라서 년도 눈깔을 크게 굴리고 벙벙히 처다보지. 땀을 낼 년. 그 낯짝을 하고 나한테로 시집을 온담 뻔뻔하게. 하나 년도 말은 안하지만 제 얼굴때문에 가끔 성화이지 쪽 떨어진 손거울을 들고앉아서 이리 뜯어보고 저리 뜯어보고 하지만 눈깔이야 일반이겠지 저라고 나뵐리가 있겠니. 하니까 오장 썩는 한숨이 연방 터지고 한풀 죽는구나. 그러나 요행히 내가 방에 있으면 돌아다보고

"이봐! 내얼굴이 요즘 좀 나가지않어?"

"그래, 좀 난것같다."

"아니 정말해봐——" 하고 이년이 팔때기를 꼬집고 바싹바싹 들어덤빈다. 년이 능글차서 나쯤은 좋도록 대답해주려니, 하고 아주 탁 믿고 묻는 게렸다. 정말본대로 말할 사람이면 제가 겁이 나서 감히 묻지도 못한다. 진짖 이뻐젓다, 하고 나도 능청을 좀 부리면 년이 좋아서 요새 분때를 자루 밀었으니까 좀 나젓다지, 하고 들병이는 뭐 그렇게까지 이쁘지 않어도 된

다고 또 구구히 설명을 느러놓는다. 경을 칠 년. 계집은 얼굴 밉다는 말이 칼로 찌르는것 보다도 더무서운모양같다. 별욕을 다 하고 개잡듯 막 뚜드려도 조금 뒤에는 헤, 하고 앞으로 겨드는 이년이다. 마는 어쩌나. 제 얼굴의 숭이나 좀 본다면 사흘이고 나흘이고 년이 나를 스을슬 피하며 은근히 골릴라고 든다. 망할 년. 밉다는게 그렇게 진저리가 나면 아주 면삿보를 쓰고 다니지 그래. 년이 능청스러워서 조금만 이뻐ㅅ더라면 나는 얼렁얼렁해 내버리고 돈있는 놈 군서방 해갔으렸다. 게집이 얼굴이 이쁘면 제값 다 하니까. 그렇게 생각하면 년의 낮짝 더러운것이 나에게는 불행중 다행이라안 할수 없으리라.

 게집은 아마 남편을 소겨먹는 맛에 깨가 쏟아지나부다. 년이 들병이노릇을 할 수단이 있다고 괜히 장담한것도 저의 이 행실을 믿고 그래ㅅ는지도 모른다. 새벽 일즉이 뒤를 보려니까 어디서 창가를 부른다. 거적 틈으로 내다보니 년이 밥을 끄리면서 연습을 하지 않나. 눈보래는 생생 소리를 치는데 보강지에 쪽그리고 앉어서 부지깽이로 솟뚜껑을 톡톡 두드리겟다. 그리고 거기 맞후어 신식창가를 청승맞게 부르는구나. 그러다 밥이 우루루 끓으니까 뙤를 빗겨놓고 다시 시작한다. 젊어서도 할미꽃 늙어서도 할미꽃 아하하하 우습다 꼬부라진 할미꽃. 망할년. 창가는 경치게도 좋아하지, 방아타령 좀 부즈런히 공부해 두라니까 그건 안하구. 압따 아무거라두 많이 하니 좋다. 마는 이번엔 저고리 섭이 들먹들먹 하더니 아 웬 곰방대가 나오지 않냐. 사방을 흘끔흘끔 다시 살피다 아무도 없으니까 보강지에다 드러대고 한먹음 뿌욱 빠는구나. 그리고 냅다 재채기를 줄대 뽑고 코를 풀고 이지랄이다. 그적게도 들켜서 경을 쳤드니 년이 또 내담배를 훔쳐가지고 나온것이다. 돈 안드는 소리나 배웠겟지 망할년 아까운 담배를. 곧 뛰어나갈려다 뒤도 급하거니와 요즘 똘똘이가 감기로 앓는다. 년이 밤낮 들처업고 야학으로 돌아치더니 그예 그꼴을 만들었다. 오랄질 년, 남의 아들을 중한 줄을 모르고. 들병이 하다가 이것 행실 버리겟다. 망할 년이 하는 소리가 들병이가 될랴면 소리도 소리려니와 담배도 먹을줄알고 술도 마실줄 알고 사람도 주무를줄 알고 이래야 쓴다나. 이게 다 요전에 동리에 들어왔던 들병이에게 들은 풍월이렷다. 그래서 저도 연습겸 골고루 다 한번식 해보고 싶어서 아주 안달이 났다. 방아타령 하나 변변히 못하는 년이 소리는 고걸 로 될듯싶은지!

이런 기맥을 알고 년을 농낙해먹은 놈이 요아래 사는 뭉태놈이다. 놈도 더러운 놈이다. 우리 마누라의 이 낯짝에 몸이 닳었다면 그만함 다 얼짜지. 어디 계집이 없어서 그걸 손을 대구, 망할 자식두. 놈이 와서 섯달대목이니 술 어더 먹으러 가자고 년을 꼬였구나. 조금 있으면 내가 올테니까 안된다 해도 오기전에 잠간만, 하고 손을 내끌었다. 들병이로 나갈랴면 우선 술파 는 경험도 해봐야 하니까, 하는 바람에 년이 솔깃해서 덜렁덜렁 따라섯겟 지. 집안을 망할 년. 남편이 나무를 팔러갔다 늦으면 밥 먹일 준비를 하고 기달려야 옳지 아느냐. 남은 밤길을 삼십리나 허덕지덕 걸어오는데. 눈이 푹푹 쌓여서 발목아지는 떨어저 나가는듯이 저리고. 마을에 들어왔을 때에 는 짜정 곧 씨러질듯이 허기가 젓다. 얼른 가서 밥 한그릇 때려뉘고 년을 데리고 앉어서 또 소리를 아르켜야지. 이런 생각을 하고 술집 옆을 지나다 가 뜻밖에 깜짝 놀란것은 그 밖앞방에서 년의 너털우슴이 들린다. 얼른 다 가서서 문틈으로 들여다보니까 아 이 망할 년이 뭉태하고 술을 먹는구나.

입때까지는 하도 웃어서 꼴들만 보고있었지만 더는 못 참는다. 지개를 벗어던지고 방문을 홱 열어제치자 우선 놈부터 방바닥에 메다 꼰잤다. 물 론 술상은 발길로 찻으니까 벽에 가 부서젓지. 담에는 년의 비녀쪽을 지르 르 끌고 밖으로 나왔다. 술 취한 년은 정신이 번쩍 들도록 홈빡 경을 처줘 야 할터이니까 눈에다 틀어박었다. 그리고 깔고 올라앉어서 망할 년 등줄 기를 주먹으로 대구 우렸다. 때리면 때릴수록 점점 눈속으로 들어갈뿐, 발 악을 치기에는 너머 취했다. 때리는것도 년이 대들어야 멋이 있지 이러면 아주 승겁다. 년은 그대로 내버리고 방으로 들어가서 놈을 찾으니까 이 빌 어먹을 자식이 생쥐새끼처럼 어디로 벌서내빼지 않었나. 참말이지 이런 자 식때문에 우리 동리는 망한다. 남의 게집을 보앗으면 마땅히 남편앞에 나 와서 대강이가 깨저야 옳지 그래 다라난담. 못 생긴 자식도 다 많지. 할수 없이 척 느러진 이년을 등에다 업고 비척비척 집으로 올라오자니까 죽겟구

나. 날은 몹시 차지, 배는 쑤시도록 고프지, 좀 노할래야 더 노할 근력이 없다. 게다 우리 집 앞 언덕을 올라가다 엎어져서 무릎악을 크게 깟지. 그리고 집엘 들어가니까 빈방에는 똘똘이가 혼자 에미를 부르고 울고 된통 법석이다. 망할 잡년두. 남의 자식을 그래 이렇게 길러주면 어떻걸 작정이람. 년의 꼴봐하니 행실은 예전에 글럿다. 이년하고 들병이로 나갔다가는 넉넉히 나는 한옆에 재워놓고 딴서방차고 다라날 년이야. 너는 들병이로 돈 벌 생각도 말고 그저 집안에 가만히 앉었는것이 옳겟다. 구구루 주는 밥이나 얻어먹고 몸 성히있다가 연해 자식이나 쏟아라. 뭐많이도 말고 굴때같은 아들로만 한 열다섯이면 족하지. 가만있자, 한놈이 일년에 벼열섬씩만 번다면 열다썸이니까 일백오십섬. 한섬에 더도 말고 십원 한장식만 받는다면 죄다 일천 오백원이지. 일천오백원, 일천오백원, 사실 일천오백원이면 어이구 이건 참 너무 많구나. 그런줄 몰랐더니 이년이 배속에 일천오백원을 지니고 있으니까 아무렇게 따저도 나보담은 났지 않은가.

심청

거반 오정이나 바라보도록 요때기를 들쓰고 누엇든 그는 불현듯 몸을 일으키어 가지고 대문밖으로 나섯다. 매캐한 방구석에서 혼자 볶을만치 볶다가 열벙거지가 벌컥 오르면 종로로 튀어나오는것이 그의 버릇이었다.

그러나 종로가 항상 마음에 들어서 그가 거니느냐, 하면 그런것도 아니다. 버릇이 시키는 노릇이라 울분할때면 마지못하야 건승 싸다닐뿐 실상은 시끄럽고 더럽고해서 아무 애착도 없었다. 말하자면 그의 심청이 별난것이었다. 팔팔한 젊은 친구가 할일은 없고 그날그날을 번민으로만 지내곤하니까 나중에는 배짱이 돌라앉고 따라 심청이 곱지못하였다. 그는 자기의 불평을 남의 얼골에다 침 뱉듯 뱉아붙이기가 일수요 건뜻하면 남의 비위를 긁어놓기로 한 일을 삼는다. 그게 생각하면 좀 잣달으나 무된 그 생활에 있어서는 단하나의 향락일런지도 모른다.

---

* 『중앙』(조선중앙일보사, 1936. 1), pp.226~229.

장르 표지가 '創作'으로 되어 있고, 탈고 일자가 '임신, 六, 一五' 즉 1932년 6월 15일로 밝혀져 있다. 발표된 작품 중에서 가장 먼저 씌어진 작품이다. 그러나 습작기의 작품으로 처녀작이라고 하기에 부족하다.

1936년부터 김유정은 서울을 배경으로 한 소설을 발표하기 시작한다. 30편 중에서 15편이 서울을 배경으로 하고 있다.

그가 어실렁어실렁 종로로 나오니 그의 양식인 불평은 한두가지가 아니었다. 자연은 마음의 거울이다. 온체 심뽀가 이뻔새고 보니 눈에 띠는것마다 모다 아니꼽고 구역이 날 지경이다. 허나 무엇보다도 그의 비위를 상해주는건 첫재 거지였다.

대도시를 건설한다는 명색으로 웅장한 건축이 날로 늘어가고 한편에서는 낡은 단청집은 수리좇아 허락지 않는다. 서울의 면목을 위하야 얼른 개과천선하고 훌륭한 양옥이 되라는 말이었다. 게다 각상점을 보라. 객들에게 미관을 주기 위하야 서루 시새워 별의별짓을 다해가며 어떠한 노력도 물질도 아끼지 않는 모양같다. 마는 기름때가 짜르르한 헌 누데기를 두르고 거지가 이런 상점앞에 떡 버티고서서 나리! 돈한푼 주——, 하고 어줍대는 그꼴이라니 눈이시도록 짜증 가관이다. 이것은 그상점의 치수를 깎을뿐더러 서울이라는 큰 위신에도 손색이 적다 못할지라. 또는 신사숙녀의 뒤를 따르며 시부렁거리는 깍쟁이의 행세좀 보라. 좀 심한 놈이면 비단껄—— 이고 단장뿌이고 닥치는대로 그 까마귀발로 웅켜잡고는 돈 안낼테냐고 제법 훅닥인다. 그런 봉변이라니 보는 눈이 다 붉어질 노릇이 아닌가! 거지를 청결하라. 땅바닥의 쇠똥말똥만 칠게 아니라 문화생활의 장애물인 거지를 먼저 치우라. 천당으로 보내든, 산채로 묶어 한강에띠우든……

머리가 아프도록 그는 이러한 생각을하며 어청어청 종로 한복판으로 들어섯다. 입으로는 자기도 모를 소리를 괜스리 중얼거리며——

"나리! 한푼 줍쇼!"

언제 어데서 빠젓는지 애송이거지 한마리(기실 강아지의 문벌이 조곰 더 높으나 한마리)가 그에게 바짝 붙으며 긴치않게 조른다. 혓바닥을 길게 내뽑아 웃입술에 흘러나린 두줄기의 노란코를 연실 훔처가며, 졸르자니 썩 바뿌다.

"왜 이럽소, 나리! 한푼 주세요"

그는 속으로 피익, 하고 선웃음이 터진다. 허기진 놈 보고 설렁탕을 사달라는게 옳겟지 자기보고 돈을 내랄적엔 요놈은 거지중에도 제일 액수 사나운 놈일게다. 그는 드른척않고 그대루 늠늠이 걸었다. 그러나 대답한번 없는데 골딱지가 낫는지 요놈은 기를 복복 쓰며 보채되 정말 돈을 달라는겐지 혹은 가치 놀자는겐지, 나리! 웨 이럽쇼, 웨 이럽쇼, 하고 사알살 약을 올려가며 따르니 이거 성이 가서서라도 거름한번 머무르지 않을수 없다.

그는 고개만을 모루 돌리어 거지를 흘겨보다가

"이 꼴을 보아라!"

그리고 시선을 안으로 접어 꾀죄죄한 자기의 두루마기를 한번 쭈욱 훑어보였다. 하니까 요놈도 속을 채렸는지 됨됨이 저렇고야, 하는듯싶어 저도 좀 노려보드니 제출물에 떠러저나간다.

전차길을 건너서 종각앞으로 오니 졸찌에 그는 두다리가 멈칫하였다. 그가 행차하는길에 다섯간쯤 앞으로 열댓살 될락말락한 한 깍쟁이가 벽에 기대여 앉엇는데 까빡까빡 졸고 잇는것이다. 얼골은 뇌랗게 말라빠진 노루가죽이 되고 화루전에 눈 녹듯 개개풀린 눈매를보니 필야 신병이 있는데다가 얼마 굶기까지 하았으리라. 금시로 운명하는듯 싶었다. 거기다 네살쯤 된 어린 거지는 시르죽은 고양이처럼, 큰놈의 무릎우로 기어오르며, 울 기운 좇아 없는지 입만 벙긋벙긋, 그리고 낯을 째프리며 튀정을 부린다. 꼴을 봐 한즉 아마 시골서 올라온지도 불과 며칠 못되는 모양이다.

이걸 보고 그는 잔뜩 상이 흐렸다. 이벌레들을 치워주지 않으면 그는 한 거름도 더 나갈수가 없었다.

그러자 문득 한 호기심이 그를 긴장시켯다. 저쪽을 바라보니 길을 치고 다니는 나리가 이쪽을 향하야 꺼불적꺼불적 오는것이 아닌가. 그리고 뜻밖의 나리었다. 고보때에 가치뛰고 가치웃고 가치즐기든 그리운 동무, 예수를 믿지않는 자기를 향하야 크리스찬이 되도록 일상 권유하든 선냥한 동무이었다. 세월이란 무엔지 장내를 화려히 몽상하며 나는 장내 '톨스토이'가 되느니 '칸트'가 되느니 떠들며 껍적이든 그일이 어제같건만 자기는 끽 주체궂은 밥통이 되었고 동무는 나리로—— 그건 그렇고 하여튼 동무가 이 자리의 나리로 출세한것만은 놀램과 아울러 아니 기쁠수도 없었다.

(오냐, 저게 오면 어떻게 나의 갈길을 치워주겠지)

그는 머직아니 섯는채 조바심을 태워가며 그 경과를 기다리엇다. 따는 그의 소원이 성취되기까지 시간은 단 일분도 못걸럿다. 그러나 그는 눈을 감앗다.

"아야야 으—ㅇ, 응 갈테야요"

"이자식! 골목안에 백여있으라니깐 왜 또 나왓니, 기름강아지같이 뺀질뺀질한 망할 자식!"

"아야야, 으—름, 응, 아야야, 갈텐데 왜 이리차세요, 으—ㅇ, 으—ㅇ" 하며 기름강아지의 울음소리는 차츰차츰 멀리 들리운다.

"이자식! 어서가바, 쑥 들어가——" 하는 날벽력!

소란하든 히극은 잠잠하였다. 그가 비로소 눈을 뜨니 어느덧 동무는 그의 앞에 맞닥드렷다. 이게 몇해만이란듯 자못 반기며 동무는 허둥지둥 그 손을 잡아흔든다.

"아 이게누구냐? 너 요새 뭐하니?"

그도 쾌활한 낯에 미소까지 보이며

"참, 오래간만이로군!" 하다가

"나야 늘 놀지, 그런데 요새두 예배당에 잘다니나?"

"음, 틈틈이 가지, 내 사무란 그저 늘 바쁘니까……"

"대관절 고마워이, 보기추한 거지를 쫓아주어서 나는 웬일인지 종로깍쟁이라면 이가 북북 갈리는걸!"

"천만에, 그야 내직책으로 하는걸 고마울거야있나" 하며 동무는 건아하야 훙잇게 웃는다.

이 웃음을 보자 돌연히 그는 점잖게 몸을가지며

"오, 주여! 당신의 사도 '베드로'를 나리사 거지를 치워주시니 너머나 감사하나이다" 하고 나즉이 기도를하고 난뒤에 감사와 우정이 넘치는 탐탁한 작별을 동무에게 남겨놓앗다.

자기가 '베드로'의 영예에서 치사를 받은것이 동무는 무척 신이나서 으쓱이는 어깨로 바람을 치올리며 그와 반대쪽으로 거러간다.

때는 화창한 봄날이엇다. 전신줄에서 물찍똥을 나려깔기며

"비리구 배리구"

지저귀는 제비의 노래는 그 무슨 곡조인지 하나도 알랴는 사람이 없엇
다.

봄과 따라지

　지루한 한 겨울동안 꼭 옴츠러졌던 몸뚱이가 이제야 좀 녹고 보니 여기가 근질근질 저기가 근질근질. 등어리는 대구 군실거린다. 행길에 뼈쭉 섰는 전봇대에다 비스듬이 등을 비겨대고 쓰적쓰적 부벼도 좋고. 왼팔에 걸친 밥통을 땅에 나려논다음 그팔을 뒤로 제처올리고 또 바른 팔로 다는 그 팔굼치를 들어올리고 그리고 긁죽긁죽 긁어도좋다. 번이는 이래야 원격식은 격식이로되 그러나 하고보자면 손톱 하나 놀리기가 성가신 노릇. 누가 일일히 그리고만 있는가. 장삼인지 저고린지 알수없는 앞자락이 척 나간 학생복 저고리. 허나 삼년간을 나려입은덕택에 속껍더기가 꺼칠하도록 때에 절었다. 그대로 선채 어깨만 한번 으쓱올렸다. 툭 나려치면 그뿐. 옷에 몽클린 때꼽은 등어리를 스을쩍 긁어주고 나려가지 않는가. 한번 해보니 재미가 있고 두번은 하야도 또한 재미가 있다. 조꼬만 어깨쭉찌를 그는 기계같이 놀리며 올렸다 나렸다, 나렸다. 올렸다. 그럴적마다 쿨렁쿨렁한 저

* 『신인문학(新人文學)』(靑鳥社, 1936. 1), pp.265~269.
　작품 뒤에 탈고 일자를 '을해, ――, ―' 즉 1935년 11월 1일로 밝히고 있다.
　봄의 활기참과 거지의 초라함을 대조시키면서, 초라한 삶을 밝은 쪽으로 유도하고 있다. 구걸 행위가 모두 거절되지만 따라지는 위축되지 않는다. 주요 인물들에게 고유명사를 사용하지 않고 보통명사를 사용함으로써 풍속도를 효과적으로 그리고 있다.

고리는 공중에서 나비춤, 지나가던 행인이 걸음을 멈추고 가만히 눈을 둥굴린다. 한참후에야 비로소 성한 놈으로 깨달았음인지 피익 웃어던지고 다시 내걷는다. 어깨가 느른하도록 수없이 그리고 나니 나중에는 그것도 흥이 지인다. 그는 너털거리는 소맷등으로 코밑을 쓱 훔치고 고개를 돌리어 우아래로 야시를 훑어본다. 날이 풀리니 거리에 사람도풀린다. 싸구려 싸구려 에잇 싸구려, 십오전에 두가지 십오전에 두가지씩. 인두 비누를 한손에 번쩍 쳐들고 젱그렁 젱그렁 신이 올라 흔드는 요령소리. 땅바닥에 넓다란 종이짱을 펼쳐놓고 안경재비는 입에 게거품이 흐르도록 떠들어대인다. 일전 한푼을 내놓고 일년동안의 운수를 보시요. 먹찌를 던저서 칸에 들면 미루꾸 한갑을 주고 금에 걸치면 운수가 나쁘니까 그냥 가라고. 저편 한 구석에서는 코먹은 애이올린이 닐리리를 부른다. 신통 방통 꼬부랑통 남대문통 씨러기통 자아 이리 오시요, 암사둔 숫사둔 다 이리 오시요. 장기판을 에워싸고 다투는 무리. 그사이로 일쩌운 사람들은 이리 몰리고 저리몰리고 발가는대로 서성거린다. 짝을 짓고 산보로 나온 젊은 남녀들, 구지레한 두루마기에 뒷짐 진 갓쟁이. 예제없이 가서 덤벙거리는 학생들도 있고 그리고 어린 아들의 손을 잡고 구경을 나온 어머니. 아들은 어머니의 치맛자락을 잡아채이며 뭘 사내라고 부지런히 보챈다. 배도 좋고 사과 과자도 좋고. 또 김이 무럭무럭 오르는 국화만주는 누가 싫다나. 그놈의 김을 이윽히 바라다보다 그는 고만 하품인지 한숨인지 분간못할 날숨이 길게 터저오른다. 아침에 찬밥덩이 좀 얻어먹고는 온종일 그대로 지친 몸. 군침을 꿀떡삼키고 종로를 향하야 무거운 다리를 내여딛자니 앞에 몰려슨 사람떼를 비집고 한 양복이 튀어나온다. 얼굴에는 꽃이 잠뿍피고 고개를 내흔들며 이리 비틀 저리비틀. 목노에서 얻은 안주이겠지. 사과하나를 입에 드려대고 어기어기 꾸겨넣는다. 이거나 좀 개평뗼가. 세루바지에 바짝 붙어서서 가치 비틀거리며 나리 한푼줍쇼 나리. 이소리는 들은척 만척 양복은 제멋대로 갈길만 비틀거린다. 에따 이거나 먹어라하고 선뜻 내주었으면 얼마나 좋으랴만 에이 자식두. 사과는 쉬지않고 점점 줄어든다. 턱살을 치켜대고눈독은 잔뜩 디려가며 따르자니 나중에는 안달이 난다. 나리 나리 한푼주세요, 하고 거듭재우치다 그래도 괘가 그르매 나리 그럼 사과나좀. 모어 이자슥아 남먹는 사과를줌. 혀 꼬부라진 소리가 이렇게 중얼거리자 정작 사과는 땅으로 가고 긴치않는 주먹이 뒤통수를 딱. 금세 땅에 엎더질듯이 정신이 고만 아찔했으나 그래도 사과 사과다. 얼른 덤벼들어 집어들고는 소맷자락에 흙을 쓱쓱씻어서 한입덥썩 물어띠인다. 창자가 녹아나리는듯 향긋하고도 보드라운 그맛이야. 그러나 세번을 물어뜯고나니 딱딱한 씨만 남는다. 다시 고개를 들고 그담 사람을 잡고자 눈을 히번덕인다. 큰길에는 동무 깍쨍이들이 가루뛰며 시루뛰며 낄낄거리고 한창 야단이다. 밥통들은 한손에 든 채 달리는 전차 자동차를 이리저리 호아가며 저이깐에 술래잡기, 봄이라고 맘껏 즐긴다. 이걸 멀거니 바라보고 그는 저절로 어깨가 실룩실룩 하기는 하나 근력이 없다. 따스한 해볕에서 낮잠을 잔것도 좋기는하다마는 그보담 밥을 좀 얻어먹었더면 지금쯤은 가치 뛰고놀고하련만. 큰길로 나려서서 이럴가 저럴가 망서릴즈음 갑작이 따르르웅 이자식아. 이크 쟁교로구나 등줄기가 선뜩해서 기급으로 물러서다가 얼결에 또 하나 잡았다. 이번에는 트레머리에 얄은 향내가 말캉말캉 나는 뾰죽구두다. 얼뜬 봐한즉 하르르한 비단치마에 옆에 낀 몇권의 책 그리고 아리잠직한 그얼굴. 외모로 따져보면 돈푼이나 조히 던저줄법한 공은 아씨다. 대뜸 물고나서며 아씨 한푼줍쇼 아씨 한푼줍쇼. 가는 아씨는 암만 불러도 귀가 먹은듯. 혼자 풍월로 얼마를 따르다보니 이제는 하릴없다. 그 다음 비상수단이 아니 나올수없는 노릇. 체면 불구하고 그 까마귀발로다 신승한 치맛자락을 덥석 잡아채인다. 홀로 가는 계집쯤 어떻게 다르던 이쪽생각. 한번 더 채여라 아씨 한푼줍쇼. 아씨도 여기에는 어이가 없는지 발을 멈추고 말뚱이 바라본다. 한참 노리고보고 그리고 생각을 돌렸는지 허리를 굽으리어 친절히 달랜다. 내 지금 가진 돈이 없으니 집에 가 줄게 이거놓고 따라오너라. 너무나 뜻밖의 일이라 기쁠뿐더러 놀라운 은혜이다. 따라만가면 밥이 나올지 모르고 혹은 먹다남은 빵쪼각이 나올런지도 모른다. 이건 아마 보통 갈보와는 다른 예수를 믿는 착한 아씬가부다. 치마를 놓고 좀떨어저서 이번에는 점잔히 따라간다. 우미관 옆골목으로 들어서서 몇번이나 좌우로 꼬불꼬불 돌았다.

아씨가 들어간 집은 새로히 지은 그리고 전등달린 번뜻한 개와집이다. 잠간만 기다려라 하고 아씨가 들어갈제 그는 눈을 똥그랗게 뜨고 기대가 컸다. 밥이냐 빵이냐 잔치를 지내고나서 먹다남은 떡부스러기를 처치못하야 데리고 왔을지도 모른다. 팥고물도 좋고 전여도 좋고 시큼으레 쉬인 콩나물, 무나물, 아무거나 되는대로. 설마 예까지 데리고와서 돈한푼 주고 가라진 않겠지. 허기와 기대가 갈쯩이 나서 은근히 침을 삼키고 있을때 대문이 다시 삐걱 열린다. 아마 주인서방님이리라. 조선옷에 말쑥한 얼굴로 한 사나히가 나타났다. 네가 따라온 놈이냐 하고 한손으로 목덜미를 꼭붙들고 그러더니 벌서 어느틈에 네번이나 머리를 주먹이 우렸다. 그러면 아과파 소리를 지른것은 다섯번째부터요 눈물은 또 그 담에 나온것이다. 악장을 너무 치니까 귀가 아펐음인지 요자식 다시 그래봐라 대릴꺾어놓을테니. 힘약한 독사와 도야지는 맞대항은 안된다. 비실 비실 조 골목 어구까지 와서 이제야 막 대문안으로 들어갈랴는 서방님을 돌려대고 요자식아 네대릴 꺾어놀테야 용용 죽겠니. 엄지가락으로 볼따귀를 후벼보이곤 다리야 날 살리라고 그냥 뺑손이다. 다리가 짧은것도 이런 때에는 한 욕일지도 모른다. 열 아문칸도 채 못가서 벽돌담에 가 잔뜩 옆눌렸다. 그리고 허구리 등어리 어깨쭉지 할것없이 요모조모 골고루 주먹이 들어온다. 때려라 때려라, 그래도 네가 참아 죽이진 못하겠지. 주먹이 들어올적마다 서방님의처신으로 듣기 어려운 욕 한마디씩 해가며 분통만 폭폭 찔러논다. 죽여봐 이자식아 요런 챌푼이같으니 네가 애펜쟁이지 애펜쟁이. 울고불고 요란한 소리에 근방에서는 쭉 구경을 나왔다. 입때까지는 서방님은 약이 올라서 죽을뚱살뚱 몰랐으나 이제와서는 결국 저의 체면손상임을 깨다른 모양이다. 등뒤에서 애펜쟁이 챌푼이, 하는 욕이 빗발치듯 하련만 서방님은 돌아다도 안보고 똥이 더러워서 피하지 무섭지 않다는 증거로 침 한번 탁 뱉고는 제집 골목으로 들어간다. 이렇게 되면 맡아놓고 깍쟁이의 승리다. 그는 담밑에 쪽으리고 앉어서 울고있으나 실상은 모욕 당했던깍쟁이의 자존심을 회복시킨데 큰 우월감을 느낀다. 염병을 할 자식, 하고 눈물을 닦고 골목밖으로 나왔을때엔 얼굴에 만족한 웃음이 떠오른다. 야시에는 여전히 뭇사람이 흐르고 있다. 동무들은 큰길에서 밥통을 뚜드리며 날뛰고 있고. 우두커니 보고 섰다가 결리는등어리도 있고 배고픈 생각도 스르르 사라지니 예라 나두 한 몫 끼자. 불시로 기운이 뻗히어 야시에서 큰길로나려선다. 다름질을 처서 전차길을 가루지를랴 할제 맞닥드린것이 맞우 건너오던 한 신녀성이다. 한 손에 대여섯살된 계집애를 이끌고 야시로 나오는 모양. 이건 키가 후리후 리하고 걸찍하게 생긴것이 어데인가 맘세가 좋아보인다. 대뜸 손을 내밀고 아씨 한푼줍쇼. 얘 지금 돈 한푼없다. 이렇게 한마디 하고는 이것도 돌아다 보는법없다. 야시의 물건을 홍정하며 태연히 저 할노릇만 한다. 이내, 치마 까지 꺼들리게 되니까 그제야 걸음을 딱멈추고 눈을똑바루 뜨고 노려본다. 그리고 소리를 지르되 옆의 사람이나 들으란듯이 얘가 왜이리 남의 옷을 잡아다녀. 오가던 사람들이 구경이나 난듯이 모두 처다보고 웃는다. 본바 와는 딴판 돈푼커녕 코딱지도 글렀다. 눈꼴이 사나워서 그도 맞우대고 병 병히 처다보고 있노라니 웬 담배가 발앞으로 툭떨어진다. 매우 길음한 꽁 초. 얼른 집어서 땅바닥에 쓱쓱문대어 불을끄고는 호줌에 넣는다. 이따는 좁쌀친구끼리 뒷골목 담밑에 모여앉어서 번갈아 한목음씩 빨아가며 잡상 스러운 이야기로 즐길걸 생각하니 미리 재미롭다. 적어도 열아문개 주서야 할텐데 인제서 겨우 꽁초네개니. 요즘에는 참 담배맛도 제법 늘어가고 재 채기하던 괴로움도 훨신줄었다. 이만하면 영철이의 담배쯤은 감히 덤비지 못하리라. 제따위가 앉은 자리에 꽁초일곱개를 다 필텐가 온 어림없지. 열 살밖에 안되었건만 이만치도 담배를 잘 필수있도록 훌륭히 됨을 깨다르니 또한 기꺼운 현상. 호줌에서 손을 빼고 고개를들어보니 계집은 어느듯 멀 리 앞섰다. 벌에 쐈느냐 왜 이리 다라나니. 이것은 암만 따라가야 돈 한푼 막무가낼줄은 번연히 알지만 소행이 밉다. 에라 빌어먹을거 조곰 느그러나 주어라. 힝하게 쫓아가서 팔꿈치로다 그 궁둥이를 퍽 한번 지르고는 아씨 한푼 주세요. 돌려대고 또 소리를 지를줄 알었더니 고개만 흘끗돌려보고는 잠잣코 간다. 그럼 그렇지 네가 어데라구 깍쟁이에게 덤비리. 또 한번 질러 라. 바른편 어깨로다 이번에 넓적한 궁둥이를 정면으로 디려받으며 아씨 한푼주세요. 그래도 아무 반응이 없다. 이 계집이 행길바닥에 나가자빠지면 그꼴이 볼만도 하련만 제아무리 디려받아도 힘을 드리면 드릴수록 이쪽이 도리어 튕겨저나올뿐 좀체로 삐긋없음에는 예라 빌어먹을거. 치맛자락을 닝큼 집어다 입에 디려대고는 질겅질겅씹는다. 으흐흥 아씨 돈한푼. 그제야 독이 바싹 오른법한 표독스러운 계집의 목소리가 이자식아 할때는 왼몸이 다 짜릿하고 좋았으나 난데없는 고라 소리가 벽력같이 들리는데는 정신이 고만 아찔하다. 뿐만 아니라 그순간 새삼스리 주림과 아울러 아픔이 눈을 뜬다. 머리를 얻어맞고 아이쿠 하고 몸이 비틀할제 지깨같은 손이 들어와 왼편귓바쿠를 잔뜩 찝어든다. 이왕 이렇게 된바에야 끌리는대로 따라만가면 고만이다. 붐비는 사람틈으로 검불같이 힘없이 딸려가며 그러나 속으로는 허지만 뭐. 처음에는 꽤도 겁도 집어먹었으나 인제는 하도 여러번 겪고난 몸이라 두려움보다 오히려 실없는 우정까지 느끼게된다. 이쪽이 저를 미워도 안하련만 공연스리 제가 씹고덤비는걸 생각하면 짜정밉기도 하려니와 그럴스록에 야릇한 정이 드는것만은 사실이다. 오늘은 또 무슨 일을 시킬려는가. 유리창을 닦느냐, 뒷간을 치느냐. 타구쯤 정하게 부셔주면 그대로 나가라 하겠지. 하여튼 가자는건 좋으나 온체 잔뜩 찝어댕기는 바람에 이건 너무 아프다. 구두보담조곰만 뒤졌다는 갈데없이 귀는떨어질 형편. 구두가 한발을 내걷는 동안 두발, 세발, 잽싸게 옮겨놓으며 통통걸음으로 아니 따라갈수 없다. 발이 반밖에 안차는 커다란 운동화를 칠떡칠떡 끌며 얼른 얼른 앞에나서거라. 재처라 재처라 얼른 재처라. 그러자 문득 기억나는것이 있으니 그 언제인가 우미관 옆골목에서 몰래 들창으로 디려다보던 아슬아슬하고 인상깊던 그장면. 위험을 무릅쓰고 악한을 추격하되 텀부린도 잘하고 사람도 잘집어세고 막 이러는 용감한 그 청년과 이때 청년이 하던 목잠긴 그 해설. 그리고 땅땅 따아리 땅땅 따아리 떵떵 띠이 하던 멋있는 그 반주 봄바람은 살랑살랑 부러오는 큰거리 이때 청년이 목숨을 무릅쓰고 구두를 재치는 광경이라 하고보니 하면 할스록 무척 신이난다. 아아 아구 아프다. 재처라 재처라 얼른 재처라 이때 청년이 땅땅 따아리 땅땅 따아리 떵떵 띠이 떵떵 띠이.

가을

내가 주재소에까지 가게 될 때에는 나에게도 다소 책임이 있을는지 모른다. 그러나 사실 아무리 고쳐 생각해봐도 나는 조곰치도 책임이 느껴지지 안는다. 복만이는 제 안해를(여기가 픽 중요하다) 제손으로 즉접 소장사에게 팔은것이다. 내가 그 안해를 유인해다 팔았거나 혹은 내가 복만이를 꼬여서 서루 공모하고 팔아먹은것은 절대로 아니었다.

우리 동리에서 일반이 다 아다싶이 복만이는 뭐 남의 꼬임에 떨어지거나 할 놈이 아니다. 나와 저와 비록 격장에 살고 숭허물없이 지내는 이런 터이지만 한번도 저의 속을 터말해본 적이 없다. 하기야 나뿐이랴 어느 동무구간 무슨 말을 좀 뭇는다면 잘해야 세마디쯤 대답하고 마는 그놈이다. 이렇게 구찮은 얼골에 내천짜를 그리고 세상이 늘 마땅치않은 그놈이다. 오즉하여야 요전에는 즈안해가 우리게 와서 울며 불며 하소를 다 하였으랴. 그

* 『사해공론』(1936. 1), pp.244~252.

제목 앞에 '創作'이라는 표지가 붙어 있고, 작품 끝에 탈고 일자를 '을해, 一一, 八' 즉 1935년 11월 8일로 밝히고 있다.

가난에 근거한 인신매매가 작품의 제재이다. 그러나 작품 정신은 인간의 순박성이다. 중간중간의 자연 묘사가 푸근함을 안겨준다. 서술 관점을 혼효(混淆)하는 독특한 기법을 사용하고 있다.

망할건 먹을게 없으면 변통을 좀 할 생각은 않고 부처님같이 방구석에 우두커니 앉었기만 한다고. 우두커니 앉었는것보다 싫은 말 한마디 속선히 안하는 그 뚱보가 미웠다. 마는 그러면서도 안해는 돌아다니며 양식을 꾸어다 여일히 남편을 공경하고 하는것이다.

이런 복만이를 내가 꼬였다 하는것은 번시가 말이 안된다. 다만 한가지 나에게 죄가 있다면 그날 매매게약서를 내가 대서로 써준 그것뿐이다.

점심을 먹고 내가 봉당에 앉어서 새끼를 꼬고 있노라니까 복만이가 찾어 왔다. 한손에 바람에 나부끼는 인찰지 한장을 들고 내앞에 와 딱스드니

"여보게 자네 기약서 쓸주아나?"

"기약서는 왜?"

"아니 글세말이야——" 하고 놈이 어색한 낯으로 대답을 주저하는것이 아니냐. 아마 곁에 다른 사람이 여럿이 있으니까 말하기가 거북했을지도 모른다.

그러나 나는 사날전에 놈에게 종용히 드른 말이 있어서 오 안해의 일인가보다 하고 얼른 눈치챘다. 싸리문밖으로 놈을 끌고 나와서 그귀밑에다

"자네 여편네게 어떻게 됐나?"

"응."

놈이 단마디 이렇게만 대답하고는 두레두레한 눈을 굴리며 뭘 잠깐 생각하는듯 하드니

"저 물건너 사는 소장사에게 팔기로 됐네 재순네(술집)가 소개를 해서 지금 주막에 와 있는데 자꾸 기약서를 써야 한다구그래 그러나 누구 하나 쓸줄아는 사람이 있어야지 그래 자네게 써가주올테니 잠깐기다리라구 하고 왔어 자넨 학교좀 다녔으니까 쓸줄알겠지?"

"그렇지만 우리집에 먹이 있나 붓이있나?"

"그럼 하여튼 나하구 가치 가세."

맑은 시내에 붉은 닢을 담구며 일쩌운 바람이 오르나리는 늦은 가을이다. 시들은 언덕우를 복만이는 묵묵히 걸었고 나는 팔짱을 끼고 그뒤를 따랐다. 이때 적으나마 내가 제친구니까 되든안되든 한번 말려보고도 싶었

다. 다른짓은 다 할지라도 영득이(다섯살 된 아들이다)를 생각하야 안해만은 팔지말라고 사실 말려보고 싶지 않은것은 아니다. 그러나 내가 저를 먹여주지 못하는이상 남의 일이라구 말하기 좋아 이렇궁 저렇궁 지꺼리기도 어려운 일이다. 맞붙잡고 굶느니 안해는 다른데 가서 잘먹고 또 남편은 남편대로 그 돈으로 잘먹고 이렇게 일이 필수도 있지않으냐. 복만이의 뒤를 따라가며 나는 돌이어 나의 걱정이 더 큰것을 알았다. 기껏 한해동안 농사를 지었다는 것이 털어서 쪼기고보니까 나의 몫으로 겨우 벼 두말가웃이 남았다. 물론 털어서 빗도 다 못가린 복만이에게 대면 좀 날는지 모르지만 이걸로 우리식구가 한겨울을 날 생각을하니 눈앞이 고대로 캄캄하다. 나두 올겨울에는 금점이나 좀 해볼까 그렇지 않으면 투전을 좀 배워서 노름판으로 쫓아다닐까. 그런데도 미천이 들터인데 돈은 없고 복만이같이 내팔 안해도 없다. 우리 집에는 여편네라군 병들은 어머니밖에 없으나 나히도 늙었지만(좀 부끄럽다) 우리아버지가 있으니까 내맘대룬 못하고——

이런 생각에 잠기어 짜증 나는 복만이더러 네안해를 팔지마라 어째라 할 여지가 없었다. 나두 일즉이 장가나 들어 두었으면 이런 때 팔아먹을걸 하고 부즈러운 후회뿐으로.

큰길로 빠저 나와서

"그럼 자네 먼저 가있게 내 먹붓을 빌려가지구 곧 갈게"

"벼루석건 있어야 할걸——"

나혼자 밤나무밑 술집으로 터덜터덜 찾아갔다. 닭의 똥들이 한산히 늘려 놓인 뒷마루로 조심스리 올나스며 소장사란 놈이 대체 어떻게 생긴 놈인가 하고 퍽 궁금하였다. 소도 사고 게집도 사고 이럴 때에는 필연 돈도 상당히 많은 놈이리라.

지게문을 열고 들어서니 첫때 눈에 띤 것이 밤불이 지도록 살이 디룩디룩한 그리고 험상궂게 생긴 한 애꾸눈이다. 이놈이 아랫묵에 술상을 놓고 앉어서 냉수마신 상으로 나를 쓰윽 처다보는것이다. 바지 저고리에는 때가 쪼루룩 묻은것이 게다 제딴에는 모양을 낸답시고 누런 병정각반을 치올려 쳤다.

이놈과 그 옆 한구석에 쪼그리고 앉았는 영득 어머니와 부부가 되는 것은 아무리 봐도 좀 덜 맞는듯 싶다 마는 영득 어머니는 어떻게 되든지간 그처분만 기다린단듯이 잠잤고 아이에게 젖이나 먹일뿐이다. 나를 처다보고 자칫 낯이 붉는듯 하드니

"아재 나려오슈!" 하고는 도루 고개를 파묻는다.

이때 소장사에게 인사를 부처준것이 술집 할머니다. 사흘이 모잘라서 여호가 못 됐다니만치 수단이 능글차서

"둘이 인사하게 이게 내 먼촌조칸데 소장사구 돈잘쓰구" 하다가 뼈만 남은 손으로 내등을 뚜덕이며

"이사람이 아까 그 기약서 잘 쓴다는 재봉이야"

"거 뉘댁인지 우리 인사합시다 이사람은 물건너 사는 황거풍이라 부루"

이놈이 바루 우좌스럽게 큰소리로 인사를 거는것이다. 나두 저붑지않게 떡 버테고 앉아서 이사람은 하고 이름을 댓다. 그리고 울아버지두 십년전에는 땅마지기나 조히 있었단것을 명백히 일러주니까 그건 안듣고 하는 수작이

"기약서를 써달라구 불렀는데 수구러우나 하나 잘 써주기유"

망할 자식 이건 아주 딴소리다. 내가 친구 복만이를 위해서 왔지 그래 제깐놈의 명령에 왔다갔다 할겐가 이자식 뭇척 시큰둥하구나 생각하고 낯을 찌프려 모루 돌렸으나

"우선 한잔 하기유——" 함에는 두손으로 얼른 안받지도 못할 노릇이었다.

복만이가 그 웃음잊은 얼굴로 씨근거리며 달겨들 때에는 벌서 나는 석잔이나 얻어먹었다. 얼근한 손에 다 모지라진 붓을 잡고 소장사의 요구대로 그려놓았다.

매매게약서

일금 오십원야라

우금은 내 안해의 대금으로써 정히 영수합니다.

갑술년 시월 이십일

조 복 만

황거풍 전

여기에 복만이의 지장을 찍어 주니까 어디 한번 읽어보우 한다. 그리고
한참 나를 의심스리 바라보며 뭘 생각하드니 "그거면 고만이유 만일 내중
에 조상이 돈을 해가주와서 물러달라면 어떻거우?" 하고 눈이 둥그래서 나
를 책망을 하는것이다. 이놈이 소장에서 하든 버릇을 여기서 하는것이 아
닌가 하도어이가 없어서 나도 벙벙히 처다만보았으나 옆에서 복만이가 그
대루 써주라하니까

어떠한 일이 있드라도 내 안해는 물러달라지 않기로 맹세합니다.

그제서야 조끼 단추구녁에 굵은 쌈지끈으로 목을 매달린 커단 지갑이 비
로소 움직인다. 일원짜리 때문은 지전뭉치를 끄내들드니 손까락에 연실 침
을 발라가며 앞으로 세여보고 뒤로 세여보고 그리고 이번에는 꺼꾸루 들고
또 침을 발라가며 공손히 세여본다. 이렇게 후질근히 침을 발라셋건만 복
만이가 또다시 공손히 바르기 시작하니 아마 지전은 침을 발라야 장수를
하나부다.

내가 여기서 구문을 한푼이나마 얻어먹었다면 참이지 승을 갈겠다. 오원
식 안팍구문으로 십원을 답셀것은 술집 할머니요 나는 술 몇잔 얻어먹었
다. 뿐만아니라 소장사를 아니 영득 어머니를 오리밖 공동묘지 고개까지
전송을 나간것도 즉 내다.

고개마루에서 꼬불꼬불 돌아나린 산길을 굽어보고 나는 마음이 저윽이
언짢었다. 한 마을에 같이 살다가 팔려가는걸 생각하니 도시 남의 일 같지
않다. 게다 바람은 매우 차건만 입때 홋적삼으로 떨고섰는 그 꼴이 가엽
고——

"영득 어머니! 잘 가게유"

"아재 잘기슈"

이말 한마디만 남길뿐 그는 앞장을 서서 사랫길을 살랑살랑 달아난다.
마땅히 저 갈 길을 떠나는 듯이 서들며 조곰도 섭섭한 빛이 없다.

그리고 내 등뒤에 섰는 복만이조차 잘 가라는 말한마디 없는데는 실로

놀라지 않을수 없다. 장승같이 뼈적 서서는 눈만 끔벅끔벅 하는것이 아닌가. 개자식 하루를 살아도 제게집이련만. 근십년이나 소같이 부려먹든 이 안해다. 사실 말이지 제가 여지껏 굶어죽지 않은것은 상냥하고 돌림성있는 이 안해의 덕택이었다. 그런데 인사 한마디가 없다니 개자식 하고 여간 밉지가 않었다.

영득이는 즈 아버지 품에 잔뜩 붙들리어 기가 올라서 운다. 멀리 간 어머니를 부르고 두 주먹으로 아버지의 복장을 디리 두드리다간 한번 쥐어박히고 멈씰한다. 그리고 조곰 있으면 다시 시작한다.

소장사는 얼굴에 술이 잠뿍 올라서 제멋대로 한참 지꺼리드니

"친구! 신세 많이 졌수 이담 갚으리다" 하고 썩 멋떨어지게 인사를 한다. 그리고 뒤툭뒤툭 고개를 나리다가 돌뿌리에 채키어 뚱뚱한 몸뚱아리가 그대로 떼굴떼굴 굴러버렸다. 중툭에 내뻗은 소나무에 가지가 없었드면 낭떨어지로 떨어저 고만 터저버릴걸 요행히 툭툭 털고 일어나서 입맛을 다신다. 놈이 좀 무색한지 우리를 돌아보고 한번 빙긋 웃고 다시 내걸을때에는 영득 어머니는 벌서 산 하나를 꼽들었다.

이렇게 가든 소장사 이놈이 닷새후에는 날더러 주재소로 가자고 내끄는 것이 아닌가. 사기는 복만이한테 사고 내게 찌다우를 붙인다. 그것도 한가로운 때면 혹 몰으지만 남 한창 바쁘게 거름 처내는 놈을 좋도록 말을 해서 듣지 않으니까 나두 약이 안오를수 없고 골낌에 놈의 복장을 그대로 떼다 밀어 버렸다. 풀밭에가 털썩 주저앉었다 일어나드니 이번에는 내 멱살을 바짝 조여잡고 소 다르듯 잡어끈다.

내가 구문을 받아 먹었다든지 또는 복만이를 내가 소개했다든지 하면 혹 몰으겠다. 기약서 써주고 술 몇 잔 얻어먹은것 밖에 나에게 무슨 죄가 있느냐. 놈의 말을 드러보면 영득 어머니가 간지 나흘되든 날 즉 그적게 밤에 자다가 어디로 없어졌다. 밝는 날에는 들어올가하고 눈이 빠지게 기달렸으나 영 들어오질 않는다. 오늘은 꼭뚜새벽부터 사방으로 찾어다니다 비로소 우리들이 짜고 사기를 해먹은것을 깨닫고 지금 찾어왔다는것이다. 제 안해 간 곳을 아르켜 주어야지 그렇지 않으면 너와 죽는다고 애꾸 낯짝을 디려

대고 이를 북, 갈아보인다.

"내가 팔았단 말이유 날 붙잡고 이러면 어떻걸 작정이지오?"

"복만이는 달아났으니까 너는 간 곳을 알겠지? 느들이 짜고 날 고랑때를 먹였어 이놈의 새끼들!"

"아니 복만이가 다라났는지 혹은 볼 일이 있어서 어디 다닐러갔는지 지금 어떻게 안단말이유?"

"말 말아 술집 아저머니에게 다 드렀다 또 쏙일랴구 요자식!"

그리고 나를 논뚝에다 한번 메다꼰자서는 흙도 털새없이 다시 끌고간다. 술집 아즈머니가 복만이 간 곳은 내가 알겠으니 가보라 했다나 구문 먹은 걸 도루 돌라놓기가 아까워서 제 책임을 내게로 떠민것이 분명하다. 이렇게되면 소장사 듣기에는 내가 마치 복만이를 꼬여서 안해를 팔게하고 뒤로 은근히 구문을 뗀 폭이 되고만다.

하기는 복만이도 그 안해가 없어졌다는 날 그적게 어디로인지 없어졌다. 짜정 도망을 갔는지 혹은 볼 일이 있어서 일갔집같은데 다닐러 갔는지 그건 자세히 몰은다. 그러나 동리로 돌아다니며 안해가 꾸어온 양식 돈푼 이런 자즈레한 빚낭을 다아 돈으로 갚아준 그다. 다라나기에 충분할 아무 죄도 그는 갖이않었다. 영득이가 밤마다 엄마를 부르며 악짱을 치드니 보기 딱하야 즈 큰집으로 맡기러 갔는지도 모른다.

복만이가 저녁에 우리집에 왔을 때에는 어서 먹었는지 술이 건아하게 취했다. 안뜰로 들어오드니 막걸리를 한병 내놓며

"이거 자네 먹게"

"이건 왜사와 하튼 출출한데 고마워이" 하고 나는 벅에 나려가 술잔과 짠지쪽아리를 가주나왔다. 그리고 둘이 봉당에 걸터앉어서 마시기 시작하였다.

술 한병을 다 치고나서 그는 이런 이야기 저런 이야기 지꺼리드니 내앞에 돈 일원을 끄내놓는다.

"저번 수굴 끼처서 그 엘세"

"예라니?"

나는 눈을 둥그렇게 뜨고 그 얼굴을 이윽히 처다보았다. 마는 속으로는 요전 대서료로 주는구나 하고 이쯤 못깨다른 바도 아니었다. 남의 안해를 판 돈에서 대서료를 받는것이 너머 무례한 일인것쯤은 나도 잘 안다. 술을 먹었으니까 그만해도 좋다 하여도

"두구 술사먹게 난 이거 말구두 또 있으니까——"하고 궂이 주머니에 까지 넣어주므로 궁하기도 하고 그대로 받아두었다. 그리고 그 담붙어는 복만이도 영득이도 우리 동리에서 볼수가 없고 그뿐 아니라 어디로 가는걸 본 사람조차 하나도 없다.

이런 복만이를 소장사 이놈이 날더러 찾아놓라고 명영을 하는것이다. 먹살을 숨이 갑갑하도록 바짝 매달려서 끌려가자니 마을 사람들은 몰려서서 구경을 하고 없는 죄가 있는듯이 얼굴이 확확 단다. 큰 개울께까지 나왓을 적에는 놈도 좀 열쩍은지 슬몃이 놓고 그냥 거란다. 내가 반항을 하든지 해야 저도 독을 올려서 욕설을 하고 겼고틀고 할텐데 내가 고분이 달려가니까 그럴 필요가 없다. 저의 원대로 주재소까지가기만 하면 고만이니까.

우리는 아무 말없이 앞스고 뒤스고 십리길이나 걸었다. 깊은 산길이라 사람은 없고 앞뒤 산들은 울긋붉긋 물들어 가끔 쏴 하고 낙엽이 날린다. 누였누였 넘어가는 석양에 먼 봉우리는 자줏빛이 되어가고 그 반영에 하늘까지 불콰하다. 험한 바위에서 있다금 돌은 굴러나려 웅덩이의 맑은 물을 휘저놓고 풍 하는 그 소리는 실로 쓸쓸하다. 이산서 숫꿩이 푸드득 저산서 암꿩이 푸드득 그리고 그 사이로 소장사 이놈과 나와 노량으로 허위적허위적.

또 한 고개를 놈이 뚱뚱한 몸집으로 숨이 차서 씨근씨근 올라오니 그때는 노기는 완전히 사라졌다. 풀밭에 펄석 주저앉어서는 숨을 돌리고 담배를 끄내고 그리고 무슨 마음이 내켰는지 날더러

"다리 아프겠수 우리 앉어서 쉽시다"하고 친절히 말을 붙인다. 나도 그 옆에 앉어서 주는 권연을 피여물었다. 인제도 주재소까지 시오리가 남었으니 어둡기전에는 못갈것이다.

"아까는 내 퍽 잘못했수"

"별말 다하우"

"그런데 참 복만이 간데 짐작도 못하겠수?"

"아마 몰음몰라두 덕냉이 즈 큰집에 갓기가 쉽지유"

이말에 놈이 경풍을 하도록 반색하며 애꾸눈을 바짝 디려대고 끔벅어린다. 그리고 우는 소리가 잃어버린 돈이 아까운게 아니라 그런 게집을 다시 맞나기가 어려워서 그런다. 번이 홀애비의 몸으로 얼굴 똑똑한 안해를 맞어다가 술장사를 시켜보고자 벼르든 중이었다. 그래 이번에 해보니까 장사도 잘 할뿐더러 안해로서 훌륭한 게집이다. 참이지 몇칠 살아밧지만 남편에게 그렇게 착착 부닐고 정이 붙는 게집은 여지껏 내 보지못했다. 그러기에 나두 저를 위해서 인조견으로 옷을 해입힌다 갈비를 디려다 구어먹인다. 이렇게 기뻐하지 않었겠느냐. 덧돈을 디려가면서라도 찾을랴하는 것은 저를 보고싶어서 그럼이지 내가 결코 복만이에게 돈으로 물러달랄의사는 없다. 그러니 아무염녀말고

"복만이 갈듯한 곳은 다좀 아르켜주" 놈의 말투가 또 이상스리 꾀는걸알고 불쾌하기가 짝이 없다. 아무 대답도 않고 묵묵히 앉어서 담배만 빠니까

"같은 날 가치 없어진걸보면 둘이 짜구서 도망간게 아니유?"

"사십리식 떨어저 있는 사람이 어떻게 짜구말구 한단 말이유?"

내가 이렇게 펄쩍 뛰며 핀잔을 줌에는 그도 잠시 낙망하는 빛을 보이며

"아니 일텀 말이지 내가—— 복만이면 즈안해가 어디간것쯤은 알게아니유?"

하고 꾸중맞난 어린애처럼 어리광쪼로 빌붙는다. 이것도 사랑병인지 아까는 큰체를 하든 놈이 이제와서는 나에게 끽소리도 못한다. 항여나 여망있는 소리를 드를까하야 속달게 나의 눈치만 글이다가

"덕냉이 큰집이 어딘지 아우?"

"우리 삼촌댁도 덕냉이 있지유"

"그럼 우리 오늘은 도루 나려가 술이나 먹고 낼 일즉이 가치 떠납시다"

"그러기유"

더 말하기가 싫어서 나는 코대답으로 치우고 먼 서쪽 하눌을 바라보았

다. 해가 마악 떨어지니 산골은 오색 영농한 저녁노을로 덮인다. 산 봉우리는 수째 이글이글 끌는 불덩어리가 되고 노기 가득찬 위엄을 나타낸다 그리고 낮윽이 들리느니 우리 머리우에 지는 낙엽소리——

소장사는 쭈그리고 눈을 감고 앉엇는양이 내일의 계획을 세우는 모양이다. 마는 나는 아무리 생각하여도 복만이는 덕냉이 즈 큰집에 있을것 같지 않다.

두꺼비

내가 학교에 다니는것은 혹 시험전날 밤새는 맛에 들렸는지 모른다. 내일이 영어시험이므로 그렇다고 하룻밤에 다 안다는 수도 없고 시험에 날듯한놈 몇대문 새겨나볼가, 하는 생각으로 책술을 뒤지고 잇을때 절컥, 하고 밖앝벽에 자행거 세놓는 소리가 난다. 그리고 행길로 난 유리창을 두드리며 리상, 하는것이다. 밤중에 웬놈인가, 하고 찌뿌둥이 고리를 따보니 캡을 모루 눌러붙인 두꺼비눈이 아닌가. 또 무얼, 하고 좀 떠름햇으나 그래도 한달포만에 만나니 우선 반갑다. 손을 내밀어 악수를 하고 어여 들어슈, 하니까 바뻐서 그럴 여유가 없다하고 오늘 의론할 이야기가 잇으니 한시간쯤 뒤에 즈집으로 꼭좀 와주십쇼, 한다. 그뿐으로 내가 무슨 의론일가, 해서 얼떨떨할 사이도 없이 허둥지둥 자전거종을 울리며 골목밖으로 사라진다.

---

* 『詩와 小說』(九人會, 1936. 3), pp.31~39.

　김유정 자신과 박녹주(朴綠珠)와의 관계를 작품화한 것이다. 이와 똑같은 소재를 「生의 伴侶」에서 사실적으로 처리했음에 반해서 이 작품에서는 사실을 과장하고 회화화하여 해학적으로 처리했다.

　작품 전체가 한 개의 형식 단락으로 되어 있고 문장의 호흡이 길며 끊이지 않고 이어지고 있다. 대화 부분에 따옴표를 사용하지 않았는데 대화 부분과 지문에서 서술자의 의식이 상반되게 나타난다. 즉 행동과 대화에서는 인간 관계의 질서를 수용하고 의식에서는 그것을 거부한다.

권연 하나를 피어도 멋만 찾는 이놈이 자전거를 타고 나를 찾아왓을 때에는 일도 어지간히 급한 모양이나 그러나 제말이면 으레히 복종할걸로 알고 나의 대답도 기다리기 전에 다라나는건 썩 불쾌하엿다. 이것은 놈이 아직도 나에게 대하야 기생오래비로써의 특권을 가질랴는것이 분명하다. 나는 사실 놈이 필요한데까지 이용당할대로 다 당하엿다, 더는 싫다, 생각하고 애꿎은 창문을 딱 닫힌 다음 다시 앉어서 책을 뒤지자니 속이 부걱부걱 고인다. 허지만 실상 생각하면 놈만 탓할것도 아니요 어디 사람이 동이 낫다구 거리에서 한번 흘낏 스처본, 그나마 잘 낫으면 이어니와, 쭈그렁 밤송이 같은 기생에게 정신이 팔린 나도 나렷다. 그것두 서루 눈이 맞어서 달떳다면이야 누가 뭐래랴 마는 저쪽에선 나의 존재를 그리 대단히 녀겨주지 않으려는데 나만 몸이 달아서 답장 못받는 엽서를 매일같이 석달동안 썻다. 하니까 놈이 이 기미를 알고 나를 찾아와 인사를 떡붙이고는 하는소리가 기생을 사랑할랴면 그 오래비부터 잘 얼러야 된다는것을 명백히 설명하고 또 그리고 옥화가 즈 누의지만 제 말이면 대개 들을것이니 그건 안심하라 한다. 나도 옳게 여기고 그담부터 학비가 올라오면 상전같이 놈을 모시고 다니며 뒤치다꺼리 하기에 볼 일을 못본다. 이게 버릇이 돼서 툭하면 놈이 찾어와서 산보 나가자고 끌어내서는 극장으로 카페로 혹은 저 좋아하는 기생집으로 데리고 다니며 밤을 패기가 일수다. 물론 그 비용은 성냥 사는 일 전까지 내가 내야되니까 얼뜬 보기에 누가 데리고 다니는건지 영문모른다. 게다 즈 누님의 답장을 맡어올테니 한번 보라고 연일 장담은 하면서도 나의 편지만 가저가고는 꿩 구어먹은 소식이다. 편지도 우편보다는 그 동생에게 전하니까 마음에 좀 든든할뿐이지 사실 바루 가는지 혹은 공동변소에서 콧노래로 뒤지가 되는지 그것도 자세 모른다. 하루는 놈이 찾어와서 방바닥에 가 벌룽 자빠저 콧노래를 하다가 무얼 생각했음인지 다시 벌떡 일어나앉는다. 올릉한 낯짝에 그 두꺼비눈을 한 서너번 끔벅어리다 나에게 훈게가 너는 학생이라서 아즉 화류게를 모른다. 멀리 앉어서 편지만 자꾸 띠면 그게 뭐냐고 톡톡이 나물르드니 기생은 여학생과 달라서 그저 맞붙잡고 주물러야 정을 쏟는데, 하고 사정이 딱한듯이 입맛을 다신다. 첫사랑이 무언지 무던히 후려맞은 몸이라 나는 귀가 번쩍 띠이어 그럼 어떻게 좋은 도리가 없을가요, 하고 다가서 물어보니까 잠시 입을 다물고 주저하드니 그럼 내 즉접 인사를 시켜줄테니 우선 누님 마음에 드는걸로 한 이삼십원 어치 선물을 하슈, 화류게 사랑이란 돈이 좀 듭니다, 하고 전일 기생을 사랑하는 저의 체험담을 좍 이야기한다. 따는 먹이는데 싫달 게집은 없으려니, 깨닷고 나의 정성을 눈앞에 보이기 위하야 놈을 데리고 다니며 동무에게 돈을 구걸한다, 양복을 잡힌다, 하야 덩어리돈을 만들어서는 우선 백화점에 들어가 가치 점심을 먹고 나오는 길에 사십이원짜리 순금 트레반지를 놈의 의견대로 사서 부디 잘해달라고 놈에게 들려보낸다. 그리고 약속대로 그 이튿날 밤이 늦어서 찾아가니 놈이 자다 나왓는지 눈을 부비며 제가 쓰는 중문간 방으로 맞어드리는 그태도가 어쩐지 어제보다 탐탁지가 못하다. 반지를 전하다 퇴짜나 맞지 않엇나 하고 속으로 조를 부비며 앉엇으니까 놈이 거기 관하얀 일절 말없고 딴통같이 알범 하나를 끄내여 여러 기생의 사진을 보여주며 객적은 소리를 한참 지꺼리드니 우리 누님이 리상 오시길 여태 기다리다 고대 막 노름 나갓읍니다, 낼은 요보다 좀 일즉 오서요, 하고 주먹으로 하품을 끄는것이다. 조곰만 일즉 왓드면 졸걸 안됏다, 생각하고 그럼 반지를 전하니까 뭐래드냐 하니까 누의가 퍽 기뻐하며 그 말이 초면인사도없이 선물을 받는것은 실레로운 일이매 즉접 만나면 돌려보내겟다 하드란. 이만하면 일은 잘 얼렷구나, 안심하고 하숙으로 돌아오며 생각해보니 반지를 돌려보낸다면 나는 언턱거리를 아주 잃을터이라 될수 잇다면 만나지 말고 편지로만 나에게 마음이 동하도록 하는것도 좋겟지만 그래도 옥화가 실레롭다 생각할만치 고만치 나에게 관심을 가젓음에는 그담은 내가 가서 붙잡고 조르기에 달렷다, 궁리한것도 무리는 아닐것이다. 마는 그 담날 약한시간을 일즉 찾아가니 놈은 여전히 구찮은 하품을 터트리며 좀더 일즉이 오라하고, 또 고 담날 찾아가니 역시 좀더 일즉이 오라하고, 이렇게 연나흘을 햇을때에는 놈이 괜스리 제가 골을 내가지고 불안스럽게 구르므로 내자신 너머 웃읍게 대접을 받는것도 같고 아니꼬와서 망할 자식 인전 느구 안놀겟다 결심하고 부냥게 하숙으로 돌아와 이불전에 눈물을 씻으며 지내온지 달포나 된 오늘날 의론이 무슨 의론일가. 시험은 급하고 과정낙제나 면할가 하야 눈을 까뒤집고 책을 뒤지자니 그렇게 똑똑하든 글짜가 어느듯 먹줄로 변하니 글렀고, 게다 아련히 나타나는 옥화의 얼골은 보면볼수록 속만 탈뿐이다. 몇번 고개를 흔들어 정신을 바루 잡아가지고 드려다보나 아무 효과가 없음에는 이건 공부가 아니라, 생각하고 한구석으로 책을 내던진뒤 일어서서 들창을 열어놓고 개운한 공기를 마셔본다. 저 건너 서양집 웃층에서는 붉은 빛이 흘러나오고 어디선지 울려드는 가널픈 육짜배기, 그러자 문득 생각나느니 게집이란 때없이 잘 느끼는 동물이라 어쩌면 옥화가 그동안 매일같이 띄인 나의 편지에 정이 돌아서 한번 만나고자 불럿는지 모르고 혹은 놈이 나에게 끼친 실례를 깨닫고 전일의 약속을 이행하고자 오랫는지도 모른다. 하여튼 양단간에 한시간후라고 시간까지 지정하고 갓을 때에는 되도록 나에게 좋은 기회를 줄랴는데 틀림이 없고 이렇게 내가 옥화를 얻는다면 학교쯤은 내일 집어쳐도 좋다 생각하고, 외투와 더부러 허룽허룽 거리로 나선다. 광화문통 큰거리에는 목덜미로 스머드는 싸늘한 바람이 가을도 이미 늦엇고 청진동 어구로 꼽들며 길옆 이발소를 디려다보니 여덟시 사십오분, 한시간이 될려면 아즉도 이십분이 남엇다. 전봇대에 기대어 권연 하나를 피우고나서 그래도 시간이 남으매 군밤몇개를 사서들고는 이분에 하나씩 씹기로하고 서성거리자니 대체 오늘일이 하회가 어떻게 될려는가, 성화도 나고 게집에게 첫 인사를 하는데 뭐라해야 좋을는지, 그러나 저에게 대한 내 열정의 총양만 보여주면 고만이니까 만일 네가 나와 살아준다면 그리고 네가 원한다면 내 너를 등에 업고 백리를 가겠다, 이렇게 다짐을 두면 그뿐일듯도 싶다. 그외에는 아버지가 보내주는 흙 묻은 돈으로 근근히 공부하는 나에게 별 도리가 없고 아 아 이런때 아버지가 돈 한뭉텡이 소포로 부쳐줄수 잇으면, 하고 한탄이 절로 날때 국숫집 시계가 늙은 소리로 아홉시를 울린다. 지금쯤은 가도되려니, 하고 겯 골목으로 들어섯으나 옥화의 집 대문앞에 딱 발을 멈출때에는 까닭없이 가슴이 두군거리고 그것도 좋으련만 목청을 가다듬어 두꺼비의 이름을 불러도 대답은 어디 갓는지 안채에서 게집사내가 영문모를 소리로 악장만 칠뿐이요 그대로 난장판이다. 이게 웬 일일가 얼뜰하야 떨리는 음성으로 뒤 서너번 불러보니 그제야 문이 삐걱 열리고 뚱뚱한 안잠재기가 나를 치다보고 누구를 찾느냐 하기에 두꺼비를 보러왓다 하니까 뾰죽한 입으로 중문간방을 가르키며 행주치마로 코를 쓱 씻는 낭이 긴치않다는 표정이다. 전일 같으면 내가 저에게 편지를 전해달라고 폐를 끼치는 일이 한두번 아니라서 저를 만나면 담배값으로 몇푼식 집어주므로 저도 나를 늘 반기든터이련만 왜 이리 기색이 틀렷는가, 오늘 밤 일도 아마 헛물 켜나부다. 그러나 우선 툇마루로 올라서서 방문을 쓰윽 열어보니 설혹 잣다 치드라도 그 소란통에 놀래깨기도 햇으련만 두꺼비가 마치 떡메로 얻어맞은 놈처럼 방 한복판에 푹 엎으러저 고개하나 들줄모른다. 사람은 불러놓고 이게 무슨 경온가 싶어서 눈살을 찌프릴랴다 강형 어디 편찬으슈, 하고 좋은 목소리로 그 어깨를 흔들어보아도 눈하나 뜰줄 모르니 이놈은 참 암만해도 알수없는 인물이다. 혹 내일을 잘되게 돌보아주다가 집안에 분란이 일고 그끝에 이렇게 되지나 않엇나 생각하면 못할바도 아니려니와 그렇다 하드라도 두꺼비 등뒤에 똑 같은 모양으로 어프러젓는채선이의 꼴을 보면 어떻게 추칙해볼 길이 없다. 누님이 수양딸로 사다가 가무를 가르치며 부려먹는다든 이 채선이가 자정도 되기전에 제법 방바닥에 어프렷을 리도 없겠고 더구나 처음에는 몰랏든것이나 두 사람의 입코에서 멀건 콧물과 게거품이 뺨밑으로 검흐르는걸 본다면 웬만한 작난은 아닐듯 싶다. 머리끝이 쭈뼷하도록 나는 겁을 집어먹고 이 머리를 흔들어보고 저 머리를 흔들어보고 이렇게 눈이 둥그랫을때 별안간 미다지가 딱, 하드니 필연 옥화의 어머니리라 얼골 강총한 늙은이가 표독스리 들어온다. 그 옆에 장승같이 섯는 나에게는 시선도 돌리랴지 않고 두꺼비 앞에 가 팔삭 앉어서는 도끼눈을 뜨고 대뜸 들고들어온 장죽통으로 그 머리를 후려갈기니 꽝, 하고 그 소리에 내등이다 선뜻하다. 배지가 꿰저죽을 이 망할 자식, 집안을 이래 망해놓니, 죽을테면 죽어라, 어여 죽어 이자식, 이렇게 독살에 숨이 차도록 두손으로 그 등어리를 대구 꼬집어뜯더니 그래도 꼼짝않는데는 할수없는지 결국 이자식 너 잡아먹고 나 죽는다, 하고 목청이 찢어지게 발악을 치며 귓배기를 물어뜯고자 매섭게 덤벼든다. 그러니 옆에 섯는 나도 덤벼들어 뜯어말리지 않을수 없고 늙은이의 근력도 얏볼게 아니라고 비로소 깨다랏을만치 이걸 붙잡고 한참 싱갱이를 할 즈음, 그자식 죽여버리지 그냥 둬, 하고 천동같은 호령을 하며 이번에는 늙은 마가목이 마치 저와같이 생긴 투박한 장작개피 하나를 들고 신발채 방으로 뛰어든다. 그 서드는 폼이 가만두면 사람 몇쯤은 넉넉히 잡아놀듯 함으로, 이런 때에는 어머니가 말리는 법인지는 모르나 내가 고대 붙들고 힐난을 하는 안늙은이가 기급을하야 일어나서는 영감 참으슈, 영감 참으슈, 연실 이렇게 달래며 허겁지겁 밖으로 끌고 나가기에 조히 골도 빠진다. 마가목은 끌리는대로 중문안으로 들어가며 이자식아 몇째냐, 벌서 일곱째 이래 놓질 않엇니 이 주릴틀 자식, 하고 씨근벌떡하드니 안 대청에서 뭐라고 주책없이 게걸거리며 발을 구르며 이렇게 집안을 떠엎는다. 가만히 눈치를 살펴보니 내가 오기전에도 몇번 이런 북새가 일은듯 싶고, 암만하여도 내 자신이 헐없이 도까비에게 홀린듯 싶어서 손을 꽂고 멀뚱이 섯노라니까 빼꿈이 열린 미다지 틈으로 살집 좋고 허여멀건 안잠재기의 얼골이 남실거린다. 대관절 웬 셈속인지 좀 알고자 미다지를 열고는 그 어깨를 넌즛이 꾹 찍어가지고 대문밖으로 나와서 이게 어떻게 되는 일이냐고 물으니 이 망할게 콧등만 찌끗할뿐으로 전 흥미없단듯이 고개를 돌려버리는게 아닌가. 몇번 물어도 입이 잘 안떨어지므로 등을 뚜덕여주며 그 입에다 권연 하나 피어물리지 않을수 없고 그제서야 녀석이 죽는다고 독약을 먹엇지 뭘 그러슈, 하고 퉁명스리 봉을 따자 나는 넌덕스러운 그의 소행을 아는지라 왜, 하고 성급히 그 뒤를 채우첫다. 잠시입올 삐죽이 내밀고 세상 다 더럽단듯이 삐쭈거리드니 은근히 하는 그 말이 두꺼비놈이 제 수양조카딸을 어느틈엔가 꿰차고 돌아치므로 옥화가 이것을 알고는 눈에 쌍심지가 올라서 망할자식 나가 빌어나 먹으라고 방추로 뚜들겨 내쫓앗드니 둘이 못살면 차라리 죽는다고 저렇게 약을 먹은것이라하고 에이 자식두 어디 없어서 그래 수양조카딸을, 하기에 이왕 그런걸 어떻거우 그대루 결혼이나 시켜주지, 하니까 그게 무슨 말씀이유, 하고 바루 제일같이 펄쩍뛰드니 채선이년의 몸둥이가 인제 앞으로 몇천원이 될지 몇만원이 될지 모르는 금덩어리같은 게집앤데 온, 하고 넉살을 부리다가 잠간 침으로 목을 추기고나서 그리고 또 일곱째야요. 머처럼 수양딸로 데려오면 놈이 꾀꾀리 주물너서 버려놓고 버려놓고 하기를 이렇게 일곱, 하고 내 코밑에다 두손을 디려대고 똑똑이 일곱 손가락을 펴 뵈는것이다. 그럼 무슨 약을 먹엇느냐고 물으니까 그건 확적히 모르겟다 하고 아까 힁하게 자전거를 타고 나가드니 아마 어디서 약을 사가지고 와 둘이 얼러먹고서 저렇게 자빠진 듯하다고 그러다 내가 저게 정말 죽지나 않을가, 겁을 집어먹고 사람의 수액이란 알수없는데, 하니까 뭘이요 먹긴 좀 먹은듯허나 그러나 온체 알깍쟁이가 돼서 죽지 않을만큼 먹엇을테니까 염녀없어요, 하고 아닌밤중에도 두들겨깨워서 우동을 사오너라 홋떡을 사오너라하고 펄쩍나게 부려는먹고 쓴 담배하나 먹어보라는 법 없는 조녀석이라고 오랄지게 욕을 퍼붓는다. 나는 모두가 꿈을 보는것 같고 어리광대같은 자신을 깨다랏을때 하 어처구니가 없어서 벙벙히 섯다가 선생님 누굴 만나러오섯슈, 하고 대견히 묻기에 나도 펴놓고 옥화를 좀만나볼가해서 왓다니까 훙, 하고 콧등으로 한번 웃드니 응 즈이끼리 붙어먹는 그거 말슴이유, 이렇게 비웃으며 내 허구리를 쿡 찌르고 그리고 곁눈을 슬쩍 흘리고 어깨를 맛부비며 대드는 냥이 바루 느믈러든다. 사람이 볼가봐 내가 창피해서 씨러기통께로 물러스니까 저도 무색한지 시무룩하야 노려만보다가 다시 내 옆으로 다가서는 제 뺨따귀를 손으로 잡아다녀 보이며 이래 뵈도 이팔청춘에 한창 피인 살집이야요, 하고 또 넉살을 부리다가 거기에 아무 대답도 없으매 이 망할것이 내 궁뎅이를 꼬집고 제얼골이 뭐가 옥화년만 못하냐고 은근히 혹닥이며 대든다. 그러나 나는 너보다는 말라꿩이라도 그래도 옥화가 좋다는것을 명백히 알려주기 위하야 무언으로 땅에다 침 한번을 탁 뱉아던지고 대문으로 들어슬랴 하니까 이게 소맷자락을 잡아다니며 선생님 저 담배 하나만 더 주세요. 나는 또 느믈려켯구나, 생각은 햇으나 성이가셔서 갑채로 내주고 방에 들어와 보니 아까와 그풍경이 조곰도 다름없고 안에서는 여전히 동이 깨지는 소리로 게걸게걸 떠들어댄다. 한시간후에 꼭좀 오라든 놈의 행실을 생각하면 괘씸은허나 체모에 몰리어 두꺼비의 머리를 흔들며 강형 강형 정신을 좀 채리슈, 하여도 꼼짝 않드니 약 시간반가량 지나매 어깨를 우쩔렁거리며 아이구 죽겟네, 아이구 죽겟네, 연해 소리를 지르며 입코로 먹은 음식을 울컥울컥 돌라놓는다. 이놈이 먹기는 좀 먹엇구나, 생각하고 등어리를 두드려주고 잇노라니 얼마 뒤에는 웃묵에서 채선이가 마자 똑같은 신음소리로 똑같이 돌르고 잇는것이 아닌가. 이렇게 되면 나는 즈들 치닥거리하러 온것도 아니겟고 너머 밸이 상해서 한구석에 서서 담배만 뻑뻑 피고잇자니 또 미다지가 우람스리 열리고 이번에는 나드리옷을 입은 채 옥화가 들어온다. 아마 노름을 나갓다가 이 급보를 받고 다라온듯 싶고 하도 그리든 차라 나는 복장이 두군거리어 나도모르게 한거름 앞으로 나갓으나 그는 나에게 관하얀 일절 본척도 없다. 그리고 정분이란 어따 정해놓고 나는것도 아니런만 앙칼스러운 음성으로 이놈아 어디 게집이 없어서 조카딸허구 정분이 나, 하고 발길로 두꺼비의 허구리를 활발히 퍽 지르고나서 돌아스드니 이번에는 채선이의 머리채를 휘어잡는다. 이년 가랑머릴 찢어놀 년, 하고 그 머리채를 들엇다 놓앗다 몇번 그러니 제물콧방아에 코피가 흐르는 것은 보기에 좀 심한듯 싶고 얼김에 달겨들어 강선생 좀 참으십쇼 하고 그 손을 확 잡으니까 대뜸 당신은 누구요, 하고 눈을 똑바로 뜬다. 뭐라 대답해야 좋을지 잠시 어리둥절하다가 이내 제가 리경홉니다, 하고 나의 정체를 밝히니까 그는 단마디로 저리 비키우 당신은 참석할 자리가 아니유, 하고 내손을 털고 눈을 흘기는 그 모양이 반지를 받고 실례롭다 생각한 사람 커녕 정성스리 띠인 나의 편지도 제법 똑바루 읽어줄 사람이 아니다. 나는 고만 가슴이 섬찍하야 뒤로 물러서서는 넋없이 바라만보며 따는 돈이 중하고나, 깨닷고 금덩어리같은 몸둥이를 망처논 채선이가 저렇게까지 미울것도 같으나 그러나 그 큰 이유는 그담 일년이 썩 지난 뒤에서야 알은거지만 어느날 신문에 옥화의 자살미수의 보도가 낫고 그 까닭은 실연이라해서 보기 숭굴숭굴한 기사엿다. 마는 그 속살을 가만히 디려다보면 그렇게 간단한 실연이 아니엇고 어떤 부자놈과 배가 맞어서 한창 세월이 좋을때 이놈이 고만 트림을 하고 버뜸이 나둥그러지므로 게집이 나는 너와 못살면 죽는다고 음포로 약을 먹고 다시 물어드린 풍파이엇든바 그때 내가 병원으로 문병을 가보니 독약을 먹엇는지 보제를 먹엇는지 분간을 못하도록 깨끗한 침대에 누어 발장단으로 담배를 피는 그 손등에 살의 윤책이 반드르하엿다. 그렇게 최후의 비상수단으로 써먹는 그 신승한 비결을 이런 루추한 행낭방에서 함부로 내굴리는 채선이의 소위를 생각하면 콧방아는 말고 빨고 잇든 권연불로 그 등어리를 짖은 그것도 무리는 아닐것이다. 그렇다 하드라도 자정이 썩 지나서 얼만치나 속이 볶이는지는 모르나 채선이가 앙카슴을 두손으로 줴뜯으며 입으로 피를 돌름에는 옥화는 허둥지둥 신발채 드나들며 일변 즈 부모를 부른다, 어멈을 시키어 인력거를 부른다. 이렇게 눈코 뜰새없이 들몰아서는 온집안식구가 병원으로 달려가기에 바뻣다. 그나마 참례못가는 두꺼비는 빈방에서 개밥의 도토리로 끙끙거리고 그꼴을 봐하니 가여운 생각이 안나는 것도 아니나 그러나 즈 집에서는 개돼지만도 못하게 여기는 이놈이 제말이면 누의가 끔뻑한다고 속인것을 생각하면 곧 분하고 나는 내분에 못이기어 속으로 개자식 그렇게 속인담, 하고 손등으로 눈물을 지우고 섯노라니까 여지껏 말 한마디없든 이놈이 고개를 쓰윽 들드니 리상 의사좀 불러주슈, 하고 슬픈 낮을 하는것이다. 신음하는 품이 괴롭기도 어지간히 괴로운 모양이나 그보다도 외따로 떨어저서 천대를 받는데 좀 야속하얏음인지 잔뜩 우그린 그울상을 보니 나도 동정이 안가는것은 아니다 마는 그러나 내생각에 두꺼비는 독약을 한섬을 먹는대도 자살까지는 걱정없다, 고 짐작도하얏고 또 한편 즈 부모누의가 가만잇는데 내가 어쭙지않게 의사를 불러댓다간 큰코를 다칠듯도 하고해서 어정정하게 코대답만 해주고 그대로 섯지 않을수 없다. 한 서너번 그렇게 애원하여도 그냥만 섯으니까 나중에는 이놈이 또 골을 벌컥 내가지고 그리고 이건 어따 쓰는 버릇인지 너는 소용없단듯이 손을 내흔들며 가거라 가 가, 하고 제법 해라로 혼동을 하는데는 나는 고만 얼떨떨해서 간신이 눈만 끔벅일뿐이다. 잘 따저보면 내가 제손을 붙들고 눈물을 흘려가면서 누의와 좀 만나게 해달라고 애걸을 하엿을때 나의 처신은 잇는대로 다 잃은듯도 싶으나 그 언제이든가 놈이 양돼지같이 띵띵한 그리고 알몸으로 찍은 제 사진 한장을 내보이며 이래뵈도 한때는 다아, 하고 슬몃이 뻐기든 그것과 겹처서 생각하면 놈의 행실이 번이 꿀쩍찌분한것은 넉히 알수잇다. 입때까지 잇은것도 한갓 저때문인데 가라면 못갈줄 아냐, 싶어서 나도 약이 좀 올랏으나 그렇다고 덜렁덜렁 그대로 나오기는 어렵고 생각다끝에 모자를 엉거주춤이 잡자 의사를 불르러 가는듯 뒤를 보러 가는듯 그 새 중간을 채리고 비슬비슬 대문 밖으로 나오니 망할 자식 인전 참으로 느구 안논다, 하고 마치 호랑이굴에서 놓진 몸같이 두 어깨가 아주 가뜬하다. 밤 늦은 거리에 인적은 벌서 끊젓고 쓸쓸한 골목을 휘돌아 황급히 나올랴 할때 옆으로 뚫린 다른 골목에서 기껍지않게 선생님, 하고 거름을 방해한다. 주무시고 가지 벌서 가슈, 하고 엇먹는 거기에는 대답않고 어떻게 됏느냐고 무르니까 뭘 호강이지 제 깐년이 그렇찮으면 병원엘 가보, 하고 내던지는 소리를 하드니 시방 약을 먹이고 물을 집어넣고 이렇게 법썩들이라하고 저는 지금 집을 보러가는 길인데 우리 빈 집이니 가치 가십시다, 하고 망할게 내팔을 잡아끄는 것이다. 이렇게도 내가 모조리 처신을 잃엇나, 생각하매 제물에 화가 나서 그 손을 홱 뿌리치니 이게 재미잇단듯이 한번 빵끗 웃고 그러나 팔꿈치로 나의 허구리를 쿡 찌르고나서 사람괄세 이렇게 하는거 아니라고 괜스리 성을 내며 토라진다. 그래도 제가 아수운지 슬쩍 눙치어 허리춤에서 내가 아까 준 담배를 끄내어 제입으로 한개를 피어주고는 그리고 그 잔소리가 선생님을 뚝 꺾어서 당신이라 부르며 옥화가 당신을 좋아할줄 아우 발새에 긴 때만도 못하게 여겨요, 하고 나의 비위를 긁어놓고나서 편지나 잘 받아밧으면 좋지만 그것두 체부가 가저오는대로 무슨 편지구간 두꺼비가 먼저 받아보고는 치고치고 하는것인데 왜 정신을 못채리고 이리 병신짓이냐고 입을 내대고 분명히 빈정거린다. 그렇다 치면 내가 입때 옥화에게 한것이 아니라 결국은 두꺼비한테 사랑편지를 썻구나, 하고 비로소 깨다르니 아무것도 더 듣고싶지 않어서 발길을 돌리랴니까 이게 콱 붙잡고 내손에 끼인 먹든 권연을 쑥 뽑아 제입으로 가저가며 언제 한번 찾어갈테니 노하지 않을테냐, 묻는것이다. 저분저분이 구는것이 너머 성이가서서 대답대신 주머니에 남엇든 돈 삼십전을 끄내주며 담배값이나 하라니까 또 골을 발끈 내드니 돈을 도루 내양복 주머니에 치뜨리고 다시 조련질을 하기 시작하는것이 아닌

가. 에이 그럼 맘대로 해라, 싶어서 그럼 꼭 한번 오우 내 기다리리다, 하고
좋도록 떼놓은 다음 골목밖으로 불이나게 나와보니 목노집 시계는 한점이
훨썩 넘엇다. 나는 얼 빠진 등신처럼 정신없이 나려오다가 그러자 선뜻 잡
히는 생각이 기생이 늙으면 갈데가 없을것이다. 지금은 본체도 안하나 옥
화도 늙는다면 내게 밖에는 갈데가 없으려니, 하고 조곰 안심하고 늙어라,
늙어라, 하다가 뒤를 이어 영어, 영어, 영어, 하고 나오나 그러나 내일 볼
영어시험도 곧 나의 연애의 연장일것만 같애서 예라 될대로 되겟지, 하고
집어치고는 휑한 광화문통 큰 거리를 한복판을 나려오며 늙어라, 늙어라,
고 만물이 늙기만 마음껏 기다린다.

봄밤

"얘! 오늘 사진재밋지"

영애는 옥녀의 옆으로다가스며 정다히 또물었다.

마는 옥녀는 고개를 푹숙이고 그저 거를뿐, 역시대답이 없다.

극장에서 나와서부터 이제까지 세번을 물었다. 그래도 한마디의 대답도 없을때에는 아마 나에게 뼈졌나부다. 영애는 이렇게생각도 하야봣으나 그럴 아무 이유도 없다. 필연 돈없어 뜻대로 되지안는 저의 연애를 슬퍼함에 틀림없으리라.

쓸쓸한 다옥정 골목으로 들어스며 영애는 날씬한 옥녀가 요즘으로 부쩍 더자란듯싶었다. 인젠 머리를 틀어올려야 되겠군하고 생각하다 옥녀와 거반 동시에 발이 딱멈추었다. 누가 사가주가다가 떨어쳤는가 발앞에 네모번듯한 갑 하나가 떨어저있다.

* 『여성(女性)』(조선일보사, 1936. 4), p.12.

　　제목 앞에 '콩트 · 컴비'라는 표지가 붙어 있고 작품 뒤에 탈고 일자가 '병자, 二, 一○' 즉 1936년 2월 10일로 밝혀져 있다. 안회남(安懷南)이 쓴 같은 제목의 콩트와 나란히 함께 실려 있다.

　　황금의 유혹에 약한 인간의 심리를 표현한 콩트이다.

옥녀는 걸쌈스러운 시눈으로 사방을 돌아보고 선뜻 집어들었다. 그리고 갑의 흙을 털며 그 귀에 가만히

"영애야! 시겐게지?"

"글세 갑을 보니 아마 금시겔걸!"

그들은 전등밑에 바짝붙어서서 어깨를 맞대었다. 그리고 불야살야 갑이 열리었다. 그속에서 나오는 물건은 또 반질반질한 종이에 몇겹싸이었다. 그놈을 마자 허둥지둥 펼치었다. 그러나 짜정 그 속알이 나타나자 그들은 기급을 하야 땅으로 도루내던지며 퇘, 퇘, 하고 이방이나하듯이 침을 배알지 않을수 없다. 그보다더 놀란건 골목안에 사람이없는줄 알았드니 이구석 저구석에서 작난꾼들이 불쑥불쑥 빠저나온다. 더러는 재밋다고 배를 얼싸안고 껄껄거리며

"똥은 왜 금이아닌가"

하고 콧등을 찌긋하는놈——

영애는 옥녀를 끌고 저리로 다라나며

"망할자식들 같으니!"

"으하하하하! 고것들 이뿌다!"

이런音樂會

내가 저녁을 먹고서 종로거리로 나온것은 그럭저럭 여섯점반이넘었다. 너펄대는 우와기 주머니에 두 손을 꽉 찌르고 그리고 휘파람을 불며 올라오자니까

"얘!" 하고 팔을 뒤로 잡아채며

"너 어디 가니?"

이렇게 황급히 묻는것이다.

나는 삐끗하는 몸을 고르잡고 돌려보니 교모를 푹 눌러쓴 황철이다. 번시 성미가 껍껍한 놈인 줄은 아나 그래도 이토록 씨근거리고 긴히 달려듬에는, 하고

"왜 그러니?"

"너 오늘 콩쿨음악대휜거 아니?"

"콩쿨음악대회?" 하고 나는 좀 떠름하다가 그제서야 그 속이 뭣인줄을 알았다.

---

* 『중앙』(조선중앙일보사, 1936. 4), pp.294~297.
　제목 앞에 '創作' 이라는 표지가 붙어 있다. 목차에는 '學生小說' 로 되어 있다.
　평범한 사건을 다룬 소품임에도 아이러니가 살아 있다.

이 황철이는 참으로 우리학교의 큰 공로자이다. 왜냐면 학교에서 무슨 운동시합을 하게되면 늘 맡아놓고 황철이가 응원대장으로 나슨다. 뿐만 아니라 제돈을 들여가면서 선수들을(학교에서 먹여야 번이 옳을건대)제가 꾸미꾸미 끌고 다니며 먹이고, 놀리고, 이런다. 그리고 시합 그 이튿날에는 목에 붕대를 칭칭하게 감고와서 똑 벙어리소리로

"어떻냐? 내 어제 응원을 잘해서 이기지 않았니?" 하고 잔뜩 뺨을 내고는

"그지 시합엔 응원을 잘해야 해!"

그러니까 이런 사람은 영영 남 응원하기에 목이 잠기고 돈을 쓰고 이래야 되는 말하자면 팔짜가 응원대장일지도 모른다. 이번에도 콩쿨음악회에 우리 반동무가 나갔고 또 요행히 예선에까지 붙기도해서 놈이 어제부터 응원대 모기에 바빴다. 그러나 나에게는 아무말도 없더니 왜 붙잡나, 싶어서

"그럼 얼른 가보지, 왜 이러구있니?"

"다시 생각해 보니까 암만해도 사람이 부족하겠어" 하고 너도 가치 가자고 팔을 막 잡아끄는 것이다.

"너나 가거라, 난 음악횐 싫다"

나는 이렇게 그 손을 털고 옆으로 떨어지다가

"재! 재! 내 이따 나오다가 돼지고기만두 사주마" 함에는 어쩔수없이 고개를 모로 돌리어

"대관절 몇시간이나 하나?" 하고 묻지 않을수없다. 그러나 그 대답이 끽 두시간이면 끝나리라, 하므로 나는 안심하고 딿아섰다.

둘이 음악회장입구에 헐레벌떡하고 다다랐을 때에는 우리반 동무 열세명은 벌서 와서들 기다리고 섰다. 즈이끼리 낄낄거리고 수군거리고 하는것이 아마 한창들 흥게가 버려진 모양이다.

황철이는 우선 입장권을 사가지고 와 우리에게 한장씩 나누어주며 명령을 하는 것이다. 즉 우리들이 네 무데기로 나누어서 회장의 전후좌우로 한구석에 한무데기씩 앉고 시치미를 딱 떼고 있다가 우리악사만 나오거든 덮어놓고 손바닥을 치며 재청이라고 악을 쓰라는것이다. 그러면 암만 심사원

이라도 청중을 무시하는 법은 없으니까 일등은 반드시 우리의 손에 있다, 고. 허나 다른 악사가 나올적에는 손바닥커녕 아예 끽소리도 말라 하고 하나씩 붓들고는 그거에다

"알았지, 응?"

그리고 또

"알았지, 재청?" 하고 꼭 꼭 다진다.

"그래그래 알았어!"

나도 쾌히 깨닷고 황철이의 뒤를 딿아서 회장으로 올라갔다.

새로 건축한 넓은 대강당에는 벌서 사람들 머리로 까맣게 깔리었다. 시간을 기다리다 지루했는지 고개들을 길게 뽑고 수선스리 들어가는 우리를 돌아본다.

우리는 황철이의 명령대로 덩어리 덩어리 지어 사방으로 헤졌다. 나는 황철이와 또 다른 동무 하나와 셋이서 왼쪽으로 뒤 한구석에 자리를잡았다.

일곱점 정각이 되자 벅적어리던 장내가 갑자기 조용하야진다. 모두들 몸을 단정히 갖고 긴장된시선을 모았다.

제일 처음이 순서대로 여자의 성악이었다. 잣달막한 젊은 여자가 나아와 가냘픈 음성으로 노래를 부르는데 너무도 귀가 간질업다. 하기는 노래보다도 조고만 두 손을 가슴께 꼬부려붙이고 고개를 개웃이 앵앵거리는 그 태도가 나는 가엾다 생각하고 하품을 길게 뽑았다. 나는 성악은 원 좋아도 안 하려니와 일반음악에도 씩씩한 놈이 아니면 귀가 가려워 못듣는다.

그 담에도 역시 여자의 성악, 그리고 피아노독주, 다시 여자의 성악—그러니까 내가 앞의 사람 의자뒤에 고개를 틀어박고 코를 곤것도 그리 무리는 아닐듯 싶다.

얼마쯤이나 잣는지는 모르나 옆의 황철이가 흔들어 깨우므로 고개를 들어보고 비로소 우리 악사가 등장한걸 알았다. 중학생교복으로 점잔히 바이오린을 켜고섰는 양이 귀엽고도 한편 앙증해보인다. 나도 조름을 참지 못하야 눈을 감은채 손바닥을 서너번 때렸으나 그러다 잘 생각하니까 다른

동무들은 다 가만이 있는데 나만 치는것이아닌가. 게다 황철이가 옆을 콱 치면서

"이따 끝나거던——" 하고 주의를 시켜주므로 나도 정신이 좀 들었다.

나는 그 바이오린보다도 응원에 흥미를 갓고 얼른 끝나기만 기다렸다.

연주가 끝나기가 무섭게 우리들은 목이 마른듯이 손바닥을 치기 시작하였다. 이렇게 치고도 손바닥이 안해지나, 생각도 하였지만 이쪽에서

"재청이요!" 하고 악을 쓰면 저쪽에서

"재청! 재청!" 하고 고함을 냅다 지른다.

나도 두귀를 막고 "재청!"을 연발을 했더니 내앞에 앉은 여학생 계집애가 고개를 뒤로 돌리어 딱한 표정을 하는것이 아닌가.

이렇게 우리들은 기가 올라서 응원을 하련만 황철이는 시무룩허니 좋지 않은 기색이다. 그 까닭은 우리 십여명이 암만 악장을 처도 쿵하게 넓은 그 장내, 그 청중으로 보면 어서떠드는지 알 수 없을만치 우리들의 존재가 너무 희미하였다. 그뿐 아니라 재청을 요구함에도 불구하고 이번에는 말쑥이 채린 신사 한분이 바이오린을 옆에끼고 나오는 것이다.

신사는 예를 멋지게 하고 또 역시 멋지게 바이오린을 턱에 갓다대더니 그 무슨 곡조인지 아주 장쾌한 음악이다. 그러자 어느틈에 그는 제멋에 질리어 팔뿐아니라 고개며 어깨까지 바이오린채를 땋아다니며 꺼떡꺼떡 하는 모양이 얘, 이건 참 진짜로구나, 하고 감탄 안할수 없다. 더구나 압도적인끼로 청중을 매혹케한 그것을 보드라도 우리 악사보다 몇배 뛰어남을 알 것이다.

그러나 내가 더 놀란것은 넓은 강당을 뒤엎는듯한 그 환영이다. 일반군중의 시끄러운 박수는말고 우층에서(한 삼사십명 되리라) 떼를 지어 악을 쓰는것이 아닌가. 재청소리에 귀청이 터지지않은것도 다행은허나 손벽이 모자랄까봐 발까지 굴러가며 거기에 장단을 맞후어 부르는 재청은 참으로 썩 신이난다. 음악도 이만하면 나는 얼마든지 들을수 있다, 생각하였다. 그리고 저도 모르게 어깨가 실룩실룩 하다가 급기야엔 나도 땋아 발을 구르며 재청을 청구하였다. 실상 바이오린도 잘했거니와 그러나 나도 바이오린

보다 씩씩한 그응원을 재청한것이다.

그랬더니 황철이가 불끈 일어스며 내 어깨를잡고

"이리좀 나오너라"

이렇게 급히 잡아끈다. 그리고 아무도 없는 변소로 끌고 와 세놓더니

"너 누굴 응원하러 왔니?" 하고 해쓱한 낯으로 입술을 바르르 떤다. 이 놈은 성이 나면 늘 이꼴이 되는것을 잘 아므로

"너 왜 그렇게 성을 내니?"

"아니, 너 뭐허러 예 왔냐 말이야?"

"응원하러 왔지!" 하니까 놈이 대뜸 주먹으로 내 복장을 콱 지르며

"예이 이자식! 우리건 고만 납짝했는데 남을 응원해줘?"

그리고 또 주먹을 내댈랴하니 암만생각해도 아니꼽다. 하여튼 잠간 가만이 있으라고 손으로 주먹을 막고는

"너 왜 주먹을 내대니, 말루 못해?" 하다가

"이놈아! 우리 얼골에 똥칠한것 생각못허니?"

하고 또 주먹으로, 대들랴는데는 더 참을수없다.

"돼지고기만두 안먹으면 고만이다!"

이렇게 한마디 내뱉고는 나는 약이 올라서 부리낳게 층게로 나려왔다.

동백꽃

　오늘도 또 우리숫닭이 막 쪼키였다. 내가 점심을 먹고 나무를 하러 갈양
으로 나올 때이었다. 산으로 올라스랴니까 등뒤에서 푸드득, 푸드득, 하고
닭의 횃소리가 야단이다. 깜짝 놀라며 고개를 돌려보니 아니나다르랴 두놈
이 또 얼리었다.

　점순네 숫닭(은 대강이가 크고 똑 오소리같이 실팍하게 생긴 놈)이 덩저
리 적은 우리 숫닭을 함부루 해내는 것이다. 그것도 그냥 해내는것이 아니
라 푸드득, 하고 면두를 쪼고 물러섰다가 좀 사이를 두고 또 푸드득, 하고
목아지를 쪼았다. 이렇게 멋을 부려가며 여지없이 닭아놓는다. 그러면 이
못생긴것은 쪼일적마다 주둥이로 땅을 받으며 그 비명이 킥, 킥, 할뿐이다.

---

*『조광』(1936. 5), pp.273~280.

　제목 앞에 '農村小說'이라는 장르 표지가 붙어 있고 작품 끝에 탈고 일자가 '병자, 三, 二四'
즉 1936년 3월 24일로 밝혀져 있다. 삽화는 정진기(鄭鎭岐)가 그렸다.

　여기서의 동백꽃은 생강나무의 노란 꽃이다(부록의 어휘 색인 참조). 첫 문장의 '쪼키였다'
는 '쫓기었다'의 뜻으로 흔히 오독(誤讀)되는데 사실은 '쪼이었다'라는 의미다.

　비참한 현실을 해학으로 극복해나가는 자세를 작품 정신으로 하고 있는 점, 비속어를 효과
적으로 사용하고 있는 점, 모든 등장 인물 중 표면상 여성이 우세에 있고 남성이 열세에 있는
점, 아이러니가 풍부한 점 등을 이 작품에서 읽어낼 수 있는데 이는 김유정 소설의 공통적 특질
이다. 투계(鬪鷄)라는 민속적 소재의 의미도 주목할 만하다.

물론 미처 아물지도 않은 면두를 또 쪼키어 붉은 선혈은 뚝 뚝 떠러진다.

이걸 가만히 내려다보자니 내대강이가 터저서 피가 흐르는것같이 두눈에서 불이 버쩍 난다. 대뜸 지게막대기를 메고 달겨들어 점순네 닭을 후려칠가 하다가 생각을 고처먹고 햇매질로 떼어만놓았다.

이번에도 점순이가 쌈을 붙여났을것이다. 바짝 바짝 내 기를 올리느라고 그랬음에 틀림 없을것이다. 고놈의 게집애가 요새로 들어서서 왜 나를 못 먹겠다고 그렇게 아르릉거리는지 모른다.

나흘전 감자쪼간만 하드라도 나는 저에게 조곰도 잘못한것은 없다.

게집애가 나물을 캐러 가면갔지 남 울타리 엮는데 쌩이질을 하는것은 다 뭐냐. 그것도 발소리를 죽여가지고 등뒤로 살몃이 와서

"얘! 너 혼자만 일하니?" 하고 긴치않은 수작을 하는것이다.

어제까지도 저와 나는 이야기도 잘 않고 서로 만나도 본척만척하고 이렇게 점잖게 지내든 터 이런만 오늘로 갑작소리 대견해졌음은 웬일인가. 항차 망아지만한 게집애가 남 일하는 놈보구——

"그럼 혼자 하지 떼루 하듸?"

내가 이렇게 내배알는 소리를 하니까

"너 일하기 좋니?"

또는

"한여름이나 되거던하지 벌써 울타리를 하니?"

잔소리를 두루 느러놓다가 남이 드를가봐 손으로 입을 트러막고는 그속에서 깔깔대인다. 별루 웃어울것도 없는데 날새가 풀리드니 이놈의 게집애가 미쳤나 하고 의심하였다. 게다가 조곰 뒤에는 즈집께를 할금할금 돌아다보드니 행주치마의 속으로 꼈든 바른손을 뽑아서 나의 턱밑으로 불쑥 내미는것이다. 언제 구었는지 아즉도 더운 김이 홱 끼치는 굵은 감자세개가 손에 뿌듯이 쥐였다.

"느집인 이거 없지" 하고 생색있는 큰소리를 하고는 제가 준것을 남이 알면은 큰일 날테니 여기서 얼른 먹어버리란다. 그리고 또 하는 소리가

"너 봄감자가 맛있단다"

"난 감자 안 먹는다, 니나 먹어라"

나는 고개도 돌리랴지 않고 일하든 손으로 그 감자를 도루 어깨넘어로 쑥 밀어버렸다.

그랬드니 그래도 가는 기색이 없고 뿐만 아니라 쌔근쌔근 하고 심상치않게 숨소리가 점점 거츠러진다. 이건 또 뭐야, 싶어서 그때에야 비로소 돌아다 보니 나는 참으로 놀랬다. 우리가 이 동리에 들어 온것은 근삼년째 되어오지만 여지껏 감으잡잡한 점순이의 얼골이 이렇게까지 홍당무처럼 샛빨애진 법이 없었다. 게다 눈에 독을 올리고 한참 나를 요렇게 쏘아보드니 나종에는 눈물까지 어리는것이 아니냐. 그리고 보구니를 다시 집어들드니 이를 꼭 악물고는 엎더질듯 자빠질듯 논둑으로 힝하게 다라나는것이다.

어쩌다 동리 어른이

"너 얼른 시집을 가야지?" 하고 웃으면

"염녀마서유 갈때되면어련히 갈라구——"

이렇게 천연덕스리 받는 점순이었다. 본시 뿌끄럼을 타는 게집애도 아니거니와 또한 분하다고 눈에 눈물을 보일 얼병이도 아니다. 분하면 차라리 나의 등어리를 보구니로 한번 모지게 후려쌔리고 다라날지언정.

그런데 고약한 그 꼴을 하고 가드니 그뒤로는 나를 보면 잡아먹을랴고 기를 복복 쓰는것이다.

설혹 주는 감자를 안받아 먹은것이 실례라 하면 주면 그냥 주었지 "느집엔 이거 없지"는 다 뭐냐. 그렇잖어도 즈이는 마름이고 우리는 그 손에서 배재를 얻어 땅을 부침으로 일상 굽신거린다. 우리가 이 마을에 처음 들어와 집이 없어서 곤난으로 지날제 집터를 빌리고 그우에 집을 또 짓도록 마련해준것도 점순네의 호의이였다. 그리고 우리 어머니 아버지도 농사때 양식이 딸리면 점순네한테 가서 부즈런히 꾸어다 먹으면서 인품 그런 집은 다시 없으리라고 침이 마르도록 칭찬하고 하는것이다. 그러면서도 열일곱 식이나 된것들이 수군수군하고 붙어다니면 동리의 소문이 사납다고 주의를 시켜준것도 또 어머니었다. 왜냐하면 내가 점순이하고 일을 저질렀다는 점순네가 노할것이고 그러면 우리는 땅도 떨어지고 집도 내쫓기고 하지 않으면 안되는 까닭이었다.

그런데 이놈의 게집애가 까닭없이 기를 복복 쓰며 나를 말려죽일랴고 드는것이다.

눈물을 흘리고 간 그 담날 저녁나절이었다. 나무를 한짐 잔뜩 지고 산을 나려오려니까 어디서 닭이 죽는 소리를 친다. 이거 뒤집에서 닭을 잡나, 하고 점순네 울뒤로 돌아오다가 나는 고만 두눈이 뚱그랬다. 점순이가 즈집 봉당에 홀로 걸터앉었는데 아 이게 치마앞에다 우리 씨암닭을 꼭 붙들어 놓고는

"이놈의 닭! 죽어라 죽어라"

요렇게 암팡스리 패주는것이 아닌가. 그것도 대가리나 치면 모른다 마는 아주 알도 못나라고 그 볼기짝께를 주먹으로 콕콕 쥐여박는것이다.

나는 눈에 쌍심지가 오르고 사지가 부르르 떨렸으나 사방을 한번 휘돌아보고야 그제서 점순이집에 아무도 없음을 알았다. 잡은참 지게막대기를 들어 울타리의 중툭을 후려치며

"이놈의 게집애! 남의닭 알 못나라구 그러니?" 하고 소리를 빽 질렀다.

그러나 점순이는 조곰도 놀라는 기색이 없고 그대로 의젓이 앉어서 제닭 가지고 하듯이 또 죽어라, 죽어라, 하고 패는것이다. 이걸 보면 내가 산에서 나려올때를 견양해가지고 미리부터 닭을 잡아가지고 있다가 네보란드키 내앞에 쥐지르고 있음이 확실하다.

그러나 나는 그렇다고 남의 집에 튀어들어가 게집애하고 싸울수도 없는 노릇이고 형편이 썩 불리 함을 알았다. 그래 닭이 맞을적마다 지게막대기로 울타리나 후려칠수 밖에 별 도리가 없다. 왜냐하면 울타리를 치면 칠사록 울섶이 물러 앉으며 뼈대만 남기 때문이다. 허나 아무리 생각하여도 나만 미찌는 노릇이다.

"아 이년아! 남의닭 아주 죽일터이냐?"

내가 도끼눈을 뜨고 다시 꽥 호령을 하니까 그제서야 울타리께로 쪼루루 오드니 울밖에 섰는 나의 머리를 겨느고 닭을 내팽개친다.

"예이 더럽다! 더럽다!"

"더러운걸 널더러 입때 끼고 있으랬니? 망할 게집애년 같으니" 하고 나도 더럽단듯이 울타리께를 힝하게 돌아나리며 약이 오를대로 다 올랐다. 라고 하는것은 암닭이 풍기는 서슬에 나의 이맛배기에다 물찍똥을 찍 깔겼는데 그걸 본다면 알집만 터졌을뿐 아니라 골병은 단단이 든듯싶다.

그리고 나의 등뒤를 향하야 나에게만 들릴듯말듯한 음성으로

"이 바보녀석아!"

"얘! 너 배내병신이지?"

그만도 좋으련만

"얘! 너 느아버지가 고자라지?"

"뭐? 울아버지가 그래 고자야?" 할양으로 열벙거지가 나서 고개를 홱 돌리어 바라봤드니 그때까지 울타리우로 나와있어야 할 점순이의 대가리가 어디 갔는지 보이지를 안는다. 그러다 돌아서서 오자면 아까에 한 욕을 울 밖으로 또 퍼붓는것이다. 욕을 이토록 먹어가면서도 대거리 한마디 못하는 걸 생각하니 돌뿌리에 채키어 발톱밑이 터지는것도 모를만치 분하고 급기에는 두눈에 눈물까지 불끈 내솟는다.

그러나 점순이의 침해는 이것뿐이 아니다.

사람들이 없으면 틈틈이 즈집 숫닭을 몰고와서 우리 숫닭과 쌈을 붙여놋는다. 즈집 숫닭은 썩 흠상굿게 생기고 쌈이라면 회를 치는고로 의례히 이길것을 알기 때문이다. 그래서 툭하면 우리 숫닭이 면두며 눈깔이 피로 흐드르하게 되도록 해놓는다. 어떤 때에는 우리 숫닭이 나오지를 않으니까 요놈의 게집애가 모이를 쥐고와서 꼬여내다가 쌈을 붙인다.

이렇게 되면 나도 다른 배채를 채리지 않을수 없다. 하루는 우리 숫닭을 붙들어가지고 넌즛이 장독께로 갔다. 쌈닭에게 꼬추장을 먹이면 병든 황소가 살모사를 먹고 용을 쓰는것처럼 기운이 뻗힌다 한다. 장독에서 꼬추장한접시를 떠서 닭도 주둥아리 께로 디려밀고 먹여보았다. 닭도 꼬추장에 맛을 들렸는지 거슬리지 않고 거진 반접시턱이나 곧잘 먹는다.

그리고 먹고 금세는 용을 못쓸터임으로 얼마쯤 기운이 돌도록 횃속에다 가두어두었다.

밭에 두엄을 두어짐 저내고나서 쉴 참에 그닭을 안고 밖으로 나왔다. 마침 밖에는 아무도 없고 점순이만 즈 울안에서 헌옷을 뜯는지 혹은 솜을 터는지웅크리고 앉아서 일을 할뿐이다.

나는 점순네 숫닭이 노는 밭으로 가서 닭을 내려놓고 가만히 맹을 보았다. 두닭은 여전히 얼리어 쌈을 하는데 처음에는 아무 보람이 없다. 멋지게 쪼는 바람에 우리 닭은 또 피를 흘리고 그러면서도 날개죽찌만 푸드득, 푸드득, 하고 올라뛰고 뛰고 할뿐으로 제법 한번 쪼아보도 못한다.

그러나 한번엔 어쩐 일인지 용을 쓰고 펄쩍 뛰드니 발톱으로 눈을 하비고 나려오며 면두를 쪼았다. 큰닭도 여기에는 놀랐는지 뒤로 멈씰하며 물러난다. 이 기회를 타서 적은 우리숫닭이 또 날쌔게 덤벼들어 다시 면두를 쪼니 그제서는 감때사나운 그 대강이에서도 피가 흐르지 않을수 없다.

옳다알았다 꼬추장만 먹이면은 되는구나, 하고 나는 속으로 아주 쟁그러워 죽겠다. 그때에는 뜻밖에 내가 닭쌈을 붙여놓는데 놀라서 울밖으로 내다보고 섰든 점순이도 입맛이 쓴지 살을 찔으렸다.

나는 두손으로 볼기짝을 두드리며 연팡

"잘한다!잘한다!" 하고 신이 머리끝까지 뻗히었다.

그러나 얼마 되지 않아서 나는 넋이풀리어 기둥같이 묵묵히 서있게 되었다. 왜냐면 큰닭이 한번 쪼이킨 앙갚으리로 허들갑스리 연겊어 쪼는 서슬에 우리 숫닭은 찔끔못하고 막 곯는다. 이걸 보고서 이번에는 점순이가 깔깔거리고 되도록 이쪽에서 많이 드르라고 웃는것이다.

나는 보다못하야 덤벼들어서 우리 숫닭을 붙들어가지고 도로 집으로 들어왔다. 꼬추장을 좀더 먹였드라면 좋았을걸 너무 급하게 쌈을 붙인것이 퍽 후회가 난다. 장독께로 돌아와서 다시 턱밑에 꼬추장을 디려댔다. 흥분으로 말미아마 그런지 당최 먹질 않는다.

나는 할일없이 닭을 반듯이 눕히고 그 입에다 권연물쭈리를 물리었다. 그리고 꼬추장물을 타서 그 구녁으로 조곰식 디려부었다. 닭은 좀 괴로운지 킥킥하고 재채기를 하는 모양이나 그러나 당장의 괴로움은 매일같이 피를 흘리는데 델게 아니라 생각하였다.

그러나 한 두어종지가량 꼬추장물을 먹이고 나서는 나는 고만 풀이 죽었다. 싱싱하든 닭이 왜 그런지 고개를 살몃이 뒤틀고는 손아구에서 뻐들어지는 것이 아닌가. 아버지가 볼가봐서 얼른 홰에다 감추어 두었드니 오늘 아츰에서야 겨우 정신이 든 모양같다.

그랬든걸 이렇게 오다보니까 또 쌈을 붙여 놨으니 이 망한 게집애가 필연 우리집에 아무도 없는 틈을 타서 제가 들어와 홰에서 끄내가지고 나간 것이 분명하다.

나는 다시 닭을 잡아다 가두고 염녀는 스러우나 그렇다고 산으로 나무를 하러 가지 않을수도 없는 형편이었다.

소나무 삭정이를 따며 가만히 생각해보니 암만해도 고년의 목쟁이를 돌려놓고 싶다. 이번에 나려가면 망할년 등줄기를 한번 되게 후려치겠다, 하고 싱둥겅둥 나무를 지고는 부리낳게 나려왔다.

거지반 집께 다 나려와서 나는 호들기소리를 듣고 발이 딱 멈추었다. 산기슭에 늘려있는 굵은 바윗돌틈에 노란 동백꽃이 소보록허니 깔리었다. 그 틈에 끼여앉어서 점순이가 청승맞게스리 호들기를 불고 있는것이다. 그보다 더 놀란것은 그 앞에서 또 푸드득, 푸드득,하고 들리는 닭의 횟소리다. 필연코 요년이 나의 약을 올리느라고 또 닭을 집어내다가 내가 나려올 길 목에다 쌈을 시켜놓고 저는 그앞에 앉어서 천연스리 호들기를 불고 있음에 틀림 없으리라.

나는 약이 오를대로 다 올라서 두눈에서 불과함께 눈물이 퍽 쏟아졌다. 나뭇지게도 벗어놀새없이 그대로 내동댕이치고는 지게막대기를 뻗히고 허둥지둥 달겨들었다.

가차히 와보니 과연 나의 짐작대로 우리 숫닭이 피를 흘리고 거의 빈사지경에 이르럿다. 닭도 닭이려니와 그러함에도 불구하고 눈하나 깜짝 없이 고대로 앉어서 호들기만 부는 그 꼴에 더욱 치가 떨린다. 동리에서도 소문이 났거니와 나도 한때는 걱실걱실이 일 잘하고 얼골 이뿐 게집애인줄 알았드니 시방 보니까 그 눈깔이 꼭 여호새끼 같다.

나는 대뜸 달겨들어서 나도 모르는 사이에 큰 숫닭을 단매로 때려엎었다. 닭은 푹 엎어진채 대리하나 꼼짝못하고 그대로 죽어버렸다. 그리고 나는 멍허니 섰다가 점순이가 매섭게 눈을 흡뜨고 닥치는 바람에 뒤로 벌렁 나자빠졌다.

"이놈아! 너 왜 남의 닭을 때려죽이니?"

"그럼어때?" 하고 일어나다가

"뭐 이자식아! 누집 닭인데?" 하고 복장을 떼미는 바람에 다시 벌렁 자빠졌다. 그러고나서 가만히 생각을 하니 분하기도 하고 무안도스럽고 또 한편 일을 저질렀으니 인젠 땅이 떨어지고 집도 내쫓기고 해야될는지 모른다.

나는 비슬비슬 일어나며 소맷자락으로 눈을 가리고는 얼김에 엉,하고 울음을 놓았다. 그러다 점순이가 앞으로 다가와서

"그럼 너 이담부텀 안그럴터냐?" 하고 무를 때에야 비로소 살 길을 찾은 듯 싶었다. 나는 눈물을 우선 씻고 뭘 안그러는지 명색도 모르건만

"그래!" 하고 무턱대고 대답하였다.

"요담부터 또 그래봐라 내 자꾸 못살게 굴터니?"

"그래그래 인젠 안그럴테야!"

"닭 죽은건 염녀마라 내 안이를테니"

그리고 뭣에 떠다밀렸는지 나의 어깨를 짚은채 그대로 픽 쓰러진다. 그 바람에 나의 몸둥이도 겹처서 쓰러지며 한창 피여 퍼드러진 노란 동백꽃속으로 폭 파묻혀버렸다.

알싸한 그리고 향긋한 그 내움새에 나는 땅이 꺼지는듯이 왼정신이 고만 아찔하였다.

"너말말아?"

"그래!"

조곰 있드니 요 아래서

"점순아! 점순아! 이년이 바누질을 하다말구 어딜 갔어?" 하고 어딜갔다 온듯싶은 그 어머니가 역정이 대단히 났다.

점순이가 겁을 잔뜩 집어먹고 꽃밑을 살금살금 기어서 산알로 내려간 다음 나는 바위를 끼고 엉금엉금 기어서 산우로 치빼지 않을수 없었다.

夜櫻

향기를 품은 보드라운 바람이 이따금식 볼을 스처간다. 그럴적마다 꽃닢
새는 하나, 둘, 팔라당팔라당 공중을 날으며 혹은 머리우로 혹은 옷고름고
에 사쁜 얹이기도 한다. 가지가지 나무들 새에 킨전등도 밝거니와 그 광선
에 아련히 빛이어 연분홍막이나 버려논듯, 활짝 피어버러진 꽃들도 곱기도
하다.

(아이구! 꽃두 너머 피니까 어지럽군!)

경자는 여러사람 틈에 끼어 사구라나무 밑을 거닐다가 우연히도 콧등에
스치려는 꽃한송이를 똑 따 들고 한번 느긋하도록 맡아본다. 맡으면 맡을
수록 가슴속은 후련하면서도 저도 모르게 취하는듯 싶다. 뒤서너번 더 코
에 디려대다가 이번에는

"얘! 이 꽃좀 맡아봐"하고 옆에 따르는 영애의 코ㅅ밑에다 디려대이고

* 『조광』(1936. 7), pp.284~297.

　　제목 앞에 '短篇小說'이라는 장르 표지가 붙어 있고 작품 끝에 탈고 일자가 '병자, 四, 八'
즉 1936년 4월 8일로 밝혀져 있다. 안석영(安夕影)이 삽화를 그렸다.

　　김유정 소설의 등장 인물들은 농촌을 배경으로 한 것이나 도시를 배경으로 한 것이나 하류
계층의 인물이다. 봄의 화사함과 카페 여급들의 어두운 삶을 대조시키고 있다. 세 여성의 개성
을 각각 다르게 살리고 있고, 유일한 남성인 정숙의 전남편은 무기력한 건달형이다.

"어지럽지?"

"어지럽긴 메가 어지러워, 이까진 꽃냄새좀 맡고!——"

"그럴테지!"

경자는 호박같이 뚱뚱한 영애의 몸집을 한번 훔쳐보고 속으로 저렇게 디룩디룩하니까 코청도 아마, 하고는

"너는 꽃두 볼줄 모르는구나!"

혼잣말로 이렇게 탄식하지 않을수 없었다.

"그래 내가 꽃볼줄 몰나, 얘두 그럼왜 이렇게 창경원엘 찾아왔드람?" 하고 눈을 똑바로 뜨니까

"얘! 눈 무섭다 저리 치어라" 하고 경자는 고개를 저리 돌리어 웃음을 날려놓고

"눈만 있으면 꽃보는거냐, 코루 냄새를 맡을줄알아야지"

"보자는 꽃이지 그럼, 누가 애들같이 꺾어들고 그러듸"

"넌 아주 모르는구나, 아마 교양이 없어서 그런가부다, 꽃은 이렇게 맡아보고야 비로소 존줄 아는거야!" 하면서 경자는 짓꾸지 아까의 그 꽃송이를 두 손바닥으로 으깨여 가지고는 다시 맡아보고

"아! 취한다, 아주 어지럽구나?"

그러나 영애는 거기에는 아무 대답도 아니하고

"얘! 쥔놈이 또 지랄을하면 어떻거니!" 하고 그 왁살스러운 대머리를 생각하며 은근히 조를부빈다.

"얘, 듣기싫다, 별소릴 다 하는구나, 그까진 자식 지랄좀 허거나말거나"

"그래도 아홉점안으로 다녀온댔으니까 약속은 지켜야할텐데" 하고 팔을 들어보고는 깜짝 놀라며

"벌서 아홉점 칠분인대!"

"열점이면 어때? 카페여급이면 뭐 즈집서 길으는 개돼진줄 아니? 구경헐거다 허구 가면 그만이지"

경자는 이렇게 애끝은 영애만 쏘아박고는 새삼스리 생각난듯이 같이 왔든 정숙이를 찾아보았다.

정숙이는 어느 틈엔가 저만침 떨어져서 홀로 걸어가고 있었다. 어른의 손에 매여달리어 오고가는 어린아이들을 일일이 살펴보며 귀여운듯이 어떤아이는 머리까지 쓰담어본다. 마는 바른 손에 꾸겨들은 손수건을 가끔 얼굴로 가저가며 시름없이 걷고있는 그 모양이 심상치않고

(저게 눈물을 짓는것이 아닌가? 정숙이가 왜 또 저렇게 풀이 죽었을까? 아마도 아까 주인녀석에게 말대답하다가 패랑패랑한 여자라구 사설을 당한것이 분해 저러는게 아닐까? 그러나 정숙이는 그렇게 맘 좁은 사람은 아닐텐데——) 하고 경자는 아리숭한 생각을 하다가 떼로 몰리는 어른틈에 끼어 좋다고 방싯거리는 알숭달숭한 어린 애들을 가만히 바라보고야 아하, 하고저도 비로소 깨다른듯싶었다.

게집아이의 등에 엎이어 밤톨만한두주먹을 내흔들며 낄낄거리는 언내도 구엽고 어머니 품에 안기어 작난감을 흔드는 언내도 또한 구엽다.

한손으로 입에다 빵을 꾸겨넣며 부즈런히 따라가는 양복 입은어린애

아버지 어깨에 두 다리를 걸치고 걸터앉어서 "말 탄 양반 끄떡!" 하는 상고머리 어린애——

이런 번화로운 구경은 처음 나왔는지 어머니의 치마속으로만 기어들려는 노랑 저고리에 쪼꼬만 분홍몽땅치마——

"쟤! 영애야! 아마 정숙이가 잃어버린 딸 생각이 또 나나보지? 저겄좀 봐라, 자꾸 눈물을 씻지않니?"

"글세"

영애는 이렇게 엉거주춤이 받고는 언짢은 표정으로 정숙이의 뒷모양을 이윽히 바라보다가

"요새론 더 버쩍 생각이 나나보드라 집에서도 가끔 저래"

"애좀 잃어버리고 멀 저런담, 나같으면 도리어 몸이 가뜬해서 좋아하겠다"

"어째서 제가 난 아이가 보구싶지 않으냐? 넌 아즉 애를 못나봐서그래" 하고 영애는 바루 제일같이 펄쩍 뛰었으나 앞뒤좌우에 뻑뻑이 사람들이매 혹시누가 듣지나 않었나, 하고 좀 무안스러웠다. 그는 제주위를 흘끔흘끔

둘러본 다음 경자의 곁으로 바짝 다가스며

"네살이나 먹여놓고 잃어 버렸으니 왜 보구싶지 않겠냐? 그것두 아주 죽었다면 모르지만 극장광고 돌리느라고 뿡뿡대는 바람에 쫓아나간것을 누가 집어갔어, 그러니 애통을 안하겠니?"

"오 그래! 난 잃어버렸다게 아주죽은줄 알았구나, 그러면 수색원을 내지 그래왜?"

"수색원 낸진 벌서 있해나 된단다"

"그래두 못찾았단말이야? 가만 있자"

하고 눈을 깜박어리며 무엇을 한참 궁리해본 뒤에

"그럼 개아버지가 누군질 정숙이두 모르겠구면?"

"넌줄 아니, 모르게?"

영애가 이렇게 사박스리 단마디로 쏘아붙이는 통에 경자는 암말 못하고 고만 얼굴이 빨개졌다.

(애두! 누긴 갠줄 아나? 아이 망할년같으니! 이년 떼내던지고 혼자 다닐가부다) 하고 경자는골김에 도끼눈을 한번 떠밧으나 그렇다고 저까지 노하긴좀 어색하고해서 타일으는 어조로

"별애두 다 본다, 네대답이나 했으면 고만이지 고렇게 톡 쏠건 뭐있니?"

그리고 고개를 숙이고 한 대여섯발 옴겨놓다가 다시 영애쪽을 돌아보며

"지금 정숙이는 혼자 살지않어? 그럼개아버지는 가끔 맞나보긴 허나?"

"난 몰라"

"좀 알면 큰일나니 모른다게? 너 한집에 같이 있고 그리고 정숙이허구 의형제까지 헌 애가 이걸 모르겠니?"

경자는 발을 딱 멈추고 없이녀기는 눈초리로 영애를 쏘아본다. 빙충맞은 이년허구는 같이 다니지않어도 좋다. 고 생각한 때문이었다.

하나 영애가 먼점에는 좀 비쌔스으나 불리한 저의 처지를 다시 깨닫고

"헤여진걸 뭘 또 맞나니? 말하자면 언니가 이혼해서 내던진걸!" 하고 고분히 숙어드니까

"그럼 말이야, 가만 잇자——" 하고 경자는 눈을 째긋이 감아보며 아까

부터 해오든 저의 궁리에 다시 취하다가

"그럼 말이야, 그애를 개아버지가 집어가지 않았을까?"

이렇게 아주 큰 의견이나 된듯이 우좌스리 눈을 히번덕인다.

"그건 모르는 소리야, 개아버지란 작자는 자식이 구여운지 어떤지도 모르는 사람이단다, 안해를 사랑할줄 알아야 자식이 구여운줄도 알지"

"그럼 아주 못된놈을 얻었었구나?"

"못되구말구 여부있니, 난 직접 보질못해 모르지만 정숙이언니 이야기를 들어보면 고생두 요만조만이 안했나보드라, 집에서 안해는 먹을것이 없어서 굶고앉었는데 이건 젊은 놈이 밤낮 술이래, 저두 가난하니까 어디 술 먹을 돈이 있겠니, 아마 친구들집을 찾아가서 이러저래 얻어먹구는 밤중이 돼서야 비틀거리고 들어오나보드라, 그런데 집에 들어와서는 안해가 뭐래두 이렇다 대답한마디 없고 벙어리처럼 그냥 쓰러저 잠만자, 그뿐이냐 집에 붙어있기가 왜 그렇게 싫은지 아츰 훤해서 나가면 밤중에나 들어오고 또 담날도 훤해 나가고헌데, 그러니까 안해는 그걸 붙들고 앉어서 조용히 말한마디 해볼 겨를이 없지, 살림두 그러지, 안팎이 손이 맞어야 되지 혼자 애쓴다구 되니? 그래 오작해야 정숙이언니가——"하다가 가만히 생각해보니 남의 신변에 관한 일을 너머 지꺼려논듯 싶다. 이런소리가 또 잘못해서 그 귀에 들어가면 어찌나, 하고 좀 좌지가 들렸으나 그렇다고 이왕 끄낸 이야기 중도에서 말기도 입이 가렵고해서

"너 괜히 이런소리 입밖에 내지말아"

"내 왜 미쳤니 그런 소릴허게" 하고 철석같이 맹서를 하니까

"그래 오작해야 정숙이언니가 아주 멀미를 내다싶이해서 떼내던졌어요, 방세는 내라구 조르고 먹을건 없고 언내는 보채고허니 어떻게사니, 나같으면 분통이 터저서 죽을 노릇이지, 그래서 하루는 잔뜩취해들어온걸 붙들구 앉어서 이래선 당신허구 못살겠우, 난 내대루 벌어먹을터이니 당신은 당신대루 어떻걸셈대구 넬은 민적을 갈라주, 조곰도 화도 안내고 좋은 소리루 그랬대, 뭐 화두 낼 자리가 따루 있지 그건 화를 낸대짜 아무 소용이 없으니까,그리고 언내는 안즉 젓먹이니까 에미품을 떨어저서는 못살게니 내가

데리구 있겠오 그랬드니 그날은 암말않고 그대로 자고는 그 담날부터는 들어오질 않드래, 별것두 다 많지? 그리고 나달후에는 엽서 한장이 왔는데 읽어보니까 당신원대로 인제는 이혼수속이 다 되었으니 당신은 당신 갈대로 가시요 하고 아주 배씸좋은 편지래지, 그러니 이따위가 자식새끼를 생각하겠니? 안해 떼버리는게 좋아서 얼른 이혼해주고 이렇게 편지까지 헌 놈이"

"그렇지 그래, 그런데 사내들은 제 자식이라면 눈깔을 까뒤집고 들어덤비나 보든데── 그럼 이건 미환게로구나?"

"미화다마다! 그래 정숙이언니도 매일같이 바가질 긁다가도 그래도 들은둥만둥 허니까 나중에는 기가 막켜서 말한마디 안나온다지. 그런데 처음에는 그렇지도 않았대, 순사다닐 때에는 아주 뙤롱뙤롱하고 점짢든것이 그걸 내떨니고나서 술을 먹고 그렇게 바보가 됐대요, 왜 첨에야 의두 좋았지, 안해가 병이 나면 제손으로 약을 대려다받히고 대리미도 붙들어주고 이러든것이 고만 바보가── 그후로 삼년이나 되건만 어디가 죽었는지 살았는지 소식도 들어보질 못하겠대"

"아주 바본게로군? 허긴 얘! 바볼수록 더 기집에게 바치나부드라, 왜 저 우리 쿤녀석좀 봐 얼병이같이 어릿어릿허는 자식이 그래두 기집애 꽁무니만 노리구 있지않어?"

"글세 아마 그런가봐, 그런것헌테 걸렀다간 아주 신세 조질걸? 정숙이언니좀봐, 좀 가여운가 게다그후 일년두 채못돼서 딸까지 마저잃었으니, 넌 모르지만 카페로 돌아다니며 벌어다가 모녀가 먹구살기에 고생 묵찐이 했다. 나갈때마다 쿤여편네에게 어린애 어디가나 좀 봐달라구 신신부탁은 허나 어디 애들 노는걸 일일이 쫓아다니며 볼수있니?"

"그건 또 있어 뭘허니? 외레 잘 됐지"

"그러나 애어머니야 어디 그러냐?" 하고 툭 찻으나 남의 일이고 미천 드는것이 아닌걸 좀더 지꺼리지 않고는 속이 안심치 않다. 그는 경자귀에다 입을 돌려대고 몇만냥짜리 이야기나 되는듯이넌즛이

"그래서 우리집 주인 마나님이 어디 다른데 중매를 해줄터이니 다시 시

집을 가보라구 날마다 쑹ㅅ거려두 언니가 말을 안들어, 한번 혼이가 나서 서방이라면 진절머리가 난다구——"하고 안해두좋을 소리를 마자 쏟아놓았다.

"그럴거 뭐 있어? 얻었다가 싫으면 또 차내던지면 고만이지"

"말이 쉽지 어디그러냐? 사내가 한번 달라붙으면 진득이모양으로 어디 잘 떨어지니? 너같으면 혹——"하고 은연히 너와 정숙이언니와는 번이 사람이 다르단듯이 입을 삐쭉했으나 경자가 이 눈치를 선뜻 채이고 저도 뒤둥그러지며

"암 그럴테지! 넌 술취한 손님이 앞에서 소리만 빽 질러두 눈물이 글성글성허는 바보가 아니야? 그러니 남편한테 겁두 나겠지, 허지만 그게 다 교양이 없어서 그래——"

이렇게 밸을 긁는데는 큰 무안이나 당한듯 싶어서 얼굴이 빨개지며 짜증눈에 눈물이 핑 돌지않을수가없다.

(망할년, 그래 내가 바보야? 남의 이야기는 다 듣고 고맙단 소리한마디 없이, 망할년! 학교는 얼마나 다녔다구 밤낮 저만 안다지, 그리고 그 교양인가 빌어먹을건 어서 들은 문잔지 건뜻하면

"넌 교양이 없어서 그래—"? 말대가리같이 생긴 년이 저만 잘났대——)

영애는 속으로 약이 바짝 올랐으나 그렇다고 겉으로 내대기에는 말솜씨로든 그 위풍으로든 어느모로든 경자에게 딸린다. 입문을 곧 열었으나 그러나 주저주저하다가

"남편이 무서워서 그러니? 애두! 왜그렇게 소견이 없니? 하루라두 같이 살든 남편을 암만 싫드라두 무슨 체모에 너 나가라고 그러니?"

"체모? 흥! 어서 목말라 죽은것이 체모야?"하고 콧등을 흥, 흥, 하고 울리니까

"너는 체모두 모르는구나! 아이 별아이두! 그게 교양이 없어서 그래" 하고 때는 이때라구 얼른그 '교양'을 돌려대고 써먹어보았다.

경자는 저의 '교양'을 제법 무단히 써먹는데 자존심이 약간 꺾이면서

(이년 보레! 내가 쓰는걸 배워가지고 그래 내게 도루 써먹는거야? 시큰

둥헌 년! 제가 교양이뭔지나 알며 그러나?) 하고 모루 슬몃이 눈을 흘겼으
나 허나 그걸 가지고 다투긴 유치하고

"체모는 다 뭐야, 재 곯아도 체모에 몰려서 굶겠구나? 애두! 배지 못헌
건 참 헐수없어!"

"넌 요렇게 잘 뱃니? 그래서 요전에 주정꾼에게 '삐루' 세례를 받았구
나?"

"뭐? 내가 '삐루' 세례를 받건말건 네가 알게 뭐야? 건방지게 이년이 누
길" 하고 그 팔을 뒤로홉잡아채이고 그리고 색색어리며 독이 한창 오를랴
하였을때 예기치않고 그들은 얼김에 서루 폭얼싸안고 말았다. 인적이 드문
외진 이구석 게다가 그게 무슨놈의 즘생인지 바루 언덕우에서 이히히히,
하고 기괴하게 울리는 그 울음소리에 고만 왼전신에 소름이 쪽 끼치는것이
다.

그들은 정숙이에게로 힁하게 따라가며

"아 무서워! 얘 그게 무어냐?"

"글세 뭘까—— 아주 징그럽지?"

이렇게 서루 주고받으며 어린애같이 맞우대고 웃어보인다.

경자는 정숙 곁으로 바짝 붙으며

"정숙이! 다리 아프지 않어? 우리저 식당에 가서 좀 앉었다가 돌아서 나
가지?"

"그럴까——"

정숙이는 아까부터 고만 나가고 싶었으나 경자가 같이가자고 굳이 붓잡
는 바람에 건숭 따라만다녔다. 이번에도 경자가 하자는대로 붐비는 식당으
로 들어가 자리를 잡았을때 골머리가 아찔하고 아무생각도 없었으나

"우리 사이다나 먹어볼까?" 하고 묻는그대로

"아무거나 먹지" 하고 좋도록 대답하였다.

그들은 사이다 세병과 설고 세개를 시켜놓았다.

경자는 사이다 한고뿌를쭉 들어켜고 나서

"영애야! 너 아까 보자는 꽃이라구 그랬지? 그럼말이야 그림한장을 사

다걸구 보지 앨써예까지 올게뭐냐!"하고 아까부터 미결로 온 그 문제를 다시 근디린다. 마는 영애는 저 먹을것만 찬찬히 먹고있을뿐으로 수째 받아주질 않는다. 억설쟁이 경자를 데리고 말을 주고받다간 결국엔 제가 곱는것을 여러번 경험하고 있다. 나중에는 하 비위를 긁어놓니까 할수없이 정숙이쪽으로 고개를돌리며

"언니는 어떻게 생각허우? 그래 보자는 꽃이지 꺾어들구 냄새를 맡자는 꽃이우? 바루 그럴양이면 향수를 사다 뿌려놓고 드럽디었지 왜 예까지 온담?"하고 응원을 청할수밖에 없었다.

그러나 정숙이는 처음엔 무슨 소린지 몰라서 얼뜰하다가

"난 그런거 모르겠어——"하고 울가망으로 씀씀이 받고만다.

영애는 있속없이 경자에게 가끔 쪼여지내는 자신을 생각할때 여간 야속하지 않다. 연못가로 돌아나오다 경자가군이 유원지에 들어가 썰매한번 타보고 가겠다하므로 따라서 들어가긴 하였으나 그때까지 말 한마디 건네지 않았다. 뿐만 아니라 경자가 마치 망아지모양으로 껑충거리며 노는걸 가만히 바라보고는 (에이 망할 게집애두! 저것두 그래 계집애년이람?) 하고 속으로 손까락질을 않을수 없다.

유원지안에는 여러 아이들이 뛰놀며 이리 몰리고 저리 몰리고하였다. 부랑꼬에 매여달렸다가는 그네로 옮겨오고 그네에서 흥이 지이면 썰매우로 올라온다.

그 틈에 끼어 경자는 호기있게 썰매를 한번 쭈욱 타고나서는 깔깔 웃었다. 그리고 다시 기어올라가서 또 찌익 미끄러저 나릴때 저편 구석에서

"저 궁덩이 해진다!"하고 손벽을 치며 껄껄거리고 웃는것이다.

경자는 치마를 털며 일어서서 그쪽을 바라보니 열칠팔밖에 안돼 보이는 중학생 셋이 서서 이쪽을 향하야 웃고있다. 분명히 그 학생들이 까시를 하였음에 틀림없었다.

경자는 날카러운 음성으로 대뜸

"어뜬 놈이야? 내 궁덩이 해진다는 놈이——"하고 쏘아부치며 영애가 말림에도 듣지않고 달려들었다. 철없는 학생들은 놀리면 다라날줄 알았지

이렇게까지 독수리처럼 대들줄은 아주 꿈밖이었다. 모두얼떨떨해서 암말 못하고 허옇게 닦이다가

"우리가 뭐랬다구 그러시요?"

혹은

"우리끼리 이야기허구 웃었는데요"

이렇게 밑 따진 두멍에 물을 챌랴고 땀이 빠진다. 마는 경자는 좀체로 그만 둘려지않고

"학생이 공부는 안하구 남의 여자 히야까시허러 다니는게 일이야?" 하고 그중 나히 찬 학생의 얼굴을 뺄겋게 때려놓는다.

이 서슬에 한사람 두사람 구경꾼이 몽이드니 나중에는 삑 돌리어 성이 되고말았다. 어떤이는 너머신이나서

"암 그렇지그래, 잘헌다!" 하고 소리를 내지르기도 하고 또는

"나히 어려 그렇지요, 그쯤허구 고만두십쇼" 하고 뜯어말리는 사람——

그러나 정숙이는 이편에 따로 떨어저 우두머니 서서는 제앞만 바라보고 있었다.

거기에는 대여섯살이 될지말지한 어린아이 둘이 걸상에 맞우 걸터앉어 서 그네질을 하며 놀고있었다. 눈을 뚝 부르뜨고 심술궂게 생긴 그 사내아 이도 구엽고, 스스러워서 눈치만 할금할금 보는 조선옷에단발한 그 게집애 도 또한 구엽다. 바람이 불적마다 단발머리가 보르르 날니다가는 삿붓 주 저앉는 그모양은 보면볼수록 한번 담싹 껴안어보고 싶은 생각이 간절하였 다.

(우리 모정이두 그대루 컸다면 조만은 하겠지!)

그리고 정숙이는 여지껏, 어딘가 알수없이 모정이와 비슷비슷한 어린 게 집애를 벌서 열아문이나 넘어 보아오든 기억이 난다. 요 게집애도 어쩌면 그 눈매며 입모습이 모정이같이 고렇게 닮었는지 비록 살은 포들포들이 올 으고 단발은 했을망정 하관만 좀 길다하고 그리고 어디가 엎어저서 상처를 얻은듯싶은 이마의 그 흠집만 없었드라면 어지간히 같을번도 하였다. 하고 쓸쓸이 웃어보다가

(남이 우리 모정이를 집어간것마찬가지로 나도 고런 게집애한아 훔처다가 기르면 고만아닌가?)

이렇게 요즘으로 가끔 하야보든 그 무서운 생각을 다시 하야본다.

정숙이는 갓은 열정과 애교를 쏟아가며 허리를 굽으리어

"애! 악아야! 너 몇살이지?" 하고 손으로 단발머리를 쓸어본다.

게집애는 낯설은 사람의 손을 두려워 함인지 두 눈을 말뚱이 뜨고 치어다만볼뿐으로 아무 대답도 없었다. 그러다 손이 다시 들어와

"아이 참! 우리애기 이뻐요! 이름이 뭐지?" 하고 또 머리를 쓰담으매 이번에는 마치 모욕이나당한 사람같이 어색하게도 비슬비슬 일어스드니 저리로 곧장 다라난다.

정숙이는 낙심하야 쌀쌀한 애두 다 많군하고 속으로 탄식을하며 시선이 그뒤를 쫓다가 이상두하다고 생각하였다. 거리가 좀 있어 똑똑이는 보이지 않으나마 아마 병객인듯 싶은, 힌 두루막이에 중절모를 눌러쓴 한 사나이가 괴로운듯이 쿨룩어리고 서서는 앞으로 다가오는 게집애와 이쪽을 번갈라가며 노려보고 있었다. 얼뜬 보기에 후리후리한 키며 구부정한 그 어깨가, 정숙이는 사람의 일이라혹시하면서도 그러나 결코 그럴리는 천만 없으리라고 혼자이렇게 또우기면서도 저도 모르게 앞으로 몇걸음 걸어나간다. 시납으로 거리를 접어가며 댓걸음 사이를 두고까지 아무리 고처서 뜯어보아도 그는 비록 병에 얼굴은 꺼졌을망정 그리고 몸은 반쪽이되도록 시들었을망정 확실히 전일 제가 떼어버릴랴고 민줄대든 그 남편임에 틀림없고——

"아이 당신이?"

정숙이는 무슨 말을 할랴는지 저도 모르고 이렇게 입을 벌렸으나 그 다음 말이 나오지를 않았다. 원수같이 진저리를 치든 그사람도 오랜만에 뜻없이 맞나고보니까 이상스리도 더 한층 반가웠다. 한참 멍하니 바라만보다가 더는 참을수가 없어서

"그동안 서울 게셨어요?" 하고 간신히 입을 열었다.

사나이는 고개를 저리 돌니고 외면한 그대로

"이리저리 돌아다녔읍니다" 하고 활하게 대답하였다. 그리고는 반갑다는 기색도 혹은 놀랍다는 기색도 그 얼굴에는 아무표정도 찾아볼수가 없었다.

정숙이는 무엇보다도 먼저 그 앞에 폭 안긴 그 단발한 게집애가 모정이인지 아닌지 그것이 픽도 궁거웠다. 주볏주볏 손을 들어 게집애를 가르치며

"애가 우리 모정인가요?" 하고 물어보았으나 그는 못듣는듯이 잠잣고 있드니 대답대신 주먹으로 입을 막고는 쿨룩어린다.

그러나 정숙이는 속으로

(저것이 모정이겠지! 입 눈을 보드라도 정녕코 모정이겠지?) 하면서 이년동안이란 참으로 긴 세월임을 다시 깨다를만치 이렇게까지 몰라보도록 될줄은 아주 꿈밖이었다. 마는 그보다도 더욱 놀라운것은 자식도 모르는 폐인인줄 알았드니 그래도 제자식이라고 몰래 훔처다가 이렇게 데리고 다니는것을 생각하면 그속은 암만해도 하눌땅이나 알듯싶다. 뿐만 아니라 갈릴때에는 그렇다 소리 한마듸없드니 일년후에야 슬몃이 집어간 그 속도 또한 알수없고——

(저것이 정말 구여운줄 알까?)

"애가 모정이지요?"

정숙이는 뭇지 않아도 좋을 소리를 다시 물어보았다. 여전히 사나이는 못들은척하고 묵묵히 섰는양이 쭐기고 맛장수이든 그 버릇을 아직도 못버린듯 싶었다. 그러나 저는 구지레하게 걸첬을망정 게집애만은 낄끗하게 옷을 입혀논걸보드라도 그리고 에미한테서 고생을 할때보다 토실토실이 살이올은 그볼따귀를 보드라도, 정숙이는 어느 편으로든에미에게 있었든것보다는 그 아버지가 데려간것이 애를 위하야 오히려 천행인듯 싶었다.

정숙이는 사나이에게 암만 물어야 대답 한마디 없을것을 알고 이번에는 게집애를 향하야

"애 모정아!" 하고 불러보니 어른 두루마기에 파묻혔든 게집애가 고개를 반짝 든다. 있해동안이 길다 하드라도 저를 길으든 즈 에미를 이렇게도 몰

라볼까, 하고 생각해보니 곧 두눈에서 눈물이 확쏟아지며 그대로 꼭 껴안 어보고 싶은 생각이 간절은 하나 그러나 서름이 구는 아이를 그러다간 울 릴것도 같고해서 엉거주춤이 팔만 내밀어 머리를 쓰담어주며

"애 모정아! 너 올에 몇살이지?"

또는

"애 모정아! 너 나 모르겠니?"

이렇게 대답없는 질문을 하고있을때 저만침 등뒤에서

"정숙이 안인가?" 하고 경자가 달려드는 모양이었다.

"그럼 요즘엔 어디 게서요?"

정숙이는 조급히 그러나 눈물을 먹음은 음성으로 애원하다싶이 뭇다가 의외에도 사나이가 사직동몇번지라고 순순히 대답하므로 그제서야 안심하 고

"모정이 잘가거라——" 하고 다시 한번 쓰담어보고는 경자가 이쪽으로 다가 오기전에 그쪽을 향하야 힝하게 떨어저간다.

경자는 활개짓을 하고 걸어가며 신이야넋이야 오른 어조로

"내 그자식들 납짝하게 눌러줬지 아백죄 내 궁덩이가 해진다는구면 망 할 자식들이! 내 좀더 닦아셀래다?"

"넌 너머 그래, 철모르는 애들이 그렇지그럼 말두 못하니? 그걸 가지고 온통 사람을 몰아놓고 이 야단이니!"

영애는 경자때문에 창피스러운 욕을 당한것이 생각하면 할수록 썩 분하 였다.

그런대도 경자는 저잘났다고 시퉁그러진 소리로

"너는 그럴테지! 왜 너는 체모먹구사는 사람이냐?" 하고 또 비위를 거슬 려놓다가 저리향하야

"정숙이! 아까 그 궐짜가 누구?"

"응 그 사내 말이지? 그전에 나 세들어있든 집 주인이야——"

정숙이는 이렇게 선선히 대답하고 다시 얼굴로 손수건을 가저간다.

(자식이 그렇게 구엽다면 그걸 낳아놓은 안해두 좀 구여울텐데?) 하고

지내온 일의 갈피를 찾아보다가 그래도 비록 말은 없었다 하드라도 안해도 속으로는 사랑하리라고 굳이 이렇게 믿어보고 싶었다. 어쩌다 그렇게 되었는지 병까지 든걸 보면 그동안 고생은 무던히 한듯싶고 그렇다면 전일에 밤늦게 들어와 쓰러진 사람을 먹살잽이를 하야일으켜서는 들볶든 그것도 잘못하였고 술 먹었으니 아츰은 고만두라고하며 마악 먹으러드는 콩나물을 땅으로 내던진 그것도 잘못하였고, 일일이 후회가 날뿐이었다. 즈 아버지를 그토록 푸대접을 하였으니 게집애만 하드라도 에미를 탐탁히 여겨주지 않는것이 당연하지 않을까. 생각하니 더욱 큰 서름이 복받쳐오른다. 그러나 내일 아츰에는 일즉 찾아가서 전사일은 모조리 잘못하였다고 정성껏 사과하고, 그리고 앞으로는 암만 굶드라도 끽소리 안하리라고 다짐까지 둔다면 혹시 사람의 일이니 다시 같이살아줄는지 모르리라고 이렇게 조끔 안심하였을때 영애가 팔을 흔들며

"언니! 오늘 꽃구경 잘했지?"

"참 잘했어!"

"꽃은 멀리서 봐야 존걸 알아, 가찹게 가면 그놈의 냄새때문에 골치가 아프지 않어? 그렇지만 오늘 꽃구경은 참 잘했어!"

영애가 경자에게 무수이 쏘이고 게다 욕까지 당한것이 분해서 되도록 갚을랴고 애를 쓰니까 경자는 코로 흥, 하고는

(느들이 무슨 꽃구경을 잘했니? 참말은 내가 혼자 잘했다!)

"꽃은 냄샐 맡을줄 알어야 꽃구경이야! 보는게 다 무슨 소용있어?" 하고 히짜를 뽑다가 정숙이편을 돌여보니 아까보다 더 뺀찔 손수건이 올라간다. 보기에 하도 딱하야 그 옆으로 바싹 붙어스며 친절히 위로하야 가로대

"그까진 딸하나 잃어버리고 뭘그래? 없어지면 몸이 가뜬하고 더 편하지 않어?"

그때 눈같은 꽃이파리를 포르르 날리며 쌀쌀한 꽃심이 목덜미로 스며든다.

문간쪽에서는 고만 나가라고 종소리가 댕그렁댕그렁 울리기 시작하였다.

옥토끼

나는 한마리 토끼때문에 자나깨나 생각하였다. 어떻게 하면 요놈을 얼른 키워서 새끼를 낳게할수 있을가 이것이었다.

이 토끼는 하나님이 나에게 나려주신 보물이었다.

몹씨 치웁든 어느날 아츰이었다. 내가 아즉 꿈속에서 놀고 있을때 어머니가 팔을 흔들어 깨우신다. 아츰잠이 번이 늦은데다가 자는데 깨우면 괜스리 약이 오르는 나였다. 팔굼치로 그손을 툭 털어버리고

"아이 참 죽겠네!"

골을 이렇게 내자니까

"너 이 토끼 싫으냐?" 하고 그럼 고만두란듯이 은근히 나를 댕기고 게신 것이다.

나는 잠결에 그럼 아버지가 아마 오래만에 고기생각이 나서 토끼고기를 사 오셨나, 그래 어머니가 나를 먹일랴구 깨시는것이 아닐가, 하였다. 그리

＊『여성』(1936. 7), pp.42~43.

제목 앞에 '短篇小說' 이라는 장르 표지가 붙어 있고 작품 뒤에 탈고 일자가 '병자, 五, 一五' 즉 1936년 5월 15일로 밝혀져 있다.

소년·소녀적인 천진성을 부각시키려 한 작품이다.

고 고개를 돌리어 뻑뻑한 눈을 떠보니 이게 다뭐냐. 조막만하고도 아주 하얀 옥토끼 한마리가 어머니 치마앞에 폭싸여 있는것이 아닌가.

나는 눈곱을 부비고 허둥지둥 다가앉으며

"이거 어서 낫우?"

"이쁘지?"

"글세 어서 났냔말이야?" 하고 조급히 물으니까

"아츰에 쌀을 씨러 나가니까 우리 부뚜막우에 올라앉어서 옹크리고 있드라, 아마 누집에서 기르는 토낀데 빠저나왔나봐"

어머니는 얼은 두손을 화루우에서 부비면서 무척 기뻐하셨다. 그 말슴이 우리가 이 신당리로 떠나온 뒤로는 이날까지 지지리지지리 고생만 하였다, 이렇게 옥토끼가 그것도 이집에 네가구가 있으련만 그중에다 우리를 찾어왔을 적에는 새해부터는 아마 운수가 좀 필랴는거나 아닐가 하며 고생살이에 찌들은 한숨을 내쉬고 하시었다.

그러나 나는 나대로의 딴 히망이 있지 않어선 안될것이다. 이런 귀여운 옥토끼가 뭇사람을 제치고 나를 찾어 왔음에는 아마 나의 심평이 차차 필랴나부다 하였다. 그리고 어머니 치마앞에서 옥토끼를 끄집어내 들고 고놈을 입에 대보고 뺨에 문질러보고 턱에다 바처도보고 하였다.

참으로 귀엽고도 아름다운 동물이었다.

나는 아츰밥도 먹을새없이 그리고 어머니가 팔을 붙잡고

"너 숙이갓다 줄랴구그러니? 내집에 들어온 복은 남 안주는 법이야 인내라 인내"

이렇게 굳이 말리는것도 듣지않고 덜렁거리고 문밖으로 나섰다. 뒷골목으로 들어가 숙이를 문간으로 (불러 만나보면 물론 둘이 떨고 섰는것이나 그 부모가 무서워서 방에는 못들어가고) 넌즛이 불러내다가

"이 옥토끼 잘 길루" 하고 두루매기속에서 고놈을 끄내주었다. 나의 예상대로 숙이는 가손진 그눈을 똥그랗게 뜨드니 두손으로 답싹 집어다가는 저도 역시 입을 맞후고 뺨을 대보고 하는것이 아닌가. 허지만 가슴에다 막 부동켜 안는데는 나는 고만 질색을하며

"아 아 그렇게 하면 뼈가 부서저 죽우, 토끼는 두귀를 붙들고 이렇게…"
하고 토끼 다루는 법까지 아르켜주지 않을수 없었다. 허라는대로 두귀를
붙잡고 섰는 숙이를 가만히 바라보며 나는 이집이 내집이라하고 또 숙이가
내 안해라 하면 얼마나 좋을가 하였다. 숙이가 여자양말 하나 사다달라고
부탁하고 내가 그래라고 승낙한지가 달장근이 되련만 그것도 못하는걸 생
각하니 내자신이 불상도 하였다.

"요놈이 크거던 짝을 채워서 우리 새끼를 자꾸 받읍시다. 그새끼를 팔구
팔구 허면 나종에는 큰돈이……"

그러고 토끼를 처들고 암만 디려다보니 대체 숫놈인지 암놈인지 분간을
모르겠다. 이게 저윽이 근심이 되어

"그런데 뭔지 알아야 짝을 채지!" 하고 혼자 뚜덜거리니까

"그건 인제……"

숙이는 이렇게 낯을 약간 붉히드니 어색한 표정을 웃음으로 버무리며

"낭중 커야 알지요!"

"그렇지! 그럼 잘 길루" 하고 집으로 돌아와서는 그 담날부터 매일 한번
식 토끼 문안을 가고하였다.

토끼가 나나리 달라간다는 숙이의 말을 듣고 나는 퍽 좋았다.

"요새두 잘 먹우?" 하고 물으면

"네 물찌꺼기만 주다가 오늘은 배추를 주었드니 아주 잘 먹어요"
하고 숙이도 대견한 대답이었다. 나는 이렇게 병이나 없이 잘만 먹으면 다
되려니, 생각하였다. 안이나 다르랴 숙이가

"인젠 막 뛰다니구 똥두 밖에 가 누구 들어와요" 하고 까만 눈알을 뒤굴
릴적에는 아주 헌칠한 어른토끼가 다 되었다. 인제는 짝을 채줘야 할터인
데, 하고 나는 돈 없음을 걱정하며 집으로 돌아왔다.

그러나 아무리 생각하여도 돈을 변통할 길이 없어서 내가 입고있는 두루
매기를 잡힐가 그러면 뭘입고 나가나 이렇게 양단을 망서리다가 한 댓세동
안 토끼에게 가질 못하였다. 그러자 하루는 저녁을 먹다가 어머니가

"금철어메게 들으니까 숙이가 그토끼를 잡아먹었다드구나?" 하고 역정

을 내는 바람에 깜짝 놀랬다. 우리 어머니는 싫다는걸 내가 디리 졸라서 한 번 숙이네한테 통혼을 넣다가 거절을 당한 일이 있었다. 겉으로는 아즉 어리다는것이나 그 속살은 돈있는 집으로 딸을 놓겠다는 내숭이었다. 이걸 어머니가 아시고 모욕을 당한듯이 그들을 극히 미워하므로

"그럼 그렇지! 그것들이 김생 구여운 줄이나 알겠니?"

"그래 토끼를 먹었어?"

나는 이렇게 눈에 불이 번쩍 나서 밖으로 뛰어나왔으나 암만해도 알수없는 일이다. 제손으로 색동조끼까지 해 입힌 그 토끼를 설마 숙이가 잡아먹을 상 싶지는 않었다.

그러니 숙이를 불러내다가 그토끼를 좀 잠간만 뵈달라하여도 아무 대답 이없이 얼골만 빨개저서 서있는걸 보면 잡아 먹은것이 확실하였다. 이렇게 되면 이놈의 게집애가 나에게 벌서 맘이 변한것은 넉넉히 알수있다. 낭종 에 가치 살자고 우리끼리 맺은 그 언약을 잊지 않었다면 내가 위하는 그토 끼를 제가 감히 잡아 먹을 리가 없지 않은가.

나는 한참 도끼눈으로 노려보다가

"토끼 가질러왔우, 내토끼 도루내우"

"없어요!"

숙이는 거반 울듯한 상이드니 이내 고개를 떨어치며

"아버지가 나두 모르게……" 하고는 무안에 취하야 말끝도 다 못맺는 다.

실상은 이때 숙이가 한 사날동안이나 밥도 안먹고 대단히 앓고있었다. 연초회사에 다니며 벌어드리는 딸이 이렇게 밥도 안먹고 앓으므로 그 아버 지가 겁이 버쩍 났다. 그렇다고 고기를 사다가 몸보신시킬 형편도 못되고 하야 결국에는 딸도 모르게 그 옥토끼를 잡아서 먹여버리고 말었든것이다.

그러나 나는 그런 속 모르니까 남의 토끼를 잡아먹고 할말이 없어서 벙벙히 섰는 숙이가 다만 미웠다. 뭘 못먹어서 옥토끼를, 하고 다시

"옥토끼 내놓우 가주갈테니" 하니까

"잡아먹었어요"

그제서야 바로 말하고 언제 그렇게 고였는지 눈물이 똑 떨어진다. 그리고 무엇을 생각했음인지 허리춤을 뒤지드니 그 지갑(은 우리가 둘이 남몰래 약혼을 하았을때 금반지 살 돈은 없고 급하긴하고해서 내가 야시에서 십오전 주고 사넣고 다니든 돈지갑을 대신 주었는데 그것)을 내놓으며 새침이 고개를 트는것이다.

망할 게집애 남의 옥토끼를 먹고 요렇게 토라지면 나는 어떻거란 말인가. 허나 여기서 더 지꺼렸다는 나만 앵한것을 알았다. 숙이의 옷가슴을 불야살야 헤치고 허리춤에다 그 지갑을 도루 꾹 찔러주고는 쫓아 올가봐 집으로 힝하게 다라왔다. 제가 내 옥토끼를 먹었으니까 암만 즈 아버지가 반대를 한다드라도 그리고 제가 설혹 마음에 없드라도 인제는 하릴없이 나의 안해가 꼭 되어주지 않을수 없을것이다.

이렇게 나는 생각하고 이불속에서 잘 따저보다 그 옥토끼가 나에게 참으로 고마운 동물임을 비로소 깨달았다.

(인제는 틀림없이 너는 내거다!)

生의 伴侶

　　동무에 관한 이야기를 쓰는것이 옳지 않은 일일는지 모른다. 마는 나는
이 이야기를 부득이 시작하지 아니치 못할 그런 동기를 갖게 되었다. 왜냐
면 명렬군의 신변에 어떤 불행이 생겼다면 나는 여기에 큰 책임을 지지 않
을수 없는 까닭이다.

　　현재 그는 완전히 타락하였다. 그리고 나는 그의 타락을 거들어준, 일테
면 조력자쯤 되고만 폭이었다.

　　그렇다면 이것이 단순히 나의 변명만도 아닐것이다. 또한 나의 사랑하
는 동무, 명렬군을 위하야 참다운 생의 기록이 되어주기를 바란다.

　　그것은 바로 사월 스무일헷날이었다.

　　내가 밤중에 명렬군을 찾아간 이유는 (허지만 이유랄건 없고 다만) 잠간
만나보고 싶었다. 그의 집도 역시 사직동이고 우리집과 불과 오십여간 상
거밖에 안된다. 그러함에도 불구하고 그는 나를 찾아오는 일이 별루 없었

＊『중앙』(조선중앙일보사, 1936. 8~9), 2회 연재.
　　'新連載長篇小說'이라는 장르 표지가 붙어 있고 최영수(崔永秀)의 삽화를 곁들이고 있다.
　　김유정 자신의 삶을 작품화한 것으로 미완성 작품이다. 자신과 형, 누이, 박녹주(나명주)와
의 관계가 중점적으로 나타나 있다. 자신의 삶을 객관화시키기 위하여 서술자를 주인공의 친구
로 설정하였다.

다. 물론 나는 불평을 토하고 뚜덜거린 적이 없는것도 아니나 그러나 다시 생각하고 눈덮어 두기로 하였다. 그 까닭은 그는 사람 대하기를 극히 싫여하는 이상스러운 성질의 청년이었다. 범상에서 버스러진 상태를 병이라고 한다면 이것도 결국 큰 병의 일종이겠다.

그래서 내가 가끔 이렇게 찾아가곤 하는것이다.

방문을밀고 들어스니 그는 여전히 덥쑤룩한 머리를하고, 방 한구석에 놓인 책상앞에 웅크리고앉었다. 물론 난줄은 알리라 마는 고개한번돌리어 보는 법 없었다.

나는 방바닥에 털썩 주저앉으면서

"뭐 공부허니?"

하고 말을 붙이었다.

그는 아무 대답없이 책상우에서 영어사전만 그저 만적어릴 따름이었다. 그 태도가 글짜를 읽는것도 아니요, 그렇다고 아주 안읽는것도 아닌, 그렇게 몽농한 시선으로 이페지 저페지 넘기고 있는것이다. 이걸 본다면 무슨 생각에 곰곰 잠기어 있는것이 분명하였다.

"남이 뭐래면 대답좀 해라."

나는 이렇게 퉁명스리 말은 했으나, 지금 그가 무엇을 생각하고 있는지 내라고 모를배도 아니었다. 권연에 불을 붙이고 나서 나는 혼잣소리로

"오늘도 편지 했나!"

하고 연기를 내뿜었다.

그제서야 그는 정신이 나는지 내게로 고개를 돌리드니

"내 너오길 지금 기다렸다."

하고 나를 이윽히 바라보고는

"너에게 청이 하나 있는데——"

하며 도루 영어사전께로 시선을 가저간다. 제깐에 내가 그 청을 들어줄지 혹은 않을지, 그게 미심하야 속살을 이야기하기 전에 나의 의향부터 우선 들어보자는 모양이었다.

나는 선선히 받으며

"청이랄게 뭐 있니? 될수 있다면 해보겠지."

"고맙다, 그럼……"

하고 그는 불현듯 생기가 나서 책상 설합을 열드니 언제 써 두었든것인지, 피봉에 넣어 꼭 봉한 편지 한장을 내앞에 끄내놓는다. 그리고 흥분되어 더 듬는 소리로

"이 편지좀 지금좀 곧 전해다우."

하고 거지반 애원이었다. 마치 이 편지를 지금 곧 전하지 않는다면 무슨 큰 화라도 일듯이 그렇게 서두는것이다. 그의 말을 들어보면 동무에게 이런 편지를 부탁하는것은 물론 미안한줄은 안다, 하고 그러나 너에게 이런걸 청하는것도 이것이 마즈막일는지 모르니 그쯤 소중히 여기고 충심으로 진 력하야 달라 하는것이다.

그리고 마즈막에 와서는

"너 그리고 답장을 꼭 맡아가지고 오너라."

하고 아까부터의 당부를 또 다진다.

"그래."

나는 단마디로 이렇게 쾌히 승낙하고 거리로 나섰다.

그러나 이것은 결코 나의 의사에서 나온 행동도 아니거니와 또한 이 편 지를 어떻게 처치해야 옳을지 그것조차 생각해 본 일도 없었다. 동무의 간 곡한 소청이요 그래 마지못하야 받아들고 나왔을 뿐이었다.

요사꾸라 때라 봄비는 밤거리를 호아 나려오며 나는 이 편지를 저쪽에 전해야 옳을지 어떨지, 그걸 분간못하야 얼떨하였다. 우편으로 정성스러히 속달을 띠어도 「수취거절」이란부전이 붙어서 돌아오고 하는 그곳이었다. 내가 손수 들고 갔다고하야 끔뻑해서 받아줄리도 없을것이다.

나는 편지를 호줌에 넣을 생각도 않고 한손에 그냥 떠바처 든채 떠름한 시선으로 보고 또 보고 하였다.

여기가 나의 큰 과실일는지 모른다. 애당초에 왜 딱잘라 거절을 못하였 는가, 생각하면 두고두고 후회가 나는것이다.

그러나 다시 생각컨대 내가 이 편지를 아무 군말없이 들고 나온것도 달

리 딴 이유가 있을듯 싶다. 다만 동무의 청이라는 그것만이 아닐것이다. 그렇다면 확실히 나는 이걸 나에게 내놀때의 명렬군이 가졌든 야릇하게도 정색한 그 표정에 기가 눌렸는지도 모른다. 오래동안 볕을 못본 탓으로 얼골은 누렇게 들떴고 손 안댄 입가에는, 스물셋으론 고지듣지 않을만치 제법 검은 수염이 난잡히 뻗어있었다. 물론 번이는 싱싱해야 할 두볼은 꺼지고 게다 연일철야로 눈까지 퀭 들어간, 말하자면 우리에 가친 사람이라기 보다는 즘생에 가까웠다. 거기다 눈에 눈물까지 보이며 긴장이 도를 넘어 떨리는 어조로 이 편지를 부탁했든것이다.

이걸 본다면 이것이 얼마나 중대한 편지임을 알것이다. 만일에 이 편지가 전대로 못가고 본다면 필연 명렬군은 온전히 그냥 있지는 않으리라.

하여튼 나는 그걸 가지고 갈 곳까지 다다랐다.

내가 발을 멈춘 데는 돈의동 뒤 골목이었다. 바루 내앞에 처다보이는, 전등 달린 대문이 있고 고옆으로 차돌에 나명주라고 새긴 문패가 달리었다. 안에서는 웃음소리와 아울러 가끔 노래가 흘러 나오련만 대문은 얌전히 듣닫기었다.

나의 임무는 즉 이집에다 편지를 바치고 그 답장을 맡아 오는것이다. 그러나 아무리 생각하야 보아도 다가서서 대문을 두드려볼 용기가 나질 않는다. 이 편지가 하상 뭐길래 그가 탐탁히받아주랴, 싶어서이다. 마는 어떻게 생각하면 사람의 일이라 예외를 알수없고 그리고 한편 전인으로 이렇게까지 왔음에는 호기심으로라도 받아줄지 알수 없다. 우선 공손히 바처나보자, 생각하고 나는 문앞으로 바특이 다가서본다.

그러나 설혹 받아준다 치고 요망스리 뜯어서 한번쭉 훑어보고 내동댕이친다면 그때 내꼴이 무엇이 되겠는가. 아니 나보다는 이걸 쓰기에 정성을 다한 명렬군이 첫때 모욕을 당할것이다. 여하한 일이라도 동무는 욕 보이고 싶지 않다, 생각하고 나는 다시 대문을 떨어저 저만침 물러슨다.

이러기를 서너차례 한다음에 나는 딱 결정하였다. 편지를 호주머니에 넣고 그대로 사직동을 향하야 올라갔다.

내가 명렬군의 집으로 막 들어갈랴 할제 등뒤에서 갑작이

"재!"

하고 누가 부른다.

돌아다보니 저편 언덕에 그가 풀다님으로 서 있는 것이다. 아마 내가 그 길로 올줄 알고 먼저부터 고대하고 서 있는 모양이었다.

그는 나를 데리고 사직공원으로 올라가며

"전했니?"

하고 조급히 묻는것이다.

"응"

하고 나는 코대답으로 받았으나 그것만으로는 좀 불충분함을 깨닫고

"잘 전했다."

하고 나는 명백히 대답하였다.

"그래 잘 받디?"

"전 뭔데 사람이 보내는걸 아니 받을가?"

나는 이렇게 큰소리는 하긴했으나 대미처

"그럼 답장은?"

하고 묻는데는

"답장은⋯⋯"

고만 얼떨떨하지 않을수 없었다. 미처 거기까지는 생각이 돌지 않았든 까닭이었다.

조곰 주저하다가

"답장은 못맡아 온걸!"

하고 얼버무렸으나 그것만으로 또 부족할듯 싶어서

"가보니까 명주는 노름을 나가고 없드구면, 그러니 그걸 보고오자면 새벽 두점이 될지 넉점이 될지 알수 있어야지? 그래 안잠재기를 보고 아씨 오거던 꼭 전하라고 신신당부를 하고 왔다."

하고 답장을 못맡아 온 그 연유까지 또박또박이 고하였다.

그러나 그는 편지를 그집에 두고 온 그것만으로도 저윽이 만족한 눈치였다. 나의 바른손을 두손으로 꼭 죄여 잡고는

"고맙다."

하고 치사를 하는것이다.

그때 나는 그의 눈우에서 달빛에 번쩍어리는 그걸 보았다. 이렇게 거짓말을 하고도 죄가 헐할가, 싶어서 나는 그에게 대하야 미안하다니 보다도 오히려 죄송스러운 생각에 가슴이 끌밋하였다. 나는 쾌활히 그 등을 치며

"맘을 조급히 먹지 말아라, 무슨 일을 밥 먹듯 해서야 되겠니? 저도 사람이면 언젠가 답장을 할 때도 있겠지."

"답장?"

하고 그는 숙인 고개를 들더니

"그대로는 답장 안한다."

"그대로 안하는건 뭐야? 염려마라, 언제든지 내 가서 즉접 받아오마."

일상 덜렁거리다 패를 당하는 나이지만 또 객적은 소리까지 지꺼려 놓았다. 내딴은 잠시이나마 그에게 기쁨을 주고자 했음이 틀림 없을것이나 물론 그 결과가 어떻게 되는것까지는 생각지 못하였다.

그러니까 그로 말하면 나의 장담에 다시 히망을 품고

"그럼 너 미안하지만 다시 한번 편지를 전해줄래? 그리고 이번에는 답장을 꼭 맡아 오너라."

하고 다시 청한것도 조곰도 무리는 아닐것이다.

이렇게 거짓말에서 시작되어 엉뚱한 일이 벌어지게 되였다.

물론 전부를 나의 책임으로 돌리지않을수 없는것이나 한편 따저보면 명렬군도 그 일부를 지지 않을수 없다. 왜냐면 그는 먼저도 말한바와 같이 보통 승질의 인물이 아니기 때문이다.

지금 그가 편지를 쓰고있는 이것이 얼뜬 생각하면 연앨런지도 모른다. 상대가 여성이요 그리고 연일 밤을 새워가며 편지를 쓴다면, 두말없이 다들 연애라고 이렇게 단정하리라. 마는 이것은 결코 흔이 말하는 그 연애는 아니었다. 그 연애란것은 상대에게서 향기를 찾고, 아름다움을 찾고, 다시 말하면 상대를 생긴 그대로 요구하는 상태의 명칭이겠다.

그러나 그의 연애는 상대에게서 제 자신을 찾아내고자, 거반 발광을 하

다싶이 하는것이다. 물론 상대에게는 제 자신의 그림자도 비치지 않았다. 그러므로, 이것은 차차 이야기하리라 마는 때로는 폭력을 가지고 상대에게 대들어 나를 요구하는, 그런 괴변까지 이르게 되는것이다.

하니까 이것은 결코 연애가 아니라 하는것이 가당하리라.

첫째로 그의 편지는 염서가 아니었다. 보건데 염서는 대개 상대를 꼬따옵게 장식하였다. 그의 편지는 상대의 추악한 부분이란 일일이 꼬집어뜯어서 발겨놓는 말하자면 태반이 욕이었다. 그러므로 상대는 답장을 안할뿐만 아니라 때로는 받기를 거절하였다.

그리고 둘째로는 그 상대가 화류게의 인물이요, 그러함에도 불구하고 명렬군보다는 다섯해가 우였다. 삼십이 가깝다면 기생으로는 한 고비를 넘은 시들은 몸이었다. 게다가 외양도 출중나게 남달리 두드러진 곳도 없었다. 이십전후의 팔팔한 친구로는 도저히 매력이 느껴지지 않을 그런 인물이었다.

그럼 어째서 명렬군이 하필 그런 여자에게 맘이 끌렸겠는가. 여기에 대하야는 나는 설명을 삼가리라.

우선 명렬군의 말을 들어보자.

그가 명주를 처음 본것은 작년 가을이었다. 수은동 근처에서 오후 한시경이라고 시간까지 외고 있는것이다.

그가 집의 일로하야 봉익동엘 다녀 나올때 조고만 손대여를 들고 목욕탕에서 나오는 한 여인이 있었다. 화장 안한 얼골은 창백하게 바랬고 무슨 병이 있는지 몹시 수척한 몸이었다. 눈에는 수심이 가득히 차서, 그러나 무표정한 낯으로 먼 하눌을 바라본다. 힌 저고리에 힌 치마를 훑여안고는 땅이라도 꺼질가봐 이렇게 찬찬히 걸어 나려오는것이었다.

그 모양이 세상고락에 몇벌 씻겨나온, 따라 인제는 삶의 홍미를 잃은 사람이었다.

명렬군은 저도 모르고 물론 딿아갔다. 그 집에까지 와서 안으로 놓처버리고는 그는 제넋을 잃은듯이 한참 멍하고 서있었다.

그리고 집에 돌아와 그날 밤부터 편지를 쓰기 시작하였다. 매일 한장식

보내었다.

그러나 답장은 한번도 없었다. 열흘이 지나도 보름이 넘어도 역시 답장은 없었다.

그럴수록 그는 초조를 품고 더욱 열심히 편지를 띠었다. 밤은 전수히 편지쓰기에 허비하였다. 그리고 낮에는 우중충한 방에서 이불을 들쓰고는 날이 저물기를 고대하였다. 밤을 새운 몸이라 까우러저 자기도 하였으나 그러나 대개는 이불속에서 눈을 감고는 그 담 밤이 되기를 기다리었다.

그전에도 가끔가다 망녕이 나면 이런 버릇이 없었든것은 아니나 이렇게까지 장구히 계속되기는 이때가 시초이었다.

이제 생각하야 보건대 사람은 아마 극히 슬펐을때 가장 참된 사랑을 느끼는것 같다. 요즘에와서 명렬군은 생의 절망, 따라 우울의 절정을 걷고 있었다. 그의 환경을 뒤집어본다면 심상치 않은 그 행동을 이해 못할것도 아니다. 마는 거기 관하얀 추후로 밀리라.

내가 어쩌다 찾아 가 들여다보면 그는 헐없이 광인이었다. 햇빛 보기를 싫여하는 그건 말고라도 거츠러진 그 얼골이며 안개 긴 그 눈매——누가 보든지 정신병 환자이었다.

거기다가 방까지 역시 우울하였다. 남쪽으로 뚫린 들창이 하나 있기는 허나 검은 후장으로 가리어 광선을 콱 막아버렸다. 그리고 담배연기로 방안은 꽉찼다.

나는 그를 대할적마다 불길한 예감이 느껴지지 않을수 없었다. 커다란 쇳덩어리가 그를 향하고 차츰차츰 나려오는듯 싶었다. 언제이든가 그는 그대로 있지않으리라고 이렇게 나는 생각하였다.

하루는 나는 마음을 딱하게 먹고 찾아갔다.

아무리 생각하여도 이 게집은 사람이 아니었다. 그만큼 남의 편지를 받았으면 설혹 쓰기가 싫다 하드라도 답장 한장쯤은 함직한 일일게다. 얼마나 도도하기에, 무턱대고 편지만 집어먹는가.

당장에 가서 그 이유를 캐보고 싶었다. 그리고 될수 있다면 답장 하나 맡아다가 주고 싶었다.

날이 어두었으나 아즉 초저녁이었다. 그렇건만 대문은 그때도 꼭 닫기어 있었다.

주먹으로 문을 두드리며 우렁찬 소리로

"이러너라!"

하였다.

기생집에 오기에 꼴은 초라할망정 음성까지 죽어질건 없었다.

다시 커다랗게 그러나 위엄이 상치 않도록

"문 열어라!"

하고 소리를 내질렀다.

그제서야 안에서 인끼가 나드니 문이 열리었다. 그리고 한 삼십여세 되어 보이는 여편네가 고개를 내어밀어 나의 아래우를 쓱 훑드니

"누길 찾으서요?"

하고 묻는것이다. 걸걸한 목소리가 이집의 안잠재긴듯 싶었다.

이런때

"명주 있나?"

하고 어줍댔드면 혹 통했을지도 모른다. 원체 숫배기라 기생집의 예의는 조곰도 모르므로

"저 나명주선생좀 만나러 왔오."

하니까 그는 공연스리 눈살을 접드니

"노름 나가셨어요."

이렇게 토라지는 소리를 내는것이다. 그리고 내가 (하긴 소용도 없는 말이나) 미처

"어디로 나갔오?"

하고 다 묻기도 전에 문을 탁 닫아버리고는

"모르겠어요."

하고 만다.

이럴때 번이는 웃고 말아야 할것이나 나는 짜정 약이 올랐다. 문짝을 부서버릴가 하다가 결국에는 인젠 죽어도 기생집엔 다시 안오리라고 결심하

고 그대로 돌아섰다.

　그리고 그길로 힝하게 명렬군을 찾아갔다.

　나는 분김에 사실을 저저히 설파하고

　"너때문에 내가 욕봤다."

하고 골을 내었다. 하기는 그가 가라고 했든것도 아니건만——

　그리고 말을 이어서 기생집에 있는것들은 전수히 사람이 아니다. 만에 하나라도 사람다운 점이 있다면 보름씩이나 편지를 받고도 답장하나 안할 리 없다. 거기서도 너를 전혀 사람으로 치질 않는다. 생각해보아라, 네가 뭐길래 기생이 너를 보고 끔찍이 여기겠니. 이 땅에는 너 이외에 돈있고 명예있는, 그런 유복한 사람이 허다하다. 기생이란 그들의 소유물이지 결코 네가 사랑하기 위하야 생겨난 존재는 아니다,라고 이렇게 세세히 설명하고

　"아까만 하드라도 그 게집이 나에게 대한 태도를 보아라, 내가 만일 주단을 흘리고 갔드라면 어서 들어오라고 온집안이 끓어나와서 야단일게다, 이것들이 그래 사람이냐?"

하고 듣기 싫은 소리를 늘어놓니까 그는 쓴 낯을 하고

　"없으니까 없다 했겠지, 설마 널 땄겠니!"

　"없긴 뭘 없어?"

하고 소리를 뺙 질렀다.

　그리고 또 기생도 기생 나름이었다. 그것도 젊다면 이어니와 나히 이미 삼십을 바라보는 늙은이다. 이걸 뭘보고 정신이 쏠리는가.

　이런건 정신병자가 아니면 하기 어려운 작난임을 다시 명백히 설명을 하야주고

　"오늘부터 편지를 끊어라. 허구많은 게집애에 어디 없어서 그까진걸…"

　"너는 모르는 소리야!"

　그는 이렇게 더 듣고 싶지 않다는듯이 나의 말을 회피하다가

　"차라리 송장을 연모하는게 옳겠다."

하고 엇먹는데 고만 불끈하야

　"듣기 싫다."

하고 호령을 치는것이다.

그리고 나를 쏘아보는 그 눈이 담박 벌겋게 충혈되었다.

나는 그에게 더 충고해야 듣지 않을것을 알았다. 말다툼에까지 이르지 않았음을 오히려 다행히 여기고 그대로 나와버렸다. 이렇게 되었으니 그 다음번 내가 편지를 전하러갔다가 대문도 못두드려보고 와서 거짓말을 한 것이 전혀 나의 과실만도 아닐것이다.

그러나 나는 그를 탓하지는 않았다.

그는 자기의 머리속에 따로히 저의 여성을 갖고있는것이다. 말하자면 그와 가치 생의 절망을 느끼고, 죽자하니 움직이기가 군찮고 살자하니 흥미없는 그런 비참한 그리고 그가 지극히 존경하는 한 여성이 있는것이다. 그는 그 여성을 저쪽에 끌어내놓고 연모하기 시작하였다. 그리고 명주는 우연히 그 여성의 모형이 되고 말았을 그뿐이겠다.

내가 명렬군을 알게 된것은 고보때이었다.

그는 같은 나히에 비하면 숙성한 학생이었다. 키가 훌쩍 크고 넓적한 얼굴을가진 학생이었다. 말을 할때에는 좀 덜하나 선생앞에서 책을 낭독할적이면 몹시 더듬었다. 그래 우리는 그를 말더듬이라고 별명을 지었다. 그대신 그는 말이 드문 학생이었다.

우리는 어떤때에는 그를 비겁하게도 생각하였다. 왜냐면 그는 여럿이 모인 곳에는 안갈랴하고 비슬비슬 피하는 소년이었다. 사람이 없을 때에는 운동장에 나려가 철봉을 하고 땅재조를 하고 하였다. 마는 점심시간 같은 때 전교학생이 몰려나와 놀게 되면 그는 홀로 잔디밭으로 돌고하였다. 물론 원족이나 수학여행을 갈적이면 그는 어떠한 이유를 가지고라도 빠질랴 하였다.

이렇게 사람을 두려워하는 별난 소년이었다.

그리고 매일 성적이 불량하였다. 특히 사오학년에 이르러서는 과정낙제가 자리를 잡을만치 불량하였다. 선생의 말을 빌면 재조가 있다고 그 재조를 믿고 공부를 안한다. 그러나 제 재조를 믿는것도 다소 학과를 염두에 두는 사람의 말이겠다. 그는 학과의 흥미만 없을뿐 아니라 우선 학교와 정이

들질 않았다. 그 증거로 일년간의 출석통계를 본다면 그는 학교에 나온 일수가 삼분지이가 못되었다. 담임선생님은 화가 나서 이따위 학생을 첨보았다, 하고

"자! 눈으로 보아라, 이게 학교 다니는 놈의 출석부냐?"

하고 코밑에다 출석부를 디려대고 하였다. 그러면 그는 얼골이 벌개저서 덤덤이 섰을뿐이었다.

그 언제인가 남산에서 나는 그에게 들은 말이 있었다.

그날은 그가 쏭쏭거리는 바람에 나도 결석하였다. 우리는 남산우로 올라와 잔디밭에 누어서 책보를 비었다. 그리고 이러쿵 저러쿵 지꺼리다가 무슨 이야기 끝에

"마적이 될랴면 어떻게 하는건가?"

하고 그가 묻는것이다.

"왜 마적이 되고싶으냐?"

"아니 글세말이야."

"될랴면 되겠지 뭐, 그까진 마적쯤 못되겠니?"

"에 그까진 마적이 뭐야 ──"

하고 그는 눈을 둥그렇게 뜨고 부인하드니

"너 마적이 신승한게다 좀체 사람은 못하는거야. 씩씩하게 먹고 씩씩하게 일하고 좀 좋냐?"

"난 디려준대도 안간다."

"누가 디려주긴 한다디?"

"사람을 안디리면 즌 죽진안나?"

"그러게 새단원이 필요할때엔 모집광골 낸단다."

하고 양복 웃호주머니를 뒤지드니 손바닥만하게 오린 신문지쪽찌를 나에게 내주며

"자 봐라."

한다.

내가 받아들고 읽어보니 그것은 마적단의 모집광고를 보고 물건너 어떤

중학생 셋이 만주로 가다가 신의주 근방에서 붙들렸다는 기사였다.

　나는 다 읽고나서 도루 내여주며

　"흥! 그까진 마적이 돼?"

하고 콧등으로 웃었든것이다.

　그 후에도 한 서너차례 마적에 대한 이야기를 들은 기억이 난다. 이걸 보면 그는 참으로 마적이 되고 싶었든 모양이었다.

　나는 그를 괴망스럽다고 하였으나 이제 와 보면 당연한 일일것도 같다.

　그는 어려서 양친을 다 여이었다. 그리고 제 풀로 돌아다니며 눈치밥에 자라난 소년이었다. 그러면 그의 염인증도 여기에 뿌리를 박았을지도 모른다.

　그에게는 형님이 한분 있었다. 주색에 잠기어 밤낮을 모르고 남봉군이었다. 그리고 자기 일신을 위하얀 열사람의 가족이 희생을 하라는 무지한 폭군이었다. 그는 아무 교양도 없었고 지식도 없었다. 다만 그의 앞에는 수십만의 철량이 있어 그 폭행을 조장할뿐이었다.

　부모가 물려주는 거만의 유산은 무릇 불행을 낳기쉽다. 더욱이 이십오륙의 아무 의지도 신념도 없는 청년에 있어서는 더 이를말 없을것이다. 그도 이 예에 벗어지지 않았다.

　그는 한달식 두달식 곡기도 끊고 주야로 술을 마시었다. 그리고 집안으로 기생들을 훌몰아 드리어 가족앞에 들어내놓고 음탕한 작난을 하였다. 한집으로 첩을 두셋식 끌어드리어 풍파도 일키었다. 물론 그럴 돈이 없는것은 아나나 치가를하고 어쩌고 하기가 성이가신까닭이었다. 그는 오로지 술을 마시고 게집과 가치 누었다. 그것밖에는 아무것도 귀치않었다. 몸을 조곰 움직일랴지도 않었을뿐더러 머리는 쓰지 않었다. 하물며 가정사에 이르러서랴, 가족이 앓어 들어누어도 약 한첩 없고 아이들이 신이 없다하여도 신 한컬레 순순히 사주지 않는 그런 위인이었다.

　술도 처음에는 여러 친구와 떠들고 취하는 맛에 먹었다. 그러나 하도 여러번 그러는 동안에 그것만으로는 취미가 부족하였다. 그는 시납으로 주정을하기 시작하였다. 이 주정을 몇번 하다가 흥이 지이면 저 주정을 하고 여기에 또 물리면 그 담것을——이렇게 점점 강렬한 자극을 요구하는 그 주정은 끝이없었다.

그는 술을 마시면 집안세간을 부시고 도끼를 들고 기둥을 패었다. 그리고 가족들을 일일히 잡아 가지고 폭행을 하였다. 비녀쪽을 두손으로 잡고 그 목아지를 밟고 서서는 머리를 뽑았다. 또는 식칼을 들고는, 피해다라나는 가족들을 죽인다고 쫓아서 행길까지 맨발로 나오기도 하였다. 젖먹이는 마당으로 내팽게쳐서 소동을 이르켰다. 혹은 아이를 움물속으로 집어던저서 까무러친 송장이 병원엘 갔다.

이렇게 가정에는 매일같이 아우성과 아울러 피가흘렀다. 가족을 치다 치다 이내 물리면 때로는 제팔까지 이로 물어뜯어서 피를 흘렸다.

이러길 일년이 열두달이면 열한달은 계속되었다.

가장이 술이 취하야 들어오면 가족들은 얼골이 잿빛이 되어 떨고 있었다. 왜냐면 언제 그손에 죽을지 그것도 모르거니와 우선 아픔을 이길수 없는 까닭이었다. 그들은 순전히 잔인무도한 이 주정군의 주정받이로 태여난 일종의 작난감들이었다. 그리고 그 가정에는 따듯한 애정도 취미도 의리도 아무것도 없었다. 다만 술과 음행 그리고 비명이 있을 따름이었다.

명렬군은 유년시절을 이런가정에서 자랐다.

그는 뻔질나게 마룻구녕 속으로 몸을 숨기지 않을수 없었다. 이를 덜덜 덜덜 떨어가며 가슴을 죄었다. 그리고 속으로는

(은제나 저 자식이 죽어서 매를 안맞나……)

하고 한탄하였다.

먼촌 일가가 이것을 와 보고 딱하게 여기었다. 이렇게 해선 공부커녕 죽도 글렀다, 생각하고

"명렬이에게 분재를 해주게, 그래서 다른데 가서 따로 공부를 하든지 해야지이거 온 되겠나?"

하고 충고하였다.

형은 이 말을 듣드니

"염녀마슈, 내가 어련히 알아채려서 할라구."

生의 伴侶 259

하고 툭 차버렸다. 그리고 가치 술을 잔뜩 먹고는 나종에는 분재운운하든 그일가를 목침으로 후려갈겨서 이를 둘이나 분질렀다.

명렬군은 그 형님에게 마땅히 분재를 해 받을 권리가 있었다. 그러므로 욕심이 과한 그형은 분재이야기만 나오면 눈이 뒤집혀서 펄썩 뛰었다.

"일즉 분재하면 사람 버려, 나처럼되면 어떠커니? 너는 공부 다하고 늦윽해서 살님을 내주마."

이것이 분재 못하는 그의 이유이었다.

그러나 그 많은 재산도 십년이 채못되어 기울게되었다. 서울서 살든 형이 명렬군을 그의 누님에게 떠맡기고 시골로 나려갈 때에는 불과 몇백석의 땅이있었을뿐이었다.

명렬군이 차차 장성할스록 그 형에게는 성가스러운 존재였다. 좋은 소리로 그를 서울에 떼내던지고 즈이 식구끼리만 대대의 고향인 그 시골로 나려가고 만것이었다. 이것이 명렬군이 고보를 졸업하고 동경엘 갈랴 했으나 집의 승낙이 없어서 그도 못하고, 이럴가 저럴가 망서리며 놀고 있었든 때의 일이었다.

이렇게 형의 손에서 기를 못피고 자란 그는 누님한테로 넘어오게 되었다. 따라 비로소 살 길을 찾은듯이 그는 기쁘지 않을수 없었다.

그러나 그 누님도 그의 기대와는 다른 인물이었다.

그는 아즉 삼십이세의 젊은 과부이었다. 열네살에 시집을 가서 십년이나 넘어 살다가 쫓기어왔든것이다. 돈 있는 친정을 둔 새댁만치 불행한건 다시 없을것이다. 라고 하는건 그를 괴롭히기에 자딸은 구실이 얼마든지 많았다. 썩도록 돈을 묵히고도 시집하나 살릴줄모른다는 은근한 이유로 그도 역시 쫓기어 오고 만것이다.

그러나 친정엘 와도 반기어 그를 맞어줄 사람은 없었다. 가장인 오빠라는작자는 매일같이 매만따리었다. 뿐만 아니라 결국에는 출가외인이 친정 밥 먹는다고 머리를 터치어 거리로 내쫓았다.

이런 풍파를 겪고 혼자 돌아다니다가 근근히 얻은 것이 직업이었다. 그리고 방 한간을 세를 얻어 그 월급으로 단독살림을 시작하였다. 물론 그에게는 아무소생도 없었다.

그 좁은 방에서 남매가 지나다가 이집으로 온것은 그후 일년이 썩 지내서이다. 시골 간 형이 아우의 입을 막기 위하야 사직동 꼭대기다 방둘 있는 조고만 집을 전세를 얻어준것이 즉 이집이었다.

그리고 둘의 생활비로는 누님의 월급이 있을뿐이었다.

누님은 경무과분실 양복부에 다니는 직공이었다. 아츰 여섯시쯤해서 가면 오후 다섯시에 나오고 하는것이다. 일공이 칠십전쯤 되므로 한달에 공일을 제하면 한 십구원 남직하였다. 그걸로 둘이 먹고 쓰고 하는 것이다.

그러나 허약한 젊은 여자에게 공장살이란 견디기 어려운 고역이었다. 공장에 다닌지 단 오년이 못되어 그는 완연히 사람이 변하였다. 눈매는 허황하게 되고 몸은 바짝 파랬다. 그리고 보통 사람이 본다면 대뜸

"저 사람이 미쳤나?"

할만치 그렇게 그 언사와 행동이 해괴하였다.

번이도 그는 승질이 급하고 변덕이 쥐 끓듯 하든 사람이었다. 거기다 공장에서 얻은 히스테리로 말미아마 그는 제 승미를 제가 것잡지 못하도록 되었든것이다.

거기 대하얀 또 따로히 말이 있으리라. 마는 여기서는 다만 그가 성한 사람이 아니란것만 알면 고만이다.

낮 같은 때 공장에서 일을 하다가 까빡 졸적이 있다. 그러다 삐끗하면 엄지손가락을 재봉틀에 박는다 마는 뺄수는 없고 그대로 서서 쩔쩔 매는것이다. 그러면 감독은 와서 뒷통수를 딱 때리고

"조니까 그렇지──"

하고 눈을 부라린다.

혹은 뒤를 보러갔다 늦을 적이 있다. 감독은 수상이 여기고 부냥게 쫓아온다. 그리고 잡은참 문을 열어제친뒤 자로다 머리를 따리며

"알캥이를 세고 있는거야?"

하고 또 호령이었다.

그러나 그는 치바치는 설음과 분노를 꾹꾹 참지않을수 없다. 감독에게

말대꾸하는것은 공장을 고만두는 사람의 일이었다.

또는 남자들 틈에서 일을 하는지라, 남녀관게로 시달리는 일이 적지 않았다. 어뜩삐뚝 근드리는 놈도 있고 맞우대고 눈을 흘기는 놈도 있었다. 혹은 빈정거리는 놈에 쌈을 거는 놈까지 있었다.

그렇다고 사내와 공장에서 싸울수는 없는 일이니 그는 역시 참을수밖에 다른 도리는 없었다.

없임받는 이 분통을 꾹꾹 참아오다가 겨우 집에 와서야 폭발하는것이다. 거기에 만만하고 그리고 양순한 동생이 있기 때문이었다.

그는 집에 돌아와 자기가 애면글면 장만해놓은 그릇을 부시었다. 그리고 동생을 향하야

"내가 널 왜 밥을 먹이니?"

하고 눈을 똥그랗게 떴다.

때로는

"네가 뭐길래 내가 이고생을 하니?"

하기도 하고

"이놈아! 내살을 긁어 먹어라"

하고 악장을 치며 발을 동동 구르기도 하였다. 그리고 그대로 펄썩 주저앉어서 소리를 내어 엉, 엉, 우는것이다.

물론 이것이 동생에게 대한 설음은 아니었다.

그러나 동생은 이런 소리를 들으면 미안쩍은 생각이 날뿐 아니라 등줄기에 가 소름이 쭉 끼치고 하는것이다.

누님은 날이면 날마다 동생을 들볶았다. 아무 트집도 없이 의레히 할걸로 알고 그대로 들볶았다. 그리고나서 한숨을 후유, 하고 돌리고는 마음을 진정하고 하는것이다.

그러니까 동생은, 말하자면 그 밥을 얻어먹고 그의 분풀이로 사용되는 한 노동자에 지나지 않았다.

그러나 누님이 기실 악독한 여자는 아니었다. 앞이 허전하다 하야 그는 시골에서 어린 게집애를 었딸로 데려다가 기르고 있었다. 결코 동생이 있

는것이 원수스러워 그럴 리는 없었다.

동생이 이리로 오는 당시로만 하여도 누님은 퍽 반색하였다. 밤이 깊은 겨울이건만 그는 손수 와서 책과 책상 금침등을 머리에 이고 오며

"너 이런걸 잊지말아라"

하고 아우를 명심시키었다.

"형님에게 설음 받든 생각을하고 너는 공부를 잘해서 훌륭히 되어라"

혹은

"그까진 재산 떼준대도 받지말아라 더럽다———"

이렇게 동생이 굳은 결심을 갖도록 눈물 먹음은 음성으로 몇번몇번 당부를 하고했든것이다. 자기따는 부모없이 자란 아우라고 끔찍이 불상하였다.

동생도 빙판으로 그 뒤를 뚫아오며 감개 무량하야 한숨을 후, 쉬고 하였다.

그러든것이 닷세가 못되어 그 병의 증세가 이러나기 시작하였다.

이것이 명렬군이 입때까지 살아 온 그 주위의 윤곽이었다.

그러면 그는 살아 나갈랴는 의욕이 없었든가, 하고 이렇게 의심할지도 모른다. 마는 그도 한개의 신념이 있었고 거기 뚫으는 노력을 가졌었다. 우선 그증거로 그는 명주라는 기생을 찾은것이다. 그리고 그의 누님을 영원히 재우고자, 무서운 동기를 가졌든것도 역시 그가 살아 나아갈 길을 찾고 잇든 한 노력이 있음을 우리는 차차 알것이다.

그의 우울증을 타진한다면 병의 원인은 여러갈래가 있으리라. 마는 그 근번이 되어있는 원병은, 그는 애정에 주리었다. 다시 말하면 그는 사람에 주리었다.

그는 잇다금식 나에게

"어머니가 난 보고 싶다!"

이렇게 밑도끝도없이 부르짖었다.

나히 찬 기생을 그가 생각하게 된것도 무리는 아닐것 같다. 그는 그 속에서 여러가지를 보았으리라. 즉 어머니로써 동무로써 그리고 연인으로써

명주가 그에게 필요하였다.

그러나 그때 나로는 그것까지 이해할만한 능력이없었다. 사람같지 않은 기생이니 그를 위하야 하루라도 일즉이 단념하야 주기만 바랬다.

거짓말을 하고 온지 사흘째 되는 날이었다.

내가 저녁을 먹고 있으려니까

"여기아자씨 기서요?"

하고 낯익은 소리가 나는것이다.

얼른 미다지를 열고 내다보니 그것은 틀림없이 명렬군의 쉥조카였다.

"왜?"

"저 우리아자씨가요 이거 갖다 디리래요"

그리고 조고맣게 접은 종이쪽을 내준다.

받아들고 펴보니 그건 간단히

　　　좀 왔다가지 못하겠니

이런 사연이었다.

마침 밥상을 물리라든 때이므로 나는 옷을 갈아입었다. 그리고 게집애를 뚫어서 슬슬 나섰다.

"아자씨 지금 뭐 허디?"

"늘 아파서 앓으서요"

하고 선이는 가엾은 표정을 하는것이다.

그러나 나는 어쩐지 속이 불안스러웠다. 나를 오라는, 그 속을 대충 짐작하고 있기 때문이었다.

내가 들어갔을때 그의 누님은 마루끝에서 약을 대리고 있었다.

벽과 뒷간사이가 불과 칸반밖에 안되는 좁은 집이었다. 수채가 게 붙고 장독이 게 붙고하였다. 뜰이라는 것은 마루와 장독 그 사이에 한 평반가량 되는, 말하자면 손바닥만한 깜찍한 마당이었다.

그 마당에 가 하얀 입쌀이 여기저기 흩어저 있다.

이걸 보면 오늘도 그 병이 한차레 지난 모양이었다. 아마 저녁을 할랴다 가 그대로 퍼 내 던진지도 모른다.

그는 나를 보드니

"걔가 앓아요"

하고 언짢은 낯을 하는것이다.

내가 불안한 마음으로

"글세 무슨 병일가요, 혹 몸살이나 아니야요?"

하고 물으니까 그는

"모르겠어요, 무슨 병인지"

하고는

"통이 아무것도 안먹고 저렇게 밤낮 앓기만 해요, 아마 내가……"

하고 미처 말끝도 맺기 전에 행주치맛자락을 눈으로 가저간다. 그리고 몇
번 훌쩍훌쩍 하드니

"내가 야단을 좀 쳤드니 아마 저렇게 병이……"

나에게 이렇게 하소를 하는것이다.

물론 그는 병이 한차례 지난 뒤에는 극히 온순한 여자이었다. 그의 생각
에는 자기가 들볶아서 동생이 병이 난줄로 아는 모양이었다.

나는 위안시키는 말로

"염녀 마십시요, 봄이 되어서 몸살이 났겠지요"

하고는 거는방으로 들어갔다.

그는 이불속에 가만히 누어 있었다. 나를 오라고 고대 불렀으나 물론 인
사도 하는 법 없었다. 가삼츠레히 뜬 눈으로 천정만 뚫어보고 있을뿐이었
다.

헐떡한 얼골이며 퀭한 눈이, 며칠전만도 더 못한것 같앴다. 창백한 손등
에는 파란 심줄이 그대로 비처올랐다. 그리고 얼골에는, 무거운 우울에 싸
이어 괴로운 빛이 보이었다.

나는 첫눈에 그가 제버릇이외의 다른 병이 있음을 알었다.

얼마 바라보다가

"너 어디 아프냐?"

하고 물어보았다.

그는 무슨 대답을 할랴고 입을 열듯하더니 입맛으로 다셔버린다. 어딘가 몸이 몹씨 괴로운 눈치였다. 낯을 잔뜩 찌프리고는 역시 천정만 바라보고 있었다.

다시 한번 큰소리로

"어디 아퍼?"

하니까

"음——"

하고 입속으로 대답하다가

"어디가?"

"등이 좀 결린다"

하고 그제서야 그는 내게로 시선을 가져온다. 마는 사실 등이 결린것은 아니었으리라.

그때 나는 등이 왜 결리는가, 싶어서

"그럼 병원엘 좀 가봐라, 병이란 애전에 고쳐야지……"

하고 객적게 권하였다.

여기에는 아무 대답도 하지 않았다. 도루 낯을 찌프려가며 끙, 끙, 앓을 따름이었다.

이제 와 생각하면 그는 나의 둔감을 딱하게 여겼을지도 모른다.

누님이 짜서 들고 들어온 약을 그는 요강에 부었다. 그리고 빈 대접을 웃묵으로 쓱 밀어버렸다.

마치 그 약을 받아 먹는것이 큰 모욕이나 될듯 싶었다.

누님이 이걸 목격하야 봤다면 또 분난이 일었으리라. 그가 나아간 담의 일이라 그대로 무사하긴 하였다.

이걸 본다면 그는 이때부터도 누님에게 역심을 잔뜩 품고 있었음이 확실하였다.

이윽고 그는 나를 향하야

"미안하지만 너 한번만 더 갔다올래?"

하고 나즉이 묻는것이다.

어딜 갔다 오는겐지 그것은 묻지 않아도 환한일이었다.

"그래라"

하고 선뜻 대답하였다.

하니까 그는 자리 밑에다 손을 디밀드니 편지 하나를 끄내어 내앞으로 밀어놓는다.

"답장을 꼭 맡아오너라"

"그래"

두말없이 나는 편지를 들고 나섰다.

답장을 맡아 오겠다, 한 전일의 약속도 있거니와 첫때 이날 분위기의 지배를 받았다.

그리고 한번 거짓말을 한것이 무엇보다 미안하였다.

오늘은 어떠한 일이 있드라도 답장을 맡아 오리라고 결심하였다.

내가 여기엘 가는것은 지금이 세번째다. 한번은 안잠재기에게 욕을 당하고 또 한번은 편지를 전하러갔다가 대문도 못열어보고 그냥 왔다. 한번도 원 당자를 만나본 일은 없었다.

(사람이 가서 애걸을 하는데야 답장하나 안써줄 리 없으리라)

이렇게 생각하고 종노를 향하야 나려오다가

"여! 이 얼마만인가?"

"참 오래간만인걸!"

하고 박인석군을 만났다.

그는 우리와함께 고보의 동창이었다. 지금은 보전법과까지 마치고 전당포를 경영하고 있었다.

나는 그렁저렁 인사를 마치고 헤질려니까

"여보게! 내 자네에게 의논할 말이 좀 있는데——"

하고 고옆 찻집으로 끄는것이다.

돈푼좀 있다고 자네, 여보게, 어쩌구, 하는 꼴이 좀 아니꼬웠다. 허나 의논이라니까 나는 의논이 무슨 의논일가, 하고 되물었다.

그는 우좌스리 홍차둘을 시키드니

"자네 요새는 뭐허나?"
하고 나에게 묻는것이다.
"헐거있나, 밤낮 놀지"
"그렇게 놀기만허면 어떻개?"
그는 큰일이나 난듯이 눈을 둥그렇게 뜬다.
이것 또 어따쓰는 수작인가, 싶어서
"그럼 안놀면 어떻거나?"
하니까
"사람이 일을 해야지 놀면 쓰나!"
하고 제법 점잖이 훈계를 하는것이다.
나는 모욕당한 자신을 느꼈으나 꾹 참고 차를 마셨다.
그도 차를 몇번 마시드니 주머니에서 시계를 끄낸다. 산지 얼마 안되는
듯 싶은 누런 시계에 누런 줄이었다.
"허 시간이 늦었구면, 시간이 안늦었으면 극장엘 가치 갈랴했드니"
하고 뽐을 내는것이다.
실상은 극장이 아니라 새로 산 그 시계를 보이고 싶었다.
"자네 취직하나 안할려나?"
"뭔데?"
하고 처다보니까
"그렇게 아니라, 저 내 아들이 하나 있는데 말이야, 그놈을 유치원을 넣
었드니 수째 가기 싫여한단 말이지, 응석으로 자라서 에미의 품을 못떠러
저, 그래 자네더러 와서 가치 데리고 좀 놀아달란 말일세, 일테면 가정교사
지"
하고 나의 눈치를 쓱 훑어보고는
"자네 의향은 어떤가?"
친구보고 제 자식허구 놀아달라는건 말이 좀 덜된다. 단적맞은 놈, 하고
속으로 노했으나
"그러게 고마워이"

하고 활활히 받었다. 왜냐면 나에게 문득 한 생각이 있어서이다.

이 친구는 고보때부터도 기생집의 출입이 자잣든청년이었다. 기생집에 대한 이력은, 맹문동인 나보다 훨썩 환할것이 틀림 없었다.

(그럼 이 박군을 사이에 두고 답장을 맡아 오는것이 손쉽지 않을가?)

이런 생각을 하고

"박군! 요새두 기생집 잘 다니나?"

하고 물으니까

"별안간 기생집 이야긴 왜?"

"아니 글세말이야?"

"어쩌다 친구에 얼리면 갈적도 있지"

"그래 기생을 사랑하는 사람두 있나?"

"그게 또 무슨 소리야, 사랑을 먹구 살아가는 기생이 사랑이 없으면 어떻게 사나?"

"오라! 그럼 기생에게 연애편지를 하는 사람두 있겠네그래?"

"그야 더러 있지"

"그러면 답장 쓰기에 바뿌겠구면?"

"답장이라니?"

하고 당치 않은 소리란듯이 나를 쏘아보드니

"기생이 어디 노름채를 걸고 요리집으로 불러서 뚱땅거리면 흥이 나고, 다 이러지만 그까진 답장은 왜쓰나?"

하고 그래도 못알아 들을까봐

"기생이란 어디 그런 답장 쓸랴고 나온겐가?"

이렇게 또박이 깨치어준다.

나는 가만히 생각해보니까 따는 그럴것도 같다. 전일의 내가 가졌든 생각과 조곰도 다름 없었다.

"요담 또 만나세"

나는 간단히 작별을 두고 거리로 나왔다.

아무리 생각해보아도 이 편지는 영영 답장은 못받고 마는것이다. 안쓰는 답장을 우격으로 씨울수는 없는 노릇이었다. 그리고 받아 보기조차 *끄*리는 이 편지의 답장을 바라는것은 좀 과한 욕망이겠다.

기생은 반듯이 요리집으로 불러서 만나 보는수밖에 다른 도리가 없음을 알았다.

나는 이럴가 저럴가, 하며 머뭇거리다 한 게책을 품고 우리집으로 뼁 올라갔다.

내방으로 들어와 나는 주머니에 든 편지를 *끄*내었다. 그리고 실례라는 생각을 하면서도 그 편지를 뜯어서 읽어보았다.

　나명주선생께

날사이 기체 안녕하시옵나이까, 누차 무람없는 편지를 올리어 너머나 죄송하외다. 두루 용서하야주시옵기 엎드려 바라나이다.

선생이시어

저는 하나를 여쭈어보노니 당신에게 기쁨이 있나이까, 그리고 기꺼웁게 명낭하게 웃을수있나이까, 만일 그렇다 하시면 체경을 앞에 두고 한번 커다랗게 웃어보소서, 그 속에 비취이는 얼골은 명낭한 당신의 웃음과 결코 걸맞지 않는 참담한 인물이오리다. 그 모양이 얼마나 추악한 악착한 꼴이라 하겠나이까.

선생이시어

그러나 당신은 천행히 웃으실수있을지 모르외다. 왜냐면 당신의 그 처참한 면상은 분이 덮었고 그리고 고은 비단은 궂은 그 고기를 가리웠기 때문이외다. 귀중한 몸을 고기라 하와 실례됨이 많음을 노여워 마소서, 당신의 몸은 먹지 못하는 주체궂은 고깃덩어리외다. 그리고 저의 이몸도 역시 먹지 못하는 궂은 고깃덩어리외다.

선생이시어

당신은 당신의 자신을 아시나이까, 그러면 당신은 극히 행복이외다. 저는 저를 모르는 등신이외다. 허전한 광야에서 길 잃은 여객이외다.

선생이시어

저에게 지금 단 하나의 원이 있다면 그것은 제가 어려서 잃어버린 그 어머님이 보고싶사외다. 그리고 그 품에 안기어 저의 기운이 다할때까지 한껏 울어보고 싶사외다. 그러나 그는 이땅에 이미 없노니 어찌하오리까.

선생이시어

당신은 슬픔을 아시나이까, 그렇다면 그 한쪽을 저에게 나누어 주소서. 그리고 거기 뚫으는 길을 지시하야 주소서.

여기에다 일부에 서명을 한것이 즉 그 편지이었다. 글은 비록 다르다 할지라도 요전번 내가 넣고 왔든 그 편지와 사연은 일반이었다.

(이 글의 내용이 기생에게 통할가?)

나는 이렇게 의심하였다.

그리고 여고에 다니는 나의 누이동생을 불러서 내가 부르는대로 받아쓰라, 하였다.

유명렬선생전 답상서

그동안 기체 안녕하옵신지 궁금하오며 십여삭을 연하야 주신 글월은 무한 감사하오나 화류게에 떠러진 천한 몸이오라 그 뜻 알길 막연하와 이루 답장치 못하오니 이 가삼 답답측냥 없사오며 하물며 전도 양양하옵신 선생의 몸으로 기생에게 이런 편지를 쓰심은 애통할바 크다 하겠사오니 하루바삐 끊어주시기 간절간절 바라옵고 겸하야 내내 근강하옵심 바라오며 이만 그치나이다.

사월 그믐

나 명 주 상셔

이런 답장에 필적이 여필이었다. 이만하면 그는 조곰도 의심치는 않으리라.

물론 이때 나는 이 편지의 결과까지 생각하기에는 우선 당장이 급하였다. 아무 거침없이 들고 가서 그를 즐겁게 하야주었다.

이 답장이 그에게 얼마나 큰 기쁨을 주었든가 우리는 그걸 상상치 못하리라.

그는 편지를 받아들고 곧 뜯어보지 못할만치 그렇게 가슴이 설레였다. 방바닥에다 그걸 나려놓고는 한참동안 눈을 참은채 그 흥분을 진정시키었다. 그리고 난 다음에야 비로소 두손으로 다시 집어들고 뜯어보았다.

그는 다 읽은뒤 억압된 음성으로

"고맙다"

하였다.

나는 양심에 찔리는 곳이 없었든것도 아니었다. 허지만 그의 기쁨을 보는것은 또한 나의 기쁨이라 안할수 없었고

"별소릴 다헌다. 고맙긴……"

하고 천연스리 받았다.

이렇게 하야 나는 일을 저즈르기 시작하였다.

일주일에 적어도 두번식은 나는 그의 편지를 읽지않을수 없었다. 그리고 싫여도 그 답장을 부득이 쓰지않을수 없게 되었다.

이것이 그에게 미치는 영향은 자못 큰것이었다.

편지가 오고가고 하면 할수록 그는 더욱더 명주를 숭상하였다. 마즈막에 이르러서는 연모의 정을 떠나 완전히 상대를 우상화하게까지 되었다. 말하자면 이것은 한개의 여성이 아니라 그의 나아갈 길을 위하야 빚어진 한개의 신앙이었다.

그리고 거기 딿으는 비애는 그의 주위에 엉클린 현실이었다.

그는 자기의 처지를 끝없이 저주하였다. 뿐만 아니라 그의 누님을 또한 끝없이 저주하였다.

누님은 그때 돈놓이를 하고 있었다. 물론 한 십구원밖에 안되는 그 월급에서 오원, 십원, 이렇게 떼어 빚을 놓는것이다. 그것은 대개 공장사람에게 월수로주었다.

하니까 그 남아지로는 한달게량이 되질 못하였다. 그 결과는 좁쌀을 팔

아 드리고 물도 자기 손수 길어드리고, 하는것이다. 그리고 때로는 고단한 몸을 무릅쓰고 바누질품을 팔기에 밤도 새웠다. 따라 가뜩이나 골병 든 몸이 날로 수척하였다.

이렇게 그는 억척스러운 여자였다.

그러나 놓았든 빚은 마음대로 잘 들어오진 않았다. 돈 낼때가 되면 그들은 이펑게 저펑게 늘어놓으며 그대로 얼렁얼렁하고 마는것이다. 심지어 어떤 사람은

"내 다음부터는 잘 낼게 돈좀 더주우, 다 게있고 게있는거 어디 가겠우?"

하고 그를 달랬다.

혹은

"돈좀 더 안꾸어주면 그전것두 안내겠우"

하고 제법 대드는 우락부락한 남자도 있었다.

공장안에서는 빚놓이를 못한다는것이 공장의 규측이었다. 그걸 들어내놓고 싸울 형편도 못되거니와 한편 변덕이 많은 그라 남의 꼬임에 잘 떨어지기도 하였다. 돈을 내라고 몇번 불쾌히 굴다가도 어느 겨를에 고만 홀깍 넘어서, 못받는 빚에다 덧돈까지 얹어서보내고 하는것이다.

그의 급한 승질에는, 나중에 받고 못받고가 그리 문제가 아니었다. 우선 이 돈이 가서 늘고 뿔어서 큰 철량이 되려니, 하는 생각만 필요하였다.

이렇게 그는 앞뒤염냥이 없이 그저 허벙거렸다.

그도 그럴것이 그는 돈으로 말미아마 시집에서 학대를 당하였다. 그리고 밥으로 말미아마 친정에서 내어쫓기었다. 또는 공장살이 몇해에 얼마나 근고를 닦았는가, 얼른 한미천 잡아서 편히 살고싶은 생각이 간절하였다.

그의 입으로 가끔

"어떤 사람은 이백원을 가지고 빚놓이를 한것이 이태도 못돼 삼천원짜리 집을 샀다는데!"

이런 탄속이 나왔다.

그리고 밤에는 간혹가다 치마속에 찬 큰 귀주머니를 끄내었다. 거기에

서 돈을 쏟아서 가장 애틋한듯이 차근차근 세어보았다. 그동안 쓴것과 받은것을 따저보아 한푼도 축이 안나면 그제서야 한숨을 휘, 돌리고 자는것이다.

그러자 하루는 그 돈이 없어졌다.

그가 공장을 파하고 나와서 저녁밥을 하고있든 때였다. 그는 손수 나아가 고기를 사고 파를 사고, 해서 가지고 들어왔다. 그리고 기쁜 낯으로 화루에 장을 앉히고 있었다. 물론 그 병이 한차레 지난 뒤도 뒤려니와 그날은 오래만에 빚놓았든 돈 오원을 받은 까닭이었다.

그는 곧잘 밥을 푸다가 말고

"여기 돈 누가 집어갔니?"

하고 째지는 소리를 하였다. 갑작이 벅문틀우에 놓여있는 돈을 보고서이다. 십전에서 고기 오전, 파 일전, 석냥 일전, 이렇게 샀으니 반듯이 삼전이 있어야 할터인데 이전뿐이었다.

대뜸 선이를 불러서

"너 여기 돈일전 어쨌니?"

하고 묻다가

"전 몰라요"

하고 얼뚤한 눈을 뜨니까

"이년! 몰라요?"

그리고 때리기 시작하였다.

사실은 아까비지장사에게 일전 준것을 깜빡 잊었다. 그는 이렇게 정신이 없는 자기임을, 그것조차 잊기잘하는 근망증이었다. 바른대로 불라고 게집을 한참 치다가 그예 장작개피로 머리까지 터치고나서야 비로소 자기의 게산이 잘못됨을 알았다. 그는 터진 머리에 약을 발라주며

"너 이담부터 그런 손버르쟁이 허지말아"

하고 멀쑤룩해진 자기의 낯을 그렁저렁 세웠다.

그러나 속으로는 부끄러운 양심이 없는것도 아니었다. 이런 때 동생이 나와서 자기의 역성을 들어 멫마디 하야 주었으면 좀 들 미안할게다. 그런

데 자기의 밥을 먹으면서 언제든지 꿀 먹은 벙어리로 있는것이 곧 미웠다.

그는 동생에게는 밥을 주지 않았다. 둘의 밥만 마루로 퍼가지고 와서 선이와 가치 정다히 먹었다. 그리고 문 닫힌 거는방을 향하야

"어디 굶어좀보지, 사람이 배가 쪼로록소리를해야 정신이 나는거야!"

이렇게 또 시작되었다.

거는방에선 물론 아무 대꾸도 없었다.

조곰 사이를 두고 그는 다시

"학교를 그렇게 잘 다녀서 고등보통학교까지 맡고 남의 밥만 얻어먹니!"

혹은

"형이 먹일걸 왜 내가 먹인담, 팔짜가 드시니까 별꼴을 다보겠네!"

하고 깐깐히 비우쩍어린다.

그렇다고 큰 음성으로 내대는것은 아니었다.

부드러운 그러나 앙칼진 가시를 품은 어조로

"그래도 들뜯어 먹었니? 어이 내 뼈까지 긁어먹어라!"

하고

"아들 낳는 자식은 개아들이야!"

하고 은근히 뜯는것이다.

그는 동생을 결코 완력으로 들볶지 않았다. 그것보다는 은근히 빗대놓고 비양거리어 불안스럽게 구는것이 동생을 괴롭히기에 좀더 효과적인 까닭이었다.

완력을 쓰면 동생의 표정은 씀씀하였다. 그러나 이렇게 밸을 긁어놓으면 그는 얼굴이 해쓱해지며 금세 대들듯이 두 주먹을 부루루 떨었다. 그러면서도 누님에게 감히 덤비지는 못하고 마는것이다.

이 묘한 표정을 누님은 흡족히 향낙하였다. 그리고 나서야 그는 분노, 불만, 비애——이런 거츨은 심정을 가라앉히고 하는것이다.

이만치 그는 뒤둥그러진 승질을 가진 여자였다.

명렬군은 여기에서 누님을 몹씨 증오하였다. 누님이 그의 앞으로 그릇

을 팽개치고 대들어, 옷가슴을 잡아뜯을 때에는 그 병으로 돌리고 그대로 용서하였다. 그리고 묵묵히 대문밖으로 나가버리고 마는것이다. 마는 이렇게 깐죽어리고 앉아서 차근차근 비위를 긁는데는, 그는 그속에서 간악한 그리고 추악한, 한개의 악마를 보는것이다. 담박 등줄기에 가 소름이 쪼옥 끼치고 하였다.

그러나 그렇다고 그가 그의 누님을 치우고자, 흉한 결심을 먹는것은 결코 아니었다. 만일 그가 단순히 누님을 미워만 하였드란들 일은 간단히 끝났으리라. 저주를 하면서도 이렇게까지 끌고 왔음에는 여기에 따로히 한 이유가 있지 않으면 안될것이다.

동리에서는 누님을 뒤로 세놓고

"젊은기집이 어째 행동이 저렇게 황황해?"

"환장한 기집이 아니요? 그러니까 그렇지!"

"아이 미친년두 참 다보네!"

이렇게들 손가락질을 하였다.

한번 두레박때문에 동리에 분난이 인 뒤로는 그를 꼭 미친 사람으로 믿었다. 그것도 그가 금방 물한통을 떠왔는데 그의 두레박이 간곳 없었다. 물통은 마당에 분명히 있는데 이게 웬일일가, 하고 의심하였다. 대문밖에 있는 움물에 가 찾아보아도 역 없는것이다. 이건 정녕코 움물 옆에다 놓고 온 것을 물 뜨러 왔든 다른 여편네가 집어갔다고 생각하지 않을수 없었다. 왜냐면 움물에는 주야로 사람이 끊이지 않았고 그리고 두레박을 잃는 일이 편편하였다.

그는 잡은참 대문밖으로 나와 움물께를 향하고

"어떤년이 남의 두레박을 집어갔어?"

하고 악을 쓰고는

"이 동네는 도적년들만 사나? 남의 걸 집어가게"

이렇게 고만 실수를 하고 말았다. 그는 분하면 급한 바람에 되는대로 내쏟는 사람이었다.

움물길에 모여섰든 안악네들은 물론 대로하였다.

"아니 여보! 그게 말따위요?"

하고 꾸짖는 사람도 있고

"누가 집어갔단 말이요? 동넷년들이라니!"

하고 대드는 사람도 있었다.

그리고 또는

"이동네는 도적년들만 있다? 너는 이년아 이동넷년이 아니냐?"

하고 악장을 치며 달겨드는 사람도 있었다.

이렇게 하야 한나절 동안이나 아구다툼이 오고가고 하였다. 그리고 동네는 떠나갈듯이 소란하였다. 만일에 이날 명렬군이 나와서 공손히 사죄만 안했드라면 봉변은 착실히 당할번하였다. 나종에 알고보니 그 두레박은 벅에 놓인 물독우에 깨끗이 엎혀있었다.

그 후로도 그는 여러번 동네에 나아와 발악하기를 사양치 않었다. 이럴 때마다 말 드문 동생은 방속에서

"음! 음!"

하고 아지못할 신음소리를 내었다.

그러나 이것만 보고 그 누님을 악한 여자라고 볼수는없을것이다.

명렬군이 한번엔 생각하기를 누님의, 개신개신 벌어드리는 밥만먹고 있기가 미안하였다. 그리고 직업을 암만 열심히 듯보아도 마땅한 직업도 역시 없었다. 아무거나 한다고 찾아다니다 문득 한 생각을 먹고서

"누님! 내 낼부터 신문을 좀 배달해보리다, 가치벌어드리면 지금보다는 좀 날테니 아무 염려마우"

하고 그 누님을 안심시켰다.

하니까 누님은 펄쩍뛰며

"애! 별소리 마라, 신문배달이 다 뭐냐? 네가 몸이나튼튼하면 모르지만 그런걸 허니?"

하고 말리었다.

"왜 못하긴, 하루 한번식 뛰기만하면 될걸——"

"그래도 넌 못해, 그것두 다 허는 사람이 있단다"

하고 좋지않은 얼골로

"그저 암만말고 내가 주는 밥이나 먹고 몸성이 있거라, 그럼 나에게는 벌어다 주는것보다도 더 적선일테니, 나중에야 어떻게 다 되는 수가 있겠지"

하고 도리어 동생을 위안하였다. 그리고 이것이 세시간이 채 못지나서 우연히 문틀에 머리를 딱부딛고는

"아이쿠!"

하고

"내 왜 이고생을 하나! 늘큰이 자빠졌는 저 병신을 먹일랴고? 어여 뼈까지 긁어먹어라, 이놈아!"

하고 그 병이 또 시작되었다.

그러면 명렬군이 그 누님에게 악의를 잔뜩 품고 일본대판으로 노동을 하러 갈랴할 때 군이 붙들어 말린것도 결국 그 누님이었다. 그는 말릴뿐만 아니라 슬피 울었다.

"내가 좀 심하게 했드니 그러니? 내 승미가 번이 망해서 그런걸 옥생각 하면 어떠커니?"

하고 자기에 승미를 자기 맘대로 못한다는 애소를 하고

"난 네가 없으면 허전해 못산다, 좀 고생이 되드라도 나와 가치있자, 그럼 차차 살도리를 해줄테니——"

이렇게 눈물을 씻어가며 떠날려는 사람을 막았든것이다.

이걸 본다면 명렬군에게 용단승이 없구나, 하고 생각할런지 모른다. 그러나 그는 용단승 문제보다도 먼저 커다란 고민이 있었다. 떠날려고 뻣대다가 결국엔 저도 눈물로 주저앉고 만것을 보드라도 알것이다.

이러한 때면 그는 누님에게서 비로소 누님을 보는듯도 싶었다. 그리고 은혜를 입은 그 누님에게 악의를 품었든 자신이 끝없이 부끄러웠다. 마음이 성치못한 누님을 떼내버리고 간다면 그의 뒤는 누가 돌보아 주겠는가. 어떠한 일이 있드라도 누님을 떠러저서는 안되리라고 이렇게 다시 고치어 생각하였다. 말하자면 그는 누님에게 원수와 은혜를 아울러품은, 야릇한

동생이었다.

나는 참으로 이런 누님은 처음 보았다. 기껏 동생을 들볶다가도 어떻게 어떻게 맘이 내키면 금새 빙긋이 웃지 않는가. 그리고 부모없이 자라 불상하다고 고기를 사다 재 먹이고, 국수를 디려다 비벼도 먹이고 하는것이다.

그러나 그건 아무래도 좋다. 나는 거기에서 일어나는 그 결과만 말하야 가면 고만이다.

이슬비가 나리는 날, 그 누님이 나에게 물통 하나만 사다주기를 청하였다. 집에도 물통이 있긴허나 하오래 쓴것이라 밑바닥이 다 삭았다. 움물의 물을 기러 먹을랴면는 반듯이 새물통이 하나 필요하였다. 물론자기가 가도 되겠지만 여자보다는 사내가 가야 흥정에 덜 속는다는 생각이었다.

나는 우산을 받고 행길로 나섰다. 허나 그 근방에는 암만 찾아도 철물전이 없었다. 종노에까지 나려와서야 비로소 물통하나를 사 들고 와서, 그에게 거슬른 돈과 내어주며

"물통이 별루 존게 없드군요!"
하니까

"잘 사섰읍니다. 튼튼하고 존데요!"
하고 물통을 안팎으로 뒤저보며 퍽 만족한 낯이었다.

그리고 그는 우중에 다녀온 나를 가엾단듯이 바라보드니

"신이 모두 젖었으니 절 어쩌커서요?"
하고 매우 고맙다, 하다가

"이 얼마 주섰어요?"

"사십오전 주었읍니다."

"참 싸군요! 우리가 가면 육십전은 줘야 삽니다."
그는 큰 횡재나 한듯이 아주 기뻐하였다.

그러나 물통을 이윽히 노려보다가 그 낯이 점점 변함은 이상하였다. 눈가에 주름이 모이고는, 그 병이 시작될 때면 언제나 그런거와 같이 마른 입살에 사가품이 이는것이다.

그는 물통을 땅에 그대로 탕, 나려치드니

"이년아!"

하고 마루끝에 앉은 선이의 머리채를 잡는다. 선이는 점심을 먹고 앉었을 뿐으로 실상 아무 죄도 있을턱없었다. 몇번 그 뺨을 치고나서

"이년아! 밥을 먹으면 좀 얌전히 앉어 처먹어라, 기집애년이 그게 뭐냐?"

하고 얼토당토 않은 흉게를 하는것이다.

나는 고만 까닭없이 불안스러워서 얼골이 화끈 닳았다.

알고 보면 그 물통에 한군데가 우그러들은 곳이 있었다. 그것이 그의 마음에 썩 들지 않었다. 물론나에게 그런 말이라도 했으면 나도 그를 모르는 배 아니겠고 얼른 바꿔다 주었으리라. 허나 그는 남에게터놓고 자기의 불평을 양명히 말할랴는 사람은 아니었다. 공연히 아이를 뚜드려서 은연중 나를 불안스럽게 만들어 놓는것이 훨씬 더 상쾌하였다.

나는 이걸 말릴 작정도 아니요, 또는 그대로 서서 보기도 미안하였다. 주밋주밋하고 있다가 거는방으로피해 들어갈밖에 별 도리가 없었다.

명렬군은 아직도 성치 못한 몸으로 병석에 누어 있었다. 밖에서 나는 시끄러운 울음소리에 가뜩이나 우울한 그얼골이 잔뜩 찌프렸다.

그리고

"음! 음!"

하고 신음인지, 항거인가 분간을 모를 우렁찬 소리를 내는것이다.

실토인즉 그는 선이가 누님에게 매를 맞을적만치 괴로운건 없었다. 선이는 날이 개이나, 비가 오나, 언제나, 매를 맞지 않을수 없는 이유가 붙어 다녔다. 누님의 소리만 나면 그는 고양이를 만난 쥐같이 경풍을 하였다. 이렇게 기를 못펴서, 열두살밖에 안된 게집애가 그야말로 얼골에 노란 꽃이 피게되었다.

명렬군은 일을 칠듯이 자리에서 벌떡 일어나 앉었으나 그러나 두손으로 머리를 잡고는 그대로 묵묵하였다. 한참동안 무엇을 생각하고 있는듯 싶었다. 이윽고 그는 자리밑에서 그걸 끄내놓드니 낙망하는낯으로

"이게 웬 일일가?"

"글세?"

하고 나는 깜짝 놀라며 얼떨떨하였다.

그것은 명주에게 갔다가 "수취거절"이란 쪽찌가 붙어온 편지였다. 그 소인을 보면 어제 아츰에 띠었다가 오늘 되받은것이 확적하였다.

그동안 내가 며칠 안왔든 탓으로 이런 병폐가생겼음은 물론이었다.

그는 고개를 수기고 있다가 다시 한번

"이게 웬일일가?"

하고 나를 처다보고는

"답장까지 하든 사람이 안받을 리는 없는데 ——"

"글세?"

나는 뭐라고 대답해야 옳을지 떨떠름하였다. 하릴없이 나도 그와 한가지로 고개를 숙이고는 그대로 덤덤하였다. 그러자 언뜻, 그 언제이든가, 한번 잡지에서 본 기생집 이야기를 생각하고

"오!"

하고 비로소 깨다른듯이 고개를 꺼떡꺼떡하였다.

"아마 이런가부다"

이렇게 나는 그의 앞으로 다가앉으며

"기생의 어머니란건 너 아주 숭악한거다, 딸이 연애라두해서 바람날까봐 늘 지키고 있어요, 그러니까 그런 편지를 받을랴 하겠니? 말하자면 그 어머니가 편지를 안받고는 도루 보내고 보내고 하는거야"

"응!"

하고 깨다른듯 싶기에

"그러게 편지를 힐랴면 그 당자에게 넌즛넌즛이 전하는수밖에 없다."

하고 의수하게 꾸려대었다.

여기까지 말을 하니 그는 더 묻지 않았다. 그런대로 올곧이 듣고, 우편으로 부친 편지를 후회하는 모양이었다.

이렇게 되니까 나도 그대로 안심되지 않을수 없었다. 왜냐면 그는 나를 통하야 편지를 보내고 답장만 보면 고만이었다. 그외에 아무것도 상대에게

더 바라지 않었다. 그가 명주를 찾아간다거나 할 염녀는 추호도 없을터이므로 나는 그런대로만 믿었다.

이날, 밤이 이슥하야 명렬군이 나를 찾아왔다.

나는 생각지 않었든 손님이라 좀 떠름이 바라보았다. 마는 하여튼 우선 방으로 맞어드려서

"밤중에 웬일이냐?"

하고 궁금하지 않을수 없었다.

그는 아무 대답도 없었다. 침착한 그리고 무거운낯을 하고 앉어서 권연만 피고 있었다.

그러다 겨우 입을 여는것이

"너 나좀 오늘 재워줄런?"

"그러려무나"

하고 선뜻 받긴 하였으나 나는 그게 무슨 소린가, 하였다. 입고온걸 보면 동저고리에 풀대님이다. 마는 나는 아무것도 묻지 않고 제대로 두었다. 그는 자기의 가정사에 관한 일을 남이 물으면 낯을 찌프리는 사람이었다.

貞操

주인 아씨는 행낭어멈때문에 속이 썩을대로 썩었다. 나가래자니 그것이
고분이 나갈것도 아니거니와 그렇다고 두고 보자니 괘씸스러운것이 하루
가 다 민망하다.

어멈의 버릇은 서방님이 버려놓은것이 분명하였다.

아씨는 아즉 이불속에 들어있는 남편앞에 도사리고 앉어서는 아츰마다
졸랐다. 왜냐면 아츰때가 아니고는 늘 난봉피러 쏘다니는 남편을 언제 한
번 조용히 대해볼 기회가 없었다. 그나마도 어제 밤이 새도록 취한 술이 미
처 깨질못하야 얼골이 벌거니 늘어진 사람을 흔들며

"여보! 자우? 벌서 열점반이 넘었우 기운 좀 채리우"하고 말을 붙이는
것은 그리 정다운 일이 아니었다.

그러면 서방님은 그속이 무엇임을 지레 채이고 눈하나 떠 볼랴지 않었

* 『조광』(1936. 10), pp.303~311.

　제목 앞에 '短篇小說'이라는 장르 표지가 붙어 있고 작품 끝에 탈고 일자를 '병자, 五, 二
○' 즉 1936년 5월 20일로 밝히고 있다. 김웅초(金熊超)의 삽화가 곁들여 있다.

　떠돌이 부부의 악착같은 삶을 형상화한 작품이다. 「산ㅅ골나그내」의 여인이나 「소낙비」의
춘호 아내와 같은 방법으로 삶의 길을 찾으면서도 이 작품의 행랑어멈에게서는 순박성이 발견
되지 않는다. 이 작품의 배경은 농촌이 아니라 도시이다.

다. 물론 술에 고라서 못들을 적도 태반이지만 간혹 가다간 듣지 않을수 없을 만한 그렇게 큰 음성임에도 불구하고 역 못들은척하였다.

이렇게 되면 안해는 제물에 더 약이 올라서 이번에도 설마 하고는

"아니 여보! 일을 저즐러놨으면 당신이 어떻게 처칠하던지 해야지 안소?"

"글세 관둬 다 듣기 싫으니" 하고 그제서야 어리눅는 소리로 눈살을 찌프리다가

"듣기 싫으면 어떠커우 그꼴은 눈허리가 시여서 두고 볼수가 없으니 일이나 허면했지 그래 쥔을 손아귀에 넣고 휘둘르랴는 이따위 행낭것두 잇단 말이유?"

"글세 듣기싫어"

이렇게 된통 호령은 하얏으나 원체 뒤가 딸리고보니 슬쩍 돌리고

"어여 나가 아즘이나 채려오"

"난 세상없어도 어떻게 할수없으니 당신이 내쫓던지 치갈하던지……"

하고 말끝이 고만 살몃이 뒤둥그러지며

"어쩌자구 글세 행낭걸!"

"주둥아리좀 못닫혀?"

여기에서 드디어 남편은 열병 든 사람처럼 벌떡일어나 앉지 않을수가 없었다. 그와 동시에 놋재털이가 공중을 날아와 벽에 부딪고 떨어지며 쟁그렁 하고 요란스러운 소리를 내인다.

이렇게까지 하지 않으면 서방님은 머리에 떠오르는 그 징글징글한 기억을 어떻게 털어버릴 도리가 없는것이다. 하기는 안해를 더 지꺼리게 하얏다가는 그입에서 무슨 소리가 나올지 모르니 겁도 나거니와 만일에 행낭어멈이 미다지 밖에서 엿듣고 섯다가 이기맥을 눈치 챈다면 그는 더욱 우좌스러운 저의 몸을 발견함에 틀림 없을것이다.

안해가 밖으로 나간 뒤 서방님은 멀뚱이 앉아서 쓴 침을 한번 삼킬랴 하얏으나 그것도 잘 넘어 가질 않는다. 수전증들린 손으로 머리맡에 냉수를 쭈욱 켜고는 이불속으로 들어가 다시 눈을 감아볼랴한다. 잠이 들면 불

쾌한 생각이 좀 덜어질듯 싶어서이다.

그러나 눈만 뽀송뽀송할뿐 아니라 감은 눈속으로 온갖 잡귀가 다아 나타난다. 머리를 풀어 헤치고 손톱을 길게느린 거지귀신 뿔 돋힌 사자귀신 치렁치렁한 꼬리를 휘저으며 깔깔 거리는 여호귀신 그중의 어떤것은 한짝 눈깔이 물커졌건만 그래도 좋다고 아양을 부리며 "아이 서방님!" 하고 달겨들면 이번에는 다리 팔없는 오뚜기귀신이 조쪽에 올롱이 앉아서 "요녀석!" 하고 눈을 똑바루 뜬다. 이것들이 모양은 다르다 할지라도 원 바탕은 한바탕이리라.

(에이 망할 년들!)

서방님은 진저리를 치며 벌떡 일어나 앉아서는 권연에 불을 붙인다. 등줄기가 선뜩하며 식은 땀이 흔근히 내솟았다.

그것도 좋으련만 벅에서는 그릇 깨지는 소리와 함께 안해가 악을쓰는걸 보면 행낭어멈과 또 말시단이 되는듯 싶다. 무슨 일인지 자세히는 알수없으나

"자넨그래 게다니나?" 하니까

"전 빨리 다니진 못해요" 하고 행낭어멈의 데퉁스러운 그 대답——

서방님도 행낭어멈의 음성만 들어도 몸서리를 치며 사지가 졸아드는듯 하였다. 그리고

(아 아! 내 뭘보구 그랬든가 검붉은 그 얼골 푸리딩딩하고 꺼칠한 그 입살 그건 그렇다하고 찝찔한 짠지냄새가 홱 끼치는 그리고 생후 목물한번도 못해봤을듯 싶은 때꿉 낀 그 몸둥아리는? 에잇 추해! 추해! 내 뭘보구? 술이다 술 분명히 술의 작용이었다) 하고 또다시 애꿋은 술만 탓하지 않을수 없다. 아무리 생각을 안할랴하야도 그날밤 지냈든 일이 추악한 그일이 저절로 머리속에서 빙글뱅글 도는것이다.

과연 새벽녁 집에 다다랐을 때쯤 하야서는 하늘땅이 움지기도록 술이 잠뿍 올랐다. 탁시에서 나리어 어푸러 지고 다시 일어나다가 옆집 돌담에 부다치어 면상을 깐것만 보아도 취한것이 확실하였다. 그러나 대문을 열어주고 눈을 부비고 섰는 어멈더러

"왔나?" 하다가

"안즉 안왔어요 아마 며칠 묵어서 올무양인가 봐요"

그제야 안심하고 그 허리를 콱 부둥켜안고 행낭방으로 들어간걸 보면 전혀 정신이 없든것도 아니었다. 왜냐면 아츰나절 아범이 들어와 저 살든 고향에 좀 다녀오겠다고 인사를 하고 나간것을 정말 취한 사람이면 생각해 냈을 리 있겠는가.

허나 년의 행실이 더 고약했는지도 모른다. 전일부터 맥없이 빙글빙글 웃으며 눈을 째긋이 꼬리를 치든것은 그만두고라도 방에서 그알양한 낯파 대기를 갖다 부비며

"전 서방님허구 살구싶어요 웬 일인지 전 서방님만 뵈면 괜스리 좋아요"

"그래 그래 살아보자꾸나!"

"전 뭐 많이도 바라지 않어요 그저 집 한채만 사 주시면 얼마든지 살림하겠어요"

그리고 가장 이쁜듯이 팔로 그목을 얽어드리며

"그렇지 않어요? 서방님! 제가 뭐 기생첩인가요 색시첩인가요 더바라게?"

더욱이 앙큼스러운것은 나중에 발뺌하는 그 태도이었다. 안에서 이 눈치를 채이고 안해가 기급을 하야 뛰여나와서 그를 끌어낼때 어멈은 뭐랬는가 안해보담도 더 분한듯이 쌔근거리고 서서는 그리고 눈을 사박스리 흡뜨고는

"행낭어멈은 일 시키자는 행낭어멈이지 이러래는거예요?"

이렇게 바루 호령하지 않었든가 뿐만아니라 고대자기를 보면 괜스리 좋아서 죽겠다든 년이 딴통같이

"아범이 없걸래 망정이지 이걸 아범이 안다면 그냥 안있어요 없는 사람이라구 너머 없인녀기지 마서요"

물론 이것이 쥔 아씨에게 대하야 저의 면목을 세울려는 뜻도 되려니와 하여튼 년도 무던히 앙큼스러운 게집이었다. 그리고 나서도 그다음날 밤중에는 자기가 대문을 들어스자 마자 술취한 사람을 되는대로 잡아끌고서

행낭방으로 들어간것도 역 그년이아니었든가 허지만 잘 따져보면 모도가 자기의 불근신한 탓으로 돌릴수밖에 없고

(문지방 하나만 더 넘어스면 곱고 깨끗한 안해가있으련만 그걸 뭘보구?)

이렇게 생각해보니 곧 창자가 뒤집힐듯이 속이 아니꼽다.

그러나 이미 엎친 물이니 주어 담을수도 없는노릇이고 어째볼랴야 어째볼엄두조차 나질 않는다.

서방님은 생각다못하야 하릴없이 궁한 음성으로 아씨를 넌즛이 도루 불러드렸다. 그리고 거진 울듯한 표정으로

"여보! 설혹 내가 잘못했다 합시다. 이왕 이렇게 되고난걸 노하면 뭘하오?"

하고 속 썩는 한숨을 휘도르고는

"그렇다고 내가 나서서 나가라마라 할면목은 없오, 허니 당신이 날살리는심 치고 그걸 조용히 불러서 돈십원이나 주어서 나가게하도록 해보우"

"당신이 못내보내는걸 내말은 듯겠오"

아씨는 아까에 윽박질렸든 앙가푸리로 이렇게 톡쏘긴했으나

"만일 친구들에게 이런걸 발설한다면 내가 이 낯을들고 문밖엘 못나슬터이니 당신이 잘 생각해서 해주" 하고 풀이 죽어서 빌붙는 이마당에는

"그년에게 그래 괜히 돈을 준담!" 하고 혼잣소리로 쫑알거리고는 밖으로 나오지 않을수없다. 더비위를 긁었다가는 다시 재털이가 공중을 나를것이고 그러면집안만 소란할뿐 외라 더욱 창피한 일이었다.

아씨는 마루끝에 와 웅크리고 앉아서 심부름하는 게집애를 시키어 어미를 부르게 하고 그리고 다시생각해보니 어멈도 물론 괘씸하거니와 게집이면 덮어놓고 맥을 못쓰는 남편도 남편이렷다. 그의 번처라는 자기말고도 수하동에 기생첩을 치가 하였고 또는 청진동에 쌀 나무만 대고 드나드는 여학생첩도 있는것이다. 꽃같은 게집들이 이렇게 앞에 놓였으련만 무슨 까닭에 행낭어멈을 그랬는지 그속을 모르겠고

(그것두 외양이나 잘났음 몰라두 그 상파대기를 뭘보구? 에! 추해!)

하고 아씨는 자기가 치른것같이 메시꼬운 생각이 안날수 없었다.

그러나 이런 일이란 언제든지 게집이 먼저 꼬리를치는법이었다. 그렇게 생각하면 우선 행낭어멈 이년이 더욱 숭측스러운 굴치라 안할수 없었다. 처음 올적만해도 시골서 살다 쫓겨올라온지 며칠안되는데 방이없어서 이러구 다닌다고 하며 궁상을 떨은것이 좀치근히 본것이 안이였든가. 한편 시골거라 부려먹기에 힘이 덜드려니하고 든것이 단열흘도 못되어 까만 낯바다기에 분때기를 칠한다 머리에 기름을 바른다 치마를 외루돌아입는다 하며 휘줄르고 다니는걸보니 서울서 닳아도 어지간히 닳아먹은 게집이었다. 그렇다 치드라도 일을시켜보면 뒷간까지도 죽어 가는 시늉으로하고 하든것이 행실을 버려논 다음부터는 제가마땅히해야할 걸레질까지도순순히 할랴질않는가 그리고 고기 한메를사러 보내도일부러 주인의 안을 채이기 위하야 열나절이나 있다오는 이년이 아니었든가

"자네 대리는 오곰이 붙었나?"

아씨가 하 기가 막혀서 이렇게 꾸중을 하면

"저는 세상없는 일이라도 빨리는 못다녀요!" 하고 시퉁그러진 소리로 눈귀가 실룩이 올라가는 이년이 아니었든가 그나 그뿐이랴 아씨가 서방님과 어쩌다 가치 자게되면 시키지도 않으련만 아닌 밤중에 슬몃이 들어와서 끓는 고래에다 불을 처지펴서 요를 태우고 알몸을 구어놓은 이년이었다.

그러나 이렇게 생각하면 막벌이를 한다는 그남편놈이더 숭악할는지 모른다.

이년의 소견으로는 도저히 애 뱃다는 자세로 며칠식 그대로 자빠저서 내다 주는 밥이나 먹고 누었을 그런배짱이 못될것이다. 아씨가 화가 치밀어서 어멈을 불러 드리어

"자네는 어떻게된 사람이걸래 그리도도한가 앞으다고 누었고 애뱃다고 누었고 졸립다고 누었고 이러니 대체일은 누가 할겐가?"
이렇게 눈이 빠지라고 톡톡이 역정을 내었을제

"애 밴 사람이 어떻게 일을 해요? 아이 별일두! 아씨는 홋몸으로도 일안 하시지 않어요?" 하고 저도맞우 대고 눈을 똑바루 뜬걸 보드라도 제속에서

우러나온 소리는 아닐듯 싶다. 순사가 인구조사를 나왔다가 제 성명을 물어도 벌벌떨며 더듬거리는 이년이 않었든가. 이렇게 생각하면 아씨는 두년놈에게 쥐키어 그농간에 노는것이 고만 절통하야

"그럼 자네가 쥔아씨대우로 바처달란 말인가?"

"온 별 말슴을 다하서요 누가 아씨로 바처달랐어요?"

어멈은 저로도 엄청나게 기가 막킨지 콧등을 한번 씽긋하다가

"애밴사람이 어떻게 몸을 움직이란 말슴이야요? 아씨두 온 심하시지!"

"애 애 허니 뉘눔의 앨 뱃길래 밤낮 그렇게 우좌스리 대드나?" 하고 불같이 골을 팩 내니까

"뉘눔의 애라니요? 아씨! 그렇게 막 말슴할게 아니야요 애가 커서 이담에 데련님이 될지 서방님이 될지 사람의 일을 누가 알아요?" 하고 저도 모욕이나 당한듯이 아씨 붉지않게 큰소리로 대들었다.

아씨는 이말에 가슴뿐만 아니라 온전신이 고만 뜨끔하였다. 터놓고 말은 없어도 년의 어투가 서방님의 앨지도 모른다는 음흉이리라 마는 설혹 그렇다면실지 지금쯤은 만삭이 되여 배가 태독같에야 될것이다. 부른 배를 보면 댓달밖에 안되는 쥐새끼를 갖이고 틀림없이 서방님건듯이 이렇게 흉증을 떠는것을 생각 하니 곧 달겨들어 뺨한개를 갈기고도 싶고 그러면서도 일변 후환이 될가하야 가슴이 죄여지지 않을수도 없는 노릇이었다.

(오늘은 이년을 대뜸……)

아씨는 이렇게 맘을 다부지게 먹고 중문을 들어스는 어멈에게 매서운 시선을 보내었다.

그러나 그렇다고 얼러 딱딱 얼렀다는 더욱 내보낼 가망이 없을터이므로 결국 좋은 소리로

"여보게! 자네에게 이런소리를 하는것은 좀뭣하나?" 하고 점잖이 기침을 한번 하고는

"자네더러 나가라는건 나붙어 좀 섭섭한데 말이야 자네가 뭐 밉다든가 해서 내쫓는게 아닐세 그러면 자네 대신 다른사람을 디려야 할게 아닌가? 그런게않라 자네도 아다싶이 저 마당에 쌓인 저 시간을 보지? 인제 눈은

나릴터이고 저걸 어떻게 주체하나? 그래 생각다못해 행낭방으로 척척 디려쌀려고 하니까 미안하지만 자네더러 방을 내달라는 말일세"

"그러나 차차 추어질턴데 갑작스리 어디로 나가요"

행낭어멈은 짐작지 않었든 그명령에 고만 얼떨떨하야 찔쩍한 두 눈이 휘둥그랬으나

"그래서 말이지 이런 일은 번이 없는 법이지만 내가 돈십원을 줄테니 이걸로 앞다리를 구해 나가게" 하고 큰 지전장을 생각있이 내줌에는

"글세요 그렇지만 그렇게 곧나아갈수는 없을걸이요" 하고 주밋주밋 돈을 받아들고는 좋아서 행낭방으로 뺑 나가지 않을수 없었다.

아씨도 이만하면 네년이 떨어졌구나 하고 비로소 안심이 되었다마는 단오분이 못되어 어멈이 부낳게들어오드니 그돈을 도루 내여놓며

"다시 생각해보니까 못떠나겠어요 어떻게 몸이나 풀구 한 뒤달 지나야 움직일게 아냐요? 이몸으로 어떻게 이사를 해요?" 하고 또라지게 딴청을 부리는데는 아씨는 고만 가슴이 다시 달룽하였다. 이년이 필연코 행낭방에 나갔다가 서방놈의 훈수를 듣고 들어 과서 이러는것이 분명하였다.

아씨는 더 말할 형편이 아님을 알고 돈을 받아든채 그대로 벙벙히 섰지 않을수 없었다. 그러다 한참 지난 뒤에야 안방으로 들어가서 서방님에게 일일히 고해 바치고

"나는 더 할수없오 당신이 내쫓든지 어떠커든지 해보우!" 하고 속 썩는 한숨을 쉬니까

"오죽 뱅충맞게 해야 돈을 주고도 못내보낸담? 쩨! 쩨! 쩨!" 하고 서방님은 도끼눈으로 혀를 채인다. 어멈을 못내보내는 것이 마치 아씨의 말주변이 부족해 그런듯 싶어서이다. 그는 무엇으로 아씨를 이윽히 노려보다가

"나가! 보기싫여!" 하고 공연스리 역정을 벌컥 내었다. 마는 역정은 역정이로되 그나마 행낭방에 들릴까봐 겁을 집어먹은 가는 소리로 큰소리의 행세를 할랴니까 서방님은 자기속만 부적부적 탈뿐이였다.

그것도 그럴것이 서방님은 이걸로 말미아마 사날동안이나 밖으로 낯을 들고 나오지 못하였다. 자기를 보고 실적게 씽긋씽긋 웃는 년도 년이려니

와 자기의앞에 나서서 멋없이 굽신굽신하는 그 서방놈이 더능글차고 숭악한것이 보기조차 두려웠다.

서방님은 이불을 머리까지 들쓰고는 여러가지 귀신을 손으로 털어가며 "끙! 끙!" 하고 앓는 소리를 치고하였다. 그리고 밥도 잘 안자시고는 무턱대고 죄없는 아씨만 대구 들볶아대었다.

"물이 왜 이렇게 차? 아주 어름을 꺼오지 그래"

어떤 때에는

"방에 누가 불을 때랬어? 끓여죽일터이야?"

이렇게 까닭모를 불평이 자꾸만 자꾸만 나오기 시작하였다.

아씨는 전에도 서방님이 이렇게 앓은 경험이 여러번 있으므로 이번에도 며칠밤을 새우고 술을 먹으니 주체가 났나부다 고 생각할것이 돌리었다. 부모가 물려준 재산을 왜 온전히 못쓰고 저러나 싶어서 딱한 생각을 먹었으나 그래도 서방님의 몸이 축갈가 염녀가 되어 풍노에 으이를 쑤고 있노라니까

"아씨! 전 오늘 이사를 가겠어요" 하고 어멈이 앞으로 다가슨다. 아씨는 어떻게 되는 속인지 몰라서 떨떠름한 낯으로

"어떻게 그렇게 곧 떠나게 됐나?"

"네! 앞다리도 다 정하고해서 지금 이삿짐을 옮길랴구 그래요" 하고 어멈은 안마당에 놓였든 새끼뭉태기를 가지고 나간다. 그 모양이 어떻게 신이 났는지 치맛뒤도 여밀줄 모르고 미친년같이 허벙거리며 나간것이었다.

아씨는 이 꼴을 가만히 보고 하여튼 앓든 이빠진거 처럼 시원하긴 하나 그러나 년이 급작이 떠난다고 서드는 그속이 한편 이상도 스러웠다. 좀체로해서 앉은 방석을 아니 뜰 든 이년이 제법 훌훌이 털고 일어슬적에는 여기에 딴 속이 있지 않으면 안될것이다.

얼마 후 아씨는 궁금한 생각을 먹고 문간까지 나와보니 어멈네 두내외는 구루마에 짐을 다실었다. 그리고 보구니에 잔세간을 넣어 손에 들고는 작별까지하고 갈랴는 어멈을 보고

"자네 또 행낭사리로 가나?" 하고 물으니까

"저는 뭐 행낭사리만 밤낮 하는줄 아서요?" 하고 그전 붙어 눌려왔든 그 아씨에게 주짜를 뽑는것이다.

"그럼 삭을세루?"

"삭을세는 왜또 삭을세야요? 장사하러 가는데요!" 하고 나도 인제는 너만 하단듯이 비웃는 눈치이다가

"장사라니 미천이 있어야 하지 않나?"

"고뿌술집 할테니까 한 이백원이면 되겠지요 더는해 뭘하게요?" 하고 네보란듯 토심스리 내뱉고는 구루마의 뒤를 많아 골목밖으로 나아간다.

아씨는 가만히 눈치를 봐하니 저년이 정녕코 돈이백원쯤은 수중에 갖이고 히짜를 빼는 모양이었다. 그렇다면 어젯저녁 자기가 뒤란에서 한참 바쁘게 약을 끄리고 있을제 년이 안방을 친다고 들어가서 오래있었는데 아마 그때 서방님과 수작이 되고 돈두 그때 주고 받은것이 확적하였다. 그렇지 않으면 고분고분이 떠날리도 없거니와 그년이 생파같이 돈 이백원이 어서 생기겠는가. 그렇게 따지고보면 벌서붙어 칠팔십원이면 사줄 그 신식의걸이 하나 사달라고 그리 졸랐건만도 못들은척하든 그가 어멈은 하상 뭐길래 이백원식 히떱게 내주나 싶어서 곧 분하고 원통하였다.

아씨는 새빨간 눈을 뜨고 안방으로 부르르 들어와서

"그년에게 돈 이백원 주었우?" 하고 날카러운 소리를 내었다. 그러나 서방님은 암말없이 들어누어서 입맛만 다시니 아씨는 더욱 더 열에 띠이어

"글세 이백원이 얼마란 말이요? 그년에게 왜주는거요 그런 돈 나에겐 못주?"

이렇게 포악을 쏟아 놓다가 급기야엔 눈에 눈물이 맺힌다.

그래도 서방님은 입을 꽉 다물고는 대답대신

"끙! 끙!" 하고 신음하는 소리만 내일뿐이다.

슬픈이야기

암만 때렸단대도 내 게집을 내가 쳤는데야 네가, 하고 덤비면 나는 참으로 헐말 없다. 허지만 아무리 제게집이기로 개 잡는 소리를 가끔 치게 해가지고 옆집 사람까지 불안스럽게 구는, 이것은 넉넉히 내가 꾸짖을 수 있다는 말이다. 그것두 일테면 내가 안해를 가졌다 하고 그리고 나도 저와같이 안해와툭축어릴수 있다면 혹 모르겠다. 장가를 들었어도 얼마든지 좋을 수 있을만치 나이가 그토록 지났는대도 어쩌는 수 없이 사글셋방에서 이렇게 홀로 둥글둥글 지내는 놈을 옆방에다 두고 즈이끼리만 내외가 투닥닥 투닥닥,하고 또 끼익, 끼익,하고 이러는것은 썩 잘못된생각이다. 요즘같은 쓸쓸한 가을철에는 웬 셈인지 자꾸만슬퍼지고, 외로워지고, 이래서 밤잠이 제대로 와주지않는것이 결코나의 죄는 아니다. 자정을 넘어서서 새루 두점

* 『여성』(1936. 12), pp.22~28.

　제목 앞에 '短篇小說'이라는 장르 표지가 붙어 있다.

　작품 전체가 한 개의 형식 단락으로 되어 있고, 대화 부분에 따옴표를 사용하지 않고, 문장의 호흡이 길며 끊기지 않고 이어진다. 「두꺼비」와 같은 기법이다. 또한 이 작품의 박감독(남성)은 「두꺼비」의 옥화(여성)에 해당한다. 박감독은 '불밤송이'에, 옥화는 '쭈그렁밤송이'에 각각 비유되고 있다. 나와 옥화 사이에 아이러니가 성립하듯이 나와 박감독 사이에 아이러니가 성립한다.

이나 바라 보련만도 그대로 고생고생 하다가 이제야 겨우 눈꺼풀이 어지간히 맞어들어올랴 하는데다 갑작스리 꿍, 하고 방이 울리는 서슬에 잠을 고만 놓지고 마는 것이다. 이것은 재론할 필요없이 요 뒷집의 거는방과 세들어 있는 이 내방과를 구분하기 위하야 떡막아논, 벽이라기 보다는 차라리 울섶으로 보아 좋을듯 싶은, 그 벽에 필연 육중한 몸이 되는대로 디리받고 나가 떨어지는 소리일것이 분명하다. 이렇게 벽을 디리받고, 떨어지고, 하는것은 일상 맡아놓고 그 안해가 해줌으로 이번에도 그랬었음에 별루 틀리지 않을 것이다. 그러기에 들릴가말가 한 낮윽한, 그러면서도 잡아 먹을듯이 앙크러뜻는 소리로 그 남편이 쭝얼거리다 퍽, 하는 이것은 발길이 허구리로 들어온게고, 그래 안해가 어구구, 하니까 그바람에 옆에서 자든 세 살짜리 아들이 어아, 하고 놀래깨는것이 두루 불안스럽다. 허 이눔 또 했구나, 싶어서 나는 약이 안오를 수 없으니까 벌떡 일어나서 큰 일을 칠 거라두 같이 제법 눈을부라린것만은 됐으나 그렇다고 벽 넘어 저쪽을 향하야 꾸중을 한다든가 하는것이 점잖은 나의 체면을 상하는 것쯤은 모를리 없을 것이다. 이렇게 되면 잠 자기는 영 글른 공사기로 권연 하나를 피어 물었든 것이나 아무리 생각하여도 놈의 소행이 괘씸하야 그냥 배기기 어려우므로 캐액, 하고 요강뚜껑을 괜스리 열었다가 깨지지만 않을만침 아무렇게나 나리닫으며 역정을 내본댄대도 저놈이 이것쯤을 끄뻑할놈이 아닌것은 전에 여러번 겪었으니 소용 없다. 마뜩지 않게 골피를 접고 혼자서 끙끙거리고 앉어 있자니까 아 이놈이 쌘듯 싶어서 점점 더하는것이 급기야엔 안해가 아마 옷쉐짝에나 혹은 책상 모슬기에나 그런데다 머리를 부딧는것 같드니 얼마든지 마냥 울수 있는 그 서럼이 남의 이목에 걸리어 겨우 목젖밑에서만 끅, 끅,하도록 만들어 놓았다. 이놈이 사람을 잡을 작정인가, 하고 그대로 있기가 안심치가 않어서 내가 역정난 몸을 불쑥 일으키어 가지고, 벽과 기둥이 맞닿은 쪽으로 헌지 오래된 도배지가 너털너털 쪼개지고, 그래서 어쩌다 뽕 뚫린 하잘것없는 그 구녕으로 내외간의 싸홈을 디려다 보는것은 좀 나의 실수도 되겠지만 이놈과 나와 예의니 뭐니 하고 찾기에는 제가 벌서 다 처신은 잃어놨거니와 그건 말구라두 이렇게 남 자는걸 깨놓았으니까 나좀 보는데 누가 뭐랠테냐. 너털대는 벽지를 가만히 떠들고 디려다보니까 외양이 불밤송이같이 단적맞게 생긴 놈이 전기회사의 양복을 입은채 또는 모자도 벗는법없이 고대로 쪼그리고 앉아서, 저보담 엄장도 훨씬 크고 투실투실이 벌은 안해의 머리를 어떡허다 그리도 묘하게스리 좁은 책상맡구녕에다 틀어박았는지 구둥이만이 우로 불끈솟은, 이걸 노리고 미리 쥐고 있었든 황밤주먹으로 한번 콕 쥐어박고는 이년아 네가, 어쩌구 중얼거리다 또한번 콕 쥐어박고 하는것이다. 안해로 논지면 울러 들었다면 벌서도 꽤 많이 울어 두었겠지만 아마 시골서 조출이 자란 게집인듯 싶어 여필종부의 매운절개를 변치않을랴고 애초부터 남편 노는대로만 맡겨두고 다만 가끔가다 조곰식 끽,끽,할뿐이었으나 한편에 올롱이 놀래앉었는 어린아들은 즈 아버지가 어머니를 잡는줄 알고 때릴때마다 소리를 빡빡 질러 우는것이다. 그러면 놈은 송구스러운 이 악장에 다른 사람들이 깰가봐 겁 집어먹은 눈을 이리로 돌리어 아들을 된통 쏘아보고는 이자식 울면 죽인다, 하고 제깐에는 위협을 하는것이나 그래도 조곰 있으면 또 끼익하는 데는 어쩔수없이 입을막고저 따귀 한개를 먹여 놓았든것이 그 반대로 더욱 난장판이 되니까 저도 어처구니가 없는지 멀거니 바라보며 뒤통수를 긁는다. 놈이 원악이 담대하지가 못해서 낮같은 때 여러 사람이 있는 앞에서는 제가 감히 안해를 치기커녕 외출에서 들어올적마다 가장 금실이나 두터운 듯이 애기엄마 저녁 자셨오 어쩌오, 하고 낮 간질어운 소리를 해두었다가, 다들 자고 만귀 잠잠한 꼭 요맘때 야근에서 돌아와서는 무슨 대천지원수나 품은듯이 울지 못하도록 미리 위협해 놓고는 은근히 치고, 차고, 이러는 이놈이다. 허기야 제 안해 제가 잡아먹는대 그야 내 뭐랠게 아니겠지, 그렇지만 놈이 주먹으로 얼마고 콕콕 쥐어박아도 안해의 살 잘찐 투실투실한 구둥이에는 좀처럼 아플상 싶지 않으니까 이번에는 두 손가락을 찌깨같이 꼬부려가지고 그 허구리를 꼬집기 시작하는것인데 아픈것은 참아 왔다드라도 채시니없이 요렇게 꼬집어 뜻는데 있어서야 제 아무리 춘향이기로 간지럼을 아니 파는법은 없을게다. 손가락이 들어올적마다 구부려있든 커단 몸집이 우찔근하고 노는 바람에 머리우에 거반 얹히다싶이 된 조고만 책상마자 들먹들먹 하는걸 보면 저 괴로워도 요만조만한 괴로움이 아닐텐데 저런 저런 게집을 친다기로 수째 뺨 한번을 보기좋게 쩔꺽, 하고 치면첬지 나는 참으로 저럴수는 없으리라고 아! 나쁜 놈 하고 남의 일 같지않게 울화가 터질랴고 하였든것이나 그보다도 위선 아무리 남편이란대도 이토록 되면 그 뭐 낼쯤 두고 보아 괜찮으니까 그까짓거 실팍한 살집에다 근력 좋겠다, 달롱 들고 나와서 뒷간같은데다 틀어박고는 되는대로 투드려주어도 안해가 두려워서 제가 감히 찍소리 한번 못할텐데 그걸 못하고 저런, 저런, 에이 분하다. 그럼 그것은 내외간의 찌들은 정이 막는다 하기로니 당장 그 무서운 궁둥이만 우로 번쩍 들지경이면 그통에 놈의 턱주가리가 치받혀서 뒤로 벌렁 나가 떨어지는 꼴이 그런대로 해롭지 않을텐데 글세 어쩌자고, 그러나 좀더 분을 돋가놓면 혹 그럴는지도 모를듯해서 놈의 무참한 꼴을 상상하며 이제 나저제나하고 은근히 조를 부볐든것이 이내 경만 치고 말으므로 저런, 저런 하다가 부지중 주먹이 불끈 쥐어졌든 것이나 놈이 휘둥그런 눈을들어 이쪽을 바라볼 때에야 비로소 내 주먹이 벽을 울려 친걸알고 깜짝 놀랐다. 허물벗겨진 주먹을 황망이 입에디려대고 엉거 주춤이 입김을 쏘이고 섰노라니까 잠안자구 게 서서 뭘허우, 하고 변소에를 다녀가는듯 싶은 심술궂은 쥔 노파가 긴치 않게 바라보드니 내방앞으로 주춤주춤 다가와서 눈을 찌긋하고 하는 소리가 왜 남의 기집을 자꾸 디려다 보고 그류, 괜히 맘이 동하면 잠두 못자구, 하고 거지반 비웃는것이 아닌가. 내가 나히찬 홋몸이고 또 저쪽이 남편에게 소박 받는 게집이고 하니까 이런 경우에는 남 모르게 이러구저러구 하는것이 사차불피의 일이라고 제멋대로 이렇게 생각한 그는 요즘으로 들어서 나의 일거일동, 일테면 뒷간에서 뒤를 보고 나온다든가 하는 쓸데적은 고런 행동에나마 유난히 주목하야 두는 버릇이 생겨서 가끔 내가 어마어마하게 눈총을 겨느는것도 무서운줄모르고 나중에는 심지어 저놈이 게집을 떼 던질랴고 지금 저렇게 못살게 구는거라우, 이혼만 허거던 그저 두말말고 데꺽 꿰차면 고만 아니요, 하며 그러니 얼마나 좋으냐고 나는 별루 좋을것이 없는것 같은대 아주 좋다고 깔깔 웃는것이다. 이 노파의 말을 들어보면 저놈이 십삼년동안이나 전차운전수로 있다가 올에서야 겨우 감독이 된것이라는데 그까짓걸 바아루 무슨 정승판서나 한것같이 곤내질을 하며 동리로 돌아치는건 그런대로 봐준다 하드라도 갑작스리 무슨 지랄병이 났는지 여학생 장가좀 들겠다고 안해보고 너같은 시골떠기 허구 살면 내낯이 깍인다, 하며 어여 친정으로 가라고 줄청같이 들볶는 모양이니 이건 짜정 괘씸하다. 제가 시골서 처음 올라와서 전차운전수가 되어가지고, 지금 사람이 온체 착실해서 돈도 무던히 모았다고 요 퉁안서 소문이 자자하게 난 그 지금 팔백원이라나 얼마라나를 모으기 시작할때 어떻게 생각하면 밤일에서 늦게돌아오다가 속이 후출하야 다른 동무들은 냉면을 먹고, 설렁탕을 먹고, 하는것을 놈은 홀로 집으로 돌아와 이불속에서 언제나 잊지않고 꼭 대추 두개로만 요기를 하고는 그대로 자고자고 한 그덕도 있거니와 엄동에 목도리 장갑, 하나없이 그리고 겹저고리로 떨면서 아츰 저녁 격금내기로 변또를 부치러 다니든 그 안해의 피땀이 안들고야 그 칠팔백원돈이 어디서 떨어지는가. 그런 공로를 모르고 똥깨 떨거다 떨고나니까 놈이 게집을 내차는것이지만 그렇게 되면 제놈신세는 볼일 다 볼게라고 입을 삐쭉하다가 아무튼 이혼만 한다면이야 내가 새에서 중신을 서주기라도 할게니 어디 한번 데리고 살아보구려, 하며 그 안해의 얼마큼이든가 남편에게 충실할 수 있는 미점을 듣기에 야윈 손가락이 부질없이 폈다접었다, 이리 수선이다. 이 신당리라는데는 번시라 푼푼치 못한 잡동산이 만이 옹기종기 몰킨 곳으로 점잖한 짓이라고는 전에 한번도 해본일없이 오즉 저 잘난 놈이 태번일진댄 감독 됐으니까 여학생 장가좀 들어보자고 번처더러 물러서 달라는것이 별루 이상할게 없고, 또 한편 거리에서 말뚱만 굴너도 동리로 돌아다니며 말을 드는 수다쟁이들이매 밤마다 내가 벽틈으로 눈을 디려넣고 정신없이 서 있어서 저 남의게집 보고 조갈이 나서 저런다는것쯤 노해서는 아니 되겠지만 그래도 조곰 심한것같다. 이놈의 늙은이가 남 곧잘 있는 놈 바람 맞히지 않나, 싶어서 할머니나 그리로 장가 가시구려, 하고 소리를 빽 질렀든것이나 실상은 밤낮 남편에게 주리경을 치는 그 안해가 가엾은 생각이 들어 길래 그럴양이면 애초에 갈라스는것이 좋지 않을가 보냐 마는 부부간의 정이란 그무엔지, 짤지 않은 세월에 찔기둥찔기둥이

맺어진 정은 일조일석에는 못끊는듯 싶어 저러고 있는 것을, 요즘에는 그 동생으로 말미암아 더 매를 맞는다는 소문이 있다. 한편에다 여학생 하나를 미리 장만해 놓고 신가정을 꿈꾸는 놈에게 번처라는 것이 눈의 가시만치나 미운데다가 한 열흘전에는 시골 처가에서 처남이 올라와서 농사 못짓겠으니 나 월급자리에 좀넣어달라고, 언내 알라 세사람을 재우기에도 옹색한 셋방에가 깍찌똥같은 커단 몸집이 넓직하게 터를 잡고는 늘큰히 묵새기고 있다면 그야 화도 조곰 나겠지, 허지만 놈에게는 그게 아니라 하루에 세 그릇씩 없어지는 그 밥쌀에 필연 겁이 버럭 났을것이다. 그렇다고 처남을 면대놓고 밥쌀이 아까우니 너 갈대로 가라고 내여쫓을 수는 없을만콤 고만 콤쯤은 놈도 소견이 되엿든것이나 이것은 적실히 놈의 불행이라 안할수 없는 것으로 상전에서는 아 여보게 고만 자시나, 물에 말아서 찬찬히 더 들어봐, 하고 겉면을 꾸리다가 밤에 들어와서는 이러면 저두 생각이 있으려니, 확신하고 안해를 생트집으로 뚜드려패자니 몇푼어치 못되는 근력에 허덕허덕 고만 지고마는것이다. 그러면 처남은 누의 맞는것이 가엾기는 허나 그렇다고 어짜는 수는 없는고로 무색하야 밖으로 비슬비슬 피해나가는것이나, 이래도 맞고 저래도 맞는 그 안해의 처지는 실로 딱한것으로 이대로 내가 두고 보는것은 인륜에 벗어나는 일이라 생각하고, 그 담날 부냥게 찾아가 놈을 꾸짖었단대도 그리 어줍잖은 일은 아닐것이다. 내가 대문간에 가 서서 그집 아이에게 거는방에 세들은 키 쪼꼬만 감독좀 나오래라, 해가 지고 그동안 곁방에서 살었고 또 전자부터 잘났다는 성식은 익히 들었건만 내가 못나서 인사가 이렇게 늦었다고 나의 이름을 대니까 놈도 좋은 낯으로 피차없노라고 달랑달랑 쏟으며 멋없이 빙긋 웃는양이 내 무슨 저에게 소청이라도 있어 간것같이 생각하는듯하야 불쾌한 마음으로 나는 뭐 전기회사에서 오랜대두 안갈 사람이라고 오해를 풀어주고는 그 면상판을 이윽히 디려다보며 오 네가 매밤의 대추 두개로 돈 팔백원을 모은 놈이냐, 하고는 그 지극한 정성에 다시금 감탄하지 않을수가 없었다. 비록 낯짝이 쪼그라들어 코, 눈, 입이 번뜻하게 제자리에 못뇌고는 넉마전 물건같이 시들번이 게붙고 게붙고 하였을망정 제법 총기있어 보이는 맑은 두눈이며 깝신깝신 굴러나오는 쇠명된 그 음성, 아하 돈은 결국 이런 사람이 갖는게로구나 하고 고개를 끄덕어리다 그럼 무슨 일로 오셨읍니까 하는 바람에 그제서야 나의 이 심방의 목적을 다시금 깨닫게 되었다. 허나 그대도 네 게집 치지 말라구 할수는 없는게니까 아 참 전기회사의 감독 되기가 무척 힘드나보든데, 하며 그걸 어떻게 그다지도 쉽사리 네가 영예를 얻었느냐고 놈을 한창 구슬리다가 뭐 그야 노력허면 다 될수있겠지요, 하며 홍청홍청 뻐기는 이 때가 좋을듯 싶어서 그렇지만 그런 감독님의 체면으로 부인을 콕콕 쥐어박는것은 좀 덜된 생각이니까 아예 그러지 마슈. 하니까 놈이 남의 충고는 듣는법없이 대번에 낯을 붉히드니 댁이 누굴 교훈하는거요, 하고 볼멘 소리를 치며 나를 얼마 노리다가 남의내간사에 웬 참견이요, 하는데는 고만 어이가 없어서 벙벙히 서있었든것이나 암만해도 놈에게 호령을 당한것은 분한듯 싶어 그럼 게집을 처서 개잡는 소리를 끼익끽 내게 해가지고 옆집 사람도 못자게 하는것이 잘했오, 하고 놈보다 좀더 크게질렀다. 그랬드니 놈이 삐얀히 치다보다가 이건 또 무슨 의민지 잠잣고 한옆으로 침을 탁뱉아 던지다가 무섭게 이것이 필언 즈여편내의 신이겠지, 커다란 고무신을 짤짤 끌며 안으로 들어갔으니 놈이 나를 모욕했는가, 혹은 내가 무서워서 피했는가, 그걸 알수가 없으니까 옆에서 구경하고 서 있든 아이에게 다시 한번 그감독을 나오래라고 시키어 보았든것이나 이젠 안나온대요, 하고 전갈만 나오는데야 난들 어떻게 하겠는가. 망할 놈, 아주 겁쟁이로구나, 하고 입속으로 중얼거리며 좀 더 행위가 방정도록 꾸짖어두지 못한것이 유한이 되는 그대로 별수없이 집으로 돌아왔든것이나 밤이 이슥하야 잠결에 두 내외의 소군소군하는 소리가 벽 넘어로 들려올 적에는 아하 그래도 나의 꾸중이 제법 컸구나, 싶어 맘으로 흡족했든것이 웬 일인가 차츰차츰 어세가 돋아저서 결국에는 이년, 하는 음포와 아울러 제걱, 하고 김치 항아리라도 깨지는 소리가 요란히 나는것이아닌가. 이놈이 또 무슨 방정이 나 이러나, 싶어 성가스리 눈을 부비고 일어나서 벽틈으로 조사해 보았드니 놈이 방바닥에다 안해를 엎어놓고 그리고 그 허리를 깡충 타고 올라앉어서 이년아 말해, 바른대로 말해 이년아 하며 그 팔 한 짝을 뒤로 꺾어올리는 그런 기술이었으나 어쩌면 제 다리보다도 더 굵은지 모르는 그 팔뚝이 호락호락이 꺾일 것도 아니거니와, 또 거기에 열을 내가지고 목침으로 뒤통수를 콕콕 쥐여 박다가 그것두 힘에 부치어 결국에는 양옆구리를 두손으로 꼬집는다 하드라도, 그것쯤에 뭣할 안해가 아닐텐데 오늘은 목을 놓아 울수있었든만치 남다른 벅찬 서럼이 있는 모양이다. 그렇게 들을만치 타일렀건만 이놈이 또 초라니방정을 떠는것이 괘씸도 하고, 일방 뭘 대라 하고 또, 울고 하는 것이 심상치 않은 일인듯도 하고, 이래서 괜스리 언짢은 생각을 하느라고 새루 넉점에서야 눈을 좀 붙인것이 한나절쯤 일어났을 때에는 얻어맞은 몸 같이 휘휘 둘리어 얼떨김에 세수를 하고 있노라니까, 쥔 노파가 부낳게 다가와서 내귀에 입을 드려대고는 글쎄 어쩌자구 남 매를 맞히우. 무슨 매를 맞혀요, 하고 고개를 돌리니까 당신이 어제 감독보구 뭐래지 않었오, 그래 즈 안해의 역성을 들때에는 필시 무슨 관게가 있을게니 이년 서방질헌거 냉큼 대라고 어젯밤은 매로 밝혔다는것인데, 아까 아츰에 그 처남이 와서 몇번이나 당부하기를 내가 찾어와 그런즛을 하면 즈 누님의 신세는 영영 망처놓는것이니 앞으론 아예 그러한 일이 없도록 삼가달라고 하였으니 글쎄 반했으면 속으로나 반했지 제남편보구 때리지 말라는 법이 어딨오, 하고 매우 딱하게 눈살을접는 것이다. 그리고보니 그 안해를 동정한것이 도리어 매를 맞기에 똑 알맞도록 만들어논 폭이라 미안도 하려니와, 한편 모든걸 그렇게도 알알이 안해에게로만 들씨리 드는 놈의 소행에는 참으로 의분심이 안 일수 없으니까, 수건으로 낯도 씻을 줄 모르고 두주먹만 불끈 쥐고는 그냥 뛰어나갔다. 가루지든 세루지든 이놈과 단판씨름을 하리라고 결심을 하고는 대문간에 가서서 커다랗게 박감독, 하고 한 서너번을 불렀든것이나 놈은 아니 나오고, 한 삼십여세가량의 가슴이 떡 벌어지고 우람스런 것이 필연 이것이 그 처남일듯 싶은 시골 친구가 나와서 뻔히 처다보드니 마침내 말없이도 제대루 알아채렸는지 어리눅은 어조로 아 이거 글쎄 왜 이러십니까 하며 답답한 낯을 지어 보이는것이 아닌가. 그리고 넌즛이 허는 사정의 말이 이러시면 우리 누님의 전정은 아주 망처놓시는겝니다, 그러니 아무쪼록 생각을 고치라고, 촌띠기의 분수로는 너머 능숙하게 넓직한 손벽을 펴 들고, 안간다고 뻣딛이는 나의 어깨를 웨 이러십니까, 하고 골목 밖으로 슬근슬근 밀어나오는것이었으나 주춤주춤 밀려나오며 가만이 생각해보니 변변히 초면인사도 없는 이놈에게마저 내가 어린애로 대접을 받는 것은 참 너머도 슬픈 일이었다. 나종에는 약이 바짝 올라서 어깨로 그손을 뿌리치며 홱 돌아슨 것만은 썩 잘된것 같은데, 시꺼먼낯판대기와 떡 벌은 그 엄장에 이건 나허구 맞투드릴 자리가 아님을 깨닫고는, 어째보는 수 없이 그대로 돌아스고마는 자신이 너머도 야속할 뿐으로 이렇게 밀려오느니 차라리 내발로 것는것이 나을듯 싶어 집을 향하야 삐잉 오는것이다. 내가 안해를 갖든지 그렇잖으면 이놈의 신당리를 떠나든지, 이러는 수밖에 별도리 없으리라고 마음을 먹고는 내방으로 부루루 들어와 이부자리며 옷가지를 거듬거듬 뭉치고 있는 것을 한옆에서 수상히 보고 서 있든 주인 노파가 눈을 찌긋이 그 왜 짐을 묶소, 하고 묻는것까지도 내 맘을 제대로 몰라 주는듯하야 오즉 야속한 생각만이 들뿐이므로 난 오늘 떠납니다, 하고 투박한 한마디로 끊어버렸다.

따라지

쪽대문을 열어놓으니 사직원이 환히 나려다보인다.

인제는 봄도 늦었나부다. 저 건너 돌담안에는 사구라꽃이 벌겋게 벌어졌다. 가지가지 나무에는 싱싱한 쌌이 폈고 새침히 옷깃을 핥고드는 요놈이 꽃샘이겠지 까치들은 새끼칠 집을 장만하느라고 가지를 입에물고 날아들고—

이런 제길헐, 우리집은 은제나 수리를 하는겐가 해마다 고친다, 고친다, 벼르기는 연실 벼르면서 그렇다고 사직골 꼭대기에 올라붙은 깨웃한 초가집이라서 싫은것도 아니다. 납짝한 처마끝에 비록 묵은 이영이 무데기무데기 흘러 나리건말건, 대문짝 한짝이 삐뚜루 배기건말건 장뚝뒤의 판장이 아주 벌컥 나자빠져도 좋다. 참말이지 그놈의 벅 옆에 뒷간만 좀 고쳤으면 원이 없겠다. 밑둥의 벽이 확 나가서 어떤게 벅이고 뒷간인지 분간을 모르

---
* 『조광』(1937. 2), pp.300~321.

제목 앞에 '短篇小說'이라는 장르 표지가 붙어 있고 작품 끝에 탈고 일자가 '을해, ──. 三○'즉 1935년 11월 30일로 밝혀져 있다. 엄대섭(嚴大燮)이 삽화를 그렸다.

남성 5명과 여성 5명이 등장하는데 대체적으로 남성은 생업이 없고 무기력하며 여성은 생업이 있고 악착같다. 퇴락한 집과 가난에 찌든 인간과는 대조적으로 봄의 자연이 생기 있게 묘사되고 있다.

니 게다 여름이 되면 벌바닥으로 구데기가 슬슬 기어들질 않나. 이걸 보면 고대 먹었던 밥풀이 고만 곤두스고만다. 에이 추해추해 망할 녀석의 영감 쟁이 그것좀 고쳐달라고 그렇게 성화를 해도——

쪽대문이 도루 닫겨지며 소리를 요란히 내인다. 아침 설거지에 젖은 손을 치마로 닦으며 주인 마누라는 오만상이 찦으려진다.

그러나 실상은 삭을세를 못받아서 악이 오른것이다. 영감더러 받아달라면 마누라에게 밀고 마누라가 받자니 고분히 내질 않는다.

여지껏 밀어왔지만 느들 오늘은 안될라 마음을 아주 다부지게 먹고 거는방문을 홱 열어제친다.

"여보! 어떻게 됐소?"

"아 이거참 미안합니다. 오늘두——"

덥쑤룩한 칼라머리를 이렇게 긁으며 역시 우물쭈물이다.

"오늘두라니 그럼 어떻걸 작정이요?" 하고 눈을 한번 무섭게 떠보였다마는 이 위인은 맘만 얼러도 노할 주변도 못된다.

나이가 새파랗게 젊은 녀석이 웨 이리 헐일이 없는지 밤낮 방구석에 팔짱을 지르고 멍허니 앉어서는 얼이 빠졌다. 그렇지 않으면 이불을 뒤쓰고는 줄창같이 낮잠이 아닌가, 햇빛을 못봐서 얼굴이 누렇게 시드렀다. 경무과 제복공장의 직공으로 다니는 즈 누이의 월급으로 둘이 먹고지난다. 누이가 과부걸래 망정이지 서방이라도 해가면 이건 어떻걸라고 이러는지 모른다. 제 신세 딱한줄은 모르고 만날

"돈은 우리 누님이 쓰는데요—— 누님 나오거던 말슴하십시요"

"당신 누님은 밤낮 사날만 참아달라는게 아니요, 사날 사날허니 그래 은제가 돼야 사날이란 말이요?"

"미안스럽습니다. 그러나 이번엔 사날후에 꼭디리겠습니다. 이왕 참아주시든 길이니——"

"글세 은제가 사날이란 말이요?" 하고 주름 잡힌 이맛살에 화가 다시 치밀지 않을수가 없다. 이놈의 사날이란 석달인지 삼년인지 영문을 모른다. 그러나 저쪽도 쾌쾌히 들어덤벼야 말하기가 좋을텐데 울가망으로 한풀 꺾

이어 들옴에는 더 지꺼릴 맛도 없는것이다.

"돈두 다 싫소, 오늘은 방을 내주"

그는 말 한마디 또렷이 남기고 방문을 탁 닫아버렸다. 그러고 서너발 뚜덜거리며 물러스자 다시 가서 문을 열어잡고

"오늘 우리조카가 이리 온다닌까 어차피 방은 있어야 하겠소"

장독 옆으로 빠진 수채를 건너스면 바루 아랫방이다. 번시는 광이었으나 세ㅅ방 놀라고 싱둥겅둥 방을 디린것이다. 흙질 한것도 웃채보다는 아즉 성하고 신문지로 처덕이었을망정 제법 벽도 번듯하다.

빗바람이 들여치어 누렇게 들뜬 미다지었다. 살몃이 열고 노려보니 망할 노랑퉁이가 여전히 이불을 쓰고 끙,끙,누었다. 노란 낯짝이 광대뼈가 툭 불거진게 어제만도 더 못한것 같다. 어쩌자구 저걸 디렸는지 제 생각을해도 소갈찌는 없었다. 돈도 좋거니와 팔짜에 없는 송장을 칠가봐 애간장이 다조라든다.

하기야 처음 올때에 저 병색을 모른것도 아니고

"영감님! 무슨 병환이슈?" 하고 겁을 먹으니까

"감기를 좀 들렸드니 이러우"

이런 굴치같은 영감쟁이가 또 있으랴. 그리고 그날부터 뒷간에다 피똥을 내깔기며 이 앓는 소리로 쩔쩔 매는것이다. 보기에 추하기도 할뿐더러 그 신음소리를 들을적마다 사지가 으스러지는것 같다.

그러나 더 얄미운것은 이걸 데리고 온 그 딸이었다. 뼈ㅅ걸 다니니까 아마 가진말이 심한 모양이다. 부족증이라고 한마디만 했으면 속이나 시원할걸 여태도 감기가 쇄서 그렇다고 빠득빠득 우긴다. 방을 안줄가봐 속인 고행실을 생각하면 곧 눈에 불이 올라서

"영감님! 오늘은 방셀 주서야지요?"

"시방 내 몸이 아파 죽겠소"

영감님은 괜은 소리를 한단듯이 썩 군찮게 벽쪽으로 돌아눕는다. 그리고 어그머니 끙끙, 옴츠라드는 소리를 친다.

"아니 영 방세는 안내실테요?" 하고 소리를 빽 지르지 않을래야 않을수

없다.

"내 시방 죽는 몸이요, 가만있수"

"글세 죽는건 죽는거고 방세는 방세가 아니요, 영감님 죽기로서니 어째 내방세를 못받는단 말이요!"

"내가 죽는데 어째 또 방세는 낸단 말이요?"

영감님은 고개를 돌리어 눈을 부릅뜨고 마나님 붐지않게 호령이었다. 죽을 때가 가까워오니까 악이 바칠대로 송두리 바친 모양이다.

"정 그렇거든 내딸 오거든 받아가구려"

"이건 누구에게 찌다운가 온, 별일두 다 많어이" 하고 홀로 입속으로 중얼거리며 물러가는것도 상책일런지 모른다. 괜스리 병든것과 겼고틀고 이러단 결국 이쪽이 한굽죄인다. 그보다는 딸이 나오거든 톡톡이 따저서 내쫓는것이 일이 쉬우리라.

고옆으로 좀 사이를 두고 나란히 붙은 미다지가 또 하나 있다. 열고자 문설죽에 손을 대다가 잠간 멈칫하였다. 툇마루 우에 무람없이 올려놓인 이 구두는 분명히 아끼꼬의 구두일게다. 문 열어볼 용기를 잃고 그는 벅쪽으로 돌아가며 쓴 입맛을 다시었다.

카펜가 뭔가 다니는 계집애들은 죄다 그렇게 망골들인지 모른다. 영애하고 아끼꼬는 아무리 잘 봐도 씨알이 사람될것 같지 않다. 아래웃턱도 몰라보는 애들이 난봉질에 향수만찾고 그래도 영애란 계집애는 비록 심술은 내고 내댈망정 뭘 물으면 대답이나 한다. 요 아끼꼬는 방세를 내래도 입을 꼭 다물고는 안차게도 대꾸 한마디 없다. 여러번 듣기싫게 조르면 그제서는 이쪽이 낼 성을 제가 내가지고

"누가 있구두 안내요? 좀 편히 계서요, 어련히 낼라구, 그런 극성 첨 보겠네"

이렇게 쥐여박는 소리를 하는것이 아닌가 좀 편히 계시라는 이 말에는 하 어이가 없어서도 고만 찔긋 못한다.

"망할 년! 은젠 병이 들었었나?"

쓸 방을 못쓰고 삭을세를 논것은 돈이 아수웠던 까닭이었다. 두 영감 마

누라가 산다고 호젓해서 동무로 모은것도 아니다. 그런데 팔자가 사나운지 모다 우거지상, 노랑퉁이, 말괄냥이, 이런 몹쓸것들뿐이다. 이망할것들이 방세를 내는 셈도 아니요 그렇다고 아주 안내는것도 아니다. 한달치를 비록 석달에 별러내는 한이 있더라도 역 내는건 내는거였다. 즈들끼리 짜위나 한듯이 팔십전 칠십전 그저 일원, 요렇게 짤끔짤끔 거리고 만다.

오늘은 크게 얼를줄 알았더니 하고보니까 역시 어저께나 다름이 없다. 방의 세간을 마루로 내놔가며 세를 드린 보람이 무엇인지 그는 마루끝에 걸타앉어서 화풀이로 담배 한대를 피어문다.

그러나 아무리 생각하여도 내방 빌리고 내가 말 못하는것은 병신스러운 즛임에 틀림이 없다. 담뱃대를 마루에 내던지고 약을 좀 올려가지고 다시 아렛채로 나려간다. 기세좋게 방문이 홱 열리었다.

"아끼꼬! 이봐! 자?"

아끼꼬는 네활개를 꼬 벌리고 아끼꼬답게 무사태평히 코를 골아올린다. 젖통이를 풀어헤친채 부끄럼 없고, 두다리는 이불 싼 우로 번쩍 들어올렸다. 담배연기 가득 찬 방안에는 분내가 홱 끼치고——

"이봐! 아끼꼬! 자?"

이번에는 대문밖에서도 잘 들릴만큼 목청을 돋았다. 그러나 생시에도 대답없는 아끼꼬가 꿈속에서 대답할리 없음을 알았다. 그저 겨우 입속으로

"망할 계집애두, 가랑머릴 쩍 벌기고 저게 온—— 쩨쩨"

미다지가 딱 닫겨지는 서슬에 문틀우의 안약병이 떠러진다.

그제야 아끼꼬는 조심히 눈을 떠보고 일어나앉었다. 망할년 저보구 누가 보랬나, 하고 한옆에 놓인 손거울을 집어든다. 어젯밤 잠을 설친 바람에 얼굴이 부석부석하였다. 권연에 불이 붙는다.

그는 천정을 향하야 연기를 내뿜으며 가만히 바라본다. 뾰죽한 입에서 연기는 고리가 되어 한둘레 두둘레 새여나온다. 고놈을 하나씩 손가락으로 꼭 찔러서 터치고 터치고——

아까부터 영애를 기다렸으나 오정이 가까워도 오질 않는다. 단성사엘 갔는지 창경원엘 갔는지, 그래도 저 혼자는 안갈것이고 이런 때이면 방 좁

은 것이 새삼스리 불편하였다. 햇빛이 안들고 늘 습한건말고 조금만더 넓었으면 좋겠다. 영애나 아끼꼬나 둘중의 누가 밤의 손님이 있으면 하나는 나가잘수밖에 없다. 둘이 자도 어깨가 맞부딧는데 그런데 셋이 눕기에는 너무 창피하였다. 나가서 자면 숙박료는 오십전씩 받기로 하였으니까 못갈 것도 아니다 마는 그 담날 밝은 낮에 여기까지 허덕허덕 찾아오는것은 어쩌 좀 어색한 일이었다.

어제도 카페서 나오다가 골목에서 영애를 꾹 찌르고

"애! 너 오늘 어디서 자구오너라" 하고 귓속을 하니까

"또? 얘 너는 좋구나!"

"좋긴 뭐가 좋아? 애두!"

아끼꼬는 좀 수집은 생각이 들어 쭈뼛쭈뼛 그손에 돈 팔십전을 쥐어주었다. 여느 때 같으면 오십전이지만 그만치 미안하였다. 마는 영애는 지루퉁한 낯으로 돈을 받아넣으며 또 허는 소리가

"애! 인젠 종로근처로 우리 큰방을 얻어오자"

"그래 가만있어 —— 잘가거라 그리고 낼 일즉 와——"

남 인사 하는데는 대답없고

"나만 밤낮 나와자는구나!"

이것은 필시 아끼꼬에게 엇먹는 조롱이겠지 망할 애도 저더러 누가 뚱뚱하고 못생기게 낳랬나, 그렇게 빼지게 허지만 영애가 설마 아끼꼬에게 빼지거나엇먹지는 않았으리라.

아끼꼬는 벽게로 허리를 펴며 팔뚝시계를 다시 본다. 오정하고 십오분 또 삼분 영애가 올때가 되었는데 망할거 누가 채갔나 기지개를 한번 느리고 돌아누으며 미닫이게로 고개를 가저간다. 문 아렜도리에 손가락 하나 드나들만한 구멍이 뚫리었다. 주인 마누라가 그제야 좀 화가 식었는지 안방으로 희젓고 들어가는 치마꼬리가 보인다. 그리고 마루뒤주우에는 언제 꺾어다 꽂았는지 정종병에 엉성히 뻗은 꽃가지. 붉게 핀것은 복숭아 꽃일게고 노랗게 척척 느러진 저건 개나리다. 건넌방 문은 여전히 꼭 닫겼고 뒷간에 가는 기색도 없다. 저 속에는 지금 제가 별명진 톨스토이가 책상앞에

웅크리고 앉아서 눈을 감고 있으리라. 올라가서 이야기나 좀하고 싶어도 구렁이같은 주인마누라가 지키고 앉아서 감히 나오지를 못한다.

이것은 아끼꼬가 안채의 기맥을 정탐하는 썩 필요한 구멍이었다. 뿐만 아니라 저녁나절에는 재미스러운 연극을 보는 한 요지경도 된다. 어느 때에는 영애와같이 나란히 누워서 버개를 비고 하내 한구멍씩 맡아가지고 구경을 한다. 웨냐면 다섯점 반쯤되면 완전히 히스테리 톨스토이의 누님이 공장에서 나오는 까닭이었다.

그 누님은 성질이 어찌 괄한지 대문간서부터 들어오는 기색이 난다. 입을 꼭 다물고 눈살을 접은 그 얼굴을 보면 일상 마땅치 않은 그리고 세상의 낙을 모르는 사람같다. 어깨는 축 느러지고 풀없어 보이면서 게다 걸음만 빠르다. 들어오면 우선 건넌방 툇마루에다 빈 벤또를 쟁그렁 하고 내다붙인다. 이것은 아우에게 시위도 되거니와 이래야 또 식성도 풀린다.

그리고 그는 눈을 휘둥그렇게 뜨고 사면의 불평을 찾기 시작한다 마는 아우는 마당도 쓸어놓고, 부뚜막의 그릇도 치고 물독의 뚜껑도 잘 덮어놓았다. 신발장이라도 잘못 놓여야 트집을 걸텐데 아주 말쑥하니까 물박아지를 땅으로 동댕이친다. 이렇게 불평을 찾다가 불평이 없어도 또한 불평이었다.

"마당을 쓸면 잘 쓸던지, 그릇에다 흙칠을 온통 해놨으니 이게 뭐냐?"

끝이 꼬부라진 그 책망, 아우는 빈속에서 끽소리 없다.

"밥을 얻어먹으면 밥값을 해야지, 늘 부처님같이 방구석에 꽉 앉았기만 하면 고만이냐?"

이것이 하루 몇번씩 귀 아프게 듣는 인사이었다. 눈을 홉뜨고 서서, 문 닫힌 건넌방을 향하야 퍼붓는 포악이었다. 그런 때이면 야윈 목에가 굵은 핏대가 불끈 솟고 구부정한 허리로 게거품까지 흐른다. 그러나 이건 보통 때의 말이다. 어쩌다 공장에서 뒤를 늦게 본다고 감독에게 쥐어박히거나, 혹은 재봉침에 엄지손톱을 박아서 반쯤 죽어오는 적도 있다. 그러면 가뜩이나 급한 그 행동이 더욱 불이야불이야 한다. 손에 잡히는대로 그릇을 내던저 깨치며

"웨 내가 이고생을 해가며 널 먹이니 응 이놈아?"

헐없이 미친 사람이 된다. 아우는 그래도 귀가 먹은듯이 잠자코 앉았다. 누님은 혼자 서서 제몸을 들볶다가 나종에는 울음이 탁 터진다. 공장살이에 받는 설음을 모다 아우의 탓으로 돌린다. 그러면 할일없이 아우는 마당에 나려와서 누님의 어깨를 두손으로 붓잡고

"누님! 다 내가 잘못했수 그만두" 하고 달래지 않을수 없다.

"네가 이놈아! 내살을 뜯어먹는거야"

"그래 알았수, 내가 다 잘못했으니 고만둡시다."

"듣기싫여, 물러나" 하고 벌컥 떠다밀면 땅에 펄석 주저앉는 아우다. 열적은듯, 죄송한듯 얼굴이 벌개서 털고 일어나는 그 아우를 보면 우습고도 일변 가여웠다.

그러나 더 웃으운것은 마루에서 저녁을 먹을 때의 광경이다. 누님이 밥을 퍼가지고 올라와서는 암말없이 아우 앞으로 한그릇을 쭉 밀어놓는다. 그리고 자기는 자기대로 외면하야 푹푹 퍼먹고 일어선다. 물론 반찬도 각각 먹는것이다. 아우는 군말없이 두다리를 세우고, 눈을 나려깔고는 그 밥을 떠먹는다. 방에 앉아서, 주인 마누라는 없인여기는 눈으로 은근히 흘겨준다.

영애는 톨스토이가 너무 병신스러운데 골을 낸다. 암만 얻어 먹드라도 씩씩하게 대들질 못하고 저런, 저런. 그러나 아끼꼬는 바보가 아니라 사람이 너무 착해서 그렇다고 욱인다.

하긴 그렇다고 누님이 자기 밥을 얻어먹는 아우가 미워서 그런것도 아니다. 나무잎이 등금등금 날리든 작년 가을이었다. 매일같이 하 들볶으니까 온다간다 말없이 하루는 아우가 없어졌다. 이틀이 되어도 없고 사흘이 되어도 없고 일주일이 썩 지나도 영 들오지를 않는다.

누님은 아우를 찾으러 다니기에 눈이 뒤집혔다. 그렇게 착실히 다니든 공장에도 며칠씩 빠지고 혹은 밥도 굶었다. 나종에는 아우가 한을 품고 죽었나부다고 집에 들오면 마루에 주저앉어서 통곡이었다. 심지어 아끼꼬의 손목을다 붓잡고

"여보! 내아우좀 찾아주, 미치겠수"

"그렇지만 제가 어딜 간줄 알아야지요"

"아니 그런데 놀러가거든 좀 붓들어 주, 부모없이 불상히 자란 그놈이 ──"

말끝도 다 못마치고 이렇게 울든 누님이 아니었든가. 아흘에만에야 아우는 남대문밖 동무집에서 찾아왔다. 누님은 기뻐서 또 울었다. 그리고 그 담날부터 다시 들볶이 시작하였다.

이 속은 참으로 알수없고, 여북해야 아끼꼬는 대문소리만 좀 달르면

"애 영애야! 변덕쟁이 온다. 어서 이리 와" 하고 잇속없이 신이 오른다.

아끼꼬는 남모르게 톨스토이를 맘에 두었다. 꿈을 꾸어도 늘 울가망으로 톨스토이가 나타나고 한다. 꼭 바렌치노같이 두 팔을 떡 버리고 하는 소리가 오! 저는 당신을 사랑합니다. 이 가슴에 안켜주소서. 그러나 생시에는 이놈의 톨스토이가 아끼꼬의 애타는 속도 모르고 본둥만둥이 아닌가. 손님에게 꼭 답장을 할 필요가 있어서

"선생님! 저 연애편지 하나만 써주세요"

아끼꼬가 톨스토이를 찾아가면

"저 그런거 못씁니다"

"소설 쓰시는이가 그래 연애편지를 못써요?" 하고 어안이 벙벙해서 한참 처다본다. 책상 앞에서 늘 쓰고있는것이 소설이란 말은 여러번이나 들었다. 그래 존경해서 선생님이라고 부르고 뒤에서는 톨스토이로 바치는데 그래 연애편지 하나 못쓴다니 이게 말이 되느냐 하도 기가 막혀서

"선생님! 연애 해보섰어요?" 하면 무안당한 게집애처럼 고만 얼골이 벌개진다.

"전 그런거 모릅니다."

아끼꼬는 톨스토이가 저한테 흥미를 안갖는걸 알고 좀 샐쭉하였다. 카페서 구는 여급이라고 넘보는 맵인지 조선말로 부르면 숭해서 아끼꼬로 행세는 하지만 영영 아끼꼰줄 안다. 어쩌면 톨스토이가 숭칙스럽게 아랫방 뻐쓰껄과 눈이 맞었는지도 모른다. 왜냐면 뻐쓰껄이 나갈때 고때쯤해서 톨

스토이가 세수를 하러 나오고 하는것을 보았다. 그리고 옥생각인진 몰라도 뼈쓰껄도 요즘엔 버쩍 모양을 내기에 몸이 닳았다.

며칠 전에는 뼈쓰껄이 거울과 가우를 손에 들고서 아끼꼬의 방엘 찾아왔다.

"언니! 나 이 머리좀 잘라주"

"근 왜 자를랴구그래 그냥 두지?"

"날마다 머리 빗기가 구찮어서그래" 하고 좀 거북한 표정을 하드니

"난 언니머리가 좋아 몽톡한게!" 웃음으로 겨우 버무린다.

하 조르므로 아끼꼬도 그 좋은 머리를 아니 자를수 없다. 가우에 힘을 주어 그 중툭을 툭 끊었다. 뼈쓰껄은 손으로 만저보드니 재겹게 기쁜 모양이다. 확 돌아앉어서 납쭉한 주뎅이로 해해 웃으며

"언니머리같이 더좀 디려잘라 주어요"

"더 잘름은 못써 이만하면 좋지않어?"

대구 졸랐으나 아끼꼬는 머리를 버려놀가봐 더 응칠 않었다. 여기에 승이 바르르 나서 뼈쓰껄은 제방으로 가서는 제손으로 더 몽총이 잘라버렸다. 그 뜯어논 머리에다 분을 하얗게 바르고는 아주 좋다고 나저다니는 게집애다. 양말뒤축에 빵구가 좀 나도 즈방 들어갈제 뒤로 기어든다.

아츰에 나갈제 보면 뼈쓰껄은 커단 책보를 옆에 끼고 아주 버젓하다. 처음에 아끼꼬가 고등과에 다니는 학생인가 한것도 무리는 아니었다. 왜냐면 그 책보가 고등과에 다니는 책보같이 그렇게 탐스럽고 허울이 좋았다. 그러나 차차 알고보니까 보지도않은 헌 잡지를 그렇게 포개고 고 사이에 변또를 꼭 물려서 싼 책보이었다. 변또하나만 차면 공장의 게집애나 뼈쓰껄로 알가봐서 그 무거운 잡지책들을 힘 드는줄도 모르고 들고 왔다갔다 하는것이 아니냐. 그래 놓고는 저녁에 돌아올때면 웬 도적놈같은 무서운 중학생놈이 쫓아오고 한다고 늘 성화다.

"그눔 대리를 꺾어놓지"

이렇게 딸의 비위를 맞후어 병든 아버지는 이불속에서 큰소리다. 그리고 아츰마다 딸맘에 떡 들도록 그 책보를 싸는것도 역 그의 일이었다. 정성

스리 귀를 내어 문밖으로 두손으로 내받히며

"애! 일직안이 돌아오너라 감기들나"

이런걸 보면 영애는 또 마음에 마뜩지 않았다. 딸에게 구리칙칙이 구는 아버지는 보기가 개만도 못하다했다. 그래 아끼꼬와 쓸데적게 주고받고 다툰 일까지 있다.

"그럼 딸의거 얻어먹구 그렇지도 않어?"

"그러니 더 든적스럽지 뭐냐?"

"든적스럽긴 얻어먹는게 든적스러, 몸에 병은있구 그럼 어떻거니? 애두! 너무 빠장빠장 우기는구나!"

아끼꼬는 샐쭉 토라지다 고개를 다시 돌리어 옹크라뜯는 소리로

"너 느아버지가 팔아먹었다지, 그래 네맘에 좋냐?"

"애두! 절더러 누가 그런 소리 하라나?" 하고 영애는 더 덤비지 못하고 그제서는 눈으로 치마를 걷어올린다. 이렇게까지 영애는 그 병쟁이가 몹씨도 싫었다. 누렇게 말라붙은 그 얼골을보고 김마까라는 별명을 지을만치 그렇게 밉살스럽다. 왜냐면 어느 날 김마까가 영애의 영업을 방해하였다.

그날은 어쩐 일인지 김마까가 초저녁부터 딸과 싸운 모양이었다. 새로 두점쯤해서 영애가 들어오니까 둘이 소군소군하고 싸우는 맹이다. 가뜩이나 엄살을 부리는데다 더흉측을 떨며

"어이쿠! 어이쿠! 하나님 맙시사!"

그렇지 않으면

"하나님! 날 잡아가지 왜 이리 남겨두슈!"

아래 웃칸을 흙벽으로 막았으면 좋을걸 얇은 빈지를 드리고 조히로 발랐다. 웃칸에서 부시럭 소리만 나도 아래칸까지 고대로 흘러든다. 그 벽에다 머리를 쾅쾅 부지지며

"어이구! 이눔의 팔짜두!"

제간에는 딸앞에서 죽는다고 결끼를 날이는 꼴이다. 그러면 딸은 표독스러운 음성으로

"누가 아버지보고 도라가시랬어요? 괜히 남의 비위를 긁어놓구 그러시

네!"

"늙은이보구 담뱀 끊으라는게 죽으라는게지 뭐야!"

"그게 죽으라는거야요? 남 들으면 정말로 알겠네——"

딸이 좀 더 볼멘 소리로 쏘아박으니 또 다시

"어이구! 이놈의 팔짜두!"

벽에 머리를 부지지며 어린애같이 꺽꺽 울고앉었다. 질긴 귀로도 못들을 징그러운 그 울음소리——

가물에 빗방울같이 머처럼 끌고왔든 영애의 손님이 이마를 접는다. 그리고 아주 말없고 취한 자리로 비틀비틀 쪽마루로 내걷는다. 되는대로 구두짝이 끌린다.

"왜 가서요?"

"요담 또 오지"

"여보서요! 이 밤중에 어딜 간다구 그러서요?" 하고 대문간서 그 양복을 잡아채인다 마는 허황한 손이 올라와 툭툭털어버리고

"요담 또 오지"

그리고 천변을 끼고 비틀거리는 술 취한 거름이다. 영애는 눈에 독이 잔뜩올라서 한 전등이 둘 세씩 보인다. 빈 방안에 홀로 누어서 입속으로 김마까를 악담을 하며 눈물이 핑 돈다.

벌서 한점 사십오분 영애는 디툭디툭 들어오며 살집 좋은 얼골이 싱글벙글이다. 손에는 퉁퉁한 과잣봉지. 미다지를 여니 웃묵구석에 쓸어박은 헌 양말짝, 때절은 속곳, 보기에 어수산란타.

"벌서 오니? 좀 더있지 ——"

"애두! 목욕허구 온단다"

"목욕은 혼자 가니?" 하고 좀 삐질랴 한다.

"그래 너 줄라구 과자 사왔어요 ——"

"그럼그렇지 우리 영애가!"

요강에서 손을 뽑으며 긴히 달겨든다. 아끼꼬는 오줌을 눌적마다 요강에 받아서는 이손을 담그고 한참있고 저손을 담그고. 그러나 석달이나 넘

어 그랬건만 손결이 별루 고와진것 같지 않다. 그 손을 수건에 닦고나서

"모두 나마까시만 사왔구나?"

우선 하나를 덥썩 물어뗀다.

"그손으로 그냥 먹니? 얘! 난 싫단다!"

"메 드러워? 저두 오줌은 누면서그래"

"그래도 먹는것하구 같으냐?" 하지만 영애는 아끼꼬보다 마음이 훨씬 눅었다. 더 타내지 않고 그런냥으로 앉아서 같이 집어먹는다. 그의 마음에는 아끼꼬의 생활이 몹씨 부러웠다. 여러 손님의 사랑에 고이며 이쁜 얼골을 자랑하는 아끼꼬. 영애 자신도 꼭 껴않어주고 싶은 아담스러운 그런 얼골이다.

"그의 은제 갓니?"

"새벽녁에 내뺏단다. 아주 숫배기야"

"넌 참 좋겠다. 나두 연애좀 해봤으면!"

"허려무나 누가 허지말라니?"

"아니 너같은 연앤 싫어. 정신으로만 허는 연애말이지" 하고 어덴가 좀 뒤둥그러진 소리.

"오! 보구만 속태우는 연애말이지?" 하긴 했으나 아끼꼬는 어쩐지 영애에게 넘우 심하게 한듯싶었다. 가뜩이나 제몸 못난걸 은근히 슬퍼하는 얘를——

"얘! 별소리 말아요, 연애두 몇번 해보면 다 시들해지는걸 모르니? 난 일상 맘편히 혼자 지내는 네가 부럽드라!" 하고 슬그머니 한번 문질러주면

"메가 부러워? 애두! 괜히 저러지"

영애는 이렇게 부인은하면서도 벙싯하고 짜정 우월감을 느껴볼랴 한다. 영애도 한때에는 주체궂은 살을 말리고자 아편도 먹어봤다. 남의 말대로 듬뿍 먹었다가 꼬박이 이틀동안을 일어나도 못하고 고생하든 생각을 하면 시방도 등어리가 선뜩하다. 그러나 영애에게도 어쩌다 염서가 오는것은 참 신통한 일이라 안할수 없다.

"또 뭐 뒤져갓니?" 하고 영애는 의심이 나서 제 경대설합을 뒤져본다.

과연 몇일전 어떤 전문학교 학생에게 받은 끔찍이 귀한 연애편지가 또 없어졌다. 사내들은 어째서 남의 게집애 세간을 뒤저가기 좋아하는지 그 심사는 참으로 알수없고

"또 집어갔구나? 이럼 난 모른단다!"

영애는 고만 울상이 된다.

"뭐?"

"편지말이야!"

"무슨 편지를?"

"왜 요전에 받은 그 연애편지말이야"

"저런! 그 망할자식이 그건 뭣하러집어가 난 통히 보덜 못했는데——수집은척 하드니 아니, 숭악한 자식이로군!"

아끼꼬는 가는 눈섭을 더욱이 잰다. 그리고 무색한듯이 영애의 눈치만 한참 바라보드니

"내 톨스토이보고 하나 써달라마 그럼이담 연애편지 쓸때 그거보구 쓰면 고만 아냐!" 하고 곱게 달랜다. 그러나 과연 톨스토이가 하나 써줄는지 그것도 의문이다. 영애가 벌서전부터 여기를 떠나자고 졸라도 좀좀 하고 망서리고 있는 아끼꼬! 그런 성의를 모르고 톨스토이는 아끼꼬를 보아도 늘 한양으로 대단치않게 지나간다. 그렇다고 한때는 뼈쓰껄에게 맘을 두었나 하고 의심도 해봤으나 실상은 그런것도 아닐것이다. 낮에 사직원 산으로 올라가면 아끼꼬는 가끔 톨스토이를 만난다. 굵은 소나무 줄기에 등을 비겨대고 먼 하늘만 정신없이 바라보고 섰는 톨스토이다. 아끼꼬가 그앞을 지나가도 못본척하고 들떠보지도 않는다. 약이 올라서 속으로 망할자식 하고 욕도 하야본다. 그러나 낭종 알고 보면 못본척이 아니라 사실 눈 뜨고 못보는것이다. 그렇게 등신같이 한눈을 팔고 섰는 톨스토이다. 이걸 보면 아끼꼬는 여자고보를 중도에 퇴학하든 저의 과거를 연상하고 가엾슨 생각이 든다. 누님에게 얻어먹고 저러구 있는 것이 오작 고생이랴. 그러고 학교때 수신선생이 이야기하든 착하고 바보같다는 그 톨스토이가 과연 저런건지 하고 객적은 조바심도 든다.

아끼꼬는 기침을 캑 하고 그 앞으로 다가슨다. 눈을 깜박깜박하며

"선생님! 뭘 그렇게 생각하서요?" 하고 불쌍한 낮을 하면

"아니요——" 하고 어색한듯이 어물어물하고 만다.

"그렇게 섰지 마시고 좀 운동을 해보서요"

하도 딱하야 아끼꼬는 이렇게 권고도 하야본다.

"오늘은 방을좀 처야하겠소 여기 내조카도 지금 오고했으니까——"

주인 마누라는 악이 바짝 올라서 매섭게 쏘아본다. 방에서만 꿈을꿈을 방패매기를 하고 있는 톨스토이가 여간 밉지않다.

"아 여보! 방의 세간을 좀 처줘요. 그래야 오는 사람이 들어가질 않소?"

"사날만 더 참아줍쇼 이번엔 꼭 내겠읍니다"

"아니 뭐 사삭을세를 안낸대서 그런게 아니요 내가 오늘부터 잘데가 없고 이방을 꼭 써야하겠기에 그래서 방을 내달라는 것이지——"

양복바지를 거반 응덩이에 걸친 버드렁니가 이렇게 허리를 쓱 편다. 주인 마누라가 툭하면 불러온다는 즈 조카라는 놈이 필연 이걸게다. 혼자 독학으로 부청에까지 출세를 한 굉장한 사람이라 고 늘 입의 침이 말랐다. 그러나 귀 처즌 눈은말고 헤 버러진 입에 양복입은 체격하고 별루 굉장한것 같지 않다. 게다 얼짜가 분수없이 뼈팅길라고

"참아주시든 길이니 며칠만 더 참아주십시요"

이렇게 애걸하면

"아 여보! 당신만 그래 사람이요?" 하고 제법 삿대질까지 할줄 안다.

"저런 자식두! 못두생겼네 저게 아마 경성부 고쓰깽인거지?"

"글세 그래도 제법 넥타일 다 잡숫구" 하고 손가락이 들어가 문의 구녕을 좀더 후벼판다 마는 아끼꼬는 구렁이(주인마누라)의 속을 뻬얀히 다 안다. 인젠 방세도 싫고 세 방사람을 다 내쫓을랴 한다. 김마까나 아끼꼬는 겁이 나서 참아 못건드리고 제일 만만한 톨스토이부터 우선 몰아낼랴는 연극이렸다.

"저 구렝이좀 봐라 옆에 서서 눈짓을 해가며 자꾸 씨기지?"

"글세 자식도 얼간이가 아냐? 즈아즈멈 시기는대로 놀구섰네"

"아쭈 얼짜가 뻐팅긴다. 지가 우와기를 벗어놓면 어쩔테야 그래? 자식 두!"

"톨스토이가 잠잤구 앉었으니까 약이 올라서 저래, 맛부리는게 밉살머리굿지? 자식 그저한대 앵겨췄으면"

"내가 한대 먹이면 저거 고택골 간다. 그래니깐 아끼꼬한태 감히 못오지 않어?"

주먹을 이렇게 들어뵈다가 고만 영애의 턱을 치질렀다. 영애는 고개를 저리 돌리어 또 빼쭉하고

"얘 이럼 난 싫단다!"

"누가 뭐 부러그랬니 또 빼쭉하게?" 하고 아끼꼬도 좀 빼쭉하다가 슬슬 눙치며

"그래 잘못했다. 고만두자 씩씩씩——"

영애의 턱을 손등으로 문질러주고

"재! 저것봐라 놈은 팔을 걷고 구렁이는 마루를 구르고 야단이다."

"얘 재밋다 구렁이가 약이 바짝올랐지?"

"저자식 보게 제맘대로 남의 방엘 막 들어가지 않어?"

아끼꼬가 영애에게 눈을 크게 뜨니까

"뭐 일을 칠것같지? 병신이 지랄 한다드니 정말인가베!"

"저자식이 남의 세간을 제맘대로 내놓질 않나? 경을칠 자식!"

"그건 나물애 뭘해 그저 톨스토이가 바보야! 그래도 부처같이 잠잤고 앉었지 않어? 세상엔 별 바보두 다 많어이!"

아끼꼬는 그건 들은체도 안하고 대뜸 일어선다. 미다지가 열리자 우람스러운 거름. 한숨에 안마루로 올라스며 볼멘 소리다.

"아니 여보슈! 남의 세간을그래 맘대로 내놓는 법이 있소?"

"당신이 웬 챙견이요?"

얼짜는 톨스토이의 책상을 들고나오다 방문턱에 우뚝 멈춘다. 눈을 휘둥그렇게 뜨고 주저주저하는 양이 대담한 아끼꼬에 저윽이 놀란 모양——

"오늘부터 내가 여기서 자야할테니까 —— 그래서 —— 방을 치는

데——"

얼짜는 주변성없는 말로 이렇게 굴다가

"당신 맘대로 방은 치는거요?"

"그럼 내방 내맘대로 치지 누구에게 물어본단 말이유?" 하고 제법 을딱딱이긴 했으나 뒷갈망은 구렁이에게 눈짓을 슬슬 한다.

"그렇지 내방 내가 치는데 누가 뭐할턱 있나?"

"당신맘대룬 안되우 그책상 도루 저리갔다 놓우 삭을세 내란다든지 하는개 옳지 등을 밀어 내쫓는 경오가 어짓단말이오?"

"아니 아끼꼬는 제거나 낼 생각하지 웬걱정이야? 저리 비켜서!"

구렁이는 문을 막고섰는 아끼꼬의 팔을 잡아댕긴다. 에패는 찍 소리없이 눌러왔지만 오늘은 얼짜를 잔뜩 믿는 모양이다. 이걸 보고 옆에 섰던 영애가 또 아니꼬와서

"제거라니? 누구보구 저야? 이 늙은이가 눈깔이 삣나!" 하고 그 팔을 뒤로 홱 잡아챈다. 늙은 구렁이와 영애는 몸 중앙의 비례가 안된다. 제풀에 비틀비틀 돌드니 벽에가 쿵 하고 쓰러진다. 그러나 눈을 감고 턱이 떨리는 아이고 소리는 엄살이다.

얼짜가 문턱에 책상을 떨기드니 용감히 홱 넘어 나온다. 아끼꼬는 저자식이 더럽게 달마찌의 숭내를 내는구나 할 동안도없이 영애의 뺨이 쩔껑——

"이년아! 늙은이를 쳐?"

"아 이자식보레! 누기뺨을 때려?"

아끼꼬는 악을 지르자 그 석때를 뒤로 잡아서 낚워친다. 마루우에 놓였든 다듬이돌에 걸리어 얼짜는 응덩방아가 쿵 하고 잡은참 나라드는 숯보구니는 독 올른 영애의 분풀이다.

그러자 또아랫방문이 홱 열리고 지팽이가 김마까를 끌고나온다.

"이자식이 웬 자식인데 남의 계집애 뺨을 때려? 온 이런 망하다 판이날 자식이 눈에 아무것두 뵈질않나—— 세상이 망한다망한다 한대두만 이런 자식은"

김마까는 뜰에서부터 사방이 들으라고 왁짝 떠들며 올라온다. 구렁이한 테 늘 쪼여지내든 원한의 복수로 아끼꼬와 서로 먹쌀잡이로 섰는 얼짜의 복장을 지팽이는 내질른다.

"이런 염병을 하다 땀통이 끊어질 자식이 있나!"

그와 동시에 김마까는 검불같이 뒤로 벌렁 나자빠졌다. 내댓든 지팽이가 도루 물러오며 빼짝 말른 허구리를 쳤든것이다. 개신개신 몸을 일으집으며 김마까는 구시월 서리 맞은 독사가 된다.

"이자식아! 너는 니애비두 없니?"

대뜸 지팽이는 나라들어 얼짜의 귓배기를 나려갈긴다. 딱 하고 뼈 닿는 무된 소리. 얼짜는 고개를 푹 꺾고 귀에 두손을 디려대자 죽은듯이 꼼짝못 한다.

아끼꼬도 얼짜에게 뺨 한개를 얻어맞고 울고 있었다. 이 좋은 기회를 타 서 얼짜의 등뒤로 빨간 얼굴이 달겨든다. 이걸 곤투식으로 집어실가 하다 그대로 그 어깨쭉찌를 뒤로 물고 느러진다. 아 아 이렇게 외마디 소리로 아 가리를 딱딱 버린다. 그리고 뒤통수로 암팡스리 나라든것은 영애의 주먹이 다.

톨스토이는 모도가 미안쩍고 따라 제풀에 지질려서 어쩔줄을 모른다. 옆에서 눈을흘기는 영애도 모르고

"노서요 고만 노서요 이거 이럼 어떻검니까?" 하며 아끼꼬의 등을 두손 으로 흔든다. 구렝이도 벌벌 떨어가며

"이년이 사람을 뜯어먹을텐가 안 놓니 이거 안놔?"

아끼꼬를 대구 잡아당기며 얼른다. 그러나 잡아당기면 당길스록 얼짜는 소리를 더 지른다. 이러다간 일만 크게 벌어질걸 알고 구렝이는 간이 고만 달룽한다. 이번 사품에 안방 미닫이는 설쭉이 부러지고 두주우에 얹혔든 대접이 둘이나 떨어저 깨졌다. 잔뜩 믿었던 조카는 저렇게 죽게되고 이러 단 방은커녕 사람을 잡겠다. 생각하고 그는 온몸이 덜덜 떨리었다. 게다 모 지게 나려치는 김마까의 지팽이——

구렝이는 부리낳게 대문밖으로 나왔다. 골목길을 나려오며 뒤에 날리는

치맛자락에 바람이 났다.

"삭을세를 내렸으면 좋지 내쫓을랴구 하니까 그렇게 분난이 일쿠 하는 게 아니야?"

"아닙니다 누가 내쫓을랴구 그래요 세를 내라구 그러닌깐 그렇게 아끼꼬라는 년이 올라와서 온통 사람을 뜯어먹고 그러는군요!"

"말마라 내쫓을랴구 헌걸 아는데그래 요전에도 또한번 그런 일이 있엇지?"

순사는 노파의 뒤를 따라오며 나른한 하품을 주먹으로 끈다. 푹하면 와서 찐대를 붙은 노파의 행세가 여간 구찮지 않다. 조꼬맣게 말라붙은 노파의 신 머리쪽을 바라보며

"올에 몇살이냐?"

"그년 열아홉이죠 그런데 그렇게——"

"아니 노파말이야?"

"네 제나요? 왜 쉰일곱이라구 전번에 엿쳤지요 그런데 이 고생을 하는군요" 하고 궁상스리 우는 소리다.

노파는 김마까보다도 톨스토이보다도 누구보다도 아끼꼬가 가장 미웟다. 방세를 받을랴도 중뿔나게 가루맡아서 지랄하기가 일수요 또 밤낮 듣기싫게 창가질이요 게다 세숫물을 버려도 일부러 심청궂게 안 마루끝으로 홱 끼엇는 아끼꼬 이년을 이번에는 경을 흠씬 치도록해야 할텐데 속이 간질대서 그는 총총거름을 치다가 돌뿌리에 챔기여 고만 나가둥그러진다. 그 바람에 씨레기통 한귀에 내뻗은 못에 가서 치마자락이 찌익 하고 찢어진다.

"망할자식같으니 씨레기통의 못두 못박았나!" 하고 흙을 털고 일어나며 역정이 난다. 그꼴을 보고 순사는 손으로 웃음을 가린다.

"그봐! 이젠 다시 오지마라 이번엔 할수없지만 또 다시 오면 그땐 노파를 잡아갈테야?"

"네——다시 갈리있겠습니까 그저 이번에 그 아끼꼬란 년만 흠씬 버릇을 아르켜주십시요. 늙은이보구 욕을 않나요 사람을 치질 않나요! 그리고

안죽 핏대도 다 안마른 년이 서방이 메친지 수가 없어요——"

순사는 코대답을 해가며 귓등으로 듣는다. 너머 많이 들어서 인제는 흥미를 놓긴 까닭이었다. 갈팡질팡 문찌방을 넘다 또 고까라질랴는 노파를 뒤로 부축하며 눈쌀을 찔른다. 알고보니 짐작대로 노파 허풍에 또 쏙은 모양이었다. 살인이 났다고 짓떠들드니 임장하야 보니까 조용한 집안에 웬 낯설은 양복쟁이 하나만 마루끝에서 천연스리 담배를 필뿐이다. 그리고는 장독 사이에서 왔다갔다 하며 뭘 주어먹는 생쥐가 있을뿐 신발짝 하나 난잡히 놓이지 않았다. 하 어처구니가 없어서

"어서 죽었어?"

"어이구 분해! 이것들이 또 저를 고랑땡을 먹이는군요! 입때까지 저 마룽에서 치고 차고 깨물고 했답니다"

노파는 이렇게 주먹으로 복장을 찔며 원통한 사정을 하소한다. 왜냐면 이것들이 이 기맥을 벌서 눈치채고 제각기 헤저서 아주 얌전히 백여있다. 아끼꼬는 문을 닷고 제방에서 콧노래를 부르고 지팽이를 들고 날뛰든 김마까는 언제 그랬드냐듯이 제방에서 끙 끙 여전한 신음소리. 이렇게 되면 이번에도 또 자기만 나물리게 될것을 알고

"어이구 분해! 어이구 분해!"

주먹으로 복장을 연팡 들두들기다 조카를 보고

"애——넌 어떻게 돼서 이렇게 혼자 앉았니?"

"뭘 어떻게 돼요 되긴?" 하고 눈을 지릅뜨는 그 대답은 썩 퉁명스럽고 걱세다. 이런 화중으로 끌고 온 아즈멈이 몹씨도 밉고 원망스러운 눈치가 아닌가. 이걸 보면 경은 무던히 치고난 놈이다.

"어이구 분해! 너꺼정 이러니!"

"뭘 분해? 이 망할것아!"

순사는 소리를 빽 지르고 도루 돌아슬랴 한다.

"나리! 저걸 보서요 문 부서진것하구 대접 깨진걸 보서두 알지않어요?"

"어떤 조카가 죽었어 그래?"

"이것이 그렇게 죽도록 경을 치고두 바보가 돼서 이래요!"

"바보면 죽어두 사나?" 하고 순사는 고개를 디밀어 마루께를 살펴보니 따는 그릇은 깨지고 문은 부서졌다. 능글마즌 노파가 일부러 그런줄은 아나 그렇다고 책임상 그냥 가기도 어렵다. 픽두 극성스러운 늙은이라 생각하고

"누가 그랬어 그래?"

"저 아끼꼬가 혼자 그랬어요!"

"아끼꼬! 고반까지 같이 가"

"네! 그러서요"

하도 여러번 겪는 일이라 이제는 아주 익숙하다. 저고리를 갈아입으며 웃는 얼굴로 나려온다. 그러나 순사를 따라 대문을 나슬 적에는 고개를 모루 돌리어 구렁이에게 몹씨 눈총을 준다.

순사는 아끼꼬를 데리고 느른한 거름으로 골목을 꿉든다. 쪽다리를 건느니 화창한 사직원마당. 봄이라고 땅의 잔디는 파릇파릇 돋았다. 저 우에선 투덕어리는 빨래소리. 한옆에선 풋뿔을 차느라고 날뛰고 떠들고 법썩이다. 뿌웅 하고 음충맞게 내대는 자동차의 싸이렌. 남치마에 연분홍 저고리가 버젓이 활을 들고 나온다. 그리고 키 훌쩍 큰 놈팽이는 돈지갑을 내든다.

"너 왜 또 말성이냐?" 하고 순사는 고개를 돌리어 아끼꼬를 씽긋이 흘겨 본다. 그는 노파가 왜 그렇게 아끼꼬를 못먹어서 기를 쓰는지 영문을 모른다. 노파의 눈에도 아끼꼬가 좀 구여울턴데 그렇게 미울 때에는 아마 아끼꼬가 뭘좀 먹이질 않어 틀렸는지 모른다. 그렇지 않으면 다른사람 다 제처놓고 아끼꼬만 씹을리가 없다. 생각하다가

"뭘 말썽이유 내가?"

"네가 뭐 쥔마누라를 깨물고 사람을 죽이구 그런다며? 그리구 요전에도 카페서 네가손님을 첬다는 소문도 들리지안니?" 하고 눈쌀을 찝고 웃어버린다. 얼굴 똑똑한것이 아주 헐수없는 게집애라고 돌릴수밖에 없다.

"난 그런지 몰루!"

아끼꼬는 땅에 침을 탁 뱉고 아주 천연스리 대답한다. 그리고 사직원의

문간쯤 와서는

"이담 또 만납시다"

제멋대로 작별을 남기고 저는 저대로 산쪽으로 올라온다.

활텃길로 올라오다 아끼꼬는 궁금하야 뒤를 한번 돌아본다. 너머 기가 막혀서 벙벙히 바라보고 있다가 다시 주먹으로 나른한 하품을 끄는 순사. 한편에선 날뛰고 자빠지고 쾌활히 공을 찬다. 아끼꼬는 다시 올라가며 저도 남자가 됐드라면 '풋뽈'을 차볼걸 하고 후회가 막급이다. 그리고 산을 한바퀴 돌아 나려가서는 이번엔 장독대우에 요강을 버리리라 결심을 한다. 구렁이는 장독대우에 오줌을 버리면 그것처럼 질색이 없다.

"망할 년! 이번에 봐라 내 장독우에 오줌까지 깔길테니!"

이렇게 아끼꼬는 몇번 몇번 결심을 한다.

땡볕

우람스리 생긴 덕순이는 바른 팔로 왼편 소맷자락을 끌어다 콧등의 땀
방울을 훔치고는 통안네거리에 와 다리를 딱 멈추었다. 더위에 익어얼골은
벌건히 사방을 둘러본다. 중복허리의 뜨거운 땡볕이라 길 가는 사람은 저
편 처마 끝으로만 배앵뱅 돌고 있다. 지면은 번들번들이 닳아 자동차가 지
날 적마다 숨이 탁 막힐만치 무더운 먼지를 풍겨 놓는것이다.

덕순이는 아무리 찾아보아도 자기가 길을 물어 좋을만치 그렇게 여유있
는 얼골이 보이지 않음을 알자, 소맷자락으로 또 한번 땀을훔쳐본다. 그리
고 거북한 표정으로 벙벙히 섰다. 때마침 옆으로 지나는 어린 깍쟁이에게
공손히 손짓을 한다.

"애! 대학병원을 어디루 가니?"

"이리루 곧장 가세요"

---

* 『여성』(1937. 2), pp.92~95.

제목 앞에 '短篇小說' 이라는 장르 표지가 붙어 있다.

「노다지」와 함께 죽음의 그림자가 드리워져 있는 작품이다. 김유정의 농민소설들을 농민의
몰락 과정을 그린 연작이라고 볼 때, 대단원에 해당하는 작품이다. 농촌에서 뿌리뽑힌 채 유랑
하다가 도시로 흘러든 농민이 낯선 도시의 땡볕 아래에서 죽음을 맞는다. 「땡볕」을 발표하고
나서 한 달 후에 김유정 자신도 세상을 떠난다.

덕순이는 어린 깍쟁이가 턱으로 가르킨대로 그길을 북으로 접어들며 다시 내걷기 시작한다. 내딛는 한발작마다 무거운 지게는 어깨에 박이고 등줄기에서 쏟아저 나리는 진땀에 궁둥이는 쓰라릴만치 물었다. 속 타는 불김을 입으로 불어가며 허덕지덕 올라오다 엄지손가락으로 코를 힝 풀어 그 옆 전봇대 허리에 쓱 문댈 때에는 그는 어지간히 가슴이 답답하였다. 당장 지게를 벗어던지고 푸른 그늘에 가 나자빠지고 싶은 생각이 굴뚝같으런만 그걸 못하니 짜증이 안날수없다. 골피를 찌프리어 데퉁스리

"빌어먹을거! 왜 이리 무거!"

하고 내뱉을랴 하였으나, 그러나 지게우에서 무색하야질안해를 생각하고 꾹 참아버린다. 제 속으로만 끙끙거리다 겨우

"에이 더웁다!"

하고 자탄이 나올 적에는 더는 갈수가 없었다.

덕순이는 길가 버들밑에다 지게를 벗어놓고는 두손으로 적삼섶을 흔들어 땀을 드린다. 바람끼 한점 없는 거리는 그대로 타붙었고 그우의 모래만 이글이글 닳아간다. 하눌을 치어다보았으나 좀체로 빗맛은 못볼듯 싶어 바상바상한 입맛을 다시고 섰을때 별안간 댕댕소리와 함께 발등에 물을 뿌리고 물차가 지나가니 그는 비로소 살은듯이 정신끼가 반짝 난다. 적삼 호주머니에 손을넣어 곰방대를 끄내물고 담배한대 붙일랴 하였으나 홀쭉한쌈지에는 어제부터 담배한알 없었든것을 다시 깨닫고 역정스리 도루 집어넣는다.

"꽁무니가 배기지 않어?"

덕순이는 이렇게 안해를 돌아보다

"괜찮어요!"

하고 거진 죽어가는 상으로 글성글성 눈물이 고인 안해가 딱하였다. 두달 동안이나 햇빛 못본 얼골은 누렇게시들었고, 병약한 몸으로 지게우에 앉어 까댁이는 양이 금시라도 꺼질듯 싶은 그 안해였다.

덕순이는 안해를 이윽히노려보다

"아 울긴 왜 우는거야?"

하고 눈을 부라렸으나

"병원에 가면 쨴대겠지요"

"쨰긴 아무거나 덮어놓고째나? 연구한다니까!"

하고 되도록 안해를 안심시킨다. 그러나 덕순이 생각에는 째든말든 그건 차치해놓고 우선 먹어야 산다. 고

"왜 기영이 할아버지의 말슴 못들었어?"

"병원서 월급을 주구 고쳐준다는게 정말인가요?"

"그럼 노인이 설마 거짓말을 헐라구, 그래 시방두 대학병원의 이등박산가 뭐가 열네살 된 조선아히가 어른보다도 더 부대한걸 보구 하두 이상한 병이라구 붙잡아드려서 한달에 십원식 월급을 주고 그뿐인가 먹이구 입히구 이래가며 지금 연구하구 있대지 않어?"

"그럼 나두 허구헌날 늘 병원에만 있게 되겠구려?"

"인제 가봐야 알지 어떻게 될는지"

이렇게 시원스리 받기는받았으나 덕순이 자신 역 기영할아버지의 말이 꽉 믿어서 좋을지가 의문이었다. 시골서 올라온지 얼마 안되는 그로써는 서울일이라 호욕 알수없을듯 싶어 무료진찰권을 내온데 더 되지 않었다. 그렇다 하드라도 병이 괴상하면 할스록 혹은 고치기가 어려우면 어려울스록 월급이많다는것인데 영문모를 안해의 이 병은 얼마짜리나 되겠는가, 고 속으로 뭇척 궁금하였다. 아히가 십원이라니 이건 한 십오원쯤 주겠는가, 그렇다면 병 고치니 좋고, 먹으니 좋고, 두루두루 팔짜를 고치리라고 속안으로 육조배판을 느리고 섰을때,

"여보십쇼! 이 채미하나 잡서보십소"

하고 조만침서 차미를 버려놓고 앉었는 아이가 시선을 끌어간다. 길쯤길쯤 하고 싱싱한 놈들이 과연 뜨거운 복중에 하나 벗겨들고 으썩깨물어봄직한 참외였다. 덕순이는 참외를 이놈저놈멀거니물색하야 보다 쌈지에 든 잔돈 사전을 얼른생각은 하였으나 다음 순간에 그건 안될 말이리라고 꺽진 마음으로 시선을 걷어온다. 사전에 일전만 더 보태면 히연 한봉이 되리라고 어제부터 잔뜩 꼽여쥐고 오든 그 사전, 이걸 참외값으로 녹여서는 사람이 아

니다.

"지게를 꼭 붙들어!"

덕순이는 지게를 지고 다시 일어나며 그 십오원을 생각했든것이니 그로써는 너머도 벅찬 희망의 보행이었다.

덕순이는 간호부가 지도하야 주는대로 산부인과 문밖에서 제 차례가 돌아오기를 기다리고 있었다.

안해는 남편이 업어다놓은 대로 걸상에 가 번듯이 느러저서 괴로운 숨을 견디지 못한다. 요량없이 부어오른아랫배를 한손으로 치마째 걷어안고는 매호흡마다 간댕거리는 야윈 고개로 가쁜 숨을 돌르고 있는것이다. 게다가 수술실에서 들것으로 담어내는 환자와, 피 고름이 엥긴 쓰레기통을 보는것은 그로 하야금 해쓱한 얼골로 이를 떨도록 하기에는 너머도 충분한 풍경이었다.

"너머 그렇게 겁내지 말아. 그래두 다 죽을 사람이 병원엘 와야 살어 나가는거야!"

덕순이는 안해를 위안하기 위하야 이런 소리도 하는것이나 기실 안해 붑지않게저로도 조바심이 적지 않었다. 안해의 이 병이 무슨 병일가, 짜정 기이한 병이라서월급을 타먹고 있게 될것인가, 또는 안해의 병을 씻은듯이 고처줄수가 있겠는가, 겸삼수삼 모두가 궁거웠다.

이생각 저생각으로 덕순이는 안해의 상체를 떠받혀주고 있다가 우연히도 맞은켠 타구 옆땡이에가 떨처저있는 권연 꽁댕이에 한눈이 팔린다. 그는 사방을 잠간 살펴보고 힝하게 가서 집어다가는 곰방대에 피어물며 제차례를 기달리었으나 좀체로불러주질 않는것이다.

이렇게하야 그들은 허무히도 두시간을 보냈다.

한점을 사십분가량 지났을때 간호부가 다시 나아와덕순이안해의 승명을 외는것이다.

"네! 여깄읍니다!"

덕순이는 허둥지둥 안해를 떨처업고 진찰실로 들어갔다.

간호부 둘이 달겨들어 우선 옷을 벗기고 주물를제 안해는 놀랜 토끼와

같이 조고맣게 되어 떨고 있었다. 코를 찌르는 무더운 약내에 소름이 끼치기도 하려니와 한쪽에 번쩍번쩍 늘려놓은 기계가 더욱이 마음을 죄이게 하는 것이다. 안해가 너머 병신스리 떨므로 옆에 섰는덕순이까지도 제면적지 않을수 없었다. 안해의 한팔을 꼭 붙들어주고, 집에서 꾸짖듯이 눈을 부르떠

"메가 무섭다구 이래?"

하고는 유리판에서 기계 부듯는 젤그럭소리에 등줄기가 다 섬찍할제

"은제부터 배가 이래요?"

간호부가 뚱뚱한 의사의 말을 통변한다.

"자세이는 몰라두!"

덕순이는 이렇게 머리를 긁고는 아마 이토록 부르기는 지난 겨울부턴가 봐요, 처음에는 이게 애가 아닌가 했든것이 그렇지두 않구요, 애라면 열달에 날텐데

"열석달이나 가는게 어딨읍니까?"

하고는 아차 애니뭐니 하는건 괜히 지꺼렸군, 하였다. 그래 의사가 무에라고 또입을 열수있기 전에 얼른 대미처

"아무두 이병이 무슨 병인지 모른다구 그래요, 난생처음 본다구요"

하고 몇마디 더 얹었다.

덕순이는 자기네들의 팔짜를 고칠수 있고 없고가 이 순간에 달렸음을 또한번 깨닫고 열심이 의사의 입만처다보고 있는것이다. 마는 금테안경 쓴 의사는 그리 쉽사리는 입을 열랴지 않았다. 몇번을 거듭 주물러보고, 두드려보고, 들어보고, 이러기를 얼마 한다음 시떱지않게 저쪽으로 가 대여에 손을 씻어가며 간호부를 통하야 하는 말이

"이 뱃속에 어린애가 있는데요, 나올랴다 소문이 적어서 그대로 죽었어요, 이걸 그냥 둔다면 앞으로 일주일을 못갈것이니 불가불수술은 해야하겠으나 또 그 결과가 반듯이 좋다고 단언할수도 없는것이매 배를 가르고 아이를 끄내다 만일 사불여의하야 불행을 본다드라도 전혀 관계없다는 승낙만 있으면 내일이라도 곧 수술을 하겠어요"

하고 나어린 간호부는 조곰도 꺼리낌없는 어조로 줄줄 쏟아놓다가

"어떻게 하실테야요?"

"글세요!"

덕순이는 이렇게 얼떨떨한 낯으로 다시 한번 뒤통수를 긁지 않을수 없었다. 간호부의 말이 무슨 소린지 다는 모른다 하드라도 속대중으로 저쯤은 알아채였든것이니 안해의 생명이 위험하다는 그 말이 두렵기도하려니와 겨우 아이를 뱃다는 것쯤, 연구꺼리는 못되는 병인양 싶어 우선 낙심하고 마는것이다. 허나 이왕 버린노릇이매

"그럼 먹을것이 없는데요——"

"그건 여기서 입원시키고먹일것이니까 염녀마서요——"

"그런데요 저——"

하고 덕순이는 열적은 낯을 무얼로 가릴지 몰라주볏주볏

"월급같은건 안주나요?"

"무슨 월급이요?"

"왜 여기서 병을 고치면 월급을 주는수두 있다지요"

"제병 고처주는데 무슨 월급을 준단말이요?"

하고 맨망스리도 톡 쏘는바람에 덕순이는 얼골이 고만 벌개지고 말았다. 팔짜를 고치려든 그 계획이 완전히어그러졌음을 알자, 그의 주린창자는 다시금 척 꺾이며 두꺼운 손으로 이마의 진땀이나 훑어보는 밖에 별도리가 없는것이다. 허나 안해의 생명은 어차피 건저야 하겠기로 공손히 허리를 굽씬하며

"그럼 낼 데리고 올게 어떻게 해주십시요"

하고 되도록 빌붙어 보았든것이, 그때까지 끔찍끔찍한소리에 얼이 빠저서 멀뚱이누었든 안해가 별안간 기급을하여 일어나 살뚱맞은 목성으로

"나는 죽으면 죽었지 배는 안째요!"

하고 얼골이 노랗게 되는데는 더 헐 말이 없었다. 죽이드라도 제 원대로나 죽게하는것이 혹은 남편 된 사람의 도릴지도 모른다. 안해의 꼴에 하도 어이가없어

"죽는거보담이야 수술을 하는게 좀났겠지요!"

비소를 금치 못하고 섰는간호부와 의사가 눈에 보이지 않도록, 덕순이는 시선을 외면하야 뚱싯뚱싯 안해를 업고 나왔다. 지게우에 올려놓은 다음 엎디어 다시 지고 일어날려니 이게 웬일일가 아까 오든때와는 갑절이나 무거웠다. 덕순이는 얼마전에 히망이 가득이 차올라가든 길을 힘풀린 거름으로 터덜터덜나려오고 있었다. 보지는 않어도 지게우에서 소리를 죽이어 홀적홀적울고 있는 안해가 눈앞에 환한것이다. 학식이 많은 의사는 일짜무식인 덕순이 내외보다는 더 많이 알것이니 생명이 한이레를 못가리라든 그 말을 어쩨볼 도리가 없다. 인제 남은것은 우중충한 그 냉골에 갖다 다시 눕혀놓고 죽을 때나 기다리고 있을 따름이었다.

덕순이는 눈우로 덮는 땀방울을 주먹으로 훔처가며 장차 캄캄하야 올 그 전도를 생각해본다. 서울을 장대고 왔든것이 벌이도 제대로 안되고 게다가 인젠 안해까지 잃는것이다. 지에미부틀! 이놈의 팔짜가, 하고 딱한 탄식이 목을 넘어오다 꽉 깨무는 바람에 한숨으로 터저버린다.

한나절이 되자 더위는 더한층 무서워진다.

덕순이는 통째 짓무를듯싶은 등어리를 견디지 못하야 먼저번에 쉬여가든 나무 그늘에 지게를 벗어놓는다. 땀을 디려가며 안해를 가만히 나려보니 그동안 고생만 시키고 변변히 먹이지도 못하였든것이 갑작이 후회가 나는 것이다. 이럴줄 알았드면냇집 닭이라도 훔처다 먹였든걸, 싶어

"울지 말아, 그것들이 뭘아나? 제까진게——"

하고 소리를 뻑 지르고는

"채미 하나 먹어볼테야?"

"채밀 싫어요——"

안해는 더위에 속이 탔음인지 행길 건너 저쪽 그늘에서 팔고있는 어름냉수를 손으로 가르킨다. 남편이 한푼더 보태여 담배를 살려든그돈으로 어름냉수를 한그릇 사다가 입에 먹여까지 주니 안해도 황송하야 한숨에 들이

킨다. 한그릇을 다 먹고나서 하나 더 사다주랴 물었을때 이번에는 왜떡이 먹구싶다하였다. 덕순이는 이것이 마즈막이라는 생각으로 나머지 돈으로 왜떡 세개를 사다주고는 그래도 눈물도 씻을줄 모르고 그걸 오직오직 깨물고 있는 안해를 이윽히 바라보고 있었다. 그러다 안해가 무슨 생각을 하였는지 왜떡을 입에 문채 홀쩍홀쩍 울며

"저 사촌형님께 쌀두되 꿔다먹은거 부대 잊지 말구 갚우"

하고 부탁할제 이것이 필연 안해의 유언이리라고 깨닫고는

"그래 그건 염녀말아!"

"그러구 임자옷은 영근어머이더러 사정얘길하구 좀빨아달래우"

하고 이야기를 곧잘 하다가 다시 입을 이그리고 홀쩍홀쩍 우는것이다.

덕순이는 그 유언이 너머 처량하야 눈에 눈물이 핑돌아가지고는 지게를 도루 지고 일어슨다. 얼른 갖다 눕히고 죽이라두 한그릇 더얻어다 먹이는 것이 남편의 도릴게다.

때는 중복허리의 쇠뿔도 녹이려는 뜨거운 땡볕이었다.

덕순이는 빗발같이 나려붓는 얼골의 땀을 두손으로번갈라 훔처가며 끙끙 나려올제, 안해는 지게우에서 그칠줄 모르는 그 수많은 유언을 차근차근 남기자, 울자, 하는것이다.

연기

눈 뜨곤 없드니 이불을 쓰면 가끔식 잘두 횡재한다.

공동변소에서 일을 마치고 엉거주춤이 나오다 나는 벽께로 와서 눈이 휘둥그랬다. 아 이게 무에냐. 누리끼한 놈이 바루 눈이 부시게 번쩍버언쩍 손가락을 펴들고 가만히 꼬옥 찔러보니 마치 갓굳은 엿조각처럼 쭌둑쭌둑 이다. 애 이눔 참으로 수상하구나 설마 뒤깐기둥을 엿으로빚어놨을 리는 없을텐데. 주머니칼을 끄내들고 한번 시험쪼로 쭈욱 나리어깎아보았다. 누런 덩어리 한쪽이 어렵지 않게 뚝떨어진다. 그놈을 한테 뭉처가지고 그앞 댓돌에다 쓱 문태보니까 아 아 이게 황금이아닌가. 엉뚱한 누명으로 끌려가 욕을 보든 이 황금. 어리다는, 이유로 연홍이에게 고랑땡을 먹든 이 황금. 누님에게 그 구박을 다받아가며 그래도 얻어먹고 있는 이 황금——

다시 한번 댓돌우에 쓱 그어보고는 그대로 들고 거리로 튀어나온다. 물론 양쪽 주머니에는 묵직한 황금으로 하나 뿌듯하였다. 황금! 황금! 아, 황

* 『동백꽃』(왕문사, 1952), pp.377~382.

   이 작품은 『창공(蒼空)』 1937년 3월호에 처음 발표된 것으로 전해진다.

   김유정 자신의 생활을 소설화한 것이다. 여기에 나오는 누님은 「生의 伴侶」 「따라지」에 나오는 누님과 같은 인물로 실제 그의 누이다. 가난과 누님의 학대에 시달리는 고통에서 벗어나지 못하고 다시 원점으로 돌아간다.

금이다.

피언한 거리에는 커다랗게 살찐 도야지를 타고서 장꾼들이 오르나린다. 때는 좋아 봄이라고 향명한 아츰이었다. 길양쪽 버드나무에는 그 가지가지에 주먹같은 붉은 꽃이 달리었다.

알쫑달쫑한 꽃이팔을 날리며 엷은 바람이 부웅 하드니 허공으로 내몸이 둥실 애 이놈 좋구나. 허나 황금이 날아가선 큰일이다. 두손으로 양쪽 주머니를 잔뜩 웅켜잡고 있자노라니 별안간 꿍 하고 떨어진다. 이눔이 어따 이건 함부루 내던졌느냐. 정신이 아찔하야 똑똑이 살펴보니 이것이 바루 우리집 대문앞이 아니냐.

대문짝을 박차고 나는 허둥지둥 안으로 뛰어 들어갔다. 돈이라면 한푼에 목이말라하는 누님이었다. 이 누런 금덩어리를 내보이면 필연코 그는 헉하고 놀라겠지.

"누님! 수가 터졌우!"

나는 이렇게 외마디 소리를 질렀으나 그는 아무 대답도없다. 매우 마뜩지 않게 알로 눈을 깔아붙이고는 팟죽만 풍풍 퍼먹고 있는것이다. 그러나 머처럼 입을 연다는 것이

"오늘은 어떻게 취직 자리 좀얻어봤니?"

대문밖에좀 나갔다 들어만오면 변치 않고 그냥 물어보는 그 소리. 인제는 짜장 귀등이 가렵다. 마는 아무래도 좋다. 오늘부터는 그까진 밥 얻어먹지않아도 좋으니까——

"그까짓 취직" 하고 콧등으로 웃어버리고는

"자 이게 금덩어리유 똑똑이 보우——" 나는 두손을 다 그코밑에다 디려댔다. 이래두 침이 아니 넘어갈터인가. 그는 가늘게 실눈을 떠가지고 그걸 이윽히 디려다보다 종내는 나의얼골마저 치어다보지 않을수 없는 모양이었다. 금덩어리와 나의얼골을 이렇게 번차레로 몇번 홀터가드니

"이거 너 어서 났니?" 하고 두눈에서 눈물이 확 쏟아지질않느냐. 그리고 나의 짐작대로 날랜 두손이 들어와 덥석 훙켜잡고——

"아이구 황금이야!"

평소에도 툭하면 잘 짜는 누님. 이건 황금을 보구두 여전히 눈물이냐. 이걸 가만히 바라보니 나는 이만만해도 황금 얻은 보람이 큼을 느낄수 있다. 뻔둥번둥 놀고 자빠저 먹는다 하야 일상 들볶든 이 누님, 이왕이면 나두 이판에 잔뜩 갚어야한다. 누님이 붙잡고 우는 황금을 나는 앞으로 탁 채여가며

"이거 왜 이래? 다르라구" 하고 네보란드키 호령을 냅따질렀다. 내가 황금을 얻어좋은건 참으로 누님의 이꼴을 보기 위하야서다. 이런 황금을 막 허뿔리 만저보이느냐 어림없다. 호기있게 그 황금을 도루주머니에 집어넣고는——

"오늘부터 난 따루 나가겠우 누님밥은 맛이 없어서——"

나의 재조가 자라는데까지 한끝 뽐을 내였다. 이 만큼하면 그는 저쯤 알아 채이겠지. 인젠 누님이 화를 내건말건 내 받고 섰을배 아니다. 버듬직하게 거는방으로 들어가 내가 쓰든 잔세간과 이부자리를 포갬포갬 싸 놓았다. 이것만 들고 나스면 고만이다. '탁씨' 하나 부를 생각조차못하고 그걸 그대로 들고 일어스자니까 이때까지 웬영문을 몰라 떨떠름이 서 있든 누님이

"애 너 왜 이러니?" 하고 나의 팔을 잡아드린다.

"난 오늘부터 내밥을 먹구살겠우——"

"애, 그러지 말아 내 인젠 안그럴게"

"아니, 내 뭐 누님이 공밥먹는다고 야단을 첬대서 그걸가지고 노했다거나 혹은 어린애같이 뼈졌대거나……" 하고 아주 좋도록 속좀 쓰리게 해놓고 나스니까

"애, 내가 다 잘못했다 인젠 네맘대로 낮잠두 자구 그래 응?" 취직 못한다고 야단도안치고 그럴께니 제발 의좋게 가치 살자고 그 파랜 얼굴에 가없은 눈물까지 보이며 손이 발이 되게 빌붙는다. 이것이 어디 놀구 먹는다구 눈물로 밤낮 찡찡대든 그 누님인가 싶으냐.

"이거 왜 이래? 난 싫다는데——"

누님을 메다던지고 나는 신바람이 나게 뜰알로 나려섰다. 다시 누님이

맨발로 뛰어나려와 나를 붙잡고 울수 있을만침 고만침 동안을 띄어놓고는 대문께로 나오려니까 뜰알에서 쌀을 주어먹고 있든 참새 한마리가 포루릉 날아온다. 이놈이 나의 턱밑으로 넌즛이 들어 오드니 이건 어디다 쓰는버릇인지 나의 목줄띠를 콱물어채는 것이 아니냐. 그리고 그대로 대룽대룽 매달려 바들짝바들짝 아 아 아이구 죽겠다 아픈건 둘째치고 우선 숨이막히여 죽겠다. 보통이를 들었든 두손으로 참새란 놈을 불이나게 붙잡고 띠여 볼려니까 아, 아, 나 죽는다. 잡아대리면 대릴수록 참새는 그머리같이 점점 달나붙고 숨쉬기만 더욱더욱 괴로워진다. 요놈이 버릇없이 요런. 젓 먹든 힘을 다 디려 내목이 다라나냐 네목이 다라나냐고 콱 한번 잡아 채이니 후유 코밑의 연기로다——

공교로히도 나의 코끝이 뚫어진 굽도지 구녕에가 파수를보고 있는것이다. 고 구녕으로 아츰짓는 매캐한 연기가 모락모락 올라오고 있었다. 그 연기만도 숨이 막히기에 넉넉할턴데 이건 뭐라고 제손으로 제목을 잔뜩 웅켜잡고 누었느냐

"그게 온 무슨 잠이냐?"

언제쯤 거기 와 있었는지 누님은 미닫이를 열어 제치고서는 눈이 칼날이다. 어젯밤 내일은 일즉부터 돌아 다니며 만날 사람들을 좀 만나보라든 그 말을 내가 이행치 못하였으니 몹씨도 미울것이다. 야윈 목에가 핏대가 불끈 내솟았다.

"취직인가 뭔가 헐랴면 남보다 좀 성심껏 돌아다녀야지——"

바루 가시를 집아삼킨 따끔한 호령이었다. 아무리 찾아보아야 고대 가치살자고 눈물로 빌붙든 그 누님은 그림자도 비취이지 않었다. 한 사람이 이렇게도 변할수있는가, 나도 뚱그렇게 눈을 뜨고서 너머도 허망한 일인양 하야 얼뚤한 시선으로 한참 누님을 치어다보았다. 암만해도 사람의 일같지 않다. 그렇다고 무슨 연극도 아닐턴데. 낮에는 누님이 히짜를 뽑고 밤에는 내가 히짜를 뽑고. 이마의 땀을 씻을랴고 손이 올라가다 급작이 붉어오는 안색을깨닫고 도루 이불을 뒤집어쓴다.

이불속에는 아즉도 아까의 그 연기가 남아 있는것이다.

정분

들고 나갈거라곤 인제 매함지박 키쪼각이 있을뿐이다. 체랑 그릇이랑 이낀좀하나 깨지고 헐고하야 아무짝에도 못쓸것이다. 그나마도 들고나설 랴면 안해의눈을 기워야할턴데 맞은쪽에 빤이 앉었으니 꼼짝할수없다. 허 지만 오늘도 밸을좀 긁어놓으면 성이뻐처서 제물로 부르르나가버리리라. 아래묵의 은식이는 저녁상을 물린뒤 두다리를 세워 얼싸안고는 고개를 떠 러친채 묵묵하였다. 묘한 꼬투리가 선뜻 생각키지않는 까닭이었다.

웃방에서 나려오는 냉기로하야 아랫방까지 몹씨 싸늘하다. 가을쯤 치받 이를 해두었든면 좋았으련만 천정에서 흙방울이 똑똑 떨어지며 찬바람이

* 『조광』(1937. 5), pp.110~120.

'短篇小說'이라는 장르 표지가 붙어 있고 정현웅(鄭玄雄)의 삽화가 곁들여 있다. 작품 끝에 탈고 일자가 '昭和九年, 八, 一六' 즉 1934년 8월 16일로 밝혀져 있다. 『조광』 1937년 5월호는 김유정의 조서(早逝)를 애도하는 여러 글을 싣고 있는데 다음과 같은 편집자의 기(記)가 이 작 품 시작 부분에 붙어 있다.

"이小說은 故金裕貞君이 昭和九年에썼든것으로 匣底에 넣어두고 發表치않은것을 本紙에서 發見하여 이제 君을 哀悼하는意味로 싣는것이다. 아까운 君의夭折이 朝鮮文壇에 큰損失은 말 할것도 없거니와 이제 君의 早死에對해 깊이 哀悼를 不禁하는바이다."(위의 책, p.111)

그러나 사실 이 「정분」은 1935년에 발표했던 「솟」의 초고(草稿)이다. 갈등 구조, 심리 묘사, 언어 구사 등에서 「정분」은 「솟」보다 미숙하다.

새여든다. 헌옷때기를 들쓰고앉어 어린아들은 화루전에서 킹얼거린다. 안해는 그 아이를 옆에끼고 달래며 감자를 구어먹인다. 다리를 모로 느리고 사지를 뒤트는냥이 온종일 방아다리에 시달린몸이라 매우 나른한 맵이었다. 하품만 연달아 할뿐이었다.

한참지난후 남편은 고개를들어 안해의눈치를 살펴보았다. 그리고 두터운 입살을 찌그리며 데퉁스럽게

"아까 낮에 누가 왔다갔어?" 하고 한마디 내다붙였다.

"면서기밖에 누가 왔다갔지유" 하고 안해는 심심히 받으며 들떠보도않는다.

물론 전부터 밀어오든 호포를 독촉하러 면서기가 왔든것을 자기는 거리에서 먼저 기수채웠다. 그때문에 붙잡히면 혼이 뜰까바 일부러 몸을 피한바나 어차피 말을 꼴랴니까

"볼일이있으면 날불러 대든지할게지 왜 그놈을 방으로 불러드려서 둘이들 뭐했어그래?" 하고 눈을 부르뜨지 않을수없었다. 안해는 이마를 홱들드니 잡은참 눈꼴이 돌아간다. 하 어이없는 모양이다. 샐쭉해서 턱을 족곰소치자 그대로 떨어치며 잠잣고 아이에게 감자를 먹인다. 이만하면 하고 다시한번 분을 솎았다.

"헐말이 있으면 밖에서 허던지 방으로까지 끌어드릴건 뭐야"

"남의속 모르는소리 작작하게유 자기때문에 말막음하느라고 욕본생각은 못하구……" 하고 안해는 감으잡잡한 얼굴에 핏대를올렸으나 표정을 고르잡지못한다. 얼마 그러더니 남편의낮을 똑바루 쏘아보며

"그지말고 밤마닥 집신짝이라두 삶어서 호포를 갖다내게유" 하다가 좀 사이를두곤 들릴듯말듯한 혼자소리로

"계집이 좋다기로 집안물건을 모조리 들어낸담" 하고 모지게 종알거린다.

"집안물건을 누가 들어내?"

그는 시치미를 떼며 펄석 뛰었다. 그러나 속으로는 찐하였다. 모르는줄 알았드니 안해는 벌서 다안눈치다. 어젯밤 안해의속곳과 그젯밤 맷돌짝을

홈으려낸것이 탈로되었구나 생각하니 불쾌하기 짝이없다.

"누가 그런소리를 해? 벼락을 맞을라구"

한팔로 아이를 끌어드려 젖만 먹일뿐 젊은안해는 받아주지않았다. 샘과 분에 못이겨 무슨 호된말이 터질듯터질듯하련만 꾹꾹 참는 모양이라.

"누가 그따위소리를 해그려?"

"철쇠어머니지 누군누구야"

"뭐라구?"

"들뺑이와 배맞었다지 뭐뭐야 맷돌하고 내속곳은 술사먹는거라지유?"

남편은 갑작스레 얼굴이 벌갰다. 안해는 살고자 고생을 무릅쓰고 바둥거리는데 남편이란 궐자는 그속곳으로 술사먹다니 어느모로 보던 곱지못한 행실이리라. 그도 안해의시선을 피할만치 양심의가책을 느꼈다. 마는 그렇다고 자기의 의지가 꺾인다면 남편된 도리도 아니었다.

"보도못하고 애맨 소리를 해그래 눈깔들이 멀랴구"하고 변명삼아 목청을 돋았다. 그러나 아무 효력을 보이지않으매 약이올랐다. 말끝을 슬몃이 돌리어

"자기는 뭔데 대낮에 그놈을끼고 누었드람"하야 안해를 되순나잡았다.

이말에 안해는 독살이 뽀로졌다. 젖먹이든 아이를 방바닥에 쓸어박고는 발닥이러슨다. 공도모르고 게정만 부리니 야속할게라. 찬방에서 혼자좀 자보란듯이 천연스레 뒤로 치마다리를 여미드니 그대로 살랑살랑 나가버린다. 아이는 요란히 울어대인다.

눈우를 밟는 안해의 발자취소리가 멀리 사라짐을 알자 그는 속이놓였다. 방문을열고 가만히 나왔다. 무슨즛을 하던 볼사람은 없을것이다. 벅으로 더듬어 들어가서 성냥을 그어대고 두리번거렸다. 생각대로 함지박은 부뚜막우에서 주인을 기다린다. 그속에 담긴 감자나부렁이는 그자리에 쏟아버린뒤 번적들고 뒤란으로 나갔다. 앞으로 들고나가단 안해에게 들키면 혼이난다. 뒷겯 언덕우로 올라가서 울타리밖으로 던저넘겼다. 그담엔 예전 뒤나보러 나온듯이 싸리문께로 와서 유유히 사면을 돌아보았다. 하얀 눈뿐이다. 울타리에 몸을 비겨대고 뒤를돌아 함지박을 집어들자 뺑손을 놓았다.

은식이는 인가를 피하야 산기슭으로 돌았다. 함지박을 몸에다 착붙였으니 들킬염여는 없었다.

매섭게 쌀쌀한 달님은 푸른하늘에 댕그머니 눈을떳다. 수어리골을 흘러나리든시내도 인젠 얼어붙어서 날카롭게 번득인다. 그리고 산이며 들, 집, 낫가리, 만물은 겹겹눈에 잠기어 숨소리조차 내지않는다.

산길을빠저 거리로 나올랄제 어데선가 징소리가 울린다. 고적한 밤공기를 은은히 흔들었다. 그는 가든다리를 멈추고 멍허니섰다. 오늘밤이 진흥회총회임을 깜빡 잊었든것이다. 한번 안가는데 궐전이오전, 뿐만아니라 괜은 부역까지 안담이씨우는것이 이동리의 전레이었다. 허나 몸이아퍼서 않았다면 그만이겠지, 이쯤 마음을 놓았으나 그래도 끌밋하였다. 진흥회라고 없는놈에게 땅을 배채해준든가 다른 살방침을 붓들어준든가 할진저 툭탁하면 굶는놈을 붙잡아다 신장노 닦으라고 부역을시키기가 난당 껀듯하면 고달픈놈 불러앉히고 잔소리로 밤을 패는것이 일수이니 가뜩이나 살림에 쪼들리는 놈이라 도시 성이가서서 벌서부터 동리를 떠날나구 장은댓으나 옴치고뛸 터전이없었다. 하지만 진흥회가 동리청년들을 쓸어간것만은 고마운 일이었다. 오늘밤에는 저혼자 들뺑이를 차지할수있으리라.

술집가까히 왔을때엔 기쁠뿐더러 용기까지 솟아올랐다. 길가에 따로떨어저 호젓이 놓인 집이다. 산모롱이 옆에 서서 눈에쌓여 흔적이 진가민가나 달빛에 빗기어 갸름한 꼬리를 달았다. 서쪽으로 그림자에 묻기어 대문이열렸고 고겯으로 등불이 반짝대는 지게문이 있다. 이방이 게숙이가 빌려 있는 곳이었다.

문을열고 썩 들어스니 게집은 이러스며 반긴다.

"이게 웬함지박이지유?"

그태도며 얕은 우슴을 짓는냥이 사흘전 처음 인사할제와 조끔도 변치않었다. 어젯밤 자기를 사랑한다든 그말이 알톨같은 진정이리라. 하여튼 정분이란 히얀한 물건.

"왜우서 어젯밤 술값으로 가저왔지" 하였으나 좀 제면적었다. 계집이 받

아들고서 좋아하는걸 얼마쯤 보다가

"그게 그래봬두 두장은 넘을걸"

맞우 싱그레 우서주었다. 게숙이의 흥거운 낮은 그의행복 전부이었다.

계집은 함지를 들고 안쪽문으로 나가드니 술상을 바처들고 들어온다. 미안하야 달라도않는 술이나 술값은 어찌되었든 우선 한잔하란 맺이었다. 막걸리를 화로에 거냉만하야 많아부며

"어서 마시게유 그래야 몸이풀류" 하드니 입에다 부어까지준다. 한숨에 쭉 들어켰다. 한잔 두잔 석잔

계집은 탐탁히 옆에 붙어앉드니 은식의 얼은손을 젖가슴에 품어준다. 가여운 모양이다. 고개를 접으며

"나는 낼떠나유" 하고 떨어지기 섭한 내색을 보인다. 좀 더있을랴했으나 진흥회회장이 왔다. 동리를 위하야 들뺑이는 안받으니 냉큼 떠나라하였다. 그러나 이밤에야 어델가랴 낼아츰 밝는대로 떠나겠노라고 하였다는 것이다.

은식이는 낭판이 떨어저서 멍멍하였다. 언제던 갈줄은 알았든게나 급작이 서들줄은 꿈밖이었다. 따로 떨어지면 자기는 어찌 살려는가. 게숙이에겐 번이 남편이 있었다. 곧 아랫묵에 누어있는 아이의 아버지. 술만 처먹고 노름질에다 혹닥하면 안해를 뚜들겨패고 벌은 돈푼을 뺏어가고 함으로 해서 견딜수없어 석달전에 갈렸다는것이었다. 그럼 자기와 들어내고 살아도 무방할게다. 허나 그런말은 참아하기 어색하였다.

"난그래 어떻게살아 나두 많아갈가?"

"그럼 그럽시다유" 하고 그말을 바랐단듯이 선듯 받어가

"집에있는 안해는 어떻게 하지유?"

"그건 염여없어"

은식이는 기운이뻗혀서 계집을 얼싸안었다. 안해쯤은 치우기 손쉬웠다. 제대로 내버려두면 어데로 가던마던 할터이니까 다만 게숙이를 많아다니며 벌어먹겠구나 하는 새로운 생활만이 기쁠뿐이다.

"낼 밝기전에 가야 들키지않을걸!"

야심하여도 술군은 없었다. 단념하고 문고리를 걸은뒤 불을껐다. 계집은 누어있는 은식이팔에 몸을 던지며 한숨을 후지운다.

"살림을하려면 그릇쪼각이라두 있어야할텐데——"

"내 집에가서 가저오지"

그는 아무 꺼림없었다. 안해가 잠에 고라지거던 들어가서 이거저거 후무려오면 그뿐이다. 내일부터는 굶주리지않어도 맘편히 살려니 생각하니 잠도 안올만치 가슴이 들렁거린다.

우풍이 시었다. 주인이 나뻐서 방에 불도 안핀모양 까칠한 공석자리에 들어누어서 떨리는몸을 노기고자 서로 꼭품었다. 한구석에 쓸어박혔든 아이가 잠이깨었다. 킹얼거리며 사이를파고 들려는걸 어미가 야단을치니 도로 제자리로 가서 끽소리없이 누었다. 매우 훈련받은 젖먹이었다.

은식이는 그놈이 몹씨싫였다. 우리들이 죽도록 모아노면 저놈이 써버리겠지 제애비번으로 노름질도하고 어미를 두들겨패서 돈도 빼았고하리라. 그러면 나는 신선노름에 도끼자루 썩는격으로 헛공만드리는게 아닐가 하고 생각하니 곧 얼어죽어도 아깝진않었다. 그러나 어미의환심을 살려닌까에그놈 착하기도하지 하고 두어번 그궁뎅이를 안뚜덕일수없으리라.

달이 기우러 지개문을 밝힌다. 있다금식 마구간에 뚜벅어리는 쇠굽소리 평화로운 잠자리에 때아닌 마가들었다. 뭉태가 와서 낮은소리로 계집을 부르며 지게문을 열라고 찔걱어리는것이다. 게숙이에게 돈좀쓰든 단골이라 세도가맹랑하다. 은식이는 골피를 찌프렸다. 마는 계집이귀속말로 "내잠간 말해보낼게 밖에나가 기다리유" 함에는 속이 든든하였다. 그말은 남편을 신뢰하야 하는 속셈이리라. 그는 바람같이 안문으로 나와서 방벽게로 몸을 착붙여세윘다.

은식이는 귀를 기우려 방의말을 였드렀다. 뭉태가 들어오며 "오늘도 그놈왔었나" 하드니 계집이 아무도 안왔다닌까 그자식 웨 요새 바람이 나서 지랄이야 하며 된통비웃는다. 그놈이란 자기다. 이말저말한참을 주언부언 지꺼리드니 자기가 동리의평판이 나쁘다는둥 안해까지 돌아다니며 미워남

편을 숭본다는둥 혹은 게숙이를 집안 망할 도적년이라고 갖은 방자를 다하
드라는둥 자기에대한 흠집은 모조리 들추어낸다. 그럴적마다 계집은 는실
난실 여신이 받으며 가치웃는다. 그리곤 남못드를만치 병아리소리로들 속
은거리는것이었다.

은식이는 분이올라 숨도 거츨렀다. 마는어쩌볼 도리가없다. 게숙이좋아
핀잔도 안주고 한통이 되는듯 야속하기 이를데없다. 그는노기와 추움으로
말미아마 팔장을끼고는 덜덜떨었다. 농창이 난 버선이라 눈을 밟고섰으니
쑤시도록 저렸다. 안해생각이 문득 떠오른다. 집으로만 가면 따스한 품이
기다리련만 왜이고생을 하누, 하지만 안해는 싫었다. 아리랑타령하나 못하
는 병신, 돈한푼 못버는천치, 하긴 초작에야 물불을 모르도록 정이 두터웠
으나 인제는 다삭었다. 뭇사람의 품으로 옮아안기며 에쓱어리는 들뺑이가
천하다할망정 힘 안드리고 먹으니 얼마나 부러운가, 침들을 게제흘리고 덤
벼드는 뭇놈을 이손저손으로 후둘르니 그영예 바히 고귀하다할지라. 그는
설한에 이까지 딱딱어린다. 그러면서도 불러드리길만 고대하야 턱살을 바
처대고 눈이 빠질지경이다.

계집이 한문으로
"잘가게유 낭종 맞납시다"
"응 내 추후로 한번가지"
뭉태를 내뱉자 또한문으로
"가만히 들어오게유"
은식이를 집어드린다. 그는 닝큼 들어스며 얼은 손을 썩썩문탯다.
"그자식 남자는데 왜와 쌩이질이야……"
"그러개말이유 그건 눈치코치도 없어"
계집은 빌틈없이 여일하였다. 등잔에 불을대리며 건아하야 생글생글 웃
는다.

"자식이 왜그뺀세야 거짓말만 슬슬하구"하며 아까의 흉잡혓든 대깊음
을 하였다. 뭉태란놈은 돈도신용도 아무것도 없는 건달이란둥 오입질하다
들키어 되게 경을 첬다는둥 남의집 버리를 훔처내다 붙잡혀서 구메밥을 먹

었다는 헛풍까지 찌며 계집을 얼렁거리다가 깜짝 놀랜다. 안말에서 첫홰를 울리는 계명성이 요란하였다. 시간이 촉박하다. 계집의뺨을 문질러보곤 벌 덕 이러섰다.

"내 밖에좀 갔다올게 꼭 기달려 응"

은식이는 즈집싸리문을 살몃이 들어밀었다. 달은 아주 넘어갔다. 뜰에 깔린 눈의반영으로 할만하였다. 우선 봉당으로 올라스며 방문에 귀를 기우렸다. 깊은 숨소리, 안해는 고라졌다. 그제선 맘을놓고 벅으로 들어갔다. 더듬거리며 부뚜막에 다리를얹자 솥을뽑았다. 사년전 안해를 얻어드릴제 행복을 계약하든 솥이었다. 마는 달가운 꿈은 몇달이었고 지지리 고생만하였다. 인젠 마땅히 다른데로 옮겨야 할것이다. 벅벽에걸린 바구니에는 수까락이 세가락있다. 덕이(아들)먹을 한개만 남기고는 모집어 궤춤에 꽂았다. 좁쌀이 서너되 방에있다마는 그걸 꺼내다간 일이 빗나리라. 미진하나마 그대로 그림자같이 나와버렸다.

수아릿골 꼬리에 달린 막바지다. 양쪽산에 끼어 시냇가에 집은 없엿고 쓸쓸하였다. 마을복판에 일이라도 있어 돌이깔린 시냇길을 오르나리자면 적잔히 애를씨웠다. 그러나 그것도 하직을하자니 귀엽고도 일변 안탁까운 생각이 안남는다. 그는 살든집을 두어번 돌아다보며 술집으로 힝하게 달려 갔다.

"어서 들어오우 춥지유?"

게숙이는 어리삥삥한 우슴을 띠이며 반색한다. 아마 그동안 눕지도않은 듯 떠날준비에 서성서성하였다. 계집의 의견대로 짐을 뎅그먼이 묶어놓았다. 먼동트는대로 질머만메면 된다. 만약 아츰에 주저거리단 술집주인에게 발각이 될게고 수동리에 소문이퍼진다. 그뿐더러 안해가쫓아온다면 모양만 창피하리라.

떠날 차보를 다하고나서 그는 게집과자리에 맞우누었다. 추위를 덜고자 몸을맞붙였으나 그대로 마찬가지 덜덜 떨었다. 얼른 날이 밝아야할텐데—— ——그러다 잠이 까빡들었다.

그건 어느때나 되었는지 모른다. 아이가 칭칭거리며 머리우로 기어올라서 눈이띠었다. 군찬해서 손으로 밀어나릴랴할제 영문모를 일이라 등뒤 웃묵쪽에서

"이리온 아빠 여깃다" 하고 귀설은 음성이 들린다. 걸걸하고 우람한 목소리. 필연코 내버린 번남편이 결기먹고 딿아왔을것이다. 은식은 꿈을꾸는듯 싶었다. 겁이나서 두러누은채 꼼짝도 못한다. 안해의정부를 현장에서 맞닥드린 남편의 분노이면 매일반이리라. 낫이라두 들어 찍으면 찍소리못하고 죽을밖에 별도리없다. 등살이 꼿꼿하였다. 생각다못하야 게숙이를 깨우면 일이좀 피일가하야 손꼬락으로 넌즛이 그배를 몇번질렀다. 마는 계집은 그의허리를 잔뜩 끌어안고 코골음에 세상을 모른다. 부쩍부쩍 진땀만 흘렸다. 남편은 어청어청 등뒤로 거러온다. 언내를 번적들어안고 "왜성가시게 굴어 어여들 편히자게유" 하며 웃묵으로 도로간다. 그래도 그말씨가 매우 유순하였고 맘세좋아 보였으나 도리어 견딜수없이 살을저몃다. 계집은 얼마만에 이러났다. 어서 떠나야지 하고 눈을 부비드니 웃묵을 나려다보고 경풍을한다. 그리고 입을 봉하고는 잠잠히 있을뿐이다.

날은 활딱 밝었다. 벅에선 솥을 가신다. 주인은 기침을하드니 씨걱그리며 대문을연다.

이판 새판이었다. 은식이도 딿아이러나 옹크리고 앉으며 어찌될건가 처분만 기다렸다. 곁눈으로 흘깃살피니 키가 커다랗고 감대는 사납지않으나 암기좀 있어보이는 놈이 책상다리에 언내를안고 웃묵에 앉었다.

"떠나지들——"

마샛군은 이러나서 언내를 계집에 맡기드니 은식이를 향하야 손을빈다.

"여보기유 이러나서 이짐좀 지워주게유"

은식이는 허란대로 안할수없엇다. 번시는 자기가 질짐이었으되 부축하야 지워주었다. 솥, 맷돌, 함지박, 봇다리들을 한태 묶은것이니 조히 무거웠다. 허나 남편은 힘들기커녕 홀가분한 모양, 싱글거리며 덜렁덜렁 밖으로 나슨다. 계집도언내를 퍼대기에 들싸업곤 딿아 나섰다. 은식이는 꿈을 보는듯이 얼이빠졌다. 그들의 하는냥을 볼라고 설설 뒤묻었다.

아츰공기는 더욱 쑤셨다. 바람은 지면의 눈을 품어다간 얼굴에 뿜고뿜고 하였다. 산모롱이를 꼽드러 언덕길을 나릴랄제 남편은 은식이를 돌아보며

"왜섯수? 가치 갑시다유"

동행하길 곤하였다. 그는 아무대답없이 우두머니 섯을뿐. 그러자 산모롱이옆길에서 은식이안해가 달겨들었다. 기가 넘어 입은 버렸으나 말이 안나왔다. 헐덕어리며 얼굴이 새빨개지드니

"왜 남의솥을 빼가는게야?" 하고 게집에게로 달라붙는다.

동리 사람들은 전눈을 두부비며 구경을 나왔다. 멀직이 떨어저서 서로들 붙고 떨어지고 수군숙덕.

"아니야 아니야"

은식이는 안해를 뜯어말리며 볼이 확근거렸다. 그래도 발악을 마지않는다. 악담을 퍼붓는다. 그렇지마는 들뺑이내외는 귀가 먹었는지 하나는 짐을 하나는 아이를 들러업은채 언덕을 늠늠히 나려가며 돌아보도 않았다. 안해는 분에 복바치어 눈우에 털뻑 주저앉으며 울음을놓았다. 은식이는 구경군쪽으로 시선을 흘깃거리며 입맛만 다실따름. 종국에는 안해를 잡아 이르키며 울상이 되었다.

"아이야 우리솥이 아니라닌깐 그러네"

두포전

1. 난데없는 업둥이

옛날 저 강원도에 있었던 일입니다.

강원도라 하면 산 많고 물이 깨끗한 산골입니다. 말하자면 험하고 끔찍 끔찍한 산들이 줄레줄레 어깨를 맞대고, 그 사이로 맑은 샘은 곳곳이 흘러 있어 매우 아름다운 경치를 가진 산골입니다.

장수꼴이라는 조그마한 동리에 늙은 두 양주가 살고 있었습니다.

그들은 마음이 정직하여 남의 물건을 탐내는 법이 없었습니다. 그리고 개 새끼 한번 때려보지 않았드니만치 그렇게 마음이 착하였습니다.

---

* 『소년(少年)』(조선일보사, 1939. 1~5), 5회 연재.

　작품 앞에 '山中奇談'이라는 표지가 붙어 있고 삽화는 김규택(金奎澤)이 그렸다. 미완성 작품으로 사후에 발표되었다. '1. 난데없는 업둥이'부터 '6. 이상한 노승'까지가 김유정의 집필이고, 그 이하는 현덕(玄德)이 완성한 것이다. 김유정의 집필이 끝나는 부분에 다음과 같은 기록이 있다.

　"여기까지 쓰시고, 그러께 봄에 金裕貞선생님은 이 세상을 떠나셨습니다. 이 다음 이야기는 다행하게도 김선생님 병간호를 해드리며 끝까지 그 이야기를 행히 들으신 玄德선생님이 김선생님 대신 써주시기로 하였습니다. 다음 호를 손꼽아 기다려주십시오." (『소년』, 1939. 3. p.59)

　'아기장수 전설'을 소설화한 것인데 작품 정신은 '아기장수 전설'보다 영웅소설에 가깝다. '아기장수 전설'의 모티프는 「산골」에서도 부분적으로 이용되고 있다.

그러나 웬 일인지 늘 가난합니다. 그건 그렇다 하고 그들 사이의 자식이라도 하나 있었으면 오작이나 좋겠습니까. 참말이지 그들에게는 가난한것보다도 자식을 못가진 이것이 다만 하나의 큰 슬픔이었습니다.

그러자 하루는 마나님이 신기한 꿈을 꾸었습니다. 자기가 누어 있는 그 옆 자리에서 곧 커다란 청용 한마리가 온몸에 용을 쓰며 올라가는 꿈이었습니다. 눈을 무섭게 부라리고는 천정을 뚫고 올라가는 그 모양이 참으로 징글징글 하여보입니다. 거진거진 다 빠져나가다 때마침 고 밑에 놓였던 벌겋게 핀 화롯불로 말미암아 애를 씁니다. 인젠 꽁지만 빠져나가면 고만일텐데 불이 뜨거워 그걸 못합니다. 나중에는 이응, 하고 야릇한 소리를 내지르며 다시 한번 꽁지에 모지름을 쓸 때 정신이 고만 아찔하여 그대로 깼습니다.

별 꿈도 다 많습니다. 청용은 무엇이며 또 이글이글 끓는 그 화로는 무슨 의밀가요. 그건 그렇다 치고 다빠져나간 몸에 하필 꽁지만이 걸리어 애를 키는건 무엇일는지——

마나님은 하도 괴상히 생각하고 그 이야기를 영감님에게 하였습니다.

이걸 듣고는 영감님마자 눈을 둥그렇게 떴습니다.

그리고 얼마 있더니 손으로 무릎을 탁 치며

"허 불싸! 좋긴 좋구면서두——"

하고 입맛을 다십니다. 그 눈치가 매우 실망한 모양입니다.

"그게 바루 태몽이 아닌가?"

"태몽이라니 그게 무슨 소리유?"

하고 마나님이 되짚어 물으니까

"아들 날 꿈이란 말이지——"

"아들을 낳다니? 낼 모레 죽을것들이 무슨 아들인구!"

"허 그러게 말이야—— 누가 좀 더 일찌기 꾸지 말랐든가!"

하고 영감님은 슬픈 낯으로 한숨을 휘 돌립니다.

이럴지음에 싸리문께서 쟁가리 치는 소리가 들려옵니다.

마나님은 좁쌀 한쪽박을 퍼 들고 나오며 또한 희한한 생각이 듭니다. 여지껏 이렇게 간구한 오막살이를 바라고 동냥하러 온 중이 없었습니다. 그런데 오늘은 이게 웬일입니까. 다 쓸어진 싸리문 앞에 서서 중이 꽹가리를 두드릴수 있으니 별일도 다 많습니다.

마나님은 좁쌀을 그 바랑에 쏟아주며

"입쌀이 있었으면 갖다 드리겠는데 우리두 장 이 좁쌀만 먹어요."

하고 저윽이 미안쩍어합니다. 모처럼 멀리 찾아온 손님을 좁쌀로 대접하여서는 안 될 말입니다. 동냥을 주고도 그 자리에 그냥 우두머니 서서 마음이 썩 편치않습니다. 그래서 논밭길로 휘돌아 내려가는 중의 뒷모양을 이윽히 바라보고 서 있습니다.

하기는 중도 별 중을 다 봅니다. 좁쌀이건 쌀이건 남이 동냥을 주면 고맙다는 인사가 있어야 할게 아닙니까. 두발이 허옇게 센 깨끗한 노승으로써 남의 물건을 묵묵히 받아가다니 그건 좀 섭섭한 일이라 안할수 없습니다.

그러나 더욱 이상한것은 그 담 날 똑 고맘 때 중하내 또 왔습니다. 이번에는 마나님이 좁쌀 한쪽박을 퍼들고 나가보니 바로 어제 왔던 그 노승이 아니겠습니까. 그리고 어제와 한가지로 묵묵히 동냥을 받아가지고는 그대로 돌아서고마는것입니다.

어쩌면 사람이 이렇게도 무뚝뚝할수가 있습니까. 고마운것은 집어치고 부드럽게 인사 한마디만 있어도 좋겠습니다. 허나 마나님은 눈쌀 하나 찌프리는 법 없이 도리어 예까지 멀리 찾아온것만 기쁜 일이라 생각하였습니다.

그러다 셋째번 날에는 짜장 놀라지 않을수 없었습니다. 똑 고맘 때 바로고 중이 또 찾아오지 않았겠습니까. 마나님은 동냥을 군말 없이 퍼다주며 얼떨떨한 눈으로 그 얼굴을 뻔히 쳐다보았습니다.

그제서야 그 무겁던 중의 입이 비로소 열립니다.

"마나님! 내 관상을 좀 할줄 아는데 좀 봐드릴가요?"

하고 무심코 마나님을 멀뚱히 바라봅니다.

마나님은 너무도 반가워서 주름 잡힌 얼굴을 싱긋벙긋하며

"네! 어디 은제 죽겠나 좀 봐주슈."

"아닙니다. 돌아가실 날짜를 말씀해 드리는것이 아니라 앞으로 장차 찾아올 운복을 말씀해 드리겠습니다."

"인제는 거반 다 살고난 늙은이가 무슨 복이 또 남았겠어요?"

여기에는 아무 대답도 하려하지 않고 노승은 고 옆 괴때기 위에 가 덜썩 주저앉습니다. 그리고 허리띠에 찬 엽낭을 뒤적대더니 강한 돗베기와 조그만 책 한권을 꺼내듭니다. 돗베기 밑으로 그 책을 바짝 드려대고 하는말이

"마나님! 당신은 참으로 착하신 어른입니다. 그런데 불행히도 전생에 지은 죄가 있어 지금 이 고생을 하는것입니다."

하고 중은 한 손으로 허연 수염을 쓰다듬어 내리더니

"그러나 인제는 그 전죄를 다 고생으로 때셨습니다. 인제 앞으로는 복이 돌아옵니다. 우선 애기를 가지시게 될것입니다."

"아니 이대도록 호호 늙은이가 무슨 애를 가진단 말심이유?"

하고 망칙스럽단듯이 눈을 감작깜작하다가 그래도 마음에 솔깃한것이 있어

"그래 우리같은 늙은이에게도 삼신께서 애를 즘지해주슈?"

"그런것이 아니라 현재마나님에게 아이가 있습니다. 그런데 다만 마나님 눈에 보이지만 않을 뿐입니다."

"네, 애가 지금 있어요?"

하고 마나님은 눈을 횅댕그러히 굴리지 않을 수 없었습니다. 노승의 하는 말이 그게 온 무슨 소린지 도시 영문을 모릅니다.

"그럼 어째서 내 눈에는 보이지를 않습니까?"

"네 차차 보십니다. 인제 내 보여드리지요."

노승은 이렇게 말을 하더니 등 뒤에 졌던 바랑을 끄릅니다. 그걸 무릎앞에 놓고 뒤적거리다 고대 좁쌀을 쏟아넣던 그 속에서 자그마한 보따리 하나를 끄냅니다. 그리고 다시 그 보따리를 끄를 때 주인 마나님은 얼마나 놀랐겠습니까.

집집으로 돌며 동냥을 얻어 넣고서 다니던 그 보따립니다. 그 속에서 천

만 뜻밖에도 맑간 눈을 가진 애기가 나옵니다. 인제 낳은지 삼칠일이나 될는지 말는지 한 그렇게 나굿나굿한 귀동잡니다.

"마나님! 이 애가 바루 당신의 아들입니다."

"네?"

하고 마나님은 얻어맞은 사람같이 얼떨떨하였습니다. 그러나 애기를 보니 우선 반갑습니다. 두 손을 내밀어 자기 품으로 덥썩 잡아채가며

"정말 나 주슈?"

하고 눈에 눈물이 글성글성했습니다.

"아니요, 드리는것이 아니라 바루 당신의 아들입니다. 그러나 혹시 요담에 와 다시 찾아갈 날이 있을지도 모릅니다."

노승은 이렇게 몇마디 남기고는 휘적휘적 산모롱이로 사라집니다. 물론 이쪽에서 이것저것 캐물어도 아무 대답도 하야주는 법이 없었습니다.

2. 행복된 가정

마나님은 애기를 품에 안고서 허둥지둥 뛰어들어갑니다.

"여보! 영감!"

하고는 숨이 차 한참을 진정하다가 그 자초지종을 저저히 설명합니다. 그리고 분명히 들었는데 노승의 말이

"이 애가 정말 내 아들이랍디다."

"뭐? 우리 아들이야?"

하고 영감님 역 좋은지만지 눈을 커다랗게 뜨고는 싸리문 밖으로 뛰어 나옵니다. 아무리 생각하여도 심상치는 않은 중입니다. 직접 만나보고 치사의 말을 깎듯이 하여야 될겝니다.

그러나 동리를 샅샅치 뒤져보아도 노승의 그림자는 가뭇도 없었습니다. 다시 집으로 터덜터덜 돌아와서는

"아 아 그렇게 자꾸만 만지지 말아."

하고는 다시 한번 애기를 품에 안아보았습니다. 과연 귀엽고도 깨끗한 애깁니다. 어쩌면 이렇게 살결이 희고 눈매가 맑습니까. 혹시 이것이 꿈이나

아닐지 모릅니다.

영감님은 손으로 눈을 비비고나서 다시 드려다 보았습니다마는 이것이 결코 꿈은 아닐듯 싶습니다. 그러면 그 노승은 무엇일가, 또는 어째서 자기네에게 이 애기를 맡기고 간것일가. 아무리 궁리하여보아도 그 속은 참으로 알수가 없습니다.

그러나 하여튼 애기를 얻은것만 기쁠뿐입니다. 그들은 애기를 가운데 놓고 앉아서 해가 가는줄도 모릅니다.

이렇게 하여 얻은것이 즉 두포입니다.

그들은 날마다 애기를 키우는걸로 그 날 그 날의 소일을 삼았습니다. 애기에게 젖이 있었으면 얼마나 좋겠습니까. 나이가 이미 늙어서 마나님은 아무리 젖을 짜보아도 나오지를 않습니다. 하릴없이 조를 끓이어 암죽으로 먹일때마다 가엾은 생각이 안 날수 없었습니다. 그래서 때때로 영감님이 애기를 안고서 동리로 나갑니다. 왜냐면 애기 있는 집으로 돌아다니며 그 젖을 조금씩 얻어먹이고 하는것입니다.

이렇게 제구가 없어 젖구걸을 다니건만 애기는 잘두 자랍니다. 주접한번 끼는 법 없이 돋아나는 풀싹처럼 무럭무럭 잘두 자랍니다.

그리고 세상에는 이상한 애기도 다 있습니다. 열살이 넘어서자 그 힘이 어른 한사람을 넉넉히 당합니다. 뿐만 아니라 얼굴 생김이 늠늠한 맹호 같아서 보는 사람으로하여금 머리를 숙이게 하는것입니다. 겸하여 늙은 부모에게 대한 그 효성에도 놀랍지 않을수가 없었습니다.

동리 어른들은 그 애를 다들 좋아하였습니다. 그리고 자기네끼리 모이면

"저 두포가 보통 아이는 아니야!"

하고 은근히 수군거리고 하였습니다.

늙은 아버지와 어머니는 그를 극진히 사랑하였습니다. 그리고 나날이 달라가는 그 행동을 유심히 밝히어보고 있었습니다.

"필연 이 애가 보통 사람은 아닌거야."

"남들두 이상히 여기는 눈칩니다."

이렇게 늙은 두 양주는 두포의 장래를 매우 흥미있게 바라보고 있었습니다.

3. 놀라운 재복

두포는 무럭무럭 잘두 자랍니다. 물론 병 한번 앓는 법 없이 깰긋하게 자라갑니다.

늙은 아버지와 어머니는 너무도 기뻐서 어쩔줄을 모릅니다. 나날이 달라가는 두포를 보는것은 진품 그들의 큰 행복이었습니다. 아들을 아침에 산으로 내보내면 저녁나절에는 싸리문 밖에가 두 양주가 서서, 아들 돌아오기를 기다리는것이 하루 하루의 그들의 일이었습니다.

그뿐 아니라, 두포가 들어오자 집안이 차차 늘지를 않겠습니까. 산 밑에 놓였던 그 오막살이 초가집은 어디로 갔는지, 인제는 그림자도 보이지 않습니다. 그리고 그 자리에가 고래등같은 커다란 기와집이 넓지기 놓여있습니다. 동리에서만 제일갈뿐 아니라, 이 세상에서 으뜸이리라고, 다들 우러러보고 하였습니다.

그러나, 어떻게 하여 이토록 부자가 되었는지, 그걸 아는 사람은 하나도 없었습니다. 그래, 어떤이는 사람들이 워낙이 착하여 하느님이 도와주신거라고 생각하였습니다. 혹은 두포의 재주가 좋아 그런거라고 생각하는이도 있었습니다.

"재주? 무슨 재주가 좋아, 빌어먹을 여석의 거! 도적질이지."

이렇게 뒤로 애매한 소리를 하며 돌아다니는 사람도 있습니다. 물론 이것은 두포를 원수같이 미워하는 요 건너 사는 칠태입니다.

칠태라는 사람은 동네에서 꼽아주는 장사로, 무섭기가 맹호같은 청년입니다. 그런데 마음이 번디 불량하여 남의 물건을 들어다놓고, 제것같이 먹고 지내는 도적입니다. 이렇게 엄청난 짓을 하여도 동리에서는 아무도 그를 나무래는 사람이 없었습니다. 왜냐면 그는 너무도 힘이 세이므로 괜스리 잘못 덤볐다간 이쪽이 그 손에 맞아죽을지 모릅니다.

그리하여 칠태는 제 힘을 자시하고, 한번은 두포의 집 뒷담을 넘었습니다. 이집 뒷광에 있는 쌀과 돈, 갖은 보물이 탐이 납니다.

그러나, 열고 들어가 후무려내면 고만입니다. 누구 하나 말릴 사람은 없으리라고, 마음놓고 광문의 자물쇠를 비틀어봅니다. 이때 이것이 웬 일입니까

"이놈아!"

하고 벽력처럼 무서운 소리가 나자, 등어리에가 철퇴가 떨어지는지 몹시도 아파옵니다. 정신이 아찔하여 앞으로 쓸어지려 할 때, 이번에는 그 육중한 몸둥아리가 공중으로 치올려뜨지 않겠습니까. 그러나 다시 떨어졌을 때에는 거지반 얼이 다 빠지고 말았습니다.

허지만 힘꼴이나 쓴다는 장사가 요까진것쯤에 맥을 못 추려서야 말이 됩니까. 기를 바짝 쓰고서 눈을 떠보니 별일도 다 많습니다. 칠태의 그 무거운 몸둥아리가 두포의 두 팔에가 어린애 같이 안겨 있지 않겠습니까. 그리고, 집안에서 시작된 일이 어떻게 되어 여기가 대문 밖입니까. 이건 참으로 알수 없는 귀신의 노름입니다.

그러자, 두포는 칠태의 몸둥아리를 번쩍 쳐들어 무슨, 헌겁때기와 같이 풀밭으로 내던졌습니다. 그리고 그는 두 손을 바짓자락에 쓱 문대며,

"이놈! 다시 그래봐라. 이번엔 허릴 끊어놀테니."

하고는 집으로 들어가버립니다. 그 태도가 마치 칠태같은것쯤은 골백다섯이 와도 다——우습다낭 싶습니다.

이걸 가만히 바라보니, 기가 막히지 않을수 없습니다. 제깐에는 장사라고 뽑내고 다녔더니, 인제 겨우 열댓밖에 안 된 아이놈에게 이 욕을 당해야 옳습니까.

그건 그렇다 하고, 대관절 어떡해서 공중을 날아 대문 밖으로 나왔겠습니까. 아무리 생각하여도 두포의 재주에는 놀라지 않을수가 없었습니다. 광문 앞에서 필연, 두포가 칠태의 몸을 번쩍 들어 공중으로 팽개친것이 분명합니다. 그래놓고는 그 몸이 대문 밖 밭고랑에가 떨어지기 전에 날쌔게 뛰어 나가서 두 손으로 받은것이 아니겠습니까. 그렇지만 않았다면 칠태는 땅바닥에 그대로 떨어져서 전병같이 되고 말았을것입니다. 이건 도저히 사

람의 일 같지가 않았습니다.

칠태는 도깨비에 씨인듯이 등줄기에가 소름이 쭉 내끼쳤습니다. 그리고 속으로 썩 무서운 결심을 품었습니다.

"흐응! 네가 힘만으로는 안 될라! 어디 보자."

이렇게 생각하고, 칠태는 도끼를 꽁문이에 차고서 매일같이 산으로 돌아다녔습니다. 왜냐면 두포가 아침에 산으로 올라가면, 하루 온종일 두포의 그림자를 보는 사람이 없습니다. 겨우 저녁 때 자기 집으로 들어가는 뒷모양밖에는 더 보지 못합니다.

"그러면 두포는 매일 어디가 해를 지우나?"

이것이 온 동리 사람의 의심스러운 점이었습니다.

그러나, 칠태는 제대로 이렇게 생각하였습니다. 제놈이 허긴 뭘 해. 아마 산속 깊이 도적의 소굴이 있어서 매일 거기가 하루 하루를 지내고 오는 것이리라고. 그러니까 산으로 돌아다니면 은제든가 네놈을 만날것이다. 만나기만 하면 대뜸 달겨들어 해골을 두쪽으로 내겠다고 결심했던것입니다.

칠태는 보름동안이나 낮 밤을 무릅쓰고 산을 뒤졌습니다. 산이란 산은 샅샅이 통 뒤져본 폭입니다.

그러나 이게 웬 일입니까. 두포는 발자국조차 찾아 볼 길이 없습니다.

4. 칠태의 복수

그러자 하루는 해가 서산을 넘을 석양이었습니다.

칠태가 하루 온종일 산을 헤매다가, 기운없이 내려오려니까, 저 맞은쪽 산골짜기에서 사람의 그림자가 힐끗합니다. 그는 부지중 몸을 뒤로 건으며 가만히 노려보았습니다. 그리고는 너무도 기뻐서는 몸이 부들부들 떨리었습니다.

이날까지 그렇게도 눈을 까 뒤집고 찾아다니던 두포, 두포. 흐응! 네가 바로 두포로구나 이놈 어디 내도끼를 한번 받아보아라.

칠태는 숲 속으로 몸을 숨기어 두포의 뒤를 밟았습니다. 그러나 두포에게로 차차 가차이 올쑤록 눈을 크게 뜨지 않을수 없었습니다. 왜냐면, 두포의 양 어깨 위에는, 커다란 호랑이 두마리가 얹혀있지를 않겠습니까. 이걸 보면 필연 두포가 주먹으로 때려잡아가지고 내려오는것이 분명합니다.

칠태는 따라가던 다리가 멈칫하여 장승같이 서있습니다. 아무리 도끼를 가졌대도 두포에게 잘 못 덤비었단 제 목숨이 어떻게 될지 모릅니다. 이럴가, 저럴가, 망서리고 섰을 때, 때마침 두포가 어느 바위에 걸터앉아서 신의 들매를 고칩니다. 꾸부리고 있는 그 뒷 모양을 보고는 칠태는 다시 용기를 내었습니다. 이깐놈의 거, 뒤로 살살 기어가서 도끼로 내려만 찍으면 고만이다. 이렇게 결심을 먹고 산 잔등이에 엎드려 소리없이 기어올라갑니다.

등 뒤에서 칠태의 머리가 살몃이 올라올 때에도 두포는 그걸 모릅니다. 다만 허리를 구부리고 신들매만 열심히 고치고 있었습니다.

칠태는, 허리를 펴며 꽁무니에서 도끼를 꺼냈습니다. 그리고 때는 이때라고 온 몸에 용을 써가지고 두포의 목덜미를 내려찍었습니다.

워낙이 정성을 드려 내려찍은 도끼라, 칠태 저도 어떻게 된 영문을 모릅니다. 확실히 두포의 몸이 도낏날에 두쪽이 난걸 이 눈으로 보았는데, 다시 살펴보니, 두포의 몸은 간곳이 없습니다. 다만 바위에가 도낏날 부딛는 딱소리와 함께 불이 번쩍나고 말았을 그뿐입니다. 그리고 불똥이 튀는 바람에 칠태의 왼눈 한짝은 이내 멀어버리고 말았습니다. 참으로 이상두스러운 일입니다. 사람의 몸이 어떻게 바위로 변하는수가 있습니까.

칠태는 두포에게 속은것이 몹씨도 분하였습니다. 허나 어쩌 볼수 없는 일이라, 아픈 눈을 손등으로 비비며 터덜터덜 산을 내려옵니다.

그리고 가만히 생각하여보니, 두포가 보통 사람이 아닌것을 인제 깨닫게 됩니다. 우선 두포의 늙은 부모를 보아도 알것입니다. 그들은 벌써 죽을 때가 지난 사람들입니다. 그렇건만 두포가 가끔 산에서 뜯어오는 약풀을 먹고는, 늘 싱싱하게 있는것이 아닙니까. 이것말고라도 동리 사람 중에서도 금새 죽으려고 깔딱깔딱하던 사람이 두포에게 그 풀을얻어먹고 살아난 사람이 한둘이 아닙니다.

이것만 보더라도 두포에게는 엄청난 술법이 있음을 알것입니다.

칠태는 여기에서 다시 생각을 하였습니다. 제 아무리 두포를 죽이려고 따라다닌대도, 결국은 제몸만 손해입니다. 이번에는 달리 묘한 꾀를 쓰지 않으면 안될것입니다.

칠태는 동리로 내려와 전보다도 몇갑절 더 크게 도적질을 하였습니다. 그리고 뒤로 돌아다니며 하는 소리가,

"그 두포란 놈이 누군가 했더니, 알고 보니까 큰 도적단의 괴수더구면." 하고 여러가지로 거짓말을 꾸미었습니다.

동리 사람들은 처음에는 반신 반의하여 귓등으로 넘겼습니다. 마는 열 번 찍어 안 넘어가는 나무가 없다고, 나중에는 솔깃히 듣고 말았습니다.

그리고 동리에서는 여기 저기서,

"아, 그 두포가 큰 도적이래지?"

"그럴거야, 그치 않으면 그 고래등같은 큰 기와집이 어서 생기나? 그리고 아침에 나가면, 그림자도 볼수 없지 않어?"

"그래, 두포가 확실히 도적놈이야. 요즘 동리에서 매일같이 도적을 맞는 걸 보더라도 알쪼지 뭐!"
하고는 두포에게 대한 험구덕이 대구 쏟아집니다.

그리하여 모든 사람이 모이어 회의를 하였습니다. 그리고 두포네를 이 동리에서 내쫓거나, 그렇지 않으면 죽여 없새기로 결정하였습니다.

우선 두포를 향하여 동리에서 멀리 나가달라고 명령하였습니다. 그 때 두포의 대답이,

"아무 죄두 없는 사람을 내쫓는 법이 어디 있습니까?"
하고는 빙긋이 웃을뿐입니다. 그리고는 며칠이 지나도 나가주지를 않습니다.

동리 사람은 그러면 인젠 하릴없으니, 우선 두포부터 잡아다 죽이자고 의론이 돌았습니다.

그래, 어느날 아침, 일찌기 장정 한 삼십명이 모이어 두포의 집으로 몰려갔습니다.

5. 두포를 잡으려다가

아직 해도 퍼지지 않은 이른 아침입니다.

동리 사람들은 두포네집 대문깐에 몰려들었습니다. 그들 중의 가장 힘센 몇 사람은 굵은 밧줄을 메고, 또 더러는 육모방맹이까지 메고 왔습니다. 두포가 순순히 잡히면 모르거니와 만일에 거역하는 나달에는 함부로 두들겨 죽일 작정입니다.

우선 그들은 대문 밖에 서서,

"두포 나오너라. 잠잖고 묶여야지, 그렇지 않으면 느 부모에게까지 해가 돌아가리라."

하고, 커다랗게 호령하였습니다.

두포는 손 등으로 눈을 비비며 나옵니다. 그런데 웬 영문인지 몰라 떨떠름이 그들을 바라봅니다.

그 때 동리 사람 삼십명은 한꺼번에 와짝 달겨들어 두포를 사로잡았습니다. 어떤 사람은 팔을 뒤로 꺾고, 또 어떤 사람은 목아지를 밧줄로 얽어다립니다.

이렇게 두포를 얽었을 때, 두포는 조금도 놀라는 기색이 없습니다. 그냥 묶는대로 맡겨두고, 뻔히 바라보고있을따름입니다.

그들은 뜻밖에도 두포를 쉽사리 잡은것이 신이 납니다. 인제는 저 산 속으로 끌어다 죽이기만 하면 고만입니다. 제 아무리 장비 같은 재주라도 이 판에서 빠져나지는 못할것이다. 그들은 마치 개를 끌어다리듯이 두포를 함부로 끌어다렸습니다.

이 때 묵묵히 섰던 두포가 두 어깨에 힘을 주니, 몸을 몇고팽이로 칭칭 얽었던 굵은 밧줄이 툭툭 나갑니다. 그 모양이 마치 무슨 실나부랭이 끊는 듯이 어렵지 않게 벗어납니다.

동리 사람들은 이걸 보고서 눈들을 커닿게 떴습니다. 어찌나 놀랐는지 이마에 땀까지 난 사람도 있었습니다. 대체 이 놈이 사람인가, 귀신인가. 아무리 뜯어보아야 입, 코에 눈 두짝 갖기는 매일반이렸만 이게 대체 어떻게 된 놈인가.

이렇게들 얼이 빠져서 멀거니 서있을 때, 두포가 두팔을 쩍 버리고 몰아냅니다. 하니까 자빠지는 놈에, 어퍼지는 놈, 혹은 달아나는 놈, 그 꼴들이 가관입니다. 그들은 이렇게 두포에게 가서 욕만 당하고 왔습니다.

다시 생각하면, 이것은 동리의 수치입니다. 인제 불과 열다섯밖에 안 된 아이 놈에게 동리 어른이 욕을 본것입니다. 이거야 될 말이냐고, 그들은 다시 모여서 새 계획을 쓰기로 하였습니다. 이 새 계획이라는건, 두포는 영영 잡을수 없다, 하니까 이번에는 그 집에다 불을 질러 세 식구를 태워버리자는 음모이었습니다.

하루는 밤이 깊어서입니다.

그들은 제각기 지게에 나무 한짐씩을 지고 나섰습니다. 이 나무는 두포의 집을 에워싸고 그 위에 불을 지를것입니다. 그러면 이 불이 두포의 집으로 차츰차츰 번져들어가, 나중에는 두포네 세 식구를 씨도없이 태울것입니다.

그래 그들은 소리 없이 자꾸만 자꾸만 나무를 져다 쌉니다. 얼마를 그런 뒤, 이제는 너희들이, 빠져 나올래도 빠져 나올 도리가 없을것이다, 하고 생각하는데 사방에서 일제히 불을 질렀습니다.

워낙이 잘 마른 나무라 불이 닿기가 무섭게 활활 타오릅니다. 나중에는 화광이 충천하여 온 동네가 불이 된것 같습니다.

그들은 멀찍암치 서서 두포의 집으로 불이 번져들기를 지켜보고 있었습니다.

"인젠 별수 없이 다 타 죽었네."

"그렇지, 제 아무리 뾰죽한 재주라도 이 불 속에서 살아날수는 없을것일세."

"그렇지. 제 놈이 기운이나 셌지, 무슨 술법이 있겠나."

이렇게들 서로 비웃는 소리로 주고 받고 하였습니다. 그런 동안에 불길은 점점 내려쏠리며 집을 향하여 먹어들어갑니다. 인제 한식경 좀 있으면 불길은 완전히 처마끝을 핥고들겠습니다.

그들은 아기자기한 재미를 가지고 구경하고 서있습니다. 그러나 불길이 두포네 집 처마 끝을 막 핥고들 때, 이게 또 웬 놈의 조활니까. 달이 밝던 하늘에가 일진 광풍이 일며, 콩알 같은 빗방울이 무데기로 쏟아집니다. 그런지 얼마 못가서 두포의 집으로 거반 다 타들어왔던 불길이 차차 꺼지기 시작합니다.

그들은 하도 놀라서 꿀 먹은 벙어리가 되었습니다. 서로 눈들만 맞혀보며, 하나도 입을 버리는 사람이 없습니다. 마른 하늘에 벼락이 있다더니, 이게 바루 그게 아닌가.

그들은 은근히 겁을 집어먹고 떨고 서있습니다.

"이건 필시 하늘이 낸 사람이지 보통 사람은 아닌걸세."

"그래 그래. 이게 반드시 하늘의 조화지, 사람의 힘으로야 될 수 있나."

이렇게들 쑤근쑥덕하고 의론이 벌어졌습니다. 그들은 지금 천벌이나 입지 않을가 하고 애가 조립니다. 착하고 깨끗한 두포를 죽이러들었으니 어찌 그 벌을 받지 않겠습니까.

"그것 봐, 애매한 사람을 죽이려드니까 마른 하늘에 생벼락이 안 내릴가."

하고, 한 사람이 눈살을 찌푸릴 때, 고 옆에 서있던 칠태가 펄꺽 뜁니다.

"천벌이 무슨 천벌이야. 도적놈을 잡아내는데 천벌일가?"

하고, 괜스리 골을 냅니다.

그러나 칠태는 제 아무리 골을 내도 인제는 딴 도리가 없습니다. 동리 사람들은 하나 둘 시납으로 없어지고, 비는 쭉쭉 내립니다.

6. 이상한 노승

칠태는 두포 때문에 눈 한짝 먼것이, 생각하면 할쑤록 분합니다. 몸이 열파에 날지라도, 이 원수야 어찌 갚지 않겠습니까. 마음대로만 된다면 당장 달겨들어 두포의 머리라도 깨물어먹고싶은 이 판입니다.

칠태는 매일과 같이 두포의 뒤를 밟았습니다. 언제든지 좋은 기회만 있으면 해치려는 계획입니다.

그러나 어쩐 일인지 중도에서 두포를 잃고 잃고 하였습니다. 어느 때에는 두포의 걸음을 못 따라 놓치기도 하고, 또 어느 때에는 두 눈을 똑바로 뜨고도 목전에 두포가 어디로 갔는지 정신 없이 잃어버리기도 합니다.

이렇게 하여 칠태는 근 한달 동안이나 허송세월로 보냈습니다.

그러자 하루는, 묘하게도 산 속에서 두포를 만났습니다. 이 날은 별로히 두포를 찾을 생각도 없었습니다. 다만 나무를 할 생각으로 지게를 지고 산 속으로 들어간것입니다. 그러나 몸이 피곤하여 어느 나무뿌리에 쭈구리고 앉아서 졸고 있을 때입니다.

칠태가 앉아있는 곳에서 한 이십여간 떨어져, 커다란 바위가 누워있습니다. 험상스리 생긴 집채 같은 바윈데 그 복판에가 잣나무 한주가 박혔습니다. 그런데 잠결에 어렴푸시 보자니까, 그 바위가 움즉움즉 놀지를 않겠습니까. 에? 이게 웬 일인가, 이렇게 큰 바위가 설마 놀리는 없을텐데——

칠태는 졸린 눈을 손으로 비비고, 다시 한번 똑똑히 보았습니다. 아무리 몇번 고쳐보아도 분명히 바위는 놉니다.

그제서는 칠태는 심상치 않은 일임을 알고 숲 속으로 몸을 숨기었습니다. 그리고 눈을 똑바로 뜨고는 그 바위를 노려보고있습니다. 조금 있더니, 집채같은 그 바위가 한복판이 툭 터지며 그와 동시에 새하얀 용마를 탄 장수 하나가 나옵니다. 장수는 사방을 둘레둘레 훑어보더니 공중을 향하여 쏜살 같이 없어졌습니다.

이 때, 칠태가 놀랜것은 그 장수의 양 겨드랑에 달린 날개쪽지였습니다. 눈이 부시게 번쩍번쩍하는 날개를 쭉 펴자, 용마와 함께 날아간 장수. 그리고 더욱 놀란것은 그 장수의 얼굴이 두포의 얼굴과 어쩌면 그렇게도 똑같은지 모릅니다. 혹은 이것이 정말 두포나 아닐가, 또는 제가 잠결에 잘 못 보지나 않았는가, 하고 두루두루 의심하여봅니다. 그러나 조금만 더 지켜만 보면 다 알것입니다. 오늘 하루해를 여기서 다 지우더라도, 확실히 알고 가리라고 눈을 까뒤집고는 지키고 앉았습니다.

이렇게 하여 대낮부터 앉았는 칠태는 해가 서산에 질려는것도 모릅니다. 그러다 장수와 용마가 다시 나타났을 때에는 칠태는 정신없이 그 관상을 뜯어봅니다. 그러나 아무리 뜯어보아도 그것은 분명히 두포의 얼굴입니다.

장수는 그 먼젓번 나오던 바위로 용마를 탄채 들어갑니다. 그러니까 쭉 갈라졌던 바위가 다시 여며져 먼젓번 놓였던대로 고대로 놓입니다. 그리고 조금 있더니 그 바위 저 쪽에서 정말 두포가 걸어나옵니다. 그리고 그 뒤에 노인 한분이 지팡이를 껄며 따라나옵니다. 그 모습이 십오년 전 바랑에서 두포를 꺼내던 바로 그 노승의 모습입니다.

노인은 두포를 껄고서 고 아래 시새 밭으로 내려오더니, 둘이 서서 무어라고 이야기가 벌어집니다. 노인은 지팡이로 땅을 그어 무엇을 가르쳐주기도 하고 두포의 머리를 손으로 쓰다듬으며 무어라고 중얼거리기도 합니다. 그럴때마다 두포는 두 손을 앞으로 모으고 공손히 듣습니다.

칠태는 열심으로 그들의 얘기를 엿듣고져 애를 썼습니다. 그러나 너무 사이가 떠, 한마디도 제대로 들을수가 없습니다. 저 노인은 무언데, 저렇게 두포를 사랑하는가, 아무리 궁리하여보아도 알수 없는 일입니다.

그러자 두포가 노인 앞에 엎드리어 절을 하고나니, 노인은 그 자리에서 간 곳이 없습니다. 그제서야 두포는 산 아래를 향하여 내려오기 시작합니다.

칠태는 두포의 뒤를 멀찌기 따라오며 이 궁리 저 궁리 하여봅니다. 또 쫓아가 도끼로 찍어볼가, 그러다 만약에 저번처럼 눈 한짝이 마자 먼다면 어찌 할겐가. 그러나 사내 자식이 그걸 무서워 해서야 될 말이냐.

칠태는 또 도끼를 뽑아들고는 살금살금 쫓아갑니다. 어느 으슥한 곳으로 따라가 싹도 없이 찍어 죽일 작정입니다.

두포와 칠태의 사이는 차차 접근하여옵니다. 결국에는 너덧 걸음 밖에 안 될만치 칠태는 바짝 붙었습니다. 이만하면 도끼를 들어 찍어도 실패는 없을것입니다.

두포가 굵은 소나무를 휘돌아들 때, 칠태는 도끼를 번쩍 들기가 무섭게

"이 놈아! 내 도끼를 받아라."

하고, 기운이 있는대로 머리께를 내려찍었습니다. 그와 동시에 칠태는 어그머니, 소리와 함께 땅바닥에 가 나둥그러지고 말았습니다.

왜냐면, 도끼를 내려찍고보니 두포는 금새 간 곳이 없습니다. 그리고 도끼는 허공을 힘차게 내려와 칠태의 정강이를 퍽 찍고 말았던것입니다. 다리에서는 시뻘건 선혈이 샘 같이 콸콸쏟아집니다.

그리하여 칠태는 그 다리를 두 손으로 부둥켜 안고는,

"사람 살리우——"

하고, 산이 쩡쩡 울리도록 소리를 드리질렀습니다. 그러나 워낙이 깊은 산 속이라 아무도 찾아와주지를 않았습니다.

7. 이상한 지팽이

아무리 사람 살리라는 소리를 쳐도 그 소리를 이 산골자기 저 산봉오리 받아 울릴뿐, 대답하고 나오는 사람은 없습니다.

정말 칠태는 큰일 났습니다. 해는 저물어 점점 어두어가고, 도끼에 찍힌 상처에서는 쉴새 없이 피가 흐릅니다. 저절로 눈물이 펑펑 쏟아지도록 아픕니다. 하지만 칠태는 아픈 생각보다는 이러다가 고만 두포 이놈의 원수도 갚지도 못하고 어찌되지 않을가 하여 눈물이 났습니다.

그나 그뿐이겠습니까. 벌써 사방은 컴컴하고 거츨은 바람이 첩첩한 수목을 쏴아 쏴아. 그리고 이따금씩 어흐흥어흐흥 하고 산이 울리는 무서운 짐승 우는 소리가 들립니다. 아마 호랑이인듯 싶습니다. 그 소리는 칠태가 있는 곳으로 점점 가까이 옵니다. 바루 호랑이입니다. 엄청나게 큰 대호가 소나무 숲사이에서 눈을 번쩍번쩍 칠태를 노리고 다가옵니다.

꼼작 못하고 칠태는 이 깊은 산 속에서 아무도 모르게 호랑이 밥이 되고 말가봅니다. 걸음을 옮기자니 발하나 움직일수 없고 팔 하나 들수 없는 칠태입니다. 아무리 기운이 장하다기로 이 지경으로 어떻게 호랑이같은 사나운 맹수를 당해낼수 있겠습니까.

그래도 칠태는 사람을 불러 구원을 청해보는수밖에 없습니다.

"사람 살류. 사람 살류."

그리고

"아무도 사람 없수."

그러자 어디선지

"칠태야."

하고, 자기를 부르는 소리가 났습니다. 두포의 음성입니다. 그러나 이상한 일도 많습니다. 부르는 소리만 나고 두포도 아무도 모양을 볼수는 없습니다.

두리번 두리번, 사방을 돌아보는 칠태 눈에 이것은 또 무슨 변입니까. 금방 호랑이가 있던 자리에 호랑이는 간데가 없고 뜻하지 않은 백발 노승이 긴 지팽이에 몸을 실리고 섰습니다.

칠태는 그 노승에게 무수히 절을 하며 이런 말로 빌었습니다.

"산에 나무를 하러왔다가 못 된 도적을 만나 이 모양이 되었습니다. 제발 저를 이 아래 마을까지만 갈수 있게 해 주십시오."

그러나 노승은 잠잠히 듣고만 섰습니다. 그러더니 문득 입을 열어

"무애한 사람에게 해를 입히려 하면 도리어 자신이 해를 입게 되는줄을 깨달을수 있을가?"

하고, 노승은 엄한 얼굴로 칠태를 내려다 봅니다. 하지만 칠태는 무슨 뜻으로 하는 말인지도 깨닫지 못하면서 그저

"그럴줄 알다말구요. 알다뿐이겠습니까."

"그렇다면 이후로는 마음을 고치어 행실을 착하게 가질수 있을가?"

"네 고치고 말구요. 백번이래도 고치겠습니다."

하고, 칠태는 엎드리어 맹세를 하는 것으로되 그 속은 그저 어떻게 이 자리를 모면할 생각밖에는 없습니다. 노승은 또 한번

"다시 나쁜 일을 범하는 때는 네 몸에 큰 해가 미칠줄을 명심할 수 있을가?"

하고, 칠태에게 단단히 맹세를 받은 후

"이것을 붙잡고 나를 따라오너라."

하고, 노승은 지팽이를 들어 칠태에게 내밀었습니다.

참 이상한 지팽이도 다 있습니다. 칠태가 그 지팽이 끝을 쥐자 금새로 지금 까지 아픈 다리가 썻은듯, 났고 몸이 가벼웁기가 공중을 날듯싶습니

다.

아마 노승도 이 지팽이 까닭인가 봅니다. 허리가 굽고 한 노인의 걸음이라고는 할수 없습니다. 빠르기가 젊은 사람 이상입니다. 그렇게 바위를 뛰어넘고 내를 건너 뛰고, 칠태는 노승에게 이끌려 그 험한 산길을 언제 다리를 다쳤드냐싶게, 내려갑니다.

어느덧 칠태가 사는 마을 어구에 이르러 노승은 걸음을 멈추었습니다. 그러더니 또 한번

"애매한 사람에게 해를 입히려다가는 먼저 네 몸에 해가 돌아갈것을 명심해라."

하는, 말을 남기자마자, 노승은 온데 간데가 없이 칠태 눈 앞에서 연기처럼 사라졌습니다.

세상에 이상한 노인도 다 보겠습니다. 칠태는 사람의 일 같지 않아, 정말 여기가 자기가 사는 마을 어구인가 아닌가, 눈을 비비며 사방을 돌아봅니다. 틀림없는 마을 어구, 돌다리 앞입니다.

그런데 이것은 웬 까닭입니까. 돌아서 걸음을 옮기려 하자 갑자기 발 하나를 들수가 없이 아픕니다. 조금전까지도 멀쩡하던 다리가 금새로 아까 산에서처럼 피가 철철흐르고 그럽니다.

고만 칠태는 땅바닥에 주저앉고말았습니다. 그리고,

"사람 살류. 사람 살류."

하고, 큰 소리로 마을을 향해 외쳤습니다.

마을 사람들은 무슨 일이 났나, 하고 이집 저집에서 모여나와 칠태를 가운데로 둘러싸고는

"어떻게 된 일야. 어떻게 된 일야."

하고 모두들 눈이 둥그래서 궁금해합니다. 그러자 칠태는,

"두포, 그 도적놈이"

하고, 산에서 자기가 노루 사냥을 하는데 두포란 놈이 숨어 있다가 불시에 돌로 때리어 이렇게 다리를 못 쓰게 해놓고 자기가 잡은 노루를 도적질해 갔노라고 꾸며대고는, 정말 그런것처럼 칠태는 이를 북북갈았습니다.

동네 사람들은 모두 칠태를 가엾이 여기어 쳇쳇 혀끝을 차며 두포를 나쁜 놈이라고 하였습니다. 그리고 칠태를 자기 집까지 업어다주었습니다.

8. 엉뚱한 음해

마을에는 괴상한 일이 생기었습니다.

밤이면 마을 이집 저집에 까닭 모를 불이 났습니다. 그것도 하루 이틀이 아니고 날마다 밤만 되면 정해논 일처럼 "불야. 불야." 소리가 나고, 한 두 집은 으례 재가 되어버리고 합니다.

이러다가는 마을에 성한 집이라고는 한채도 남아나지 않을가봅니다. 마을 사람들은 무슨 까닭으로 밤마다 불이나는것인지 몰라 서루 눈들이 커다래서 걱정들입니다.

그리고 어찌해야 좋을지 그 도리를 아는 사람도 없습니다. 다만 누구는 "분명 이것은 산화지. 산화야." 하고, 산에 정성으로 제를 지내지 않은 탓으로 그렇다 하고, 지금으로 곧 산제를 지내도록 하자고 서두르기도 합니다. 그러면 또 한 사람은

"산화란 뭔가. 도깨비 장난일세, 도깨비 장난야."

하고, 정말 도깨비 장난인걸 자기 눈으로 보기나 한것처럼 말하며, 시루떡을 해놓고 빌어보거나 그렇지 않으면 판수를 불러다가 경을 읽게 하여 도깨비들을 내쫓거나 하는수밖에 도리가 없다고 주장입니다.

이렇게 각기 자기 말이 옳다고 떠드는 판에 칠태가 썩 나섰습니다. 그리고

"산화는 다 뭐고, 도깨비 장난이란 다 뭔가."

하고, 자기는 다 알고있다는 얼굴을 하는것입니다.

"그럼 산화가 아니면 뭔가?"

"그럼 도깨비 장난 아니면 뭔가?"

하고, 사람들은 몸이달아 칠태 앞으로 다가서며 묻습니다.

"그래 자네들은 산화나 도깨비 생각만 하고, 두포란 놈, 생각은 못하나."

하고, 칠태는 그걸 모르고 딴 소리만 하는것이 가깝하다는듯이 화를 벌컥

냅니다.

그리고 두포가 자기 집에 불을 논 앙가품으로 밤마다 마을로 나와 불을 놓는것이라 하고, 그 증거는 보아라, 전일 두포 집으로 불을 노러가던 사람의 집에만 불이 나지 않았느냐 합니다.

따는 그렇게 생각하고 보면, 두포 집으로 불을 노러가던 사람의 집은 모조리 해를 입었습니다. 마을 사람들은

"아, 저런 죽일 놈 보아라."

하고, 아주 두포의 짓인것이 판명난것처럼 주먹을 쥐며 분해합니다.

그러나 실상은 칠태의 짓입니다. 칠태가 밤이면 나와 다리를 절룩절룩 처마 밑에 불을 지르던 것입니다. 그 이상한 지팽이를 가진 노승이 다짐하던 말이 무서웁기도 하련만 원체 마음이 나쁜 칠태라 그런 말쯤 명심할 사람이 아닙니다. 머리에는 어떡하면 눈 하나를 멀게하고 다리까지 못 쓰게 한 두포 이 놈의 원수를 갚아보나 하는 생각뿐입니다. 하지만 기운으로나 재주로나 도저히 두포 와 맞겨눌수는 없으니까 이렇게 뒤로 다니며 불을 놓고 하고는 죄를 두포에게 들씨웁니다. 그러면 마을 사람들이 두포를 가만두지 않을테니까 칠태는 가만있어도 원수를 갚게되리라는 생각입니다. 그속을 모르고 마을 사람들은 두포를 다 죽일놈 벼르듯 합니다.

"저 놈을 어떡헐가."

하고, 모이면 공론이 이것입니다.

그러나 한 사람도 어떻케 할 도리를 말하는 사람은 없습니다. 두포의 그 엄청난 기운과 재주 앞에 섯불리 하였다는 도리어 큰 코를 다치지나 않을가, 은근히 겁들이 났습니다.

그래서 이런 때에도 "어떡했으면 좋은가."

하고, 칠태의 지혜를 빌어보는수밖에 없습니다.

칠태는 그것을 기대리었던것 같이 사람들을 한 곳으로 모이게 하고 수군수군 무슨 짜위를 하였습니다.

그리고 사람들은 얼굴에 자신 있는 웃음을 지으며 각각 자기 집으로 돌아가 팽이, 부삽, 넉가래, 같은 연장을 들고 나왔습니다. 날이 저물자 그 사

람들은 마을 옆으로 흐르는 큰 냇가로 모이더니 말 없이 그 내 중간을 막기 시작합니다. 떼를 뜯어다가 덮고, 돌을 들어다 누르고, 흙을 퍼다가 펴고, 그러는대로 냇물은 점점 모이기 시작합니다. 날이 밝을 임시에는 그 큰 내의 물이 호수와 같이 넘쳤습니다.

이제 일은 다 되었습니다. 산 밑, 두포 집 편을 향한 뚝 중간을 탁 끊어 놓았습니다. 물은 폭포와 같이 무서운 기세로 두포 집을 향해 몰려갑니다.

마을 사람들은 언덕 위에 올라서서 그 장한 모양을 매우 통쾌한 얼굴로 보고들 섰습니다. 인제 바루 눈 깜작할 동안이면 물은 두포 집을 단숨에 묻질러버릴것입니다. 제아무리 재주가 뛰어난 두포기로 이번엔 꼼짝 못하리라. 그런데 이게 웬 일입니까. 물끝이 두포집 근처에 이르자 마치 거기 큰 웅덩이가 뚫리듯이 물이 자자집니다. 마침내 물은 냇바닥이 들어나도록 자자지고 말았습니다.

하두 어이가 없어서 마을 사람들은 서루 얼굴을 쳐다보다가는 한사람 두사람 슬슬 돌아가고 언덕 위에는 칠태 홀로 벌린 입을 다물지 못하고 섰습니다.

그러나 이것으로 고만둘 칠태가 아닙니다. 밤이 되면 칠태는 더욱 심하게 마을로 다니며 도적질을 하고 불을 놓고 합니다. 점점 거치러져 이웃 마을이나 또 먼 마을에까지 다니며 그런 짓을 계속합니다. 그럴쑤록 두포를 원망하는 사람이 많아지고 그를 없새버리려는 마음이 커졌습니다.

마침내는 관가에서도 그 일을 매우 염려하여 누구든지 두포를 잡는 사람이면 크게 상을 준다는 광고를 동네 동네에 내돌렸습니다.

9. 칠태의 최후

마을 사람들은 둘만 모여도 두포 이야기로 수군수군합니다.

두포를 잡는 사람에게는 후한 상금을 준다는 광고가 붙은 마을 어구 게시판 앞에는 몇날이 지나도록 사람이 떠날새가 없이 모여서서 그 광고를 읽고 또 남이 읽는 소리를 듣고 합니다.

그러기는 하나 한사람도 두포를 잡아보겠다고는 생각조차 못합니다. 무슨 힘으로 두포의 그 놀라운 술법과 기운을 당할 엄두를 먹겠습니까.

"두포는 하늘이 낸 사람인걸, 우리네 같은 사람이 감히 잡을수 있나."

"그렇지 그래. 그 술법 부리는것좀 봐. 그게 어디 사람의 짓야, 신의 조화지."

하고, 모두들 머리를 내졌습니다.

그러나 칠태는 여전히 큰 소리입니다.

"술법은 제깐놈이 무슨 술법을 부린다고 그러는거여. 다 우연히 그렇게 된걸가지고."

그리고 칠태는 벌컥 불쾌한 음성으로 좌우를 돌아보며,

"그래 당신들은 왼 마을 왼 군이 두포 놈으로해서 재밭이 되어버려도 가만히들 보고만 있을테여."

하고, 연해 마을 사람들을 충동이기에 성화입니다.

이럴지음에 또 한가지 마을 사람들로하여금 두포를 잡으려는 욕심을 도둘 일이 생기었습니다.

그 때 마침 나라 조정에서 무슨 일인지 벼슬하는 사람들이 손수 수레를 타고 팔도로 돌며 어떤 사람 하나를 찾았습니다.

그 수레가 이 마을에서 멀지 않은 읍에도 나타나서 이런 소문을 냈습니다.

누구든지 이러이러하게 생긴 사람을 인도해오는 사람에게는 많은 재물로 대접할뿐더러 높은 벼슬까지 내린다는것입니다.

그런데 이상한것은 그 찾는 사람의 모습이 바루 두포의 생긴 모습과 한판같이 흡사한것입니다. 나이가 같은 열다섯이고, 얼굴 모습이 그렇고, 더욱이 이마에 검정 사마귀가 있는것까지 같습니다. 어쩌면 이렇게 두포를 눈 앞에 놓고 말하는듯이 같을수가 있습니까. 의심할것 없는 두포입니다.

대체 두포란 내력이 어떻한 사람이길래 나라 조정에서 일개 소년을 많은 상금을 걸어서까지 찾습니까.

그것은 여차하고, 자아 두포를 잡기만하면 관가에서 주는 상금은 말고도 나라의 벼슬까지 얻게 될것이니 그게 얼마입니까. 가난하고 지체 없던 사람이라도 곧 팔자를 고치게될것입니다.

여기 눈이 어두워 더러 코 큰 소리를 하는 사람도 있습니다.

"두포란 놈이 정 아무리 술법이 용하다기로 열다섯 먹은 아이 놈 아냐. 아이 놈 하날 당하지 못한데선."

하고, 팔을 걷어붙이기는 마을에서 팔팔하다는 젊은 패들입니다. 그리고 나이 많은 사람들은

"술법을 부리는 놈을 잡으려면 역시 술법을 부려잡아야 하는거여."

하고 그 술법을 자기는 알고있다는듯싶은 얼굴을 하기도 합니다.

그러나 정작 자신있게 나서는 사람은 하나도 없습니다. 무엇보다도 섯불리하였다가 도리어 큰 화를 입지나 않을가 하는 여기가 두려웠습니다. 어떻게 그런변 없이 감쪽같이 올개미를 씔 묘책이 없을가, 하고 그 궁리에 모두들 눈들이 컴컴해질 지경입니다.

그 중에도 칠태는 더욱이 궁리가 많습니다. 그로 보면 이번이 두번 얻지 못할 기회입니다. 이번에 두포를 잡으면 눈 한짝 다리 하나를 병신 만든 원수를 갚게되기는 물론, 재물과 공명을 아울러 얻게 될것이 생각만해도 회가 동합니다.

(어떡하면 두포 이 놈을 내 손으로 묶을수 있을가.)

그러나 칠태 자기 재주로는 도저히 두포의 그 술법 그 기운을 당해낼 게제가 못 됩니다. 그게 어디 사람의 일일세 말이지요. 어떻게 인력으로 마른 하늘에 갑자기 비를 만들고 그 숫한 물을 금새 땅 밑으로 슴이게 합니까. 이건 사람의 힘은 아닙니다. 반드시 두포로하여금 사람 이상의 그 힘을 갖게한 무슨 비밀이 있을것이다. 여기까지 생각을 하다가 문득 칠태는

"옳다. 그렇다."

하고, 무릎을 탁치며 일어섰습니다.

그 날부터 칠태는 두포의 뒤를 밟아 그의 행적을 살핍니다. 두포는 매일 하는 일이 날이 밝으면 집을 나가 산으로 갑니다. 칠태는 몸을 풀잎으로 옷을 해 가리고 슬슬 그 뒤를 밟습니다. 두포가 가진 그 알수 없는 비밀을 밝히려는것입니다.

그런데 이상합니다. 아무리 눈을 밝혀 뒤를 밟아도 어떻게 중도에서 두포를 잃고 잃고 합니다. 그리고 번번히 잃게되는 곳이 노송 나무가 선 바위가 있는 근처입니다. 마치 그 바위 근처에 이르러서는 두포의 모양이 무슨 연기처럼 스르르 사라지는것 같습니다.

사실 그렇습니다. 두포는 바위 근처에 이르러서는 자기 몸을 아무의 눈에도 보이지 않게 변하는것입니다.

그 다음부터는 칠태는 근처 풀섶에 몸을 숨기고 앉아 그 바위를 지킵니다.

그러자 전일 칠태가 보던 똑같은 현상이 일어났습니다. 두포가 그 바위 앞에 이르러 무어라고 진언 한마디를 외이자, 집채 같은 바위가 움질움질 놀더니 한가운데가 쩍 열립니다.

그리고 두포가 들어가고 바위가 전대로 닫아졌다가는 얼마후 다시 열릴 때에는 새하얀 용마를 탄 장수가 나타나 눈부시게 흰 날개를 치며 공중으로 사라집니다. 놀랍습니다. 그 용마를 탄 장수는 바루 두포입니다.

아무래도 조화는 이 바위에 있나봅니다. 그러지 않아도 전부터 병 가진 사람이 빌면 병이 떨어지고, 아이 없는 사람이 아이를 빌면 태기가 있게되고 하는 영험이 신통한 바위입니다. 그러면 그렇지, 같은 이목구비를 가진 사람으로 어떻게 그런 조화를 부리겠습니까.

이제야 칠태는 두포의 그 비밀을 깨달은듯이 고개를 끄덕끄덕, 아주 히색이 만면해서 산아래로 내려갔습니다.

아마 칠태는 무슨 끔직한 흉계가 있나봅니다. 칠태는 그 길로 산 아래 자기 집으로 가더니 부엌으로 광으로 기웃거리며, 쇠망치, 정, 또는 납덩이, 남비, 숟덩이 이런것을 끄집어내옵니다. 그걸 망태에 담아 걸머지더니 역시 히색이 만면해서 집을 나섭니다. 그리고 두포가 자기 집에 돌아와 있는 기색을 살피고는 곧 산으로 치달았습니다.

마침내 바위가 있는 곳에 이르자 망태를 내려놓고 칠태는 망치와 정을 꺼내듭니다. 그리고 잠시 멈추고 서서 사방을 돌라보며 무엇을 조심하는듯 주저하더니 이내 바위 한복판에 정을 대고 망치를 들어 뚜드르기 시작합니다.

　그러면서도 무척 겁이 나나봅니다. 연해 칠태는 두리번두리번 사방을 돌라보며 합니다. 아무도 없습니다. 다만 정을 따리는 망치 소리만 쩡쩡 산골자기에 울릴따름입니다.

　그래도 마을에서는 장사란 이름을 듣는 칠태입니다. 더구나 힘을 모아 내리치는 망치는 볼 동안에 한치 두치 정뿌리를 바위에 박습니다. 점점 정은 깊이 들어갑니다. 세치 네치 한자에서 또 두자 길이로, 그리고 한옆에는 시뻘겋게 숯불을 달아놓고는 납덩이를 끓입니다.

　마침내 서너자 길이의 구멍이 바위에 뚫리자 칠태는 매우 만족한 웃음을 한번 허허허 웃습니다. 그리고

　"네 놈이, 인제두"

하고, 벌써 두포를 잡기나 하듯싶은 기쁜 얼굴로 이글이글 끓는 납을 그 구멍에 주루루 붓는것입니다.

　그러나 칠태의 그 얼굴은 금새로 새파랗게 질리고 말았습니다. 그 끓는 납을 바위 뚫닌 구멍에 붓자마자, 갑자기 천지가 문어지는 꿩장한 소리로 바위와 아울러 땅이 요동을 합니다. 그나 그뿐입니까. 맞은편 산이 그대로 칠태를 향하고 물러오며 덮어내립니다. 그제야 칠태는 자기가 천벌을 입은 줄을 깨닫고

　"아아, 하느님 제 죄를 용서하십시사."

하고, 비는것이나 이미 몸은 쏟아져내리는 돌 밑에 묻히고말았습니다.

10. 두포의 내력

　마을 사람들은 아무리 두포를 잡을 궁리를해도 도리가 없습니다. 모두 답답한 얼굴을 하고 만나면 서로,

　"자네 어떻게 해볼 도리좀 없겠나."

하고들 묻습니다. 마는, 한 사람도 신통한 대답이 없습니다. 그러다가 한 자가 무릎을 탁 치며,

　"옳다. 이력하면 좋겠네"

하고, 여러 사람을 한 곳으로 모이게 하였습니다. 그리고,

"뭐 별수 없네, 두포 놈의 늙은 부모를 잡아다가 두도록하세. 그럼 두포 그놈이 제 애비 어미에게는 효성이 지극한 놈이니까 우리가 애써 잡으려고 하지 않아도 제 스스로 무릎을 꿇고 기어들걸세."

그 말이 옳습니다. 가뜩이나 부모에게 효성스런 두포가 자기로 말미암아 연만하신 아버지 어머니가 옥에 가치어 고생을 하는것을 알고는 가만히 있지 않을것은 물론입니다.

마을 사람들은 그 생각이 옳다고 모두들 찬성입니다. 그리고 당장에 일을 치러버릴 생각으로 앞을 다투어 두포집을 향해 몰려갑니다.

그러나 두포 집 근처에 이르러서는 호기있게 앞서던 사람들이 문득 걸음을 멈춥니다. 먼저 두포가 알고 헤방을 하지나 않을가 걱정이 되는 까닭입니다. 마는 그들은 그 일로 오래 주저하지 않았습니다.

누구 생일 잔치에 청하기나 하는듯이 노인 내외를 슬몃이 불러내도 워낙이 착한 노인들이라 응치 않을리 없을것입니다.

마을 사람들은 더욱 신이나서 두포 집으로 웃줄거리며 갑니다. 마침내 두포집 문전에까지 이르렀습니다.

그런데 그 집 밖앝 마당에 어떤 소년 하나가 제기를 차고 있습니다. 그 모습이 너무도 두포와 같애 마을 사람들은 무춤하였습니다. 그러나 얼굴 모습은 두포와 같애도 표정이나 하는 행동은 두포가 아닙니다. 제기를 차다가 말고 자기 둘레로 모여드는 마을 사람들의 얼굴을 이사람 저사람 쳐다보는 눈은 예사 열다섯이나 그만 나이의 소년의 겁을 먹은 상입니다. 전일에 보던 그 용맹스럽고 호탕한 기상은 조금도 없고 귀엽게 자라난 얌전하고 조심성 있는 글방 도련님으로밖에 보이질 않습니다. 어떻게 이 소년을 그처럼 놀라운 기운과 술법을 부리던 두포라고 하겠습니까.

마을 사람은 하두 이상스러워서 한참 아래 위를 훑어보다가 이렇게 물었습니다.

"넌 뉘 집 사는 아인데 여기서 노니?"

"저는 이 집에 사는 아이예요."

"그럼 이름은 뭐냐?"

"이름은 두포라고 합니다."

"뭐, 두포?"

하고, 마을 사람들은 놀라 한걸음 뒤로 물러났습니다. 두포라는 그 이름보다는 어쩌면 두포가 이처럼 변했을가싶어 더 한칭 놀라웁니다. 딴 사람이 아니고 이 소년이 바루 두포일진댄 그의 늙은 부모를 갖다 가둘건 뭐 있고, 두려워할건 뭐 있겠습니까. 그대로 손목을 이끄러간데도 순순히 따라올상 싶습니다.

도대체 이 착하고 약해보이는 소년이 무슨 죄같은 것을 범했을가도 싶습니다. 그리고 어른된 체면에 이어린 소년에게 손을 대는것부터 어색한 생각이나서 마을 사람들은 서루 벙벙이 얼굴만 바라보고섰습니다. 그러다가 그 중에 두포를 잡아 상을 탈 욕심으로 한 자가 앞으로 나서며 이렇게 딱 얼렀습니다.

"네 놈이 바루 두포라지."

"네 지가 바루 두포올시다."

"그럼 이 놈, 네 죄를 모를가."

"지가 무슨 죄를 졌다고 그러십니까."

"네 죄를 몰라. 모르면 그걸 가르쳐 줄테니 이걸 받아라." 하고, 그 사람은 굵은 밧줄을 꺼내들며 막 얽으러 덤비었습니다.

이러할 때, 건너편 큰 길에서 앞에 많은 나졸을 거느린 수레가 이곳을 향하고 옵니다. 나라 조정에서 내려와 읍에 머무르고 있던 일행임이 분명합니다. 아마 두포를 잡으러오는것이겠지요. 마을 사람들은 두포를 남기고는 양편으로 쩍 갈라섰습니다.

수레가 그 집 어구에 이르자 멈추고는 그 안에서 호화로운 예복을 차린 벼슬하는 사람이 내려와 두포가 있는 앞으로 옵니다. 그러더니 신하가 임금에게 하는 법식으로 공손히 절을 합니다. 그리고 어리둥절하는 두포를 부축여 뒤에 또 한채 있는 빈 수레에 오르기를 권합니다.

죄인으로 다시리기는사려 임금이나 그런 사람으로 모십니다. 마을 사람들은 너무도 뜻 밖에 일에 놀라 버린 입을 다물지 모합니다.

그러나 더욱 놀라기는 그 집 노인 양주입니다. 어쩐 영문은 모르면서 그저 지금까지 친 아들로 여기고 살던 두포를 잃는줄만 알고 얼굴에 울음을 지으며 벼슬하는 사람의 옷깃에 매달리어 두포를 자기네들 곁에 그대로 두어주기를 애원합니다.

그러자 언제 왔는지 긴 지팽이를 짚은 노승, 십오년 전에 그들 노인 양주를 찾아와 두포를 맡기고 가던 그 노승이 나타나 그들을 반가히 맞았습니다.

"으지없는 갓난아기를 오늘날 이만큼 장성하시게 하긴 오로지 그대들의 공로요."

하고 노승은 치사하는 인사를 하고는

"그대에게 십오년 전에 맡기고 간 아기는 바루 이 나라 태자이시던거요. 이제야 역신을 물리치고 국토가 바루 잡혀서 다시 등극하시게 되었으니 그대들은 기뻐는 할지언정 아예 섭섭해하지는 마시요."

하고 그대로 두포와 떨어지기를 섭섭해하는 노인 양주를 위로하였습니다.

그렇습니다. 지금으로부터 십오년 전 당시 나라 임금께서 믿고 사랑하시던 신하 한사람이 뱃심을 품고 난을 이르켜 나라 대궐에까지 쳐들어왔습니다. 그런 위태로운 중에서 그 때 정승 벼슬로 있던 지금 노승이 어린 태자를 품에 품고 겨우 난을 벗어나 노승으로 차리고는 팔도로 돌며 태자를 맡아 기를만한 사람을 물색했던것입니다. 그러다가 강원도 산골에 극히 가난하고 착하게 사는 노인 양주를 매우 믿음직하게 여기어 아기를 맡기었습니다. 그리고 자기는 머지 않은 산 속에 머물러있어 난이 가라앉기를 기다리는 한편 태자로하여금 일후 영주가 되시기에 합당한 모든것을 가르치던 것입니다. 그러다가 오늘날 역신을 물리치고 나라가 바루 잡히며 비로서 태자는 임금으로 등극하시게 되기는 하였으나, 그러나 노승은 매우 섭섭한 얼굴을 합니다.

그것은 한 달포동안만 더 도를 닦았더면 태자로하여금 하늘 아래에 제일 으뜸가는 군주가 되시게되는것을 고만 칠태로 말미암아 십년의 공이 수포로 돌아가고 말았으니 왜 아니 그렇겠습니까.

만약에 칠태가 그 바위에 납을 끓여붙지만 않았더면 두포는 어깨에 날개가 돋친 장수로 온갖 도술을 부릴수있겠으니 그런 임금이 다스리는 나라의 장래가 어떠할것은 길게 말할 필요도 없습니다.

그러나 좋습니다. 태자는 그런 놀라운 기운과 술법을 잃어버린 대신으로 끝 없이 착한 마음과 덕기를 가출수있어 이만해도 성군이 되기에 넉넉합니다.

다만 죄송스럽기는 마을 사람들입니다. 그런것을 모르고 칠태의 꼬임에 빠저 외람하게도 태자를 해코져 하였으니 그 죄가 얼마입니까. 백번 죽어도 모자라겠습니다고 모두들 업드리어 울면서 빌었습니다.

그러나 너그러우신 태자는 노엽게 알기는사려 모든것을 용서하시고 또 그 마을에는 십년동안 나라에 받히는 세금을 면제해주시고 수레는 떠났습니다.

그 후 노인 두 양주는 태자가 물리고 간 그 집과 재산을 지니며 오래 부귀와 수를 누리었습니다.

지금도 강원도에는 그 바위가 그대로 남아있어, 일러 장수 바위라고 합니다.

兄

　　아버지가 형님에게 칼을 던진것이 정통을 때렸으면 그자리에 엎떠질것
을 요행뜻밖에 몸을비켜서 땅에떨어질제 나는 다르르떨었다. 이것이 십오
성상을 지난 묵은 기억이다. 마는 그인상은 언제나 나의가슴에 새로웠다.
내가 슬플때, 고적할때, 눈물이 흐를때, 혹은 내가 자라난 그가정을 저주할
때, 제일처음 나의몸을 쏘아드는 화살이 이것이다. 이제로는 과거의일이나
열살이 채못된 어린몸으로 목도하였을제 나는 그얼마나 간담을 조렸든가.
말뚝같이 그옆에 서있든 나는 이내 울음을 터치고말았다. 극도의 놀냄과아
울러 애원을 표현하기에 나의 재조는 거기에 넘지못하였든 까닭이다.

　　부자간의 고롭지못한 이분쟁이 발생하길 아버지의허물인지 혹은 형님
의죄인지 나는 그것을 모른다. 그리고 알랴지도않았다. 한갓 짐작하는건
형님이 난봉을 부렸고 아버지는 그비용을 담당하고도 터보이지않을만치

　*『광업조선(鑛業朝鮮)』(1939. 11), pp.64~72.

　　장르 표지가 '短篇小說'로 되어 있고 제목 밑에 '未發表'임을 밝히고 있다. 실제의 형을 주
인공으로 한 소설인데 사후(死後)에 발표되었다. 「生의 伴侶」에서는 형이 난폭하기만 한 인물
로 나타나는데 이 작품에서는 그 난폭성을 뛰어넘어 형을 깊이 이해하려는 태도가 엿보인다.
아버지에 대한 태도도 그렇다. 대화 부분을 따옴표 없이 처리한 것은 그러한 내면을 포착하기
위한 기법이다.

재산을 가졌건만 한푼도 선심치않았다. 우리아버지, 그는 뚝뚝한 수전노이었다. 또한 당대에 수십만원을 이룩한 금만가이었다. 자기의사후 얼마못되나 그재산이 맏아들손에 탕진될줄을 그도 대중은 하였으련만 생존시에는 한푼을 아끼었다. 제가 몬돈 저못쓴다는말이 이걸 이름이리라. 그는 형님의 생활비도 안댈뿐더러 갈어마실듯이 미워하였다. 심지어 자기눈앞에도 보이지 말라는 엄명까지 나리었다. 아들이라곤 그에게 단지 둘이있을뿐이었다. 형님과나——허나 나는 차자이고 그의의사를 받들어 봉양하기에 너무 어렸으니 믿을곳은 그의맏아들, 형님이 있을것이다. 게다 아버지는 애지중지하든 우리어머니를 잃고는 터저올으는 심화를 뚝기로 눌으며 어린 자식들을 홋손으로 길러오든바 불행이도 떼치지못할 신병으로말미아마 몸저누은 신세이었다. 그는 가끔 나를 품에안고는 에미를잃은 자식이라고 눈물을 뿌리다가는 느형님은 대리를 꺾어놀놈이야, 하며 역정을 내고 내고하였다. 어버이의 권위로 형님을 구박은하였으나 속으로야 그리 좋을리없었다. 이병이 낫도록 고수련만 잘하면 회복후 토지를 얼마주리라는 언약을 앞두고 나의팔촌형을 임시양자로 데려온 그것만으로도 평온을 잃은 그의 심사를 알기에 족하리라. 친구들은 그를대하야 자식을 박대함은 노후의서름을 사는 것이라고 간곡히 충고하였으나 그의태도는 여일 꼿꼿하였다. 다만 그대답으로는 옆에앉았는 나의얼굴을 이윽히 바라보며 고소하는것이었다. 나는 왯떡사먹을 돈이나 줄려는가하야 맷모르고 마주 웃어주었으나 좀 영리하였든들 이자식은 크면 나의뒤를 받드러주려니 하는 그의애소임을 선듯 알았으리라.

효자와불효를 동일시하는 나의관념의 모순도 이때 생긴것이었다. 형님이 아버지의속을 썩였다고 그가 애초부터 망골은 아니다. 남많으지못할만치 지극히 효성스러웠다. 아버지에게 토지가 많았다. 여기저기 사면에 흩어진 전답을 답품하랴 추수할랴하랴면 그노력이 적잖이 드는것이었다. 병에 자유를잃은 아버지는 모든 수고를 형님에게 맡기었다. 그리고 형님은 그의 뜻을 받드러 낙자없이 일을행하였다. 물론 이삼백리식 걸어가 달포식이나 고생을하며 알뜰이 가을하야온들 보수의돈한푼 여벌로 생기는건아니었다. 아버지는 아들과 마주앉아 추수기를 대조하야 제대로 셈을 따질만치 엄격하였던 까닭이다. 형님은 호주의가무를 대신만 볼뿐아니라, 집에 들어서는 환자를 위하야 몸을 사리지않았다. 환자의곁을 떠날새없이 시종을들었다. 밤에는 이슥도록 침울한 환자의 말벗이 되었고 또는 가즌 성의로 그를 위로하였다. 그는 있다금 까빡졸다간 경풍을 하야 고개를 들고는 자기를 책하는듯이 꼿꼿이 다시 무릎을 꿇었다. 그러나 밤거리에 인적이 끊일 때가 되면 그는 나를데리고 수물통움물을향하야 밖으로 나섰다. 이윰물이 신성하다하야 맑은 그물을 떠다가 장독간에 올려놓고 정안수를 드렸다. 곧 아버지의 병환이 하루바삐 씻은듯 나시도록 신령에게 비는것이었다. 그리고 아침에 먼저눈을 뜨는것도 역시 형님이었다. 밝기무섭게 일어나는길로 배우개장으로 달려갔다. 구미에 딸리는 환자의성미를 맞후어야채랑, 과일이랑, 젓갈, 혹은 색다른 찬거리를 사들고 들어오는것이었다. 언젠가 나는 혼이 난적이있다. 겨울인데 몹씨 추웠다. 아침일즉이 나는 뒤가마려워 안방에서 나올려니까 형님이 그제서야 식식거리며 장에서 돌아오는길이었다. 장놈과 다투었다고 중얼거리며 덜덜뜨니 어름이 제그럭거리는 조히 뭉치 하나를 마룽에 놓는다. 펴보니 조기만한 이름모를 생선. 그는 두루마기, 모자를 벗어부치곤 물을 떠오라, 칼을 가저오라, 수선을 부리며 손수 밸을갈라 씻은다음 석세에 올려놔 장을 발라가며 정성스레 구었다. 누의동생들도 있고 그의안해도 있건만 느년들이 하면 집어먹기도 쉽고 데면데면이 하는고로 환자가 못자신다는것이었다. 석세우에서 지글지글 끓으며 구수한 냄새를 푸우는 이름모를 그생선이 나의입맛을 잔뜩댕겼다. 나는 언제나 아버지와 겸상을함으로 좀 맛갈스러운 음식은 모두 내것이었다. 그날도 나는 상을 끼고앉아 아버지도 잡숫기전에 먼저번부터 노려두었던 그생선에 선듯 저까락을 박고는 휘저놓았다. 그때 옆에서 따로 상을받고있든 형님의죽일듯이 쏘아보는 눈총을 곁눈으로 느끼고는 나는 멈칫하였다. 그러나 나를 싸주는 아버지가 앞에있는데야 설마, 이쯤 생각하고는 서름서름 다시 집어들기시작하였다. 좀 있드니 형님은 물을 쭉드려키고나서 그대접을 상우에 콱놓으며 일부러 소리를 된통내인다. 어른이 게심으로 차마 야단은 못치고 음포로 욱기를 보이는것이었다. 나는 무안도하고 무섭기도하야 들었든 생선을 입으로 채넣지도못하고 얼굴이 벌겋게 멍멍하였다. 이눈치를 채고 아버지는 껄껄웃드니 어여 먹어라, 네가 잘먹고 얼른커야 내배가 부르다, 하며 매우 만족한 낯이었다. 물론 내가 망내아들이라 귀엽기도 하였으려나 당신의팔이 되고 다리가 되는 맏자식의 지극한 효성이 대견하단 웃음이리라.

노는 돈에는 난봉나기가 책경 쉬운일이다. 형님은 난봉이났다. 난봉이라면 천한것도 사랑이라 부르면 좀 고결하다. 그를위하여 사랑이라 하여두자. 열여덜, 열아홉 그맘때 그는 지각없는 사랑에 빠지고말았다. 장가는 열다섯에 들었으나 부모가 얻어준 안해일뿐더러 그얼굴이 마음에 안들었다. 사랑에서 한문을 읽을적이었다. 낮에는 방에 들어앉아서 아버지의 엄명이라 무서워서라도 공부를하는체하고 건성 왱왱거리다간 밤이 깊으면 슬몃이 빠져나갔다. 그리고 새벽에 몰래들어와 자고하였다. 물론 돈은 평소시 어른주머니에서 조곰씩 따끔질해두었다 뭉텡이돈을 만들어 쓰고쓰고 하는 것이었다. 아버지는 자식에게 도끼날같이 무서운 어른이었다. 이기미를 눈치채고 아들을 붙잡아놓고는 벼룻돌, 목침, 단소할거없이 들어서는 거의 혼도할만치 뚜들겨팼다. 겸하여 다시는 출입을 못하게하고자 그의의관이며 신발등을 사랑다락에 넣고 쇠를 채워버렸다. 그래도 형님의수단에는 교묘히 그옷을 끄내입고 며칠동안 밤거리를 다시 돌수있었으나 사랑하는 어머니를 잃고 또 얼마안되어 아버지마자 병환에 들매 그럴 여유가 없었다. 밖으로는 아버지의일을 대신보랴 안으로는 그의병구원을하랴 눈코뜰새없이 자식된도리를 다하니 문내에 없든 효자라고 칭찬이 자자하였다.

병환은 날을많이 깊었다. 자리에든지 한돌이 지나고 가랑잎은 또다시 부수수지니 환자도 간호인도 지리한 슬픔이 안들수없었다. 그러자 하루는 형님이 자리곁에 공손히 무릎을꿇으며 아버님, 하고 입을열었다. 지금의 처는 사람이 미련하고 게다 시부모섬길줄 모르는 천치니 친정으로 돌려보내는게 좋다. 그러니 아버지의병환을 위해서라도 어차피 다시 장가를 들겠다는 그필요를 말하였다. 그때 아버지는 정색하여 아들의낯을 다시한번 훑어

보드니 간단히 안된다하였다. 내가 살아있는 동안엔 안된다, 하였다. 아버지도 소싯적에는 뭇사랑에 몸을 헤였다마는 당신은 빠땀뿡, 하였으되 널랑은 바람풍하라, 하였다. 낭중에서야 알았지마는 이때벌써 형님은 어느집처녀와 슬몃이 약혼을 해놓고 틈틈이 드나들었다. 아즉 총각이라고 쏘기는 바람에 부자의 자식이렸다 문벌좋겠다 대뜸 홀걱넘은 모양이었다. 그리고 성례를 독촉하니 어른의승락도 승락이려니와 첫대 돈이없으매 형님은 몸이 달았다. 아버지는 자식을 사랑하였고 당신의 몸같이 부리긴하였으나 돈에 들어선 아주 맑았다. 가용에쓰는 일전일푼이라도 당신의 손을 거처서야 들고났고 자식이라고 푼푼한 돈을 맡겨본법이 없었다. 형님은 여기서 배심을 먹었다. 효성도 돈이 들어야 비로소 빛나는듯싶다. 이날로부터 나흘동안이나 형님은 집에서 얼굴을 볼수없었다. 똥오줌까지 방에서 가려주든 자식이 옆을떠나니 환자는 불편하여 가끔 화를내었고 딿아 어린 우리들은 미구에 불상사가 일것을 기수채고 은근히 가슴을 겁뜯었다. 닷셋째되든날 어두울 무렵이었다. 나는 술이취하여 비틀거리며 대문을 들어스는 형님을 보고는 이상히 놀랐다. 어른앞에 그런 버릇은 년래에 보지못한 까닭이었다. 환자는 큰사랑에 있는데 그는 안방으로 들어가서 엣가락뎃가락하며 주정을 부린다. 그런뒤 집안식구들을 자기앞에 모아놓고는 약주술이 카랑카랑한 대접에다가 손에들었든 아편을 타는것이다. 누의동생들은 기급을하여 덤벼들어 그약을 뺏으렸으나 무지스러운 그주먹을 당치못하여 몇번씩 얻어맞고는 울며서서 뻔히 볼뿐이었다. 술에다 약을 말정히 풀어놓드니 그는 요강을 번쩍들어 대청으로 던저서 요란히하며 점잖이 아버지의 함짜를 불렀다. 그리고 나는 너때문에 아까운청춘을 죽는다,고 선언을하고는 훌쩍……울었다. 전이면 두말없이 도끼날에 횡사는 면치못하리라 마는 자유를잃은 환자라 넘봤을뿐더러 그태도가 어른을 휘여잡을 맵이었다. 그러나 사랑에서도 문갑이 깨지는지 제끄럭소리와 아울러 이놈 얼찐 죽어라,는 호령이 폭발하였다. 이음성이 취한 그에게도 위엄이 아즉남았는지 그는 눈을 둥글둥글 굴리고있드니 나종에는 동생들을 하나씩 붙잡아가지곤 뚜들겨주기 비롯하였다. 이년들 느들죽이고나서 내가 죽겠다,고 이를악물고 치니 울음소리는 집안을 뒤집었다. 어른이 구여워하는 딸일뿐아니라 언제든 종용하길 원하는 환자에게 보복수단으로는 이만한것이 다시 없으리라. 그리고 이제 생각하면 어른에게 행한매끝을 우리들이 받았는지도 모른다. 매질에 누의들이 머리가 터지고 옷이찢기고 하는서슬에 나는 두려워서 두러누운 아버지에게로 달아가 그곁을 파고들며 떨고있었다. 그는 상기하여 약올른 뱀눈이되고 소리를내이도록 신음하였다. 앙상한 가슴을 벌떡이었다. 병마에 시달리는 스름도 컷거늘 그중에 하나같이 믿었든 자식마자 잃고보니 비장한 그심사는 이로 헤아릴수없을것이다. 눈물을 먹음고 나의손을 지긋이 잡드니만 당신의몸을 데려다 안방에 놓아달라고 애원비슷이 말하였다. 허지만 그러기에 나는 너머 조그맷다. 형님에게 매맞을 생각을하고 다만 떨뿐이었다. 그런대로 그날은 무사하였다. 맏아들의 자세로 돈이나 나올가 하여 얼러보았으나 이도저도 생각과틀리매 그는 실쭉하여 약사발을 발로 차버리고는 나가버렸다. 그뒤 풍편에드르매 그는 빗을내어 저이끼리 어떻게 결혼이라고해서는 자그만집을 얻어 신접사리를 나갓다는것이었다. 그곳을 누님들은 가끔 찾아갔다. 그리고 병에들어 울고계시는 아버님을 생각하여 다시 그품으로 돌아오라고 간곡히 깨쳐주었다 마는 그는 종래 듣지를 않고 도리어 동기를 뚜들겨보내고 보내고하였다.

아버지의승미는 우리와 별것이었다. 그는 평소 바둑을 좋아하였다. 밤이면 친구를 조용히 데리고앉아 몇백원씩 돈을걸고는 바둑을 두었다. 그렇지 않을 때에는 밤출입이 자졌다. 말인즉선 오입을 즐겼고 그걸로 몸을 망쳤다한다. 술도 많이 자셨다는데 나는 즉접 보든못한바 아마 돈을 아껴서이리라. 또는 점이 특출하였다. 엽전넷닢을 흔들어 떨어쳐서는 이걸 글로 풀어 앞에 닥쳐올 운명을 판단하는 수완이 능하여 나는 여러번 신기한일을 보았다. 그러나 일단 돈모는데 들어서는 몸을 아낌이없었다. 초작에는 물론이요 돈을 쌓아논뒤에도 비단하나 몸에 걸칠줄몰랐고 하루의찬가로 몇십전씩 내놀뿐 알짜돈은 당신이 웅크러쥐고는 혼자 주물렀다. 병에 들어서도 나는데없이 파먹기만 하는건 망쪼라하여 조석마다 치릅씩이나 잡곡을 섞도록분부하여 조투성을 만들었고 혹은 죽을 쑤게하였다. 그리고 찬이라도 몇가지 더하면 그는 안자시고 밥상을 그냥 내보내고 하였다. 이렇게 뼈를깎아 모은 그돈으로 말미아마 시집을보낼쩍마다 딸들의신세를 조렸고, 또 마즈막엔 아들까지 잃었다. 이걸 알았는지 몰랐는지 그는 날마다 슬픈빛으로 울었다. 아들이 가끔와서 겉으로돌며 북새를 부리다 갈쩍마다 드러누운채 야윈주먹을 들어 공중을 나려치며 죽일놈, 죽일놈, 하며 외마디소리를 내었다. 따라 심화에 병은 날로더쳤다. 이러길 반해를지나니 형님은 자기의죄를 뉘우쳤는지 하루는 풀이죽어서 왔다. 그리고 대접하나를 손에서 내놓으며 병환에 신효한 보약이니 갖다드리라 한다. 나는 그걸받아 환자앞에 놓으며 그연유를 전하였다. 환자는 손에 들고 이윽히 보드니만 그놈이 날먹고죽으라고 독약을 타왔다, 하며 그대로 요강에 쏟아버렸다. 이말을 듣고 아들은 울며 돌아갔다. 이것이 보약인지 혹은 독약인지 여지것나는 모른다. 마는 형님이 환자때문에 알밴자라 몇마리를 우정 구하여 정성으로 고아온것마는 사실이었다. 며칠후 그는 죄진낯으로 또다시왔다. 부엌으로 들어가드니 부지깡이처럼 굵다란 몽둥이를 몇자루 다듬어서는 그것을 두손에 공손히 모라쥐고 아버지의앞으로 갔다. 그러나 그방에는 차마못들어가고 사랑방문턱에 바싹 붙어서 머뭇거릴뿐이었다. 결국 그러다 울음이터졌다. 아버님 이매로 저를죽여줍소사, 그리고 저의죄를 사해주소서, 하며 애걸애걸 빌었다. 답은 없다. 열번을하여도 스므번을하여도 아무 답이없었다. 똑같은 소리를 외이며 울며 불기를 아마 한시간쯤이나 하였을게다. 방에서 비로소 보기싫다, 물러가거라, 고 환자는 거푸지게 한마디로 끊는다. 그러니 형님은 울음으로 섰다가 울음으로 물러갈밖에 도리가없었다. 그는 다시 오지않았다. 자식을 사랑하는 마음이야 뉘라고 없었으랴 마는 하는 그행동이 너머 괘씸하였고 치가떨렸다. 복바치는 분심과아울러 한팔을 잃은 그슬픔이 이때에 양자를하게된 동기가되었다. 그양자란 시굴서 데려올려온 농부로 후분에 부자될생각에 온갖 고생을 무릅쓰고 약을 대리랴, 오즘똥을 걷으랴, 잔심부름에 달리랴, 본자식 저이상의 효성으로 환자에게 섬기었다. 물론 그때야 환자가 죽은다음 그아들에게 돈한푼 변변히 못받을것을 꿈에도 생각지는 못하였으리라.

아즉건 총각이라고 속이어 혼인이랍시고 저이끼리 붙야살야 엉둥거리긴 하였으나 생활에 쪼들리니 형님은 뒤가 터질가하여 애가탔다. 물론 시량은 대었으되 아버지의분부를 받아 입쌀한되면 좁쌀한되를 섞어서 보냈다. 그뿐으로 동전한푼 현금은 무간애였다. 형님은 그쌀을 받아서 체로바치어 좁쌀은 뽑아버리곤 도로 입쌀을 만들어 팔았다. 그돈으로 젊은양주가 먹고싶은 음식이며 담배, 잔용들에 소비하는 것이었다. 이소문을든고 아버지는 그담부터 다시 보내지말라고 꾸중하였다. 애비를 반역한 그자식 괘씸한 품으로 따지면 당장 다리를 꺾어놀것이다. 그만이나마 하는것도 당신이 아니면 어려울진대 항차 그놈이 무슨호강에 그러랴싶어서 대로한 모양이었다. 부자간 살육전은 여기서 시작되었다. 밥줄이 끊어진 형님은 틈틈이 달려와서 나를꾀었다. 담모텡이로 끌고가서 내귀에다 입을대고는 있다 왜떡을 사줄테니 아버지 주므시는 머리맡에 가서 가방을 슬몃이열고 저금통장과 도장을 끄내오라고 소군거리는것이었다. 그때 그는 의복이며 신색이 궁끼에끼어 촐촐하였다. 부자의 자식커녕 굴하방친구로도 그외양이 얼리지못하였으니 마땅히 자기의차지될 그재산을 임의로 못하는 그원한이야 이만저만 아니었으리라. 나는 그의 말대로 갖다주면 그는 건아하여 나의머리를 뚜덕이며 데리고가서는 왜떡을사주고 볼일을다본 통장과도장은 도로 내놓며 두었든자리에 다시 몰래 갖다두라하였다. 그왜떡이란 기름하고 검누른바탕에 누비줄몇줄이 줄을긋것인데 나는 그놈을 퍽좋아했다. 그맛에 들리어 종말에는 아버지에게 된통 혼이났다. 그담으로는 형님은 와서 누의동생들을 족대기었다. 주먹을들어 혹은 방망이를들어 함부로때려 울려놓고는 찬가로 몇푼타두었든 돈을 다급하여 갖고가고하였다. 그는 원래 불량한 승질이 있었다. 자기만 얼러달라고 날뛰는사품에 우리들은 그주먹에 여러번 혹을 달았다. 양자로하여 자기에게마땅히 대물려야할 그재산이 귀떨어질가 어른을 미워하든중 하물며 시량까지 푼푼치못하매 그는 독이 바짝 올랐다. 뜨거운 여름날이나 해질림시하여 식식 땀을흘리며 달겨들었다. 환자는 안방에 들어누어 돌아가도않고 뼈만남은 산송장이 되어 해만 끄니 그를 간호하는 산사람따라 느러질 지경이었다. 서슬이 시퍼렇게 들어오든 형님은 긴병에 후달리어 맥을잃고는 마루에들 모여앉았든 우리앞에 딱스드니 도끼눈으로 우리를 하나씩 훑어주고는 코웃음을 친다. 우리는 또 매맞을증조를 보고는 오늘은 누가 먼저맞나하여 속을조렸다. 그는 부나케 부엌으로 들어갔다. 솥뚜껑을 여는 소리가 나드니 느들만 쳐먹니, 하는 호령과함께 젠그렁하고 쇠부짖는 소리가 굉장하였다. 방에서는 이놈, 하고 비장한 호령. 음울한 분위기에 쌓여오든 집안공기는 일시에 활기를 띠었다. 이소리에 형님은 기가나서, 뒷곁으로 달아나는 셋째누의를 때려보고자 쫓아갔다. 어른에게 대한 모함, 혹은 어른을 속여서라도 넌즛넌즛이 자기에게 냥식을 안댔다는 죄목이었다. 누의는 뒤란을 한바퀴돌드니 하릴없이 마루우로 한숨에 뛰어올랐다. 방의문을 열고 어른이 드러누웠으매 제가 설마 여기야, 하는 맥이나 형님은 거침없이 신발로 뛰어올라 그허구리를 너더댓번 차드니 꼬까라트렸다. 그리고는 이년들 혼자먹어, 이렇게 얼르자 그담 누님을 머리채를잡고 마루끝으로 자르르 끌고와서 댓돌알로 굴려버리니 자지러지는 울음소리에 귀가놀랬다. 세상이 눈만감으면 어른도 칠 형세이라, 나는 눈이 휘둥그렇게 아버지의곁으로 피신하였다. 환자는 눈물을흘리며 묵묵히 누웠다. 우는지 웃는지 분간을못할만치 이를 악물어보이다는 슬몃이 비웃어버리며 주먹으로 고래를칠때 나는 영문모르고 눈물을 청하였다. 수심도 수심나름이거냐 그의슬픔은 그나알리라. 그는 옆에앉았는 양자의손을 잡으며 당신을 업어다 마루에 내다노라, 분부하였다. 양자는 잠잣고 머리를 숙일뿐이다. 만일에 그대로하면 병만 더칠뿐아니라 집안에 살풍경이 일것을 염녀하여서이다. 하지만 환자의뜻을 거슬림이 그의임무는 아니었다. 재삼 명령이 나릴적엔 마지못하여 환자를 고이다루며 마루우에 업어다노니 환자는 두다리를세고 웅크리고 앉아서는 마당에 하회를기다리고 우두머니 섰는 아들을 쏘아보았다. 잇해만에야 비로소 정면으로 대하는 그 아들이다. 그는 기에넘어 대뜸 이놈, 하다가 몹쓸 병에 가새질려 턱을까브며 한참 쿨루거리드니 나를 잡아먹으랴고, 하고는 기운에부치어 뒤로털뻑 주저앉고말았다. 그리고 몸을 전후로 흔들며 시근거린다. 가슴에 맺히도록 한은컷건만 병으로인하여 입만 벙긋거리며 할말을못하는 그는 매우 괴로운모양이었다. 그러나 당신옆에 커다란 식칼이 놓였음을 알자 그는 선뜻집 어 아들을향하여 힘껏던졌다. 정배기를 맞았으면 물론살인을 쳤을거나 요 행히도 칼은 아들의 발끝에서 힘을 잃었다. 이순간 딸들도 아버지를 앞뒤 로 얼싸안고 아버님 저를 죽여줍소사, 애원하며 그품에 머리들을 박고는 일시에 통곡이 낭자하였다. 마당의아들은 다만 머리를 숙이고 멍멍히섰드 니 환자옆에 있는 그양자를 눈독을 몹씨 드리곤 돌아가버렸다. 허나며칠 아니면 자기도 부자의 호강을 할수있음을 짐작했든들 그리 분할것도 아니 련만——

얼마 아니어서 아버지는 돌아갔다. 바루 빗방울이 부슬부슬 나리든 이 슥한 밤이었다. 숨을 몬다고 기별하니 형님은 그부인을 동반하여 쏜살같이 인력거로 달겨들었고 문깐서부터 울음을놓드니 어버이의 머리를 을싸안을 때엔 세상을 모른다. 그는 느껴가며 전날에 저온죄를 사해받고자, 대구 애 원하였다. 환자는 말른얼굴에 저윽이 안심한빛을 띠이며 몇마디의유언을 남기곤 송장이되었다. 점돈을노면 일상 부자간 공이맞는 쾌라 영영잃은 놈 으로쳤드니 당신앞에 다시 돌아오매 조히 마음을논 모양이었다. 그리고 형 님의효성이 꽃핀것도 이때이었다. 그는 시급하여 허둥거리다가 단지를하 고자어금으로 자기의 손까락을 깨물어뜯었다. 마는 으스러져도 출혈이 선 치못함에 그제서는 다듬잇돌에 그손까락을 얹어놓고 방맹이로 짓이겼다. 이결과 손까락만 팅팅부어 며칠을두고 고생이나 하였을뿐, 피도 짤끔짤끔 하였고 아무 효력도 보지못하였다. 나는 어떻게 되는건지 가리를모르고 송 장만 뻔히 바라보고서서 울다가 가끔 새아즈머니를 곁눈훓었다. 그는 백제 보도못하든 시아비의송장을 주물르고 앉아서 슬피 울고있드니 형님에게 송장의 다리팔을 펴라고 명령하는것이었다. 남편은 거기에 순종하였다.

내가 만일 이때에 나의청춘과 나의행복이 아버지의 시체를따라 갈줄을 미리알았드면 나는 그를붙들고 한달이고 두달이고 나려울었으리라, 그러 나 나는 사람을 모르는 철부지였다. 서름도 서름이려냐 긴치못한 아버지의 상사가 두고두고 성가시었다. 왜냐면 이침상식은 현님과 둘이 치르나 저녁 상식은 나혼자 맡는것이었다. 혼자서 제복을입고 대막대를 손에집고는 맘에없는 울음이라도 어구데구하지않으면 불공죄로 그에게 담박몽뎅이찜질을 받았다. 그러면 자기는 너머많은 그돈을 처치못하여 밤거리를 휘돌다가 새벽녘에는 새로운 한계집을 옆에끼고 술이 만취하여 들어오고하였다. 천금을 손에쥐고 가장이되니 그는 향락이란 향락을 다누렸다 마는 하로는 골피를 찡그렸다. 철궤에들은 지전뭉치를 헤여보기가 불찰, 십원짜리 다섯장이 없어졌음을 알았든것이다. 아침에 그는 상청에서 곡을하고나드니 안방으로 들어가 출가하였든 둘째누님을 호출하였다. 그리고 다른사람은 일절 그건처에 얼씬도못하게 영이 나렸다. 방문을 꼭꼭닫히고 한참 중얼거리드니 이건 때리는게아니라 필시 죽이는 소리이리라. 애가가, 하고 까브러지는 비명이 들리다간 이번엔 식식어리며 숨을 돌리는 신음, 그리고 다시 애가가다. 그뒤 들어보니 전날밤 아버지의 상망에 잡술 제물을 장만하러 간것이 불행이 이누님이든바 혹시나 이기회에 그돈을 다른데로 돌리지나 않았나, 하는 혐의로 그렇게 고문을 당한 것이었다. 처음에는 치마만남기고 빨개벗기어 그옷을일일히 뒤져보고 털어보았으나 그돈이 내닷지않으매 대뜸 엎어놓고 발길로차며 따리며하여 불이 나렸다한다. 그래도 단서는 얻지못하였으니 셋째, 넷째, 끝의 누님들은 물론 형수, 하녀, 또는 어린 나에 이르기까지 어찌 그고문을 면할수있었으랴. 끝의누님은 한웅큼 빠진 머리칼을 손바닥에 들고는 만져보며 무한 울었다. 그러나 제일 호되게 경을 친 것은 역시 둘째누님이었다. 허리를못쓰고 들어누어 느끼며 냉수한그릇을 나에게 청할제 나는 애매한 누님을 주리를틀은 형님이 극히 야속하였다. 실상은 삼촌댁이나 셋째누의나 그들중에 그돈을 건은방다락 복고개를 뚫고 넣었으리라,고 생각은 하였다, 마는 나는 입을 다물었다. 만약에 토설을 하는 나절에는 그들은 형님손에 당장 느러질것을 염려하여서이다.

애기

애기는 이땅에 떨어지자 무턱대고 귀염만 받을려는 그런 특권을 가집니다. 그리고 악을 지르며 울수있는 그런 재조도 타고납니다. 그는 가끔 명령을 나립니다. 응아! 응아! 이렇게 소리를 지르고 눈물을 흘리며 우는 것입니다. 우리는 이걸 귀아프다 아니합니다. 다만 그의 분부대로 시행할 따름입니다. 겸하여 오, 우지마, 우리 아가야, 하고 그를 얼싸않으며 뺨도 문태고 뽀뽀도하고 할수있는, 그런 큰 행복과 아울러 의무를 우리는 흠씬 즐길 수 있는것입니다.

허나 이런 악아는 턱이 좀 달음니다. 어머니가 시집온지 뒤달만에 심심히 빠친 악아요. 그는 바루 개밥의 도토립니다. 뉘라고 제법 다정스러운 시선한번 돌려주는 이 없읍니다.

악아는 고집이 된통 세입니다. 그래도 제권리를 막우 행사하고자 기를

* 『문장(文章)』(문장사, 1939. 12), pp.66~88.

제목 밑에 '未發表遺稿'라고 기록되어 있고 작품 뒤에 탈고 일자가 '昭和九年, 一二月, 一〇日' 즉 1934년 12월 10일로 밝혀져 있다.

김유정 자신이 부족한 작품으로 여겨 생전에 발표하지 않고 있던 작품인 듯하다. 부분적으로 채만식(蔡萬植)의 『태평천하(太平天下)』와 유사한 점이 몇 가지 있으나 작품 정신은 아주 다르고, 미약하다.

까륵, 까륵, 씁니다. 골치를 찌프리고 어른은 외면합니다. 울음도 한이 있읍니다. 얼마후에는 근력이 지치고 목은 탁 잠깁니다. 밤톨만한 두 주먹을 턱밑에다 꼬부려붙이고 발로 연해 공중을 참니다. 그제서는 찍, 찍, 하고 생쥐 돛에 친 소리가 들립니다.

"에—이"

할머니는 옆을 지날적마다 이렇게 혀를 채입니다. 뿐만 아니라 어머니가 못보면 눈두 곧잘 흘깁니다.

할아버지는 사람이 좀 내숭합니다.

"아 애 그 젖좀 먹여라 그렇게 울려되겠니?"

하면 곁에는 아주 좋은 낯을합니다. 마는 마누라와 단둘이 누으면 이불속에서 수군거립니다.

"마누라, 이거 귀아파 못살겠구면!"

"나두 귀청이 떨어졌는지 귀가 먹먹하다으. 그러니 이를 어쩐담!"

"내다 버릴가? 남의자식 그건걸 뭘하나!"

이런 흉게가 가끔 버러집니다.

어머니는 이속을 전혀 모릅니다. 알기만하면 담박

"누구자식은 사람이 아니람? 아이 우서라 별일도 다많어이!" 하고 시어미에게 복복 들어덤빌것입니다. 모르니까 잠자꼬 악아옆에 앉아서 옷만 꼬여맵니다. 그렇다고 악아가 귀여운것도 아닙니다. 나오너라, 나오너라, 이렇게 빌때 나오는 악아가 귀엽습니다. 나오지마러라, 제발 죽어라, 죽어라, 요렇게 속을 조릴제 나오는 악아는 귀엽지않습니다. 도리어 이유없는 원수라 하겠지요. 악아가 빽, 빽, 울적마다 그 어머니는 얼굴이 확확 닳읍니다. 어느때에는 너머 무참하여

"어서 죽어라, 아니꼬운 꼴 못보니?" 하고 악아에게 악을 빡 씁니다. 이것은 빈정대는 시어머니를 빗대놓고 약간 골풀이도 됩니다.

악아를 진정으로 사랑하는 이는 외조부 한분이 있을뿐입니다. 간혹 찾어올적이면 푸른 똥이 덕개덕개 눌어붙은 악아의 궁뎅이를 손에 쳐들고 얼고 빨고 좋아합니다. 그러면 악아도 그때만은 좋다고 끌꺽, 끌꺽, 바루 웃

읍니다.

외조부, 그는 사람이 썩 이상합니다. 커다란 딸이 있건만 시집을 안보내지요. 젖이 푹 불거지고 얼굴에 여드름까지 터쳐도 그래도 안보내지요. 그 속이 이렇습니다. 딸을 나가지고 그냥 내줄게뭐야. 앨써 길렀으니 덕좀 봐야지. 부자놈만 하나 걸려라. 잡은참 물고 달릴터이다. 그러나 부자가 어디 제멋 안부리고 이런델 뭘 찾어먹으러 옵니까. 부자는 좀더 부자를 물어볼랴고 느무는것이 원측이니 좀체 해볼수가 없었읍니다. 괜히 딸의 나히만 더끔더끔 늘어갑니다.

그러자 한번은 아버지가 눈이 둥그랬읍니다. 그간 그런줄 몰랐드니만 눈여겨보매 딸의 배가 무시루 불쑥불쑥 솟습니다. 과년한 색씨라, 배가 좀 불르기도 예사입니다. 허나 아버지야 어디 그렇습니까. 처녀의 몸으로 아이를 빠친다든지 하면 그런 망측이란 세상에 없읍니다. 허 아주야단났읍니다.

밤이 이슥하여 넌즛이 딸을 불렀읍니다.

"너 요새두 몸허느냐?"

"네"

딸은 순색으로 대답하고 고개를 푹 숙입니다. 그러니 애비 체면으로 너 이래저랬지, 하기도 좀 어색합니다. 어떻게 될랴는가, 그대루 내버려 두었읍니다.

날이 갈스록 배는 여일히 불러옵니다. 예전 동이같이 되었읍니다. 이러고보면 의심할 건덕지가 없읍니다. 대뜸 매를들고 딸을 사뭇 나려팹니다. 하니까 그제서야 겨우 부는데 어떤 전기회사 다닌다는 놈인가하고 둘이 그 꼴을 만들었든 것입니다. 잘만하면 만원이될지, 이만원이 될지, 모르는 이 몸이다. 복을 털어도 분수가있지 그래 그까진 전기회사놈 허구! 그는 눈에서 피눈물이 날지경입니다. 즉선 아들을 시키어 그놈을 붙들어왔읍니다. 칼라머리를 훙켜잡고 방추로 꽁무니를 막 조졌읍니다. 그리고 식칼을 들고 들어와 너죽고 나죽자고 날뜁니다. 신주같이 위하든 남의밥줄을 끊어놨으니 하긴 죽여도 시원치는 못하겠지요. 어찌 혼이 났든지 그놈은 그길로 도망을 간것이 어디로 갔는지 종적을 모릅니다. 즈어머니만 뻔찔 찾아와서 내아들 찾아놓라고 울고불고 악장을치다 가고가고합니다.

그러니 일만 점점 난처하게 됩니다. 그놈이나 그대루 두었드면 사위라도 삼을걸! 우선 이애를 어떻게 처치해야 옳겠읍니까. 낙태할약은 암만 사다가 퍼부어도 듣지를 않습니다. 인제는 별도리 없읍니다. 아무 놈이나 하나 골라서 처맡기는 수밖에는요.

그는 소문을 놓았습니다. 내가 늙판이고 손이 놀아서 퍽 적적하다. 그래 데릴사위를 하나 고르는데 아무것도 안보고 단지 놈하나만 튼튼하면 된다고.

이말을 듣고 뭉척 놀란것은 필수입니다. 저녁을 먹다말고 수저를 든채 벙벙하였습니다. 너머 좋으니까요.

그도 장가는 들었었으나 사년만에 안해가 도망을 했읍니다. 제따는 가랭이가 찢어지게 가난한 이따위 집에서는 안살겠다는거겠지요. 그후로 안해없이 오년간 꼬박이 홀로 지냈읍니다. 나히이미 삼십을 썩 넘고 또 돈 없고 보니 게집얻기가 하눌의 별 따깁니다. 숫색씨요 게다가 땅까지 오십석을 붙여준다니 참으로 이거야——

"아버지 정말이야요?"

"정말이지 그럼, 실없은 소리겠니!" 하고 늙은 아버지는 장죽을 뻑뻑 빨으며 무엇을 생각합니다.

"별소리말구 시키는 대로만 해, 이게 필경 우리집안이 될랴는 증존가보다!"

어머니는 옆에서 이렇게 종알거리며 귀를답니다.

"그런데 한번 보자는걸, 가품두 안보고 지차두안보고 단지 실랑하나만 보자는거야" 하고 아버지는 눈을 지긋이 감습니다. 암만해도 자식의 나히가 탈입니다. 일껀 침을 발라났다가 이놈을 늙었다구 퇴박을 받는 나절에는 속쓰린 경우를 만날것입니다.

"낼가서 나힐좀 주려봐라, 저게 상업학곤가 필졸업했다니까 그래두 썩

고를것이야"

"상업학교요?"

더욱 놀라운 소립니다. 이건 바루 콧등에가 꿀떡이 떨어졌습니다.

필수도 전일에는 인쇄소 직공이었습니다. 십년이나 넘어 근고를 닦았고 따라 육십원이란 좋은 월급까지도 받아보았습니다. 그러다 불경기로 말미아마 직공을 추리는 사품에 한몫끼어 떨려나고 말았습니다. 라고 하는건 그놈의 원수 혼또로 돈또로를 모르기 때문입니다. 이런 안해와맞우 앉아서 매일 짖기고 배우고하면 한 서너달이면 터득하겠지. 몹시 기쁩니다. 허나 요새 게집애 학교좀 다니면 대학생 달랍니다. 필수같이 판무식의 실업자는 원치않겠지요.

"아버지, 학교 다녔다면 거 되겠어요?"

아들은 똑같은 말을 펄적 무르며 입에 침이 마릅니다. 밤이 늦었으나 잠도 잘 생각이 안납니다. 돈없어 공부 못한 원한, 직업없는 서름, 참으로 야속도합니다. 한끝해야 고물상 거관으로 다니는 아버지의 봉죽이나 들고 이 대루 한평생 늙어질려는지!

여기에는 아버지 역 딱하지 않을수 없습니다. 그는 이윽고 허연 수염만 쓰다듬고 앉았드니 "될수있다" 하고 쾌히 대답합니다. 이런 생각을 한것입니다. 그의 내종사촌이 바루 의사입니다. 하여 친척간에 그이만치 대우받는 사람없고 그이만치 호강하는 사람은 문내에 없읍니다. 과연 세상에 판치기로 의사빼고 다시 없겠지요.

"너 낼가서 의사라구 그래라"

혼인에 빈말이 없지 않을수 없습니다. 아따 한번 얼러봐서 되면 좋구 안되면 할일없고 그뿐 아닙니까.

그 이튿날 아버지는 조반도 자시기전에 부냥게 나왔읍니다. 자기 다니는 고물상에 가서 그주인에게 사실을 토파하고 간청하였읍니다. 그래서 전에 벌려놓았든 세루 두루마기와, 가죽가방과, 또는 의사가 흔히 신는 우녀같은 반화와 이세가지를 한나절만 빌리기로 하였읍니다. 집에 돌아왔을 때에는 아들은 벌써 몸치장을 다하고있읍니다. 머리에 기름도 바르고 얼굴에 분도 바르고 하였습니다. 그렇니까 좀 애돼도 보입니다.

"애 호사한다, 어여 입고 가봐라"

어머니가 두루마기를 입혀주니 아들은 싱글벙글 흥이 말아닙니다. 색씨도 색씨려니와 세루란 난생처음 걸쳐보니까요.

"이게 뭐야, 화장도 길구 쿨렁쿨렁하니!" 하고 아들은 팔줏도하고 곤개줏도하고 몸을 뒤틉니다. 좋기도 하지만 좀 멋적은 생각도 드는 까닭입니다.

"이자식아, 인전 좀 지각좀 나라"

아들이 나히 분수로는 너머 달망댑니다. 이게 또 가서 주책없이 지꺼리지나 않을가 아버지 역시 한 염여입니다.

"괜찮어, 점잖은 사람이란 으례 옷을 넉넉이 입는법이야!"

그리고 대문간까지 나와 손수 인력거를 태워줍니다. 인력거군에게 삯을 사십전 미리 끄내주며 좀 아깝습니다. 자기는 거관질로 벌어야 하로에 끽 사십전 될가말가합니다. 이돈이 보람없이 죽지나 않을가하여

"시방 병원 가는길에 들렀다구 그래라" 하고 다시 다지다가 또

"가친이 가보라해서 왔다구그래, 괜스리 쓸데적은 소리는 지꺼리지 말구"

아들은 빈가방을 옆에끼고 거많이 앉어 갑니다.

따는 아버지의 말이 용하게 들어맞습니다. 그날 저녁으로 색씨집에서 일부러 전갈이 왔읍니다. 그런 훌륭한 실랑은 입때 보덜 못했다는것입니다. 혼인이란 식기전 단결에 치어야한다. 낼이라도 곧곧 해치우는게 어떠냐고.

그들은 좋며말며 여부가 없읍니다. 전갈온 그 사람에게까지 머리를 수그리며 굽신굽신 처분만바랄뿐입니다. 한편으로는 한 염여도 됩니다. 실랑감만 뵈고말잣든 노릇이 고만 간구한 살림까지 들어나고 말았읍니다. 이러다 뒤가 터지기전에 얼른 해치우는 수밖에 별도리 없겠읍니다.

나흘되는 날 혼인은 불야살야 버려집니다.

양식거리도 변변치못한 판이니 혼비가 어서 납니까. 생각다 못하여 일가집으로 혹은 친구의 집으로 목이 말라서 돌아다니며 빗을 냈습니다. 한 달포후에 갚기로하고 사십원가량 만들었든것입니다. 마는 인조견 나부렁이로 금침이라, 옷이라 또는 음식이라 이렇게 벌리고보니 그도 모자랍니다. 안험몰라도 이왕 할랴면 저쪽에 흉잡히지 않을만치는 뺀때있이 하여야 그만한 덕을 보겠지요.

혼인 당일에도 늙은 양주는 꼭뚜 새벽같이 돈을 변통하러 나갔습니다. 늦은 가을이라 찬 바람이 소매끝으로 솔솔 기어듭니다. 마누라는 으스스 몸을 떨으며 영감을 바라보고

"이거 이렇게 빗을내다가 못갚으면 어떻게 할라우?"

무던히 애가 킴니다. 그러나 영감님은 아주 뱃심이 유합니다. 고개도 안 돌리고 어청어청 거러가며

"이구녁 털 저구녁에 박는 셈인데 뭘그래, 다 게있고 게있는걸!"

필수가 일어났을 때에는 집안이 떠들석합니다. 잔치를 버리느라고 음식타령에 흥이 났겠지요. 먼촌일가며 동리게집 아이들 할것없이 먹을 콩이나 생겼는지 웅게중게 모인 모양같습니다.

그는 일변 기쁘면서도 좀 미진한 생각도 듭니다. 이번 혼인이 이렇게 얼린 첫 동기는 오십석 땅입니다. 그런데 장인될 상투백이의 낯짝을 뜯어보니 아마 구두쇠 같습니다.

필수가 방으로 들어가서 그앞에 절을 껍씬하고

"제가 김필숩니다" 하고 어른이 보내서 왔다는 그연유를 말하니까 그는 능능히

"으 그러냐, 거기 앉어라" 하고 제법 따라지게 해라로 집어십니다. 상투는 비록 히였을망정 그태도가 여간 치어난 내기가 아닙니다. 이런 이야기 저런 이야기 버려놓다가

"그래 의사질을 많이 했다니 돈좀 모았느냐?"

"몰거야 있겠습니까 마는 그저 돈만은 됩니다"

"허 꽤 봤구면——" 하고 똑바루 쳐다보며 선웃음을 치는양이랑 또는

"병원일이 바뿔터이지 어서 가봐라" 하고 국수도 한그릇 대접없이 그대로 내쫓는 솜씨이랑 좀체 친구는 아닙니다. 필수는 제출물에 질리어 무안한 생각과 아울러 어떤 두려운 염려도 생깁니다. 마치 무슨 범굴이나 찾어들은듯한 그런 허전한 생각이요. 하고 그 꼬락서니가 땅 오십석커녕 헌 버선한짝 막무간낼듯 싶습니다.

그러나 사모를 떡 쓰고 관대를 걸치고 사인교에 올라앉으니 별 생각 없읍니다. 색씨가 온 어떻게 생겼을가 궁거운 그 초조밖에는. 이러다 혹시 운이좋아 매끈하고 똑딴 그런 게집이 얻어걸릴지 누가 압니까.

그는 색씨집 중문에서 매우 점잖이 나렸읍니다. 어제밤부터 제발 채신없이 까불지말고 좀 든직이 하라는 아버지의 부탁은 아즉 잊지 않읍니다. 우좌를부리며 조곰 거만스리 초례청으로 올라습니다. 허지만 맘이 간즈러워서 더는 못참읍니다. 얼핏 시선을 후둘으며 마루한편에 눈을 깔고섯는 신부를 흘낏 했읍니다. 그리고 이건 몹씨 낭판이 떨어집니다.

누가 깔고 올라앉었었는지 모릅니다. 얼굴은 멋없이 넙적합니다. 디룩디룩한 살덩이. 필시 숫가락이 넘어 커서겠지요. 쭉 째진 그입술. 떡을쳐도 두말은 칠법한 그응덩판. 왜 이리 떡 버러졌을까요.

참으로 어지간히 못두 생겼읍니다. 한번만 보아도 입맛이 다 홱 돌아갑니다. 하긴 성적을하면 색씨의 얼굴이 좀 변하기도 합니다. 도리어 민얼굴로 볼제가 좀더 훨씬 날지도 모르지요.

제발 적선하는 셈치고 원얼굴은 좀 이뻐줍소사! 실랑은 속중으로 이렇게 축원하며 신부에게 절을합니다.

이 혼인이 어떻게 되는것인지 당자도 영문을 모릅니다. 실랑상이면 으례 한몫 호사를 시키는 법이 아닙니까. 그런데 채린 것을 보니 헐없이 행낭어멈 제사 지내는번으로 삼백실과에 국수 편육, 김치, 장종지, 나부렁이뿐입니다. 이건 사람대접이 아니라 바루 개대접. 불쾌하기 짝이 없읍니다. 봐한즉 개와집에 면주쪽을 들쓰고있는 사람들이 그래 이럴수야 있겠읍니까. 게다 속은 거짓이로되 의사라 하였으니 그체면도 봐주어야 할것입니다.

저녁상은 받은채 그대로 물렸읍니다. 찝쩍어리는것이 오히려 치수가 떨어질듯 해서요.

신방을 치를 때에도 마음 한편이 섭섭합니다. 왜냐면 신방이라고, 지키는 년놈 코빼기하나 구경할수 없습니다. 이건 결단코 신랑에 대한 대접이 아닙니다.

그는 골피를 찌푸려가며 색씨의 옷을 벗겼습니다. 이젠 들어다 자리에 눕혀야 됩니다. 두팔로 그 다리와 허리를 떠들고 번쩍 들랴하니 온체 유착하여 좀체 비끗도 안합니다. 그대로 웅크리고 앉아서 무릎과 어깨를 비껴대고 밀긋밀긋 아랫목으로 떠다밉니다. 그렇니까 어떻게 된 색씨길래 제가 벌뜩 일어납니다. 서슴지않고 자리로 성큼성큼 나려가드니 제법 이불을 뒵쓰고 번듯이 눕는것입니다. 에쿠 이것두 숫건 아니로구나! 하고 뜨끔했으나 따져보면 변은 아닙니다. 계집애가 학교를 좀 다니면 활기도 나고 건방지기가 예사니 그렇기도 쉽겠지요. 이렇게 풀쳐 생각하고 그도 그 옆에가 붙어누웁니다.

그는 안해를 끌어안고자 손을 디려밀다가 문득 배에가 닿습니다. 눈을 크게 뜨고 다시한번 이리저리 주물러보았습니다. 이건 도저히 처녀의 배때기는 아닙니다. 어디 처녀가 이다지 딴딴하게도 두드러오를수야 있겠습니까. 정녕코 병들은 배에 틀림없습니다.

"이게 뭐요?"

"뭔 알아 뭘하우!"

색씨는 눈하나 까딱없이 순순히 대답합니다. 번죽도 좋거니와 더구나 뭔 알아 뭘하우? 아니 적어두 한평생 가치지낼 남편인대——옷을 입혀줄 남편, 밥을 먹여줄 남편——그 남편이 묻는대 뭔 알아 뭘하우? 콧구녕이 둘이게 망정이지 하나만 있었드면 기절을 할번했습니다.

"아니 남편이 묻는데 알아 뭘하다니?"

"차차 알지요——"

애 이건 바루 수작이 기생 외딴치는구나! 허나 이것이 본시 땅때문에 얼르고 붙은 결혼이매 그리 낙망될것도 없습니다. 압따 빌어먹을거 하필 처녀라야 맛입니까. 주먹을 쥐어 그배를 툭툭 두다리며

"에 그놈배 복성두스럽다!"

좋은 낯으로 첫날을 치렀읍니다.

시부모는 이 불른 배에대하여 아무 불평도 없읍니다. 시체 색씨니만치 이놈것좀 뱃다가 저놈것좀 뱃다가 하기가 그리 욕은 아닙니다. 저만 똑똑해서 자식이나 잘 기르면 고만 아닙니까. 물론 그속이 좀 다르니까 이런 생각도 하지만이요. 하기야 성한 시악씨 다 제쳐놓고 일부러 이런 병든 게집애를 고를 맛이야 없겠지요.

신부리를하여 색씨가 집에 당도하자 그들은 상감님이나 만난듯이 무척 반색합니다. 어찌나 얼고떠는지 상전을 위하는 시종의 충성이 그대로 나타납니다. 며누리가 가마에서 나리기가 무섭게 달겨들어 그곁을 고이 부축하며

"너머 시달려서 괴롭겠다. 얼른 방에들어가 편히 누어라"

시어미는 이렇게 벌서 터줍니다. 시아비도 덩달아 빙그레 웃으며

"아 그렇지, 몸이 저지경이면 썩 괴로울걸" 하고 되레 추어주며 은근히 그내색을 보입니다.

있는집 시악씨란 번이 다 그런지요. 이 며누리도 매우 시큰둥합니다. 시집온지 사날도 채 못되건만 해가 꽁무니를 치받혀야 일어나고합니다. 거침없이 기침도 꽥꽥, 하고 가래를 뱉지요.

그때는 시어미가 벌서전부터 일어나 아츰을 합니다. 없는 돈을 끌어가며 며누리입에 맞도록 찬을합니다. 김을굽니다. 고기국을 끓입니다. 혹은 입맛이 지칠가바 간간 떡도합니다. 그전에야 어디 감히 함부로 김이 뭐며 떡이 뭡니까.

상을 받혀들고 방으로 들어가면 그제야 며누리는 권연쯤 피다가 방바닥에 쓱 문태끕니다.

"애들 밥 먼저먹구 세수해라!"

며누리는 밥상을 이윽히 드려다봅니다. 그러나

"오늘두 명태국이얘요?" 하고 눈살을 흐리며 마뜩지않은 모양입니다. 머처럼 공을 드린게 또 퇴박이냐! 낭판이 떨어져서 풀이 죽습니다. 어제는

명태국이 먹고싶다드니 왜 이리 입맛이 들숭날숭하는지 그비위는 맞후기 참으로 졸연치않습니다.

"이게 내가구 숭늉을 떠다주세요"

영 나리는 대로 잠잫고 떠다줄 따름입니다. 그성미를 더뜰렸다 삐쭉 간다든지 하면 그야말로 큰일 날거니까요.

며누리는 옷을 자랑하는 재조가 하나 있읍니다. 친정에서 옷한농 해온 것을 가끔 헤집어놓고

"즈이집에서는 모두 면주삼팔이 아니면 안입어요" 하고 시퉁그러진 소리를하며 번죽어립니다. 그꼴이라니 두눈갖곤 차마 못보지요. 허나 미상불 귀히 자랐길래 저만이나 하려니, 하고

"암 그럴테지, 느집이야 그렇다마다 여부있겠니!"

쓰린 속을 눌르며 그런대로 맞장을 처줍니다.

그러자 시집을갔든 딸이 또 찾아옵니다. 기를 못펴고 자란 몸이라 핏기 하나없고 곧 넘어갈듯이 가냘픕니다. 나히는 미처 삼십도 못되런만 청춘의 향기는 전에 나르고 빈쭉젱입니다.

"어머니, 인젠 더 못살겠어요" 하고 손을 붙들고 눈물을 떨립니다. 웅크러물은 그입매를 보니 부모를 몹씨 원망하는 눈칩니다.

"왜 또 맞엇니?"

"더는 못살아요!"

그리고 어미품에 머리를 파묻고 다만 울뿐입니다.

어미는 더 묻지않어도 뺀한 속입니다. 영감을 곧바루 깨물고 싶을만치 그런 호된 미움이 불일듯합니다. 백죄 열네살짜리를 설흔일곱 먹은 놈에게로 다섯째 애첩으로 보내다니 이야 될말입니까. 만여석 지기니간 하불상 백석쯤이야 떼어주겠지, 하고요. 하드니 덕은 고사하고 고작 딸얼굴에 꽃만 노랗게 피었읍니다. 게다 놈이 술을 처먹으면 곱게 못새기고 개지랄이 납니다. 때리고 차고 또는 벌개 벗겨놓고 새면 물고뜯고 이지랄이니 세상에 온이런 망측이……허나 모두가 네 팔짜다──

"우지마라, 필수처 드르면 창피스럽다, 쉬──고만둬"

딸의 손목을 굳이 끌고 생워리를 시키러 건는 방으로 건너갑니다.

딸이 시집을 못살고 쫓겨옴은 어미로써 지극히 큰 슬픔에 틀림없읍니다. 그는 딸을 앞에 앉혀놓고 때없이 꼴짝꼴짝 눈물로 위로합니다.

"얘, 별수없다, 시집살이란 다 그런거야!" 하고 눈물도 씻겨주고

"게집된게 불찰이지, 누길 원망하랴!" 하고 제눈도 씻고, 어느때에는 권연까지 피어 권하며

"담배를 배워라, 그럼 화가 좀 풀리니"

이렇게 잔상히 달래도봅니다. 그러나 밤에 자리속에서 영감을 만나면

"예이 망할놈의 영감, 덕본다드니 요렇게두 잘봤어?" 하고 창이 나도록 바가지를 복복 긁습니다. 그러면 영감님은 눈을 멍뚱이 뜨고 딱하지요. 그래두 한다리 뻗을줄을 알았지 애비치고 누가 딸얼굴에 노란꽃 피라고 빌놈이 있겠읍니까.

"허 이러는게아냐, 누가 영감수염을 채나?" 하고 되레 점잖이 나무릅니다. 독살이 불꽃같이 뻗힌지라 이걸 등을 투덕투덕 뚜덕이며 묵주머니를 만들자면 땀개나 조히 빠집니다.

허나 늙은 몸으로 며느리 봉양하기에 실없이 등골이 빠졌읍니다. 어차피 딸도 오고했으매 네가좀 찬이라도 입에 맞도록해서 주라고 밥짓기와 상배를 떠넘겼읍니다.

딸은 게집애적부터 온체 성질이 꽁합니다. 게다 숭악한 남편을 만나 몸이 휘지다보니 인젠 빈껍떠기만 남은, 등신입니다. 그저 시키는대로 고분고분이 일만 할뿐입니다. 또 한편 생각하면 친정밥처럼 얻어먹기 어색하고 눈치뵈는 밥은 별로 드무니까요.

하루는 모질게 추운 겨을입니다. 된바람이 처마끝에서 쌩, 쌩, 달리며 귀를 여윕니다. 그리고 부엌으로 연송 눈을 드려뿜읍니다. 낡삭은 초가집이라도 유달리 더 추울거야 있겠읍니까. 마는 번디 가랭이 찢어지게 가난하면 추위도 꽁무니에서부터 치뻗히는 법입니다.

딸이 새벽같이 일어나 나오니 속이 어지간히 떨립니다. 손을 혹혹 불며 찬물에 쌀을 씻고있노라니

"여보 이요강좀 버려다주——" 하고 건는방에서 올캐가 소리를 지릅니다. 날새가 너머 심한지라 오늘은 요강도 안내놓고 그러는게지요. 장 하는 버릇이라 여느때이면 잠잖고 버려다줄것이로되 이날만은 밸이 좀 상합니다. 저는 뭣인대 손끝하나 까닥안하곤 밖에서 떨고있는 나를 부리며 요가 드름인지——그는 대꾸도않고 그냥 귓등으로 흘렀읍니다. 하니까 뭐라고 뭐라고 쫑알거리는 소리가 제법 흘러나옵니다. 자세히는 아니 들리나 필경 악담이나 그렇잖으면 욕설이 한끗이지요.

겨우 밥을 끓여서 상에 받혀들고 들어갑니다. 올캐는 눈귀가 커지며 들떠보도 않습니다. 그리고 시누가 채 나가기전에 밥한술을 얼른 떠넣고 씹드니

"이것두 밥이라구했나? 돌만 어적어리니!" 하고 상전에다 숫가락을 딱 때립니다. 너머나 꼴불견이라 눈이다, 실 노릇입니다. 하도 어이없어 한참 나려다보다

"그만두 다행이루아우, 나가서 좀 해보구려"

"추면 밥두 안먹읍디까?"

"………"

"여느몸두 아닌데 좀 사정두 봐줘여지? 자기도 애나좀 배봐!"

기막힐 일이 아닙니까. 어느놈의 자식을 뱃길래 이리 큰첸지 영문모르지요. 요즘에는 어머니에게도 막우 바락바락 들어덤비는게 그행실이 꽤 발만스럽습니다.

"배란 아이를 뱃우, 왜이리 큰체유?" 하고 낯을 붉히며 아니 쏠수도 없읍니다. 하니까 대뜸

"뭐?"

소리를 빽 지르자 들어덤비어 머리채를 휘어잡고 끓어댕기드니 땅빵울을 서너번 먹입니다. 넓은 그얼굴에는 심술이 덕지덕지하며 한창 시근거립니다.

"난 우리집에서 여태 이런꼴 못봤어!"

시누는 원 병약한 몸이라 앙팡할 근력도 없거니와 또 그럴 주변두 못됩

니다. 몇번 두드려맞는대로 그냥 몸만 맡길뿐입니다. 그리고 나중에는 아픔보다도 제신세가 서러워 소리를내며 엉엉웁니다.

안방에서 아침을 자시고있든 영감이 역정이나서 문을 벌컥 엽니다.

"왜 또 형을 들커거리니, 이년?" 하고 며느리를 편역들어 도리어 딸을 책합니다. 제대로 둬두었으면 그만일텐데 왜 들컥질을 하는지 온 아다모를 일입니다. 가뜩이나 요새 툭하면 이고생사리안하고 가느니마느니 하는걸! 열이나서 딸을 불러세우고 며느리덕 못보는 화풀이까지 얹어서 된통 야단을 쳤습니다. 어찌 혼이 떴든지 딸은 한을옥먹고 그길로 든벌채 친정으로 내뺐습니다. 아버지가 내신세를 망쳤으니 그런줄이나 알라고 울며 갔습니다.

마누라가 이꼴을 가많이 보고있자니 독이 바짝 오릅니다. 자기도 처음에야 갖은 정성을 다짜아가며 며느리를 받들었으나 인젠 고만 냄샐내고 말았습니다. 덕을 보잔노릇이 덕은커녕 바꿔치기로 뜯기는 마당에야! 참으로 웃읍지도 않습니다. 한번은 아들을 시키어 수작을 얼러보게 하였든것입니다. 제풀로 오기만 기다렸다는땅이 어느때나 올런지 부지하세월이니까요.

"우리가 넉넉하면 몰라도 그렇지못하고 또 장인께서 어차피 땅오십석을 주신닷으니 이왕이면가서 말슴이나 한번 해보구려!" 하고 남편이 어운을 떼보니까 안해도 역시 좋단듯이

"글세 나두 그런생각은 있으나 빈손으로야 어디……" 하고는 뒷말을 흐립니다. 아닌게 아니라 하긴 그럴 법도합니다. 좋은 잉어를 낚을랴면 미끼먼저 좋아야 할게아닙니까.

"그럼 뭘?"

안해는 눈을감고 뭘 조곰 생각하는듯 하드니

"그유성기를 갖우갔다 들려주는게 어떻겠우? 아버지가 완고가 돼서 그런걸 좋아하리다"

그축음기란 고물상에 팔아달라는 부탁을 받고는 이날 낮에 아버지가 갖다논 남의 물건입니다. 판까지 얼러 잘받아야 십오원 될가말가하는 그 또

래 고물입니다. 이걸 새치길 하잔것인데 아따 그 뭐 어디 상하는것도 아니고 달른것도 아닙니다. 낼아침에는 가져오라고 신신당부를하여 맡겨보냈읍니다. 그래서 저녁에 가서 그이튿날 낮에야 오는데 보니까 빈손입니다.

"어떻게 됐어?"

"그렇게 빨리 되우, 인저 천천이 주신답디다"

단지 그뿐, 축음기는 어찌 되었는지 꿩 구어먹은듯 쓱싹되고 말았읍니다. 그것때문에 빗으로 무리꾸럭을 하노라고 집안이 수태 욕두 보았지요. 이렇게 보니까 덕을 본다는것이 결국 병신구실로 뜯긴다는 말이나 진배없지요. 마누라는 며느리가 미워 죽겠으나 참아 그러지못하고 그대신 영감에게로 달라붙습니다.

"이렇게두 덕을 잘봤어? 딸 잡아먹고 아들까지 잡아먹을테여, 이 망난아?"

"허 이러는게 아니라니까, 누가 영감을 꼬집나?"

영감도 입에내어 말은안하나 속은 늘 쓰립니다. 친정이 좀 있다구 나나리 주짜만 심해가고 행실이 점점 버릇없는 며느리를 보면 속이 썩습니다. 물론 모두 자기가 버려논 탓이겠지요. 허나 기왕 엎친물이라 인제는 어째본다는 재조가 없읍니다. 그는 가끔 며느리를 외면하여 침을 탁 뱉고는 잉 하고 콧등에 살을 모고합니다.

아들은 차차 안해가 귀여워집니다. 따는 얼굴이 되우 못두생기고 그놈의 땅오십석은 침만 발르다가 이내 삼키지도 못하고 말았읍니다. 마는 그런게 아닙니다. 나히 이미 사십고비를 바라보고 더구나 홀애비의 몸일진대 안해라는 이름만 드러도 괜찮읍니다. 게다 밑던곱던 한 두어달동안 가치 지내다보니 웬녀석의 정이 그리부푸렀는지 떼칠랴야 떼칠수도 없는 형편입니다.

어머니가 벅으로 끌고가서 은근히

"애, 그거 보내라, 어디 게집이 없어서 그걸 데리고 산단말이냐?" 하고 초를 치면

"글세요——" 하고 어리뻥뻥한 한마디로 심심히 치고맙니다.

하기는 아들도 안해와 된통 싸운적이 없는것도 아닙니다. 장가를든지 한달쯤지나든 어느 날입니다. 안해라고 얻어는놨으나 먹일게 없읍니다. 뒷심을 잔뜩 장을대고 이리저리 긁어모았든 빚을 못갚으니 줄청 졸리는통에 머리털이 실 지경입니다. 어떻게 밥줄이라도 붙들어야 할텐데 온 이것두되 나안되나 우선 입들을 씻기고나서 이야기니 적게처도 이삼십원은 들어야 할게고——그는 툇마루 햇볕에 웅숭크리고 앉어서 이런궁리 저런궁리 하고있노라니까 웬 뚱뚱한 소방수 한자이 책을 손에들고 불쑥 들어옵니다. 영문모를 혼또로 돈또로를 부르며 반벙어리소리를 하는데 무슨뜻인지 알 턱있읍니까. 마침 방안에 안해가 있음을 다행으로 녀기고

"여보 이게 뭐랜 소리유? 이리와 대답좀하우"

하며 신여성을 안해로둔 자세를 보일려니까.

"아이 망측두해라, 누가 안해보구 남우 사내대답을 하래!" 하고 성을 톡 냅니다.

"괜찮허 학교두 다녔을라구!"

그래도 방안에서 꼼짝안하고 종알거립니다. 대마도는 한참 벙벙이 섰드니 결국엔 눈을 딱부르뜨고 뭐라고 쫘박고 나갑니다. 제말엔 대척없고 즈끼리 딴소리만 지꺼리니까 아마 화가 났든게요. 그리고 필연코 욕을하고, 나갔기가 쉽습니다. 낮이 화끈하여 얼마후 밖으로나와 다른 사람의말을 드르니 집웅우로 굴뚝을 석자를 올리라고요. 그는 분한 생각이 치밉니다. 그놈 상투백이에게 모조리 쏙은걸 생각하고 곧 때려죽여도 시원치못할만치, 치가 부르르 떨립니다. 바탕이 언죽번죽한 게집이니 제가 짜증 학교를 좀 다녔다면 장난삼아서라도 나와서 히짜를 빼겠지요. 예이 망한년! 그는 열벙거지가 나서 부냥게 건는방으로 튀어들어갔읍니다. 사지를 부드들 떨으며

"일어쪼각하나 못하는것이 무슨 학교를 다녔다구? 이년아!" 하고 넘겨짚으며 얼러딱딱입니다. 그러니가 안해는 잠잫고 낮이 빩애집니다.

"네까짓게 학교를 다니면 값이 얼마라구!"

두둑한 뺨에다 다짜고짜로 양떡을 먹입니다. 안해가 밉다기보다 미주리

쪽인 장인놈의 소위가 썩 괘씸하고 원통합니다.

"저는 웬 의사라구 빈가방을 들고 왔다갔다해, 아이 웃으워라, 별꼴두다 많어!" 하고 그제서야 안해는 고개를 들며 입을 삐쭉입니다. 이말은 남편의 자존심과 위풍을 똥물에 통재 흔듭니다. 잡담제하고 왁하고 달겨들자

"이년 뭐? 다시한번 놀려봐" 하고 가랑머리를 찢어놓는다고 다리한짝을 번쩍 듭니다. 그런데 이를 어쩝니까 안해가 남아지 다리를마자 공중으로 번쩍 치올리며

"자 어서 찢어놔봐!"

그러니 온악 육중한 다리라 한짝도 어렵거늘 두짝을 한껍에 들고 논다는 수야 있읍니까. 이럴때는 기운이 부치는것도 과연 서름의 하납니다.

"에이 더러워서!"

잡앗든 다리까지 내여던지며 저혼자 정해지지요.

이러한 환경에서 악아는 나왔읍니다. 동짓달 초순 그것도 몹씨 사나운 날이었읍니다. 아츰부터 산모가 배가, 아프다고 뒷간엘 펄쩍 드나들드니 저녁나절쯤하여 한데다가 빠치고 말았읍니다. 그런줄이야 누가 알았겠읍니까.

별안간

"아구머니 이보레——"

이렇게 께메기소리를 지름으로 집안식구가 허겁지겁 달려가보니 악아는 발판널에 걸쳤읍니다. 그럼 그렇지 네가 자식하나 변변히 빠쳐보겠니! 시어미는 눈살을 찌그리고 혀를 챕니다. 시애비도 이꼴을보니 마뜩지않어서, 입맛만 쩍쩍 다십니다. 그건 하여간 우선 급하니까 남편은 들어덤비어 안해를 부축하고 시어미는 악아를 두손에 받들고 이렇게 수선을부리며 방으로 끌어드립니다. 악아는 응아! 응아! 하고 자그마한 입으로 웁니다. 일부러 볼려는 이도 없거니와 얼른 눈에띠는게 딸입니다.

이렇듯 흔캄스럽게 나왔건만 복이 없는지귀염을 못받읍니다. 악아를 제일 미워하는 이는 할머니입니다. 그는 뻔찔 영감을 꼬드기며 성화를 합니

다. 그까진거 남의 자식은 해 뭘한담! 갖다 내버리든지, 죽여 없애든지, 하자는 것입니다. 영감역 가만히 생각해보니까 따는 괴이치않은 말입니다. 남의 자식을 애써 길러야 뭘합니까. 그걸 국을 끓입니까, 떡을합니까. 아무 소용이 없거든요. 혹 기생을 만들며는 나중에 덕좀 볼런지 모르지요. 마는 어느 하가에 그만치 자라고 소리도 배우고합니까. 그때는 벌써 전에 두늙은이 땅속에서 흰 백골이 되어 멀건이 누었을것입니다. 하고 또 에미딸 에미 담지 별수 있겠습니까. 저것두 크면 필시낯짝이 즈에미번으로 쉈다는 떡일테고 승갈도 마찬가지로 발만하겠지요. 이런 생각을하면 악아도 곧 밉고 마누라의 말이 솔깃하고 달곰쌉쌀합니다. 그랬다 경칠놈의거 밤낮 빽빽 울고——

어느날 낮에 어머니가 홀로 친정엘 단일러갔읍니다. 아마 담뱃값이라도 타러 갔겠지요. 그틈을 타서 영감 마누라가 건는방문을 가만이 열고 들어갑니다. 악아는 빈방에 끽소리없이 혼자 누었읍니다. 마누라의 말대로 영감은 악아를들고 자 그앞에 넙쭉 엎딥니다. 하니까 악아는 맽도 모르고 수염을 잔뜩 웅켜잡고 좋다고 신이나서자꾸 챕니다. 난지 벌서 두달이 넘으매 인제는 제법 끄윽, 끄윽, 하고 웃습니다. 이걸 유심히 드려다보니 죽여치다니 참아! 우선 먼저 얼굴을 드려대고

"그렇지 이자식 사람아냐? 쯕, 쯕" 하고 얼르며 고 맬간 볼에다 뽀뽀를 하고보지 아니치도 못할 노릇입니다. 그리고 일껀 먹었든 계획이 꽁무니로 스르르 녹아나립니다.

"누가 얼르라고 끌고왔어? 왜저리 병신짓이여"

마누라는 옆에서 골을내며 쫑쫑걸입니다.

"허 안되지, 어디 인도골 쓰고야!" 하고 영감은 고대짜위는 까먹고 딴청을 부치며 눈을 흘깁니다.

이러기를 아마 한 서너차례 될겝니다.

아들은 그런 속내는 모릅니다. 그리고 딸이 이뿐지 미운지 그것조차 생각해볼 여지가 없읍니다. 매일같이 취직을 운동하러 나가면 어두어서야 파김치가 되어 돌아옵니다. 기진하여 자리에 누우면 세상을모르고 그대로 코

를 곱니다. 아버지의 생기는 푼돈냥으로는 도저히 살림을 꾸려갈수가 없읍니다. 이거 하루바삐 밥줄을 잡아야 할텐데 참 야단입니다.

그날도 저녁때가 되어서야 눈이 헤가마가 되어 들어옵니다. 팔짱을 끼고 우둘우둘 떨며

"밥좀 줘" 하다가

"이방엔 군불도 안지폈나?"

안해는 대답대신 입귀를 샐쭉 올립니다. 군불이라고 그 알량한 장작 서너개피 지피는거——오늘은 그나마도, 없어서 못때니 소금을 골판입니다. 썰늘한 방바닥에서 악아까지 추운지 얼굴이 오무라든것같이 보입니다.

남편은 곁눈도 안뜨고 허둥지둥 밥을 떠넣습니다. 일은 하나도 성사못하고 부지럽시 입맛만 대구달아지니 답답한 일입니다. 같은 밥도 궁하면 배나 더 먹히고 그리고두 또 걸근거립니다. 이것도 역 없는 욕의 하나라 하겠지요. 그는 수저를놓고 혀끝을 우아래로 꼬부리어 잇새의 밥풀을 죄다 뜯어먹고 그리고나서 물을 마시려니까

"여보, 우리 애를 내다버립시다" 하고 안해가 맞우 처다보며 눈을 깜짝입니다.

"왜 날젠언제구 또 내버리다니?"

"아니 저……"

안해는 낯이 후꾼한지 어색한 표정으로 어물어물합니다. 실상이지 딸은 제딸이로되 요만치도귀엽진 않습니다. 이것때문에 걸려서 시부모에게 큰체를 못해서요. 큰체를 좀 빼다가도 방에서 악아가 빽, 울면 고만 제밑을 들어내놓고 망신을 시키는 폭입니다. 전날에 부정했던 제죄로 말미아마 아주 찔끔못하고 꺾여버립니다. 또 이뿌던것도 모두들 밉다, 밉다, 하면 어쩐지 많아 밉게되는 법이니까요.

"그런게 아니라 이렇게 서루 고생할게야 있우, 자식귀한 집으로 가면 저두 호강일테고한데!"

이말은 듣기에 좀 구수합니다.

"글세" 하고 든직이 생각하여 봅니다. 따는 이런 냉골에서 구박만 받느

니 차라리 손노는 집으로 들어가서 호강을 하는것이 함결 날겝니다. 그리고 저게 지금은 모르나 좀 자라면 세우 먹을랴고 들겝니다. 가난한 마당에는 악아의 쬐꼬만 입도 크게 무섭습니다. 또 게다 밤이면 쩩, 쩩, 우니까 압따 너두 좋고 우리두 좋고!

"좀 잘사는 집에다 하우"

"그래 염려마라"

자정이 넘은걸알고 안해가 퍼대기에 싸주는대로 악아를 받어안었습니다. 그리고 속은 모르고 어른들이 알면 야단을 만날까바 슬멋이 밖으로 나왔습니다.

거리에는 이미 인적이 드물고 날카로운 바람만 오르나립니다. 만물은 겹겹눈에 드리없이 눌리고 다만 싸늘한 흰빛뿐입니다. 그리고 눈은 아즉도 부슬부슬 나리는 중입니다.

이런 즛에는 순사를 만나면 고만 망입니다. 그것만 없으면이야 어디가 어떻게 하든지 멋대로 할텐데. 속을 조리며 뒤골목을 끼고 종로로 올라갑니다. 그러나 등뒤에서 버스럭, 만 하여도 이거 칼이나 아닌가하고 얼떨떨하야 눈을 둥굴립니다.

다옥정 골목으로 들어서서야 비로소 마음을 놓았습니다. 거기 고대 깔린 눈우에 발자욱이 없음을보니 일이 벗날 염려는 없겠지요. 다방골이란 번이 기생촌이요 따라 남의 소실이 곳잘치가하여 사는 곳입니다. 기생이 어디 자식낳기가 쉽습니까. 젖먹이라도 하나 구하야 적적한 한평생의 심심소일을 하고자 우정 주문하러 다니는 일이 푹합니다. 그런 자리로 들어만 가면이야 그만치 상팔짜가 또 없겠지요. 허리띠를 풀어제치고 배가 적을세라 두드려가며 먹어도 좋을게 아닙니까. 그렇거든 아예 내공은 잊지말고 나종에 갚아야 되겠지——

우선 마음에 맞는 대문짝부터 고릅니다. 어느 막다른 골목으로 들어갔드니 양칠을하야 허울 멀쑥하고 찌르를하게 떨뜨린 소슬대문이 있습니다. 그떠버린 품새를보면 모름몰라도 벼천이야조히 하겠지요. 이만하면, 하고, 퍼대기로 푹씨어 악아를 문앞 섬돌우에다 올려놓았습니다. 악아는 잠이 곤히든 모양입니다. 인제 이게 추우면 깨서 쨁, 쨁, 소리를 지르겠지요. 그러면 행낭어멈이 나와서 집어드리고, 주인이 보고, 이렇게 일이 얼릴겝니다.

그는 뒤도 돌아보지않고 힝하게 골목을 나왔습니다. 그러나 팔짱을끼고 덜덜 떨며 얼마쯤 오다보니 다리가 차차 무거워집니다. 저게 울었으면 다행이지만 울기전 얼어죽으면 어떡합니까. 팔짜를 고쳐준다고 멀쩡한 딸 만하나 얼려죽이는 셈이지요. 그는 불현듯 조를 부비며 그곳으로 다시 돌쳤습니다.

악아는 맻모르고 그대로 잠잠합니다. 다른이가볼까바 가랭이가 켕겨서 얼른 집어들고 얼른 나왔읍니다. 바루 내년 봄에나 하면했지 이거 않되겠읍니다. 그리고보니 왜 집에서 나왔든지 저로도 영문을 모를만치 떠름합니다.

집에 갈때에는 큰길로 버젓이 나려갑니다. 찬바람을 안느라고 얼어붙는 듯이 눈이다 씸벅씸벅합니다. 그런데 한가지 염려는 벗엇으나 또 한 걱정이 생깁니다. 이걸 그대로 데리고가면 필경 안해가 쨍쨍 거리며 등살을 댈 겝니다. 그러지 않아도 요즘에 버쩍 지가 의사라지 왜? 또는 이까진 미화가 의사면 쫴게! 하고 건뜻하면 오곰을 박는 이판인데.

"에이, 이거 왜나와 이고생이야 참!"

그는 털털거리며 이렇게 여러번 입맛을 다십니다.

2부 수필

닙히푸르러 가시든님이

입히 푸르러 가시든 님이
白雪이 흔날려도 아니오시네

이것은 江原道農軍이 흔히부르는 노래의 하나입니다. 그리고 산골이 지
닌바 여러자랑中의 하나라고도 볼수잇습니다. 和暢한 봄을 맞아 싱숭거리
는 그心思야 예나쟤나 다르리 잇스리까 마는 그魅力에 感受되는품이 좀다
릅니다.

日前 한벗이 말슴하되 나는 시골이, 閑散한 시골이 그립다 합니다. 그는
본래詩人이요 病魔에 시달리는 몸이라 騷亂한 都市生活에 물릴것도 當然한
일입니다. 허나 내가 생각컨대아마 齷齪스러운 이 娑婆에서 좀이나마 解脫
하고저 하는것이 그의 本意일듯십습니다. 그때 나는 그러나 더러워서요,

* 『조선일보』(1935. 3. 6).
  '春來味覺' 이라는 난에 실려 있다. 글 뒤에 탈고 날짜가 '一九二五. 二. 二八'로 되어 있다.
  그러나 시인인 친구에 대한 언급, 음주에 대한 언급 등으로 보아 이는 1925년(17세 때)이 아니
  라 1935년 2월 28일이 아닐는지 모르겠다.

아니꼬워 못사십니다, 하고 意味朦朧한 對答을 하얏습니다. 그리고 너무 潔
白한, 너머 道士流인그의性格에 나는 尊敬과 아울러 하품을 아니느낄수업
섯습니다. 시골이란 그리 아름답고 고요한 곳이 아닙니다. 서울사람이 시
골을 憧憬하야 산이잇고 내가잇고 쌀이 열리는풀이잇고……이러케 單調
로운 夢想으로 哀傷的詩興에 잠길고때 저―쪽 촌띄기는 쌀잇고 옷잇고 돈
이 물밀듯 질번거릴법한 서울에 오고십퍼 몸살을합니다.

　頹廢한 시골, 굶주린 農民, 이것은 自他업시 周知하는바라 이제 새삼스리
뇌일것도 아닙니다. 마는 우리가 아는것은 쌀을 못먹은 시골이요 밥을 못
먹은 시골이 아닙니다. 굶주린창자의 야릇한機微는 都是모릅니다. 萬若에
우리가 本能的으로 주림을 認識했다면 곳바루아름다운 시골, 고요한 시골
이라안합니다.

　시골의 生活感을 適實히 알랴면 그래도 봄입니다. 한 겨울동안 흙방에서
복대기든 鬱憤, 來日을 憂慮하는 그 悴燥, 그리고 터무니업는 野心, 이모든
不穩한 感情이 嚴冬에 지질되어 壓縮되엇다 봄과 맛닥드리어 몸이라도 나
른히 녹고보면 담박에 爆發되고 마는것입니다. 男子란 원악 뚝기가 좀 잇
서서 危險이 덜합니다. 그것은 대체로 婦女 더욱이파라케 젊은 새댁에잇서
서 그例가 甚합니다. 그들은 봄에 더 뜰어서 放縱하는 感情을 自制치못하고
그대로 熱에 띄입니다. 물에 빠집니다. 行實을 버립니다. 나물캐러 간다고
요리조리 핑게대고는 바구니를 끼고 한번 나서면 다시 돌아올줄은 모르고
春風에 살랑살랑 곳장 가는이도 한둘이 아닙니다. 그러나 붓들리면은 반쯤
죽어날줄을 그리고 모르는 바도 아니련만――

　또 하나 노래가 잇습니다.

　　잘살고 못살긴 내분복이요
　　하이칼라 서방님만 어더주게유

이것도 勿論 산골이 가진바 자랑의 하납니다. 여기에 하이칼라 서방님이

란 머리에 기름 발르고 香氣 피는 매끈한 서방님이 아닙니다. 돈잇고 쌀잇고 또 집잇고 이러케 푼푼하고 有福한 서울 서방님 말입니다. 언뜻 생각할 때 에이더러운 계집들! 에이 웃으운것들! 하고 或 침을 배트실분이 잇슬지는 모르나 그것은좀 들생각 한것입니다. 님도 조치만 밥도 重합니다. 農夫의 계집으로써 限平生 지지리지지리 굶다마느니 서울 서방님겨테안저 밥먹고 옷입고 그리고 잘살아보자는 그理想이 가질바못되는것도 아닙니다. 님잇고, 밥잇고 이러한 곳이라야 幸福이 깃드립니다.

내가 시골에 잇슬재 나에게 봄을 제일먼저 傳해주는것은 무엇보다도 술상의 달내입니다. 나는 고놈을 매우 즐깁니다. 안주로 한알을 입에 물고 꼭꼭 씹어보자면 매낀매낀한 그리고 알싸한 그맛, 이크 봄이로군! 이러케 直感으로 나는 철을 알게됩니다. 뿐만아니라 봄에 몸달흔 큰애기, 새댁들의 남다른 懊惱를 聯想케됩니다. 나물을 뜨드러갑네 하고 꾀꾀틈틈이 빠저나와 深山幽谷 그윽한 숩속에들 몰려안저서 넌즛이 감춰두엇든 곰방대를 서루 빨아가며 슬픈事情을 주고밧는 그들을——참아 못하고 이럴까저럴까 망서리는 鬱積한 그心思를 聯想케됩니다. 그리고 그노래를——

입히 푸르러 가시든님
白雪이 흔날려도 안오시네

그러다 술이 좀 醉하면 멧해후에는 農村의 게집이 씨가 마른다, 그때는 알총각들만 남을터이니 이를 어째나! 제멋대로 이러케 斷定하고 부지럽시 근심까지도 하는 버릇이잇습니다.

朝鮮의 집시
── 들쌩이 哲學

　　안해를 求景거리로 開放할意思가, 잇는가 或은 그만한勇氣가잇는가, 나
는 이러케가슴뭇고십흔 衝動을늣긴다. 勿論 社交界에 容納한다는 意味는 아
니다. 안해의 出世와 幸福을 바라지안는者이 누구랴──

　　그러나 내가하는말은 自己의안해를 大衆의구경거리로 던질수잇는가, 그
것이다.그야 일부러 物資를 드려가며 離婚을 訴訟하는 夫婦도 업지는안타.
마는 極盡히 愛之重之하는 自己의안해를 大衆에게 奉仕하겟는가, 말이다.

　　밥!밥! 이러케 부르짓고 보면 대뜸 神聖치못한 餓鬼를 聯想케된다. 밥을
먹는다는 것이 따는 그리 神聖치는 못한가부다. 마치 이社會에서 救命圖生
하는 糊口가 그리 神聖치 못한것과 가치──거기에는 沒自覺的 服從이 必
要하다. 破廉恥的 虛勢가 必要하다. 그리고 賣春婦的愛嬌 阿諂도 必要할는지
모른다. 그러치 안코야 어디 제가 敢히 社會的地位를 壟斷하고 生活해 나갈
道理가 잇겟는가──

　　그러나 이것은 그런 모든 假面 虛飾을 벗어난 覺醒的 行動이다. 안해를

　＊『매일신보』(1935. 10. 22~29. 27, 28 양일은 결간), 6회 연재.
　　1930년대의 들병이의 생태를 파헤친 글이다. 이러한 들병이의 생태는 「총각과 맹꽁이」
(1933), 「솟」(1934), 「안해」(1935) 등에서 소설로 형상화되었다.

내놋코 그리고 먹는것이다. 愛嬌를 판다는것도 近者에 이르러서는 完全히 勞働化하엿다. 勞働하야 生活하는 여기에는 아무도 異議가 업슬것이다.

이것이 卽 들쌩이다.

그들도 처음에는 다 납쌕지안케 성한 五臟六腑가 잇섯다. 그리고 남만 못하지안케 찜쌀한 希望으로 쌍을 파든 農軍이엇다.

農事라는것이 얼른 생각하면 閑暇로운 神仙노릇도 갓다. 마는 實相은 그런 苦役이 다시 업슬것이다. 쌩볏혜 논을 맨다. 김을 맨다. 或은 비 한방울에 渴急이나서 눈감고 쑴에까지 天氣를 엿본다――그러나 어터케 해서라도 農作物만 잘 되고 秋收째 所得만 如意하다면이야問題잇스랴.

가을은 農村의 唯一한 名節이다. 그와 同時에 여러 威脅과 屈辱을 격고 나는 한 逆境이다. 말하자면 그들은 地主와 빗쟁이에게 收穫物로 주고 다시 한겨울을 念慮하기 爲하야 한해동안 쌈을흘렷는지도 모른다.

여기에서 한번 憤發한것이 卽 들쌩이生活이다.

들쌩이가 되면 밥은 食性대로 먹을수잇다는것과 쏘는 그 準備에 돈한푼 안든다는이것에 그들은 魅惑된다. 안해의 얼골이秀色이면더욱조타.

그러치 안트라도農村에서 恒常 流行하는 歌謠나 몃마듸 반반히 가르키면 된다.

남편은 안해를 데리고안저서 소리를 가르킨다. 낫에는 勿論 벌어야 먹으니까 그럴 餘暇가 업고 밤에 들어와서는 안해를 가르킨다. 才操업스면 몃달도 걸리고 聰明하다면 한 달포만의 슷치 난다. 아리랑으로부터 양산도, 방아타령, 신고산타령에 배싸라기――그러나 게다 이풍진 世上을 만낫스니 나의希望을 부르면 더욱 時勢가 조흘것이다.

이러면 그째에는 남편이 데리고나가서 먹으면 된다. 그들이 소리를 가르킨다는 것은 藝術家的 名唱이 아니엇다. 개쓰는 소리라도 먹을수 잇슬만치 洗鍊되면 그만이다.

안해의 등에 자식을 업혀가지고 이러케 남편이 데리고 나간다. 山을 넘어도 조코 江을 몃식 건너도 조타. 밥 잇는 곳이면 산골이고 버덩을 不拘하고 발길 닷는대로 流浪하는것이다.

이것을 다른데 例를 잡으면 埃及의 집씨―(流浪民)的 存在다.

한창 落葉이 질째이면 秋收는 大概 긋친난다. 그리고 窮하든 農村에도 坊々谷々이 두둑한 볏섬이 늘려노힌다.

들쎙이는 이재로부터 自然的 活動을 始作한다. 마치 그것은 볏섬을 襲擊하는 참새들의 行動과 同一視하야도 조타. 다만 한가지 差異라면 참새는 當場의 充腹이 目的이로되 그들은 飽食以外에 그담해 여름의 生活까지 支撑해 나갈 延命資料가 必要하다. 왜냐면 農家의 봄, 여름이란 가장 窮할 째이요 짜라 들쎙이들의 큰 恐慌期다.

이리하야 가을에 그들은 決死的으로 營業을 開始한다. 營業이라야 赤手空拳으로 流浪하며 아무 술집에고 留宿하면 그쑨이지만――

村의 술집에서는 어데고 들쎙이를 歡迎한다. 아무개집에 들쎙이 들엇다 하면 그날 밤으로 젊은 축들은 몰녀든다. 소리조곰만 먼저 해보라는 놈, 通姓名만으로 낼밤의 密會를 約束하는놈, 或은 데리고 徹夜하는놈…… 하여튼 陰散하든 술집이 이러케 담박 活氣를 찌인다.

술집 주인으로 보면 두가지의 利得을 보는것이다. 들쎙이에게 술을 팔고 밥을 팔고――

들쎙이가 普通酒婦와 가튼 點이 여기다. 그들은 남의술을 팔고 報酬를 바라는것이 아니라 酒幕主人에게 막걸리를뒷술로 사면 팔째에는 잔술로 換算한다. 막걸리 한되의 原價가 假令 十七錢이라면 그것을 二十餘錢에 맛는다. 그리고 손님에게 잔으로 풀어 열잔이 낫다치고 五十錢, 다시 말하면 濁酒一升의 純利益이 三十錢이라 할것이다.

그러나 한잔에 반듯이 五錢式만 밧겟다는 宣言은 업다. 十錢도 조코 二十錢도 조타. 酒客의 處分대로 이쪽에서는 밧기만하면 된다. 그럴 理야 업겟지만 한잔에 一圓式을 設使 처준다해도 決코 마다지는 안는다. 다만 그代身客의 所請이면 무엇을 勿論하고 應諾할만한 好意만 가질것이다.

들쎙이는 무엇보다도 들쎙이로써의 手腕이 잇서야 된다. 술팔고 按酒로 아리랑打令만하면 되는것이아니다. 아리랑쯤이면 農軍들은 물릴만치 들엇고 또 하기도 善手다. 그 아리랑을 드르러 三四十錢의 大金을 濫費하는농군

이 아니엇다. 술 몃잔 사먹으면 依例히 쩐按酒까지 强要하는것이다. 또 그
것이 여러번 거듭하는 동안에 아예 한個의 完全한 權利로써行使케 된다.

萬若 들쌩이가 여기에 應치 안는다면 그건 큰 失禮다. 按酒를 덜바든데
그들은 담박 憤慨하야 대들지도 모른다. 或은 支拂하엿든 술갑슬 도로 내
라고 脅迫할는지도 모른다.

이런 素朴한 農군들을 相對로 生活하는 들쌩이라 그 手段도 서울의 酌婦
들과는 色彩를 달리한다. 말하자면 酌婦들의 愛嬌는 臨時變通으로도 足하
나 그러나 들쌩이는 끈々한 사랑 卽 사랑의 持續性을 要한다. 왜냐면 밤마
다 오는놈들이 거의 同時에 몰려들기 때문에 一定한 秋波를 保留치안흐면
當場에 拳飛塊散의 修羅場이 되기가 쉽다.

들쌩이가 될랴면 이런 禍根을 업새도록 첫째 눈치가 쌜라야 할것이다.
그러나 그러타고 現金으로 請求해서는 쪼한 失禮가 될는지도 모른다. 普通
外上이므로 쩌날때쯤해야 집으로 차자다니며 쌀이고 벼고 콩팟, 조, 이런
穀食을 되는대로 收合함이 올흘것이다.

그리고 두內外 질머지고 그담 마을로 차자간다.

들쌩이를 客觀的으로 評價하야 貧窮한 農民들을 蠶食하는 한 毒虫이라 할
는지도 모른다. 事實 들쌩이와 關聯되어 發生하는 椿事가 非一非再다. 風紀
紊亂은 姑捨하고 誘惑, 詐欺, 盜難, 暴行——駐在所에서 보는대로 逐出을
命令하는 그理由도 여기에 잇슬것이다.

그러나 이것은 一面만을 觀察한 偏見에 지나지안는다. 들쌩이에게는 그
害毒을 報價하고도 남을 큰機能이 잇슬것이다.

시골의 총각들이 娶妻를 한다는것은 實로 容易한 일이 아니다. 結婚當日
의 費用은말고 于先 先綵金을 調達하기가 어렵다. 적어도 四五十圓의 現金
이 아니면 賣婚市場에 出馬할 資格부터 업는것이다. 이에 늙은 총각은 三四
年間 머슴살이 苦役에 不得已 堪耐한다.

그리고 한편 그들의 後日의家庭을 가질만한 扶養能力이 잇느냐하면 그것
도 한疑問이다. 現在 妻子와 同樂하는 者로도 猝地에 離別되는 境遇가 업지
안다. 모든 事情은 이러케 그들로하야금 獨身者의 生活을 强要하고 짜라서

情熱의 飽滿狀態를 招來한다. 이것을 週期的으로 調節하는 緩和作用을 卽 들쌩이의 役割이라 하겟다.

들쌩이가 동리에 들엇다. 所聞만나면 그들은 時刻으로 몰려들어 人事를 請한다. 其實 人事가 目的이 아니라 于先 顔面만 익혀두자는 心算이엇다. 들쌩이의 容貌가 出衆나다든가, 或은 聲樂이 卓越하다든가 하는것은 그리 問題가 못된다. 油頭粉面에 비녀쪽 하나만 달리면 이런 境遇에는 그대로 通過한다. 年來의 宿願을 成就시키기 爲하야 그好機를 感祝할쑨이다.

들쌩이가 들면 그날밤부터 洞里의 靑年들은 째난봉이난다. 그럿타고 無謀히 散財를 한다든가 脫線은 아니한다. 아모쪼록 廉價로 享樂하도록講究하는것이 그들의 버릇이다. 여섯이고 멋치고 作黨하고 出斂을모여 술을 먹는다. 한사람이 五十錢式을 낸다면 都合三圓──그 三圓을 가지고 제各其 三圓어치 權勢를 標榜하며 거기에 附隨되는 艷態를 要求한다. 萬若 들쌩이가 이價値를 無視한다든가, 或은 公平치못한 愛慾濫費가 잇다든가, 하는 째에는 담박 紛亂이 일어난다. 다가치 돈은 냇는데 엇재서 나만 째닷느냐, 하고 是非條로 덤비면 큰 頭痛거릴 쑨만 아니라 돈못받고 싸귀만털리는 逢變도 업지안타. 하니까 들쌩이는 이 여섯친구를 同時에 撫摩하며 三圓어치 待接을 無私公正히 하는것이 한 秘訣일지도 모른다.

이러케 決算하면 내긴 五十錢을 냇스되 그效用價値는 無慮 十八圓에 達하는 심이엇다. 이런 조흔機會를 바라고 농군들은 들쌩이의 尋訪을 저윽이 苦待하는 것이다.

그러나 들쌩이로 보면 貧農들만 相對로하고 잇는것도 아니다. 째로는 地主宅 舍廊에서 請할적도 잇다. 그러면 들쌩이는 항아리나 병에 술을 너허가지고 차자간다. 들쌩이가 큰돈을 잡는것은 亦是 이런 富者집 舍廊이다. 그리고 들쌩이라는 名稱도 이런 營業手段에서 抽象된 形容詞일지도 모른다.

──般 農村婦女들이 들쌩이를 羨望과猜忌로 바라보는 까닭도 여기에 잇다. 自己네들은 먹지도 잘못하거니와 衣服하나 변변히 어더입지 못한다. 兩班宅舍廊에 忌彈업시 出入하며 먹고입고 쪼는 며칠밤 留宿하다 나오면 紙錢장을 만저보니 얼마나 幸福이랴──

들쌩이가 들면 男子뿐아니라 안악네까지 수군거리며 마을에 妙한 雰圍氣가 써돈다.

들쌩이를 처음 만나면 于先 男便이 잇느냐고 뭇는것이 술군의 常套的人事다. 그러면 그對答은 大槪 前日에는 琴瑟이 조왓스나 生活難으로 말미아마 離婚햇다한다.

들쌩이는 男便이 업다는이것이 唯一의 資本이다. 夫婦生活이얼마나 無味乾燥하엿든가를 歷々히 解蒙함으로써 그들은 술군을 魅惑케한다.

그러나 들쌩이에게는 언제나 男便이 隨行하고 잇는것이다. 안해가 술을 팔고 잇스면 男便은 그近處에서 徘徊하고잇다.

들쌩이의 男便이라면 흔히 賭博者요 不良하기로 定評이 낫다. 그들은 안해의 밥을無爲徒食하며 一種의 優越權을主張한다, 안해가 돈을벌어노흐면 각금달겨들어 押收하야간다. 그리고 그걸로 鬪牋霜을한다. 술을먹는다——이러케 名色업시 消費되고 만다.

그러나 안해는 이에 不平을품거나 男便을詰責하지안는다. 이러는것이 男便의權利리요 쏘는 안해의職務로 안다. 하기야 노름에 一擺攫千金하면 男便뿐이아니라 안해도 豪奢로운 生活을 가질수잇다. 雜談除하고 노름미천이나 대주는것도 斗量잇는일인지도 모른다.

들쌩이로 나스면 酒客接對도힘들거니와 첫재 男便供養이더 難事다. 밥만 먹일뿐안니라 옷뒤도 거더야된다. 술팔기에 밤도새우지만 낫에는쌜래를 하고 옷을쏘여매고 그래야 입을것이다. 게다 젖먹이나 달리면 襁褓도 늘쌜아 대야하는것을 이저서는안된다.

그러나 그것만도조타, 嚴冬雪寒에 胎中으로 나섯다가 産氣가 잇슬재에는 좀 曲境이다. 술을 팔다말고 술상압헤서 解産하는수박게 별도리업다. 勿論 아모準備가 잇슬까닭이업다. 까칠한공석우에서 덜々썰고잇슬뿐이다. 들쌩이修業中 그중 어렵다면 이것이겟다.

이런재이면 男便은 비로소 안해에게 밥갑을報答한다. 喜色이 滿面해서 房에불을지피고 밥을짓고 국을쓸이고 至誠으로 保護한다. 男便은 이兒孩가 自己의 子息이라고는 밋지안는다. 다만 自己所有에 屬하는 子息이라는 그

點에 滿足할쑨이다.

　常識으로보면 이런 兒孩가 제대로 命을 扶持할것갓지안타마는 들쌩이의 子息인만치 無病하고 죽엄과因緣이멀은 兒孩는다시 업슬것이다. 한七日만 겨우지나면 눈보래에 셜처업고 放浪의길로 나슨다.

　들쌩이가 乳兒를데리고다니는것은 奇異한現象이안니다. 大槪하나식은 그품에 부터 다닌다. 苦生스런勞働에도 不拘하고 子息만은 極盡히 保育하는 것이다.

　그러나 누가 그들을 同情하야 兒孩를 데리고다니기가 困難일테니 길러주마 한다면 그들은 怒할지도 모른다. 이것은 苦生이 아니라 生活趣味다.

　그러다가도 春窮째가 돌아오면 들쌩이는 全혀 閑暇롭다. 그들은 故鄕으로 돌아가 옛집에 蟄居한다. 품을 팔아먹어도 조코 쌍을파도 조타. 하여튼 다시 農民生活로 歸化하는것이다.

　그리고 그담 가을을 기다린다.

　들쌩이는 어데로 判斷하던 勿論 正當한 勞働者이다. 그러나 째로는 不法行爲가 업는것도 아니니 그런 째에도 우리는 憎惡感을 갖기보다는 一種의 愛嬌를 늣기게된다. 왜냐면 그法式이 너머 單純하고 率直하고 無技巧라 諧謔味가 짜르기 째문이다.

　例를 들면 男便이 間或 夜深하야 안해의處所를 襲擊하는境遇가 잇다. 이째에는 房에 들어가 燈盞의 불을 대려노코 한구석에 默々히 안것다. 强迫하거나 恐喝은 안한다. 들쌩이니까 그럴 廉恥는 하기야, 업기도 하거니와 —— 얼마후에야 男便은 겨우 뒤통수를 글그며

　"머릴 깍가야 할텐데——"

　이러케 理髮料가 업슴을 長嘆하리라.

　그러면 이것이 들쌩이의 男便임을 非夢似夢間깨닫게된다. 實上은 罪가 못되나 淳朴한 농군이라 男便이라는 威力에 壓倒되여 大驚失色하는것이 恒例다. 그러나 놀랄건 업고 몃十錢 喜捨하면 그쑨이다. 萬一 現金이 업슬쌔에는 來日아츰 집으로 오라하여도 조타, 그러면 男便은 無言으로 그자리를 辭讓하되 아무躊躇도 업스리라. 여기에 들병이男便으로써의 獨特한 禮儀가

잇는것이다. 絶對로 現場을 攪亂하거나 加害하는 行動은 안한다.

　들병이에게 誘惑되어 竊盜를 犯하는 일이 흔히 잇다. 幾十圓의 生活費만 變通하면 너와 永久히 同居하겟다는 甘言利說에 大槪 惑하는것이다. 그들은 들병이를 道樂的對象으로써가 아니라 안해로써의 愛情을 要望한다. 늙은 홀애비가 妙齡들병이를 戀慕하야 남의 송아지를 스러냇다든가, 머슴이 主人의벼를 퍼냇다든가, 이런 犯行이 頻繁하다.

　들병이가 來訪하면 그들사이에는 暗暗裡의 競爭이 始作된다. 서루 들병이를 獨占하기 爲하야 가진 方法으로 그歡心을 買收한다. 데리고가서 국수를 먹이고, 닭을 먹이고, 或은 감자도 구어다 선사한다. 그러나 좀 賢明하면 若干의 막걸리로 그男便을 隨意로 利用하야도 조흘것이다.

　들쌩이가 될랴면 이런 自分의 趨勢를 敏感으로 把握하여야 할것이다. 소리는 拙劣할지라도 이手段만 能熟하다면 糊口는 無難일게다. 그리고 男便은 背後에서 안해를 勿論 指揮操縱하며 間接的으로 酒客을 聯絡하여야 된다. 안해는 筋肉으로 男便은 智慧로, 이러케 共同戰線을 치고 生存競爭에 處한다.

　들쌩이는 술갑으로 穀物도 밧는다고 前述하엿다. 그러나 事實은 穀物뿐만 안니라 間或 家藏什物에까지 이를 境遇도 업지안타. 食器, 寢具, 衣服類——生活上 必需品이면 구태여 黑白을 가리지안는다.

　들쌩이에게 徹底히 熱狂되면 그들夫婦틈에 끼어 가치 漂泊하는 친구도 잇다. 離別은 아깝고, 同居는 어렵고, 그런 理由로 결국 한禮讚者로써 追從하는 苦行이엇다. 이런 재에는 들쌩이의 男便도 이戀愛至上主義者의 精誠을 薄待하지는 안는다. 誼조케 同行하며 心腹가치 잔심부름이나 시켜먹고 한다. 이러케 되면 누가 本男便인지 分間하기 어렵고 자칫하면 終末에 主客이 顚倒되는想外의 事變도업는것이 아니다.

나와 귀뚜람이

肺結核에는 三伏더위가 끗없이 얄궂다. 山의 綠蔭도 좋고 시언한 海邊이
그립지않은것도 안니다. 窄迫한房구석에서 빈대에뜻기고 땀을쏟고 이렇게
하는 避暑는 그리 恩惠로운生活이 못된다. 夜深하야 홀로 일어나 한참 쿨룩
어릴때이면 안집은 勿論 壁하나 隔한 엽집에서 끙하고 돌아눕는 人氣를 나
는가끔 들을수있다. 이몸이 길래 이地境이라면 차라리 하고 때로는 딱한
생각도하야본다. 그러나살고도십지않지만 또한죽고도 싶지않은 그것이 즉
나의 오늘이다. 無條件하고 철이바뀌기만 가을이되기만 기다린다. 가을이
오면 밝은낮보다 캄캄한 瞑想의 밤이 구엽다. 귀뚜람이 노래를 을플제 窓
밖의落葉은 穩々히지고 그밤은 나에게極히 嚴肅한 그리고極히孤寂한 순간
을 가저온다. 神妙한 이音律을 나는 잘안다. 낮익은 處女와같이 드를수있다
면 이것이分明히幸福임을 나는잘알고있다. 그러나 分數에넘는 虛榮이려니
이번가을에는 귀뚜람이의 부르는노래나 홀로 謹聽하며 나는 健康한밤을
맞어보리라.

---

*『조광』(조선일보사, 1935. 11), pp.178~179.
 '나와 動植物'이라는 공동제(共同題)로 씌어진 글이다.

五月의 산골작이

나의 故鄉은 저 江原道 산골이다. 春川邑에서 한 二十里假量 山을끼고 꼬불꼬불 돌아 들어가면 내닷는 조고마한 마을이다. 앞뒤左右에 굵찍굵찍한 山들이 삑 둘러섯고 그속에 묻친 안윽한 마을이다. 그山에 묻친 模樣이 마치 옴푹한 떡시루같다하야 洞名을 실레라 부른다. 집이라야 大槪 씨러질듯한 헌 草家요 그나마도 五十戶밖에 못되는 말하자면 아주貧弱한 村落이다.

그러나 山川의 風景으로 따지면 하나 흠잡을데 없는 귀여운 田園이다. 山에는 奇花異草로 바닥을 틀었고, 여기저기에 쫄쫄거리며 내솟는 藥水도 맑고 그리고 우리의 머리우에서 골골거리며 까치와 是非를 하는 노란 꾀꼬리도 좋다.

周圍가 이렇게 詩的이니만치 그들의 生活도 어데인가 詩的이다. 어수룩하고 꾸물꾸물 일만하는 그들을 對하면 딴 世上사람을 보는듯 하다.

僻村이라 交通이 不便함으로 現社會와 去來가 드물다. 片紙도 나달에 한번식밖에 안온다. 그것도 配達夫가 自轉車로 이 산골짝까지 오기가 괴로워

* 『조광』(1936. 5), pp.44~49.
  '내가 그리는 新綠鄉' 이라는 공동제로 씌어진 글이다.

서 道中에 마을사람이나 만나면 片紙좀 傳해달라고 附託하고는 도루 가기도 한다.

이렇게 都會와 因緣이 멀음으로 그 人心도 그리 野薄지가 못하다. 勿論 極히 窮한 生活이 아닌것은 아니나 그러나 그들은 아즉 醱齪한 行動을 모른다. 그 證據로 아즉 나의 記憶에 傷害事件으로 마을의 騷動을 일으킨 적은 없었다.

그들이 모이어 일하는것을 보아도 퍽 友誼的이요 따라 愉快한 勞動을 하는것이다.

五月쯤되면 農家에는 한창 바뿔 때이다. 밭일도 急하거니와 논에 모도 내야한다. 그보다도 논에 거름을 할 갈이 于先 必要하다. 갈을 꺾는데는 갈잎이 알맞게 퍼드러졌을때 그리고 쇠기前에 불야살야 꺾어나려야 한다.

이러한 境遇에는 一時에 많은 품이 든다. 그들은 열아믄식 한떼가 되어 돌려가며 품아시로 일을 해주는것이다. 이것은 일의 倦怠을 잊을뿐만 아니라 또한 일의 能率까지 오르게 된다.

갈때가 되면 산골에서는 老幼를 莫論하고 무슨 名節이나처럼 空然히 기꺼웁다. 왜냐면 갈꾼을 爲하야 막걸리며, 고등어, 콩나물, 두부에 이팝——이렇게 別食이 버러지기 때문이다.

농군하면 얼뜬 앉은 자리에서 밥 몇그릇식 치는 貪食家로 定評이 났다. 事實 갈을 꺾을때 그들이 먹는 食槖은 놀라운것이다. 그리고 그렇게 먹지 않으면 몸이 堪當해나가지 못할만치 일도 亦 고된 일이다. 거한 山으로 헤매이며 갈을 꺾어서 한짐잔뜩 지고 오르나리자면 방울땀이 떨어지니 여느 일와 勞動이 좀 다르다. 그러니만치 산골에서는 갈꾼만은 特히 잘 먹이고 잘 待接하는 法이다.

開東부터 어두울때까지 그들은 밥을 다섯끼를 먹는다. 다시 말하면 朝飯, 點心겨누리, 點心, 저녁겨누리, 저녁——이렇게 여러번 먹는다. 게다가 참참이 먹이는 막걸리까지 친다면 하루에 無慮 여덟번을 食事를하는 세음이다. 그것도 감투밥으로 처올려담은 큰 그릇의 밥한사발을 그들은 주는대로 어렵지않게 다 치고치고 하는것이다.

"아 잘먹었다. 이렇게 먹어야 허리가 안휘어——"

이것이 그들의 가진 知識이다. 일에 過勞하야 허리가 아픈것을 모르고 그들은 먹은 밥이 삭어서 창자가 홀쭉하니까 허리가 휘는줄로만안다. 그러니까 빈 창자에 연실 밥을 메꿔서 꼿꼿이 만들어야 따라 허리도 펴질걸로 알고 굳이 먹는것이다.

갈꾼들은 흙이 밖앝뜰에 멍석을 펴고 쭉 돌라앉어서 술이고 밥이고 한태 즐긴다. 어쩌다 洞里사람이 그앞을 지나가게되면 그들은 손짓으로 불른다.

"여보게 이리와 한잔하게——"

"밥이 따스하니 한술 뜨게유——"

이렇게 옆 사람을 불러서 가치 飮食을 나느는것이 그들의 禮儀다. 어떤 사람은 아무개집의 갈 꺾는다 하면 일부러 찾어와 제목을 堂堂이 보고 가는이도 있다.

나도 故鄕에 있을때 갈꾼에게 여러번 얻어먹었다. 그 막걸리의 맛도 좋거니와 웅게중게 모이어 한家族같이 주고받는 그 氣分만도 깨끗하다. 산골이 아니면 보기 어려운 귀여운 團欒이다.

그리고 산골에는 잔디도 좋다.

山비알에 포곤히 깔린 잔디는 제물로 寢臺가 된다. 그우에 바둑이와 가치 벌렁 자빠저서 默想하는 자미도 좋다. 여길 보아도 저길 보아도 우뚝우뚝 섰는 모조리 푸른 山이매 雜音하나 들리지 안는다.

이런 산속에 누어 생각하자면 비로소 自然의 아름다움을 고요히 느끼게 된다. 머리우로 나라드는 새들도 각가지다. 어떤 놈은 밤나무 가지에 앉어서 한다리를 반짝 들고는 길음한 꽁지를 회회 두르며

"삐죽〳〵!삐죽〳〵!"

이렇게 노래를 부른다. 그러면 이번에는 하얀 새가

"뺑!" 하고 나라와 앉어서는 고개를 까땍까땍 하다가 도루

"뺑!" 하고 다라난다. 혹은 나무줄기를 쪼며 돌아다니는 딱따구리도 있고. 그러나 떼를 지어 푸른 가지에서 遊戲를 하며 짖어귀는 꾀꼬리도 몹시 귀엽다.

산골에는 草木의 내음새까지도 特殊하다. 더욱이 새로 튼 잎이 한창 퍼 드러질 臨時하야 바람에 풍기는 그 香臭는 一筆로 形容하기 어렵다. 말하자 면 개운한 그리고 졸음을 請하는듯한 그런 나른한 香氣다. 一種의 煽情的 魅力을 느끼게하는 짙은 香氣다.

뻐꾹이도 이 내음새에는 敏感인 모양이다. 이때로부터 하나 둘 울기 시 작한다.

한해만에 뻐꾹이의 울음을 처음 드를적만치 반가운 일은 없다. 憂鬱한 그리고 구슬픈 그 울음을 울어대이면 가뜩이나 閑寂한 마을이 더욱 느러지 게 보인다.

다른데서는 논이나 밭을 가를때 노래가 없다한다. 그러나 산골에는 소 모는 노래가 따로히 있어 논밭일에 소를 부릴적이면 依例히 그 노래를 부 른다. 소들도 洗鍊이 되어 主人이 부르는 그 노래를 잘 理解하고있다. 그래 서 노래대로 左右로 方向을 變하기도 하고 또는 步調의 速度를 느리고 주리 고, 이렇게 順從한다.

먼 발치에서 소를 몰며 처량히 부르는 그 노래도 좋다.

이것이 모두 산골이 홀로 가질수있는 聖스러운 音樂이다.

산골의 音樂으로 치면 물소리도 빼지는 못하리라. 쫄쫄 내솟는 샘물소리 도 좋고 또는 촐랑촐랑 흘러나리는 시내도 좋다. 그러나 세차게 콸콸 쏠려 나리는 큰내를 對하면 精神이 번쩍 난다.

논에 모를 내는것도 이맘때다. 시골서는 모를 낼적이면 새로운 希望이 가득하다. 그들은 질거운 노래를 불러가며 가을의 收穫까지 聯想하고 한포 기 한포기의 모를 심어나간다. 농군에게 있어서 모는 그야말로 그들의 자 식과같이 貴重한 물건이다. 모를 내고나면 그들은 그것만으로도 한해의 農 事를 다 진듯 싶다.

안악네들도 일꾼에게 밥을 해내기에 눈코뜰새없이 바쁘다. 그리고 큰 함 지에 처담아 이고는 일터에까지 나르지 않으면 안된다. 아이들은 그 함지 끝에 줄레줄레 따라다니며 默默히 제목을 要求한다.

그리고 갈때 前後하야 송아가 한창이다. 바람이라도 세게 불적이면 시냇

面에 송아가루가 노랗게 엥긴다.

안악네들은 機會를 타서 머리에 手巾을 쓰고 山으로 송아를 따러간다. 或은 나무우에서 或은 나무아래에서 서루 맞붙어 일을하며 저이도 모를 소리를 몇마디 지꺼리다는 抱腹絶倒할듯이 깔깔대고 하는것이다.

이것이 五月頃 산골의 生活이다.

산 한중턱에 번듯이 누어 마을의 이런 生活을 나려다보면 마치 그림을 보는듯하다. 勿論 理知없는 無識한 生活이다. 마는 좀더 有心히 觀察한다면 理知없는 生活이 아니고는 맛볼수 없을만한 그런 純潔한 情緖를 느끼게 된다.

내가 故鄕을 떠난지 한 四年이나 되었다. 그동안 얼마나 山川이 변했는지 모르겠다. 그러나 금쟁이의 禍를 아즉 입지않은 곳이매 桑田碧海의 變은 없으리라.

내내 健在하기 바란다.

어떠한 부인을 마지할까

나는 宿命的으로 사람을 싫여합니다. 다시 말하면 사람을 두려워한다는 것이 좀 더 適切할는지 모릅니다. 늘 周圍의 人物을 警戒하는 버릇이 있읍니다. 그버릇이 結局에는 말없는 憂鬱을 낳읍니다.

그리고 相當한 肺結核입니다. 最近에는 每日같이피를 吐합니다.

나와 똑같이 憂鬱한 그리고 나와 똑같이 피를 吐하는 그런 女性이 있다면 한번 만나고 싶습니다. 나는 그를 限없이 尊敬하겠읍니다. 왜냐하면 나는내自身이 무언가를 그 女性에게 배울수 있으리라고期待하기 때문입니다.

이렇게 되면 이건 戀愛가 아닐지도 모릅니다. 單純히 서로 理解할수 있는 한 동무라 하겠읍니다. 마는 다시 생각컨대 異性의 愛情이란 여기에서 비로소出發하는것이 아닐가 합니다.

그리고 나에게 그런 特權이 있다면 나는 그를사랑하겠읍니다. 結婚까지 이르게 된다면 더욱 感祝할 일입니다. 그러면 그담에는

---

* 『여성』(조선일보사, 1936. 5), p.5.
   '그분들의 結婚플랜, 어떠한 남편 어떠한 부인을 마지할까' 라는 공동제로 씌어진 글로, 김유정의 사진과 함께 실려 있다. 바로 옆 4쪽에는 박봉자(朴鳳子)의 글이 사진과 함께 실려 있다. 이 글로 인하여 비롯된 이들의 일화는 김문집(金文輯)의 「金裕貞의 秘戀을 公開批判함」(현대문학사, 『김유정전집』, pp.463~471)에 소개되어 있다.

이몸이 죽어저서 무엇이 될고하니
蓬萊山 第一峰에 落落長松 되었다가
白雪이 滿乾坤할제 獨也靑靑하리라

그 蓬萊山 第一峰이 어델는지, 그우에 草家三間 집을 짓고 한번 살아보고
싶습니다. 많이도 바라지않습니다. 단 사흘만 깨끗이 살아보고 싶습니다.
그러나 한가지 큰 疑問입니다. 서로 사람을 싫여하는 사람끼리 모이어
結婚生活이 될는지 모릅니다. 萬一 안된다면 안되는 그대로 좋습니다.

電車가 喜劇을 낳어

첫여름 밤의 해맑은 바람이란 그 觸覺이 極히 肉感的이다. 그러므로 가끔 가다가는 우리가 뜻하지 않엇든 그런 이상스러운 作亂까지 할적이 있다.

淸凉里驛에서 東大門으로 向하야 들어오는 電車線路 양편으로는 논밭이 늘려놓인 피언한 버덩으로 밤이 들며는 얼뜬 시골을 聯想케 할만치 閑暇로운 地帶다. 더욱이 午後 열한點을 넘게되면 自轉車나 거름구루마 或은 어찌다 되는대로 醉하야비틀거리는 酒酊軍外에는 人跡이 끊지게된다.

쾡하게 터진 平野는 그대로 暗黑에 잠기고 보는 사람으로 하야곰 허전한 孤寂을 느끼게 한다. 그리고 어디서부터 불어오는지 나긋나긋한 바람이 軟한 綠葉을 쓸어가며 옷깃으로 스며드는 것이다.

이런 背景에서 마치자다가 눈부신 사람모양으로 꾸물거리며 빈電車가 오르나린다. 왜냐면 汽車時間때나 또는 손님이 많은때라면 勿論 乘客으로 車腹이 터질 地境이나 그렇지 않고 이렇게 늦어서는 大槪가 空車다. 이 空車가 運轉手 車掌 두사람을 싯고 볼일없이 왔다갔다 하는것이다.

---

* 『조광』(1936. 6), pp.52~56.
  '車船中에서 매저진 로─맨스' 라는 공동제로 씌어진 글이다.

電車도 中央地의 그것과 대면貌型도 舊式이려니와 그動作좋아 支配를 如實히 받는다. 허나電車가 느린것이 아니라 實上은 그놈을 속에서 操縱하는 運轉手가 하품을 하기에 볼일을 못본다. 그뿐 아니라 자칫하면 수째눈을 감고는 機械가 機械를 붓잡고 섰는 그런 病卦까지 있는것이다. 그러면 車掌은 뒤칸에서 運轉手 붑지않게 競爭的으로 졸고 섰는것이 通例다.

내가 말하는 그車掌도 亦是 팔짱을 딱지르고 서서는 한창 졸고있었다.

새벽부터 줄창같이

"票찍읍쇼──"

"票안찍으신분 票찍읍쇼──"

이렇게 多年間 오여 오든 똑같은 소리를 질러가며 돌아다니기에 인둘리어 精神이 얼떨떨했을게다. 게다가 솔솔 바람에 뺨이 스치고 봄에는 壓縮되였든 疲勞가 고만오짝피어올랐을지도 모른다. 車가 뚤뚤 뚤뚤 가다가 우뚝 스면 그는 눈도 뜨지 않고 信號줄만 흔드는 이골난 車掌이었다. 하기야 東大門으로 向하야 올라가는 終車이니까 얼른 車庫에 부려놓고 집으로 가면고만이다.

永導寺어구 停留場에 다다랐을때 如前히 졸면서 發車信號를 하자니까

"여보! 사람안태요?" 하고 뾰로진 소리를 내지르는 사람이 있다. 여기에는 맑은 精神이 안날수 없었는지 다시車를 세놓고 돌아보니 깡뚱한 머리에 당기를 디린 열칠팔되어 보이는 女學生이 허둥지둥 뛰어오른다. 그리고 今年에 처음 入學한듯 싶은 四角帽子에 말쑥한 세루洋服을입은 靑年이 뒤따라 올라온다.

그들은 앉을 생각도 안하고 손잡이에맞붙어 서서는 소군소군 하다가 한번은 豫約이나 한듯이 서루 뻥긋 웃어 보이고는 다시 소군거리기 始作한다. 이걸보면 男妹나 무슨 親戚이 되지않는것만은 確實하였다. 다만 젊은 男女가 으식한 郊外로散策하며 여지껏 滋味스러운 이야기를 맘껏 지꺼렸으나 그래도 더 남었는지 조곰뒤에 헤여질것이 퍽 哀惜한 모양이었다.

그러나 車掌에게는 그事情쯤 알것이없고 도리어 妨害者에게 一種의 反感을 느끼면서 콘토라통에 기대어 다시 졸기로 하였다. 그리고 머리속에는

이따 冷麵한그릇 먹고가서 푹신한 自己의 寢具우에 늘어지리라는 그런생각
이 漠然히 떠오를뿐이었다.

　新設里近方을 지나슬때까지도 車掌은 끄떡어리기에 餘念이 없었다.

　"票찍어 주서요——"

　"여보서요! 이 票안찍어 줘요?"

　색씨가 돈을 내대고 이렇게 要求를 하였으나 그래도 車掌은 눈하나떠볼
랴지 않으므로

　"아니여보! 票안찍우!"

　이번에는 四角帽가 無色해진 색씨의 體面을 세우기 爲하야 威嚴있는 語
調로 불녔으나 그래도 亦 反應이없다.

　"票는 안찍구 졸고만있으면 어떻게?"

　"어제밤은 새웠나?"

　"고만 두구려 이따 그냥 나리지——"

　그들은 若干 해여진 自尊心을 느끼면서 이렇게들 뚜덜거리지 않을수 없
었다.

　車掌은 비록 눈은 감고 졸고 있었다하드라도 이런 귀거친 소리는 다 들
을 수있었다. 그의 생각에는 票찍을때 되면 어련히 찍을랴구 저렇게 發狂
들인가 속으로 썩 괘씸하였다. 몸이 날척지근하야 움직이기도 싫거니와 한
편 乘客의 애좀 키우느라고 意識的으로 票를 찍어주지 않었다.

　그러나 색씨가 골을 내가지고

　"돈 받아요!"

거반 악을 쓰다싶이 하는데는 脾胃가 傷해서라도 그냥 더 참을수가 없었
다. 그리고 그들도 이때 票만 찍어받지 않었드라면 아무 逢變도 없었을지
모른다.

　車掌이 어실렁 어실렁 들어와서 하품을 한번 터치고는

　"어듸로 가십니까?"

　"鍾路로 가요 문안車 안직 끊어지지 ㅅ 않었지요?"

　"네 안직 멀었읍니다"

그리고 二區票 두장과 돈을 거실러준다음 돈가방을 등뒤로 슬쩍 제처메고 車掌臺로 나올랴할 때이다.

손잡이에 依支하야 섰든 색씨가 瞥眼間

"아야!"

悲鳴을 내지르드니 목매 끌리는 송아지모양으로 車掌에게 고개가 딸려가는 것이아닌가. 四角帽는 이意外의 突發事에 눈이휘둥그래서 저도같이 소리를 질러야 좋을지 어떨지 그것조차 모르는 모양이었다. 꿀먹은 벙어리처럼 덤덤이서서는 색씨와 車掌을 번갈아 보고있을뿐이다. 왜냐면 었저다 그렇게 되였는지 車掌의 돈가방이 巧妙하게도 색씨 당기의 한끝을 물고 잡아챈 까닭이였다.

색시는 금세 顔色을 變해가지고 어리둥절하야 돌아섰는 車掌에게

"이런 無禮한……"

이렇게 毒舌을 놀릴랴 하였으나 고만 말문이 콱막킨다. 이것은 너머도 度를 넘는 失禮라 號令도 제대로 나오지를 못하고 結局 주저주저하다가

"남의 머리를 채는法이 어듸있어요?"

"잘못 됐습니다. 그런데 나도 모르는길에 그렇게 됐습니다"

"몰르긴요!" 하고 색시는 무안한 생각 분한 생각에 눈에 눈물까지 핑그르 돌며

"몰랐으면 어떻게 댕기가 가방틈으로 들어가요?"

"몰랐걸래 그렇게 됐지요 알았다면 당신께서라도 그때 뽑아냈을게 안입니까? 그리고 또잡아채면 손으로 잡아채이지 왜 가방이 물어 차게 합니까?"

車掌은 凜凜히 서서 如一같이 변명하였다. 따는 돈가방이 물어대렸지 決코 손으로 잡아대린건 아니니까 조곰도 꿀릴데가 없다.

이렇게 車掌과 乘客이 옥신각신하는 서슬에 電車도 딱 서서는 움직이길 躊躇하였다. 運轉手도 졸렵든 차에 심심破寂으로 돌아서서는 재미로운 이 光景을 이윽히바라보고 있는것이다.

이때 處地가 몹시 困難한것은 四角帽였다.

戀人이 侮辱을 當하였을 때에는 목이라도 비여내놓고 대들려는것이 젊은 靑年의 熱情이겠다. 마는 이 靑年은 그럴 血氣도 보이지 않거니와 車掌과 是非를하다가 派出所에까지 가게된다면 學生의 身分이 깎일것을 도리어 憂慮하는 모양이었다. 색시가 꺾인 自尊心을 收拾하기 爲한단 하나의 善後策으로 電車가 東大門까지 到着하기前에 本券과 承換券을 한꺼번에 車掌에게로 내팽개치고

　“나 나릴테야요 車 세주서요”

그리고 쾌쾌히 나려올제 四角帽도 默默히 따라 나려와서는

　“에이 참! 별일두 다 많어이!” 하고 겨우 땅에 침을 배앝었다.

　이것이 어떤 運轉手가 나에게 들려준 한 實談이었다. 그는 날더러 그러니 아예 車掌을 없인녀기지 말라하고

　“아 망할놈 아주 심술구진 놈이 아니야요?” 하고 껄껄 웃는것이다.

　그러나 나는 생각컨대 그行動이 單純히 심술군인데서만 나온것이 아닐듯싶다. 勿論 저는 새벽부터 밤중까지 시달리는 몸으로 郊外로 散步를 할수 있는 젊은男女를 볼때 猜忌가 全혀 없을것도 아니요 또는 票찍고 鍾치고 졸고 이렇게 單調로운 勞働에 있어서 때때로 그런 유모어나마 없다면 鬱積한 그 感情을 調節할 길이 없을것이다. 허지만 그보다 더 큰 理由를 찾는다면 그것은 異性에 대한 憧憬과 愛情의 發露일는지모른다. 누군 말하되 사랑이 따르지 않는곳에는 決코 참된 미움이 成立되지못한다 하였다. 그럼 이것이 그哲理를 證明하는 한개의 好例이리라.

　여기에서 車掌이 그색시에게 욕을보이기 爲하야 그런 凶計를 꾸몃다 하는것은 조곰도 該當치 않은 推測이다.

　말하자면 첫여름 밤 電車가 바람을 맞었다. 하는것이 좀더 適切한 表現일는지 모른다.

길

며칠前 거리에서 偶然히 한 靑年을 맛낫다. 그는 나를 반기어 茶房으로 끌어다놓고 이 이야기 저 이야기하든 끝에 突然히 忠告하야 가로되

"병환이 그러시니만치 돌아가시기前에 얼는 傑作을 쓰서야지요?" 하고 껄껄웃는 것이다.

眞情에서 우러나온 忠告가 아니면 侮辱을 느끼는게 나의 버릇이였다.

나는 못들은척하고 옆에 놓인 어름冷水를 들어 쭈욱 마시었다. 왜냐면 그는 구여운 程度를 넘을만치 그렇게 自慢스러운 人物이다. 남을 忠告하므로써 뒤로 自己自身을 높이고 그리고 거기에서 어떤 滿足을 느끼는 그런 種類의 靑春이었든 까닭이다.

얼마 지난뒤에야 나는 입을 열어 勿論 나의 病이 猝然히 날것은 아니나 그러나 어쩌면 성한 그대보다 좀더 오래 살는지 모른다. 그리고 성한 그대보다 좀더 오래 살수있는 이것이 結局나의 病일는지 모른다. 하고 그러니 그대도

"아예 不注意마시고 誠實히 사시기 바랍니다" 하였다. 그리고 보니 裕貞

---

* 『여성』(1936. 8), pp.36~37.
  '아무도 모를 내 秘密' 이라는 공동제로 씌어진 글이다.

이! 너도 어지간히 사람은 버렸구나. 이렇게 기운없이 고개를 숙였을때 무거운 孤獨과 아울러 슬픔이 등우로 나려침을 알았다. 그러나 나는 아즉 버리지 않었다.

昨年 봄 내가 한 달포를 두고 몹씨 앓았을때 醫師를 찾어가니 그 말이 돌아오는 가을을 넘기기가 어렵다 하였다. 말하자면 療養을 잘 한대도 危險하다는 눈치였다. 그러나 나는 술을 맘껏 먹었다. 連日徹夜로 原稿와 다투었다. 이리구도 그 가을을 無事히 넘기고 그담 가을 즉 올가을을 앞에 두고 이렇게 기다리고 있는것이다. 科學도 얼마만치 弄談임을 알았다.

가만히 생각하면나의 몸을 左右할수 있는것은 다만 그 '길' 이다. 그리고 그 '길' 이래야 다만 나는 溫順히 그 앞에 머리를 숙일것이다.

요즘에 나는 헤매든 그 길을 바루 들었다. 다시말하면 前日 잃은줄로 알고 헤매고 잇든 나는 요즘에 이르러서야 비로소 나를 爲하야 따로히 한 길이 옆에 놓여있음을 알았다. 그 길이 얼마나 멀는지 나는 그걸 모른다. 다만 한가지 내가 그 길을 完全히 겄고 날 그날까지는 나의 몸과 生命이 決코 꺽임이없을걸 굳게굳게 믿는바이다.

幸福을 등진 情熱

　인젠 여름도갔나부다. 아츰저녁으로 제법 맑은 높새가 건들거리기 시작
한다. 머지 않어 가을은 올것이다. 얼른가을이 되어주기를 나는 여간 기달
려지지않는다. 가을은 마치 나에게 커다랗고 그리고 아름다운 그 무엇을
가저올것만같이 생각이 든다.

　요즘에 나는 또하나의病이늘었다. 지금 두가지의 病을 앓으며 이렇게 철
이 바뀌기만 무턱대고 기다리고 누어있다. 나는 바뀌는 節序에 가끔속았
다.

　지난 겨울만하여도 얼른봄이 되어주기를 그얼마나기달리었든가. 봄이
오면 날이 和暢할게고 보드라운 바람에 움이 트고 꽃도 피리라. 萬物은 씩
씩한 蘇生의 樂園으로 變할것이다. 따라 나에게도 보드라운 그무엇이 찾아
와 무거운 이 憂鬱을 씻쳐줄것만 같았다.

---

* 『여성』(1936. 10), p.29.

"오냐! 봄만 되거라"

"봄이 오면!"

나는 이렇게 혼잣소리를 하며 뼈찔 주먹을 굳게 쥐었다. 한번은 옆에 있
든 한 동무가 수상스러워서 묻는것이다.

"金兄! 봄이 오면 뭐 큰수나 생기십니까?"

"그럼이요!"

하고 나는 제법 토심스리 대답하였다. 내自身 亦 난데없는 그 수라는것이
웬놈의 순지 영문도 모르련만. 그러자 봄은 되었다. 갑작이 변하는 日氣로
말미아마 그런지 나는 每日같이 血痰을 吐하였다. 밤이면 不眠症으로 시난
고난 몸이 말랐다.

이렇게 病勢가 점점 惡化되어 갈제 그 동무는 나를딱하게 처다본다.

"金兄! 봄이 되였는데 어째"

"글세요!"

이때 나의 대답은 너머도無色하였다. 그는 나를 데리고 술집으로 가드니

"인젠 그렇게 기다리지 마십시요. 그거안됩니다"

하고 넘겨집는 소리로 낯에嘲笑를 띠는것이다. 허나 그는설마 나를 비웃지
는 않었으리라. 왜냐면 그도 또한 바뀌는 철만 기다리는 사람의 하나임을
나는 잘 안다. 그는 秀才의詩人이었다. 거츠러진 나의 몸에서 그의 自身을
비로소 깨닫고 그리고 역정스리 웃었는지도 모른다.

바뀌는 철만 기다리는 마음 그것은 分明히 憂鬱의 延長이다. 咫尺에 넘두
고 못보는마음 거기에나 比할는지. 안타깝고 겁겁한 希望으로 가는 날짜를
부지런히 손꼽아 본다. 그러나 정작 제철이 닥처오면 덜컥하고 고만 落心
하고 마는 것이다.

幸福의 本質은 믿음에 있으리라. 속으면서 그래도 믿는, 이것이 어쩌면
幸福의 하날지도 모른다.

事實인즉 나는 그 幸福과 因緣을 끊은지 이미 오랬다. 지금에 내가 살고 있는것은 決코 그것때문이 아니다. 말하자면 幸福과 등진 熱情에서 뻐쳐난 生活이라 하는게 옳을는지.

그러나 가을아 어서 오너라.

이번에 가을이 오면 그는 나를 찾아주려니, 그는 반듯이나를 찾아주려니, 되지 않을걸 이렇게 혼자 자꾸만 우기며 나는 철이 바뀌기만 까맣게 기다린다.

밤이 조금만 짧럿드면

虛空에 둥실 높이 떠올라 中心을 잃은 몸이 삐끗할제, 精神이 고만 앗찔하야 눈을 떠 보니, 이것도 꿈이랄지, 어수散亂한 幻覺이 눈앞에 그대로 남어 아마도 그동안에 잠이 좀 든듯 싶고, 지루한 步調로고작 두點 五分에서 머뭇거리던 掛鐘이 그 사이에 十五分을 돌아 두點 二十分을 가르킨다. 요 바닥을 얼러 몸을 적시고 흔근히 내솟은, 귀죽죽한 盜汗을 등으로 느끼고는 고 옆으로 자리를 좀 비켜눕고저 끙, 하고 두팔로 上體를 떠들어보다 上體만이 들리지 않을뿐 아니라 銳利한 칼날이 下服部로 저미어 드는듯이 무 되게 처뻗는 陣痛으로 말미아마, 이를 꽉 깨물고는 도루 그자리에 가만히 누어버린다. 그래도 이 逆境에서 나를 救할수 있는것이 睡眠일듯 싶어, 다시 눈을 지긋이 감아보았으나, 그러나 발치에 걸린 時計鐘소리만 점점 歷歷히 鼓膜을 두드려올뿐, 다라난 잠을 잡을랴고 無理를 거듭 하야온, 두 눈뿌리는 쿡쿡 쑤시어 들어온다. 이번에는 머리맡에 내던졌던 로―드眼藥을 또한번 집어들어 두 눈에 點注하야보다가는, 結局 그것마저 失敗로 돌아갔음을 깨닫자 인제는 남어지로 하나 있는 그 行動을 애꼈음에도 不拘하고, 그

---

* 『조광』(1936. 11), pp.111~114.
서울 정릉 골짜기의 작은 절에서 요양하고 있을 때에 쓴 글이다. 이 글 속의 동무는 현덕(玄德, 1909~?)이다.

대로 들어누운채 마지못하야 떨리는 손으로 낮후었던 람푸의 심지를 다시 돋아올린다. 밝아진 時計板에서, 아즉도 먼동이 트기까지, 세時間이나 넘어 남았음을 새삼스리 읽어보고는 골피를 찌프리며 두 어깨가 으쓱하고 우그들만치, 그렇게 그 時間의 威脅이 두려워진다. 時計에서 떼 집어먹은 視線을 天井으로 힘없이 걷어올리며 생각하야 보니, 이렇게 屈伸을 못하고 누어 있는것이 오날째 나흘이 되어오련만 아무 加減도 없는듯 싶고, 어쩌면 便秘로 말미아마 內痔核이 發生한것을 이것쯤, 하고 等閑視하였던 것이, 그것이 차차 퍼지고 그리고 게다 結核性膿瘍을 이루어 痔疾中에도 가장 惡性인 痔瘻, 이렇게 무서운 痔瘻를 갖게 된 自身 밉지 않은것은 아니나 그러나 다시 생각하면 나의 本病인 肺結核에서 必然的으로 到達한 한 過程일듯도 싶다. 痔瘻하면 선듯 醫師의 手術을 要하는 腫瘡인줄은 아나, 于先 나에게는 그럴 物質的 餘裕도 없거니와 設或 있다 하드라도 이렇게 衰弱한 몸이 手術을 받고 한 달포동안 시달리고 난다면, 그 꼴이 말못될것이니 이러도 못하고 저러도 못하고 進退維谷에서 딱한 생각만 하야본다. 날이 밝는다고 거기에 별 뾰죽한 수가 있는것도 아니로되, 아마도 이것은 딱한 사람의 가얄핀 慰安인듯 싶어 어떡하면 이 時間을 보낼수 있을가, 하고 그 手段에 한참 窮하다가 儌倖히도 나에게 吸煙術이 있음을 문득 깨닫자, 옆의 新聞紙를 두손으로 똥치똥치말어서 그걸로다 저쪽에 놓여있는 성냥값을 끌어내려가지고 卷煙 한개를 입에 피어문다. 平素에도 지침으로 因하야 밤卷煙을 삼가 왔던 나이매 한먹음을 조심스리 빨어서 다시 조심스리 내뿜어 보고는 그래도 無事한것이 神通하야 좀더 많이 빨아보고, 좀더 많이 빨아보고 이렇게 나종에는 强烈한 刺戟을 얻어보고저 한가슴 듬뿍이 吸煙을 하다가는 고만 아치, 하고 재채기로 始作되어 괴로히 쏟아지는 줄기침으로 말미아마 결리는 가슴을 만저주랴, 쑤시는 下體를 더듬어주랴, 눈코 뜰새없이 퍼둥지둥 억매인다. 이때까지 혼곤히 잠이 들어 있었는듯 싶은, 옆방의 患者가 마저 나의 기침이 옮아가 쿨룩어리기 시작하니 한동안 競爭的으로 아래웃방에서 부즈런히 쿨룩어리다 及其也 얼마나 괴로움인지, 어그머니 하고 자지러지게 뿜어놓는 그 呻吟소리에 나는 뼈끝이 다 저리어온다. 나의 괴로움보다는 그 소리를 듣는것이 너머도 약약하야 未安한 생각으로 기침을 깨물고 저努力을 하였으나 입 막은 손을 떠들고까지 극성스리 나오는 그 기침을 어찌 할 길이 없어, 손으로 입을 가리고는 罪悚스리 쿨룩어리고 있노라니 날로 더하야가는 아들의 病으로하야 끝없이 哀痛하는 옆방 그 어머니의 嘆息이 더욱 마음에 아파온다. 아들의 病을 고치고저 협수룩한 이 절로 끌고 와 佛前에 祈禱까지 올렸건만 도리어 없던 症勢만 날로 늘어가는것이, 목이 부어 밥도 못먹고는 하루에 겨우 밈 몇 수까락식 떠넣는것도 그나마 돌라 놓고 마는것이나, 요즘에 이르러서는 거지반 보름동안을, 웬 딸꾹질이 그리 甚惡한지, 每日같이 繼續되므로 겁이 덜 컥 났던차에, 게다가 어제 아츰에는 보꼬개에서 偶然히도 쥐가 떨어저 아차 인젠 글렀구나, 싶어 때를 기다리고 앉었는 그 어머니였다. 한때는 나도 어머니가 없음을 슬퍼도 하였으나 이 情景을 目睹하고 보니, 지금 나에게 어머니가 게섰드라면 슬퍼하는 그 꼴을 어떻게 보았으랴, 싶어 일즉이 父母를 여읜것이 차라리 幸福이라고 없는 幸福을 있는듯이 느끼고는 후——하고 가벼히 숨을 돌리어본다. 머리맡의 지게문을 열어제치니 가을바람은 선들선들 이미 익었고, 구슬피 굴러드는 밤버레의 노래에 이윽히 귀를 기우리고 있었던 나는 불현듯 몸이 앓었는가, 그렇지 않으면 무었이 슳었는가, 까닭모르게 축축이젖어오는 두 눈뿌리를 깨닫자, 열을 벌컥 내가지고는 네가 울테냐 네가 울테냐 이렇게 무뚝뚝한 態度로 卑劣한 自身을 얼러보다. 그래도 그 보람이 있었는지 흥, 하고 콧등에 冷笑를띠우고는 주먹으로 방바닥을 우려치고, 그리고 가슴우에 얹었던 손수건으로 이마의 땀을 焦躁히 훌터본다. 너 말고도 얼마든지 울수 있는 蒼頭赤脚이 허구많을터인데 네가 우다니 그건 안되리라고 쓸쓸히 비웃어던지고는, 동무에게서 온 片紙를 두손에 펴처들고 이것이, 네번째이련만 또 다시 敬虔한心情으로 謹讀하야 본다.

金兄께
甚히 놀랍습니다.
이처럼 사람의 일이 막막할수가 없읍니다. 울어서 조곰이라도 이 답답한 가슴이 풀릴수있다면 을마든지 울것같읍니다.

이것은 나의 이 事實을 人便으로 듣고 너머도놀란 마음에 慌荒히 뛰올랴 하였으나, 때마츰 自己의 아우가 過한 喀血로 말미아마 정신없이 누었고, 그도 그렇건만 돈 없이 藥 못쓰니 형된 마음에 좋을 理 없을테니 이럴가 저럴가 兩難之勢로 그앞에 憂鬱히 지키고만 앉었는 그 동무의片紙였다. 한편에는 아우가 누었고, 또 한편에는 동무가 누었고, 그리고 이렇게 時急히 돈이 必要하련만 그에게는 왜 그리 없는것이 많었든지, 奸巧한 交際術이 없었고, 卑屈한 阿諂이 없었고 게다 때에 찌들은 自尊心마저 없고보매, 世上은 이런 어리석은 靑年에게 處世의 길을 열어줄수 없어 그대로 내굴렸으니 드듸어 말 없는 變質이 되어 우두머니, 앉었는 그를 눈앞에 보는듯하다. 아 나에게 돈이 왜 없었든가, 싶어 부질없은 한숨이터저나올때, 동무의 片紙를 다시 집어들고 읽어보니 그 字字句句에 맺혀진, 어리석은 그의 純情은 나의 가슴을 커다랗게 때려놓고, 그리고 앞으로 내가 마땅히 걸어야할 길을 嚴肅히 暗示하야 주는듯하야 友情을 저리고 넘는 그 무엇을 느끼고는 感激끝에 눈물이 먹으머진다. 며칠 있으면 그는 나를 찾아 오려니, 그때까지 이 片紙를 고이 접어두었다 이것이 兄에게 보내는 나의 答狀입니다. 고 그주머니에 도루 넣어주리라고 이렇게 마음을 먹고, 封套에 片紙를 넣어 요밑에다가 깔아둔다. 지금의 나에게는 한卷의 聖書보다 몇줄의 이글발이 至極히 恩惠롭고, 거츠러가는 나의 感情을 매만저 주는것이니, 그것을 몇번 거듭읽는 동안에 더운 몸이 漸次로 식어옴을알자, 또 한번 람프의불을 낮혀놓고 어렴풋이 눈을 감아본다. 그러다 虛空에 둥실높이 떠올라 中心을 잃은 몸이 삐끗 하였을때 정신이 고만 아찔하야 눈을 떠 보니 時計는 석점이 될랴면 아즉도 五分이 남았고, 넓은 뜰에서 虛荒히 궁구는 바람에 法堂의 風聲이 穩穩히 울리어 오는것이니, 아 아 가을밤은 왜이리 안밝는가, 고 안타깝게도 더딘 時間이 나에게는 너머나 怨望스럽다.

江原道 女性

아리랑 아리랑 아라리요

아리랑 띠어라 노다가게

강원도 금강산 일만이천봉,

팔만구암자, 재재봉봉에

아들 딸 날라고 백일기도두 말게우,

타관객리 나슨 손님을 괄세두마라.

이것은 江原道 아리랑의 一節입니다.

여기에서 우리는 于先 그땅의 냄새를 맡을수 있으리라, 생각합니다.

山川이 秀麗하고, 險峻하니만치 얼뜬 성 내인 범을 聯想하기가 쉽습니다.
마는 其實 極히 嚴肅하고流暢한 風景입니다. 우리가 健實한 詩人의 叙情詩
를 읽는거와같이 그렇게 아련하고 정다운 風景입니다. 멀직멀직이 내뻗은
凜凜한 山脈이며, 그 앞을 빙글뱅글 휘돌아 나리는 맑은 냇물이 곱고도 靜
淑한 情緒를 빚어놉니다.

* 『여성』(1937. 1), pp.30~31.

　'十三道女性巡禮' 중 '江原道篇'에 해당하는 글이다. 「江原道 女性」은 편의상 붙인 제목이다.

背景이 이러므로 그속에 묻혀진 生活 亦 나른한 그리고 아리잠직한 雰圍氣가 떠돕니다. 疊疊이 둘러싼山麓에 가 여기 집 몇채, 그리고 그 바닥에서 오고가고 먹고사는 그 生活動靜이 맛치 한폭 그림을 보는것같습니다.

이래도 잘 모를실듯 싶으면 五六月 炎天에 늘어지게 밭 갈고 있는, 황소 뿔에 가 졸고 앉었는 왕파리를 잠간 생각하십시요.

江原道의 女性, 하면 곧 이 가운데서 밥 짓고, 애기 낳고, 물 긷고 하는 그 안악네의 말입니다.

여기에 또 이런 노래가 있읍니다.

논밭田土 쓸만한건 기름방울이 두둥실,
게집애 쓸만한건 직조간만 간다네.

交通이 不便하면 할스록 文化의 손이 敢히 뻗지를 못합니다. 그리고 文化의손에 籠絡되지 않는 곳에는 生活의 誇張이라든가 또는 虛飾이라든가, 이런 幽靈이 敢히 나타나질 못합니다.

뿐만 아니라 타고난 그人物까지도 奧妙한 技巧니 近代式 化粧이니, 뭐니 하는 人工的 挾雜이 全혀 없읍니다. 先天的으로 타고난 그대로 툽툽하고도 질긴 銅褐色 바닥에 가 根實한 耳目口鼻가 번듯번듯이 서루 의좋게 놓였읍니다.

다시 말슴하면 싱싱하고도 실팍한 原始的 人物입니다.

아 하, 그럼 죽통에 틀어박은 도야지 相이 아니냐고 疑心하실 분이 게실지 모릅니다. 허나 그것은 엄청나게 잘못된 생각입니다. 一色이란 決코 頹廢期的 心身으로 氣陷한 重病患者의 容貌가 아닌 同時에 近代 美容術과 距離가 멀다고 곧 잡아 醜物이라 할건 아닙니다. 그럴래서는 어느 女性이고 美容師의손에서 弄奸을 좀 當하고, 그리고 한 달포동안 지긋이 굶어보십시요. 어렵지않게 顔色이 蒼白해지고 몸매가 날씬한것이 바람만건듯 불면 고대로 호록 날을듯한 美人이 될게 아닙니까.

그러나 이 땅의 안악네가 가진 그것은 幽玄한自然美랄가 或은 天來無縫

의 純眞美라 하는것이 옳을듯합니다.

外樣이란 大槪 그 性格을 反映하나봅니다. 그들의 生活에는 虛榮이라는 邪가 一切 없습니다. 開明한 사람의 處身法과같이 뚫어진 발굼치를 붉은 낯이 치마끝으로 가린다든가, 或은한字 뜯어볼수 없는 外國書籍을 옆에 끼고 그러잖아도 좋을듯 싶은 勇氣를 내어 큰 거리를 活步한다든가, 하는 이런 어려운 演劇을 都是 모릅니다. 해여진 옷에 뚫어진 버선, 或은맨발로 칠떡칠떡 돌아다니며 어디 하나 끄릴데 없는 無關한 表情입니다.

하기야 그들이라고 이런 作亂을 아주 모른대서야 억설이 되겠지요. 때로는 검붉은 얼골에 분때기를 칠해서 마치 풀집 대문간에 廣告로 매달린 풀바가지같이 된다든가, 허지 않으면 먼지가 케케 앉은 머리에 왜밀을 철떡어려서 우리 안의 도야지 궁둥이를 맨든다든가, 이런 일이 더러종종 있읍니다. 허나 이걸가지고 곧 虛榮에 들떴다고 보기는 좀 아깝습니다. 말슴하자면 어쩌다 이 山속에 들어오는 버덩사람이 그렇게 하니까 어찌 되나, 나두 한번 해보자는 好奇心에서 더지나지 않을게입니다.

왜냐하면 그들은 갑갑한 山中에서만 生活하야 왔기 때문에 언제나 넓직한 버덩이 그립습니다.

아주까리 동백아 흐내지마라
산골의 큰 애기 떼난봉난다

동백꽃이 필라치면 한 겨울동안 방에 가처있든 處女들이 하나 둘 나물을 나옵니다. 그러면 그들은 꾸미꾸미 외따른 곳에 한덩어리가 되어 쑥덕公論입니다. 或은 저히끼리만 들을만치 낮윽낮윽한 音聲으로 노래를 부르기도 합니다. 그 노래라는것이 大槪 잘살고 못사는건 내分福이니 버덩의 서방님이 그립다는 이런 意味의 長嘆입니다. 우리가 바닷가에 외로히섰을때 바다 넘어 저편에는 까닭없이 큰 기쁨이 있는듯싶고, 다스러운 愛情이 自己를 기다리는것만 같아야 안타깝게도 대구 그립습니다. 그와 마찬가지로 산골의 안악네들은 넓은 버덩에는 그무엇이 自己네를 기다리는것만 같하야 그렇게도 憧憬하야 마지 않는것입니다.

　　네가두 날만치나 생각을 한다면
　　거리거리 로중에 열녀비가 슨다.

　　敎養이라는 놈과 因緣이 먼만치 무뚝뚝한 그들에게는 禮儀가 알배 없읍
니다. 우선 길을 가시다 口渴이 나시거던 우물두덩에서 물을 푸고 있는 안
악네에게 물 한그릇을 請해 보십시요. 그는 고개도 돌려보는 법없이 물 한
바가지 뚝 떠서 無心히 내밀것입니다. 그건 고만두고 물을 다 자신 뒤에 고
맙습니다, 인사하고 그 바가지를 도루 내놔보십시요. 亦是 그는 아무對答
도없이 바가지를 턱받아 제물만 푸기가 쉽습니다.
　　그렇다 하드라도 禮儀를 모르는 食虫이라고 速斷하셔서는 도리어 逢變하
시고 맙니다. 입에 붙은 인사치례로만 간실간실 살아가는 奸輩에 比한다면
무뚝뚝하고 冷淡하야 보이는 그들과 우리는 정이 들기가쉬울겝니다. 목마
른 사람에게 물을 떠주고, 먹고, 하는것은 의례히 또는 마땅히 있을 일, 그
무에가 고맙겠는가, 하는 그 態度입니다.
　　그건세로이 남편이 먼길에서 돌아와 보십시요. 그래도 인사 한마디 탐탁
히 없는 그들입니다. 이럽쎄, 저럽쎄, 하는 되우 늘어진 그들의 言語와, 굼
뜬 그 動作을 綜合하야 보시면 어쩌면 生의 倦怠를느낀 사람의 自墮落으로
생각되기가 쉽습니다. 허나그런것이 아니라 도리어 生에 執着한 熱情이 틀
진 度量을 나이, 그것의 所致일지도 모릅니다. 一言而蔽之하고 다음의 노래
가 그걸 소상히 證明하리라고 생각합니다.

　　네팔짜나 내팔자나 잘먹구 잘입구 소라반자 미다지 각장장판 샛별같
　　은 놋요강 온앙금침 잔모벼개에 깔구덮구 잠자기는 삶은 개다리 뒤틀리
　　듯 뒤틀렸으니, 웅틀붕틀 멍석자리에 깊은 정이나 드리세——

病床迎春記

햇비츨 보는것은 實로 두려운 일이엇다.

햇살이 퍼질 때이면 밤동안에 기피 潛在하엿는 모든 意慾이 現實로 向하야 活動하기 시작한다. 萬一 自由를 일허 몸이 여기에 딸으지 못한다면 그건 참으로 憂鬱한 일이다. 뼈가 저릴만치 쪼한 슬픈 일이엇다.

햇살!

두려운 햇살!

머리우까지 이불을 잡아 들쓰고는 暗黑을 찾는다. 마는 두터운 이 이불로도 틈틈이 새여드는 光線은 어쩨볼 길이 업다. 두손으로 이불을 버쩍치 올렷다가는 이번에는 벼개까지 얼러싸고 비여진 구멍을 꼭 여미어본다. 간밤에 몃번 몸을 추겨노앗든 盜汗으로 말미아마 퀴퀴한 냄새는 코를 찌른다. 감을랴고 감을랴고 無盡히 애를 써보앗든 눈에는 睡眠대신의 눈물이 솟아오른다. 그뿐으로 눈꺼풀이 아물아물할때에는 그래도 필연 틈틈으로 光線이 새여드는 모양이다. 열뚱적은 빗도 비치려니와 우선 잠을 자야한다. 한밤동안을 멀거니 안저 새고난 몸이라 늘척지근한것이 마치 亂打를

---

* 『조선일보』(1937. 1. 29~2. 2. 2월 1일 결간), 4회 연재.
　서울 신당동에서 셋방살이하는 형수댁에 얹혀 지낼 때 쓴 글이다. 이 글 속의 조카는 형수의 딸 김진수이다. 당시 18세.

448 수필

當한 사람의 늘어진 몸과도 갓다. 무엇보다도 健康에는 잠을 자야 할것이다. 잠이다 잠. 몸을 이쪽으로 돌려눕히고 네보란듯이 탐스럽게 코를 골아본다. 이러케 생코를 골다가 자칫하면 짜정 단잠이 되는 수도 업지 안타. 잠을 妨害하는것은 흔히 머리에 얼킨 幻想과 周圍의 威脅 그리고 등을 누르는 무거운 病魔, 그놈이엇다. 이모든걸 한번 털어보고자 되도록 소리를 노피어 코를 골아본다.

그러나 에헤, 이건 다 뭐냐. 객적은 어린애의 즛이 아닐가. 아무리 코를 곤대도, 새벽물을 기러오는 물장사의 물지개 소리보다 더 노필 수는 업슬것이다. 누구에게 화를 내는것도 아니런만 눈을 뚝 부르뜨고 그리고 벌떡 일어나 안는다. 이불을 홱 제처던지는 서슬에 찬바람이 일며 땀에 물은 등어리에 소름이 쭉 끼친다. 기침을 쿨룩어리며 벽께로 向하고 안즌체

"뒤, 뒤"

이러케 氣陷한 吾聲으로 홀로 쑹얼거린다. 그러면 여페서 자고잇는 조카가 어느듯 그 속을 알아채리고 박그로 나아가 얼른 便器를 들고 들어온다. 그우에 新聞紙를 깔고, 消毒藥을 뿌리고 하야 방한구석에 노아주며

"지금도 배 아프서요?"

"응!"

왜 이리 배가 아프냐. 줄대여 쏫는 설사에는 몸이 척척 휘인다. 어제는 나제 네번, 밤에 세번, 낮 밤으로 泄瀉에 몸이 녹앗다. 지금 잠을 못잔다고 물장사를 탓할것도 아니다. 어쩌면 터지려는 泄瀉를 참을랴고 애를써 이마에 진땀을 흘린것이 나뺏는지도 모른다.

아, 아, 너무도 單調로운 行事 어떠케 이 뒤를 안보고 사는 道理가 업슬가. 痔瘻에 泄瀉는 크게 禁物이다. 그러나 腫瘡의 苦痛보다는 每日 똑가튼 形式으로 치르지 안흐면 안될 單調로운 그 動作에 고만 鬱寂하고 만다. 그러타고 마달수도 업는 일, 남의 일이나 해주는 듯이 찌르퉁이 뒤를 까고 안저서

"애, 오늘 눈 오겟니?" 하고 입버릇가티 늘 하는 소리를 또 물어본다.

조카는 미다지를 열고 天氣를 이윽히 뜨더본다. 삼촌에게 失望을 주지

안코자하야 자세히 눈의 모양을 차저보는것이나 요즘 日氣는 너무도 조앗다.

"망할 날가트니 구름 한점업네——"

이러케 혼자서 쓸데없는 不平을 吐하다가는

"오늘두 눈은안오겟서요" 하고 풀 죽은 대답이엇다.

눈이 나리는걸 바라보는것은 요즘 나의 唯一한 기쁨이엇다. 눈이 나린다고 나의 마음에 別般 所得이 잇슬것도 아니다.

눈이 나리면 다만 검은 자리가 히게되고, 마른땅에가 어름이 얼어부튼 그뿐이다. 요만한 變動이나마 自然에서 차자볼랴는 가냘푼 慾望임에 틀림업스리라.

이러케 기다리고 보니 눈도 제법 나려주질 안는다. 이제나 저제나하고, 이불속에 누어 눈만 멀뚱멀뚱 굴리고 잇는것이다. 아침나절에는 눈이 곳바루 나릴듯이 날이 흐려들다가도 슬그머니 벗겨지고 마는건 애타는 노릇이엇다. 二十餘日前에 눈발좀 날리고는 그후에는 싹도업다.

날이 흐리기를 焦燥히 기다리며 미다지께를 뻔질 처다본다. 그러다 압집 용마루를 넘어 해는 어느듯 미다지에 퍼지고 만다. 제一기 왜 이리밝은가 빌어먹을 햇덩어리 깨지지도 안흘려나. 까닭업시 홀로 역정을 내다가도 불현듯 또 한걱정이 남아잇슴을 깨닷는다. 자고나면 낫을 씻는것이 사람들은 조흔 일이란다. 나도 팔 것고는 대여아페가 쭈그리고 안지 안흘수 업다. 그리고 이손으로 물을 찍어다 이마에 부치고는 이생각이요 저손으로 콧등에 물을 찍어다 부치고는 저생각이다.

이리하야 洗手 한번에 三四十分, 잘못하면 한時間도 넘는다.

간신히 수건질을 하야 저리 던지고 이불속으로 꾸물꾸물 기어들려니

"아주 아침좀 잡숫고 누시지요" 하고 性急한 命令이다. 그래도 苦役이 또 한가지 남은것이다. 밥이 참으로 먹고가 십지 안타. 마는 그러자면 못먹는 理由를 이리저리 둘러대야 할게니 더욱 귀찬타. 다시 뚱싯뚱싯 일어나 상전에다 턱을 바처놋는다. 조카는 이것 저것 내脾胃에 마즐듯 시푼 飮食을 코미테다 꺼러대여 준다. 그러면 나는 저까락을 버처들고 집엄집엄 들어다

는 입속에 너허 名色만으로라도 朝飯을 치르는것이다. 이러케 밥을 먹는것
에까지 倦怠를 느끼게되면 사람은 足히 버렷다. 눈을 감고 움질움질 새김
질을 하고잇다가 문득 생각나는것이 잇서 문박게서 불을 피고잇는 형수에
게

"오늘 편지 업서요?" 하고물어본다. 그도 그제서야 생각난듯이 아까 대
문간에서 바더두엇든 葉書 몃장을 방안으로 드리민다. 조타, 반갑다. 片紙
를 밧는것은 말할수업시 반가운일이다. 하나씩 하나씩 精誠스리 뒤적어린
다. 年賀狀, 年賀狀, 原稿督促狀. 아따 아무거라도 조타. 하얀 빈 종이가 날
아왓대도 이때 나에게는 넉넉히幸福을 갓다줄수 잇다. 밥 한술 떠너코는
다시 뒤저보고, 또한술 떠너코는 또한번 뒤저본다. 새해라고, 그러니 病을
고만알흐란다. 흐응, 실업슨 소리도 다 만코, 언제 해가 바뀌엇다고 나도
모르는새 해가 바뀌는 수도 잇는가. 空然스리 화를 내가지고 방한구석으로
葉書를 내동댕이 치고나니, 느린 食事에 몸은 이미 氣盡하고 말앗다.

食後 三十分乃至 한時間에 一匙式 服用하라는 太田胃散이다. 床에서 물러
안자 한 너덧수깔 되는대로 너코는 悦荒히 이불속으로 파고 든다. 끄을걱,
끄을걱. 胃散을 먹고는 시원스리 트림이 나와야 먹은 보람이 잇단다. 아니
나오는 트림을 우격다짐으로 끄을걱, 끄을걱. 이러케 애를 키다가는 이건
또 웬일인가, 갑작스리 아이구 배야. 아랫배를 쥐여뜻는腹痛으로 말미암아
이마에 진땀이 내솟는다. 冷水에 胃散을 먹엇드니 아마도 거기에 滯햇나부
다. 아이고 배야, 배야. 다시 일어나 溫湯에 靈神丸 十餘介를 꾸겨너코는,
이번에는 이불속에서 가만히 업디려본다.

食後 直時로 이러케 눕는것도 결코 衛生的이 못된다. 하나 아무래도 조
타. 健康만으로 살수잇는 이몸이 아니니까──當場 햇빗만 안보면 된다.

나에게 나즌 큰 怨讐엿다. 정나지 되여오면 太陽은 미다지의 全幅을 占領
하야 들어온다. 망할놈의 太陽. 쉴줄도 모르느냐. 미다지를 向하야 幕을 가
려치고 그리고 이불을 둘쓰고 눈을 감고 이러케 어둠으로 파고든다. 마는
비치란 그리 쉽사리 막히는것이 아니다. 눈꺼풀로 흐미한 光線을 느끼고는
입맛을 다시며 이마에 주름을 잡는다.

다시 따저보면 나는 넉넉지못한 조카에게 와 폐를 끼치고 잇는 身勢엿다. 늘 그 恩惠를 感謝하여야 할것이요 그아페 溫順하여야 할것이다. 허나 나는 요즘으로 사람이 더욱 실혀젓다. 형수도, 조카도, 아무도 보고 십지가 안타. 사람을 보면 發狂한 개와가티, 그러케 險惡한 性情을 갓게 되는 自身이 딱하엿다. 웃묵쪽으로 사람 하나 누을만침 터전을 남기고는 四方으로 빵 돌리어 帳幕을 가려치고 말앗다.

이것이 혹은 그들을 不快하게 햇슬지도 모른다. 그러나 恩惠가 恩惠이면 내가 실흔건 실흔것이다. 언제이나 周圍에 厭症을 느낄적이면 나는 이러케 幕을 둘러치고 그속에 깔아노흔 이불로 들어가 隱身하고 마는것이다. 이만 하면 낫도 조코 밤도 조타.

눈에 비치는 形象은 任意로 하엿거니와 귀로 드러오는 音響은 무얼로 마글것이냐. 이불을 끄러올려 두귀를 더퍼보나 그亦 헷수고다. 모든 雜音은 얼골우로 歷歷히 들려오지안는가. 自動車소리 電車소리 외치는 行商들의 목쉬인소리, 안집 아이들의 주책업시 지꺼리는 소리도 듯기 실커니와 서루 툭탁어리고 찍찍대는 여기에는 짜정 귀아파 못견디겟다. 허나 그것도 조타 하자. 입에 칼날품은 소리로

"아니 여보, 오늘낼 오늘낼 밀어만 갈테요?" 하는 월수쟁이 老婆의 惡聲에는 등줄기가 다 선뜩하다. 뻔찔 移舍를 다니기에 빗을 저노코 갑기가 쉽지안타. 勿論 안갑는것이 아니라 못갑는다. 형수는 한참 혹닥끼다가 終當에는 넉넉지 못한 그口辯으로

"돈이 업는걸 그럼 어떡해요?" 하고 그대로 빌붓는 哀訴엿다.

"그러케 남의 빗이란 무서운거야——애햄! 애햄!"

이것은 주인 마누라의 비지먹다 걸린 목성이엇다. 그는 勿論 이 月收에 알배잇는턱업다. 허나 月貰 한달치를 못받는것에 잔뜩 품어두엇든 感情이 요런때 相對의 弱點을 보아 슬그머니 머리를 드는것이다. 이러케 되면 형수는 두 악바리에게 餘地업시 시달리고 섯다. 자기의 意見 한마디 버젓이 表示못하고 얼골이 벌거니 서 게실 형수를 생각하니 이불속에 틀어박은 나의 얼골마저 화끈 달고마는것이다.

아이고 귀야, 귀야, 귀야. 월수쟁이를 모조리 붙들어다 목을 비는수가 업슬런가, 아이고 참으로 듯기 실타. 허지만 아무래도 조타. 즈이들이 뜨더먹 기박겐 더못하리니 음—음—음—呻吟소리를 노피어, 압뒤로 몰려드는 雜音에 구지 抵抗하련다. 하기야 몸이 아프지안흔것도 아니다. 여섯달동안 이나 문밧出入을 못하고 한자리에 누어잇는 몸이매 야월대로 야위엇다. 인제는 온 全身의 닷는 곳마다 쑤시고 아프다. 들어 누엇으면 기침이 暴發하고 그러타고 안짜니 痔疾이 괴롭다.

그러트라도 먹은것이 消化만 잘되어도 조켓다. 묵다란 죽을 한보시기쯤 먹고도 끌꺽 끌꺽하고 한終日 복기지 안는가. 이까진 병쯤에 그래 열이 벌컥올라서 그저께는 고기를사다가 不實한 창자에 함부로 꾸겨너헛다. 그리고 이제 하루를 일수泄瀉로 줄대□기에 몸이 착 까부러지고 말앗다. 아직도 그 餘波로 속이 끌른다. 아랫배가 꼿꼿한것이 싸르를 아파들온다.

"재——약 좀——"

그러면 泄瀉를 막는 산약과 함께 한그릇의 蜜汁이 幕틈으로 들어온다. 그걸 바다들고 그리 허둥지둥 먹지 안허도 조흐련만 성이가신 생각에 한숨에 훌쩍, 빈 그릇을 만들어서는 박그로 도루 내보낸다. 그리고 다시 자리에 누어 손으로 기침을 막아가며 恭遜히 잠을 請하야 본다. 우울할때 군찬을때 슬플때 아플때 다만 잠만이 神效한 結果를 가저 올수 잇스리라. 그러나 잠이란 좀체로 어더보기 어려운 圈外사람의 幸福일지도 모른다. 눈을멀뚱이 뜨고는 가장잠이나 자는듯시피 그대로 누어 잇는것이다.

저녁이 되어오면 모든 病이 머리를 들기 始作한다.

時間을 보지 안허도 身熱이 올라 惡寒으로 뼈끄치 쑤시어올때이면 그것은 틀림업는 저녁이다. 惡寒에는 盜汗이 딸흔다. 盜汗을 한번 쑤욱 흘리고 나면 몸은 풀이 죽는다. 三伏더위에 녹아부튼 엿가락갓기도 하고 陽春에 풀리는 殘雪갓기도 하다. 이러케 筋力을 일코 넉업시 느러저 잇노라면

"자근아버지——저녁다 됏서요——"

조카가 幕박게 와서 가만히 귀를 기우린다. 그는 항여나 나의 氣分을 傷할가하야 음성마다 注意를 겨을리하지 안엇다. 어쩌면 그는 三寸叔父인 나를

格外의 怪物로 여겼는지도 모른다. 때때로 언짠흔 表情을 지어가지고 살금 살금 나의 눈치를 살펴보고 하는것이다.

계집애니만치 잔상도 하려니와 요즘 나의病으로 因하야 그는 몃달 동안을 學校도 못갓다. 그리고 뒤를 바더내랴, 세수를 씻겨주랴, 湯藥을 대려오랴, 이러케 남다른 赤心으로 ㅁㅁ히 看護하야준다. 그의 誠意만으로도 넉넉히 病이 나앗스런만 왜 이리 끄느냐. 나의 조카는 참으로 고맙다. 이病이 나으면 나는 그에게 무얼로 이恩惠를 가플터인가. 가끔 이생각에 홀로 잠기다가도 及其也엔 너머도 無力한 自身을 쓸쓸히 冷笑하야 던지지 안흘수 업는것이다. 그 대신에 나의 조카의 吩咐이면 그러케 안하여도 조흘수잇는 理由를 갓고라도 그대로 잠잠이 盲從하고하는것이다. 이것이 그 恩惠를 생각하는 나의 唯一한 報答이겟다.

惡寒뒤의 밥맛이란 바루 모래 씹는 맛이엇다. 그러나 조카의 命令이라는 까닭만으로 꿈을꿈을 기어나오면 방한복판에 어느듯 저녁상이 덩그러케 노혀잇다.

밥을 먹는것은 眞情으로 귀찬타. 어더케 안먹고 사는道理가 업는가. 이런 窮理를 하야가며 눈을 감고 안저서 꾸역 떠넛는다. 그러다 여플 돌아보면 조카는 나의 食事行動에 어이가 업섯슴인지 딱한視線으로 이윽히바라보고 잇섯다.

이러케하야 僅僅히 저녁을 때우고 卷煙하나를 피우고나면 이럭저럭 밤이 든다. 밤, 밤, 밤이 조타. 별이 존것도 아니요 달이 존것도 아니다. 그믐漆夜의캄캄한밤 그것만이 所用된다. 子正으로 석점까지 그時間에야 비로소原稿를 쓸수 잇는것이 나의 버릇이엇다. 그때에는 주위의 모든것이 잠이 들어 잇다. 두 주먹外의 아무것도 업고, 게다 몸에 病들어 健康마자 일흔 나에게도 이時間만은 極히貴重한 나의 所有엿다. 子正을 넘어스며 비로소 정신을 어더 아직도 살아잇는 自身을 깨닷는다. 이만하면 原稿를 써도 되겟지. 原稿를 冊床아페 끌어다 노코 强制로 펜을 들린다. 忽忽히 附託을 밧고, 몃장 쓰다 두엇든 原稿엿다. 한서너장 繼續하야 쓰고 나면 두어깨가 아프로 휘여든다. 그리고 가슴속에 가, 힘업시 먼지가 끼인듯이 매캐하고 답답하야 들온다. 기침發作의 前兆. 미리 豫防하고자 펜을 가만히 노코 冷水를 마시어본다. 深呼吸을 하야본다. 卷煙을 피어본다. 그러다 慌忙히 터저나오는 기침을 어쩔수 업서, 쿨룩어리다가는, 結局에는 그자리에 가루 느러지고만다. 어구머니 가슴이야, 이 가슴속에 무엇이 들엇는가. 날카로운 칼로 한번 뻐겨나볼는지. 몸이 아프면 아플스록 나느니 어머니의 생각. 하나 업기를 多幸이다. 그는 당신이 나아노은 자식이 이토록 못생기게스리 될줄은 꿈에도 생각지 못하고 便히 잠드섯나. 만일에 나의 이꼴을 보신다면 應當그는 슬프려니. 하면 업기를 不幸中 多幸이다. 한숨을 휘, 돌리고 눈에 고엿든 눈물을 썻을때에는 기침에 辱을볼대로 다본 뒤엿다. 웅크리고 안저서 다시 卷煙에 불을 붓티자니 이게 웬일일가. 泄瀉가 나올때도 되엇을텐데 입때 無事한것이 암만해도 수상적다. 便秘가 된것이 아닐까. 아까에 泄瀉막힌藥을 먹은것이 몹씨後悔가난다. 便秘 便秘 무서운便秘. 痔疾에 便秘는 極히危險하다. 痔漏로 말미암아 여섯달째 苦生을 하야오는 나이니만치 萬의하나를 念慮안할수업고 終乃는 下劑 '락사토울' 한알을 입에 너을때까지 마음이 노히지를 안는다. 이걸 먹엇으니 낼아침에는 설사가 터질것이다. 한번 터지면 줄대서 나올터인데 그럼 그담에는 무슨 藥을 먹어야 올흘는지——

이러다 보니 時計는 석점이 훨걱 넘엇다. 눈알은 보송보송허니 잠 하나 올듯 십지 안코. 머지안허 먼동이 틀것이다. 해가 뜰것이다.

그럼 낼 하루는 무얼로 보내는가?

脫出을 計劃하는 獄中의 罪囚와도가티 한껏 긴장이 되어 善後策을 講究한다. 밝는날 이땅에 퍼질 光線의 威脅을 느끼며——

낼 하루를 무얼로 보내는가?

네가 봄이런가

나에게는 아츰이고 저녁이고 區別이 없는것이다. 왜냐면 나는 睡眠을 잃어버린지 이미 오랬다. 밤마다 뒤숭숭한 夢魔의 嘲弄을 받는걸로 그날그날의 잠을때인다.

그러나 이나마 내가 마대서는 아니되리라. 제때가 돌아오면 屈服한 罪人과도같이 가만히 쓰러저서 處分만 기다린다.

이렇게 멀뚱히 누어 있노라니 이불속으로 간얄픈 콧노래가 낮윽낮윽 흘러든다. 노래란 가끔 過去의 美的 情緖를 再現시키는, 極히 幸福스런 追憶이 될수 잇다. 귀가 번쩍띄이여 나는 汨篤히 傾聽한다. 그러나 어느듯 지난날의 健康이 불시로 그리워짐을 깨닫는다. 머리까지 뒤여쓴 이불을 주먹으로 차던지며

"지금 몇時냐?" 하고 몸을 이르킨다.

"열점 사십분이야요——"

그러면 나는 세시간 동안이나 잠과 씨름을 하였는가, 이마의 진땀을 씻으며 속의 鬱憤을 한숨으로 꺼본다. 그리고 壁을 向하야 눈을 감고는 덤덤

---

* 『여성』(1937. 4), pp.16~17.
　'봄의 小夜曲'이라는 공동제로 씌어진 글이다.

이 앉어 있다.

"가슴이 아프셔요?"

"응——" 하고 그쪽으로 고개를 돌리니 나의 조카는 오랫만에 얼골의 和色이 보인다. 고대 들려온 콧노래도, 아마도, 그의 기쁨인양 싶다. 웬일인가고 어리둥절하야 아하, 오늘이 슬이구나, 슬, 슬, 슬은 어릴적의 모든 기쁨을 가저온다. 나도 가슴 속에서 제법 들먹어리는 무엇이 있는듯 싶다. 오늘은 슬이라는 그것만으로 나의 生活에 變動이 있을듯 싶다.

조카가 먹여주는대로 눈을 감고 앉어서 그럭저럭 아츰을 치른다. 슬, 슬은 새해의 첫날이다. 지금 나에게는 새것이라는 그것이 여간 큰 매력을 갖지 않었다. 새것, 새것이 좋다.

새정신이 반뜩 미다지를 활짝 열어제친다. 안집 어린애들의 울긋불긋한 호사가 좋다. 歲拜酒에 공으로 暢醉한 그 雜談도 좋다. 사람뿐만 아니라, 날세조차 새로워진것 같다. 어제 나렸든 白雪은 痕跡도 없다. 앞집 첨하끝에는 물끼만이 지르르 흘러있다. 때때로 뺨을 지내는 微跡이 곱기도 하다. 그런데 이 香氣는, 分明히 이 香氣는, 그러다, 나는 고만 가슴이 덜컥 나려앉고 만다.

나긋나긋한 이 香氣는 分明히 봄의懷抱려니 손을 꼽아 내가 기다리든 그 봄이려니 그리고 나는 아즉도 이病席을 걷지 못하였다. 갑작스리 치미는, 鬱積한 心思를 어쩌볼 길이 없어, 帳幕을 가려치고 이불속으로 꿈실꿈실 기어든다. 아무것도 보고 싶지가 않다. 나는 홀로 어둠속에 이러케 들어앉어 아무것도 안보리라. 이를 악물고 限平生의 햇빛과 굳게 作別한다.

그러나 동무가 찾아 와 부를 때에는 안일어날 수도 없는것이다. 다시 꿈을꿈을 기어나오면 그새 하루는 다 가고, 電燈까지 불이 켜졌다. 나는 고개를 털어트리고 默默히 앉어 있다. 참으로 나는 이 동무를 처다볼만한 面目이 없다. 그는 나를 일어나켜 주고서, 그의 가진바 모든 血誠을 다하였다. 그리고 있다금식 이렇게 디려다보는것이다. 아, 아, 이놈의 병이 왜이리 끄느냐. 좀체로 나가는가 싶지 않으매, 그의 속인들 오작이나 답답한 것인가——

그는 오늘도 찌뿌둥한 나의 얼골을 보고 失望한 모양이다. 딱한 낯으로 이윽히 나를 바라보다

"올에는 철수가 한달이나 일느군요——"

그리고 그 말이 봄 오길 그렇게 기다리드니 어떻게 되었느냐고. 오늘은 完全히 봄인데

"어떻게 좀 나가보실 생각이 없읍니까"

여기에 나는 무에라고 대답하여야 옳겠는가. 쓴 입맛만 다시고 우두커니 앉었다 겨우 입을 연것이

"나는 나갈려는대 내보내줘야지요——" 하고, 불현듯 내솟느니 눈물이다.

3부

편지 · 일기

姜鷺鄕前

날이 차차 더워집니다. 더워질사록 저는 저 시골이 無限그립습니다. 물
소리 들리고 온갓새 지저귀는 저 시골이 그립습니다. 욱어진 綠陰에 번듯
이 누어 閑寂한 매미의노래를 귀담어들으며 먼 푸룬하늘을 이윽이 바라볼
때 저는 가끔 詩人이 됩니다. 아마 이우 더큰 幸福은 다시없겠지요. 姜兄도
한번 試驗해보십시요. 그런데 여기에 하나 注意할것은 蒼空을 바라보되 님
을 對하듯 敬虔이 할것입니다. 그래야 비로소 類다른 幸福과 그 무었인가
알수없는 커다란眞理를 깨다르실것입니다.

四月二日저녁, 永導寺에서

* 『조광』(1937. 5), p.107.
「夭折한 金裕貞君을 弔함」이라는 특집 글모음(위의 책, pp.98~109) 중 강로향(姜鷺鄕)의
「裕貞과 나」(위의 책, pp.106~107)에 소개되어 있다. 강로향이 1935년에 우이동 봉황각(鳳凰
閣)에서 정양(靜養)하고 있을 때 받은 편지다.

朴泰遠前

날사이 安寧하십니가.

朴兄! 혹시 요즘 우울하시지 않으십니가. 朝鮮日報社앞에서 뵈었을때 兄은 마치 딱한생각을 하는 사람의 風貌이었읍니다. 勿論 저의 어리석은 생각에 지나지 않을게나 萬에 一이라도 그럴理가 없기를 바랍니다.

제가 생각컨대 兄은 그렇게 크게 우울하실必要는 없을듯싶습니다. 만일 저에게 兄이 지니신 그것과같이 才質이 있고 名望이 있고 前途가 있고 그리고 健康이 있다면 얼마나 幸福일는지요. 五六月號에서 兄의 創作을 못봄은 너머나 섭섭한일입니다. 「距離」「惡魔」의 그다음을 기다립니다.

김유정 再拜

---

* 『백광(白光)』(1937. 5), pp.158~159.

  김유정 요절 애도 특집 글모음(위의 책, pp.151~160) 중 박태원(朴泰遠)의 「故裕貞君과 葉書」(위의 책, pp.158~160)에 소개되어 있다. 1936년 5월 하순에 받은 엽서이다.

文壇에 올리는 말슴

平常 肺結核으로 無數히 呻吟하옵다가 이즈막에는 客症 痔까지 并發하야 將近 넉달동안을 起居不能으로 重倒되어 있아온바 原來 변변치못하야 糊口 之方에 生疎한 저의 일이오라 病苦 艱窘 兩難에 몰리어 勢窮力盡한 癈軀로 竿頭에서 進退가 아득하옵더니 天幸히도 여러先生님의 敦厚하신 下念과 및 벗들의 赤誠이 있어 再生의 길을 얻었압거늘 그恩惠 무얼로 다말슴 드리올 지 感謝無地에 惶悚한 마음 이를데없아와 今後로는 銘心不忘하옵고 다시 앓지 않기로 하겠아오니 이렇게 文壇을 不安스리 만들고 加外 여러 先生님 께 心慮를 시키어드린 저의 罪辜를 두루두루 海容하야 주시기 伏望伏望 하 옵나이다.

丙子 十月三十一日

金裕貞 再拜

---

*『조선문학(朝鮮文學)』(조선문학사, 1937. 1), p.64.

　김문집(金文輯)의 「病苦作家援助運動의 辯—金裕貞君의 關한—」(위의 책, pp.55~64)이라 는 글 끝에 소개되어 있다. 김문집이 김유정의 딱한 사정을 문단에 호소하고 모금하여 김유정 에게 전달한바, 그것에 대한 사례의 글이다. 병자(丙子)는 1936년이다.

病床의 생각

사람!

사람!

그 사람이 무엇인지 알기가 극히 어렵습니다. 당신이 누구인지 내가 모르고, 나의 누구임을 당신이 모르는 이것이 혹은 마땅한 일일지도 모릅니다. 나와 당신이 언제 보았다고, 언제 정이 들었다고 감히 안다 하겠읍니까. 그러면 내가 당신을 한개의 우상(偶像)으로 숭배하고, 그리고 나의 모든 채색(彩色)으로 당신을 분식(粉飾)하였든 이것이 또한 무리 아닌 일일지도 모릅니다.

이것이 물론 나의 속단(速斷)입니다. 허나 하여간 이런 결론을 얻은걸로 처 두겠읍니다.

나는 당신을 진실로 모릅니다. 그러기에 일면식도 없는 당신에게, 내가 대담히 편지를 하였고, 매일과가치 그회답이 오기를 충성으로 기다리였든

* 『조광』(1937. 3), pp.185~193

'사랑의 편지'라는 공동제의 글모음 중의 하나로 실려 있다. 글 뒤에 쓴 날짜가 '정축, 一. 一
〇' 즉 1937년 1월 10일로 밝혀져 있다. 세상 떠나기 2개월 19일 전에 쓴 글이다. 「홍길동전」
을 높이 평가한 것, '위대한 사랑'을 강조한 것 등을 주목할 만하다.

것입니다. 다 나의 편지가 당신에게 가서 얼만한 대접을 받는가, 얼마큼 이해될수 있는가, 거기 관하야 일절 괘념하야 본일이 없었읍니다. 그러던차 당신에게서

편지를 보내시는 이유가 나변(那邊)에 있으리요.

이런 질문이 왔을때 나는 눈알을 커다랗게 뜨지 않을수 없었읍니다. 당장에 나는 당신의 누구임을 선뜻 본듯도 싶었읍니다.

우리는 사물(事物)을 개념(槪念)할때 하나로 열을 추리(推理)하는 것이 곧 우리의 버릇입니다. 예전우리의 선배가 그러하였고 또 오늘 우리와같이 살고있는 모든 사람이 그러합니다. 내가 그 질문으로 하여금 당신의 모형을 떠 온것이 결코 그리 큰 잘못은 아닐겜니다.

나는 당신을 실로 본듯도 하였읍니다. 나의 편지 수통에 간신히 (그 이유가 나변에 있으리요) 이것이 즉 당신입니다. 그리고 나는 그 배후의 영리하신 당신의 지혜를 보았읍니다. 당신은 나에게서 연모(戀慕)라는 말을 듣고 싶었고, 겸하야 거기 많으는 당신의 절대가치(絕對價値)를 행사하고 싶었든것입니다.

그러나 나는 당신의 요구에서 좀 먼 거리에 있는 자신을 보았읍니다. 우울할때, 고적할때, 혹은 슬플때 나는 가끔 친한 동무에게, 나를 이해하야 줄수 있는 동무에게 편지를 씁니다. 허나 그것은 동성(同性)끼리의 거래가 아니냐고 탄할지도 모릅니다. 그러면 나는 몸이 아플때, 저 황천으로 가신 어머님이 참으로 그리워집니다. 이건 무얼로 대답하시렵니까. 모자지간의 할수없는 천륜이매 이와는 또다르다 하시겠읍니다. 그럼 여기에 또한가지 좋은 실례(實例)가 있읍니다. 우리는 맘이 울적할제 벙싯벙싯 웃기는 옆집 애기를 가만히 디려다 보다가는 저마저 방싯하고 맙니다. 이것은 어쩐 이유겠읍니까.

다시 생각하면 우리가 서루서루 가까히 밀접(密接)하노라 앨쓰는 이것이 또는 그런 열정을 필연적으로 갖게되는 이것이 혹은 참다운 인생일지도 모릅니다. 동시에 궁박한 우리생활을 위하야 이제 남은 단 한길이 여기에 열려있음을 조만간 알듯도 싶습니다. 그것은 마치 우리 머리우에 늘려있는

복잡한 천체(天體), 그것이 제각기 그 인력(引力)에 견연(牽連)되어 원만히 운용되어 갈수 있는것에 흡사하다 할는지요. 그렇다면 이 기능(機能)을 실지 발휘하는걸로, 언어를 실어가는 편지의 사명이라 하겠읍니다.

그러나 그는 아무래도 좋습니다.

이것이 나의 번뜻은 아니로되, 다만 당신에게 실망을 주지 않기로 단출히 연모한다 하였읍니다. 그리고 그때 갑작스리 공중으로 열아문길식이나 치올려뜨신 당신의 태도를 보았읍니다. 나는 또 다시 눈알이 커다랗게 디굴려지지 않을수 없었읍니다. 여성이란 자기자신이 남에게 지극히 연모되어 있음을 비로소 느꼈을때, 어쩌면 그렇게 무작정 올라만 가려는가고 부질없는 탄식이 절로 나옵니다.

그러나 나는 당신 하나를 보는걸로 모든 여성을 그 틀에 규정(規定)하여서는 안될것입니다.

이것이 물론 당신에게 넉히 실례가 될겝니다. 마는 나는 서슴지 않고 당신을 이렇게 생각하야 보았습니다.

——근대식으로 제작(制作)되어진 한덩어리의 예술품(藝術品)——

왜 내가 당신을 하필 예술품에 비하였는가, 그 까닭을 아시고 싶을지도 모릅니다. 마는 여기에 별반 큰 이유가 있을것도 아닙니다.

내가 당신에게 편지를 쓰든 그 동기를 따저보면 내가 작품을 쓸때의 그 동기와 조금도 다름이없읍니다. 만일 그때 그편지를 않썼드라면 혹은 작품 하나를 더 갖게 되였을지도 모릅니다. 이것이 무슨 소리인지 당신에게 잘 소통되지 않을겝니다. 그렇다면 따로히 얼른 이해하기 쉬운 이유를 드는것이 옳을듯 싶습니다.

연애는 예술이라든 당신의 그 말슴, 연애로 하야금 인류(人類) 상호결합(相互結合)의 근본윤리(根本倫理)로 내보인 나의 고백을 불순하다 하였고 더 나아가 연애는 연애를 위한 연애로 하되 항여나 다른 부조건(副條件)이 많아서는 안되리라 그 말슴이 더 큰 이유가 될는지도 모릅니다. 나는 당신의 이 말슴을 듣고 전후 종합하야 문득 생각나는 무엇이 있었읍니다. 현재 우리사회(社會)의 일부를점령하고 있는 예술을 위한 예술이 즉 그것입니다.

그러나 사실에 없는 일을 나의 생각만으로 부합시킨것이 아닐듯 싶습니다. 실지에 있어, 그들과 당신은 똑 가치 유복한 환경에서 똑같은 궤도(軌道)를 밟아 왔기 때문입니다. 물론 이쪽이 저쪽의 비위를 마처가며 기생(寄生)되어 가는 경우도 없지는 않으나.

당신은 학교에서 수학을 배웠고, 물리학을 배웠고, 화학을 배웠고, 생리학을 배웠고, 법학을 배웠고, 그리고 공학, 철학등 모든 것을 충분히 배운 사람의 하나입니다. 다시 말하면 놀라울만치 발달된 근대과학(近代科學)의 모든 혜택(惠澤)을 골고루 즐겨오는 그 사람들의 하나입니다. 그렇다면 당신은 근대과학을 위하야 그 앞에 나아가 친히 예하야, 참으로 친히 예하야 그 영예를 감하치 않아서는 않될겝니다. 왜냐면 과학이란 그 시대, 그 사회에 있어 가급적(可及的) 진리(眞理)에 가까운 지식을 추출(抽出)하야 써 우리의 생활로 하야금 광명으로 유도(誘導)하는 곳에 그 사명이 있을것입니다.

나는 여기에서 또 하나 생각지 않을수 없게 됩니다. 그럼 근대과학이 우리들의 생활과 얼마나 친근(親近)하였든가, 이것입니다. 이 대답으로 나는 몇가지의 예(例)를 들어 만족할 밖에 없읍니다.

근대과학은 참으로 놀라울만치 발달되어 갑니다. 그들은 천문대를 세워놓고, 우리가 눈앞에서 콩알을 고르듯이 천체를 뒤저봅니다. 일생을 받처 눈코 뜰새없이 지질학(地質學)을 연구합니다. 천풍으로 타고난 사람의 티를, 혹은 콧날을 임의로 느리고 주립니다. 근강한 혈색(血色)을 창백히 만들고서 조석을 피하고 앨 키웁니다. 찌저깨비로 사람을 만들어 써먹노라 괜스리 속을 태웁니다. 소리없이 공중으로 떠보고저하야 그 실험(實驗)에 떨어저 죽습니다. 두더지가치 산을 파고 들어가 금을 뜯어내다가 몇십명이 그속에 없는듯이 묻힙니다. 물속으로 쫓아가 군함을 깨트리고 광선으로 사람을 녹이고, 공중에서 염병을 뿌리고 참으로 근대과학은 놀라울만치 발달되어 있읍니다.

이러한 고급지식(高級知識)이 우리 생활의 어느 모로 공헌(功獻)되어 있는가, 당신은 이걸 아십니까. 내가 설명하지 않아도 당신은 얼른 그걸 이해 하여야 될겁니다. 과학자 자신, 그들에게 불만을 묻는다면 그 대답이 취미 (趣味)의 자유(自由)를 말할게고, 더 이어 과학에 있어 연구대상(研究對象) 은 언제나, 그들의 취미여하에 의하야 취택할 수 있다 할겁니다. 다시 말하 면 과학을 위한 과학의 절대승(絶對性)을 해설하기에 그들은 너머도 평범 한 태도를 취할겁니다.

과학에서 얻은 진리를 리지권내(理知圈內)에서 감정권내로 옮기게, 그 걸 대중에게 전달(傳達)하는것이 예술이라면 그럼 우리는 근대 과학에 기 초(基礎)를 둔 소위 근대예술이 그 무엇인가를 얼른 알것입니다. 예술, 하 여도 내가 종사하야 있는 그 일부분, 문학에 관하야 보는것이 편할듯 싶습 니다. 우선 꽤많이 물의(物議)되어 있는 신심리주의문학(新心理主義文學) 부터 캐여 보기로 하겠읍니다.

예술의 생명을 잃은 그들에게 가장 중요한 간판(看板)으로 되어 있는것 이 그 형식(形式), 즉 기교(技巧)입니다. 마는 오늘 그들의 기교란 어느 정 도까지 모든 가능(可能)을 보이고 있읍니다. 여기에서 그들이 더 나갈 길 은 당연히 괴벽하야진 그취미(趣味)와 병행해야 예전보다도 조꼼 더 악화 (彎曲)된 지엽적(枝葉的) 탈선(脫線)입니다. 그들은 괴망히도 치밀(緻密) 한 묘사법(描寫法)으로 인간심리(人間心理)를 내공(內攻)하야, 이내 산사 람으로 하여금 유령(幽靈)을 만들어 놓는걸로 그들의 자랑을 삼읍니다. 이 유파의 태두(泰斗)로 지칭되어 있는 쩨임스쪼이스의 「율리시즈」를 한번 읽 어보면 넉넉히 알수 있을겁니다. 우리가 그에게 새롭다는 존호(尊號)를 붙 이어 대우는 하였으나, 다시 뜯어보면 그는 고작 졸라의 부속품(附屬品)에 더 지나지 않음을 알것입니다. 졸라의 걸작(傑作)인 「나나」는 우리를 재웠 고, 그리고 쪼이스의 대표작(代表作), 「율리시스」는 우리로 하여금 하품을 연발(連發)시키고 있는 것입니다. 말하자면 그는 졸라와 같은 흉기(凶器) 로 한 과오(過誤)를 양면(兩面)에서 범(犯)하고 있는것입니다.

어느 누구는 예술의 목적(目的)이 전달(傳達)에 있는가, 표현(表現)에 있는가, 고 장히 비슷한 낯을 하는이도 있읍니다. 이것은 마치 사람이 먹기 위하야 사는가, 살기 위하야 먹는가, 하는 이 우문(愚問)에 지나지 안습니다. 표현이란 원래 전달을 전제(前提)로 하고야 비로소 그 생명이 있을겝니다. 다시 말하면 그결과에 있어 전달을 예상하고 게략(計略)하야 가는 그 과정(過程)이 즉 표현입니다.

그러나 오늘 문학의 표현이란 얼마나 오용(誤用)되어 있는가, 를 내가 압니다. 그들이 갖은 노력을 경주(傾注)한 치밀한 그묘사가 얼뜬 보기에 주문의 명세서(明細書)나 혹은 심리학 강의(講義), 좀 대접하야 육법전서(六法全書)의 조문해석(條文解釋)같은 지루한 그 문짜만으로도 넉히 알수 있으리다. 예술이란 자연의 복사(複寫)만도 아니려니와 또한 자연의 복사란 그리쉽사리 되는것도 아닙니다. 그렇게도 사실적(寫實的)인 사진기(寫眞機)로도 그 완벽(完璧)을 기치 못하겠거늘, 하물며 어떼떼의 문짜로 우리인간의 복사란 너머도 심한 농담인듯 싶습니다.

좀더 심악한건 예술을 위한 예술을 표방(標榜)하고 함부루 내닿는 작가입니다. 이것은 바루 당신의 연애를 위한 연애와 조곰도 다를 곳 없는것이니 길게 설명하지 않어도 좋을겝니다. 그들은 썩 호의(好意)로 보아 중학생의 일기문(日記文)같은 작문을 내여놓고, 그리고 예술지상주의(藝術至上主義)의 미명(美名)으로 그걸 알뜰이 미봉(彌縫)하러드는 여기에는 실로 웃지 못할것이 있을줄 압니다. 그들의생각에는 묘사의 대상여하(對象如何)를 물론하고, 또는 수법(手法)의 방식여하(方式如何)를 물론하고, 오로지 극도로 뻗인 치밀한 기록(記錄)이면 기록일스록 더욱더 거기에 문학적 가치가 있는것입니다. 이것은 그 작품이 예술이라기보다는 먼저 그 자신이 정말 예술가(藝術家)가 아님을 말하는 것에 더 나오지 못합니다. 마치 그 연애가 사랑이 아니라기보다는 먼저 당신자신이 완전한 사람이 아닌것과 비등(比等)할겝니다. 당신이 화려한 그 화장과 고급적인 그 교양(敎養)을 남에게 자랑할때 그들은 자기의 작품이 얼마나 예술적인가, 다시 말하면 인류생활과 얼마나 먼 거리에 있는가를 남에게 자랑하고 있는것입니다. 그 결과는 애매한 코날을 잡아 늘리기도 하고, 또는 사람대신의 기계가 작품을 쓰기도하고 하는 것입니다. 그러므로 그들에게 예술가적 열정(熱情)이

적으면 적을스록 좀더 높은 가치의 예술미(藝術味)를 갖게 되는것입니다.

예술가에게는 예술가다운 감흥이 있고 그감흥은 표현을 목적하고 설레는 열정이 많읍니다. 이 열정의 도(度)가 강하면 강할스록 그 비례로 전달이 완숙(完熟)하야 가는것입니다. 그리고 예술이란 그전달정도와 범위에 많아 그 가치가 평가(評價)되어야 할겝니다.

기계에는 절대로 예술이 자리를 잡는 법이 없읍니다. 예술가란 학교에서 공식적(公式的)으로 두드려 만들수가 없다는 말이 혹은 이를 두고 이름인지도 모릅니다.

그들은 모든 구실(口實)이 다하였을때 마즈막으로 새롭다는 문자를 번적 들고 나옵니다. 그러나 그의미가 무엇인지, 그들의 설명만으로는 도저히 이해키가 어렵습니다. 새롭다는 문짜는 다만 시간과 공간의 전환(轉換)만에 그칠것이 아니라, 좀 더 나아가 우리 인류사회에 적극적(積極的)으로 역활(役割)을 가져오는데 그 의미를 두어야 할것입니다. 얼른 말하면 쪼이스의 「율리시스」보다는, 저, 봉근시대의 소산이던 홍길동전(洪吉童傳)이 휠적 뛰어나게 예술적 가치를 띠이고 있는것입니다.

그러면 당신은 여기에서 오늘의 예술이라는것이 무엇인가, 를 자세치는 않으나마 얼추 알았으리라 생각합니다. 따라 당신의 연애는 예술이라니, 혹은 연애는 결코 불순하지 말지로되 다만 연애를 위한 연애로 하라니, 하든 그 말이 어디다 근저를 두고 나온 사랑인가도 대충 알았으리라 생각합니다. 겸하야 근대예술이 기계의 소산인 동시에, 당신이라는 그 인물이 또한 기계로 빚어진 한 덩어리의 고기임을 충분히 알리라고 생각합니다.

──근대식으로 제작되어진 한덩어리의 예술품──

내가 이렇게 당신을 불렀든것도 얼마쯤 당신을 대접하야 있는걸 알아야 될겝니다. 당신은 행복인듯 싶이 불행한, 참으로 불행한 사람의 하나입니다. 자기의 불행을 모르고 속없이 주짜만 뽑는 사람을 보는이만치 더 딱한 일은 없을듯 합니다. 육됴풍월(肉桃風月)에 날 새는줄 모르는 그들과 한가지로, 요지경(瑤池鏡)바람에 해 지는줄 모르는 당신입니다.

당신에게는 생명이 전혀 없읍니다. 그 몸에서 화장(化粧)과 의장, 혹은 장신구를 벗겨내고 보면 거기에 남는것은 벌건, 다만 벌건, 그렇고도 먹지 못하는 한 육괴(肉塊)에 더 되지 않을겝니다.

그러나 재삼숙고(再三熟考)하야 볼진댄 당신은 슬퍼할것이 없을듯 싶습니다. 웨냐면 당신의 완전한 사람이 되고 못되고는 앞으로 당신이 가질 그 노력여하에 달렸기 때문입니다.

오늘은 순전히 어지러운 난장판일줄 압니다. 마는 불행중에도 행이랄가, 한쪽에서는 참다라운 인생(人生)을 탐구하기 위하야 자기의 몸까지도 내여버리는 아름다운 희생이 쌓여감을 우리가 봅니다. 이런 시험이 도처(到處)에 대두(擡頭)되어 가는 오늘날, 우리가 처할 길은 우리 머리속에 틀지어 있는 그 선입관부터 우선 두드려내야 할것입니다. 그리고나서 새로히 눈을 떠, 새로운 방법으로 사물을 대하여야 할것입니다.

그러나 그새로운 방법이란 무엇인지 나역 분명히 모릅니다. 다만 사랑에서 출발한 그 무엇이라는 막연한 개념이 있을뿐입니다. 사랑, 하면 우리는 부질없이 예수를 연상하고, 또는 석가여래(釋迦如來)를 곳잘 들추어냅니다. 허나 그것은 사랑의 일부발현(一部發現)은 될지언정 사랑 거기에 대한 설명은 되지 못할겝니다.

그 사랑이 무엇인지 우리는 전혀 알길이 없읍니다. 우리가 보았다는 그것은 결국 그 일부일부의, 극히 조꼬만 그일부의 작용(作用)밖에는 없읍니다. 그리고 다만 한가지 믿어지는것은 사랑이란 어느 시대, 어느 사회에있어, 좀더 많은 대중(大衆)을 우의적으로 한끈에 꿸수있으면 있을스록 거기에 좀더위대한 생명을 갖게되는것입니다.

오늘 우리의 최고이상(最高理想)은 그 위대한 사랑에 있는것을 압니다. 한동안 그렇게도 소란히 판을 잡았든 개인주의(個人主義)는 니체의 초인설(超人說) 마르사스의 인구론(人口論)과 더부러 머지 않어 암장(暗葬)될 날이 올겝니다. 그보다는 크로보토킨의 상호부조론(相互扶助論)이나 맑스의 자본론(資本論)이 훨신 새로운 운명(運命)을 띠이고 있는것입니다.

다시 말하면 나는 여자에게 염서(艶書)아닌 엽서를 쓸수가 있고, 당신은 응당 그 편지를 받을 권리조차 있는것입니다. 나의 머리에는 천품으로 뿌

리깊은 고질(痼疾)이 백여 있읍니다. 그것은 사람을 대할적마다 우울하야
지는 그래 사람을 피할려는 염인증(厭人症)입니다. 그 고질을 손수 고쳐보
고저 판을 걷고 나슨것이 곧 현재의 나의 생활이요, 또는 허황된 금점에서
문학으로 길을 바꾼것도 그 이유가 여기에 있을것입니다. 내가 문학을 함
은 내가 밥을 먹고, 산뽀를 하고, 하는 그 일용생활과 같은 동기요, 같은 행
동입니다. 말을 바꾸어보면 나에게 있어 문학이란 나의 생활의 한 과정입
니다.

그러면 내가 만일에 당신에게 편지를 안썼더라면 그 시간에 몇편의 작
품이 생겼으리라든 그 말이 뭣인가도 충분히 아실줄로 생각합니다.

그렇다고 내가 당신을 없우이여긴 기억은 없읍니다. 만일 그렇게 생각
하신다면 그건 당신을 위하야 슬픈 일임에 틀림 없을겝니다. 나는 다만 그
위대한 사랑이 내포(內包)되지 못하는 한, 오늘의 예술이 바루 길을 들수
없고, 당신이 그걸 모르는 한, 당신은 그 완전한 사랑을 이내 모르고 말리
라는 그것에 지나지 않을겝니다.

그럼 그 위대한 사랑이란 무엇일가. 이것을 바루 찾고 못찾고에 우리 전
인류의 여망(餘望)이 달려있음을 우리가 잘 보았읍니다.

필승前

필승아.

나는 날로 몸이 꺼진다. 이제는 자리에서 일나기조차 자유롭지가 못하다. 밤에는 不眠症으로하여 괴로운 時間을 怨望하고 누어 있다. 그리고 猛熱이다. 아무리 생각하여도 딱한 일이다. 이러다는 안되겠다. 달리 道理를 채리지 않으면 이몸을 다시 일으키기 어렵겠다.

필승아.

* 이태준(李泰俊) 『서간문강화』(박문서관, 1943), pp.207~209.
  필승은 안회남(安懷南)의 본명이다. 세상 뜨기 11일 전에 쓴 편지이다.
  김유정은 여러 사람들에게 편지를 자주 보낸 것으로 전해지고 있으나 공개된 것은 드물다. 특히 박녹주에게는 한때 거의 매일 편지를 보냈고, 박봉자(朴鳳子)에게도 31통을 보낸 것으로 전해지고 있다. 안회남에게는 숨이 끊어지기 바로 몇 시간 전까지 10통 가깝게 썼다고 한다. 박녹주가 받은 편지는 박녹주 자신이 기억을 되살려 부분부분을 재구(再構)해놓은 것이 있으나 완벽하지가 못해 이 원본 전집에는 싣지 않았다. 그 자료만 다음과 같이 밝혀둔다.
  박녹주, 「나의 履歷書」중 '러브레터' '愛憎…金裕貞' '裕貞의 世界' 『한국일보』(1974. 1. 26, 29, 30).
  ———. 「錄珠 나 너를 사랑한다」 『문학사상(文學思想)』 7호(1973. 4), pp.215~228.
  ———. 「여보, 도련님 날 데려가오—털어놓고 하는 말」 『뿌리깊은나무』(1976. 6), pp.150~159.

나는 참말로 일어나고 싶다. 지금 나는 病魔와 最後 談辦이다. 興敗가 이 고비에 달려 있음을 내가 잘 안다. 나에게는 돈이 時急히 必要하다. 그 돈이 없는것이다.

필승아.

내가 돈 百圓을 만들어 볼 작정이다. 동무를 사랑하는 마음으로 네가 좀 助力하여 주기 바란다. 또 다시 探偵小說을 飜譯하여보고싶다. 그外에는 다른 길이 없는것이다. 허니 네가 보던中 아주 大衆化되고 興味 있는걸로 한 뒤卷 보내주기 바란다. 그러면 내 五十日 以內로 譯하여 너의 손으로 가게하여주마. 허거던 네가 極力周旋하여 돈으로 바꿔서 보내다오.

필승아.

勿論 이것이 無理임을 잘 안다. 無理를 하면 病을 더친다. 그러나 그 病을 위하여 업집어 無理를 하지 않으면 안되는 나의 몸이다.

그 돈이 되면 于先 닭을 한 三十마리 고아 먹겠다. 그리고 땅군을 디려, 살모사, 구렁이를 十餘뭇 먹어보겠다. 그래야 내가 다시 살아날것이다. 그리고 궁둥이가 쏙쏘구리 돈을 잡아먹는다. 돈, 돈, 슬픈 일이다.

필승아.

나는 지금 막다른 골목에 맞닥드렸다. 나로 하여금 너의 팔에 依支하여 光明을 찾게 하여다우.

나는 요즘 가끔 울고 누어 있다. 모두가 답답한 사정이다.

반가운 소식 전해다우. 기다리마.

三月 十八日

金裕貞으로

일기

아아, 나는 영광이다. 영광이다. 오늘 학교에서 '호강나게'(砲丸投)를 하며 신체를 단련했다. 그런데 나도 모르는 사이에 호강이 나의 가슴 위에 와서 떨어졌다. 잠깐 아찔했다. 그러나 그것뿐으로 나는 쇳덩이로 가슴을 맞았는데도 아무렇지도 안했다. 나의 몸은 아버님의 피요, 어머님의 살이요, 우리 조상의 뼈다. 나는 건강하다. 호강으로 가슴을 맞고도 아무렇지 않다. 아아, 영광이다. 영광이다.

---

* 『문장(文章)』(1939. 10), pp.36~37.
    안회남의 「謙虛—金裕貞傳」(위의 책, pp.36~68)에 소개되어 있다. 유정의 유고(遺稿)를 정리하다가 발견된 중학 2학년 때의 것이라고 밝히고 있다.
    그 외의 작품으로 다음과 같은 「농우회가(農友會歌)」와 시가(詩歌)가 있다. 「농우회가」는 김유정이 춘천 실레 마을에서 조직한 농우회의 회가이다.

農友會歌

1. 거룩하도다 우리의 집 농우회
    손에 손잡고 장벽 굳게 모이었네
2. 흙은 주인을 기다린다.
    나서라 호미를 들고.(이하 불명)

―김영수(金永壽), 「김유정의 생애」『김유정전집』(현대문학사, 1968), p.409.

거룩하도다 우리 집 농우회
손에 손잡고 장벽 굳게 모이었네

흙은 주인을 기다린다
나서라 호미를 들고

지난 엿새동안에 힘 다해 공부하고
오늘 일요일 또 합하니 즐거워라

삼삼오오 작반하야 교외 산보를 나가
산수좋은 곳을 찾아 시원히 씻어보세.
　　―김영기(金永琪), 「농민문학론―김유정의 경우」. 신경림(申庚林) 편, 『농민문학론』(온누리, 1983), p.208.

거룩하도다! 우리 집 농우회!
손에 손 잡고 장벽 굳게 모였네.
흙은 우리를 기다린다.
나서라! 머리를 들고, 그 호미를 믿으며…
　　―박태상, 「김유정 문학의 실재성과 허구성」『현대문학』 390호(현대문학사, 1987. 6), p. 399.

詩歌

금병산(錦屛山) 반락(半落)인데
붉은 안개 돌아오고
장사곶이 완연(宛然)한데
용마(龍馬)무덤 적적(寂寂)하다.
　　―조영학(趙永學), 「김유정 문학의 전통성 연구」(인하대 교육대학원, 1981. 8), p.15.

4부 설문·좌담·기타

설문

새로운 文學의 目標

새로운 文學은 무엇을 目標로 할 것인가

—『풍림(風林)』제1집(1936. 12), p.34.

우리의 情調

이 時代의 風霜을 足히 그리되 血脈이 通하야 제물로는 能히 起動할수있는 그런 性格을 鑿穿하는곳에 우리의 宿題가 놓여있는듯도 하오니 爲先 그무었보다도 우리의 情調와 交拜할지니 第一—아즉 品不足이라면 그 傳統으로 하여금 亡身을 시키기에 須臾의 躊躇이나마 지닐수 있을만치 고만치라도 禮儀를 찾는 것이 곧 우리의 急務라 하겠나이다.

—앞책, pp.34~35.

新人의 直言

1. 무슨懸賞에 當選된적이 있읍니까?

2. 그때의感想은?

3. 그後 自己作品의 所信은 어떠했나?

—『풍림』 제3집(1937. 2), p.23.

1. 再昨年 朝鮮日報 懸賞文藝에 入選한일이 있었읍니다.

2. 賞金을 다다리 한번식주었으면 참으로 좋겠다고 생각했읍니다.

3. 拙作에 關하야는 限平生 自信을 가저보지 못하고 죽을듯 싶습니다. 하나를 쓰고나서 속을 조리고 둘을쓰고나서 애를 키웁니다.

—앞책, p.25.

文化問答

1. 朝鮮文化에 關한 書籍을 몇 卷이나 가지셨읍니까?

2. 朝鮮古蹟地中 가보신곳?

3. 世界歷史上, 어느時代, 어느民族의 文化가 훌륭하다보십니까.

4. 朝鮮에 새文化를 建設할方法은?

—『조광』(1937. 2), p.190.

1. 별루 없읍니다.

2. 開城 善竹橋가, 記憶에떠오릅니다.

3. 아즉은 없었는듯합니다. 허나 앞으로 장차 露西亞에 우리 人類를 爲하야 크게 貢献될바 훌륭한文化가 建設되리라 생각합니다.

4. 渡金式虛飾을 버서나 健實한 方法을 取해야겠지요.

—앞책, pp.192~193.

趣味問答

1. 室內를 어떻게 裝飾하셨읍니까.
2. 花草盆은 무엇을두셨읍니까.
3. 娛樂은 무엇입니까.
4. 한달에 映畵구경 몇번이나가십니까.
5. 무슨 레코―드를 좋아하십니까.

―앞책, p.195.

1. 장마통에 스며든 빗물이 환을 친데다가 요즘에는 거미줄이 선까지 둘렀읍니다.
2. 개나리, 牧丹.
3. 卷煙피는것.
4. 名畵가 나와야 어쩌다 한번 갑니다.
5. 六字배기 같은건 자다 들어도 싫지 않습니다.

―앞책, p.197.

渡世問答

1. 무엇으로 處世訓을 삼으십니까.
2. 돈모으실생각은 없으십니까.
3. 生死를 가치할만한 친구가 있읍니까.
4. 先生은 세상에 무엇을 남기고 가시렵니까.
5. 아주朝鮮을 떠나고싶지는 아니합니까.

―앞책, p.217.

1. 自身에게 늘 이르되 다 살고 나서 부끄럼이 없으라고.

2. 별루 없읍니다.

3. 親한 친구가 있지요.

4. 글세요 생각은 간절합니다마는 암만해도 結核菌外의 남을것이 없는 듯합니다.

5. 한時間에도 몇번을 떠났다 되돌아스고 또 떠나고 이럽니다.

生活問答

1. 理想的結婚의 相對異性은 어떤이입니까.

2. 子女에게 무엇을 가르치고 싶습니까.

3. 土産으로만든 朝鮮옷을입으십니까.

4. 朝飯은 어떻게잡수십니까.

1. 한번보지않으면 알수 없읍니다. 處方書와는質이 좀다르니까요.

2. 울지않도록 가르치고 싶습니다. 窮狀을떠는것도 운다하드군요.

3. 네 일상 조선옷을 입습니다.

4. 오늘아츰은 밥을 먹었읍니다. 來日아츰에는 옆집에서 죽을갖다주기로 되어있읍니다.

유모아問答

1. 萬一 先生에게 百萬圓이 생긴다면?

482 설문 · 좌담 · 기타

2. 前英皇帝의 態度는 可乎否乎?

3. 萬一 先生에게 汽船一隻이 생긴다면?

4. 萬一 鍾路네거리가 先生의私有地라면?

5. 죽어서 다시무엇으로 태어나시랴오?

6. 三日間天地가 캄캄해진다면?

7. 人體中에 한가지를 더가지신다면 무엇을 願하십니까?

—앞책, p.381.

1. 우선친구모아 술한잔먹고 그담計劃은 깬다음에 調理하겠읍니다.

2. 그는 皇帝같지가 않습니다. 다만 사람같습니다.

3. 「地中海의 怪火」를 구경하러 떠나겠읍니다. 「地中海의 怪火」란 어느친구가 方今 계획중인 長篇小說의 題目입니다.

4. 自動車, 電車, 自轉車, 馬車 等의通行을 禁止하겠읍니다.

5. 그건 惡談이 되기쉽습니다.

6. 등불을 켜들고 散步를 다니겠읍니다.

7. 肺를 한 너덧개 더갖고 싶습니다.

—앞책, p.384.

心境設問

1. 三年前三月에 先生은 어느곳에서 무엇을 하셨읍니까?

2. 三月에잊지못할일은 없으십니까?

3. 눈오는겨울과 비오는 봄밤을 先生은 어떻게지내십니까?

4. 무슨꽃을 좋아하십니까?

5. 梅蘭菊竹中에 어느것이 先生의맘과같다 생각하십니까?

—『조광』(1937. 3), p.170.

1. 禮山等地에서 金鑛에 汨沒하고 있었읍니다.

2. 왜요, 많습니다. 數없이 많으니 무엇부터 아뢰오리까.

3. 궂은 하늘을 멀거니쳐다보며 空想에 잠깁니다.

4. 牧丹도 좋고, 개나리도 좋고 王簪花도 좋고.

5. 그건 참모르겠읍니다.

—앞책, p.171.

유모어設問

1. 愛人이 떠날때 上半身의 한 部分을 떼여두고간다면 무엇을 要求하겠읍니까?

2. 戀愛는 할것입니까? 안할것입니까?

3. 女子나동생이 萬一 自由戀愛를 하는때 어떻게하겠읍니까?

4. 사랑하는안해가있는데 아름다운女性이 戀愛를하자면 어떻게하시렵니까?

5. 絶海孤島에서 親友두사람이 단 하나의 異性을 만난다면 어떻게하시렵니까?

—앞책, p.246.

1. 그까진 한쪽 뭣에다 씁니까, 가치 많아가겠읍니다.

2. 해서 좋을사람은 하는게좋겠지요. 그리고 안해마땅할분은 안하는게 좋겠읍니다.

3. 저 좋을대로 하라지요.

4. 處分이나 바랬지, 낸들 어떡허랍니까.

5. 하나 더 생길때까지 기다릴까요.

—앞책, p.247.

讀書設問

1. 朝鮮文壇의文學書中에서 感銘깊게읽으신것.
2. 外國文學中 感銘깊게읽으신것.
3. 한달에 讀書하시는 頁數.
4. 藏書中의 보배는 무엇입니까.

—앞책, p.259.

1. 洪吉童傳.
2. 제임스·죠이스의 「율리시-스」
3. 대중이없읍니다. 망녕이나면 한 三千餘頁, 또망녕이나면 한頁 없읍니다.
4. 더러 있든걸 돈으로 바꾸었읍니다.

—앞책, p.261.

人生設問

1. 요즘日常生活中 보고드르신것中에 感銘된것 하나.
2. 누구를爲하야 사신다고 생각하십니까?
3. 삶의기쁨을 痛切히느낀것은어떤때입니까?
4. 重病이나貧困의不幸에서 어든 貴하신 體驗은 무었입니까?
5. 健康, 名譽, 金錢中 어느것이 더좋을가요?

—앞책, p.328.

1. 요즘 모르는 분에게서 멀리片紙가 날아왔읍니다. 너에게는 앞날에福이 있을것이니 아예病軀를 슬퍼말라구요. 고맙다고 눈물이 났읍니다.

2. 當分間 저를 爲하야 살기로 하였읍니다.

3. 별루 없겠지요.

4. 世上은 참으로 開明하였다고 생각했읍니다. 모두들 또릿 또릿하고 영리합니다.

5. 健康이 좋습니다.

―앞책, p.329.

空想設問

1. 다시공부를 하신다면 어느 學問을 하시겠읍니까?

2. 女子(男子)가 되셨다면 무엇부터 하시겠읍니까?

3. 旅行中에 봉변한일은 없읍니까?

4. 永住地를 擇한다면 南쪽? 北쪽?

5. 世界漫遊를 하신다면 어디서 오래묵고 싶습니까?

―앞책, p.334.

1. 그 學費를 가지고 조고맣게 賈家를 내겠읍니다. 그러니까 商業工夫지요.

2. 너머 활발(活潑)하지 않도록 操心하겠읍니다.

3. 旅行中만아니라 日常生活에도 느긋합니다.

4. 南쪽도 아니요. 北쪽도 아니요. 그중툭에서 뿔끈 솟아 蒼空으로 올라가고 싶습니다.

5. 西班牙, 베니쓰.

―앞책, p.334.

生活設問

1. 物價가 騰貴하는데 先生은 이 對策을 어떠케세섯습니까?
2. 先生宅은 멧食口이며 生活費는 얼마나드십니까?
3. 한달에 外食은 몇번이나 하십니까?
4. 只今껏 잇치지못하는 飮食이잇습니까?
5. 家庭生活에서 緊急히고칠點은 무엇입니까?

—『조광』(1937. 4), p.234.

1. 저는 本時 對策이 없는 對策입니다.
2. 一定한 食口라는게없고 또一定한生活費라는게 없읍니다.
3. 별루대중이 없읍니다. 大槪點心만은 나와먹습니다.
4. 여지껏밥을 잊어본 일이 없읍니다.
5. 밥을 안먹고 사는 道理가 없을까요.

—앞책, p.238.

演藝設問

1. 中學生들에게 映畵를 보히잔는것이 올을가요?
2. 先生은 映畵에서어든것이 무었입니까?
3. 演劇을 보신일이 있읍니까? 그것을 보신中 感銘깊은것은?
4. 小說을 몇篇이나 읽으섰읍니까?
5. 詩를 몇篇이나 외이섯읍니까? (원전 누락. 편자 상정)

—앞책, p.239.

1. 보이지 않는것보다 選擇을 갖는것이 옳을듯합니다.

2. 現實과 꿈과의 連結입니다.

3. 있읍니다. 허나 未熟한演劇이라 별루 感銘이랄게 없었읍니다.

4. 한 뒤서너篇 읽었읍니다.

5. 없읍니다.

—앞책, p.241.

유모어 設問

1. 先生께서 萬一먹지안코살수있다면 그代身으로 무얼 하시겠읍니까?

2. 先生이 만일 날개가 달려空中을 훨훨날수있다면 어떤일을 하겠읍니까?

3. 先生께서 萬若 世界를 一週하시고 도라오신다면 어떤선물을 가지고 도라오시겠읍니까?

4. 만약에 不死藥이 있다면 어떻게 하시겠읍니까? (원전 누락. 편자 상정)

5. 先生은 언제도적을 한번 마저본경험은 없읍니까?

—앞책, p.246.

1. 낮잠을 좀 자겠읍니다.

2. 空中에 올라가 그냥 번듯이 누어서 卷煙을 한개 피어보겠읍니다.

3. 술이나 몇병들고 오겠읍니다.

4. 아 참으로 기쁩니다. 그때는 마음놓고 밤을새우겠읍니다.

5. 여러번 있읍니다.

—앞책, p.248.

旅行設問

1. 旅行하실때 先生은 몇等車를 타십니까?
2. 車中에서는 무엇을 잡수십니까?
3. 車中에서 讀書는 안하심니까?
4. 車가 速力을 내어달어날때 느끼는일은 없읍니까?
5. 車中에서맺은 로—맨스는 없읍니까?

—앞책, p.251.

1. 旅行이랄만한 아무것도 없읍니다.
2. 위스키—를 먹어보았읍니다.
3. 할적도있고 안할적도있고 합니다.
4. 나의몸에서 情熱을 느낌니다.
5. 있읍니다.

—앞책, p.251.

愛情設問

1. 親舊나愛人에게 배반當한일이 있읍니까?
2. 友情이나戀情때문에 괴로운일을 當한일은 없읍니까?
3. 세상에서 가장앗기고사랑하는게 무었입니까?
4. 先生의同窓(小, 中, 專, 大)中에서 가장먼곳에 가있는분이 게십니까?
5. 國際結婚을 어떻게보십니까?

—앞책, p.391.

1. 배반을 當하기前에 이쪽에서 미리 制毒하고맙니다.

2. 더러 있읍니다. 그것이 가끔 무서운 追憶을 가저옵니다.

3. 사람의 무서운 情입니다.

4. 자세히 알수 없읍니다.

5. 國際結婚은 하면 좋고 안해도 좋고 그렀습니다.

—앞책, p.394.

文人과 愚問賢答

1. 장사를 하신다면 무슨장사를 하시렵니까?

2. 無人島에 가서 平生을 살게 된다면 무엇을 가지고 가시렵니까?

3. 先生얼굴중에서 第一自信있는 部分이 어디십니까?

4. 또 第一보기싫다고 생각되는 데 없읍니까?

5. 萬一마음대로 할수 있다면 한平生을 어떻게 살고 싶습니까?

—『김유정전집』(현대문학사, 1968), p.388.

1. 果實장사를 하겠읍니다.

2. 卷煙과 술 몃桶 들고갈까요.

3. 健忘症에다 거울을 본지가 오래돼서 잘모르겠읍니다.

4. 그러니까 이것도 모르지요.

5. 虛空에 둥실 높이 떠올라 그곳에서 한平生을 늙히고 싶습니다.

좌담

旣成文人과 新進作家

新聞에 長篇하나만 發表해도 旣成文人 소리를듣는 풍토에 대하여.

勿論그質만 좋으면이야— 단한篇의 新聞小說을 쓰고라도 文人對接을 받는것이 옳겠지요. 그러나 우리文壇에서는 多作이라야 行世하는 그런傾向이 없는것도안입니다.

—『조선문단』(1935. 8), p.145.

各新聞執筆者問題

文壇에 宗派가 있어 執筆機會가 局限되는 풍토에 대하여.

* 문예좌담회, 『조선문단』(1935. 8), pp.142~153.
　주최: 조선문단사/참석: 정지용(鄭芝溶), 김광섭(金珖燮), 김유정, 유치진(柳致眞), 이헌구(李軒求), 이무영(李無影), 김환태(金煥泰) 등 19명/장소: 백합원(百合園) 2층/일시: 1935. 6. 3. 오후 5시 반.

그動機는 左右間 結果로본다면 穩然中 派別되어있는 感은 없지않읍니다. 이렇게 나가다는 文士라고 그리 많지않은 우리文壇이니 終末에는 自家一派 의 독불將軍이 안될까요.

—앞책, p.147.

기타

文人喫煙室

팔라당 팔라당 수갑사댕기
곤때도 안묻어 쥔애비오네
아리랑 아리랑 아라리요
아리랑 띠어라 노다가게

시에미 죽어선 춤추드니
방아를 찧적엔 생각나네
아리랑 아리랑 아라리요
아리랑 띠어라 노다가게

—『중앙』(1936. 2), p.199.

벌거숭이 알몸으로 가시밭에 둥그러저 그님 한번 보고지고.
—『詩와 小說』(구인회, 창문사출판부, 1936. 3), p.3.

5부

번역 소설

귀여운 少女

옛날저 영국에 잇섯든 일입니다. 어느 날 밤 한 신사가 서울거리를 것고
잇으려니까 원 게집애가 귀여운 음성으로

"아저씨!저 잠깐만……" 하고 압흐로 내닷는것입니다. 봐하니 조고만
그리고 아름다운 게집애엿습니다. 노란, 머리털은 복실/\하고 맑게 뜬
두눈은 헐업시 별갓습니다.

(이러케 귀여운 어린애가, 어째서 이밤중에 홀로 나왓슬까?)

신사는 이러케 이상스러히 여기고 게집애를 가만히 나려다보앗습니다.
그보다도 더 놀란것은 이어린게집애가 서울서 멀리 떨어저잇는 어느 동네
를 찾는것입니다.

"제가요 저집에서 나온길을 고만 이저버려서 이러구 잇서요"

하고 가여운낫츨하는것입니다.

신사는 이 소녀가 낫도모르는 자기를 뭘밋고서 사실대로죄다 이야기하
는데 저윽이 감동하엿습니다. 그래어린이소녀를 혼자멀리보낼수가업서서

＊『매일신보』(1937. 4. 16~21), 6회 연재.
　『童話』라는 장르 표지가 붙어 있고 매회마다 윤희순(尹喜淳)의 삽화가 곁들여 있다. 원작자
는 밝혀져 있지 않고, 역자가 고(故) 김유정으로 되어 있다.

"그러면 아저씨가 데려다주마 염려마라" 하고 소녀의 손을 이끌고 갑니다.

소녀는 따라오면서 여러가지 이야기를 하엿습니다. 그러나 어째서 이런 밤중에 혼자 나왓는지 거기 대하야는 일절 말이 업섯습니다.

"아 여깁니다. 이길이요. 인제 다왓서요"

눈에익은 동네로 들어오자 소녀는 손벽을 치며 기써합니다. 그리고 쌜랑쌜랑 압흘 스드니 어느 집대문을 두드립니다.

집안은 아주 캄々하엿습니다. 소녀가 서너々덧번 두드럿슬 째에야 비로소 쎄걱 열리며 안에서한 백발노인이 나타납니다.

"할아버지! 안 주무섯서요" 하고 소녀가 반기며 달겨들엇스나 노인은 낫모를 신사를 보고 깜싹놀랍니다. 그러나 소녀에게 길을 가르켜 주신 어른이라는 말을 듯고는 더욱 이상스런 눈을 쓰며

"너 그러케 해□이가 업서서 어석하니? 돌아오는 길을 모르다니? 그러나 네가 안돌아오는 나절에는 늙은 이할애비가 어석게 살려구그래? 웅 네리야!"

"아니얘요 할아버지! 제가 어석케 하던지 그걸 못돌아오겟서요? 염녀마서요"

세사람은 캄캄한 집속으로 손으로 더듬으며 들어갑니다. 노인은 여기에서 고물상을 하고 잇는것입니다. 고물상이란 헌 물건을 몰아다 파는가개이다. 그러므로 귀중한것이 곰팡내로 퀴々합니다. 거기를 지나가니 깨긋한 방이잇고 그구석에는 천사가 잘뜻시픈 그러케 곱고 아름다운 침대가 하나 잇습니다. 이것이 물론 네리의 침대입니다.

네리가 옷을 갈아입는 동안에 노인은 신사에게 다시 치사를 하엿습니다. 그러나 신사는 거기에 대답하야 가로되

"이러케 어린게집애를 혼자 그런 먼곳에 내보내면 가엽잔습니까? 압흐로는 주의하시는게 엇덧습니까?" 하니까 노인은 천만의 말이란듯이 눈을 동그러케쓰고

"언제 내가 네리를 구박햇습니까. 나만치 이애를 귀애하는 사람은 이 세

상에 하나도 업습니다"

둘이서 이런 이야기를 하고잇는 동안에 네리는 저녁을 채리기 시작합니다. 아무도 업는 살림이라 이러케 늦게돌아와서도 역시 네리가 하는모양입니다.

네리가 바쑤게 돌아다니며 일하는 것을 보고 노인은, 신사에게 집안이야기를 하기시작합니다. 그말을 들어보면괴상한 노인과 네리는 매우 가난한 살림을 하야왓습니다. 그러나 그런 가련한 살림을 하야오면서도 노인은 언제나 히망을 일치 안엇습니다.

"나는 이런 가난한 살림을 하고잇스나 네리만은 반듯이 부자가 됩니다. 반듯이 부자가 돼서 귀부인의 생활을, 할겝니다. 저것의 에미——즉 나의 쌀입니다 마는——그, 에미라는것이 네리가 핏덩어리새 죽어버렷습니다. 네리는 즈 에미와 얼골이 쏙 갓습니다. 나는 비록 고생을 할지라도 네리를 위하야 만흔 돈을 버러서 저것만은 편안히 살게해 주십시오" 하고 자기의 속을 말하엿습니다.

조곰잇드니 네리가 짜뜻한 저녁상을바처들고옵니다. 그걸 세사람이 둘러안저서 먹고잇스려니까 어느듯시게가 열두시를 째립니다. 시간이 늣것슴으로 신사가 황급히일어슬랴할째 네리는 귀여운눈을쓰며

"우리 할아버지도 인제 나가실터인데요"

하고 가치 나가기를 청하엿습니다.

"웅? 지금이 어느쌘데? 너는 그래 혼자서 집에잇구? 그래두 무섭지안을까?

신사가 이러케 물으니까

"저는요 혼자 집을 지켜도 괜찬어요"

하고 네리는 아무렇치도 안은듯이 대답합니다. (이런 음산한집에서 밤을혼자 지키다니 참이상도스러운 아이로군!)

신사가 이런 생각을 할동안에 노인은 나갈 준비를 다 하고나서

"네리야! 잘자거라 천사가 네엽헤와 지키고 게실거니까안심하고 자거라 그리고 자기전에 하나님께 기도 쏙 듸려야한다" 하고 네리를 안어들고 입

을 마추니

"네! 할아버지 다녀오서요 저요 쑥기도 듸릴터이니 염녀마서요"

그리고 대문간까지 나와 손님과 할아버지에게 인사를 마친뒤 먼지투성인 전방을 지나 저의 침실로 왓습니다. 아무소리는 업서도 네리는 적적하얏습니다. 적적할쑨만 아니라 실상은 어두운 밤중에 이러케 혼자 잇는것이 몹시 무서웟습니다. 할아버지와둘이서 매일밤 즐거웁게 지난째가 아주업는것도 아닙니다. 그째에는 밤마다 글도 배우고 글씨도 배우고 햇든것입니다. 그런데이즈막에는 어째서 그런지요? 할아버지는 늘 근심하는 낫을 하시고 밤마다밤마다 출입을 하시는겝니다. 대체 어디로 가시는겐지 네리에게 전혀 알길이업습니다.

그날 밤 네리를 데리고왓든 신사는 처지가 좀 이상한듯한 네리가 어쩌게 잇는지 매우궁금하엿습니다. 그여코 더참을수가 업서서 일주일후에 다시 그고물상을 찾아갓습니다. 네리도 할아버지도 다 잇엇으나 그 외에도 보기에도 악한갓치 생긴 한 사나이가 잇엇습니다. 그 사나이는 어쩌케흉칙스러운지 찔ㅅ웃을째면 등이선뜩햇습니다. 멋업시큰머리며 손,그쌀을 하고는 보기에간즈럽게적은 발이엇습니다. 이사람이 즉싸니엘이라고 부르는악한입니다. 밴애병신으로 태어난싸니엘은 마음도 곱지못하야 그가제일조아하는게 남을괴롭게구는 것입니다. 그무서운싸니엘은 지금도 돈을가저와서 네리할아버지에게 만흔돈을 쑤어주엇습니다. 그리고 빙긋이 웃으면서 의기양양하게돌아갑니다.

"요전애 오섯든아저씰세. 어서들어오세요. 이리오서요"

싸니엘이 잇슬째에는 아무말도안튼 네리는 신사를보자 허겁지겁맛저드립니다.

거기에는 네리가 썩거온 들쏫들이 깨끗이 쏫치어 잇습니다. 새장에서는 적은 새들이 구여운 목소리로 지저귑니다. 네리는 반짓그릇을 쓰내가지고 무엇인가 쏘여매기 시작하엿습니다.

그러자 매일 이 고물상의 심부름하러 오는 킷트라고 하는 사내아이가 나타납니다. 네리는 뭐라고 지쩌리며 그애에게 분부하기에 바쁩니다. 그래서 신사는 오늘도 네리와노인사이에 잇는 그신변이야기를 소상히 물어보지 못하고 그대로 돌아갈수 박게 업섯습니다.

다니엘이란 악한은 강 저쪽에 어썬 추접스러운 집에다 사무소라는 간판을 내걸고는 무언지 알수업는사무를 보고 잇섯습니다. 신사가 네리의 집엘 두번째 차저가든 그 담날 네리는 할아버지의 편지를 가지고 짜니엘의 사무소로 갓습니다.

악한 짜니엘도

(저 늙은이가 대체 뭘하는 놈인가?) 하고 늘 수상히 여기든차입니다. 왜냐면 그 노인이 만날적마다

"흥! 인제 보시요. 내가 횡재해가지고 큰부자가 됩니다. 얼마 안 잇서서요. 그째까지만 참으면 당신도 다……" 하고 혼잣소린지 혹은 누구보고 들으라는 소린지 이러케 큰소리를 평평하며 자기사무소에 와서 돈을 취해갓든것입니다. 그게 무슨 소린가하고 일상 궁금하다가 째마츰 네리가 왓슴으로 살살 쏘여가며 물어보앗스나 뭐가 뭔지 도시 짠소리만 하고 마는것입니다.

"네리야 이것 봐! 너 아저씨 집으로 놀러오지 안켓니? 아즈머니가 잇스니까 네가 가면 맛난음식을 채려쓸게다"

이러케 쏘여서 짜니엘은 제안해에게 네리를 달래도록하얏습니다. 그러나 집에가서도 네리가 안해에게 한 말은 별루 새로울것이 업습니다. 다만 할아버지가 밤마다 어딀 나갓다가 드러올째에는 반듯이 창백한 얼골로 들어온다는 그것쑨입니다.

그러나 그것만으로 눈치를 채인 짜니엘은 노인편지에 아무 화답도 해주지 안엇습니다.

그런지 이삼일이 지낸 뒤입니다. 노인은 그 손녀쌀 네리를 압헤 안치고

"네리야! 오늘밤엔 아무데도 안가겟다. 너와 가치잇슬테야!"

이러케 말하얏습니다 마는 그의 얼골은 파라케 질리고 숨쉬기조차 괴로운 모양입니다.

"할아버지! 저는 돈가튼거 조곰도 바라지 안습니다. 할아버지는 부자가

될려는생각만 늘 하시기 때문에 그러케 몸이 나빼지시지 안엇서요? 저는 이러케 지내는거보담 거지가 돼서 빌어먹는것이 얼마쯤 조흔지 모로겟서요. 네 할아버지! 시골로 가서요. 시골로 돌아다니며 밤이 되거든 들에서 자고 인제는 그 돈생각 고만하고요 네할아버지?"

이러케 네리가 열심으로보채고 잇슬새 누가 불숙 들어옵니다. 그것은 욕심쟁이요 악한인 따니엘이엇습니다. 그는 승낙도 업시 성큼성큼 방으로 들어와서 두사람의 등뒤에 서서는 얼룽궂은 웃음으로 그들을 나려다보고 잇습니다.

이윽고 악한은 입을 열어

"아무리 감출라도 안돼 전자부터 말고자하야 애쓰든 너의 행실은 밋바닥까지 알앗다. 이늙은이야! 너 이번 노름에 깝대길 벗엇대드구나?"

"쳐 쳐 천만에! 그런일 업습니다"

"암만 쏙일래도안돼 지금까지 너에게 최준 돈이 얼마나 되는지 그걸 설마 잇지는 안헛겟지? 이번에는 네가 몸만 남도록 깝때기를벗고 잇다는걸 벌서 알고 안젓다. 그럭케 됏스니까 일로부터는 한푼도 최줄수 업서── 그것 보다도 이봐! 오늘까지 꾸어쓴 돈은 다 어쩍케할 작정인가?"

"네……그것은 제가 어쩌한 짓을 하드라도 반듯이……"

"네가 그런나이에 멀할텐가? 그보다는 집이다. 집과 세간을 나에게 내다우. 췬돈을 못갑흘 때에는 그대신집으로 써마튼것이 당연한 일이다" 하고 따니엘은 눈을부라리고 쌕쌕 얼렀습니다.

물론 노인과 소녀가 눈물로 애원을 하여도 따니엘은 듯지 안엇습니다. 집을 쌔앗은뒤 가개에 잇는 물건은 물론 방에 노인 세간에까지 경매한다는 딱찌를 붓처버렷습니다. 그리고 자기가 그집으로 이사를 와서는 아츰저녁으로 노인과 소년을 개돼지가티 학대하엿습니다.

네리의 아름다운 침대도 따니엘에게 쌧기고 말앗습니다. 귀여운 소녀의 물건까지 따니엘에게 쌧길걸 생각하면 그할아버지의 마음은 얼마나 괴로웟겟습니까? 나종에는 잠을 못자고 밥을 못먹고 하엿습니다.

어느날 아츰 아즉 채 다 밝기전에 네리와 할아버지는 가만히 집을 쌔저

나왓습니다.

"할아버지! 이런데 더 게시다는 큰일납니다. 자 저에게 의지하서서 싸라오서요."

네리는 할아버지 귀에 입을 갓다대고 이럿케 속삭엿습니다.

그들은 손을 맛붓잡고 멀고 먼 시골길로 써나갑니다. 하루하루 시끄러운 도시를 멀리 써나 방낭을 시작하엿스나 먼길을 못걸어본 네리라 발이 부릇고 몸이 괴롭고 하엿습니다. 그 압흔 다리를 질질 쓸며 길을 것고 잇든 어느날 저녁째 '판치' 라는 극단 사람들을 우연히 만낫습니다. 그래 그 사람들과 동행이 되어 다시 길을 것기 시작하엿습니다.

이길에는 만흔 사람이 쓴일새업이 오고가고 하엿습니다. 그중에는 광대들의 패도 잇고 곡마단패도 잇고 혹은 키큰사람과 난쟁이를 구경시키며 벌어먹고 다니는 사람들도 잇섯습니다. 다들 경마장을 목적으로 하고 몰려드는 사람들이엇습니다.

그들은 낫에는 갓흔 길을 것고 밤에는 갓흔 주막에 들고 하엿습니다. 네리도 이사람들 가운데 끼어 경마장까지 갓습니다. 그리고 구경하러모여든 사람들에게 꼿을 팔아서 얼마간의 돈을 모앗습니다.

그러나 네리는 그 도중에서 만난 '판치' 극단 사람들과 가치 잇고 십지가 안엇습니다. 왜냐면 그들은 어쩐지 불량한사람들만 모인것갓습니다. 그래 할아버지와 의론하고 살몃이 그곳을 쌔저서 다시 길을 것기 시작하엿습니다.

얼마안가서 두사람은 어떤 촌락에 도착하엿습니다. 이마을 학교의 교장선생님은 가여운네리와 불상한 노인의꼴을 보고 눈물로써 동정하며 자기집에 이틀밤이나 재워췻습니다. 그들은 교장선생님의 은혜를마음으로 고맙게 역엿습니다 마는 언제까지든지 남의신세를 이을수는 업는고로 두텁게 인사를하고는 다시방낭을 시작하엿습니다.

"불상한 사람들이로군! 낭종에 어쩌케 될랴나!"

교장선생님은 눈을쌈벅이며 두사람의 등뒤를 오래동안오래동안 배웅하고 서잇섯습니다.

바루 저녁나절이엇습니다. 네리와 할아버지는 길바닥에 노여잇는 방구루마를 발견하엿습니다. 작난감 만치나 아름답게섞민 집에다 구루마바쿠를 달은것 입니다. 그 속에는 차레이부인이라고 하는 아즈머니가 살고 잇읍니다. 자레이아즈머니는 요술을 구경시켜가며 방낭하고잇는 사람입니다. 아즈머니는 두사람을 반기어 맞어 들여서는 차를 먹이고 이야기를 뭇고 하엿습니다. 그리고 결국에는 두사람을 권해가지고 자기와 가치 돌아다니며 돈을 벌기로 하엿읍니다.

"네리야! 너는 나의 요술을 구경군에게 설명할수잇지? 그리고 할아버지는 문간에서 표를팔면좃치안어? 그러케 아무목적업시 돌아다니는것보다 얼마나 조혼생활이야?"

자레이 아즈머니는 네리와 할아버지를 위하야 이러케 일을 주기로 되엇읍니다.

일자리를 찾은 그 기쁨에 네리는 춤이라도 출듯이 기운이 낫읍니다. 할아버지를 잘달래가며 네리는 자레이부인의 설명인이 되엇읍니다.

이러케 하야 얼마 동안은 생활이 정돈되어 네리는 오랫만에 안심하엿읍니다. 그러나 그것은 며칠 동안이요 할아버지는 이전과갓이 쏘 노름을 하는것이 아닙니까?

"할아버지! 인젠 지난날의 고생은 잇어버리섯겟지요? 네리가 두손으로 빕니다. 제발노름만은 말아주서요. 그런거슬 손에 대시면 전의싸니엘갓흔 사람에게 쏘 혼이납니다."

"아니야 너는 모르는소리다. 아무것도 염녀할게업다. 할아버진 말이지 인제 네가 깜짝 놀랄만치 큰부자가 될게니보아라. 나는 조곰도 돈갓흔것 바라지안는다. 다아 너를위해서 그러는거야! 네리야! 할아버지는 어쩐짓을 하드라도 너를 부자를 만들어주지 안으면 죽어도 눈을 못감을게다!"

네리는 이말을 듯고는 슬프고슬프고 이내눈물까지 나옵니다.

"저는 할아버지! 조곰도부자가 되고십지 안어요. 이러케 둘이서 자레이아즈머니께 일해드리고 엇어먹으면굶진안을터이니 그걸로 만족합니다."

"너는 아즉모른다. 잠잣고 잇거라. 어른하는 일에참견을 하는것은 조치

안흔 일이야.”

이럿케 말할쌘으로 할아버지는 매일 밤마다 지팽이를 쓸고는 출입을하고 하엿습니다.

그런것만도 조흐련만 차차 조치못한 축들과 어울리어 할아버지는 자레 이부인의 돈가방을 훔처 내고자하야 무서운 음모를 하얏습니다. 할아버지에게 그런 악심을 품게한것은 ‘집씨—’라고 하는 정처업시 써돌아다니는 무리엿습니다. ‘집씨—’하면 춤잘추고 노래 잘하는 무립니다. 그들은 물우에 쓴풀립가티 정처업시 흘러다니며 되는대로 살고 잇는무립니다.

이런 날탕패의 수중에 들어서 할아버지는

“음! 염녀마라. 그럼 낼밤 쏙 업새버릴터이다. 그돈가방에는 지전이 쌘 듯이 들어잇다. 내 두눈으로 자세히 보앗다.”

이러케 내일밤을 약속하고 잇는것을 네리는 귓결에 얼픈 들엇습니다.

(아이그머니! 우리 할아버지가 그런 무서운 짓을! 어쩌케해야 조흘가?)

네리는 한째는 어쩌케 할바를 몰라서 어린 가슴을 바짝바짝 죄엿습니다. 그러다 정신을 채리어 다시 생각해보니 길은 다만 하나가 남엇슴을 알앗습니다.

(그럿타. 우리 할아버지를 모시고 다른데로 멀리 다라나는 수밖에 업슬게다. 여기서 내일까지 잇게 된다면 큰일난다. 오늘 저 악한들이 자거던 도망을 하자.)

네리는 이러케 궁리하고 밤이 깁기를 기다렷습니다.

그날 자정이 지낫슬째 다들 자는 틈을 타서 네리는 넌즛이 할아버지를 깨웁니다.

“음—음 왜그래? 네리야.”

“……”

“아 졸려워—— 말을해——”

그제서야 할아버지는 눈을 썻습니다. 네리는 아무 대답안코 제입에손가락을 대어 막아보엿습니다. 그리고 상큼상큼압흘서서 방박그로 나아갑니다. 할아버지는 뭐가 뭔지 영문 모르지만 심직이 위하는 손녀쌀이 나아가니까 가만히잇슬수가 업습니다. 자기도 급히 옷을 갈아입고 뒤를싸라나갓습니다.

　나와보니 박게는달밝은 밤이엇습니다. 은빗가튼 정한달이 노인과 소녀의 가는 길을 비취어 줍니다.

　그들은 새벽이 될째까지 정신업시 길을 걸엇습니다.

　"할아버지! 인제는 안심입니다. 그못된사람들도 여기까지는 못와요. 자우리 조금쉬어가세요"

　네리와 할아버지는 강변언덕에 다리를 느리고 쉬입니다. 그러나 하르밤동안 피로한몸이라 어느덧 쿨쿨잠들이 들고말엇습니다.

　귀밋헤서 써드는 소리에놀라서 두사람은 눈을 번적써보니 강에는 배가섯고 그속에서 사공들이 기운차게 써드는것입니다. 그들은 심상치안흔 노인과 소녀를 불상히녀기고 배에태워주엇습니다. 이틀동안이나 배에서 지낸뒤 어썬 커다란 동리에 도착하엿습니다 마는 그날 밤 공교로히 퍼붓는 비에 네리와 할아버지는 머리에서 발목까지 쏘루루 젓고 말앗습니다. 그리고 생소한 거리를 이리저리 헤매다가 겨우 비를 거닐만한 어느집 초스마를 발견하자 하여튼 오늘밤은 여기서 새우자 생각하고 그속으로 기어들엇습니다.

　마침 그째 집안으로부터 한 청년이 나왓습니다. 싸아도싸아도 싸지 못한만치 그러케 비를 뒤집어쓴 네리를보고는

　"음? 이게 웬일이야? 이토록 비를 마젓스니——"하고혼잣소리를 하다가

　"이리들 들어오시요!" 하고 두사람의 압을 서△는 커다란 풀무간으로 인도하엿습니다. 그는 여기에서 하루밤 동안 불을간수하고 잇는 청년이엇습니다.

　친절한 이 청년은 네리를 싸듯한 잿더미우에 눕히고 저즌 몸을 말리도록 하야주엇습니다.

　할아버지와 네리는 이곳에서 싸스한 한밤을 지냇스나 아츰이 된즉 또 다시 정처없이 길을 써나지 안으면 안될것입니다. 네리는 굶주림과 피로로

말미아마 점〃몸이 ᄯᅡᆼ속으로 뭇히는듯하얏습니다 마는 그걸되도록 아무럿치 안은척하고 할아버지가 기운이 ᄭᅥ지시지 안도록 웃는 얼골을 보엿습니다.

한 이틀을 길을 것다가 이것도 운명이랄지 그 친절한 교장선생님을 ᄯᅩ 만낫습니다.

선생님은 네리를 한번 보자 대번에

"가엽시도 벌서 틀렷구나!" 하고 생각하엿습니다. 그리고 곳 어느 여관으로 데리고 가서 거기서 몸조리를 하게 하얏습니다. 여관에서는 그 누구／＼ 할것업시 네리에게 친절하엿습니다. 이러케 정성을 다하야 간호를 하야주는 덕택에 얼마 후에는 다시 건강한 몸이 되어 길을 ᄯᅥ나게 되엿습니다.

교장선생님은 네리가 병을 알흘동안 쑥 나리 가티 여관에 게서주셧습니다. 네리는 이제ᄭᅡ지 아무에게도 이야기안흔 할아버지의 비밀——할아버지가 노름을하시는 버릇이잇는것——그래서 나ᄲᅳᆫ친구들과 얼리시지못하도록 먼곳으로 할아버지를 모시고가서 살고십다는걸 이런모든것을 선생님에게 터노코 이야기하엿습니다.

얼마나 ᄶᅩᆨ〃한 소녀입니ᄭᅡ?

이세상의 생활이란 결코 행복된것이 아닙니다. 여러분도 인제 차〃나히를 먹고 머지안허 한사람의 어른이되어 세상에섯슬ᄯᅢ에는 반듯이 이걸 느ᄭᅵ게될것입니다. 마는네리는 아즉 소녀의몸으로 이미 이세상 파란을 격고 그날 그날의 생활을 엇더케하야 나아갈가하는 궁리 ᄯᅢ문에 어린 가슴을 복갓든것입니다.

나는 네리의 과거를 생각할적마다 눈물이 압흘섭니다.

그건 그러타하고 네리의이야기를 듯고 잇는 선생님은 다행이 그ᄯᅢ어느 마을로 이사를 갈려든 차임이라 두사람을 그리로 데리고 가셔 거기에 살도록하야주엇습니다. 네리의 고생도 이제야 겨우 ᄭᅳᆺ이나고 비로소 안심하고 살 자리를 엇은것입니다.

며칠후 선생님과 네리와 할아버지는 그들의 새로운 집에 도착하엿습니하고 깨끗한 집이 하나 서잇습니다. 선생님은 그 동리 학교에 다니시며 아이들을 가르키십니다. 그리고 네리의 할아버지는 교회당의 소제부로써 일을하게되엇습니다.

마을 사람들은 누구를 물론하고 노인과 소녀를 사랑하엿습니다. 아이들은 네리를 끗업시 조하하엿습니다. 그아이들중에 특히 네리를 구여워하는 사내애가 잇섯스니 하루는 그 애가 네리에게 와서

"네리야 동네 아즈머니들이 네리는 봄이 될거갓흐면 새들이 노래를부르기전에 하늘로 천사가되어 올라간다구 그러드라. 그게거즛말이지? 네가 하늘로 천사가 되어가면 나는어쩌케사니? 네리야! 은제든지 나와가치잇서 주지안으면 난 실여!" 하고는 그손을 쏙 붓잡고 울엇습니다.

그러나 동리사람들의 예측은 조곰도틀리지 안엇습니다.

네리는 오랫동안 할아버지째문에 맘을조리든 그근심과 연일방낭으로 괴로운 치움과 굼주림속에서 지낸생활로 인하야 벌써 허약하얏든 네리의 몸은 바짝말르고말앗습니다. 그것은 할아버지의 눈에도 두드러지게 보이도록 되엿습니다.

참으로 요즘의 네리는 아릿싸운 백합꽃이 시들어 가는것처럼 날로날로 쇠약하야갑니다. 이러케까지 모든 사람들에게 사랑을 밧고 구염을 밧고 하엿지만 어쩌한 사랑의 힘으로라도 네리를 이 세상에 좀더 오래 잇도록 할수는 업섯습니다.

그러나 이러케 목숨이 다하야 가건만도 네리자신은 조곰도 슬퍼하는 빗이 업섯습니다. 평화로운 동네 그리고 고요한 교회당 엽헤서 친절한 동리사람에게 싸이어 죽는것이 네리는 마음으로 행복을 느끼는듯하엿습니다.

그러타 하드라도 론돈의사람들은 대체 무엇들을 하는가? 두사람이 안개에 싸인듯이 업서젓건만 아무도 이상히 여기는 사람이 업는가? 물론 그럴리는 업습니다.

첫째 싸니엘,그는 간악한 대금업자로 네리 두사람의행방을 매우 큰 호기심으로 알고자 생각하엿습니다. 그리고 네리의 고물상에서 일을 하고잇든 아이 킷트의 모자,그들은 네리를 퍽사랑하엿기째문에 어쩌케 되엇는가 하

아이 킷트의 모자, 그들은 네리를 퍽사랑하엿기쌔문에 어쩌케 되엇는가 하고 주야로 염녀를 마지 안엇습니다. 그리고 또 한 사람 이것은 론돈거리에는 아무도 아는 사람이 업는 신사인데 아마 이 사람이 네리의 두사람을 찻고자하야 제일 애를 썻을것입니다.

네리가 죽든날 마차를 □□아가며 헐레벌썩하고 동네로 달려든것이 즉 이신사엿습니다. 동리 사람들이 하도 이상스러워서 당신이 웬 사람이냐 하니까 그는 말하되 자기는 네리 할아버지의 동생인데 다년간 외국으로 돌아다니며 만흔 재산을 모어가지고 왓스나 네리의 두사람을 살리고자하야 암만 차자도 업서서 근심으로 지나가다 인제 겨우 거처를 알아가지고 왓노라 하고

"미안합니다. 마는 저를 거기까지 안내를 해주십쇼"

하고 허벙저벙 하는것입니다.

동리 사람과 신사는 네리의 집엘 차자갓습니다. 집안의 공긔는 고요하고 등불만이 창으로 새어나오고 잇섯습니다.

(지금까지 누가 안자고 잇나?)

이런 생각들을 하고 들어와 보니 할아버지가 네리의 침대엽헤 싈어안저서 □□ 이야기를 하는것입니다. 그러나 네리는 자는지 아무리 할아버지가 말을 부처도 한마듸의 대답도 업섯습니다. 그는 아름답기 보다는 엄숙한얼골이엇습니다. 그 얼골에는 벌서 괴로움과 슬픔의 빗은 자최를 감추고 다만 행복만이 만족만이 써들고잇섯습니다. 부드러운 애정이 두터운 그리고 거룩한 영혼은 천국을 향하야 올라가고잇는것입니다.

그 담날 동네 사람들은 조아하든 교회당 들밋에다 뭇어 주엇습니다.

손녀를 일어버린 할아버지는 그 쓸쓸한 모양이 보기에도 가여윗습니다. 얼마안지나서 봄이 왓슬쌔 그도 역시 고요히 세상을 써낫습니다. 그래서 평화로운 이 동리묘지에 네리와 나란히 그의 시체도 눕게 되엇습니다.

잃어진寶石

1. 발단

오늘날까지 아직도 세인의 이목을 놀래이고있는 그날 아침, 즉 유월 열
나흗날 아침 나는 '방소'의 집에서 그와 함께 아침을 먹고 있었다. 나로서
는 그와함께 이렇게 조반을 가치하기는 이것이 처음이었다. 그는 아침잠
이 많은 사람으로 점심을 먹은뒤가 아니면 사람을 잘 만나주지 않는 성질
이었다.

이날 일즉이 만난것은 다만 그림에 관한 일이었다. 그 전날 피방소가 미

---

*『조광』(조선일보사, 1937. 6~11), 6회 연재.

'長篇連載探偵小說'이라는 장르 표지가 붙어 있고 원작자가 '반 다인'임을 밝히고 있다. 역
자가 고(故) 김유정으로 되어 있고, 정현웅(鄭玄雄)의 삽화가 곁들여 있다. 본문 시작 직전에
다음과 같은 안내문이 있다.

"이 小說은 原作도 자미잇는 것이지만 故 金裕貞君이 病床에서 飜譯한 것으로 이 번역은
譯者가 心血을 傾注하여 興味있게 改編한 것으로 讀者의 興味는 더 클 줄 안다."(『조광』.
1937. 6. p.355)

원작자 반 다인(S. S. Van Dine: 1888~1939)의 본명은 윌러드 헌팅턴 라이트(Willard
Huntington Wright)이다. 미국의 추리소설 작가로 작품에 「벤슨 살인사건(The Benson
Murder Case)」(1926), 「카나리아 살인사건(The Canary Murder Case)」(1927), 「그린 살인사
건(The Greene Murder Case)」(1928) 등이 있다.

김유정이 탐정소설을 번역한 동기에 대해서는 그의 편지 「필승前」을 참고할 만하다.

술전람회에서 보고온 수채화 두장을 나에게 사다달라고 분부하기 위하야 일즉이 불렀든것이다.

그러나 이 이야기를 좀 소상히 하랴면 우선 피방소와 나와의 관계를 잠 간 말해둘 필요가 있을것이다. 내가 그를 만난것은 하바드대학에서 법률을 공부하고 있을 때였다. 그는 입이 걸고 흠상궂은 학생이었다. 그래 모든 동급생들은 그를 두려워하야 뒤로 슬슬피하였다. 그런중에도 그가 왜 나만을 좋아하였는지 그건 모른다. 다만 내가 그를 존경하야 따른것은 그에게 범인으로 능히 입내못낼 무서운 재조가 있었기때문이었다.

내가 학교를 졸업하고 오년간의 봉급생활을 치르고난후 나의 명의로 비로소 사무소를 갖게된 때였다. 그때까지 구주로 유람을 나아갔던 피방소가 조금뒤에 돌아와 자기 아즈머니의 유산을 상속하기로 되었는바 그 수속을 맡아달라고 나에게 부탁했든것이다. 허나 나의 임무는 오로지 법률에 관한 일만이 아니었다. 본시 그는 가정상 잡사라든가 또는 모든 사물에 뇌를쓰기를 좋아 않는 사람이라 그의 신변에 관한 일체 사무를 내가 맡아보지 않어서는 안된다. 그리고 그는 나를 법률고문으로 쓸만한 여유가 충분하였든 까닭에 나는 그의 사무실에다 나의 책상을 영구히 박아놓고 그의 필요와 그의 기분을 위하야 힘을 다하기로 되었었다.

그날 아침 내가 그의 하인에게 인도를 받아 들어갔을때 그는 안락의자에 앉아 있었다. 그의 무릎에는 무명한 서화가 펼처 있었다.

"오! 방군인가! 일어나지 않어 실례하네"

하고 그는 나를 반기며

"지금 나의 무릎에는 근대예술의 전폭이 벌려저있네"

이렇게 그는 예술작품을 심히 사랑하였다.

내가 이런 이야기를 세세히 하는데는 따로히 리유가 있을것이다. 왜냐면 유월 열나흗날 아침에 돌발한 그 끔직끔직한 사건을 이해할랴면 우선 우리는 피방소의 성격과 생활을 대략 알 필요가 있을듯 싶다.

그는 후리후리한 키에 훌륭한 골격과 건전한 정신을 가진 청년이었다. 게다가 금술가요, 골푸선수요, 또 승마에 능한 운동가였다. 그럼에도 불구하고 그는 선천적으로 타고난 놀라운 지혜가 있었다. 그는 문학, 철학, 인류학, 어학, 어느 것에고 정통하지 않은곳이 없었다. 더욱이 인간심리에 관하얀 우리가 능히 상상도하지 못할만치 그렇게 무서운 지식을 갖고 있는 학자였다. 그러므로 그는 무식을 죄악이상으로 싫여하고 온갖 방면의 지식을 얻고저하야 일상 노력하고 있었다.

이러한 그가 사회에 나서서 유월사건에 활동하게된 것은 우연한 일이었다. 혹은 어떻게 생각하면 뉴욕의 지방검사가 그를 일즉이 찾아온것이 이 이야기의 발단일지도 모른다.

그와 내가 마주 앉어서 커피를 마시고 있을때 초인종이 울리며. 뒤따라 지방검사가 나타났다.

"여! 이게 웬일이야!"

하고 그는 놀란듯이 피방소와 악수를 하며

"오늘은 서쪽에서 해가 뜰려나 왜 이리 일즉 일어났어?"

"아 이사람! 얼굴 붉어지네 고만두세!"

하고 피방소는 대답하였다.

그러나 지방검사는 별로 유쾌한 낯이 아니었다. 조금 있다가 그의 얼굴에는 갑자기 엄숙한 빛이 떠올랐다.

"방소군! 내 지금 바쁜 길인대 다만 약속을 지키기 위하야 잠간 들렀네……문제라고 할건 저 알벤송이 급작이 살해를 당했대네"

방소는 지긋이 눈섭을 걷어올렸다.

"응 그래"

하고 그는 성이 가신듯이 입을 열더니

"하여튼 이리로 앉게 우리 커피나 한잔 먹어보세"

그리고 그는 초인종의 꼭지를 눌렀다.

지방검사 조막함은 잠간 주저하였다.

"글세 일이분이야 늦어 상관 없겠지 담배나 하나피여볼가"

하고 그는 우리를 향하야 자리를 잡았다.

2. 살인현장

조막함에 관하얀 우리는 잘 알리라, 그는 사십을좀 넘은 완강한 체격에 단정한 용모를 가진 신사였다. 호남자라 하기보다는 의지강한 풍채이었고 우리의 행정당국자로써는 흔히 볼수 없는 사회적 교양이 있었다. 그리고 그는 고집불통인 일면을 가졌으나 이것은 선량한 사람이 대개가 가질수있는 한 습관이었다.

그는 알벤송이 살해를 당한 사실에 여간 머리를썩히는 모양이 아니었다. 그가 초조하는걸 보고 방소는 저윽이 비웃다

"아 여보게 알벤송이 하나 죽었기로 자네가 그렇게 슬플게 뭐 있나? 설마 자네가 살인범인은 아닐텐데!"

막함은 방소의 실없는 농담에는 못들은척하였다.

"내 지금 알벤송의 집으로 가는 길일세 자네도 가치 가볼려나? 왜 요전에 자네가 그런 장소가 잇거던 데려가달라 하였지 그래 그런 약속이 있기로 잠간 들렀네"

그 언제인가 사실 방소가 막함에게 그런 부탁을 한적이 있었다. 그래 막함도 요담 중요한 사건이 있을때 데리구 가마 하였다. 방소로 보면 인간심리학에대한 흥미가 이 히망을 일으켰고 그리고 막함은 친한 우정으로써 이 히망을 이루어 준것이었다.

막함은 또 다시 총총히 재촉하였다.

"자 갈려면 어서 가세 그러나 자리옷째 데리구 갈수는 없으니 꼭 오분안에 옷을 갈아입고 나오게"

"이사람 우물에가 숭늉 달라겠네!"

하고 방소는 손으로 하품을 털며

"그건 죽은걸세 아나? 설마 다라나진 않겠지"

"자 어서 일어나게 어린애짓 말구"

하고 막함은 또 재촉하였다.

"문제는 이렇게 웃고있을 일이 아닐세 암만해도 이번에 봉변은 당하는 게야——"

방소는 그런대로 하인을 시키어 옷을 갈아입고 늘치렁늘치렁 일어섰다.

"하여튼 고마워이 훌륭한 구경을 하게 되었으니"

하고 조고만 체경앞에서 의관을 정제하다가 나를 돌아보며

"방군! 우리 오늘은 구경이나 가세……가치 가도 관계 없겠지? 막함!"

"아 그야 자네임의지"

하고 막함은 쾌히 승락하였다.

탁시를 타고 마지송거리로 향할때 나는 이 두남자의 우정을 이상스리 여기었다. 왜냐면 막함은 엄격한 그리고 인생에 대하야 늘 침착한 남자요 또 한편 방소로 말하면 황하고 예술가풍의 그리고 어떠한 우울한 현실에 대하서도 기분본위의 남자였다. 이런 기질의 상치가 두 사람의 우정을 맺어놓는 것이었다. 사실 그들의 우정은 우리가 보는바와는 아주 딴판으로 두텁고 다스러웠다. 그리고 막함은 상대의 태도며 지식을 입으로는 흉을 보았으나 기실 내심으로는 방소의 두뇌를 극히 존경하였다.

탁시를 타고 다라날때 막함은 무엇인가 속으로 심려하고 있는듯 싶었다. 방소의 집에서 나와서부터 아무도 입 한번 열지 않았다. 그러다 사십팔 정목으로 골목을 접어들때 방소가 비로소 입을 열었다.

"인제 송장앞에서 모자를 벗어야 되나그래?"

"모자는 왜 또 벗는다구 이래!"

하고 막함은 속으로 쭝얼쭝얼하였다.

"그럼 발자죽이 홀란안되도록 구두까지 벗지나 않나?"

"천만에"

하고 막함은 대답하였다.

"손님들은 다 예복을 입었을겔세 자네가 모양을 화려히 내고 야회에 갈 때와는 경우가 달르이"

"허! 막함선생"

하고 방소는 우울히 비웃는 빛이었다.

"자네의 그 놀라운 인도주의가 또 나오기 시작하네그래"

그러나 막함은 다른 일에 마음이 팔린듯 싶어 방소의 조소에는 응치 않

었다.

"저 잠간"

하고 엄격히 입을 열었다.

"말해둘게 있는대 이 사건이 필연 복잡하게 벌어질겔세 그리고 내가 이 사건에 즉접 간섭하는걸 경찰방면에서 좋아 안할걸세 부하의 말을 들어보면 경시부장이 이 사건을 히이스에게 일임했다는 것인대 히이스라는 사람은 살인범과의 경부로 현재 내가 이 사건을 맡아볼가하야 은근히 시기를하고 있을지 모르네"

"아 자네는 그 사람의 상관이 아닌가?"

"그야 물론이지 그러기 때문에 문제가 더 성가스리된다는말일세……알벤송이 참살을 당한것은 오늘아침 그집 안잠재기의 고발이 있어 알았네 그러자 한시간쯤 뒤에 피해자의 친형인 벤담소좌에게서 또 고발이 있었는데 그는 날더러 이 사건을 즉접맡아 처리해주기 바란다고 간청을 하는것일세 그와 나와는 이십년래의 친구라 거절도 할수없어 이렇게 나슨 길인대 암만해도 일이 크게 벌어질것 같아이"

"흥" 하고 방소는 한숨을 돌랐다.

"세상에는 히이스같은 인간이 무데기로 있으니까 참으로 머리쌀이 아플 일이야"

"자네는 나를 곡해하네그래"

하고 막함은 그에게 주의를 시켰다.

"히이스는 인간으로써 퍽 좋은 사람일세 그런 사람은 만나기가 드무리 이번에 번청에서 그에게 명령을 나린걸 본다더라도 이 사건을 얼마나 중요시하는가를 알수 있네그래 내가 이런 사건에 뛰여드는것은 참으로 불쾌한 일인걸——"

그럴 동안에 우리는 알벤송의 집 문간에 닿았다. 거기에는 이 돌발사건에 놀래여 모여들은 구경꾼들이 인성만성 둘러싸고 있었다. 계단우에는 얼뜬 보기에 신문기자인듯 싶은 민활한 젊은 청년이 한떼 모여 서있었다. 탁시의 문을 열은 순사는 막함에게 공손히 경례를 하고 우리를 안내하기 위하야 구경꾼들을 뒤로내몰았다.

"야 바루 굉장한걸!"

하고 방소가 조소겸 탄식하였다.

　막함은 은근히 맘을 조리며 친구를 억제하였다.

"이사람 인젠 주의좀 하게"

　우리가 대청으로 올라섰을때 지방부검사가 나와 맞었다. 가무잡잡한 얼굴에 우울한 빛을 보이며

"이제 오십니까 각하"

하고 그는 막함에게 인사를 하였다.

"각하께서 와주서서 비로소 기운이 납니다. 암만해도 성이가시게될 사건같습니다. 무슨 단서라고는 조금도 없습니다"

　막함은 우울한 낯을하고 방으로 들어갔다.

"누가 왔든가?"

"경시부장이 와서 지휘를 하고 있습니다 마는──"

하고 지방부검사는 이것이 마치 일을 망처놀 증조란듯이 불평스리 대답하였다.

　그러자 뚱뚱하고 붉은 얼굴을 가진 중년남자가 하나 들어왔다. 막함을 보고는 그는 손을 내여보며 달가워 악수를 하였다. 나는 그것이 전경찰부의 실권을 쥐고있는 경시부장임을 얼른 알수 있었다. 그는 무슨의론이 있는지 막함을 데리고 저리로 갔다. 지방검사와 방소와 나와 세사람은 그대로 방에 남아있었다.

　이 방은 내부가 화려히 장식하야 있었다. 벽에는홀융한 그림들이 걸려있었고 마루우에는 거진 다 동양풍의 모양을 가진 방석이 깔려있었다. 방한편에 서있는 사물상의 옆으로 커다랗고 으리으리한 안낙의자가 하나 놓여있었다. 즉 이 의자에 알벤송의 시체가 앉어있었다. 나는 세계대전때 이년동안이나 송장을 보아 왔다. 허나 살해당한 이송장같이 등에 소름이 끼치도루 무서운 인상을 주는 송장은 아즉 보지 못하였다. 알벤송의 시체는 마치 우리에게 무엇이라도 물을듯 싶을만지 그렇게 자연스러운 태도로 의

자에 걸터앉어 있었다. 그의 머리는 의자뒤에가 가만히 놓여있었다. 바른 다리는 왼다리우에서 가장 편할대로 단평히 쉬고 있는것이다. 바른 팔은 중앙에 있는 탁자우에 한가히 놓였고 왼팔은 의자 팔고임에 얹어있었다. 그는 권총으로 이마를 맞었다. 탄환이 뚫으고 나간 구녕에는 피가 엉기어 시커머케 되었다. 의자뒤 방바닥에 흘러나린 거문 점들은 머리를 뚫고 나간 탄환으로 말미아마 얼마나 피가 나왔다는것을 의미하고 있었다. 이런 징글징글한 표적만 없었드면 아무라도 그가 지금 책을 읽고 있다고 생각할지는 모른다. 그는 자리옷을 입고 단추도 따논채로 그대로 있었다. 그의 머리는 여지없이 홀떡 벗겨졌고 살은 잘쩌보이나 암만해도 육체적으로는 아무 매력도 갖지못한 사람이었다. 나는 지겨운 생각이 일어 몸서리를 치고는 시신을 옴기었다.

그때 두사람의 장성이 바른쪽 들창에 박혀있는 쇠창살을 세밀히 조사하고 있었다. 그중의 한사람은 마치 자기의 다리를 시험이라도 하는듯이 두 손으로 쇠창살을 붙들고 힘껏 흔들어본다. 탁자 저편에는 검은사지복을 입은 헌칠히 생긴 한남자가 뒷짐을 딱 지고는 시체의 탄환구녕을 뚫어지라고 노리고 서있었다. 그는 이렇게 서있으면 이 살인에 원인을 알수 있는 듯이 그렇게 열심이 보고 있는것이다.

또 한사람은 보석상이 갖는 커다란 화경을 가지고 손안의 무엇을 조사하고 서있었다. 나는 조곰 뒤에야 이것이 총기감정가로 이름이 높은 혜지동대위임을 알수 있었다.

"막함씨 나는 이 사건을 히이쓰경부에게 일임했읍니다"
하고 모리쓰경시는 낮윽한 음성으로 설명하였다.

"아무리 봐도 조사도 착수하기 전에 곤난한 사건에 뛰어든것 같습니다. 경시부장도 자신이 출장을 나오도록 이렇게 힘이 드는 사건입니다"

경시부장은 다시 방으로 들어와서 이번에는 정면들창앞에가 침통한 낮을 하고 서서는 부하들의 활동을 감시하고 있었다.

"그래서요"
하고 모리쓰는 말을 계속하였다.

"나는 일곱점반부터 끌려와서 여지껏 조반도 못했읍니다. 당신이 오신 이상 나는 더 있을 필요가 없겠지요. 그럼 먼점 실례합니다"

그가 나간뒤 막함은 부검사에게로 고개를 돌리었다.

"여보게 이 두사람좀 잘 봐주게 이런데 처음으로 구경온 사람들일세 내가 히이쓰경부와 이야기를 하고 있는동안에 이사람들에게 잘 설명하야 주기 바라네"

우리 삼인이 피해자가 있는 쪽으로 다가섰을때 나는 히이스의 데퉁스러운 음성을 들었다.

"막함씨 저는 당신이 관리하시리라 생각합니다 마는——"

이때 부검사와 방소는 저쪽에서 무에라고 서루 열심히 지꺼리고 있었다. 나는 막함과 히이스가 적대적 사이에 있음을 안 뒤이라 자연 흥미를 가지고 막함의 태도를 지켜보고 있었다.

막함은 얕은 미소를 품고 히이스를 보고 있드니 머리로 부인하였다.

"천만에"

하고 그는 대답하였다.

"나는 자네와 협동하야 일을 하러온것뿐일세. 이걸처음부터 양해하야 두게. 그리고 이 사건이 성공하야 명예를 얻을 때에는 나의 이름만은 제외하야 주기바라네"

히이스가 뭐라고 속삭이었으나 그것은 나에게는 잘들리지 않았다. 그러나 그가 매우 안심한것만은 그의 표정으로 능히 알수 있었다. 그는 아무라도 그런거와같이 막함의 말이 언제나 옳은것을 잘 안다. 그래서 그는 개인적으로 지방검사를 좋아하였다.

"이 사건으로 세상의 신뇌를 받는다치면 그것 자네의것일세"

하고 막함은 이제 안심한낯으로

"그 대신 잘못된다면 그것도 자네가 맡아야 하네"

"그야 물론이지요"

하고 그는 선뜻 동의하였다.

"자 그러면 어디 가치 일을 시작해보세"

하고 막함은 명영하였다.

3. 부인의 손가방

막함과 히이스는 시체가있는 쪽으로 다가서서 그걸 이윽히 바라보고 있었다.

"보시는바와 같이"

하고 히이스는 설명하였다.

"앞이마를 정면으로 때리고 나갔읍니다. 그리고는 탄환이 걸상의 등을 뚫고는 저 벽에가 맞어 떨어진걸 제가 찾았읍니다. 지금 헤지동대위가 탄환을 갖고 있읍니다"

그리고 그는 총기감정가를 보았다.

"어떻습니까 대위, 뭐 특별한게 보입니까?"

헤지동대위는 유유히 고개를 들어 히이스 쪽으로 시선을 돌리었다. 그리고 천천히 입을 열어 대답하였다.

"이것은 사십오형의 육군곤총——골트식 자동 곤총이겠지——"

"그럼, 알벤송과 얼만한 거리에서 쏜거같습니까?"

하고 막함이 물었다.

"글세요——"

하고 헤지동은 진중한 어조로 대답하였다.

"아마 오류척——그 거리에서 쏘았겠지요"

그러자 검사관 도점스박사가 조수를 데리고 황황히 들어왔다. 그는 막함과 경시부장에게 악수를 한 다음

"늦어서 실례했읍니다"

하고 말하였다.

그는 주름살잡힌 얼굴에다 신경질인 남자로 얼듯보기에 상인같은 티가 있었다.

"이 어째 이럽니까?"

하고 그는 의자에 앉아있는 시체를 보고는 눈살을접었다. 그리고 조수와 덤벼들어 얼마동안 시체를 주물러보다가는 수건에 손을 씻으며
"총맞을 때에는 피해자는 눈을 뜨고 있었읍니다. 즉삽니다——자기자신은 뭐가 있었는지 모르는 동안에 맞아죽었읍니다——그리고 죽은지는 아마 여덟시간, 그쯤 지냈을것입니다"
"정확히 말하면 밤 열두점 반가량이겠지요?"
하고 히이스가 물었다.
의사는 주머니에서 시계를 끄내보았다.
"음, 그쯤 되겠네…… 또 무르실게?"
아무도 대답하는 사람이 없었다. 조끔 있다가 경시부장이 입을 열었다.
"선생, 우리는 오늘안으로 해부한 결과을 얻어야 할텐데요——"
"되겠지요"
하고 의사는 손가방을 절꺽 닫어서 조수에게 내주며
"그럼 시체를 속히 시경실로 갖다 주시요"
그리고 인사를 하고는 총만한 걸음으로 나가버린다.
히이스는 옆에 서있는 자기 부하에게 명령하였다.
"여보게 빠크군, 번부에 전화를 걸어서 시체를 가질러오라 하게 얼른 오라구"
방소는 웬일인지 이때까지도 헤지동대위의 뒤를 많아다니며 열심으로 뭘 묻고 있었다. 자세히는 들리지 않으나 총속도 원동력이니 괴도니 이런 술어를 가끔 들을수 있었다. 그리고 방소는 헤지동대위에게 고맙다고 치하하고는 시체가 앉었든 걸상에 시름없이 앉아서 뭘 생각하고 있는듯 싶었다.
나는 이집에 와서부터 방소의 행동에 큰 홍미를 느끼었다. 그는 이방에 비로소 들어왔을때 주머니에서 안경을 끄내어 썼다. 그의 행동은 표면으로는 아무렇게도 보이지 않으나 속으로는 뭘 걸삼스리 탐구하고 있는 모양이었다. 내가 이상한 생각으로 방소를 유심히 바라보고 있을때 방문이 열리며 한 순사가 들어왔다.

그는 뚱뚱한 몸집과 붉은 얼굴을 가진 아일랜드지방의 사람이었다. 그는 히이스에게 경례를 하다가 그옆에 지방검사가 앉아있는걸 알자 막함에게 그의 보고를 아뢰었다.

"저는 마크로린이라 합니다 서사십칠 정목 근무하고 있읍니다"

하고 자신을 소개하고는

"저는 어제ㅅ밤 당번이었읍니다. 밤중에 커다란 재색카테락호의 자동차가 이집 문전에 놓여 있었읍니다. 제가 거기에 특히 주의한것은 차뒤에 낙시질기구가 많이 쌓여 있었기 때문입니다. 등불은 다 켜져있었읍니다. 어젯밤 사건을 듣고 그걸 보고하러 왔읍니다."

"응 훌륭한 보고로군!"

하고 막함은 여기에 대하야 히이쓰의 의견을 물어보았다.

"글세요. 뭐가 있는듯 합니다"

하고 히이스는 약간 의심되는듯한 낯으로 동의하였다.

"얼마가량이나 그 차가 여기에 있었든가?"

"아마 이럭저럭 삼십분가량은 될겝니다. 열두점에 여기에 있었는데 제가 열두시반에 순행을 돌아올때에도 역시 있었읍니다. 그렇다 그 담번에 돌때에는 못보았읍니다"

"자동차속에 사람이 있었든가?"

"아니요 아무도 없었읍니다"

"하여튼 고마워이"

하고 히이스는 새히망을 얻은듯한 태도였다.

그러나 방소는 여기에 아무 흥미가 없는듯이 졸려운 낯을 하고 있었다. 순사의 보고가있는 동안에 그는 하품을 하고 일어서서는 이리저리 서성거리다 우연히도 난로속에서 궐연 꽁댕이 하나를 발견하였다. 손가락으로 그걸 집어들고 그는 얼마동안을 세밀히조사하고 있었다. 그러나 손톱으로 종이를 벗겨서 코밑에 디려대고 맡아보는것이다.

그의 행동을 가만히 노려보고 있었든 히이스가 의자에서 돌연히 벌떡 일어섰다.

"그걸 왜 만지십니까?"

하고 그는 볼멘 어조로 물었다.

방소는 건송 놀라는척하고 눈을 들었다.

"담배의 냄새좀 맡았을뿐이요"

하고 그는 싱둥싱둥 대답하였다.

"아참 좋은 담뱁니다"

"그걸 거기에 도루 놓시는게 좋겠습니다"

하고 그는 거츨은 표정을 보이다가

"당신이 담배 감정가입니까?"

하고 엇먹는 소리를 하는것이다.

"오 천만에——"

이때 막함은 중간에서 어색한 분위기를 가루 맡았다.

"방소군 자네는 여기에 있는 물건에 손을 대서는 안되네. 이런 담배 끄트마리라도 낭종에 훌륭한 증거가 될지 모르니까——"

하고는 그는 고개를 돌리어 히이스를 바라보며

"여기 안잠재기 안나부인은 어디있나?"

"이 우층에서 부하들이 지키고 있읍니다. 그 여자는 이집에서 살고있읍니다"

"그런데 자네가 시간을 열두점삼십분이라 했는데 그건 어떻게 아나?"

"여기의 안나부인이 그 시간에 요란한 소리를 들었답니다"

"그럼 뭐 증거될만한 물건은 없었나?"

히이스는 가치 주저하는 눈치였다. 그러다 양복주머니에서 여자의손가방과 하얀 가죽장갑을 끄내어 그앞에 내어놓는다.

장갑을 잠간 조사한 뒤에 막함은 손가방을 열어 그 속에 든것을 탁자우에 쏟아놓았다. 나까지도 그쪽으로 시선을 모았으나 방소만은 판펑히 앉어 저쪽을 향하야 권연만 피우고 있었다. 가방속에서 담배갑과 향숫병과 호박으로 만든 담배 물뿌리, 한편 끝에다 구레아라고 수를 놓은 비단 손수건과 열쇠하나가 나왔다.

"야, 이만하면 증거가 번뜻하군"

하고 막함은 그 손수건을 집어들어 보이며

"자네 여기에 대해서 잘 생각하야 봤나 히이스군?"

"네 저는 이 손수건이 어젯밤 알벤송과 같이 외출하였던 그여자의 물건이라 생각합니다. 안잠재기의 말에는 그는 먼저부터 약속이 있어 새옷을 입고 밖으로 저녁을 먹으러 나갔다합니다. 그러나 그는 알벤송이 언제 돌아왔는지 전혀 모른다고요"

막함은 또 담배갑을 집어들고는 이리저리 뒤저보았다.

"필연코 이 권연꽁댕이도 여기에서 나온걸세"

"네 분명히 그렸습니다"

"그런데 말일세"

하고 막함은 저저히 설명하였다.

"이 가방의 주인이 어젯밤 알벤송과 같이 왔었든것과 또 권연 두개를 필 동안만큼 여기에 있었든것이 확실하이"

"그리고 그는 얼골이 가므잡잡한 얼골을 가진 여잘세"

하고 방소는 예사로운 소리로 말귀다 달았다.

"만일 자네가 필요하다면 말이지!"

"어떻게 그걸 자네가 아나?"

"얼골이 가므잡잡한 여자가 아니라면 이 라셀백분과 과렌의 짙은 연지를 사용할 필요가 없네"

"네 그렸습니다"

하고 히이스는 유쾌한 얼골로 동의하였다. 그때는 그는 방소가 권연꽁댕이 뜯은것을 완전히 용서하고 있는듯 싶었다.

"저도 꼭 그렇게 생각합니다"

4. 안잠재기의 말

"막함씨, 저는 이렇게 생각합니다"

하고 히이스는 저의 의견을 공개하였다.

"알벤송을 죽인 사람은 반듯이 이 정면으로 들어왔읍니다. 왜냐면 알벤송은 혼자몸으로 살고 있었기때문에 도적을 몹씨 무서워했던 모양입니다. 그러기에 들창마다 쇠창살이요 게다 잠겨있지 않습니까? 다른데로는 들어올 곳이 없읍니다"

"응, 따는——나두 그렇게 생각되네"

"그리고 이것이 만일 필요하다면"

하고 방소가 옆에서 또 말귀를 달았다.

"알벤송자신이 그 범인을 끌어디렸네"

이말에는 아무도 주의할려지 않었다.

우리들은 우층으로 올라가 알벤송의 침실을 조사하였다. 이것은 간단한 침구를 가진 소박한 침실이었다. 침대는 어젯밤 주인이 안잤다는걸 말하는 듯이 차근히 정돈되어 있었다. 에리오리의 칼라와 검은 넥타이는 분명히 알벤송이 돌아와 끌러던진채로 침대우에 늘려있었다. 침대옆 탁자에는 곱뿌물속에 금이가 네개 들어있었다. 그리고 아름다웁게 맨들어진 머리 탈바가지가 하나 놓여 있었다.

이 머리탈이 특히 방소의 흥미를 끌었다. 그는 가차히 다가서서 그걸 정성스리 조사하야 보았다.

"야, 재미있는 일도 많다"

하고 방소는 빙그레 웃었다.

"이 사람이 이 머리탈을 쓰고 다녔네 그럼 아마 대머리가 아니었을까?"

"음 나도 평소부터 그렇게 눈치채고 있었네"

하고 막함은 씀씀이 대답하다가 히이스를 돌아보며

"그럼 안잠재기 안나부인을 좀 보게해주게!"

하였다. 히이스는 부하에게 그 뜻을 명영하였다.

이 명영이 떨어진지 일분이 못되어 머리가 허옇게 시인 중년부인 하나이 사복한 순사에게 끌리어 들어왔다. 그 부인은 단순하고, 완고하고, 그리고 자혜로운 어머니의 얼골을 가졌다. 그러면서도 무식한 사람에게 흔히 있는 침착한 고집을 갖고 있는듯 싶었다.

"안나부인, 이리 앉으십쇼"

하고 막함은 친절히 대접하였다.

"나는 지방금삽니다. 잠간 뭐쯤 여쭈어볼게 있어서요!"

안나부인은 문앞에 있는 의자에가 걸타앉어서 우리들을 초조히 훑어보고 있었다. 막함이 공손히 그를 동정하는 태도로 물으니까 그는 차차 유창히 대답하였다.

십오분간쯤 계속된 심문에서 얻은 사실은 대략 다음과 같었다.

안나부인은 벌서 사년동안이나 알벤송씨의 안잠재기로 있었고 그리고 이집에는 주인과 그와 단 둘이었다. 그의 방은 이집의 삼층 꼭대기에 있었다.

전날 오후 알벤송씨는 그의 사무실에서 어느때보다 일즉이 돌아왔다. 아마 넉점쯤 되었을까——그리고 오늘은 집에서 저녁을 안먹는다고 안나부인에게 말하고는 여섯점 반쯤하야 우층으로 올라가 옷을 갈아입고는 일곱점에 집을 나갔다. 오늘은 늦게 들어올지 모르니 기달릴게 없다고 이렇게 다만 한마디뿐이었다.

그가 자다가 뭐 퍼지는 소리에 눈을 떴을때에는 열두점이었다. 그가 놀래여 전등을 켜고 시계를 본것이 열두점반이었다. 그래 시간이 아즉 늦지 않었으므로 그는 안심하였다. 알벤송은 밤에 출입하면 두점전에 들어오는 법이 별루 없었다. 이 사실과 또는 집안이 고요한것을 미루어보아 그는 방금 자기를 놀래인 그소리가 필연 옆행길을 지나든 자동차에서 난것이라고 생각하고는 다시 잠이 들었다.

오늘 아츰 일곱점에 일어나 언제와같이 대문간으로 우유를 가질러가다가 알벤송씨가 죽어 있는것을 발견하였다. 그래 그는 그길로 전화를 걸어 경찰서에 고발을 하고 또 알벤송씨의 친형 벤담소좌에게 전화를 걸었다. 벤담소좌는 경찰서의 탐정과 거반 동시에 왔다. 그러다 안나부인에게 이것저것 질문을 해본다음 탐정들과 뭐라고 몇마디하고는 먼저 돌아갔다.

"그럼 안나부인"

하고 막함은 자기의 청취서를 보며 물었다.

"요즘 알벤송씨의 행동에 그가 뭐 번민하는듯한 티가 없었읍니까?"

"네, 별루 없었읍니다"

"혹 도적놈같은게 들어올까봐 염려는 했지요?"

"네, 그건 아마 늘 조심하시나 보드군요"

이런 동안에 한옆에서 종이에 뭘 쓰고있든 방소는 히이스가 이야기하고 있는 틈을 타서 막함에게 그종이를 주었다. 막함은 그 종이를 넌즛이 읽어보고는

"안나부인, 당신은 알벤송씨를 좋아하십니까?"

"네, 저는 그냥반을 위해서 일하고 있었을뿐입니다"

막함은 다시 손의 종이를 읽어보고는

"안나부인, 알벤송씨가 사무실에서 돌아와서 다시 나갈때까지 이방에 있었다지요 그럼 그동안에 누구 찾아온 사람 없었읍니까?"

이때 나는 안나부인을 이윽히 바라보고 있었다. 그의 입에는 약간 스처가는 파동이 있었다. 얼마후 몸을 단정히 가지며

"네 아무도 온분이 없읍니다"

"그럼 초인종소리도 못들었읍니까?"

"네 못들었읍니다"

막함은 안나부인에게 인사를 말하고 먼저 있든대로 내여보냈다. 여자가 나가자 그는 의아한 시선으로 방소를 보았다.

"그런 질문은 왜 하나?"

"글세 나의 눈에는 그가 주인을 얼싸주는 가운데어덴가 마뜩지 않은 빛이 보인다 생각하는데 자네는 어떤가?"

"글세 나의 눈에도 역——"

하고 막함은 뭘궁리 하는듯 하드니

"손님 온건 또물어 뭘하나? 아무도 안왔든것은 그대로 확실헌데"

"그래도 한번 물어보는게지"

히이스는 차차 흥미를갖고 방소를 관찰하기 시작하였다. 처음에 생각했든것과는 아주 딴판으로 영특한두뇌를 가진데 감탄하였다. 그는 잠간 묵상

하다가 원기를 내이며

"그럼 우선 그 손가방의 주인과 또 카데릭호의 자동차가 있는곳을 찾아보기로 하겠읍니다. 허고 피해자의 우정관계를 알았으면 좋겠는데요. 필연 그에게는 친구가 많을겝니다"

"아, 그건 내 벤담소좌에게 물어봄세"

하고 막함은 선선히 약속하였다.

"벤담소좌는 내가 물으면 무엇이고 말할게니까 알벤송의 사업관계도 알 수 있네"

"그럼 있다 검사국으로 뵙겠읍니다"

하고 그는 지방검사와 악수를 하고는 방소에게로 몸을 돌리었다.

"그럼 먼저 실레하겠읍니다"

하고 그가 유쾌하게 인사를 하는데 나는 실로 의외였다. 막함도 놀랐다는 듯이 멀거니 바라보고 있었다.

히이스가 나간지 얼마 있지않어 우리도 밖으로 나섰다. 그리고 문간에서 감시하고 있는 경관에게 탁시를 불러달라 하였다.

우리가 탁시를 타고 큰거리로 나섰을때 방소는 침착한 태도로 "막함" 하고 불러가지고는

"누가 알벤송을 죽였는지 짐작하겠나?"

하고 물었다.

막함은 얼골에 쓴 미소를 띠었다.

"그걸 알면 이고생을 하겠나. 암만해도 사건이 퍽복잡히 될 모양같으이"

"흥 공상력을 인제 활동시키게"

하고 방소는 차에서 나리며 말하였다.

"나는 이것이 기막히게 단순한 범죄라고 생각하였네"

5. 증거의 수집

알벤송의 살인사건은 일반사회에 큰파동을 일으키었다. 제각기 참담한 그광경을 상상하야 보고는 몸이 으쓱하였다. 그러나 경찰의 아무러한 노력

에도 사건의 단서는 쉽사리 잡을 길이 없었다.

알벤송은 뉴욕에 있는 부호들틈의 한 친구였다. 그는 운동가요, 도박사요, 또는 직업적 난봉군이였다. 밤에는 항용 주사청누에서 세월을 보내는 것이 그의 생활이었다.

알벤송과 그형 벤담소좌는 형제상회라는 간판으로 중개업을 경영하고 있었다. 그러나 그들은 서루 성격과 취미가 다르므로 사무소이외에는 둘이 잘 맞나지 않았다. 알벤송은 그의 모든 여가를 도락삼매에 소비하였고 한편 전쟁에까지 종군해본경험이 있는 벤담소좌는 침착한 보통생활에 밤에도 구락부외에서 흔이 시간을 보냈다. 그러나 그들은 그들의 사교게에서 제각기 평판이 좋았다.

이런 아우가 살해를 당함에 이르러 벤담소좌는 그 원수를 가파주고저 일념으로 노력하였다.

막함은 부하를 시키어 알벤송과 친히 지내든여자를 조사하게 하였다. 그리고 일방 심문할때 방소가 흥미를 가졌든 관계로 그 안잠재기의 신변을 탐지하고저 따로히 한부하를 내놓았다.

그 조사한바에 의하면 안나부인은 본시 시골태생으로 돌아간 그 양친은 다 독일 사람이였다. 그는 벌서 십육년간을 과부생활을 하야 왔다. 알벤송의 집에 오기전에는 십이년동안이나 어느가정에서 일을보았으나 그주인이 가정을 파하고 여관으로 가게되어 서루갈렸든것이다. 그래 그전 주인의 말을 들어보면 안나부인에게로 확실히 딸이있을터인데 본일도 없고 또 거기에 관하야 들은적도 없다는것이다. 막함은 이사실을 별루중요히 안녀기고 다만 형식적으로 적어 두었을뿐이었다.

방소가 지방검사국으로 전화를 걸어 일어슨것이 그날 아츰이었다. 나는 그가 막함에게 스산도구락부에서 점심을 가치하자고 약속하는걸 들었다.

나와 방소가 구락부로 갔을때 막함은 아즉 보이지 않았다. 우리가 마음에드는 곳에 가 자리를 잡고 앉어서 차를 마실때에야 그제서 설렁설렁 들어왔다.

"뭐좀 생각해보았나?" 하고 그는 걸상에 앉으며 방소의 눈치를 훑어본다.

"자네가 가장 긴급히 생각하는걸 좀들려주게"

"나의 어리석은 생각에는" 하고 방소는 대답하였다. "알벤송의 그 머리탈이 자네들에게 뭘 설명하리라 생각하네"

"머리탈, 응 그리고?"

"그리고 그 칼라와 넥타이가 있지 않었나?"

"그리고 또 저 금이도 있지 않은가?"

"아참, 자네는 두뇌가 참 좋아이" 하고 크게 감탄하였다. "자네같은 머리로 어째 범인을 못찾었나?"

여기에는 막함은 들은척도 안하였다. 그는 잠간 뭘 주저하는듯 하드니

"이것은 극히 비밀인데" 하고 그예 입을 열었다.

"자네가 아츰에 전화를 걸때 나는 부하에게서 보고를 듣고 있었네, 그 장갑과 가방을 놓고간 여자에게 알벤송이 반했었든 내막을 알았다. 그리고 그날 밤 알벤송과 가치 만찬을 한것도 그여자였다네, 그는 유명한 히가 극배우로 구레아라는 이름을 가졌다는 이것까지도 알았다네"

"이건 불행한 일이로군!" 하고 방소는 한숨을 쉬이었다. "나는 그여자를 위해 슬퍼할수밖에 없네. 자네는 그래 그여자를 가엾이 굴터인가?"

"그건 무슨 의민지 모르겠네 죄만 있으면이야, 얼마든지 심문할수 있으니까"

막함은 어덴가 마음이 팔리어 있는듯싶었다. 그래 우리는 식사를 하는 동안에 아무말도 건느지 않었다.

식후 유히실로 권연을 피러 갔을때, 창앞에서 시름없이 서있는 벤담소좌와 맞우쳤다. 그는 오십전후의 큰얼굴을 가진 사람으로 침착하고 친절한태도와 곧은 체격을 가졌다.

그는 방소와 나에게 잠간 인사를 하고는 곧 막함에게로 향하였다.

"막함씨 또 하나 당신에게 말슴해드릴 점이 있읍니다. 알벤송의 친한 친구로 바이부라는 사람이 있읍니다. 그는 이곳에서 살고 있지 않기때문에 잠간 그이름을 잊었었읍니다. 그는 아일랜든가 어딘가에 산다는 말이 있읍

니다. 지금 불시로 생각이 나기로 참고가 될가하야 여쭈어두는 겝니다"

그리고 무슨 말을 급히 할듯하드니 깨물어버린다. 평소에는 진득한 성질임에도 불구하고 그는 마음이 매우 움지기고 있는듯 하였다.

"그건 참고맙습니다" 하고 막함은 종이를 끄내어 그걸 대충적었다.

"낼로 곧 조사하야 보겠읍니다"

이때 허심탄탄히 창밖만 내다보고 서있든 방소가 몸을 돌리어 소좌에게 물었다.

"소토랑대위는 어떴읍니까? 나는 당신의 아우와 그와 한좌석에 있는걸 여러번 보았는데"

"서루 좀 알뿐입니다. 별루 필요없겠지요" 하고 그는 막함을 향하야 "나는 당신이 너머 일즉이 증거를 잡았다고 생각합니다 마는"

막함은 입의 권연을 뽑아 손가락으로 비벼가면서 어떤 생각에 곰곰 젖어있었다.

"이건 말슴하지 않는것이나" 하고 잠간 사이를 띠어 "나는 목요일날 당신의 게씨와 가치식사를 한 사람을 찾았읍니다" 그는 이이상 더 말을 할가 말가를 망서리다가 다시 입을 열어 "이 이상 더 증거가 없드라도 넉넉히 판결을 요구 할수가 있읍니다"

크게 놀라며 감탄하는 빛이 소좌의 이마를 지나갔다.

"너머나 고맙습니다" 하고 그는 막함 어깨에 손을 얹고는 "나를 위하야 아모쪼록 힘써주시기 바랍니다"

이렇게 치하를 하고나서 밖으로 나가버렸다.

"아우가 죽었는데, 소좌에게 이러니저러니 물어서 안된걸"

"그래도 세상은 거리낌없이 끌고가는걸세" 하고 방소는 하품을 하드니 "운명이라는게 과연 있는겐가?" 하고 입안으로 중얼거렸다.

6. 방소의 의견

우리는 얼마 동안을 담배만 피이면서 서루묵묵히 앉아 있었다. 방소는 멀거니 한곳을 바라보고 있었다. 막함은 이맛살을 접고서 난로우쪽 벽에걸린 그림에 눈을 주고 앉었다.

방소는 몸을 돌리어 비웃는 시선으로 지방검사를 보았다.

"여보게 막함" 하고 그는 점잖히 말하였다. "자네는 이 살인사건을 글짜 박은 그손수건으로 해결하러드는 셈인가? 그건 작난감으로 노는 어린애의 일일세!"

"그럼 자네는 범죄를 조사할때 우리가 얻을수있는 그증거를 무시한단 말인가?" 하고 막함은 안될 말이란듯이 배를 탁튀겼다.

"그야 물론일세" 하고 방소는 정숙하게 선언하였다. "범죄는 영리한 사람의 손으로 대개 계획되는 것일세. 그러므로 나종 자기에게 유리한기회를 주도록 만들어놓는것일세. 그런 가짜증거를 자네네 탐정들은 진실로 알고 눈을 까뒤집고 덤벼드는것이니 결과는 그 반대로 다라날밖에 별도리있겠나"

"모를 소리야 증거를 무시하고 범인을 어떻게 찾는단말인가? 언제든 범죄란 제삼자가 있데서 시작되는건 아니니까"

"자네는 근번적으로 오핼세" 하고 방소는 정색하고 말하였다. "모든 인상은 마치 예술작품의 그것과같이 제삼자로 하여금 느낄수있게 되어 있네. 범인이나 예술가의 손으로 제작된 그걸 본다면 그리고 우리가 좀 명석하다면 얼른 그 사람의 개성과 천분을 호흡할수 있네"

그리고 방소는 새로히 권연을 피어물고 천정을 향하야 내뿜었다.

"가령, 이 사건에 있어 자네의 결론을 생각하야 보게" 하고 그는 여전히 침착한 태도로 차근차근이 뙤여주었다.

"자네는 알벤송을 필연 이놈이 죽였으리라는 극히 삐뚜러진 상상알에서 활동하고 있는것일세. 자네는 벤담소좌와 함게 그렇게 행동하고 있네 그래 아무 죄도 없는 여자를 잡아다 욕을 보이고저 계획중이 아닌가?"

"욕을 보이다니!" 하고 막함은 펄쩍뛰었다.

"나와 내부하가 그 여자에 관하야 불리한 증거를 갖고 있는이상, 자네가 그 여자를 무죄라는 그렇다는 설명이 있어야 할게 아닌가?"

"응 그건 간단하이" 하고 방소는 조롱 하는듯이 입귀를 삐쭉 올리였다.

"이번 살인을 범한 사람은 자네나 자네부하들의 눈에 띨만한 조고만 증거도 남기지 않을만치 그렇게 흉악한 지혜를 가진 자라는 이유뿐일세"

이렇게 방소는 이번사실을 확연히 파악한 사람같이 늠늠히 암시하야 주고 있었다.

"자네들이 채용하고 있는 그 추릿법은 황하기 짝이 없는 것일세, 예를 들라면 자네가 지금 욕을 보이고자 벼르고있는 그 가엾은 여자를 알겠네"

지금까지 빙그레 웃는 낯으로 울화를 가리고있든 막함이 방소를 향하야 눈을 크게 떴다.

"나는 직권으로 말을 하나" 하고 그는 떨리는 음성으로 내뱉았다.

"나는 확실한 증거가 있어 여자를 심문 하랴는 것일세, 여기에 무슨 잘못이 있나?"

"그리고 말일세" 하고 방소는 거침없이 또 받았다.

"그 여자뿐만아니라 어쩌한 여자라도 결코 이런 범죄는 행치 못할것일세"

"그럼 자네는 뭘로 범죄를 결정한단 말인가 어디 한번 들어보세" 하고 막함은 열을 벌컥 내였다.

"인간의 죄와 벌을 결정하는데는 다만 하나의확실한 방법이 있는것일세" 하고 방소는 조금 사이를 두어

"그것은 범죄의 심리적 동인의 분석과 그개인에게 쓰일수 있는 적용성과에 의하야 알수있는것일세. 다시 말하면 진실한 탐지법은 심리적추리 그 것일세!"

"자네가 암만 그래도 나는 그 여자가 알벤송을 살해한 범인이었다는 모든 재료를 갖고 있네"

방소는 가장 놀랐다는듯이 어깨를 으쓱하야 보이며 코우슴을 쳤다.

"흥, 그러면 어디 한번 들어볼수 없겠나?"

"물론 이야기야 하지"

하고 막함은 네 보란듯이 주짜를 뽑았다.

"첫재 그 여자는 알벤송이 살해를 당하든때 그 집안에 있었네"

"허, 그래 뭘로 그걸 알았나?"

"그 여자의 소유물인 장갑과 손가방이 알벤송의 방에서 발견되었다는 사실이 그것을 증명하고있네!"

"오!"

하고 방소는 콧등에 다시 조소를 띠우며

"여보게 내 바지가 세탁소에 가있으면 내가 세탁소에 있는 폭이 되겠네 그려?"

막함은 그래도 꽉 자신한 어조로 말하였다.

"나의 부하가 알벤송이 그 여자와 어느요릿집에서 밤참을 먹었다는걸 알아 왔네. 또는 두사람이 싸웠다는것과 가정가량하야 둘이 택시를 타고거기를 나갔다는것도 알았네, 그 여자는 고근처 강변에 산다는것인데 그가 만일 알벤송의 집엘 안들렀다면 그 동안에 뭘 했을까? 나의 부하는 그 여자의 집에 가서 그가 새루 한점이 조금 넘도록 돌아오지 않은것까지 알아왔다. 그럼 살인을 당한것이 열두점 반이 아닌가"

하고 막함은 권련에 다시 불을 붙이고는

"그리고 여자에게는 이곡구라는 약혼자가 있다네 그는 육군의 대위라 알벤송을 죽인 권총과 똑같은 권총을 가졌을것일세, 게다 이곡구대위는 그날 점심을 여자와 같이 먹었고 또 그 담날 일즉이 여자에게로 찾아간 일이 있었네"

막함은 약간 앞으로 몸을 내밀었다. 그리고 손으로 탁자를 두드리며 어세를 높이었다.

"인제 알겠나? 이만했으면 자네는 우리가 그릇된 증거를 가졌다고 못하겠지? 그 동기와 기회와 그리고 그 수단을 알지 않았나?"

"여 막함선생" 하고 방소는 낮윽한 소리로

"소학교의 우등생이면 능히 알수있는 그렇게 쉬운 일에만 자네가 설명하였네. 그러나 그속에자네가 모르는 일점이 있다는거야!"

여기에서 막함은 모욕을 느낀 사람의 노염이얼굴에 떠올랐다. 마는 그는 자제하는듯 싶어 겉으로 토하지는 않았다.

우리는 그들의 우정을 잘 이해할수 있을지 모르겠다. 그들은 서루 성격이 달러 가끔 논쟁이생기고 때로는 그말이 도를 넘을적도 있으나 그것은 서루 존경하고 있는 결과에 지나지 않는다.

얼마 동안을 침묵에 싸이었다가 막함은 억제로 껄껄 웃어보이었다. 그리고 유유히 입을 열어

"하여튼 삼십분만 있으면 그 여자가 내게로 올것이니 두고보면 자네도 알겠지?"

"그건 이쪽에서 헐 말인듯 싶은데!"

이렇게 그들은 서루 자기의 의견을 양보할줄 몰랐다.

우리들은 그길로 바루 나아와 택시를 타고 형사재판소로 향하였다.

7. 그여자의 대답

우리는 지방검사의 뒤를 따라 그의 사무실로 들어갔다.

방소는 실내의 구조를 태연히 둘러보고 있었다. 막함은 자기 책상앞에 가 앉아서 그우에 놓였든 조고만 종이쪽을 집어들고 읽어보았다.

"나의 부하가 둘이 지금 나를 면회할랴고 기다리고 있네" 하고 그는 고개도 숙으린채 뭘 뒤지고 있었다.

"거기 앉아서 잠간만 기다려주게. 나는 좀더 기술적 관계를 조사할 필요가 있으니!"

그리고 그는 책상 모슬기에 달린 초인종을 눌렀다. 조금 있더니 두터운 안경을 쓰고 민활히 생긴 청년 하나이 문앞에 나타났다.

"스워카군 히푸스더러 이리 들어오라 하여주게"

비서가 나가자 뒤미처 키가 커닿고 수리같은 머리를 가진 탐정이 들어왔다.

"뭐 보고헐게 없나?"

"네 각하 저" 하고 언성을 낮후어 다가서며

"아침에 저 이곡구대위의 집에 가보았습니다. 때마츰 대위가 출립을 나가는 길이었습니다. 그래 따라갔더니 그는 그 여자의 집에 가 한시간 이상

을 있다가 다시 수심이 만면한 얼굴로 나와 집으로 돌아갔읍니다"

"응, 알았네……나가다 스위카에게 도레시를 불러오라 하게"

도레시는 키가 적고 통통한 몸의 학식이라도 가진듯 싶은 온공한 탐정이
었다. 양복을 매끈이 입고 애교있는 얼굴로 들어와

"안녕히 주무셨읍니까 각하" 하고 그는 예바른 태도로 허리를 굽신하였
다.

"오늘 구레야가 여기 오리라고 생각합니다. 그래 각하께서 신문하실때
필요할듯 싶은 몇가지를 조사해왔읍니다"

그는 호주머니에서 조고만 수첩을 끄내들고 안경을 고쳐썼다.

"그 여자의 성악선생으로 리날드라는 사람이 있는데 오늘 그를 만나봤
읍니다. 그는 자기가 구레야양을 길러내다싶이 했다고요 그리고 죽은 알벤
송도 잘 안다합니다. 알벤송은 구레야양의 음악회에는 언제나 찾아와서 자
동차를 불러주고 물건을 사주곤 했답니다. 작년 겨울에는 이리극장에서 구
레야양이 출연했을때 알벤송은 그 방에 디려놀수 없을만치 꽃을 보냈답니
다"

도레시가 수첩을 접어 도로 넣고 돌아서 나올때,

"히이스경부가 왔읍니다" 하고 비서가 들어왔다.

"바쁘시지 않으면 잠간 뵙겠다고 합니다"

"응, 아직 시간이 있으니 들오래게"

히이스는 나와 방소가 검사실에 있는걸 보드니 좀 놀라는 기색이었다.
그는 막함과 판에 박은듯이 악수를 하고는 경쾌한 낯으로 방소를 보았다.

"방소씨, 많이 공부하셨읍니까?"

"별루 배운것이 없소이다" 하고 방소도 또한 가비여히 받았다.

"하긴 그 보다도 나는 가장 흥미있는 오해만 발견하였소"

히이스는 급작이 몸을 진중히 갖고

"각하" 하고 막함에게로 향하였다.

"이번 사건은 매우 난처합니다. 제가 부하 십여인과 돌아다니며 알벤송
의 친구들과 말을 해보았으나 하나도 들어볼만한 것이 없읍니다. 그들은

저마다 그 선량한 알벤송을 누가 죽이리라고는 생각지 않었든 꿈밖이랍니다. 그뿐입니다"

"그럼 그 자동차에 대한 보고는 들었나"

"거기에 대해서도 일절 무소식입니다"

"그러나 경부, 실망치 말게" 하고 막함은 그의 기운을 돋아 주었다.

"나는 그간에 일이 많었네, 그 손가방의 주인을 찾었고 또그 여자가 그날 알벤송과같이 밤참을 먹은것까지도 알었네. 그리고 그 여자자신이 머지않어 나에게로 올걸세"

지방검사가 이런 이야기를 하고 있는 동안에 히이스의 얼굴에는 불쾌한 빛이 확 퍼졌다. 마는 그는 곧 그것을 수습하야 질문으로 꾸려막았다. 막함은 그에게 모든걸 상세히 이야기하고 바이부에 관한것까지도 그대로 고하였다.

"신문을 하고나서 그결과를 곧 알려줌세" 하고 그는 말을 맺었다.

히이스가 나가자 방소는 실적은 우슴을 띠이며 막함의 얼굴을 처다보았다.

"자네들의 일이란 그런걸세, 나는 히이스가 이번 살인범을 적어도 한 대여섯가량 잡아올줄 알었드니!"

그러자 이때 막함의 비서가 들어와 구례야양이 왔다고 알리었다.

나는 이때 우리일동이 이 젊은 부인의 깨끗한 얼굴을 갖고 태연자약한 걸음으로 들어오는 태도를 보고는 좀 멈씰한듯 싶었다. 그는 자딸막한키에 검은 눈과 날카로운 콧날을 가진 여자로 얼뜻 보아 놀랄만치 아름다웠다. 그의 보드라운 입살은 곧게 다물렸고 그 무게가 알수 없는 얕은 우슴이 떠도는듯 하였다. 그의 얼굴의 굳은 의지와 지혜를 표시하는듯이 매우 단정하였다. 그러나 평온한 그 외면밑에는 가릴수 없는 한감정이 숨어있는듯 싶었다.

막함은 일어나 본때있게 인사를 하고는 자기앞에 놓인 안락의자를 손으로 가르키었다.

"이리로 앉으십시요"

"고맙습니다"

그의 음성은 마치 숙달한 성악의 노래와같이 그렇게 고았다. 그는 말할 때 입을 느스레히 열고 그우에 쌀쌀한 미소를 보이었다.

"구레야씨" 하고 막함은 점잖고 엄격한 태도를 취하였다.

"그('나'의 잘못일 듯—편자)는 당신에게 똑바루 말슴 하도록 충고합니다. 터놓고 말슴하면 그것이 당신의 이익입니다."

그러나 여자는 비웃어 던지는듯한 눈으로 그를 바라보았다.

"너무 친절히 충고하야 주서서 무어라고 인사를 디릴지 모르겠읍니다"

막함은 얼굴을 찌그리고 책상우의 서류를 뒤저보자 다시 입을 열었다.

"당신은 당신의 장갑과 손가방이 알벤송이 살해를 당한 그담날 그집에서 발견되었다는걸 아시겠지요?"

"저는 여러분이 그 손가방을 내거라고 아신건 잘 양해합니다" 하고는 그는 좀 있다,

"그러나 어째서 그 장갑이 내거라고 생각하셨읍니까?"

막함은 여자를 매섭게 쳐다보았다.

"그러면 그 장갑이 당신의 물건이 아니란 말슴입니까?"

"아니요 저는 다만 여러분이 나의 장갑의 취미며 혹은 척수도 모르는 주제에 어떡해서 나의 물건으로 아섰는가 말입니다"

"그럼 당신의것이 아니란 말입니까?"

"만약 그것이 내손에 잘맞고, 힌 가죽장갑이면 반듯이 내것입니다. 그렇다면 이리 내주시기 바랍니다"

"미안합니다 마는 당분간 내가 보관하야 두겠읍니다" 하고 엄격한 낯을 하야 보이며

"그런데 당신의 물건이 어째서 알벤송씨의 방에가 있었읍니까?"

"그건 말슴하고 싶지 않습니다"

"당신이 대답을 거절하시면 그 결과가 좋지 않습니다" 하고 막함은 또 한번 은근히 얼러보았다.

"당신의 자신을 위하야 저저히 설명하시는것이 좋습니다"

여자는 영문을 모르겠다는듯한 태도로 눈섶을 걸어올렸다. 그리고 그 까닭모를 미소가 입귀에 나타났다.

"저에게 살인혐의가 충분합니까?"

막함은 기가 막혀서 아무 대답도 없었다.

"구레야씨, 밤 열두점에 요릿집을 나와 집으로돌아가실때까지 어디 게 셨읍니까? 집에 가신것은 한점이 지났지요"

"참, 저는 놀랬읍니다. 어쩌면 그렇게많이 아십니까. 저는 그 동안에 집 으로 가는 길이었읍니다"

"거기에서 집까지 한시간이 걸립니까?"

"네! 아참 한 일이분쯤 더 걸립니다"

"당신의 태도는 당신을 점점 불리하게 만듭니다" 하고 막함은 화를 내이 며 여자에게 다시 주의를 시키었다.

"하여튼 고맙습니다" 하고 여자는 이상스러히 얼굴을 정색하더니

"바루 말슴이나 만일에 내가 알벤송씨를 죽이러 들었다면 그는 벌서 예 전에 죽었을것입니다. 나는 그렇게까지 그를 싫여합니다"

"그럼 어째서 밤참을 가치 자섰읍니까?"

"네 제자신도 그런 질문을 가끔하야 봅니다" 하고 여자는 슬퍼하는 고백 이었다. 그러다 무엇을 생각하였는지

"밤참을 가치 한것은 아마 내가 그를 죽이려는 준비행동일른지 모르지 요!"

여자는 이렇게 말을하면서 한편으로는 화장갑을 끄내어 그속의 거울에 다 얼굴을 비처보고 있었다. 그는 앞머리를 손으로 긁어올리고 또는 눈섶 까지도 손끝으로 매만저놓는것이다. 그러나 얼굴을 들어 인제는 헐말 다 했다는듯이 지방검사에게로시선을 던졌다.

막함은 노할대로 노하였다. 딴 지방검사만 같으면 그는 당장 여자를 어 떻게 했을것이다. 막함은 그런 위압적 수단을 연약한 여자에게 쓰는것을 번능적으로 싫여하였다. 그러나 이번에는, 구락부에서 방소가 노래한 그말 이 없었더라면 혹은 좀 압박하는 티를 보였을지도 모른다.

얼마동안 침묵에 싸였다가 우울히 물었다.

"당신은 알벤송의 형제상회를 통하야 투기사업을 해본 일이 있읍니까?" 이 질문에 구례야는 방그레 웃으며 대답하였다.

"네 많이 했읍니다"

"요즘 손해를 많이 보셨다지요? 그래 알벤송이 잔금을 받으러 왔다가 결국 당신의 소유재산을 경매하였다는것도 사실입니까?"

"거짓말은 아니겠지요!" 하고 그는 슬픈 얼굴로 탄식하는듯 하더니

"그래서 그 원수로 내가 죽였는지도 모릅니다" 하고 실없이 노는 모양이었다.

막함의 눈에는 차디찬 노염이 고이었다.

"알벤송이 맞어죽은 그총과 똑같은 권총을 리곡구대위가 가졌다는게 사실인가요?"

"그건 모르지요. 네총이 어떠냐고 물어본 일이없으니까요"

"그러면" 하고 막함은 긴장한 어세로 추궁하였다.

"리곡구가 그날 아침 당신집에 갔을때 그의 권총을 당신에게 빌렸다는 것이 정말입니까?"

"뭐요 그런 실례의 말슴이 어딨읍니까" 하고 여자는 얌잖은 그러나 책하는 시선으로 그를 쳐다보았다.

"약혼한 두사람의 사이를 묻는다는건 너무도 말이 안됩니다. 리곡구대위는 나의 약혼자입니다"

막함은 자기의 감정을 가리고저 노력하였으나, 그래도 얼굴 한편에는 뜨거운 분노가 움지기고 있었다.

"당신은 나의 질문에 대답을 거절하였읍니다. 이것은 즉 당신이 당신자신을 위험히 만드는 증거입니다"

"네 아무래도 좋습니다" 하고 여자는 유유히 대답하였다.

"나는 아무것도 말슴하고 싶지않습니다"

이때 지방검사의 눈에는 불덩어리가 그대로 쏟아질듯이 보이었다. 그러나 여자는 거기에 조금치도 움지겨지는 기색이 없었다. 쏘는듯한 눈으로홍

미를 갖고 지방검사의 얼굴을 말끄럼이 쳐다보고 앉었다.

방안에는 거북한 침묵이 잠간 지나갔다.

막함은 돌연히 책상 모슬기의 초인종을 누를랴 하였다. 그러나 그 도중에 그의 시선이 방소와 마주치자 그는 우물쭈물 그손을 중지하였다. 그의 시선과 마주친 방소의 얼굴에는 친구를 질책하는 불만이 있었다.

구레야는 정숙히 화장갑을 열어들고 콧등에 분솜질을 하였다. 그것이 다끝나자 그는 황홀한 눈으로 지방검사를 쏘았다.

"당신께서 여기서 나를 체포하고 싶으십니까?"

"오늘이 아닙니다"

막함은 이렇게 늠늠히 뱉아놓았다. 그는 아즉도 뭘 생각하는듯이 창밖만 내다보고 서있었다. 그러다 자기의 비서를 불러서

"여보게 이 구레야양에게 자동차좀 불러드리게" 하고 명령하였다.

"안녕히 계십시요, 또 보입겠읍니다"

여자가 밖으로 나아가자, 막함은 다른 부하하나를 불러서

"지금 그여자가 나갔으니 곧 뒤를 밟아보게 아예 잊어버리지 말아——" 하야 보내고는 방소를 돌아보며

"그여자의 연극은 하여튼 하긴 잘하나 그러나, 자기의 죄를 아는 교활한 여자의 그행동과 조금도 다름없네" 하고 네보란듯한 태도로 오곰을박는다.

"자네는 그러나 아즉 멀었네" 하고 방소 역 비웃는 소리로 받았다.

"그 여자는 자네가 그를 유죄로 생각하였든 말었든 조금도 관계치 않었다는걸 모르나? 그 여자는 자네가 그를 집으로 돌려보내는데 오히려 섭섭히 생각했을지도 모르네!"

"모르는 말일세, 사람은 죄가 있건없건 체포당하길 좋아않는것일세——"

"그건 그렇고 알벤송이 살해를 당하든 그 시간에 리곡구는 어디있었을까?"

"내가 그걸 부주의했을까?" 하고 막함은 경멸하는 시선으로 방소를 보

왔다.

"리곡구대위는 그날 밤 여덟시로부터 자기집에 꼭묻여있었네"

"응, 그래 매우 모범청년이로군!" 하고 방소는 스적스적 말만부치고 섰다.

막함은 또 다시 예리한 시선으로 방소를 노려보았다. 말은 없으나 거기에는 뭘 찾고저 속조리는 초조가 떠돌았다.

"나는 자네의 소망대로 그 여자를 임시로 보냈네" 하고 막함은 못할걸 했다는듯이 자기의 공을 보이며

"그럼 자네도 자네의 그 비결을 보여주어야 할게 아닌가?" 하고 여지껏 참아왔든 울분을 겁겁히 쏟아놓았다.

"낸들 뭘 아나? 내가 무슨 요술쟁이가 아닌이상——"

방소가 이렇게 대답할 때에는 언제나 번대답을 피할랴는 전조이었다. 그래 막함은 그걸 눈치채고는

"결국 나는 내 이론에 고집하는것이 현명한 일일겔세" 하고 후회하는 빛을 보이었다.

"실상말이지 자네이론엔 체게도 없는걸 알았네, 그러기에 입때껏 진상의 윤곽도 못잡지 않었나"

막함의 어조와 표정은 확실히 도전적 태도를보이고 있었다.

"죄없는 한 사람이 현장에 있었다는것은 말하자면 진범인의 보호물로 이용되었다뿐일세 지혜있는 범인은 자기는 멀리 떨어저서 현장에 있는 사람으로 하야금 죄를 범하게 하는것일세"

"자네는 허황한 이론뿐일세" 하고 막함은 멸시하는듯이 입귀를 삐쭉하였다.

"만일에 자네의 이론이 진리라면?"

"흥, 그러나 내가 만일 자네의 처지에서 자네만큼 활략했다면 지금쯤은 범인이 감옥에 졸고있을 것일세"

"그럼 어디, 자네가 찾아내봐 보게!"

"그야 이 사건을 나에게 일임한다면이야"

여기에서 막함은 입때까지 비웃어오든 도전적태도를 갑작스리 고치어

정색하였다. 그의 눈에는 흡사히 그 말을 기다렸단듯이 히망의 빛이 보이었다. 그는 방소에게 정중한 낯을 보이며

"응, 일임했네" 하고 꽉 결정한 뜻을 나타내었다.

"그러면 인제 어떡헐테인가?"

아무 대답없이 방소는 얼마동안 담배만 피이고 있었다. 그러나 버듬직이 자리에서 일어나서

"응, 그러면 제일 첫때" 하고 그는 천천히 입을 열었다.

"나는 범인의 키부터 조사하기로 하겠네"

"그런대 그걸 어떻게 아나?"

"하옇은 나를 그 현장으로 다시한번 데려다주게"

막함은 이것이 농담이나 아닌가고 어떨떨이 방소를 처다보았다.

"지금은 시체도 다 치었네"

"응 그거 잘됐네" 하고 방소는 여전히 확신하는 침착한 어조로 말하였다.

"나는 천승이 시체만 보면 소름이끼쳐서 못보는걸!"

막함은 방소의 하자는대로 하는것이 이때의 자기 직무같이도 생각되었다. 왜냐면 그는 방소를 비웃었고 또 자기의 이론을 고집하였으나 그러나 속으로는 방소의 존재만은 괄시 못하리라고 믿고있었든 까닭이였다.

그는 자기가 도리어 방소를 재촉하야 가지고

"암만해도 헷일하는거 같으니!" 하고 자동차에 올라앉을때 방소는 조곰도 주저하는 빛없이

"일이란 결과가 증명하니까" 하고 콧등으로 대답하였다.

8. 방소의 활략

우리가 알벤송의 살해당한 방으로 들어갔을때 다만 방안이 깨끗이 소제되었을뿐으로 그담은 전에 볼때와 다름이 없었다. 들창의 휘장이 걷어저있고 늦은 오후의 광선이 아낌없이 흘러들고 있었다. 방의 아름다운 장식은 그 빛에 반사되어 더욱 으리으리하게 보이었다.

방소는 권연의 불을 끄고 막함에게 기다란 청량자와 실패가 필요하다 하였다. 막함은 저쪽 대문간에 파수를 보고 섰든 경관을 불러

"여보게 안나부인에게 실패와 청량자를 좀 빌려오게" 하고 명령하고는 방소를 수상스리 처다보며

"그래 그걸로 뭘헐랴구 그러나?"

"뭘 허든!"

방소는 저쪽으로 가서 알벤송이 앉어서 맞어죽은 의자를 한복판으로 끌고 나와 살인당시에 놓였든 그 장소에다 갖다놓았다. 그 자리는 의자의 바퀴자죽이 있어 언제든지 알수 있었다. 그리고 그는 의자등에 뚫린 탄환구녕에 실을 꿰어 탄환 맞은 벽과 반대쪽으로 그 한끝을 가저가도록 나에게 분부하였다. 다음에는 청량자로 그 구녕을 꿰어들고 알벤송의 이마가 있든 장소에게 오척육촌의 거리를 재었다. 그는 그곳을 표적하기 위하야 실에 매듭을 짓고 실을 팽팽이 댕기어 벽에 맞은 탄환자리에서 의자의 탄환구녕을 통하야 매듭까지 일즉선이 되게 하였다.

"이 실의 매듭은" 하고 그는 설명하였다. "알벤송을 죽인 총뿌리가 있었든 장소일세. 알겠나? 이 실은 총알이 나간 즉 탄돌세. 그리고 총알이 오륙척 되는거리에서 알벤송을 쏘았다는건 어제 아츰 헤지동대위의 정확한 감정이니까 의심없겠지?"

막함은 아무 대답없이 바라보고만 있었다. 물끄럼이 뜬 그의 눈에는 어여 그담을 가르키라는 강열한 요구가 있을뿐이었다.

"그러면 이 실을 팽팽이 잡아다리고 있을게니 자네가 이 매듭에서 방바닥까지의 거리를 재여보게"

"이건 무슨 어린애작난두 아니구——" 하고 막함은 뚜덜거리긴 하였으나 역시 명령대로 순종하였다.

"넉자 일곱치" 하고 그는 대답하였다.

방소는 실의 매듭에서 곧장 나려간 방바닥 그 우에다 권연 하나를 놓았다.

"자 우리는 지금 권총이 발사될때 방바닥우에서 얼마한 높이에 있었나

하는걸 즉 넉자일곱치 알겠나?"

막함은 눈을 둥그렇게 뜨고 다만 벙벙히 서 있었다.

방소는 문밖에서 집을 감시하고 있는 탐정에서 권총을 빌리어 막함에게 주었다. 그리고 자기는 총맞은 의자에가 앉어 알벤송의 이마가 있었든 자리에 똑고와같이 이마를 대었다.

"자 막함" 하고 그는 명령하였다. "범인이 섰든 저장소에가 서서 방바닥의 권연 바루 그 우에 총뿌리가 있게하고 나의 이마를 견양하고 있게" 하고 그는 징글징글한 미소를 띠이며 주의하였다.

"잘하게 괜히 생사람 죽이리"

막함은 떨떨음한 얼굴로 잠자코 그대로 준해하였다. 그가 견양을 하고 있을때 방소는 나에게 총뿌리로부터 방바닥까지 얼마나 되나 재보라하였다.

그 높이는 넉자 여덟치였다.

"그렇겠지" 하고 방소는 다시 일어나며

"알겠나? 막함, 자네의 키가 다섯자 아홉치지? 허니까 알벤송을 죽인 사람의 키도 자네와 별루 크게 틀리지 않을걸세 말하자면 다섯자 여덟치이하는 결코 아닐세"

그의 실험은 이렇게 간단하고 명백하였다. 막함은 사실인즉 속으로 여간 크게 감동하지 않었다. 그의 태도는 점차로 경건하야지는걸 알수 있었다. 그는 잠시 뭘 생각하는듯한 얼굴로 뚱허니 섰드니 방소를 바라보고 묻는것이다.

"그러나 때로는 총을 올려들고 쏠수도 있지 않은가?"

"그건 모르는 소릴세 익달한 사람이 총을 쏠때에는 언제나 같은 높이에 들고 쏘는것일세"

"그렇지만 범인이 총에 익달한 사람인지 아닌지 어떻게 아나?"

"만일 그 범인이 익달한 사람이 아니라면 오륙척이나 되는 거리에서 이마를 쏘았을 리가 없네. 그보다 실패가 적은 가슴을 쏘았을게고 그리고 한 두어방더 쏘았을지도 모르네"

이 말에 막함은 멈씰하야 꿀 먹은 벙어리가 되었다.

"그 아름다운 구레야양은" 하고 방소는 낮에 미소를 먹음고 "어떠한 일이 있드라도 그 키가 다섯자네치나 혹은 다섯치 고가량밖에 안되네 알겠나?"

막함은 어딘가 초조하는듯한 기미가 보이었다. 그리고 그의 초조는 그가 확신하고 있는 사실을 버릴수 없는 사람의 그것이었다. 그는 자기가 방소의 심리적 추리에 쫓지 않으면 안될걸 알고있기 때문이었다. 그러나 그는 아직 그 고집이 버려지지 않을만치 완고한 검사였다.

"그러나 나는 구레야양에게 얼마든지 유리한 증거를 갖고 있는게니까 그대로 둘수는 없는걸세"

"그 증거라는것이 즉 자네를 망치는걸세" 하고 방소는 막함에게 조롱하는 기색을 보이다가 "내좀 안나부인과 이야기좀 하고 싶은대 자네가 허락할수 있겠나?"

"맘대루 하게나"

막함의 안색은 회의적이었으나 그러나 매우 큰 흥미를 품은것만은 어길수 없는 사실이었다.

9. 안나부인의 대답

안잠재기가 들어왔을때 그는 막함이 먼저 신문할때 보다는 훨씬 침착하게 보이었다. 그의 태도는 시무룩허니 자기의 고집을 주장하는 티가 있었다. 막함은 그에게 잠간 고갯짓만 할뿐이었으나 방소는 난로옆의 안낙의자를 그에게 권하였다.

"안나씨 당신에게 잠간 엿줘볼 말슴이 있는데요" 하고 방소는 그를 또렷이 바라보았다. "당신이 바루 말슴하시는게 피차의 이익입니다"

이 말이 끝나자 부인은 고개를 들었다. 그는 무심한 얼굴이었으나 꼭 다물은 눈속에 초조하는 빛이 보이었다.

방소는 잠간 사이를 두고는 한마디한마디 힘을 주어 말하였다.

"알벤송이 죽든날 그 부인이 몇점에 여길왔었읍니까?"

부인은 당황함이 없을랴 하였으나 그 눈에는 놀라는 빛이 완연하였다.

"아무도 안왔었읍니다"

"물론 왔었읍니다" 하고 방소는 좀더 어세에 힘을 주었다. "그 여자가 몇 점에 왔었읍니까?"

"분명히 아무도 안왔읍니다"

방소는 몸을 정중히 갖고 권연에 불을부쳤다. 그의 눈은 부인을 뚫어지게 보고 있었다. 그리고 부인이 시선을 떨길때까지 잠자코 권연만 피었다.

"만일에 숨기시면 법률은 당신을 용서 안할겝니다" 하고 방소는 냉정한 목소리로 "그 여자가 몇점에 왔었읍니까?"

부인은 약간 떨리는 몸으로 손을 부볐다.

"정말입니다. 참 정말 맹세합니다"

"딱한 말슴입니다" 하고 방소는 답답하다는 표정을 보이며 "당신은 당신 자신을 불행히 맨들고 계신걸 모릅니다"

"저는 똑 바루 말슴했읍니다"

"그러면 여기에 있는 지방검사에게 당신을 구류시키도록 할 필요가 생깁니다"

"저는 바른대로 말슴했읍니다" 하고 여전히 고집이었다.

방소는 무엔가 결심한바 있는듯이 피고있든 권연을 탁자우의 재털이에 버리었다. 막함은 큰 기대를 가지고 손가락에 권연을끼고 앉은채 터럭하나 삐끗없었다.

"그럼 좋습니다. 안나부인 당신이 그날 여기에 온 여자를 말하지 않으면 그럼 내가 대신 이야기 하겠읍니다"

그의 태도는 덥적덥적한것이 어딘가 두둥그러저 보이었다. 부인은 의아한 눈초리로 그를 보았다.

"당신의 주인이 살해당하든 날 오후 늦어서 문간의 초인종이 울렸읍니다. 필연 당신에게는 손님이 오리라는 주인의 말이 미리 있었을겝니다. 어떻읍니까? 그리고 당신이 나아가 그젊은 부인을 맞어드렸읍니다. 당신은 그 여자를 이방으로 인도했읍니다. 그리고──그 여자는 지금 당신이 조마조마해서 앉어있는 그 걸상에 앉어 있었읍니다"

그는 여기에서 말을 잠간 끊고 역정다운 미소를 띠이었다.

"그리고" 하고 그는 다시 계속하였다.

"당신이 그 젊은 부인과 알벤송에게 차를 갖다주었읍니다. 조금 있다가 그 여자는 가고 주인은 출립옷을 갈아입으러 웃층으로 올라갔읍니다…… 어떴읍니까? 나도 조금 알지요?"

그는 다시 권연 하나를 피어물었다.

부인은 눈을 둥그렇게 뜨고 갑자기 동요되는 기색이 보이었다.

"그 양반이 당신에게 여기 왔다고 바루 말했읍니까" 하고 그의 음성은 어즈러웠다.

"별루 그런 일도 없읍니다" 하고 방소는 권연 몇 먹음을 피다가 "그러나 아무래도 좋습니다. 그가 말안해도 이쪽에서 환히 다 알고 있으니까요"

"알벤송씨가 사무실서 돌아온지 삼십분쯤 있다가 왔었읍니다" 하고 부인은 여지껏 고집하야 오든걸 그에 토설하였다.

"그러나 주인이 저에게 그 양반이 온다고 말한적은 없었읍니다"

막함은 몸을 앞으로 내대고

"그러면 어제 내가 물을 때에는 왜 그런말이 없었읍니까?"

여자는 대답대신 거북한 낯으로 방안을 둘러보았다.

"내 생각에는" 하고 방소가 경쾌하게 옆으로 받았다. "안나부인이 자네가 그 젊은 부인에게 의심이나 안둘가하야 염려를 했었기 때문일세 부인 내말이 맞습니까?"

"네 그렀읍니다 그양반은 얌전하고 아름다운 여자입니다 다만 그 이유뿐입니다"

"물론 그러실터이지요" 하고 방소는 그를 위안하는 듯이 동의하였다. "그러면 그 여자가 왔을때 별일은 없었읍니까? 우리에게 말슴하야 주시면 그를 위하야 유익합니다. 왜냐면 지방검사나 내나 그여자가 무죄라는걸 잘 알고있기 때문입니다"

부인은 흡사히 그의 번심을 알아낼려는듯이 방소의 얼굴을 삐안히 쳐다보았다. 그리고 결국 안심하고는 서슴없는 대답을 하였다.

"이것도 필요하실지 모릅니다 제가 빵을가지고 들어갔을때 알벤송씨는 그분과 다투고 계셨읍니다. 그분은 자기신변에 일려는 그 무엇을 번민하는 듯 했읍니다. 그리고 약속한것을 그렇게 어기지 말아달라고 애원하고 있었읍니다. 저는 방에 잠간 다녀나왔기 때문에 많이는 못들었읍니다. 그러나 제가 나올랴 할때 주인은 껄껄웃으면서 그건 한번 얼러본거라고 말했읍니다. 그리고 아무 일도 생기지 않았읍니다"

부인은 이야기를 끊치고 그래도 염려되는 눈치였다. 자기의 말이 그 여자를 위하기보다는 도리어 망처놓지나 않었나 두려워하는듯 하였다.

"고것뿐입니까?" 하고 방소는 그것뿐이면 별 결과는 없으리라고 운을 띠는듯이 말하였다.

부인은 잠간 주저하였다.

"저는 고것밖에 못들었읍니다. 그러나 저 탁자우에요 보석상자가 있는 것을 보았읍니다"

"정말! 보석상자가! 당신은 그것이 누구의것으로 아십니까?"

"그건 모릅니다. 그분이 가저온것도 아니고 또 이집에서도 전에 본일이 없었읍니다"

"그것이 보석이고 아닌걸 어떻게 아십니까?"

"주인이 웃층으로 옷을 갈아입으러 갔을때 제가 찻그릇을 치러 갔드니 그때도 탁자우에 있어서……"

방소는 이 말에 미소하였다.

"오 당신이 살짝 떠들어 보셨군요 그렇지요? 관계없읍니다. 나라도 그렇게 봅니다"

그리고 그는 일어나서 공손히 인사를 하였다.

"그것이 전부지요 안나부인. 그러면 그 젊은 부인에 대하야는 너무 염려 하실게 없읍니다"

부인이 나가자 막함은 몸을 내대고 방소를 향하야 손을 내휘들렀다.

"아 어째 자네는 알고 있으면서도 나에게 말을 안했나?"

"뭘 말인가?"

"우선 그날 오후에 구레야가 여기에 왔다는것도——"

"응 그건 나도 몰랐네. 난로안에 있었든 권연 꽁댕이로 다만 추리했을뿐일세"

"그럼 그날밤 그 여자가 여기에 안왔다는건 어떻게 알았나?"

"내가 맨첨 여기에 왔을때 칭량자와 실패가 없었어도 범인의 키를 눈으로 대중할수 있었네"

"응 그건 그렇다하고 그 여자가 알벤송이 나가기전에 먼저 돌아갔다는건 어떻게 알았나?"

"그렇지 않다면 그가 어떻게 야회복으로 갈아입을수 있었겠나? 귀부인은 오후의 단장으로 그대로 밤에 나가는 법이 없는걸세"

"응" 하고 막함은 이렇게 쉬운 일에 자기는 어째 생각이 안났든가 싶었다. 그는 호기심에 끌리어 방소를 똑 바루 쳐다보며 "허나 이 안낙의자에 앉았든것은 뭘로 알았나?"

"어느 의자에 앉어서 저 난로에 담배를 버렸겠나? 여자라는건 잘 견양할 줄 모르는 물건일세. 방안에서 비록 담배 꽁댕이라도 내던지는 법이 없는걸세"

"자네면은 알겠지 그 보석상자와 또는 구레야와 알벤송의 말다툼을 어떻게 생각하나?"

"자네 모르는걸 낸들 알수 있나?" 하고 방소는 그 대답을 피하드니 "하여튼 나는 그 성이가신 담배 꽁댕이 하나를 죽였네. 말하자면 혐의자로써 구레야를 소약한건만은 사실이지"

막함은 곧 대답하지는 않었다. 그는 완고히 반대는 하야왔으나 방소의 이론을 무시하지는 않었다. 그리고 그는 방소가 외면으로는 경솔한듯이 행동하였으나 그 번심은 언제나 준비되어 있는것을 알수 있었다. 뿐만 아니라 그는 매우 발달된 정의감을 가진 사람이였다.

"자네는 자네의 주장을 성공하였네" 하고 그는 굽어들었다. "나는 마음으로 자네에게 감사하네"

방소는 못들은듯이 창께로 걸어가 밖을 내다보았다. 그러고 그대로 서서 공중을 향하야

"우리는 이번에 하여튼 키가 크고 냉정하고 총에 익숙하고 그리고 피해자와 잘 알고——알벤송이 구레야양과 밤참을 먹으러 간걸 짐작하고 있을 만한 그런사람을 수색할것이라는데 도착하였네"

막함은 눈을 찌긋하고 방소를 바라보았다.

"알았네 하여튼 해롭지 않은 생각일세. 나는 곧 히이스에게 부탁하야 리곡구의 그 당야의 행동을 조사시키겠네"

"응 부디" 하고 방소는 피아노쪽으로 걸어갔다.

10. 동기와 협박

그 담날 즉 일요일날 우리는 구락부에서 막함과같이 점심을 먹었다. 그 약속에 있어서는 방소가 전날밤 말해 두었었다. 왜냐면 그는 아일란드에서 바이부가 나올듯 하면 자기도 그리로 가겠다고 부탁하야 있었기 때문이었다.

그러나 점심때에는 그는 범죄에 관하야 아무말도없었다. 그리고 흡사히 약속이나 있은듯이 아무 입에서도 그 문제는 근드려지지 않았다.

경부는 우리가 유희장으로 나갔을때 거기에서 우리를 기다리고 있었다. 그의 얼굴을 보면 사건 진행상태에 만족지 않은것은 분명하였다.

"막함씨" 하고 그는 걸상을 우리들 편쪽으로 가치히 끌고 와서 입을 열었다.

"구레야양에 관해서는 무슨 단서를 못얻으셨읍니까"

막함은 머리를 흔들었다.

"그 여자는 이 사건에 아무 관계도 없네" 하고 그전날 알벤송집에서 지난일을 간단히 설명하였다.

"당신께서 만족하시다면이야" 하고 히이스는 어덴가 의심스럽단듯이 말하였다.

"저도 만족합니다. 그럼 리곡구는——?"

"응 내말이 그걸세. 키던지 모든 조건이 부합되네. 그는 그 여자와 약혼을 했으니까 동기는 알벤송과 여자관계일지도 모르네"

"네 그렸읍니다. 대전쟁이래로 육군들은 사람을 죽이는데 길이 든듯합니다"

"히푸스의 조사한 보고에 의하면 그는 그날밤 여덟시로부터 집에 있었다는 것일세 물론 거기에는 협잡이 있을지 모르네. 그래 나는 자네가 부하를 보내여 다시 한번 조사하야 보기를 바라네. 자정반에 외출한 증거만 있으면 우리는 더찾을것이 없네"

"제가 즉접 가보겠읍니다"

제복 입은 소사가 들어와 막함에게 공손히 절을하고 바이부씨가 온걸 고하였다. 막함은 그를 유희장으로 안내하라고 명령한후 히이스를 돌아보았다.

바이부는 단정한 몸으로 점잖이 나타났다. 그의 길쯤한 다리는 떡 버러진 상체를 받치고 있었다. 윤택있는 머리는 뒤로 제쳤고 가는 수염은 비단같이 뻐치었다. 그의 가슴 주머니에 꾹 찔른 손수건에서는 동양풍의 짙은 향내가 물큰거리고 있었다.

그는 은근한 도회식으로 막함에게 인사를 하였다. 그리고 막함이 우리를 소개한즉 그는 역 격의없이 우리에게 인사를하였다. 소사가 갖다논 의자에 앉자 그는 금테안경을 닦으면서 막함의 얼굴을 우울히 바라보았다.

"저 벤담소좌로부터 들었읍니다 마는" 하고 막함은 먼저 말을 끄내었다.

"당신은 알벤송과 퍽 친하시다지요? 그래서 조사에 도움이 될가하고 오시랜겁니다"

"네 매우 친합니다——나는 그의 비극적 최후를 듣고 얼마나 슬퍼하였는지요?"

바이부는 슬픈 빛으로 눈을 끔벅이었다.

"나는 그날 카스킬산지로 여행을 나갔었읍니다. 알벤송과 같이 가자고 권유해보았으나 그는 바쁘다고 못갔읍니다" 하고 바이부는 풀수 없는 인생의 운명을 원망하는듯이 머리를 저었다. "가치만 갔드라면 얼마나 좋았겠읍니까?"

"매우 짧은 여행이군요?"

"네——그러나 실로 뜻밖에 일이——"

그는 잠간동안 안경을 닦고 있었다.

"나의 자동차가 부서저서 다시 돌아올밖에 없었읍니다"

"어떤 길로 가셨읍니까?" 하고 히이스는 옆으로 빼졌다.

바이부는 곱게 안경을 쓰고 경부에게 쓰디쓴 겸손을 보이었다.

"당신이 거길 가실랴면 아메리카 자동차구락부의 도로지도를 하나 얻으시기 바랍니다"

그리고 그는 자기와 지위동등한 사람과 이야기하기를 원하는듯이 막함에게로 시선을 돌렸다.

"바이부씨" 하고 막함은 물었다. "알벤송씨에게 무슨 적이 있었읍니까?"

"아니요 저의 추측에 의하면 그에게는 아무도 적이 되질 않았읍니다"

"그럼 그점에 관해서 좀더 자세히 말씀해주실수 없겠읍니까?"

바이부는 버듬직이 수염을 쓰다듬었으나 대답의 어찌할 바를 모르는듯 싶었다.

"당신의 요구이면——그러나 이런건 이야기하기가 좀 뭣헙니다만——허나 나는 신사답게 말하겠읍니다. 알벤송은 다른 영웅들과 마찬가지로 한 약점——뭐라고말해야 좋을지요——여자에게 대하야 한 결점을 갖고있었읍니다"

그는 추접스러운 사실을 어떻게 설명할수 있을지몰라 막함의 얼굴을 뻔히 쳐다보았다.

"아시겠읍니까?" 하고 그는 상대의 동정인듯 싶은 고갯짓에 다시 계속하였다.

"알벤송은 결코 여자에게 호감을 줄수있는 특징을갖지 못하였읍니다. 그래 때때로——이건 너무도 슬픈일입니다만——그는 여자에게 대하야 때때로 음험한 수단을 쓸수 있었을만치 좀 비겁한 점이 있는 친구였읍니다"

바이부는 친구의 이런 비난을 하지 아니치 못하는 자기의 처지를 슬퍼하는듯하였다.

"당신은 범인으로써 알벤송에게 이런 무례한 취급을 받은 여자를 혹 생각해보신 일이 있읍니까?"

"아니요 여자자신이 아닙니다" 하고 바이부는 대답하였다. "그 여자에게 흥미를 가진 남자입니다. 이런걸 말슴하는개 좀──허나 나는 그가 알벤송을 협박하는 것을 보았읍니다"

"뭐 그걸 당신이 말슴하신다고 법률상 어떻게 되거나 하지 않습니다"

바이부는 상대가 양해하야 주므로 잠간 눈을 던저 감사한 뜻을 보이었다.

"그건 불행이 내가 초대한 연회석상에서 일고 말았읍니다" 하고 그는 서슴서슴 토설하였다.

"그게 누굽니까?"

막함의 어조는 부드러웠으나 그러나 엄격하였다.

"말슴하기가 좀 어렵습니다만" 하고 바이부는 가장 비밀을 누설하는 때와 같이 몸을 앞으로 끌어내었다.

"그의 이름을 감추는것은 알벤송으로써 불공평한 일입니다. 그는 리곡구대위였읍니다" 그는 감동한듯 싶은 한숨을 토하였다. "여자의 이름은 묻지 말아주십시요"

"그럴 필요는 없읍니다" 하고 막함은 선뜻 응락하였다. "허나 그 이야기를 조금만 더 자세히 말슴해주실수 없겠읍니까?"

바이부는 겨우 결단한듯한 표정이었다.

"알벤송은 그 부인에게 저분저분이 굴고 있었읍니다. 마는 여자로써는 그에게 호감을 가질수가 없었읍니다. 리곡구대위는 그의 이 행실에 반감을 품고 있었읍니다. 그러자 나에게 와 그여코 충돌하였읍니다. 물론 술들이 몹씨 취하였다고 생각합니다. 왜냐면 알벤송은 은제든 예의단정한 사람으로──게다 교제상 매우 닦여난 사람이니까요 한편 대위는 감정을 노골적으로 나타내는 성격으로 그때도 알벤송에게 네가 만일 여자에게서 손을 안

띠면 목숨을 걸고라도 띠게할테다고 말하였읍니다. 그와 동시에 대위는 주머니에서 육혈포를 반쯤 내대기까지 하였읍니다"

"그건 보통권총이였읍니까? 혹은 자동식 권총이였읍니까?" 하고 히이스가 옆에 섰다 물었다.

바이부는 경부편에는 눈도 안보내고 지방검사를 향하야 얄은 미소를 보이였다.

"잠간 잊었읍니다만 그것은 여느총이 아니라 자동식의 육군에서 쓰는 권총이었다고 기억합니다"

"다른 사람들도 그걸 본 사람이 있읍니까?"

"네 그외에도 몇몇의 손님이 있었읍니다" 하고 바이부는 얼른 대답하였다.

"허나 그 성명만은 말슴하기가 어렵습니다"

이러는 동안에 방소의 얼굴에는 무취미에서 나온 조소의 빛이 가득하였다. 그는 한편 구석에가 앉아서 담배만 피이고 있었다.

"그럼 저 소토랑대좌를 아십니까?" 하고 그는 말끝을 옆으로 채갔다.

"네 암니다"

"소토랑대좌도 그때 그 좌석에 있었읍니까"

방소의 어조는 확실히 무엇을 파고 있었다.

"네 분명히 있었다고 생각합니다" 하고 바이부는 거침없이 승인하였다. 그리고 의아히 눈섭을 걷어올렸다.

그러나 방소는 다시 아무 일도 없었든듯이 무심히 창밖을 내다보고 있었다.

방소의 부질없는 말참섭을 거북히 생각하고있는 막함은 말끝을 좀더 실제적 방면으로 끌어올랴 하였다. 그러나 넌덕스러운 바이부였으나 이 이상 더는 이야기를 할랴야않었다. 그는 다만 리곡구대위에 관하야만 같은 이야기를 하고 앉었을뿐이었다. 그리고 표면으로는 그 반대로 설명하는듯 하면서도 기실 그는 대위의 위협을 자못 중대히 생각하고 있는 모양이었다. 막함은 무려 한시간을 그에게 물었으나 그러나 그외에는 별루 쓸만한것이 없었다.

바이부가 돌아나갈랴 할때 그때까지 창밖만 내다보고 있었든 시선을 이쪽으로 돌리며 방소는 부드럽게 인사하였다.

"바이부씨 아마 당신은 조사가 끝날때까지 여기에 게시게 되겠지요?"

바이부의 교양이 있어 든직하든 태도는 갑작이 커단 놀램으로 변하였다.

"그렇게도 생각해보지 않었읍니다"

"그럴 형편이 되시거든" 하고 방소가 암시하야 줄때까지 그런 준비는 조곰도 없었든 막함이 그에게 요구하였다. "조사가 끝날때까지 이 뉴욕에 게서야 되겠읍니다"

바이부는 조곰 주저하다가 급기야 결심의 빛이 보이였다.

"그러면 뉴욕에 있기로 하겠읍니다"

그가 나가고나서 방소는 옆눌리었든 히열의 시선을 막함에게 던졌다.

"어떤가? 좀 훌륭한 수완을 가젓나?"

"만일 당신이 저 남자를 교묘한 위선가라 하시면" 하고 히이스가 곁을 달았다.

"나는 당신에게 동의할수 없읍니다. 대위의 위협신견이 어디로 보던 진실이리라 생각합니다"

"아 그것말이요? 그야 정말이겠지 그렇지 않은가. 막함?"

이렇게 인제 이야기가 버러질랴 할때 벤담소좌가 불쑥 들어왔다. 막함은 그에게 우리의 자리로 불러디렸다.

"바이부가 막 자동차에 오르는걸 보았읍니다" 하고 그는 자리에 앉자마자 곧 말하였다. "당신은 그에게 심문하섰겠지요? 뭘좀 쓸만한게 있었읍니까?"

"글세요" 하고 막함은 여낙낙하게 대답하였다. "참 저 소좌, 당신은 리곡구대위에 대하야 뭐 아시는것이 없읍니까?"

"아 몰르섰읍니까? 리곡구는 내가 있든 연대에 가치 있었든 남자로 훌륭한 사람입니다. 그러나 그 남자를 의심하십니까?"

막함은 그 대답은 귓등으로 흘렸다.

"당신은 바이부의집 연석에서 대위가 게씨를 위협할때거기 게섰읍니까?"

"네 있었읍니다"

그는 얼굴을 들어 무엔가 잘 기억나지않는듯이 공중을 바라보고 있었다.

"리곡구대위가 육혈포를 끄냈었읍니까?"

"아마 그런듯 싶읍니다"

"그 총을 보섰읍니까" 하고 히이스가 물었다.

"꼭 보았다군 할수 없읍니다. 다들 술이 취하였기때문에요"

막함은 그 다음을 물었다.

"당신은 리곡구대위가 살인을 범할수 있는 사람으로 생각되십니까?"

"아니요 결단코" 하고 소좌는 언성에 힘을주었다. "리곡구는 그런 냉혈한이 아닙니다. 그렇다 치면 오히려 그부인편이 그보다 가능승이 많습니다"

얼마 있다가 방소가 침묵을 깨트렸다.

"당신은 저 바이부의 생활을 아십니까?"

"바이부" 하고 소좌는 말하였다. "그는 근대의 도락자의 대표적 인물입니다. 젊다고는 하지만 한 사십은 되었겠지요. 그는 생장하는 동안에 자기 멋대로의 생활을 하야왔읍니다. 그리고 물릴만치 온갖 도락에젖어난 사람입니다. 그는 이년간이나 남아푸리카에서 맹수산양을 하고 그 모험담이 유명합니다. 그후는 자세히 모르겠읍니다——말인즉은 수년전 그는 부잣집 색씨와 결혼하였다지요. 물론 돈때문이라고 합니다만 여자의 아버지가 돈주머니를 꼭 쥐고 있기 때문에 그의 자유로는 못된다 합니다. 바이부는 번디 랑비자요 또 해태한 사람이라는 이것이 그의 특증입니다"

소좌의 이야기에는 요쩜도 없고 또는 별로 생각있이 이야기하는것도 아니었다. 그는 마치 현재문제와관게없는 일을 이야기할때와같이 그렇게 되는대로 말하였다. 그러나 우리는 그가 바이부를 좋아하지 않는듯한 인상을 크게 받았다.

"쓸만한 인물이 못되는군요 그렇지요" 하고 방소는 말하였다. "게다 그는 농간을 좀 부리지요?"

"네 좀 그런 티가 있지요" 하고 히이스는 거북한듯한 쓴 표정으로 받았다.

"맹수를 잡는 사람은 강한 기력을 가졌읍니다. 그 기력이라 하면 소좌선생 당신의 게씨를 쏜 놈은 실로 냉정한 신조를 가진 놈입니다. 그는 상대가 눈을 뜨고있고 또 우층에 안잠재기가 있는데 그랬으니까요"

"경부군 자네는 실로 두뇌가 명석하이!" 하고 방소가 부르짖었다.

11. 살인권총의 주인

다음날 방소와 나와 아홉점쯤하야 검사국으로 갔드니 대위는 이십분전에와 기다리고 있었다. 막함은 비서에게 그를 곧 안내하라고 명영하였다.

리곡구대위는 대표적사관으로 여섯자 두치의 헐썩 큰키를 가진 청년이었다. 수염을 깨끗이 깎고 몸은 쪽고르게 좋은 체격이었다. 그의 얼굴에는 움지길수 없는 위엄이 있어 그는 지방검사의 앞에 가 상관의 명령을 기다리는거와같이 경건히 서 있었다.

"대위 그리로 앉으시요" 하고 막함은 우선 형식적으로 예를 지켰다. "당신도 아실듯 합니다 마는 알벤송씨의 사건에 관하야 뒤서너가지 물어볼게 있어 오시라 했읍니다"

"내가 그 범죄에 무슨 관련이 있다고 생각하십니까?"

리곡구대위는 남방 사투리로 이렇게 말하였다.

"봐한즉 의심되는 점이 있어서" 하고 막함은 냉냉히 대답하였다. "내가 당신에게 질문하고 싶은 것은 그점이요"

리곡구는 어색스리 걸상에 가 앉어서 하회를 기다리었다.

막함은 면구적을만치 그의 얼굴을 뚫어보았다.

"최근에 당신은 알벤송을 위협했다지요 정말입니까"

리곡구는 놀래며 무릎우에 손을 죄였다. 그러나 그의 대답이 있기 전에 막함은 다시 말을 게속하였다.

"그때의 일을 내가 이야기하리다. 그것은 바루 바이부의 집에서입니다"

청년은 주저하였으나 문득 얼굴을 들었다.

"네 나는 그 사실을 인정합니다. 알벤송은 나쁜 놈입니다. 총 맞을만한 자격이 충분합니다"

그는 이그러잔 비소를 띠이며 지방검사의 어깨넘어로 창밖을 내다보았다.

"그러나 죽인건 내가 아닙니다. 나는 그 담날 신문을 보고서야 그가 맞은걸 비로소 알았읍니다"

"그는 육군에서 쓰는 그 권총에 맞었오. 당신들이 전쟁에 가지고 나갔든 그런 총이요"

"네 압니다 신문에서 잘 보았읍니다"

"당신은 그런 총을 가졌읍니까?"

청년은 다시 주저하였으나

"아니요" 하고 들릴듯말듯한 대답이었다.

"어떻게 되었읍니까?"

청년은 막함을 처다보드니 그대로 눈을 나려깔았다. "나는──나는 불란서에서 잊어버렸읍니다"

막함은 조용히 미소하였다.

"그럼 위협하든때 바이부씨가 보았다는 사실은 어떻게 되는거요?"

"권총을 봐요?"

"그렀오. 게다 육군식 권총이라는것까지도 보았오" 하고 막함은 같은 어조로 말을 이어 "그리고 벤담소좌도 당신이 그걸 끄내는걸 보았다는것이요"

청년은 한숨을 크게 돌리고는 쓰디쓴 침을 삼키었다.

"정말 나는 총을 갖지 않았읍니다"

"아니요 잊어버릴리 없오. 당신이 그걸 누구에게 빌렸오"

"빌린 일 없읍니다" 하고 예리한 어조로 그는 단연히 선언하였다.

"당신은 방문을 하였읍니다.──전날──그 여자에게──아마 당신은 그걸 가지고 갔으리다"

방소는 그때까지 주의하야 듣고 있었다.

"오! 간교한 지혜!" 하고 더 견딜수 없어 쭝얼거리는것이 내 귀에까지 들리었다.

리곡구대위의 얼굴은 볕에 꺼렀으나 그런대로 창백하였다. 그는 탁자우의 그 무엇을 보고 있는걸로 질문자의 거북한 시선을 피할라 하였다. 그가 다시 입을 열때 지금까지 힘있든 그의 목소리에 애걸하는 빛이 보이었다.

"나는 총이 없읍니다. 그러니까 누구에게 그걸 빌릴수도 없읍니다"

"당신은 총을 누구에게 빌렸읍니까?"

"나는 결코 빌린 일이 없읍니다" 하고 말을 끊고는 얼굴을 붉히었다. 그리고 겁겁히 말을 이어 "없는 총을 어떻게 빌릴수가 있읍니까?"

"그럼 좋소" 하고 막함은 꽉 잘라 말하였다. "당신은 총을 갖고 있오. 분명히 갖고 있오. 대위 지금도 갖고 있읍니까?"

청년은 입을 열듯하다가 그대로 꽉 다물어버렸다.

"당신은 알벤송씨가 구레야양에게 추군추군이 군걸 알았오?"

여자의 이름이 나오자 대위는 왼몸이 꼿꼿이 되었다. 그의 두볼은 벌겋게 되어 지방검사를 무서운 낯으로 노려보았다. 그리고 숨을 크게 한번 돌리드니 떨리는 입으로 말하였다.

"구레야양은 이 사건에 관계가 없다고 생각하는데요" 하고 그는 막함에게 곧 대들듯한 어세였다.

"불행히도 관계가 되어 있오. 우선 그의 손가방이 담날 아츰 알벤송 방에서 발견된걸 알겠구려?"

"그건 패는 소립니다"

"구레야양 자신이 인정하고 있오" 하고 막함은 이때 대위가 뭐라고 할려는걸 손으로 제지하며 "그렇다고 그 여자를 고발하려는것이 아니요 다만 당신과 사건과의 관계를 똑바루 할려는것이요"

대위는 이말을 어디쯤 믿어야 좋을지 몰라 막함의 눈치를 살펴보았다. 그러다 그는 입을 열어 결단한 어조로 말하였다.

"이 문제에 관하야 나는 아무것도 말할것이 없읍니다"

"알벤송이 그날 구레야양과 밤참을 먹은걸 당신은 아오?"

"그게 어쨌단 말슴입니까?" 하고 탁 퉁기는 대답이었다.

"두 사람은 열두점에 요릿집을 나왔오. 그리고 한점까지 집에 돌아가질 않었오 아오?"

대위의 얼굴에는 심각한 표정이 떠돌았다. 그리고 깨끗이 결심한거와같이 지방검사를 볼려지도 않고 또는 입을 열려지도 않었다.

"당신은 물론" 하고 막함은 단조로운 어조로 또 게속하였다. "알벤송이 열두점 반에 맞은걸 알겠구려?"

대위는 역시 아무 말이 없었다. 그리고 일분가량의 무거운 침묵이 게속되었다.

"인제는 아무것도 헐 말이 없오? 대위" 하고 막함은 뒤이어 물었다. "인제는 나에게 설명할 여지가 없오?"

대위는 냉정하게 자기의 앞만 바라보고 있었다. 인제는 입을 꽉 다물고 더말을 안하리라고 결심한 모양이었다.

막함은 벌떡 일어섰다.

"그러면 질문은 이걸로 끝을 막읍시다"

리곡구대위가 밖으로 나가자마자 막함은 부하 한사람을 불러 그의 뒤를 밟게 하였다.

우리들만 남었을때 방소는 막함에게 조롱반으로 칭찬하였다.

"과연 훌륭허이……그러나 여자에 대한 질문은 좀어색하였네"

"확실히 그랬네" 하고 막함은 동의하였다. "그러나 우리는 리곡구가 전혀 결백하다는 인상을 못받았네"

"못 받았다? 그건 모르는 소릴세"

"내가 총이야길 헐때 그는 낯이 파래지질 않든가"

"자네의 생각은 아즉 유치허이, 막함. 죄를 범할수 있는 기력이 있고 또는 자네같은 법률가에게 허둥지둥 보이다가는 죄인으로 인정되리라고 깨닫고 있는 범인보다 죄 없는 사람이 더 신경질이 되기 쉬운걸 자네는 모르는 모양일세"

막함이 대답할수 있기 전에 히이스경부가 만족한 얼굴로 날을듯이 들어왔다. 그리고 그는 그의 상관에게 인사를 하기조차 잊고

"그여코 일은 성공하였읍니다. 저는 어젯밤 리곡구대위의 집에 가서 사실대로 알아왔읍니다. 그는 그날밤 자정이 좀 지나서 서쪽을 향하야 출입을 했었읍니다. 그리고 한시십오분까지 집에 돌아오지 않었읍니다"

"급사의 첫말이 뭐래든가?"

"그것이 제일 중요한 점입니다. 대위가 돈으로 그의 입을 쌌었읍니다. 그래 내가 돈을 주고 살살 꼬여물으니까 바른대로 자정이 넘어 나갔다 합니다"

막함은 유유히 고개를 끄덕이었다.

"응 자네의 보고는 고대 내가 리곡구를 맞나보고언은 사실에 결론을 지었네. 낼로 곧 끝이 날겔세. 그럼 경부 아츰에 잠간 맞나세"

히이스가 나가자 막함은 두팔로 머리를 괴고는 만족한 낮으로 의자에 겉어앉어 있었다.

"아 인젠 해답을 얻었다고 생각하네"

하고 막함은 방소를 보았다. "여자는 알벤송과 가치 밤참을 먹고 그의 집으로 가치 돌아갔다. 그걸 의심한 대위는 찾아나갔다가 여자가 거기에 있는걸 보자 두말없이 알벤송을 쏘았다. 즉 이렇게 된 일일세. 그것은 여자의 장갑과 손가방과 또는 요릿집에서 집에까지 한시간 걸렸다는 그 의문이 해결하야 주는걸세"

"홍 자네는 아즉 물적증거 그 버릇을 못버렸네 그려!" 하고 방소는 어이가 없단듯이 막함을 바라보았다.

"내 자네에게 보여줄게 있네 가치 안갈려나?"

"어디로 가?"

"오늘 내가 소토랑대좌와 점심을 가치 하기로 되었네. 그래 자네두 가치 안갈려나 묻는 말일세"

"자네가 일이 있다면 가치 가보세" 하고 막함은 떨떨음이 대답하였다. 그러나 그는 방소의 두뇌가 자기보다 훨씬 탁월한것과 그러므로 그의 지도대로 순종하는것이 은제나 실수가 적으리라고 속으로 믿고 있는것만은 어길수 없는 사실이었다.

12. 재색자동차의 출현

열두시 반, 우리가 은행가 구락부의 식당으로 들어갔을때 소토랑대좌는 이미 와있었다. 방소는 지방검사국에 있을때 전화로 그더러 이리 와달라고 말해두었었다. 그리고 대좌도 쾌히 승락했든것이다.

방소는 우리에게 그를 소개하고 미식가요, 낙천주의자요, 겸하야 잠이 많은 친구라 하였다. 대좌는 막함에게 자기가 조금이라도 도움이 될수있다면 영광이리라고 인사하였다.

우리가 좌석을 잡자, 방소는 다짜고짜로 그에게 묻기 시작하였다. 마치

"대좌 자네는 알벤송일당을 잘 알겠지? 리곡구대위에 관해서 이야기좀 안해줄려나, 대관절 어떤 사람인가?"

"아하, 자네는 그 염복가, 대위를 주목하고 있나?"

소토랑대좌는 으젓하게 그의 흰수염을 쓰담었다. 그는 진한 눈섶과 조고맣고 파랗게 생긴 눈을 가진, 붉은 얼굴이었다. 그리고 그의 태도는 마치 가극에 잘 나오는 거만한 장교와 같았다.

"응, 그렇지, 저 대위, 그는 죠자출신으로 대전에 참가하고, 무슨 훈장까지 받았다지, 승급하고 질투심이 강하고——말하자면 감상적 인간이나 그 반면에 무사의 기질이 있네"

"그와 알벤송과 얼마나 친했나?"

"조곰도 친하지 않었을걸!"

대좌는 아니라는 뜻을 몸을 저어 아르켰다.

"굳이 말하면 그들의 교제는 형식뿐이었네, 서루 좋아하지 않었어——"

"그러면 리곡구대위는 노름은 잘 허나?"

"노름——흥"

하고 대좌의 태도는 조소하는듯 하였다.

"못한다 못한다 해야 그렇게 못하는 놈은 처음봤네, 그런건 계집애보다 더못하네, 곧 흥분해가지고 제 감정을 것잡질 못하는 인물일세, 뒷일 같은 건 생각지 않는——"

그리고 잠간동안 사이를 두어

"아, 그렇지 나는 자네의 목적을 알었네……자기가 싫여하는 놈을랑 쏘는것은 대개이런 답치기에 있는걸세"

"그는 자네의 친구, 바이부와는 아주 딴판일세 그려 그래?"

하고 방소가 물으니까 대좌는 잠간 생각하는듯 싶었다.

"응, 그렇지"

하고 대좌는 단정하였다.

"바이부는 냉정한 도박자라고——할수있네. 놈이 아일랜드에서 도박장을 제가 경영하고 있었든 일이 있네, 그리고 한참동안은 아푸리카에서 맹수산양을 돌아다닌 일도 있었네, 그러나 바이부에게도 감상적 일면이 있어 저와 경쟁하는 놈에게는 한맘먹고 대들수 있네, 허나 나는 놈이 사람을 쏘아 죽이고도 단 오분만 지나면 깨끗이 잊을수 있는 인간이라고 생각하네——"

"그와 알벤송은 꽤 친했었지?"

"친허다마다……늘 가치 붙어 다녔네, 그래 예전부터 유쾌한 술동무라는 평판이 있지, 바이부가 결혼하기전까지 가치 살고있은 일도 있네"

"그건 그렇고 알벤송과 구레야의 관계는 어땠나"

"그걸 내가 알수 있나?"

하고 대좌는 새삼스러운 낯으로 반문하였다.

"계집이란 참으로 묘한 동물이니까——"

"그러길래 말일세"

하고 방소는 물린듯이 동의하였다.

"여자가 알벤송을 어떻게 생각했든가?"

"아, 자네말 알었네, 페일언하면 계집이 그를 내찼나말이지? 그야 내차다마다 말슴 아니었지"

그는 돌연히 태도를 변하고 눈을 끔벅이었다.

"계집이란 참으로 묘한 동물이야!"

하고 그는 무심중간의 감탄이었다.

"그런대도 알벤송과 그날밤 가치 밤참을 먹으러간걸 내가 봤네그래
——"

"응, 정말인가"

하고 방소는 그리 대단치않게 물었다.

"이왕 말이 났으니, 자네자신은 알벤송과 얼마나 친한가?"

대좌는 좀 놀래였으나 방소의 아무러치도 않은 태도가 그를 안심시켰다.

"나말인가? 나는 그와 십오년간이나 친히 지냈네, 이 마을이 이렇게 번창하지 않을때부터 그를 내가 구경터로 안내하고 그랬네——뭐든지 묻게, 다 이야기할테니——아——그리고 그는 흰히 밝기전에는 집에 돌아갈줄 모르든때도 있었군——"

방소는 또 그의 객담을 피하였다.

"자네는 벤담소좌와 얼마나 친한가?"

"소좌와? 그건 별문젤세, 그와 나와는 별종의 인간이야, 취미도 틀리고, 서루 이야기도 잘 통하지않네 그래 별루 만나지도 않고——"

그는 좀더 설명이 필요할듯 싶어서 방소의 입이열리기전에 보충하였다.

"소좌는 말이지, 생활을 모르는 사람일세, 우리둘축에는 잘 끼지 않았네, 그는 나든지 알벤송을 아주가엾은 인간으로 생각하고 있네, 바루 장님이야!"

방소는 잠시 먹고 있다가 급작이 툭 터놓고 물었다.

"자네, 저, 알벤송의 형제상회를 통하야 투기사업에 손을 댄 일이 있었나?"

대좌는 처음에는 대답을 망서리는 듯하였다. 그는 면구적은듯 싶어 수건으로 입귀를 씻었다.

"아, 조곰 해보았지"

하고 그는 쾌활히 승인하였다.

"허나 운이 좋지 못해서 우리는 알벤송상회를 위하야 이용만 당한 폭일세——"

대좌의 이렇게 주책없이 짖거리는 이야기에는 방소도 물리지 않을수 없었다. 처음에는 그런양 하다가는 좀더 이야기를 들어보면 들어볼스록 잡을 길이 막연하야지는 객담이었다.

방소는 대좌에게 이렇게 와주어 많이 도움이 되리라고 인사하야 보냈다. 그리고 만족한듯이 안낙의자에 몸을 던지였다.

"아, 재밋다 막함——어떤가?"

하고 그는 막함의 눈치를 살펴보며

"그는 피에 주리지 않았든가? 그는 누구고간 그범죄로 인하야 투옥 시키고저 결심한 사람이 아니든가?"

"그러나 그가 리곡구에 대하야 헌 말은 적확한 의견으로 생각할수 있네, 그것은 리곡구대위에게 불리한 사실을 확증하였네"

하고 막함은 웬 영문인지 가릿속을 몰라 방소를 비스듬이 바라보았다.

방소는 멸시를 표시하기 위하야 들어내여 웃었다.

"오, 과연 그러이, 그리고 그가 구레야양에 대하야이야기한것도 그 여자에게 불리한 사실을 확증할것이고——또는 그가 바이부에 관하야 말한것도 역시 그남자에게 불리한 사실을 확증하였네, 자네 생각에는 어떤가?"

방소는 얼떨떨하게 서있는 막함에게 이렇게 오곰을 박다가는

"자네의 소위 물적증거란 아무에게나 그를 범인으로 만들수 있는 선물일세, 알겠나?"

하고 준절히 깨처주었다.

방소의 말이 끝나자마자, 비서가 들어와 히이스경부에게서 한탐정이 왔다고 하였다.

방소와 나를 힐끗 보드니 탐정은 곧장 막함에게로 갔다.

"그 재색 카레지호 자동차를 찾았읍니다, 히이스경부가 그걸 곧 전하라는 명영이 있어——그것은 칠십사정목에 있는 어느 자동차곡간에 사흘전부터 있읍니다. 그걸 그 근처 경찰서의 경관이 번부로 전화를 걸어서 제가 즉접가 보았읍니다. 틀림없는 문제의 바루 그차입니다. 낙싯대만 없을 뿐으로 다른 도구는 다 있읍니다. 지난 금요일날, 정오경에 한 남자가운전하

야 왔답니다. 그리고 곡간직이에게 돈 이십불을 주어 입을 씻었답니다. 그 곡간직이를 때렸드니 제대로 다 불었읍니다"

탐정은 조고만 수첩을 끄내였다.

"저는 차의 번호를 조사하야 보았읍니다. 그것은 롱아이렌드, 포트, 와싱톤, 이십사호인데 바이부의 명의로 되어 있읍니다."

막함은 이 뜻하지 않었든 보고에 어리둥절하야 있는 모양이었다. 그는 퉁명스리 탐정을 보내놓고 무릎을 두다려가며 곰곰 생각하였다.

"나의 생각에는"

하고 막함은 방소에게 의견을 말하였다.

"바이부는 그날밤 뉴욕에 있었든것이 확실하이. 그가 리곡구대위의 알벤송협박 사실을 루설한것은, 우리로 하여금 대위를 주목하도록 만든 한 간책일지도 모르네, 그리고 이왕 이렇게 발노된바에야 아무 이야기고간 없지 못할테지?"

"그야, 무슨 말이고 있겠지"

하고 방소는 대답하였다.

"될수 있는 한정에서는 질기어 거짓말을 하는 남자일세———"

"자네는 예언자니, 그가 나에게 뭐라고 할걸 미리말할수 있겠지?"

"내가 무슨 예언잔가? 허지만"

하고 방소는 그 말을 경쾌하게 받아주었다.

"나의 생각에는 그는 자네에게 필연코 그날밤 알벤송집에서 노기충천한 리곡구 대위를 보았다고 말하리———"

막함은 웃었다.

"흥, 그래! 자네도 같이 안가려나?"

"내가 빠저 되겠나!"

하고는 방소는 새삼스리 낯을 정색하야

"또 하나 청이 있네, 자네부하를 하나 포트, 와싱톤에 보내어 바이부의 경력———즉 그의 행동과 사교에 관하야 조사하야 주게, 특히 여자관계에 주의하도록 시키어……나는 결코 자네를 실망시킴이 없으리———"

"자네의 청이면 곧 보내겠네——"

13. 사건의 관계자

우리는 그날 오후, 미술전람회에 가서 담날 경매에 붙일 몇장의 그림을 구경하며 이럭저럭 한시간가량을 보냈다. 그러다 다섯점 조곰전에 구락부로 갔다. 막함과 바이부가 온것은 이십분 지난 뒤였다. 우리는 곧 회의실의 한방으로 들어갔다.

바이부는 처음 만날 때와같이 훌륭히 모양을 채리였다. 그의 찌르르하게 입은 옷에서는 향수냄새가 풍풍 나고있었다.

"이렇게 곧 또 보입게되어 유쾌합니다"

하고 바이부는 회의의 좌장이나 되는듯이 우리에게 인사하였다.

막함은 거북한 얼굴을 하고 그에게 무뚝뚝하게 인사하였다. 방소는 다만 고개만 끄덕했을뿐으로 그의얼굴에 구녕이 뚫리도록 디려다보았다.

막함은 주저함이 없이 문제의 요점을 근드리었다.

"바이부씨 당신의 자동차를 금요일 오후, 어떤차고에 맡기고 그 차고직이에게 돈 이십불을 주어 입을 막은 사실이 발견되었읍니다"

바이부는 모욕을 당한 얼굴을 하고 막함을 처다보았다.

"나는 매우 오해를 받고 있읍니다"

하고 그는 슬픈듯이 불평을 말하였다.

"나는 그 남자에게 오십불을 주었읍니다"

"그러면 당신은 신문에서 알벤송이 죽든날 밤, 그의 집문간에 당신의 차가 있었다는걸 아십니까?"

"그렇지 않다면 내가 왜 자동차를 숨기기 위하야 그 많은 돈을 씁니까?"

그의 어조는 상대의 둔감이 딱하다는걸 표시하고 있었다.

"그러면 당신은 곧 아일랜드로 타고 갔으면 고만이 아닙니까? 여기서 차를 맡기고 돈을 주고, 하느니——"

바이부는 슬픈듯이 고개를 즈었다. 그리고 알만한것을 웨 모르느냔듯이 딱한 표정을 하였다.

"막함씨 저는 이미 결혼한 남자입니다"
하고 그는 그것이 마치 큰 의미나 가진듯이 이렇게 말하였다.

"나는 목요일 저녁후에 카스컬산지를 향하야 떠났읍니다. 그래 하루 뉴욕에 들려서 모모한 친구에게작별을 할 작정이었지요. 내가 여기에 다은것은 매우늦었읍니다—— 열두점쯤 지났을가요—— 우선 알벤송집 문간에 차를 대쓸적에는 집안이 캄캄하였읍니다. 그래서 초인종을 누르지 않고 사십삼정목에 있는 피에로상점으로 나이트·캡을 사러 갔었읍니다. 그러나 거기도 문이 닫혔읍니다. 나는 다시 어실렁 어실렁 자동차께로 돌아왔읍니다……아마 지금 생각하면 내가 것고 있는 동안에 그 가여운 알벤송이 맞어죽었읍니다"

그는 말을 끊고 안경을 닦었다.

"그래 이런 일은 꿈에도 생각지 못하고 그길로 호텔로 가서 하로밤을 쉬었읍니다. 다음날 아침 신문에서 살인기사를 보았을때는 고만——뭐라고 형언해야 좋을지요——고만 슬펐읍니다. 그런데 거기에 나의 자동차가 있는것을 보고 곧 그 차고로 끌고가서 비밀을 지키기로 하고 돈을 먹였읍니다. 그렇지 않으면 자동차의 발견이 당신네 범인수색의 활동을 복잡히 만들 염녀가 있어서요——"

막함은 그의 말을 귓등으로 흘렸다.

"여행을 어째 계속안했읍니까? 그러면 차가 발견될 염녀가 없을것이 아닙니까?"

바이부는 불상하게 슬픈 빛을 보였다.

"나의 가장 친한 친구가 그렇게 참담하게 죽었는대 여행을 하다니 말이 됩니까?……집의 안해에게도 차가 부서저서 못갔다 했읍니다"

"당신은 차를 타고라도 집으로 갈수있지 않읍니까?"

바이부는 상대의 눈치를 디려다보는 눈으로 긴 한숨을 돌랐다. 그것은 상대의 리해력이 너머 빈약함을 슬퍼하는듯 하였다.

"만약 그대로 갔다면 나의 안해는 내가 여행을 중지한것을 매우 수상히 여길겝니다. 당신도 부인이계시니까 이런 사실을 아시겠지요?"

막함은 그의 위선적 응변에 고만물리고 말았다. 그는 한동안 침묵하였다가 다짜고짜로 물었다.

"그날밤 당신의 차가 알벤송집 문간에 있었다는 사실과당신이 이 사건에 리곡구대위를 끌어넣라고 앨쓴, 그것과는 어떠한 관계가 있읍니까?"

바이부는 으설피 놀래다가 진중히 항의하였다.

"그것은 당신이"

하고 그는 상대를 원망하는듯한 어조였다.

"만일 어저께 내말에 리곡구대위를 불리하게 만든점이있다면 그것은 내가 그날밤 알벤송집에 갔을때거기에 리곡구대위가 서있었든 까닭입니다."

막함은 영문모를 시선을 방소에게 힐끗 던졌다. 그리고 다시 바이부를 향하야

"당신이 리곡구를 봤다는것이 사실입니까?"

"확실히 보았읍니다. 만일 그것이 내입장을 불리하게 않한다면 나는 어저께 말슴했을것입니다"

"당신은"

하고 막함은 바이부를 노려보았다.

"어느 지방검사라면 지금의 당신을 당장 체포할수있다는 것을 아십니까?"

바이부는 자못 공손히 대답하였다.

"그렇다면 나는 선량한 지방검사를 만난걸 행복으로 알겠읍니다"

막함은 벌떡 일어섰다.

"바이부씨, 오늘 이만하겠읍니다. 허나 나의 허가가있을때까지는 이 뉴욕에서 나가서는 안됩니다"

바이부는 나중에 별일이 없도록 해달라고 어리눅는 태도를 보이었다. 그리고 우리들에게 깎듯이 작별을남기고는 나갔다.

우리들만 남았을때 막함은 참된 얼굴로 방소를 바라보았다.

"자네의 예언이 바루 들어맞었네. 그의 증언은 대위를 최후까지 결박하였네"

방소는 아무 말없이 나른한 몸으로 담배를 피고있었다.

그러자 옥상식당에서, 우리는, 홀로 앉아있는 벤담소좌를 발견하였다. 막함은 그에게 우리와 자리를 가치하도록 곤하였다.

"소좌, 당신에게 반가운 소식이 있읍니다"

하고 그는 음식주문을 시킨 다음에

"나는 범인을 확정하였읍니다. 낼이면 끝장이 나겠지요"

소좌는 막함에게 의아한 낯을 찌그렸다.

"나는 잘 안들립니다. 어제 말슴하신걸로는 나는 거기에 여자가 관게한 듯 싶었는데——"

막함은 묘한 우슴을 보였다. 그리고 방소에게 되도록 시선을 피하야

"여러가지 일이 그후에 있었읍니다. 내가 생각했든부인은 조사한 결과 문제밖으로 나왔읍니다. 그러나 그곳을 통해서 남자가 나왔읍니다. 그가 당신의 게씨가 살해를 당하기 조곰전에 그집앞에 있었든걸 본 사람이 있읍니다"

"나에게 말슴해주실수 없겠읍니까?"

하고 소좌는 조마쭝이 이는 모양이었다.

"그야 별루, 낼아츰이면 전시민이 다 알게 될게니까요……그는 리곡구 대원입니다"

소좌는 믿어지지 않는 시선으로 그를 익혀보았다.

"그럴리 없을겝니다. 나는 그를 잘 압니다. 아마 여기에 무슨 곡해가 있을지 모릅니다"

"모든 증거가 그걸 결정하는겝니다"

소좌는 아무대답도 없었다. 그러나 그의 침묵은 그마음의 의혹을 나타내고 있었다.

이때 마른 얼굴에 붕어같은 눈을 가진 한 탐정이 들어왔다. 그는 어울리지 않는 거름으로 주볏주볏 금사앞에 와 섰다.

"거기 앉어서 보고하게"

하고 막함은 또말하였다.

"여기 게시는 손님은 이번 사건을 조력하야 주시는분들일세"

"저는 리곡구대위가 승강기를 기다리고 섰는걸 발견하였읍니다"

하고 그는 교활하게 막함을 처다보았다.

"그는 지하철도로 강변 구십사호의 아파트로 들어갔읍니다. 이름도 대지않고 승강기로 오층으로 올라갔읍니다. 거기에서 두시간가량을 있다가 나와서 탁시를 탔읍니다. 저도 다른 차를 타고 곧 뒤를 밟았읍니다. 그는 중앙공원을 지나서 동쪽으로 오십구정목까지 나왔읍니다. 거기서 차를 나리어 그는 퀴인다리의 난간에가 의지하야 오륙분을 있었읍니다. 그러나 조고만 뭉텅이를 주머니에서 끄내어 강으로 떠러트렸읍니다"

"그 뭉텅이가 얼마나 크든가?"

하고 막함이 질문할제 일동은 숨을 죽이었다.

탐정은 손으로 그 부피를 가르켰다.

"두께는?"

"한치가량쯤 되겠지요"

"권총같은가——골트식 자동의?"

"확실히 그만했읍니다. 그리고 무거운것 같았읍니다——저는 그가 그걸 끄내는 동작과 그것이 물에 떠러지는 소리를 알았읍니다"

"응, 그리고?"

하고 막함은 질거운 낯으로 담말을 재촉하였다.

"그리고 또?"

"그는 그렇게 권총을 버리고는 지금 집에돌아와 있읍니다"

탐정이 나갔을때 막함은 자양자득한 기세를 가지고 방소를 돌아보았다.

"이것이 바루 자네가 찾고있든 그 흉길세, 이외에더 무엇을 생각하겠나?"

"허, 아즉도 많어이"

방소는 이렇게 한마디로 개탄하였다. 소좌는 아무리해도 리해할수 없다는 얼굴을 뻔히 올리었다.

"암만해도 알수 없군요"

하고 그는 떨음한 어조로

"어쩌서 리곡구대위가 자기의 총을 강에 넣었을까요?"

14. 문서

그 다음날——탐사를 시작하야 나흘째되든 날——그것은 알벤송 살해사건의 비로소 열쇠를 얻게 된, 특히 기억되는 날이었다.

방소와 나와 지방검사를 찾아간것은 아즉 아홉시였다. 그러나 그는 벌서 와서서류들을 정리하고 있었든모양이었다. 우리가 들어갔을때 그는 전화를 띠어 히이스경부에게 대달라 하였다.

이때 방소는 실로 놀라운 짓을 하였다. 그는 날래게 지방검사에게로 달겨들어 그 손에서 수화기를 받자, 그걸 도로 전화에 달았다. 그리고 전화기를 한쪽으로 밀어버리고는 두손을 상대의 어깨우에 놓았다. 막함은 너머도 졸지의 일이라 멀거니 되어 반항도못하였다. 그가 정신을 채리어 그속을 묻기 전에 방소는 낮윽하고 꿋꿋한 음성으로 설명하였다. 그것은 무엇보다도 첫때 그음성의 침착한걸로 사람을 찌르는것이있었다.

"내가 있는 동안에는 자네는 리곡구를 형무소로 못보내네——나는 그 것때문에 오늘 일즉이 자네를 찾아왔네, 바루 자네가 순사를 불러서 나를 묶어내라하게. 그러면 자네는 리곡구를 그대로 범인으로 처리할수 있을것일세——"

막함은 방소의 말이 농담이 아님을 얼뜬 알수있었다.

"자네가 만일 리곡구를 체포한다면"

하고 방소는 우정이 넘치는 어조로

"자네는 일주일이 못가서 세상의 조롱꺼리가 되고말것일세, 왜냐면 그때는 누구가 알벤송을 정말 죽였는지 알게니까——"

"이렇게 나의 사무를 방해하면 나는 자네말대로 순사를 부를밖에 없네"

하고 막함의 어조에는 가시가 돋쳤다. 그는 방소의 짐작과같이 그의 신념에 의하야 또는 방소앞에 네보란듯이 오늘은 리곡구를 체포하야 올랴 하였다. 그러든것이 그걸 못하니 그는 자존심이 꺾여도 요만조만한 것이 꺾이지 않았다. 그는 방소를 이윽히 노려본다.

"자네는 무슨 이유로 리곡구에게 역성을 드나?"

하고 물었다.

"에이, 이사람아 그것도 말이라구 하나?"

하고 방소는 겉으로 냉정히 보일랴고 앨쓰는 모양이었다.

"리곡구쯤은 세상에 늘려놓였네, 내가 고집 하는것은 다만 자네를 위해서일세, 나는 자네가 리곡구를 해하는것 같은, 그런 실수를 범하는것이 그냥 보기가 어려워이——"

막함은 노하였든 그 눈이 차차 부드러워지고 있었다. 그는 방소의 동기를 잘 이해하자 그를 용서하였다. 그러나 그는 대위의 죄를 확신하야 움지기지 않았다. 잠시 그는 무엇을 생각하고 있다가 결심한 빛으로 초인종을 눌러 비서에게 히푸쓰를 디려보내라하였다.

"나는 이 사건을 맺일수있는 한 계획을 가졌네"

하고 그는 엄중한 기색으로

"그리고 방소, 그건 자네도 어찌할수 없을만치 명백한것일세"

히푸스가 들어오자 막함은 곧 그에게 명영하였다.

"지금 곧가서 구레야양을 면회하고 오게, 그리고 어제 리곡구대위가 뭘 가지고 나와서 강에다 버렸나 그걸 물어가지고 오게"

이때 비서가 들어와서 벤담소좌의 심방을 알리었다.

소좌는 이십이삼세의 누런 단발과 푸른 눈을 가진 아름다운 부인을 하나더리고 들어왔다. 그여자는 나이가 젊음에도 불구하고 침착한 그태도가 보는 사람으로 하야금 곧 신뇌를 갖게 하였다. 벤담소좌는 그를 자기의 비서라고 소개하였다. 그리고 막함은 자기앞의 걸상을 그에게 권하였다.

"호우망양이 나에게 당신들에게 극히 중요한 사실을 이야기 했습니다"

하고 소좌가 말하였다.

"부리낳게 찾아온것입니다"

그리고 그는 의심을 품은 눈으로 그 여자를 바라보았다.

"호우망양, 나에게 말한대로 막함씨에게 말씀하시요"

여자는 여낙낙이 머리를 올리어 참다운 어세로말하기 시작하였다.

"한 일주일전이 었읍니다. 바이부씨가 알벤송씨를 그사무실로 찾아와 역정스리 다툰일이 있읍니다. 나는 그때 그 옆방에서 사무를 보고 있었읍니다. 두분은 퍽 친하신 사인데 웬일인가 하였읍니다. 옆방의 일이라 자세하게는 모르나 '소절수'라는 말을 몇번들었읍니다. '장인께서'라는 말도 몇번 들었읍니다. 또 알벤송씨가 '안된다'하고 한번 크게 질렀읍니다. 그리고는 벤송씨가 나를 불러서 금고속에있는 '바이부개인용'이라고 쓴 봉투를 가저오라 하였읍니다. 그후십오분가량 있다가 바이부씨는 돌아가셨읍니다. 벤송씨는 그봉투를 도루 갖다두라 하시고 날더러 만일 바이부씨가 오시드라도 당신이 있는 동안에는드려보내지 말라 하였읍니다. 그리고 누가 편지를 가지고 와서 봉투를 내달라도 아예 내주지 말라고 분부하였읍니다. 그래 이 이야기를 소좌께 말슴했드니 여기에 와서 하라고 더리고 오셨읍니다"

이런 동안에 방소의 태도는 심히 이상하였다. 처음에는 씀씀히 앉었드니 불현듯 여자에게로 심각한 시선을 옴기었다. 그리고 여자의 일정일동이며 그 태도의 열가지를 두릿두릿 관찰하였다.

이야기가 끝나자, 소좌는 주머니에서 긴 봉투를 끄내어 막함에게 내놓았다.

"이것입니다. 이 사건의 중대한 물건입니다"

막함은 보아 좋을지 어떨지를 몰라 잠간 주저하였다.

"펴보십시요"

막함은 그걸 펼처보았다. 거기에는 바이부가 띠고알벤송이 서명한 일만원짜리 수형과, 알벤송에게로 가는 바이부가 서명한 일만짜리 소절수와, 게다 소절수는위조라고 증명한 바이부 자백서가 들어있었다. 소절수는 그해 삼월이십일날 것이고 자백서와 수형은 그걸로부터 이틀뒤의것이었다. 구십일기한의 수형은 유월이십일일 금요일, 즉 삼일뒤이면 무효가 될것이다.

막함은 오분가량이나 이것을 가만히 조사하였다. 이것들이 사건중에 나타난것은 그로 하여금 큰 의혹을 품게 하는것이었다. 그는 여자에게 다시 몇번거듭 질문하였다. 그러나 아무것도 꽉 잡을곳이 없는듯이 종당은 소좌편을 돌아보았다.

"그것은 당분간 나에게 맡겨두십시오"

벤담소좌와 그의 비서가 나간 다음에 방소는 벌떡 일어나 다리를 폈다.

"인제 결말이다"

하고 그는 중얼거렸다.

"자네 그건 무슨 의민가?"

하고 막함은 좀 알려달라는듯이 이윽히 바라보았다.

"막함, 나는 문제를 이론적으로 제출하였네, 바이부의 위조소절수는 그 자백서와 단기간의 수형을 아울러 알벤송을 칠만한 매우 좋은 동기가 되네"

"그럼 자네는 바이부를 범인으로 아나?"

"물론, 그에게 관한 모든 증거를 종합하야 보게. 자네의 증거니까 자네가 알겠지——"

"그럼, 자네의 의견을 좀 들어볼수 없겠나?"

"자네가 나를 믿는다는 대위를 잡기전에 바이부와한번 더 만나세"

하고 말을 끊고는 담배를 피이다가

"또하나 청이 있는데 모든 사람의 아리바이(현장부재증명)를 또 한번 작성하야 보여주게——즉 구레야양, 리곡구대위, 소좌, 바이부, 호우망양 ——이렇게하야주게"

"자네의 청이면 하겠지마는 그건?"

하고 막함은 그 속이 무엇인지 알아챌랴는듯이 뻔히 치어다보았다.

방소는 심심이 앉어 담배만 피일뿐이었다.

"낼이면 범인이 결정될걸세——"

15. 보석

한시간뒤에 구레야를 조사보냈는 히푸스가 히색이 만면하야 돌아왔다.

"각하, 잘됐읍니다"

하고 매우 크게 생각한 어조였다.

"제가 뻴을 누르니까 구레야가 나왔읍니다. 그래 따라들어가서 질문을 하니까 짐작대로 그는 대답을 거절하였읍니다. 내가 그 뭉텡이가 뭐냐하니까 그는다만 웃드니 문을 열고는 '나가시요' 합니다. 그래 곧 나려와서 전화선의 스위취가 있는 곳으로 가서 들어봤읍니다. 그는 리곡구에게 전화를 걸었읍니다. '벌서들 당신이 강에 버린걸 알고 있읍니다.' 놈은 깜짝 놀랬는지 아무 대답도 없다가 죽부드러운 음성으로 '염려헐거 없읍니다. 낼 아침안으로 끝을 내겠읍니다' 하고 여자에게 낼아침까지 침묵을 지켜달라하고 끊었읍니다"

막함은 긴장한 표정으로 듣고 있었다.

"그래 자네의 인상은?"

"십중 팔구는 리곡구대위가 범인이고 그 여자는 사정을 잘알고 있는듯합니다"

이때 바이부가 예에 없었든 불안스러운 낯으로 호출되었다.

"잠간 앉으시요"

하고 막함은 무뚝뚝이 말하였다.

"몇가지 엳주어보겠읍니다"

막함은 봉투를 끄내여 그 속의것을 책상우에 펼처놓았다.

"이것들에 관하야 이야기를좀 해주십시요"

"네 하지요"

하고 그의 음성에는 힘이 없었다.

"이건 먼저 말슴했드면 좋았을걸, 저에게는 너무 괴로운 일이어서——우리가정은 보통가정과 좀 다릅니다. 나의 장인은 웬일인지 나를 극히 싫여합니다. 그리고 나에게 경제적 원조를 해주는것에 노염을갖고 있었읍니다——물론 돈은 안해의 것이지만, 몇달전에 나는 일만원가량의 돈을 없앴읍니다. 나중에서야 그것이 내게 오는것이 아님을 알았읍니다. 장인은 그걸 알았을때 그는 나와 안해와의 의가 상하지 않도록 그걸 충당해놓라고 날더러 말했읍니다. 그래 나는 할일없이 알벤송의 이름을 소절수에 사용하

였읍니다. 그러나 그 다음 즉시 알벤송에게 그 말을 하고 수형과 나의 자백
서를 써주었읍니다. 그것뿐입니다"

"지난주일에 싸운것은 그것때문입니까?"

"아, 그것까지 아십니까?……그렀읍니다. 계약상에 어긋나는 일이 있어
서요"

"알벤송이 기일안에 갚으라고 했읍니까?"

"아니요"

하고 그의 태도는 열심이었다.

"내가 그날밤 알벤송집에 그 이야기를 하러간것만은 사실입니다. 그러
나 말슴한바와같이 집안이 캄캄해서 호텔로 가 잤읍니다"

"실렙니다 마는 바이부씨"

하고 옆에서 방소가 말하였다.

"알벤송씨는 당신의 수형을 저당없이도 받았읍니까?"

"물론── 친한 친구니까요──"

"그러나 암만 친하더라도 다액일때에는 저당을 받는것입니다"

"그는 날 믿었으니까요"

방소는 비웃는 낯으로 쳐다보았다.

"아마 당신의 자백서가 있기 때문이겠지요──"

"네, 그렇습니다"

하고 얼른 받았다.

바이부는 기둥대둥 모조리 지꺼렸다. 마는 알벤송과 싸운데 관하야는 깊
이 들어가길 되도록 피하였다.

막함은 그를 돌려보낸 다음

"별루 대단치 않은걸──"

하고 입맛을 다셨다.

"아니 자네는 모르는 소릴세──"

하고 방소는 딱한듯이 막함을 바라보았다.

"바이부의 일만원에 관한 이야기는 사실일세, 그러나 저당없이 교섭됐

을리가 없네. 알벤송이란 그런 사람이 아니야, 돈을 받을라고 했으나 사람을 형무소로 보내기는 바라지 않았네——그 저당 그 저당이 이 사건을 풀수있는 열쇠가 되는지 모르네"

하고는 한참 무엇을 생각하다가

"그리고 하나 이상한것은 이 사건에는 제각기 모다 그 배후에 무엇을 을 싸안고 있는것같지 않은가. 제각기 한 사람씩 보호하고 있는 그런 눈치를 아나?"

그러자 전화의 종이 따르르 울었다. 수화기를 띠어든 막함의 얼굴에는 놀라는 빛이 떠돌았다. 전화를끊자, 그는 방소의 편을 돌아보며 빙긋 웃었다.

"자네의 예언이 또 맞었네"

하고 그는 기뻐하였다.

"호우망양이 더좀 비밀 이야기할게 있다네. 이따 다섯점반에 이리 온다고——"

방소는 별로 이상히 여기지 않었다.

"나는 점심시간에 전화가 올줄 알었더니——"

우리가 점심을 먹으러 막 나갈라할때 아일랜드로 조사를 보냈든 탐정이 디리다닸다.

탐정은 검은 수첩과 안경을 손에 들고는 싱글벙글이 들어왔다.

"손쉽게 알았읍니다"

하고 그는 자기의 수완을 뽐내이었다.

"바이부는 와싱톤에서는 매우 인기있는 남자입니다. 그의 소식을 듣는 것은 아주 쉬운 일입니다"

그는 안경을 쓰고 수첩을 펼처들었다.

"바이부는 이십구세때 모우송양과 결혼 하였읍니다. 여자는 부자이나 그 아버지가 돈주머니를 꽉 쥐고 있는 까닭에 바이부에게는 별루 이익은없다합니다"

"여보게 탐정"

하고 옆에서 방소가 가루챘다.

"그건 바이부자신이 와 이야기하야 다 알았네. 저문는건 바이부에게 또 딴 여자가 있지않은가?"

탐정은 어정쩡하게 막함을 보다가 그가 고갯짓을하므로 다시 수첩을 들고 이야기하였다.

"또 한 여자가 있읍니다. 그는 뉴욕에 있어서 때때로 바이부집 근처에있는 약국으로 전화를 걸어서그를 불러냅니다. 그도 그집의 전화를 빌리어 그여자와 이야기를 합니다. 그는 물론 그주인을 매수한것인데 나는 여자의 전화번호를 조사하였읍니다. 그래 여기에 와서 교환국에가 찾아봤더니 그는 포우라라는 과부입니다. 주소는 서칠십오정목 이백육십팔번지에살고 있읍니다"

탐정의 보고는 이것뿐이었다. 그가 물러가자, 막함은 미소하며 방소를 보았다.

"뭐 별루 신통한일이 없네그려!"

"허나 훌륭히 신통한 일일세"

"신통하다니? 나는 바이부의 연애에 관한 보고쯤은 기다리지 않었네"

"그러면서도 이 바이부의 연애가 지금 알벤송의 살인사건을 해결하려 드는 것일세"

하고 방소는 입을 꽉 다물고는 만족한 낯이었다.

방소와 내가 점심을 먹고서 돌아다니다가 다시지방검사국으로 돌아온것은 다섯시반 조금전이었다.

우리가 도착한지 조금 지나서 호우망양이 들어왔다. 그리고 그는 이야기의 나마지를 툭 터놓고 사무적으로 하기 비롯하였다.

"나는 아침에 다 말슴하지 않었읍니다. 그러나 지금 나는, 당신께서 비밀을 지켜 주신다면 다 말슴하겠읍니다. 그렇지 않으면 나는 직업을 잃습니다"

"반드시 비밀은 지켜드리겠읍니다"

하고 막함이 선뜻 약속하였다.

여자는 잠간 주저하다가 말을 계속하였다.

"오늘 아침에 그 이야기를 했더니 벤담소좌께서 저를 보고 여기에 와서 이야기하라 하셨읍니다. 그런데 도중에서 그냥반의 말씀이 이야기의 일부만은하지말라고 하셨읍니다. 들어내어 하지 말라는것이 아니라 그것은 조사를 혼란히 할뿐으로 별 필요가없으니 말 않는것이 좋다하셨읍니다. 그래 않었는데나종에 생각하니까 중요한 일일듯 싶어서 왔읍니다"

여자는 다시 주저하는듯 하더니

"정말 그날 벤송씨가 금고에서 가져오라 하신것이봉투만이 아니고요, '바이부——개인용'이라고 쓴 네모번듯하고 묵직한 궤짝이 있었읍니다. 그리고 두분이싸운것은 이 궤짝까닭인듯 합니다"

"아침에 소좌께서 봉투를 끄내줄때 금고안에 그대로있었읍니까?"
하고 방소가 물었다.

"아니요, 그 궤짝만은 지난 목요일날 알벤송씨가 당신이 댁으로 가지고 가셨읍니다"

"고맙습니다. 그런데……알벤송과 소좌의 사이는 어떴읍니까?"

그는 방소를 향하야 방긋 웃어보였다.

"좋지 않습니다. 성격이 다르니까요. 손님이 와서 무슨 의론이라도 있으면 서루 엿듣고 그랬읍니다"

"아하, 가만히 듣는군요"
하고 방소는 웃다가

"그럼 엿듣는걸 최근에 보신 일이 있읍니까?"

여자는 갑작이 정색하였다.

"알벤송씨가 살아있든 맨끝날입니다. 소좌가 문뒤에서 엿듣고 있는걸 보았읍니다. 그때 알벤송씨는 웬 여자와 이야기하고 있었읍니다——소좌는 몹시 흥미를 가진듯 하였읍니다"

"그 여자는 누굽니까?"

"모르겠읍니다. 이름도 모릅니다"

방소는 두서너가지 질문한 다음 그를 보냈다.

우리들은 구락부 유희장에 자리를 잡을때까지 아무도 말이 없었다. 그러자 방소는 유유히 권연에 불을부치고 입을 열었다.

"내가 호우망양이 또한번 오리라든 그 속을 알았나? 알벤송은 저당없이 위조 소절수를 그냥 둘 사람이 아닐세 왜냐면 바이부는 자기의 친구 때문에 감옥에까지는 안가리라고 생각하고 있는 까닭일세, 나는 바이부가 수형을 지불하기 전에 저당을 도로 가져갈려고 했던것이 분명허이, 그래 거기에 '안된다' 하는 말이 나왔네, 이러니까 말다툼이 되기는 여반장이지"

"참 자네는 천잴세"

하고 막함은 몇번 감탄하였다.

"그런데 소좌가 그 궤짝이 이 사건에 관계가 없다 할때에는 우리보다도 이 사건의 내용을 잘 아는게 아닌가?"

"나는 처음부터 그가 스스로 이야기한거보다는 훨씬 많이 안다고 생각하였네, 그는 우리의 주의를 바이부에게로 돌려놓고 리곡구대위를 얼싸주었다는걸 자네는 잊어서는 안되네"

"응, 자네의 의밀 알았네"

하고 막함은 잠간 무엇을 생각하다가 천천히 말하였다.

"그 보석상자가 이 사건의 중대한 역활을 가진것같어이……소좌를 만나서 물어보겠네"

16. 위조 소절수

다음날 아츰 우리가 검사국으로 찾아가니 막함은 어제와같이 사무에 골돌하야 있었다. 방소는 그에게 인사를 하기전에

"막함, 오늘 열두시쯤 해서 시간을 좀 비여두게"

"왜?"

하고 막함은 손의 펜을 놓고 방소를 처다보았다.

"오늘 포우라부인의 정부말일세——자네의 대리로 내가 아까 전화를 걸어두었네"

"내 대리로?"

하고 그는 얼굴에 노기를 띠었다.

"이 관청일은 내가 처리를 하는걸세"

그는 암만 말해도 소용이 없음을 알았는지 말을 끊었다. 그리고 포우라부인과의 면회는 그로도 희망하는바였다.

"자네가 약속했다면 한번 만나보세, 허나 이런걸 바이부가 알면 우리의 일이 좋지 않을걸——"

"응, 그건 염녀말게"

하고 방소는 중얼거렸다.

"내 오늘 놈에게 전화해서 아일랜드로 가도 좋다고하였네"

"자네맘대로 전화를——?"

막함은 이렇게 다시 찌르퉁해지는걸 방소가걸껄 웃으며

"소좌가 어째서 보석상자에 대하야 말이 없었는지 아나? 그 속을 알랴면 여기에서 사람을 보내어 그의사무실의 장부를 조사하게"

막함은 소좌의 체면을 생각하는듯이 앨써 거절하였으나 방소의 끈끈한 요구에는 결국 동의치 않을수 없었다. 그는 전화실로 가서 소좌를 불러내었다.

"그는 그런다고 쾌히 승낙하였네"

하고 막함은 수화기를 걸며

"시방 한끗 우리의 조력 하구퍼 하는 모양일세"

우리는 지하철도로 칠십이정목까지 가서, 거기서부터 포우라부인집까지 큰 거리를 걸었다. 그는 칠십오정목모퉁이에 있는 조고만 아파트멘트에 살고 있었다. 우리가 뻴을 누르고 문간에 섰으려니까 지나의 향수가 물큰하고 코를 찔렀다.

포우라부인은 키가 크고 퉁퉁히 생긴 중년 여자였다. 누르스름한 머리와 볼그레한 힌 얼굴이, 침착하고 젊어보이었다. 부드러운 하관에 턱이 괴인 것은, 몇해동안이나 계속하야 온 라태한 생활을 잘 알리고 있었다.

우리가 자리를 잡자, 막함이 우선 심방한 이유를 말한뒤에 방소가 대미처 묻기 시작하였다. 그는 친절한 태도로 미소하야 보이고는 의자에가 번듯이 몸을 기댔다. 그리고 여자가 대답할적마다 만강의 동정을 표하였다.

"바이부씨는 열심으로 당신이 이 사건에 끌리지 않도록 애쓰시나보드 군요"

하고 방소가 말을 계속하였다.

"그러나 우리는 사건의 기미를 다 알고 왔읍니다. 믿고 말슴하야 주시기 바랍니다. 바이부씨에게도 유익합니다"

"알벤송사건에 바이부는 아무 관계도 없읍니다. 그는 그 담날 여덟시 기차로 뉴욕에 왔읍니다"

그는 완전히 믿고 있는듯이 참되게 이야기하였다. 바이부가 그에게 능글 차게 거짓말을 하였다는것이 확실하였다.

방소도 그런양으로 듣고는 그의 대답만으로 만족하였다.

"네, 그건 다 알았읍니다"

하고 방소는 어떻게 물어야 좋을지 몰라 좀 머믓거리다가

"바이부씨가 알벤송의 명의로 일만원 소절수를 위조했다지요, 당신도 아십니까?"

"네, 바이부씨가 다 이야기했읍니다"

"그래 알벤송이 노해서, 바이부씨에게 수형과 자백서를 요구했다지요?"

여자는 원망한다는듯이 보이는 노염을 품고 대답하였다.

"네, 그렸읍니다——요구대로 해주었읍니다——알벤송은 맞어죽어도 쌉니다. 갭니다. 친구끼리 돈좀 최는데 자백서가 다 뭡니까? 더러운 게책 입니다"

그는 얌잖은 태도에도 불구하고 알벤송을 극히저주하였다. 방소는 이걸 기화로 그를 위안하야 주는듯이 고개를 끄덕끄덕하였다.

"그러나 결국, 알벤송이 게다가 저당까지 요구안했드라도 좀 났겠지요!"

"저당이요?"

"네, 그가 죽든날 그는 사무실에서 파란 보석상자를 가지고 집으로 왔읍 니다"

여자는 숨을 죽이었든것이나, 그러나 달리 감동의빛은 보이지 않았다.

"보석요? 그건 모릅니다"

"바이부씨에게 보석을 빌린것은 매우 아름다운 일입니다"

이걸 듣자, 여자는 낯을 외면하엿다.

그의 얼굴에는 핏기가 멎어서 해쑥이 되었다.

"그럼, 내가 그 보석을 빌렸다구?"

방소는 손을 들어 여자의 말을 막았다. 그리고 잠잠히 담배를 피이며 여자를 바라보았다.

여자는 의자에다 기움없이 몸을 의지하야 있었다.

"어째서 내가 바이부에게 보석을 빌렸다고 생각하십니까?"

여자의 음성은 떨리었다. 그러나 방소는 그 질문을 잘 이해하였다. 이것이 여자의 거짓말의 최종이었다. 얼마를 침묵에 싸였다가 여자는 넋을 픽 잃고 "바이부가 그걸 가저갔읍니다" 하고 바루 토하였다. "그렇지않었다면 알벤송은 그를 죄인으로 몰았겠지요"

하고 그의 어조에는 바이부를 위하야 자기를 희생했다는 뜻이 가득하였다.

"지난 목요일날, 그와 알벤송이 그 사무실에서 싸웠다는걸 알고 계십니까?"

"네, 그건 제가 잘못했었읍니다"

하고 여자는 탄식하였다.

"기한이 절박해와도 그에게는 돈이 없었읍니다. 그래 나는 그에게, 알벤송에게 가서 주머니의 돈을 다털어놓고 보석을 내주나, 안주나, 시험해보라 했읍니다——물론 거절입니다——먼저부터도 그럴줄 알았건만——"

방소는 잠시 ㅅ동안은 그를 동정하는 낯으로 언짢게앉어있었다.

"또 한가지——당신은 알벤송에 대하야 대단히 분개하신 모양인데 그 이유를 듣고 싶습니다"

"내가 그를 미워하는것은 무리가 아닙니다"

하고 그는 불쾌히 눈을 이그렸다.

"보석 내주길 거절하든 그담담 오후 그는 나에게전화를 걸었읍니다. 그는 말하되 자기도 집에 있고, 보석도 집에 있다고 말했읍니다——이만하면 그 말이 무엇인지 아시겠지요——금수같은 놈입니다. 그래 나는 바이부에게 그말을 전화로 했읍니다. 그는 담날 아홉점쯤하야 와서 둘이서 알벤송이 죽었다는 신문을 읽었읍니다"

"고맙습니다. 막함군은 벤담소좌의 친구입니다. 나는 그에게 말하야 오늘로 그 소절수와 자백서를 찌저버리도록 하겠읍니다"

17. 범인의 자백

우리가 거리로 나왔을때, 방소는 막함을 향하야 쌀쌀히 탄식하며

"막함, 이 사건은 자네에게 너머도 많은 상식을 넣어주었네. 그걸 아나?"

"나는 정신을 잃었네"
하고 막함은 머리를 흔들었다.

"머리가 아파!"

그리고 그는 침통한 낮으로 무엇을 궁리하는듯 하였다.

우리가 검사국으로 들어갔을때 히이스경부는 매우찌뿌둥한 낮을 하고 기다리고 있었다.

"막함씨 인전 결말이 났읍니다"
하고 그는 보고하였다.

"당신이 안게신 동안에 리곡구대위가 찾아왔읍니다. 당신이 안게심으로 그는 번부로 가서 '나는 자백하러 왔읍니다, 내가 알벤송을 죽였읍니다' 라고 말하였읍니다. 나는 그의 자백을 스와카에게 필기를 시켜 서명까지받았읍니다"

그리고 그는 막함에게 타이프로 찍은 종이짱을 내주었다.

막함은 의자에 털석 주저앉어서, 며칠동안의 긴장이 급작이 풀렸음인가, 긴 한숨을 돌랐다.

"아, 아, 인젠 이걸로 끝일세"

방소는 답답한듯이 그를 바라보며 머리를 즈었다.

"나는 자네의 일이 인제 시초가 잡혔다고 생각하네——"

하고 그는 고단한듯이 하품을 하였다.

막함은 자백서를 한번 훑어 보고는 그걸 방소에게 내주었다. 방소는 그걸 흥미있는 시선으로 차근차근읽고 있었다. 그리고 지방검사의 책상앞으로 가서, 거기에 버듬이 기대었다.

"나는 아즉 자네의 일을 망쳐논적은 없었네. 그리고 이번에 다시 한번 제의하겠네. 지금 이리로 곧 벤담소좌를 부르게. 자네가 범인의 자백서를 얻었다고 그게 누구라는 말은 말게——"

"나는 그럴 필요가 없다고 생각하네"

하고 막함은 반대하였다.

"그래서는 아무것도 안되네"

하고 그는 다시 주장하였다.

"만일 소좌가 우리의 곡해를 깨처준다면 나는 히이스경부도 여기에서 같이 들을 필요가 있다고 생각하네"

"나는 곡해를 깨처받을 필요가 없읍니다"

하고 경부도 매우 불만이었다.

"놀라운 사람이로군! 뭐! 괴테만하여도 좀더 광명을하고 부르짖었네. 그런데 자네는 광명에 이렇게 포화되어 있나? 실로 놀라운 일일세"

입으로는 반대를 하였으나 막함은 잘 생각하였다. 과거 며칠동안의 경험으로 보아 그는 방소의 충고는 그대로 용인하야 좋은걸 깨달았다. 그래 마지못하야 뿌루퉁한 낯으로 전화를 떼어 소좌에게 오라는 뜻을 전하였다.

벤담소좌는 놀랄만치 빨리 뛰어왔다. 막함이 자백서를 내준즉 그는 열중한 표정으로 읽고 있었다. 그러나 읽는 동안에 그의 얼굴은 흐리고 의혹의 빛이눈에 나타났다.

드디어 그는 씁쓰름한 얼굴로 눈을 들었다.

"나는 영문을 모르겠읍니다. 참으로 놀랐읍니다. 리곡구대위가 알벤송을 죽이다니 그건 말이 안됩니다"

그는 자백서를 막함의 책상우에 놓고실망한듯이 의자에가 몸을 던졌다.

"당신은 이걸로 만족하십니까?"

"아즉 확실치가 못합니다"

하고 막함은 고개를 들었다.

"만약 그자가 범인이 아니라면 어째서 그가 자진하야 자백합니까? 벌서 이틀전에 체포할랴고 했든것입니다"

"그가 확실히 범인입니다"

하고 히이스는 자기의 수완을 못뵌것이 아깝단듯이

"나는 처음부터 그를 주목했읍니다"

"나에게는 허황한 일같이 생각되오. 경부"

하고 방소는 말하기 싫은것을 억지로 반대하였다.

"사랑하는 여자를 위하야 희생한다는건 그어디로 보면 죄가 아니오"

그리고 벤담소좌를 향하야 질문하는 시선을 돌리었다.

"당신은 리곡구대위가 어째서 이렇게 죄를 쓰고 나온다고 생각하십니까?"

소좌는 딴 소리만 할뿐으로 대위의 행동에관한 방소의 암시에는 순종치 않었다. 방소는 한동안 그에게 물었으나 말로는 그를 움지길수 없었다.

이때 비서가 문앞에 나타났다.

"신문통신원들이 문밖에서 들끓습니다"

"자백서에 대하야 눈칠 챈거든가?"

하고 막함이 히이스에게 물었다.

"아즉 모를겝니다. 당신이 허락하시면 제가 나가서 공포하겠읍니다"

막함이 고개를 끄떡인즉 히이스는 문쪽으로 몸을돌리었다. 그러나 방소는 잽싸게 그의 걸음을 막았다.

"자네, 낼까지 비밀 못지켜주겠나? 막함"

막함은 어찌할바를 몰라 어리둥절하였다.

"나의 자유로 할수는 있네. 그러나 그게 어쨌단 말인가?"

"다만 자네를 위하야서일세. 자네의 허영심을 이십사시간만 억제하야 주기 바라네"

하고는 방소는 슬픈 표정을 하야 보이며

"막함 자네의 죄수를 좀 보여주지 못하겠나?"

"그건 관계없지"

하고 막함은 호기심에 눈을 뜨고

"나도 리곡구와 이야기할것이 좀있다고 생각하네!"

그는 얼굴 붉은 비서를 불러서

"리곡구대위의 범인인도 청구서를 좀 써주게. 그리고 그걸 곧 보내어 속속히 수속하게 하게!"

하고 명령하였다.

십분쯤 지나서 형무소에서 전옥대리가 범인을 끌고들어왔다.

18. 방소의 신문

리곡구대위는 모든걸 결단했다는 얼굴로 들어왔다. 어깨는 축 처지고 두팔은 되는대로 늘어저 있었다. 며칠동안 잠도 못잔듯 싶어, 눈은 멀거니 흐려있었다. 벤담소좌를 보자 그는 자세를 바루잡아 그앞에다 손을 내대였다. 그는 알벤송을 심히 미워했으나 벤담소좌를 친구로 생각하고 있는것이 확실 하였다. 그러나 돌연히 자기의 처지를 깨닫고 얼굴을 붉히어 뒤로몸을 걷었다.

소좌는 그에게로 얼른 다가스며 그 팔을 잡았다.

"인제 차차 알겔세"

하고 그는 애석해서 말하였다.

"나는 자네가 알벤송을 죽였다고는 생각지 않네——"

"물론 내가 죽였읍니다"

대위의 음성은 단호하였다.

"나는 그에게 예고하야 두었었읍니다"

방소는 앞으로 나가 의자를 권하였다.

"이리 앉으시요 지방검사가 살해하든 모양을 듣고싶답니다. 다알겠지만 법률은 확적히 증거가 없는 범인의 자백서는 수리할수가 없읍니다"

그리고 리곡구와 대좌하야 자백서를 집어들었다.

"여기에는 알벤송이 당신에게 대한 행동을 분개하야 십삼일 밤 열두점 반쯤하야 정문으로 들어갔다 하였는데……그럼 그때 대문밖에 재색 카데릭호, 자동차가 있는걸 보셨소?"

"네 보았읍니다"

"거기에 탄 사람을 보셨읍니까?"

"자세하겐 모르나 아마 바이부라는 사람인것 같습니다"

"알벤송씨는 그때 어딨었소?"

"막 탁시에서 나려오는 길이었읍니다"

"알벤송씨와 바이부씨와 동시에 보았소?"

"아니요 내가 그집엘 다녀나온후에 바이부씨를 보았읍니다"

"그럼 당신이 집안에 있는 동안에 그가 왔구려?"

"네 그런것 같습니다"

"그럼 대위, 집에 들어가서 헌일을 이야기 하야 주시요"

"우리는 곧 그의 사랑으로 들어갔읍니다. 그는 의자에 걸터앉었읍니다. 나는 서서 이야기하였읍니다. 그리고 나는 총으로 그를 쏘았읍니다"

방소는 주의하야 그를 보았다. 막함은 열심으로 몸을 내대고 듣고 있었다.

"당신과 그는 곧 사랑으로 들어갔읍니까? 집으로들어가자마자──"

"네 그렇습니다"

"허면 그는 죽었을때 자리옷을 입고있었는데──그건 어떻게 설명하겠소?"

리곡구는 허병저병 사방을 둘러보았다. 그는 타는입술을 혀끝으로 적신 뒤에 대답하였다.

"알벤송은 먼저 한이삼분 우층에 다녀 왔읍니다. 아마그때 갈아입은듯 합니다"

"그렇겠지요"

하고 방소는 동정하는 어조였다.

"그러나 그가 나려왔을때 그의 머리에서 이상한걸 못보았읍니까?"

리곡구는 얼떨떨하야 눈을 들었다.

"머리요? 모르겠읍니다"

"혹 머리빛이 변한걸 못보셨소?"

"아니요 잘 기억이 안납니다"

하고 그는 눈을 감고는 그 현장을 다시 생각하는듯 하였다.

"그럼 탁자우에 보석상자를 혹 보았소"

"눈에 띠이지 않었읍니다"

"그를 죽이고 나올때 전등은 껏겠지요?"

하고 묻다가 곧 대답이 없는걸 보자 방소는 넘겨짚어서

"필연 그랬을겝니다. 웨냐면 바이부가 갔을때 집안이캄캄했다하니까 ──"

리곡구는 비로소 긍정하는듯이 고개를 끄덕이었다.

"네 그렇습니다……잠간 생각이 안나서"

"불을 어떻게 껐읍니까"

"저──"

하고 말문이 막혔다가 한참후에

"스위취를 눌러껐읍니다"

"스위취는 어디 있었읍니까?"

"잘 생각이 안납니다"

"가만히 생각하야 보시요"

"방문옆에 있는듯 합니다"

"들어가서 바른편? 왼편?"

"왼편──"

"아하 그럼 책장있는 곳이구려?"

"네 그렇습니다"

방소는 만족한 낯으로 또 물었다.

"그럼 권총의 문젭니다……강에 내던진 권총에는 총알이 하나 비였겠지요?"

"네 그래서 내버렸읍니다"

"하 참 이상합니다. 우리가 강에서 끄낸 총에는 탄환이 일제히 들어 있었읍니다. 그러면 총이 둘이래야 할텐데——"

리곡구는 곧 대답할 용기가 없는듯 하였다. 그가 다시 입을 열때에는 그의 태도는 허둥지둥 하였다.

"둘이 있을리 없읍니다……내손으로 탄환을 바꿔끼었읍니다"

"아하 자세히 알았읍니다"

하고 방소는 매우 유쾌한 낯이었다.

"당신은 어째서 오늘 여기에 와 자백하였읍니까?"

리곡구는 얼굴을 번쩍 들었다. 이때 그의 눈에는 신문전후를 통하야 처음으로 생기를 띠었다.

"그것이 정당한 일이기 때문입니다. 당신들은 부당히도 죄없는 사람을 의심합니다"

범인회견은 이렇게 대충 끝을 막았다. 막함은 한마디도 묻지 않았다. 그리고 대위는 다시 전옥대리에게 끌리어 감옥으로 호송되었다.

그가 나가고 문이 닫히자 방안에는 기묘한 분위기가 떠돌았다. 막함은 함부로 담배를 빠르며 천정을 바라보고 있었다. 소좌는 의자에 털썩 주저앉어서 방소를 상찬한다는 눈치로 바라보고 있었다. 방소는 막함쪽을 가끔 곁눈질을 해가며 미소하였다. 이렇게 세사람의 표정과 태도는 이 회견에서 받은 인상을 제각기 나타내고 있었다.

비로소 침묵을 깨트린것은 방소였다. 그는 경쾌하게 거반 농담비슷한 소리를 하였다.

"웃으운 자백도 다 보았네, 자네도 들었겠지, 놈은 어떻게 집에 들어갔는지 그것조차 모르지 않나? 바이부가 밖에있었다는 사실은 피해자 같이 들어갔다는 설명을 어긋내고 게다 알벤송의 머리탈이며 금니에 관하야 일절 본일도 없는 모양이니 ——"

"네 그렇습니다"

하고 옆에서 소좌가 대답하였다.

"알벤송은 금니를 뽑으면 말소리가 달라집니다——리곡구는 이 속을 전혀 모릅니다"

"뿐만 아니라 전기 스위취의 장소도 틀리고 권총에 대한 설명도 귀둥대둥 하는걸 보면 어린애라도 그가 진범이 아닌걸 알겔세. 이것은 놈이 구레야양이 혐의를 받고 있다 생각하고 자기가 죄를 들쓰고 나온것이 분명허이!"

"나두 그렇게 생각됩니다"

하고 소좌도 거기에 동의하였다.

"허나"

하고 방소는 궁리를 하며 말하였다.

"대위의 행동은 다소 의심되는 점이 없지 않어이. 그가 이 범죄에 아주 관계가 없다면 어째서 자기의 총을 구레야양의 집에다 감출 필요가 있겠는가?"

그는 권연에 불을 부치고 그 연기를 디려다보고 있었다.

"그러나 나는 이렇게도 말할수 있네. 그는 실행에까지 나왔다고. 그리고 한사람이 이미 처치한걸 알고그만둔것 아마 그쯤 되었을걸세. 바이부가 그를 봤다는 사실과 또는 그가 자기의 권총을 구레야양에게로 가저다 감추었다는 사실이 그걸 증명하네!"

"그런거 같으이!"

막함은 이렇게 대답하자 음울한 미소를 띠었다. 그리고 그것은 그가 리곡구를 범인으로 알았든 그 생각을 완전히 버리는걸로 방소에게 사과하는 표정이었다.

소좌는 막함에게 우울한 미소를 던지며 모자를 들었다.

"나는 사무실로 갑니다. 또 소용이 되시거든 불러주십시요"

방소는 막함을 데리고 구레야양을 방문하야 강변으로 떠났다.

"지금 구레야양을 맞나볼 필요가 없지않은가?"

하고 막함은 딸려오며 의아해하였다.

"필요라니? 자네에게 좀더 보여줄것이 있네. 자네의 머리에는 아즉도 물적증거라는 괴물이 남았으니까——"

19. 구레야양의 설명

우리가 도착하자마자 막함은 실내전화로 긴급한 일이 있어 온것을 말하였다. 조곰 있다가 구레야양이 나려왔다. 그는 리곡구대위가 어디 있는지 몰라, 매우 번민한 자리가 있었다. 걸상에가 힘없는 그의 얼굴은 창백하고 꽉 모디어쥐인 두손은 떨고 있는듯이 보이었다.

방소는 확확 쏟아 말하였으나 그 어조는 매우 경쾌하였다. 그래 일장의 공기는 자연히 부드러운것이되었다.

"리곡구대위가 알벤송을 죽였다고 자수 한걸 아십니까? 그러나 우리는 증거가 불충분하야 그대로 수리할수가 없읍니다. 그래 리곡구대위의 결백한걸 막함씨에게 보여주기 위하야 데리고 왔읍니다. 법률가의 머리란 웃으운것이 돼서 한번 의문하면 내리 생각을 못고칩니다. 왜 한때는 당신이 알벤송과 가치있었다는 이유로 막함씨가 당신을 의심하지 않았읍니까?"

그는 막함쪽으로 견책하는 미소를 던지고는 다시말을 이었다.

"리곡구대위가 얼싸고 있는것은 확실히 당신입니다. 그러나 나는 적어도 죄인이 아님을 환히 압니다. 그러니 당신과 알벤송과 관계를 좀더 자세히 하야주실수 없겠읍니까? 이것은 대위의 결백을 막함씨에게 보여주는데 가장 필요합니다"

방소의 태도는 여자를 제법 안심시켰다. 허나 막함은 골피를 잔뜩 찌프리고 있었다.

구레야는 잠시동안 방소의 얼굴을 디려다보고 있었다.

"뭘 물으시는겝니까?"

"우선 당신의 장갑과 손가방이 어째서 알벤송집에 있었나 말슴해주십시요. 그것이 불행히도 지방검사의 맘을 결박을 지였읍니다"

여자는 솔직한 격의없는 시선을 막함에게로 보냈다.

"나는 알벤송씨에게 끌려서 밤참을 먹으러 갔읍니다. 두사람 사이에는 불유쾌한 일이 많았는데 돌아올때에는 나는 더욱이 그를 불쾌히 생각했읍니다. 참다못하야 타임스광장에서 운전수에게 정차를 명하였읍니다.——혼자걸어가고 싶었읍니다. 나는 노하고 승급해서 그랬든지 나의 장갑과 가방을 그속에 놓고 나온걸 몰랐읍니다. 그리고 돈이 없어서 거기서 집에까지 터덜터덜 걸어갔읍니다"

"나두 그렇게 생각했읍니다" 하고 방소는 웃으며 "거기에서 걷자면 참 멉니다"

그는 막함을 조롱하는듯이 힐끗 처다보았다.

"어떤가 구레야양이 한시전에 가실수 있었겠나?"

막함은 우울히 우는 낯을하고 아무 대답도 없었다.

"그리고"

하고 방소는 물었다.

"어떡해서 밤참을 가치 자시게 되었는지요?"

여자는 얼굴을 흐렸으나 목소리는 여전히 평온하였다.

"나는 알벤송의 사무실을 통하야 투기 사업에 많이 손해를 보았읍니다. 그러다 그가 일부러 나에게 손을 보이지않았나하는 의심을 품게 되었읍니다. 왜냐면 그는 나에게 너머도 추군추군이 굴어왔기 때문입니다. 그래 그런 이야길 토파할려고 그의 사무실로 찾아갔읍니다. 그의 대답이 자기와 밤참을 먹으러가면 거기에서 다 말하겠다는것입니다. 물론 나는 그목적을 알았읍니다. 마는 자포자기한 마음으로 땋아갔읍니다"

방소는 잠간 생각하다가 또 물었다.

"밤참을 가치 자시기로 되었는데 어째서 그날 또 벤송집으로 가셨읍니까?"

여자는 얼굴을 붉히었다.

"그의 사무실을 나오다 생각하니까 어째 그와 가치 밤참을 하기 싫었읍니다. 그래 후회하고는 약속을파하러 사무실로 다시 찾아갔드니 그때는 그가 없었읍니다. 나는 일부러 그의 집에까지 찾아갔읍니다. 그랬드니 그는 굳이 약속을 억이지 못한다 하고 자기의 마음대로 모도를 행했읍니다"

"그럼 당신이 거기에 게실때에 보석 상자는 웬겁니까"

"아마 뇌물인가봐요"

하고 멸시 하는 미소로 끝없이 알벤송을 저주하였다.

  "그는 그걸로 나의 마음을 좌우할랴 하였읍니다. 날더러 밤참에 따라오
라 하고 그 보석을 끄내보였읍니다. 그러나 나는 튀겨버렸읍니다. 그리고
그는 이십일일에는 그 보석을 나에게 줄테니 생각 잘하라하였읍니다"

  "물론 이십일일입니다"

하고 방소는 막함에게 시선을 돌렸다.

  "자네 알겠나? 이십일일은 바이부의 수형의 기일일세. 그걸 못갚는 날이
면 이 보석은 빼끼는걸세"

  그는 다시 구레야양에게 몸을 돌리어 물었다.

  "그 보석은 밤참으로 갈때 가저왔읍니까?"

  "아니요 내가 배를 튀기니까 그는 실망하는 모양이었읍니다"

  "그러면 그 총에 관한것인데 당신의 의향은 어떠습니까? 대위가 강에 던
진 총말입니다"

  "그 담날 아츰 리곡구대위가 와서 알벤송을 죽일목적으로 어젯밤 열두
점반에 그집엘 갔었다고 말했읍니다. 그러나 바이부씨가 문밖에 있어서 고
처 생각하고 그냥 왔다는것입니다. 나는 바이부씨가 그를 보았으면 어찌나
하고 애를 태웠읍니다. 그래 권총을 나에게 마끼고 만일 찾거든 불란서에
서 잃어버렸다고 하도록 일렀읍니다……나는 참으로 대위가 알벤송을 죽
인줄 알았어요. 그리고 그가 다시 총을 가질러왔을때 나는 속으로 아하 갖
다버릴 작정이로군 하였읍니다"

  여자는 막함에게 얕은 미소를 보냈다.

  "그래 나는 당신의 질문을 거절하였읍니다. 내가 혐의를 받드라도 리곡
구를 구하고 싶었읍니다"

  "그러나 그는 당신을 조곰도 속이지 않았읍니다"

  "네 지금 저도 잘압니다. 만일 그가 범인이였으면권총같은거 안가저왔
읍니다"

  "참으로 머리 아풀 일입니다. 그는 당신이 살인한줄압니다"

"나는 군인을 많이 압니다. 그의 친구며 벤담소좌의 친구들이요. 작년에는 산에 가서 사격을 연습까지했읍니다. 그가 내가 죽인걸로 생각할것도 무리는 아닙니다"

방소는 일어나서 공손히 예를 하였다.

"고맙습니다"

하고 그는 말하였다.

"슬픈 일입니다. 막함씨는 아즉도 당신네를 범인으로 생각하고 있읍니다. 그래 나는 무리로 당신의 입에서 나올 아름다운 말로 이야기를 들려주고저하야 데리고 왔읍니다"

그리고 그는 입을 꽉 다물고 노려보고 섰는 막함에게로 가차히 갔다.

"막함 인제는 다 알았겠지? 내가 말한대로 대위를 석방하게——"

막함은 더 견딜수 없을만치 노하였다. 그러나 일어나서 여자편으로 나아가 악수를 청하였다.

"구레야양"

하고 그는 친절히 말하였다.

"내가 곡해를 하였읍니다. 당신의 대위를 지금곧 당신에게 돌려보내겠읍니다"

여자는 뜻밖에 기쁨을 못이기어 얼굴이 발개졌다. 그리고 흥분한 가슴에서는 거츨은 숨이 펄떡어리었다.

우리가 거리로 나왔을때 막함은 시원한 낯으로 방소를 보았다.

"따는……그 여자의 대위를 잡은것은 나고 놓은건 자넬세그려!"

하고 그는 한숨을 토하였다.

방소는 탄식하였다.

"자네는 자네의 역활을 모르나?"

"여자앞에서 개대접을 받은것이?……대관절 인젠 어디로 가나?"

"하여튼" 하고 그는 크게 부르짖었다.

"자네는 오늘 범인을 고발하기에 유리한 증언을 들었네. 뿐만 아니라 그 장갑과 손가방도 알았고 알벤송 사무소에 왔든 여자도 알았고 구레야양의 자정으로 한시까지의 행동도 알았고 또는 어째서 알벤송과 밤참을 먹은것을 알았고 그가 알벤송집에왜갔든것도 알았고 보석이 거기 있었든것도 알았고어제 대위가 권총을 그에게 갖다두었나 혹은 강에버렸나 하는것도 그리고 자수한 이유도 다 알지 않었나? 알았지? 막함"

"그리고 자네는 지금 누가 범인인지 말할수 있겠지?" 하고 막함은 비웃는 어조로 엇먹었다.

방소는 권연을 뻑뻑 빨아올렸다.

"물론 누가 쏘았는지 벌써 알았네"

막함은 커다랗게 코를 올렸다.

"은제 알았나?"

"맨 첨날 아츰 알벤송의 방에 들어가서 오분안에알았네——" 하고 방소는 잠간 무얼 생각하다가 "자네는지금 다섯사람의 범인을 갖고 있네.말하자면 제일구레야양 제이에 리곡구대위 제삼에 안나 부인 제사에 바이부 제오에 소토랑대좌……이렇게 다섯을 가졌네. 그들의 자네의 그 물적증거로 비치어 다들 시간 장소 기회 흉기 동기……그런 조건에 부합하는 행동을 가졌네"

그리고 그는 막함의 얼굴을 한참 처다보다가

"그러면서도 내가 데리고 다닌다면 그들이 다 범인이 아닌걸 넉히 보여줄수가 있네. 그러나 그럴시간이 없으니 우선 그들의 행동을 증명하기 위하야 벤담소좌의 아리바이를 조사하야 보기로 하세. 자네가 가저온 그건 믿을수가 없으니까 내눈으로 즉접 보고 조사하세"

막함은 필요없다고 반대를 하면서도 떠름한 낯으로 방소의 뒤를 딿았다.

20. 진범수사

벤담소좌가 살고 있는 집은 사십육정목에 있는 아파트였다. 입구는 단조하고 무게있는 정면에 있어 곧 거리로 통하였다. 그리고 보도보다 두단이 좀 높을뿐이었다. 문간에서 곧 조고만 응접실이 있는 낭하를 통하야 저쪽에 승강기가 있었다. 그 옆에는 승강기를 돌아올라간 쇠로 된 계단, 그아래 전화의 배전판이 붙어있었다.

우리가 갔을때 제복을 입은 두 젊은 사람이 일을 하고 있었다. 한사람은 승강기 문속에 섰고 또 한사람은 배전판앞에 앉아있었다.

방소는 입구에서 막함을 붙잡았다.

"내가 아까 전화로 두사람중의 한사람이 십삼일날 밤 당번이라는걸 알았네. 그 한사람을 자네가 가서 지방검사라고 위협하야 가지고 내게로 데리고 오게"

막함은 낭하로 들어갔다. 소년들에게 잠간 물어가지고 그는 그중의 하나를 데리고 응접실로 들어왔다.

방소는 상대가 무슨 소리를 하든지 꽉 믿는다는 너그러운 태도로 질문을 시작하였다.

"그의 아우가 죽든날 밤 벤담소좌는 몇점에 돌아와서?"

소년은 눈을 크게 해가지고 보았다.

"열한점——극장 파할때쯤해서 왔어요"

"그가 너에게 뭐라고 그러디?"

"구경을 갔었다고요. 그런데 아주 재미가 없어서 지금 두통이 난다고요"

"그런데 너는 일주일전걸 어떻게 그렇게 넉넉히 기억허니?"

"그날이 그 아우가 죽은 날이 아니야요"

"응 그날밤 돌아와서 그는 너에게 날쨰에 관하야 무슨 말이 없었니?"

"자기가 나쁜 구경을 간것이 아마 열사흔날이기 때문인가보다구 했읍니다"

"또 그 담에는?"

"저에게 열사흔 날을 저의 복날로 정해야겠다 하고 주머니에 있는 은화를 다 끄내주었읍니다" 하고 소년은 빙글빙글 웃었다.

"전부가 얼마?"

"삼원 사십오전입니다"

"그러고는 그는 자기방으로 갔니?"

"네 제가 그를 올렸읍니다. 그는 삼층에 있읍니다"

"그뒤에 그는 또 나갔었니?"

"아니요"

"너는 그걸 어떻게 아니?"

"나갔으면 제가 보았게요. 제가 승강기를 운전하고 배전판에 대답하고 합니다"

"당번은 너 하나였었니?"

"네 열점후에는 언제든지 혼자 있읍니다"

"여기는 이 대문간말고 달리 나갈데는 없니?"

"네 나갈수 없읍니다"

"그담에 벤담소좌를 본것은 언제냐?"

"저──" 하고 소년은 잠간 생각하다가

"그가 얼음주머니를 해오라서 제가 가저갔읍니다"

"몇점이었나?"

"글세요 자세하겐 모르나……아마 열두점반쯤 되겠읍니다"

"그럼" 하고 방소는 코로 웃드니 "그는 시간을 안묻디?"

"물었읍니다"

"어떻게"

"제가 얼음을 가저가니까 그는 누어있었읍니다. 그리고 나에게 사랑에 있는 대여에 놓고 가라 했읍니다. 내가 그걸 허구 있으려니까 선반우의 시계를 좀 보아달라구요 주머니의 시계가 쉬어서 시간을 좀 맞훈다고 그랬읍니다"

"그리고 또 뭐래디?"

"별루 말이 없었읍니다. 누가 오든지 뻴을 누르지 말라구요 졸려워서 자겠다고 했읍니다"

"그걸 크게 말하지 않디?"

"네 그랬읍니다"

"또 다른 말은 없었니?"

"잘 자거라하고 전등을 껐읍니다. 그래 저는 알로나려왔읍니다"

"어느 전등을?"

"침실의 전등을 껐읍니다"

"사랑에서 침실이 보이니?"

"아니요 침실은 저 마루끝에 있읍니다"

"그럼 어째서 전등을 끄고안끄고를 아나?"

"침실의 문이 열려있어서 그 빛이 마루바닥에 비쳐입니다"

"네가 나올때 침실옆을 지났니?"

"네 그리 지나지 않으면 나려올수가 없읍니다"

"문은 열려있었니?"

"네 열려있었읍니다"

"침실의 문은 그거 하나냐?"

"네——"

"네가 들어갔을때 그는 어딧었니?"

"침대에 있었읍니다"

"어떻게 아니?"

"제가 그를 보았읍니다" 하고 소년은 낯을 찚으린다.

"그리고 다시 나려오는건 못보았지?"

"네 못보았읍니다"

"네가 승강기로 올라올때 너에게 보이지 않도록 층계로 걸어나려올수가 있지?"

"네 그렇게는 됩니다. 그러나 나는 그에게 얼음을 갖다준때로부터 몬테익씨가 오든 두점반까지 아무도 승강기를 올리지 않았읍니다"

"그러면 몬테익씨가 오든 두점반까지 아무도 올리지 않았구나?"

"네——"

"그동안에 너는 어딧었니?"

"여기 앉어있었읍니다"

"네가 최후로 침대에 있는 그를 본것이 열두점삼십분이었구나?"

"네 아침 일즉이 여자로부터 그의 아우가 죽었다는 전화가 올때까지 그를 못보았읍니다. 그때 그는 십분쯤뒤에 나려왔읍니다"

방소는 그에게 돈일원을 주었다.

"그리고 우리들이 왔다는것을 아무에게도 말말어라"

소년이 저쪽으로 가자 방소는 막함에게 냉정한 시선을 던졌다.

"나는 지금 소좌의 거처를 수색해 보고 싶으이"

"그게 무슨소리야?" 하고 막함은 부르짖는듯이 반대하였다. "자네가 환장했나? 소년의 증언에는 아무것도 의심할것이 없지않은가?"

"과연 진실을 말하였네" 하고 방소는 동의하였다. "그러기때문에 내가 올라가 보자는것일세——지금쯤 소좌는 올 염녀가 없네. 그리고" 하고는 그는 충이는 낯으로 미소하였다. "자네는 나에게 아무 조력도 아끼지 않는다는 약속이 있지 않은가?"

막함은 열심이 반대하였으나 방소의 고집에는 당할길이 없었다. 몇분뒤에는 우리는 열쇠를 위조하야 소좌의 처소로 들어갔다.

방소는 곧장 뒷방으로 들어갔다. 바른 벽에는 선반이 있고 그우에는 오래 묵은 시계가 놓여있었다. 난로에 가까운 한구석에 조고만 테불이 있고 그우에는 은으로 만든 빙수도구가 없여있었다.

그는 창께로 가서 거기로부터 삼십여척되는 뒤뜰을 나려다보았다.

"여기로는 못나갈테고——"

그리고 몸을 돌리어 낭하편을 보고 있었다. 소년의 말과같이 침대의 전등이 낭하에 비추이게 되어있었다. 그는 바루 침실로 들어갔다. 거기에는 문쪽을 향하야 침대가 있고 그옆 조고만 탁자우에 전등이 없혀있었다. 그는 침대전에 앉어서 전등의 줄을 잡아다니어 불을 켜보았다. 그리고 그는 막함에게 시선을 돌리어

"소좌가 소년에게 보이지 않도록 어떻게 나갔다고 생각하나?"

"공중으로 걸어나갔겠지" 하고 막함은 신지무의하게 대답하였다.

"글세 그렇게도 보이네" 하고 방소는 침착한 얼굴로 "참으로 교묘허이! 막함, 열두점이 지나서 소좌는 소년에게 얼음주문하였네. 소년이 가저왔을 때 그는 문앞을 지나서 소좌가 들어누어 있는걸 보았네. 소좌는 옆방에 있

는 빙수도구에 넣어두라하였네. 그리고 시간이 얼마나 되었나 봐달라 하였네. 소년이 본즉 그것은 열두점반이였네. 소좌는 아예 깨우지말라하고 잘 자거라 하고는 전등을 끄자곤 침대로부터 뛰어나왔네. 물론 의복은 미리부터 입고 있었으니까——그리고 소년이 어름을 깨트리고 있는 동안에 낭하로 뛰어나왔네. 소좌는 승강기가 나려오지 않는 동안에 계단을 뛰어나리어 거리로 빠져나왔네. 소년이 침실앞을 지나 나올때에는 방안이 캄캄허니 거기 소좌가 있는지 없는지 설사 들여다보았대도 모를것일세——알겠나?"

"허긴 그럴듯 싶군——"하고 막함은 말하였다. "그러나 돌아올 때에는 어떻게 올라왔나?"

"그건 간단하이. 그는 대문밖에서 아무라도 오기를 기다렸네. 소년의 말에는 몬테익씨가 두점반에 돌아왔네. 그는 승강기가 우로 올라가는 동안에 계단을 걸어올라갔네"

막함은 미소할뿐으로 아무말은 없었다.

"소좌가 앨써서 날짜를 만들고 소년에게 그걸 인상시킨것도 알겠지? 나쁜 연극——두통——불행한 날——왜? 십삼일이기 때문에——그러나 소년에게는 좋은 날이었다. 은화를 받았다——매우 곰상스러운 염녀가 아닌가——"

막함의 안색은 흐렸으나 음성은 역시 무관심하게 들리었다.

"나는 여기서 그 권총이 나오리라 생각하네"

"그렇게 되면 귀신이 곡하지"

"아니 꼭나오지"하고 방소는 의장설합을 열어보기 시작하였다. "소좌는 총을 알벤송의 집에 놓고 왔을리가 없네. 또는 허둥지둥 내버릴 바보두 아니네. 대전에 참가한 소좌이면 총 가진것쯤 이상히 역일것이 없네. 오히려 없다면 그것이 수상한 일이지"

그리고 그는 침대알에 있는 도랑크를 열어 속을 뒤저보았다. 그는 방을 가루 질러가 옷장의 문을 열었다. 그 우 선반에 권총갑이 달린 군대용 석대가 있었다.

그는 그걸 조심히 띠어가지고 들창 가까이 왔다.

"자세히 보게" 하고 그는 허리를 구부리었다. "총갑을 보면 모두가 먼질세 뚜껑만이 좀 청결한것은 최근에 사용한 증걸세——자네는 증거를 좋아허니——"

그는 갑에서 권총을 조심스리 끄내었다.

"자 보게 총에는 먼지가 안묻었네——최근에 닦은것이 분명허이——"

그는 탄환을 탁자우에 쏟아놓았다. 전부가 일곱개였다. 그는 총에서 제일 먼저 나온 탄환을 가르켰다.

"이 탄환을 보게——맨나종에 끼인것일세 다른것보다 훨씬 빛나지 않나? 말하자면 최근에 끼인것일세——"

막함은 머리를 들어 쓴 미소를 보이었다.

"일로부터 비로소 시작일세" 하고 방소는 다시 설명하였다. "자 들어보게 소좌는 알벤송이 열두점반에 집에 있는걸 어떻게 알았나? 그는 알벤송이 구레야양을 밤참에 가자 청하는걸 들었네——호우망양이 엿들은 이야기를 하지 않든가——그리고 구레야양이 반듯이 열두점에는 작별할것을 알았네. 그래 그는 알벤송이 열두점반쯤하야는 집에 있을줄 알았네. 그는 들창을 두드렸네. 그의 음성임을 잘 알고 알벤송이 나와 맞어드렸네. 알벤송의 형의 앞이라 제모양에 주의 안했네. 머리탈과 금니를 빼놓고도 넉넉히 그를 대할수가 있었네…… 소좌의 키는 바로 범인의 신장일세. 나는 은제 그옆에 서서 내키와 대중하야 보았네. 그는 거의 정확한 범인의 킬세——"

막함은 더헐 말이 없는지 무언으로 권총만 나려다보고 있었다.

"이번에는 보석일세" 하고 방소는 계속하였다. "나는 그가 가졌다고 생각하네. 알벤송이 십삼일 오후 보석을 가지고 집으로 돌아갔네. 소좌는 그걸 알았네. 생각하면 그날밤 알벤송을 죽이게 한 원인이 여기 있을지 모르네——"

그는 기세좋게 일어나서 들창쪽으로 걸어갔다. 그리고 한구석에 있는 책상앞으로 가서 모든 설합을 열어보았으나 다 잠겨있지 않았다. 탁자의 설합을 열어 보았으나 거기도 열려있었다. 그래 침실로 들어갈랴할때 그의 눈에는 탁자밑에 처싸놓은 헌 잡지들 틈에 끼어있는 담배상자가 얼른 띠이었다. 그는 즉시 달겨들어 뚜껑을 열어보았으나 거기에는 쇠가 채여있었다. 그는 탁자우의 창칼을 집어들고 뻐기기 시작하였다.

"아 아 그건 안되네" 하고 막함은 소리를 질렀다. 그의 얼굴에는 질책과 번민이 가루 질려있었다.

그러나 그의 손이 들어와 방소를 제지할수 있기 전에 예리한 소리와 아울러 뚜껑이 열리었다. 그 속에는 파란 보석상자가 들어있었다.

막함은 너머도 절망하야 의자에가 털썩 주저앉았다.

"아 아 이게 뭔가!" 하고 그는 탄식하였다. "나는 뭘 믿어야 좋을지!"

막함은 두손으로 머리를 보태고는 고개를 숙였다.

"그러나 동기는?" 하고 그는 간신히 입을 열었다. "사람은 보석에 눈이 어두어 제 아우를 죽일수는 없네——"

"그야 그렇지——" 하고 방소는 동의하였다.

"보석은 제이의 조건일세. 그보다는 더큰 움지길수 없는 큰 동기가 있을 것일세. 장부를 조사보낸 공증인이 오면 인제 차차 알겔세——"

막함은 뜻을 결정한듯이 벌떡 일어났다.

"자 얼른 나는 사건의 결말을 지꼬 싶어이"

21. 범인체포

우리가 돌아와 십오분쯤 기다리는 동안에 막함은 자기 사무에 열중하였다. 그때에야 공증인은 돌아와 방소에게 성공한듯이 미소하였다.

"당신의 덕택에 살았습니다. 소좌가 게 있는 동안에는 옆에 꼭 붙어앉어서 일을 할수가 있어야지요"

"나는 힘껏 다하였네" 하고 방소는 탄식하였다. "공증인이 장부를 조사할때 방해가 될까봐 범인의 자백서를 들으러 오라고 소좌를 끌어낸것일세"

"자네는 뭘 찾아냈나?"

"너머 많습니다"

그는 주머니에서 종이쪽을 끄내여 책상우에 펼처놓았다.

"간단히 보고하면 나는 방소씨의 분부에 따라 현물목록과 회계의 부속공부를 보고 또 진찬전표를 조사하였읍니다. 나는 원부관계는 차치해두고 상회주 자신의 투기상태를 보았읍니다. 벤담소좌는 자기수중에 있는 저당을 모두 이중저당으로 그는 매우 위험한 내면을 갖고 있읍니다. 그게 얼마냐하면 상당한 액숩니다"

"알벤송은?" 하고 방소가 물었다.

"꼭 같은 짓을 하는데 이건 어쩐지 세월이 좋읍니다. 이삼주일전만해도 큰 돈을 잡았읍니다"

"그러니까 소좌가 금고의 열쇠만 잡는다면" 하고 방소가 암시하였다. "아우의 변사가 그에게는 행운이로군——"

"행운이요?" 하고 공증인은 반문하였다.

"소좌는 징역을 갈겐데 인제 살았읍니다"

공증인이 나가자 막함은 부처님같이 앉아있었다. 그의 눈은 저쪽 벽에가 꽉 붙어있었다. 그는 소좌의 범죄를 부인하기 위하야 찾고 있든 한줄기의 지푸래기까지 뺏기고 말았다.

그는 비서를 불러서

"소좌에게 전활 걸고 범인을 찾았으니 곧 오라고 말해주게——" 하였다.

그리고 막함은 히이스에게 몇마디 분부하야 두었다. 그는 일어나서 자기 앞에 있는 책상주위에다 걸상 몇개를 늘어놓았다.

히이스가 히푸스를 데리고 와 가치 걸상에 앉었을때 방소는 주의하였다.

"주의하시요, 소좌는 진상이 발로된걸 알면 당신들을 차내던지리다——"

히이스는 콧등으로 비웃었다.

"뭐 그게 처음인가요?"

소좌가 들어왔을때 막함은 탄평히 대하였으나 악수를 피하기 위하야 설합을 열었다. 그러나 히이스는 매우 유쾌하였다. 그는 소좌에게 걸상을 권하랴 천기를 말하랴 아주 즐거웠다. 방소는 법률서적을 덮어놓고 똑바루 고처앉었다.

소좌는 대단히 갖은체를하고 있었다. 그는 막함을 힐끗 보았으나 거기에 설혹 의심을 품었대도 결코 내색하지 않었다.

"소좌 나는 당신에게 뒤서너가지 물을것이 있읍니다" 하고 막함의 낮윽한 음성은 몹씨 긴장하였다.

"아무거라도 좋습니다" 하고 그는 가비여히 대답하였다.

"당신은 육군용 권총을 가지셨읍니까?"

"네 가졌읍니다" 하고 왜 그러냐는듯이 눈섭을 찌끗이 올리었다.

"최근에 은제 그걸 닦고 탄환을 끼셨읍니까?"

소좌의 얼굴은 조금도 움지김이 없었다.

"자세히는 모릅니다" 하고 그는 대답하였다. "여러번 닦았읍니다. 그러나 해외에서 와서는 탄환을 다시 낀적은 없읍니다"

"최근에 누구에게 빌리셨읍니까?"

"그런 기억 없읍니다"

막함은 공증인의 보고를 집어들고 잠시 디려다보고 있었다.

"만일 손님이 갑작이 와서 저당물건을 찾을때 당신은 어떡허실 작정입니까?"

"응 그러냐 느히들이 나의 장부를 조사하러 보냈지?" 하고 그의 목줄띠가 갑작이 빨개졌다.

"그리고 나는 포우라부인의 보석을 발견하였읍니다"

"응 너는 친구의 가택을 침입했구나?" 하고 그는 떨리는 손가락을 막함에게 디려대였다. "이 나쁜 놈"

비방과 저주의 수많은 욕이 그 입으로부터 터저나왔다. 그의 분노는 극도에 달하였다. 그는 방금 졸도할 사람처럼 자기의 감정을 것잡지 못하였다.

막함은 꾹 참고 앉어있었다. 그러다 소좌의 분노가 어째볼수 없는 경우에 이르렀을때 그는 히이스에게 눈짓을 하였다.

그러나 히이스가 미처 움지기기 전에 소좌는 뻘떡 일어났다. 그와 동시에 그는 날쌔게 몸을 돌리자 그무서운 주먹이 히이스의 얼굴을 갈기었다. 경부는 의자에가 털빽 떨어졌으나 다시 마룻바닥으로 나려굴러기절되고 말았다. 히푸스가 대들었으나 소좌의 다리가 올라가자마자 불두덩을 채키었다. 그는 마룻바닥에가 떨어저 허비적어리며 신음하였다.

그리고 소좌는 막함에게로 달겨들었다. 그의 눈은 광인같이 되고 입살은 무섭게 다물리어 있었다.

"이번에는 너다——"

그는 이렇게 소리를 지르자 날아들었다.

이 광경을 멀거니 바라보며 고단한듯이 담배를 피고 있든 방소가 홱 일어났다. 그는 한손으로 소좌의 바른팔 호목을 잡고 또 한손은 그 팔꿈치를 꺾었다. 그리고 그는 날래게 몸을 뒤틀었다. 소좌는 뒤로 팔을 꺾인채 꼼짝 못하였다. 괴로움을 못이기는 부르짖음과 함께 소좌는 돌연히 전신의 힘이 풀리었다.

이때 히이스경부가 겨우 정신을 채리었다. 그는 급히 일어나 덤벼들었다. 수갑 채이는 소리가 떨꺽 하자 소좌는 의자에가 떨어져 괴로운듯이 가슴이 벌떡이었다.

히이스는 암말없이 걸어와 방소에게 악수를 청하였다. 그 행동은 잘못됐다는 후회요 동시에 사례였다.

히이스가 범인을 데리고 나가고 히푸스가 안락의자로 운반되었을때 막함은 그 손을 방소의 어깨에 얹고

"자 가세 나는 피로했네"하고 감사한 뜻을 보이고는 "범인을 알았으면 웨 진시 말안했든가?"

"내가 말한들 자네가 고지들었겠나?"하고 방소는 언내를 달래는 어머니와같이 친절하였다. "소좌가 범인이라면 완고한 고집떵이 자네가 어떻게 생각했겠나? 그래 간접적으로 자네가 맘대로 필연적으로 깨달을만치 멀직이 보여준것일세——"하고 좀 사이를 띠어 "인젠 좀 알겠나?"

"응 알겠네"

막함은 이렇게 고개를 끄덕끄덕 하였다.

부록

일러두기

1. 원전 교정 일람과 어휘 색인은 창작 소설만을 대상으로 하여 작성하였다.

2. 원전 교정 일람에서 지극히 상식적인 것은 제외하였다.

3. 어휘 색인의 표제어들은 난이도와는 관계없이, 사전에 실려 있지 않은 단어들 혹은 표준말이 아닌 단어들이다. 사전은 이희승의 『국어대사전』(민중서림, 1989) 및 국어학회의 『한글맞춤법·표준어 사전』(국어교육연구소, 1995)을 기준으로 하였다.

4. 같은 단어가 같은 작품에 여러 번 나오는 경우에는 한 번만 취하였다.

5. 화살표 다음의 단어는 표준말로서 사전에 실려 있는 단어이다.

6. ※를 지른 단어는 품사나 뉘앙스가 다른 단어이다.

7. 단어 및 예문 옆의 숫자는 이 책의 페이지를 가리킨다.

원전 교정 일람

멎칠 더칠더쉬여가게유→멎칠 더쉬여가
  게유(19)

히불속에→이불속에(23)

그놈일게가→그놈일게다(24)

영산이사서→영산이나서(26)

을씨냥굿것→을씨냥굿게(27)

조구나→조쿠나(31)

집업너→집어너(33)

청성굿게 게죄여안젓다→청성굿게 죄여
  안젓다(34)

신면→신남면(35)

좀처럼→모처럼(35)

청동가티→천동가티(36)

곳오댓스니→곳온댓스니(44)

바로 팔로는→바른 팔로는(45)

올림→놀림(49)

마흘듯→만흘듯(49)

눈물→논물(50)

여테→겨테(53)

잘긍→잘은(60)

파래증→타래증(60)

놈에게→놈이게(60)

필연코바라보니 또한 그속이 보인다→삭
  제(중복 부분)(61)

웅ㅇ이→웅뎅이(62)

침을 탁 뺏고→침을 탁 뱃고(65)

밋웟다→미웟다(65)

안날스리→안달스리(68)

거진 자 란다→거진 다자란(69)

죽을밖에 꼼짝수→죽을수밖에 꼼짝(73)

밝아지→박아지(74)

송중으로→속중으로(98)

빨뿌리→발뿌리(99)

수수나까지→수수나까리(105)

떠어옴은→띠어옴은(111)

매미처→대미처(120)

그거에는→거기에는(126)

문은→물은(134)

그런도님이→그도련님이(134)

쏨짝수→쏨짝할수(136)

잠잡고→잠잣고(137)

들어오며며→들어오며(144)

네 집에좀→내 집에좀(148)

도식→근식(148, 150)

먹질이→멀직이(154)

돈도 먹 고 술도 먹이고→돈도 먹이고 술
  도 먹이고(158)

꾀였다구지만→꾀였다구 하지만(162)

쩔 맸다→쩔쩔맸다(167)

웬속인지지(금까지도→웬속인지(지금까
  지도(168)

재구 또 잘나고→대구 또 달나고(169)

씨담으면→씨담으며(171)

다른 사람들을→다른 사람들은(171)

고만운→고마운(172)

내나가 무장사를→내가 나무장사를(173)

춘천아 봄의산아→춘천아 봉의산아(174)

분컥→불컥(175)

들이커닝→들병이커닝(175)

몸살도 나은지→몸살도 나는지(175)

성화이봉지→성화이지(176)

공분해→공부해(177)

벌서빼내지→벌서내빼지(178)

글지다→글렀다(179)

넉 히→넉넉히(179)

넉너는→너는(179)

그런몰랐더니→그런줄 몰랐더니(179)

험상구게→험상궂게(193)

발라셌것만→발라셌건만(195)

사탯길→사랫길(195)

제 집이련만→제게집이련만(196)

알겠니→알겠으니(197)

일 것→이런(197)

끄내농는다→끄내놓는다(197)

불쾌하다→불콰하다(198)

이삶이글→이글이글(200)

사 놈실이→사실 놈이(202)

뚱뚱단→뚱뚱한(205)

어렇게→이렇게(209)

재입으로→제입으로(210)

맷→맸(224)

노러구→노리구(232)

벌→밸(233)

곁으로→겉으로(233)

나카러운→날카러운(235)

하참→한참(237)

아주표정도→아무표정도(238)

애야→애가(238)

다르는→다루는(243)

단마리로→단마디로(248)

생대가→상대가(252)

두밟으로→두손으로(259)

개→걔(265)

손쉬지→손쉽지(269)

뜯는이다→뜯는것이다(275)

여기에게→여기에서(275)

가 한군데→한군데가(280)

그와 한가지도→그와 한가지로(281)

벌여→벌서(283)

섯다고→섯다가(284)

살라보자꾸나→살아보자꾸나(286)

뒤집힘듯이→뒤집힐듯이(287)

좀치근히본 이였든가→좀치근히 본것이
 안이였든가(288)

잟아도→닲아도(288)

끊는→끓는(288)

좀하뭿나→좀뭿하나(289)

모되어→못되어(290)

사흘셋방→사글셋방(293)

운면→울면(295)

이제나저제 하고→이제나저제나하고
 (296)

신당리는데는→신당리라는데는(297)

대가→내가(297)

디려정고→디려넣고(297)

여흘전에는→열흘전에는(298)

벙병히→벙벙히(299)

초라리방정을→초라니방정을(300)

직 넓한→넓직한(300)

더운→더욱(308)

이 가슴에→이가슴에 안켜주소서(310)

무서운→무거운(311)

든저스러→든적스러(312)

덥씩→덥썩(314)

허지말라니아니?→허지말라니?(314)

아숭니 악한→아니, 숭악한(315)

앵겨줫으면며→앵겨줫으면(317)

소리라→소리다(317)

아끼꼬는→아끼꼬에(317)

사을세→삭을세(318)

금마까→김마까(319)

두사→독사(319)

외마디 소리를→외마디 소리로(319)

채기에→책기여(320)

짚어진다→찢어진다(320)

그했드냔듯이→그랬드냔듯이(321)

손은넣어→손을넣어(325)

한의레를→한이레를(330)

이떻게→이렇게(333)

내전말건→내건말건(334)

사람의 일같이 않다→사람의 일같지 않다
   (335)

연근→연극(335)

급잡이→급작이(335)

그속곳을→그속곳으로(338)

도적녁→도적년(342)

닝름→닝큼(342)

슨즛이→넌즛이(344)

개가→개를(357)

느리었습니다→누리었웁니다(375)

안될뿐더러→안댈뿐더러(377)

따지고→빠지고(379)

성길줄→섬길줄(379)

뒤집다→뒤집었다(381)

떨어져서는→떨어쳐서는(381)

성기었다→섬기었다(382)

가고가고하였다→갖고가고하였다(383)

포함→모함(384)

마업에→마루에(384)

다르며→다루며(384)

으슨러져도→으스러져도(385)

누님들을→누님들은(386)

아입니다→아닙니다(388)

어떻게→어떻게(394)

밤짓기→밥짓기(398)

성합니다→상합니다(399)

받습니다→못받습니다(403)

줬다논→쥤다논(404)

어휘 색인

ㄱ

을 멀리 바라보앗다(42).

거듬거듬(301)
- 내방으로 부루루 들어와 이부자리며 옷가지를 거듬거듬 뭉치고 있는 것을 (301).

거무투툭하다(117)→거무튀튀하다.

거문관이(23) 〔지명〕 강원도 춘천시 신동면(新東面) 증리(甑理). 실레에 딸린 작은 마을(증2리). 거문가니.

거부상스리(107)→※거북살스레.
- 술이 건아한 그 얼골을 거부상스리 훌터본다(107).

거불지다(158)
- 해마다 앞으로 축 거불지는 장인님의 아랫배(가 너머 먹은걸 모르고 내병이라나 그배)를 불리기 위하야 심으곤 조곰도 싶지않다(158).

거이(379)→거의.

거줏말(76, 88, 125, 267)→거짓말.

거츨다(38, 131, 145, 275)→거칠다.

거푸지다(27, 45, 143, 382)→거쿨지다.
- 거푸진 신음이다. 으! 으!(27).
- 가끔양철통을 나려굴리는듯 거푸진 천동소리가 방고래를 울리며(45).
- 간간 외양간에서는 소의숨쉬는 식 식 소리가 거푸지게들려온다(143).
- 방에서 비로소 보기싫다, 물러가거라, 고 환자는 거푸지게 한마디로 끊는다(382).

걱세다(80, 321)
- 걸때가 커다라코 걱세게 생겼으나 (80).
- 눈을 지릅뜨는 그 대답은 썩 퉁명스

럽고 걱세다(321).

꺾다(125)→꺾다.

건는방(399, 402)→건넌방.

건덕지(389)→건더기.

건뜻하면(58, 73, 180, 233, 407)→걸핏하면.

건숭(180, 234)→건성.

건승(159)→건성.

건은방(386)→건넌방.

건처(386)→근처.

걸때(66, 80)→걸대.
- 커단 걸때를 뒤툭어리며 사다리로 기어오른다(66).
- 걸때가 커다라코 걱세게 생겼으나 까맣게 치울려보이는 사다리를 더구나 부상자를업고 기어오르는 동안 있는 기운이 모조리 지친 모양(80).

걸삼스럽다(23, 91)→걸쌈스럽다.
- 쌉신대는 나그내를 걸삼스럽게 처다본다(23).
- 자꾸 먹어야 된다는 걸삼스러운 탐욕 이옥이자신도 몰르게 활동하엿고(91).

걸삼스리(97)→걸쌈스레.
- 응칠이는 그송이를 물에 써억써억부벼서는 떡 버러진 대구리부터 걸삼스리 덥석 물어떼엇다(97).

것다(128)→굿다.

게배(21)
- 우선한길치에 자리를잡고 게배를대보앗다. 마수거리가 팔십오전 외상이이원각수다(21).

게제(342)→게게.
- 침들을 게제흘리고 덤벼드는 뭇놈을

이손저손으로 후둘르니(342).

겨을르다(84)→게으르다.

겨퍼(72)→거푸.

격금내기(297)→겨끔내기.
- 아츰 저녁 격금내기로 변또를 부치러
다니든 그 안해의 피땀이 안들고야
(297).

격찌(133)→격지.
- 몸에 고이 간직하였든 옷고름을 이
손에 꼬내들고 눈물은 흘려보되 별수
없나니 보람없이 격찌만 늘어간다
(133).

결끼(93, 312)→결기(一氣).
- 제깐에는 딸앞에서 죽는다고 결끼를
날이는 꼴이다(312).

겸삼수삼(327)→겸사겸사.
- 병을 썻은듯이 고쳐줄수가 있겠는가,
겸삼수삼 모두가 궁거웠다(327).

겻고틀다(81)→견고틀다.
- 안해와 밤낮 겻고틀고 이렇게 복대기
를 또 쳐야되려니(81).

겼고틀다(198, 305)→견고틀다.
- 내가 반항을 하든지 해야 저도 독을
올려서 욕설을 하고 겼고틀고 할텐데
(198).
- 괜스리 병든것과 겼고틀고 이러단
결국 이쪽이 한굽죄인다(305).

고개치(97, 135)→고개티.
- 저녁거리를 기다리는 안해를생각하
며 좁쌀서너되를 손에 사들고 어두운
고개치를 터덜터덜올라오는건조흐나
(97).
- 해가 기우는 먼 고개치를 바라보며

체부 오기를 기다린다(135).

고까라지다(39, 321)→거꾸러지다.

고깽이(61, 65, 80)→곡괭이.

고다(290)→ ※꼬다.
- 이년이 필연코 행낭방에 나갔다가 서
방놈의 훈수를 듣고 들어 과서 이러는
것이 분명하였다(290).

고라(190) 〔일본어〕 욕하는 소리.
- 난데없는 고라소리가 벽력같이 들리
는 데는 정신이 고만 아쩔하다(190).

고라지다(21, 35, 49, 143)→곯아떨어지다.
- 두사람은 고라저서코를곤다(21).
- 세친구는 봉당에 고라젓다(35).
- 소리가 들리므로 고개를돌려보니 안
해는 이미 고라저 잠이집헛다(49).
- 짜는 안해가 잠에 고라지거던 슬며시
들어가서(143).

고랑때(197)
- 느들이 짜고 날 고랑때를 먹였어 이
놈의 새끼들!(197).

고랑땡(321, 332)
- 어이구 분해! 이것들이 또 저를 고랑
땡을 먹이는군요(321).
- 어리다는, 이유로 연홍이에게 고랑땡
을 먹든 이 황금(332).

고롭다(376)
- 부자간의 고롭지못한 이분쟁이 발생
하길 아버지의허물인지 혹은 형님의죄
인지 나는 그것을 모른다(376).

고르잡다(137, 214, 337)
- 안해는 감으잡잡한얼골에 핏대를올
렸스나 그러나 표정을 고르잡지못한다
(137).

• 나는 삐끗하는 몸을 고르잡고 돌려보
니 교모를 푹 눌러쓴 황철이다(214).

고반(322) 〔일본어〕 파출소(交番).

고분이(198, 283)→※고분고분.
• 내가 고분이 달려가니까 그럴 필요
가 없다(198).

고분히(303)→※고분고분.
• 영감더러 받아달라면 마누라에게 밀
고 마누라가 받자니 고분히 내질 않는
다(303).

고뿌술집(292) '고뿌'는 컵(cup)의 일
본식 발음. 대폿집.

고쓰깽(316) 〔일본어〕 '고스까이'의 속
어. 용인(傭人).

고이(58)→고의(袴衣).

곤개즛(392)→고개짓.

곤내질(297)→곤댓질→곤댓짓.
• 올에서야 겨우 감독이 된것이라는데
그까짓걸 바아루 무슨 정승판서나 한것
같이 곤내질을 하며 동리로 돌아치는건
(297).

곤두다(172)→관두다.
• 곤두어 너나 자빠저 자렴(172).

곤투(319)→권투.

골낌(196)→골김.
• 나두 약이 안오를수 없고 골낌에 놈
의 복장을 그대로 떼다밀어 버렸다
(196).

골딱지(182)→골.

골방쥐(88)
• 어느틈엔가 들어와서는 세간을 모조
리 집어간다우 하고 여호같은년 골방쥐
같은년 도적년 뭣해(88).

골치기(30)
• 썻갑으로 골치기나 하자구 도루줘버
려라(30).

골피(79, 94, 108, 143, 294, 325, 386,
395)
• 그는 골피를 찝으리며 입맛을 다신다
(79).
• 덕히는 이걸뻔히 바라보고 잇드니 골
피를 접으며 어이배랄먹을 년(94).

곰상굿다(20)→곰상스럽다.

곱립들다(97)
• 생각해보니 어제ㅅ저녁부터 여짓것
창주가 곱립든것이다(97).

곱색줄(75)→※곱색.
• 그럼 이것이 곱색줄이라네(75).

공석(143, 165) 섬을 풀어놓은 것.
• 까칠한 공석자리에 등을 부치고 사시
나무쩔리듯 덜덜대구 쩔었다(143).
• 밖알 마당 공석우에 들어누어서
(165).

공이맞다(385)
• 점돈을노면 일상 부자간 공이맞는 꽤
라 영영잃은 놈으로쳤드니(385).

공장살이(261, 273, 309)
• 공장살이 몇해에 얼마나 근고를 닦았
는가(273).

관객(165)→관격(關格).

광술(27, 59)→광솔→관솔.

괜듯싶다(128)→팬듯싶다.
• 석숭이는 제가 괜듯싶어서 이뿐이를
짜정 넘보고 제법 밭가운데까지 들어와
떡 버테고서서는(128).

괜은(109, 304, 339)→괜한, 공연한.

• 영감님은 괜은 소리를 한단듯이 썩 군찮게 벽쪽으로 돌아눕는다(304).

괴때기(99, 349)→괴꼴.

• 물론 수가조흐면 괴때기 우에서 밤을 편히 잘적도 잇엇다(99).

구구루(70, 102, 107, 179)→국으로.

• 구구루 땅이나 파먹지 이게 무슨 지랄들이야(70).

• 구구루 가만만 잇엇스면 조흔걸 이 사품에 뛰어들어 지주의 뺨을제법 갈긴 것이 응칠이엇다(102).

• 구구루 주는 밥이나 얻어먹고 몸 성히잇다가 연해 자식이나 쏟아라(179).

구녁(88, 224)→구멍.

구녕(294, 316, 335)→구멍.

구둥이(295)→궁둥이.

구루마(291, 292) 〔일본어〕 손수레.

구리칙칙이(312)

• 딸에게 구리칙칙이 구는 아버지는 보기가 개만도 못하다했다(312).

구염(43)→귀여움.

군버력(59, 66)↔감, 감돌.

군찮다(151, 256, 304)→귀찮다.

굴때(179)→※굴때장군.

• 뭐많이도 말고 굴때같은 아들로만 한 열다섯이면 족하지(179).

굴치(288, 304)→골치.

굴하방(383)

• 부자의 자식커녕 굴하방친구로도 그 외양이 얼리지못하였으니(383).

굽도지(335)→굽도리.

궁겁다(238, 327, 394)→궁금하다.

• 그 단발한 게집애가 모정이인지 아닌

지 그것이 퍽도 궁거웠다(238).

• 겸삼수삼 모두가 궁거웠다(327).

• 색씨가 온 어떻게 생겼을가 궁거운 그 초조밖에는(394).

궁뎅이(65, 86, 98, 110, 125, 129, 171, 207, 388)→궁둥이.

궁등이(189)→궁둥이.

궤춤(150)→고의춤.

귀ㅅ백이(128)→귀.

귀죽죽하다(48)→귀중중하다.

• 도배를못한방바닥에는 물이 스며들어 귀죽죽하다(48).

귀틈(932)→귀띔.

귓배기(162, 205, 319)→귀.

그눔(311)→그놈.

그머리(335)→거머리.

그뭄(271)→그믐.

그여코(82)→기어이.

그의(314)→그이.

근두박질(92)→곤두박질(筋斗撲跌).

• 헝겁지겁 근두박질을 하야(92).

근디리다(92, 172, 235)→건드리다.

근망증(274)→건망증.

근번(263)→근본.

글이다(199)

• 항여나 여망있는 소리를 드를까하야 속달게 나의 눈치만 글이다가(199).

금쟁이(58, 60)

• 금점일에는 난다긴다하는 아달맹이 금쟁이엇다(60).

급기에(223)→급기야.

• 급기에는 두눈에 눈물까지 불끈 내솟는다(223).

급시로(40, 118)
- 급시로 불길한 예감이 뒤통수를 탁 치고 지나간다(118).

기수채다(137, 380)→낌새채다.

기약서(192, 194, 196)→계약서.

기우다(136)→기이다.
- 그나마도 들고 나설랴면 안해의눈을 기워야 할터인데 마즌쪽에 쌔안이 안젓스니 꼼짝할수 업다(136).

기지사정(101)→기지사경(幾至死境).
- 응오의 안해가 지금 기지사정이매 틈은 업섯다 하드라도(101).

기집(232)→계집.

길벅지(59)→길이.

까세다(166)
- "이걸 까셀라부다!" 하고 소리를 첬다(166).

까시(235) [일본어] '히야까시' 의 속어. 조롱.

까우러지다(107, 253)→까부라지다.
- 색, 색하다가 아이구, 하고는 까우러지게 콜룩어린다(107).
- 밤을 새운 몸이라 까우러저 자기도 하였으나(253).

깍쟁이(181, 182, 188, 189, 324)
- 신사숙녀의 뒤를 따르며 시부렁거리는 깍쟁이의 행세좀 보라(181).

깍쨍이(187)
- 큰길에는 동무 깍쨍이들이 가루떠며 시루떠며 낄낄거리고 한창 야단이다(187).

깍찌똥(298)→깍짓동.
- 세사람을 재우기에도 옹색한 셋방에 가 깍찌똥같은 커단 몸집이 널직하게 터를 잡고는(298).

쌀치(25)→깔챙이→까끄라기.
- 골바람이 벼쌀치를 부여케풍긴다(25).

깨묵셍이(170)
- 경칠 년. 옆얼굴이라고 뭐 깨묵셍이나 좀난줄 알구(170).

깨빡(160)
- 밥을 나르다가 때없이 풀밭에다 깨빡을 처서 흙투성이 밥을 곳잘 먹인다(160).

깨웃하다(302)
- 사직골 꼭대기에 올라붙은 깨웃한 초가집이라서 싫은것도 아니다(302).

꺼불적꺼불적(182)→※거불거리다. 꺼불꺼불.
- 저쪽을 바라보니 길을 치고 다니는 나리가 이쪽을 향하야 꺼불적꺼불적 오는것이 아닌가(182).

꺽찌(131)→꺽지.

껀듯하면(339)→걸핏하면.

껄다(361)→끌다.

껍씬하다(393)
- 필수가 방으로 들어가서 그 앞에 절을 껍씬하고(393).

씹적이다(23)
- 방아가 무거워서 씹적이며 잘오르지 안는다(23).

께메기(403)
- 별안간 "아구머니 이보레—" 이렇게 께메기소리를 지름으로(403).

꼬까라트리다(384)→거꾸러뜨리다.

꼬리리(49)→고라리, 시골고라리.

• 농민이 서울사람에게 꼬라리라는 별명으로 감잡히는 그리유는(49).

꼬벌리다(306)→까발리다.

• 아끼꼬는 네활개를 꼬 벌리고 아끼꼬답게 무사태평히 코를 골아올린다(306).

꼬부랑통(186)

• 신통 방통 꼬부랑통 남대문통 써러기통 자아 이리 오시요(186).

꼬여매다(175)→꿰매다.

꼽들다(196, 204, 322)→※곱돌다.

• 영득 어머니는 벌서 산 하나를 꼽들었다(196).

• 청진동 어구로 꼽들며 길옆 이발소를 .디려다보니(204).

쏩들다(154)

• 그들은 산모롱이를 쏩들어 피언한 언덕길로 성큼성큼나린다(154).

쏩쓰리다(28)

• 개울을건너 불거저나린 산모롱이를 막 쏩쓰릴랴할제다(28).

꼽여쥐다(326)

• 사전에 일전만 더 보태면 히연 한봉이 되리라고 어제부터 잔뜩 꼽여쥐고 오든 그 사전(326).

꽁댕이(98)→꼬랑이→꼬리.

• 먹다남아지 송이 꽁댕이를 바루 자랑스러히 입에다 치트리곤(98).

꽁댕이(327)→꽁초(一草).

• 떨어저있는 권연 꽁댕이에 한눈이 팔린다(327).

쏭댕이(140)

• 조밥 쏭댕이를 씹어가며(140).

꽃심(240)

• 눈같은 꽃이파리를 포르르 날리며 쌀쌀한 꽃심이 목덜미로 스며든다(240).

꽃이팔(333)→꽃잎.

꾀꾀리(207)→꾀꾀로.

• 머처럼 수양딸로 데려오면 놈이 꾀꾀리 주물너서 버려놓고(207).

꾀송거리다(68)→※꾀송꾀송→꾀음꾀음.

• 그담날도 와서 꾀송거리다 갓다(68).

꾸려대다(281)→꾸며대다.

꾸럼(97)→꾸러미.

꾸미꾸미(215)

• 제돈을 들여가면서 선수들을(학교에서 먹여야 번이 옳을건대)제가 꾸미꾸미 끌고 다니며 먹이고, 놀리고, 이런다(215).

꾸짖다(96)

• 썩은 솔입에 덥히어 흙이 봉곳이 도다올랏다. 그는 손가락을 꾸지즈며 정성스리 살살 헤처본다(96).

꿀쩍찌분하다(210)

• 놈의 행실이 번이 꿀쩍찌분한것은 넉히 알수잇다(210).

꿈다(80)

• 광부는 헝겁스리 눈을 히번덕이며 이렇게 말이 꿈는다(80).

꿰어들다(55)→꿰어들다.

• 그놈의 허리를 뒤로 두 손에 꿰어들드니 산비탈로 내던저버렷다(55).

꿰엄(175)→※꿰매다.

• 노래 한 장단에 바눌 한 꿰엄식이니 버선 한짝 길랴면 열나절은 걸리지(175).

끄빽하다(294)
- 저놈이 이것쯤을 끄빽할놈이 아닌것
은 전에 여러번 겪었으니 소용 없다
(294).
끌밋하다(251, 339)
- 나는 그에게 대하야 미안하다니 보다
도 오히려 죄송스러운 생각에 가슴이
끌밋하였다(251).
쓸밋하다(140)
- 몸이 아파서 앓엇다면 그만이겟지,
이쯤 안심도 하야본다. 그러치만 어쩐
일인지 그래도 속이 쓸밋하엿다 (140).
끔찍끔찍하다(346)
- 말하자면 험하고 끔찍끔찍한 산들이
줄레줄레 어깨를 맞대고(346).
낄긋하다(352)
- 병 한번 앓는 법 없이 낄긋하게 자라
갑니다(352).
낏긋하다(348)
- 두발이 허옇게 센 낏긋한 노승으로써
(348).

ㄴ

나까리(105)→낟가리.
나달(357)
- 만일에 거역하는 나달에는 함부로 두
들겨 죽일 작정입니다(357).
나려조기다(119, 168)
- 이렇게 꼼짝 못하게 해놓고 장인님은
지게막대기를 들어서 사뭇 나려조겼다
(168).

나려치다(62, 67, 82, 185, 279, 319,
382)→내려치다.
나려패다(389)
- 대뜸 매를들고 딸을 사뭇 나려팹니다
(389).
나마까시(314) 〔일본어〕 생과자.
나무르다(398)→나무라다.
나물리키다(321)
- 이번에도 또 자기만 나물리키게 될것
을 알고 "어이구 분해! 어이구 분해!"
(321).
나부렁이(139)→나부랭이.
나절(46, 390)
- 늙었다구 퇴박을 받는 나절에는 속쓰
린 경우를 만날것입니다(390).
나종(37, 164, 221, 235, 260, 273,286,
301, 309, 347, 356, 380, 400)→나중.
나훌거리다(29)
- 풀입은 먼지가보얏케 나훌거린다
(29).
나희(22)→나이.
나히(31, 124, 236, 256, 389)→나이.
낙짜없다(115)→낙자없다→영락없다.
- 따는 옹칠이의 솜씨이면 낙짜는 업슬
것이다(115).
낚워치다(318)→낚아채다.
날벽력(183)→날벼락.
날새(22, 220, 399)→날씨.
낡삭다(398)
- 낡삭은 초가집이라도 유달리 더 추울
거야 있겠습니까(398).
남아지(272, 403)→나머지.
남저지(23)→나머지.

남즉하다(41)→남짓하다.

낫가리(36)→낟가리.

낭종(49, 110, 146, 173)→나중.

낭중(380)→나중.

낭판(142, 394)

　•이말을 듯고 근식이는 고만 낭판이 떨어져서 멍멍하엿다(142).

　•얼핏 시선을 후둘으며 마루한편에 눈을 깔고섯는 신부를 흘낏 했읍니다. 그리고 이건 몹씨 낭판이 떨어집니다(394).

낯바다기(288)→낯바대기→낯.

낯파대기(286)→낯바대기→낯.

낯판대기(301)→낯바대기→낯.

내간사(299)

　•나를 얼마 노리다가 남의내간사에 웬 참견이요, 하는데는 고만 어이가 없어서(299).

내굴리다(209)

　•이런 루추한 행낭방에서 함부로 내굴리는 채선이의 소위를 생각하면(209).

내꾼지다(70, 71)

　•골김에 흙을 되는대로 내꾼지고는 침을 탁 뱉고 구뎅이로 들어간다(70).

내중(195)→나중.

내팡게치다(259)→내팽개치다.

너느다(115)→나누다.

너머(321, 331)→너무.

넉대(28, 118)→늑대.

넉적다(87)

　•그러타고 벌떡 일어앉자니 주먹이 무섭기도 하려니와 한편 넉적기도 한 노릇(87).

넉히(28, 125, 153, 210)

　•바람에 먹히어 말 스저는모르겟스나 재업시덕돌이의 목성임은 넉히짐작할 수잇다(28).

　•마음한편에 앙살을 피면서도 넉히 끌리어가도록 도련님의 힘이 좀더 좀더 하는 생각이 전혀 없었다면(125).

　•놈의 행실이 번이 꿀쩍찌분한것은 넉히 알수잇다(210).

넌즛넌즛이(157, 281, 384)→※넌지시.

　•내가 넌즛넌즛이 그 물을 대신 길어도 주었다(157).

넝(166)→둔덕.

　•그아래밭 있는 넝알로 그대로 떼밀어 굴려버렸다(166).

네남직업시(152)

　•그리고 안해의 부정을 현장에서 맛닥드린남편의 분노이면 네남직업시다 일반이리라(152).

네보란드키(222, 334)→너 보라는 듯이.

　•"이거 왜 이래? 다르라구" 하고 네보란드키 호령을 냅따질렀다(334).

노글거리다(118)→노그라지다. ※노글노글.

　•이를 악물고 눈을 됩쓰면 이번에는 허리가 노글거린다(118).

노나리(127)

　•색씨때에는 이뿐이만치나 어여뻣고 얼마나 맵씨가 출중났든지 노나리와 은근히 배가 맞었나(127).

노냥(69, 93)

　•냉병은 아주 가셨는지 노냥 노러케 고민하든 그상이 지금은 붉하허니눈물

이 흐른다(93).

녹빼끼(115) 〔일본어〕 '육백(六百)'의 일본어 발음에서 나온 화투놀이. 얻은 점수가 600점이 될 때까지 겨룸.
　• 그리고 신바람이나서 화토를 석다가 손을 따악 집프며 "뛰전이래지 이깐 화투는 하튼 뭘할텐가 녹빼낀가, 켤텐가?"(115).

논으맥이(54)→노느매기.
　• 마는 문제는 논으맥이에 잇섯다(54).

농(61)
　• 그래도 억센 주먹에 구든농이다 벌컥 벌컥나간다(61).

농창(145, 342)→구멍.
　• 농창이 난 버선이라 눈을 발고섯스니 쌔 못이 쑤시도록 시럽다(145).

돼자라먹다(49)
　• 그가 제일 걱정되는것은 둠구석에서 돼자라먹은 안해를 데리고가면 서울사람에게 놀림도 바들게고(49).

뇌점(108)→폐결핵.
　• 혹안다는 사람의 말인즉 뇌점이니 어렵다 하엿다. 돈만 잇다면이야 뇌점이고 염병이고알바가 못될거로되(108).

누였누였(198)→뉘엿뉘엿.

누의(56, 202, 203, 298, 378)→누이.

눈귀(288, 399)→눈초리.

눈퉁이(29)→눈퉁이.

눔(289)→놈.

느(203)→너.

느런하다(186)→※나른하다.
　• 어깨가 느런하도록 수없이 그리고 나니 나종에는 그것도 흥이 지인다(186).

느므르다(189)→느물다, 느물거리다.
　• 에라 빌어먹을거 조곰 느므러나 주어라(189).

늙판(390)
　• 내가 늙판이고 손이 놀아서 퍽 적적하다(390).

능글차다(176, 194, 291)→능글맞다, 능갈치다.

늦윽하다(260)→느직하다.

닝큼(146, 190, 342)→닝큼.

ㄷ

다방골(406) 〔지명〕 서울시 중구 다동(茶洞: 茶屋洞).

다비(69, 78) 〔일본어〕 고무와 천으로 만든 노동화의 일종.

다옥정(406) 〔지명〕 茶屋町. 서울시 중구 다동(다옥동).

단결(392)
　• 혼인이란 식기전 단결에 치어야한다(392).

단적맞다(268, 295)
　• 친구보고 제 자식허구 놀아달라는건 말이 좀 덜된다. 단적맞은 놈, 하고 속으로 노했으나(268).
　• 외양이 불밤송이같이 단적맞게 생긴 놈이(295).

단칭집(181)→단층집.

단풍(104) 〔상표명〕 일제시대에 있었던 궐련(卷煙). 값이 가장 싼 것.

달룽(81)→달래.

달룽(296)→※달랑.
• 실팍한 살집에다 근력 좋겠다, 달룽
들고 나와서 뒷간같은데다 틀어박고는
되는대로 투드려주어도(296).
달룽하다(290)→※달랑하다, 딜렁하다.
• 또라지게 딴청을 부리는데는 아씨는
고만 가슴이 다시 달룽하였다(290).
달마찌(318)〔인명〕탈마지(Talmadge,
Richard: 1892~1981). 1930년대 할리
우드의 희극·활극 영화배우.
달망대다(46, 392)
• 왜 그리 게집이 달망대니? 좀든직지
가 못하구(46).
• 아들이 나히 분수로는 너머 달망댑니
다(392).
담박(56, 78, 143, 166, 256, 276, 386,
388)→단박.
담박에(131)→단박에.
답세다(195)
• 오원식 안팍구문으로 십원을 답센것
은 술집 할머니요 나는 술 몇잔 얻어먹
었다(195).
대가리(158)→머리.
대가품(147)→대갚음.
• 뭉태에게 흉잡혓든 그 대가품을 안할
수 업다(147).
대강이(79, 178, 219)→머리.
대구(18, 32, 53, 151, 160, 173, 319,
356, 385)→대고, 계속해서.
대구리(53, 97)→대가리→머리.
대리(147, 160, 226, 311)→다리.
대리미(232)→다리미.
대마도(402)〔속어〕일본 씨름꾼. 뚱뚱하

고 힘센 사람.
대막대(385)→대막대기.
대미처(120, 250, 328)
• 우는 모루 몸을 꺽드니 시납으로 찌
그러진다. 대미처 압 정갱이를 때렷다
(120).
• 큰소리는 하긴했으나 대미처 "그럼
답장은?" 하고 묻는데는(250).
• 의사가 무에라고 또입을 열수있기 전
에 얼른 대미처 "아무두 이병이 무슨 병
인지 모른다구 그래요(328).
대여(252)→대야.
대척없다(402)
• 제말엔 대척없고 즈끼리 딴소리만 지
꺼리니까 아마 화가 났든게지요(402).
댈그락(86)→※달그락.
• 아버지의 숫가락질하는 댈그락 소리
도 짠지 씹는 쩍쩍 소리도 죄다 두귀로
분명히 들엇다(86).
댕그먼니(140)
• 매웁게 쌀쌀한 초생달은 푸른 하늘에
댕그먼니 눈을 쩟다(140).
더뜰리다(397)→덧들이다.
더르르(118)→※다르르.
• 다시금 더르르 몸을 떨엇다. 가을은
왜 이지경인지 여기에서 밤 새울 생각
을하니 기가찻다(118).
덕개덕개(388)
• 푸른 똥이 덕개덕개 눌어붙은 악아의
궁뎅이를(388).
덕냉이(199)〔지명〕덩마니(덕만리, 德蠻
里)일 듯. 춘천시 신동면 혈동리(穴洞
里) 남쪽 끝에 있는 마을.

덤태기(80)→덤터기.
- 감독불충분의 덤태기로 그 루를 입어 떨리지나 않을른지(80).

데퉁스리(325)→데퉁스레.
- 골피를 찌프리어 데퉁스리 "빌어먹을 거! 왜 이리 무거!"(325).

뎅그먼이(151)
- 짐을 뎅그먼이 묵거노핫다(151).

독단(35)
- 실상은 안쳇건만 독단 주정이요 발광이다(35).

돈놓이(272)→돈놀이.

돌르다(29, 33, 45, 94, 209, 327)→도르다, 토하다.
- 무더운 숨을 헉헉 돌는다(29).
- 그 귀한 음식을 돌르도록 처먹고도(94).
- 채선이가 앙카슴을 두손으로 쮀뜯으며 입으로 피를 돌름에는 옥화는 허둥지둥 신발채 드나들며 일변 즈 부모를 부른다(209).
- 간댕거리는 야윈 고개로 가쁜 숨을 돌르고 있는것이다(327).

돌림성(196)
- 사실 말이지 제가 여지껏 굶어죽지 않은것은 상냥하고 돌림성있는 이 안해의 덕택이었다(196).

돌팍(60)→돌멩이.

동긋(25)→동곳.
- 삼십을 바라보자 동긋을찔러보니 제 불에 멋이질려 비드름하다(25).

동맹이(37, 117)→돌멩이.

동발(60)→동바리.

동백꽃(132, 225) 여기서는 생강나무의 꽃. 생강나무는 녹나무과의 낙엽관목. 새로 잘라낸 가지에서 생강 냄새가 나며, 꽃은 3월에 잎이 돋기 전에 먼저 피고 노란색이며, 열매는 9월에 검게 익는데 이것으로 기름을 짠다. 한국, 만주, 중국 등지에 분포하며 우리나라 민요, 특히 강원도 아리랑의 소재로 자주 등장한다.

동자상문(92)
- 이것은 음식에서 난병이 아니라 늘 많으든 동자상문이 어쩌다 접해서 일터면 귀신의노름이라는 해석이엿다(92).

되순나잡다(139, 338)→되술래잡다.
- "자기는 뭔대 대나제 사내놈을 방으로 불러드리구, 대관절 둘이 뭣햇드람!" 하야 안해를 되순나잡앗다(139).

됭(85)
- 놈이 술에 어찌나 감질이 낫든지 제집에 모아낫든 됭을 지고가서 술을 먹엇다(85).

두렁치마(90)→두렁이.

두레두레하다(120, 192)→ ※두리두리하다.
- 그는 주먹으로 눈을 쓱 부비고 머리에번쩍 떠오르는것이 잇스니 두레두레한 황소의 눈깔(120).

두렝이(84)→두렁이.

둠(49, 110)→두메.
- 둠구석에서 냬자라먹은 안해를 데리고가면(49).

둥굴리다(36)
- 덕만이는 실죽허니 눈만 둥굴린다(36).

뒤깐(332)→뒷간.

뒤려내다(98)
- 그는 닭의 가슴패기를 입에 뒤려내고 쭉 쭉 찢어가며 먹기 시작한다(98).

뒤묻다(30)→※뒤따르다.
- 한고랑을 마치자 덕만이는 이러서 고목떼로온다. 뒤무더 쌈박아지들이 웅게중게 모여든다(30).

뒤툭뒤툭(196)→뒤뚝뒤뚝.

뒤툭어리다(66)→뒤뚝거리다.

뒵쓰다(395)
- 이불을 뒵쓰고 번듯이 눕는것입니다(395).

뒷골(167) 〔지명〕강원도 춘천시 신동면 증리. 실레에 딸린 작은 마을(증1리).

드럽디다(235)→들엎드리다.
- 그래 보자는 꽃이지 꺾어들구 냄새를 맡자는 꽃이우? 바루 그럴양이면 향수를 사다 뿌려놓고 드럽디었지(235).

드려키다(378)→들이켜다.

드리없이(406)
- 만물은 겹겹눈에 드리없이 눌리고 다만 싸늘한 흰빛뿐입니다(406).

든적스럽다(312)
- 든적스럽긴 얻어먹는게 든적스러, 몸에 병은있구 그럼 어떻거니?(312).

듣닫기다(249)
- 안에서는 웃음소리와 아울러 가끔 노래가 흘러 나오련만 대문은 얌전히 듣닫기었다(249).

들갑작거리다(99)
- 성팔이가 잣달막한 체수에 들갑작거리며 고개를 넘어온다(99).

들쩌보다(137)
- "면서기박게 누가 왔다갓지유—"하고 심심이 바드며 들쩌보도 안는다(137).

들렁들렁하다(143)
- 잠도안올만치 가슴이 들렁들렁하엿다(143).

들매(355)→들메.
- 두포가 어느 바위에 걸터앉아서 신의 들매를 고칩니다(355).

들병이(174, 177)→들병장수.

들쌩이(31, 138, 140)→들병장수.

들숭날숭(397)
- 어제는 명태국이 먹고싶다드니 왜 이리 입맛이 들숭날숭하는지(397).

들싸다(153)
- 언내를 퍼대기에 들싸서 등에 업엇다(153).

들싸업다(344)
- 계집도언내를 퍼대기에 들싸업곤 많아 나섰다(344).

들쩌매다(80)
- 굴복 등거리로 복사뼈까지 얼러 들쩌매곤 굵은 사내끼로 칭칭 감았는데(80).

들씨다(300)
- 모든걸 고렇게도 알알이 안해에게로만 들씨리 드는 놈의 소행에는(300).

들커거리다(400)→들컥거리다→들큰거리다.

들컥질(400)
- 제대로 뒤두었으면 그만일텐데 왜 들컥질을 하는지 온 아다모를 일입니다(400).

등걸잠뱅이(33)→등걸 잠방이.

등금등금(309)
· 나무잎이 등금등금 날리든 작년 가을
이었다(309).
디려다보다(295)→들여다보다.
디려대다(199, 227)→들여대다.
디려붓다(224)→들여붓다.
디룩디룩하다(193, 228, 394)
· 눈에 띈 것이 밤불이 지도록 살이 디
룩디룩한 그리고 험상궂게 생긴 한 애
꾸눈이다(193).
· 경자는 호박같이 뚱뚱한 영애의 몸집
을 한번 훔쳐보고 속으로 저렇게 디룩
디룩하니까 코청도 아마, 하고는(228).
디리(196, 245)→들이, 들입다.
· 두 주먹으로 아버지의 복장을 디리
두드리다간 한번 쥐어박히고 멈씰한다
(196).
디리다(311)→들이다.
디리받다(294)→들이받다.
디툭디툭(313)
· 영애는 디툭디툭 들어오며 살집 좋은
얼골이 싱글벙글이다(313).
딩금딩금(139)
· 하얀 눈우에는 안해가 고대 밥고간
발자욱만이 딩금딩금 남엇다(139).
따끔질(379)
· 돈은 평소시 어른주머니에서 조곰씩
따끔질해두었다 뭉텡이돈을 만들어 쓰
고쓰고 하는것이었다(379).
따라지다(393)
· "으 그러냐, 거기 앉어라" 하고 제법
따라지게 해라로 집어십니다(393).
딴통(203, 286)

· 거기 관하얀 일절 말없고 딴통같이
알범 하나를 끄내여 여러 기생의 사진
을 보여주며 객적은 소리를 한참 지껄
이드니(203).
· 팬스리 좋아서 죽겠다든 년이 딴통
같이 "아범이 없걸래 망정이지……"
(286).
땅뗌(40)→땅띔.
· 마는 그의자격으로나로동으로나 돈
이원이란 감히 땅뗌도 못해볼형편이엇
다(40).
땅빵울(399)
· 머리채를 휘어잡고 끊어댕기드니 땅
빵울을 서너번 먹입니다(399).
때꼽(46, 185, 285)→때꼽재기.
· 옷에 몽클린 때꼽은 등어리를 스을쩍
긁어주고 나려가지 않는가(185).
썩그머리(19)→떠꺼머리.
떡머구리(124)→ ※머구리→개구리.
떨기다(318)→떨어뜨리다.
썰닙(17)→낙엽.
또구모기(76)→ '똥구멍'의 일본어식 발
음.
또라지다(290)→토라지다.
또릿또릿이(49)→ ※또렷또렷이.
또박이(269)→ ※또박또박.
· 이렇게 또박이 깨치어준다(269).
똑딴(394)
· 이러다 혹시 운이좋아 매끈하고 똑딴
그런 게집이 얻어걸릴지 누가 압니까
(394).
똥깨(297)
· 그런 공로를 모르고 똥깨 떨거다 떨

고나니까 놈이 게집을 내차는것이지만
(297).
뙤(177)
• 밥이 우루루 끓으니까 뙤를 빗겨놓고
다시 시작한다(177).
뙤롱뙤롱하다(232)
• 순사다닐 때에는 아주 뙤롱뙤롱하고
점잖든것이 그걸 내떨니고나서 술을 먹
고 그렇게 바보가 됐대요(232).
뚜아리(124)→똬리.
뚝기(377)
• 터저올으는 심화를 뚝기로 눌으며 어
린 자식들을 홋손으로 길러오든바
(377).
뚱싯뚱싯(330)
• 덕순이는 시선을 외면하야 뚱싯뚱싯
안해를 업고 나왔다(330).

ㄹ

락자업시(33)→영락없이.
레하다(32)→예(禮)하다, 사례하다.

ㅁ

마댕이(26)→마당질.
• 얘덕돌아! 너내일우리조마댕이좀해
줄래?(26).
마룽(321, 378)→마루.
마샛군(344)→ ※마새→말성.
• 마샛군은 이러나서 언내를 계집에 맡

기드니 은식이를 향하야 손을빈다
(344).
마코(34) 〔상표명〕 일제시대에 있었던 궐
련의 한 종류. 값이 싼 대중적인 것.
마쿠다(36)
• 이게 무슨짓이지유? 아싸 뭐라구 마
쿳지유?(36).
만주(186)→만두.
• 김이 무럭무럭 오르는 국화만주는 누
가 싫다나(186).
만침(229, 335)→만큼.
말따위(277)
• 아니 여보! 그게 말따위요?(277)
말똥버력(65)
• 말똥버력이라야 금이 나온다는데 왜
이리 안나오는지(65).
말뚱이(187, 237)→ ※말뚱말뚱하다.
• 아씨도 여기에는 어이가 없는지 발을
멈추고 말뚱이 바라본다(187).
말쏭하다(29)
• 말쏭한 하눌에는 불덤이가튼 해가 눈
을 크게찟다(29).
말시단(285)
• 안해가 악을쓰는걸보면 행낭어멈과
또 말시단이 되는듯 싶다(285).
말장(102)→말짱→모두, 말끔.
말짱(140)→모두, 말끔.
말ㅅ저(28)
• 바람에 먹히어 말ㅅ저는모르겟스나
재업시덕돌이의 목성임은 넉히짐작할
수잇다(28).
말정(96)→말짱→모두, 말끔.
말정히(380)→모두, 말끔.

말조짐(162)
• 창피스러우니 남 듣는데는 제발 빙장님, 빙모님, 하라구 일상 말조짐을 받아오면서 난 그것두 자꾸 잊는다(162).

맛갈스럽다(91, 378)→맛깔스럽다.
• 거기다 맛갈스러운 그 떡맛(91).

맛장(31)→맞장구.

망(406)
• 이런 즛에는 순사를 만나면 고만 망입니다(406).

망초(107)
• 흙이 드러난 집웅에서 망초가 휘어청 휘어청(107).

맞대항(188)
• 힘 약한 독사와 도야지는 맞대항은 안된다(188).

맞장(397)→맞장구.

맞투드리다(301)
• 시꺼먼낯판대기와 떡 벌은 그 엄장에 이건 나허구 맞투드릴 자리가 아님을 깨닫고는(301).

맡(295)
• 묘하게스리 좁은 책상맡구녕에다 틀어박았는지 구둥이만이 우로 불끈솟은(295).

매댁질(150)→※매대기, 매대기치다.
• 방금 안해가 잔쏙 쓸어안고 매댁질을 치고 잇슬게니 이건 오페부득이다(150).

매주(116)→매조(梅鳥). 화투에 그려진 그림의 하나.

매출이(110)
• 개울둔덕에 포푸라는 호젓하게도 매

출이컷다(110).

맥(20, 131, 137, 160, 224, 310, 377, 404)→맥(脈).

맹문동(269)→맹문이.
• 기생집에 대한 이력은, 맹문동인 나보다 훨썩 환할것이 틀림 없었다(269).

맹입(34)→맨입.
• 덩달아 맹입이 맥업시그리고 슬그먼히 쌩긴다 (34).

먹찌(186)
• 먹찌를 던저서 칸에 들면 미루꾸 한 갑을 주고 금에 걸치면 운수가 나쁘니까 그냥 가라고(186).

먼데기(25)→먼대기, 먼더기→먼지.

먼점(230)→먼저.

멀뚱이(161, 174, 206, 284, 329)→※멀뚱멀뚱.

멀쑤룩하다(129, 144, 162, 274)
• 석숭이가 깜짝 놀라서 돌아다보다 고만 멀쑤룩하야 궁뎅이의 흙을 털고 일어스며 (129).
• "아 성례구뭐구 기집애년이 미처 자라야 할게 아닌가?" 하니까 고만 멀쑤룩해서 입맛만 쩍쩍 다실뿐이 아닌가 (162).
• "너 이담부터 그런 손버르쟁이 허지 말아" 하고 멀쑤룩해진 자기의 낯을 그렁저렁 세웠다(274).

멀정하다(144)→멀쩡하다.

멈씰하다(71, 118, 196, 224)
• 이호통에 안해는 고만 멈씰하엿다 (71).
• 두 주먹으로 아버지의 복장을 디리

두드리다간 한번 쥐어박히고 멈씰한다
(196).
- 큰닭도 여기에는 놀랐는지 뒤로 멈씰
하며 물러난다(224).

멋떨어지다(196)→멋들어지다.
- "친구! 신세 많이졌수 이담 갚으리
다" 하고 썩 멋떨어지게 인사를 한다
(196).

멍뚱이(398)
- 그러면 영감님은 눈을 멍뚱이 뜨고
딱하지요(398).

메꼰지다(128)→메어꽂다.
- 이뿐이는 울화ㅅ증이 나서 호미를 메
꼰지고 얼골의 땀을 씻으며(128).

면대놓다(298)
- 그렇다고 처남을 면대놓고 밥쌀이 아
까우니 너 갈대로 가라고 내여쫓을 수
는 없을만큼(298).

면두(220)→볏.

모다(309)→모두.

모도(287)→모두.

모리동맹이(130)→※돌맹이→돌멩이.
- 맞어 죽지않고 단단히 아플만한 모리
동맹이 하나를 집어들고(130).

모슬기(294)→모서리.

모즈름(39)→모질음.
- 범가티 호통을치고 남편이지게막대
를 공중으로 다시 올리며 모즈름을 쓸
때(39).

모지름(347)→모질음.
- 나중에는 이응, 하고 야릇한 소리를
내지르며 다시 한번 꽁지에 모지름을
쓸 때(347).

모텡이(41, 383)→모퉁이.

목째기(33)→모가지→목.

목성(83)→목소리.

목쟁이(225)→목.

몰리키다(36)
- 도리어 몰리키니 기가안막힐수업다
(36).

몽클리다(185)
- 옷에 몽클린 때꼽은 등어리를 스을쩍
긁어주고 나려가지 않는가(185).

무되다(180, 319)
- 그게 생각하면 좀 잣달으나 무된 그
생활에 있어서는 단하나의 향락일런지
도 모른다(180).
- 딱 하고 뼈 닿는 무된 소리(319).

무륵무륵(56)→※무럭무럭.
- 그런생각이무륵무륵 안나는 것도아
니지만(56).

무시루(389)→무시로.
- 그간 그런줄 몰랐드니만 눈여겨보매
딸의 배가 무시루 불쑥불쑥 솟읍니다
(389).

무양(286)→모양.
- 안즉 안왔어요 아마 며칠 묵어서 올
무양인가 봐요(286).

묵삭다(38)
- 올봄에 오원을주고 사서들은 묵삭은
오막살이집(38).

묵찐이(232)
- 모녀가 먹구살기에 고생 묵찐이 했다
(232).

문설죽(305)→문설주.

문태다(158, 387)→문대다.

문지르다(367)
- 인제 바루 눈 깜작할 동안이면 물은 두포 집을 단숨에 문질러버릴것입니다 (367).

물(59)
- 사람의 일이니 물은 모른다(59).

물둘레(131)
- 잔잔한 물면에 물둘레를 치기도전에 (131).

물시로(46)→무시로.
- 시크므레한 악취가 물시로 코청을 찌르니(46).

물쭈리(224)→물부리.

물찌꺼기(243)
- 네 물찌꺼기만 주다가 오늘은 배추를 주었드니 아주 잘 먹어요(243).

물찍똥(183, 223)→물찌똥.

뭉척(390)→무척.

미나리(50)→메나리(농요의 한 가지).

미루꾸(186)→ '밀크캐러멜' 의 일본어식 발음.

미주리(402)→모조리.

미찌다(159, 174, 222)→밑지다.
- 허나 아무리 생각하여도 나만 미찌는 노릇이다(222).

미화(144, 232, 407)→바보.
- 이까진 미화가 의사면 꽤게(407).

민줄대다(237)
- 몸은 반쪽이되도록 시들었을망정 확실히 전일 제가 떼어버릴랴고 민줄대든 그 남편임에 틀립없고(237).

밀긋밀긋(395)
- 무릎과 어깨를 비겨대고 밀긋밀긋 아

랫묵으로 떠다밉니다(395).

밉살머리궂다(317)
- 맛부리는게 밉살머리궂지?(317).

밍숭밍숭하다(59)→민숭민숭하다.

ㅂ

바꿔치기(400)
- 덕을 보잔노릇이' 덕은커녕 바꿔치기로 뜯기는 마당에야!(400).

바들짝바들짝(335)
- 그대로 대룽대룽 매달려 바들짝바들짝 아 아 아이구 죽겠다(335).

바렌치노(310) [인명] 발렌티노(Vallentino, Rudolph : 1895~1926). 이탈리아 출신의 미남 미국 영화배우.

바리(22, 24, 33)→마리(頭, 首).
- 그소한바리와 박군대도 이것만은 안내노흐리라고 생각도하엿다(22).
- 소한바리쯤은 락자업시떨어진다(33).

바상바상하다(325)
- 하눌을 치어다보았으나 좀체로 빗맛은 못볼듯 싶어 바상바상한 입맛을 다시고 섰을때(325).

바아루(93, 297)
- 팔짱을 떡 찌르고는 맞은 벽을 뚫어보며 무슨 결끼나 먹은듯이 바아루위엄을 보이고 잇다(93).

발만스럽다(399)
- 어머니에게도 막우 바락바락 들어덤비는게 그행실이 꽤 발만스럽습니다(399).

밤불(193)→밤불.
- 눈에 띤 것이 밤불이 지도록 살이 디룩디룩한(193).

방추(175, 206, 389)→방망이.

밭때기(84)→밭뙈기.

배랄먹다(94)→※배라먹다, 빌어먹다.
- 어이배랄먹을 넌 웬걸 그러케 처먹고 이지랄이야(94).

배시근하다(58)
- 몸은 배시근하고 열로인하야 입이 바싹바싹탄다(58).

배우개장(378) [지명] '배우개'는 서울시 종로구 인의동(仁義洞)·종로4가·예지동(禮智洞)에 걸쳐 있는 마을. 배오개(梨峴). 지금의 동대문시장.

배재(221)
- 즈이는 마름이고 우리는 그 손에서 배재를 얻어 땅을 부침으로 일상 굽신거린다(221).

배지(205)→배.

배채(223, 339)
- 이렇게 되면 나도 다른 배채를 채리지 않을수 없다(223).
- 없는놈에게 땅을 배채해준다든가 다른 살방침을 붓들어준다든가 할진저(339).

백두ㅅ고개(19) [지명] 강원도 춘천시 신동면 증리에 있는 고개(증2리). 수아리골에서 증2리로 넘어가는 고개. 서낭고개. 백토고개(흰흙이 깔린 고개).

백제(385)→백줴, 백주에.
- 그는 백제 보도못하든 시아비의송장을(385).

백죄(397)→백줴, 백주에.
- 백죄 열네살짜리를 설흔일곱 먹은 놈에게로 다섯째 애첩으로 보내다니 이야 될말입니까(397).

밸창(166)
- 밥을 잔뜩 먹고 딱딱한 배가 그럴적마다 퉁겨지면서 밸창이 꼿꼿한것이 여간 켕기지 않었다(166).

뱃기(176)
- 제물에 화가 뻗히면 아무 소리않고 년의 뱃기를 한 두어번 안 줴박을수 없다(176).

버들썽거리다(25)
- 여러사람의힘을빌리어 덕돌이입에다 흔집신짝을물린다.버들썽거린다(25).

버듬직하다(334)
- 버듬직하게 거는방으로 들어가 내가 쓰든 잔세간과 이부자리를 포갬포갬 싸놓았다(334).

버뜩(53)→버떡→얼른.
- 그대로 버뜩 일어나 하품을하고는 으드들 떨었다(53).

버리(21, 30)→보리.

버릿지(32)
- 뭉태는 제집박갓들의 버릿지를 깔고 안저서 동무오기를 고대하엿다(32).

버케(22)→버캐.
- 계집의나희 열아홉이면 활짝필째 이건만 버케된머리칼이며(22).

벅(20, 33, 139)→부엌.

번동(69)→본동(本洞).

번디(147, 352, 398)→본디.

번시(153, 192, 214, 297, 304)→본래.

번이(142, 158, 185, 199, 210, 215,
233, 241, 249, 396)→본래.
번전(139)→본전(本錢).
번죽(174, 395)
 • 색씨는 눈하나 까딱없이 순순히 대답
 합니다. 번죽도 좋거니와(395).
번죽어리다(397)→번죽거리다.
번처(287, 298)→본처(本妻).
벌뜩(395)→벌떡.
벗나다(72, 406)→벗나가다.
 • 암 그렇지요 산신이 벗나면 죽도 그
 릅니다(72).
벗내다(150)
 • 허지만 이게 다 일을 벗내는 생각이
 다(150).
벅(90, 166, 197, 274, 285, 302, 401)→
 부엌.
벤또(308) [일본어] 도시락.
벼루기(48)→벼룩.
변또(297, 311) [일본어] 도시락.
보강지(20, 177)→아궁이.
보구니(123, 221, 291, 318)→바구니.
보르르(236)
 • 바람이 불적마다 단발머리가 보르르
 날니다가는 삿붓 주저앉는 그모양은
 (236).
보름게추(41)
 • 춘호가보름게추를보러 산모텡이로
 나간것이(41).
보통이(335)→보퉁이(褓—)
복고개(92, 386)→보꾹.
 • 그배를 근디리지 않도록 반듯이 눕는
 데 아구배야 소리를 복고개가 터지라고

내지르며냉골에서 이리때굴 저리때굴
구르며 혼자법석이다(92).
 • 그돈을 건은방다락 복고개를 뚫고 넣
 었으리라(386).
볼따귀(238)→볼따구, 볼따기→볼때기
 →볼.
볼질르다(42)→볼쥐어지르다.
 • 추려한 의복이며퀴퀴한 냄새는 거지
 를 볼질르다(42).
볼치(47, 75)→볼때기→볼.
봉(35, 206)
 • 죽어가는음성으로 억지로봉을 쪗다
 (35).
 • 그제서야 녀석이 죽는다고 독약을 먹
 엇지 뭘 그러슈, 하고 퉁명스리 봉을 띠
 자(206).
봉의산(174) [지명] 鳳儀山. 강원도 춘천
 시의 중심가 북쪽에 있는 춘천시의 진
 산(鎭山).
부걱부걱(202)
 • 애꿎은 창문을 딱 닫힌 다음 다시 앉
 어서 책을 뒤지자니 속이 부걱부걱 고
 인다(202).
부나케(384)→부리나케.
부낳게(261, 290, 298, 391)→부리나케.
부대(331)→부디.
부듯다(328)→부딪다.
부랑꼬(235) [포르투갈어] Balanço. 그
 네.
부르르(136, 292)
 • 뱀을좀 긁어놓으면 성이뻐처서 제물
 로 부르르나가버리리라(136).
 • 아씨는 새빨간 눈을 뜨고 안방으로

부르르 들어와서(292).

부적부적(290)→버적버적.

• 서방님은 자기속만 부적부적 탈뿐이
였다(290).

부즈럽다(193)→부질없다.

부지깡이(382)→부지깽이.

부지지다(312)→부딪다.

부짓다(53, 384)→부딪다.

부추돌(108)→부춛돌.

• 부추돌우에 나려노흐니 안해는 벽을
의지하야옹크리고 안는다(108).

부하(171)→부아.

북새(30, 119)

• 북새가 드네 올농사 또 헛하나보다
(30).

• 샬뚱마즌 바람만 공중에서 북새를 논
다(119).

분때기(288)→분(紛).

분질없이(170)→부질없이.

• 말좀 하랴면 그리 정하지못한 운이가
분질없이 뻔찔 드러난다(170).

불불하다(146)

• 그는 만족히 웃으면서 그러틋 불불하
든 아싸의 분노를 다 싸먹엇다(146).

불솜(167)

• 터진 머리를 불솜으로 손수 짖어주고
(167).

불아귀(169)→부라퀴.

불일다(81)

• 좀 전에는 내 혐세 그 까짓거 좀 하고
히망에 불일든 덕순이다(81).

불콰하다(198)

• 누였누였 넘어가는 석양에 먼 봉우리

는 자줏빛이 되어가고 그 반영에 하늘
까지 불콰하다(198).

불통버력(64)

• 불통버력이 아주 다풀린것도 아니엇
다(64).

불퉁바위(58)→※불퉁불퉁.

• 그미트로 재갈, 아니면 불퉁바위는
예제업시 마냥 딩굴럿다(58).

불풍(72)→※불풍나게.

• 동네로 돌아다니며 빌려 오느라고 안
해는 다리에 불풍이 낫다(72).

붉하허다(93)

• 붉하허니 눈물이 흐른다(93).

붑지않게(194, 289, 305, 327)→※붑다
→부럽다.

• 나두 저붑지않게 떡 버테고 앉어서
이사람은 하고 이름을 댓다(194).

• 저도 모욕이나 당한듯이 아씨 붑지않
게 큰소리로 대들었다(289).

• 영감님은 고개를 돌리어 눈을 부릅뜨
고 마나님 붑지않게 호령이었다(305).

• 기실 안해 붑지않게저로도 조바심이
적지 않었다(327).

비겨대다(20, 113, 122, 170, 395)→비
겨대다.

• 그러면 그담 고개와 고개사이에 수목
이 울창한 산중툭을 비겨대고 몇마지기
의 논이 노헛다(113).

• 이뿐이는 늙은 잣나무 허리에 등을
비겨대고 먼 하늘만 이렇게 하염없이
바라보고 섰다(122).

• 그러면 넌이 금세 헤에 벌어지고 힝
하게 내곁에 와 앉어서는 어깨를 비겨

대고 슬근슬근 부빈다(170).

비드름하다(25)
- 삼십을 바라보자 동굿을찔러보니 제 불에 멋이질려 비드름하다(25).

비우쩍어리다(275)→비웃적거리다.
- "형이 먹일걸 왜 내가 먹인담, 팔자가 드시니까 별꼴을 다보겠네!" 하고 깐깐히 비우쩍어린다(275).

빛놓이(273)→돈놀이.

빠장빠장(312)
- 애두! 너무 빠장빠장 우기는구나! (312).

빼꿈이(206)
- 빼꿈이 열린 미다지 틈으로(206).

빼지다(307)→삐지다→비뚤어지다.

뺑손(127)→뺑소니.

뻐들껑(130)
- 선불 맞은 노루 모양으로 한번 뻐들껑 뛰며(130).

뻐적(196)
- 장승같이 뻐적 서서는 눈만 끔벅끔벅 하는것이 아닌가(196).

뻐팅기다(103)
- 응칠이는 뻐팅겻든 몸에 좀더 힘을 올리며(103).

뻐팅기다(316, 317)
- 게다 얼짜가 분수없이 뻐팅길랴고 "참아주시든 길이니 며칠만 더 참아주십시요"(316).

뻔둥번둥(334)→※빈둥빈둥.

뻔때(393)→본때.

뻔새(181)→본새.
- 온체 심뽀가 이뻔새고 보니 눈에 띠

는것마다 모다 아니꼽고 구역이 날 지경이다(181).

쎈새(36)→본새.
- 저리가 왜이사람이 눈치를못채리고 저쎈새야(36).

쎈세(147)
- 자식이 왜 그쎈세럼 거짓말만 슬슬하구(147).

뺌(215)→뿜. ※뿜내다.

뺏(95)→버찌.

뻣딘이다(301)→버티다.
- 안간다고 뻣딘이는 나의 어깨를 (301).

쌩기다(34)
- 덩달아 맹입이 맥업시그리고 슬그먼히 쌩긴다(34).

뼈지다(212, 334)→삐지다, 비뚤어지다.

쎠지다(18)→비어지다.
- 낡은치마ㅅ자락우로 쎠질려는속살을 암으리자허리를 지긋이튼다(18).

쏘로지다(139)
- 안해는 독살이 송곳슷처럼 쏘로저서 젓 먹이든 아이를 방바닥에 쓸어박고 발짝 일어섯다(139).

뽀송뽀송하다(285)
- 그러나 눈만 뽀송뽀송할뿐 아니라 감은 눈속으로 온갓 잡귀가 다아 나타난다(285).

뽕이나다(76, 79, 105)→뽕나다.
- 거즛말이란 오래 못간다. 뽕이 나서 백다구도 못추리기전에 훨훨 벗어나는게 상책이겟다(76).
- 덕히는 황문이에다 금을 박고나오다

고만 뽕이났다(79).

뽀로지다(83, 338)

• "아프지않어?" 하고 뽀로지게 쏘아박는다(83).

뽀록(73)

• 안해는 이꼴을 바라보며 독이 뽀록같이 올랐다(73).

뿡빵대다(230) → ※ 뿡빵대다.

• 극장광고 돌리느라고 뿡빵대는 바람에 쫓아나간것을 누가 집어갔어(230).

삐안히(299, 316) → ※ 빤히.

삐쥐(53) → 삐죽이.

• 감떼사나운 큰 바위가 반득이는 하눌을 찌를듯이, 삐쥐솟았다(53).

뻑뻑이(95, 229)

• 앞뒤좌우에 뻑뻑이 사람들이매 혹시 누가 듣지나 않었나(229).

ㅅ

사가품(279) → 자가품(?), 입살에사 가품이(입술에서 거품이)(?).

• 그 병이 시작될 때면 언제나 그런거와 같이 마른 입살에 사가품이 이는것이다(279).

사내끼(80, 82) → 새끼.

사랫길(195)

• 그는 앞장을 서서 사랫길을 살랑살랑 달아난다(195).

사려(373, 375) → 새로에.

• 죄인으로 다시리기는사려 임금이나 그런 사람으로 모십니다(373).

사려딧다(96) → ※사리다, 딛다.

• 넙쩍다리가 벌죽이는 찌저진 고읫자락을 아끼며 조심조심 사려딧는다(96).

사박스리(230, 286) → 사박스레.

• 영애가 이렇게 사박스리 단마디로 쏘아붙이는 통에 경자는 암말 못하고 고만 얼굴이 빨개젓다(230).

• 안해보담도 더 분한듯이 쌔근거리고 서서는 그리고 눈을 사박스리 흡뜨고는(286).

사발바꿈(41)

• 동리로 나려와 주막거리에가서 그걸 내주고 보리쌀과 사발바꿈을하엿다(41).

사발화통(23) → 사발허통(四八虛通).

• 첫대사발화통된 속곳부터해입히고 차차할수박겐업다(23).

살(224)

• 점순이도 입맛이 쓴지 살을 찢으렸다(224).

살뚱맞다(119, 329) → ※살똥스럽다.

• 그것은 무서운 침묵이었다. 살뚱마즌 바람만 공중에서 북새를 논다(119).

• 안해가 별안간 기급을하여 일어나 살뚱맞은 목성으로(329).

살매들리다(38)

• 잇다금 생각나는듯 살매들린 바람은 논밧간의 나무들을 뒤흔들며 미처날뛰엇다(38).

살속(47)

• 우정 찾어 들은것이 고작 이 마을이나 살속은 역시 일반이다(47).

삼팔(397) → 삼팔주(三八紬).

• 즈이집에서는 모두 면주삼팔이 아니

면 안 입어요(397).

삼포말(163) 〔지명〕 강원도 춘천시 신동
면 증리에 있는 마을(증4리). 삼포(三
浦). 옛날에 삼포(蔘圃)가 있었다 함.

삿붓(236)→사뿟.

상투백이(20, 393, 402)→상투쟁이.

상파대기(287)→상판대기→얼굴.

새고개(160) 〔지명〕 강원도 춘천시 신동
면 증리에 있는 고개(증4리). 으능골
너머에 있음.

새뜩새뜩(95)→※새뜻하다.

　• 산산한 산들바람. 구여운 들국화는
그품에 새뜩새뜩 넘논다(95).

색초(102)→색조(色租).

생생(177)→※쌩쌩.

　• 눈보래는 생생 소리를 치는데(177).

생워리(398)

　• 딸의 손목을 굳이 끌고 생워리를 시
키러 건는 방으로 건너갑니다(398).

서름서름(378)

　• 나를 싸주는 아버지가 앞에있는데야
설마, 이쯤 생각하고는 서름서름 다시
집어들기시작하였다(378).

서름이(239)→※서름하다.

　• 두눈에서 눈물이 확쏟아지며 그대로
꼭 껴안어보고 싶은 생각이 간절은 하
나 그러나 서름이 구는 아이를 그러다
간 울릴것도 같고해서(239).

석때(318)→혁대.

석세(378)→석쇠.

석혈금(78)

　• 사금이면 모르나 석혈금이란 유리쪽
같은 차돌에 박였기때문에(78).

설면설면(76)→※설면하다.

　• 내 뭐랫서 그러게 해보라구 그랫지
하고 설면설면 덤벼오는 안해가항결 어
여뻣다(76).

설쭉(319)

　• 이번 사품에 안방 미다지는 설쭉이
부러지고(319).

섭수(103)→수단.

섭하다(142)→섭섭하다.

성가스리(299)→※성가시다.

성예(156)→성례(成禮).

세루(152)→새로에.

　• 게숙이는 깨기는세루그의 허리를 더
잔득 쓸어 안고 코 골기에 세상만 모른
다(152).

세우(132, 406)→몹시, 세차게.

소갈찌(304)→소갈머리→심지(心志).

소곰(94, 405)→소금.

소군소군하다(299, 312)→※소곤거리
다, 소곤소곤.

　• 둘이 소군소군하고 싸우는 맽이다
(312).

소낭당(117, 157)→소냥당→서낭당.

소로쟁이(81)→소루쟁이.

소보록하다(96, 110, 225)→※소복하다.

　• 굵은 바위돌틈에 노란 동백꽃이 소보
록허니 깔리었다(225).

소통(46)→온통, 전혀.

　• 처음에야 그런줄은 소통 몰랏드니
(46).

소패(36)→소피.

속안(326)

　• 두루두루 팔짜를 고치리라고 속안으

로 육조배판을 느리고 섰을때(326).

속중(56, 98, 103, 127, 394)

•아따 궁한 판이니 아무거나 잇스면 속중으로 여러가질 먹으며 시름업시 안 젓다(98).

•원얼굴은 좀 이뻐줍소사! 실랑은 속 중으로 이렇게 축원하며 신부에게 절을 합니다(394).

손버르쟁이(274)→손버릇.

•너 이담부터 그런 손버르쟁이 허지말 아(274).

손씨세(56)→손셋이.

•또한목숨을 구해준 그은혜에대하야 손씨세도 되리라(56).

쇄다(304)→쇠다.

•부족증이라고 한마디만 했으면 속이 나 시원할걸 여태도 감기가 쇄서 그렇 다고 빠득빠득 우긴다(304).

쇠명되다(299)

•제법 총기있어 보이는 맑은 두눈이며 깝신깝신 굴러나오는 쇠명된 그 음성 (299).

쇰(165)→수염.

슁조카(264)→수양조카.

수가마(151)

•억개가 웃슥하고 찬 기운이 수가마로 새드는듯이 속이 쩔려서 번쩍 깨었다 (151).

수구(197)→수고.

수동리(343) 〔지명〕 강원도 춘천시 남면 (南面) 수동리(壽洞里). 숯가마골. 탄 부리(炭釜里).

수물통(378)

•그는 나를데리고 수물통움물을향하 야 밖으로 나섰다(378).

수부룩하다(165)→※수북하다.

•밥보다 더 수부룩하게 담은 산나물이 한대접(165).

수어리골(140) 〔지명〕 강원도 춘천시 신 동면 증리. 안말에서 개울따라 올라가 면 있음. 수하리골. 송하곡(松下谷). 송 화곡(松花谷).

수짜질(116)

•명월공산을 보기좋게 떡 저처노니 "이거 왜 수짜질이야" 용구가 골을 벌컥 내이며 치어다본다(116).

수째(235, 296)→숫제.

수태(401)→많이.

수퐁(58, 122)→수풀.

숙은숙덕(20)→수군덕수군덕.

•벽을두다리며 아리랑찻는놈에 건으 로너털웃음치는놈 혹은숙은숙덕하는 놈……가즌각색이다(20).

순색(389)

•딸은 순색으로 대답하고 고개를 푹 숙입니다(389).

숨몰다(75)

•남편에게로 그대로 밀어던지니 아이 는 까르륵하고 숨모는 소리를친다(75).

숩옹(18)→수풀.

숫배기(31, 254, 314)→숫보기.

숭(144)→흉.

숭굴숭굴하다(208).

•어느날 신문에 옥화의 자살미수의 보 도가 낫고 그 까닭은 실연이라해서 보 기 숭굴숭굴한 기사엿다(208).

숭글숭글하다(124)

- 그꼴이 숭글숭글하고 밉지는 않았으나(124).

숭내(174, 318)→흉내.

숭악하다(281, 288, 315, 398)→흉악하다.

숭칙스럽다(288, 310)→흉측스럽다.

숭하다(310)→흉하다.

숭허물(191)→흉허물.

스뿌르다(69)→선부르다.

승(35, 195)→성(姓).

승(311)→성(노여운 감정).

승갈(404)→성깔.

승겁다(157, 178)→싱겁다.

승명(327)→성명(姓名).

승미(261, 381)→성미(性味).

승질(251)→성질.

시간(289)→세간.

시굴(81)→시골.

시납으로(19, 33, 75, 120, 237, 258, 359)→시나브로.

- 나그내는 실탄괴색도 촛탄괴색도 별로업시 시납으로 대우하엿다(19).

- 어느 틈엔가 구뎅이속으로 시납으로 없어저버린다(75).

- 시납으로 거리를 접어가며 댓걸음 사이를 두고까지 아무리 고처서 뜯어보아도(237).

시눈(213)

- 옥녀는 걸쌈스러운 시눈으로 사방을 돌아보고 선뜻 집어들었다(213).

시들번이(298)

- 눈, 코, 입이 번듯하게 제자리에 못뇌

고는 넉마전 물건같이 시들번이 게붙고 게붙고 하였을망정(298).

시떱지않다(328)→시덥지 않다.

시루뛰다(187)

- 큰길에는 동무 깍쟁이들이 가루뛰며 시루뛰며 낄낄거리고 한창 야단이다(187).

시새우다(80)

- 죽어가는 동관을 구하고자 일초를 시새워 들레인다(80).

시크므레하다(46)→시크무레하다.

시퉁그러지다(128, 144, 239, 288, 397→※시퉁하다, 시퉁스럽다.

- 아주 썩 시퉁그러지게 입을 삐죽어리며(128).

- 그런대도 경자는 저잘났다고 시퉁그러진 소리로(239).

- "저는 세상없는 일이라도 빨리는 못 다녀요!" 하고 시퉁그러진 소리로 눈귀가 실룩이 올라가는(288).

시풍스럽다(56)

- 열적을만콤 시풍스러운 소리를 하니까(56).

신부리(396)→신부례(新婦禮).

신승하다(187, 209, 257)→신성하다.

신연강(27, 174) 〔지명〕 新延江. 북한강 줄기 중 북한강과 소양강이 합류하는 지점부터 가평까지 이르는 사이.

신폭(42)

- 감사나운 구름송이가 하눌신폭을 휘덥고는 차츰차츰 지면으로 처저나리드니(42).

실루(73)→시루.

실적다(290)

• 자기를 보고 실적게 씽긋씽긋 웃는
년도 년이려니와(290).
심심이(137, 337)
• "면서기박게 누가 왔다갓지유—" 하
고 심심이 바드며 들쳐보도 안는다
(137).
심청(180)→심술.
심청궂다(320)→심술궂다.
심평(242)→셈평.
싱갱이(206)
• 이걸 붙잡고 한참 싱갱이를 할 즈음
(206).
싱둥겅둥(225, 304)
• 번시는 광이었으나 세 서방 놀랴고 싱
둥겅둥 방을 디린것이다(304).
쏙다(321, 402)→속다.
쏙이다(197)→속이다.
쏴박다(402)
• 대마도는 한참 벙벙이 섰드니 결국엔
눈을 딱부르뜨고 뭐라고 쏴박고 나갑니
다(402).
쑤근쑥덕하다(359)→※수군덕수군덕하
다.
• 이렇게들 쑤근쑥덕하고 의론이 벌어
졌습니다(359).
쑹쑹거리다(233, 257)
• 다시 시집을 가보라구 날마다 쑹쑹거
려두 언니가 말을 안들어(233).
• 그날은 그가 쑹쑹거리는 바람에 나도
결석하였다(257).
쑥싹되다(41, 401)
• 어수룩한 시골일이라 별반 풍설도 아
니나고 쑥싹되엇으나(41).

쓸데적다(296, 312, 392)
• 일테면 뒷간에서 뒤를 보고 나온다든
가 하는 쓸데적은 고런 행동에나마 유난
히 주목하야 두는 버릇이 생겨서(296).
• 괜스리 쓸데적은 소리는 지꺼리지 말
구(392).
쓺씀이(235)
• "난 그런거 모르겠어—" 하고 울가망
으로 쓺씀이 받고만다(235).
씨걱그리다(344)→씨근거리다.
• 주인은 기침을하드니 씨걱그리며 대
문을연다(344).
씨기다(316)→시키다.
씨담다(18, 22, 50, 171)→쓰다듬다.
씸벅씸벅하다(407)
• 찬바람을 안느라고 얼어붙는 듯이 눈
이다 씸벅씸벅합니다(407).
씸씸이(58)→※심심이.
• 더필이는 씸씸이 대답하고천연스리
올라간다(58).
씸씸하다(275)
• 완력을 쓰면 동생의 표정은 씸씸하였
다. 그러나 이렇게 밸을 긁어놓으면 그
는 얼골이 해쓱해지며 금세 대들듯이
두 주먹을 부루루 떨었다(275).

ㅇ

아달맹이(60)
• 금점일에는 난다긴다하는 아달맹이
금쟁이엇다(60).
아랫말(35) 〔지명〕 강원도 춘천시 신동면

증리. 실레에 딸린 마을(증1리).
아르릉거리다(220)→아르렁거리다.
아르새기다(127)→아로새기다.
• 어머니의 말이 옳은지 글은지 그것만
일렴으로 아르새기며 이리씹고 저리도
씹어본다(127).
아름거리다(30)→아른거리다.
아즈멈(316, 321)→아주머니.
아즉(42, 50, 53, 70, 124, 202, 241,
283)→아직.
아츰(110, 151, 163, 225, 231, 241,
281, 283, 300, 311, 333, 396)→아침.
아히(326)→아이.
악마구니(47)
• 딸아빗쟁이들의 위협과악마구니는
날로 심하엿다(47).
악장(167, 188, 205, 217, 262, 295,
390)
• 이 악장에 안에 있었든 장모님과 점
순이가 헐레벌떡하고 단숨에 뛰어나왔
다(167).
악짱을 치다(197)→악장치다.
• 영득이가 밤마다 엄마를 부르며 악짱
을 치드니 보기딱하야 즈 큰집으로 맡
기러 갔는지도 모른다(197).
안달재신(158)
• 그러면 미리부터 돈도 먹이고 술도
먹이고 안달재신으로 돌아치든 놈이 그
땅을 슬쩍 돌라안는다(158).
안담이(140, 339)→안다미, 안담(按擔).
• 쑨만 아니라 공연한 부역까지 안담이
씨우는것이(140).
안마을(129) [지명] 강원도 춘천시 신동

면 증리. 실레에 딸린 마을(증1리).
안말(19, 38, 147) [지명] 강원도 춘천시
신동면 증1리. 실레에 딸린 마을.
안잠재기(205, 206, 250)→안잠자기.
안적(112)→아직.
안죽(156, 321)→아직.
안즉(161, 286)→아직.
안키다(310)→안기다.
안터로(106)→한테로.
• 근대 또 떠난대든걸. 홍천인가 어디
즈 성님안터로 간대(106).
안테로(71)→한테로.
• 양근댁안테로 또다시 안 갈수없다
(71).
안해(49, 71, 99, 137, 156, 191, 284,
325)→아내.
앉은방석(291)
• 좀체로해서 앉은 방석을 아니 뜰 든
이년이 제법 홀훌이 털고 일어슬적에는
(291).
알라(298)→아울러(?), 어린애(?).
• 언내 알라 세사람을 재우기에도 옹색
한 셋방에가 깍찌똥같은 커단 몸집이
넓직하게 터를 잡고는(298).
알똘(141)→알돌.
• 그말이 알똘갓흔 진정이기도 쉽다
(141).
알쭝달쭝하다(333)→※알쏭달쏭하다.
• 알쭝달쭝한 꽃이팔을 날리며(333).
알캥이(261)→알갱이.
알톨(339)→알토란.
• 어젯밤 자기를 사랑한다든 그말이 알
톨같이 진정이리라(339).

앙가푸리(287)→앙갚음.

앙갚으리(224)→앙갚음.

앙카슴(209)→앙가슴.

앙크러뜯다(294)

• 들릴가말가 한 낮으한, 그러면서도
잡아 먹을듯이 앙크러뜯는 소리로
(294).

앙탕(21)→앙탈.

앙팡하다(399)

• 시누는 원 병약한 몸이라 앙팡할 근
력도 없거니와(399).

애걸애걸(382)→애걸복걸.

• 아버님 이 매로 저를죽여줍소사, 그
리고 죄를 사해주소서, 하며 애걸애걸
빌었다(382).

애전(109, 266)→애초.

애키다(46)

• 다만 애키는것은 자기의 행실이 만약
남편에게 발각되는 나절에는 대매에 마
저 죽을것이다(46).

야리(20)

• 얼골넙적한 하이칼라머리가 야리가
나서 상을밧으며주인귀에다 입을비겨
대인다(20).

야마시(116) 〔일본어〕 사기(詐欺).

양떡(402)

• 두둑한 빰에다 다짜고짜로 양떡을 먹
입니다(402).

어구데구하다(386)

• 혼자서 제복을입고 대막대를 손에집
고는 맘에없는 울음이라도 어구데구하
지않으면 불공죄로 그에게 담박몽뎅이
찜질을 받았다(386).

어렇게(288)→어떻게.

• 애 밴 사람이 어렇게 일을 해요?(288).

어레(126)

• 두 손등으로 눈물을 씻고 고개는 어
레 들었으나(126).

어레짐작(26)→어림짐작.

어수대다(114)→으스대다.

어수산란타(313)→어수선산란하다.

• 손에는 퉁퉁한 과잣봉지. 미다지를 여
니 웃묵구석에 쓸어박은 헌 양말짝, 때
절은 솟곳, 보기에 어수산란타(313).

어쓴(66)

• 그는 어쓴 위풍을 보이며 이렇게 분
부하엿다(66).

어운(400)

• 남편이 어운을 떼보니까 안해도 역시
좋단듯이(400).

어줍대다(61, 181, 254)

• 뭘 안다고 푸뚱이가 어줍대는가, 돌
쪽하나 변변이 못떼낼것이(61).

• 상점앞에 떡 버티고서서 나리! 돈 한
푼 주ㅡ, 하고 어줍대는 그 꼴이라니 눈
이시도록 짜증 가관이다(181).

• 이런때 "명주 있나?" 하고 어줍댔드
면 혹 통했을지도 모른다(254).

어프리다(205)→엎으러지다→엎어지다.

언내(75, 100, 153, 229, 298)→어린애.

얼개빗(50)→얼레빗.

얼고떨다(396)

• 어찌나 얼고떠는지 상전을 위하는 시
종의 충성이 그대로 나타납니다(396).

얼고 빨다(388)

• 악아의 궁뎅이를 손에 쳐들고 얼고

빨고 좋아합니다(388).

얼골(18, 39, 52, 64, 119, 123, 138, 191, 205, 225, 265, 285, 310, 313, 324, 333)→얼굴.

얼뚤하다(69, 248, 274)→얼떨하다.

　•얼뚤하야 앉었는 남편을 이렇게 추겨든것이다(69).

　•나는 이 편지를 저쪽에 전해야 옳을지 어떨지, 그걸 분간못하야 얼뚤하였다(248).

얼쑐하다(153)→얼떨하다.

　•근식이는 잠간 얼쑐하야 그 얼골을 멍히 처다봣스나 그러나 허란대로 안할수도업다(153).

얼뜬(88, 125, 147, 175, 192, 202, 237, 251, 403)→얼른.

얼뜰하다(104, 205, 235)→얼떨하다.

　•성팔이는 한굽접히어 말문이 메엿는지 얼뜰하야 입맛만 다신다(104).

　•그러나 정숙이는 처음엔 무슨 소린지 몰라서 얼뜰하다가(235).

얼러딱딱이다(402)

　•"일어쪼각하나 못하는것이 무슨 학교를 다녔다구? 이년아!" 하고 넘겨 짚으며 얼러딱딱입니다(402).

얼렁얼렁(177, 273)→얼렁뚱땅.

　•년이 능청스러워서 조금만 이뻐ㅅ더라면 나는 얼렁얼렁해 내버리고 돈있는 놈 군서방 해갔으렸다(177).

얼르다(289)→으르다.

얼병이(221, 232)

　•분하다고 눈에 눈물을 보일 얼병이도 아니다(221).

　•저우리 쥔녀석좀 봐 얼병이같이 어릿어릿허는 자식이 그래두 기집애 꽁무니만 노리구 있지않어?(232).

얼찐(134, 159, 380)→얼른.

얼핀(27, 49)→얼른.

업프리다(62)→엎드리다.

었딸(262)→어붓딸→의붓딸.

엉거주침하다(332)→※엉거주춤하다.

엉둥거리다(383)

　•아즉건 총각이라고 속이어 혼인이랍시고 저이끼리 붙야살야 엉둥거리긴하였으나(383).

엎으리다(80)

　•등에 엎으린 광부의 바른편발을 노려보면서(80).

에쓱어리다(145)

　•뭇 사람의 품으로 올마안기며 에쓱어리는 들쌩이가 말은 천하다 할망정(145).

에패(318)

　•에패는 찍 소리없이 눌러왔지만 오늘은 얼짜를 잔뜩 믿는 모양이다(318).

엣가락뎃가락하다(380)

　•그는 안방으로 들어가서 엣가락뎃가락하며 주정을 부린다(380).

엥기다(327)→엉기다.

여신이(342)

　•그럴적마다 계집은 는실난실 여신이 받으며 가치웃는다(342).

여위다(398)→에다.

여이다(100)→에다.

여호(88, 146, 194, 225, 285)→여우.

역갱이(119)→여우.

역정스리(325)→역정스레.

연송(45, 61, 87, 398)→연방.

연팡(164, 224, 321)→연방.

열벙거지(19, 180, 223, 402)

- 홀어미는 열벙거지가나서 일은아침부터 돈을밧으러도라단엿다(19).
- "뭐? 울아버지가 그래 고자야?"할양으로 열벙거지가 나서 고개를 홱 돌리어 바라봤드니(223).

열치다(169)

- 가진 땅 없어, 몸못써 일못하여, 이걸 누가 열첫다고 그냥 먹여줄테냐(169).

염냥(80, 273)→염량(炎凉).

- 염냥있는 사람은 군일에 손을안댄다(80).
- 이렇게 그는 앞뒤염냥이 없이 그저 허벙거렸다(273).

엽낭(349)→염낭(一囊).

영(33)→이엉.

영마직성(99)→역마직성(驛馬直星).

- 그렷타고 응칠이가 번시라영마직성이냐 하면 그런것도 아니다(99).

옆땡이(327)→옆.

오곰팽이(118)→오금팽이.

오기오기(91)

- 그꿀을 한참 오기오기 씹다가꿀떡 삼켜본다(91).

오랄지다(94)→오라지다.

오작(158, 347)→오죽.

오직오직(331)

- 왜떡 세개를 사다주고는 그래도 눈물도 썻을줄 모르고 그걸 오직오직 깨물고 있는 안해를(331).

오폐부득(150)→회피부득(回避不得).

- 방금 안해가 잔뜩 쓸어안고 매댁질을 치고 잇슬게니 이건 오폐부득이다(150).

옥먹다(400)

- 어찌 혼이 떳든지 딸은 한을옥먹고 그길로 든벌채 친정으로 내뺐읍니다(400).

온악(61, 403)→워낙.

온체(85, 147, 181, 297)→원체.

올롱이(285, 295)

- 이번에는 다리 팔없는 오뚜기귀신이 조쪽에 올롱이 앉아서 "요녀석!" 하고 눈을 똑바루 뜬다(285).
- 한편에 올롱이 놀래앉었는 어린아들은(295).

올롱하다(202)

- 올롱한 낯짝에 그 두꺼비눈을 한 서너번 끔벅어리다(202).

옴츠라들다(304)→옴츠러들다.

- 그리고 어그머니 끙끙, 옴츠라드는 소리를 친다(304).

옷고름고(227)→※옷고름+고.

- 그럴적마다 꽃닢새는 하나, 둘, 팔라당팔라당 공중을 날으며 혹은 머리우로 혹은 옷고름고에 사뿐 얹이기도 한다(227).

옹크라뜯다(312)

- 아끼꼬는 샐쭉 토라지다 고개를 다시 돌리어 옹크라뜯는 소리로(312).

옹크러물다(397)

- 옹크러물은 그 입매를 보니 부모를 몹씨 원망하는 눈칩니다(397).

왁짝(319)→왁자그르르.

· 김마까는 뜰에서부터 사방이 들으라고 왁짝 떠들며 올라온다(319).

완고(400)

· 그유성기를 갖우갔다 들려주는게 어떻겠우? 아버지가 완고가 돼서 그런걸 좋아하리다(400).

완고척히(113)

· 그들은 웅칠이가 오는것을 완고척히 실혀하는 눈치이엇다(113).

왕달집석이(24)→신총을 굵게 삼은 짚신.

· 나그내의집석이가 노힌 그옆흐로 질목채벗은 왕달집석이가 왁살스럽게노엿다(24).

왜포(23)→무명.

왱마가리(21)

· 방안에서 왱마가리 소리가 쓸어오른다(21).

외라(287)→오히려.

외레(232)→오히려.

요량없이(327)→※요량(料量).

· 요량없이 부어오른아랫배를(327).

요리매낀조리매낀(47, 98)

· 젊은 안해에게 돈좀 해오라니까 요리매낀 조리매낀 매만피하고 겻들어주지안으니 그소행이 여간 괘씸한것이 아니다(47).

· 산꼭대기로 치모니 닭은 하둥지둥 갈길을 모른다. 요리매낀조리매낀, 꼬꼬댁어리며 속만 태울뿐(98).

용단승(278)→용단성(勇斷性).

용뿔(94)

· 이까진놈이 점을 친다면 참이지 나는 용뿔을 빼겟다(94).

우녀(391)→운혜(雲鞋).

· 의사가 흔히 신는 우녀같은 반화(391).

우두망철하다(119)→우두망찰하다.

· 너머나 어이가업엇음인지 시선을 치거드며 그 자리에 우두망철한다(119).

우두머니(154, 348, 384)→우두커니.

우두먼히(139)→우두커니.

우려쥐다(82)

· 돌은 손에 잔뜩 우려쥐고(82).

우려치다(130)→※후려치다.

· 모리동맹이 하나를 집어들고 그 옆정갱이를 모질게 우려치며(130).

우뻑지뻑(61)

· "으-ㅇ. 노다지?" 하기 무섭게 더펄이는 우뻑지뻑 그돌을 바더들고 눈에 드려댄다(61).

우수강스럽다(54)→우스꽝스럽다.

우와기(214) 〔일본어〕 상의(上衣).

우음(25)→웃음.·

우정(47, 382, 406)→일부러.

우좌(394)

· 우좌를부리며 조곰 거만스리 초례청으로 올라습니다(394).

우좌스럽다(194, 284)

· 이놈이 바루 우좌스럽게 큰소리로 인사를 거는것이다(194).

· 만일에 행낭어멈이 미다지 밖에서 엿듣고 섯다가 이기맥을 눈치 챈다면 그는 더욱 우좌스러운 저의 몸을 발견함에 틀림 없을것이다(284).

우좌스리(115, 231, 267, 289)
- "나두 한케 떠보세" 응칠이는 우좌스리 굴로 기어든다(115).
- 이렇게 아주 큰 의견이나 된듯이 우좌스리 눈을 히번덕인다(231).
- "애 애 허니 뉘눔의 앨 뱃길래 밤낮 그렇게 우좌스리 대드나?"(289).

우찔근하다(73, 162, 295)
- 장인님은앞으로 우찔근하고 싸리문께로 씨러질듯하다 몸을 바루 고치드니 눈총을 몹시 쏘았다(162).
- 손가락이 들어올적마다 구부려있든 커단 몸집이 우찔근하고 노는 바람에 머리우에 거반 엎히다싶이 된 조고만 책상마자 들먹들먹 하는걸 보면(295).

우찔렁거리다(208)
- 어깨를 우찔렁거리며 아이구 죽겠네, 아이구 죽겠네, 연해 소리를 지르며 (208).

욱역으로(34)→우격으로.

욱이다(28)
- 멀리뒤에서 사람욱이는소리가 쏜횔듯날듯간신히 들려온다(28).

운복(349)→運福.
- 앞으로 장차 찾아올 운복을 말씀해 드리겠습니다(349).

울가망으로(235, 303, 310)→※울가망하다.
- 그러나 정숙이는 처음엔 무슨 소린지 몰라서 얼뜰하다가 "난 그런거 모르겠어ㅡ"하고 울가망으로 씀씀이 받고만다(235).
- 저쪽도 쾌쾌히 들어덤벼야 말하기가

좋을턴데 울가망으로 한풀 꺾이어 들옴에는 더 지꺼릴 맛도 없는것이다(303).
- 꿈을 꾸어도 늘 울가망으로 톨스토이가 나타나고 한다(310).

울려들다(204)→※울려오다.
- 저 건너 서양집 웃층에서는 붉은 빛이 흘러나오고 어디선지 울려드는 가녈픈 육짜배기(204).

움물(93, 157, 259, 276, 279)→우물.

웅게중게(30, 393)→웅기중기.

웅숭크리다(402)→웅숭그리다.
- 그는 툇마루 햇볕에 웅숭크리고 앉어서 이런궁리 저런궁리 하고있노라니까 (402).

웅크러쥐다(381)
- 하루의찬가로 몇십전씩 내놀뿐 알짜 돈은 당신이 웅크러쥐고는 혼자 주물렀다(381).

육조배판(326)
- 두루두루 팔짜를 고치리라고 속안으로 육조배판을 느리고 섰을때(326).

윤책(209)→윤택.
- 그 손등에 살의 윤책이 반드르하엿다 (209).

으이(291)→의이(薏苡).
- 서방님의 몸이 축갈가 염려가 되어 풍노에 으이를 쑤고 있노라니까(291).

으적으적(160)→※우적우적.
- 이걸 씹고 앉었노라면 으적으적 소리만 나고 돌을 먹는겐지 밥을 먹는겐지ㅡ (160).

윽살(62)
- 이돌만 나려치면 그미테 그는 목숨은

고사하고 옥살이 될것이다(62).

옥죄이다(118)

- 불꽃가튼 노기가 불끈 일어서 몸을 옥죄인다(118).

은저리(113)→언저리.

은제(54, 151, 171, 259, 302, 328, 349) →언제.

을딱딱이다(318)

- "그럼 내방 내맘대로 치지 누구에게 물어본단 말이유?" 하고 제법 을딱딱이긴 했으나 뒷갈망은 구렁이에게 눈즛을 슬슬 한다(318).

을싸안다(385)→얼싸안다.

을프냥굿다(97)

- 이 신세를 멋에 쓰나, 하고보면 을프냥굿기가 짝이 업겟고(97).

음포(299, 379)→엄포.

응고개(99) [지명] 강원도 춘천시 신동면 증리에 있는 고개. 으능골(증1리).

응덩판(394)→엉덩판.

응뎅이(62, 116, 174)→엉덩이.

응등이(34)→엉덩이.

응뗑이(43)→엉덩이.

응성비슷이(48)

- 남편의 왼팔을 비고누엇든안해가 남편을향하야 응성비슷이 무러보앗다(48).

응치(147)→엉치→엉덩이.

의수하다(281)

- "그러게 편지를 헐랴면 그 당자에게 넌즛넌즛이 전하는수밖에 없다" 하고 의수하게 꾸려대었다(281).

이그리다(34, 79, 98, 331)

- 두터운 입살을 이그리며(34).
- 이야기를 곧잘 하다가 다시 입을 이그리고 훌쩍훌쩍 우는것이다(331).

이앙(24)→이엉.

이영(302)→이엉.

이우(133, 388)

- 이뿐이에게로 장가를 들게 되었으니 기쁨인들 이우 더할데 있으랴마는(133).
- 도리어 이우없는 원수라 하겠지요(388).

이조(170)

- 아기자기한 맛이 없고 이조로 둥글넓적이 나려온 하관에 멋없이 쑥내민것이 입이다(170).

인도골(404)→인두겁.

- "허 안되지, 어디 인도골 쓰고야!" 하고 영감은 고대짜위는 까먹고 딴청을 부치며 눈을 흘깁니다(404).

일심정기(118)

- 일심정기를 다하야 나무틈으로 뚤허보고 안젓다(118).

일으집다(319)

- 개신개신 몸을 일으집으며 김마까는 구시월 서리 맞은 독사가 된다(319).

일직안이(311)→일찌거니.

일쩌웁시(133)→ ※일쩝다.

- 웬일일가 고게 또 노하지나 않었나하고 일쩌웁시 이렇게 애를 태운다(133).
- 일쩌웁게(68), 일쩌운(192).

일터면(54, 93)→이를테면.

- 이게 일터면 논은건가!(54)
- 일터면 귀신의노름이라는 해석이엿

다(93).

ㅈ

제끄럭(380)→※절그럭.

• 사랑에서도 문갑이 깨지는지 제끄럭 소리와 아울러 이놈 얼찐 죽어라,는 호령이 폭발하였다(380).

제누리(31, 42)→겨누리→사이참.

• 이땀을 흘리고 제누리업시 일할수 있나?(31).

• 쇠돌엄마가 농군청에 저녁 제누리를 나르러 가서 아즉 돌아오지를 안흔모양 이엇다(42).

제면쩍다(141, 328)→겸연쩍다(慊然—), 계면쩍다.

제물화(70)

• 노인은 제물화에 지팽이를 들어 삿대질을 아니할수없엇다(70).

제불에(25, 41)→제풀에, 제물에.

• 삼십을 바라보자 동긋을찔러보니 제불에 멋이질려 비드름하다(25).

제치다(124)

• 마님이 구미가 제치섯다고 애 이뿐아 나물좀 뜯어온(124).

젤그럭(328)→※절그럭.

• 유리판에서 기게 부듯는 젤그럭소리에 등줄기가 다 섬찍할제(328).

조를 부비다/조를부비다(203, 228, 296, 407)

• 반지를 전하다 퇴짜나 맞지 않엇나 하고 속으로 조를 부비며 앉엇으니까(203).

• "애! 쿤놈이 또 지랄을하면 어떻거니!" 하고 그 왁살스러운 대머리를 생각하며 은근히 조를부빈다(228).

• 놈의 무참한 꼴을 상상하며 이제나

저제나하고 은근히 조를 부볐든것이(296).

조파다(68)

• 잘되면이어니와 못되면 신세만 조판다(68).

조히(312, 378)→종이.

종깃종깃(40)→※쫑긋쫑긋.

종댕이(40)→종다래끼.

종용하다(381)→조용하다.

종용히(192)→조용히.

좋며말며(392)

• 그들은 좋며말며 여부가 없읍니다(392).

좌지(71, 231)

• 인제 좌지가나서 낯을들고 나아갈 염의좋아 없어젓다(71).

• 이런소리가 또 잘못해서 그귀에 들어가면 어쩌나, 하고 좀 좌지가 들렸으나(231).

죠기다(72)

• 낫으로 삭정이를 탁탁 죠겨서 던저주며 안해는 은근히 혹닥이엇다(72).

주뎅이(311)→주둥아리→입.

주리차다(48)→줄기차다.

• 그들은 천연스럽게 나란히 누어 주리차게 퍼붓는 밤비소리를 귀담어듯고잇섯다(48).

주밋주밋(290)

• "글세요 그렇지만 그렇게 곧나갈수는 없을걸이요" 하고 주밋주밋 돈을 받아들고는 좋아서 행낭방으로 삥 나가지 않을수 없었다(290).

주밋주밋하다(280)

• 나는 이걸 말릴 작정도 아니요. 또는 그대로 서서 보기도 미안하였다. 주밋 주밋하고 있다가 거는방으로피해 들어 갈밖에 별 도리가 없었다(280).

주볏주볏(40, 89, 238, 329)→※주뼛주 뼛, 쭈뼛쭈뼛.

• 시선을 이리저리로 둘러가며 주볏주 볏 우선 벌으로 향하엿다(89).

• 주볏주볏 손을 들어 게집애를 가르치 며(238).

• 덕순이는 열적은 낯을 무얼로 가릴지 몰라주볏주볏 "월급같은건 안주나요?" (329).

주언부언(37, 341)→중언부언(重言復 言).

주왁(91)→주악.

• 꿀발른 주왁 두개는 어떠케 먹엇슬까 (91).

주저거리다(151)

• 만약 아츰에 주저거리다간 우선 술집 주인에게 발각이 될게고(151).

주짜(292, 401)

• 그전 붙어 눌려왔든 그 아씨에게 주 짜를 뽑는것이다(292).

• 친정이 좀 있다구 나나리 주짜만 심 해가고 행실이 점점 버릇없는 며누리를 보면 속이 썩습니다(401).

줄대(37, 169)→※줄대다.

• 눈물은 급기야 쩌칠한 웃수염을 거처 발등으로 줄대굴럿다(37).

• 제기할 황소같은 아들만 줄대 잘 빠 처놓으면 고만이지(169).

줄레줄레(346)

• 험하고 끔찍 끔찍한 산들이 줄레줄레 어깨를 맞대고(346).

줄창(164)→줄곧.

줄청(56, 297, 402)→줄창→줄곧.

줌(55, 109, 187)→좀.

• 그래도 줌 거냉은 해야할걸(55).

중툭(27, 53, 79, 97, 196, 222, 311)→ 중턱.

즉선(389)

• 그는 눈에서 피눈물이 날지경입니다. 즉선 아들을 시키어 그놈을 붙들어왔읍 니다(389).

즉접(191, 203, 251, 381)→직접.

즘생(113, 127, 234, 249)→짐승.

즘승(151)→짐승.

즘지(349)→점지.

줏(101, 306, 406)→짓.

증조(70, 384)→징조.

지끼다(88)→지껄이다.

• 동무들과 놀라지도 지낄랴지도 안는 아이에 잇서서는 먹는편이 월등 발달되 엇고(88).

지다(19, 20, 93)

• 가을할때가 지엇으니 돈냥이나 조히 퍼질째도되였다 (19).

• 씨니째가지엿다(20).

• 내가 옥이네집을 찾아간것은 이때 썩 지어서이다(93).

지루퉁하다(307)→지르퉁하다.

• 여느 때 같으면 오십전이지만 그만치 미안하였다. 마는 영애는 지루퉁한 낯 으로 돈을 받아넣며 또 허는 소리가 (307).

지르르(178)
  • 담에는 년의 비녀쪽을 지르르 끌고 밖으로 나왔다(178).
지르채다(75)
  • 저러다가 그분풀이가 다시 제게로 슬그머니 옮아올것을 지르채엇다(75).
지수(18, 65)
  • 미주알쇠주알 물어보니 이야기는 지수가없다(18).
  • 땅은 암만을 파도 지수가업다(65).
지우질(94)
  • 이것도 재주랄지 못하는게 별반 없다. 농사로부터 노름질 침주기 점치기 지우질 심지어도적질까지(94).
지이다(235, 258)
  • 그네에서 흥이 지이면 썰매우로 올라온다(235).
지직(21)→기직.
  • 지직바닥이 부스럼자죽보다 질ㅅ배업다(21).
지차(390)→지체.
  • 가품두 안보고 지차두안보고 단지 실랑하나만 보자는거야(390).
진가민가(141)→긴가민가. 기연가미연가(其然一未然一).
  • 산모롱이 엽해서눈에싸히어그흔적이 진가민가나달빗에빗기어 갸름한쇠리를 달고잇다(141).
진짖(176)→짐짓.
  • 진짖 이뻐젓다, 하고 나도 능청을 좀 부리면 년이 좋아서 요새 분때를 자주 밀었으니까 좀 나젓다지(176).
진흥회(339)〔단체명〕농촌진흥회. 일제

가 식민 정책을 위해 1932년에 결성한 단체.
질(27)→길.
질군(49)→길꾼.
  • 그는 동리에서 일커러주는 질군으로 투전장의 갑오쯤은 시루에서 콩나물 뽑듯하는 능수이엇다(49).
질목(24)→길목, 길목버선.
  • 나그내의집석이가 노힌 그엽흐로 질목채벗은 왕달집석이가 왁살스럽게노엿다(24).
질번하다(27)
  • 번들대는큰바위는 내를싸고 량쪽으로 질번하다(27).
질ㅅ배업다(21)→진배없다.
짐배업시(23)→진배없이.
짐배없이(79)→진배없이.
집석이(24, 50)→집세기→짚신.
집어시다(393)→집어세다.
  • "으 그러냐, 거기 앉어라" 하고 제법 따라지게 해라로 집어십니다(393).
짜위(57, 69, 306, 404)
  • 그들은 멋번이나 이러케짜위햇는지 그수를모른다(57).
  • 머슴들은 짜위나한듯이 일하다말고 훅닥하면 금점으로들내빼지않는가(69).
  • 즈들끼리 짜위나 한듯이 팔십전 칠십전 그저 일원, 요렇게 짤금짤금 거리고 만다(306).
  • 영감은 고대짜위는 까먹고 딴청을 부치며 눈을 흘깁니다(404).
짜위(20)

• 주인이술ㅅ상을 버처들고들어가니
싸위나한듯이일제히자리를 바로잡는다
(20).

짜정(58, 104, 128, 166, 170, 190, 197,
213, 254, 297, 314)→짜장.

싸정(18, 140)→짜장.

짜증(69, 126, 181, 233, 402)→짜장.

싼지(18, 285)→김치.

째긋이(230, 286)

• 경자는 눈을 째긋이 감아보며 아까부
터 해오든 저의 궁리에 다시 취하다가
(230).

• 전일부터 맥없이 빙글빙글 웃으며 눈
을 째긋이 꼬리를 치든것은(286).

째웃하다(147)

• 게집은 세상에 업슬 일이다잇단듯이
눈을 째웃하드니(147).

째프리다(182)→째푸리다.

쪼간(220)

• 나흘전 감자쪼간만 하드라도 나는 저
에게 조곰도 잘못한것은 없다(220).

쪼룩하다(78)→※쪼록.

• 고만 오줌을 쪼룩하고 지렀다(78).

쪼이키다(224)→쪼이다.

쪼키다(219)→쪼이다.

• 오늘도 또 우리숫닭이 막 쪼키였다
(219).

쏙곰(137)→조금.

쫑쫑거리다(404)

• 마누라는 옆에서 골을내며 쫑쫑걸입
니다(404).

쭌둑쭌둑(332)→※찐득찐득.

• 엿조각처럼 쭌둑쭌둑이다(332).

쭌둑쭌둑하다(60)→※찐득찐득하다.

• 좀체 하야서는 쪽이 잘안나갈만치 쭌
둑쭌둑한 금돌!(60).

쭐기다(238)

• 여전히 사나이는 못들은척하고 묵묵
히 섰는양이 쭐기고 맛장수이든 그 버
릇을 아직도 못버린듯 싶었다(238).

찌깨(295)→집게.

찌썽(23)

• 주인도 남저지 방아다리에올라섯다.
그리고 찌썽우에 노힌 나그네의손을 눈
치 안채게 슬며시쥐여보앗다(23).

찌다(150)→끼다.

찌다우(163, 196, 305)→지다위.

• 놈이 본시 괄괄은 하지만 그래놓고
날더러 석유값을 물라구 막찌다우를 붓
는다(163).

• 사기는 복만이한테 사고 내게 찌다우
를 붙는다(196).

• "이건 누구에게 찌다운가 온. 별일두
다 많어이" 하고 홀로 입속으로 중얼거
리며 물러가는것도 상책일런지 모른다
(305).

찌버뜯다(43)→집어뜯다→꼬집다.

• 턱업은 희망과 후회가 전보다 멧갑절
쓰린맛으로 그의가슴을 찌버뜨덧다
(43).

찌뿌둥이(201)→※찌뿌드드하다.

• 밤중에 웬놈인가, 하고 찌뿌둥이 고
리를 따보니 캡을 모루 눌러붙인 두꺼
비눈이 아닌가(201).

찐대(320)→진대.

• 푹하면 와서 찐대를 붙은 노파의 행

세가 여간 구찮지 않다(320).

찔긋(305)
  • 하 어이가 없어서도 고만 찔긋 못한
  다(305).

찔기둥찔기둥이(297)
  • 짤지 않은 세월에 찔기둥찔기둥이 맺
  어진 정은 일조일석에는 못끊는듯 싶어
  (297).

찔쩍하다(290)
  • 행낭어멈은 짐작지 않었든 그명령에
  고만 얼떨떨하야 찔쩍한 두 눈이 휘둥
  그랬으나(290).

찝쩍어리다(394)
  • 저녁상은 받은채 그대로 물렸읍니다.
  찝쩍어리는것이 오히려 치수가 떨어질
  듯 해서요(394).

ㅊ

차미(326)→참외.
차보(147, 151)→차비(差備).
  • 써날 차보가 다되어야 할것이다
  (147).

창낭하다(74)
  • 그는 벌떡 일어스며 황밤주먹을 쥐어
  창낭할만치 안해의 골통을 후렸다(74).

창주(78, 97)→창자.
채미(326, 330)→참외.
채시니없이(160, 295)→채신없이.
  • 그 허구리를 꼬집기 시작하는것인대
  아픈것은 참아 왔다드라도 채시니없이
  요렇게 꼬집어 뜻는데 있어서야(295).

채우치다(206)
  • 나는 넌덕스러운 그의 소행을 아는지
  라 왜, 하고 성급히 그 뒤를 채우쳤다
  (206).

채키다(196)→차이다.
책기다(320)→채다.
챌푼이(188)
  • 죽여봐 이자식아 요런 챌푼이같으니
  네가 애펜쟁이지 애펜쟁이(188).

철량(258, 273)→천량[←전량(錢量)].
  • 다만 그의 앞에는 수십만의 철량이
  있어 그 폭행을 조장할뿐이었다(258).

**첫때(49, 100, 149, 193, 249)→첫대, 첫
째로.**

청성굿다(34)→청승궂다.
  • 취한얼골이 청성굿게 죄여안젓다
  (34).

첵경(379)→첩경(捷徑).
  • 노는 돈에는 난봉나기가 첵경 쉬운
  일이다(379).

초작(145, 381)
  • 초작에는 물론이요 돈을 쌓아논뒤에
  도 비단하나 몸에 걸칠줄몰랐고(381).

초조롭다(81)→초조하다.
추려하다(42, 131)→추레하다.
  • 추려한 의복이며퀴퀴한 냄새는 거지
  를 볼질른다(42).

추배(25)
  • 주인은 즐거움에 너머겨워서 추배를
  흔근히들엇다(25).

출염(32)→추렴(出斂).
  • 술갑슨 각출염으로 할까 혹은 멧사람
  이(32).

츰(161)→처음.

치걷다(119)
• 너머나 어이가업었음인지 시선을 치걷드며 그 자리에 우두망철한다(119).

치근하다(57, 288)→측은하다.

치릅(381)→칠홉(七合).

치마다리(338)
• 천연스레 뒤로 치마다리를 여미드니 그대로 살랑살랑 나가버린다(338).

치빼다(226)
• 나는 바위를 끼고 엉금엉금 기어서 산우로 치빼지 않을수없었다(226).

치수(43, 181, 394)
• 안팍그로 겹구염을 밧으며 간들대는 쇠돌엄마와 사람 된 치수가 두드러지게 다름을 그는 알수 잇섯다(43).
• 이것은 그상점의 치수를 깎을뿐더러 서울이라는 큰 위신에도 손색이적다 못할지라(181).
• 저녁상은 받은채 그대로 물렸웁니다. 찝쩍어리는 것이 오히려 치수가 떨어질듯 해서요(394).

치어나다(393)
• 상투는 비록 히였을망정 그태도가 여간 치어난 내기가 아닙니다(393).

ㅋ

케(114)→켜.
• 하여튼 한케 떠보세(114).

코다리(69)
• 노냥 침만 심키든 그놈 코다리(명태)를 짜증 먹어 보겟구나(69).

쿠더브레하다(64)
• 쿠더브레한 흙내와 징그러운 냉기만이 그속에 자욱하다(64).

쿠더븐하다(35)
• 총각의 쿠더븐한 울분이 모조리폭발하엿다(35).

키키거리다(35)→킥킥거리다.

킹얼거리다(137)→칭얼거리다.

ㅌ

타내다(314)
• 더 타내지 않고 그런냥으로 앉어서 같이 집어먹는다(314).

타래증(60)→타래정.
• 바랑에서 망치와 타래증을 끄내들엇다(60).

태독(289)
• 지금쯤은 만삭이 되여 배가 태독같에야 될것이다(289).

태번(297)→태반.

턱살(145)→턱.
• 불러드리기만 고대하야 턱살을 바처대고 눈이 쌔질 지경이다(145).

턱주가리(296)→턱.

털북송이(123)→털북숭이.

털뻑(247, 345, 384)→털썩.

토심스리(292)→토심스레.
• "고뿌술집 할테니까 한 이백원이면 되겠지요 더는해 뭘하게요?" 하고 네보란듯 토심스리 내뱉고는(292).

통밤(23)
- 이리뒤척 저리뒤척 넉일혼팔을던저
가며 통밤을 새윗든 것이다(23).

통안(324)
- 통안네거리에 와 다리를 딱 멈추었다
(324).

통이(70, 265)→온통, 도통(都統).
- 콩밭을 통이 뒤집어놓았다(70).
- "통이 아무것도 안먹고 저렇게 밤낮
앓기만 해요"(265).

통히(315)→도통.
- "저런! 그 망할자식이 그건 뭣하러집
어가 난 통히 보덜 못했는데"(315).

퇴(69)
- 그말대로 하기만하면 영낙없이 금퇴
야 나겟지하고 그것만 꼭 믿엇다(69).

투닥닥(293)
- 즈이끼리만 내외가 투닥닥 투닥닥,
하고(293).

투드리다(296)→※두드리다.

툭축어리다(293)
- 나도 저와같이 안해와툭축어릴수 있
다면 혹 모르겠다(293).

튀나다(33)→튀어나오다.

튀정(90, 182)→투정.

트레반지(203)
- 사십이원짜리 순금 트레반지를 놈의
의견대로 사서(203).

트죽태죽(172)→트적트적, 티적티적.
- 트죽태죽 꼬집어 가지고 년의 비녀쪽
을 턱 잡고는 한바탕 홀두둘겨대는구나
(172).

ㅍ

팔라당팔라당(227)
- 그럴적마다 꽃닢새는 하나, 둘, 팔라
당팔라당 공중을 날으며(227).

패다(202)
- 기생집으로 데리고 다니며 밤을 패기
가 일수다(202).

패랑패랑하다(229)
- 아마도 아까 주인녀석에게 말대답하
다가 패랑패랑한 여자라구 사설을 당한
것이 분해 저러는게 아닐까?(229).

퍼대기(153, 406)→포대기.

퍼드러지다(34, 134, 226)
- 그리고 퍼드러진 시커먼 흙발에다 그
신을 쥐고는 눈을지긋이 감어보앗다
(34).
- 이뿐이는 산처럼 잎이 퍼드러진 호양
나무 밑에 와(134).
- 한창 피여 퍼드러진 노란 동백꽃속으
로 폭 파묻혀버렸다(226).

퍼들썽하다(21)
- 별안간 "아야" 하고 퍼들썽하드니 게
집의몸뚱아리가 공중으로도로 쥐여오
르다 떨어진다(21).

펀펀하다(276)
- 움물에는 주야로 사람이 끊이지 않었
고 그리고 두레박을 잃는 일이 펀펀하
였다(276).

펄꺽(359)→펄쩍.
- 고 옆에 서있던 칠태가 펄꺽 뜁니다
(359).

편역들다(400)→편들다.

- "왜 또 형을 들커거리니, 이년?" 하고 며느리를 편역들어 도리어 딸을 책합니다(400).

포농이(69)
- 번동 포농이좇아 호미를 내여던지고 강변으로 개울로 사금을캐러 다라난다(69).

포들포들이(236)
- 비록 살은 포들포들이 올으고 단발은 했을망정(236).

포루룽(335)→※포르르.
- 참새 한마리가 포루룽 날아온다(335).

푸뚬(65)→풋나기.
- 금점일에는 푸뚬이다(65).

푸뚱이(61, 105)→풋나기.
- 뭘 안다고 푸뚱이가 어줍대는가, 돌 쪽하나 변변이 못떼낼것이(61).

푸리딩딩하다(285)→푸르뎅뎅하다.
- 아 아! 내 뭘보구 그랬든가 검붉은 그 얼골 푸리딩딩하고 꺼칠한 그 입살(285).

푸우다(378)→피우다.
- 석세우에서 지글지글 끓으며 구수한 냄새를 푸우는 이름모를 그생선이 나의 입맛을 잔뜩댕겼다(378).

푹하다(406)
- 좆먹이라도 하나 구하야 적적한 한평생의 심심소일을 하고자 우정 주문하러 다니는 일이 푹합니다(406).

풀다님(250)→풀대님.
- 그가 풀다님으로 서 있는 것이다(250).

품다(29)→풍기다.

품새(406)
- 그떠버린 품새를 보면 모름몰라도 벼천이야조히 하겠지요(406).

품아시(25)→품앗이.

풍찌다(65)
- 이놈 풍찌는 바람에 애끝은 콩밭하나만 결단을냇다(65).

피붕(134)→피봉(皮封).

피언하다(54, 154, 333)→※편하다.
- 꽁보를 피언한 돌우에다 집어때렸다(54).
- 그들은 산모롱이를 쏩들어 피언한 언덕길로 성큼성큼나린다(154).
- 피언한 거리에는 커다랗게 살찐 도야지를 타고서 장꾼들이 오르나린다(333).

핀장(35)→핀잔.

핀퉁이(34)→핀잔.
- 인심쓰라는둥 별별핀퉁이가 다 들어온다(34).

ㅎ

하눌(29, 38, 52, 96, 131~390)→하늘.

하불상(397)
- 만여석 지기니깐 하불상 백석쯤이야 떼어주겠지(397).

하치못하다(35)→※하치않다.
- 에이 하치못한인생! 하고(35).

한갈가티(101)→한결같이.

한굽접히다(104)

• 성팔이는 한굽접히어 말문이 메엿는
지 얼뜰하야 입맛만 다신다(104).

한굽죄이다(305)

• 괜스리 병든것과 겼고틀고 이러단 결
국 이쪽이 한굽죄인다(305).

한끝(334, 391)→한껏.

한메(108, 288)→한 매.

• 그처럼 침을 삼키든 그개고기 한메
물론 못삿다(108).

• 고기 한메를사러 보내도(288).

한양(315)

• 톨스토이는 아끼꼬를 보아도 늘 한양
으로 대단치않게 지나간다(315).

할짜거리다(95)→할짝거리다.

함결(406)→한결.

항결(76)→한결.

핸들대다(42)→한들대다, 한들거리다.

• "새댁, 나는 속곳이 세개구, 버선이
네벌이구행" 하며 아주 조타고 핸들대
는 그꼴을 보면(42).

향깃하다(95, 226, 187)→향긋하다.

향명하다(333)

• 때는 좋아 봄이라고 향명한 아츰이었
다(333).

허들갑스리(224)→호들갑스레.

• 왜냐면 큰닭이 한번 쪼이킨 앙갚으리
로 허들갑스리 연겊어 쪼는 서슬에 우
리 숫닭은 찔끔못하고 막 굶는다(224).

허벙거리다(273, 291)

• 이렇게 그는 앞뒤염냥이 없이 그저
허벙거렸다(273).

• 어떻게 신이 났는지 치맛뒤도 여밀줄
모르고 미친년같이 허벙거리며 나간것

이었다(291).

허벙저벙(27)

• 거반 울상이되여 허벙저벙방안으로
들어왓다(27).

허뿔리(334)→섣불리.

헐없이(77, 160, 206, 253, 309, 394)

• 금점이란 헐없이 똑 난장판이다(77).

• 남은 잘도 헌칠이들 크것만 이건 우
아래가 몽툭한것이 내 눈에는 헐없이
감참외같다(160).

• 암만하여도 내 자신이 헐없이 도까비
에게 흘린듯 싶어서(206).

• 내가 어쩌다 찾아 가 들여다보면 그
는 헐없이 광인이었다(253).

• 헐없이 미친 사람이 된다(309).

• 채린것을 보니 헐없이 행낭어멈 제사
지내는 번으로(394).

험구덕(356)→흠구덕(次一).

• 두포에게 대한 험구덕이 대구 쏟아집
니다(356).

헝겁스럽다(45)→※헝겁지겁하다.

• 리주사는 그래도 놓치안흐며 헝겁스
러운 눈즛으로 게집을달래인다(45).

헝겁스리(80)

• 광부는 헝겁스리 눈을 히번덕이며 이
렇게 말이 꿈는다(80).

헤가마(405)

• 그날도 저녁때가 되어서야 눈이 헤가
마가 되어 들어옵니다(405).

헤갈(36, 41)

• 한동안 헤갈을하고서 밧한복판고랑
에 콩입에가린 옷자락을보앗다(36).

• 해동갑으로 헤갈을 하고나면 캐어모

은 도라지 더덕을얼러 사발가웃 혹은
두어사발남즉하게 되는것이다(41).

헤까비(118)→허깨비.

헤실수(19)
• 헤실수로 간곳도잇기야하지만 맑앗
타(19).

헷매질(220)→헛매질.

호다(248)
• 요사꾸라 때라 봄비는 밤거리를 호아
나려오며(248).

호동가란히(100)
• 호동가란히 털고 나스니 팔짜 중에는
아주 상팔짜다(100).

호들기(225)→호드기.

호미씨세(32)→호미씻이.
• 내 내닭팔거든 호미씨세날 단단히 레
하리다(32).

호아가다(187)
• 밥통들은 한손에 든채 달리는 전차
자동차를 이리저리 호아가며 저이깐에
술래잡기(187).

호아들다(96)
• 유유히 다리를 옴겨노흐며 이나무 저
나무 사이로 호아든다(96).

호욕(77, 117, 326)→혹시.
• 이것이 여름이나 봄철이면 호욕 모른
다(77).
• 별일은 업슬줄 아나 호욕 뭐가덤벼들
지도 모른다(117).
• 시골서 올라온지 얼마 안되는 그로써
는 서울이라 호욕 알수없을듯 싶어
(326).

호줌(126, 189, 248)→호주머니.

혹요(82)→혹여(惑如), 혹시.
• 어두운 굴속이라 간드레불빛에 혹요
잘못 보았을지도 모른다(82).

혹혹이(160)→※혹혹.
• 입은 밥술이나 혹혹이 먹음직하니 좋
다(160).

혼또로 돈또로(391, 402) 〔속어〕 여기서
는 '일본어'를 가리킴.

홀깍(273)→홀딱.
• 고만 홀깍 넘어서(273).

홈패기(60)→홈.

홉사다(24)
• 치마를홉사고안저 가웃이 듯고잇든
나그네는 치마쓴을 깨물며 이마를떨어
트린다(24).

홉잡아채이다(234)
• "건방지게 이년이 누길" 하고 그 팔을
뒤로 홉잡아채이고 그리고 색색어리며
독이 한창 오를랴하였을때(234).

홋손(377)→홑손.
• 아버지는 애지중지하든 우리어머니
를 잃고는 터저올으는 심화를 뚝기로
눌으며 어린 자식들을 홋손으로 길러오
든바(377).

활닥(344)→활짝.
• 날은 활닥 밝았다(344).

활하다(238)
• "이리저리 돌아다녔읍니다" 하고 활
하게 대답하였다(238).

활활히(269)
• "그러게 고마워이" 하고 활활히 받었
다(269).

황문이(79)→항문.

휑댕그러히(349)→※휑뎅그렁하다.
- 마나님은 눈을 휑댕그러히 굴리지 않을 수 없었었습니다(349).

회를 치다(223)
- 즈집 숫닭은 썩 흠상궂게 생기고 쌈이라면 회를 치는고로 의례히 이길것을 알기 때문이다(223).

효험(93)→효험(效驗).

후달리다(384)
- 긴병에 후달리어 맥을 잃고는(384).

후둘르다(342)→휘두르다.

후려맞다(203)↔후려치다.
- 첫사랑이 무언지 무던히 후려맞은 몸이라 나는 귀가 번쩍 띠이어(203).

후물르다(145)
- 침들을 게게 흘리고 덤벼드는 뭇놈을 이손저손으로 맘대로 후물르니 그 호강이 바히 고귀하다 할지라(145).

훅닥이다(72, 164, 181, 207)
- 낫으로 삭정이를 탁탁 죠겨서 던저주며 안해는 은근히 훅닥이었다(72).
- 나종에는 겨우 손톱으로 목을 따라구까지 하고 제아들같이 함부루 훅닥이었다(164).
- 비단껼―이고 단장뿐이고 닥치는대로 그 까마귀발로 웅켜잡고는 돈 안낼테냐고 제법 훅닥인다(181).
- 이 망할것이 내 궁뎅이를 꼬집고 제얼골이 뭐가 옥화년만 못하냐고 은근히 훅닥이며 대든다(207).

훅닥하다(340)→※후딱.
- 술만 처먹고 노름질에다 훅닥하면 안해를 뚜들겨패고(340).

훌딱다(45)
- 벽에 걸린 쇠돌어멈의 적삼을 끄내여 게집의몸을 말쑥하게 훌딱기 시작한다(45).

훌두들겨대다(172)
- 년의 비녀쪽을 턱 잡고는 한바탕 훌두들겨대는구나(172).

훌몰다(258)
- 집안으로 기생들을 훌몰아 드리어 가족앞에 들어내놓고 음탕한 작난을 하였다(258).

훌티다(68)→훑이다.
- 조당수는 몸을 훌틴다는둥 일군은 든든이 먹어야 한다는둥(68).

훌훌이(291)→훌훌.
- 앉은 방석을 아니 뜰 든 이년이 제법 훌훌이 털고 일어슬적에는(291).

훔으리다(138)→후무리다.
- 어제밤 안해의 속곳과 그제밤 맷돌짝을 훔으려낸것이 죄다 탈로가 되엇구나(138).

훙켜잡다(333, 389)→움켜잡다.

훨썩(211)→훨씬.

휘엉휘엉(131)
- 잔잔한 물면에 물둘레를 치기도전에 무슨 밥이나 된다고 커단 꺽찌는 휘엉휘엉 올라와 꼴딱 받아먹고 들어간다(131).

휘즐르다(288)
- 머리에 기름을 바른다 치마를 외루돌아입는다 하며 휘즐르고 다니는걸보니(288).

흐끄무레하다(118)→희끄무레하다.

- 그때 논뚝에서 흐끄무레한 헤까비 가튼것이 얼씬거린다(118).

흐드르하다(223)

- 그래서 툭하면 우리 숫탉이 면두며 눈깔이 피로 흐드르하게 되도록 해놓는다(223).

흐륵흐륵(123)

- 이뿐이는 흐륵흐륵 마냥 느끼며 울고 섰다(123).

흔건히(65)→홍건히.

흔겁(119)→헝겁→헝겊.

흔근히(25, 285)→홍건히.

흔캄스럽다(403)→홍감스럽다.

- 이렇듯 흔캄스럽게 나왔건만 복이 없는지귀염을 못받습니다(403).

흘개늦다(71, 130)→흘게늦다.

- 남의 말에는 대답없고 유하게 흘개늦은 소리뿐(71).

흘부들하다(19)

- 해가지고어두울녘에야 그는 흘부들해서돌아왔다(19).

흠상궂다(36)→험상궂다.

흥이거리다(175)

- 뒤ㅅ간 속에서 코ㅅ노래가 흥이거릴 적도 있겠다(175).

히떱다(83, 292)→희떱다.

- 바루 히떱게스리 허울좋은 대답이다(83).

- 어멈은 하상 뭐길래 이백원식 히떱게 내주나(292).

히번덕이다(187, 231)→희번덕거리다.

- 다시 고개를 들고 그담 사람을 잡고자 눈을 히번덕인다(187).

- 이렇게 아주 큰 의견이나 된듯이 우좌스리 눈을 히번덕인다(231).

히야까시(236) 〔일본어〕조롱.

히연(112, 167, 326)→희연(喜煙). 〔상표명〕일제시대에 있었던 살담배(切草). 봉지담배.

히짜(41, 69, 110, 176, 240, 292, 335, 402)

- 리주사에게서 나는 옷이나 입고 주는 쌀이나 먹고 년년히 신통치못한 자기 농사에는 한손을 떼고는 히짜를 뽑는것이 아닌가!(41)

- 다비신에다 옥당목을 떨치고 히짜를 뽑는것이 아닌가(69).

- 저년이 정녕코 돈이백원쯤은 수중에 갖이고 히짜를 빼는 모양이었다(292).

- 제가 짜증 학교를 좀 다녔다면 장난 삼아서라도 나와서 히짜를 빼겠지요(402).

힌소리(112)→흰소리.

- "자네들은 안적멀엇네 멀엇서─"하고 힌소리를 치면 그들은, 올타는 뜻이겟지(112).

김유정 관련 논저 목록(필자순)

강경구,   沈從文·김유정 소설의 비교 연구,『중국어문학』33, 영남중국어문학회, 1999.

강노향,   유정과 나,『조광』3-5, 조선일보사, 1937. 5.

강봉근,   김유정 소설의 인물론,『지천김교선선생정년기념논총』, 전북대, 1977.

강진호,   소설로 피어난 비운의 생애—김유정,『문화예술』201, 한국문화예술진흥원, 1996.
           4;『한국문학, 그 현장을 찾아서』, 계몽사, 1997. 4.

강진호,   가난에서 건져올린 해학과 비애,『한국문학의 현장을 찾아서』, 문학사상사, 2002. 8.

강태근,   한국현대문학 연구의 문제점—한국현대 풍자소설을 중심으로,『호서문학』15, 호
           서문학회, 1989. 11.

강태근,   김유정 작품의 풍자,『한국현대소설의 풍자』, 삼지원, 1992.

고광률,   김유정 소설 연구—매춘 모티프를 중심으로,『대전어문학』12, 대전대 국어국문학
           회, 1995. 2.

곽상순,   일레아적 놀이 구조의 서사화,『시학과언어학』9, 시학과언어학회, 2005.

구인환,   30년대 한국소설연구—이효석·이상·김유정을 중심으로, 문교부 연구보고서,
           1973.

구인환,   김유정 소설의 미학,『무애양주동박사고희기념논문집』, 1973; 김열규 외 편,『국
           문학논문선』10, 민중서관, 1977. 4.

구인환,   피에로의 곡예,『한국근대소설연구』, 삼영사, 1977. 6.

구인환,   서민과 빈곤의 김유정,『근대작가의 삶과 문학의 향취』, 푸른사상, 2002. 10.

권용철,   김유정 소설 연구,『교육논총』3, 성균관대 교육대학원, 1989.

김근수,   실레마을, 그 문제점,『문학사상』43, 문학사상사, 1976. 4.

김근태,   김유정 소설의 서술방식과 그 변모과정—서술자의 활용문제와 관련하여,『숭실어
           문』4, 숭실대 국어국문학회, 1987. 4.

김남주,   김유정론,『국어국문학연구』4, 이화여대 국어국문학회, 1962. 10.

김남천,   최근의 창작 2, 사회적 반영의 거부와 춘향전의 哀話的 재현, 김유정「산골」,『조
           선중앙일보』, 1935. 7. 23.

김동인,   단편소설 選後感—가작「노다지」김유정作,『조선중앙일보』, 1935. 1. 8.

김동인,   3월 창작평—囑望한 新進, 김유정, 금따는 콩밭,『매일신보』, 1935. 3. 26;『김동
           인전집』6, 삼중당, 1976.

김문집,   病苦作家 원조운동의 辭—김유정군의 관한,『조선문학』3-1, 조선문학사, 1937.
           1; 김유정,『비평문학』, 청색지사, 1938. 11.

김문집,   故김유정군의 예술과 그의 인간 비밀,『조광』3-5, 조선일보사, 1937. 5;『동아일

보』1937. 6. 25; 김유정기념사업회, 『김유정 전집』, 현대문학사, 1968. 9.

김문집, 김유정의 비련(秘戀)을 공개한다, 『여성』 4-8, 1939. 8; 김유정기념사업회, 김유정 전집』, 현대문학사, 1968. 9; 『문학사상』 41, 문학사상사, 1976. 2.

김병익, 땅을 잃어버린 시대의 언어─김유정의 문학사적 위치, 『문학사상』 22, 문학사상사, 1974. 7; 김열규 외 편, 『국문학논문선』 11, 민중서관, 1977; 김유정의 시대인식과 언어표현, 임형택 · 최원식 편, 『한국근대문학사론』, 한길사, 1982. 4; 전신재 편, 『김유정문학의 전통성과 근대성』, 한림대 아시아문화연구소, 1997. 9.

김봉진, 김유정 소설의 남성 인물 연구, 『비평문학』 15, 한국비평문학회, 2001. 7.

김상일, 김유정론, 『월간문학』 2-6, 한국문인협회, 1969. 6.

김상태, 김유정의 문학적 특성, 『논문집』(인문사회과학편) 16, 전북대, 1974. 12.

김상태, 생동의 미학, 김상태 외, 『현대한국작가연구』, 민음사, 1976. 3.

김상태, 김유정의 「동백꽃」─동백꽃의 아이러니, 이재선 · 조동일 편, 『한국현대소설작품론』, 문장, 1981. 8.

김상태, 김유정의 문체, 『문체의 이론과 해석』, 새문사, 1982. 10; 김상태 · 박덕은 공저, 『문체의 이론과 한국현대소설』, 한실, 1990. 9; 김상태 · 박덕은 공저, 『문체론』, 법문사, 1994. 2.

김상태, 김유정과 해학의 미학, 전광용 외, 『한국현대소설사연구』, 민음사, 1984. 11; 『한국현대문학론』, 평민사, 1994. 9; 전신재 편, 『김유정문학의 전통성과 근대성』, 한림대 아시아문화연구소, 1997. 9.

김성수, 김유정 소설에 나타난 가족의식, 『진단학보』 82, 진단학회, 1996. 12.

김수남, 김유정 문학에 대한 소설사회학적 시고, 『인문과학연구』 2, 조선대, 1980. 2.

김수업, 「봄 · 봄」의 기법, 『배달말』 9, 배달말학회, 1984.

김순남, 김유정의 문학적 표정, 『한양』 57, 한양사, 1966. 11.

김양선, 1930년대 소설과 식민지 무의식의 한 양상, 『한국근대문학연구』 10, 한국근대문학회, 2004. 10.

김영기, 김유정론, 『현대문학』 153, 현대문학사, 1967. 9.

김영기, 김유정 문학의 특성, 『강원일보』, 1967. 11. 3.

김영기, 「동백꽃」의 김유정, 『새강원』, 강원도, 1968. 6.

김영기, 김유정 문학의 본질, 김유정기념사업회, 『김유정 전집』, 현대문학사, 1968. 9.

김영기, 유정연구의 필수본, 『문학사상』 9, 문학사상사, 1973. 6.

김영기, 김유정론(1)─해학정신의 확장, 『한국문학과 전통』, 현대문학사, 1973. 10.

김영기, 김유정론(2)─농민문학과 리얼리즘, 『한국문학과 전통』, 현대문학사, 1973. 10.

김영기, 농민문학론─김유정의 경우, 『현대문학』 226, 현대문학사, 1973. 10; 신경림 편,

『농민문학론』, 온누리, 1983. 4.

김영기, 농민과 고향의 발견, 편집위원회 편, 『한국현대문학전집』 13(이상·김유정), 삼성
출판사, 1978.

김영기, 김유정의 동백꽃, 『태백의 예맥』, 강원일보사, 1986.

김영기, 김유정의 인간과 문학, 『문학정신』 20, 문학정신사, 1988. 5.

김영기, 『김유정―그 문학과 생애』, 지문사, 1992. 6.

김영기, 고향 실제 인물·지명 작품 등장, 『월간태백』, 강원일보사, 1994. 3.

김영기, 뿌리뽑힌 만무방의 세계, 편집위원회 편, 『동백꽃·소나비 외』, 하서출판사, 1994. 3.

김영기, 김유정의 생애와 사상, 문협 제33회 문학심포지움 『김유정 문학으로 모색해보는
한국문학의 세계화』(주제발표집), 한국문인협회, 1994. 3. 29.

김영기, 김유정 소설 「동백꽃」의 미학, 『월간문학』, 월간문학사, 1994. 4; 『민족문학의 공
간』, 지문사, 2005. 6.

김영기, 여성주의 수필론, 『수필학』 4, 한국수필학회, 1997.

김영기, 김유정의 가문, 전신재 편, 『김유정문학의 전통성과 근대성』, 한림대 아시아문화
연구소, 1997. 9.

김영기, 김유정 소설과 브나로드 운동, 『문예운동』 72, 문예운동사, 2001. 12; 『민족문학
의 공간』, 지문사, 2005. 6.

김영수, 김유정의 생애, 김유정기념사업회, 『김유정 선집』, 현대문학사, 1968. 9.

김영아, 즐거운 상대성의 시학―김유정, 『한국근대소설의 카니발리즘』, 푸른사상, 2005. 11.

김영택, 궁핍화 현실과 해학적 위장―「소낙비」의 작품세계, 『목원국어국문학』 1, 목원대
국문과, 1990. 12.

김영화, 소설사의 확대와 충격―김유정론, 『제주문학』 4, 제주대, 1975.

김영화, 김유정의 소설 연구, 『어문논집』 16, 고려대 국문학연구회, 1975. 1; 김열규 외
편, 『국문학논문선』 10, 민중서관, 1977; 전신재 편, 『김유정문학의 전통성과 근대
성』, 한림대 아시아문화연구소, 1997. 9.

김영화, 김유정론, 『현대문학』 259, 현대문학사, 1976. 7.

김용구, 김유정 소설의 구조, 『관악어문연구』 5, 서울대 국문과, 1980.

김용구, 회귀와 순환의 연속, 『한국소설의 유형학적 연구』, 국학자료원, 1995. 10; 전신재
편, 『김유정문학의 전통성과 근대성』, 한림대 아시아문화연구소, 1997. 9.

김용성, 김유정, 『한국현대문학사 탐방』, 국민서관, 1979; 현암사, 1984.

김용직, 반산문적 경향과 토속성―김유정의 소설 문체, 『문학사상』 22, 문학사상사, 1974. 7.

김용진·박수현, 운명 극복방식으로서의 글쓰기, 『논문집』 21, 안양과학대, 1999. 2.

김우종, 토속의 리리씨즘(유정), 『한국현대소설사』, 선명문화사, 1968.

김원희, 김유정 단편에 투영된 탈식민주의—소수자와 아이러니의 형상화를 중심으로, 『현대문학이론연구』 29, 현대문학이론학회, 2006.

김유정, 『동백꽃』, 삼문사, 1938; 왕문사, 1952.

김유정기념사업회, 『김유정 전집』, 현대문학사, 1968. 9.

김유정전집편찬위원회, 『김유정 전집』 상·하, 김유정기념사업회, 1994.

김윤식, 들병이 사상과 알몸의 시학—김유정 문학의 문학사적인 한 고찰, 『김윤식선집』 5, 솔, 1996. 4; 전신재 편, 『김유정문학의 전통성과 근대성』, 한림대 아시아문화연구소, 1997. 9.

김윤식·김현, 식민지시대의 재인식과 그 표현—김유정 혹은 농촌의 궁핍화 현상, 『한국문학사』, 민음사, 1973. 8.

김은정, 해학과 아이러니의 미학—김유정론, 상허학회, 『새로쓰는 한국작가론』, 백년글사랑, 2002. 9.

김점석, 프랑스의 사례를 통해 본 문학관 운영 모델 개발과 에코뮈제로의 발전 가능성—김유정 문학촌과 이효석 문학관을 중심으로, 『2005년 춘계학술발표회 발표요지』, 한국프랑스학회, 2005. 4.

김정동, 김유정의 따라지—하층민들의 하루 살아가기, 『문학속 우리도시기행』, 옛오늘, 2005. 3.

김정자, 소설에 나타난 아이러니와 문체, 『인문논총』 20, 부산대, 1981. 12.

김정자, 기법으로 본 문체—시간 착오의 기법을 중심으로, 『난대이응백박사회갑기념논문집』, 보진재, 1983. 4.

김정자, 김유정 소설의 문체, 『한국근대소설의 문체론적 연구』, 삼지원, 1985. 3.

김정진, 김유정 소설에 나타난 성의 의미, 『한국어문학연구』 16, 한국외대 한국어문학연구회, 2002. 9.

김정훈, 광대의 미학, 『동국어문학』 8, 동국대 국교과, 1996. 12.

김종건, 1930년대 소설의 공간설정과 작가의식의 상관성 연구—김유정과 이무영을 중심으로, 『대구어문논총』 15, 우리말글학회, 1997. 9.

김종건, 김유정 소설의 공간설정과 작가의식, 『구인회 소설의 공간설정과 작가의식』, 새미, 2004. 4.

김종곤, 전통적 맥락에서 본 해학—김유정을 중심으로, 『국어교육』 42·43합, 한국국어교육연구회, 1982. 11.

김종구, 김유정 소설의 여주인공 연구, 『한국언어문학』 34, 한국언어문학회, 1995. 6.

김종우·윤학로, 김유정문학촌과 이효석문학관의 운영 현황과 전망, 『비교문학』 41, 한국비교문학회, 2007.

김종년 편, 『김유정 전집』 1·2, 가람기획, 2003. 10.

김종호, 김유정 소설에 나타난 들병이에 대한 일고찰, 『한민족어문학』 43, 한민족어문학
회, 2003. 12.

김종호, 1930년대 농촌소설의 농민의식 반영양상―김유정론, 『비평문학』 24, 한국비평문
학회, 2006. 12.

김종호, 전이를 통한 소설인물의 변모양상―김유정론, 『비평문학』 25, 한국비평문학회,
2007. 4.

김종환, 김유정 연구, 『논문집』 28, 육군제3사관학교, 1989. 5.

김주리, 김유정 소설에 나타난 파괴적 신체 고찰, 『한국문예비평연구』 21, 한국현대문예비
평학회, 2006.

김주리, 매저키즘의 관점에서 본 김유정 소설의 의미, 『한국현대문학연구』 20, 한국현대문
학회, 2006. 12.

김주연, 유우머와 초월, 『문학비평론』, 열화당, 1974.

김준현, 김유정 단편의 반(半)소유 모티프와 1930년대 식민수탈구조의 형상화, 『현대소설
연구』 28, 한국현대소설학회, 2005.

김지원, 한국적 해학과 풍자의 맥락 조명, 『해학과 풍자의 문학』, 문장, 1983.

김진석, 「만무방」 논고, 『어문논집』 23, 고려대 국문학연구회, 1982. 9.

김진악, 김유정 소설의 골계 구조, 『국어교육』 51·52합, 한국국어교육연구회, 1985. 2.

김진호, 문학작품의 텍스트 분석, 『한국어학』 7, 한국어학연구회, 1998. 6

김철, 꿈·황금·현실―김유정의 소설에 나타난 물신(物神)의 모습, 『문학과비평』 1-4,
탑출판사, 1987. 12.

김한식, 절망적 현실과 화해로운 삶의 꿈―구인회와 김유정, 『상허학보』 3, 상허학회,
1996. 9; 상허문학회, 『근대문학과 구인회』, 깊은샘, 1996. 9.

김현실, 김유정 문학의 전통성―고전문학과의 비교를 통해서, 『이화어문논집』 6, 이화여대
한국어문학연구소, 1983. 10.

김현실, 「안해」의 해학성에 관한 연구, 『국어국문학』 115, 국어국문학회, 1995. 12.

김형민, 김유정 소설의 서술주체와 서술객체―「소낙비」 「봄·봄」 「가을」을 대상으로, 『어
문교육논집』 11, 부산대 국교과, 1991. 2.

김형민, 김유정 소설의 욕망구조로 본 바보형 인물의 유형, 『홍익어문』 10·11합, 홍익대
국교과, 1992. 4.

김형민, 바보형 인물의 유형 연구―김유정 소설을 대상으로, 『어문교육논집』 13·14합, 부
산대 국교과, 1994. 10.

김혜영, 김유정 소설에 나타난 욕망의 의미, 『현대소설연구』 17, 한국현대소설학회, 2002. 12.

김화경, 말더듬이 김유정의 문학과 상상력,『현대소설연구』32, 한국현대소설학회, 2006.

나병철, 단편소설 연구—김유정 소설을 중심으로, 한국문학연구회 편,『현대문학의연구』 1, 바른글방, 1989. 3.

나병철, 김유정 소설의 해학성과 현실인식,『비평문학』8, 한국비평문학회, 1994. 9.

나병철, 김유정의 해학소설 연구,『전환기의 한국문학』, 두레시대, 1995. 10.

남상규, 나와 우주의 관계—김유정의「안해」를 이해하기 위하여,『낙산어문』2, 서울대 국 어국문학회, 1970. 11.

노귀남, 김유정 문학세계의 이해,『새국어교육』50, 한국국어교육학회, 1993.

노화남, 김유정 연구,『석우』5, 춘천교대, 1969. 2.

류종렬, 일제강점기 금 모티프 소설 연구,『외대어문논집』13, 부산외대 어학연구소, 1998.

명형대, 식민지시대 소설에 나타난 빈궁과 정조,『한마사원』5, 경남대 사범대학, 1987. 2; 『加羅문화』5, 경남대 가라문화연구소, 1987. 9.

모윤숙, 가신 김유정씨,『조광』3-5, 조선일보사, 1937. 5.

문학사상자료조사연구실, 두 전집에서 누락된「형」,『문학사상』9, 문학사상사, 1973. 6.

문학사상자료조사연구실, 김유정의 여인—박봉자 여사에의 실연기,『문학사상』22, 문학사 상사, 1974. 7.

문학사상자료조사연구실, 동화체 소설의 귀중한 문헌,『문학사상』48, 문학사상사, 1976. 9.

민현기, 훼손된 삶과 윤리—김유정의「가을」,『한국근대소설론』, 계명대출판부, 1984. 9.

박녹주, 녹주 나 너를 사랑한다,『문학사상』7, 문학사상사, 1973. 4.

박녹주, 나의 이력서,『한국일보』, 1974. 1. 5~2. 28(38회 연재).

박녹주, 여보 도련님 날 데려가오—털어놓고 하는 말,『뿌리깊은 나무』, 1976. 6.

박배식, 김유정 소설의 아이러니 분석,『세종어문연구』8, 세종어문학회, 1995. 12.

박선부, 김유정 소설의 문학적 지평,『한국학논집』3, 한양대 한국학연구소, 1983. 2.

박성희, 김유정 소설의 어휘 연구—농촌 배경 작품을 중심으로,『경남어문』27, 경남어문 학회, 1994. 8.

박세현(박남철), 김유정 소설에 나타난 현실과 욕망의 양상,『한국학논집』16, 한양대 한국 학연구소, 1989. 8.

박세현(박남철), 김유정의 자전소설 연구,『관동어문학』6, 관동어문학회, 1989. 12.

박세현(박남철), 『김유정 소설 연구』, 인문당, 1990.

박세현(박남철), 매춘 소설의 한 양상,『한국학논집』23, 한양대 한국학연구소, 1993. 8.

박세현(박남철), 김유정 소설의 매춘 구조 분석,『논문집』13, 상지전문대, 1994. 8.

박세현(박남철), 김유정 전기의 양상,『역사회연구』4, 상지전문대, 1996. 12.

박세현(박남철), 김유정 산문 읽기,『지역사회연구』5, 상지전문대, 1997. 12.

박세현(박남철), 『김유정의 소설세계』, 국학자료원, 1998. 4.

박세현(박남철), 김유정 소설의 인물 유형, 『한국학논집』32, 한양대 한국학연구소, 1998. 10.

박세현(박남철), 김유정 소설의 배경, 『논문집』 18, 상지전문대, 1999.

박세현(박남철), 김유정의 전기적 편린—〈풍림〉과 〈조광〉의 설문을 중심으로, 『새국어교육』75, 한국국어교육학회, 2007.

박양호, 김유정의 작품세계—문체의 특성을 중심으로, 문협 제33회 문학심포지움『김유정 문학으로 모색해보는 한국문학의 세계화』(주제발표집), 한국문인협회, 1994. 3. 29.

박인숙, 매춘 모티브를 통해 본 김유정 소설 연구, 『한성어문학』 10, 한성대 국문과, 1991. 5.

박정규, 농민소설에 나타난 유토피아 추구 의식—1930년대 단편소설을 중심으로, 『한양어 문연구』 5, 한양대 한양어문연구회, 1987. 10.

박정규, 아이러니와 변이된 상실감의 미학—김유정의 작품세계, 『호서문학』 13, 호서문학 회, 1987. 11.

박정규, 역사적 상황의 소설적 표출 양상—김유정의 단편소설 「형」의 경우, 『어문논집』 30, 고려대 국문학연구회, 1991. 12.

박정규, 『김유정 소설과 시간』, 깊은샘, 1992. 10.

박정규, 김유정 소설에 나타난 상실의식, 『한민족문화연구』4, 한민족문화학회, 1999. 6.

박정숙, 김유정 연구—해학성을 중심으로, 『문리대논집』 5, 효성여대 문리대학생회, 1985.

박종철, 김유정의 언어적 특징—어휘를 중심으로, 『강원문화연구』 1, 강원대 강원문화연구 소, 1981. 12.

박철석, 한국 리얼리즘 소설 연구, 『한국현대문학사론』, 민지사, 1990. 2.

박태상, 김유정 문학의 실재성과 허구성, 『현대문학』 390, 현대문학사, 1987. 6;『전통부 재시대의 문학』, 국학자료원, 1993. 6.

박태상, 소작농의 아픔을 대변한 언어의 마술사, 『한국문학의 발자취를 찾아서』, 태학사, 2002. 4.

박태원, 故유정군과 엽서, 『백광』, 백광사, 1937. 5.

박태원, 유정과 나, 『조광』 3-5, 조선일보사, 1937. 5.

박훈하, 미동시대성의 동시성과 김유정의 소설미학, 『한국문학논총』 34, 한국문학회, 2003. 8.

방의겸, 김유정론, 『문과대학보』 19, 중앙대 문과대, 1965. 8.

방인태, 김유정 소설의 인물 유형, 『봉죽헌박붕배박사회갑기념논문집』, 배영사, 1986.

백광편집국, 문단큼멘트—김유정씨의 長逝를 삼가 弔喪한다, 『백광』, 백광사, 1937. 5.

백철, 四月 創作槪評—김유정씨의 「이런音樂會」, 『조선문학』, 1936. 6.

백철, 현대문학의 분화기—인생파의 문학, 이병기·백철, 『국문학전사』, 신구문화사,

1957. 6.

백철, 고난 속에 빛은 웃음의 像―김유정의 인간 편모와 그 작품성,『문학춘추』 2-5, 문학춘추사, 1965. 5.

변신원, 문학 속에 드러난 민족문화의 자취와 외국인에 대한 문학교육―김유정 소설의 해학적 웃음을 중심으로,『말』 25, 연세대 한국어학당, 2001.

서영애, 김유정 소설 연구―1930년대의 세태·풍자소설론의 재검토를 위하여,『어문학교육』 8, 한국어문교육학회, 1985. 12.

서정록, 한국적 전통에서 본 김유정의 문학,『동대논총』 1, 동덕여대, 1969.

서정록, 「불」「뽕」「떡」에서의 한국적 리얼리티,『동대논총』 4, 동덕여대, 1974.

서정록, 작품에 투영된 작가의 심층의식―김유정의 Female Complex를 중심으로,『동대논총』 6, 동덕여대, 1976.

서종택, 궁핍화 시대의 현실과 작품 변용―최서해·김유정의 현실 수용의 문제,『어문논집』 17, 고려대 국문학연구회, 1976.

서종택, 최서해·김유정의 세계인식,『식민지시대의 문학연구』, 깊은샘, 1980; 정음문화사, 1986.

서종택, 궁핍화 현실과 자기방어―김유정의 경우,『한국근대소설의 구조』, 시문학사, 1982. 4; 국학자료원, 2003. 3.

서종택, 김유정 소설의 현실인식, 전신재 편,『김유정문학의 전통성과 근대성』, 한림대 아시아문화연구소, 1997. 9.

석산인, 「동백꽃」 독후감(신간평),『비판』, 비판사, 1939. 3.

손광식, 유랑과 정착의 관계형성과 현실인식의 문제―김유정론,『반교어문학회지』 6, 반교어문학회, 1995.

손광식, 김유정의 소설에서 '유랑'과 '정착'의 관계를 해석하는 문제,『국제어문』 16, 국제어문학연구회, 1995. 5.

손종업, 김유정의 소설과 식민지 근대성,『어문연구』 107, 한국어문교육연구회, 2000. 9.

송기섭, 「동백꽃」과 「봄·봄」의 서사 구조,『어문연구』 20, 어문연구회, 1990.

송하섭, 김유정 작 「동백꽃」의 서정성론,『도솔어문』 2, 단국대 국문과, 1986.

송하섭, 김유정―현실의식 포용의 서정,『한국현대소설의 서정성 연구』, 단국대출판부, 1989.

신동욱, 김유정考―牧歌와 현실의 차이,『현대문학』 169, 현대문학사, 1969. 1; 김시태 편,『한국현대작가작품론』, 이우출판사, 1989.

신동욱, 숭고미와 골계미의 양상,『창작과비평』 22, 창작과비평사, 1971;『한국현대문학론』, 박영사, 1972. 3.

신동욱, 김유정의 「만무방」, 『한국현대문학론』, 박영사, 1972. 3.

신동욱 편, 『김유정 작품집』, 형설출판사, 1977.

신동욱, 김유정론, 서정주·조연현 외 편, 『현대작가론』, 형설출판사, 1979. 5 ; 『우리시대 의 작가와 모순의 미학』, 개문사, 1982. 11.

신동욱, 김유정 소설 연구, 『1930년대 한국소설연구』, 한샘출판사, 1994. 12.

신망래, 김유정 소설의 주제 고찰, 『인천어문학』 2, 인천대 국문과, 1986.

신명석, 김유정의 문체 연구, 『논문집』 1, 성심외국어전문대, 1983.

신순철, 한(恨)과 유정 소설, 『경주실전논문집』 2, 1986. 3.

신순철, 김유정의 「동백꽃」, 영남어문학회 편, 『한국현대소설문학의 이해와 감상』, 학문 사, 1993.

신언철, 김유정의 초기작품고, 『금강문학』 7, 공주사대 국어국문학회, 1972. 12.

신언철, 김유정 소설의 문체론적 연구, 『연구보고』, 1973.

신언철, 김유정 소설의 기법에 관한 연구, 『공주교대논총』 22-2, 공주교대, 1986. 8.

신종한, 김유정 소설 연구, 『어문연구』 12-1, 한국어문교육연구회, 1984. 6.

신종한, 김유정 소설의 미학구조 연구, 『논문집』 25, 단국대, 1991. 6.

신종한, 한국근대소설의 판소리 서술양식 수용—채만식·김유정의 소설을 중심으로, 『논문 집』 27, 단국대, 1993. 6.

안교자, 김유정론, 『청파문학』 9, 숙명여대 국어국문학회, 1970. 2.

안미영, 김유정 소설의 문명비판 연구, 『현대소설연구』 11, 한국현대소설학회, 1999.

안숙원, 소설의 상징 구조, 『서강어문』 5, 서강어문학회, 1986. 12.

안숙원, 구인회와 바보의 시학, 『서강어문』 10, 서강어문학회, 1994. 12.

안함광, 최근창작평—「金따는 콩밧」 김유정씨作, 『조선문단』 4-4, 조선문단사, 1935. 8.

안함광, 작금 문예진 總檢—김유정씨의 「산골」, 『비판』, 비판사, 1935. 12.

안회남, 겸허—김유정전, 『문장』 1-9, 문장사, 1939. 10.

안회남, 작가 유정론—그 1주기를 당하야(上·下), 『조선일보』, 1938. 3. 29·31.

양문규, 1930년대 단편소설의 리얼리즘적 성격—박태원, 이태준, 김유정을 중심으로, 『인 문학보』 17, 강릉대 인문과학연구소, 1994.

양문규, 한국근대소설에 나타난 구어전통과 서구의 상호작용, 『배달말』 38, 배달말학회, 2006.

엄흥섭, 性格描寫의 부조화, 『조선일보』, 1936. 5. 6.

오태환, 닭뎐—김유정의 동백꽃을 새로 엮어 씀, 『시안』 17, 시안사, 2002. 9.

우한용, 「만무방」의 기호론적 구조와 해석, 『국어교육』 83·84합, 한국국어교육연구회, 1994 ; 전신재 편, 『김유정문학의 전통성과 근대성』, 한림대 아시아문화연구소,

1997. 9.

우한용, 소설 이해의 구조론적 방법—「만무방」, 현대소설연구회, 『현대소설론』, 평민사,
1994. 3.

유인순, 풍자문학론—채만식·김유정을 중심으로, 『인문학연구』 18, 강원대, 1983. 12.

유인순, 「노다지」의 문체 연구, 『강원문화연구』 7, 강원대 강원문화연구소, 1987. 12.

유인순, 『김유정 문학 연구』, 강원대 출판부, 1988.

유인순, 기법차원적 소설의 시간, 현대소설연구회, 『현대소설론』, 평민사, 1993.

유인순, 김유정의 소설 공간, 김상태 편, 『한국현대소설론』, 학연사, 1993. 3.

유인순, 김유정—그 능청스런 이야기꾼, 한국문인협회 강원도지회 주최 『'김유정 추모 문
학의 밤' 강연 자료』, 1993. 11. 27; 『강원문학』 21, 한국문인협회 강원도지부,
1994(가을).

유인순, 칼과 모순의 미학—「산골 나그네」「소낙비」를 중심으로, 『월간태백』, 강원일보사,
1994. 3.

유인순, 상처와 열매—김유정 문학의 비밀(발표 요지), 『강원일보』, 1994. 3. 9.

유인순, 유정의 그물—김유정 문학의 심리비평적 연구, 『인문학연구』 32, 강원대, 1994. 12
; 『선청어문』 23, 서울대 국교과, 1995. 4.

유인순, 김유정—사랑의 사도·문학의 순교자, 『한국소설문학대계』 18(이상·김유정 편),
동아출판사, 1995. 5.

유인순, 김유정 문학 연구사, 『강원문화연구』 15, 강원대 강원문화연구소, 1996. 10; 전신
재 편, 『김유정문학의 전통성과 근대성』, 한림대 아시아문화연구소, 1997. 9.

유인순, 「봄·봄」과 함께하는 문학교실, 『문학교육학』 1, 한국문학교육학회, 1997. 8.

유인순, 김유정과 해외문학, 『비교문학』 23, 한국비교문학회, 1998. 12.

유인순, 루쉰과 김유정, 『중한인문과학연구』 4, 중한인문과학연구회, 2000. 1.

유인순, 고교 문학교재 소재 소설에 투영된 강원문화, 『강원문화연구』 19, 강원대 강원문
화연구소, 2001. 10.

유인순, 김유정 實名小說 연구, 『춘주문화』 16, 춘천문화원, 2001. 12; 『어문학보』 24, 강
원대 국교과, 2002. 8

유인순, 한중소설에 나타난 여성의 정체성, 『중한인문과학연구』 7, 중한인문과학연구회,
2001. 12.

유인순, 김유정 문학 속의 결핵, 김상태 외, 『한국현대작가연구』, 푸른사상, 2002. 9.

유인순, 『김유정을 찾아가는 길』, 솔과학, 2003.

유인순, 김유정 문학의 부싯기—술·여자·노름 중심으로, 『강원문화연구』 22, 강원대 강원
문화연구소, 2003. 9.

유인순 편, 『동백꽃—김유정 단편선』, 문학과지성사, 2005. 4.

유종영, 김유정의 소설 연구—반어의 양상과 기능을 중심으로, 『동악어문논집』 18, 동악어
        문학회, 1983. 10.

유종호, 현대문학 속의 자기발견—김유정론, 한국문인협회 편, 『한국단편문학대계』 4, 삼
        성출판사, 1969.

유종호, 흙에서 솟은 눈물과 웃음—김유정, 전광용·유종호 외, 『현대의 문학가 9인』, 신구
        문화사, 1974.

유종호, 김유정과 이미자의 동백—문학박물지초, 『현대문학』 398, 현대문학사, 1988. 2.

유진오, 다정했던 30년대, 『문예춘추』 2-5, 문예춘추사, 1965. 5.

유창진, 試論〈丈夫〉和〈驟雨〉之主題比較, 『中國人文科學』 25, 中國人文學會, 2002. 12.

윤병로, 김유정론, 『현대문학』 63, 현대문학사, 1960. 3; 『현대작가론』, 선명문화사, 1974.
        12.

윤병로, 겸허의 인생파, 『여원』 6-10, 여원, 1960. 10.

윤병로, 김유정의 소설 미학, 『한국문학의 해석학적 연구』, 일지사, 1976.

윤병로, 김유정의 해학성과 「땡볕」, 『한국근대작가작품연구』, 성균관대출판부, 1988.

윤병로, 1930년대 소설의 연구, 『대동문화연구』 23, 성균관대 대동문화연구원, 1989.

윤지관, 민중의 삶과 시적 리얼리즘—김유정론, 『세계의문학』, 1988(여름); 전신재 편,
        『김유정문학의 전통성과 근대성』, 한림대 아시아문화연구소, 1997. 9.

윤홍로, 한국현대소설의 미학—김유정 「동백꽃」과 선우휘 「불꽃」을 중심으로, 『국어국문
        학』 68·69합, 국어국문학회, 1975. 9.

이강언, 현실과 이상의 갈등구조—김유정 소설의 구성법, 『영남어문학』 7, 영남어문학회,
        1980. 12; 현실과 이상의 갈등양상—김유정, 『한국근대소설논고』, 형설출판사,
        1983. 3.

이강현·박여범, 김유정 소설의 여성상 연구, 『인문사회과학논문집』 3, 중부대 인문사회과
        학연구소, 1999. 7.

이경, 김유정 소설의 역설성 연구, 『국어국문학』 29, 부산대 국문과, 1992. 10.

이경, 김유정 소설의 서사적 거리 연구, 『한국문학논총』 15, 한국문학회, 1994. 12.

이경분, 김유정 소설 「봄봄」과 이건용의 실내희극 오페라 「봄봄봄」, 『낭만음악』 53, 낭만
        음악사, 2001. 12.

이계보, 김유정 소설의 등장인물에 대한 고찰, 『논문집』 3, 상지대, 1982.

이광진, 김유정 단편 「만무방」의 약호화 과정 분석, 『한겨레어문연구』 1, 한겨레어문학회,
        2001. 8.

이광진, 김유정 소설 문체의 구술적 성격 고찰, 『어문연구』 125, 한국어문교육연구회,

2005. 3.

이규정, 「날개」와 「봄·봄」의 문체론적 비교 연구, 『수련어문논집』 6, 부산여대 국교과, 1978. 12.

이난순, 김유정 작품에 나타난 사회의식, 『명지어문학』 15, 명지대 국문과, 1983.

이대규, 김유정의 「금따는 콩밭」의 분석 및 해석, 『어문교육논집』 11, 부산대 국교과, 1991. 2.

이동재, 김유정 문학의 재조명, 『목멱어문』 1, 동국대 국교과, 1987.

이동주, 김유정(실명소설), 『월간문학』, 월간문학사, 1974. 1 ; 『실명소설로 읽는 현대문학사』, 현대문학, 1993. 11.

이동희, 김유정의 언어미학, 『국어국문학논지』 7, 대구교대 국어과, 1980. 11.

이명숙, 김유정 소설 연구, 『자하어문논집』 6·7합, 상명여대 국교과, 1990. 3.

이명자, 새 조사에 의한 김유정 작품 목록, 『문학사상』 22, 문학사상사, 1974. 7.

이병각, 김유정론, 『풍림』 5, 풍림사, 1937. 5.

이봉구, 살려고 애쓰던 김유정, 『현대문학』 97, 현대문학사, 1963. 1.

이상, 김유정―소설체로 쓴 김유정론, 『청색지』 5, 청색지사, 1939. 5.

이상옥, 산수유와 생강나무, 『세계와나』, 1990(봄).

이상옥, 김유정 연구―빈곤 문제를 중심으로, 이선영 편, 『1930년대 민족문학의 인식』, 한길사, 1990. 9.

이상진, 인생 그 서글픈 해학―김유정, 『한국 근대작가 12인의 초상』, 옛오늘, 2004. 2.

이석훈, 유정과 나, 『조광』 3-5, 조선일보사, 1937. 5.

이석훈, 유정의 靈前에 바치는 최후의 고백, 『백광』, 백광사, 1937. 5.

이석훈, 유정의 면모 片片, 『조광』 5-12, 조선일보사, 1939. 12.

이선영, 김유정 34주기―그의 문학세계, 『조선일보』, 1972. 3. 28.

이선영, 따라지의 비애와 해학―김유정의 작품세계, 『소나기 외』, 정음사, 1975 ; 『상황의 문학』, 민음사, 1976.

이선영 편, 『김유정―한국의 대표명작』, 지학사, 1985. 8.

이선영, 문학으로 불사른 단명한 생애, 『김유정―한국의 대표명작』, 지학사, 1985. 8.

이선영, 김유정 연구, 『예술논문집』 24, 예술원, 1985. 12 ; 국학자료간행위원회 편, 『국문학자료논문집』 속편2, 대제각, 1990 ; 민중문학과 자기인식―김유정론, 『리얼리즘을 넘어서』, 민음사, 1995. 9 ; 전신재 편, 『김유정문학의 전통성과 근대성』, 한림대 아시아문화연구소, 1997. 9.

이선영, 김유정 소설의 민중적 성격, 『선청어문』 23, 서울대 국교과, 1995. 4 ; 『동백꽃―김유정 단편선』, 창작과비평사, 1995. 10.

이선영 편, 『동백꽃―김유정 단편선』, 창작과비평사, 1995. 10.

이선희, 가신 김유정씨, 김유정기념사업회, 『김유정 전집』, 현대문학사, 1968. 9.

이성미, 새 자료로 본 김유정의 생애, 『문학사상』 22, 문학사상사, 1974. 7.

이순, 김유정 문학의 서론적 고찰, 『어문논총』 3, 청주대 국문과, 1984. 2.

이승훈, 김유정―빈 들 속에 잠든 한의 실타래, 『문학사상』 74, 문학사상사, 1978. 11.

이어령, 해학의 미적 범주, 『사상계』 6-11, 사상계사, 1958. 11.

이어령, 김유정, 『한국작가전기연구』(상), 동화출판공사, 1975. 12; 『한국문학연구사전』, 우석, 1990. 7.

이영성, 김유정 문학 일고찰, 『국민어문연구』 1, 국민대 국어국문학연구회, 1988. 12.

이용욱, 서사 상황으로서의 아이러니 발생의 두 가지 유형 연구, 『한국언어문학』 36, 한국언어문학회, 1996. 5.

이원태, 고향의 내음―향토작가 김유정, 『지방행정』 43, 대한지방행정공제회, 1994.

이익성, 김유정 소설의 회화적 서정성, 『한국현대서정소설론』, 태학사, 1995.

이재복, 김유정 소낙비의 담론 고찰, 『한양어문연구』 11, 한양어문연구회, 1993. 12.

이재선, 희화적 감각과 바보 열전―김유정의 작품세계의 二面性, 『문학사상』 22, 문학사상사, 1974. 7; 『한국단편소설연구』, 일조각, 1975. 1; 전신재 편, 『김유정문학의 전통성과 근대성』, 한림대 아시아문화연구소, 1997. 9.

이재선, 김유정의 해학세계와 농촌, 『한국현대소설사』, 홍성사, 1979.

이재선, 바보예찬론과 평형적 해소의 작가, 『문학사상』 170, 문학사상사, 1986. 12.

이재선, 바보예찬과 해소적 놀이―김유정론, 『한국문학의 원근법』, 민음사, 1996. 12.

이재인, 창조적인 작가 김유정, 『인문논총』 9, 경기대, 2001.

이종표, 김유정론, 『건대학보』 12, 건국대, 1962. 4.

이주성, 한국 농민소설 연구―1920~1930년대 농민소설을 중심으로, 『세종어문연구』 2, 세종대, 1987.

이주일, 김유정 소설의 무대와 구성, 『상지』 1, 상지대, 1977.

이주일, 유정 문학의 향토성과 해학성, 『국어국문학』 83, 국어국문학회, 1980. 6.

이주일, 김유정 소설의 문장 고찰, 『논문집』 1, 상지대, 1980. 7.

이주일, 김유정 소설의 등장인물에 대한 고찰, 『논문집』 3, 상지대, 1982. 6.

이주일, 향토적 해학과 풍자의 세계―김유정론, 김용성·우한용 편, 『한국근대작가연구』, 삼지원, 1985. 9; 『산골나그네(외)』, 범우, 2004. 11.

이주일 편, 『산골나그네(외)』, 범우, 2004. 11.

이주형, 「소낙비」와 「감자」의 거리―식민지시대 작가의 현실인식의 두 유형, 『국어교육연구』 8, 경북대 국교과, 1976; 김열규 외 편, 『국문학논문선』 10, 민중서관, 1977. 4;

『현대소설연구』, 정음문화사, 1986 ; 『한국근대소설연구』, 창작과비평사, 1995. 10.

이호림,　유정 소설의 영화적 독해는 가능한가, 『성균어문연구』 37, 성균관대 국어국문학회, 2002. 12 ; 『친일문학은 없다』, 한강, 2006.

이홍재,　김유정 문학의 전통성 연구, 『한성어문학』 1, 한성대 국문과, 1982.

임무출,　『김유정 어휘사전』, 박이정, 2001. 3.

임영선,　해학에서 본 유정 문학, 『목원어문학』 1, 목원대 국교과, 1979.

임영환,　김유정 소설 연구, 『연거재신동익박사정년기념논총』, 경인문화사, 1995. 6.

임종국,　「솥」의 모델, 『한국문학의 민중사』, 실천문학사, 1986.

임종국,　잘못 인식된 비극성―김유정 「솥」, 『한국문학』 35, 한국문학사, 1976. 9.

임종수,　유정 문학의 문체론적 연구, 『어문논집』 14, 중앙대 국문과, 1979. 12.

임종수,　김유정 소설의 문체 고찰, 『논문집』 5, 삼척대 산업과학기술연구소, 2000. 2.

임중빈,　닫힌 사회의 캐리커추어―김유정 연구(抄), 『동아일보』, 1965. 1. 5 · 1. 7 · 1. 9 · 1. 12(4회 연재) ; 닫힌 사회의 戱畵―김유정론, 『부정의 문학』, 한얼문고, 1972. 4.

임헌영,　김유정론, 『창조』, 창조잡지사, 1972. 4 ; 김열규 외 편, 『국문학논문선』 10, 민중서관, 1977. 4.

임헌영,　전통적인 골계와 해학, 『우리시대의 한국문학』 2, 계몽사, 1991.

장경탁,　한국근대소설의 순환구조―이효석의 「산협」과 김유정의 「봄 · 봄」을 중심으로, 『성대문학』 25, 성균관대 국문과, 1987.

장무익,　웃음 속에 감추어진 눈물의 의미―김유정의 소설세계, 『논문집』 23, 공군사관학교, 1987.

장백일,　유정의 작품과 생애, 『조선일보』, 1972. 3. 28.

장병호,　식민지시대 매춘 제재 소설의 고찰―가난과 윤리 문제를 중심으로, 『청람어문학』 3, 청람어문학회, 1990. 10.

장석주,　김유정, 『20세기 한국문학의 탐험』 2, 시공사, 2000. 10.

장석주,　한국 소설문학의 기린아, 김종년 편, 『김유정 전집』 1, 가람기획, 2003. 10.

장소진,　김유정의 소설 「소낙비」와 「안해」 연구, 『한국문학이론과비평』 11, 한국문학이론과비평학회, 2001. 6.

장영우,　반어적 인물의 사회인식, 『동악어문논집』 23, 동악어문학회, 1988. 12.

장일구,　「동백꽃」의 갈등인자와 서술상황, 『서강어문』 12, 서강어문학회, 1996. 12.

장현숙,　김유정 문학의 특질고―작중 인물의 도덕의식과 작가의 현실인식을 중심으로, 『논문집』 18-1, 경원전문대, 1996. 2 ; 도덕의식과 현실인식, 『현실인식과 인간의 길―김유정, 황순원, 김동리, 은희경』, 한국문화사, 2004. 3.

전규태,　김유정론, 『한국문학의 통시적 연구』, 지문사, 1981.

전봉관, 1930년대 금광 풍경과 황금광시대의 문학,『한국현대문학연구』7, 한국현대문학회, 1999. 12.

전상국, 『유정의 사랑』, 고려원, 1993.

전상국, 『김유정—시대를 초월한 문학성』, 건국대출판부, 1995. 8.

전상국, 김유정 소설의 언어와 문체, 전신재 편,『김유정문학의 전통성과 근대성』, 한림대 아시아문화연구소, 1997. 9.

전신재, 김유정 소설의 판소리 수용,『강원문화연구』4, 강원대 강원문화연구소, 1984. 12.

전신재, 김유정 소설의 구비문학 수용,『아시아문화』2, 한림대 아시아문화연구소, 1987.

전신재 편, 『원본 김유정 전집』, 한림대 출판부, 1987.

전신재, 「봄·봄」의 자연 표상,『춘천문학』1, 한국문인협회 춘천지부, 1991.

전신재, 『유정의 사랑』에 나타난 사랑의 인식, 한국문인협회 강원도지회 주최『'김유정 추모 문학의 밤' 강연 자료』, 1993. 11. 27.

전신재, 김유정 소설 속의 여성들,『월간태백』, 강원일보사, 1994. 3.

전신재 편, 『김유정문학의 전통성과 근대성』, 한림대 아시아문화연구소, 1997. 9.

전신재, 농민의 몰락과 천진성의 발견,『김유정문학의 전통성과 근대성』, 한림대 아시아문화연구소, 1997. 9; 김유정론, 반교어문학회 편,『근현대문학의 사적 전개와 미적 양상』1, 보고사, 2000. 10.

전신재 편, 『원본 김유정 전집』, 강, 1997. 9.

전신재, 김유정 문학 제대로 읽기,『당대비평』3, 생각의나무, 1998. 3.

전신재, 김유정 소설과 언어의 기능,『한말연구』6, 한말연구학회, 2000. 6.

전신재, 김유정의 우리말 사랑,『한글사랑』14, 한글사, 2000(여름).

전신재, 김유정 소설과 여성의 삶,『춘주문화』17, 춘천문화원, 2002. 12.

전영태, 김유정의「산골」—소설 속의 토속미와 서정성의 일례(一例), 이재선·조동일 편,『한국현대소설작품론』, 문장, 1981. 8.

전흥남, 김유정과 성석제의 거리—소설에 나타난 해학성을 중심으로,『한국언어문학』47, 한국언어문학회, 2001. 12.

정영자, 한국현대소설의 자연관 연구—현진건·김유정·이효석을 중심으로,『수련어문논집』10, 수련어문학회, 1982. 12.

정인택, 憶 유정 김군(상·하),『매일신보』, 1937. 4. 3·4. 6.

정창범, 김유정론,『사상계』, 사상계사, 1955. 11.

정창범, 열등 인간의 초상—김유정론,『문학춘추』, 문학춘추사, 1964. 12.

정태용, 김유정론—니힐리즘과 문학,『예술집단』2, 현대출판사, 1955. 12;『현대문학』44, 현대문학사, 1958. 8.

정태용, 계용묵 · 김유정 · 이상의 문학,『신한국문학전집』 6, 어문각, 1976.

정한숙, 해학의 변이─김유정 문학의 본질,『인문논집』 17, 고려대 문과대, 1972. 5;『현대 한국작가론』, 고려대출판부, 1976. 3.

정한숙, 한국소설 기교의 전개,『현대한국소설론』, 고려대출판부, 1977.

정한숙, 현대소설의 확립,『현대한국문학사』, 고려대출판부, 1982.

정현기, 인간이라는 욕망의 늪─김유정의「노다지」론,『문학사상』, 문학사상사, 1978. 6;『한국근대소설의 인물유형』, 인문당, 1983. 3.

정현기, 1930년대 한국소설이 감당한 궁핍 문제 고찰─염상섭 · 박영준 · 김유정 · 채만식,『현상과인식』 6-4, 1982. 12;『한국근대소설의 인물유형』, 인문당, 1983.

정현기, 김유정 소설의 해학적 특성,『노다지─한국문학대표작선』, 문학사상사, 1987. 8.

정현기, 김유정의 1930년대식 해학,『한국문학의 해석과 평가』, 문학과지성사, 1994. 11.

조건상, 김유정과 채만식 소설의 특질─해학과 풍자의 거리,『도남학보』 3, 도남학회, 1980;『한국현대골계소설연구』, 문학예술사, 1985.

조건상, 한국현대골계소설의 전개과정과 그 양상,『논문집』 33, 성균관대, 1983. 2.

조남철, 김유정의 농민소설 연구─춘원의 농민소설과 비교하여,『논문집』 21, 한국방송통신대, 1996. 12.

조남현, 김유정의 작품세계,『김유정─동백꽃』, 어문각, 1993.

조동일, 어두운 시대의 상황과 소설─하층민의 고난을 다루는 방법,『한국문학통사』(제4판) 5, 지식산업사, 2005. 3.

조두섭, 김유정 농민소설의 타자의 존재방식과 주체구성의 전략,『문예미학』 9, 문예미학회, 2002. 2.

조래희, 김유정 소설의 시점과 인물,『국제어문』 5, 국제대 국문과, 1984. 12.

조선일보, 단편소설 1등 당선 김유정씨 약력,『조선일보』, 1935. 1. 4.

조용만, 30년대의 문화계─작가 김유정,『중앙일보』, 1985. 2. 8.

조용만, 이상과 김유정의 문학과 우정,『신동아』, 1987. 5.

조용만, 토속적 미학의 완벽,『우리시대의 한국문학』 2, 계몽사, 1991.

조운제, 암시와 상징의 유우머─김유정의 문학과 한국인의 웃음,『문학사상』 22, 문학사상사, 1974. 7.

조진기, 김유정 작품론고─30년대 현실인식과 수용자세,『영남어문학』 2, 영남어문학회, 1975. 11.

조진기, 김유정 소설과 현실수용,『한국현대소설연구』, 학문사, 1984. 3.

채규판, 혼돈과 극복의 문학정신,『국어국문학연구』 12, 원광대 국문과, 1987.

채만식, 밥이 사람을 먹다─유정의 굳김을 놓고,『백광』, 백광사, 1937. 5.

채만식,   유정과 나,『조광』3-5, 조선일보사, 1937. 5.

최관용,   김유정 작품 속에 나타난 춘천 지방의 토속어,『강원일보』, 1987. 4. 1.

최규익,   채만식과 김유정 소설의 풍자성 연구,『우산어문학』1, 상지대 국문과, 1991. 8.

최범섭,   김유정 작품에 나타난 방언 연구,『강원어문』1, 강원대 국어학회, 1973. 2.

최병우,   「만무방」의 서술구조,『난대이응백박사정년퇴임기념논문집』, 서울대 국교과, 1988. 8;『선청어문』16·17합, 서울대 국교과, 1991. 9.

최병우,   농촌현실에 대한 관심과 회화―김유정의 「만무방」,『한국현대문학의 해석과 지평』, 국학자료원, 1997. 9.

최병우,   김유정 소설의 다중적 시점에 관한 연구,『현대소설연구』23, 한국현대소설학회, 2004. 9.

최성실,   수수께끼 풀기와 그 욕망의 중층구조―김유정 단편소설의 구조분석을 위한 시론,『서강어문』10, 서강어문학회, 1994. 12.

최원식,   김유정을 다시 읽자,『인하어문학』2, 인하대 국문과, 1994;『한국근대문학을 찾아서』, 인하대 출판부, 1999. 12.

표정옥,   김유정 소설에 나타난 사회적 엔트로피와 놀이성―「노다지」「만무방」「봄봄」을 중심으로,『현대소설연구』21, 한국현대소설학회, 2004. 3.

하동호,   유정문학 이해의 귀중한 자료,『문학사상』9, 문학사상사, 1973. 6.

한만수,   김유정 소설의 아이러니 분석,『동악어문논집』21, 동악어문학회, 1986. 10.

한민주,   근대 댄디들의 사랑과 성문제―이상과 김유정을 중심으로,『국제어문』24, 국제어문학연구회, 2001.

한상무,   반어적 방법과 반어적 비전―김유정 연구,『연구논문집』9, 강원대, 1975. 12.

한상무,   소설의 미적 거리와 예술적 형상화―이효석·김유정의 작품을 대상으로,『국어교육』30, 한국국어교육연구회, 1977. 2.

한상무,   김유정론, 김봉군 외,『한국현대작가론』, 민지사, 1984.

한상무,   김유정 소설의 성―가족윤리,『어문학보』21, 강원대 국교과, 1998.

한상무,   김유정 소설의 여성 인물과 정의적 성·가족 윤리의식,『한국근대소설과 이데올로기』, 푸른사상, 2004. 11.

한상훈,   김유정론 재고―작품에 나타난 사회의식을 중심으로,『어문논집』13, 중앙대 국문과, 1978. 12.

한용환,   김유정론의 반성,『현대문학』279, 현대문학사, 1978. 3;『한국소설론의 반성』, 이우출판사, 1984. 11; 전신재 편,『김유정문학의 전통성과 근대성』, 한림대 아시아문화연구소, 1997. 9.

한용환,   김유정 소설에서의 해학과 골계, 서종택·정덕준 편,『한국현대소설연구』, 새문사,

1990. 5.

한찬수, 김유정 문학론—작품 「봄·봄」을 중심으로, 『서라벌문학』 5, 서라벌예대, 1969. 8.

한태석, 김유정의 문학과 인생, 『동백꽃』, 을유문화사, 1970.

한형구, 소설로 평전 쓰기: 배반된 실험에의 의욕, 『소설과사상』, 고려원, 1993(겨울).

한효, 김유정론—신진작가론, 『풍림』 2, 풍림사, 1937. 1.

허인일, 김유정론, 『선청어문』 6, 서울대 국교과, 1976. 2.

홍기삼, 한국현대소설사전—김유정 편, 『현대문학』 174, 현대문학사, 1969. 6.

홍기삼, 김유정 문학을 통해 본 토속문학의 세계화—좁은 문학과 넓은 문학, 문협 제33회 문학심포지움 『김유정 문학으로 모색해보는 한국문학의 세계화』(주제발표집), 한국문인협회, 1994. 3. 29; 『문학사와 문학비평』, 해냄출판사, 1996. 8.

홍병철, 김유정 연구, 『학해』, 경동고, 1967. 1. 25.

홍정선, 김유정 소설의 구조, 전신재 편, 『김유정문학의 전통성과 근대성』, 한림대 아시아 문화연구소, 1997. 9.

김유정 관련 논저 목록(연도순)

김동인, 단편소설 選後感—가작 「노다지」 김유정作,『조선중앙일보』, 1935. 1. 8.

조선일보, 단편소설 1등 당선 김유정씨 약력,『조선일보』, 1935. 1. 4.

김동인, 3월 창작평—囑望한 新進, 김유정, 금따는 콩밭,『매일신보』, 1935. 3. 26;『김동
인전집』 6, 삼중당, 1976.

엄흥섭, 性格描寫의 부조화,『조선일보』, 1936. 5. 6.

김남천, 최근의 창작 2, 사회적 반영의 거부와 춘향전의 哀話적 재현, 김유정 「산골」,『조
선중앙일보』, 1935. 7. 23.

안함광, 최근창작평—「金따는 콩밧」 김유정씨作,『조선문단』 4-4, 조선문단사, 1935. 8.

안함광, 작금 문예진 總檢—김유정씨의 「산골」,『비판』, 비판사, 1935. 12.

백철, 四月創作槪評—김유정씨의 「이런音樂會」,『조선문학』, 1936. 6.

김문집, 病苦作家 원조운동의 辭—김유정군의 관한,『조선문학』 3-1, 조선문학사, 1937.
1; 김유정,『비평문학』, 청색지사, 1938. 11.

한효, 김유정론—신진작가론,『풍림』 2, 풍림사, 1937. 1.

정인택, 噫 유정 김군(상·하),『매일신보』, 1937. 4. 3 · 4. 6.

강노향, 유정과 나,『조광』 3-5, 조선일보사, 1937. 5.

김문집, 故김유정군의 예술과 그의 인간 비밀,『조광』 3-5, 조선일보사, 1937. 5;『동아일
보』 1937. 6. 25; 김유정기념사업회,『김유정 전집』, 현대문학사, 1968. 9.

모윤숙, 가신 김유정씨,『조광』 3-5, 조선일보사, 1937. 5.

박태원, 故유정군과 엽서,『백광』, 백광사, 1937. 5.

박태원, 유정과 나,『조광』 3-5, 조선일보사, 1937. 5.

백광편집국, 문단큼멘트—김유정씨의 長逝를 삼가 弔喪한다,『백광』, 백광사, 1937. 5.

이병각, 김유정론,『풍림』 5, 풍림사, 1937. 5.

이석훈, 유정과 나,『조광』 3-5, 조선일보사, 1937. 5.

이석훈, 유정의 靈前에 바치는 최후의 고백,『백광』, 백광사, 1937. 5.

채만식, 밥이 사람을 먹다—유정의 굳김을 놓고,『백광』, 백광사, 1937. 5.

채만식, 유정과 나,『조광』 3-5, 조선일보사, 1937. 5.

김유정, 『동백꽃』, 삼문사, 1938; 왕문사, 1952.

안회남, 작가 유정론—그 1주기를 당하야(上·下),『조선일보』, 1938. 3. 29 · 31.

석산인, 「동백꽃」 독후감(신간평),『비판』, 비판사, 1939. 3.

이상, 김유정—소설체로 쓴 김유정론,『청색지』 5, 청색지사, 1939. 5.

김문집, 김유정의 비련(秘戀)을 공개한다.『여성』 4-8, 1939. 8; 김유정기념사업회,『김

유정 전집』, 현대문학사, 1968. 9;『문학사상』 41, 문학사상사, 1976. 2.

안회남, 겸허―김유정전,『문장』 1-9, 문장사, 1939. 10.

이석훈, 유정의 면모 片片,『조광』 5-12, 조선일보사, 1939. 12.

정창범, 김유정론,『사상계』, 사상계사, 1955. 11.

정태용, 김유정론―니힐리즘과 문학,『예술집단』 2, 현대출판사, 1955. 12;『현대문학』 44, 현대문학사, 1958. 8.

백철, 현대문학의 분화기―인생파의 문학, 이병기·백철,『국문학전사』, 신구문화사, 1957. 6.

이어령, 해학의 미적 범주,『사상계』 6-11, 사상계사, 1958. 11.

윤병로, 김유정론,『현대문학』 63, 현대문학사, 1960. 3;『현대작가론』, 선명문화사, 1974. 12.

윤병로, 겸허의 인생파,『여원』 6-10, 여원, 1960. 10.

이종표, 김유정론,『건대학보』 12, 건국대, 1962. 4.

김남주, 김유정론,『국어국문학연구』 4, 이화여대 국어국문학회, 1962. 10.

이봉구, 살려고 애쓰던 김유정,『현대문학』 97, 현대문학사, 1963. 1.

정창범, 열등 인간의 초상―김유정론,『문학춘추』, 문학춘추사, 1964. 12.

임중빈, 닫힌 사회의 캐리커추어―김유정 연구(抄),『동아일보』, 1965. 1. 5·1. 7·1. 9·1. 12(4회 연재);닫힌 사회의 戲畵―김유정론,『부정의 문학』, 한얼문고, 1972. 4.

백철, 고난 속에 빚은 웃음의 像―김유정의 인간 편모와 그 작품성,『문학춘추』 2-5, 문학춘추사, 1965. 5.

유진오, 다정했던 30년대,『문예춘추』 2-5, 문예춘추사, 1965. 5.

방의겸, 김유정론,『문과대학보』 19, 중앙대 문과대, 1965. 8.

김순남, 김유정의 문학적 표정,『한양』 57, 한양사, 1966. 11.

홍병철, 김유정 연구,『학해』, 경동고, 1967. 1. 25.

김영기, 김유정론,『현대문학』 153, 현대문학사, 1967. 9.

김영기, 김유정 문학의 특성,『강원일보』, 1967. 11. 3.

김우종, 토속의 리리씨즘(유정),『한국현대소설사』, 선명문화사, 1968.

김영기, 「동백꽃」의 김유정,『새강원』, 강원도, 1968. 6.

김영기, 김유정 문학의 본질, 김유정기념사업회,『김유정 전집』, 현대문학사, 1968. 9.

김영수, 김유정의 생애, 김유정기념사업회,『김유정 전집』, 현대문학사, 1968. 9.

김유정기념사업회,『김유정 전집』, 현대문학사, 1968. 9.

이선희, 가신 김유정씨, 김유정기념사업회,『김유정전집』, 현대문학사, 1968. 9.

서정록, 한국적 전통에서 본 김유정의 문학,『동대논총』 1, 동덕여대, 1969.

유종호, 현대문학 속의 자기발견―김유정론, 한국문인협회 편, 『한국단편문학대계』 4, 삼성출판사, 1969.

신동욱, 김유정考―牧歌와 현실의 차이, 『현대문학』 169, 현대문학사, 1969. 1 ; 김시태 편, 『한국현대작가작품론』, 이우출판사, 1989.

노화남, 김유정 연구, 『석우』 5, 춘천교대, 1969. 2.

김상일, 김유정론, 『월간문학』 2-6, 한국문인협회, 1969. 6.

홍기삼, 한국현대소설사전―김유정 편, 『현대문학』 174, 현대문학사, 1969. 6.

한찬수, 김유정 문학론―작품 「봄·봄」을 중심으로, 『서라벌문학』 5, 서라벌예대, 1969. 8.

한태석, 김유정의 문학과 인생, 『동백꽃』, 을유문화사, 1970.

안교자, 김유정론, 『청파문학』 9, 숙명여대 국어국문학회, 1970. 2.

남상규, 나와 우주의 관계―김유정의 「안해」를 이해하기 위하여, 『낙산어문』 2, 서울대 국어국문학회, 1970. 11.

신동욱, 숭고미와 골계미의 양상, 『창작과비평』 22, 창작과비평사, 1971 ; 『한국현대문학론』, 박영사, 1972. 3.

신동욱, 김유정의 「만무방」, 『한국현대문학론』, 박영사, 1972. 3.

이선영, 김유정 34주기―그의 문학세계, 『조선일보』, 1972. 3. 28.

장백일, 유정의 작품과 생애, 『조선일보』, 1972. 3. 28.

임헌영, 김유정론, 『창조』, 창조잡지사, 1972. 4 ; 김열규 외 편, 『국문학논문선』 10, 민중서관, 1977. 4.

정한숙, 해학의 변이―김유정 문학의 본질, 『인문논집』 17, 고려대 문과대, 1972. 5 ; 『현대한국작가론』, 고려대출판부, 1976. 3.

신언철, 김유정의 초기작품고, 『금강문학』 7, 공주사대 국어국문학회, 1972. 12.

구인환, 30년대 한국소설연구―이효석·이상·김유정을 중심으로, 문교부 연구보고서, 1973.

구인환, 김유정 소설의 미학, 『무애양주동박사고희기념논문집』, 1973 ; 김열규 외 편, 『국문학논문선』 10, 민중서관, 1977. 4.

신언철, 김유정 소설의 문체론적 연구, 『연구보고』, 1973.

최범섭, 김유정 작품에 나타난 방언 연구, 『강원어문』 1, 강원대 국어학회, 1973. 2.

박녹주, 녹주 나 너를 사랑한다, 『문학사상』 7, 문학사상사, 1973. 4.

김영기, 유정연구의 필수본, 『문학사상』 9, 문학사상사, 1973. 6.

문학사상자료조사연구실,   두 전집에서 누락된 「형」, 『문학사상』 9, 문학사상사, 1973. 6.

하동호, 유정문학 이해의 귀중한 자료, 『문학사상』 9, 문학사상사, 1973. 6.

김윤식·김현,   식민지시대의 재인식과 그 표현―김유정 혹은 농촌의 궁핍화 현상, 『한국문학사』, 민음사, 1973. 8.

김영기, 김유정론(1)—해학정신의 확장,『한국문학과 전통』, 현대문학사, 1973. 10.

김영기, 김유정론(2)—농민문학과 리얼리즘,『한국문학과 전통』, 현대문학사, 1973. 10.

김영기, 농민문학론—김유정의 경우,『현대문학』226, 현대문학사, 1973. 10; 신경림 편, 『농민문학론』, 온누리, 1983. 4.

김주연, 유우머와 초월,『문학비평론』, 열화당, 1974.

서정록, 「불」「뽕」「떡」에서의 한국적 리얼리티,『동대논총』4, 동덕여대, 1974.

유종호, 흙에서 솟은 눈물과 웃음—김유정, 전광용·유종호 외,『현대의 문학가 9인』, 신구 문화사, 1974.

박녹주, 나의 이력서,『한국일보』, 1974. 1. 5~2. 28(38회 연재).

이동주, 김유정(실명소설),『월간문학』, 월간문학사, 1974. 1;『실명소설로 읽는 현대문학 사』, 현대문학, 1993. 11.

김병익, 땅을 잃어버린 시대의 언어—김유정의 문학사적 위치,『문학사상』22, 문학사상사, 1974. 7; 김열규 외 편,『국문학논문선』11, 민중서관, 1977; 김유정의 시대인식과 언어표현, 임형택·최원식 편,『한국근대문학사론』, 한길사, 1982. 4; 전신재 편, 『김유정문학의 전통성과 근대성』, 한림대 아시아문화연구소, 1997. 9.

김용직, 반산문적 경향과 토속성—김유정의 소설 문체,『문학사상』22, 문학사상사, 1974. 7.

문학사상자료조사연구실, 김유정의 여인—박봉자 여사에의 실연기,『문학사상』22, 문학사 상사, 1974. 7.

이명자, 새 조사에 의한 김유정 작품 목록,『문학사상』22, 문학사상사, 1974. 7.

이성미, 새 자료로 본 김유정의 생애,『문학사상』22, 문학사상사, 1974. 7.

이재선, 희화적 감각과 바보 열전—김유정의 작품세계의 二面性,『문학사상』22, 문학사상 사, 1974. 7;『한국단편소설연구』, 일조각, 1975. 1; 전신재 편,『김유정문학의 전 통성과 근대성』, 한림대 아시아문화연구소, 1997. 9.

조운제, 암시와 상징의 유우머—김유정의 문학과 한국인의 웃음,『문학사상』22, 문학사상 사, 1974. 7.

김상태, 김유정의 문학적 특성,『논문집』(인문사회과학편) 16, 전북대, 1974. 12.

김영화, 소설사의 확대와 충격—김유정론,『제주문학』4, 제주대, 1975.

이선영, 따라지의 비애와 해학—김유정의 작품세계,『소나기 외』, 정음사, 1975;『상황의 문학』, 민음사, 1976.

김영화, 김유정의 소설 연구,『어문논집』16, 고려대 국문학연구회, 1975. 1; 김열규 외 편, 『국문학논문선』10, 민중서관, 1977; 전신재 편,『김유정문학의 전통성과 근대성』, 한림대 아시아문화연구소, 1997. 9.

윤홍로, 한국현대소설의 미학—김유정 「동백꽃」과 선우휘 「불꽃」을 중심으로, 『국어국문학』 68 · 69합, 국어국문학회, 1975. 9.

조진기, 김유정 작품론고—30년대 현실인식과 수용자세, 『영남어문학』 2, 영남어문학회, 1975. 11.

이어령, 김유정, 『한국작가전기연구』(상), 동화출판공사, 1975. 12; 『한국문학연구사전』, 우석, 1990. 7.

한상무, 반어적 방법과 반어적 비전—김유정 연구, 『연구논문집』 9, 강원대, 1975. 12.

서정록, 작품에 투영된 작가의 심층의식—김유정의 Female Complex를 중심으로, 『동대논총』 6, 동덕여대, 1976.

서종택, 궁핍화 시대의 현실과 작품 변용—최서해 · 김유정의 현실 수용의 문제, 『어문논집』 17, 고려대 국문학연구회, 1976.

윤병로, 김유정의 소설 미학, 『한국문학의 해석학적 연구』, 일지사, 1976.

이주형, 「소낙비」와 「감자」의 거리—식민지시대 작가의 현실인식의 두 유형, 『국어교육연구』 8, 경북대 국교과, 1976; 김열규 외 편, 『국문학논문선』 10, 민중서관, 1977. 4; 『현대소설연구』, 정음문화사, 1986; 『한국근대소설연구』, 창작과비평사, 1995. 10.

정태용, 계용묵 · 김유정 · 이상의 문학, 『신한국문학전집』 6, 어문각, 1976.

허인일, 김유정론, 『선청어문』 6, 서울대 국교과, 1976. 2.

김상태, 생동의 미학, 김상태 외, 『현대한국작가연구』, 민음사, 1976. 3.

김근수, 실레마을, 그 문제점, 『문학사상』 43, 문학사상사, 1976. 4.

박녹주, 여보 도련님 날 데려가오—털어놓고 하는 말, 『뿌리깊은 나무』, 1976. 6.

김영화, 김유정론, 『현대문학』 259, 현대문학사, 1976. 7.

문학사상자료조사연구실, 동화체 소설의 귀중한 문헌, 『문학사상』 48, 문학사상사, 1976. 9.

임종국, 잘못 인식된 비극성—김유정 「솥」, 『한국문학』 35, 한국문학사, 1976. 9.

강봉근, 김유정 소설의 인물론, 『지천김교선선생정년기념논총』, 전북대, 1977.

신동욱 편, 『김유정 작품집』, 형설출판사, 1977.

이주일, 김유정 소설의 무대와 구성, 『상지』 1, 상지대, 1977.

정한숙, 한국소설 기교의 전개, 『현대한국소설론』, 고려대출판부, 1977.

한상무, 소설의 미적 거리와 예술적 형상화—이효석 · 김유정의 작품을 대상으로, 『국어교육』 30, 한국국어교육연구회, 1977. 2.

구인환, 피에로의 곡예, 『한국근대소설연구』, 삼영사, 1977. 6.

김영기, 농민과 고향의 발견, 편집위원회 편, 『한국현대문학전집』 13(이상 · 김유정), 삼성출판사, 1978.

한용환, 김유정론의 반성, 『현대문학』 279, 현대문학사, 1978. 3; 『한국소설론의 반성』, 이

우출판사, 1984. 11; 전신재 편, 『김유정문학의 전통성과 근대성』, 한림대 아시아 문화연구소, 1997. 9.

정현기. 인간이라는 욕망의 늪―김유정의 「노다지」론, 『문학사상』, 문학사상사, 1978. 6; 『한국근대소설의 인물유형』, 인문당, 1983. 3.

이승훈. 김유정―빈 들 속에 잠든 한의 실타래, 『문학사상』 74, 문학사상사, 1978. 11.

이규정. 「날개」와 「봄·봄」의 문체론적 비교 연구, 『수련어문논집』 6, 부산여대 국교과, 1978. 12.

한상훈. 김유정론 재고―작품에 나타난 사회의식을 중심으로, 『어문논집』 13, 중앙대 국문과, 1978. 12.

김용성. 김유정, 『한국현대문학사 탐방』, 국민서관, 1979; 현암사, 1984.

이재선. 김유정의 해학세계와 농촌, 『한국현대소설사』, 홍성사, 1979.

임영선. 해학에서 본 유정 문학, 『목원어문학』 1, 목원대 국교과, 1979.

신동욱. 김유정론, 서정주·조연현 외 편, 『현대작가론』, 형설출판사, 1979. 5; 『우리시대의 작가와 모순의 미학』, 개문사, 1982. 11.

임종수. 유정 문학의 문체론적 연구, 『어문논집』 14, 중앙대 국문과, 1979. 12.

김용구. 김유정 소설의 구조, 『관악어문연구』 5, 서울대 국문과, 1980.

서종택. 최서해·김유정의 세계인식, 『식민지시대의 문학연구』, 깊은샘, 1980; 정음문화사, 1986.

조건상. 김유정과 채만식 소설의 특질―해학과 풍자의 거리, 『도남학보』 3, 도남학회, 1980; 『한국현대골계소설연구』, 문학예술사, 1985.

김수남. 김유정 문학에 대한 소설사회학적 시고, 『인문과학연구』 2, 조선대, 1980. 2.

이주일. 유정 문학의 향토성과 해학성, 『국어국문학』 83, 국어국문학회, 1980. 6.

이주일. 김유정 소설의 문장 고찰, 『논문집』 1, 상지대, 1980. 7.

이동희. 김유정의 언어미학, 『국어국문학논지』 7, 대구교대 국어과, 1980. 11.

이강언. 현실과 이상의 갈등구조―김유정 소설의 구성법, 『영남어문학』 7, 영남어문학회, 1980. 12; 현실과 이상의 갈등양상―김유정, 『한국근대소설논고』, 형설출판사, 1983. 3.

전규태. 김유정론, 『한국문학의 통시적 연구』, 지문사, 1981.

김상태. 김유정의 「동백꽃」―동백꽃의 아이러니, 이재선·조동일 편, 『한국현대소설작품론』, 문장, 1981. 8.

전영태. 김유정의 「산골」―소설 속의 토속미와 서정성의 일례(一例), 이재선·조동일 편, 『한국현대소설작품론』, 문장, 1981. 8.

김정자. 소설에 나타난 아이러니와 문체, 『인문논총』 20, 부산대, 1981. 12.

박종철, 김유정의 언어적 특징—어휘를 중심으로,『강원문화연구』 1, 강원대 강원문화연구
소, 1981. 12.

이계보, 김유정 소설의 등장인물에 대한 고찰,『논문집』 3, 상지대, 1982.

이홍재, 김유정 문학의 전통성 연구,『한성어문학』 1, 한성대 국문과, 1982.

정한숙, 현대소설의 확립,『현대한국문학사』, 고려대출판부, 1982.

서종택, 궁핍화 현실과 자기방어—김유정의 경우,『한국근대소설의 구조』, 시문학사,
1982. 4; 국학자료원. 2003. 3.

이주일, 김유정 소설의 등장인물에 대한 고찰,『논문집』 3, 상지대, 1982. 6.

김진석, 「만무방」 논고,『어문논집』 23, 고려대 국문학연구회, 1982. 9.

김상태, 김유정의 문체,『문체의 이론과 해석』, 새문사, 1982. 10; 김상태 · 박덕은 공저,
『문체의 이론과 한국현대소설』, 한실, 1990. 9; 김상태 · 박덕은 공저,『문체론』,
법문사, 1994. 2.

김종곤, 전통적 맥락에서 본 해학—김유정을 중심으로,『국어교육』 42 · 43합, 한국국어교
육연구회, 1982. 11.

정영자, 한국현대소설의 자연관 연구—현진건 · 김유정 · 이효석을 중심으로,『수련어문논
집』 10, 수련어문학회, 1982. 12.

정현기, 1930년대 한국소설이 감당한 궁핍 문제 고찰—염상섭 · 박영준 · 김유정 · 채만식,
『현상과인식』 6-4, 1982. 12;『한국근대소설의 인물유형』, 인문당, 1983.

김지원, 한국적 해학과 풍자의 맥락 조명,『해학과 풍자의 문학』, 문장, 1983.

신명석, 김유정의 문체 연구,『논문집』 1, 성심외국어전문대, 1983.

이난순, 김유정 작품에 나타난 사회의식,『명지어문학』 15, 명지대 국문과, 1983.

박선부, 김유정 소설의 문학적 지평,『한국학논집』 3, 한양대 한국학연구소, 1983. 2.

조건상, 한국현대골계소설의 전개과정과 그 양상,『논문집』 33, 성균관대, 1983. 2.

김정자, 기법으로 본 문체—시간 착오의 기법을 중심으로,『난대이응백박사회갑기념논문
집』, 보진재, 1983. 4.

김현실, 김유정 문학의 전통성—고전문학과의 비교를 통해서,『이화어문논집』 6, 이화여대
한국어문학연구소, 1983. 10.

유종영, 김유정의 소설 연구—반어의 양상과 기능을 중심으로,『동악어문논집』 18, 동악어
문학회, 1983. 10.

유인순, 풍자문학론—채만식 · 김유정을 중심으로,『인문학연구』 18, 강원대, 1983. 12.

김수업, 「봄 · 봄」의 기법,『배달말』 9, 배달말학회, 1984.

한상무, 김유정론, 김봉군 외,『한국현대작가론』, 민지사, 1984.

이순, 김유정 문학의 서론적 고찰,『어문논총』 3, 청주대 국문과, 1984. 2.

조진기, 김유정 소설과 현실수용,『한국현대소설연구』, 학문사, 1984. 3.

신종한, 김유정 소설 연구,『어문연구』12-1, 한국어문교육연구회, 1984. 6.

민현기, 훼손된 삶과 윤리―김유정의「가을」,『한국근대소설론』, 계명대출판부, 1984. 9.

김상태, 김유정과 해학의 미학, 전광용 외,『한국현대소설사연구』, 민음사, 1984. 11;『한국현대문학론』, 평민사, 1994. 9; 전신재 편,『김유정문학의 전통성과 근대성』, 한림대 아시아문화연구소, 1997. 9.

전신재, 김유정 소설의 판소리 수용,『강원문화연구』4, 강원대 강원문화연구소, 1984. 12.

조래희, 김유정 소설의 시점과 인물,『국제어문』5, 국제대 국문과, 1984. 12.

박정숙, 김유정 연구―해학성을 중심으로,『문리대논집』5, 효성여대 문리대학생회, 1985.

김진악, 김유정 소설의 골계 구조,『국어교육』51 · 52합, 한국국어교육연구회, 1985. 2.

조용만, 30년대의 문화계―작가 김유정,『중앙일보』, 1985. 2. 8.

김정자, 김유정 소설의 문체,『한국근대소설의 문체론적 연구』, 삼지원, 1985. 3.

이선영 편, 『김유정―한국의 대표명작』, 지학사, 1985. 8.

이선영, 문학으로 불사른 단명한 생애,『김유정―한국의 대표명작』, 지학사, 1985. 8.

서영애, 김유정 소설 연구―1930년대의 세태 · 풍자소설론의 재검토를 위하여,『어문학교육』8, 한국어문교육학회, 1985. 12.

이선영, 김유정 연구,『예술논문집』24, 예술원, 1985. 12; 국학자료간행위원회 편,『국문학자료논문집』속편2, 대제각, 1990; 민중문학과 자기인식―김유정론,『리얼리즘을 넘어서』, 민음사, 1995. 9; 전신재 편,『김유정문학의 전통성과 근대성』, 한림대 아시아문화연구소, 1997. 9.

김영기, 김유정의 동백꽃,『태백의 예맥』, 강원일보사, 1986.

방인태, 김유정 소설의 인물 유형,『봉죽헌박붕배박사회갑기념논문집』, 배영사, 1986.

송하섭, 김유정 작「동백꽃」의 서정성론,『도솔어문』2, 단국대 국문과, 1986.

신망래, 김유정 소설의 주제 고찰,『인천어문학』2, 인천대 국문과, 1986.

임종국, 「솥」의 모델,『한국문학의 민중사』, 실천문학사, 1986.

신순철, 한(恨)과 유정 소설,『경주실전논문집』2, 1986. 3.

신언철, 김유정 소설의 기법에 관한 연구,『공주교대논총』22-2, 공주교대, 1986. 8.

한만수, 김유정 소설의 아이러니 분석,『동악어문논집』21, 동악어문학회, 1986. 10.

안숙원, 소설의 상징 구조,『서강어문』5, 서강어문학회, 1986. 12.

이재선, 바보예찬론과 평형적 해소의 작가,『문학사상』170, 문학사상사, 1986. 12.

이동재, 김유정 문학의 재조명,『목멱어문』1, 동국대 국교과, 1987.

이주성, 한국 농민소설 연구―1920～1930년대 농민소설을 중심으로,『세종어문연구』2, 세종대, 1987.

장경탁, 한국근대소설의 순환구조―이효석의 「산협」과 김유정의 「봄·봄」을 중심으로, 『성
　　　　대문학』 25, 성균관대 국문과, 1987.

장무익, 웃음 속에 감추어진 눈물의 의미―김유정의 소설세계, 『논문집』 23, 공군사관학
　　　　교, 1987.

전신재 편, 『원본 김유정 전집』, 한림대 출판부, 1987.

전신재, 김유정 소설의 구비문학 수용, 『아시아문화』 2, 한림대 아시아문화연구소, 1987.

채규판, 혼돈과 극복의 문학정신, 『국어국문학연구』 12, 원광대 국문과, 1987.

명형대, 식민지시대 소설에 나타난 빈궁과 정조, 『한마사원』 5, 경남대 사범대학, 1987. 2;
　　　　『加羅문화』 5, 경남대 가라문화연구소, 1987. 9.

김근태, 김유정 소설의 서술방식과 그 변모과정―서술자의 활용문제와 관련하여, 『숭실어
　　　　문』 4, 숭실대 국어국문학회, 1987. 4.

최관용, 김유정 작품 속에 나타난 춘천 지방의 토속어, 『강원일보』, 1987. 4. 1.

조용만, 이상과 김유정의 문학과 우정, 『신동아』, 1987. 5.

정현기, 김유정 소설의 해학적 특성, 『노다지―한국문학대표작선』, 문학사상사, 1987. 8.

박정규, 농민소설에 나타난 유토피아 추구 의식―1930년대 단편소설을 중심으로, 『한양어
　　　　문연구』 5, 한양대 한양어문연구회, 1987. 10.

박정규, 아이러니와 변이된 상실감의 미학―김유정의 작품세계, 『호서문학』 13, 호서문학
　　　　회, 1987. 11.

김철, 꿈·황금·현실―김유정의 소설에 나타난 물신(物神)의 모습, 『문학과비평』 1-4,
　　　　탑출판사, 1987. 12.

유인순, 「노다지」의 문체 연구, 『강원문화연구』 7, 강원대 강원문화연구소, 1987. 12.

유인순, 『김유정 문학 연구』, 강원대 출판부, 1988.

윤병로, 김유정의 해학성과 「땡볕」, 『한국근대작가작품연구』, 성균관대출판부, 1988.

윤지관, 민중의 삶과 시적 리얼리즘―김유정론, 『세계의문학』, 1988(여름); 전신재 편,
　　　　『김유정문학의 전통성과 근대성』, 한림대 아시아문화연구소, 1997. 9.

유종호, 김유정과 이미자의 동백―문학박물지초, 『현대문학』 398, 현대문학사, 1988. 2.

김영기, 김유정의 인간과 문학, 『문학정신』 20, 문학정신사, 1988. 5.

최병우, 「만무방」의 서술구조, 『난대이응백박사정년퇴임기념논문집』, 서울대 국교과,
　　　　1988. 8; 『선청어문』 16·17합, 서울대 국교과, 1991. 9.

이영성, 김유정 문학 일고찰, 『국민어문연구』 1, 국민대 국어국문학연구회, 1988. 12.

장영우, 반어적 인물의 사회인식, 『동악어문논집』 23, 동악어문학회, 1988. 12.

권용철, 김유정 소설 연구, 『교육논총』 3, 성균관대 교육대학원, 1989.

송하섭, 김유정―현실의식 포용의 서정, 『한국현대소설의 서정성 연구』, 단국대출판부, 1989.

윤병로, 1930년대 소설의 연구,『대동문화연구』23, 성균관대 대동문화연구원, 1989.

나병철, 단편소설 연구―김유정 소설을 중심으로, 한국문학연구회 편,『현대문학의연구』
1, 바른글방, 1989. 3.

김종환, 김유정 연구,『논문집』28, 육군제3사관학교, 1989. 5.

박세현(박남철), 김유정 소설에 나타난 현실과 욕망의 양상,『한국학논집』16, 한양대 한국
학연구소, 1989. 8.

강태근, 한국현대문학 연구의 문제점―한국현대 풍자소설을 중심으로,『호서문학』15, 호
서문학회, 1989. 11.

박세현(박남철), 김유정의 자전소설 연구,『관동어문학』6, 관동어문학회, 1989. 12.

박세현(박남철),『김유정 소설 연구』, 인문당, 1990.

송기섭, 「동백꽃」과「봄·봄」의 서사 구조,『어문연구』20, 어문연구회, 1990.

이상옥, 산수유와 생강나무,『세계와나』, 1990(봄).

박철석, 한국 리얼리즘 소설 연구,『한국현대문학사론』, 민지사, 1990. 2.

이명숙, 김유정 소설 연구,『자하어문논집』6·7합, 상명여대 국교과, 1990. 3.

한용환, 김유정 소설에서의 해학과 골계, 서종택·정덕준 편,『한국현대소설연구』, 새문사,
1990. 5.

이상옥, 김유정 연구―빈곤 문제를 중심으로, 이선영 편,『1930년대 민족문학의 인식』, 한
길사, 1990. 9.

장병호, 식민지시대 매춘 제재 소설의 고찰―가난과 윤리 문제를 중심으로,『청람어문학』
3, 청람어문학회, 1990. 10.

김영택, 궁핍화 현실과 해학적 위장―「소낙비」의 작품세계,『목원국어국문학』1, 목원대
국문과, 1990. 12.

임헌영, 전통적인 골계와 해학,『우리시대의 한국문학』2, 계몽사, 1991.

전신재, 「봄·봄」의 자연 표상,『춘천문학』1, 한국문인협회 춘천지부, 1991.

조용만, 토속적 미학의 완벽,『우리시대의 한국문학』2, 계몽사, 1991.

김형민, 김유정 소설의 서술주체와 서술객체―「소낙비」「봄·봄」「가을」을 대상으로,『어
문교육논집』11, 부산대 국교과, 1991. 2.

이대규, 김유정의「금따는 콩밭」의 분석 및 해석,『어문교육논집』11, 부산대 국교과,
1991. 2.

박인숙, 매춘 모티브를 통해 본 김유정 소설 연구,『한성어문학』10, 한성대 국문과, 1991. 5.

신종한, 김유정 소설의 미학구조 연구,『논문집』25, 단국대, 1991. 6.

최규익, 채만식과 김유정 소설의 풍자성 연구,『우산어문학』1, 상지대 국문과, 1991. 8.

박정규, 역사적 상황의 소설적 표출 양상―김유정의 단편소설「형」의 경우,『어문논집』

30, 고려대 국문학연구회, 1991. 12.

강태근, 김유정 작품의 풍자,『한국현대소설의 풍자』, 삼지원, 1992.

김형민, 김유정 소설의 욕망구조로 본 바보형 인물의 유형,『홍익어문』10 · 11합, 홍익대 국교과, 1992. 4.

김영기, 『김유정—그 문학과 생애』, 지문사, 1992. 6.

박정규, 『김유정 소설과 시간』, 깊은샘, 1992. 10.

이경, 김유정 소설의 역설성 연구,『국어국문학』29, 부산대 국문과, 1992. 10.

노귀남, 김유정 문학세계의 이해,『새국어교육』50, 한국국어교육학회, 1993.

신순철, 김유정의「동백꽃」, 영남어문학회 편,『한국현대소설문학의 이해와 감상』, 학문사, 1993.

유인순, 기법차원적 소설의 시간, 현대소설연구회,『현대소설론』, 평민사, 1993.

전상국, 『유정의 사랑』, 고려원, 1993.

조남현, 김유정의 작품세계,『김유정—동백꽃』, 어문각, 1993.

한형구, 소설로 평전 쓰기: 배반된 실험에의 의욕,『소설과사상』, 고려원, 1993(겨울).

유인순, 김유정의 소설 공간, 김상태 편,『한국현대소설론』, 학연사, 1993. 3.

박태상, 김유정 문학의 실재성과 허구성,『현대문학』390, 현대문학사, 1987. 6;『전통부 재시대의 문학』, 국학자료원, 1993. 6.

신종한, 한국근대소설의 판소리 서술양식 수용—채만식 · 김유정의 소설을 중심으로,『논 문집』27, 단국대, 1993. 6.

박세현(박남철), 매춘 소설의 한 양상,『한국학논집』23, 한양대 한국학연구소, 1993. 8.

유인순, 김유정—그 능청스런 이야기꾼, 한국문인협회 강원도지회 주최『'김유정 추모 문 학의 밤' 강연 자료』, 1993. 11. 27;『강원문학』21, 한국문인협회 강원도지부, 1994(가을).

전신재, 『유정의 사랑』에 나타난 사랑의 인식, 한국문인협회 강원도지회 주최『'김유정 추 모 문학의 밤' 강연 자료』, 1993. 11. 27.

이재복, 김유정 소낙비의 담론 고찰,『한양어문연구』11, 한양어문연구회, 1993. 12.

김유정전집편찬위원회, 『김유정 전집』상 · 하, 김유정기념사업회, 1994.

양문규, 1930년대 단편소설의 리얼리즘적 성격—박태원, 이태준, 김유정을 중심으로,『인 문학보』17, 강릉대 인문과학연구소, 1994.

우한용, 「만무방」의 기호론적 구조와 해석,『국어교육』83 · 84합, 한국국어교육연구회, 1994; 전신재 편, 『김유정문학의 전통성과 근대성』, 한림대 아시아문화연구소, 1997. 9.

이원태, 고향의 내음—향토작가 김유정,『지방행정』43, 대한지방행정공제회, 1994.

최원식, 김유정을 다시 읽자,『인하어문학』2, 인하대 국문과, 1994;『한국근대문학을 찾아서』, 인하대 출판부, 1999. 12.

김영기, 고향 실제 인물 · 지명 작품 등장,『월간태백』, 강원일보사, 1994. 3.

김영기, 김유정의 생애와 사상, 문협 제33회 문학심포지움『김유정 문학으로 모색해보는 한국문학의 세계화』(주제발표집), 한국문인협회, 1994. 3. 29.

김영기, 뿌리뽑힌 만무방의 세계, 편집위원회 편,『동백꽃 · 소낙비 외』, 하서출판사, 1994. 3.

박양호, 김유정의 작품세계—문체의 특성을 중심으로, 문협 제33회 문학심포지움『김유정 문학으로 모색해보는 한국문학의 세계화』(주제발표집), 한국문인협회, 1994. 3. 29.

우한용, 소설 이해의 구조론적 방법—「만무방」, 현대소설연구회,『현대소설론』, 평민사, 1994. 3.

유인순, 상처와 열매—김유정 문학의 비밀(발표 요지),『강원일보』, 1994. 3. 9.

유인순, 칼과 모순의 미학—「산골 나그네」「소낙비」를 중심으로,『월간태백』, 강원일보사, 1994. 3.

전신재, 김유정 소설 속의 여성들,『월간태백』, 강원일보사, 1994. 3.

홍기삼, 김유정 문학을 통해 본 토속문학의 세계화—좁은 문학과 넓은 문학, 문협 제33회 문학심포지움『김유정 문학으로 모색해보는 한국문학의 세계화』(주제발표집), 한국문인협회, 1994. 3. 29;『문학사와 문학비평』, 해냄출판사, 1996. 8.

김영기, 김유정 소설「동백꽃」의 미학,『월간문학』, 월간문학사, 1994. 4;『민족문학의 공간』, 지문사, 2005. 6.

박성희, 김유정 소설의 어휘 연구—농촌 배경 작품을 중심으로,『경남어문』27, 경남어문학회, 1994. 8.

박세현(박남철), 김유정 소설의 매춘 구조 분석,『논문집』13, 상지전문대, 1994. 8.

나병철, 김유정 소설의 해학성과 현실인식,『비평문학』8, 한국비평문학회, 1994. 9.

김형민, 바보형 인물의 유형 연구—김유정 소설을 대상으로,『어문교육논집』13 · 14합, 부산대 국교과, 1994. 10.

정현기, 김유정의 1930년대식 해학,『한국문학의 해석과 평가』, 문학과지성사, 1994. 11.

신동욱, 김유정 소설 연구,『1930년대 한국소설연구』, 한샘출판사, 1994. 12.

안숙원, 구인회와 바보의 시학,『서강어문』10, 서강어문학회, 1994. 12.

유인순, 유정의 그물—김유정 문학의 심리비평적 연구,『인문학연구』32, 강원대, 1994. 12;『선청어문』23, 서울대 국교과, 1995. 4.

이경, 김유정 소설의 서사적 거리 연구,『한국문학논총』15, 한국문학회, 1994. 12.

최성실, 수수께끼 풀기와 그 욕망의 중층구조—김유정 단편소설의 구조분석을 위한 시론,『서강어문』10, 서강어문학회, 1994. 12.

손광식, 유랑과 정착의 관계형성과 현실인식의 문제─김유정론, 『반교어문학회지』 6, 반교 어문학회, 1995.

이익성, 김유정 소설의 회화적 서정성, 『한국현대서정소설론』, 태학사, 1995.

고광률, 김유정 소설 연구─매춘 모티프를 중심으로, 『대전어문학』 12, 대전대 국어국문학 회, 1995. 2.

이선영, 김유정 소설의 민중적 성격, 『선청어문』 23, 서울대 국교과, 1995. 4; 『동백꽃─김 유정 단편선』, 창작과비평사, 1995. 10.

손광식, 김유정의 소설에서 '유랑'과 '정착'의 관계를 해석하는 문제, 『국제어문』 16, 국제 어문학연구회, 1995. 5.

유인순, 김유정─사랑의 사도·문학의 순교자, 『한국소설문학대계』 18(이상·김유정 편), 동아출판사, 1995. 5.

김종구, 김유정 소설의 여주인공 연구, 『한국언어문학』 34, 한국언어문학회, 1995. 6.

임영환, 김유정 소설 연구, 『연거재신동익박사정년기념논총』, 경인문화사, 1995. 6.

전상국, 『김유정─시대를 초월한 문학성』, 건국대출판부, 1995. 8.

김용구, 회귀와 순환의 연속, 『한국소설의 유형학적 연구』, 국학자료원, 1995. 10; 전신재 편, 『김유정문학의 전통성과 근대성』, 한림대 아시아문화연구소, 1997. 9.

나병철, 김유정의 해학소설 연구, 『전환기의 한국문학』, 두레시대, 1995. 10.

이선영 편, 『동백꽃─김유정 단편선』, 창작과비평사, 1995. 10.

김현실, 「안해」의 해학성에 관한 연구, 『국어국문학』 115, 국어국문학회, 1995. 12.

박배식, 김유정 소설의 아이러니 분석, 『세종어문연구』 8, 세종어문학회, 1995. 12.

장현숙, 김유정 문학의 특질고─작중 인물의 도덕의식과 작가의 현실인식을 중심으로, 『논 문집』 18-1, 경원전문대, 1996. 2; 도덕의식과 현실인식, 『현실인식과 인간의 길─ 김유정, 황순원, 김동리, 은희경』, 한국문화사, 2004. 3.

강진호, 소설로 피어난 비운의 생애─김유정, 『문화예술』 201, 한국문화예술진흥원, 1996. 4; 『한국문학, 그 현장을 찾아서』, 계몽사, 1997. 4.

김윤식, 들병이 사상과 알몸의 시학─김유정 문학의 문학사적인 한 고찰, 『김윤식선집』 5, 솔, 1996. 4; 전신재 편, 『김유정문학의 전통성과 근대성』, 한림대 아시아문화연구 소, 1997. 9.

이용욱, 서사 상황으로서의 아이러니 발생의 두 가지 유형 연구, 『한국언어문학』 36, 한국 언어문학회, 1996. 5.

김한식, 절망적 현실과 화해로운 삶의 꿈─구인회와 김유정, 『상허학보』 3, 상허학회, 1996. 9; 상허문학회, 『근대문학과 구인회』, 깊은샘, 1996. 9.

유인순, 김유정 문학 연구사, 『강원문화연구』 15, 강원대 강원문화연구소, 1996. 10; 전신재 편, 『김유정문학의 전통성과 근대성』, 한림대 아시아문화연구소, 1997. 9.

김성수, 김유정 소설에 나타난 가족의식, 『진단학보』 82, 진단학회, 1996. 12.

김정훈, 광대의 미학, 『동국어문학』 8, 동국대 국교과, 1996. 12.

박세현(박남철), 김유정 전기의 양상, 『지역사회연구』 4, 상지전문대, 1996. 12.

이재선, 바보예찬과 해소적 놀이―김유정론, 『한국문학의 원근법』, 민음사, 1996. 12.

장일구, 「동백꽃」의 갈등인자와 서술상황, 『서강어문』 12, 서강어문학회, 1996. 12.

조남철, 김유정의 농민소설 연구―춘원의 농민소설과 비교하여, 『논문집』 21, 한국방송통신대, 1996. 12.

김영기, 여성주의 수필론, 『수필학』 4, 한국수필학회, 1997.

유인순, 「봄·봄」과 함께하는 문학교실, 『문학교육학』 1, 한국문학교육학회, 1997. 8.

김영기, 김유정의 가문, 전신재 편, 『김유정문학의 전통성과 근대성』, 한림대 아시아문화연구소, 1997. 9.

김종건, 1930년대 소설의 공간설정과 작가의식의 상관성 연구―김유정과 이무영을 중심으로, 『대구어문논총』 15, 우리말글학회, 1997. 9.

서종택, 김유정 소설의 현실인식, 전신재 편, 『김유정문학의 전통성과 근대성』, 한림대 아시아문화연구소, 1997. 9.

전상국, 김유정 소설의 언어와 문체, 전신재 편, 『김유정문학의 전통성과 근대성』, 한림대 아시아문화연구소, 1997. 9.

전신재 편, 『김유정문학의 전통성과 근대성』, 한림대 아시아문화연구소, 1997. 9.

전신재 편, 『원본 김유정 전집』, 강, 1997. 9.

전신재, 농민의 몰락과 천진성의 발견, 『김유정문학의 전통성과 근대성』, 한림대 아시아문화연구소, 1997. 9; 김유정론, 반교어문학회 편, 『근현대문학의 사적 전개와 미적 양상』 1, 보고사, 2000. 10.

최병우, 농촌현실에 대한 관심과 회화―김유정의 「만무방」, 『한국현대문학의 해석과 지평』, 국학자료원, 1997. 9.

홍정선, 김유정 소설의 구조, 전신재 편, 『김유정문학의 전통성과 근대성』, 한림대 아시아문화연구소, 1997. 9.

박세현(박남철), 김유정 산문 읽기, 『지역사회연구』 5, 상지전문대, 1997. 12.

류종렬, 일제강점기 금 모티프 소설 연구, 『외대어문논집』 13, 부산외대 어학연구소, 1998.

한상무, 김유정 소설의 성―가족윤리, 『어문학보』 21, 강원대 국교과, 1998.

전신재, 김유정 문학 제대로 읽기, 『당대비평』 3, 생각의나무, 1998. 3.

박세현(박남철), 『김유정의 소설세계』, 국학자료원, 1998. 4.

김진호, 문학작품의 텍스트 분석, 『한국어학』 7, 한국어학연구회, 1998. 6.

박세현(박남철), 김유정 소설의 인물 유형,『한국학논집』32, 한양대 한국학연구소, 1998. 10.

유인순, 김유정과 해외문학,『비교문학』23, 한국비교문학회, 1998. 12.

강경구, 沈從文·김유정 소설의 비교 연구,『중국어문학』33, 영남중국어문학회, 1999.

박세현(박남철), 김유정 소설의 배경,『논문집』18, 상지전문대, 1999.

안미영, 김유정 소설의 문명비판 연구,『현대소설연구』11, 한국현대소설학회, 1999.

김용진·박수현, 운명 극복방식으로서의 글쓰기,『논문집』21, 안양과학대, 1999. 2.

박정규, 김유정 소설에 나타난 상실의식,『한민족문화연구』4, 한민족문화학회, 1999. 6.

이강현·박여범, 김유정 소설의 여성상 연구,『인문사회과학논집』3, 중부대 인문사회과학연구소, 1999. 7.

전봉관, 1930년대 금광 풍경과 황금광시대의 문학,『한국현대문학연구』7, 한국현대문학회, 1999. 12.

전신재, 김유정의 우리말 사랑,『한글사랑』14, 한글사, 2000(여름).

유인순, 루쉰과 김유정,『중한인문과학연구』4, 중한인문과학연구회, 2000. 1.

임종수, 김유정 소설의 문체 고찰,『논문집』5, 삼척대 산업과학기술연구소, 2000. 2.

전신재, 김유정 소설과 언어의 기능,『한말연구』6, 한말연구학회, 2000. 6.

손종업, 김유정의 소설과 식민지 근대성,『어문연구』107, 한국어문교육연구회, 2000. 9.

장석주, 김유정,『20세기 한국문학의 탐험』2, 시공사, 2000. 10.

변신원, 문학 속에 드러난 민족문화의 자취와 외국인에 대한 문학교육—김유정 소설의 해학적 웃음을 중심으로,『말』25, 연세대 한국어학당, 2001.

이재인, 창조적인 작가 김유정,『인문논총』9, 경기대, 2001.

한민주, 근대 댄디들의 사랑과 성문제—이상과 김유정을 중심으로,『국제어문』24, 국제어문학연구회, 2001.

임무출,『김유정 어휘사전』, 박이정, 2001. 3.

장소진, 김유정의 소설「소낙비」와「안해」연구,『한국문학이론과비평』11, 한국문학이론과비평학회, 2001. 6.

김봉진, 김유정 소설의 남성 인물 연구,『비평문학』15, 한국비평문학회, 2001. 7.

이광진, 김유정 단편「만무방」의 약호화 과정 분석,『한겨레어문연구』1, 한겨레어문학회, 2001. 8.

유인순, 고교 문학교재 소재 소설에 투영된 강원문화,『강원문화연구』19, 강원대 강원문화연구소, 2001. 10.

김영기, 김유정 소설과 브나로드 운동,『문예운동』72, 문예운동사, 2001. 12 ;『민족문학의 공간』, 지문사, 2005. 6.

유인순. 김유정 實名小說 연구,『춘주문화』16. 춘천문화원, 2001. 12;『어문학보』24. 강원대 국교과, 2002. 8

유인순. 한중소설에 나타난 여성의 정체성,『중한인문과학연구』7. 중한인문과학연구회, 2001. 12.

이경분. 김유정 소설「봄봄」과 이건용의 실내희극 오페라「봄봄봄」,『낭만음악』53. 낭만음악사, 2001. 12.

전흥남. 김유정과 성석제의 거리—소설에 나타난 해학성을 중심으로,『한국언어문학』47. 한국언어문학회, 2001. 12.

조두섭. 김유정 농민소설의 타자의 존재방식과 주체구성의 전략,『문예미학』9. 문예미학회, 2002. 2.

박태상. 소작농의 아픔을 대변한 언어의 마술사,『한국문학의 발자취를 찾아서』. 태학사, 2002. 4.

강진호. 가난에서 건져올린 해학과 비애,『한국문학의 현장을 찾아서』. 문학사상사, 2002: 8.

김은정. 해학과 아이러니의 미학—김유정론, 상허학회,『새로쓰는 한국작가론』. 백년글사랑, 2002. 9.

김정진. 김유정 소설에 나타난 성의 의미,『한국어문학연구』16. 한국외대 한국어문학연구회, 2002. 9.

오태환. 닭던—김유정의 동백꽃을 새로 엮어 씀,『시안』17. 시안사, 2002. 9.

유인순. 김유정 문학 속의 결핵, 김상태 외,『한국현대작가연구』. 푸른사상, 2002. 9.

구인환. 서민과 빈곤의 김유정,『근대작가의 삶과 문학의 향취』. 푸른사상, 2002. 10.

김혜영. 김유정 소설에 나타난 욕망의 의미,『현대소설연구』17. 한국현대소설학회, 2002. 12.

유창진. 試論〈丈夫〉和〈驟雨〉之主題比較,『中國人文科學』25. 中國人文學會, 2002. 12.

이호림. 유정 소설의 영화적 독해는 가능한가,『성균어문연구』37. 성균관대 국어국문학회, 2002. 12;『친일문학은 없다』. 한강, 2006.

전신재. 김유정 소설과 여성의 삶,『춘주문화』17. 춘천문화원, 2002. 12.

유인순.『김유정을 찾아가는 길』. 솔과학, 2003.

박훈하. 미동시대성의 동시성과 김유정의 소설미학,『한국문학논총』34. 한국문학회, 2003. 8.

유인순. 김유정 문학의 부싯기—술·여자·노름 중심으로,『강원문화연구』22. 강원대 강원문화연구소, 2003. 9.

김종년 편.『김유정 전집』1·2. 가람기획, 2003. 10.

장석주. 한국 소설문학의 기린아, 김종년 편,『김유정 전집』1. 가람기획, 2003. 10.

김종호. 김유정 소설에 나타난 들병이에 대한 일고찰,『한민족어문학』43. 한민족어문학회, 2003. 12.

이상진. 인생 그 서글픈 해학—김유정, 『한국 근대작가 12인의 초상』, 옛오늘, 2004. 2.

표정옥. 김유정 소설에 나타난 사회적 엔트로피와 놀이성—「노다지」「만무방」「봄봄」을 중심으로,『현대소설연구』21, 한국현대소설학회, 2004. 3.

김종건. 김유정 소설의 공간설정과 작가의식,『구인회 소설의 공간설정과 작가의식』, 새미, 2004. 4.

최병우. 김유정 소설의 다중적 시점에 관한 연구,『현대소설연구』23, 한국현대소설학회, 2004. 9.

김양선. 1930년대 소설과 식민지 무의식의 한 양상,『한국근대문학연구』10, 한국근대문학회, 2004. 10.

이주일 편. 『산골나그네(외)』, 범우, 2004. 11.

이주일. 향토적 해학과 풍자의 세계—김유정론, 김용성 · 우한용 편,『한국근대작가연구』, 삼지원, 1985. 9;『산골나그네(외)』, 범우, 2004. 11.

한상무. 김유정 소설의 여성 인물과 정의적 성 · 가족 윤리의식,『한국근대소설과 이데올로기』, 푸른사상, 2004. 11.

곽상순. 일레아적 놀이 구조의 서사화,『시학과언어학』9, 시학과언어학회, 2005.

김준현. 김유정 단편의 반(半)소유 모티프와 1930년대 식민수탈구조의 형상화,『현대소설연구』28, 한국현대소설학회, 2005.

김정동. 김유정의 따라지—하층민들의 하루 살아가기,『문학속 우리도시기행』, 옛오늘, 2005. 3.

이광진. 김유정 소설 문체의 구술적 성격 고찰,『어문연구』125, 한국어문교육연구회, 2005. 3.

조동일. 어두운 시대의 상황과 소설—하층민의 고난을 다루는 방법,『한국문학통사』(제4판) 5, 지식산업사, 2005. 3.

김점석. 프랑스의 사례를 통해 본 문학관 운영 모델 개발과 에코뮈제로의 발전 가능성—김유정 문학촌과 이효석 문학관을 중심으로,『2005년 춘계학술발표회 발표요지』, 한국프랑스학회, 2005. 4.

유인순 편. 『동백꽃—김유정 단편선』, 문학과지성사, 2005. 4.

김영아. 즐거운 상대성의 시학—김유정,『한국근대소설의 카니발리즘』, 푸른사상, 2005. 11.

김원희. 김유정 단편에 투영된 탈식민주의—소수자와 아이러니의 형상화를 중심으로,『현대문학이론연구』29, 현대문학이론학회, 2006.

김주리. 김유정 소설에 나타난 파괴적 신체 고찰,『한국문예비평연구』21, 한국현대문예비평학회, 2006.

김화경, 말더듬이 김유정의 문학과 상상력,『현대소설연구』32, 한국현대소설학회, 2006.

양문규, 한국근대소설에 나타난 구어전통과 서구의 상호작용,『배달말』38, 배달말학회, 2006.

김종호, 1930년대 농촌소설의 농민의식 반영양상―김유정론,『비평문학』24, 한국비평문학회, 2006. 12.

김주리, 매저키즘의 관점에서 본 김유정 소설의 의미,『한국현대문학연구』20, 한국현대문학회, 2006. 12.

김종우 · 윤학로, 김유정문학촌과 이효석문학관의 운영 현황과 전망,『비교문학』41, 한국비교문학회, 2007.

박세현(박남철), 김유정의 전기적 편린―〈풍림〉과 〈조광〉의 설문을 중심으로,『새국어교육』75, 한국국어교육학회, 2007.

김종호, 전이를 통한 소설인물의 변모양상―김유정론,『비평문학』25, 한국비평문학회, 2007. 4.

김유정 관련 학위논문 목록(필자순)

박사학위논문

김영아, 1930년대 소설에 나타난 카니발리즘의 양상 연구—채만식·김유정·이상의 소설을 중심으로, 공주대 박사학위논문, 2005.

김형민, 김유정 소설의 서술상황론적 연구—바보형 인물을 대상으로, 홍익대 박사학위논문, 1992. 11.

박세현(박남철), 김유정 소설 연구, 한양대 박사학위논문, 1989. 6.

박정규, 김유정 소설의 시간구조 연구, 한양대 박사학위논문, 1991. 6.

서종택, 한국근대소설 작중인물의 사회갈등 연구, 고려대 박사학위논문, 1981. 10.

유인순, 김유정의 소설 공간, 이화여대 박사학위논문, 1985. 4.

이광진, 김유정 소설의 서사담론 연구, 강원대 박사학위논문, 2005. 8.

이주일, 김유정 소설 연구, 명지대 박사학위논문, 1991. 12.

이호림, 1930년대 소설과 영화의 관련양상 연구, 성균관대 박사학위논문, 2003. 12.

임영환, 1930년대 한국농촌사회소설 연구, 서울대 박사학위논문, 1986. 2.

전혜자, 한국현대소설의 배경 연구—도시와 농촌의 대비, 숙명여대 박사학위논문, 1985. 12.

조남철, 일제하 한국농민소설 연구, 연세대 박사학위논문, 1986. 2.

한만수, 한국 서사문학의 바보인물 연구—바보민담, 판소리계 소설, 김유정 소설을 중심으로, 동국대 박사학위논문, 1992. 2.

석사학위논문

강문주, 김유정 소설의 악마적 순환 이미지 연구, 인제대 석사학위논문, 2000.

강심호, 김유정 문학의 위반의식 연구, 서울대 석사학위논문, 2001.

곽신혜, 현진건과 김유정 소설의 인물 묘사 대비연구, 청주대 석사학위논문, 1995. 2.

구봉조, 김유정 소설 연구, 세명대 석사학위논문, 2002.

권오식, 김유정 소설에 나타난 현실수용 양상, 서원대 석사학위논문, 2000.

권용철, 김유정 소설 연구, 성균관대 석사학위논문, 1989. 2.

권유화, 김유정 작품 연구, 효성여대 석사학위논문, 1986. 2.

김경순, 김유정 단편소설 인물의 도덕성 변화 분석, 부산대 석사학위논문, 1989. 8.

김근태, 김유정 소설의 서술방식과 그 변모과정에 관한 연구—서술자를 중심으로, 숭실대 석사학위논문, 1987. 2.

김나영, 김유정 소설의 문체 연구, 경희대 석사학위논문, 2005. 2.

김나현, 김유정 소설에 나타난 여성상 연구, 창원대 석사학위논문, 2005. 2.

김덕기, 김유정론, 연세대 석사학위논문, 1979. 8.

김덕자, 김유정 문학의 반어, 연세대 석사학위논문, 1975.

김동석, 김유정 소설의 구조원리 연구, 고려대 석사학위논문, 2000.

김명숙, 김유정 소설의 인물 연구, 연세대 석사학위논문, 1992. 2.

김명진, 김유정 소설에 나타난 여성의 타자화와 카니발리즘, 한국교원대 석사학위논문, 2006. 2.

김미경, 김유정 작품 연구—형식적 특질의 면에서, 전남대 석사학위논문, 1991. 2.

김미선, 한국근대소설의 아이러니 연구—현진건, 김유정의 몇몇 단편을 중심으로, 부산대 석사학위논문, 1987. 8.

김미옥, 김유정 소설의 해학성 연구, 영남대 석사학위논문, 1996. 2.

김미현, 김유정 소설의 카니발적 구조 연구, 이화여대 석사학위논문, 1990. 8.

김선미, 김유정 소설의 해학 연구, 경원대 석사학위논문, 2006.

김순명, 김유정 소고, 고려대 석사학위논문, 1980.

김승환, 김유정 문학 연구, 청주대 석사학위논문, 1986. 2.

김애란, 김유정 소설 연구, 연세대 석사학위논문, 1987.

김연진, 김유정 소설의 욕망 구조 연구, 연세대 석사학위논문, 2002. 8.

김영기, 김유정 연구, 국민대 석사학위논문, 1991. 2.

김유진, 이상과 김유정의 작품에 나타난 Ego의 연구, 충남대 석사학위논문, 1983.

김윤정, 김유정 소설 연구, 서울대 석사학위논문, 1996. 2.

김윤호, 김유정 소설 연구, 관동대 석사학위논문, 1990. 8.

김은경, 김유정 소설 연구, 동국대 석사학위논문, 2003.

김인화, 김유정 소설의 여성인물 연구, 숙명여대 석사학위논문, 1993. 2.

김인환, 김유정 소설 연구, 계명대 석사학위논문, 1986.

김재갑, 김유정 소설의 농촌적 색조 연구, 서원대 석사학위논문, 1997.

김정모, 김유정 소설 여성인물 연구, 한남대 석사학위논문, 2005. 8.

김종곤, 김유정 연구, 단국대 석사학위논문, 1979. 12.

김종구, 한국소설의 서술시점 연구—그 일반양상, 김유정과 이상 소설의 개별양상, 시각예술과의 구조적 동질성 등에서, 서강대 석사학위논문, 1975. 11.

김진악, 김유정 작품 연구, 고려대 석사학위논문, 1977.

김창문, 김유정 문학 연구, 인하대 석사학위논문, 2002.

김창집, 김유정의 소설 연구, 제주대 석사학위논문, 1981.

김춘용, 김유정 소설의 아이러니 연구, 부산대 석사학위논문, 1985. 2.

김하얀, 여성인물을 통해 본 김유정 소설, 동국대 석사학위논문, 2003.

김학심, 김유정 연구, 연세대 석사학위논문, 1980. 2.

김현숙, 김유정 작품의 민족적 윤리성, 이화여대 석사학위논문, 1974. 11.

김혜자, 김유정 문학의 반어, 연세대 석사학위논문, 1975. 12.

김희경, 김유정 문학의 생태주의적 고찰, 신라대학교 석사학위논문, 2006.

나용학, 「동백꽃」의 구조 분석, 충남대 석사학위논문, 1986. 2.

나은주, 김유정론—문체적 특징을 중심으로, 국민대 석사학위논문, 1996. 2.

노훈, 김유정 연구, 청주대 석사학위논문, 1989.

류재홍, 김유정 소설 연구, 창원대 석사학위논문, 1999.

명영배, 김유정 소설의 들병이 연구, 경남대 석사학위논문, 2001.

문재룡, 김유정 소설의 구조와 문체, 성균관대 석사학위논문, 1983. 11.

문창기, 김유정 연구, 성균관대 석사학위논문, 1984. 8.

문희봉, 김유정 소설의 실상에 관한 연구—자전적 소설을 중심으로, 공주사대 석사학위논문, 1986.

박길숙, 김유정 소설의 여성상 연구, 수원대 석사학위논문, 1997. 2.

박동욱, 김유정 소설 연구, 국민대 석사학위논문, 1999.

박문주, 김유정 소설 연구—판소리계 소설과의 관련성 고찰, 연세대 석사학위논문, 1986.

박성희, 김유정 소설의 어휘 연구, 경남대 석사학위논문, 1994.

박수정, 김유정 소설에 나타난 현실인식과 대응방식 고찰, 아주대 석사학위논문, 2004.

박순만, 김유정 문학의 해학성 고찰, 조선대 석사학위논문, 1982. 8.

박승인, 김유정 연구, 단국대 석사학위논문, 1963.

박우극, 김유정 연구, 연세대 석사학위논문, 1971. 6.

박우현, 김유정 소설 연구, 경북대 석사학위논문, 1986. 2.

박응만, 김유정 소설의 등장인물 연구, 인하대 석사학위논문, 1984. 2.

박인숙, 김유정 소설 연구—1930년대 농촌사회의 형상화 방식을 중심으로, 연세대 석사학위논문, 1996. 2.

박정규, 김유정 문학의 재조명, 고려대 석사학위논문, 1982.

박정남, 이효석과 김유정 소설에 대한 비교 연구, 연세대 석사학위논문, 1986.

박정백, 김유정 연구, 단국대 석사학위논문, 1976.

박준일, 김유정 소설의 문체 연구, 원광대 석사학위논문, 2001.

박진수, 「변강쇠가」와 「안해」의 대비 연구, 이화여대 석사학위논문, 1983.

박헌도, 김유정 소설 연구, 계명대 석사학위논문, 1990. 2.

배홍득, 김유정 작품 연구—시대고를 통해 본 인물유형, 동아대 석사학위논문, 1982. 2.

빙혜상, 김유정 소설 연구, 경희대 석사학위논문, 2000.

손문정, 김유정과 沈從文 소설의 비교 연구, 목포대 석사학위논문, 2007.

손석옥, 김유정 연구, 성신여대 석사학위논문, 1979. 2.

송경석, 수수께끼 구조로 본 김유정 소설 연구, 한양대 석사학위논문, 2000.

송백헌, 한국농민문학 연구—일제하 문학을 중심으로, 중앙대 석사학위논문, 1971.

송영희, 1930년대 풍자소설 일고—채만식과 김유정의 단편소설을 중심으로 한 대비, 부산
여대 석사학위논문, 1986. 2.

송은옥, 김유정의 3인칭 소설 연구, 경성대 석사학위논문, 2001.

송홍엽, 김유정 소설의 매춘 연구, 경남대 석사학위논문, 1996. 8.

신난숙, 김유정 연구, 아주대 석사학위논문, 2003.

신동규, 모티브의 기능과 의미화—「소나기」를 대상으로 한 시론적 분석, 서강대 석사학위
논문, 1985. 8.

신동한, 김유정 소설 연구, 단국대 석사학위논문, 1984. 2.

신순철, 김유정 소설 연구, 영남대 석사학위논문, 1983. 12.

신언철, 김유정 문학의 문체론적 연구, 충남대 석사학위논문, 1972. 2.

신윤경, 김유정과 이태준 단편에 나타난 아이러니 비교 연구, 고려대 석사학위논문, 1993. 8.

신인옥, 김유정 소설 연구, 인하대 석사학위논문, 1998.

신정림, 김유정 단편소설의 분석, 부산대 석사학위논문, 1993. 2.

신정윤, 김유정 연구—현실인식과 표현기법을 중심으로, 충남대 석사학위논문, 2006. 4.

신종숙, 김유정론—문체적 특질을 중심으로, 전남대 석사학위논문, 1990. 2.

신종한, 김유정 소설 연구, 단국대 석사학위논문, 1983.

신현보, 김유정 소설 연구—현실인식과 표현양상을 중심으로, 한남대 석사학위논문, 1989. 2.

신혜경, 김유정 소설 연구, 서울여대 석사학위논문, 1998.

심의식, 김유정 소설 연구—1930년대 사회상 반영을 중심으로, 경기대 석사학위논문,
2005. 12.

심재욱, 김유정 소설 연구—페미니즘적 관점으로, 전북대 석사학위논문, 1997. 2.

안경호, 김유정 소설 연구—현실인식을 중심으로, 상지대 석사학위논문, 1996. 2.

안정배, 김유정 문학의 전통성—「토끼전」과 비교 연구, 목포대 석사학위논문, 2005. 2.

양창욱, 김유정 소설의 해학미 구조 분석—「동백꽃」을 중심으로, 원광대 석사학위논문,
1987. 2.

양희역, 1930년대 소설에 나타난 풍자와 해학의 연구—채만식과 김유정 소설의 경우, 성균
관대 석사학위논문, 1984. 6.

엄미옥, 김유정 소설의 욕망과 서술상황 연구, 숙명여대 석사학위논문, 1998.

오매선, 김유정 소설에 나타난 여성상 연구, 경기대 석사학위논문, 1998.

오미화, 김유정 소설 연구―여성인물의 성격 분석을 중심으로, 중앙대 석사학위논문, 2006.

오병기, 김유정 소설의 여성인물 연구, 성균관대 석사학위논문, 2004. 12.

오일환, 김유정론, 경희대 석사학위논문, 1961. 3.

오지선, 김유정 연구, 숙명여대 석사학위논문, 1987. 8.

옥태권, 김유정 소설의 모티프 연구, 동아대 석사학위논문, 1998.

원종대, 김유정 문학의 해학성 연구, 상지대 석사학위논문, 2002.

유순영, 김유정과 이효석 소설의 비교 연구, 연세대 석사학위논문, 1983. 12.

유인순, 김유정 소설의 구조 분석, 이화여대 석사학위논문, 1980. 6.

유종영, 김유정의 소설 연구―반어의 양상과 기능을 중심으로, 동국대 석사학위논문, 1982. 12.

유효경, 김유정 소설 연구, 성균관대 석사학위논문, 1986. 10.

윤수진, 김유정 소설 지도 연구, 숙명여대 석사학위논문, 1999.

윤영성, 김유정 문학의 문체 연구, 인하대 석사학위논문, 1988. 8.

윤웅호, 김유정 소설의 문체 연구, 단국대 석사학위논문, 1993. 8.

윤은영, 김유정 소설과 해학의 구현 양상, 성신여대 석사학위논문, 2004.

윤채형, 김유정 소설의 주제의식 연구, 숙명여대 석사학위논문, 1994. 8.

이강언, 1930년대 한국 리얼리즘 문학 연구―주로 이효석, 김유정, 이기영의 현실수용 방법을 중심으로, 영남대 석사학위논문, 1973. 2.

이건택, 김유정 소설의 인물 연구, 상지대 석사학위논문, 1998.

이경희, 김유정과 채만식의 작품 비교 연구, 연세대 석사학위논문, 1984. 6.

이경희, 김유정론, 전남대 석사학위논문, 1969. 9.

이규정, 이상과 김유정의 문체 연구, 동아대 석사학위논문, 1969.

이난순, 김유정의 작품에 나타난 사회의식, 명지대 석사학위논문, 1983. 9.

이대용, 김유정의 농민소설 연구, 성균관대 석사학위논문, 2001.

이동국, 김유정과 이효석 소설의 기법 연구, 건국대 석사학위논문, 1995. 8.

이만식, 김유정 소설의 작중인물 연구, 건국대 석사학위논문, 1988. 8.

이명렬, 김유정 문학의 전통성 연구, 강원대 석사학위논문, 1987. 2.

이명복, 김유정 소설의 문체론적 연구, 서울대 석사학위논문, 1974.

이명숙, 김유정 소설 연구―작품을 통해서 본 그의 현실인식, 상명여대 석사학위논문, 1989. 2.

이명일, 김유정 소설에 나타난 자연, 성균관대 석사학위논문, 1984. 8.

이미경, 김유정 문학에 나타난 근대성 연구, 단국대 석사학위논문, 2004. 12.

이병숙, 김유정 소설 연구, 강원대 석사학위논문, 1998.

이순, 김유정 소설의 구성원리와 그 유형, 이화여대 석사학위논문, 1986. 8.

이영숙, 김유정 소설 연구—여성인물을 중심으로, 연세대 석사학위논문, 2004.

이영화, 김유정 농민소설 연구, 고려대 석사학위논문, 1993. 8.

이영화, 김유정 소설의 아내 매춘 모티프 연구, 동국대 석사학위논문, 2002.

이원진, 김유정 소설의 대화 장면에 나타난 문화적 약호, 서강대 석사학위논문, 2002.

이유빈, 김유정 소설의 여성상과 교육적 의의, 부산외대 석사학위논문, 2006.

이인숙, 김유정의 자전소설과 실명소설 연구, 강원대 석사학위논문, 2005. 8.

이인우, 김유정 단편소설 연구—작중인물을 중심으로, 영남대 석사학위논문, 1985.

이주영, 학습자 중심 문학교육 방법 연구—김유정의 「동백꽃」을 중심으로, 경성대 석사학위논문, 2006.

이주일, 김유정 연구, 중앙대 석사학위논문, 1974.

이주화, 김유정 소설의 인물 연구, 국민대 석사학위논문, 2003.

이춘희, 김유정 소설의 성과 윤리의식 연구, 한국외대 석사학위논문, 1997. 2.

이충헌, 김유정 소설 연구—문체를 중심으로, 충북대 석사학위논문, 2005. 8.

이태건, 바보형 인물에 대한 소고, 고려대 석사학위논문, 1984. 11.

이혜순, 김유정 소설 연구—창작방법과 세계관 연구를 중심으로, 세종대 석사학위논문, 1990. 2.

이호림, 유정의 소설에 나타난 여성상 연구, 성균관대 석사학위논문, 2000.

이화진, 김유정 소설 연구—해학성과 향토성을 통한 현실인식, 성균관대 석사학위논문, 1991. 2.

임경숙, 김유정 소설 연구—「동백꽃」을 중심으로, 원광대 석사학위논문, 2005. 6.

임계묵, 김유정 소설의 인물유형 연구, 충남대 석사학위논문, 1991. 2.

임동휘, 빈궁소설의 서사적 특징 연구, 중앙대 석사학위논문, 2003.

장일구, 소설 텍스트의 연행 해석학 시론—김유정 소설과 최명희 「혼불」의 해석을 중심으로, 서강대 석사학위논문, 1993. 2.

전상국, 김유정 연구, 경희대 석사학위논문, 1985. 2.

전하영, 김유정 소설에 나타난 여성상 연구, 성균관대 석사학위논문, 2002.

정귀선, 김유정 소설 연구, 건국대 석사학위논문, 1994. 8.

정금영, 담론 분석을 통한 김유정 소설 연구—농촌 소재 작품을 중심으로, 경북대 석사학위논문, 1997. 2.

정명효, 김유정 소설에 나타난 현실인식의 해학적 변용 연구, 국민대 석사학위논문, 1997. 2.

정영호, 김유정 소설의 아이러니 연구, 경남대 석사학위논문, 1991. 6.

정인환, 김유정 소설 연구, 계명대 석사학위논문, 1986.

정주현, 김유정의 문학적 특성—작가 의식을 중심으로, 중앙대 석사학위논문, 1989. 8.

정지영, 김유정 소설의 인물 연구, 한양대 석사학위논문, 1994.

정치수, 김유정 문학 연구, 인하대 석사학위논문, 1988. 2.

정태규, 이효석과 김유정의 소설의 공간 인식에 대한 비교 연구, 부산대 석사학위논문, 1989. 2.

정해옥, 김유정 소설 연구, 고려대 석사학위논문, 2002.

정현정, 김유정 소설의 여성상 연구, 목포대 석사학위논문, 2003.

정현정, 김유정 소설의 여성인물 연구, 동국대 석사학위논문, 2005. 6.

정혜명, 김유정 소설 고찰, 동국대 석사학위논문, 2005. 6.

조석현, 김유정 소설의 해학성 연구, 성균관대 석사학위논문, 1987. 8.

조성규, 김유정 소설 연구—사회의식을 중심으로, 성균관대 석사학위논문, 1990.

조영숙, 김유정 소설과 민담의 연계성—Duper/Duped motif 중심으로, 서강대 석사학위논문, 1995. 8.

조영학, 김유정 문학의 전통성 연구, 인하대 석사학위논문, 1981. 8.

조춘용, 김유정론—「소낙비」「봄봄」「동백꽃」「만무방」을 중심으로, 홍익대 석사학위논문, 1987. 2.

주경순, 김유정 연구, 연세대 석사학위논문, 1983.

주동진, 김유정 소설 연구—인물유형을 중심으로, 중앙대 석사학위논문, 1991. 8.

지미숙, 채만식과 김유정 문학의 풍자성 연구—단편소설을 중심으로, 강원대 석사학위논문, 1989. 2.

차명원, 김유정 문학에 나타난 사회의식 고찰, 조선대 석사학위논문, 1984.

차은로, 김유정 연구, 연세대 석사학위논문, 1983.

채종렬, 김유정 소설의 미의식 연구, 경희대 석사학위논문, 1982. 2.

채향화, 김유정 소설의 현실인식 연구, 군산대 석사학위논문, 2001.

최남진, 김유정 소설의 초점화 연구, 부산대 석사학위논문, 1995.

최명순, 김유정 소설에 나타난 가족관계 연구, 계명대 석사학위논문, 1988. 8.

최민희, 김유정 소설 연구—현실인식의 태도를 중심으로, 단국대 석사학위논문, 1989. 8.

최수례, 유정 소설의 구조적 고찰, 수도여사대 석사학위논문, 1978. 2.

최수정, 김유정 소설의 발화방식 연구, 한양대 석사학위논문, 1991.

최원실, 김유정의 농민소설 연구, 충남대 석사학위논문, 1999.

최재창, 김유정 소설의 현실수용 양상, 한국교원대 석사학위논문, 1993. 8.

최주영, 김유정 소설 연구, 연세대 석사학위논문, 2005. 6.

최현숙, 김유정 소설 연구, 경북대 석사학위논문, 1992.

최희자, 김유정 작품 연구—식민지시대 삶의 양상을 중심으로, 숙명여대 석사학위논문, 1989. 2.

탁용식, 김유정 소설의 해학성 고찰, 경희대 석사학위논문, 2006. 2.

표정옥, 김유정 문학 연구, 서강대 석사학위논문, 1997.

하창환, 김유정 소설 연구—서술구조를 중심으로, 영남대 석사학위논문, 1985.

하태석, G. 켈러의 작품에 나타난 유우머와 김유정 해학의 기능 비교—「심술장이 판크라츠」와 「따라지」를 중심으로, 서울대 석사학위논문, 1991. 2.

한만수, 김유정 소설의 아이러니 분석, 동국대 석사학위논문, 1985.

한상화, 김유정 소설 연구, 성균관대 석사학위논문, 2002.

한정아, 김유정 연구—현실인식과 탈윤리를 중심으로, 명지대 석사학위논문, 1997. 2.

한주경, 김유정 소설 연구—역사적인 방법을 주로, 강원대 석사학위논문, 1996. 2.

함연숙, 김유정 소설의 여성인물 연구, 경희대 석사학위논문, 2004.

허연진, 김유정 소설 연구—대립구조와 문체를 중심으로, 중앙대 석사학위논문, 1996. 2.

홍경란, 1930년대 농민소설 연구—「흙」「고향」「만무방」「제일과 제일장」을 중심으로, 연세대 석사학위논문, 1990. 8.

홍서연, 김유정 소설의 문체 연구, 경희대 석사학위논문, 2003.

홍선의, 김유정 연구—해학과 한(恨)을 중심으로, 충남대 석사학위논문, 1982. 2.

홍숙희, 김유정 소설의 양가성 연구, 제주대 석사학위논문, 2006.

홍순재, 김유정 소설의 공간 구조 연구, 배재대 석사학위논문, 1991. 2.

홍현숙, 이상과 김유정의 문체 비교 연구, 전남대 석사학위논문, 1985. 2.

황기성, 김유정 문학 연구—서사와 담론의 구조 연구, 원광대 석사학위논문, 1993. 8.

황남호, 김유정 소설 연구—매춘의 양상과 의미를 중심으로, 대구대 석사학위논문, 2007.

황인걸, 김유정 소설 연구, 한양대 석사학위논문, 1998.

황인봉, 김유정 소설의 인물 연구, 한남대 석사학위논문, 1994. 2.

김유정 관련 학위논문 목록(연도순)

박사학위논문

서종택, 한국근대소설 작중인물의 사회갈등 연구, 고려대 박사학위논문, 1981. 10.

유인순, 김유정의 소설 공간, 이화여대 박사학위논문, 1985. 4.

전혜자, 한국현대소설의 배경 연구—도시와 농촌의 대비, 숙명여대 박사학위논문, 1985. 12.

임영환, 1930년대 한국농촌사회소설 연구, 서울대 박사학위논문, 1986. 2.

조남철, 일제하 한국농민소설 연구, 연세대 박사학위논문, 1986. 2.

박세현(박남철), 김유정 소설 연구, 한양대 박사학위논문, 1989. 6.

박정규, 김유정 소설의 시간구조 연구, 한양대 박사학위논문, 1991. 6.

이주일, 김유정 소설 연구, 명지대 박사학위논문, 1991. 12.

한만수, 한국 서사문학의 바보인물 연구—바보민담, 판소리계 소설, 김유정 소설을 중심으로, 동국대 박사학위논문, 1992. 2.

김형민, 김유정 소설의 서술상황론적 연구—바보형 인물을 대상으로, 홍익대 박사학위논문, 1992. 11.

이호림, 1930년대 소설과 영화의 관련양상 연구, 성균관대 박사학위논문, 2003. 12.

김영아, 1930년대 소설에 나타난 카니발리즘의 양상 연구—채만식·김유정·이상의 소설을 중심으로, 공주대 박사학위논문, 2005.

이광진, 김유정 소설의 서사담론 연구, 강원대 박사학위논문, 2005. 8.

석사학위논문

오일환, 김유정론, 경희대 석사학위논문, 1961. 3.

박승인, 김유정 연구, 단국대 석사학위논문, 1963.

이규정, 이상과 김유정의 문체 연구, 동아대 석사학위논문, 1969.

이경희, 김유정론, 전남대 석사학위논문, 1969. 9.

송백헌, 한국농민문학 연구—일제하 문학을 중심으로, 중앙대 석사학위논문, 1971.

박우극, 김유정 연구, 연세대 석사학위논문, 1971. 6.

신언철, 김유정 문학의 문체론적 연구, 충남대 석사학위논문, 1972. 2.

이강언, 1930년대 한국 리얼리즘 문학 연구—주로 이효석, 김유정, 이기영의 현실수용방법을 중심으로, 영남대 석사학위논문, 1973. 2.

이명복, 김유정 소설의 문체론적 연구, 서울대 석사학위논문, 1974.

이주일, 김유정 연구, 중앙대 석사학위논문, 1974.

김현숙, 김유정 작품의 민족적 윤리성, 이화여대 석사학위논문, 1974. 11.

김덕자, 김유정 문학의 반어, 연세대 석사학위논문, 1975.

김종구, 한국 소설의 서술시점 연구―그 일반양상, 김유정과 이상 소설의 개별양상, 시각 예술과의 구조적 동질성 등에서, 서강대 석사학위논문, 1975. 11.

김혜자, 김유정 문학의 반어, 연세대 석사학위논문, 1975. 12.

박정백, 김유정 연구, 단국대 석사학위논문, 1976.

김진악, 김유정 작품 연구, 고려대 석사학위논문, 1977.

최수례, 유정 소설의 구조적 고찰, 수도여사대 석사학위논문, 1978. 2.

손석옥, 김유정 연구, 성신여대 석사학위논문, 1979. 2.

김덕기, 김유정론, 연세대 석사학위논문, 1979. 8.

김종곤, 김유정 연구, 단국대 석사학위논문, 1979. 12.

김순명, 김유정 소고, 고려대 석사학위논문, 1980.

김학심, 김유정 연구, 연세대 석사학위논문, 1980. 2.

유인순, 김유정 소설의 구조 분석, 이화여대 석사학위논문, 1980. 6.

김창집, 김유정의 소설 연구, 제주대 석사학위논문, 1981.

조영학, 김유정 문학의 전통성 연구, 인하대 석사학위논문, 1981. 8.

박정규, 김유정 문학의 재조명, 고려대 석사학위논문, 1982.

배홍득, 김유정 작품 연구―시대고를 통해 본 인물유형, 동아대 석사학위논문, 1982. 2.

채종렬, 김유정 소설의 미의식 연구, 경희대 석사학위논문, 1982. 2.

홍선의, 김유정 연구―해학과 한(恨)을 중심으로, 충남대 석사학위논문, 1982. 2.

박순만, 김유정 문학의 해학성 고찰, 조선대 석사학위논문, 1982. 8.

유종영, 김유정의 소설 연구―반어의 양상과 기능을 중심으로, 동국대 석사학위논문, 1982. 12.

김유진, 이상과 김유정의 작품에 나타난 Ego의 연구, 충남대 석사학위논문, 1983.

박진수, 「변강쇠가」와 「안해」의 대비 연구, 이화여대 석사학위논문, 1983.

신종한, 김유정 소설 연구, 단국대 석사학위논문, 1983.

주경순, 김유정 연구, 연세대 석사학위논문, 1983.

차은로, 김유정 연구, 연세대 석사학위논문, 1983.

이난순, 김유정의 작품에 나타난 사회의식, 명지대 석사학위논문, 1983. 9.

문재룡, 김유정 소설의 구조와 문체, 성균관대 석사학위논문, 1983. 11.

신순철, 김유정 소설 연구, 영남대 석사학위논문, 1983. 12.

유순영, 김유정과 이효석 소설의 비교 연구, 연세대 석사학위논문, 1983. 12.

차명원, 김유정 문학에 나타난 사회의식 고찰, 조선대 석사학위논문, 1984.

박응만, 김유정 소설의 등장인물 연구, 인하대 석사학위논문, 1984. 2.

신동한, 김유정 소설 연구, 단국대 석사학위논문, 1984. 2.

양희역, 1930년대 소설에 나타난 풍자와 해학의 연구—채만식과 김유정 소설의 경우, 성균관대 석사학위논문, 1984. 6.

이경희, 김유정과 채만식의 작품 비교 연구, 연세대 석사학위논문, 1984. 6.

문창기, 김유정 연구, 성균관대 석사학위논문, 1984. 8.

이명일, 김유정 소설에 나타난 자연, 성균관대 석사학위논문, 1984. 8.

이태건, 바보형 인물에 대한 소고, 고려대 석사학위논문, 1984. 11.

이인우, 김유정 단편소설 연구—작중인물을 중심으로, 영남대 석사학위논문, 1985.

하창환, 김유정 소설 연구—서술구조를 중심으로, 영남대 석사학위논문, 1985.

한만수, 김유정 소설의 아이러니 분석, 동국대 석사학위논문, 1985.

김춘용, 김유정 소설의 아이러니 연구, 부산대 석사학위논문, 1985. 2.

전상국, 김유정 연구, 경희대 석사학위논문, 1985. 2.

홍현숙, 이상과 김유정의 문체 비교 연구, 전남대 석사학위논문, 1985. 2.

신동규, 모티브의 기능과 의미화—「소나기」를 대상으로 한 시론적 분석, 서강대 석사학위논문, 1985. 8.

김인환, 김유정 소설 연구, 계명대 석사학위논문, 1986.

문희봉, 김유정 소설의 실상에 관한 연구—자전적 소설을 중심으로, 공주사대 석사학위논문, 1986.

박문주, 김유정 소설 연구—판소리계 소설과의 관련성 고찰, 연세대 석사학위논문, 1986.

박정남, 이효석과 김유정 소설에 대한 비교 연구, 연세대 석사학위논문, 1986.

정인환, 김유정 소설 연구, 계명대 석사학위논문, 1986.

권유화, 김유정 작품 연구, 효성여대 석사학위논문, 1986. 2.

김승환, 김유정 문학 연구, 청주대 석사학위논문, 1986. 2.

나용학, 「동백꽃」의 구조 분석, 충남대 석사학위논문, 1986. 2.

박우현, 김유정 소설 연구, 경북대 석사학위논문, 1986. 2.

송영희, 1930년대 풍자소설 일고—채만식과 김유정의 단편소설을 중심으로 한 대비, 부산여대 석사학위논문, 1986. 2.

이순, 김유정 소설의 구성원리와 그 유형, 이화여대 석사학위논문, 1986. 8.

유효경, 김유정 소설 연구, 성균관대 석사학위논문, 1986. 10.

김애란, 김유정 소설 연구, 연세대 석사학위논문, 1987.

김근태, 김유정 소설의 서술방식과 그 변모과정에 관한 연구—서술자를 중심으로, 숭실대 석사학위논문, 1987. 2.

양창욱, 김유정 소설의 해학미 구조 분석—「동백꽃」을 중심으로, 원광대 석사학위논문,

1987. 2.

이명렬, 김유정 문학의 전통성 연구, 강원대 석사학위논문, 1987. 2.

조춘용, 김유정론—「소낙비」「봄봄」「동백꽃」「만무방」을 중심으로, 홍익대 석사학위논문, 1987. 2.

김미선, 한국근대소설의 아이러니 연구—현진건, 김유정의 몇몇 단편을 중심으로, 부산대 석사학위논문, 1987. 8.

오지선, 김유정 연구, 숙명여대 석사학위논문, 1987. 8.

조석현, 김유정 소설의 해학성 연구, 성균관대 석사학위논문, 1987. 8.

정치수, 김유정 문학 연구, 인하대 석사학위논문, 1988. 2.

윤영성, 김유정 문학의 문체 연구, 인하대 석사학위논문, 1988. 8.

이만식, 김유정 소설의 작중인물 연구, 건국대 석사학위논문, 1988. 8.

최명순, 김유정 소설에 나타난 가족관계 연구, 계명대 석사학위논문, 1988. 8.

노훈, 김유정 연구, 청주대 석사학위논문, 1989.

권용철, 김유정 소설 연구, 성균관대 석사학위논문, 1989. 2.

신현보, 김유정 소설 연구—현실인식과 표현양상을 중심으로, 한남대 석사학위논문, 1989. 2.

이명숙, 김유정 소설 연구—작품을 통해서 본 그의 현실인식, 상명여대 석사학위논문, 1989. 2.

정태규, 이효석과 김유정의 소설의 공간 인식에 대한 비교 연구, 부산대 석사학위논문, 1989. 2.

지미숙, 채만식과 김유정 문학의 풍자성 연구—단편소설을 중심으로, 강원대 석사학위논문, 1989. 2.

최희자, 김유정 작품 연구—식민지시대 삶의 양상을 중심으로, 숙명여대 석사학위논문, 1989. 2.

김경순, 김유정 단편소설 인물의 도덕성 변화 분석, 부산대 석사학위논문, 1989. 8.

정주현, 김유정의 문학적 특성—작가의식을 중심으로, 중앙대 석사학위논문, 1989. 8.

최민희, 김유정 소설 연구—현실인식의 태도를 중심으로, 단국대 석사학위논문, 1989. 8.

조성규, 김유정 소설 연구—사회의식을 중심으로, 성균관대 석사학위논문, 1990.

박헌도, 김유정 소설 연구, 계명대 석사학위논문, 1990. 2.

신종숙, 김유정론—문체적 특질을 중심으로, 전남대 석사학위논문, 1990. 2.

이혜순, 김유정 소설 연구—창작방법과 세계관 연구를 중심으로, 세종대 석사학위논문, 1990. 2.

김미현, 김유정 소설의 카니발적 구조 연구, 이화여대 석사학위논문, 1990. 8.

김윤호, 김유정 소설 연구, 관동대 석사학위논문, 1990. 8.

홍경란. 1930년대 농민소설 연구―「흙」「고향」「만무방」「제일과 제일장」을 중심으로, 연세대 석사학위논문, 1990. 8.

김미경. 김유정 작품 연구―형식적 특질의 면에서, 전남대 석사학위논문, 1991. 2.

최수정. 김유정 소설의 발화방식 연구, 한양대 석사학위논문, 1991.

김영기. 김유정 연구, 국민대 석사학위논문, 1991. 2.

이화진. 김유정 소설 연구―해학성과 향토성을 통한 현실인식, 성균관대 석사학위논문, 1991. 2.

임계묵. 김유정 소설의 인물유형 연구, 충남대 석사학위논문, 1991. 2.

하태석. G. 켈러의 작품에 나타난 유우머와 김유정 해학의 기능 비교―「심술장이 판크라츠」와 「따라지」를 중심으로, 서울대 석사학위논문, 1991. 2.

홍순재. 김유정 소설의 공간 구조 연구, 배재대 석사학위논문, 1991. 2.

정영호. 김유정 소설의 아이러니 연구, 경남대 석사학위논문, 1991. 6.

주동진. 김유정 소설 연구―인물유형을 중심으로, 중앙대 석사학위논문, 1991. 8.

최현숙. 김유정 소설 연구, 경북대 석사학위논문, 1992.

김명숙. 김유정 소설의 인물 연구, 연세대 석사학위논문, 1992. 2.

김인화. 김유정 소설의 여성인물 연구, 숙명여대 석사학위논문, 1993. 2.

신정림. 김유정 단편소설의 분석, 부산대 석사학위논문, 1993. 2.

장일구. 소설 텍스트의 연행 해석학 시론―김유정 소설과 최명희 「혼불」의 해석을 중심으로, 서강대 석사학위논문, 1993. 2.

신윤경. 김유정과 이태준 단편에 나타난 아이러니 비교 연구, 고려대 석사학위논문, 1993. 8.

윤웅호. 김유정 소설의 문체 연구, 단국대 석사학위논문, 1993. 8.

이영화. 김유정 농민소설 연구, 고려대 석사학위논문, 1993. 8.

최재창. 김유정 소설의 현실수용 양상, 한국교원대 석사학위논문, 1993. 8.

황기성. 김유정 문학 연구―서사와 담론의 구조 연구, 원광대 석사학위논문, 1993. 8.

박성희. 김유정 소설의 어휘 연구, 경남대 석사학위논문, 1994.

정지영. 김유정 소설의 인물 연구, 한양대 석사학위논문, 1994.

황인봉. 김유정 소설의 인물 연구, 한남대 석사학위논문, 1994. 2.

윤채형. 김유정 소설의 주제의식 연구, 숙명여대 석사학위논문, 1994. 8.

정귀선. 김유정 소설 연구, 건국대 석사학위논문, 1994. 8.

최남진. 김유정 소설의 초점화 연구, 부산대 석사학위논문, 1995.

곽신혜. 현진건과 김유정 소설의 인물 묘사 대비연구, 청주대 석사학위논문, 1995. 2.

이동국. 김유정과 이효석 소설의 기법 연구, 건국대 석사학위논문, 1995. 8.

조영숙. 김유정 소설과 민담의 연계성―Duper/Duped motif 중심으로, 서강대 석사학위논

　　　　　문, 1995. 8.

김미옥,　김유정 소설의 해학성 연구, 영남대 석사학위논문, 1996. 2.

김윤정,　김유정 소설 연구, 서울대 석사학위논문, 1996. 2.

나은주,　김유정론—문체적 특징을 중심으로, 국민대 석사학위논문, 1996. 2.

박인숙,　김유정 소설 연구—1930년대 농촌사회의 형상화 방식을 중심으로, 연세대 석사학
　　　　　위논문, 1996. 2.

안경호,　김유정 소설 연구—현실인식을 중심으로, 상지대 석사학위논문, 1996. 2.

한주경,　김유정 소설 연구—역사적인 방법을 주로, 강원대 석사학위논문, 1996. 2.

허연진,　김유정 소설 연구—대립구조와 문체를 중심으로, 중앙대 석사학위논문, 1996. 2.

송홍엽,　김유정 소설의 매춘 연구, 경남대 석사학위논문, 1996. 8.

김재갑,　김유정 소설의 농촌적 색조 연구, 서원대 석사학위논문, 1997.

표정옥,　김유정 문학 연구, 서강대 석사학위논문, 1997.

박길숙,　김유정 소설의 여성상 연구, 수원대 석사학위논문, 1997. 2.

심재욱,　김유정 소설 연구—페미니즘적 관점으로, 전북대 석사학위논문, 1997. 2.

이춘희,　김유정 소설의 성과 윤리의식 연구, 한국외대 석사학위논문, 1997. 2.

정금영,　담론 분석을 통한 김유정 소설 연구—농촌 소재 작품을 중심으로, 경북대 석사학
　　　　　위논문, 1997. 2.

정명효,　김유정 소설에 나타난 현실인식의 해학적 변용 연구, 국민대 석사학위논문, 1997. 2.

한정아,　김유정 연구—현실인식과 탈윤리를 중심으로, 명지대 석사학위논문, 1997. 2.

신인옥,　김유정 소설 연구, 인하대 석사학위논문, 1998.

신혜경,　김유정 소설 연구, 서울여대 석사학위논문, 1998.

엄미옥,　김유정 소설의 욕망과 서술상황 연구, 숙명여대 석사학위논문, 1998.

오매선,　김유정 소설에 나타난 여성상 연구, 경기대 석사학위논문, 1998.

옥태권,　김유정 소설의 모티프 연구, 동아대 석사학위논문, 1998.

이건택,　김유정 소설의 인물 연구, 상지대 석사학위논문, 1998.

이병숙,　김유정 소설 연구, 강원대 석사학위논문, 1998.

황인걸,　김유정 소설 연구, 한양대 석사학위논문, 1998.

류재홍,　김유정 소설 연구, 창원대 석사학위논문, 1999.

박동욱,　김유정 소설 연구, 국민대 석사학위논문, 1999.

윤수진,　김유정 소설 지도 연구, 숙명여대 석사학위논문, 1999.

최원실,　김유정의 농민소설 연구, 충남대 석사학위논문, 1999.

강문주,　김유정 소설의 악마적 순환 이미지 연구, 인제대 석사학위논문, 2000.

권오식,　김유정 소설에 나타난 현실수용 양상, 서원대 석사학위논문, 2000.

김동석, 김유정 소설의 구조원리 연구, 고려대 석사학위논문, 2000.

빙영상, 김유정 소설 연구, 경희대 석사학위논문, 2000.

송경석, 수수께끼 구조로 본 김유정 소설 연구, 한양대 석사학위논문, 2000.

이호림, 유정의 소설에 나타난 여성상 연구, 성균관대 석사학위논문, 2000.

강심호, 김유정 문학의 위반의식 연구, 서울대 석사학위논문, 2001.

명영배, 김유정 소설의 들병이 연구, 경남대 석사학위논문, 2001.

박준일, 김유정 소설의 문체 연구, 원광대 석사학위논문, 2001.

송은옥, 김유정의 3인칭 소설 연구, 경성대 석사학위논문, 2001.

이대용, 김유정의 농민소설 연구, 성균관대 석사학위논문, 2001.

채향화, 김유정 소설의 현실인식 연구, 군산대 석사학위논문, 2001.

구봉조, 김유정 소설 연구, 세명대 석사학위논문, 2002.

김창문, 김유정 문학 연구, 인하대 석사학위논문, 2002.

원종대, 김유정 문학의 해학성 연구, 상지대 석사학위논문, 2002.

이영화, 김유정 소설의 아내 매춘 모티프 연구, 동국대 석사학위논문, 2002.

이원진, 김유정 소설의 대화 장면에 나타난 문화적 약호, 서강대 석사학위논문, 2002.

전하영, 김유정 소설에 나타난 여성상 연구, 성균관대 석사학위논문, 2002.

정해옥, 김유정 소설 연구, 고려대 석사학위논문, 2002.

한상화, 김유정 소설 연구, 성균관대 석사학위논문, 2002.

김연진, 김유정 소설의 욕망 구조 연구, 연세대 석사학위논문, 2002. 8.

김은경, 김유정 소설 연구, 동국대 석사학위논문, 2003.

김하얀, 여성인물을 통해 본 김유정 소설, 동국대 석사학위논문, 2003.

신난숙, 김유정 연구, 아주대 석사학위논문, 2003.

이주화, 김유정 소설의 인물 연구, 국민대 석사학위논문, 2003.

임동휘, 빈궁소설의 서사적 특징 연구, 중앙대 석사학위논문, 2003.

정현정, 김유정 소설의 여성상 연구, 목포대 석사학위논문, 2003.

홍서연, 김유정 소설의 문체 연구, 경희대 석사학위논문, 2003.

박수정, 김유정 소설에 나타난 현실인식과 대응방식 고찰, 아주대 석사학위논문, 2004.

윤은영, 김유정 소설과 해학의 구현 양상, 성신여대 석사학위논문, 2004.

이영숙, 김유정 소설 연구—여성인물을 중심으로, 연세대 석사학위논문, 2004.

함연숙, 김유정 소설의 여성인물 연구, 경희대 석사학위논문, 2004.

오병기, 김유정 소설의 여성인물 연구, 성균관대 석사학위논문, 2004. 12.

이미경, 김유정 문학에 나타난 근대성 연구, 단국대 석사학위논문, 2004. 12.

김나영, 김유정 소설의 문체 연구, 경희대 석사학위논문, 2005. 2.

김나현, 김유정 소설에 나타난 여성상 연구, 창원대 석사학위논문, 2005. 2.

안정배, 김유정 문학의 전통성—「토끼전」과 비교 연구, 목포대 석사학위논문, 2005. 2.

임경숙, 김유정 소설 연구—「동백꽃」을 중심으로, 원광대 석사학위논문, 2005. 6.

정현정, 김유정 소설의 여성인물 연구, 동국대 석사학위논문, 2005. 6.

정혜명, 김유정 소설 고찰, 동국대 석사학위논문, 2005. 6.

최주영, 김유정 소설 연구, 연세대 석사학위논문, 2005. 6.

김정모, 김유정 소설 여성인물 연구, 한남대 석사학위논문, 2005. 8.

이인숙, 김유정의 자전소설과 실명소설 연구, 강원대 석사학위논문, 2005. 8.

이충헌, 김유정 소설 연구—문체를 중심으로, 충북대 석사학위논문, 2005. 8.

심의식, 김유정 소설 연구—1930년대 사회상 반영을 중심으로, 경기대 석사학위논문, 2005. 12.

김선미, 김유정 소설의 해학 연구, 경원대 석사학위논문, 2006.

김희경, 김유정 문학의 생태주의적 고찰, 신라대학교 석사학위논문, 2006.

오미화, 김유정 소설 연구—여성인물의 성격 분석을 중심으로, 중앙대 석사학위논문, 2006.

이유빈, 김유정 소설의 여성상과 교육적 의의, 부산외대 석사학위논문, 2006.

이주영, 학습자 중심 문학교육 방법 연구—김유정의 「동백꽃」을 중심으로, 경성대 석사학위논문, 2006.

홍숙희, 김유정 소설의 양가성 연구, 제주대 석사학위논문, 2006.

김명진, 김유정 소설에 나타난 여성의 타자화와 카니발리즘, 한국교원대 석사학위논문, 2006. 2.

탁용식, 김유정 소설의 해학성 고찰, 경희대 석사학위논문, 2006. 2.

신정윤, 김유정 연구—현실인식과 표현기법을 중심으로, 충남대 석사학위논문, 2006. 4.

손문정, 김유정과 沈從文 소설의 비교 연구, 목포대 석사학위논문, 2007.

황남호, 김유정 소설 연구—매춘의 양상과 의미를 중심으로, 대구대 석사학위논문, 2007.

작품 일람

장르	제목	탈고일	발표지	발표일
소설	산ㅅ골나그내	1933. 1. 13	第一線	1933. 3
소설	총각과 맹꽁이	1933. 8. 6	新女性	1933. 9
소설	소낙비		朝鮮日報	1935. 1. 29~2. 4
소설	金따는 콩밧		開闢	1935. 3
수필	닙히푸르러 가시든님이	1935. 2. 28	朝鮮日報	1935. 3. 6
소설	노다지		朝鮮中央日報	1935. 3. 2~9
소설	금	1935. 1. 10	映畵時代	1935. 3
소설	떡	1935. 4. 25	中央	1935. 6
소설	산골	1935. 6. 15	朝鮮文壇	1935. 7
소설	만무방	1934. 9. 10	朝鮮日報	1935. 7. 17~30
소설	솟		每日申報	1935. 9. 3~14
소설	洪吉童傳		新兒童	1935. 10
수필	朝鮮의 집시		每日申報	1935. 10. 22~29
수필	나와 귀뚜람이		朝光	1935. 11
소설	봄·봄		朝光	1935. 12
소설	안해	1935. 10. 15	四海公論	1935. 12
소설	심청	1932. 6. 15	中央	1936. 1
소설	봄과 따라지	1935. 11. 1	新人文學	1936. 1
소설	가을	1935. 11. 8	四海公論	1936. 1
소설	두꺼비		詩와 小說	1936. 3
소설	봄밤	1936. 2. 10	女性	1936. 4
소설	이런音樂會		中央	1936. 4
소설	동백꽃	1936. 3. 24	朝光	1936. 5
수필	五月의 산골작이		朝光	1936. 5
수필	어떠한 부인을 마지할까		女性	1936. 5
수필	電車가 喜劇을 낳어		朝光	1936. 6
소설	夜櫻	1936. 4. 8	朝光	1936. 7
소설	옥토끼	1936. 5. 15	女性	1936. 7
수필	길		女性	1936. 8

장르	제목	탈고일	발표지	발표일
소설	生의 伴侶		中央	1936. 8~9
소설	貞操	1936. 5. 20	朝光	1936. 10
수필	幸福을 등진 情熱		女性	1936. 10
수필	밤이 조금만 짤럿드면		朝光	1936. 11
소설	슬픈이야기		女性	1936. 12
설문·응답	우리의情調		風林	1936. 12
서간	文壇에 올리는 말슴	1936. 10. 31	朝鮮文學	1937. 1
수필	江原道 女性		女性	1937. 1
수필	病床迎春記		朝鮮日報	1937. 1. 29~2. 2
소설	따라지	1935. 11. 30	朝光	1937. 2
소설	땡볕		女性	1937. 2
소설	연기		蒼空	1937. 3
서간	病床의 생각	1937. 1. 10	朝光	1937. 3
수필	네가 봄이런가		女性	1937. 4
번역동화	귀여운少女		每日申報	1937. 4. 16~21
소설	정분	1934. 8. 16	朝光	1937. 5
서간	姜鷺鄕前	1935. 4. 2	朝光	1937. 5
서간	朴泰遠前		白光	1937. 5
번역소설	잃어진寶石		朝光	1937. 6~11
소설	두포전		少年	1939. 1~5
소설	兄		鑛業朝鮮	1939. 11
소설	애기	1934. 12. 10	文章	1939. 12
서간	필승前	1937. 3. 18	서간문강화(이태준)	1943

작가 연보

1908(0세) 음력 1월 11일 김춘식(金春植: 1873~1917)과 청송 심씨(靑松
沈氏: 1870~1915)의 차남으로 출생(2남 6녀 중 일곱째). 본관은
청풍(淸風). 김육(金堉: 1580~1658)의 10대손, 김우명(金佑明:
1619~1675)의 9대손. 아버지 김춘식은 춘천부 남내이작면 증리
(春川府 南內二作面 甑里. 지금의 춘천시 신동면 증리) 실레마을
의 천석을 웃도는 지주였으며 서울의 진골(종로구 운니동)에도
백여 칸 되는 집을 가지고 춘천과 서울 양쪽에서 생활. 어머니 심
씨의 친정은 지금의 춘천시 신동면 학곡리(鶴谷里) 두름실. 김유
정의 아명(兒名)은 멱서리. 유정의 출생지가 춘천인지 서울인지
명확하지 않으나 서울인 듯함.

1915(7세) 어머니 돌아가심(3. 18).

1916(8세) 서울집의 이웃 글방에서 한문을 배우기 시작. 이후 1919년(11세)
까지 4년간 한문을 배움.

1917(9세) 아버지 돌아가심(5. 23). 이후 형 유근(裕近)의 방탕한 생활로 재
산이 탕진되기 시작함.

1920(12세) 서울 재동(齋洞)공립보통학교 입학.

1921(13세) 재동보통학교 3학년으로 월반.

1923(15세) 재동보통학교 4학년 졸업(제16회). 휘문(徽文)고등보통학교 입
학(4. 9). 가세가 기울어 이 해를 전후하여 관철동, 숭인동, 관훈
동, 청진동 등으로 집을 줄여서 옮김.

1924(16세) 말더듬이 교정소에 다님.

1926(18세) 휘문고보 4학년으로 진급하지 못하고 낙제함.

1928(20세) 형 유근은 가산을 탕진하고 춘천 실레마을로 내려가고, 유정은
봉익동 삼촌댁에 얹혀 지냄.

1929(21세) 휘문고보 5학년 졸업(제7회, 통산 21회). 박녹주(朴錄珠:
1905~1979)에게 열렬히 구애하기 시작. 치질 발병. 거처를 사
직동 둘째누이댁으로 옮김. 누이 유형(裕瀅)은 이혼하고 양복 직
공으로 근무.

1930(22세)	연희(延禧)전문학교 문과 입학(4. 6). 학칙 제26조에 저촉되어 제적됨(6. 24). 매형 정씨(유형의 두번째 남편)의 부추김을 받고 유산 상속 문제로 형 유근을 고발하였다가 취하함. 늑막염 발병(가을).
1931(23세)	보성(普成)전문학교 입학(4. 20). 학교에 다닌 흔적은 없음. 박녹주에 대한 구애가 끝내 거절당해 단념함. 춘천으로 내려감. 들병이들과 어울려 무절제하게 생활함. 춘천 실레마을에서 야학당(夜學堂)을 엶. 이후 이를 농우회(農友會)로 개칭함.
1932(24세)	농우회를 금병의숙(錦屏義塾)으로 개칭하여 간이학교로 인가받음. 소설 「심청」 탈고.
1933(25세)	서울로 올라가서 누이 유형에게 얹혀 지냄. 폐결핵 발병. 소설 「산ㅅ골나그내」 「총각과 맹꽁이」 발표.
1934(26세)	매형이 사직동 집을 처분하여 혜화동 개천가에 셋방을 얻어 누이는 밥장사, 유정은 창작에 전념.
1935(27세)	소설 「소낙비」(조선일보 신춘문예 현상모집 1등 당선), 「노다지」 (조선중앙일보 신춘문예 현상모집 가작 입선), 「金따는 콩밧」 「금」 「떡」 「산골」 「만무방」 「솟」 「洪吉童傳」 「봄·봄」 「안해」 발표. 수필 「닙히푸르러 가시든님이」 「朝鮮의 집시」 「나와 귀뚜람이」 발표. 구인회(九人會)에 후기 동인으로 가입.
1936(28세)	폐결핵과 치질이 악화됨. 서울 정릉 골짜기의 암자, 신당동에서 셋방살이하는 형수댁 등을 비롯해 여러 곳을 전전하며 투병. 박봉자(朴鳳子)에게 열렬히 구애하였으나 거절당함. 김문집(金文輯)이 병고작가 원조운동을 벌여 모금을 해줌. 소설 「심청」 「봄과 따라지」 「가을」 「두꺼비」 「봄밤」 「이런音樂會」 「동백꽃」 「夜櫻」 「옥토끼」 「生의 伴侶」 「貞操」 「슬픈이야기」 발표. 수필 「五月의 산골작이」 「어떠한 부인을 마지할까」 「電車가 喜劇을 낳어」 「길」 「幸福을 등진 情熱」 「밤이 조금만 짤럿드면」 발표. 설문에 대한 답변 「우리의 精調」 발표.
1937(29세)	신병이 더욱 악화되어 경기도 광주군 중부면 상산곡리(京畿道 廣州郡 中部面 上山谷里) 다섯째누이 유흥(裕興)의 집으로 거처를

옮김. 소설 「따라지」 「땡볕」 「연기」 발표. 수필 「文壇에 올리는 말씀」 「江原道 女性」 「病床迎春記」 「病床의 생각」 「네가 봄이런가」 발표. 안회남에게 마지막 편지를 씀(「필승前」, 3. 18). 3월 29일 (양력) 세상을 떠남(06 : 30). 화장하여 그 재를 한강에 뿌림. 소설 「정분」(「솟」의 초고), 번역 소설 「귀여운少女」 「잃어진寶石」, 편지 「姜鷺鄕前」 「朴泰遠前」 사후 발표.

1938   단편집 『동백꽃』(세창서관) 발간.

1939   소설 「두포전」 「兄」 「애기」 사후 발표.

1968   김유정기념사업회 발족. 『김유정 전집』(김유정기념사업회 편, 현대문학사) 발간. 김유정 문인비(김유정기념사업회, 춘천 의암호반) 건립.

1969   「봄·봄」 영화화(제작 태창흥업, 감독 김수용)

1975   「봄·봄」 연극화(제작 극단혼성, 각색 신명순, 연출 최지웅, 10. 5~6, 춘천, 강원도립문화회관).

1978   김유정 기적비(紀績碑, 춘천 실레마을 금병의숙 터) 건립.

1984   「땡볕」 영화화(제작 화천공사, 감독 하명중)

1987   『원본 김유정 전집』(전신재 편, 한림대 출판부) 발간.

1994   문화체육부 주관 이달(삼월)의 문화인물로 선정. 학술발표회 「김유정 문학의 재조명」(한림대 아시아문화연구소) 개최. 학술발표회 「김유정 문학으로 모색해보는 한국문학의 세계화」(한국문인협회) 개최. 김유정 동상(김유정기념사업회, 춘천문화예술회관) 건립. 김유정 문학비(김유정기념사업회, 춘천조각공원) 건립.

1995   한국 현대문학 표징(한국문인협회·SBS문화재단, 춘천 실레마을 금병의숙 터) 설치.

1996   김유정선생유적지조성추진위원회(춘천시 주관) 발족.

2000   프랑스어판 김유정 단편소설집 *Une averse*(소낙비)를 프랑스 쥘마(JILMA) 출판사에서 출판. 최미경·장노엘 주테(Jean-Noël Juttet) 번역.

2002   김유정문학촌(초대 촌장 전상국) 개관(생가 복원, 기념관 건립, 8. 6).

이후 김유정문학캠프, 김유정문학제 등 여러 행사를 매년 정기적으로 거행.

2004	경춘선 신남역의 이름을 김유정역으로 변경(축하 행사, 12. 1).
2006	김유정문학상 제정. 2007년부터 매년 시상. 주관 : 김유정기념사업회. 재정 지원 : 한국수력원자력(주) 한강수력본부.
2008	김유정 탄생 100주년을 맞이하여 다양한 행사들을 거행. 한·중·일 작가들이 김유정문학촌에 모여 실레마을을 이야기마을로 선포.
2011	김유정학회 창립(초대 회장 유인순 교수).
2012	김유정문학촌이 '올해의 최우수 문학관'으로 선정됨. 주관 : 한국문학관협회.

추가
원고

洪吉童傳

1. 길동이 몸이 천하다

옛날 저 이조시절에 잇섯든 일이엇다. 한 재상이잇서 두 아들을 두엇
스니 맛아들의 이름은 인형이요 고담을 길동이라 불럿다. 마는 인형이
는 그 아우 길동이를 그리 썩 탐탁히 녀겨주지 안엇다. 왜냐면 자기는
정실 유씨부인의 소생이로되 길동이는 게집종 춘섬의 몸에서 난 천한
서자이기 때문이엇다. 하인들까지도 길동이는 도련님이라 불러주지 안

---

*『신아동(新兒童)』제2호 (신아동사, 1935. 10), pp.54~67.

삽화는 이승만(李承萬)이 그렸다. 『신아동』은 '전 조선 보통학교 60여 만 아동 유일의 과
외 교육 잡지'를 표방한 아동잡지이다. 신아동사는 조선아동교육회의 부설기관이다.

김유정은 허균의 「홍길동전」을 동화로 고쳐 만들면서 줄거리를 간결하게 가다듬었다. 홍
판서의 첩 초란이, 홍길동을 체포하려다 실패하는 우포장, 홍길동의 두 아내가 되는 백 소
저와 조 소저를 빼버리고, 율도국을 건설하는 과정과 그 이후의 이야기도 아예 빼버렸다.
율도국 이야기를 뺀 것은 김유정의 작가정신이기도 하다. 초란이가 빠졌으므로, 길동을 죽
이려다가 실패한 인물이 길동의 형 인형으로 바뀌었다. 실제 생애에서 김유정은 그의 형과
심한 갈등을 겪었다.

김유정은 한 설문에서 가장 감명 깊게 읽은 조선 문학작품으로 「홍길동전」을 든 바 있고,
한 서간문에서는 「홍길동전」이 제임스 조이스의 「율리시스」보다 훨씬 뛰어난 예술적 가치
를 가진 작품이라고 지적한 바 있다.

코 웃읍게 너기어 막 천대하엿다.

이리하야 길동이는 저의 신세를 주야로 슬퍼하엿다.

그러나 이 슬픔을 알아주는 사람은 다만 그의 아버지가 한분게실뿐이엇다. 그는 길동이를 나실때 문득 하늘에서 뇌성벽력이 진동하며 커다란 용이 수염을 거사리고 앞으로 달겨드는 꿈을 꾸시엇다. 뿐만 아니라 차차 자라며 하나를 배우면 열을 알만치 총기가 밝고 재주가 비범함을 보시엇다.

"이자식이 장차 크면 훌륭히 될 놈이야!" 하고 아버지는 이러케 가끔 속으로 생각하며 기뻐하섯다.

허지만 길동이가,

"아버지!" 하고 품으로 덤썩안길제이면 그 아버지는 아들의입을 손으로 얼른 막으며,

"너는 아버지라 못한다. 대감이라 해야 돼" 하고 은근히 꾸지즈섯다. 아들이 귀엽지 안흔것은 아니나 그러나 양반의 집안에서 서자가 아버지라 부르는 법은업는 일이니 남이 드르면 욕을 할가하야 꾸짓고 햇든 것이다.

2. 길동이 슬퍼하다

하루는 밤이 이슥하야 아버지는 사랑마당에서 배회하는 길동이를 발견하섯다. 푸른 하눌에 달은 맑고 정자에 우거진 온갖 나무들이 부수수하고 낙엽이 지는 처량한 밤이엿다. 그 나무 그늘에서 길동이가 달빛에 칼날을 번쩍이며 열심으로 검술을 연습하고 잇는것이다. 이걸 보시고 아버지는 이상히 녀기시고 앞으로 길동이를 불러서,

"너 초당에서 글을 안읽고 왜 나왓느냐?" 하고 무르섯다.

"달이 밝아서 구경을 나왓습니다"

"구경이라니 공부를 잘 해야 나종 훌륭한 사람이 되지 안느냐?"

"저는 천한 몸이라 암만 공부를 잘 해도 결코 훌륭한 사람이 못 됩니다" 하고 길동이는 고개를 숙이고 공손히 대답하엿다.

아버지는 그말이 무슨 속이 잇어 함인지 다 짐작하셧다. 그러나 열두 살밖에 안된 아이의 소리로는 너무나 맹낭하므로,

"네 그게 무슨 소린고?" 하고 재우처 무러보셧다. 하니까 그 대답이―

"하늘이 만물을 내시되 사람이 가장 귀하오나 저만은 천한 몸이 되와 아버님을 아버님이라 부르지못하고 형님을 또한 형님이라 부르지 못하오니 어찌사람이라 하겟읍니까. 앞으로는 무술을 배워 나라에 공을 세우는것이 남자의 일이 아닐가 하옵니다"

그리고 그 자리에 푹 엎으리고 소리를 내여 슬피 통곡하엿다.

아버지는 이 꼴을 가만히 나려다 보시다가 쓴 입맛을 다시며 언짠흔 낯을 지으셧다. 이윽고 두 손으로 손수 그 어깨를 잡아 일으키시며,

"천하에 서자가 네 하나뿐 아니니 슬퍼말구 어서 돌아가 자거라" 하셧다.

길동이는 아버지의 엄명을 어기지 못하야 제 침소로 돌아오긴 햇으나 좀체로 잠은 오지안헛다. 남은아버지가 잇고 형이 잇고 하건만는 저는 아버지도 형도 업는것이다. 아버지의 성을 따라 홍길동이라 하면서도 그 아버지를 아버지라 버젓이 못 부르는것이 무슨 까닭인지 생각하면 할스록 어린 가슴이 메여질듯하엿다.

길동이는 날이 새이도록 자리우에 엎드리어 끈임업시 흐르는 눈물로 이불을 적시고 또 적시고하엿다.

이러는 중에 그 형 인형이는 길동이를 죽이고자하야 뒤로 음모를 시작하엿다. 길동이의 재주를 보매 비상할뿐 아니라 용한 관상쟁이를 불러 상을 뵈고나니 그 말이,

"지금은 말슴 드리기가 어렵습니다" 하고 매우 거북한 낯을 드는것이다.

"그래두 바른대루 말 해봐" 하고 뒷말을 재촉하니 그제야 옆으로 가까히 다가안즈며,

"후일에 왕이 되실 상이외다" 하고 귓속말로 나즉이 대답하엿다.

"뭐?" 하고 인형이는 깜짝 놀라서,

"그런 소리는 입밧게도 내지마라. 죽인다" 하야 돈을 던져준 뒤에 호령을 해서 쫓아버렷다.

인형이네 집안은 대대로 높은 벼슬을 살아오는 명문거족(名門巨族)이요 게다가 홍문까지 세운 충신이엿다. 길동이가 만일에 엉뚱한 생각을 먹고 난리를 일으킨다면 온 집안이 역적으로 몰릴것이요 따라 빛나든 문벌이 고만 망치고 만다.

이러케 생각하고 인형이는 길동이를 죽이어 업새고자 결심햇든것이다.

3. 길동이 집에서 없어지다

길동이가 촛불을 켜노코 글을 읽고잇노라니 문득공중에서 까마귀가 세번 울고 지나간다. 밤에는 까마귀가 우는 법이 업는데 이게 웬 일인가, 생각하고 점을 처보앗다. 하니까 역시 오늘 밤이 제가 칼에 맞어서 죽을 수엿다.

길동이는 요술을 써서 얼른 몸을 피하엿다.

조곰 잇드니 과연 방문이 부시시 열리며 시퍼런칼날이 들어오지 안는가. 그리고 그 뒤를 이어 엄장이 크고 수염이 무섭게 뻣인 장사 하나이 눈을 부라리고 들어온다. 그는 사방을 두리번거렷으나 길동이가 종시 보이지 안흐므로 방안을 샅샅이 뒤지기 시작하엿다.

그때 길동이의 입에서 뭐라뭐라고 진언이 몇마디가 떨어지자 별안간 난데업는 바람이 일고 방은 간곳이 업다. 장사는 뒤로 주춤하고 몸을 걷으며 눈이 휘둥그러타. 여기를 보아도 산, 저기를 보아도 산, 앞뒤좌우가 침침하고 험한 산에 둘려싸힌것이 아닌가. 이게 필연코 길동이의 조화이리라 생각하고 그는 제 목숨을 아끼어 산길로 그냥 도망질을 첫다. 마는 얼마안가서 길은 딱 끈치고 층암절벽이 앞에 내닥첫으니 한발만 잘못 내드디면 떨어저 죽는다.

그러나 어데선가 퉁소 소리가 나드니 한 아이가 나귀를 타고 나타낫다. 장사의 옆을 늠늠히 지나가며,

"네 어째서 날 죽이러 왓느냐, 죄업는 사람을 죽일려는 너에게 천벌

이 잇슬것이다" 하고 점잔히 호령하엿다. 그 말이 떨어지기 무섭게 다시 모진 바람이 일드니 비가 억수같이 퍼붓고 돌이 날아들고 하는것이다.

장사는 돌에 맞을가 겁이 나서 두 팔뚝으로 면상을 가리고 뒤로 물러섯다. 그러나 생각해보니 일개 장사로써 조고만 아이에게 욕을 당하는 것은 너무나 분한 일이엿다.

"네가 길동이지, 이놈! 내 칼을 받어라"

장사는 이러케 소리를 지르고 와닥닥 달겨들자 그 시퍼런 칼로 길동이의 목을 나려첫다. 이것이 실로이상한 일이라 안할수 업다. 그 칼이 나려지면서 길동이는 간곳이 업고 도리어 장사의 목이 제칼에 툭떨어지며 바위아래로 구르는것이 아닌가.

이날 밤 인형이는 정자나무 밑에서 서성거리며 일이 어떠케 되엿나, 하고 퍽 궁금하엿다. 약속한 시간에도 장사가 돌아오지 안흐므로 이내 길동이의 방까지 일부러 와보앗다. 방문을 열고 고개를 데미니 길동이를 죽이겟다고 장담하든 장사의 목이 요강옆에떨어저 잇는것이다. 그리고 정말 길동이는 어데로 갓는지 눈에 보이지 안헛다. 그제서는 길동이가 무슨 술법이 잇는것을 알고 그길로 얼른 제 방으로 돌아와 문의 고리를 걸엇다.

4. 길동이 도적괴수가 되다

깊고 험한 산속이엿다.

아람드리 나무가 빽빽이 들어박엿고 그 우에는 어여쁜 여러가지 새들이 노래를 부른다. 그리고 한옆으로는 까마케 처다 보이는 큰 폭포가 우렁찬 소리로 콸, 콸, 나려찟는다.

그 폭포우의 바위에 여러 장사가 모여안저서 잔치를 하고잇다. 엄장이 썩 크고 우람스럽게 생긴 것들이 더러는 술을 마시고 더러는 무슨 의론을 하는중이다. 이것이 조선에서 유명한 도적의 소굴이엿다.

머리털이 하눌로 뻐친 한 장사가,

"그러나 우리들에게 괴수가 잇서야지, 오늘은 꼭 정해보세" 하니까,

그 옆에 안젓든, 눈 한쪽이 멀은 장사가,

"암 그러치 그래, 괴수가 업시야 어디 일을 할수가 잇나?"

"그러치만 저 돌을 드는 사람이 잇어야 할게 아닌가" 하고 이번에는 뺨에 칼 자죽이 잇는 다른 장사가 손을 들어 저편을 가르킨다. 거기에는 거진 집채만한 무지한 바위가 하나 노혓다. 이돌을 능히 들어야 비로소 도적들의 괴수가 될 자격이 잇다. 마는 그러케까지 기운이세인 장사들이 모엿것만 하나도이돌을 감히 드는 사람이 업섯다.

그래 입때껏 괴수를 정하지 못하엿다. 도적들이 술에 취하야 떠들고 잇노라니까 등 뒤의 돌문이 부시시 열리며 웬 아이가 들어온다. 여간 힘으론 못할텐데 항차 아이가 돌문을 열고 들어오므로 모도들 눈이 뚱그랫다. 그리고 그 관상을 봐한즉 범상치 안흔 아이임을 대번에 알고 앞으로 불러,

"네 누군데 여길 들어왓느냐?" 하고 무러보앗다.

"네, 나는 홍길동입니다 지나가다가 경치가 하도조아서 구경을 들어왓습니다" 하고 그 아이는 조곰도서슴지 안코 대답하엿다.

암만 보아도 그 풍체며 음성이 여느 사람과는 다른 곳이 잇섯다. 나무 그늘에 안젓든 한 도적이 무엇을 생각하엿음인지

"네 그럼, 저 돌을 한번 들어볼테냐?" 하고 턱으로 아까의 그 바위를 가르켯다.

아이는 아무 말업시 바위앞으로 가드니 두손으로 어렵지 안케 번쩍 들엇다. 그리고 앞으로 성큼성큼 몇발작을 거러가서는 산아래로 그대로 내던젓다. 큰 바위가 나려구르는 바람에 우지끈뚝딱, 하고 나무들이 꺾이고 씨러지고 이러케 요란스리 소리를 내엿다.

도적들은 경탄을하고 그 앞에 와 엎드리어,

"우리들이 괴수를 정할래두 저 돌을 드는 사람이 업드니 장군께서 오시어 처음 드섯읍니다, 원컨대 우리들의 괴수가 되어줍시사" 하고 절을 하엿다. 그리고 아이에게 술을 들어 권하고 돼지 고기를 비어 받치고 퍽들 기뻐서 야단이다.

728

얼마를 홍들이 나서 뛰놀다가 한 도적이 말 하기를

"우리가 몇달전부터 해인사(海印寺)절의 보물을 훔쳐오랴 하다가 재주가 부족해서 못햇으니 장군께서 힘을 모아줍시오"

"염녀마라, 그대들은 그럼 나의 지휘대로 해야할것이다" 하고 길동이는 쾌히 승낙하고 주는 술잔을 또 받아들엇다.

5. 길동이 해인사를 치다

길동이는 처녀스리 부잣집 도련님같치 의관을 차리고, 해인사로 찾아갓다. 물론 그 양옆에는 그것도 칠칠하게 옷을 잘 입은 하인이 둘식 따랏다.

해인사라는 절은 산속 깊이 들어안즌 굉장한 절이엇다. 중들은 문간까지 나와 길동이를 공손히 맞어드렷다. 그리고 얼골 둥그른 우두머리 중이 그앞에 와 절을 하며,

"어데서 오시는 도련님이십니까?" 하고 무럿다.

"나는 서울 홍판서댁 아들이다. 느이절에 와 공부를좀 하랴하니 조용한 방을 하나 치여주기 바란다"

길동이는 이렇게 말을 하다가, 중이,

"네 곧 치겟습니다" 하고 물러갈랴 하니까,

"아니 지금이 아니라 사흘후의 말이다. 그날 내 쌀 스무섬을 가저와 너이들과 함께 잔치를 베풀랴하니음식도 정히 만들어주기 바란다" 하고 다시 혼란스러이 하인들을 데리고 돌아갓다.

중들은 기뻐서 그날부터 방을 치고 마당을 쓸고하엿다. 재상가의 아들이 와서 공부를 한다니까 여간경사스러운 일이 아니엿다. 무슨 큰 수나 생긴듯이 서루들 수군거리며 손이 올 날을 기다렷다.

어느덧 세 밤이 지낫다.

점심때쯤 되자 절 마당에는 큰 쌀섬 하나식을 질머메고 하인들이 몰려드럿다. 이십여명 하인들이 다들어오고 나서 그 뒤에 길동이가 지팽이를 천천히 끌고 들어온다.

여러 중들은 버선발로들 뛰어 나려와 길동이를 방으로 맞어드렷다.

"먼길을 오시느라구 얼마나 고생을 하셧습니까"

"고생은 업섯으나 시장하니 저 쌀로 곧 음식을 차려주기 바란다" 하고 길동이는 정말 배가 고픈듯이 힘업시 자리에 쓰러젓다.

중들은 말짱 나려와 팔들은 걷고 밥을 짓는다, 찬을 만든다, 하며 분주히 돌아다녓다. 음식이 된 다음 우선 길동이 앞에 떡 벌어지게 채린 교자상 하나를 곱게 갓다노핫다. 하인들과 중들은 마당에다 멍석을 깔고 거기들 삥 돌라안저서 음식을 먹기 시작하엿다.

그런데 몇 수깔을 안 떠서 길동이는 딱, 하고 돌을 씹엇다.

"이놈! 음식을 이리 부정히 해노코 먹으래느냐?" 하고 대뜸 눈이 빠지게 호령하엿다.

중들은 너무 황송하야 밥들을 입에다 문채 아무말도 못하고 벙벙하엿다.

대미처 길동이는 잡앗든 수저로 상전을 우려치며,

"이놈들! 너이놈들은 죄로 볼기를 맞어야 한다" 하드니 제가 데리고 온 하인들을 돌아보고는,

"애들아! 저놈들을 무꺼노아라" 하고 영을 나렷다.

하인들은 우 달겨들어 굵은 바쭐로 중들을 하나식 꼭꼭 무꺼노앗다.

그러자 대문밧게 숨어서 잇든 여러 도적들이 쭉들어서서 광을 뒤지는 놈, 다락엘 올라가는 놈, 뭣해, 잇는 보물이란 모조리 들고나섯다. 그리고 길동이 하인들과 한패를 지어 산아래로 다라낫다.

그러나 중들은 일어나진 못하고 이걸보고서 괜스리 자꾸 소리만 내질럿다.

"도적이야!"

"저놈들 잡아라, 보물 훔처간다"

6. 길동이 함경감사를 골리다

이때에 함경감사는 백성들의 재물을 뺏어다가 제걸만들고 그걸로 부

자가 되엿다. 그래도 백성들은 아무말 못하고 그가 받치라는대로 돈을 받치고 쌀을 받치고, 이러케 무턱대고 자꾸 뺏기엿다. 왜냐면 감사의 영을 거역하면 붙들려가 매를 맞고 옥에 가치고, 하는 까닭이엿다.

길동이가 이걸 알고 하루는 부하들에게 말하되,

"내 먼저 갈게니 사흘후 함경땅으로 만나자" 하고 저 혼자서 길을 떠낫다.

사흘 동안을 타달타달 거러서 함경땅에 비로소 다은것은 해가 서산으로 누엿누엿 질 때엿다. 길동이는 허리도 아프고 기진해서 풀밭에 들어누어 밤 들기를 기다렷다.

캄캄하게 어두엇슬 때에야 다시 일어나서 남문밧게 잇는 솔밭에다 불을 질럿다. 불꽃은 하늘을 뚤을듯이 무서운 세력으로 활활 타오르며 사방을 벌거케 물드럿다.

성안에 잇든 백성들은 모도들 놀라며 남문 밧그로 뛰어나왓다. 이불을 그냥 두엇다가는 성안에까지 번저서 재물이 타고 사람들이 죽고 할 것이다. 그들은 통으로 물을 퍼 나르며, 그물을 받아 껸지며, 일변 아우성을 치며,

"여기다, 여기부터 껸저라"

"아니다, 아니다, 저기부터 껸저라"

이러케 불 끄기에 눈코 뜰 새업시 분주하엿다.

이런틈을 타서 길동이는 조곰 전에 와 기다리고잇든 부하들을 데리고 텡 비인 성안으로 들어섯다. 함경감사의 집은 성 한폭판에 섯는 크고 우뚝한 기와집이엿다. 그집을 찾아가 광을 때려부시고 쌀 돈 할것업시 죄다 구루마에 싯고서 북문으로 곳장 다라낫다.

길동이는 북문을 나올제 조히에다 활빈당(活貧黨)홍길동이라 고 커다케 써붙첫다. 활빈당이라 하는말은 굶는 사람을 도아주는 무리라 하는 의미다.

한 삼십리쯤 구루마들을 끌고 가다가 길이 어두어서 더는 갈수가 업섯다. 동이 트거든 가자, 생각하고 멀리서 불이 반짝어리는 인가로 찾

아갓다.

"여버시유! 하루 밤 쉬어갑시다!" 하니깐 한 농부가 나오드니,

"네, 어서들 들어오십시오" 하고 친절히 맞어드린다.

도적들은 너무 벅찬 일들을 하엿기때문에 배가 몹시 고팟다. 안마당으로 들어들 가며

"여보 주인! 우선 밥을좀 먹게해주" 하고 청하엿다.

그러나 주인은 상투를 긁으며 퍽 미안해하는 낯이드니,

"황송합니다 마는 밥은 안됩니다. 저이들도 쌀이업서서 이틀째 굶습니다" 하고 무슨 죄나 진드시 머리를 숙으린다.

길동이는 이 소리를 듯고 가난한 동리로군, 하고 생각하엿다. 그래서 부하들에게,

"이 쌀과 돈을 풀어서 동리 사람에게 똑같치 나눠주어라" 하고 분부하엿다.

부하들은 구루마에서 짐을 나리어 쌀을 푸고 돈을 세이고 하엿다. 그리고 남은 사람은 그것을 받아서집집마다 한목식 문간에다 갓다노앗다.

주인은 이게 꿈이나 아닌가 하고 얼이 빠저서 섯다가 제목으로 쌀과 돈을 받고는,

"정말입니까, 이게 정말입니까?" 하고 무르며 수업시 절을 하고 또 하고하엿다.

7. 길동이 죄로 잡히다

나라에서는 홍길동이라 하는 도적이 잇서 온갓 재물을 홀몰아간다는 소문을 드르시고 곳 잡아드리라, 명령을 나리섯다. 그러나 하나도 잡아드리는 사람은업섯다. 날마다 길동이에게 도적 맞엇다는 소식만 오고 하는것이다.

더욱 이상한것은 홍길동이라는 도적이 조선 팔도에 (지금은 십삼도지만 예전에는 팔도이엿다) 하나식 잇는 것이다. 다시 말하면 똑 같은 홍길동이가 한날 한시에 여덟군데서 도적질을 해가는것이다.

잉금님은 홍길동이를 못 잡으시어서 은근히 골머리를 알으셨다. 그러나 우연히 홍길동이란 아이가 전이조판서 홍모의 서자임을 아시고 그 날로 당장 인형이의 부자를 붓잡아 드리게 하시엿다.

길동이 아버지는 우선 옥에 갓다가두고 인형이를불러서,

"홍길동이라는 도적이 너의 서동생이지?" 하고 손수 무르셨다. 인형이는 죄송하야 이마를 땅에 붙치고,

"네, 저의 서동생이올시다, 어려서 집을 떠나 생사를 모르드니 인제 알고보니까 도적의 괴수가 되였습니다, 즈 애비는 글로 인하야 저러케 병이 위중하게 되였습니다" 하고 대답을 여쭈엇다.

"그럼 느이들이 냉큼 잡아드려라, 그러치 안으면 느 부자를 구양을 보낼터이다"

"네 그러겟습니다, 그저 애비만 살려주시기 바랍니다"

인형이는 이러케 잉금님께 다짐을 두고서 그길로 곳 함경땅으로 떠낫다. 아버지는길동이의 신변을 염려하야 병환이 나고 늘 □□□□ (하루같치?) 신음하시는 중이었다.

그몸으로 구양을 가신다면 생명이 위험하실것이다. 그럼 아버지의 병환을 위하야 또는 여지껏 충신이엿든 문벌을 위하야 하루 밧비 길동이를 아니 잡을수 업다.

그러나 길동이에게는 극히 교묘한 재주가 잇다. 그대로는 감히 잡지 못할것을 미리 알고 함경땅에 와서 궁리궁리 하엿다. 그 끝에 함경읍 사대문에다 다음과같은 글을 써붙엇다.

길동이 보아라, 아버지는 네가 집을 나간후 생사를 몰라 병환이 되시엿다. 그리고 지금은 그몸으로 너의 죄로 말미암아 옥중에 가게시다, 너에게도 부자지간의 천륜이 잇거든 일시를 지체말고 나의 손에 와 묵기기를 형으로써 바란다─

인형이는 읍내의 집 하나를 종용히 치고 길동이 찾아오기를 매일같치 기다렷다. 어느 날 혼자 안저서 담배를 피고 잇노라니 한 손님이 찾아왓다. 얼른 보니 의복은 비록 어른과같이 채렷으나 아직도 어린티가

보이는 길동이가 아닌가—

"네가 길동이가 아니냐?" 하고 인형이는 그 손목을 탁 붙잡자 눈에서 눈물이 펑펑 쏟아진다. 그리고 한참을 지난 뒤에,

"그전일은 모도 내가 잘못했다. 지금 아버지가 병환이 위독하시니 너는 잘 생각하야 내손에 붙잡혀주기 바란다" 하고 슬피 애원하엿다.

길동이는 아무 말 업고 다만 맘대로 무끄란듯이 두손을 앞으로 내밀엇다. 인형이는 그 손을 쇠사슬로 잘묵거가지고 그날로 서울을 향하야 떠낫다.

길에서는 길동이가 잡혀온다는 소문을 듯고 모도들 구경을 나왓다.

"저 어른이 도적의 왕 길동이시다"

"저 양반이 우리에게 쌀을 논아주신길동이시다" 하고들 수군거리며 어떤 사람은 그 옆을 지날제 절을 하는이도 잇섯다.

8. 여덟 길동이 대궐에 오다

대궐안으로 인형이가 길동이를 끌고 들어스니, 놀라운 일이라, 다른 사람이 또한 길동이를 무꺼가지고들어온다. 그리고 조곰 잇드니 또 다른 길동이가 들어오고, 또 들어오고— 이러케 하야 순식간에 궁전앞뜰에는 여덟 길동이가 쭉 들어섯다.

거기에 모여섯든 대신들은 눈들을 크게 뜨고 벙어리같치 벙벙하엿다.

잉금님도 크게 놀라시며,

"이놈들! 대체 어떤 놈이 정말 길동이냐?" 하고 된통 호령을 하시엇다. 그러니까 여덟 길동이가 제각기 서루,

"네가 정말 길동이지, 난 아니야—" 하고 밀면 이번에는

"제가 정말 길동이면서 괜히 날보고 그래" 하고 성을 내인다. 마는 얼골도 똑 같고 키도 똑 같고 심지어 그 음성까지도 조곰도 다른곳이 업섯다.

노하섯든 잉금님도 하 기가 막히어 멀거니 넉슬일흐섯다. 그리고 한참 궁리하시다 급기야 길동이의 아버지를 옥에서 뜰로 끌어내게 하셧다.

"애비면 알터이니 정말 길동이를 찾아내여라—"

"네 항송합니다. 제 자식 길동이는 왼편 다리에 붉은 점이 잇사오니 곳 찾아내겟습니다" 하고 아버지는 병에 야윈 해쓱한 얼골을 땅에 박고 절을하드니 길동이를 돌아보고는,

"이놈! 여기에 잉금님이 게시고 또 느이 애비가 잇는데 발칙스리 이놈!"

하고 호령은 햇으나 그자리에 피를 쏟고 푹 고꾸라지고 말엇다. 병으로 가뜩이나 쇠약한데다가 또 내자식이 왕께 죄를 젓구나 하는 원통한 생각에 고만기절되고 만것이엇다.

여러 대신들은 대경실색하야 일변 물을 떠다 먹인다 혹은 사지를 주물러준다하며 모도들 부산하엿다. 잉금님도 가만히 보시다가 가엽시 녀기시고 당신이 잡숫는 명약까지 갓다 먹이게 하셧다. 그래도 피여나 질안코 그냥 꼿꼿이 굳고 말엇다.

그제에야 여덟 길동이가 제각기 주머니를 훔척훔척하드니 환약 하나식을 끄내들고 저의 아버지의 입에다 차례차례로 너어주엇다. 하니까 죽엇든 아버지가 기지개를 한번 쓱 하고 그리고 손등으로 눈을 부비며 일어난다.

이때에 여덟 길동이가 잉금님 앞에 나아와 공손히 절을 하고 하는 말이,

"잉금님께서 길동이를 잡고자 하셧스나 실상은 아무 죄도 업사외다. 백성들의 피를 긁어먹고 사는 감사들의 재물을 뺏어다가 빈한한 농민에게 풀어주엇스니 그 얼마나 고마운 일입니까, 앞으로는 저를 잡을랴 하시든 그 명령을 걷어주시기 바라나이다"

그리고는 여덟 길동이는 하나식 둘식 땅에 가 벌떡벌떡 나가자빠지고 만다.

잉금님뿐 아니라 여러 사람이 입들을 명헌이 버리었다. 왜냐면 곧 달겨들어 씨러진 길동이를 암만 뒤저보니 정말 사람 길동이가 아니라 죄다 짚으로 맨든 제웅이엇든 까닭이다.

9. 길동이 조선을 뜨다

그것은 꽃들이 만발한 그리고 따뜻한 봄날이엿다. 장안 백성들은 사대문에 붙은 이상스러운 조의를 처다보며 입입이 수군거리고 하엿다. 그 조히에는 이러한 글이 씨워잇섯다.

홍길동이는 암만해도 못 잡는 사람이니 그의 소원대로 병조판서(兵曹判書)의 벼슬을 시켜주시라. 그러면 잉금님의 그 은혜를 갚기 위하야 마즈막 하직을 여쭙고 부하들을 데리고 멀리 조선을 떠나리라―

대신들은 이것을 보고 서루 의론하야 보앗다. 홍길동이 이놈을 제원대로 병조판서를 시켜주면 그 은혜를 갚고자 대궐로 하직을 올것이다. 그때 문간에서여럿이 도끼를 들고잇다가 밧그로 나올랴할제 달겨들어 찍어죽이면 고만이 아닌가―

잉금님께 이 뜻을 아뢰고 그날 저녁때로 사대문에 방을 붙치게 하엿다. 홍길동이에게 병조판서의 벼슬을 나리섯다. 낼로 와 인사를 여쭈어라―

그 이튼 날 점심때가 좀 지내서이다. 남문으로 한 도련님이 나귀를 타고 들어오니 이것이 즉 길동이엿다. 군중은 길동임을 대뜸 알고 서루 눈짓을 하며

"저 양반이 길동인데, 잡힐랴고 저러케 들어오나?"

"아니야 지금 병조판서를 하러 들어오신다" 하고들 경사나 만난듯이 쑥떡쑥떡 하엿다.

그런 가운데로 지나며 길동이는 자랑스럽게 떡 버티고 궁전으로 들어갓다. 잉금님 앞에 가 절을 깍듯이 하고나서,

"저의 죄가 큰데도 용서하시고 병조판서까지 나리어 주시니 너머나 감사합니다. 약속대로 지금 곳 멀리 조선을 떠나겟나이다" 하고 마즈막으로 하직을 하엿다.

대문 뒤에서는 길동이 나오기를 고대하며 손에 땀이 나도록 도끼를

736

힘껏 잡고 잇섯다. 그러다 길동이가 문간으로 나오는것을 보고 틀림업시 머리우에 나려지도록 도끼를 꼭 견양을 대고 잇섯다.

그러나 길동이는 어느 틈에 알앗는지 문간까지 한 서너 발자욱을 남기고 공중으로 후루루 솟아 힌 구름을 타고 가는것이 아닌가. 모두들 고개를 들고 닭 쫓든 개모양으로 하늘만 멀뚱이 처다보앗다.

잉금님도 그제야 길동이의 참 재조와 그 인격을아르시고 비로소 뉘우치섯다. 저런 길동이을 신하로 데리고 일을 하엿드면 얼마나 행복이엿을가, 또는 얼마나 정사를 편히 할수가 잇섯을가— 이러케 생각하시고 옆에 서잇든 신하에게,

"홍길동이를 한번 더 보고싶다"하고 멀리 노처버린 길동이를 매우 아깝게 말슴하섯다.

김유정 관련 논저 목록(추가)

곽효환, 김유정, 문화콘텐츠로의 확장,『한국문예창작』6 - 2, 한국문예창작학회, 2007 ;
　　김유정문학촌 편,『김유정 문학의 재조명』, 소명출판, 2008. 11.

권지예, 피가 되고 살이 된 김유정의 소설, 김유정문학촌 편,『김유정 문학의 재조명』, 소
　　명출판, 2008. 11.

권채린, 김유정 문학에 나타난 자연 공간의 담론화 양상 연구,『국제한인문학연구』7, 국
　　제한인문학회, 2010.

권채린, 김유정 문학의 향토성 재고,『현대문학의 연구』41, 한국문학연구학회, 2010.

권채린, 김유정 소설의 도시 체험과 환등상적 양상,『현대소설연구』47, 한국현대소설학회,
　　2011.

권채린, 김유정의「잃어진 보석」과 반 다인 소설 번역의 맥락,『어문논총』55, 한국문학언
　　어학회, 2011.

김금미 · 김상헌, 김유정 문학지도 콘텐츠 기획,『한국콘텐츠학회 종합학술대회 논문집』5,
　　한국콘텐츠학회, 2010.

김동환, 교과서 속의 이야기꾼, 김유정, 김유정학회 편,『김유정의 귀환』, 소명출판,
　　2012.

김세령, 1950년대 김유정론 연구,『현대문학이론연구』49, 현대문학이론학회, 2012.

김영택 · 최종순, 김유정 소설의 근대적 특성,『비교한국학』16 - 2, 국제비교한국학회,
　　2008.

김원희, 다성적 경향과 성정성의 조율—김유정 소설 문체의 역동성,『현대소설연구』34,
　　한국현대소설학회, 2007.

김유정기념사업회 편,『한국의 이야기판 문화』, 소명출판, 2012. 8.

김유정문학촌 편,『김유정 문학의 재조명』, 소명출판, 2008. 11.

김유정탄생100주년기념사업추진위원회 편,『한국의 웃음문화』, 소명출판, 2008. 11.

김유정학회 편,『김유정의 귀환』, 소명출판, 2012. 3.

김은정, 김유정의『동백꽃』의 갈등과 소통의 문제,『인문과학연구』16, 대구가톨릭대 인
　　문과학연구소, 2011.

김종호, 김유정의 고백소설 연구,『인문학연구』18, 경희대 인문학연구원, 2010.

김화경, 김유정 문학의 근대 자본주의 경험과 재현 양상, 김유정학회 편,『김유정의 귀환』,
　　소명출판, 2012.

김화경, 모더니티가 구성한 농촌과 고향—김유정 "농촌소설" 재론,『현대소설연구』39,
　　한국현대소설학회, 2008.

나수호, 어둠 속에서 찾는 웃음―김유정과 어스킨 콜드웰의 단편 비교, 김유정탄생100주년기념사업추진위원회 편, 『한국의 웃음문화』, 소명출판, 2008. 11.

박세현, 김유정 전기의 몇 가지 표정, 김유정문학촌 편, 『김유정 문학의 재조명』, 소명출판, 2008. 11.

성석제, 김유정, 비참한 풍속에서 피어난 염화미소, 김유정문학촌 편, 『김유정 문학의 재조명』, 소명출판, 2008. 11.

송기섭, 김유정 소설과 만무방, 『현대문학이론연구』 33, 현대문학이론학회, 2008.

송준호, 김유정 소설의 상징성, 『국어문학』 48, 국어문학회, 2010.

송희복, 청감(聽感)의 시학, 생동하는 토착어의 힘―김유정과 이문구를 중심으로, 『새국어교육』 77, 한국국어교육학회, 2007.

안영국, 가벼움을 가장한 어두운 목소리―김유정 단편집 Une averse(소낙비) 프랑스 언론의 호평 받아, 『대산문화』 4, 대산문화재단, 2001.

양문규, 김유정 소설에 나타난 전통과 서구의 상호작용, 김유정문학촌 편, 『김유정 문학의 재조명』, 소명출판, 2008. 11.

연남경, 김유정 소설의 추리 서사적 기법 연구, 『한중인문학연구』 34, 한중인문학회, 2011 ; 김유정학회 편, 『김유정의 귀환』, 소명출판, 2012. 3.

왕문용, 김유정 소설의 언어, 『강원문화연구』 19, 강원대 강원문화연구소, 2000.

우한용, 김유정 소설의 언어미학―담론 특성을 중심으로, 김유정문학촌 편, 『김유정 문학의 재조명』, 소명출판, 2008. 11.

유명희, 들병이와 아라리, 김유정탄생100주년기념사업추진위원회 편, 『한국의 웃음문화』, 소명출판, 2008. 11.

유인순, 김유정 소설의 웃음 그리고 그 과녁―「총각과 맹꽁이」「봄·봄」「두꺼비」를 중심으로, 『현대소설연구』 38, 한국현대소설학회, 2008 ; 김유정탄생100주년기념사업추진위원회 편, 『한국의 웃음문화』, 소명출판, 2008. 11.

유인순, 김유정의 우울증, 『현대소설연구』 35, 한국현대소설학회, 2007 ; 김유정문학촌 편, 『김유정 문학의 재조명』, 소명출판, 2008. 11.

이상진, 문화콘텐츠 '김유정' 다시 이야기하기, 『현대소설연구』 48, 한국현대소설학회, 2011 ; 김유정학회 편, 『김유정의 귀환』, 소명출판, 2012. 3.

이익성, 김유정 '도시소설'의 근대성, 『한국현대문학연구』 24, 한국현대문학회, 2008.

이재선, 바보의 미학과 정치학―김유정 소설의 희극적 인간상, 김유정탄생100주년기념사업추진위원회 편, 『한국의 웃음문화』, 소명출판, 2008. 11.

이호림, 『유정의 소설은 왜 웃긴가』, 리토피아, 2008. 1.

전봉관, 김유정의 금광 체험과 금광 소설, 김유정학회 편, 『김유정의 귀환』, 소명출판,

2012. 3.

전신재, 김유정 소설과 전통의 재창조, 『문예연구』 59, 문예연구사, 2008. 12.

전신재, 김유정 소설의 설화적 성격, 『김유정의 귀환』, 소명출판, 2012. 3; 김유정 소설과 이야기판, 김유정기념사업회 편, 『한국의 이야기판 문화』, 소명출판, 2012. 8.

전신재, 김유정을 바라보는 일곱 가지 시각, 『문학사상』 425, 문학사상사, 2008. 3.

전신재, 속이고 속는 이야기의 두 유형―판소리와 김유정 소설, 김유정탄생100주년기념 사업추진위원회 편, 『한국의 웃음문화』, 소명출판, 2008. 11.

전신재, 판소리와 김유정 소설의 언어와 정서, 김유정문학촌 편, 『김유정 문학의 재조명』, 소명출판, 2008. 11.

전신재, 현덕 소설의 원심력과 김유정 소설의 구심력, 『작가들』 23, 작가들, 2007. 12.

정현기, 김유정 소설의 웃김 이야기법―골계 또는 해학소설의 참 속살에 대한 보살핌, 김 유정탄생100주년기념사업추진위원회 편, 『한국의 웃음문화』, 소명출판, 2008. 11.

조남현, 김유정 소설과 동시대소설, 김유정학회 편, 『김유정의 귀환』, 소명출판, 2012. 3.

조희문, 김유정 소설과 영화, 김유정문학촌 편, 『김유정 문학의 재조명』, 소명출판, 2008. 11.

조희문, 김유정 소설과 영화제작에 관한 연구, 『영화교육연구』 10, 한국영화교육학회, 2008.

최미경, 보편의 수용―김유정 단편선의 프랑스 출판 성과, 김유정문학촌 편, 『김유정 문학의 재조명』, 소명출판, 2008. 11.

최병우, 김유정 소설의 다중적 시점에 관한 연구, 김유정문학촌 편, 『김유정 문학의 재조명』, 소명출판, 2008. 11.

최성윤, 김유정 소설의 여성 인물과 '貞操', 『한국문학이론과 비평』 53, 한국문학이론과 비평학회, 2011; 김유정학회 편, 『김유정의 귀환』, 소명출판, 2012. 3.

최원식, 1930년대 단편소설의 새로운 행보, 『한국현대대표소설선』 3, 창작과비평사, 1996.

최원식, 모더니즘 시대의 이야기꾼―김유정의 재발견을 위하여, 『민족문학사연구』 43, 민족문학사학회·민족문학사연구소, 2010; 이야기꾼 이후의 이야기꾼―김유 정의 순진과 비순진, 김유정기념사업회 편, 『한국의 이야기판 문화』, 소명출판, 2012. 8.

표정옥, 〈비보이를 사랑한 발레리나〉와 김유정 문학의 축제적 상상력 연구, 『인문과학연구』 9, 대구가톨릭대 인문과학연구소, 2008.

표정옥, 근대 문학에 나타난 신화적 상상력 연구―이효석, 이상, 김유정 다시읽기, 『시학과 언어학』 13, 시학과 언어학회, 2007.

표정옥, 현대문화와 소통하는 김유정 문학의 놀이 상상력, 김유정학회 편, 『김유정의 귀환』, 소명출판, 2012. 3.

하정일, 지역·내부 디아스포라·사회주의적 상상력—김유정 문학에 관한 세 개의 단상,
        『민족문학사연구』 47, 민족문학사학회·민족문학사연구소, 2010.

한명희, 현대문학사의 복원—문학사 밖의 문인들: 김유정 문학의 OSMU와 스토리텔링,
        『한국문예비평연구』 27, 한국현대문예비평학회, 2008.

한상무, 김유정 소설에 나타난 강원도 여성상, 『강원문화연구』 24, 강원대 강원문화연구소,
        2005. 12.

한상무, 김유정 소설에 나타난 부부 윤리, 김유정학회 편, 『김유정의 귀환』, 소명출판,
        2012. 3.

홍기돈, 김유정의 「홍길동전」, 근대서지학회, 『근대서지』 5, 소명출판, 2012. 6.

홍혜원, 김유정 소설에 나타난 폭력의 구조와 소설적 진실, 『현대소설연구』 47, 한국현대
        소설학회, 2011; 김유정학회 편, 『김유정의 귀환』, 소명출판, 2012. 3.

김유정 관련 학위논문 목록(추가)

권채린, 한국 근대문학의 자연 표상 연구―이상과 김유정의 문학을 중심으로, 경희대 박사학위논문, 2010. 8.

김동혁, 도가적 사유로 본 김유정 소설의 세계인식, 단국대 박사학위논문, 2011. 5.

김현탁, 김유정 소설의 바보형 인물 연구, 중부대 박사학위논문, 2010. 2.

김화경, 김유정 문학의 모더니티 재현 양상과 수사 전략, 국민대 박사학위논문, 2009. 2.

강미리, 김유정 소설 문체 연구, 동국대 석사학위논문, 2011. 8.

강진선, 김유정 소설 연구, 원광대 석사학위논문, 2008. 2.

길연형, 소설에서 비문법적으로 쓰인 상징어 연구―김유정 작품을 중심으로, 한남대 석사학위논문, 2008. 2.

김세희, 김유정 소설의 해학미 연구, 원광대 석사학위논문, 2007. 8.

김아미, 김유정과 이상 소설의 대비 연구, 중앙대 석사학위논문, 2009. 8.

김은희, 김유정 소설의 서술방식 연구, 강릉원주대 석사학위논문, 2011.

김진희, 김유정 소설에 나타난 상대높임법의 사회언어학적 연구, 한국교원대 석사학위논문, 2012. 2.

김진희, 김유정 소설의 작중인물 연구, 충남대 석사학위논문, 2007. 8.

김홍월, 김유정 소설 연구, 한림대 석사학위논문, 2011. 8.

김홍주, 김유정 소설의 여성상 연구, 인천대 석사학위논문, 2009. 2.

노지나, 언어 외적 언어 부수적 표현을 활용한 소설 읽기 교육 연구―김유정 「봄·봄」을 중심으로, 연세대 석사학위논문, 2011. 8.

문송화, 魯迅과 김유정의 농촌소설 비교연구, 충남대 석사학위논문, 2010. 8.

서승희, 1920~30년대 소설에 나타난 매춘 양상―김동인·김유정 중심으로, 신라대 석사학위논문, 2011. 8.

서진선, 문학관 발전 방안에 대한 연구―김유정 문학촌을 중심으로, 한국외대 석사학위논문, 2009. 8.

신지혜, 교과서 수록 소설의 어휘 실태 및 오류 분석―김유정 소설을 중심으로, 계명대 석사학위논문, 2010. 2.

안지원, 김유정 소설 연구, 아주대 석사학위논문, 2009. 2.

양일동, 김유정 문학 교육 연구, 연세대 석사학위논문, 2009. 8.

유지운, 老舍와 김유정의 단편소설 비교연구, 전북대 석사학위논문, 2008.

유혜윤, 소설 읽기를 통한 어휘력 신장 방안―김유정의 「봄·봄」을 중심으로, 충북대 석사학위논문, 2010. 2.

윤혜영. 김유정 소설 연구, 동국대 석사학위논문, 2009. 2.

이미나. 김유정 도시소설 연구, 안동대 석사학위논문, 2010.

이민희. 김유정 소설의 다성성 연구, 충북대 석사학위논문, 2010. 2.

이선미. 영상 매체를 활용한 소설 교육 방안 연구―김유정 소설 「봄·봄」을 중심으로, 한양대 석사학위논문, 2011. 2.

이슬기. 소집단 협동학습을 통한 소설 교수법 연구―김유정의 「동백꽃」을 중심으로, 아주대 석사학위논문, 2010. 8.

이종은. 김유정 단편소설을 통해서 본 문화소 한·불 번역 전략 고찰, 이화여대 석사학위논문, 2011. 2.

이지연. 김유정 소설의 모티브 연구, 수원대 석사학위논문, 2008. 2.

이호정. 김유정 소설 연구, 연세대 석사학위논문, 2012. 2.

이희영. 김유정 단편소설의 서두 연구, 배재대 석사학위논문, 2011. 8.

임재란. 다의어의 의미 탐색을 통한 학습지도방안 연구, 공주대 석사학위논문, 2008. 2.

임한성. 김유정 소설에 나타난 '들병이' 연구, 공주대 석사학위논문, 2008. 2.

장수정. 「봄·봄」의 해학적 특성과 교수방법, 아주대 석사학위논문, 2008. 2.

장진화. 김유정 소설 연구, 경원대 석사학위논문, 2010. 8.

정미숙. 한국어문화교육에서의 비언어적 의사소통 표현 연구, 한국외대 석사학위논문, 2008. 8.

조주영. 김유정 소설에 나타난 가족 연구, 계명대 석사학위논문, 2007. 8.

최경아. 김유정 '금 모티프' 소설 연구, 경기대 석사학위논문, 2009. 2.

최영자. 김유정 소설에 나타난 현실 인식과 인물의 대응 양상, 대전대 석사학위논문, 2011. 2.

엮은이 **전신재(全信宰)**

1939년에 춘천에서 태어났다. 서울대학교 국어교육과와 성균관대학교 대학원 국어국문학과를 졸업하였다. 문학박사. 서울 양정고등학교 교사, 한림대학교 교수, 대학원장, 한국역사민속학회 회장, 한국공연문화학회 회장 등을 역임하였다. 「거사고(居士考)―유랑예인집단연구서설」「아르토 연극과 한국의 탈놀이」「19세기 판소리의 연극적 형상」「엮음아라리의 갈등구조」「자장전설과 탑의 상징성」「판소리와 김유정 소설의 언어와 정서」 등 다수의 논문을 썼다. 『김유정문학의 전통성과 근대성』『강원도 민요와 삶의 현장』『동아시아 기층문화에 나타난 죽음과 삶』『한국의 웃음문화』『한국의 이야기판 문화』 등을 기획·발간했고, 『강원의 전설』『죽음 속의 삶―재중 강원인 구술생애사』 등을 저술했다.

원본 김유정 전집
ⓒ전신재

개정증보판 발행 | 2012년 11월 5일

엮은이 | 전신재
펴낸이 | 정홍수
편집 | 김현숙 김정현
펴낸곳 | (주)도서출판 강
출판등록 | 2000년 8월 9일(제2000-185호)

주소 | 서울시 마포구 서교동 460-45(우 121-842)
전화 | 02-325-9566~7
팩시밀리 | 02-325-8486
전자우편 | gangpub@hanmail.net

값 30,000원
ISBN 978-89-8218-177-1   03810

이 도서의 국립중앙도서관 출판시도서목록(CIP)은 e-CIP 홈페이지(http://www.nl.go.kr/ecip)와 국가자료공동목록시스템(http://www.nl.go.kr/kolisnet)에서 이용하실 수 있습니다. (CIP 제어번호: CIP2012004891)